U0138637

台語詞典

常用漢字

文言音　白話音　訓讀音的解讀

許極燉◎編著

献互我的母親

hian³ ho⁷ gua² e⁵ bə² ts'in¹

〔 *作者簡介* 〕

許極燉 (Kho Kek-tun)

　　1935年生，高雄縣人，台灣大學歷史系畢業，東京大學大學院博士班結業。專攻：東洋歷史語言，1966年任教於中國文化大學。1967年公費留日，現任教於明治大學、駒澤大學等校。

主著：《台灣話流浪記》
　　　《台灣語概論》
　　　《台語文字化方向》
　　　《台灣近代發展史》
共著：《尋找台灣新座標》
主譯：《日本文化史通論》
編譯：《台灣近代化秘史》

「通用標音系統」音素參考比較表

區分	音價	本書	注音符號	北京漢語	台灣華語	客語乙式	台語乙式	客語甲式	台語甲式	南島語言
聲	[p]	p	ㄅ	b	b	b	b	p	p	p
	p'	p'	ㄆ	p	p	p	p	ph	ph	
	m	m	ㄇ	m	m	m	m	m	m	m
	/	/	ㄈ	f	f	f		f		
	t	t	ㄉ	d	d	d	d	t	t	t
	t'	t'	ㄊ	t	t	t	t	th	th	
	n	n	ㄋ	n	n	n	n	n	n	n
	l	l	ㄌ	l	l	l	l	l	l	l
	k	k	ㄍ	g	g	g	g	k	k	k
	k'	k'	ㄎ	k	k	k	k	kh	kh	
	h	h	ㄏ	h	h	h	h	h	h	h
母	tɕ	tʂi	ㄐ	j	zi(zy)	zi	zi	chi/zi	chi/zi	(暫略)
	tɕ'	tʂ'i	ㄑ	q	ci(cy)	ci	ci	chhi/ci	chhi/ci	
	ɕ	si	ㄒ	x	si(sy)	si	si	si	si	si
	ts	ts	ㄗ	z	z	z	z	ch/z	ch/z	(暫略)
	ts'	ts'	ㄘ	c	c	c	c	chh/c	chh/c	
	s	s	ㄙ	s	s	s	s	s	s	s
	tʂ		ㄓ	zh	zh(zr)	zh		zh		
	tʂ'		ㄔ	ch	ch(cr)	ch		ch		
	ʂ		ㄕ	sh	sh(sr)	sh		sh		
	dz	j	ㄖ	r	r	rh	ri(字) ru(儒)	j	j	(暫略)
韻	b	b				v	v(帽)	v	b(帽)	bg
	ŋ	ng				ng	q(鵝)(gg)	ng	g(鵝)	dv
	a	a	ㄚ	a	a	a	a	a	a	a
	ɔ	o	ㄛ	o	o	o	o	oˊ/ou	oˊ/ou	o
							or(蚵)	o	o	
	ə	ə	ㄜ	e	er	er	er(蚵)	e	e	(暫略)
	ɛ	e	ㄝ	e	e	e	e	e	e	
	er	er	ㄦ	er	err					
母	i	i	ㄧ	i	i	i	i	i	i	
	u	u	ㄨ	u	u	u	u	u	u	
	yu	yu	ㄩ	u(ü)	yu					

常用漢字台語詞典
——文言音白話音訓讀音的解讀——

目　錄

自 序

　　現在台灣通用的台灣話是四百年前從福建閩南地方傳來的漳泉方言。在唐末五代的戰亂時期、出身於河洛地方的客家人輾轉遷徙到閩粵之地後稱漳泉之人爲“福佬”或“福佬人”(Hoklo gin)，自是漳泉方言又別稱福佬話。

　　福佬話因福佬人的遷徙而傳播到閩南各地之外，更遍及廣東東部、浙江南部、雷州半島、海南島，新嘉坡等南洋各地方以及台澎全域。它的使用人口大約有4,500萬人，台灣的人口二千萬人中懂得台語的應有1,500萬人以上。

　　台灣的福佬話由於特殊的歷史背景和地理上的懸隔，長期地獨自形成與其他地方的福佬話不同的面貌。它的特殊性遂促成了今日通用的“台灣話”這個名稱。

　　台灣話雖然是台灣絕大多數住民的母語，但是、近百年來、由於台灣被日本和國府的外來殖民統治，長期被禁壓，更遑論教學與發展。這個語言自古以來祇有在口語的傳承演進下來，書面材料寥若晨星。時至今日、台語的文書法、漢字的規範化、音標、字母全部還沒能建立起來，更缺乏標準的制度，阻礙了台語文學和台語文化的發展至深且鉅。

　　清朝中葉以來、在閩南地區先後有泉州人黃謙編印過“彙音妙悟”(1800)、漳州人謝秀嵐編印過“雅俗通十五音”(1818)等用泉漳音解讀漢字讀音的韻書。可是、這些字音的書畢竟粗疏而有不少錯誤，注音全用漢字的傳統的反切法不易爲一般人所能應用，流傳亦不廣，更不適於當前之用。

　　其後，閩南語的字典或詞典採用現代的形式，絕大部份出於西洋傳教士之手，又大多是英廈對譯的詞典。　1832年的麥哈德

(W.H.Medhurst)的"福建方言字典"主要採用羅馬字記述漳州的文言音，1913年甘為霖(W.Campbell)的"廈門音新字典"也用教會式的羅馬字記述，除文言音外，間也記錄白話音，而所標注的漢字僅限於單音節的字（單個漢字）的讀音。它名曰"廈門音"，實質確與現代台語音已有不少差異。

　　日本人在統治台灣期間，亦曾經編印了不少台語的詞典。但因採用日本假名式的符號標音，按假名順序編排，不但使用困難，語音亦頗多舛誤，於一般人的學習台語，以至於書寫台語沒多大幫助。

　　戰後，尤其最近出版的一些詞典，有的用教會羅馬字表記詞語而用英文或日文注釋，有的用ㄅㄆㄇ的變形符號表記而用中文注釋，廈門大學的"普通話閩南方言詞典"(1982)的方法較特殊。它以漢字的普通話(北京音)為主"附加"注明閩南(廈門)音，再用中文解釋。其廈門音僅對標題的單個漢字分別注明文言音和白話音，雖是優點，但是，它所用的音標制度是自創的"閩南方言拼音方案"卻有頗多不合理的地方，實用性亦並不高。

　　自古以來，台語雖然沒法全部用漢字寫出來，但是，目前為止漢字畢竟是書寫台語的最主要工具。台語詞語的結構和造成大部分是吸取漢字的字音、字義以及官話漢語（共同語）的詞語。漢字雖然缺陷很多，但是捨漢字而要教、學台語或書寫台語亦是非現實的。

　　台語是我的母語，我剛上小學四年級不久，學校因空襲而被逼停課，在疏開的山村的家裡，先嚴用台語教我們兄弟讀「千金譜」和「千字文」等用漢字寫的書。前者雖全是漢字，讀起來因為都是口語音（白話音）覺得夠親切而好背誦。相反地、後者如"天地玄黃、宇宙洪荒"(t'iante hianhong、wutiu honghong)則是文言音，與其說是台語，毋寧說是官話（中文）。那年夏天日本戰敗，秋天以後因改制而變成五年級，學校一邊教ㄅㄆㄇ的北京音，一邊施行台語教學，課本內的漢文亦是中文，要用文言音讀，實際上不是道地的台語教育。但是這種台語邊沿的台語教育在「二二八」以後亦成了絕響。

　　然而，像補破網般的小學四年級所受的台語教育，竟然影響到我終生治學的方向。我不論讀（看）中文甚至日文裡的漢字也會用台語音念，可就沒法用母語寫文章。事實上是沒任何人能夠完全用「正確」的漢字寫出道地的口語台語的。甚至會用台語讀出漢字音的人亦愈來愈少。在國民黨統治下、台語的命運比在日帝統治之下遭遇更慘。如何搶救台語免於淪喪，乃是許多有心人日夜焦慮的。我自承缺乏語學細胞，竟亦貿然濫竽充數而投入"搶灘"的行列。

　　台語的表記、書寫法不僅是歷史上的老課題，更是當前的至上命題。針對這個命題竟也編寫過兩本書。本來想先編寫一本用羅馬字拼音的台語分類詞彙集，但在進行了相當期間的作業之後，適逢台灣雙語教育的呼聲日盛。於是，我改變了主意，認為在現階段，台語的現成材料俯拾皆是，亦就是如何使龐大數量的漢字來替台語服務？漢字本身潛藏着不少的台語材料，如何發掘出來充實台語的血肉和活力？都是更切實而可行的，何況羅馬字的制度又尚未建立。

　　這樣乃確定要就常用的漢字分析它們的各種台語讀音，進而將每個字的各種不同讀法的字音所組成的台語詞彙搜集較常用的，再用我自己釐訂的羅馬字台語音標方案標注讀音，並用中文釋例。

　　常用漢字採錄了三千字左右，前面的2400字及其排列順序是從中國文字改革委員會等編印的"最常用的漢字是哪些"中抽取出來的。其餘的約六百字則參照上揭字表和有關的辭典選定的。

　　這本詞典要服務的對象是懂得中文而要學習台語的人以及懂台語而不會寫的人。除了透過漢字的各種台語（文言音、白話音、訓讀音）的讀法充實台語的閱讀能力，亦可以提高用漢字書寫台語的可行性，對於用漢字不能寫的台語並可藉由台語音標的應用而獲得解決。

又本詞典的構成，除了本文以外有"方音差異對照表"和"來自日語的常用詞"等五種附錄，以及檢字用的"索引"，更爲了使讀者對台語的歷史、音韻、表記等問題有一概括性的認識，特地附加了一篇"概論"。相信它對於本書的使用，亦會有幫助。

本書的編寫受恩於我已故父母給我母語的薰陶，在編寫過程中荊妻詹炳玉的協助不少，高雄第一出版社的柯旗化先生幫助編者參與校對備極辛勞，這些恩惠和溫情都滲透在書內的每頁裡，應該在這裡誌謝。還有，本書的出版承蒙張圓女士、李崑勝先生、竇炳謙先生、許慶元先生、蔡輝樹先生、陳榮修先生、柯清良先生、游信富先生等慷慨捐款襄助，特別在此合併誌謝。

1992 年 5 月 1 日於日本柏市
許　極　燉

例 言

（Ｉ）標題字的選定

⑴常用漢字三千字

標題字選用了約三千個漢字，每一字賦以一個編號。其中1號至2400號字的選用經緯及編排順序詳見序文部分，2401號以後按照現行"中國式漢語拼音方案"(1958)的羅馬字次序。

中國因通用簡體字，有很多同音的類義字均被併成1個字，本書將這類字同列1個編號，但分別併記詞例與詞義。

例如：(93)的［制］和［製］、(172)的［系］和［係］［繫］、(250)的［干］和［乾］、(410)的［周］和［週］、(442)的［准］和［準］等，故編號至2982號，實則超過三千字。

⑵漢字的體裁

漢字的形體基本上採用繁體字，有些繁體字筆劃繁多而其簡體字已經通用的，則在標題字項內簡體和繁體併記。

例如：［当·當］、［丰·豐］、［灯·燈］……等。惟因簡字字模太少大多無法出現。

其有字模者在詞彙、詞例部分則儘量使用簡體字。

（Ⅱ）詞彙·詞例的選定與釋義

⑴常用詞彙兩萬個

三千個常用漢字各寓有1個以上的概念（詞素），在這些基礎上，其音義有與台語一致的即選用作台語所常用的詞彙、詞例約有兩萬個。至於北京官話系統的四字式的成語或其他諺語，在台語多半讀文言音，台語的性格淡薄，故多不選用。

反之，跟漢字有關連的一些常用詞而找不到適當漢字的，則使用本書所定的音標字母表記予以錄用。

⑵詞彙、詞例的釋義

漢字的台語讀音有文言、白話、訓讀、俗讀等不同讀法。讀音是概念 (含義) 的基礎，詞彙、詞例的釋義即依據讀音 (台語的詞素) 詞彙、詞例的含義淺顯而又與中文 (官話系) 一致的則僅舉述詞彙、詞例標注讀音而不加釋義，亦即字面與官話相同而詞義不同者或詞義深的才加以釋義。

例如：人民 (jin⁵bin⁵)、國家 (kok⁴ka¹)……等不釋義。

洗浴 (se²ek⁸)；游泳也。永過 (eng²kue³)；從前也。

又詞義的解釋使用現代中文，以照顧中國大陸、台灣以及外國等眾多懂中文的人便於學習台語 (廣義的閩南語)。

(III) 字、詞讀音的標注

⑴字音的標注

標題字項內的讀音為北京官話音，分別用中國現行的 " 漢語拼音方案 "(羅馬字) 和台灣現行的注音符號 (ㄅㄆㄇ)。

標題以外詞例部分的字音為台語讀音，分別為文言、白話、俗讀、訓讀等不同讀法，使用筆者選定的音標字母標注。

⑵標音法的要領

字、詞讀音的標注採用筆者釐訂的方案 (詳參照 (三) 台語音標方案)。文言音的分歧比較少，白話音則方音差顯著，本書除附錄有 " 方音差異對照表 "，在本文中則儘量方音差併記。

例如：母 (bə²／bu²)、日 (jit⁸／lit⁸／git⁸)、未 (be⁷／bue⁷) 等

⑶漢語拼音字母與注音符號對照表 (標題字北京官話讀音)

(A) 聲符 (21) 個

(漢語拼音)	b	p	m	f	d	t	n	l	g	k	h	j	q	x	z	c	s	zh	ch	sh	r
(注音符號)	ㄅ	ㄆ	ㄇ	ㄈ	ㄉ	ㄊ	ㄋ	ㄌ	ㄍ	ㄎ	ㄏ	ㄐ	ㄑ	ㄒ	ㄗ	ㄘ	ㄙ	ㄓ	ㄔ	ㄕ	ㄖ

(B) 韻符 (16 個)

(漢語拼音)	i	u	ü	a	o	e	e	ai	ei	ao	ou	an	en		ang	eng	er
(注音符號)	ㄧ	ㄨ	ㄩ	ㄚ	ㄛ	ㄜ	ㄝ	ㄞ	ㄟ	ㄠ	ㄡ	ㄢ	ㄣ		ㄤ	ㄥ	ㄦ

台語音標方案

　　本書所採用的台語音標方案係筆者所釐訂的，基本上是使用國際音標加以拉丁化。

(Ⅰ)方案的要點

(1)字母的次序

a b e ə g ng h i j k k' l m n o p p' s t t' ts ts' u w y

(2)聲調的標法

聲調使用數字，一律標在音節末尾的右上角。

1聲(陰平)、2聲(陰上)、3聲(陰去)、4聲(陰入)、5聲(陽平)、7聲(陽去)、8聲(陽入)、輕聲標0或不標(基本上不標)。

例如：東($tong^1$)、黨($tong^2$)、棟($tong^3$)、督(tok^4)、
　　　同($tong^5$)、洞($tong^7$)、毒(tok^8)。

(3)入聲音節聲調的標法

　　入聲音節為4聲和8聲，陰韻尾(母音做韻尾)的音節，在音節尾加1個h，再加標4或8。陽韻尾(鼻音做韻尾)的音節，則在音節尾分別按①(～m)變為(～p)、②(～n)變為(～t)、③(～ng)變為(～k)，然後在末尾右上角標上4或8的聲調。

例如：鴨(ah^4)、冊($ts'eh^4$)、桌($təh^4$)、合(hah^8)、笠(leh^8)。
　　　擔(tam^1)→答(tap^4)，丹(tan^1)→達(tat^4)，弄($lang^7$)→六(lak^8)。

(4)鼻化韻的標法

　　韻母鼻化的音節，在音節末尾右上標1個小n，其後面再標上聲調數字，如屬入聲音節則在n之前先標入聲符號(h或p、t、k)。

　　例如：三(sa^{n1})、影(ia^{n2})、喥(sah^{n4})；蟯($giauh^{n8}$／$ngiauh^8$)。

(按)喥；如喥着風(受風衝襲)、喥着俗(貪廉價)。蟯；蠕動也。

(5)其他

　　零聲母的音節，母音為i、e或u者，為了避免多音節詞的音節

混淆、不使用隔音符，而使用半母音y和w。在i、e之前用y，在u
之前用w。

　例如：醫(i^1／yi^1)、皮鞋($p'ue^5e^5$／ye^5)、有(白話：u^7／wu^7)等

(II)本方案與教會羅馬字、注音符號對照

　(1)聲母的對照

本書	p	p'	m	b	t	t'	n	l	k	k'	h	g	ng	ts	ts'	s	j
教羅	p	ph	m	b	t	th	n	l	k	kh	h	g	ng	ch	chh	s	j
注音	ㄅ	ㄆ	ㄇ	ㄅ	ㄉ	ㄊ	ㄋ	ㄌ	ㄍ	ㄎ	ㄏ	ㄍ	ㄫ	ㄗ	ㄘ	ㄙ	ㄗ
例字	百	拍	馬	無	刀	討	籃	來	家	腳	魚	牛	黃	子	取	思	如

(按)注音符號有ㄐㄑㄒㄩ本書分別對應為：tsi、ts'i、si、ji，這些
舌面音祇要將ts、ts'、s、j等分別加標i就行了，不必另訂字母。

　(2)母音的對照

```
本書   a  o  e  ə  i  u
教羅   a  o͘  e  o  i  u
注音   ㄚ  ㆦ  ㆤ  ㄜ  ㄧ  ㄨ
例字   鴨  烏  鞋  學  衣  有
```

　(3)聲調標法的對照

聲調別	陰平	陰上	陰去	陰入	陽平	陽去	陽入	輕聲
本書	1	2	3	□h^4	5	7	□h^8	0或無
教羅	無	ˊ	ˋ	□h	ˆ	˗	□̇h	·□
注音	無	ˋ	ㄥ	□ㄏ	ˊ	ㄅ	□ㄕ	˙□
例字	君	滾	棍	骨	裙	郡	滑	

緒　論

第一章　台灣話的定位

第一節　台灣、台灣人與台灣話

　　台灣 (Taiuan) 又名福爾摩沙 (Formosa；美麗之島也)，位於西太平洋的中國大陸東南海中；東徑 119 度至 122 度，北緯 21 度至 25 度，包括 79 個小大島嶼 (其中澎湖列島佔 64 個)，面積約三萬六千平方公里，略小於九州而較比利時稍大。

　　在清朝領台以前，台灣島和澎湖是兩個不同的單元。澎湖又叫平湖，因與泉州距離近，在 11 ～ 12 世紀時泉州繁榮，已有漢人渡來澎湖。

　　至於台灣本島漢族系的移民出現較晚，這跟大陸沿岸漢人對台灣的知識有關。在漢族系台灣人移住以前的台灣原住民族，在種族特質上是屬於南方蒙古人種 (Paleo-Mongoloid) 的原馬來人系統 (Proto-Malay)。在語言學的特徵上是屬於馬來‧波利尼西安語族 (Malay-Polynesian) 的印度尼西安語系 (Indonesian)。

　　原住民族依其住地的位置被大別為兩類即；高山族與平埔族，前者大都不接受漢化或不服從異族的統治而被蔑稱為 "生蕃"，後者因接受漢化，屈服於外來支配而被蔑稱為 "熟蕃"。

　　高山族 (Kosua^{n}tsok) 亦叫高砂族 (Kosuatsok) 又分為泰雅族、阿美族、排灣族、卑南族、雅美族等十個種族。平埔族 (Pe^{n}potsok) 則又分為九個種族，其中較著名的有宜蘭的 Kavalan(葛瑪蘭) 族、台北的 Ketagalan(雞頭籠) 族、和台南的 Siraya(西內雅) 族等。

　　台灣的原住民族并沒有文字，有關台灣的記錄都是外來者所作的，就中因地緣的關係，漢人的記錄最多。漢人有關台灣的文獻中，把台灣寫成"東蕃"、"台員"、"大員"、"大圓"、"台灣"和"大灣"等各種漢字，足見"Taiuan"這個名稱(語源)并非漢語而是譯音語。據說平埔族西內雅人把外來者叫做taian或tayan，它被漢族系移民訛音為：[taiuan]，荷蘭人又訛為[taioan](漢譯台窩灣)，這樣原本是對"移民"稱呼的[taian]卻演變成"台灣"的地名。

後來鄭成功驅逐荷蘭佔有台灣，以其名稱與他的母語"埋完"(tai⁵uan⁵)語音近似，語義不吉而改為東都。其子鄭經又改為東寧，至清朝領有台灣始恢復今名。

"台灣"這個名稱自17世紀末葉以來已經通用三百多年，但是"台灣人"與"台灣話(語)"等名稱的歷史才一百多年。

在16‧17世紀之交，正逢西歐葡萄牙、西班牙為首的大航海船艦出沒西太平洋的時代，台灣乃成為日本、荷蘭、西班牙等列國紛爭之地。當時在澎湖和台灣的北部和西南部(台南)已有數千漢人的漁民、商販、海賊出入或定居。漢人與平埔族交易、甚至雜居。

荷蘭統治下(1624～1661)的台灣，由於大規模開發的需要，由對岸的閩粵沿岸招募大量農業移民來台，至荷蘭末期台灣的漢人約十萬人。鄭成功父子又帶同軍民約四萬人來台，後來鄭氏降清時，移民的人口將近20萬人。

滿清統治台灣212年(1683～1895)，初期禁止移民來台，後來開放後移民潮一波又一波，至清末台灣人口約255萬人。日本殖民台灣10年後的1905年台灣的漢族系人口約290萬人，原住民系約8萬多人。

一直到日本領台以前的幾百年間，台灣的漢人或以閩人、粵人呼稱，或稱漳州人、泉州人，府城(台南)人、鹿港人等限於小地域的色彩。台灣民主國時代(1895)亦祇有"台民"、"台人"之類的名稱。迨日本以異族君臨台灣，於是泛稱台灣住民的"台灣人"在與異民族

12

對抗的共同體意識之下崛起。

這樣，"台灣人"乃與"日本人"對立而在台灣落實，而歷史上的台灣人乃名實相符地形成起來。由於台灣人的"誕生"，日本人對絕大多數台灣人的母語(福佬話)稱之為"台灣話"。漢族系台灣人當中，閩粵(客)的比率為83％比16％，以故福佬話代表台灣話亦已經約定俗成一百多年了。

第二節　台灣話與閩南話之間

台灣話(福佬話)的源流是福建閩南地方的泉州話和漳州話。因為台灣福佬人的祖先大多數是早前從這兩個地域來的移民。

漳州人和泉州人移民到台灣以後，雖然不同出身地的人住在不同的新天地，但是因為台灣尤其是西部大平原連亙，交通方便，彼此的交流頻繁，特別是在日本統治的五十年間，在近代式國家管理之下，過去在大陸的小地域式的地緣主義逐漸消失，漳泉混淆而形成不漳不泉的"新閩南語"—台灣話。

這種在台灣通用的新閩南語雖然就其構成要素來看，它跟廈門話同樣亦是由漳州話和泉州話兩種方言混合而成的。然而，這祇是粗糙的表象部份，實質上代表大陸閩南語的廈門話跟在台灣形成的新閩南話(以下均作台灣話)是有很多內涵上的不同，雖然彼此可以互相溝通。

廈門話(閩南話)對台灣話的形成并沒太多的影響，廈門的興起是在19世紀中葉鴉片戰爭以後開埠通商的結果。然而台灣的開發早在17世紀中葉，相差兩個世紀，而且有海峽的阻隔。

就兩種語言本身來說，由於歷史的與地理的環境不同，在在影響它們之間的分頭發展，而造成彼此的差異。

先就語音來看，廈門話因在大陸的關係，尤其是20世紀初，亦即民國以後國語(北京音)政策的推行，使北京官話(Peking Mandarin)音這種優勢語言(國語或標準語)強力地滲透到方言(廈門話)裡頭。例如：聲母中的來[l]母，廈門音傾向於[d](閉塞成分略弱)，台語發[l]音時，舌面鬆軟，舌端略蹺上輕觸上齒齦的程度。亦即廈門的[l]較硬而阻塞故可以用/d/標記，台語的[l]較鬆軟，可視爲扇拍音(flap)，仍用/l/標記。

又如聲母[dzₑ](日母)，廈語裡已經消失而歸入[l](來)母，所以"二、字、兒、如、入……"廈語均讀成(li、或lu、lip)，但是台語裡[dzₑ](z)母健在，故讀成(zi或zu、zip)。

韻母方面廈門因官話的影響而有(ao)韻和(iao)韻，廈門大學的普通話閩南語詞典(1982)命名爲"照耀韻"，北京語亦有此韻，但是台語仍保持較古形態的[au]和[iau]，亦即，廈語爲開口收尾[～o]，台語爲合口收尾的[～u]。

聲調方面最大的差異是廈語輕聲特別多，台語輕聲比起來並不發達。

語彙方面，台語由於台灣所承受的異民族統治的歷史，尤其是在近代化過程中日本文化的強力影響，台語裡的外來語光是屬於常用的而溶化爲台語的日語在本詞典中的附錄將近三百語。其他台語與廈語互相不通的語彙爲數相當可觀。

通行於福建閩南地區的語言雖然籠統地被泛稱爲閩南語，然而它們之間有的差異很大，所以有人認爲潮汕地區的閩南語不宜與漳泉的閩南語等量齊觀。同樣的，台灣話又豈可與廈門話混同不分？

第三節　台灣話的現況

如前述，台灣最大多數人的母語是福建的漳州語和泉州語。這兩種語言傳來台灣三、四百年，在台灣互相交流混合而形成一種不漳不泉的新面貌的語言，一百年來習慣上稱它爲台灣話、略稱台語，又叫福佬話。

　　這種語言普遍地在台灣和澎湖全域通行，除了原住民居住的地域以外，甚至在新竹縣(新竹市屬福佬話)、苗栗縣或像銅鑼(苗栗縣)、美濃(高雄縣)等客家人絕對多數的地方福佬話都可以通用。亦即，客家人很多講福佬話，反之，福佬人卻大多不懂客家話。

　　台灣話在台灣分布的情形跟台灣的移民與台灣的開發有密切的關係。澎湖跟泉州距離至近，泉州人多至澎湖，故澎湖屬泉州音。但是澎湖人因澎湖謀生較困難，多數均移居高雄。一方面，鄭成功集團大多是泉州人，早期的移民以台南一帶爲中心，但是，清朝以後漳州的經濟發展遠超過泉州，漳州音急起直追，在台灣的開發過程中漳州人亦扮演了重要的角色。尤其宜蘭地區是漳州人吳沙集團所開發的，至今宜蘭的漳州腔還是很突出，可比美於鹿港的泉州腔。

　　惟如前述，台灣由於交通方便、尤其日據時代的近代化政策之下，漳泉的藩籬已被拆除殆盡，目前雖然略有某些語音還保留若干方音差的痕跡，但經過頻繁交流的結果，趨易捨繁，泉音的[oe](初、細、鞋)演變成[ue或e]。漳州音的[ui^n](黃、轉、飯、問)用的人不多，漸被[ng]所取代。

　　本詞典末尾的附錄內列有漳泉的各種方音差對照資料，事實上方音差的現象不僅不很普遍(已經日漸淡薄)，抑且對於會話交談毫不產生阻礙或任何困擾，可以說在台灣的漳泉語已經"融洽無間"，是一種新的語言—台語。

　　不漳不泉的台語亦可以說是"亦漳亦泉"，因爲兩種方音混淆演變的結果，漳中有泉，而泉中亦有漳。例如台南市區有些漳音系統[ui^n]韻母全部讀成[ng]。安平地區有泉音特色，但是除了少數如"買賣"保留泉音讀[bue^{2}bue^7]以外，其餘都讀漳音的[e]。又如宜蘭地區的漳州音特色，陽韻開口字(韻尾爲鼻韻者)讀[iu^n]而不讀[io^n]。

15

從歷史演變來看，漳州音是從泉州音分裂發展形成的。泉州音比漳州音保存較古的形態，廈門音是漳泉混合成的，但是泉州音的成分較多，台語亦是漳泉混淆一體，惟漳州音較優勢，亦即在台語裡，許多泉系方音已不能像廈門語維持古泉音的系統了。例如泉音的"雞、瓜"除了南港等地仍有[köe]和[kue]的分立，中部的泉州音地區則放棄較難發音的[ö](ə)而統合爲[kue]了。又如"根、君"南港還有[kün]和[kun]的分立，其他泉音地區則放棄較難的[ü](yu)音而統合爲[kun]了。這種[öe]、[ue]的混淆，或[ün]、[un]的統合結果跟漳州音(有[ue]和[e]，[in]和[un]的對比)卻很接近，而顯得很類似。這亦是台灣的漳泉統合的一個側面。

　　在台灣、漳泉語混合演變趨於統合的情形之下，漳泉各自的特徵雖會日漸淡薄，但其痕跡並沒喪失。按照漳泉音的特徵概觀它們在台灣分布的情形，很粗略地分別如下：
(1)泉州音盛於漳州音的地區；台北、新竹、苗栗、高雄、屏東、台東等縣市。
(2)漳州音盛於泉州音的地區；桃園、宜蘭、南投、嘉義等縣市。
(3)泉州音與漳州音相當的地區；台中、花蓮、雲林、台南等縣市。
近百年來，台灣在日本帝國主義和國民黨的軍事佔領之下台灣話備受蹂躪、禁止。同時，由於戰前的"國語"日語和戰後的"國語"北京官話的唯我獨尊，台語竟亦受到它們相當程度的影響，分別吸取了不少日語和北京官話的語彙。

　　台語在上述兩種"國語"的政治壓力之下受到了種種的歧視、差別、禁止，其結果老一輩的人(五、六十歲以上)雖會説台語卻仍有混用日語的，光説台語的反而是教育程度較低的人。三、四十歲的中年人則説的是台語混合北京官話，單用台語不混用官話的已少見，不過老年人中不懂官話的據估計約有四百萬人。至於20歲代以下的青少年兒童，由於其父母普遍受過完整的官話教育，尤其在都市部，大多數都不會說甚至聽不懂台語了。惟在中南部或鄉村地區這種情形不多，台語仍然有它堅忍的潛力。特別是七十年代本土意識的崛起、鄉土文學的論爭、台灣前途的危機感、海外台灣人的對鄉土的回饋運動等各種因素的造勢之下，台語做為本土文化的根基，受到了普遍的重視。1987年國民黨的解嚴以後，台語的研究出版和教學可以說是一片百花繚亂的景象。1990年的6月23、24兩天由宜蘭等七縣市主辦的本土語言教育問題第一次學術研討會在中央研究院召開、筆者自日本前往參加。由是可知，台語教育即將在學校的課堂內正式展開。但是時至今日，台灣的中央政府卻仍無動於衷。

一方面，台語的書寫表記制度迄今一直還沒建立起來，有很多(約20％)常用台語還沒法用漢字書寫。從來台語均用漢字書寫、亦有用羅馬字或注音符號、日本假名拼寫的。但不論是漢字或音標文字都用得很亂，有的甚至全不符音理。可以說，台語的文字化不只是幾百年來的歷史課題，更是今後台語教育、台灣文化發展的緊急的至上命題。

第二章　台灣話形成的歷史考察

第一節　福建的開發與福建語的形成

台灣話的源流是閩南的漳州語和泉州語，俗稱閩南語。閩南語又稱福佬話，是福建語的一大支流，故欲瞭解台語的形成軌跡，固不能不追溯福建語(包括閩南語)的形成與發展情形。

福建位於中國大陸的東南沿海，東南頻海，故海路交通發達，進出方便。相反的，西、北高山連亙與中原之地阻隔出入至難，故漢人的移民較遲，開發亦就較晚。

福建古代爲閩越國之地，周禮職方氏有「八蠻七閩」之語，史記則記述福建在秦始皇時(虛)設有「閩中郡」，漢初成立「閩越」之國。許愼的説文解字謂閩是「東南越、它(即蛇)種、從虫門聲」。亦即，福建的「原住民族」是以蛇爲圖騰的紋身的野蠻民族。在中原漢人眼中，閩是泛(南)蠻族的一支，閩越人肯定不是漢人。

　　戰國時代至前漢之間成立的山海經，它的海內南經中謂：『甌居海中、閩在海中、其西北有山、曰閩中山、在海中』云云。古代的中國人，以其地理知識誤認福建是海中的島嶼。福建與中央發生關係是漢代以後的事。漢武帝曾兩度用兵閩越予以擊滅並遷其民而墟其地，越人多逃亡海外，有的則逃入深山，至三國時乃有山越的崛起威脅孫吳達15年之久。

　　從史料的考察所得，一直到東漢末年(2世紀末)，還不曾有漢人移民的足跡，有的僅是在閩江口的冶或東侯官等沿海的基地，乃是由廣州到揚子江口的中繼基地。

　　漢人的移民福建主要是由於征蠻或避亂。在漢末三國時代，中原的戰亂，逼使漢人的第一波的移民潮從浙江方面湧入福建的西北。孫吳於第3世紀初，開始在福建西北的浦城、建甌、南平等設立縣治，隸屬於會稽郡(郡治紹興)。可知這一帶漢人移民是來自浙江方面，其語言是一種原初「吳語」，它跟後來的吳語並不一樣，南朝的庶民階級跟士大夫階級講的是不同的吳語。

　　到了第3世紀中葉以後(亦即半世紀後)，第2波的移民潮從江西方面進入福建，在西邊設置了將樂和邵武兩個縣。這裡的移民其語言可稱之爲原初「贛語」。

　　這兩波移民都是避亂而來的，他們大多是社會上的下層階級，其語言是比較卑俗的。兩種不同支流的漢語在福建的西北合流，其結果形成原初福建語。到了第4世紀初，晉室南遷時中原士族流入，後來每逢江南動亂之際，這一帶成爲避亂的勝地，原住民的「福建人」逐漸被新來的難民所壓倒，至遲到了宋代，這裡乃形成一種非閩非漢(中原)的混合社會。原初的福建語亦失去它的地位，明代時，這裡毋寧是頗有南昌方言的色彩。1950年代時，這一帶的西部通行的是客家話，東部則是客家話和福建話(閩東語)的混合地帶。

　　第3世紀的移民潮一部份乘勢從西北順着閩江南下到達閩江口等海岸地帶。在第3世紀中葉沿海部已有侯官和晉江三角洲的東安(現南安)兩個縣與西北各縣隸於新設的建安郡(郡治建安今建甌)。

　　福建開發的進展，在第3世紀後半時重點移至沿海部。西晉初，在沿海地區增設一郡(晉安)七縣(一縣在內陸的長汀)，郡治今閩侯。

　　晉室的南遷對福建的開發影響並沒想像的那麼大，事實上第4世紀中葉至第5世紀初廣東沿岸部的開發繁盛。設置在潮州的義安郡管轄下的綏安縣便是現在的漳浦縣西，屬於閩南。這顯示移民是頭次從南邊進入福建。第5世紀的中葉、南朝的蕭梁建置了龍溪和南靖，陳朝建置了莆田。隋初統一天下調整郡縣時(607)，將福建整編爲1郡4縣。一郡即建安郡(郡治今閩侯)，四縣是閩、建安、南安和龍溪。福建的政治中心移至閩江口，而且四個縣分別成爲福建語的四個中心，亦即建安的閩北語、閩縣的閩東語和南安(泉州語)、龍溪(漳州語)的閩南語。

　　然而隋初所做的人口調查，福建全境戶數竟祇有1萬2,420戶，約5萬多人。四百年來的移民僅有這麼一點成果，也許出人意料之外。

　　福建的全面開發是中唐第7世紀末葉8世紀以後的事。不僅是沿海部的開發完成，內陸部的空擋亦都填滿了。西南部的汀州、上杭等韓江流域的上游在唐末五代之世由新來的「客戶」開發成爲客家話的地區。

　　唐玄宗開元時代(8世紀中葉)福建的人口已達50餘萬人，北宋元豐元年(1078)據元豐九域志的記錄戶數104萬4,235戶，人口已超過500萬人。開元21年(733)取福「州」的「福」和建「州」的「建」兩字設置「福建經略使」統轄福建境內福、建、泉、漳、汀五個州，是爲「福建」名稱的出現。

第二節　閩南語的形成與分裂

閩南語是在閩南開發過程中造成的，它是福建語的一個最大支系，由於種種關係又分裂爲許多的次級支系。

福建語的分歧，除了西南地區的客家語，其餘地區大別可分爲5種分歧顯著的方言。

(1)閩北方言區：福建西北的建甌、松溪、浦城、崇安和建陽等地是爲建甌語。

(2)閩東方言區：福州、連江、寧德、福鼎等地以福州語爲代表。

(3)閩中方言區：永安、沙縣等福建中央地帶。

(4)莆仙方言區：莆田、仙遊等地介在福州和泉州之間的地區。

(5)閩南方言區：廈門、同安、金門、泉州、晉江、南安、永春、漳州、南靖、漳浦、東山、龍岩、漳平等閩南地區。

福建境內的語言以使用閩南語的區域最廣大、人口最多。

在第3世紀的移民潮之下，從福建的西北一口氣順着閩江直奔沿海的移民，有一部分到達晉江三角洲，第3世紀中葉已經建置了東安縣(今南安)。這裡距福州約200公里，逐漸成爲閩南的中心，形成與福州、建甌不同的泉州語。

如前述，閩南的開發、繼晉江沿海平原，在第4～5世紀移民由廣東方面進來開發了現在的漳浦一帶。其後在6世紀中葉，附近的九龍江平原開發後於龍溪(漳州)、及南靖建置了兩個縣。

這一帶距離泉州才100公里，兩地的語言亦較接近。第6世紀以後是閩南語的內部分裂，主要的是泉州語分離出漳州語來，然而漳泉雖有方音上的差異，基本上仍是同一個語言。

　　如前所述，第7世紀初，福建的人口才5萬多人，其中還包括古越人(有的被漢族所同化)，閩北和閩東以及西北的贛語系，實際上閩南系的人口恐怕不會超過3萬人(一郡四縣中僅兩縣屬閩南)。

　　閩南語為第3世紀跟閩東福州語分裂發展形成泉州語，於第6世紀又由泉州語分化出漳州語來。漳州的開發主要的是第7世紀末葉，河南光州固始縣人陳政及其子陳元光奉命平定泉州跟潮州之間的蠻獠之亂，因而建置了漳州，祖孫四代世襲州刺史，鞏固了漳州的基礎。

　　第8世紀中葉，閩南的移民大量徙到潮州。這裡在5世紀初屬義安郡，6世紀末隋朝廢義安郡改置潮州。唐初潮州被納入福建經略使管轄之下，以後數度易隸或歸廣東或屬福建。潮州語是從漳州語分裂造成的，但是潮漳的方音差畢竟遠超過漳泉的方音差，所以潮州方言自成一系與漳泉方言有所不同。

　　閩南語分裂的第4階段是在17世紀的時候，漳州人和泉州人分別移住廈門和台南，其結果形成廈門話和台南話。起初這兩種語言還很接近，但是經過3～4百年的分頭發展，各自形成相當程度的歧異，這衹要一聽兩種語言，立即可以察覺出來。

　　閩南的開發在中唐(8世紀)時差不多完成，而閩南語內部的分化，由泉州而漳州而潮州亦大致成立了。到唐末五代，長安的標準音支配了福建語而造成所謂的文言音體系。

　　在唐末黃巢之亂的時候，福建的西南部移住了新漢人，在宋代時他們在戶籍上被列為「客戶」，即後來所稱的客家人。他們對於鄰居的閩南人呼之為「福佬人」，所以閩南人別稱福佬人。後來宋末蒙古南侵時，閩境的客家人有遷徙到廣東東部梅縣一帶的，他們稱呼鄰居的潮州(閩南語系)亦是福佬人。

　　早期的閩南方言其醞釀形成從泉州語、漳州語而潮州語，主要的是在中唐以及兩宋的數百年間。其間，陳元光祖孫及其集團對漳州語的形成有過決定性的作用。另外五代的閩王國王審知集團也是河南南端的光州固始縣人，他們在福建半世紀的經營，其語言必然對福州語，以及閩南語亦有極大的影響。

唐宋時代北方文學的勢力很大，宋代雕板發達，話本很盛行，宋學和語錄體的文章流行。朱熹雖然出生於龍溪，可是這些都跟閩南語不曾發生直接的關係。一般的讀書人更是熱衷於科舉、研習經史古典、吟詩作文，趣味性的文學作品甚至有通俗的文言寫的。因此都不屑於卑俗的口語文的研究或著述，以致語音與漢字脫節、語言與文學、方言與標準語差距愈大。要到明代中期以後，才用閩南方言將北方文學中的故事、戲曲改編或翻譯成方言色彩濃厚的民眾讀物如"荔鏡記戲文"、"同窓琴書記"等。

一方面，福建人要到明末或清中葉才開始對自己的母語有所覺醒，而編纂了一些俗韻書，例如："戚林八音"、"彙音妙悟"、"雅俗通十五音"等，至此，跟唐宋時早期的閩南語有所不同的屬於晚期的閩南語逐漸形成，而台灣話可以說是這種晚期的閩南語中的現代閩南語。

第三節　台灣的開發與台灣話的形成

台灣的原住民族馬來印尼系的高山族和平埔族雖然在古代，可能是西曆紀元前中國的秦漢時代，百越民族在中國大陸沿海地區活躍的時候即已經在台灣定居。可惜這方面的消息還乏可靠的資料。

原住民族在台灣定居雖然已經數千年，可是一直到17世紀荷蘭及鄭王朝殖民統治台灣，此前台灣幾乎未被開發。亦即，台灣的開發是17世紀荷鄭時代由大陸閩南來台的移民所展開的。

閩南的移民在開發澎湖和台灣的過程中，始終不但没能得到中國政府的保護或獎勵，甚至反而受到種種的阻撓或禁壓。明清以後的中國政府一直認爲台澎是海盜、暴徒或反政府分子的淵藪之地。其結果，甚至大陸民間亦蔑視台灣的移民，在日本統治下的台灣人，竟被中國人誣爲日本奴隸，三等國民。

宋代的泉州發展成爲著名的國際港市，晉江的漢人已經在澎湖出入。元朝末年在澎湖設置巡檢司課徵鹽稅，未幾明朝成立，明初洪武五年(1372)，朱元障爲了清除其政敵(張士誠、方國珍等)敗亡逃往海外的殘餘勢力，下令強制遷徙澎湖的移民回大陸、封鎖海岸、禁止寸板不得下海。清朝於攻滅鄭王朝後，廷議原本要放棄台灣，後雖經施琅的力爭而收入版圖隸屬福建省下，但是，清廷卻頒布「台灣編查流寓例」對在台移民視同危險份子嚴加監視。一方面設定"三禁"用種種手段限制移民台灣，尤其禁止粵籍渡台，以致客人遲來，台灣的開發幾乎全由閩南人領先，而台灣的語言亦以閩南語爲絕對優勢。

16世紀是世界史上的大航海時代，揭開了近代海外殖民地經營的序幕。西洋的船隻在台灣海峽出入，葡萄牙驚嘆台灣島之美麗，是爲福爾摩莎在世界史登場的開始。在16世紀末，17世紀初期，台灣澎湖成爲日本、荷蘭、西班牙等列強爭奪之地，而漢人則除了顏思齊、鄭芝龍等海盜集團以外，大多是民間的商販、漁夫、農氓等乘坐舢舨小艇的移民。

在荷蘭37年(1624～1661)的統治之下，對岸的閩南人應荷蘭政府的招募紛紛渡台充當東印度公司的生產工具。荷蘭實施王田制，以十畝爲一甲、建設埤圳、由印度運入耕牛、生產稻米蔗糖。荷蘭末期在台的漢人約10萬人，開發地區包括台南縣市北至北港南到高雄縣西北部岡山。漢人出身漳泉，且與平埔族雜處，漳泉語開始混淆並參進了一些新的語言因素。

鄭成功以2萬5千名將兵及5千軍眷進據台灣，從台南近郊二十四里爲起點，將台南改制爲「東都明京承天府」從事反清復明的事業。其子鄭經又率7千軍民來台，計鄭氏當時渡台漢人將近4萬人，其後因不願受滿清統治等原因逃至台灣的亦不乏其人，至滿清領台時，台灣已有漢人約20萬人。

鄭王朝是一個武裝移民集團，在台灣爲了抗清勵行軍事第一、生產至上主義，施行屯田制，使土地開始私有化，官吏將士佔地置產，逼迫平埔族退避山麓地帶。當時開發地域北至濁水溪南岸、南到下淡水溪西岸，而恆春、新化和新竹也開拓了一部分。

台語的形成可以説就是閩南福佬語的混合發展。鄭氏一族出身泉州府，當時的移民亦以泉州人佔多數。抑且鄭王朝的文教政策的立案者陳永華亦是泉州同安人，其語言必然以泉州語爲標準，而同安音必佔有極重要的分量。

荷鄭時代對台灣祇是統治者支配下局部的重點開發，滿清領台的212年(1683～1895)則是閩粵移民在民間集團形態下從事滲透式全面性的開發。其進行是由南而北、由西而東；①康熙中期(1686)年客家人移殖下淡水溪流域，晚期(1710)泉州人陳賴章入墾台北盆地。②雍正元年(1723)新設彰化縣及淡水廳。③乾隆25年(1760)渡台禁令全面解除，來台漢人激增。乾隆末年(1795)漳州人吳沙集團開發宜蘭。乾隆49年(1784)鹿港開埠，同57年(1792)艋舺(萬華)開埠，於是台灣乃有"一府(府城台南)、二鹿三艋舺"之稱。④嘉慶中(1812)設葛瑪蘭(宜蘭)廳，其後開拓花蓮，而台東的開拓則遲至清末光緒初年。

語言是人群營爲社會生活所不可或缺的交通工具。台灣在漳泉人和客家人的分頭努力之下逐漸被開發起來。同時，移民的語言隨着其足跡而傳播到台灣的各地。其結果漳泉兩語混淆，除了宜蘭或鹿港等少數地區各保存其方音的特徵外，全台普遍地通用一種不漳不泉的新的閩南語。另一方面，屬於少數族群的客家漢人則重點式地形成了一些方言島。

　　日本殖民統治台灣50年(1895～1945)，對台灣的開發乃是整備交通，殖產興業，建立了現代化的基礎。由於交通的建設，全島暢通無阻，這對於不同方言的融洽有其積極的作用。日本的台灣總督府對於台語的政策，先是默認，繼而弛禁，最後於1937年日中戰爭全面爆發時採取嚴禁政策，並推行皇民化運動，企圖消滅台灣人的母語。

　　清代漳泉閩粵的小集團主義、地域性色彩濃厚，各族方言的歧異常是助長分類械鬥悲劇的因素。語言是人格的一部分，亦是感情的重要源泉，方音或腔調的差異竟足以引起並擴大不同族群矛盾的爆發。日本的異族統治使台灣的漢人有所覺醒、知所團結，而分類械鬥頓時消聲斂跡。於是從多種方言時代漸漸地進行到朝向共同語"台灣話"的時代發展下來。

　　一直到第一次大戰結束之前，台灣的讀書人受中國傳統的影響，咸知研習古典詩文、熱衷科考。有的則趣味於吟唱風花雪月的舊詩文，對於口語的、大眾的、鄉土的文學全沒留下任何雪泥鴻爪。到了1920年代，民族自決的思潮風起雲湧，中國五四時期的新文學的潮流沖擊到了台灣，於是對舊文學(詩文)的要求解放而提倡白話文及鄉土文學而引發了1930年代鄉土文學的論爭。

　　鄉土文學主張用台灣話文寫作，由閩南流傳來台灣的歷史故事、童謠、諺語、民歌、褒歌、山歌、採茶歌等便在這個時期被用漢字當做音符編寫下來成為七字(或五字)一句押韻的韻文，此即所謂歌仔冊(kua a ts'eh)。

　　歌仔冊對台語的造勢、傳播起了很大的作用，可惜因為中日戰爭漢文遭受禁止而斂跡。戰後在國民黨的獨尊國語(北京官話)排斥方言的政策之下，台語又進入了嚴冬的時代，到了最近幾年，戒嚴的解除，隨着台灣意識的昇高，台語文學的崛起，台語歌曲的風行，在在對台語的發展起了極大的作用。

第三章　台灣話的音韻系統

第一節　台語音節結構的形態與特徵

（Ⅰ）音節結構的形態

音節(syllable)分爲含有概念的語言形式(linguistic form)的音節和不具概念的音聲形式(phonetic form)的音節，這裡所要討論的是前者，它是含有一個響亮的中心(母音或叫元音)的最小語音單位。

台語的每一個音節都含有一個以上的概念，亦即音節等於概念，等於詞便是單音(節)詞。這個詞(音節)用一個漢字表記，以致詞等於字，亦等於概念和音節。這是漢語的共同特徵，所以在漢語中，有"字典"的概念，其實應該説是"詞典"。因爲有些詞是用兩個以上的音節來表達的，這便是複音(節)詞，需要兩個以上的漢字了。那麼複音節詞的"詞典"便不能説是"字典"了！

在台語的語詞(詞彙)裡，單音節詞所佔的比率極大，近來社會生活日漸複雜，外來詞(大多是複音詞)亦氾濫地參入台語，但是在本質上台語仍然是屬於單音詞的語言。

單音詞的語言，其基礎單位是音節，所以音節結構的分析與理解是把握這個語言的入門。跟北京官話等其他漢語一樣，台語的音節亦是由(前)聲(又叫聲母，即子音或叫輔音)和(後)韻(由母音或帶鼻音的母音組成)以及聲調三種基本音素所構成的。它的結構形態可以列成圖式如下：

[I](M)V(E)(N)/T　例：山(sua^{n1})、中(tiong^1)、關(kuai^{n1})

I指聲母(initial)，都是子音，有極少數的音節沒聲母，如：愛(ai)

、烏(o)、污(u)、畏(ui)……便叫做零聲母，故加用[ ]號。

M指介母音(medial)，祇有[i]和[u]兩個，如；仇(siu)中的i和水(sui)中的u。它是介於聲母和主母音之間，亦叫韻頭。有很多音節沒介母，故加( )號。

V是主要母音(principle vowel)，每一音節一定有它，又叫做韻腹。

E是韻尾(end)，有母音收尾的韻尾叫陰韻例如；gua(我)、sue(衰)、kiau(嬌)等a、e、u收尾者。有子音(m、n、ng)收尾的，都是鼻音故稱陽韻，例如：sam(杉)、tan(單)、共(kiong)……。

N是指鼻韻(nasalization)，亦即韻母的鼻化，又叫半鼻音，例如：ka^n(監、敢)、sa^n(衫、三)、ta^n(膽、擔)……。

T是(toneme)即聲調，台語有7種聲調。

(Ⅱ)音節結構的特徵

台語的音節結構在形態上雖類似北京語等其他漢語，畢竟有它獨特的部份，列舉如下：

㈠聲母：台語的聲母從音聲學來分析有22個音價的聲母，但從音韻論觀察則祇要建立18種子音音素就夠了。它們可分成九組用音標表示如下：

/p p'/t t'/k k'/ts ts'/z s/b m/l n/g ɳ/h ʔ/。台語的聲母跟北京語聲母不同部分是；

(A)有全濁音[b、g、z]及次濁音[ng]，是北京語所沒有的。

(B)沒捲舌音[tʂ tʂ' ʂ ʐ]，也沒有輕唇音[f]，這些音(聲母)都是北京話所有的。

㈡韻母：包括韻頭介母音[i]和[u]兩種，基本元(母)音、即單韻母6種：[a]、[ɔ]、[o](或[ə]) [e]、[i]和[u]。二重母音有：[ai]、[au]、[ia]、[io]、[iu]、[ua]、[ue]和[ui]8種。三重母音有：[iau]

和[uai]2種。又有兩個非常突出的聲化韻母[m̩]和[ŋ̍]，例如：毋 莓 姆(m)、茅(hm)、黃阮映向(ng)、遠、園(hng)、扛鋼(kng)、酸損 算(sng)……。

台語裡的口語有很多的韻母鼻化的現象，它是陽韻尾[～m、 ～n、～ng]的消變結果所造成的，亦叫半鼻音，可以説是台語音節 的另一大特色。例如：敢(kam)→(ka^n)、半(puan)→(pua^n)、 姜 (kiong)→(kio^n)等，這些音節韻尾的消變影響到韻母甚至聲母亦都 產生半鼻音的現象。

台語的韻母跟北京語的韻母有下列幾項不同。

(A)台語有主母音[e](ε)，没介母音[yw] (ü)。

(B)台語没有而北京語有的空韻母[ɿ](資此私；ㄗㄘㄙ的韻母) 和[ʅ](知吃詩日；ㄓㄔㄕㄖ的韻母)兩種。

(C)台語有聲化韻母，北京語偶而有[ŋ̍]但僅限於不表詞義的象 聲詞，如哼(hng)等故不算有。

(D)台語有韻尾[～m]，如談淡(tam)、三(sam)等。

(E)台語有入聲韻尾[～p、～t、～k、～h]也是北京語所没有 的。

(F)台語有半鼻音(鼻化韻母)，均爲北京語没有的特色。

㈢聲調：有七種聲調，即平上去入四聲各分陰陽，閩南語的聲 調名稱爲：上平、上上、上去、上入、下平、下上、下去、下入。 其中上上(即陰上、第2聲)與下上(即陽上、第6聲)的調值完全一 樣，故實際祇有7聲。

台語的7種聲調又可分爲兩類，其一爲；舒聲調(平上去聲，即 第1、5聲和第2聲、第7聲)。音節的韻尾是～m、～n、～ng及母 音收尾的平上去3種聲調。其二爲促聲(入聲調)，亦即韻尾爲～p、 ～t、～k及母音收尾的入聲(～h)音節。

音節結構顯示在聲調的一個顯著的特色是；陽韻尾[～m、～n、

～ng]舒聲的音節，其入聲調的音節分別變爲[～p、～t、～k]，亦即～m→～p，～n→～t，～ng→～k，它們並非破裂音而是截斷音(implosive)，所謂有勢無聲。例如：甘(kam)→·及(kap)、單(tan)→達(tat)、東(tong)→督、毒(tok)。

第二節　十五音的傳統

（Ⅰ）十五音的源流

台語的音系有所謂"十五音"，按"音"指聲母亦即十五種聲母的意思。明清以來，有關福建語(福州語和漳泉語等)的一些傳統的韻書將這個語言的音節中開頭部分的聲母(子音)分析歸類爲15種不同的音位(亦稱音素：phoneme)而得名。在傳統的韻書中有一種叫做"增註雅俗通十五音"(1818謝秀嵐著)，略稱"十五音"，於是沿用下來，十五音乃成爲福建語(尤其是閩南語)的代表性名稱。

福建語的韻書中最流行的有三種：(1)福州語的"戚林八音"。(2)泉州語的"彙音妙悟"。(3)漳州語的"增註雅俗通十五音"。

（Ⅱ）福州音的『戚林八音』：是"八音字義便覽"和"珠玉同聲"兩書的合訂本，據說書成於乾隆年間(18世紀後半)，編者不詳。其中"八音字義便覽"據說是明末名將戚繼光編纂的，但亦有可能是出於他的幕僚著名的聲韻學者陳第之手。戚繼光追擊倭寇至福建連江進駐福州，爲了行營暗傳口令之需而編纂此書。

"珠玉同聲"則是康熙時(1688)的進士林碧山(文英)根據戚書(八音字義)改訂而成的。

後來的"彙音妙悟"和"十五音"都是從"戚林八音"展轉衍生出來的產物。

"八音字義便覽"內所分類的(福州語)15種音(聲母)分別用15個漢字表記編成「字母訣」如下：

柳邊求氣低，波他曾日時，鶯蒙語出喜，(打掌與君知)。按括弧內的5個字不用。

它另外用36個漢字分別代表36個韻母(其中有3組重複，實只有33韻母)，編成「韻母訣」如下：

春花香、秋山開，嘉賓歡歌須金杯，孤燈光輝燒銀釭，之東郊、過西橋，雞聲催初天，奇梅歪遮溝。(按內金字同賓字，梅同杯，遮同奇，實只33母)

這些福州語的聲母(15音)跟漳泉語的聲母很接近，但是韻母(33母)卻跟漳泉語的韻母差得多。

(Ⅲ)泉州音的『彙音妙悟』

閩南地方最早出現的縣是三國孫吳於永安三年(260 A.D)建置的東安縣，即今南安(鄭成功爲南安縣安平鎮人)，距今泉州市西25公里。

泉州是閩南最早開發的港埠，唐時爲對外貿易港，宋時設市舶司成爲著名的國際港市，盛時人口達50萬人。泉州方言可說是閩南語的最早形態，漳州語是由它分離出來的。

泉州語被編輯成韻書最著名的便是"彙音妙悟"。它是嘉慶五年(1800)，泉州人黃謙所著，「是編(指彙音妙悟)欲便未學、故悉用泉音，……。」(自序並例言)。

按"彙音"的彙(lui)是集合的意思、音即字。著者因覺其同鄉前輩富知園所著「閩音必辨」一書係"以字而正音"不適於一般庶民，爲"使農工商賈接卷而稽，無事載酒問字之勞"(自序並例言、曲線筆者，以下同)乃以"因音以識字"的方針，編纂了這本泉州音的韻書，亦即以讀音爲主的「字(詞)典」。書內"俗字土音皆載其中，以便村塾事物什器之便。"又云"有音有字者，固不憚搜羅，即有音無字者亦以土音俗解增入爲未學計也。"

它的體例是使用"反切之法、先讀熟五十字母(按即韻母)、十五音(即聲母),然後看某聲在何字母,以十五音切之,呼以平仄四聲"(自序並例言)。亦即以韻母為經、聲母為緯,先確定韻母,再找出聲母加以反切,然後呼聲調便可求得所要的字。

"彙音妙語"所列的15個聲母分別用下列漢字:

柳邊求氣地、普他爭入時、英文語出喜。這些聲母跟"戚林八音"的只有6個不同,9個雷同。低→地、波→普、曾→爭、日→入、鶯→英、蒙→文。其中歧異的有;福州語的聲母"日"的音素是[n],泉州的聲母"入"音素為[z],福州的"蒙"是[m],泉州"文"為[b]。惟現代泉州語裡[z]均已消滅而跟[l]合流了。

韻母方面它列舉了50個(從略),其中有16個完全跟"戚林八音"雷同。下面謹列出它的8種單韻母如下:[a、ɔ、o、ə、e、i、ɨ、u],其中[ə]和[ɨ](i中一短槓)兩種中舌母音,是廈門語,尤其是漳州語所沒有的。

聲調方面"彙音妙悟"所介紹的是8種(即八聲),平上去入各分陰陽,為它的一大特點。潮州語亦保存8聲,但是「十五音」(漳州語)和廈門方言均為7聲。

(Ⅳ)漳州音的『增註雅俗通十五音』

在"彙音妙悟"後的18年(1818),漳州人謝秀嵐編了漳州音的通俗韻書"增註雅俗通十五音",略稱"十五音"(Sip goⁿim)。"雅俗"謂文言和白話(口語),"十五音"指15種聲母,書名通俗平易好記,因此成為閩南語音韻的代表性名稱,從來有很多韻書名稱均仿它而名曰:"十五音"或"～十五音～",可見其影響之大。

不僅是書名,內容上西洋的傳教士編纂閩南語辭典(如1832年Medhurst 的"福建方言辭典")時採用它的詞彙,日本人最初在整理台語的音韻系統時即模仿它的體系(如1896年台灣總督府的"台灣十五音及字母詳解")。

"十五音"的體裁類似"彙音妙悟"，以50個韻母爲經，15個聲母爲緯，其間穿插進15.000左右的漢字。其切音(拼音)仍用傳統的反切法，有一定的反切上字即定爲聲母名稱，有一定的反切下字便成爲韻母的名稱。漢字中讀文言音的用紅字，讀白話音(包括訓讀音)者用黑字，一字漢字有文白異讀的分開表記。

聲母分類定爲15個音素，分別用下列15個漢字表記：
柳邊求去地、頗他曾入時、英門語出喜。

其中有四字：去、頗、曾、門跟"彙音妙悟"不同；氣→去、普→頗、爭→曾、文→門，顯然是對"彙音"做了改良。

"十五音"所認定的韻母跟"彙音"一樣亦是50個，惟兩者有一部分不同，"十五音"有而"彙音"沒有的是：ε、ε^n、oi、o^n、au^n、io^n、ue^n、uai^n 8種。相反的，"彙音"有而"十五音"沒有的是：$\dot{i}$、$\dot{i}n$、ϑ、ϑi、$\vartheta \eta$、ϑi^n 和 eu 7種。

聲調認定祇有7種，平上去入四聲分上下(不分陰陽)，其中上聲不分上下。閩南語一般地有7聲可以説是由來於"十五音"的傳統。

泉州語因有中舌母音不容易發音(像捲舌音的困難)、音韻系統較複雜難以學習。相反地，漳州音比較簡化，近代漳州的經濟發展，其方言勢力凌駕泉州方言，"十五音"書名通俗易解，這些因素都促成"十五音"在閩南語中鞏固的地位，並且使它成爲台語音韻的傳統名稱。

第三節　文言音與白話音

(Ⅰ)文白異讀的現象

漢字用台語讀時有文言音和白話音(以及訓讀音、俗讀音)，台語裡有文言音和白話音兩種音韻系統。一方面台語亦使用漢字表記，文言音的詞彙本來就有漢字，是來自古典或官話的文化用語。可是台語本身的生活用語有一部分卻没漢字可寫，其有漢字的是白話音，没漢字的則借用漢字的同義字而有訓(義的)讀音，或者杜撰一些官話的漢字所没用的"不是漢字的漢字"，以及不符合文白異讀系統的讀音謂之俗讀音。

文言音指古典的傳統讀書音，包括由官話來的語詞。例如：
"我們"原非台語、是官話的白話詞，讀音爲(goⁿbun)是文言音，没白話音。又如"變相"讀(piansiong)爲文言音，讀[piⁿsiang]是白話音。

白話音並非指白話文的讀音，而是指講話時的口語音，是生活上日常用語的語音，文言音則是字音。"落花流水"讀(lokhua liusui)是文言音而不能讀(lohhue lautsui)，"開花"讀(k'uihue)是白話音而不能讀文言音(k'aihua)，因爲没有這種台語。其實字與音的(因果)關係應該是先有(k'uihue)這個音(詞語)，寫成(漢)字是"開花"，因爲台語裡没有(k'aihua)這個詞語，所以即使是"開花"兩個字亦不能讀成(k'aihua)，雖然它們被引進台語時模仿標準音分別讀文言音爲(k'ai)和(hua)。

在台語裡，一個漢字有文白異讀的現象很普通，亦是台語的一大特色。據故王育德博士的調查，在3,394字中，兼具文白兩種讀音的字有1,127字佔33%(台灣語音的歷史研究P.165、1987)。前述"十五音"收錄的漢字15,000字中，標朱字(文言音)者有80%。文白兩種讀音各有其系統，長期以來互相混淆，白話音被文言音淹蓋，文言音亦被口語化。雖然兩者在聲、韻、調上有對應的關係，但是一部分口語音與字的脱節已久，如何剥繭抽絲，梳理文白異讀是一項重要的課題，亦是一大難題。

漢字的台語讀音，除了文白異讀之外，還有訓讀、俗讀，"肉"讀(bah)、"人"讀(lang)都是訓讀，而"迢迌"讀(t'it t'o/ts'it t'o)，"卜"讀(beh/bueh)等都屬俗讀並没系統化。這兩種讀音並非白話音，惟可視爲口語音。

(Ⅱ)文白異讀的由來

文言音與白話音是兩種各自成系統而互相對應的音韻體系，是屬於不同的語音層。文言音是誦讀聖人君子教誨的古典時的發音，白話音是日常生活中講話時的發音，所以前者是字音，就被認爲是尊貴的，後者是語(話)音，是卑俗的。

文言音在台南叫它"讀册音"(t'ak^{8}ts'eh^{4}im^1)，廈門叫它"孔子白"(k'ong^{2}tsu^{2}peh^8)(古典多是孔門的經典)，仙游稱之"讀書腔"、太原稱爲"官子腔"。至於白話音，台南叫它"土音"(t'o^{2}im^1)，廈門叫它"解説"(ke^{2}seh^4)、仙游叫它"話音"(ue^{7}ing^1)。

從這些不同的"名稱"不難窺知一般人對於文白兩種語音的認識和價值觀。從歷史與科學的觀點來看這兩種語音層乃是必要的態度。基於此、在學問上的定義，文言音是文字上被傳承下來的發音，白話音是口語的語彙上被傳承下來的發音。因爲在漢語裡，字與詞(語)有很多是等同的(尤其是單音詞)，以致兩者的關係有重疊的部分，造成有"字典"的觀念而很少有"詞典"的想法。

從前面對於漳泉語形成所做的歷史考察(參照第二章)可以確定白話音層至遲在第3世紀以前已經形成，至於文言音層則在白話音層的基礎上從標準(中原的)音借用形成的，在時期上應不會早過中唐的第9世紀以前。

泉州一帶在第3世紀中葉即成立郡縣，第6世紀中葉時移民中止，隋初(7世紀初)閩南語內部分裂漳州語、潮州語等先後形成。中原的文化投入福建最早也不會在中唐對福建的積極開發以前。文言音的引進福建是透過古典的教育，這跟科舉多少有關係，但是更重要的是唐末五代時，在福建成立半世紀之久的閩王國。它的"國語"很可能是統治集團出身地的河南光州話。顏之推等八個人所編纂的中原系方言的文言音體系的"切韻"事在隋初(601)。文言音跟"切韻"頗有對應的關係。因而可以推測"切韻"的音系透過閩王國而形成了文言音，而閩王國的標準音即文言音的本質。

第四章　連接音變的現象

　　兩個以上的音節連續出現時，其中某些音節因受其鄰接音節的影響而引起音調上的變化，這種現象叫做"連接音變"(syllabic sandhi)，或謂之"連音變化"，簡稱音變，例如I'm sorry中的'm。

　　音變的情形有聲母的變化、韻母的變化以及聲調的變化，甚至亦會發生音節的合併，或使聲母、韻母增減。其中聲調的變化在台語裡尤其普遍，可以説所有的複音詞除了末音節外都要"變調"(tone sandhi)，或叫"轉調"，爲音變的一種。

第一節　連接音變的現象

　　(Ⅰ)聲母的音變

　　聲母的音變情形並不多，一般有兩種情形；一種是聲母的消失，另一種是聲母轉變爲別種聲母，特別是轉變爲濁聲母。

　　(A)聲母消失的音變；又可分爲兩類。

　　(a)後面一個音節的聲母被前面一個音節韻尾的影響而消失。例如：①吞落去(t'un loh k'i)→(t'unloh[k']i)　②昨昏(tsahhng)→(tsah[h]ng)　③學校(hakhau)→(hak[h]au)　按[ ]號內的聲母因音變而消失。

　　(b)後面一個音節的聲母因受前面一個音節聲母的影響而消失。例如：①自轉車(tsu tsuan ts'ia)→(tsu[ts]uan ts'ia)　②時陣(sitsun)→(si[ts]un)

(B)聲母濁化或轉化爲其他的聲母；亦有兩種情形。

(a)聲母的濁化：即一種聲母轉化爲另一種聲母。例如：①一個(tsite)→·(tsit[g]e)或(tsit[l]e)　②椅條(itiau)→··(i[l]iau)椅條即大型長板椅。

(b)轉化爲別的聲母，例如：①龍眼(lenggeng)→·([g]enggeng)，[l]→·[g]。　②飛行機(huihengki)→·(hui[l]engki)，[h]→[l]。

(Ⅱ)韻母的音變

韻母的音變多發生在韻尾的部分，而且限於出現在陽聲(鼻音)韻尾。依發音的部位和發音的方式兩種音變而有各種不同的韻母音變現象。

(A)依發音部位產生的音變，可分爲三類。

(a)前一音節的韻母(韻尾部分)受後一音節聲母的影響者，有下列六種情形。

①n→·m　：新聞(sinbun)→·(si[m]bun)

②n→·ng：身軀(sink'u)→·(si[ng]k'u)

③p→·k　：十九(tsapkau)→·(tsa[k]kau)

④t→·p　：虱目魚(satbakhi)→·(sa[p]bakhi)

⑤t→·k　：絕氣(tsuatk'ui)→·(tsua[k]k'ui)

⑥k→·t　：腹肚(pakto)→·(pa[t]to)

(b)前一音節的韻母受到後一音節韻母的影響者。

①m→·n　：今年(kimni)→·(ki[n]ni)

②k→·t　：木(目)蝨(baksat)→·(ba[t]sat)

(b)後一音節的韻母受到前一音節韻母的影響者。例如：庄裡(tsngli)→·(tsngli^n)庄即村又作莊。

(B)依發音方式產生的音變，主要是在詞尾加上"仔"[a]字，則它前面音節之韻尾～p、～t、～k常產生同部位的濁音的音變現象，有三種情形。

 (a)p→ㄅ：粒[仔](liap[a])→(lia[b]a) 粒仔即疙瘩

 (b)t→l：刷[仔](ts'at[a])→(ts'a[l]a) 刷仔為掛式字畫

 (c)k→g：粟[仔](ts'ek[a])→(ts'e[g]a) 粟仔即稻穀

(Ⅲ)音節合併的音變

 幾個音節連續出現時，甚至會引起音節合併的現象，這有下列三種情形。

 (A)一般音節的合併；即合音的現象最普遍。例如：①甚 麼(simmih)→(sia^n)　②甚麼人(simmih lang)→(sia^{n}lang)　③毋 愛(m ai)→(mai)　④無會(bo e)→(boe→bue)　⑤自動車(tsu tong ts'ia)→(tsuongts'ia)　⑥互人拍(holangp'ah)→(hongp'ah)

 (B)數量詞的音節合併。
例如：①四十(sitsap)→(siap)　②四十四(siapsi)

 (C)仔[a]音節的合併；合併使原本含有強調的語氣消失。例如：①早仔時(tsa a si)→(tsaisi)　②今 仔 日 (kim a jit)→ (kinajit)或(kia^{n}jit)

第二節　聲調的音變──轉調

(Ⅰ)連音變調

 台語的語音豐富的原因之一厥為連音變化的現象很普遍，尤其是聲調的音變引起的轉調現象是台語的另一大特色。台語的每個音節除具備它本身的基本聲調(七種聲調)以外，均帶有一種特定的變調，亦即每一種基本聲調因為音變而必然轉變為它特定的變調。1聲→7聲、7聲→3聲、3聲→2聲、2聲→1聲、5聲→7聲、4聲←→8聲(互變)，這就是一般變調，另外還有特殊變調。

 每一個音節單獨出現時、或在輕聲之前、或在一連串的音節的末尾出現時都不會變調。在這些情形以外，複音詞或詞組(片語)或連續音節等的末音節以外的音節都會產生變調的現象。

　　(A)一般變調

　　(a)1聲→7聲：東(tang^1)→東(tang$^{1→7}$)部(po^7)→tang^{7}po^7

　　(b)2聲→1聲：古(ko^2)→古(ko$^{2→1}$)意(i^3)→ko^{1}i^3

　　(c)3聲→2聲：教(ka^3)→教(ka$^{3→2}$)示(si^7)→ka^{2}si^7

　　(d)4聲→8聲：腹(pak^4)→腹(pak$^{4→8}$)肚(to^2)→pak^{8}to^2

　　(e)5聲→7聲：麻(ba^5)→麻(ba$^{5→7}$)射(sia^7)→ba^{7}sia^7

　　(f)7聲→3聲：遠(hng^7)→遠(hng$^{7→3}$)路(lo^7)→hng^{3}lo^7

　　(g)8聲→4聲：墨(bak^8)→墨(bak$^{8→4}$)水(tsui^2)→bak^{4}tsui^2

　　(B)特殊變調

　　(a)陰韻入聲韻尾(～h)的第4聲變爲第2聲，但也傾向於第8聲。例；①桌(toh^4)→桌腳(toh$^{4→2}$／toh$^{4→8}$k'a^1)　②鴨(ah^4)→鴨卵(ah$^{4→2}$／ah$^{4→8}$lng^7)

　　(b)陰韻入聲韻尾(～h)的第8聲變爲第3聲，但傾向於第4聲。例；①白(peh^8)→白賊(peh$^{8→3}$／peh$^{8→4}$ts'at^8)　②合(hah^8)→合意(hah$^{8→3}$／hah$^{8→4}$i^3)

　　(Ⅱ)形容詞三重疊的(特殊)變調

　　台語的形容詞用重疊法的形容很普遍，重疊式的形容詞分爲二重疊和三重疊。其中二重疊連音的變調按一般變調規律進行，三重疊的變調比較複雜，但仍有規律可循，有三種情形。

　　(A)本調爲第2、3、4聲者，第1、2兩個音節按一般變調。

　　(a)本調爲第2聲者(222→112)例；短(te^2)→短短(te^{1}te^2)→短短短(te^{1}te^{1}te^2)

　　(b)本調爲第3聲者(333→223)例；細(se^3)→細細(se^{2}se^3)→細細細(se^{2}se^{2}se^3)

38

(c)本調爲第4聲者(444→884)例；急(kip⁴)→急急(kip⁸kip⁴)→急急急(kip⁸kip⁸kip⁴)

(B)本調爲第1、7、8聲者，頭一個音節變爲上昇調近似第5聲(類似北京音的第2聲　)，第2音節則按一般變調轉變。

(a)本調爲第1聲者(111→571或✓71)例；光(kng¹)→光光(kng⁷kng¹)→光光光(kng⁵╱knǵkng⁷kng¹)

(b)本調爲第7聲者(777→537或✓37)例；大(tua⁷)→大大(tua³tua⁷)→大大大(tua⁵╱tuátua³tua⁷)

(c)本調爲第8聲者(888→548或✓48)例；密(bat⁸)→密密(bat⁴bat⁸)→密密密(bat⁵╱bátbat⁴bat⁸)

(C)本調爲第5聲者(555→575或✓75)例；黃(ng⁵)→黃黃(ng⁷ng⁵)→黃黃黃(ng⁵╱nǵng⁷ng⁵)

(Ⅲ)[a²]化引起的聲調變化

音節的後面加[a²]而[a²]化時，[a²]前的音節除了產生一般的變調更會產生一些特殊的變調，僅介紹較著的。

(A)　[a²]前的音節變調後成爲下降調(2聲或3聲)時，仍須變爲平板調(1聲或7聲)。

印(in³)→印仔(in²a²)→(in¹a²)

(B)　[a²]前的音節第1聲者變爲近似第5聲

溪(k'e¹)→溪仔(k'e⁷a²)→(k'e⁵a²)

(C)　[a²]前的音節第3聲者先變2聲再變1聲

厝(ts'u³)→厝仔(ts'u²a²)→(tsu¹a²)

(D)　[a²]前的音節第5聲者變得更上昇似北京音的2聲

鞋(e⁵)→鞋仔(e⁷a²)→(e⁵╱éa²)

(E)　[a²]前的音節第4聲者，如爲陽韻尾則按一般變調(變爲8聲)，如爲陰韻尾就變爲1聲。

鴨(ah⁴)→鴨仔(ah⁴a²)→(a¹a²)

(F) [a²]前的音節為第8聲者，陰韻尾陽韻尾均變為5聲

盒(ah⁸)→盒仔(ah⁸a²)→(a⁵a²) 佛(put⁸)→佛仔(put⁸a²)→(pu⁵[l]a²)

第三節 輕聲的變調

(Ⅰ)輕聲的特性與發音法

台語的音節祇有7種基本聲調，但是由於連續發出的音節中有一部分的聲調變成輕微而短暫是為輕聲。輕聲並不是本調，而是一種變調。相對於一般聲調在決定音聲的"高或低"的變化，輕聲則在顯示音聲的"強或弱"的變化。

連音的詞基本上是末音節不變調(發重音)，前音節要變調(不重音)，但是有一種相反的現象是末音節要變成輕聲調，而它前面的音節卻不變調要發本調。因此，台語輕聲前面的音節都要發本調。

例如：熱人(juat⁸langᵒ) 來啦(lai⁵laᵒ) 按輕聲用o表示或不標任何符號。

輕聲本身並沒有固定的音高(調值)，而是隨着它前面音節的音高或高或低，但強弱則固定。

例如："驚人"(kiaⁿ¹ langᵒ)(令人害怕)的"驚"是高平調，調值是55，它後面的"人"(langᵒ)雖短促，但調值隨前一音節相當高。然而在"搶人"(ts'iuⁿ²langᵒ)裡頭，搶是高降調52，它後面的"人"便受"搶"的韻尾影響，其音高比"驚人"的"人"顯得很低。亦即同是[langᵒ]這個輕聲在"驚人"中音高似1聲(高平調)，在"搶人"中則似3聲(下降調)。

(Ⅱ)輕聲的功能

輕聲在語言中不祇為了調整一連串音節發音上的需要，實際上更具有積極性的辨義作用，其一是語氣的示意功能，另一是語義的

辨別功能。

(A)語氣的示意功能

語氣的強弱在於反映感情的興衰，同樣一個詞語，發輕聲時平淡無奇，發本調時語氣加重而肯定。

例如：啉一杯(喝一杯)($lim^1tsit^8pue^1$)

①發輕聲：($lim^1tsit^opue^o$)"啉"不變調是重點所在

②不發輕聲：($lim^7tsit^4pue^1$)"啉"變7聲重點在一杯

同一個詞語含義雖然一樣，因發聲輕重而語氣不同。

(B)辨義的作用

輕聲最大的功能，亦即最普遍的作用在於辨別語義。

例如：買無(be^2bo^5)

①發輕聲：(be^2bo^o)"買"不變調，意為買嗎

②不發輕聲：(be^1bo^5)"買"由2聲變1聲，意為買不到

(C)輕聲的用途

輕聲的功能尤其在辨義上很重要，其用法、用途也很廣，較重要的如下。

(a)作語氣詞、語尾詞之用

例：①有啊(u^7a^o)　②無咧(bo^5le^o)

(b)作動詞的補語表示結果

例：①看着($kua^{n3}tioh^o$)：看到　②死去(si^2ki^o)：死掉

(c)趨向動詞或其補語

例：①落去($loh^8k'i^o$)：下去　②出來($ts'ut^4lai^o$)

(d)形容詞的補語或詞尾

例：①熱死($juah^8si^o$)　②好啦(he^2la^o)

(e)名詞的詞尾

例：①暝時(me^5si^o)：夜間　②林的(Lim^5e^o)：林兄

(f)動詞之後的代名詞

例：①騙汝(p'ian³li°)：騙你　②拍我(p'ah⁴gua°)：打我

(g)作副詞的詞尾

例：不但是(put⁸tan³si°)：是由7聲變輕聲

(h)作數量詞用

例：食兩三粒(tsiah⁸lng°sa^no liap°)：食不變調、兩三粒均變輕聲。

第五章　台語文字化的方向

第一節　台語與漢字

(Ⅰ)漢字寫台語的際限

　　台語的語音、語彙與語法主要地都是漢語的本質，祇是有些成分屬於"非漢語"的東西。其漢語的部分，在歷史的演變中和地理的阻隔，導致一部分的音與(漢)字脫節，而更多的口語詞被中原的官話系詞彙所取代。然而，漢字書寫台語仍有其限度，台語的書寫制度一直未能確立起來，而台語的口語文學亦沒法發展。

　　台語的詞彙大部分都是漢語系的，像"天地日月山水風雨⋯⋯"等甚至全是單音節的詞，除了發音有歧異以外，字形、字義跟其他漢語方言殆無二致。但是福建的地理環境特殊，中原的文物不易進入，而一旦引進以後便保存不廢，所以福建語裡保存了較多的古語和古音，它們被傳承到台灣，因跟大陸的長久隔離而顯得更醇味、且更"古色古香"。

　　這些顯得"古典式"的部分並非台語的"根本"，充其量祇是台語的枝葉。它們跟一般民眾的生活沒什麼直接的關係。漢字所記錄的是全國共通的標準語，內容是政令的文書、或是經世大典之類的東西。文學雖然也有地方色彩的"國風"，畢竟都是被"洗鍊粉飾"過的文語(文言文)。讀書人、士大夫根本不關心方言的記述，書面語自然發展不起來，漢字的滲透方言亦受到限制。這又跟漢字本身的特質有關，因爲漢字適於表意卻拙於表音，方言在社會生活中因應需要不斷地創新演進，漢字卻格於成規，"字典"上龐大的漢字群很少收錄方言詞彙，因爲它們難得被一般記錄所保存，亦不容易受到中央文壇的認定。其結果方言詞彙單憑口語傳承而跟漢字遊離脫節。

(Ⅱ)漢字寫台語的若干法則

在現存漢字閩南語文學作品中，較早的有明季嘉靖45年(1566)重刊的"荔鏡記戲文"和15年後的"荔枝記"以及乾隆時(1782)的"同窓琴書記"。前兩種是有關泉州人陳三和潮州人五娘的戀愛故事，賓(兩人對話)白(一人獨語)雜用雅言(標準語)和潮泉土音(方言)。後一種是三伯英台的故事譯編成閩南(泉州)方言的劇本。

這些作品中屬於口語的語彙雖説也是用漢字寫的，但是諧音(將漢字當作音符不顧字義)和訓用(假借字義充當同義的詞彙)已經出現得多。例如諧音的"得桃"(遊玩)、"簡"(女婢)、"呆郎"(壞人)、"某仔"(妻也)、"甲"伊(跟也)。訓用的有"事"志(taitsi)、"不"通(mt'ang)、"乾"埔(tapo)⋯⋯等。

諧音與訓用之外另創造了一些閩南語式的漢字如"ㄅ、嫒、迌迌、ㄙ(音bo、查ㄙ)⋯⋯等，這個傳統在1930年代盛行於台灣的歌仔冊(kua a ts'eh)用得近於氾濫，尤其是把漢字當做音符用得走火入魔。例如："作失、一條代、孤不終、即謹、塊做鬼、治東洋、廣(講)、野未、按盞、卜鬥(近中午)、尢凍⋯⋯"(曲線部分諧音字)

漢字寫台語到了這個時候可以説是百花齊放令人眼花繚亂。同時，在台灣發生了鄉土文學的論爭，台語文學的發展有賴於台語文的建設，但是1937年中日戰爭全面爆發，漢字文遭到嚴禁，台語的文字化亦陷入挫折的停頓狀態。

第二節　音標字母記錄台語

(Ⅰ)羅馬字記錄台語150年

羅馬字進入漢語的世界已經有四百年的歷史，台語被用羅馬字來記錄始於教會的羅馬字亦有150年了。

台語的羅馬字淵源於1832年英國傳教士麥哈得(W.H Medhurst)在英屬麻六甲出版的"福建方言字典"。這本字(辭)典主要的依據漳州的文言音，使用一套羅馬字，是爲教會羅馬字的基礎。在19世紀中葉，這套羅馬字經過羅啻(E. Doty)和馬約翰(J. Macgowan)，杜嘉德(C. Douglas)等人的改訂，到了1873年杜氏的"廈門白話字典"在倫敦出版時，教會羅馬字已接近現在的形態。1913年甘爲霖(W. Campbell)在台南出版"廈門音新字典"，教會羅馬字才形成目前的面貌。

杜氏是英國長老教會駐廈門的傳教士，他於1864年陪台灣教區的首任傳教士馬雅谷(Maxwell)來台南，教會羅馬字於是在台灣登場出現。

教會羅馬字是記錄口語的文字，被稱爲"白話字"。廈門音系的教會羅馬字是各種方言羅馬字中勢力最大的。它對於方言教育與語料的保存貢獻自毋庸贅言。惟現行台語教會羅馬字卻有以下幾項顯著的缺陷有待改訂。

(A)以音節爲單位拼寫，祇適用於注(漢字)音，不適於做文書工具。因爲遷就替漢字注音，複音節詞的拼寫必須在音節間加上橫槓(連號)，不但全是橫槓，而且複音詞被"分割"，難免影響到連音變調，使實際語音造成誤差的現象。

(B)台語和廈語祇有[i]和[u]兩種介母音，教會羅馬字誤認還有一種[o][ɔ]的介母音，跟實際語音有了出入。例如："外、我"應爲

44

(gua)，卻被拼作(goa)，"貨、花、火"是(hue)，卻拼成(hoe)⋯⋯等。大多數的學者均不認定有介母音[o]，教會羅馬字顯然是錯認了。

(C)單韻母[ɔ](ㄛ)用ơ(o右肩加一點)，既不雅觀、易被忽略，機械的處理亦不便。聲母[ts'](ㄘ、ㄑ)用chh三個字母實嫌太多，應該從簡(一個聲母用兩個字母表記已經嫌多，不得已)。

　　除了教會羅馬字以外，1920年代以後，在廈門有以周辦明為首所設計印成書刊推行的改良式羅馬字，早已經成陳迹。1982年廈門大學出版的"普通話閩南語詞典"設計一套"閩南方言拼音方案"缺點更多，更不適用。

(Ⅱ)假名與注音符號

(A)台語片假名活躍半世紀

　　日本在統治台灣的頭一年(1895)，民間在日本就出版了六種不同的台語會話的書。翌年(1896)台灣總督府出版了"訂正台灣十五音及字母表附八聲符號"和"台灣十五音及字母詳解"兩本書。

　　"詳解"採用日文的片假名做注音工具，這些台語片假名在擬訂時曾經參考(仿效)過馬約翰"英廈字典"內的羅馬字拼寫法，它有一個特色是豎着拼寫。後來於1901年又出版"訂正台灣十五音字母詳解"，以後至日本戰敗，台灣有關台語的表記，除了教會羅馬字以外全面採用修訂過的"總督府式(台語)"片假名字母。

　　總督府學務部的主編小川尚義等費時10年於1907年出版的"日台大辭典"，它的日語詞彙的台語譯詞頗多參考馬約翰和杜嘉德辭典內的詞彙。後來小川尚義又繼續編纂"台日大辭典"，費時20餘年於1931～32分別完成上下兩冊。

　　這些巨著均採用總督府式的片假名記述台語，通稱台語片假名，是一種符號假名，即在本來的片假名(字母)的上面或下面附加點或線的潤符以應台語之需。聲調符號則分常音和鼻音各有七種(七聲)

計14種聲調符號，過於蕪雜。

　　日據時代所編纂的台語辭典書籍內容極為豐富亦很科學，但是所採用的片假名則不理想。

　　(B)幽靈般的台語注音符號

　　二次大戰後中國的注音符號(ㄅㄆㄇ)隨着國府的軍事佔領而引進台灣。1946年台灣省行政長官公署設立的"國語推行委員會"曾經確定"實行台語的復原，從方言比較學習國語"的方針，一度短期地推行過台語教育。但是在"二二八事變"(1947)以後，台語全面被禁止，"國語"獨尊地在台灣稱霸。

　　惟在戰後利用原型的注音符號或改造式的注音符號做台語的表記工具，亦反映了時代的動向。注音符號用於台語最著名的是"台語方音符號"。它是當時國語推行委員會的朱兆祥所制定的，一般民間並不通行，因為台語都被禁止了。

　　朱兆祥編一本"台語方音符號"的小冊子於1952年出版。它是在注音符號的基礎上增加了一些潤符而成的，符號的拼寫是橫式的。

　　這套符號除應用在幾種課本教材之外，吳守禮纂修的台灣省通志稿人民志語言篇(1954)及其近著"綜合閩南、台灣語基本字典初稿"(1987)亦加以採用。

　　此外在戰前極力提倡台語羅馬字的蔡培火，在戰後竟大轉變棄台語改為閩南語，廢羅馬字另創一套"閩南語注音符號"，應用在所編"國語閩南語對照常用辭典"(1969)內。它的聲調符號14種一見便知模仿台語片假名的方式。

　　以上兩種注音符號，其不適用於台語標音，更不適用於文書還比片假名尤不足取，而著作的內容、語料愈難望其項背矣。

第三節　台語文字化的方向

台語文字化的取向，就科學的與教育的觀點，筆者認爲應該用漢字做主體，參考羅馬字來輔助解決"有音無字"的問題，即所謂"漢羅混合式"的書寫法。一方面發揮漢字的表意功能，一方面讓巧於表音的羅馬字爲台語服務。

(Ⅰ)選定漢字寫台語的若干原則

由於台語是漢語的一個支流，長期以來使用漢字作記錄，漢字對台語極具分量的傳統作用是不能無視的。因此，在計劃台語的文字化時，最優先要研討的是漢字的問題。

漢字在台語裡佔着絕對優勢的地位，"有音無字"的台語詞彙，較常用的在20～30％左右，亦即有七成以上的台語可以用漢字寫出來，問題是三成以下的語彙應如何選定漢字來解決，以下幾個原則可做依據。

(A)最優先選定音義符合的漢字

詞彙與文字的關係必須是音和義都符合，那樣的字才是正確的，台語詞與漢字的關係自不例外。如果某字與某詞的關係祇限於音韻或僅含義一致，則此字的選用值得商權。

例如：台語有一個詞表示"努力"，語音是($p'ah^4pia^{n3}$)，有寫作"打拼"，也有寫成"拍拼"，孰是孰非呢？先從音韻(語音)的側面來分析；"打"字文言音讀($teng^2$)，白話音是(ta^{n2})，可以訓讀作($p'ah^4$)。"拍"字文讀($p'ek^4$)，白讀($p'ah^4$)，兩者比較顯然"拍"字正確。至於含義方面，兩個字都沒問題，那麼($p'ah^4pia^{n3}$)就應該選用"拍拼"兩字，不能用"打拼"兩字，因爲它讀($ta^{n2}pia^{n3}$)，台語沒有($ta^{n2}pia^{n2}$)這種話。

又如否定詞(m^7)，寫法有"伓、呣、唔、不"等，除"不"字(文音：put^4、訓讀：m^7)外其餘都是杜撰的。其實有一個"毋"字，詞義表示禁止或勸阻，引伸義則可表"不要"，與(m^7)通用。它的音韻文白均讀(bu^5)，惟[b]母與(m)母互補(音位變體)，故"十五音"內併爲"門"母。亦即，"毋"讀(bu^5)亦可讀(mu^5)，音近似(m^7)，可以考慮選用它，不一定要用訓義的"不"字。

(B)訓義字優先於諧聲字

漢字的最大特質是表意(雖然帶有字音)，每一個字均有其固有的詞素(含義)。在選不到音義都一致的字時，寧可選用訓義的字，不能把漢字的意義素無視掉，當做音符選用諧(借)音字。

例如：野袜來→還未來，治東洋→在東洋，呆郎→歹人(或壞人)，箱最→傷多(或濟)……。因爲如果選用諧音字，有的同音字太多，有的根本没同音字，缺乏法則將增加規範化的困難，而又傷害到詞義，所以日語內的漢字多借用訓義，歌仔册的借音辦法還是應節制。

(C)三項原則性的標準

(a)傳統性：文字雖然是一種信號，因爲是社會生活的工具必須有相當的穩定性，爲了避免今人用字後人不懂，傳統的用法應予尊重。

例如："厝"這個字在前出"荔鏡記"……歌仔册等書中用來表"家屋"之義的台語詞($ts'u^3$)，已經有四百年以上的"傳統"，不應輕易改掉用什麼"茨"字。

(b)系統性：漢字之創制循六書的原則，有其系統性的法則。金木水火土……各種偏旁代表各種屬性。"口"字旁表示跟口有關的器官、動作或音聲，不能毫無原則地亂用。近來濫造口字旁的字；呀、嘸、咁、啶……等紛紛出籠，這種作法對於文字化未必有幫助。

(c) 通俗易解性：古時候，漢字是統治者的一種政治工具，是士人階級的專利品。現代的民主社會重視大衆性。文字自必須通俗易解才能爲大衆所接受而凝聚社會性，便於約定俗成。例如表"person"的台語是($lang^5$)，漢字訓用"人"字早已約定俗成，没必要搬出古董的"儂"字來。所以在處理"有音無字"的問題時，不一定非找出"本字"不可，因為有些所謂的本字，即使找到了，可能繁雜艱澀，"起死"卻未必能"回生"。

基於這項標準，漢字的簡化有其必要，否則為什麼不沿用甲骨文或篆字呢？

(II)台語需要一套理想的羅馬字

(A)台語必須用上羅馬字

如前述羅馬字替台語服務150年了，現在仍在繼續中，因為有它的價值與必要。這是一個國際化的時代，台灣人要在國際社會生存發展則沒理由排斥豆芽兒。

羅馬字別名拉丁字，是國際音標的基礎，可通用於各國。目前使用羅馬字的國家地域有南北美洲、澳洲、西歐、北歐、中南非洲、越南、土耳其…佔世界的大部分，而且大多是文明先進國。

日本人除了用漢字、平假名和片假名三種文字之外還有一套羅馬字拼寫人名和地名。台語至少也必須用羅馬字來拼寫固有名詞以便跟國際社會交流。並且進一步亦可用來給漢字注音，甚至輔助漢字之不足拼寫"有音無字"的詞語。注音符號和片假名或其他音標均為1字(符)表1音節而非表1單音，表音功能遠不及1字母1單音的羅馬字，況且羅馬字更因為是字母文字所以更適於注音、拼字。

(B)台語羅馬字的心與形

台語所需要的羅馬字，筆者所理想的是具備下列的精神、綴字法以及(文字)體裁。

(a)用以注音、拼音以及拼寫語詞的文字。

(b)綴字法以詞(word)為單位，不以音節(syllable)為準，故複音詞要連寫不用連號。限用羅馬字一次元。

(c)聲母的體裁：確定18個音素，配合國際音標(提高國際性)，分九組對照如下。

音標	p p'	t t'	k k'	c c'	z s	b m	l n	g ㄅ	h ʔ
字母	p ph	t th	k kh	c ch	z s	b m	l n	g ng	h y,w
漢字	褒波	刀討	哥科	朱雌	如士	無毛	勞努	餓我	禍伊／污

按；字母與音標除送氣音(p't'k'c')改"，"號爲h以外殆完全一致。

(d)韻母的體裁：①基本元(母)音六種[a](阿)用a，[ɔ](烏)用o，[o](學)用ə或用ö，[e](鞋)用e，[i](衣)用i，[u](污)用u。②兩種介母音[i](衣)用i，[u](污)用u。

(e)聲調的體裁：七種聲調全部用羅馬字避免機械處理的困難，符合一次元的原則。

第1聲高平調出現率高用原形，第7聲中平調用重複(主)母音，第5聲略下降後上昇(屬上昇調)，"v"字形可以反映發聲過程，用v表它。第4、8聲均爲入聲須用阻塞性的字母，以q和x合適，q表陰韻尾的4聲(陽韻尾有～p～t～k)，x表8聲(陰陽兩韻尾)。剩下的第2聲和第3聲，前者高降調可用r，後者中降調可用d。又聲調悉按連音變調規律標變調。

(f)鼻化韻(半鼻聲)的體裁：用小n標在音節末尾的右肩上，例如衫(sa^n)、擔(ta^n)、膽(tar^n)。

(g)譯音的外來詞、象聲詞，一部分的擬態詞等可以優先用羅馬字拼寫。

(Ⅲ)漢羅混用的原則與可行性

漢字和羅馬字各有其特性和功能，爲了發揮各自的功能，基本上表意的詞語用漢字，遇漢字沒法解決再動用羅馬字。至於譯音的外來詞、象聲詞、或一部分的擬態詞則用羅馬字。

漢羅混用將會產生兩個新問題，一爲兩種不同類型的文字混合一起可能"有礙美觀"，二爲用羅馬字拼寫便沒法豎着寫。

第一個問題較容易處理，因爲它跟習慣亦有關係，而且不同類型的文字混合所引起的"不調和感"跟混合率的高低最有關係；混合率高(如5比5或4比6以上)則不調和度就高，混合率低(如9比1或2比8以下)就降低。據估計漢字有音無字的，尤其是常用詞不會超過3成，如果再創制若干台語式漢字來應用，則肯定混合率可以壓低2成以下，不影響大局，妨礙"觀瞻"。

　　至於不能豎寫的問題，是無可奈何的。不過，據眼科學的研究，人眼內有橫動筋便於左右看東西，而上下看時眼睛較易疲倦。

　　面臨電腦打字、電視媒體的時代，它們的字幕都是橫寫，21世紀也許是一個文字橫寫的時代。現在豎寫的除了日本、台灣以外已少見。今年日本產經新聞(6月10日)介紹20～30歲代的人用橫寫的已近100％，橫寫的國語辭典銷路很好，乃預測最近的將來在日本橫寫的新聞或將出現。

　　有許多文章，尤其是學術性的、科學的論文、報告等橫寫比豎寫合理而方便，長久以來筆者一直在做這種體驗。

常用漢字台語詞典

—文言音・白話音・訓讀音的解讀—

（1）【的】 de（ㄉㄜ）　　　dí～dî（ㄉㄧ）

A 官話讀(de)時，台語的讀音有三種：

I 文言音：(tek^4／tik^4)，基本的(ki^{1}pun^2～)；基本上.

II 白話音：(tit^4)，來的早(lai^5～tsa^2).

　　按以上兩音用例均少。

III 訓讀音：(e^0～e^5)

　　a [e^0]：

　　　(甲)在形容詞之後表示屬性

　　　　①紅的(ang^5～).　　　　②芳的(p'ang^1～)；香的.

　　　　③新的(sin^1～).

　　　(乙)在氏名之後表示愛稱或尊稱

　　　　①雄的(Hiong^5～).　　　　②老李的(lau^{2}Li^2～)；即老李.

　　　　③陳的(Tan^5～)；陳兄.

　　　(丙)在動賓結構的名詞之後當詞尾助詞

　　　　①教冊的(ka^{3}ts'eh^4～)；教員.

　　　　②走桌的(tsau^{2}tə h^4～)；跑堂的，端盤子的人.

　　　　③做工的(tsə^{3}kang^1～)；工人.

　　　　④換帖的(ua^{n7}t'iap^4～)；結拜兄弟.

　　b [e^5]：台語訓讀"的"字以此音用例最多，它出現在名詞之前或代名詞之後當修飾詞表示領屬和性質，其用法與官話的"的"完全一樣。

（例）　①我的(gua^2～)．　　②汝的(li^2～)；你的．

③銀的花(gin^5～hue^1)；銀質的花．

④誰人的册(sia^{n2}lang^5～ts'eh^4)；誰的書．

⑤厝邊的人(ts'u^{3}pi^{n1}～lang^5)；鄰人．

B 官話讀(dí)時，台語讀：**(tek^4／tik^4)**

（例）　①的確(～k'ak^4)；確實、實在．

②的當(～tong^3)；即恰當、合適，口語説"拄好"(tu^{2}hə^2)或 "合"

(hah^8)．

C 官話讀(dì)時，台語讀：**(tek^4／tik^4)**

（例）　①目的(bok^8～)，"目的地"(～te^7)．

②無的放矢(bu^5～hong^{3}si^2)；盲目亂言、亂行動．

（2）　【一】　　yī(ㄧ)

A 文言音：**(yit^4)**

（例）　①一二三(～ji^{7}sam^1)．②第一(te^7～)．

③第一～：如"第一日"(～jit^8／lit^8)，"第一次"(～ts'u^3)．

④十一(tsap^8～)，又音(sip^8～)．

⑤～十一，如"三十一"(sa^{n1}tsap^8～)；"九十一"(kau^{2}tsap^8～)．

⑥"一"出現在百千萬之后而次位的數詞被省略時，"百一"(pah^4
～；110也)，"千一"(ts'eng^1～；1,100也)，"萬一"(ban^7～)；有
兩義：一萬一千，又"萬一"(料想之外)．

⑦表示分數時，如"四分之一"(si^{3}hun^{1}tsi^1～)．

⑧表示小數時，如"五點一"(go^{7}tiam^2～)．

⑨表示月日時，如"一月一日"(～gueh^8～jit^8／lit^8)．

⑩一概(～k'ai^3)；全部．　　⑪一流(～liu^5)．

⑫一律(～lut^8)．　　　　　⑬一般(～pua^{n1})．

⑭一生(～seng^1／sing^1)．　⑮一時(～si^5)，又語音(tsit^{8}si^5)．

⑯一心一意($\sim$sim$^1\sim$i^3／yi^3)；專心致意.

⑰一成不變($\sim$seng^5／sing^5 put^{4}pian^3)；一旦形成永不改變.

⑱一旦($\sim$tan^3). ⑲一帶($\sim$tai^3).

⑳一動不如一靜($\sim$tong^{7}put^{4}ju^5／lu$^5\sim$tseng^7／tsing^7).

㉑一陣風一陣雨($\sim$tin^{7}hong$^1\sim$tin^{7}u^2／wu^2)；口語音爲(tsit^8 tsun^{7}hong^{1}tsit^{8}tsun^{7}ho^7). ㉒一切如常($\sim$ts'e^{3}ju^5／lu^{5}siong^5).

B 白話音(tsit^8)

(例) ①一倍($\sim$pue^7). ②一點($\sim$tiam^2)、一點仔($\sim$a^2).

③一寡仔($\sim$kua^{2}a^2)；一些，又"一屑仔"($\sim$sut^{4}a^2).

④出現在百千萬之前：一百($\sim$pah^4)、一千($\sim$ts'eng^1)、一萬($\sim$ban^7). ⑤一代($\sim$tai^7，又讀tsit^{8}te^7).

⑥一面……一面……($\sim$bin^7……$\sim$bin^7……).

⑦一去無回頭($\sim$k'i^{3}bo^{5}hue^{5}t'au^5).

⑧一路平安($\sim$lo^{7}peng^{5}an^1). ⑨一下仔($\sim$e^{7}a^2)；一下子.

⑩一時($\sim$si^5)，又讀(yit^{4}si^5)，如"一時一刻"(yit^{4}si^{5}yit^{4}k'ek^4)；緊急也. ⑪一目瞤仔($\sim$bak^{8}nih^{4}a^2)；轉瞬之間.

⑫$\sim$一下($\sim$tsit^{8}e^3)；$\sim$一下，如"來一下" (lai^{5}tsit^{8}e^3).

⑬一下(tsit^{8}e^7)；一……就……，如"一下來就受氣"($\sim$lai^{5}tsiu^7 siu^{7}k'i^3)；一來就生氣. ⑭一半($\sim$pua^{n3}).

⑮一部分($\sim$po^{7}hun^7). ⑯一絲仔($\sim$si^{1}a^2)：若干.

⑰一時仔($\sim$si^{5}a^2)；片刻，如"無一時仔閑"(bə$^5\sim$yeng^5)；没片刻的閑暇. ⑱一屑仔($\sim$sut^{4}a^2)；一點點，如 "食一屑仔"；吃一點兒，"一屑仔互我"；給我一點兒.

⑲一霎久仔($\sim$tiap^{4}ku^{2}a^2)；一瞬間.

⑳"一"出現在量詞之前如，一粒($\sim$liap^8)、一欉($\sim$tsang^5)；一棵、一蕊花($\sim$lui^{2}hue^5)；一朵花、一本冊($\sim$pun^{2}ts'eh^4)；一本書、一斤($\sim$kin^7)、一口灶($\sim$k'au^{2}tsau^3)；一戶人家、一角

銀(～kak⁴gun⁵／gin⁵)；一毛錢．

（3）【是】　　　shî（ㄕ）

"是"字的台語讀音，文白一樣都是讀[si⁷]，惟白話口語音用得較多．

A 文言音：(si⁷)

　　（例）　①一無是處(yit⁴bu⁵～ts'u³)；樣樣不對、不好．
　　②是非題(～hui¹te⁵)．　　③似是而非(su³～ji⁵hui¹)．
　　④可是(k'ə²～)．⑤但是(tan³～)．按"但是"和"可是"本爲文化用
　　語已經口語化，兩者讀音都和文言音一樣．

B 白話音：(si⁷)

　　（例）　①毋是(m⁷～)；不是也．按"不是"(put⁴～)則爲犯錯，過失．
　　②這是啥？(tse²～siaⁿ²)；這是什麼？
　　③是(抑)毋是？(～<ah⁴／iah⁴>m⁷～?)；是(或)不是？
　　④伊是伊、我是我(yi¹～yi¹、gua²～gua²)；他(她)是他(她)、
　　我是我．　　⑤着是(tiəh⁸～)；即就是(tsiu⁷～)．

（4）【在】　　　zài（ㄗㄞ）

"在"的讀音有文言音(tsai⁷)、白話音(ts'ai⁷)和訓讀音(ti⁷)、(tua³)和
(teh⁴)．不過白話音的用途較少，文言音用得多而口語化，所以"在"
字跟口語合成的詞大多讀文言音．

A 文言音：(tsai⁷)

　　（例）　①在在(tsai⁷～)；沈着之意，如"老神在在"(lau⁷sin⁵～)；
　　即老經驗遇事沈着不慌．　②在學(～hak⁸)．
　　③在世(～se³)：活着．　　④在野(～ia²)；不做官．
　　⑤在來(～lai⁵)：向來，"在來米"(～bi²)：在來品種的米．
　　⑥在人(～lang⁵)：各自的，"空氣在人激的"(k'ong¹k'i³～kek⁴eᵒ)
　　；要怎麼做各人的自由．"在人合意的"(～kah⁸yi³eᵒ)：各人所

喜愛的．又説"隨在人……"(sui⁵～……)；任由各人……．
⑦在室男(女)(～sik⁴lam⁵<lu²或li²>)；童貞(處女)．
⑧在位(～wi⁷)．　　　⑨在座(～tsə⁷)；在聚會的席位上．
⑩在所不惜(～so²put⁴siəh⁴)；毫不吝惜。
⑪隨在(sui⁵～)；任由，跟"據在"(ku³～)意思一樣．"據在伊去"
　(～yi¹ k'i³)；任由他(她)不管．
⑫自由自在(tsu⁷yiu⁵tsu⁷～)．⑬存在(tsun⁵～)．

B 白話音：(ts'ai⁷)
"在"讀(ts'ai⁷)時，是"安置"、"放好"等意思．
　(例)　①在佛公(～put⁸kong¹)；呆然坐(立)如佛像．
　　　②在咧毋振動(～le³ m⁷tin²tang⁷)；坐(站)着不動．
　　　③在在坐(～〃tse⁷)；安放似地坐着．

C 訓讀音：(ti⁷)、(tua³)、(teh⁴)
"在"字在台語裡往往被訓讀爲ti⁷、tua³(或tam³、tiam³)和teh⁴等 語
音，換句話説，台語的這些語音常被用"在"來表記，這是訓用，事
實上並不是本來的字．
　I [ti⁷]：台語表示時間和空間的特定、即官話的"在"、英語的in、
　　at、on…，應該用"著"字，但常被訓用作"在"字．
　(例)　①在二九暝(ti⁷ji⁷kau²mi⁵<me⁵>)；在除夕的晚上．
　　　②在今年(～kin¹ni⁵)．　　③在外口(～gua⁷k'au²)；在外頭．
　　　④在暗頭仔的時陣(～am³t'au⁵a²e si⁵tsun⁷)；在傍晚的時候．
　　　⑤在厝裡(～ts'u³lin³)；在家裡．
　　　⑥在台北(～Tai⁵pak⁴)．　　⑦在車頭(～ts'ia¹t'au⁵)；在車站．
　　　⑧在樹仔腳(～t'siu⁷a²ka¹)；在樹下．
　II [tua³、tam³(tiam³)]：是台語表示空間、地點的詞語．
　(例)　①在車頭相等("tua³、tam³、tiam³"ts'ia¹t'au⁵sio¹tan²)；
　　　在車站互相等候(此處"在"讀ti⁷亦可以)．

②睏在何位？(k'un³～tə²wi⁷？)；睡在哪兒？

③汝在彼(li²～hia¹)；你在那兒，"我在此"(gua²～tsia¹)；我在這兒，"徛在彼"(k'ia⁷～)；住在郍兒，又站在那兒．

III (teh⁴)：表示動作的進行用"teh⁴"＋動詞，常被寫成"在"＋動詞，完全是仿官話文型．

（例）　①伊在看冊(I¹～kuaⁿ³ts'eh⁴)；他(她)正在看書．

②汝在創啥？(Li²～ts'ong³ siaⁿ²)；你在幹什麼？

③徛在看(k'ia⁷～k'uaⁿ³)；站着看．

（5）【不】　　bù（ㄅㄨ）

A 文言音：(put⁴)

（例）　①不安(～an¹)；不安寧，"心神不安"(sim¹sin⁵～)．

②不比(～pi²)；比不上．　③不便(～pian⁷)；不方便．

④不但(～tan³)；不只．　⑤不斷(～tuan⁷)；不間斷．

⑥不法(～huat⁴)；違法．　⑦不服(～hok⁸)；不服氣．

⑧不可(～kə²)；不可以．　⑨不良(～liong⁵)；不好．

⑩不時(～si⁵)；隨時．　　⑪不是(～si⁷)；過失．

⑫不一(～yit⁴)；不相同，"不一而足"(～ji⁵tsiok⁴)；不少也．

⑬不得了(～tek⁴liau²)；屬害，了不起．

⑭不過(～kə³)；但是、總之、～而已；"會使看、不過、燴使摸"(e⁷sai²kuaⁿ³～bue⁷sai²bong¹)；可以看、但是不可以摸．

⑮不管時(～kuan²si⁵)；任何時候．

⑯不得已(～tek⁴yi²)；無可奈何，口語説"bə⁵ta¹ua⁵"．

⑰阿不倒仔(a¹～tə²a²)；不倒翁．

⑱不"懂"(～tong²)；不正經、愚庸．

⑲不動產(～tong⁷san²)．"不動聲色"(～tong⁷siaⁿ¹sek⁴)．

⑳不八(又作"答")不七(～pat⁴＜或tap⁴＞～ts'it⁴)；不得要領，

不像樣，又説"不三不四"(～sam¹～su³)；亦説"不顚不介"(～
tian¹～kai³)，有不正經、違反尋常的意思.

㉑不接一(～tsiap⁴yit⁴)；間斷不繼.

㉒不得不失 (～tek⁴～sit⁴)；待人不特別好也不怎麼差，同"無
<bə⁵>得無失"，也有不痛不癢的意思.

㉓不死鬼(～su²kui²)；醜穢的形態，喻行為不正經，尤為女子
責男子對女性亂來的言行.

B 訓讀音：(m⁷)

表示否定的概念較常用的有文語的[put⁴：不]、[bu⁵：無]以及口語
的[m⁷]和[bə⁵]。bə⁵是"無"的白話音，而m⁷的漢字寫法有：呣、唔、
吥、嘸、不、毋等。其中"毋"在音義兩方面較近似，而"不"則是訓
用，亦即取"不"的意義素來給m⁷借用而已 ，"不"並非m⁷的 白 話 音
字。至於"吥"、"嘸"、"唔"、"呣"等均用口旁造的字並不適當。

(例) ①不是(m⁷si⁷：應作毋是)；即不是、不對.

②不知(m⁷tsai¹)；不知道. ③不着(～tioh⁸)；不對.

④不愛(～ai³)；不要，又寫成"嬡"(mai³)是兩音節的合音.

⑤不但(m⁷na⁷→m⁷nia⁷)；文言音如上 A ④；不僅.

⑥不通(m⁷t'ang¹)；意為不可以，文言音為(put⁴t'ong¹).

⑦不限定(m⁷han⁷tiaⁿ⁷)；不僅僅.

（6）【了】　　　le(ㄌㄜ)　　　liǎo（ㄌㄧㄠ）

台語只有一種讀音：(liau²)

"了"字的讀音、在官話中有[le](ㄌㄜ)和[liao](ㄌㄧㄠ)兩種。前一種
讀音用於動作或變化的完成，以及句尾語助詞，這些情形在台語中
並不用"了"字，而用[laº]可寫成"啦"、或用[loº]可寫成"嘍"或"囉"。

(例) 食飽啦(tsiah⁸pa²laº)，出去啦(ts'ut⁴k'i～)，食飽嘍(～loº)
、出去嘍(～loº)，或"來囉"(lai⁵loº)。

"了"字用於動詞表示"完結"時官話讀"liao"，台語文言音讀[liau²]、因用得多而口語化，故跟頗多口語詞結合成多音節詞。

（例）　①食了(tsiah⁸liau²)；吃完.

②食了嘍；吃完囉.　　　③了錢(～tsiⁿ⁵)；虧了錢.

④了工(～kang⁷)；花工夫.　⑤了後(～au⁷)；之後、後來.

⑥了然(～jian⁵)；對不如意的事失望而看得開，如"伊毋讀册、實在足了然" (I¹m⁷t'ak⁸ ts'eh⁴、sit⁸tsai⁷tsiok⁴～)；他(她)不讀書，眞是使人失望(看破).　⑦了解(瞭解)(～kai²).

⑧了不得(～put⁴tek⁴)；充其量、頂多是. 又有"不得了"的意思，兩種語義，用法均借自官話.

⑨了了(liau²liau²)；完、盡，盡是；"賣了了"(be⁷～〃)；全部賣光，"街仔路人了了"(ke⁷a²lo⁷lang⁵～〃)；街上全是人.

（7）【有】　　　yǒu（丨ㄡ）

A 文言音：(iu²／yiu²)

（例）　①有志(～tsi³)，"有志一同"(～it⁴tong⁵).

②有望(～bong⁷、亦讀白話音；wu⁷bang⁷)；有希望.

③有益(～yik⁴、～yek⁴)；有好處.

④有孝(～hau³，亦讀白話音wu⁷hau³)；孝順的.

⑤有期徒刑(～ki⁵to⁵heng⁵).　⑥有始有終(～si²～tsiong¹).

⑦有可無不可(～k'ə²bə⁵put⁴k'ə²)；無疑地是好的.

⑧國有(kok⁴～).　　　　　⑨私有(su⁷～).

⑩所有(so²～／wu⁷).　　　⑪共有(kiong⁷～).

⑫自有(tsu⁷～)；"汝免煩惱、我自有拍算"(Li²bian²huan⁵lə²，gua²～pah⁴sng³)；你不必操心，我自然有打算.

B 白話音：(u⁷／wu⁷)

（例）　①有的無的(～eᵒbə⁵eᵒ)；不重要的事物，如"有的無的講一大堆"(～kong²tsit⁸ tua⁷tui¹)；説了一大堆無聊的話.

②有錢(～tsi^{n5}).　　　　③有閑(～yeng⁵)；有空，有工夫兒.

④有法得(～huat⁴tit⁴)；做得到.

⑤有法度(～huat⁴to⁷)；辦得到，"有法度就來"(～tsiu⁷lai⁵).

⑥有夠(～kau³)；足夠.　⑦有人緣(～lang⁵yan⁵)；人緣好.

⑧有路用(～lo⁷yong⁷／eng⁷)；有用處.

⑨有名(～mia⁵).　　⑩有身(娠)(～sin¹)；懷孕.

⑪有當(凍)(～tang³)；能夠…，如"有當食有當睏"(～tsiah⁸、
～k'un³)；有得吃、有得睡.

⑫有當時仔(～tang¹si⁵a²)；有的時候，偶爾.

⑬有趁無趁啉淡薄(～t'an³bo⁵t'an³lim¹tam⁷pəh⁸)；賺不賺錢都
該喝一點兒，"趁"即"趁錢"、"趁食"；賺錢、謀生.

（8）【和】　　　hé(ㄏㄜˊ)

"和"字多用文言音、故多趨於口語化，白話音反極少用、詞彙亦少。

A 文言音：(hə⁵)

(例)　①和睦(～bok⁸).　　②和好(～hə²).

③和解(～kai²).　　　④和氣(～k'i³).

⑤和平(～peng⁵／ping⁵).　⑥無和(bə⁵～)；不符、不合作.

⑦獪和(bue⁷～)；划不來、不合作，"算獪和"(sng³～)；不合算.

⑧合和(hap⁸～)；協力合作.

B 白話音：(he⁵／hue⁵)

"和"字的白話音極少見、僅有的詞例有：

①和尚(he⁵siu^{n7}／sio^{n7}或作hue⁵～).

②燒有較和啦(sio¹wu⁷k'ah⁴～la)；熱度有降下來了.

C 訓讀音：(ham⁷、kah⁴、kap⁴、ts'am¹)

按"和"字的詞義有用於連詞表示聯合，跟"跟、與、同、及"有時互

用。因而在台語裡"和"常被訓用於充連詞，成爲上面幾個台語的假借字(借義字)。

（9）【人】　　　rén（ㄖㄣˊ）

A 文言音：(jin⁵)

(例)　①人民(～bin⁵)．　　②人物(～but⁸)．
③人情(～tseng⁵)．　　④人造(～tsə⁷)．
⑤人工(～kang¹)．　　⑥人格(～keh⁴)．
⑦人權(～kuan⁵／k'uan⁵)．⑧人類(～lui⁷)．
⑨人生(～seng¹)．　　⑩人蔘(～som¹／sim¹)，口語又説
"高麗"(kə¹le⁵)．　　⑪人中(～tiong¹)；鼻跟上唇之間的凹溝．
⑫人世(～se³)；人間．　⑬文人(bun⁵～)．
⑭日人(Jit⁸～)；日本人．⑮婦人(hu⁷～)、夫人(hu¹～)．
⑯貴人(kui³～)：救星，如"汝有貴人"(Li²wu⁷～)；你會有救
星護身，又高貴的人，如："伊是一個貴人"(I¹si⁷tsit⁸e⁵～)．

B 訓讀音：(lang⁵)

按台語表示"人"的概念口語是[lang⁵]，或寫作"儂"，但通常借義訓
用"人"這個字，因此、"人"在台語便有訓讀音[lang⁵]了．

(例)　①人馬(～be²；文言音爲jin⁵ma²)．
②人材(～tsai⁵／jin⁵tsai⁵)，又作"人才"．
③人影(～yiaⁿ²)．　　④人客(～keh⁴)；客人．
⑤人頭(～t'au⁵)．　　⑥人數(～／jin⁵so³)．
⑦好人(hə²～)、歹人(p'aiⁿ²～)．
⑧日本人(Jit⁸pun²～)．⑨好額人(hə²giah⁸～)；有錢人家．
⑩艱苦人(kan¹k'o²～)；窮苦人，又説"散赤人"(san³ts'iah⁴～)．
⑪做穡人(tsə³sit⁴～)；種田的人．
⑫食頭路人(tsiah⁸t'au⁵lo⁷～)；上班領薪水的人．

⑬討海人(t'ə²hai²～)；漁夫，又説"掠魚的人"(liah⁸hi⁵e～).

⑭出外人(ts'ut⁴gua⁷～)；外地來的人.

⑮生分人(seⁿ¹ hun⁷～)；陌生人.

（10）【這】　　zhè(ㄓㄜˋ)　　zhèi（ㄓㄟˋ）

"這"字，在台語裡借義訓用有兩種讀音，文言音爲[tsia²]，表"這"、"此"的複數；白話音爲[tse²]，表"此"、"這"的單數。惟兩者的區別，在借用漢字時，單數(tse²)用[這]，而複數則用[遮]字。

$\boxed{A}$ 文言音：(tsia²)→遮

（例）①遮的攏總汝的(～e⁵long²tsong²li²e⁵)；這些全部是你的.

②遮的人(～e⁵lang⁵)；這些人，又説"即寡人"(tsit⁴kua²～).

③遮的物件(～e⁵mih⁴kiaⁿ⁷)；這些東西.

$\boxed{B}$ 白話音：(tse²)→這

（例）①這個人(～e⁵lang⁵).②這是酒(～si⁷tsiu²).

③買這着好(be²～tioh⁸hə²)；買這個就好.

按：台語表示"此"的[tsit⁴]的漢字是"即"，而表示"此處"的[tsia¹／tsia⁵]漢字是"遮"，但是常常被一律用"這"來訓用而不分.

（例）ⓐ表示"此"的[tsit⁴]→即(這)

①這(即)款代誌(～k'uan²tai⁷tsi³)；這種事情.

②這(即)陣(～tsun⁷)；現在，又説(tsit⁴ma²).

③這(即)站(～tsam⁷)；這陣子，又説"即站仔"(～a²)

④這(即)搭(～tah⁴)或"這搭仔"；這裡，又説"即帶仔"(～te³a²).

⑤這(即)跡(～jiah⁴)；這裡，又説"即位"(～ui⁷／wi⁷).

⑥這(即)本册(～pun²ts'eh⁴)；這本書.

ⓑ表示"此處"的[tsia¹]→遮(這)

①這(遮)無人坐(～bə⁵lang⁵tse⁷)；這兒没人坐.

②這(遮)是啥所在？(～si⁷siaⁿ²sə²tsai⁷)；這裡是什麼地方？

（11）【中】　　zhōng（ㄓㄨㄥ）　　zhòng（ㄓㄨㄥ）

A 文言音：(tiong¹)～(tiong³)

"中"用於形容詞時讀音爲第1聲[tiong¹]；當動詞用時讀第3聲[tiong³]。

I [tiong¹]：(例)　①中學(～hak⁸／əh⁸)．
　②中和(～hə⁵)．　　　③中間(～kan¹)．
　④中古(～ko²)．　　　⑤中年(～lian⁵)．
　⑥中立(～lip⁸)．　　　⑦中午(～ngo²)與"中晝"(～tau³)同．
　⑧中心(～sim¹)．　　　⑨中旬(～sun⁵)；每月11日至20日．
　⑩中等(～teng²)．　　　⑪中途(～to⁵)；"半途"(puan³～)．
　⑫中央(～yong¹／ng¹)．⑬中指(～tsaiⁿ²)．
　⑭中秋(～ts'iu¹)．　　　⑮心中(sim¹～)；又"心肝内"．
　⑯路中(lo⁷～)：即途中．⑰時間中(si⁵kan¹～)；特定的時間内．
　⑱講話中(kong²ue⁷～)；電話講話中(tian⁷ue⁷～)．
　⑲做中人(tsə³／tsue³～lang⁵)；當仲介者、介紹人．

II [tiong³]：(例)　①中風(～hong¹)；腦溢血．
　②中傷(～siong¹)．　　③中暑(～su²)；同"着痧"(tioh⁸sua¹)．
　④中毒(～tok⁸)．　　　⑤中意(～／teng³yi³)；符合心意．
　⑥中用(～yong⁷)，"不中用"(put⁴～)；没用處．

B 白話音：(teng³／ting³)
　(例)　①中聽(～tiaⁿ¹)；聽起來滿意．又説"中人聽"(～lang～)．
　②中看(～kuaⁿ³)；看得順眼，又説"中人看"(～lang～)．

（12）【大】　　　　dà(ㄉㄚ)

A 文言音：(tai⁷)
　(例)　①大寒(～han⁵)，口語音爲(tua⁷kuaⁿ⁵)；讀文言音時指24
　節氣之一，讀口語音是非常寒冷的意思．
　②大概(～k'ai³)．　　　③大會(～hue⁷)．

④大家(～ke¹)；衆多的人、(～ka¹：望族、著名的專家)、又讀作(ta⁷ke¹)時是婆婆的意思.

⑤大局(～kiok⁸).　　　⑥大軍(～kun¹)；大量的軍隊.

⑦大學(～hak⁸)，口語音作[tua⁷əh⁸]意同.

⑧大先(～seng¹)；事先、先前.又作"代先"、"在先"或"第先".

⑨大名(～beng⁵／bing⁵)，口語音爲[tua⁷mia⁵].

⑩大人(～jin⁵)；舊時對長輩的敬詞，或對官吏、警察的稱呼，口語音爲[tua⁷lang⁵]；指成人.

⑪大約(～yok⁴).　　　⑫大理石(～li²tsioh⁸).

⑬大量(～liong⁷)；口語音(tua⁷liong⁷).

⑭大部分(～po⁷hun⁷)；口語音爲(tua⁷～～).

⑮大多數(～tə¹so³)；口語音爲(tua⁷～～).

⑯大黃(～hong⁵)；藥名，有止瀉作用.

B 白話音：(tua⁷)

(例)　①大後日(～au⁷jit⁴)；大後天，又說"落後日"(ləh⁸～～).

②大賣(～be⁷)；批發.　③大面神(～bin⁷sin⁵)；厚臉皮.

④大伯(～peh⁴)；伯父.　⑤大某＜或作姆＞(～bo²)；正妻.

⑥大步(～po⁷)，即大伐(～huah⁸)；大步伐.

⑦大漢(～han³)；大個子，長大."勢大漢"(gau⁵～)；長得快.

⑧大後生(～hau⁷seⁿ¹／siⁿ¹)；長子，即"大子"(～kiaⁿ²).

⑨大兄(～hiaⁿ¹)；大哥、哥哥.⑩大箍(～k'o¹)；胖子，粗大.

⑪大路(～lo⁷)；大路，闊綽.⑫大腹肚(～pak⁴to²)；妊娠.

⑬大辨＜或作範＞(～pan⁷)；大方、不俗氣.

⑭大肥(～pui⁵)；人糞肥料.⑮大頭拇(～t'au⁵bə²)；母指.

⑯大位(～wi⁷)；上座.⑰大心氣(～sim¹k'ui³)；喘不上氣來.

⑱大粒(～liap⁸)；顆粒大的、或指權勢大的人(大粒的).

⑲大戲(～hi³)；大型戲曲.⑳大雨(～ho⁷).

㉑大細(～se³)；尺寸的大小，大人和小孩.

㉒大月(～gueh⁸／geh⁸)；陽曆有31日和陰曆有30日的月分.

㉓大官虎(～kuaⁿʰo²)；大官僚，舊時大官禍害人民如猛虎.

㉔大舌(～tsih⁸)；口吃.　㉕大昨日(～tsəh⁸jit⁴)；大前天.

㉖老大(lau²～).　　　　㉗序大人(si⁷～lang⁵)；父母.

㉘天大地大(t'iⁿ¹～te⁷～)；如天地般大.

（13）【爲】　　wèi（ㄨㄟ）　　～wéi（ㄨㄟ）

按"爲"字的台語讀音只有兩種即[ui⁵／wi⁵]和[ui⁷／wi⁷]，但是並不文白異讀.

A [wi⁵](第5聲)

(例)　①爲人(～jin⁵).　　②爲難(～lan⁵).

③無能爲力(bu⁵leng⁵～lek⁸).　④爲首(～siu²)：帶頭.

⑤人爲(jin⁵～).　　　⑥爲所欲爲(～so²yok⁸～).

⑦有爲(iu²～)；如 "年輕有爲"(lian⁵k'ing¹～).

⑧認爲(jim⁷～).　　　⑨成爲(seng⁵～).

⑩作爲(tsok⁴～)；行爲表現，讀(tsəh⁴～)則義爲"當作".

B [wi⁷](第7聲)

(例)　①爲個小弟(～in¹／yin¹siə²ti⁷)；袒護他弟弟.

②爲人民(～jin⁵bin⁵).　　③爲什麼(～sim⁷mih⁴).

④爲着(～tioh⁸)；爲了.　⑤因爲(in¹／yin¹～).

（14）【上】　　shàng（ㄕㄤ）

A 文言音：(siong⁷／siang⁷)

(例)　①上好(～hə²)，同"上蓋好"(～kai³～)；最好.

②上加(～ke¹)；頂多.　　③上歡喜(～huaⁿʰi²)；頂高興.

④上好勢(～hə²se³)；頂合適.又説"上蓋好勢"

・ 14 ・

⑤上級(～kip⁴).　　　　⑥上課(～k'ə³).

⑦上路尾(～lo⁷bue²)；最後：又"路尾手"(～ts'iu²)：後來.

⑧上午(～ngo²).　　　　⑨上旬(～sun⁵).

⑩上帝(～te³).　　　　⑪上司(～si¹)，又説"頂司"(teng²～).

⑫上訴(～so³).　　　　⑬上天(～t'ian¹)；指上蒼、天神.

B 白話音：(tsioⁿ⁷／tsiuⁿ⁷)～(ts'ioⁿ⁷／ts'iuⁿ⁷)

（Ⅰ）讀音[tsioⁿ⁷／tsiuⁿ⁷]的例；

①上目(～bak⁸)；重視、上眼.

②上學(～əh⁸).　　　③上去(～k'i³)；如"上天"(～t'iⁿ¹).

④上陸(～liok⁸).　　　⑤上任(～jim⁷).

⑥上市(～ts'i⁷).　　　⑦上車(～ts'ia¹).

（Ⅱ）讀音[ts'ioⁿ⁷／ts'iuⁿ⁷]的例；

①上桶(～t'ang²)；吊桶，"上互高"(～ho⁷kuan⁵)；吊高起來.

②上水(～tsui²)；從井裡打水.

③上青苔(～ts'eⁿ¹／ts'iⁿ¹ti⁵)；長蘚苔.

（15）【個】　　　　gè（ㄍㄜ）

A 文言音：(Kə³)

（例）　①個人(～jin⁵).　　　②個個(～〃)；每個的意思，如
"個個個是英雄好漢"(In¹～〃 si⁷eng¹hiong⁵hə²han³)，個即他們.

③個性(～seng³／sing³).　④個別(～piat⁸).

⑤個體(～t'e²).　　　　⑥一個月(tsit⁸～gueh⁸).

B 訓讀音：(e⁵)／(ge⁵)

台語表示量詞(名詞的數量單位)的概念中有[e⁵](有時亦説成[ge⁵]的)
，用漢字表記時，即借用同義素的"個"，換言之、"個"(亦寫成箇、
略做个)的台語訓讀音便是[e⁵／ge⁵]。它被廣泛地用於計數單位的、
個別的東西。

(例)　①一個(tsit^8～)．　　②一個人(tsit^8～lang^5)．

③兩個錶仔(lng^7～pio^{2}a^2)；兩只手錶．

④幾個人(kui^2～lang^5)，"無幾個人"(bə^5～)；沒幾個人．

⑤十外個人客(tsap^{8}gua^7～lang^{5}k'eh^4)；十幾個客人．

（16）【國】　　guó（ㄍㄨㄛ）

"國"字的台語讀音祇有一種[kok^4]，是文言音，因常用而口語化。

(例)　①國民(～bin^5)．　　②國號(～hə^7)．

③國防(～hong^5)．　　④國家(～ka^1)．

⑤國歌(～kua^1)．　　⑥國王(～ong^5)．

⑦國產(～san^2)．　　⑧國是(～si^7)．

⑨國土(～t'o^2)．　　⑩國際(～tse^3)．

⑪國策(～ts'ek^4／ts'ik^4)．　⑫美國(Bi^2～)．

⑬英國(Eng^1～)；"聯合王國"(Lian^{5}hap^{8}ong^5～)．

⑭三國(sam^1～)，口語音是[sa^{n1}～]，"三國志"(Sam^1～tsi^3)．

（17）【我】　　wǒ（ㄨㄛ）

Ａ 文言音：(ngo^2)

(例)　①我國(～kok^4)．　　②我們(～bun^5)．

③忘我(bong^5～)、小我(siau^2～)．

④大我(tai^7～)．　　⑤自我中心(tsu^7～tiong^{1}sim^1)．

⑥我行我素(～heng^5／hing^5～so^3)；不管別人的意見，照自己的做法去做．

Ｂ 白話音：(gua^2)

(例)　①我的(～e^5)．　　②互我(ho^7～)；給我．

③我子(～kia^{n2})、同"阮子"(gun^{2}kia^{n2})；我(我們)的孩子．

④無我(bə^5～)，文言音爲[bu^{5}ngo^2]．

⑤是我(si⁷～)，"是我不對"(～put⁴tui³)．

（18）【以】　　yǐ（ㄧˇ）

"以"字的台語讀音祇有文言音[i²／yi²]一種，亦因常用而口語化。

（例）　①以後(～au⁷)．　　　②以免(～bian²)．
③以外(～gua⁷)．　　　④以及(～kip⁴)．
⑤以來(～lai⁵)．　　　⑥以內(～lai⁷)．
⑦以往(～ong²)．　　　⑧以下(～ha⁷)．
⑨以上(～siong⁷)．　　⑩以致(～ti³)．
⑪以前(～tsing⁵／tseng⁵)．⑫可以(k'ə²～)．
⑬足以(tsiok⁴～)．　　⑭用以(yong⁷～)．
⑮所以(so²～)．　　　⑯以毒攻毒(～tok⁸kong¹tok⁸)

（19）【要】　　yào（ㄧㄠˋ）

A 文言音：(iau³)／(yau³)

（例）　①要害(～hai⁷)；致命的部位．
②要緊(～kin²)．　　　③要求(iau³／yau³kiu⁵)．
④要領(～leng²／ling²)．⑤要塞(～sai³)．
⑥要素(～so³)．　　　⑦要點(～tiam²)．
⑧要職(～tsit⁴)．　　　⑨重要(tiong⁷～)．
⑩需要(su¹～)．　　　⑪必要(pit⁴～)．
⑫提要(t'e⁵～)．　　　⑬要不得(～put⁴tik⁴)．

B 訓讀音：(beh⁴)／(bueh⁴)

台語表示"欲、要"的概念有[beh⁴／bueh⁴]一詞，常被用"要"、"欲"
來訓用，一般俗用"卜"字。因此、"要"字便有借義的訓讀音。

（例）　①要互汝(～ho⁷li²)；要給你．
②要去(beh⁴／bueh⁴k'i³)．③要看(～k'uaⁿ³)．

④要睏(～k'un³)；要睡．　⑤要食(～tsiah⁸)；要吃．
⑥無要(bə⁵～)；不要．　⑦想要(siu⁷／sio⁷～)．
⑧天要光(t'i^{n1}～kng¹)；天要亮．按"要"俗作"卜"．

（20）【他】　　tā（ㄊㄚ）

"他"字的台語讀音雖然有文言音[t'ə¹]，但幾乎不用而少用例。反而
白話音[t'a¹／t'a^{n1}]較文言音存古而常用。另外亦被借義訓用，故有
訓讀音[i¹／yi¹]，爲"伊"字的借用。

A 文言音：(t'ə¹)，又作"佗"．

B 白話音：(t'a¹)／(t'a^{n1})

（例）　①其他(ki⁵～)，口語"別個"(pat⁴e⁵)．
　　　②自己要用不賣他人(tsu⁷ki²yau³yong⁷put⁴mai⁷～jin⁵)．
　　　③他們(～bun⁵)．　　④他日(～jit⁸)，口語"另日"(leng⁷～)．
　　　⑤他鄉遇故知(～hiong¹gu⁷ko³ti¹)．
　　　⑥無他(bu⁵～)；沒別的．　⑦維他命(ui⁵/wi⁵～beng⁷)．

C 訓讀音：(i¹)／(yi¹)

（例）　①無他(伊)會死(bə⁵yi¹e⁷si²)；如果沒有他(她)，就會活
　　　不了．　　　　　②去看他(伊)(k'i³k'ua^{n3}～)．

（21）【時】　　shí（ㄕ）

"時"的台語讀音文白一樣讀[si⁵]。

（例）　①時候(～hau⁷)．　②時日(～jit⁸)．
　　　③時間(～kan¹)．　　④時刻(～k'ek⁴)．
　　　⑤時機(～ki¹)．　　⑥時行(～kia^{n5})；流行．
　　　⑦時局(～kiok⁸)；當前的局勢．
　　　⑧時世(～se³)、即時代(～tai⁷)．
　　　⑨時常(～siong⁵)．　⑩時陣(～tsun⁷)；時候．

⑪時錶(～pio²)；錶，又"時鐘"(～tseng¹/tsing¹)．

⑫現此時(hian⁷ts'u²～)；現在、此刻．

⑬向時(hiang³～)，即往時(ong²～)，又"彼時"(hit⁴～)．

⑭不時(put⁴～)；常常．　⑮天時(t'ian¹～)．

⑯有時(u⁷／wu⁷～)，"有時有陣"(～u⁷tsun⁷)；有一定的時間．

（22）【來】　　lái（ㄌㄞ）

"來"字的台語讀音是文白一體，是文言音，更是白話音[lai⁵]。

（例）　①來咧(～le)；來(一下)吧，同"來一下"(～tsit⁸e)．

②來去(～k'i³)；走吧．　③來回(～hue⁵)．

④來歷(～lek⁸)；即"來頭"(～t'au⁵)．

⑤來往(～ong²)；交際．　⑥來賓(～pin¹)．

⑦來轉(～tng²)；回去吧．⑧轉來(tng²～)；回來．

⑨落來(loh⁸～)；下來．　⑩入來(jip⁸～)；進來．

⑪倒來(tə³～)；即"倒轉來"(tə³tng²lai)；回來．

⑫來源(～guan⁵)．　⑬亂來(luan⁷～)即"烏白來"(o¹peh⁸～)．

⑭毋來(m⁷～)；不來．　⑮無卜來(bə⁵beh⁴～)；不要來．

⑯毋通來(m⁷t'ang¹～)；不可以來，又"𣍐使來"(bue⁷sai³～)．

（23）【用】　　yòng（ㄩㄥ）

A 文言音：(iong⁷／yong⁷)

（例）　①用語(～gu²)．　　②用法(～huat⁴)．

③用意(～i³／yi³)．　　④用心(～sim¹)計較(ke³kau³)．

⑤用途(～to⁵)．　　　⑥用處(～ts'u³)．

⑦費用(hui³～)，又"所費"(so²hui³)．

⑧有(無)路用(wu⁷[bə⁵]lo⁷yong⁷)；有(沒)用處(途)．

⑨代用(tai⁷～)．　　⑩暫用(tsiam⁷～)．

B 白話音：(eng⁷／ing⁷)

    (例)　①用力(～lat⁸).　　②用茶(～te⁵).

    ③用人(～lang⁵).　　　④用錢(～tsi^{n5}).

按"用"字雖有文白異讀，但是以文言音爲多而口語化。反之白話音減少用例，兩者漸趨一致。

（24）【們】　　　　men（ㄇㄣ）

"們"字在台語裡用的極少，惟因爲某些表示複數概念的台語詞彙常被"們"字所訓用，以致"們"往往會在台語裡出現。它的讀音，是模仿官話音來的，讀成[bun⁰]。

    (例)　①我們(ngo²～)；台語説"伬"(guan²／gun²)，又作"阮"字.

    ②你們(ni²～)；台語説"恁"(或作恁)(lin²).

    ③他們(ta¹～)；台語説"個"(yin¹).

    ④老人們(lau⁷lang⁵～)；台語説"老伙仔伴"(lau⁷hue²a²p'ua^{n7}).

（25）【生】　　　　shēng（ㄕㄥ）

A 文言音：(seng¹／sing¹)

    (例)　①生物(～but⁸).　　②生效(～hau⁷).

    ③生理(～li²)；器官的機能，生意、買賣，生理人(～lang⁵)；做買賣的人.　　　　　④生計(～ke³).

    ⑤生命(～beng⁷)／(se^{n3}mia⁷).　⑥生產(～san²).

    ⑦生存(～tsun⁵).　　　⑧生平(～peng⁵／ping⁵).

    ⑨生前(～tsian⁵).　　　⑩生態(～t'ai⁷).

    ⑪生疏(seng¹／ts'i^{n1}so¹).　⑫生財(～tsai⁵).

    ⑬生殖(～sit⁸).　　　　⑭生活(～wah⁸).

    ⑮一生(yit⁴～).　　　　⑯人生(jin⁵～).

    ⑰平生(peng⁵／ping⁵～).　⑱前生(tsian⁵～).

B 白話音：$(se^{n1}／si^{n1})～(ts'e^{n1}／ts'i^{n1})$

（Ⅰ)$[se^{n1}／si^{n1}]$的語例表示"產"或"生"的概念

①生子(亦作囝)$(～kia^{n2})$. ②先生$(sian^1～)$；老師.

③生粒仔$(～liap^8a^2)$；生瘤子.

④生相(又作肖)$(～siu^{n3}／sio^{n3})$；鼠牛…等12生相.

⑤生死$(～si^2)$；活與死. ⑥生份$(～hun^7)$又音$(ts'i^nhun^7)$；陌生，"生分人"$(～lang^5)$；陌生人."生份"亦作"生分".

⑦生父$(～pe^7)$，生母$(～bo^2／bu^2)$；親生父、母.

⑧生做$(～tsə^3)$；長相. ⑨生日$(～jit^8)$.

⑩生成$(～seng^5／sing^5)$，又説$(～tsia^{n5})$.

⑪後生$(hau^7～)$；兒子. ⑫畜生$(t'iok^4～)$；牲畜.

⑬出生$(ts'ut^4～)$，又"出生入死"$(～jip^8si^2)$.

（Ⅱ)$[ts'e^{n1}／ts'i^{n1}]$的語例，表示"未成熟"的概念。

①生番$(～huan^1)$. ②生跳跳$(～t'iau^3〃)$；喻很新鮮.

③生魚$(～hi^5)$. ④生菜$(～ts'ai^3)$.

⑤生驚$(～kia^{n7})$；害怕，又"着生驚"$(tiəh^8～)$；害怕了.

⑥生冷$(～leng^2／ling^2)$；冰冷，陰冷.

⑦生腳仔$(～k'a^1a^2)$；即生手$(～ts'iu^2)$；毫無經驗的人.

⑧生水$(～tsui^2)$；沒煮過的天然水，反義語爲"滾水"$(kun^2～)$.

（26）【到】 dào（ㄉㄠ）

A 文言音：$(tə^3)$

（例） ①到處$(～ts'u^3)$. ②到底$(～te^2／ti^2)$；又音$(tau^3～)$.

③周到$(tsiu^1～)$. ④達到$(tat^8～)$.

B 白話音：(tau^3)

按白話音的用例極少僅"到底"$(～te^2／ti^2)$而已。

C 訓讀音：(kau³)

   (例) ①到尾(～be²／bue²)，又説"到路尾"(～lo⁷～)；到了最後.

   ②到啦(～la)；到了.   ③到額又作"夠額"(～giah⁸)；足夠.

   ④到厝(～ts'u³)；到了家. ⑤到位(～wi⁷／ui⁷)；到達(目的地).

   ⑥行到(kiaⁿ⁵～)；走到. ⑦做會到(tsə³／tsue³e⁷～)；辦得到.

（27）【作】　　　zuò（ㄗㄨㄛˋ）

A 文言音：(tsok⁴)

   (例) ①作文(～bun⁵).   ②作業(～giap⁸).

   ③作孽(～giat⁸).   ④作家(～ka¹).

   ⑤作曲(～k'iok⁴).   ⑥作怪(～kuai³)；作祟，搞鬼.

   ⑦作亂(～luan⁷).   ⑧作弊(～pe³).

   ⑨作品(～p'in²).   ⑩作者(～tsia²).

   ⑪作戰(～tsian³).   ⑫作爲(～wi⁵)；行爲表現.

   ⑬作用(～yong⁷).   ⑭原作(guan⁵～).

   ⑮工作(kang¹～).   ⑯傑作(kiat⁸～).

   ⑰大作(tai⁷～).   ⑱著作(tu³～).

   ⑲造作(tsə³～).   ⑳振作(tsin²～).

B 白話音：(tsəh⁴)

   (例) ①作園(～hng⁷)；耕佃. ②作穡(～sit⁴)；種田.

   ③作穡人(～～～lang⁵)；種田的人，又"作穡兄"(～hiaⁿ¹).

   ④作田(～ts'an⁵)；種田. ⑤耕作(keng¹／king¹～)；耕種.

（28）【地】　　　dì（ㄉㄧˋ）

A 文言音：(ti⁷)

按"地"字雖然有文言音[ti⁷]，但用例很少，幾乎全用於白話音。

(例)　①土地公(t'o²～kong¹)；即土地之神，又名福德正神，或指地方上有權勢的人.

②土地婆(～pə⁵)；或謂土地公的太太。惟"土地"一詞的"地"不能讀文言音，必須讀白話音(tue⁷／te⁷).

B 白話音：(te⁷／tue⁷)

(例)　①地面(～bin⁷).　　②地獄(～gak⁸).

③地下室(～ha⁷sek⁴／sik⁴). ④地形(～heng⁵／hing⁵).

⑤地方(～hng¹).　　　　⑥地價(～ke³).

⑦地區(～k'u¹).　　　　⑧地球(～kiu⁵).

⑨地理(～li²).　　　　　⑩地名(～mia⁵).

⑪地板(～pan²).　　　　⑫地步(～po⁷)；境遇.

⑬地皮(～p'ue⁵／p'e⁵).　⑭地勢(～se³).

⑮地帶(～tai³).　　　　⑯地動(～tang⁷)；即地震.

⑰地點(～tiam²).　　　　⑱地圖(～to⁵).

⑲地毯(～t'an²).　　　　⑳地頭(～t'au⁵)；本地、地盤.

㉑地租(～tso¹).　　　　㉒地主(～tsu²).

㉓貴地(kui³～).　　　　㉔農地(long⁵～).

㉕山地(suaⁿ¹～).　　　　㉖天地(tiⁿ¹～).

㉗場地(tioⁿ⁵／tiuⁿ⁵～). ㉘草地(ts'au²～)；鄉下.

㉙處女地(ts'u²lu²／li²～). ㉚舊地重遊(ku⁷～tiong⁷yiu⁵).

（29）【於】　　yú（ㄩ）

按"於"字的台語文白祇有一種讀音[u⁵／wu⁵]，惟多用於文言裡，口語中極少用例。

(例)　①於今(～kim¹)；到現在. ②於是(～si⁷).

③至於(tsi³～)，不至於(put⁴～).

④大(小)於(tua⁷<sio²>～). "等於"(teng²～).

⑤出於…(ts'ut⁴～…)；又説"出自"(ts'ut⁴tsu⁷).

⑥取之於民用之於民(ts'u²tsi¹～bin⁵yong⁷tsi¹～bin⁵)；從人民身上拿來的，用在人民身上.

（30）【出】　　　chū（ㄔㄨ）

"出"字的台語讀音文言口語音共同爲一種是[ts'ut⁴]。

　(例)　①出賣(～be⁷／bue⁷).　②出面(～bin⁷).

　③出在(～tsai⁷)；任由，如"出在伊講"(～i¹／yi¹kong²)；任由他説，亦説"據在"(ku³～).　④出芽(～ge⁵).

　⑤出現(～hian⁷).　　　⑥出外(～gua⁷)；到外地去.

　⑦出發(～huat⁴).　　　⑧出風頭(～hong¹t'au⁵).

　⑨出院(～iⁿ⁷／yiⁿ⁷).　　⑩出任(～jim⁷).

　⑪出入(～jip⁸).　　　⑫出日(～jit⁸)；出太陽.

　⑬出嫁(～ke³).　　　⑭出口(～k'au²).

　⑮出去(～k'i³).　　　⑯出氣(～k'ui³／k'i³).

　⑰出勤(～k'in⁵／k'un⁵)；(出去)上班.

　⑱出來(～lai).　　　⑲出力(～lat⁸).

　⑳出路(～lo⁷).　　　㉑出名(～mia⁵).

　㉒出馬(～ma²)；出來參加競選或出面做事.

　㉓出門(～mng⁵)；即外出.　㉔出版(～pan²).

　㉕出品(～p'in²).　　　㉖出產(～san²).

　㉗出破(～p'ua³)；發覺，敗露.

　㉘出師(～sai¹)；徒弟學藝成就.

　㉙出色(～sek⁴／sik⁴).　㉚出席(～sek⁸／sik⁸).

　㉛出世(～si³)；即出生，又喻不見、遺失.

　㉜出生(～seⁿ¹／siⁿ¹).　　㉝出山(～suaⁿ¹)；即出殯.

　㉞出張(～tioⁿ¹／tiuⁿ¹)；即出差(～ts'e¹).　㉟出動(～tong⁷).

㊱出頭(～t'au³)；出面、帶頭露出，又"出頭天"（～t'iⁿ¹)；從困苦中解脫出來，意同"出脫"(～t'uat⁴).

㊲日出(jit⁸～).　　　　㊳不出所料(put⁴～so²liau⁷).

㊴繪出得(be⁷／bue⁷～tit⁴)；不肯、不願.

（31）【就】　　jiù（ㄐㄧㄡ）

"就"字的台語讀音文言口語一樣是[tsiu⁷]

（例）　①就業(～giap⁸).　②就近(～kin⁷)；在附近.

③就學(～hak⁸)；上學.　④就任(～jim⁷).

⑤就是(～si⁷).　　　　⑥就地取材(～te⁷ts'u²tsai⁵).

⑦就職(～tsit⁴).　　　⑧就位(～ui⁷／wi⁷).

⑨就事論事(～su⁷lun⁷～).　⑩成就(seng⁵／sing⁵～).

⑪屈就(k'ut⁴～)；委屈遷就、擔任.

⑫遷就(ts'ian¹～).

（32）【分】　　fēn（ㄈㄣ）

A 文言音：(hun¹)～(hun⁷)

（Ⅰ）　"分"字讀[hun¹]的語例：

①分明(～beng⁵／bing⁵).　②分母(～bə²).

③分行(～hang⁵).　　　④分校(～hau⁷).

⑤分解(～kai²).　　　　⑥分工(～kang¹).

⑦分離(～li⁷).　　　　⑧分裂(～liat⁸).

⑨分類(～lui⁷).　　　　⑩分別(～piat⁸).

⑪分開(～k'ui¹)，語音為(pun¹k'ui¹).

⑫分辨、分辯音同為(～pian⁷).

⑬分布(～po³).　　　　⑭分配(～p'ue³).

⑮分心(～sim¹).　　　　⑯分散(～san³)，又音(～suaⁿ³).

⑰分身($\sim$sin^1)．　　⑱分數($\sim$so^3)．

⑲分擔($\sim$tam^1)．　　⑳分子($\sim$tsu^2)．

㉑慢分(ban^7$\sim$)；誤點．　㉒十二萬分(tsap^{8}ji^{7}ban^7$\sim$)．

（Ⅱ）　"分"字讀[hun^7]的語例；常與"份"字互用。

①分外($\sim$gua^7)．　　②分內($\sim$lai^7)．

③分量($\sim$liong^7)．　　④分際($\sim$tse^3)；界限，範圍．

⑤分子($\sim$tsu^2)．　　⑥本分(pun^2$\sim$)．

⑦過分(ke^3／kue^3$\sim$)．　⑧成分(seng^5／sing^5$\sim$)．

⑨鹽分(yam^5$\sim$)．　　⑩天分(t'ian^1$\sim$)；稟賦、天資．

B 白話音：(pun^1)

按"分"字台語讀白話音時，爲"分與、分割"等詞義。

（例）　①分的或分來的(pun^{1}laie)；即要來的．

②分紅利($\sim$ang^{5}li^7)；分紅、分配利益．

③分家($\sim$ke^1)，分家賄($\sim$hue^2)；分財產．

④分隨人($\sim$sui^{5}lang^5)；分家各自營生．

⑤分張($\sim$tio^{n1})；指孩子有氣量、慷慨願意把東西分給別人．

⑥分食（$\sim$tsiah^8)；伙食分開，意爲分家．

（33）【對】　　　duì（ㄉㄨㄟˋ）

"對"字在台語裡的讀音衹有一種是[tui^3]。

（例）　①對面($\sim$bin^7)．　　②對號($\sim$hə^7)．

③對方($\sim$hong^1)．　　④對付($\sim$hu^3)．

⑤對反($\sim$huan^2)；顚倒，相反．

⑥對抗($\sim$k'ong^3)．　　⑦對象($\sim$siong^7)．

⑧對看($\sim$k'ua^{n3})；相互參看，相親．

⑨對立($\sim$lip^8)．　　⑩對年($\sim$ni^5)；一周年忌．

⑪對分($\sim$pun^1)；平分，又説"對半分"($\sim$pua^{n3}pun^1)．

⑫對不住($\sim$put^{4}tsu^7). ⑬對待($\sim$t'ai^7).

⑭對觸($\sim$tak^4)；對抗、爭鬥. ⑮對敵($\sim$tek^8).

⑯對等($\sim$teng^2／ting^2)；互相平等.

⑰對中($\sim$tiong^1)；正中. ⑱對照($\sim$tsiau^3).

⑲對症($\sim$tseng^3／tsing^3). ⑳對質($\sim$tsit^4).

㉑對策($\sim$ts'ek^4). ㉒對手($\sim$ts'iu^2).

㉓對應($\sim$yeng^3／ying^3). ㉔無對(bə^5$\sim$)；即不對.

㉕聯對(lian^5$\sim$)；即對聯，又説"對仔"($\sim$a^2)，即對子.

㉖雙雙對對(siang^1〃tui^3〃).

（34）【成】　　　chéng（ㄔㄥ）

A 文言音：(seng^5／sing^5)

（例）①成(seng^5／sing^5$\sim$)；像、類似之意。汝有成汝阿兄(Li^2 wu^7$\sim$li^{2}a^{1}hia^{n1})；你像你哥哥.

②成分($\sim$hun^1). ③成婚($\sim$hun^1)；結婚.

④成家($\sim$ka^1). ⑤成見($\sim$kian^3).

⑥成果($\sim$kə^2). ⑦成交($\sim$kau^1).

⑧成功($\sim$kong^1). ⑨成年($\sim$lian^5).

⑩成立($\sim$lip^8). ⑪成品($\sim$p'in^2).

⑫成本($\sim$pun^2). ⑬成事($\sim$su^7)；辦好事情.

⑭成熟($\sim$sek^8／sik^8). ⑮成長($\sim$tiong^5).

⑯成績($\sim$tsek^4). ⑰成就($\sim$tsiu^7).

⑱成全($\sim$tsuan^5). ⑲大成(tai^7$\sim$).

⑳天成(t'ian^1$\sim$). ㉑完成(wan^5$\sim$).

B 白話音：(tsia^{n5})～(ts'ia^{n5})～(sia^{n5})

"成"字的白話音語例不多，但是白話口語音卻有三種。

（Ⅰ）[tsia^{n5}]的語例

①成人、毋成人(～lang^5、m～lang^5)；成熟的人或未成熟的人，惟"成人"文言音為[seng^5／sing^{5}jin^5].

②成冬(～tang^7)；將近一年，與"成年"的口語音(tsia^{n5}ni^5)意思一樣. ③成眠(～bin^5)；是睡得好的意思，但是它的文言音(seng^{5}bin^5)則是"睡着"的意思.

④成物(～mih^8)；像個東西，喻寶貴的東西.

⑤成樣(～iu^{n7}／io^{n7})；像個樣子，喻成形.

(II) [ts'ia^{n5}]的語義是飼養，使完成。

(例) ①成到大漢(～kah^4／kau^{3}tua^{7}han^3)；養育到成人.

②成子(～kia^{n2})；養育子女.

③圖成好啦(to^5～hə^{2}la)；圖加工完成了.

(III) [sia^{n5}]的語義是十分之一，語例有限(例)

①一成(tsit^8～). ②有幾成(wu^{7}kui^2～).

（35） 【會】　　　huì（ㄏㄨㄟ）

A 文言音：(hue^7)

(例) ①會仔(～a^2)；民間一種小型的經濟互助組織，入會成員按期(通常每月1次)交款(扣除利息)，要使用時可以投標，叫做"標會仔"(pio^1～)或"寫會仔"(sia^2～).

②會議(～gi^7). ③會費(～hui^3).

④會友(～iu^2／yiu^2). ⑤會計(～ke^3)，又音(kue^{3}ke^3).

⑥會館(～kuan^2). ⑦會客(～k'eh^4).

⑧會長(～tiu^{n2}／tio^{n2}). ⑨會場(～tiu^{n5}／tio^{n5}).

⑩會員(～wan^5). ⑪社會(sia^7～)，會社(～sia^7)；公司.

⑫大會(tai^7～).

B 白話音：(he^7)～(e^7)

"會"字的白話音有[he^7]和[e^7]，惟[he^7]又常與[hue^7]互用.

(例) ①會清楚(he^7／hue^{7}ts'eng^1／ts'ing^{1}ts'o^2)；互相理會清楚.

②會毋着(he^7／hue^{7}m^{7}tioh^8～)；賠不是.

③會失禮(～sit^{4}le^2)；道歉，又説"坐失禮"(ts'e^7～).

④會數(he^7／hue^{7}siau^3)；付帳，算帳，對帳.

[e^7]的用例廣泛 (例)：①會(e^7)；能的意思，反義語爲"獪"(bue^7)；不能、不會. ②會來(～lai^5).

③會行會跳(～kia^{n5}～t'iau^3)；會走會跳.

④會笑會哭(～tsio^3～k'au^3). ⑤會用得(～eng^7／iong^{7}tit^4)；可以…，與"會使得"(～sai^{2}tit^4)同義。

⑥會曉[得](～hiau^2[tit^4])；懂得….

⑦會堪得(～k'am^{1}tit^4)；勝任、耐得.

⑧會當(～tang^3)，又寫作"會凍"；即能夠…，如："汝敢會當來"？(Li^{2}ka^{n2}／kam^{2}e^{7}tang^{3}lai^5)；你能夠來嗎？.

⑨會得(～tit^4)；能夠…. ⑩會得通(～tit^{4}t'ang^1)；與"會凍"義同.

⑪提會起來(t'eh^8～k'i^{2}lai)；拿得起來.

⑫跳會過(t'iau^3～ke^3／kue^3)；跳得過去.

（36） 【可】　　ké（ㄎㄜ）

A 文言音：(K'ə^2)

(例) ①可愛(～ai^3). ②可疑(～gi^5)；值得懷疑.

③可以(～i^2／yi^2). ④可靠(～k'ə^3).

⑤可觀(～kuan^1). ⑥可憐(～lian^5).

⑦可能(～leng^5／ling^5). ⑧可惡(～o^{n3})；又音(～ok^4).

⑨可悲(～pi^1). ⑩可比(～pi^2)；好比、比擬.

⑪可怕(～pa^{n3}). ⑫可惜(～sioh^4).

⑬可笑(～ts'io^3). ⑭可取(～ts'u^2)；令人欽佩，如：

"伊實在足可取"(Yi¹sit⁴tsai⁷tsiok⁴～ts'u²)；他(她)很了不起.

⑮認可(jim³～)． ⑯可大可小(～tai⁷～siau²)．

⑰核可(hek⁸～)． ⑱許可(hi²／hu²～)．

B 白話音：(k'ua²)

按"可"字在台語裡有讀白話音的[k'ua²]，畢竟用例極少。(例)"小可"
(sio²k'ua²)；即稍許、若干的意思，惟台語的(sio²k'ua²)，漢字又
寫成"小許"，亦有諧借"少許"或"稍許"。如：毋通爲着小可(許)代
誌來受氣(M⁷t'ang¹wi⁷tioh⁸sio²～tai⁷tsi³lai⁵siu⁷k'i²)；不要爲了小事
情生氣。

（37）【主】　　zhǔ（ㄓㄨ）

"主"字在台語裡只有一種讀音[tsu²]，文白同讀。

（例）　①主義(～gi⁷)． ②主語(～gu²)；即"主詞"(～su⁵)．

③主婦(～hu⁷)． ④主意(～i³／yi³)；主見、辦法.

⑤主要(～iau³／yau³)． ⑥主任(～jim⁷)．

⑦主角(～kak⁴)． ⑧主觀(～kuan¹)．

⑨主顧(～ko³)． ⑩主權(～kuan⁵)．

⑪主人(～lang⁵)． ⑫主力(～lek⁸／lik⁸)．

⑬主流(～liu⁵)． ⑭主辦(～pan⁷)．

⑮主筆(～pit⁴)；報社負責撰寫評論的人.

⑯主編(～pian¹)． ⑰主席(～sek⁸／sik⁸)．

⑱主題(～te⁵)． ⑲主張(～tioⁿ¹／tiuⁿ¹)．

⑳主動(～tong⁷)． ㉑主體(～t'e²)．

㉒主持(～ts'i⁵)． ㉓主人翁(～jin⁵ong¹)．

㉔買主(be²～)． ㉕賣主(be⁷～)．

㉖爐主(lo⁵～)；祠堂寺廟祭事的負責人(代表)．

㉗事主(su⁷～)；當事人． ㉘地主(te⁷～)．

㉙厝主(ts'u³～)；房東．　㉚地基主(te⁷ki¹～)；屋內地頭神．

(38)【發】　　fā(ㄈㄚ)

按"發"字的台語讀音有文言音的[huat⁴]和白話音的[puh⁴]，但後者用例極有限，以植物出芽的用例爲主。

(例)　①發芽(puh⁴ge⁵)．　②發藾(puh⁴iⁿ²／yiⁿ²)；即露出幼芽，"藾"或作"蘖"。惟這裡"發"字又作"窋"、"勃"或"暴"。

文言音：(huat⁴)

(例)　①發明(～beng⁵／bing⁵)．②發言(～gian⁵)．

③發願(～guan⁷)；向神佛表明願望．

④發行(～heng⁵／hing⁵)．　⑤發現(～hian⁷)．

⑥發福(～hok⁴)；變胖了．⑦發揮(～hui¹)．

⑧發炎(～iam⁷／yam⁷)．　⑨發音(～im¹／yim¹)．

⑩發育(～iok⁸／yok⁸)．　⑪發揚(～iong⁵／yong⁵)．

⑫發熱(～jiat⁸)；同"發燒"(～sio¹)．

⑬發見(～kian³)；即發現．⑭發粿(～ke²／kue²)；一種土色蒸糕，質鬆軟如石綿．　⑮發掘(～kut⁸)．

⑯發刊(～k'an¹)；刊行．⑰發起(～k'i²)；倡議．

⑱發令(～leng⁷／ling⁷)；發出人事任用指令．

⑲發毛(～mng⁵)．　⑳發落(～loh⁸)；處理、處置．

㉑發黃(～ng⁵)；顯現黃色，"發癀"爲[huat⁴hong⁵]；炎症．

㉒發表(～piau²)．　㉓發榜(～png²)．

㉔發布(～po³)．　㉕發誓(～se³)．

㉖發射(～sia⁷)．　㉗發送(～sang³)．

㉘發達(～tat⁸)．　㉙發展(～tian²)．

㉚發電(～tian⁷)．　㉛發動(～tong⁷)．

㉜發端(～tuan¹)．　㉝發財(～tsai⁵)．

㉞發作(～tsok^{4}).　　　㉟發出(～ts'ut^{4}).
㊱啓發(k'e^{2}～)，口語説"開破"(k'ui^{1}p'ua^{3}).
㊲批發(p'i^{1}／p'ue^{1}～)；又説"大賣"(tua^{7}be^{7}).
㊳爆發(pok^{8}～).　　　㊴出發(ts'ut^{4}～).
㊵發面紅(～bin^{7}hong^{5})；臉上出現紅色，喻害羞或興奮.
㊶百發百中(pek^{4}～pek^{4}tiong^{3}).

(39)【年】　niań(ㄋㄧㄢˊ)

A 文言音：(lian^{5})

"年"字讀文言音的語例不多，大多口語化讀白話音，在詞頭多讀白話音，在詞尾則偶有文言音。

(例)　①年華(～hua^{5})；年歲，時光.
②年齡(～leng^{5}／ling^{5})；又音[ni^{5}leng^{5}／ling^{5}].
③年老歲多(～lə^{2}sue^{3}tə^{1})；喻年紀大.
④年輪(～lun^{5})；又讀[ni^{5}lun^{5}].
⑤年事(～su^{7}).　　　⑥年青有爲(～ts'eng^{1}／yiu^{2}wi^{5}).
⑦童年(tong^{5}～).　　　⑧青少年(ts'eng^{1}／ts'ing^{1}siau^{2}～).

B 白話音：(ni^{5})

(例)　①年尾(～be^{2}／bue^{2})；年底.
②年歲(～he^{3}／hue^{3})；亦即"年紀"(～ki^{2}).
③年號(～hə^{7}).　　　④年份(～hun^{7}).
⑤年鑑(～kam^{3}).　　　⑥年間(～kan^{1}).
⑦年級(～kip^{4}).　　　⑧年關(～kuan^{1})；年底要清理欠帳，過年如過關故稱年關.
⑨年粿(～kue^{2}／ke^{2})；年糕.
⑩年輕(～k'in^{1}).　　　⑪年庚(～ki^{n1})；生時日月.
⑫年老(～lau^{7}).　　　⑬年利(～li^{7}).
⑭年表(～piau^{2}).　　　⑮年代(～tai^{7}).

⑯年冬(～tang¹)；農作物一年間的收穫，如"好年冬"(hə²～)；
即豐收(之年). ⑰年兜(～tau¹)；年底.
⑱年度(～to⁷). ⑲年頭(～t'au⁵).
⑳年終(～tsiong¹). ㉑後年(au⁷～).
㉒年節(～tseh⁴／tsueh⁴)；年中節日行事，有時特指春節.
㉓今年(kin¹～). ㉔過年(ke³／kue³～).
㉕舊年(ku⁷～)；即去年. ㉖明年(me⁵～).
㉗前年(tsun⁵～)；又説"舊前年仔"(ku⁷tsun⁵ni⁵a²).

（40）【動】　　　dòng（ㄉㄨㄥˋ）

Ⓐ 文言音：(tong⁷)
　(例)　①動物(～but⁸)；動物園(～hng⁵).
　　②動向(～hiong³). ③動搖(～iau⁵／yau⁵).
　　④動機(～ki¹). ⑤動力(～lek⁸).
　　⑥動脈(～meh⁸). ⑦動亂(～luan⁷)；騷動變亂.
　　⑧動產(～san²). ⑨動心(～sim¹).
　　⑩動身(～sin¹). ⑪動態(～t'ai⁷).
　　⑫動靜(～tseng⁷／tsing⁷). ⑬動作(～tsok⁴).
　　⑭動員(～uan⁵／wan⁵). ⑮行動(heng⁵／hing⁵～).
　　⑯流動(liu⁵～). ⑰感動(kam²～).
　　⑱煽動(sian³～). ⑲調動(tiau³～).
　　⑳移動(yi⁵～). ㉑出動(ts'ut⁴～)；行動起來.
Ⓑ 白話音：(tang⁷)
　(例)　①動武(～bu²). ②動腳動手(～k'a¹～ts'iu²).
　　③動工(～kang¹). ④振動(tin²～)；文言音(tsin²tong⁷).

（41）【同】　　　tóng（ㄊㄨㄥˊ）

文言音：(tong⁵)

(例) ①同盟(～beng⁵／bing⁵). ②同業(～giap⁸).

③同學(～hak⁸)，又音[～əh⁸].

④同行(～hang⁵). ⑤同鄉(～hiong¹).

⑥同化(～hua³). ⑦同意(～i³／yi³).

⑧同感(～kam²). ⑨同居(～ki¹／ku¹).

⑩同班(～pan¹). ⑪同胞(～pau¹).

⑫同伴(～p'ua^{n7}). ⑬同時(～si⁵)；又音(tang⁵si⁵).

⑭同事(～su⁷). ⑮同等(～teng²／ting²).

⑯同情(～tseng⁵／tsing⁵). ⑰同窗(～ts'ong¹)；同班同學.

⑱同甘共苦(～kam¹kiong⁷k'o²).

⑲會同(hue⁷～). ⑳協同(hiap⁸～).

㉑共同(kiong⁷～). ㉒大同(tai⁷～).

㉓贊同(tsan³～). ㉔一同(yit⁴～).

白話音：(tang⁵)

(例) ①同樣(～iu^{n7}／io^{n7})，口語説"共款"(kang⁷k'uan²).

②同苦同甜(～k'o²～ti^{n1})；夫婦苦樂與共.

③同門(～mng⁵)；同師傅的門徒，連襟.

④同年(～ni⁵)；同歲. ⑤同姒仔(～sai⁷a²)；妯娌.

⑥同心(～sim¹)；共同一條心.

⑦同齊(～tse⁵)；一塊兒，如"佪同齊來去"(Lan²～tse⁵lai⁵k'i³)；
咱們一塊兒去.

（42）【工】 　　gōng（ㄍㄨㄥ）

文言音：(kong¹)

按"工"字雖有文言音[kong¹]，但是用例極少，幾乎全部是白話口語
音的語例。

(例) ①工本(～pun²)；即製作的成本.

②工程(～teng⁵／ting⁵)，又口語音(kang¹～).

③工讀(～t'ok⁸). ④工具(～k'u⁷)，又音(kang¹k'u⁷).

⑤工整(～tseng²／tsing²).

B 白話音：(kang¹)

(例) ①工藝(～ge⁷). ②工業(～giap⁸).

③工學院(～hak⁸iⁿ⁷／yiⁿ⁷). ④工夫(～hu¹)；本領、造詣，縝
密周到，如"這領衫做得眞工夫"(Tsit⁴nia²saⁿ¹tsə³／tsue³tit⁴tsin¹
～hu¹)，這件上衣做得很細致.

⑤工友(～iu²). ⑥工人(～lang⁵).

⑦工事(～su⁷)；即工程. ⑧工地(～te⁷)；施工現場.

⑨工頭(～t'au⁵). ⑩工場(～tioⁿ⁵／tiuⁿ⁵)；即工廠.

⑪工錢(～tsiⁿ⁵). ⑫工程師(～teng⁵／ting⁵su¹).

⑬工作(～tsok⁴). ⑭工資(～tsu¹).

⑮罷工(pa⁷～). ⑯工廠(～ts'ioⁿ²／ts'iuⁿ²或ts'iang²).

⑰動工(tang⁷～). ⑱厚工(kau⁷～)；費事、麻煩.

⑲綑工(k'un²～)；綑包工，又指隨貨車的工人.

⑳做工(tsə³／tsue³～). ㉑落工(ləh⁸～)；勞動工作開始.

㉒無彩工(bə⁵ts'ai²～)；浪費心神、時間没結果.

（43）【也】 yě（ㄧㄝ）

A 文言音：(ia²／ya²)

按"也"字雖有文言音，但用例極少，一般用語中多爲白話音。又文
言音多出現在句尾。(例) ①"未之有也"(bi⁷tsi¹iu²／yiu²～).

②是知也(si⁷ti¹～).

B 白話音：(ia⁷／ya⁷)～(a⁷)

（Ⅰ）這兩種白話音多用於表示雷同或重複，可以互用。

(例) ①也通(～t'ang¹)；也可以．

②也是(～si⁷)． ③也有(～u⁷／wu⁷)．

④會食也會做(e⁷tsiah⁸～e⁷tsə³／tsue³)．

⑤汝去我也去(Li²k'i³gua²～k'i³)．

（Ⅱ）白話音[a⁷]用於副詞表示反問。

(例) ①也有影？(～u⁷／wu⁷ia^{n2}／ya^{n2})；哪有？

②也使得(～sai²tit⁴)；怎麼行？"也使"意爲"何須？"(即沒必
要)，如 "汝也使去？"(Li²～sai²k'i²)；你何必去？

③也使講？(～sai²kong²)；何必説？

④也通？(～t'ang¹)；怎麼可以？

（44）【能】　　néng（ㄋㄥ）

"能"字的讀音祇有一種，應是文言音；[leng⁵／ling⁵]。不過，因其
意義素與台語的[e⁷](會、能夠⋯)相似，故有被訓用表記[e⁷]，這是
不對的。

文言音的語例：

①能幹(～kan³)． ②能力(～lek⁸)．

③能手(～ts'iu²)；熟練的人，跟"好腳數"(hə²k'a¹siau³)同義．

④能源(～guan⁵)；能產生energy(能量)的物質．

⑤萬能(ban⁷～)． ⑥能文能武(～bun⁵～bu²)．

⑦無能(bu⁵～)． ⑧原子能(guan⁵tsu²～)．

⑨熱能(jiat⁸～)． ⑩技能(ki¹～)．

⑪本能(pun²～)． ⑫才能(tsai⁵～)．

（45）【下】　　xià（ㄒㄧㄚ）

A 文言音：(ha⁷)

(例) ①下野(～ia²／ya²)．②下意識(～i³／yi³sek⁴)．

③下界($\sim$kai^3)． ④下降($\sim$kang^3)．

⑤下級($\sim$kip^4)． ⑥下課($\sim$k'ə^3)．

⑦下令($\sim$leng^7／ling^7)． ⑧下流($\sim$liu^5)．

⑨下列($\sim$liat^8)． ⑩下落($\sim$lok^8)．

⑪下午($\sim$ngo^2)． ⑫下班($\sim$pan^1)．

⑬下品($\sim$p'in^2)． ⑭下屬($\sim$siok^8)．

⑮下旬($\sim$sun^5)． ⑯下台($\sim$tai^5)．

⑰下等($\sim$teng^2／ting^2)． ⑱下賤($\sim$tsian^7)．

⑲上下(siong$^7\sim$)． ⑳天下(t'ian$^1\sim$)．

㉑足下(tsiok$^4\sim$)；書信上對朋友的敬稱．

B 白話音：(ke^7)$\sim$(he^7)$\sim$(e^7)

(Ⅰ) [ke^7]的語義是位置"低"、"低下"，故俗寫作"低"，語例有：

①高下(kuan$^5\sim$)，"高"又作"懸"(kuan^5／kuai^{n5})，即高低．

②下路($\sim$lo^7)；喻低能、差勁兒，義同"含慢"(ham^{5}man^7)．

③下厝仔($\sim$ts'u^{3}a^2)；矮屋．"高／懸樓"(kuan^{5}lau^5)的反義語．

④天房卡下(低)(t'ian^{1}pong^{5}k'ah$^4\sim$)；天花板較低．

(Ⅱ) [he^7]；"下"字又讀作[he^7]，即"放置"的意思。

(例) ①下落去(he^{7}loh^{8}k'i^3)；放下去．

②下咧($\sim$le^3)；放着． ③下著何位($\sim$ti^{7}tə^{5}ui^7)；放在哪里．

④下願($\sim$guan^7)；許願． ⑤下落($\sim$loh^8)；泛指適宜處所，

喻適當、正確。讀(ha^{7}lok^8)時，意為去向、所在．

⑥下手($\sim$ts'iu^2)；即動手，讀[e^{7}ts'iu^2]時意為助手．

⑦下工夫(he^{7}kang^{1}hu^1)；即下功夫．

⑧下力($\sim$lat^8)；用力，使出力量、加上氣力。

⑨下糖、鹽、味素……($\sim$t'ng^5、yam^5、bi^{7}so^3),把糖、鹽、味精

放進去．

(Ⅲ) [e^7]這個語音台語用"下"字表記時有兩方面的語義；一為

表示"低下"(Ⅰ)，或時間、次序在後的，另一為表示次數．

© 表示"低下"、"次序"者：

(例) ①下面(～bin⁷)，即"頂面"(teng²bin⁷：上面)的反義語.
②下頦(～hai⁵／huai⁵)；下巴，又叫"下斗"(e⁷tau²).
③下昏(～hng¹)；夜晚. ④下聯(～lian⁵)；對聯的下聯.
⑤下擺(～pai²)；下次. ⑩下半暝(～puaⁿ³mi⁵)；下半夜.
⑥下過(～ke³／kue³)；下次、下回.
⑦下腳(～k'a¹)；底下，同"下底"(～te²).
⑧下落(～loh⁸)；舊式建築物中下面的院落(相對於"頂落"
[teng²／ting²loh⁸]). ⑨下晡(～po¹)；下午.
⑪下半身(～puaⁿ³sin¹). ⑫下半冬(～puaⁿ³tang⁷)；下半年.
⑬下輩(～pue³)；晚輩，又説"後輩"(au⁷～).
⑭下司(～si¹)；部下，即"頂司"(teng²～)的反義語，如"頂司
管下司、鋤頭管糞箕"(～kuan²～、ti⁵／tu⁵ t'au⁵～pun³ki¹)；
喻一級管一級. ⑮下晝(～tau³)；中午.
⑯下層(～tsan³). ⑰手下(ts'iu²～).

① 表示次數的語例不多
①一下(tsit⁸～)；一次. ②幾下(kui²～)；幾次.
③幾仔下(kui²a²～)；好幾次，"拍幾仔下"(p'ah⁴～)；打了
好多下.

（46）【過】 　guò（ㄍㄨㄛˋ）

A 文言音：(kə³)
"過"字出現在文語或成語中多讀文言音，但白話音化的傾向極大.
(例) ①過望(～bong⁷)；超過原來的希望.
②過訪(～hong²)；訪問. ③過夜(～ia⁷／ya⁷).
④過慮(～lu⁷)；過於操心. ⑤過甚(～sim⁷)；過分.
⑥過失(～sit⁴)，又話音[ke³／kue³～].

· 38 ·

⑦過錯($\sim$ts'ə³)，又説"差錯"(ts'a¹$\sim$)．

⑧記過(ki³$\sim$)；記下過失作爲處罰，如 "記大過"($\sim$tai⁷$\sim$)．

⑨改過(kai²$\sim$)；"改"字變第1聲，即改除過錯，惟讀音如爲
[kai²ke³／kue³]，"改"仍讀第2聲時，語義爲改好、改掉．

⑩知過必改(ti¹$\sim$pit⁴kai²)．

B 白話音：(kue³／ke³)

(例)　①過火($\sim$he²／hue²)；超過限度、炊事的火候過度，祭
神的一種儀式(踱過火圈)．②過日($\sim$jit⁸)；過日子．

③過去($\sim$k'i³)；過字(按連音變調的原則)讀第2聲時爲名詞，
即以往過去，如不變調而讀第3聲本調時爲動詞或動詞補語，
意爲"移動、超越"．　　④過路($\sim$lo⁷)；走過某地方．

⑤過暝($\sim$mi⁵)；即過夜．　⑥過年($\sim$ni⁵)．

⑦過身($\sim$sin¹)；逝世．　⑧過頭($\sim$t'au)；超過．

⑨來過(lai⁵$\sim$)．　　　⑩過畫($\sim$tau³)；中午或逾中午．

⑪過程($\sim$t'eng⁵／t'ing⁵)，文言音"過"讀[kə³]．

⑫過症($\sim$tseng³)；疾病失治而危殆．

⑬看過(k'ua^{n3}$\sim$)．　　⑭食過(tsiah⁸$\sim$)；曾經吃過．

（47）【子】　　　zǐ（ㄗ）

A 文言音：(tsu²)

(例)　①子夜($\sim$ia⁷／ya⁷)；半夜．

②子宮($\sim$kiong¹)．　　③子音($\sim$im¹／yim¹)；輔音．

④子女($\sim$lu²／li²)．　　⑤子息($\sim$sek⁴／sik⁴)；即子嗣、子
孫，與"子嗣"($\sim$su⁵)同義．⑥子弟($\sim$te⁷)．

⑦子孫($\sim$sun¹)；口語音爲[kia^{n2}sun¹]．

⑧君子(kun¹$\sim$)．　　　⑨孔子(K'ong²$\sim$)．

⑩男子(lam⁵$\sim$)　　　⑪女子(lu²／li²$\sim$)．

⑫天子(t'ian¹〜).　　　　⑬子午線(〜ngo²suaⁿ³).

B 白話音：(tsi²)〜(ji²／gi²／li²)

（Ⅰ）[tsi²]的語例：①瓜子(kue¹〜).

②果子(ke²／kue²〜)；水果. ③甲子(kah⁴〜).

④結子(kiat⁸〜)；開花結子(k'ui¹hue¹〜〜)；開花結實.

⑤栗子(lat⁸〜).　　　　⑥種子(tseng²／tsing²〜).

⑦銃子(ts'eng³〜)；子彈

（Ⅱ）[ji²／gi²／li²]的語例：

①棋子(ki⁵〜).　　　　②碁(ki⁵〜).

C 訓讀音：(kiaⁿ²)

"子"字在台語裡被訓讀爲[kiaⁿ²]，不過台語[kiaⁿ²]即孩子、子女又被寫成"囝"字，可是這個字又被讀作[gin²]，"小孩子"即"囝仔"(gin² a²)。如："查甫囝仔"(tsa¹po¹〜〜)；男孩子，"查某(姥)囝仔"(〜bo²〜)；女孩子。[kiaⁿ²]仍以寫作"子"(即"子"訓讀kiaⁿ²)爲宜。

（例）①子兒(〜ji⁵)；孩子，"子兒猶細漢"(〜iau²／yau² se³／sue³han³)；孩子還小. ②子婿(〜sai³)；女婿.

③子孫(〜sun¹).　　　　④爸(又作父)子(pe⁷〜)；父子.

⑤母子(bə²／bu²〜).　　⑥三個子(saⁿ¹e⁵〜)；三個孩子.

⑦大子(tua⁷〜)；大孩子. ⑧尾仔子(be²a²〜)；最小的孩子.

⑨前人子(tseng⁵／tsing⁵lang⁵〜)；前妻的孩子.

⑩查甫子(tsa¹po¹〜)；男子漢、兒子，"查某(姥)子"；女兒.

（48）【説】　　　　shuō（ㄕㄨㄛ）

A 文言音：(suat⁴)

（例）①説明(〜beng⁵／bing⁵)，又口語音(sueh⁴〜).

②説服(〜hok⁸).　　　　③説教(〜kau³).

④學説(hak⁸〜).　　　　⑤邪説(sia⁵〜).

⑥胡説(ho⁵～)；與"亂講"(luan⁷kong²)、"烏白講"(o¹peh⁸～)同
義.　　　　　　　　　⑦傳説(t'uan⁵～).
B 白話音：(seh⁴／sueh⁴)
　(例)　①説謝(～sia⁷)；道謝.②説多謝(～tə¹～)；義同前①.
　③解説(kai²～)，又口語音(ke²／kue²～)；口頭上解釋説明.

（49）【產】　　　　chǎn（ㄔㄢˇ）
A 文言音(san²)
　(例)　①產物(～but⁸).　　②產業(～giap⁸).
　③產婦(～hu⁷).　　　　④產科(～k'ə¹)；即婦產科.
　⑤產婆(～pə⁵)；替孕婦接生的婦女，助產士.
　⑥產品(～p'in²).　　　⑦產生(～seng¹／sing¹).
　⑧產銷(～siau¹).　　　⑨產地(～te⁷).
　⑩家產(ka¹～).　　　　⑪土產(t'o⁵～).
　⑫財產(tsai⁵～).　　　⑬遺產(ui⁵／wi⁵～)
B 白話音：(suaⁿ²)
按"產"字白話音的用例極少、僅有"斷產"(tng⁷～)；月經閉止.

（50）【種】　　　zhǒng ～ zhòng（ㄓㄨㄥˇ）
A 文言音：(tsiong²)～(tsiong³)
　I [tsiong²]：　①種類(～lui⁷).
　②種種(～〃)；各種各樣.③品種(p'in²～).
　④種族(～tsok⁸)，又口語音(tseng²／tsing²tsak⁸).
　⑤業種(giap⁸～)；產業種別.
　II [tsiong³]：　語例很少；種植(～sit⁸)
B 白話音：(tseng²／tsing²)～(tseng³／tsing³)
　I [tseng²／tsing²]：　①種類(～lui⁷).

②種子(～tsi²)． ③人種(lang⁵～)．
④子種老爸(kiaⁿ²～lau⁷pe⁷)；孩子像父親．
⑤黃種(ng⁵～)． ⑥好種(hə²～)．
⑦傳種(t'uan⁵～)． ⑧絶種(tsuat⁸～)．
⑨花種(hue¹～)．
II [tseng³／tsing³]： ①種花(～hue¹)．
②種豆(～tau⁷)． ③種樹仔(～ts'iu⁷a²)；種樹木．
④種田(～ts'an⁵)． ⑤種東種西(～tang¹～sai¹)；種各
種各樣的，又説"種有的無的"(～u⁷／wu⁷ebə⁵e)。

（51）【面】 miàn（ㄇㄧㄢˋ）
A 文言音：(bian⁷)
（例） ①面目(～bok⁸)；口語音(bin⁷bak⁸)．
②面臨(～lim⁵)． ③面會(～hue⁷)；會見、會面．
④面積(～tsek⁴／tsik⁴)． ⑤面子(～tsu²)，又口語音(bin⁷tsu²)．
⑥體面(t'e²～)，又口語音(～bin⁷)；即面子
B 白話音：(bin⁷)
（例） ①面容(～iong⁵／yong⁵)．
②面油(～iu⁵／yiu⁵)；化粧用乳液．
③面巾(～kin¹／kun¹)；即毛巾，又説"面布"(～po³)．
④面具(～k'u⁷)． ⑤面孔(～k'ong²)．
⑥面皮(～p'ue³)；臉皮． ⑦面子(～tsu²)；即面子．
⑧面盆(～p'un⁵)；即臉盆，又説"面桶"(～t'ang²)．
⑨面熟(～sek⁸／sik⁸)；即面貌(～mau⁷)熟悉．
⑩面談(～tam⁵)． ⑪⋯⋯方面(⋯⋯hong¹～)．
⑫路面(lo⁷～)． ⑬地面(te⁷～)．
⑭當面(tng¹～)． ⑮正面(tsiaⁿ³～)．

⑯懊面(au³～)；面容不愉快，又説"臭面"(ts'au³～)

（52）【而】 ér（ㄦ）

"而"字祇有一種讀音爲[ji⁵／gi⁵／li⁵]

(例) ①而且(～ts'ia^{n2}). ②然而(jian⁵～).
③美而廉(bi²～liam⁵). ④富而貴(hu³～kui³).
⑤不而過(put⁴～kə³)；即不過、總之、然而.
⑥姑不而終(ko¹put⁴～tsiong¹)；即不得已，終又作將.
⑦而已(～i²／yi²)；口語又説(nia⁷nia⁷).

（53）【方】 fāng（ㄈㄤ）

A 文言音：(hong¹)

(例) ①方案(～an³). ②方面(～bin⁷).
③方言(～gian⁵). ④方向(～hiong³).
⑤方法(～huat⁴). ⑥方音(～im¹)；方言的語音.
⑦方略(～liok⁸)；計劃策略. ⑧方便(～pian⁷).
⑨方式(～sek⁴／sik⁴). ⑩方位(～ui⁷／wi⁷)；方向和位置.
⑪方針(～tsiam¹). ⑫立方(lip⁸～).
⑬平方(peng⁵／ping⁵～). ⑭上方(siong⁷～).
⑮東方(tong¹～)；又口語音(tang¹hng¹).
⑯大方(tai⁷～)；不畏縮. ⑰對方(tui³～).
⑱雙方(siang¹～)，又説"兩方"(liong²～).

B 白話音：(hng¹)～(png¹)

I [hng¹]： 方向用語多讀口語白話音。
(例) ①四方(si³～)，如"四方攏無人"(～long²bə⁵lang⁵)；周
圍(四方)全没人。"四方"如讀文言音(su³hong¹)，則意爲四
方形，四角形. ②南方(lam⁵～)、北方(pak⁴～)、

· 43 ·

西方(sai¹～)，又文言音(se¹hong¹)．

II [png¹]： 姓的讀音，如"伊姓方"(yi¹siⁿ³／seⁿ³～)；他姓方．

（54）【後 ～ 后】 hòu（ㄏㄡˋ）

A 文言音：(ho⁷) 又訛成 [hiə⁷]

(例) ①後裔(～e³／ye³)．②後患(～huan⁷)．

③後學(～hak⁸)；讀書人或學者的謙稱．

④後悔(～hue²)，又説"反悔"(huan²～)．

⑤後期(～ki⁵)；又口語音(au⁷ki⁵)．

⑥後果(～kə²)． ⑦後顧(～ko³)．

⑧後起(～k'i²)之秀(tsi¹siu³)；新長成的好人材．

⑨後輩(～pue³)． ⑩後盾(～tun²)．

⑪後世(～se³)，又口語音(au⁷se³／si³)．

⑫後天(～t'ian¹)． ⑬後退(～t'ue³)．

⑭後進(～tsin³)． ⑮後援(～uan⁷／wan⁷)．

⑯後生可畏(～seng¹／sing¹k'ə²ui³／wi³)．

⑰皇后(hong⁵～)． ⑱天后宮(t'ian¹～kiong¹)；即"媽祖宮(廟)"(ma²tso²keng¹／king¹[biə⁷])

B 白話音：(au⁷)～(hau⁷)

I [au⁷]： ①後尾(～be²／bue²)；後、後來，又説"後尾手"(～ts'iu²)．如"後尾來做頭前"(～lai⁵tsə³／tsue³t'au⁵tseng⁵／tsing⁵)；後來居上。俗諺有："後尾上船先起山"(～tsiuⁿ⁷／tsioⁿ⁷tsun⁵seng¹／sing¹k'i²suaⁿ¹)；即後上船先登陸．

②後母(～bə²／bu²)． ③後姥(～bo²)；繼室、後妻．

④後面(～bin⁷)． ⑤後任(～jim⁷)．

⑥後月日(～geh⁸／gueh⁸jit⁸)；下個月．

⑦後日(～jit⁸)；後字連音變調爲第3聲時意爲"以後的日子"，

· 44 ·

不連音變調讀第7聲，"日"字讀輕聲時意爲"後天".

⑧後腳(～k'a¹)；"腳"字又作"骹".

⑨後過(～ke³／kue³)；即下次，又説後擺(～pai²).

⑩後路(～lo⁷).　　　⑪後門(～mng⁵).

⑫後壁(～piah⁴)；背後.　⑬後父(爸)(～pe⁷)；繼父.

⑭後世(～se³／si³)；來世，如"後出世"(～ts'ut⁴～)；即來生.

⑮後台(～tai⁵).　　　⑯後代(～tai⁷)；又音(ho⁷／hiə⁷～).

⑰後頭(～t'au⁵)；背後，(已婚婦女的)娘家，又叫"後頭厝"
(～tsu³).

　II [hau⁷] ：　後生(～seⁿ¹／siⁿ¹)；兒子.

（55）【多】　　　duō（ㄉㄨㄛ）

"多"字讀音只有一種[tə¹]，但常被訓用以表記[tse⁷／tsue⁷]。 按台
語表示"衆多"的[tse⁷]，應寫作"濟"，來自"濟濟多士"，惟"濟"又作
"儕"。

　(例)　①多方(面)(tə¹hong⁷[bin⁵])．②多元(～guan⁵).

　③多疑(～gi⁵).　　　④多餘(～i⁵／yi⁵).

　⑤多少(～siau²).　　⑥多謝(～sia⁷).

　⑦多數(～so³).　　　⑧多心(～sim¹).

　⑨多事(～su⁷).　　　⑩大多數(tai⁷／tua⁷～so³).

　⑪多情(～tsing⁵／tseng⁵)．⑫多多(～〃)益善(iek⁴／yek⁴sian⁷).

（56）【定】　　　dìng（ㄉ丨ㄥ）

A 文言音：(teng⁷)

　(例)　①定義(～gi⁷).　　②定型(～heng⁵／hing⁵).

　③定婚(～hun¹)；即訂婚，又説"定親"(～ts'in¹).

　④定貨(～hue³).　　　⑤定約(～iok⁴／yok⁴).

・ 45 ・

⑥定價($\sim$ke^3). ⑦定居($\sim$ki^1／ku^1).

⑧定期($\sim$ki^5). ⑨定理($\sim$li^2).

⑩定律($\sim$lut^8). ⑪定步($\sim$po^7)；堅實、愼重.

⑫定性($\sim$seng^3／sing^3)；心性、意志堅定.

⑬定心丸($\sim$sim^{1}uan^5／wan^5)；喻使情緒安定的東西.

⑭定位($\sim$ui^7／wi^7). ⑮定篤($\sim$tauh^4)；牢固、堅定. 又

"定定"($\sim$〃);指物體堅硬.⑯定當($\sim$tong^3)；確實、妥當.

⑰安定(an^1$\sim$). ⑱協定(hiap^8$\sim$).

⑲一定(it^4／yit^4$\sim$). ⑳確定(k'ak^4$\sim$)

B 白話音：(tia^{n7})

(例) ①定金($\sim$kim^1)；即定錢.

②定去($\sim$k'i)；定字讀本調第7聲，"去"讀輕聲時意爲"停止了"、"停頓了"，如"心臟定去"(sim^{1}tsong^7$\sim$)，"錶仔定去"(piə^{2}a^2$\sim$)。"定"字連音變調，"去"讀本調第3聲，爲"常常去"之意，與"定定去"($\sim$〃k'i^3)義同.③定定($\sim$〃)；即常常，或僵硬、停頓狀態。如"伊定定來"(yi^1$\sim$lai^5). "伊倒定定" (yi^{1}tə^2$\sim$)；他躺着不能動. ④定着($\sim$tiəh^8)；一定的，確定的。"無定着"(bə^5$\sim$)；不一定. ⑤定單($\sim$tua^{n1})；即訂單.

⑥定錢($\sim$tsi^{n5}). ⑦心頭定(sim^{1}t'au^5$\sim$)；心意堅定.

（57）【行】　　xíng（ㄒㄧㄥ）háng（ㄏㅤㄤ）

I　官話音讀[xing]時，台語有文言白話三種讀音。

A 文言音：(heng^5／hing^5)

(例) ①行香($\sim$hio^{n1}／hiu^{n1})；去寺廟燒香.

②行人道($\sim$jin^{5}tə^7)；即人行道.

③行軍($\sim$kun^1). ④行李($\sim$li^2).

⑤行善($\sim$sian^7)；做善事. ⑥行銷($\sim$siau^1)；流通銷售.

⑦行使(～su³)；執行.　⑧行動(～tong⁷).

⑨行爲(～ui⁵／wi⁵).　⑩言行(gian⁵～).

⑪橫行(huaiⁿ⁵～).　⑫實行(sit⁸～).

⑬執行(tsip⁸～).

按"行"字另有一種文言音兼白話音[heng⁷／hing⁷]，(例)；①行誼／行儀(～gi⁵).　②品行(p'in²～).

③道行(tə⁷～)；修練的功夫. 修行(siu¹～).

④歹心毒行(p'aiⁿ²sim¹tok⁸～)；壞心眼的毒辣行爲.

B 白話音：(kiaⁿ⁵)

(例)　①行棋(～ki⁵)；下棋.②行氣(～k'i³)；藥氣生效， 如"藥仔食了有行氣"(Yok⁸a²tsiah⁸liau²u⁷／wu⁷～).

③行腳花(～k'a¹hue¹)；踱方步.

④行禮(～le²).　⑤行路(～lo⁷)；走路.

⑥時行(si⁵～)；流行.

II 官話讀[hang]時，台語文言音爲(hong⁵)，語例罕見，通用白話音(hang⁵)。

(例)　①行業(～giap⁸).　②行伍(～ngo²)；泛指軍中.

③行會(～hue⁷)；工商業者的組織.

④行家(～ka¹)；內行人.　⑤行規(～kui¹)；行會的規程.

⑥行列(～liat⁸).　⑦銀行(gin⁵／gun⁵～).

⑧外行(gua⁷～).　⑨內行(lai⁷～).

⑩行情(～tseng⁵／tsing⁵)；價格狀況.

(58)【學】　　xüé (ㄒㄩㄝ)

A 文言音：(hak⁸)

(例)　①學問(～bun⁷).　②學校(～hau⁷).

③學會(～hue⁷)；口語音爲(əh⁸e⁷).

④學費($\sim$hui^3)；又"授業料"(siu^{7}giap^{8}liau^7).

⑤學人($\sim$jin^5)；口語音(əh^{8}lang)；模仿別人.

⑥學期($\sim$ki^5). ⑦學力($\sim$lek^8).

⑧學歷($\sim$lek^8). ⑨學年($\sim$ni^5).

⑩學生($\sim$seng^1／sing^1). ⑪學習($\sim$sip^8).

⑫學説($\sim$suat^4). ⑬學士($\sim$su^7).

⑭學術($\sim$sut^8). ⑮學位($\sim$ui^7／wi^7).

⑯文學(bun$^5\sim$). ⑰科學(k'ə$^1\sim$).

⑱留學(liu$^5\sim$). ⑲苦學(k'o$^2\sim$).

⑳大學(tai$^7\sim$)；口語音(tua^{7}əh^8)

B 白話音：(əh^8)

(例) ①學好($\sim$hə^2)、學歹($\sim$pai^{n2})；即學壞.

②學講話($\sim$kong^{2}ue^7／we^7). ③學駛車($\sim$sai^{2}ts'ia^1)；學駕駛.

④學做衫($\sim$tsə^3／tsue^{3}sa^{n1})；學做衣服.

⑤學煮飯($\sim$tsu^2／tsi^{2}png^7). ⑥暗學(am$^3\sim$)；夜校.

⑦關學(kuai$^{n1}\sim$)；(放學後)被抑留在學校.

⑧放學(pang$^3\sim$).

（59）【法】　　fǎ（ㄈㄚ）

"法"僅有一種讀音爲：[huat^4]

(例) ①法案($\sim$an^3). ②法學($\sim$hak^8).

③法文($\sim$bun^5)、法語($\sim$gi^2／gu^2).

④法院($\sim$i^{n7}／yi^{n7}). ⑤法人($\sim$jin^5).

⑥法官($\sim$kua^{n1}). ⑦法規($\sim$kui^1).

⑧法令($\sim$leng^7／ling^7). ⑨法律($\sim$lut^8).

⑩法廷($\sim$teng^5／ting^5). ⑪法治($\sim$ti^7).

⑫法制($\sim$tse^3). ⑬方法(hong$^1\sim$).

⑭辦法(pan⁷〜)．　　　　⑮舉無法(giah⁸bə⁵〜)；舉不起．

⑯無伊法(bə⁵yi¹〜)；没他辦法．

⑰用法(yong⁷〜)．　　　　⑱無法度(bə⁵〜to⁷)；没辦法．

（60）【所】　　　　suǒ（ㄙㄨㄛˇ）

"所"字祇有一種讀音：(so²)

(例)　①所費(〜hui³)；費用．②所以(〜i²／yi²)．

③所有(〜iu²／yu²)；又音(so²u⁷／wu⁷)，所有權(〜yu²kuan⁵)．

④所得(〜tek⁴)；又音(so²tit⁴)，所得税(〜tek⁴se³／sue³)．

⑤所看、聽、知(〜k'ua^{n3}、t'ia^{n1}、tsai¹)．

⑥所在(〜tsai⁷)．　　　　⑦所向無敵(〜hiong³bu⁵tek⁸)．

⑧派出所(p'ai³ts'ut⁴〜)．　⑨招待所(tsiau¹t'ai⁷〜)．

⑩住所(tsu⁷〜)；地址．

（61）【民】　　　　mín（ㄇㄧㄣˊ）

"民"祇有一種讀音：(bin⁵)

(例)　①民望(〜bong⁷)；即人望．②民營(〜eng⁵)．

③民法(〜huat⁴)．　　　　④民意(〜i³／yi³)．

⑤民謠(〜iau⁵／yau⁵)．　⑥民家(〜ka¹)；一般人民的家屋．

⑦民間(〜kan¹)．　　　　⑧民權(〜kuan⁵／k'uan⁵)．

⑨民心(〜sim¹)．　　　　⑩民俗(〜siok⁸)．

⑪民事(〜su⁷)．　　　　⑫民選(〜suan²)．

⑬民智(〜ti³)．　　　　⑭民政(〜tseng³／tsing³)．

⑮民情(〜tseng⁵／tsing⁵)．⑯民衆(〜tsiong³)．

⑰民族(〜tsok⁸)．　　　　⑱民怨(〜uan³／wan³)．

⑲民主(〜tsu²)、民主主義(〜tsu²gi⁷)．

⑳愚民(gu⁷〜)．　　　　㉑漁民(hi⁵〜)．

㉒人民(jin⁵～). ㉓國民(kok⁴～).
㉔農民(long⁵～).

（62）【得】　　dé（ㄉㄜ）

A 文言音：(tek⁴／tik⁴)

　　(例)　①得意(～i³／yi³)；又音(tit⁴～).
　　②得失(～sit⁴)；義同"得罪"(～tsue⁷)，如："得失人"(～sit⁴ lang⁵)；即得罪人.　③得力(～lek⁸／lik⁸).
　　④不得已(put⁴～i²／yi²).　⑤得勢(～se³)；又音(tit⁴se³).
　　⑥得其次(～ki⁵ts'u³).　⑦自得(tsu⁷～).
　　⑧獲得(hik⁵／hek⁵～)　⑨取得(ts'u²～／tit⁴)

B 白話音：(tit⁴)

　　(例)　①得家(賄)伙(～ke¹he²／hue²)；得財產.
　　②得人疼(～lang⁵t'iaⁿ³)；受到人家的疼愛.
　　③得着(～tiəh)；得到.　④會看得(e⁷k'uaⁿ³～)；可以看.
　　⑤好得(hə²～)；好在，如"好得汝來"(～li²lai⁵)；幸虧你來.
　　⑥得道(～／tik⁴tə⁷)；成就某種功夫、事業.
　　⑦會用得(e⁷iong⁷／eng⁷～)；同"會使得"(～sai²～)；做得，行.

（63）【經】　　jīng（ㄐㄧㄥ）

A 文言音：(keng¹／king¹)

　　(例)　①經營(～eng⁵／ing⁵).　②經驗(～giam⁷).
　　③經費(～hui³).　④經由(～iu³／yiu³).
　　⑤經過(～ke³／kue³).　⑥經歷(～lek⁸).
　　⑦經理(～li²).　⑧經常(～siong⁵).
　　⑨經緯(～ui²／wi²).　⑩經濟(～tse³).
　　⑪經手(～ts'iu²).　⑫五經(ngo²～).

⑬月經(geh⁸／gueh⁸～)． ⑭念經(liam⁷～)．

⑮正經(tseng³～)．反義語爲"無正經"，即"三八"(sam¹pat⁴)．

B 白話音：(keⁿ¹／kiⁿ¹)

(例) ①經網(～bang⁷)；織網． ②羅經(lə⁵～)；羅盤．

③經腳絆手(～k'a¹puaⁿ³ts'iu²)；纒腳纒手．

④經蜘蛛絲(～ti¹tu¹si¹)；纒繞着蜘蛛網．

⑤牽經(k'an¹～)；測定方位．

(64)【十】　　　shí（ㄕ）

A 文言音：(sip⁸)

(例) ①十字(～ji⁷／li⁷)． ②十字軍(～kun¹)．

③十字架(～ke³)． ④十字路口(～lo⁷k'au²)．

⑤十之八九(～tsi¹pat⁴kiu²)． ⑥十全十美(～tsuan⁵～bi²)．

⑦十足(～tsiok⁴)、又音(tsap⁸tsiok⁴)．

⑧十全(～tsuan⁵)、又音(tsap⁸tsuan⁵)、(tsap⁸tsng⁵)．

B 白話音：(tsap⁸)

(例) ①十五(～go⁷)． ②十月(～geh⁸／gueh⁸)．

③十分(～hun¹)． ④十足(～tsiok⁴)；十分充足達到頂

點；"十全十足"(～tng⁵～)． ⑤十一(～it⁴／yit⁴)．

⑥十二(～ji⁷／li⁷)． ⑦十二指腸(～tsi²tng⁵)．

⑧十二分(的滿意)(～hun¹[emua²i³／yi³])．

(65)【三】　　　sān（ㄕㄢ）

A 文言音：(sam¹)

(例) ①三文魚(～bun⁵hi⁵／hu⁵)；鮭魚罐頭．

②三界娘仔(～kai³niu⁵a²)；鱘魚、喻微小．

③三界公(～kong¹)；天官、地官、水官之神的總稱，又叫

"三官大帝"($\sim$kuan^{1}tai^{7}te^3). ④三國($\sim$kok^4).

⑤三光($\sim$kong^1)；即日、月、星.

⑥三軍($\sim$kun^1). ⑦三八($\sim$pat^4)；不正經.

⑧三寶殿($\sim$pə^{2}tian^7). ⑨三不五時($\sim$put^{4}go^{7}si^5)；偶而.

⑩三世因緣($\sim$se^{3}yin^{1}yan^5). ⑪三心兩意($\sim$sim^{1}liong^{2}yi^3).

⑫三朝元老($\sim$tiau^{5}guan^{5}lə^2).

⑬不三不四(put$^4\sim$put^{4}su^3)；不正經.

B 白話音：(sa^{n1})

(例) ①三個($\sim$e^5). ②三角褲($\sim$kak^{4}k'o^3).

③三月天($\sim$geh^8／gueh^{8}t'i^{n1})；三月的天氣.

④三更半暝($\sim$ke^{n1}／ki^{n1}pua^{n3}me^5／mi^5)；三更半夜.

⑤三輦車($\sim$lian^{2}tsia^1)；三輪車.

⑥十三(tsap$^4\sim$). ⑦三月節($\sim$geh^8／gueh^{8}tseh^4)；舊曆三月三日.

（66）【之】　　　zhī（ㄓ）

"之"字祇有文言音[tsi^1]一種，多用於成語。

(例) ①之間($\sim$kan^1)；如"彼此之間"(pi^{7}ts'u$^2\sim$).

②求之不得(kiu$^5\sim$put^{4}tik^4／tek^4).

③之乎者也($\sim$ho^{5}tsia^{2}ya). ④記者之家(ki^{3}tsia$^2\sim$ka^1).

（67）【進】　　　jìn（ㄐㄧㄣ）

"進"字，文言口語同用一種讀音：[tsin^3]

(例) ①進行($\sim$heng^5／hing^5). ②進香($\sim$hio^{n1}／hiu^{n1})；遠
道往聖地或名山去燒香朝拜. ③進化($\sim$hua^3).

④進攻($\sim$kong^1). ⑤進入($\sim$jip^8／gip^8／lip^8).

⑥進貢($\sim$kong^3). ⑦進口($\sim$k'au^2).

⑧進步($\sim$po^7). ⑨進展($\sim$tian^2).

⑩進退(～tue³)． ⑪進前(～tseng⁵／tsing⁵)；預先、
事前,如："進前一日"(～tsit⁸jit⁸)；一天前.
⑫進取(～ts'u²)． ⑬前進(tsian⁵～)．
⑭上進(siong⁷～)．

（68）【着】　　　zhe（ㄓㄜ）～zháo（ㄓㄠ）

Ａ 文言音：(tiok⁸)
"着"字文言音的用例不多.
　　(例)　①着眼(～gan²)． ②着手(～ts'iu²)
Ｂ 白話音：(tioh⁸)
　　(例)　①着愛(～ai³)；必須、必要.
　　②着目珠(又作瞤)(～bak⁸tsiu¹)；中了眼睛.
　　③着無？(～bə)；"着"字讀本調,(不連音變調)意爲"對嗎？".
　　④着我(～gua²)；輪到我,"着着我"即中到了我.
　　⑤着去(～k'i³)；得去. ⑥着急(～kip⁴)．
　　⑦着驚(～kiaⁿ¹)；吃驚、嚇一跳.
　　⑧着病(～peⁿ⁷／piⁿ⁷)；害病. ⑨着傷(～siong¹)；受傷.
　　⑩着觸(～tak⁴)；絆倒. ⑪着虫(～t'ang⁵)；患虫害.
　　⑫着吊(～tiau³)；上當. ⑬着頭(～t'au⁵)；方向正確.
　　⑭看着鬼(k'uaⁿ³～kui²)；見鬼,喻沒那麼回事.
　　⑮我着是…(gua²～si⁷…)；我就是.

（69）【等】　　　děng（ㄉㄥ）

Ａ 文言音：(teng²／ting²)
　　(例)　①等級(～kip⁴)． ②等待(～t'ai⁷)；又音(tan²t'ai⁷)．
　　③等等(～〃)． ④等同(～tong⁵)；同樣.
　　⑤等因奉此(～yin¹hong⁷ts'u²)；喻官樣文章,例行公事.

⑥優等(iu¹／yiu¹～)．　　⑦平等(peng⁷／ping⁷～)．

B 白話音：(tan²)

（例）　①等到…(～kau³…)．②等候(～hau⁷)，又音(teng²hau⁷)．

③等人(～lang⁵)．　　　④等車(～ts'ia¹)．

⑤等路(～lo⁷)；旅遊帶回的禮物．

⑥互人等(ho⁷lang⁵～)；讓人家等．通常合音爲 (hong⁵～)．

⑦相等(sio¹～)；互相等候．惟讀文言音 (siong¹teng²)；一樣．

（70）【部】　　　bù（ㄅㄨ）

A 文言音：(po⁷)

（例）　①部門(～bun⁵)．　②部下(～ha⁷)．

③部分(～hun⁷)．　　④部落(～lok⁸)．

⑤部長(～tioⁿ²／tiuⁿ²)．⑥部隊(～tui⁷)．

⑦部位(～ui⁷／wi⁷)．　⑧內部(lai⁷～)．

⑨外交部(gua⁷kau¹～)．　⑩中部(tiong¹～)．

B 白話音：(p'ə⁷)

（例）　①二部詞典(lng⁷～su⁵tian²)．"二"一般作"兩"．

②一部電影(tsit⁸～tian⁷iaⁿ²／yaⁿ²)．

③四部冊(si³～ts'eh⁴)；四部書．④一大部經冊 (tsit⁸ tua⁷～ keng¹
／king¹ts'eh⁴)；一大部經書，"一部論語"(～ lun⁷gu²／gi²)．

（71）【度】　　　dù（ㄉㄨ）

"度"字文白僅有一種讀音：(to⁷)

（例）　①度日(～jit⁸)．　②度過(～kə³／kue³)．

③度量(～liong⁷)；寬容別人的限度．

④度命(～mia⁷)；維持生命．⑤度晬(～tse³)；小孩滿周歲．

⑥度數(～so³)．　　　⑦無法度(bə⁵huat⁴～)；沒辦法．

⑧罔度(bong²～)；能過就過地度日子過活.

（72）【家】　　　jiā（ㄐㄧㄚ）

A 文言音：(ka¹)

(例)　①家母(～bə²／bu²)；又説"家慈"(～tsu⁵).

②家務(～bu⁷).　　　③家業(～giap⁸).

④家父(～hu⁷).　　　⑤家鄉(～hiong¹).

⑥家教(～kau³).　　　⑦家計(～ke³).

⑧家已(～ki⁷)；即自己.　⑨家具(～k'u⁷).

⑩家屬(～siok⁸).　　　⑪家庭(～teng⁵／ting⁵).

⑫家道(～tə⁷)；家境.　⑬家長(～tioⁿ²／tiuⁿ²).

⑭家政(～tseng³／tsing³).　⑮家族(～tsok⁸).

⑯家破人亡(～pə³jin⁵／gin⁵／lin⁵bong⁵).

⑰國家(kok⁴～).　　　⑱許家(K'o²～).

⑲農家(long⁵～).　　　⑳無家可歸(bu⁵～k'ə²kui¹).

B 白話音：(ke¹)

(例)　①家伙(～he²／hue²)；即財產，伙又作賄.

②家婆(～pə⁵)；多管閒事. ③家私(～si⁷)；工具，又説 "家私
頭仔"(～t'au⁵a²)，私又作俬. ④管家(kuan²～).

⑤全家(tsuan⁵～).　　　⑥大家(ta⁷～)；夫之母，"大家"兩
字又讀(tai⁷～)，爲"逐個"(tak⁸e⁵)的訛音，意爲"每個人"、"大
家"、"你們". 　　　⑦家家戶戶(～〃ho⁷ho⁷).

⑧一家五個(tsit⁸～go⁷e⁵)；一家五口.

（73）【電】　　　diàn（ㄉㄧㄢ）

"電字"祇有一種讀音：[tian⁷]、文言音口語化。

(例)　①電壓(～ap⁴).　　　②電風(～hong¹)；電扇.

· 55 ·

③電火($\sim$he^2／hue^2)；又説"電燈"($\sim$teng^1／ting^1)．

④電火柱($\sim$t'iau^7)；又説"電柱"($\sim$t'iau^7)；即電線桿．

⑤電影($\sim$ia^{n2}／ya^{n2})，電影館($\sim$kuan^2)；即電影院．

⑥電球($\sim$kiu^5)，又説"電火珠仔"($\sim$hue^{2}tsu^{1}a^2)．

⑦電金($\sim$kim^1)；即電鍍．⑧電鍋($\sim$ue^1／we^1)．

⑨電光($\sim$kng^1)；X光．⑩電氣($\sim$k'i^3)．

⑪電纜($\sim$lam^7)．⑫電鈴($\sim$leng^5／ling^5)．

⑬電流($\sim$liu^5)．⑭電話($\sim$ue^7／we^7)．

⑮電冰箱($\sim$peng^1／ping^{1}sio^{n1}／siu^{n1})．

⑯電報($\sim$pə^5)．⑰電錶($\sim$piə^2)．

⑱電波($\sim$p'ə^1)．⑲電視($\sim$si^7)．

⑳電信局($\sim$sin^{3}kiok^8)．㉑電線($\sim$sua^{n3})．

㉒電台($\sim$tai^5)．㉓電池($\sim$ti^5)．

㉔電着($\sim$tioh)；感電．㉕電毯($\sim$t'an^2)．

㉖電頭毛($\sim$t'au^{5}mng^5)；燙髮．㉗電梯($\sim$t'ui^1)．

㉘電土($\sim$t'o^5)；即carbide(碳化鈣)，可用來點火照亮用．

㉙電晶體($\sim$tsi^{n1}t'e^2)．㉚電子($\sim$tsu^2)．

㉛電車($\sim$ts'ia^1)．㉜發電(huat^4$\sim$)．

㉝充電(ts'iong^1$\sim$)．㉞有電(u^7／wu^7$\sim$)．

（74）【力】　　　ㄌㄧˋ（ㄌ丨）

A 文言音：(lek^8／lik^8)

（例）　①力行($\sim$heng^5／hing^5)．②力量($\sim$liong^7)．

③武力(bu^2$\sim$)．④能力(leng^5／ling^5$\sim$)．

⑤視力(si^7$\sim$)．⑥體力(t'e^2$\sim$)．

⑦電力(tian^7$\sim$)．⑧水力(tsui^2$\sim$)．

⑨力死($\sim$si^2)；疲勞致死．

B 白話音：(lat⁸)

 (例) ①無力(bə⁵～)；没力氣. ②骨力(kut⁴～)；勤勉.

 ③激力(kek⁴／kik⁴～)；使出力氣，激又作格.

 ④氣力(k'ui³～)，又音(k'i³lek⁸／lik⁸).

 ⑤努力(lo²～)；多謝，又音(lo²／no²lek⁸／lik⁸)，則爲努力的

 意思. ⑥食力(tsiah⁸～)；受打擊嚴重、糟糕.

（75）【裏】 lǐ（ㄌㄧ）

"裏"字又寫作"裡"，文白同音爲(li²)，惟在詞中音變爲(ni³)或(lin³)。

 (例) ①表裡(piau²li²). ②衫仔褲的内裡(saⁿ¹a²k'o³e⁵lai⁷li²)

 ；衣服的内層布. ③厝裡(ts'u³lin³／ni³)；家裡.

又"裡"字常被借義訓用作"内"，如 "房間仔内"(pang⁵keng¹／king¹a²

lai⁷)；即室内，又作"房裡"(pang⁵lin³).

（76）【如】 ru（ㄖㄨ）

"如"字讀音祇有一種：(ju⁵／lu⁵)

 (例) ①如願(～guan⁷). ②如下(～ha⁷).

 ③如何(～hə⁵). ④如果(～kə²).

 ⑤如期(～ki⁵). ⑥如今(～kim¹).

 ⑦如上(～siong⁷). ⑧如數(～so³)；按照原定數目.

 ⑨假如(ka²～). ⑩不如(put⁴～).

（77）【水】 shuǐ（ㄕㄨㄟ）

"水"字有文言音(sui²)，但用語無多，幾乎都用於白話音(tsui²)。

A 文言音：(sui²)

 (例) ①水妍妍(～gian²gian²)；喻很漂亮美麗，又説"水瑞瑞"(～

 tang¹tang¹)，"水"字有訓作"美"字.

②水雞(～ke¹／kue¹)；青蛙，又説"四腳魚"(si³k’a¹hi⁵)，又指女陰.

③水氣(～k’ui³)；(處理事情)很妥當、漂亮.

④無水(bə⁵～)；不漂亮.　　⑤山水(san¹～)；山和水，又音(suaⁿ¹tsui²)
；則指山裡的水.

B 白話音：(tsui²)

(例)　①水紅色(～ang⁵sek⁴／sik⁴)；桃色、粉紅色.

②水銀(～gin⁵／gun⁵).　　③水源(～guan⁵).

④水牛(～gu⁵).　　　　　⑤水分(～hun¹).

⑥水餃(～kiau²).　　　　⑦水缸(～kng¹).

⑧水庫(～k’o³).　　　　⑨水管(～kng²／kong²／kuan²).

⑩水梨(～lai⁵)；梨子.　　⑪水窟仔(～k’ut⁴a²)；小水窪.

⑫水利(～li⁷).　　　　　⑬水螺(～le⁵)；汽笛、警笛.

⑭水路(～lo⁷).　　　　　⑮水門(～mng⁵).

⑯水泥(～ni⁵)；又説"紅毛土"(ang⁵mng⁵t’o⁵).

⑰水壩(～pa³).　　　　　⑱水色(～sek⁴／sik⁴)；淺藍色.

⑲水錶(～piə²)；自來水的計量儀表.

⑳水泡(～p’a⁷)；又同音的"水疱"是水痘、水疱瘡.

㉑水仙花(～sian¹hue¹).　㉒水池(～ti⁵).

㉓水道(～tə⁷)；自來水.　㉔水道頭(～t’au⁵)；水龍頭.

㉕水桶(～t’ang²).　　　㉖水土(～t’o²).

㉗水閘(～tsah⁸).　　　　㉘水災(～tsai¹).

㉙水腫(～tseng²／tsing²).㉚水蒸氣(～tseng¹／tsing¹k’i³)

㉛水槽(～tsə³).　　　　㉜水珠(～tsu¹)；即"水痘"(～tau⁷).

㉝水準(～tsun²).　　　　㉞水彩畫(～ts’ai²ue⁷／we⁷).

㉟水田(～ts’an⁵).　　　㊱水車(～ts’ia¹).

㊲水手(～ts’iu²).　　　　㊳雨水(ho⁷～).

㊴灌水(kuan³～)；即灌水，又喻偽造增加數量.

（78）【化】　　　huà（ㄏㄨㄚˋ）

A 文言音：(hua^3)

　（例）　①化驗(～giam^7).　　②化外(～gua^7).
　③化學(～hak^8).　　　　④化合(～hap^8).
　⑤化工(～kang^1).　　　⑥化名(～mia^5)；假名字.
　⑦化身(～sin^1).　　　　⑧化除(～tu^5)；即消除.
　⑨化妝(～tsong^1)；用脂粉使容貌美麗.
　⑩化裝(～tsong^1)；修飾全身形容.
　⑪火化(he^2／hue^2～).　⑫教化(kau^3～)；教育感化.
　⑬消化(siau^1～).

B 白話音：(ua^3／wa^3)

　（例）　①化豆醅(～tau^{7}po^5)；使豆豉發酵.
　②化䓗(蔭)豉(～im^3／yim^{3}si^5)義同①.

C 訓讀音：(hua^1)

　（例）　①火化去(he^2／hue^2～k'i)；火熄滅.
　②病久人強卜化去(pe^{n1}／pi^{n1}ku^{2}lang^{5}kiong^{5}beh^4／bueh^4～k'i)；
　病久幾乎要死了.　　③火噴互化 (hue^{2}pun^{5}ho^7～)；把火吹熄.
　④灯切化啦 (teng^1／ting^{1}ts'iat^4～ la)；灯已經關掉了.

（79）【高】　　　gāo（ㄍㄠ）

A 文言音：(kə^1)

　（例）　①高壓(～ap^4).　　②高原(～guan^5).
　③高見(～kian^3).　　　④高價(～ke^3).
　⑤高級(～kip^4).　　　⑥高貴(～kui^3).
　⑦高麗[蔘](～le^5[sam^1／sim^1]).　⑧高麗菜(～ts'ai^3)；即甘藍.
　⑨高粱(～liong^5).　　⑩高射砲(～sia^{7}p'au^3).
　⑪高潮(～tiau^5).　　　⑫高中(～tiong^1)、又音(～tiong^3).

⑬高度($\sim$to^7)． ⑭山高水長(san^1$\sim$sui^{2}tiong^5)．

B 白話音：(kau^1)

(例) ①高粱(kau^{1}liang^5)，高粱酒($\sim$tsiu^2)．

②高長大漢($\sim$ts'iang^{5}tua^{7}han^3)；個子高大．

C 訓讀音：(kuan^5)

按"高"字訓讀爲(kuan^5)，又寫作懸，又音(kuai^{n5})．

(例) ①高低($\sim$ke^7)． ②高大($\sim$tua^7)．

③山眞高(sua^{n1}tsin^1$\sim$)． ④高度($\sim$to^7)．

（80） 【自】 zì（ㄗ）

"自"字祇有一種讀音：(tsu^7)

(例) ①自愛($\sim$ai^3)． ②自滿($\sim$buan^2)．

③自我($\sim$ngo^2)． ④自言($\sim$gian^5)、自語($\sim$gu^2)．

⑤自學($\sim$hak^8)． ⑥自費($\sim$hui^3)．

⑦自由($\sim$iu^5／yiu^5)． ⑧自然($\sim$jian^5)．

⑨自家[用]($\sim$ka^1[yong^7])． ⑩自覺($\sim$kak^4)．

⑪自己($\sim$ki^2)． ⑫自強($\sim$kiong^5)．

⑬自給($\sim$kip^4)． ⑭自來[水]($\sim$lai^5[tsui^2])．

⑮自立($\sim$lip^8)． ⑯自白($\sim$pek^8)．

⑰自卑($\sim$pi^1)． ⑱自殺($\sim$sat^4)．

⑲自新($\sim$sin^1)． ⑳自信($\sim$sin^3)．

㉑自習($\sim$sip^8)． ㉒自修($\sim$siu^1)．

㉓自首($\sim$siu^2)． ㉔自私($\sim$su^1)．

㉕自治($\sim$ti^7)． ㉖自動($\sim$tong^7)．

㉗自大($\sim$tua^7)． ㉘自傳($\sim$tuan^7)．

㉙自盡($\sim$tsin^7)；即自殺． ㉚自從($\sim$tiong^5)．

㉛自在($\sim$tsai^7)． ㉜自助($\sim$tso^7)．

㉝自主(～tsu²). ㉞自轉車(～tsuan²ts'ia¹)；自行車.
㉟自尊(～tsun¹). ㊱自稱(～ts'eng¹／ts'ing¹).

（81）【二】　　èr（儿）

A 文言音：(ji⁷／gi⁷／li⁷)
　　(例)　①二月(～geh⁸／gueh⁸). ②二十二(～tsap⁸～).
　　　　③二樓(～lau⁵). ④二流(～liu⁵).
　　　　⑤二等(～teng²／ting²). ⑥二元論(～guan⁵lun⁷).
　　　　⑦不二心(put⁴～sim¹). ⑧初二(ts'e¹／ts'ue¹～).
B 訓讀音：(lng⁷／nng⁷)，又寫作"兩".
　　(例)　①二(兩)個人(～e⁵lang⁵). ②二(兩)角(～kak⁴).
　　　　③二(兩)百二(～pah⁴ji⁷／gi⁷／li⁷)，又音(ji⁷／gi⁷／li⁷a²～).

（82）【理】　　lǐ（ㄌㄧ）

"理"字讀音文白祇有一種爲：(li²)
　　(例)　①理學(～hak⁸). ②理髮(～huat⁴).
　　　　③理由(～iu⁵／yiu⁵). ④理解(～kai²).
　　　　⑤理氣(～k'i³). ⑥理論(～lun⁷).
　　　　⑦理性(～seng³／sing³). ⑧理想(～siong²).
　　　　⑨理事(～su⁷). ⑩理智(～ti³).
　　　　⑪無理(bə⁵～). ⑫不理(put⁴～).
　　　　⑬道理(tə⁷～). ⑭哲理(tiat⁴～).
　　　　⑮天理(t'ian¹～). ⑯歪理(uai¹／wai¹～).

（83）【起】　　qǐ（ㄑㄧ）

"起"字的讀音祇有一種：(k'i²)
　　(例)　①起碼(～be²). ②起花(～hue¹)；無理取鬧.

③起價(～ke³)；漲價．　　④起行(～kiaⁿ⁵)；出發．

⑤起見(～kian³)．　　　　⑥起去(～k'i³)；上去．

⑦起來(～lai)；上來、起床．⑧起歹(～p'aiⁿ²)；兇起來．

⑨起屁面(～p'ui³bin⁷)；不認帳、翻臉．⑩起點(～tiam²)．

⑪起頭(～t'au⁵)；又説"起先"(～sian¹)．

⑫起厝(～ts'u³)；蓋房屋．⑬起性地(～seng³te⁷)；發脾氣．

⑭起無空(～bə⁵k'ang¹)；無事生非．

⑮早起(tsa²～)；早起、早上．⑯紙起黃(tsua²～ng³)；紙變黃．

⑰看無起(k'uaⁿ³bə⁵～)；看不起．

⑱起起落落(～〃ləh⁸〃)；上上下下．

（84）【小】　　　xiǎo（ㄒㄧㄠ）

A 文言音：(siau²)

(例)　①小兒(～ji⁵／gi⁵／li⁵)；"小"又音(siə²)．

②小人(～jin⁵／gin⁵／lin⁵)．③小氣(～k'i³)；"小"又音(siə²)．

④小便(～pian⁷)；又音(siə²pian⁷)．

⑤小説(～suat⁴)．　　　　⑥小數(～so³)；又音(siə²so³)．

B 白話音：(siə²)

(例)　①小賣(～be⁷／bue⁷)；零售．

②小妹(～be⁷／muai⁷)；妹妹．③小學(～hak⁸)．

④小姑(～ko¹)．　　　　　⑤小口(～k'au²)；食量少．

⑥小可(～k'ua²)，"可"又作"許"；即若干、一些．

⑦小包(～pau¹)；包裹．⑧小時(～si⁵)．

⑨小心(～sim¹)．　　　　⑩小膽(～taⁿ²)；膽小．

⑪小事(～su⁷)；又説"小代誌"(～tai⁷tsi³)．

⑫小腸(～tng⁵)．　　　　⑬小姐(～tsia²)．

⑭小停(～t'eng⁵／t'ing⁵)；等一下、暫停．

⑮大小(tua⁷～)；又説"大細"(～se³／sue³).

（85）【物】　　　wù（ㄨ）

A 文言音：(but⁸)

(例)　①物價(～ke³).　　②物理(～li²).
　③物力(～lek⁸／lik⁸).　④物品(～p'in²).
　⑤物産(～san²).　　⑥物色(～sek⁴／sik⁴).
　⑦物質(～tsit⁴).　　⑧物資(～tsu¹).
　⑨貨物(he³／hue³～).　⑩人物(jin⁵～).
　⑪動物(tong⁷～).

B 白話音：(mih⁸)

(例)　①物價(～ke³).　　②物件(～kiaⁿ⁷)；東西、物品.
　③物配(～p'e³／p'ue³)；佐膳的菜餚.
　④好物(hə²～)；好東西.　⑤啥物(siaⁿ²～)；什麼東西. "啥"
　又作"甚"，啥物又寫成"甚乜"(sim⁷mih⁴).

（86）【現】　　　xiàn（ㄒㄧㄢ）

按"現"字僅有一種讀音：(hian⁷)

(例)　①現行(～heng⁵／hing⁵). ②現況(～hong²).
　③現任(～jim⁷).　　　④現今(～kim¹).
　⑤現金(～kim¹)；與"現款"(～k'uan²)、"現錢"(～ts'iⁿ⁵)義同.
　⑥現成(～seng⁵／sing⁵).　⑦現象(～siong⁷).
　⑧現實(～sit⁸).　　　⑨現代(～tai⁷).
　⑩現場(～tioⁿ⁵／tiuⁿ⁵).　⑪現在(～tsai⁷).
　⑫現狀(～tsong⁷).　　⑬現住址(～tsu⁷tsi²).
　⑭顯現(hian²～).　　　⑮出現(ts'ut⁴～).
　⑯現現有講講無講(～〃wu⁷kong²〃bə⁵kong²)；明明是講了而説沒講.

（87）【實】　　　shí（ㄕ）

A 文言音：(sit⁸)

　（例）　①實驗(～giam⁷)．　②實業(～giap⁸)．
　③實學(～hak⁸)．　④實行(～heng⁵／hing⁵)．
　⑤實現(～hian⁷)．　⑥實用(～iong⁷／yong⁷)．
　⑦實力(～lek⁸／lik⁸)．　⑧實施(～si¹)．
　⑨實習(～sip⁸)．　⑩實事(～su⁷)．
　⑪實在(～tsai⁷)．　⑫實際(～tse³)．
　⑬實情(～tseng⁵／tsing⁵)．　⑭實踐(～tsian³)．
　⑮實質(～tsit⁴)．　⑯誠實(seng⁵／sing⁵～)．
　⑰事實(su⁷～)．　⑱眞實(tsin¹～)．
　⑲充實(ts'iong¹～)．

B 白話音：(tsat⁸)

按"實"字白話口語音作(tsat⁸)，惟此語的詞義亦有借"塞"字來訓用
的，故口語的"實"亦寫成"塞"。

　（例）　①實(塞)腹(～pak⁴)；內容充實．
　②實(塞)鼻(～p'i n⁷)；鼻塞不通．
　③實(塞)捅捅(～t'ong²〃)；阻塞不通，擁擠．

（88）【加】　　　jiā（ㄐㄧㄚ）

A 文言音：(ka¹)

　（例）　①加油(～iu⁵／yiu⁵)；又説"添油"(ti n¹～)，又義激勵、鼓
　勁兒、打氣．　②加油站(～tsam⁷)．
　③加熱(～jiat⁸)．　④加入(～jip⁸)．
　⑤加工(～kang¹)．　⑥加強(～kiong⁵)．
　⑦加落(～lak⁸／lauh⁸)，又説"拍加落"(p'ah⁴～)；即掉落、遺失．
　⑧加令(～leng⁷／ling⁷)；一種善仿人言的小鳥(黑色)．

⑨加侖(～lun⁵)；容量單位gallon，美制約4公升，英制約4.5公升．又略作"嗧"，爲1/8bushel． ⑩加班(～pan¹)．
⑪加倍(～pue⁷)． ⑫加深(～ts'im¹)．
⑬一加二(yit⁴～ji⁷)． ⑭累加(lui⁷～)．
⑮增加(tseng¹／tsing¹～)．口語"加添"(ke¹t'i"¹)，文音(ka¹t'iam¹)．

B 白話音：(ke¹)
(例) ①加減(～kiam²)；即多少、若干，如、"加減仔趁卡繪散"(～a²t'an³k'ah⁴be／bue⁷san³)；能賺就賺一點兒才不致窮乏．又音(ka¹kiam²)時則義爲算法名稱，如"加減乘除"(～seng⁷tu⁵)．
②加講話(～kong²／ue⁷／we⁷)；説多餘的話．
③加添(～t'i"¹)；即追加，讀文言音(ka¹t'iam¹)，意爲增加．
④加淡薄仔(～tam⁷pəh⁸a²)；增加一點兒．
⑤加工(～kang¹)；多(費)餘的工夫．
⑥加人加福氣(～lang⁵～hok⁴k'i³)；多一個人多一份福。

(89) 【量】 liàng ～ liáng (ㄌㄧㄤ)

A 文言音：(liang⁷／liong⁷)，後者讀法較多
(例) ①量約(～iok⁴／yok⁴)；大約，又説"量其約"(～ki⁵～)．
②量剩(～siong⁷)；有餘量、充裕"有量剩的錢"(u⁷～etsi"⁵)．
③量詞(～su⁵)． ④量早(～tsa²)；提早、儘早．
⑤無量(bu⁵～)；無限量、如讀作(bo⁵～)時，則爲沒度量、小氣、心胸窄小的意思． ⑥器量(k'i³～)；才能、有度量．
⑦數量(so³～)． ⑧膽量(tam²～)．
⑨酒量(tsiu²～)． ⑩雨量(u²／wu²～)．
⑪度量衡(to⁷～heng⁵／hing⁵)．

B 白話音：(niu⁷)
(例) ①量仔(～a²)；大型桿秤(量重用的)．

②量豬(～ti¹)；稱豬.　　③量身軀(～seng¹／sing¹k'u¹).

④量1斗米(～tsit⁸tau²bi²)；買一斗米.

（90）【都】　　dōu（ㄉㄡ）　dū（ㄉㄨ）

"都"字台語祇有一種讀音：(to¹)

按官話表示"總括"、"全部"的"都"(dou)，在台語裡説"攏"(long²)、或"攏總(～tsong²)。

（例）　①都合(～hap⁸)；情況、境遇(借用日語).

②都來(～lai⁵)；如"人都來嘍"(lang⁵～lo).

③都是(～si⁷)；如"都是汝毋着"(～li²m⁷tiəh⁸)；都是你不對.

④都市(～ts'i⁷).　　⑤首都(siu²～).

（91）【兩】　　liǎng（ㄌㄧㄤ）

Ａ 文言音：(liong²)

（例）　①兩面(～bin⁷).　　②兩方(～hong¹).

③兩可(～k'ə²).　　④兩全(～tsuan⁵)其美(ki⁵bi²).

Ｂ 白話音：(niu²)～(nng⁷)

Ⅰ [niu²]：　斤兩的"兩"，如"半斤八兩"(pua^n³kin¹peh⁴～).

Ⅱ [nng⁷]：　同"二"，如；兩(二)人(～lang⁵)、兩(二)半(～pua^n³)，"兩兩"(nng⁷niu²)，文言音(liong²〃)限於"三三兩兩"(sam¹〃～).

（92）【體】　　tǐ（ㄊㄧ）

Ａ 文言音：(t'e²)

（例）　①體面(～bin⁷)，面又音(bian⁷).　　②體會(～hue⁷).

③體育(～iok⁸／yok⁸).　　④體格(～keh⁴).

⑤體罰(～huat⁸).　　⑥體重(～tang⁷).

⑦體力($\sim$lek^8／lik^8)、力又音(lat^8).

⑧體諒($\sim$liang^7／liong^7). ⑨體態($\sim$t'ai^7).

⑩體制($\sim$tse^3). ⑪體質($\sim$tsit^4).

⑫體裁($\sim$ts'ai^5). ⑬體操($\sim$ts'au^1).

⑭肉體(bah$^4\sim$). ⑮物體(but$^8\sim$).

⑯人體(jin$^5\sim$). ⑰固體(ko$^3\sim$).

⑱身體(sin$^1\sim$). ⑲實體(sit$^8\sim$).

B 白話音：　(t'ue^2)～(t'ai^2)

I [t'ue^2]：　多與文言音(te^2)互用，如：①男人女體(lam^{5}jin^{5}lu^2／li$^2\sim$).　②偆姥體(tsa^{7}bo^{2}tue^2／te^2)；女人的樣態.

II [t'ai^2]：　用例極少，如"使體"(sai^{3}t'ai^2)；即逞性子.

（93）【制～製】　　　zhì（ㄓ）

"制"字與"製"字音同而義略異用法亦不同、"制"用於限制之義、
"製"則偏於製造，文言音為(tse^3)，白話音為(tsue^3)，實際上多互用。

（例）　①制限($\sim$han^7).　②製法($\sim$huat^4).

③制服($\sim$hok^8).　④製版($\sim$pan^2).

⑤製品($\sim$pin^2).　⑥制定($\sim$teng^7／ting^7).

⑦製圖($\sim$to^5).　⑧制度($\sim$to^7).

⑨製造($\sim$tsə^7).　⑩製作($\sim$tsok^4).

⑪制止($\sim$tsi^2).　⑫制裁($\sim$ts'ai^5).

⑬壓制(ap$^4\sim$).　⑭限制(han$^7\sim$).

⑮體制(t'e$^2\sim$).　⑯台灣製(Tai^{5}wan$^5\sim$).

⑰受(互)人壓制(siu^7[ho^7]lang^{o}ap$^4\sim$)；被強力管束、限定.

（94）【機】　　　jī（ㄐㄧ）

A 文言音：(ki^1)

・　67　・

(例) ①機密(～bit^8). ②機械(～hai^5).
③機會(～hue^7). ④機關[銃](～kuan^1[ts'eng^3
／ts'ing^3]);"銃"即"鎗". ⑤機器(～k'i^3).
⑥機能(～leng^5／ling^5). ⑦機場(～tio^{n5}／tiu^{n5})，又説"飛
機場"(hui^7～). ⑧良機(liong^5～).
⑨動機(tong^7～). ⑩軍機 (kun^1～);軍事機密，又軍用飛機。

B 白話音：(kui^7)
語例僅見於舊時的織布機叫"布機"(po^3～).

（95）【當】　　dāng ～ dàng（ㄉㄤ）

A 文言音：(tong^1)～(tong^3)
I [tong^1]：　①當然(～jian^5). ②當日(～jit^8).
③當局(～kiok^8). ④當時(～si^5).
⑤當值(～tit^8). ⑥當事者(～su^{7}tsia^2).
⑦敢當(kam^2～). ⑧便當(pian^7～).
⑨相當(siong^1～). ⑩手當(ts'iu^2～);津貼.
II [tong^3]：　①當選(～suan^2). ②當做(～tsue^3／tsə^3).
③當眞(～tsin^1);即當做是眞的，常説"當做眞".
④適當(sek^4／sik^4～). ⑤妥當(t'ə^3～).
⑥以一當十(yi^{5}yit^4～tsap^8).

B 白話音：(tang^1)～(tang^3)～(tng^1)～(tng^3)
I [tang^1]：　①當時(～si^5);什麼時候？
②彼當陣(hit^4～tsun^7);那時候. ③當中(～tiong^1);正中.
II [tang^3]：　①會當(e^7～):能夠.
②穩當(un^2～);確實、必然.
III [tng^1]：　表示守候、正好的意思。①當面(～bin^7).
②當熱(～jiat^8);伣戀愛當熱(yin^{1}luan^{5}ai^3～);他們戀愛正

· 68 ·

火熱的時候. ③當等(～tan²)；正在守候.

④當好食(～hə²tsiah⁸)；正是好吃的時候.

⑤花當紅、人當水(美)(he⁷／hue⁷～ang⁵、lang⁵～sui²)；花正紅、人正是漂亮的時候. ⑥當頭白日(～t'au⁸peh⁸jit⁸)；大白天. ⑦拄當拄當(tu²～〃)；碰巧.

⑧當其時(～ki⁵si⁵)；當時.

IV [tng³]： ①當印仔(～in³／yin³a²)；蓋章，又作"頓 印 仔"(tng³in³a²). ②當店(～tiam³)；當舖.

③提去當(t'eh⁸k'i³～)；拿去典當.

（96）【使】　　shǐ（ㄕ）

A 文言音：(su²)～(su³)

I [su²]： ①使命(～beng⁷／bing⁷).

②使用(～iong⁷／yong⁷). ③小使仔(siau²～a²)；小差使.

II [su³]： ①使節(～tsiat⁴). ②使者(～tsia²).

③差使(ts'e¹～).④亂使(luan⁷～)；胡亂地使用、差遣. "亂使講"(～kong²)；亂講 。"亂使食"(～tsiah⁸)."亂使即"濫摻"(alm⁷sam²).

B 白話音：(sai²)～(sai³)

I [sai²]： ①使目尾(～bak⁸be²／bue²)；飛眼、送秋波.

②使鬼(～kui²)；使鬼效勞. ③無牛使馬(bə⁵gu⁵～be²)；没有牛只好使用馬、喻没好人才，只好濫芋充數.

④使弄(～lang⁷／long⁷)；唆使、縱恿.

⑤會使[得](e⁷～tit⁴)；做得、可以、行.

⑥使性(～sian³)；使性子、發脾氣，又説"使性地"(～te⁷).

II [sai³]： ①使館(～kuan²). ②大使(tai⁷～).

（97）【點】　　diǎn（ㄉㄧㄢ）

"點"字文白僅一種讀音：(tiam^2)

(例)　①點目藥(～bak^{8}ioh^8／yoh^8)；點眼藥水．

②點火(～he^2／hue^2)．　　③點貨(～he^3／hue^3)．

④點名(～mia^5)．　　　⑤點破(～p'ua^3)；揭露、指點．

⑥點心(～sim^1)．　　　⑦點收(～siu^1)；一一驗收．

⑧點燈(～teng^1／ting^1)．　⑨起點(k'i^2～)．

⑩點醒(～ts'e^{n2}／ts'i^{n2})；指示、啟發，又說"指點"(tsi^2～)．

⑪…點(…～)，又說"…點鐘"(…～tseng^1／tsing^1)；即…點鐘．

⑫烏點(o^1～)；黑斑點．　⑬新點點(sin^1～〃)；形容很新．

⑭扣點(數)(k'au^3～[so^3])；扣分數．

（98）【從】　　cóng（ㄘㄨㄥˊ）

A 文言音：(tsiong^5)～(tsiong^7)

Ⅰ [tsiong^5]：　①從犯(～huan^7)．②從軍(～kun^1)．

③從來(～lai^5)、"從"又音(tseng^7／tsing^7)．

④從事(～su^7)．　　　⑤從速(～sok^4)．

⑥從細(～se^3／sue^3)，"從"又音(tseng^5)；從小的時候．

⑦從頭(～t'au^7)，"從"又音(tseng^7／tsing^7)．

⑧從昨日起(～tsa^{7}jit^8／git^8／lit^{8}k'i^2)，"從"又音(tseng^7)．

⑨服從(hok^8～)．　　　⑩屈從(kut^4～)；勉強服從．

⑪侍從(si^7～)．　　　⑫主從(tsu^2～)．

⑬天從人願(tian^1～jin^5／gin^5／lin^{5}guan^7)．

Ⅱ [tsiong^7]：　此音語例極少；姑不(而)從(ko^{1}put^4[ji^7／gi^7／li^7]～)；不得已．

B 白話音：(tseng^5／tsing^5)～(tseng^7／tsing^7)

Ⅰ [tseng^5／tsing^5]：　此音語例極少，參照 A 文言音Ⅰ⑥．

Ⅱ [tseng^7／tsing^7]：　參照上 A Ⅰ③、⑦、⑧各例．

（99）【業】　　　yè（ㄧㄝ）

"業"字祇有一種讀音：(giap^8)

按台語裡"業"表示"勞碌"，例如"業命"(giap^{8}mia^7)；即勞碌命，"業神"(～sin^5)，即好勞碌、閒不得，"命足業"(mia^{7}tsiok^4～)意思是：一生註定要勞碌。其他用法語例如下：

　（例）　①業務(～bu^5)．　　　②業餘(～i^5／yi^5)．

　③業產(～san^2)；即財產．　④業主(～tsu^2)．

　⑤業績(～tsek^4)；功業成就的情形．

　⑥行業(hang^5～)．　　　　⑦肄業(i^7／yi^7～)．

　⑧口業(k'au^2～)；多說是非是一種罪行、罪業．

　⑨畢業(pit^4～)，又"卒業"(tsut^4～)．⑩職業(tsit^4～)．

（100）【本】　　　běn（ㄅㄣ）

"本"字祇有一種讀音：(pun^2)

　（例）　①本文(～bun^5)．　　②本行(～hang^5)．

　③本分(～hun^7)．　　　　④本國(～kok^4)．

　⑤本來(～lai^5)．　　　　⑥本人(～lang^5)．

　⑦本領(～leng^2／ling^2)；義同本事(～su^7)，又說"才調"(tsai^5 tiau^7)，"才情"(～tseng^5／tsing^5)、"有板"(u^7／wu^{7}pan^2)．

　⑧本能(～leng^5／ling^5)．　⑨本名(～mia^5)．

　⑩本部(～po^7)；中心部份．⑪本性(～seng^3／sing^3)．

　⑫本身(～sin^1)．　　　　⑬本底(～te^2)；即原來、本來．

　⑭本題(～te^5)．　　　　⑮本地(～te^7)．

　⑯本居地(～ki^1／ku^{1}te^7)；原住地．

　⑰本體(～t'e^2)；主要部份．⑱本土(～t'o^2)．

　⑲本錢(～tsi^{n5})．　　　⑳本成(～tsia^{n5})；原本，起初．

　㉑本質(～tsit^4)．　　　㉒本位(～ui^7／wi^7)；基本單位．

㉓姥本(bo²～)；娶妻的本錢. ㉔無本(bə⁵～)；没本錢.

㉕厚本(kau⁷～)；本錢大，又説"傷本"(siong¹～).

㉖老本(lau⁷～)；又説"母本"(bə²～)；即本金.

㉗幾仔本冊(kui²a²～ts'eh⁴)；好幾本書.

（101）【去】　　qù（ㄑㄩ）

"去"字只有一種讀音：(ki³／ku³)

（例）　①去嘍(～lo)；已經去了.　　②去向(～hiong³).

③去世(～se³).　　　④去就(～tsiu⁷).

⑤去了了(～liau²〃)；完蛋了. ⑥無去(bə⁵～)；不見了、丢了.

⑦冷去(leng²／ling²～)；(變)冷了，涼了.

⑧提去(t'eh⁸～)；拿走. ⑨做𣍐去(tsə³／tsue³be⁷／bue⁷～)；

做不了. 　　　　　⑩講去足好(kong²～tsiok⁴hə²)；講

得很好，此處"去"也可用"得"(tit⁴)字.

（102）【把】　　bǎ（ㄅㄚ）

A 文言音：(pa²)

（例）　①把握(～ak⁴).　　②把戲(～hi³)；如"變把戲"(pian³

～)；耍魔術、詭計，又説"變猴弄"(piⁿ³kau⁵lang⁷).

③把柄(～piⁿ³)；喻短處、缺點.

④把守(～siu²)；"把"又音(pe²). ⑤把持(～ts'i⁵)；控制也.

B 白話音：(pe²)

（例）　①一把花(tsit⁸～hue¹). ②幾把柴(kui²～ts'a⁵).

③有一把仔功夫(u⁷／wu⁷～a²kang¹hu¹)；有一手功夫.

④一把火引(tsit⁸～hue²in²)；一把引火的易燃物.

（103）【性】　　xìng（ㄒㄧㄥ）

"性"字僅有一種讀音：(seng³／sing³)

   (例) ①性欲($\sim$iok⁸／yok⁸)．②性交($\sim$kau¹)．

   ③性格($\sim$keh⁴)．   ④性能($\sim$leng⁷／ling⁷)．

   ⑤性病($\sim$peⁿ⁷／piⁿ⁷)．   ⑥性別($\sim$piat⁸)．

   ⑦性癖($\sim$p'iah⁴)．   ⑧性地($\sim$te⁷)；脾氣．

   ⑨性情($\sim$tseng⁵／ting⁵)．⑩性質($\sim$tsit⁴)．

   ⑪個性(kə³$\sim$)．   ⑫男性(lam⁵$\sim$)．

   ⑬心性(sim¹$\sim$)；心地．又 "脾氣"(p'i⁵k'i³)、"心腸"(sim¹tng⁵)．

（104）【好】   hǎo～hào（ㄏㄠ）

按"好"字絕大數是口語音，文言音的語例很少。

A 文言音：(hoⁿ²)

   (例) ①好惡($\sim$ok⁴)；喜愛的厭惡的．   ②好奇($\sim$ki⁵)．

   ③好客($\sim$k'eh⁴)．   ④好色($\sim$sek⁴／sik⁴)．

B 白話音：(hə²)

   (例) ①好無？($\sim$bə⁵)；好不好、好嗎？

   ②好下($\sim$e⁷)；即運好、幸遇，又說"好孔"($\sim$k'ang¹)或"好孔頭"

   ($\sim$t'au⁵)．   ③好額($\sim$giah⁸)；有錢、富有．

   ④好漢($\sim$han³)．   ⑤好意($\sim$i³／yi³)．

   ⑥好佳(嘉)哉($\sim$ka¹tsai³)；僥倖．

   ⑦好子($\sim$kiaⁿ²)；安份守己的人． ⑧好看($\sim$k'uaⁿ³)．

   ⑨好過($\sim$ke³／kue³)．   ⑩好人($\sim$lang⁵)．

   ⑪好氣($\sim$k'i³)；惹人生氣，"好氣又好笑"($\sim$iu⁷／yu⁷$\sim$ts'iə³)．

   ⑫好款($\sim$k'uan²)；得意放肆、驕傲．

   ⑬好禮($\sim$le²)；誠懇、有禮貌．⑭好命($\sim$mia⁷)；即命好、幸福．

   ⑮好歹($\sim$p'aiⁿ²)；好壞、不管如何．

   ⑯好勢($\sim$se³)；好情況、樣子好、順利．

⑰好性[地](～seng³／sing³te⁷)；好脾氣.

⑱好心(～sim¹).　　　⑲好膽(～taⁿ²).

⑳好事(～su⁷)；又説"好代誌"(～tai⁷tsi³).

㉑好通…(～t'ang¹…)；以便於…，又説"通好".

㉒好天(～t'iⁿ¹)；好天氣.　㉓好聽(～t'iaⁿ¹).

㉔好食(～tsiah⁸)；好吃.　㉕好笑(～ts'iə³).

㉖好像(～ts'ioⁿ⁷／ts'iuⁿ⁷)；又説"好比"(～pi²).

㉗好處(～ts'u³).　　　㉘好嘴(～ts'ui³)；嘴甜、嘴軟.

㉙好嘴斗(～tau²)；食欲好、不擇食.

㉚獪好(be⁷／bue⁷～)；不會好.　㉛毋好(m⁷～)；不好.

㉜相好(siong⁷～).　　　㉝上蓋好(siang⁷／siong⁷kai³～)；
又説"一等好"(it⁴／yit⁴teng²／ting²～)；即最好.

（105）【應】　　　yīng～yìng（ㄧㄥ）

A 文言音：(yeng¹／ying¹)～(yeng³／ying³)

Ⅰ [yeng¹／ying¹]：　語例極少、(例)　①應該(～kai¹)；又
説"應該然"(～jian⁵).　②應當(～tong¹)；又説"應當然"
(～jian⁵). 此兩例中"應"又音(yeng³／ying³).

Ⅱ [yeng³／ying³]：　①應募(～bo⁷)；又説"應徵"(～tseng¹
／tsing¹).　②應驗(～giam⁷)；又説"應効"(～hau⁷).
③應付(～hu³).　　　④應邀(～iau¹／yau¹).
⑤應用(～iong⁷／yong⁷). ⑥應屆(～kai³).
⑦應急(～kip⁴).　　　⑧應變(～pian³).
⑨應援(～uan⁷)；接應支援. ⑩應酬(～siu⁵).
⑪呼應(ho¹～).　　　⑫適應(sik⁴～).

B 白話音：(yin³)

(例)　①獪應(be⁷／bue⁷～)；如"叫勿獪應"(kio³～)，叫也不回應.

②應答(～tap⁴)；即回答(用口語).

③應聲(～siaⁿ¹)；口語回答的聲音.

④應話(～ue⁷／we⁷)；頂嘴. " 勢應話 "(gau⁵～)；很會頂嘴.

⑤互人應去(ho⁷lang～k'i)；被引受、承受了. 此處 " 應 " 亦作 " 允 ".

(106) 【開】 　　kāi (ㄎㄞ)

A 文言音：(k'ai¹)

(例) ①開幕(～bo⁷). 　　②開業(～giap⁸).

③開學(～hak⁸)；又音(k'ui¹əh⁸).

④開化(～hua³)；又説"開明"(～beng⁵／bing⁵).

⑤開發(～huat⁴). 　　⑥開放(～hong³).

⑦開講(～kang²)；聊天. ⑧開關(～kuan¹).

⑨開墾(～k'un²). 　　⑩開辦(～pan⁷).

⑪開始(～si²). 　　⑫開消(～siau¹)；又説"開支"(～tsi¹).

⑬開除(～ti⁵／tu⁵). 　　⑭開拓(～t'ok⁴).

⑮開通(～t'ong¹). 　　⑯公開(kong¹～).

B 白話音：(k'ui¹)

(例) ①開花(～he¹／hue¹). ②開會(～he⁷／hue⁷).

③開開(～〃)；門窗等打開的狀態. ④開路(～lo⁷).

⑤開刀(～tə¹). 　　⑥開門(～mng⁵).

⑦開桌(～təh⁴)；開辦宴席、開始出菜.

⑧開井(～tseⁿ²／tsiⁿ²)；掘井. ⑨開車(～ts'ia¹)；駕駛也.

⑩開嘴(～ts'ui³)；開口. ⑪行開(kiaⁿ⁵～)；走開.

⑫離開(li⁷～). 　　⑬天開(t'iⁿ¹～)；天晴.

⑭心(肝)開(sim¹[kuaⁿ¹]～)；心情好.

⑮酒開仔(tsiu²～a²)；酒瓶起子. ⑯費用照開 (hui³yong⁷tsiauᵘ³
～)；花費的錢共同分攤. ⑰佔開 (tsiam³～)；把打架的人拉開.

（107）【它】　　　tā（ㄊㄚ）

按"它"字是第3人稱單數代名詞用於稱人以外的事物，在官話裡是常用字，但是台語幾乎不用。台語指稱第3人稱單數的事物是[he¹]、[yi¹]，前者寫作"彼"、後者寫成"伊"。不過亦有取"它"字的詞義來訓用的。在訓用時、文言音爲：(t'ə¹)、白話音爲：(t'a¹)。

（108）【合】　　　hé（ㄏㄜ）

A 文言者：(hap⁸)～(kap⁴)

　Ⅰ [hap⁸]：　①合法(～huat⁴)．②合計(～ke³)．
　　③合意(～i³／yi³)；"合"又音(kah⁴)、(hah⁸)．
　　④合計(～ke³)．　　　⑤合格(～keh⁴)．
　　⑥合金(～kim¹)．　　⑦合力(～lek⁸／lik⁸)．
　　⑧合理(～li²)．　　　⑨合流(～liu⁵)．
　　⑩合板(～pan²)；又音(kap⁴pang¹)．
　　⑪合式(～sek⁴／sik⁴)．⑫合成(～seng⁵／sing⁵)．
　　⑬合同(～tong⁵)；又説"契約"(k'e³iok⁴／yok⁴)．
　　⑭合衆國(～tsiong³kok⁴)．⑮合作(～tsok⁴)．
　　⑯符合(hu⁵～)．　　　⑰配合(p'ue³～)．
　　⑱集合(tsip⁸～)．
　Ⅱ [kap⁴]：　①合藥(～ioh⁸／yoh⁸)；抓藥．
　　②合作伙(～tsə³／tsue³he²／hue²)；混合一起．
　　③相合(saⁿ¹～)；一起兒，"合"又"作"及"．

B 白話音：(hah⁸)～(kah⁴)

　Ⅰ [hah⁸]：　①合意(～i³／yi³)．　②合軀(～su¹)．
　　③有合(u⁷／wu⁷～)；有合適．④會合(e⁷～)；合得來．
　Ⅱ [kah⁴]：　①合意(～i³／yi³)．
　　②合嫁妝(～ke³tsng¹)；添配嫁妝．

③魚肉亦着菜合(hi⁵／hu⁵bah⁴yah⁸tiəh⁸ts'ai³～)；有魚肉亦需
要添加(配以)青菜.

（109）【還】　　hái（ㄏㄞ）　　huán（ㄏㄨㄢ）

A 文言音：(huan⁵)

　　(例)　①還原(～guan⁵).　②還魂(～hun⁵).

　　③還俗(～siok⁸).　　　　④汝還汝、我還我、魚還魚、蝦還
蝦(Li²～li²、gua²～gua²、hi³／hu³～hi³／hu³、he⁵～he⁵)；你
歸你、我歸我、魚歸魚、蝦歸蝦，互不混雜，劃清界線.

B 白話音：(heng⁵／hing⁵) 又音(haiⁿ⁵)

　　(例)　①還汝(～li²).　②還利息(～li⁷sek⁴／sik⁴).

　　③還錢(～tsiⁿ⁵).④還冊(～ts'eh⁴)；還書.　⑤食人一斤還人
四兩(tsiah⁸langtsit⁸kin¹～langsi³niu²)；喻不佔人的便宜.

（110）【因】　　yīn（ㄧㄣ）

"因"字讀音只有一種：(in¹／yin¹)

　　(例)　①因緣(～ian⁵／yan⁵).②因果(～kə²).

　　③因襲(～sip⁸)；照舊沿用.　④因素(～so³).

　　⑤因端(～tuaⁿ¹)；原因.　⑥因子(～tsu²).

　　⑦因此(～ts'u²).　　　　⑧因爲(～ui⁷／wi⁷).

　　⑨成因(seng⁵／sing⁵～).　⑩肇因(t'iau⁷～)；造成原因.

（111）【由】　　yóu（ㄧㄡ）

"由"祇有一種讀音：(iu⁵／yiu⁵)

　　(例)　①由來(～lai⁵).　②由於(～u⁵／wu⁵).

　　③由衷(～tiong¹).　④理由(li²～).

　　⑤事由(su⁷～).　　　⑥自由(tsu⁷～).

（112）【其】　　qí（ㄑㄧ）

"其"字文言音爲：(ki⁵)，雖有白話口語音 (ke⁵) 但很少用。

　　(例)　①其餘(～yi⁵／wu⁵)．②其間(～kan¹)．

　　③其實(～sit⁸)．　　　　④其中(～tiong¹)．

　　⑤基督敎(～tok⁴kau³)．　⑥其他(～t'a¹)．

　　⑦其次(～ts'u³)．

（113）【些】　　xiē（ㄒㄧㄝ）

按"些"字在官話中出現的頻度很高，在台語裡是不用的，但卻亦有
訓用它的語義代替"一寡"(tsit⁸kuaⁿ²)、"淡薄仔"(tam⁷pəh⁸a²)、或"小
可"(sia²k'ua²)等台語，惟"寡"字的鼻韻(小n)微弱到聽不出來。
"些"的文言音爲(sia¹)、例如"些須"(～su¹)；即一點兒，台語説：
淡薄仔(tam⁷pəh⁸a²)．白話音爲：(se¹)，例如"前些日子"(tsian⁵
～jit⁸／git⁸／lit⁸tsi²)．

（114）【然】　　rán（ㄖㄢ）

"然"字的台語讀音祇有一種：(jian⁵／gian⁵／lian⁵)

　　(例)　①然後(～au⁷)．　　②然而(～ji⁵／gi⁵／li⁵)．

　　③然則(～tsek⁴)；可是．　④不然(put⁴～)；不是這樣．

　　⑤當然(tong¹～)．　　　⑥天然(t'ian¹～)．

　　⑦自然(tsu⁷～)．"大自然"(tua⁷～)，即"理所當然"(li²so²tong¹～)．

　　⑧了然 (liau²～)；表示失望、灰心．

（115）【前】　　qián（ㄑㄧㄢ）

Ⓐ 文言音：(tsian⁵)

　　(例)　①前賢(～hian⁵)．　②前額(～giah⁸)．

　　③前鋒(～hong¹)．④前驅(～k'u¹)；在前面起引導作用的人．

78

⑤前篇(〜p'ian¹). ⑥前哨(〜sau³)；在前方做警戒的.

⑦前身(〜sin¹). ⑧前線(〜sua^{n3}).

⑨前置詞(〜ti³su⁵). ⑩前途(〜to⁵).

⑪前綴(〜tue³)；加在詞根前的構詞成分，如"阿兄"(a¹hia^{n1})
的"阿". ⑫前程(〜t'eng⁵／t'ing⁵).

⑬前年(〜ni⁵)；又音(tsun⁵ni⁵)，又説"頂年"(teng²／ting²〜).

⑭前兆(〜t'iau⁷). ⑮向前(hiong³〜).

⑯先前(sian¹〜). ⑰早前(tsa²〜).

B 白話音：(tseng⁵／tsing⁵)

(例) ①前後(〜au⁷)；又文音(tsian⁵ho⁷).

②前面(〜bin⁷). ③前日(〜jit⁸).

④前人子(囝)(〜lang⁵kia^{n2})；前妻的子女.

⑤前擺(〜pai²)；前一次、上次.

⑥前世(〜se³／si³). ⑦前代(〜tai⁷).

⑧以前(i²／yi²〜). ⑨頭前(t'au⁵〜)；即前面.

⑩做前(tsə³〜)；在前(空間). ⑪進前(tsin³〜)；先前.

⑫厝前(ts'u³〜)；家的前面.

（ 116 ）【外】 wài（ㄨㄞ）

A 文言音：(gue⁷) 按讀此音的語例殊少。

(例) ①外甥[仔]：(〜seng¹／sing¹[a²]).

②員外(uan⁵／wan⁵〜)；舊時的地主豪紳.

B 白話音：(gua⁷)

(例) ①外面(〜bin⁷). ②外行(〜hang⁵).

③外號(〜hə⁷). ④外匯(〜hue⁷)；外幣.

⑤外港(〜kang²). ⑥外交(〜kau¹).

⑦外家(〜ke¹)；即外戚，母方家屬.

⑧外觀(～kuan¹)． ⑨外公(～kong¹)；外祖父．

⑩外口(～k'au²)；外面． ⑪外人(～lang⁵)；他人．

⑫外路[仔](～lo⁷[a²])；副收入． ⑬外媽(～ma²)；外祖母．

⑭外傷(～siong¹)． ⑮外衫(～saⁿ¹)；外衣、上衣．

⑯外敵(～tek⁸／tik⁸)． ⑰外頭(～t'au⁵)；外邊．

⑱外套(～t'ə³)；大衣． ⑲國外(kok⁴～)．

⑳十外冬(tsap⁸～tang¹)；十幾年． ㉑另外(leng⁷／ling⁷～)．

㉒十三天地外(tsap⁸saⁿ¹t'iⁿ¹te⁷～)；喻遙遠不可及．

（117）【天】　　　tiān（ㄊㄧㄢ）

A 文言音：(t'ian¹)

(例)　①天文(～bun⁵)． ②天花(～hue¹)；又音(～hua¹)．

③天橋(～kiə⁵)． ⑤天空(～k'ong¹)．

④天國(～kok⁴)；又説"天堂"(～tong⁵)．

⑥天良(～liong⁵)；良心． ⑦天秤(～peng⁵／ping⁵)．

⑧天神(～sin⁵)． ⑨天房(～pong⁵)；天花板．

⑩天線(～sua n³)． ⑪天數(～so³)；命運天註定的事．

⑫逆天(gek⁸～)，"天"又音(tiⁿ¹)；違背反抗上輩．

⑬天天(～〃)；即每天，又喻遊蕩，悠哉遊哉．如"天天二九暝"

(～ji⁷kau²me⁵／mi⁵)；每天都在過年．

B 白話音：(t'iⁿ¹)

(例)　①天下(～e⁷)，又音(t'ian¹ha⁷)．②天光(～kng¹)；即天亮．

③天公(～kong¹)；自然界的主宰者．

④天腳下(～k'a¹e⁷)；天下． ⑤天氣(～k'i³)．

⑥天色(～sek⁴／sik⁴)． ⑦天地(～te⁷)．

⑧天窗(～t'ang¹) ⑨好天(hə²～)；晴天．

⑩熱天(juah⁸／luah⁸～)；夏天．"寒天"(kua n⁵)；冬天的反義語．

（118）【政】　　zhèng（ㄓㄥˋ）

"政"字祇有一種讀音：(tseng³／tsing³)

  （例）　①政務(～bu⁷)．　②政府(～hu²)．

    ③政權(～kuan⁵)．　④政客(～k'eh⁴)．

    ⑤政見(～kian³)．　⑥政變(～pian³)．

    ⑦政敵(～tek⁸／tik⁸)．　⑧政治(～ti⁷)．

    ⑨政黨(～tong²)．　⑩政體(～t'e²)．

    ⑪政策(～ts'ek⁴／ts'ik⁴)．　⑫民政(bin⁵～)．

    ⑬憲政(hian³～)．　⑭軍政(kun¹～)．

（119）【四】　　sì（ㄙˋ）

A 文言音：(su³)

  （例）　①四海(～hai²)．　②四季(～／si³kui³)．

    ③四方(～hong¹)；又口語音(si³hng¹)．

    ④四不象(～put⁴siong⁷)；喻不倫不類．

    ⑤四配(～p'e³／p'ue³)；相稱、合適，如：子[囝]婿新娘眞四

    配(kiaⁿ²sai³sin¹niu⁵tsin¹～)；郎才女貌很相稱．

    ⑥四時(～si⁵)．　⑦四書(～su¹)．

B 白話音：(si³)

  （例）　①四面(～bin⁷)．　②四月(～geh⁸／gueh⁸)．

    ③四角(～kak⁴)；四角形．④四界(～ke³)；到處、各地．

    ⑤四肢(～ki¹)．　⑥四腳魚(～k'a¹hi⁵／hu⁵)；青蛙．

    ⑦四邊(～piⁿ¹)；四周．⑧四聲(～siaⁿ¹)；指平上去入四種聲調．

    ⑨四散(～suaⁿ³)．　⑩四圍(～ui⁵／wi⁵)．

（120）【日】　　rì（ㄖˋ）

"日"字只有一種讀音：(jit⁸／git⁸／lit⁸)

(例)　①日影($\sim$ia^{n2}／ya^{n2})，又音($\sim$ng^{n2})；陽光下的陰影．

②日用品($\sim$iong^7／yong^{7}p'in^2)．　③日記($\sim$ki^3)．

④日給($\sim$kip^4)；每天的工資即日薪．

⑤日光($\sim$kong^1)，又音($\sim$kng^1)，日光燈($\sim$kong^{1}teng^1／ting^1)．

⑥日刊($\sim$k'an^1)．　　⑦日曆($\sim$lek^8／lik^8)．

⑧日落($\sim$loh^8)．　　⑨日時($\sim$si^3／si^5)；白天．

⑩日蝕($\sim$sit^4)．　　⑪日程($\sim$t'eng^5／t'ing^5)．

⑫日晝($\sim$tau^3)；又説"日頭晝"；即中午．

⑬日頭($\sim$t'au^5)；太陽，日頭公($\sim$kong^1)；太陽的尊稱．

⑭日子($\sim$tsi^2)．　　⑮日誌($\sim$tsi^3)．

⑯好日(hə$^2\sim$)．　　⑰生日(se^{n1}／si$^{n1}\sim$)．

⑱留日(liu$^5\sim$)．　　⑲暴日(p'ak$^8\sim$)；曬太陽．

⑳當頭白日 (tng^{1}t'au^{5}peh$^8\sim$)；即大白天．

（121）【那】　　　nà（ㄋㄚˋ）

"那"字的讀音爲：(na^2)一種，大多用於諧聲借音．

(例)　①那麼($\sim$mo^o)；即官話的"那麼"，台語説"彼款"(hit^4 k'uan^2)、"安呢"(an^{1}ni^7)，"赫呢"(hiah^{8}ni^7)．

②那些($\sim$se^1)；即官話的"那些"，台語説"hiah^{8}e^7"、"彼寡"(hit^4 kua^{n2})；"彼"又作"迄"．　③那有彼號代誌($\sim$u^7／wu^{7}hit^{8}hə^7 tai^{7}tsi^3)；怎麼有那種事情，"那"又作"哪"．

④那(哪)會安呢($\sim$e^{7}an^{1}ni^7)；怎麼會這樣？

⑤那卜那毋($\sim$beh^4／bueh$^4\sim$m^7)；像是要、像是不要．

⑥那久那好($\sim$ku$^2\sim$hə^2)；又説"愈久愈好"(ju^{2}ku^{2}ju^{2}hə^2)．

⑦法律那法律(huat^{4}lut$^8\sim$〃)；喻不重視法律、看不起的意思．

⑧那行那講($\sim$kia$^{n5}\sim$kong^2)；邊走邊説．

⑨支那(Tsi$^1\sim$)；即中國，"秦"的譯音．

（122）【社】　　　shè（ㄕㄜˋ）

"社"字只有一種讀音：(sia⁷)

　　(例)　①社會(～hue⁷)．　　②社交(～kau¹)．
　　③社論(～lun⁷)．　　　④社團(～t'uan⁵)．
　　⑤社稷(～tsek⁴／tsik⁴)．　⑥合作社(hap⁸tsok⁴～)．
　　⑦報社(pə³～)．

（123）【義】　　　yìˋ（ㄧˋ）

"義"字讀音祇有一種：(gi⁷)

　　(例)　①義務(～bu⁷)．　　②義舉(～ki²)．
　　③義氣(～k'i³)．　　　④義理(～li²)．
　　⑤義士(～su⁷)．　　　⑥含義(ham⁵～)．
　　⑦不義(put⁴～)．　　　⑧正義(tseng³／tsing³～)．

（124）【事】　　　shìˋ（ㄕˋ）

"事"字祇有一種讀音：(su⁷)

　　(例)　①事務(～bu⁷)．　　②事宜(～gi⁵)．
　　③事業(～giap⁸)．　　　④事故(～ko³)．
　　⑤事端(～tuan¹)．　　　⑥事態(～t'ai⁷)．
　　⑦事迹(～tsek⁴／tsik⁴)．　⑧謀事(bo⁵～)．
　　⑨公事(kong¹～)．　　⑩貴事？(kui³～)；甚麼事情的敬詞．

（125）【平】　　　píng（ㄆㄧㄥˊ）

A 文言音：(peng⁵／ping⁵)

按"平"字在前的詞語大多讀此音．

　　(例)　①平安(～an¹)．　　②平民(～bin⁵)．
　　③平原(～guan⁵)．　　　④平行(～heng⁵／hing⁵)．

⑤平衡(～heng⁵／hing⁵)． ⑥平方(～hong¹)．

⑦平交道(～kau¹tə⁷)． ⑧平快(～k'uai³)；一般快車．

⑨平均(～kin¹／kun¹)． ⑩平平(～〃)；不好亦不壞．

⑪平信(～sin³)． ⑫平常(～siong⁵)．

⑬平淡(～tam⁷)． ⑭平等(～teng²／ting²)．

⑮平靜(～tseng⁷／tsing⁷)． ⑯不平(put⁴～)．

B 白話音：(peⁿ⁵)～(piaⁿ⁵)～(p'eⁿ⁵／p'iⁿ⁵)

I [peⁿ⁵／piⁿ⁵]： ①平平(～〃)；平坦，如"平平路"(～lo⁷)，
又義"同樣"、如"平平人"；即同樣是人．

②平埔(～po¹)；平地、平坦的原野．

③平坦坦(～t'aⁿ²〃)；很平坦． ④平地(～te⁷／tue⁷)．

⑤平強(～kiong⁵)；勢均力敵． ⑥分平(p'un¹～)；分配平均．

⑦無平(bə⁵～)；不平坦．

II [piaⁿ⁵]： ①平聲(～siaⁿ¹)；漢語聲調之一．

②平仄(～tseh⁴)；陰平陽平為平聲，上去入為仄聲，喻作事
的道理，如"無平無仄"(bə⁵～bə⁵tseh⁴)；不合道理．

III [p'eⁿ⁵／p'iⁿ⁵]： ①平(互)平(～[ho⁷]peⁿ⁵／piⁿ⁵)；使之平坦．

②平土(～t'o⁵)；整地．

（126）【形】　　　xíng（ㄒㄧㄥ）

"形"字的讀音只有一種：(heng⁵／hing⁵)

（例） ①形骸(～hai⁵)． ②形容詞(～iong⁵／yong⁵su⁵)．

③形勢(～se³)． ④形式(～sek⁴／sik⁴)．

⑤形成(～seng⁵／sing⁵)． ⑥形聲(～siaⁿ¹)．

⑦形象(～siong⁷)． ⑧形狀(～tsong⁷)．

⑨圖形(to⁵～)． ⑩情形(tseng⁵／tsing⁵～)．

⑪形形色色 (～〃⁴／sik⁴〃)；各種各樣．

（127）【相】　　　xiāng～xiàng（ㄒㄧㄤ）

A 文言音：(siong¹)～(siong³)　前一種讀音最普遍

I [siong¹]：　①相愛(～ai³)．②相安(～an¹)．
③相好(～hə²)．　　　　④相反(～huan²)．
⑤相逢(～hong⁵)．　　　⑥相符(～hu⁵)．
⑦相會(～hue⁷)．　　　　⑧相干(～kan¹)．
⑨相繼(～ke³)．　　　　⑩相關(～kuan¹)．
⑪相信(～sin³)．　　　　⑫相思(～su¹)．
⑬相似(～su⁷)．　　　　⑭相當(～tong¹)．
⑮相傳(～t'uan⁵)．　　　⑯互相(hə⁷～)．

II [siong³]：　①相面(～bin⁷)；看"面相"(bin⁷～)．
②相機(～ki¹)；即照相機．③相貌(～mau⁷)．
④相公(～kong¹)，又音(siu^n3 kang¹)．⑤相命(～mia⁷)．
⑥相片(～p'i^n3)．　　　⑦相簿(～p'o⁷)．
⑧相聲(～sia^n1)．　　　⑨相精精(～tseng¹／tsing¹〃)；看準．
⑩相親(～ts'in¹)．　　　⑪儐相(pin¹～)；結婚的陪伴．
⑫睏相(k'un³～)；睡姿．⑬宰相(tsai^n2～)；又"首相"(siu²～)．

B 白話音：(siu^n1)～(siu^n3)

I [siu^n1]：　相思(～si¹)

II [siu^n3]：　①相馬(～be²)；生肖屬相是馬．
②歹看相(p'ai^n2 k'ua^n3～)；難看、丟臉．
③清氣相(ts'eng¹／ts'ing¹ k'i³～)；愛乾淨．

C 訛讀音："相"字在台語裡，又被訛讀為(siə¹)．

　(例)　①相罵(～ma⁷／me⁷)；吵架．
②相拍(～p'ah⁴)；(又作"相打")；打架．
③相刣(～t'ai⁵)；打仗、相殺，惟此"相"字亦有寫作"肖"的．
⑤相像 (～siang⁷)；一樣，又説 "相襇"(～siang⁵) ，"相共 "(～kang⁵)

85

（128）【全】　　　qián（ㄑㄩㄢˊ）

A 文言音：(tsuan⁵)

(例)　①全校(～hau⁷)．　　②全副(～hu³)．

③全然(～jian⁵)．　　④全癒(～ju⁷)；病完全好．

⑤全能(～leng⁵／ling⁵)．　⑥全貌(～mau⁷)．

⑦全豹(～pa³)；即事物的全部，整個形狀．

⑧全盤(～puaⁿ⁵)；即全面．⑨全盛(～seng⁷／sing⁷)．

⑩全數(～so³)．　　⑪全體(～t'e²)．

⑫安全(an¹～)．　　⑬完全(uan⁵／wan⁵～)．

⑭齊全 (tse⁵／tsue⁵～)；齊備没缺少，"齊"訓讀 (tsiau⁵)．

B 白話音：(tsng⁵) 用例殊少

(例)　①十全(tsap⁸～)，又文言音(sip⁸tsuan⁵)．

②無全(bə⁵～)，又音(bə⁵tsuan⁵)；即不全．

（129）【表】　　　biǎo（ㄅㄧㄠˇ）

A 文言音：(piau²)

(例)　①表面(～bin⁷)．　　②表的(～e³)；即表親，例如"表兄
弟"(～hiaⁿ¹ti⁷)、"表姊妹"(～tsi²be⁷／bue⁷)、"姑表"(ko¹～)、
"姨表"(i⁵／yi⁵～)．　　③表現(～hian⁷)．

④表演(～ian²／yan²)．　⑤表揚(～iong⁵／yong⁵)．

⑥表決(～kuat⁴)．　　⑦表露(～lo⁷)．

⑧表白(～pek⁸／pik⁸)．　⑨表皮(～p'e⁵／p'ue⁵)．

⑩表示(～si⁷)．　　⑪表達(～tat⁸)．

⑫表情(～tseng⁵／tsing⁵)．⑬表彰(～tsiong¹)．

⑭發表(huat⁴～)．　　⑮代表(tai⁷～)．

B 白話音：(piə²)

(例)　①表格(～keh⁴)；又文言音(piau²～)．

②時間表(si⁵kan¹〜)．　　③功課表(kong¹k'ə³〜)．

（ 130 ）【間】　　　jiān（ㄐㄧㄢ）

A 文言音：(kan¹)〜(kan³)

　Ⅰ [kan¹]：　①間不容髮(〜put⁴iong⁵/yong⁵huat⁴)；喻與災禍至
　　　近之距離．②區間(k'u¹〜)．　　　③中間(tiong¹〜)．

　Ⅱ [kan³]：　①間隔(〜keh⁴)．②間隙(〜k'iah⁴)．
　　　③間諜(〜tiap⁸)，又音(kan¹〜)．④間道(〜tə⁷)；偏僻的小路．
　　　⑤間斷(〜tuan⁷)．　　　⑥間接(〜tsiap⁴)．
　　　⑦反間計(huan²〜ke³)；離間敵方的計策．

B 白話音：(keng¹／king¹)

　(例)　①房間(pang⁵〜)．　②一間厝(tsit⁸〜ts'u³)；一所房屋．

（ 131 ）【樣】　　　yàng（ㄧㄤ）

按"樣"字雖有文言音(yong⁷)，但實際已僵化少用，而通用白話音
(ioⁿ⁷／yoⁿ⁷〜iuⁿ⁷／yiuⁿ⁷)

　(例)　①樣品(〜p'in²)．　②樣式(〜sek⁴／sik⁴)．
　　　③樣相(〜sioⁿ³／siuⁿ³)；神情．④好[歹]樣(hə²[paiⁿ²]〜)；好（壞）
　　　的模樣．　　　　　⑤彼樣人(hit⁴〜lang⁵)；那種人，又
　　　說"彼號(款)人"(〜hə⁷[k'uan²]〜)．　⑥各樣 (kə⁴〜)；情況有
　　　點不對，怪異．文音爲 (kok⁴〜)；各種樣式．

（ 132 ）【與】　　　yǔ（ㄩ）

A 文言音：(wu²)

　(例)　①與人方便(〜jin⁵hong¹pian⁷)；給人家方便．
　　　②與其瓦全不如玉碎(〜ki⁵ua³／wa³tsuan⁵put⁴ju⁵giok⁴ts'ui³)．
　　　③參與(ts'am¹〜)；也説參預(ts'am¹wu⁷／yi⁷)．

87

B 訓讀音：(ho⁷)

按此音亦可能是白話音．

 (例) ①與汝(～li²)；給你．②與伊(～i¹／yi¹)；給他(她)．

按"與"讀(ho⁷)時有"給與"的意思，卻並沒"相互"或"被"(台語均作

"ho⁷")的意思。

（133）【關】 guān（ㄍㄨㄢ）

A 文言音：(kuan¹)

 (例) ①關係(～he⁷)． ②關懷(～huai⁵)；掛念，關心．

 ③關鍵(～kian⁷)． ④關聯(～lian⁵)．

 ⑤關頭(～t'au⁵)；分岐點．⑥關稅(～sue³)．

 ⑦關帝(～te³)；即關羽． ⑧關刀(～tə¹)；長柄大刀．

 ⑨關注(～tsu³)；關心重視．⑩關切(～ts'iat⁴)；關心．

 ⑪海關(hai²～)． ⑫過關(ke³／kue³～)．

 ⑬難關(lan⁵～)．

B 白話音：(kuaiⁿ¹／kuiⁿ¹)

 (例) ①關門(～mng⁵)． ②互人關(ho⁷lang⁵～)；被囚禁．

 ③關通仔(又作窗仔)(～tang¹a²)；關閉窗戶．

（134）【各】 gè（ㄍㄜ）

A 文言音：(kok⁴)

 (例) ①各人(～lang⁵)． ②各地(～te⁷)．

 ③各憋(～pih⁴)；又説"怪癖"(kuai³p'iah⁴)，"古怪"(ku¹kuai³)，

 即特別、有奇怪、有趣、滑稽等意思．

 ④各有千秋(～iu²／yu²ts'ian¹ts'iu¹)．

B 白話音：(kəh⁴)

 (例) ①各異(～iⁿ⁷／yiⁿ⁷)；變樣、奇怪、與平常不同．

②各樣(～io^{n7}／iu^{n7})；義同上①

（135）【重】 zhòng（ㄓㄨㄥˋ）～chóng(ㄔㄨㄥˊ)

A 文言音：(tiong^5)～(tiong^7)

I [tiong^5]： ①重疊(～t'iap^8). ②重復(～hok^4).

③重婚(～hun^1)；再婚. ④重九(～kiu^2)；九月九日重陽.

⑤重版(～pan^2)；再版. ⑥重新(～sin^1).

⑦重圍(～ui^5／wi^5). ⑧重重(～〃)；一層又一層.

II [tiong^7]： ①重要(～iau^3／yau^3).

②重用(～iong^7／yong^7). ③重利(～li^7).

④重量(～liong^7). ⑤重兵(～peng^1)；大量的軍隊.

⑥重視(～si^7). ⑦重心(～sim^1).

⑧重大(～tai^7). ⑨貴重(kui^3～).

⑩敬重(keng^3／king^3～). ⑪慎重(sin^7～).

B 白話音：(teng^5)～(tang^7)

I [teng^5]： ①重來(～lai^5). ②重寫(～sia^2).

③一重皮(tsit^8～p'ue^5). ④四重溪(Si^3～k'e^1).

II [tang^7]： ①重量(～liong^7). ②重擔(～ta^{n3}).

③重頭輕(～t'au^5k'in^1)；一邊重一邊輕，喻不平衡.

④毋知天地幾斤重(m^7tsai^1t'i^{n1}te^7kui^2kin^1～)；不知天多高地
多遠，茫然於內外情勢。⑤知…輕重 (tsai^1…k'in^1～);懂事理、人心.

（136）【新】 xīn（ㄒㄧㄣ）

"新"字的讀音祇有一種：(sin^1)

(例) ①新婦(～hu^7)；口語 (sim^1pu^7)；媳婦也. ②新娘(～niu^5).

③新巧(～k'iau^2)；新奇而精巧. ④新書(～su^1).

⑤新異(～yi^7)；新奇. ⑥新穎(～yeng^2／ying^2)；新而別致.

⑦新正(～tsia^{n1})；農曆正月. ⑧迎新(geng^5／ging^5～).

⑨革新(kek^4～). ⑭重新(tiong^5～).

⑮新陳代謝(～ tin^{5}tai^{7}sia^7)；喻新事物滋生發展代替舊事物.

(137)【線】　　xiàn(ㄒㄧㄢ)

按"線"字雖有文言音：(sian^3)，但語例罕見而通用白話音：(sua^{n3})。

(例) ①線民(～bin^5)；特務的小鷹犬.

②線路(～lo^7)；路線. ③線索(～so^3).

④線條(～tiau^5). ⑤線裝書(～tsong^{1}su^1)；古式的書.

⑥麵線(mi^7～)；掛麵. ⑦曲線(kiok^4～).

⑧前線(tsian^5～)；戰場. ⑨電線(tian^7～).

⑩車仔線(ts'ia^{1}a^2～)；縫紉機用的絲線.

⑪統一戰線(t'ong^{2}it^{4}tsian^3～)；聯成一體的戰線，即統戰.

(138)【內】　　nèi(ㄋㄟ)

A 文言音：(lue^7)

(例) ①內訌(～hong^7)，"內"又白話音(lai^7).

②內奸(～kan^1)，"內"又音(lai^7). ③內閣(～kəh^4).

④內疚(～kiu^7)，"內"又音(lai^7)；內心感覺不安.

⑤內弟(～te^7)；即妻之弟. ⑥內在(～tsai^7).

⑦內省(～seng^2／sing^2)；內心反省.

⑧內姪(～tit^8)；妻的兄弟的兒子.

⑨內助(～tso^7)；指妻，多用於敬語，如"賢內助"(hian^5～).

B 白話音：(lai^7)

(例) ①內面(～bin^7). ②內褲(～k'o^3).

③內容(～iong^5／yong^5)、"內"又音(lue^7).

④內公(～kong^1)；父方的祖父,相對於母方的祖父"外公"(gua^7～).

⑤內奶(～leng¹／ling¹)，"奶"又音(ni¹)，又説"內胎"(～t'ai¹).
⑥內裡(～li²)；衣服的裡層. ⑦內媽(～ma²)；父方的祖母.
⑧內衫(～sa^{n1})；汗衫. ⑨內線(～sua^{n3}).
⑩內孫(～sun¹). ⑪內底(～te²)；內面、裡面.
⑫內頭(～t'au⁵)；家裡頭、家務，如"查某／姥人領內頭"(tsa¹
bo²lang⁵nia²～)；即女人掌理家內務.
⑬腹內(pak⁴～)；即內臟. ⑭厝內(ts'u³～)；屋內.

（139）【數】　　shù（ㄕㄨ）

A 文言音：(so³)

　(例)　①數目(～bok⁸)，又白話音(siau³bak⁸).
　②數額(～giah⁸). ③數學(～hak⁸).
　④數據(～ku³)；即數值. ⑤數詞(～su⁵)；表數目的品詞.
　⑥數珠(～tsu¹)，又説"念珠"(liam⁷tsu¹).
　⑦無數(bu⁵～). ⑧虛數(hi¹／hu¹～).
　⑨氣數(k'i³～)，又説"天數"(t'ian¹～).
　⑩整數(tseng²／tsing²～).

B 白話音：(siau³) 語例殊少

　(例)　①數目(～bak⁸)，又寫作"賬目".
　②算數(sng³～)，又作"算賬".

（140）【正】　　zhèng（ㄓㄥ）

A 文言音：(tseng³／tsing³)

　(例)　①正義(～gi⁷). ②正經(～keng¹／king¹).
　③正確(～k'ak⁴). ④正式(～sek⁴／sik⁴).
　⑤正常(～siong⁵). ⑥正直(～tit⁸).
　⑦正當(～tong¹). ⑧正統(～t'ong²).

⑨公正(kong¹～). ⑩糾正(kiu³～).

B 白話音：(tsiaⁿ³)

(例) ①正面(～bin⁷). ②正月(～geh⁸／gueh⁸).
③正午(～ngo²). ④正取(～ts'u²).
⑤正腳(～ka¹)；右腳，反義語"倒腳"(tə³～).
⑥正爿(～peng⁵／ping⁵)，又作"正旁"；反義語"倒爿".
⑦正楷(～k'ai²)，又説"正寫"(～sia²).
⑧正着時(～tiəh⁸si⁵)；正逢時令(時節，時宜).
⑨無正(bə⁵～)；不正. ⑩四正(si³～)；即端正，如"坐四正"
(tse⁷／tsue⁷～)；坐端正.

（ 141 ） 【心】　　xīn（ㄒㄧㄣ）

"心"字袛有一種讀音：(sim¹)

(例) ①心悶(～bun⁷)；懷念、煩悶.
②心扉(～hui¹)；喻思路. ③心悸(～kui³)；心臟跳動加速.
④心肝頭(～kuaⁿt'au⁵)；心頭、心上. ⑤心緒(～su⁷).
⑥心窍(～k'iau³)；思考能力. ⑦心坎(～k'am²)；心口.
⑧心適(～sek⁸／sik⁸)；有趣、好玩兒，又作"心色".
⑨軟心(lng²～)；即心腸軟. ⑩手心(ts'iu²～).

（ 142 ） 【反】　　fǎn（ㄈㄢ）

A 文言音：(huan²)

(例) ①反應(～yeng³／ying³). ②反僥(～hiau¹)；背叛、毀約.
③反悔(～he²／hue²)；後悔. ④反詰(～kiat⁴)；反問.
⑤反顧(～ko³)；回頭看. ⑥反駁(～pok⁴)；否定他人的理論.
⑦反噬(～se⁷)；反咬. ⑧反醒(～seng²／sing²)；覺醒.
⑨反射(～sia⁷). ⑩反轉(～tng²)；反而.

⑪相反(siong¹〜).　　　⑫造反(tsə⁷〜).

B 白話音：(peng²／ping²)

　(例)　①反字典(〜ji⁷tian²)；查(翻)字典.

　②反輦轉(〜lian²tng²)；翻轉過來，又説"反倒轉"(〜tə³tng²).

　③反狗仔(〜kau²a²)；翻觔斗. ④反腹(〜pak⁴)；即反胃.

　⑤反變(〜piⁿ³)；變通，變換. ⑥反桌(〜təh⁴)；打翻桌子.

　⑦反籠袋仔(〜lak⁴te⁷a²)；翻(查)口袋. ⑧反船(〜tsun⁵)；翻船.

　⑨倒反(tə³〜)；相反，又説"顛倒反"(tian¹〜).

（143）【你】　　nǐ（ㄋㄧ）

"你"字祇有一種讀音：(li²)，即第二人稱單數代名詞，有時泛指任

何人，台語裡作"汝"。

　(例)　①汝有無(〜u⁷／wu⁷bə⁵)？你有嗎？

　　　②會互汝感動(e⁷ho⁷〜kam²tong⁷)；會使你感動.

按汝(你)的複數是(lin²)；漢字作"恁"、"㑚"，有時亦代用指第二人

稱單數，如"㑚兜"(〜tau¹)；你家.

（144）【明】　　míng（ㄇㄧㄥ）

按"明"字文白讀音多種，但通用文言音.

A 文言音：(beng⁵／bing⁵)

　(例)　①明明(〜〃)；明確、明顯. ②明顯(〜hian²).

　③明日(〜jit⁸)；(又詳下B白話音).

　④明朗(〜lang²／long²). ⑤明亮(〜liang⁷).

　⑥明瞭(〜liau⁵).　　　⑦明白(〜pek⁸).

　⑧明星(〜seng¹／sing¹). ⑨明晰(〜sek⁴／sik⁴)；清楚.

　⑩明信片(〜sin³piⁿ³).　⑪光明(kong¹〜).

B 白話音：(mia⁵)／(bin⁵)／(beⁿ⁵)／(ma⁵)

按"明"字在表示時間的概念時，白話音有多數類似的讀音。

　　(例)　①明仔日(bin⁵a²jit⁸／git⁸／lit⁸)；明天.

　　②明仔早起(bin⁵a²tsa²k'i²)；即明早.

　　③明仔後日(bin⁵a²au⁷jit⁴)；明後天.

　　④明日(mia⁵／ma⁵jit⁸／git⁸／lit⁸).　⑤明年(beⁿ⁵／ma⁵ni⁵).

　　⑥明仔再(載)(bin⁵a²／ma⁵tsai³)；明天.

（145）　【看】　　　kàn（ㄎㄢ）

Ａ 文言音：(k'an³)

按"看"字文言音的語例殊少，絶多通用白話音.

　　(例)①看護婦(～ho⁷hu⁷)；護士.　②看守(～siu²)；即獄卒.

Ｂ 白話音：(k'uaⁿ³)

　　(例)　①看覓(～bai⁷／mai⁷)；表嘗試，如官話的"～看看"，例
　　"罔食看覓"(bong²tsiah⁸～)；不妨吃看看."覓"又作"𧢱"、"瞋".
　　②看無(～bə⁵)；看不起，又說"看扁"(～piⁿ²)，"看衰" (～sue¹)
　　；又義看不到、看不懂.　③看顧(～ko³)；照應.
　　④看牛(～gu⁵)；看顧牛畜，"看"有照料、守望之意.
　　⑤看見(～kiⁿ³).　⑥看輕(～k'in¹)；又說"看無起"(～bə⁵k'i²).
　　⑦看毋出(～m⁷ts'ut⁴)；看不出來，反義語爲"看出"，強調時説
　　"看出出"；喻輕視之意.　⑧看命先(～mia⁷sian¹)；卜者.
　　⑨看病(～peⁿ⁷／piⁿ⁷).　　⑩看破(～p'ua³)；斷念、放棄.
　　⑪看相(～siong³)；即相命，又音(～siong⁷)；看照片，讀(～
　　siuⁿ³)時，爲樣子(多貶義)，如"歹看相"(paiⁿ²～)；難看，醜惡
　　的樣子.⑫看頭(～t'au⁵)；外觀."好看頭"(hə²～)；虛有其表.
　　⑬無看(bə⁵～)；没看.　　⑭𣍐看(be⁷～)；不會看.
　　⑮猶未看(iau²／yau²bue⁷～)；還没看.⑯顧看電視無認眞食飯
　　(ko³～ tian⁷si⁷bə⁵jin⁷tsin¹tsiah⁸png⁷)；只顧看電視不用心吃飯.

94

（146） 【原】　　　yüán（ㄩㄢˊ）

"原"的讀音祇有一種：(guan⁵)

（例）　①原案(～an³)．　　②原形(～heng⁵／hing⁵)．
　③原價(～ke³)．　　　④原稿(～kə²)．
　⑤原告(～kə³)．　　　⑥原料(～liau⁷)．
　⑦原諒(～liong⁷)．　　⑧原本(～pun²)．
　⑨原底(～te²)；本來．　⑩原頭(～t'au⁵)；起源．
　⑪原早(～tsa²)；最初．　⑫原在(～tsai⁷)；依舊，還是
　⑬原紙(～tsua²)；臘紙(寫鋼版用的)．
　⑭原子彈(～tsu²tuaⁿ⁵)．　⑮猶原(yiu⁵～)；還是．
　⑯自原(tsu⁷～)；本來．

（147）　【又】yòu（ㄧㄡˋ）

"又"字只有一種讀音：(iu⁷／yiu⁷)

按"又"的詞義在台語裡多説(kəh⁴)，漢字作"佫"，但亦有作"閣"。
台語常連用"又佫"或"佫再"(～tsai³)。

（例）　①汝又佫欠席(Li²～k'iam³sek⁸／sik⁸)；你又缺席(課)．
　②俗又佫好(siok⁸～hə²)；廉而美．

（148）　【麼】　　　me（ㄇㄜ）

Ⓐ文言音：(mo⁰)

"麼"字在台語裡的文言音多係官話的諧聲。例："那麼"(na²mo⁰)；
台語的"安尔"(an¹ni¹／ne¹)，又義"赫尔"(hiah⁴ni)。"這麼"；即台語的
"安尔"或"即尔"(tsiah⁴～)，"多麼"；即"偌尔"(jua⁷／gua⁷／lua⁷～)，
"甚麼"；即"甚乜"(sim⁷ mih⁴)。

Ⓑ訓讀音：(ma⁷)表示"亦、也"的意思。

（例）　①伊麼是(yi¹～si⁷)；他(她)也是．

· 95 ·

②我麼毋去(gua²～m⁷k'i³)；我亦不去.

（149） 【利】　　lì(ㄌㄧ)

A 文言音：(li⁷)

(例)　①利益(～yek⁴／yik⁴)．②利害[關係](～hai⁷)[kuan¹he⁷]．
③利用(～iong⁷／yong⁷)．④利誘(～iu²／yu²)；用利益引誘.
⑤利人(～jin⁵)；有益他人．⑥利器(～k'i³)．
⑦利潤(～lun⁷)．　　　⑧利弊(～pe³)；好處和害處.
⑨利便(～pian⁷)；方便.　⑩鋒利(hong¹～)；銳利.
⑪利欲熏心(～iok⁸hun¹sim¹)；貪財圖利的慾望迷住了心.
⑫月利(geh⁸／gueh⁸～)，又音(guat⁸～).

B 白話音：(lai⁷)

(例)　①鳳萊利(hong⁷lai⁵～)；鳳梨會損胃.
②刀利(tə¹～)．　　　③筆利(pit⁴～)；筆鋒銳利.
④嘴利(ts'ui³～)；口舌傷人(厲害)，善言.

（150） 【比】　　bǐ(ㄅㄧ)

"比"只有一種讀音(pi²)

(例)　①比擬(～gi²)．　　②比翼(～yek⁸／yik⁸).
③比如(～ju⁵)；義同"比在"(～tsai⁷).
④比喻(～ju⁷)．　　　⑤比較(～kau³).
⑥比價(～ke³)．　　　⑦比並(～p'eng⁷／p'ing⁷)；相比.
⑧比例(～le⁷)．　　　⑨無比(bə⁵～)；没法比較.
⑩好比(hə²～)．　　　⑪可比(kə²～).
⑫相比(siə¹～)．　　　⑬比比皆是(～〃kai¹si⁷)；喻很多.

（151） 【或】　　huò(ㄏㄨㄛ)

96

"或"字只有一種讀音爲文言音：(hek⁸／hik⁸)

    (例)　①或者(～tsia²)；台語則説"抑是"(ah⁴si⁷).

    ②或則(～tsek⁴／tsik⁴)，同上①.

    ③或然率(～jian⁵／gian⁵／lian⁵lut⁸)；機率.

    ④或多或少(～tə¹～siau²).

（152）【但】　　dàn（ㄉㄢ）

A 文言音：(tan³)

    (例)　①但是(～si⁷)；口語説"毋佫"(m⁷kəh⁴)或"毋拘"(m⁷ku¹).

    ②但書(～su⁷).　　　　③不但(put⁴～).

    ④但願如此(～guan⁷ju⁵ts'u²).

B 訓讀音：(na⁷)

    (例)　①乾但(kan¹～)；僅、只；如"乾但汝一個"(～li²tsit⁸e⁵)；只有你一個人，又寫成"乾那"(借音).

    ②毋但(m⁷～)；不只.

（153）【質】　　zhì（ㄓ）

"質"字讀音衹有一種；(tsit⁴)

    (例)　①質問(～bun⁷／bng⁷).　②質疑(～gi⁵)；提出疑問.

    ③質料(～liau⁷).　　　　④質量(～liong⁷)；物質的量.

    ⑤品質(p'in²～).　　　　⑥素質(so³～)；即質地.

    ⑦資質(tsu¹～)；即素質.

（154）【氣】　　qì（ㄑㄧ）

A 文言音：(k'i³)

    (例)　①氣壓(～ap⁴).　　　②氣味(～bi⁷)；可以嗅到的味兒.

    ③氣氛(～hun¹).　　　　④氣憤(～hun³).

⑤氣管(～kng²)．　　　　⑥氣慨(～k'ai³)．

⑦氣力(～lek⁸／lik⁸)，又音(k'ui³lat⁸)．

⑧氣餒(～le²／lue²)；洩氣．⑨氣魄(～p'ek⁴／p'ik⁴)．

⑩氣惱(～nau²)．　　　⑪氣囊(～long⁵)；鳥類的呼吸器官．

⑫氣數(～so³)；命運．　⑬氣筒(～tang⁵)；即喞筒．

⑭氣喘(～ts'uan²)．　　⑮景氣(keng²／king²～)．

⑯人氣[好](jin⁵～)[hə²]；人緣好．⑰受氣(siu⁷～)；即生氣．

B 白話音：(k'ui³)

(例)　①氣口(～k'au²)；説話語氣傲慢，説"氣口大"(～tua⁷)．

②夠氣(kau³～)；滿足．　③氣力(～lat⁸)．

④氣頭(～t'au⁵)；即派頭．⑤緊氣(kin²～)；快速．

⑥好氣(hə²～)；景況好(有賺錢，得利)，又音(hə²k'i³)意爲令
人生氣的意思．　　　　　⑦格氣(kek⁴／kik⁴～)；擺架子．

⑧起氣(k'i²～)；開蒸籠透氣，又義景況起色．

⑨落氣(lau³～)；失態、出洋相、失策．

⑩水氣(sui²～)；做(説)得漂亮，又音(tsui²k'i³)；即有水分兒．

（155）　【第】　　　　dìˋ（ㄉㄧ）

"第"字讀音祇有一種：(te⁷)

(例)　①第一、二……(～it⁴／yit⁴、ji⁷／gi⁷／li⁷、……)．

②及第(kip⁴～)；合格．　③等第(teng²／ting²～)．

（156）　【向】　　　xiàng（ㄒㄧㄤ）

A 文言音：(hiang³)～(hiong³)

Ⅰ [hiang³]：語例殊少，如；①向日(～jit⁸／git⁸／lit⁸)；往日．

②向時(～si⁵)；往時．

Ⅱ [hiong³]：　①向隅(～gu⁵)；失去機會．

· 98 ·

②向上(～siong⁷)． ③向日葵(～jit⁸／git⁸／lit⁸kui³)．

④向學(～hak⁸)；立志求學． ⑤方向(hong¹～)．

⑥偏向(p'ian¹～)． ⑦厝向(ts'u³～)；房屋的座向．

B 白話音：(hiaⁿ³)～(ng³)

　I [hiaⁿ³]： 表示傾斜的意思，如：①向向(～〃)：向後傾斜，

　　如；"倒向向"(tə²～)；四腳朝天．

　　②向規爿(～kui¹peng⁵／ping⁵)；向一邊傾斜．

　II [ng³]： 表示面向的意思，如：①向望(～bang⁷)；期待．

　　②坐北向南(tse⁷pak⁴～lam⁵)． ③獪向得(be⁷～tit⁴)；期待不得．

　　④歹向(p'aiⁿ²～)；難以期待．

（157） 【道】　　　dào（ㄉㄠ）

"道字"讀音只有一種：(tə⁷)

　(例)　①道行(～heng⁷／hing⁷)；修行的功夫．

　②道義(～gi⁷)． ③道觀(～kuan¹)；道教的廟．

　④道歉(～k'iam²)． ⑤道林紙(～lim⁵tsua²)．

（158） 【命】　　　mìng（ㄇㄧㄥ）

A 文言音：(beng⁷／bing⁷)

　(例)　①命令(～leng⁷／ling⁷)．②命名(～mia⁵)．

　③命題(～te⁵／tue⁵)． ④奉命(hong⁷～)．

　⑤命中(～tiong³)；射中，讀(mia⁷tiong¹)，則爲命運裡的意思．

　⑥天命(t'ian¹～)；上天的意志，上天主宰下的人們的命運．

B 白話音：(biaⁿ⁷／mia⁷)

　(例)　①命案(～an³)． ②命運(～un⁷／wun⁷)．

　③性命(seⁿ³／siⁿ³～)；生命，"性命根"(～kin¹／kun¹)．

　④好狗命 (hə²kau²～)；喻僥倖免於災難 (貶義)．

（159） 【此】　　　cǐ（ㄘˇ）

"此"字讀音只有一種：(ts'u²)。按"此"字亦被訓用爲(tsit⁴)、或(tse¹)，相當於官話的"這"，參照(10)"這"字項。

（例）　①此外(～gua⁷)．　　②此間(～kan¹)；即這裡、此地．
③此刻(～k'ek⁴)．　　④此路[不通](～lo⁷)[put⁴t'ong¹]．
⑤由此可知(iu⁵／yu⁵～k'ə²ti¹)．　　⑥彼此(pi²～)．

（160）　【變】　　　biàn（ㄅㄧㄢˋ）

Ａ 文言音：(pian³)

（例）　①變化(～hua³)．　　②變幻(～huan⁷)；不規則的變化．
③變更(～keng¹／king¹)．　④變卦(～kua³)；突然改變．
⑤變步(～po⁷)；變換辦法，如"變無步"（～bə⁵po⁷)；變來變去變不通，此處"變"又音(piⁿ⁷)．⑥變把戲(～pa²hi³)．
⑦變遷(～ts'ian¹)．　　⑧改變(kai²～)．
⑨事變(su⁷～)．　　⑩政變(tseng³／tsing³～)．

Ｂ 白話音：(piⁿ³)．

（例）　①變面(～bin⁷)；翻臉．②變猴弄(～kau⁵lang⁷)；戲弄．
③變鬼變怪(～kui²～kuai³)；作祟，有作梗、刁難之意．
④變相(～siang³)；指(脾氣、品行)突然改變，又音(pian³siong³)時爲改變形式(不改內容)．
⑤七變八變(ts'it⁴～peh⁴～)；變來變去，多方設法．

（161）　【條】　　　tiáo（ㄊㄧㄠˊ）

Ａ 文言音：(tiau⁵)

（例）　①條仔(～a²)；即紙條、便條．②條紋(～bun⁵)．
③條約(～iok⁴／yok⁴)．　　④條款(～k'uan²)．
⑤條直(～tit⁸)；老實、正直．⑥金條(kim¹～)；金塊．

⑦布條(po³〜). 　　　⑧規條錢(kui¹〜tsiⁿ⁵)；整筆錢.

B 白話音：(liau⁵)

(例)　椅條(i²／yi²〜)；長板椅.

(162)【只】　　　zhǐ(ㄓ)

"只"字僅有一種讀音：(tsi²)

(例)　①只好(〜hə²). 　　②只要(〜iau³／yau³).

③只顧(〜ko³)；僅僅顧到. ④只管(〜kuan²)；專心一事.

⑤只是(〜si⁷)；不過是. ⑥只有(〜u⁷／wu⁷).

⑦不只(put⁴〜). 　　　⑧一只紙(tsit⁸〜tsua²)；一疊紙。

(163)【沒】　　　méi(ㄇㄟ)〜mò(ㄇㄜ)

按"沒"字祇有一種讀音：(but⁸)，亦有被訓用爲"無"(bə⁵)或 "還 沒 " 的"未"(be⁷／bue⁷)，都應避免。"沒"字在台語只取官話音(mo)的詞 義，用來表(but⁸)。

(例)　①沒落(〜lok⁸). 　②沒齒不忘(〜ki²put⁴bong⁷)；至死不忘.

③沒收(〜siu¹). 　　　　④出沒(ts'ut⁴〜)；出現與消失.

(164)【結】　　　jié(ㄐㄧㄝ)

A 文言音：(kiat⁴)

(例)　①結案(〜an³). 　②結尾(〜be²／bue²).

③結盟(〜beng⁵／bing⁵). ④結核(〜hut⁸)；結核病的簡稱.

⑤情結(tseng⁵／tsing⁵〜). ⑥結膜[炎](〜moh⁸)[iam¹／yam¹].

⑦結識(〜sek⁴／sik⁴). 　⑧結存(〜tsun⁵).

⑨結怨(〜uan³／wan³). ⑩了結(liau²〜)；即結束.

⑪結構(〜ko³). 　⑫切結書(ts'iat⁴〜su¹)；承諾信守的文書.

B 白話音：(kat⁴)

(例)　①結頭(～t'au⁵)，結的起點. ②結作伙(～tsə³／tsue³he²
／hue²)；緊在一起，喻形影相隨. ③死結(si²～)；解不開的結.
"活結"(uah⁸／wah⁸～)的反義語.

④面憂結結 (bin⁷iu¹～〃)；喻愁苦不快.

(165)　【解】　　jiě (ㄐㄧㄝ)

Ⓐ 文言音：(kai²)

(例)　①解悶(～bun⁷). 　　②解嚴(～giam⁵)；解除戒嚴.
③解約(～iok⁴／yok⁴). 　　④解禁(～kim³).
⑤解雇(～ko³). 　　⑥解聘(～p'eng³／p'ing³).
⑦解剖(～p'ə³). 　　⑧解釋(～sek⁴／sik⁴).
⑨解散(～san³). 　　⑩解説(～suat⁴)；口語音(ke²sueh⁴).
⑪解除(～ti⁵／tu⁵). 　　⑫解嘲(～tiau⁵)；説遮羞的話.
⑬解凍(～tong³). 　　⑭解脱(～t'uat⁴)；擺脱苦惱.
⑮解職(～tsit⁴). 　　⑯和解(hə⁵～).
⑰勸解(k'uan³～). 　　⑱費解(hui³～)；不好理解.
⑲難解(lan⁵～). 　　⑳了解(liau²～).

Ⓑ 白話音：(kue²) 按此語音用例殊少。

(例)　①解勸(～k'ng³),"解"又音(kai²). ②解説(～seh⁴／sueh⁴).

Ⓒ 訓讀音：(t'au²)

(例)　①解開(～k'ui¹). 　　②解索仔(～səh⁴a²)；"索仔"即繩子.

(166)　【問】　　wèn (ㄨㄣ)

Ⓐ 文言音：(bun⁷)

(例)　①問號(～hə⁷). 　　②問候(～ho⁷／hau⁷).
③問卜(～pok⁴). 　　④問世(～se³)；指著作出版.
⑤問津(～tin¹)；探詢渡口. ⑥疑問(gi⁵～).
⑦詢問(sun⁵～). 又 "質問"(tsit⁴～)；徵求意見，打聽.

白話音：(mng⁷)

　　(例)　①問問題(～bun⁷te⁵)．②問路(～lo⁷)．

　　③問代誌(～tai⁷tsi³)；問事情．④問東問西(～tang¹～sai¹)．

　　⑤問一下(～tsit⁸e)．　　　⑥勢問(gau⁵～)；善於發問．

　　⑦請問(ts'iaⁿ²～)；又説"借問"(tsiəh⁴～)．

（167）【意】　　　yì（ㄧ）

"意"字的讀音祇有一種：(i³／yi³)

　　(例)　①意愛[在心内](～ai³)[tsai⁷sim¹lai⁷]；心中愛慕．

　　②意譯(～yik⁸／yek⁸)．　　③意向(～hiong³)．

　　④意境(～keng²／king²)．⑤意識(～sek⁴／sik⁴)．

　　⑥意旨(～tsi²)；即意圖．⑦古意(ko²～)；老實．

　　⑨故意(ko³～)．

（168）【建】　　　jiàn（ㄐㄧㄢ）

"建"字的讀音祇有一種：(kian³)

　　(例)　①建設(～siat⁴)．　　②建樹(～su⁷)．

　　③建築(～tiok⁸)．　④建制(～tse³)；組織編制或制度．

　　⑤建造(～tsə⁷)；修建．　⑥擴建(k'ok⁴～)；擴充建築．

　　⑦創建(ts'ong³～)．

（169）【月】　　　yüè（ㄩㄝ）

文言音：(guat⁸)

　　(例)　①月老(～lə²)；即月下老人．　②月下美人(～ha⁷bi²jin⁵)

　　；花名．　　　　　　　③日月(jit⁸～)．

　　④日月潭(Jit⁸～t'am⁵)．　⑤歲月(sue³～)．

白話音：(geh⁸／gueh⁸)

（例）　①月眉($\sim$bai^5)；即月芽兒．②月刊($\sim$k'an^1)．

③月尾($\sim$be^2／bue^2)；即月末，又説"月底"($\sim$te^2)．

④月圓($\sim$i^{n5}／yi^{n5})．　　⑤[規]月日[kui^1]($\sim$jit^8)；[整]個月，"月日"即"個月"，如"一月日"是(tsit$^8\sim$)；即一個月．

⑥月給($\sim$kip^4)；月薪．　⑦月光暝($\sim$kng^{1}me^5／mi^5)；月夜．

⑧月内($\sim$lai^7)；分娩後的一個月内．

⑨月娘($\sim$niu^5)；月亮．⑩月餅($\sim$pia^{n2})．

⑪月蝕(熄)($\sim$sit^4)．　⑫月台($\sim$tai^5)；站台．

⑬月頭($\sim$t'au^5)；又説"月初"($\sim$ts'e^1／ts'ue^1)．

⑭滿月(mua$^2\sim$)；分娩滿一個月．

⑮順月(sun$^7\sim$)；預定分娩之月．

（170）【公】　　　gōng（ㄍㄨㄥ）

A 文言音：(kong^1)

（例）　①公安($\sim$an^1)．　　②公募($\sim$bo^7)；公開募集．

③公墓($\sim$bong^7)．　　④公寓($\sim$gu^7)．

⑤公函($\sim$ham^5)．　　⑥公廨($\sim$hai^7)；舊時官署．

⑦公園($\sim$hng^5)．　　⑧公然($\sim$jian^5)．

⑨公認($\sim$jim^7)．　　⑩公館($\sim$kuan^2)．

⑪公家($\sim$ke^1)；共同…，如"公家做生理"($\sim$tsə^3／tsue^{3}seng^1／sing^{1}li^2)；共同做生意．　⑫公僕($\sim$pok^4)．

⑬公頃($\sim$k'eng^2／k'ing^2)；一萬平方米．

⑭公媽($\sim$ma^2)；祖先的靈位．⑮公使(sai^3)．

⑯公升($\sim$seng^1／sing^1)，"升"又音(tsin^1)．

⑰公司($\sim$si^1)．　　⑱公訴(so^3)．

⑲公堂($\sim$tng^5)；舊時官吏審理案件的地方．

⑳公債($\sim$tse^3)．　　㉑公證($\sim$tseng^3／tsing^3)．

㉒公衆(～tsiong³)．　　　㉓公親(～ts'in¹)；仲裁人，亦説"中人"(tiong¹lang⁵)．如"做公親"即"做中人"；意爲當仲裁者．

㉔阿公(a¹～)；稱呼祖父，又説"安公"(an¹～)．

㉕外公(gua⁷～)；外祖父．㉖内公(lai⁷～)；内祖父．

㉗豬公(ti¹～)；敬神用的豬．㉘天公(t'i n¹～)；天神．

B 白話音：(kang¹)

按此語音多用於指雄性動物．

（例）　①公的(～e⁵)；雄性的，男的；如"伔姥生公的" (gun² bo²se n¹／si n¹～)；我太太生男孩．反義語是"母的"(bə²e)．

②狗公(kau²～)；即公狗．③貓公(niau¹～)；雄貓．

（ 171 ）【無】　　wú（ㄨ）

A 文言音：(bu⁵)

（例）　①無妨(～hong⁵)．　②無疆(～kiong¹)；沒有窮盡．

③無辜(～ko¹)；沒有罪．④無稽(～k'e¹)；沒有根據．

⑤無窮(～kiong⁵)．　　⑥無愧(～k'ui³)．

⑦無賴(～lai⁷)；行爲不正的人．⑧無聊(～liau⁵)．

⑨無奈(～nai⁷)；此"無"又口語音(bə⁵)．⑩無償(～siong²)．

⑪無恙(～yang⁷)；沒有病，沒有受害．

⑫無恥(～t'i²)；口語説"艙見笑"(be⁷／bue⁷kian³siau³)．

⑬無庸(～yong⁵)；不必要．⑭無所謂(～so²ui⁷／wi⁷)．

⑮無所不至(～so²put⁴tsi³)；喻做盡壞事．

⑯虛無(hi¹／hu¹～)；渺茫不實．

B 白話音：(bə⁵)

（例）　①無尾巷(～be²／bue²hang⁷)；死胡同．

②無閑(～eng⁵)；忙．　③無法得(～huat⁴tit⁴)；辦不到．

④無法度(～huat⁴to⁷)；沒辦法．⑤無影(～ia n²／ya n²)；不實．

⑥無要緊(～iau³／yau³kin²)；不要緊．

⑦無若久(～jua⁷ku²)；不久．⑧無名指(～mia⁵tsai^{n2})．

⑨無夠着(～kau³tiəh⁸)；划不來；又説"算𣍭和" (sng³be⁷hə⁵)．

⑩無人緣(～lang⁵yan⁵)；人緣不好，不受歡迎．

⑪無路用(～lo⁷eng⁷／yong⁷)；没用處．

⑫無路來(～lo⁷lai⁵)；搞不來．⑬無的確(～tek⁴k'ak⁴)；説不定．

⑭無定着(～ɓia^{n7}tiəh⁸)；不一定．⑮無張持(～tiu^{n1}ti⁵)；不小心．

⑯無通(～t'ang¹)；不容許，不願意．

⑰無彩(～ts'ai²)；可惜．⑱無彩工(～kang¹)；枉費時間．

⑲買無(be²bə⁵)；買不到．⑳想無(sio^{n7}／siu^{n7}～)；想不出來．

㉑看有食無(k'ua^{n3}u⁷／wu⁷tsiah⁸～)；看得到吃不到．

（172）【系／係／繫】　　xì(ㄒㄧ)

按這三個同音字，語義略異，在台語中的讀音只有一種：(he⁷)，
惟"係"有讀音(ke³)，義同"計"罕用，不錄．

Ⅰ [系]：　①系列(～liat⁸)．②系統(～t'ong²)．
　③科系(k'ə¹～)．　　　④體系(t'e²～)．

Ⅱ [係]：　①關係(kuan¹～)．②聯係(lian⁵～)．

Ⅲ [繫]：　①繫願(～guan⁷)，亦即"下願"(音同)；許願也．
　②繫念(～liam⁷)；掛念也．

（173）【軍】　　jūn（ㄐㄩㄣ）

"軍"字讀音祗有一種：(kun¹)

　(例)　①軍夫(～hu¹)；隨軍夫役．②軍閥(～huat⁸)．
　③軍營(～ia^{n5}／ya^{n5})．　④軍機(～ki¹)；軍事機密、機宜．
　⑤軍艦(～lam⁵／kam³)．　⑥軍備(～pi⁷)．
　⑦軍屬(～siok⁸)；軍人的家屬．⑧軍師(～su⁷)；策士，智囊．

⑨陸軍(liok⁸～)． ⑩將軍(tsiong¹～)．

⑪從軍(tsiong⁵～)． ⑫火頭軍(he²t'au⁵～)；炊事兵．

（174）【很】　　hěn（ㄏㄣˇ）

按"很"字在官話裡爲常用字，台語雖有讀音(hun⁷)卻很罕用，惟亦被訓用其義代替"眞……"(tsin¹……)。

　　(例)　①很多(hun⁷tə¹)；台語説"眞濟"(tsin¹tse⁷／tsue⁷)．

　　②台語"眞緊"(～kin²)，訓義寫成"很快"．

（175）【情】　　qíng（ㄑㄧㄥˊ）

A 文言音：(tseng⁵／tsing⁵)

　　(例)　①情願(～guan⁷)． ②情誼(gi⁷／gi⁵)．

　　③情況(～hong²)． ④情婦(～hu⁷)．

　　⑤情欲(～iok⁸／yok⁸)． ⑥情報(～pə³)．

　　⑦情愫(～so³)；本心、眞情． ⑧情書(～su¹)．

　　⑨情調(～tiau⁷)；感情的格調． ⑩情敵(～tek⁸／tik⁸)．

　　⑪情緒(～su⁷)． ⑫情竇(～to⁷)；情欲產生的地方．

　　⑬災情(tsai¹～)． ⑭情操(～ts'ə³)；感情和思想的結合．

　　⑮情節(～tsiat⁴)；事情的梗概． ⑯情趣(～ts'u³)；情致志趣．

　　⑰熱情(jiat⁸／giat⁸／liat⁸～)． ⑱春情(ts'un¹～)；春心、思春之情．

B 白話音：(tsiaⁿ⁵)

　　(例)　①心情(sim¹～)，又音(sim¹tseng⁷／tsing⁵)．

　　②親情(ts'in¹～)；即親戚，如："講親情"(kong²～)；即談婚事。惟讀文言音(ts'in¹tseng⁵／tsing⁵)時，則爲父母血親的情愛．

（176）【者】　　zhě（ㄓㄜˇ）

Ⓐ 文言音：(tsia²)

　　(例)　①學者(hak⁸～)．　　②弱者(jiok⁸～)．
　　③讀者(t'ok⁴～)．　　④著者(tu³～)．
　　⑤作者(tsok⁴～)．

Ⓑ 白話音：(tse²)

按"者"字白話讀(tse²)，爲代詞，義和音均同"這"(tse²)．

　　(例)　①者回(～hue⁵)；即這回，這次．
　　②者款(～k'uan²)；這種．

（177）【最】　　　zui`(ㄗㄨㄟ)

"最"字的讀音衹有一種(tsue³)

　　(例)　①最後(～au⁷)．　　②最緊(～kin²)；即最快．
　　③最近(～kin⁷)．　　④最慢(～ban⁷)；最慢、最晚，又
　　說"上慢"(siang⁷～)；有至遲之意．⑤最初(～ts'o¹)．

（178）【立】　　　li`(ㄌ丨)

Ⓐ 文言音：(lip⁸)

　　(例)　①立案(～an³)．　　②立法(～huat⁴)．
　　③立約(～iok⁴／yok⁴)；即締約，成立合約．
　　④立夏(～ha⁷／he⁷)．　　⑤立憲(～hian³)；君主國家制定憲法．
　　⑥立言(～gian⁵)；著書立說．⑦立即(～tsek⁴／tsik⁴)．
　　⑧立誓(～se³)；即發誓，口語說"咒誓"(tsiu³tsua⁷)．
　　⑨建立(kian³～)．　　⑩創立(ts'ong³～)．

Ⓑ 白話音：(liap⁸)

　　(例)　立捷(～tsiap⁸)；快當，迅速也．

Ⓒ 訓讀音：(k'ia⁷)

"立"字即"站"的意思，在台語裡是(k'ia⁷)，常被訓用，惟[k'ia⁷]的

漢字作"徛"亦有作"企"，并有作"豎"者.

（179）【代】　　　dài（ㄉㄞ）

A 文言音：(tai⁷)

(例)　①代行(〜heng⁵／hing⁵)；代理執行.
②代溝(〜ko¹／kau¹)；世代間的斷層. ③代價(〜ke³).
④代勞(〜lə⁵).　　　　　⑤代辦(〜pan⁷).
⑥代銷(〜siau¹).　　　　⑦代數(〜so³).
⑧代詞(〜su⁵)；即代名詞. ⑨代誌(〜tsi³)；事情.
⑩代電(〜tian⁷)；快郵代電如電報. ⑪世代(se³〜).
⑫好代(hə²〜)；好事情，如"做好代"(tsə³〜)；做好事.

B 白話音：(te⁷)
按此音用例殊少，通用文言音.

(例)　①朝代(tiau⁵〜)；"代"又音(tai⁷).
②幾仔代人(kui²a〜lang⁵)；(經過)好幾代.

（180）【想】　　　xiǎng（ㄒㄧㄤ）

A 文言音：(siong²)

(例)　①想像(〜siong⁷). ②夢想(bong⁷〜).
③理想(li²〜).　　　　④聯想(lian⁵〜).
⑤思想(su¹〜).

B 白話音：(sioⁿ⁷／siuⁿ⁷)

(例)　①想卜(〜beh⁴／bueh⁴)；即想要，"卜"爲俗字，有用訓
義的"要"或"欲".　　　②想法(〜huat⁴).
③想起(〜k'i²).　　　　④想念(〜liam⁷).
⑤想思(〜si¹)；"病想思"(peⁿ¹／piⁿ¹〜)；害想思病，"相思樹"
(〜ts'iu⁷).　　　　⑥無想着(bə⁵〜tiəh)；沒想到.

⑦烏白想(o¹peh⁸～)；即亂想.

（181）【已】　　yǐ（ㄧ）

"已"字祇有一種讀音：(yi²)

(例)　①已然(～jian⁵／gian⁵／lian⁵)；已經形成，反義語爲"未然"(bi⁷～).　　　②已經(～keng¹／king¹).

③已往(～ong²)；以前，又説"向時"(hiang³si⁵).

（182）【通】　　tōng（ㄊㄨㄥ）

A 文言音：(t'ong¹)

(例)　①通紅(～ang⁵)；最紅. ③通學(～hak⁸).

②通譯(～ek⁸／ik⁸)；口語翻譯.

④通好(～hə²)；最好.　　⑤通姦(～kan¹).

⑥通街(～ke¹)；整個市鎮. ⑦通宵(～siau¹)；整個夜晚.

⑧通書(～su¹)；即曆書.　⑨通事(～su⁷)；口譯人員.

⑩通牒(～tiap⁸)；通知并要求答覆的文書.

⑪通通(～〃)；全部，又説"攏總"(long²tsong²).

⑫通緝(～tsip⁴)；通令搜捕. ⑬通庄(莊)(～tsng¹)；整個村.

⑭交通(kau¹～).　　　⑮流通(liu⁵～).

⑯串通(ts'uan³～)；勾結.

B 白話音：(t'ang¹)～(t'ang³)·

Ⅰ [t'ang¹]：　①通…(～…)；可以…，如"通看"(～k'uaⁿ³)；可以看，"毋通看"(m⁷～)；不可看. ②通仔(～a²)；即窗子.

③通好…(～hə²…)；以便…，亦説"好通…"，如："通好去"(～k'i³)；以便去(出發).　④通來(～lai⁵)；可以來，又義同"好通"，如："通來開始"(～k'ai¹si²)；以便開始.

⑤通風(～hong¹)；又文言音(t'ong¹hong¹).

· 110 ·

II [t'ang³] ： ①通海(～hai²)；通到海．②通底(～te²)；即
到盡頭，又説"透底"(t'au³～)．③通心肝(～sim¹kuaⁿ¹)；通到
心臟．

（183）【並～併】　　bìng（ㄅ丨ㄥ）

"並"字略寫作"并"，在官話裡語音與"併"同，語義略異。

　Ⅰ [並]：讀音爲：(peng⁷／ping⁷)，又音(p'eng⁷／p'ing⁷)

Ⓐ[peng⁷]： ①並行(～heng⁵)．②並列(～liat⁸)．
　　③並重(～tiong⁷)．　　④並且(～ts'iaⁿ²)．

Ⓑ[p'eng⁷]： ①比並(pi²～)；比較，相比．
　　②相並(sio¹／saⁿ¹～)；互相倚靠．

　Ⅱ [併]： 讀音衹有一種：(peng³／ping³)

　　(例) ①併吞(～t'un¹)．　　②併發(～huat⁴)．
　　③兼併(kiam¹～)．

（184）【提】　　tí（ㄊ丨）

按"提"字讀音(文白)爲：(t'e⁵)，惟台語有表"拿、取"的(t'eh⁸)，漢
字爲"撦"，也作"挓"，可是因"提"爲常用字，故多通用．

　Ⅰ [t'e⁵]： ①提案(～an³)．②提議(～gi⁷)．
　　③提攜(～he⁵)；扶植幫助．④提綱(～kang¹／kong¹)．
　　⑤提供(～kiong³)．　　⑥提名(～mia⁵)．
　　⑦提高(～kə¹)，又讀口語音(t'eh⁸kuan⁵)時爲"拿高"．
　　⑧提拔(～puat⁸)；挑選重用．⑨提督(～tok⁴)；處理監督．
　　⑩提倡(唱)(～ts'iong³)．

　Ⅱ [t'eh⁸] ①提無錢(～bə⁵tsiⁿ⁵)；拿不到錢．
　　②提互我(～ho⁷gua²)；拿給我．③提來(～lai⁵)；拿來．
　　④提咧(～le)；拿住．　　⑤提批的(～p'ue¹eᵒ)；即郵差．

⑥提定($\sim$tia^{n7})；訂婚，又"提定金"($\sim$kim^1)；拿定錢．

⑦提頭($\sim$t'au^5)；帶頭、領導．

（185）【直】　　zhí（ㄓ）

"直"字的讀音祇有一種：(tit^8)，又音(tik^8)，但乏語例，今不取。

（例）　[tit^8]：①直譯($\sim$ek^8／ik^8)．②直轄($\sim$hat^4)；直接管轄．

③直徑($\sim$keng^3／king^3)．　④直溜溜($\sim$liu^1〃)；喻筆直，又説

"直文文"($\sim$bun^5〃)、"直弄宋"($\sim$long^{3}song^3)．

⑤直屬($\sim$siok^8)．　　⑥直腸[直肚]($\sim$tng^5)[to^7]；喻心直口快．

⑦直透去($\sim$t'au^{3}k'i^3)；一直去．

⑧獪直(be^7／bue^7$\sim$)；不得了、不可收拾．

⑨條直(tiau^5$\sim$)；率直、老實，又説"古意"(ko^{2}yi^3)．

⑩妥直(t'ə^3$\sim$)；直率、直爽，訛音(t'o^5$\sim$)，寫成"土直"．

（186）【題】　　tí（ㄊㄧ）

"題"字文言音(te^5)，白話音(tue^5)，兩者通用。

（例）　①題目($\sim$bak^8)，"目"又文音(bok^8)．

②題緣($\sim$ian^5／yan^5)；寺廟募捐的冊子叫"緣簿"($\sim$p'o^7)，題緣

即題上認捐，泛指捐款，又叫題捐($\sim$kuan^1)．

③題詩($\sim$si^1)．　　　　④問題(bun^7$\sim$)．

⑤標題(piau^1$\sim$)．

（187）【黨】　　dǎng（ㄉㄤ）

"黨"字雖有白話音：(tang^2)，但通用文言音：(tong^2)。

（例）　①黨棍($\sim$kun^2)．　②黨魁($\sim$k'ue^1)；黨的領袖．

③黨參(蔘)($\sim$song^1／som^1)；中藥材．

④黨徒($\sim$to^5)．　　　　⑤黨團($\sim$t'uan^5)．

⑥黨籍($\sim$tsek^8／tsik^8)． ⑦黨羽($\sim$u^2／wu^2)．

⑧結黨(kiat$^4\sim$)；結合成黨派，"結群成黨"($\sim$kun^{5}seng$^5\sim$)．

⑨死黨(si$^2\sim$)；私人利害一致強固的集團．

⑩賊黨(ts'at$^8\sim$)；爲非作惡的黨徒．

（188）【程】　　　chéng（ㄔㄥ）

Ⓐ文言音：(t'eng^5／t'ing^5)

(例)　①程式($\sim$sek^4／sik^4)；一定格式，如"公文程式"(kong^1 bun$^5\sim$)． ②程序($\sim$su^5)．

③程度($\sim$to^7)． ④方程[式](hong$^1\sim$)[sek^4]．

⑤日程(jit^8／git^8／lit$^8\sim$)． ⑥工程(kang$^1\sim$)．

⑦啓程(k'e$^2\sim$)． ⑧路程(lo$^7\sim$)．

⑨章程(tsiong$^1\sim$)；組織規程或條例．

Ⓑ白話音：(tia^{n5})，用於姓氏，其他罕見。

(例)　姓程(se^{n3}／si$^{n3}\sim$)．

（189）【展】　　　zhǎn（ㄓㄢ）

Ⓐ文言音：(tian^2)$\sim$(t'ian^2)

Ⅰ [tian^2]：　①展望($\sim$bong^7)．②展覽($\sim$lam^2)．

③展現($\sim$hian^7)，即"展示"($\sim$si^7)．④展緩($\sim$uan^7／wan^7)．

⑤展威($\sim$ui^1／wi^1)；指獸類的毛倒豎(老虎張開嘴巴獠牙)發怒示威．又"展威風" ($\sim$hong^1)．

⑥愛展(ai$^3\sim$)；愛好誇耀．⑦花展(he^1／hue$^1\sim$)．

⑧發展(huat$^4\sim$)． ⑨進展(tsin$^3\sim$)．

Ⅱ [t'ian^2]：　(用作動詞)．①展開($\sim$k'ui^1)；又口語音(t'i$^{n2}\sim$)；意爲張開，如撐開雨傘說"展開雨傘"($\sim$ho^{7}sua^{n3})，但如讀文言音 (tian^{2}k'ui^1)則爲伸展，展開的意思．

②展翼(～sit^8)；張開翅膀.

B 白話音：(t'in^2)

(例)　參照上①展雨傘.　　②展翼.

（190）【五】　　　wǔ（ㄨˇ）

A 文言音：(ngo^2／go^{n2})

(例)　①五行(～heng^5／hing^5)；指金木水火土五種物質.

②五香(～hiang^1)；指花椒、八角、桂皮、丁香花蕾、茴香子五

種調味料，"五香八角"(～peh^{4}kak^4).

③五經(～keng^1／king^1)，指詩、書、易、禮、春秋五種經書.

④五金(～kim^1)；指金、銀、銅、鐵、錫.

⑤五穀(～kok^4)；指稻、黍、稷、麥、豆等穀物.

⑥五內(～lai^7)；即五臟(～tsong^7)；指心、肝、脾、肺、腎五種器官.

⑦五指(～tsi^2)；母指、食指、中指、無名指、小指五種指頭.

B 白話音：(go^7)

(例)　①五月節(～geh^8／gueh^{8}tsiat^4)；端午節，"節"訛爲(tseh^4).

②五更(～keng^1／king^1).　③五根草(～kin^{1}ts'au^2)；即車前草有

利尿、鎮咳止瀉的效用，又叫車前子.

（191）【果】　　　guǒ（ㄍㄨㄛˇ）

A 文言音：(Kə^2)

(例)　①果然(～jian^5).　　②果報(～pə^3)；因果報應.

③果實(～sit^8).　　　　④果斷(～tuan^3).

⑤果汁(～tsiap^4).　　　⑥果眞(～tsin^1)；果然，眞實.

⑦效果(hau^7～).　　　⑧如果(ju^5／lu^5～).

⑨成果(seng^5／sing^5～).　⑩結果(kiat^4～).

B 白話音：(ke^2／kue^2)

(例)　①果子(～tsi²)． 　　②果子園(～hng⁵)．

③果子醬(～tsioⁿ³／tsiuⁿ³)．④果子酒(～tsiu²)．

（192）【料】 　　liào（ㄌㄧㄠ）

"料"字祇有一種讀音：(liau⁷)

(例)　①料理(～li²)；辦理，處理，菜餚；如"台灣料理"(Tai⁵

uan¹／wan¹～)；台灣菜．②料想(～siong²)；預料．

③逆料(gek⁸／gik⁸～)；即預料．④預料(u⁷／wu⁷～)．

（193）【象】 　　xiàng（ㄒㄧㄤ）

A文言音：(siong⁷)

(例)　①象形(～heng⁵／hing⁵)．②象徵(～tseng¹／tsing¹)．

③印象(in³／yin³～)．　　④形象(heng⁵／hing⁵～)．

B白話音：(ts'ioⁿ⁷／ts'iuⁿ⁷)

(例)　①象牙(～ge⁵)．　　②象棋(～ki⁵)．

（194）【員】 　　yuán（ㄩㄢ）

"員"字的讀音爲：(uan⁵／wan⁵)．

(例)　①員工(～kang¹)．②演員(ian²／yan²～)．

③人員(jin⁵～)．　　④成員(seng⁵／sing⁵～)．

但亦有訛音：(guan⁵)，(例)員外(～gue⁷)；古時官職，地主豪紳．

（195）【革】 　　gé（ㄍㄜ）

"革"字祇有一種讀音：(kek⁴／kik⁴)

(例)　①革命(～beng⁷／bing⁷)．②革新(～sin¹)．

③革除(～ti⁵／tu⁵)．　　④改革(kai²～)．

⑤革故鼎新(～ko³teng²／ting²sin¹)．⑥變革(pian³～)．

（196）【位】　　　wèi（ㄨㄟˋ）

"位"的讀音衹有一種：$(ui^7／wi^7)$

　　（例）　①位$(ui^7／wi^7)$；所在，某處，如："送到位"$(sang^3kau^3～)$
　　；送到某處．　　　　②位置$(～ti^3)$．
　　③位於$(～u^5／yu^5)$．　　　④名位$(mia^5～)$；名聲和地位．
　　⑤篡位$(ts'uan^3～)$；臣下奪取君主的地位．

（197）【入】　　　rù（ㄖㄨˋ）

"入"字衹有一種讀音：$(jip^8／gip^8／lip^8)$

　　（例）　①入木$(～bok^8)$；義同"入殮"$(～liam^7)$；把死者放入棺
　　材内，又説"落棺"(loh^4kuan^1)．　②入伍$(～ngo^2)$．
　　③入學$(～əh^8／hak^8)$．　　　④入門$(～bng^5／bun^5)$；進入屋裡．
　　⑤入院$(～i^{n7})$；即住進醫院，"破病入院"$(p'ua^3pe^{n7}～)$；生病住院．
　　⑥入去$(～k'i^3)$；進去．　　⑦入來$(～lai^5)$；即進來．
　　⑧入神$(～sin^5)$；注意力高度集中，又"入迷"$(～be^5)$；被迷住．
　　⑨入贅$(～tsue^3)$；口語説"互人招"$(ho^7lang^5tsiə^1)$．
　　⑩入闈$(～ui^5／wi^5)$；考期考官入考場不外出．
　　⑪入不敷出$(～put^4hu^1ts'ut^4)$；收入不夠支出．
　　⑫有出入$(u^7／wu^7ts'ut^4～)$；有差錯．

（198）【常】　　　cháng（ㄔㄤˊ）

"常"字的白話音是：$(sio^{n5}／siu^{n5})$，例如："常年"$(～ni^5)$，"常時"
$(～si^5)$，以文言音$(siang^5／siong^5)$較通用。

　　（例）　①常務$(～bu^7)$．　　②常規$(～kui^1)$；經常實行的規定．
　　③常軌$(～kui^2)$；經常的途徑．　④常識$(～sek^4／sik^4)$．
　　⑤常情$(～tseng^5／tsing^5)$．　⑥無常$(bu^5～)$；變化不定．
　　⑦經常$(keng^1／king^1～)$．

（199）【文】　　wén（ㄨㄣ）

"文"字祇有一種讀音：(bun⁵)

(例)　①文盲(～bong⁵)；不識字的人．②文藝(～ge⁷)．

③文獻(～hian³)．　　　④文豪(～hə⁵)；傑出的作家．

⑤文雅(～nga²)．　　　⑥文憑(～pin⁵)；畢業證件．

⑦文辭(～su⁵)；文章形式．⑧文旦柚(～tan³iu⁷／yu⁷)．

⑨文牘(～tok⁸)；公文書信．⑩文章(～tsiong¹／tsioⁿ¹／tsiuⁿ¹)．

⑪文采(～ts'ai²)；文藝的才華．⑫文昌(～ts'iong¹)；魚名，小魚．

⑬明文[規定](beng⁵／bing⁵～)．⑭散文(san³～)．

⑮韻文(un⁷／wun⁷～)；有節奏韻律的文學體裁．

（200）【總】　　zǒng（ㄗㄨㄥ）

Ⓐ 文言音：(tsong²)

(例)　①總無(～bə⁵)；意爲"怎麼"，如"掠着啦、總無佫互走去"
(liah⁸tiəhla,～kəh⁴ho⁷tsau²k'i³)；抓到了，怎麼又被跑掉呢．

②總講(～kong²)；總之，"總講一句"(～tsit⁴ku³)；總而言之．

③總歸(～kui¹)；終究．　④總領事(～leng²／ling²su⁷)．

⑤總包[苞](～pau¹)[ts'ang¹]；全部承包(擔)．

⑥總簿(～p'o⁷)；原始帳簿．"總舖"(～p'o³)；廚師、主廚師．

⑦總是(～si⁷)；然而、要之．總着(～tiəh⁸)；無論如何，如
"汝總着去"，你必須去．　⑧攏總(long²～)；全部、全都．

⑨總根頭(～kin¹t'au⁵)；根源、源頭．

Ⓑ 白話音：(tsang²)語義爲掌理、紮綑。

(例)　①總草(～ts'au²)；綑草．②總起來(～k'i lai)．

③總頭(～t'au⁵)；總攬．　④總著伊的手裡(～ti³yi¹e⁵ts'iu²lin³)；
被抓在他的手中．　　⑤無頭無總(bə⁵t'au⁵bə⁵～)；沒頭緒．

⑥一總稻草 (tsit⁸～tiu⁷ts'au²)；一綑稻草．

（201）【次】　　　　cì（ㄘ）

"次"的讀音祇有一種：(ts'u³)

(例)　①次要(～iau³／yau³).　②次數(～so³).
③次序(～su⁵).　　　　④次第(～te⁷)；即次序.
⑤名次(mia⁵～).　　　⑥首次(siu²～).

（202）【品】　　　　pǐn（ㄆㄧㄣ）

"品"字祇有一種讀音：(p'in²)，語義有"約束"、"炫耀"。

(例)　①品仔(～a²)；橫笛.　②品行(～heng⁷／hing⁷).
③品好啦(～hə²la)；講好了，約定了.
④品伊的新車(～yi¹e⁵sin¹ts'ia¹)；炫耀他的新車.
⑤品評(～p'eng⁵／p'ing⁵).　⑥品質(～tsit⁴).
⑦產品(san²～).　　　　⑧商品(siong¹～).

（203）【式】　　　　shì（ㄕ）

按"式"字有白話音；(sit⁴)，如"款式"(k'uan²～)等例外，通用文言
音：(sek⁴／sik⁴)。

(例)　①式微(～bi⁵)；即衰落.　②式樣(～ioⁿ⁷／iuⁿ⁷)；形狀.
③儀式(gi⁵～).　　　　④格式(keh⁴～).
⑤新式(sin¹～).　⑥做式(tsə³／tsue³～)；舉行(各種婚喪喜慶)
典禮，如"入學式"(jip⁸hak⁴～)、"葬式"(tsong³～)…….

（204）【活】　　　　huó（ㄏㄨㄛ）

按"活"字有文言音：(huat⁸)，惟語例殊少，如"活潑"(～p'uat⁴)、
"活躍"(～iok⁴／yok⁴)或"活動"(～tong⁷)，通用白話音：(uah⁸／wah⁸)。

(例)　①活的(～e)；活的東西.　②活期(～ki⁵)；期間不固定.
③活氣(～k'i³)；生動的氣氛.　④活路(～lo⁷).

118

⑤活命(～mia⁷).　　　　⑥掠活的(liah⁸～e)；捉活的.

⑦活跳跳(～t'iau³〃)；活生生，喻活的氣力十足.

⑧快活(k'ua^{n3}／kui^{n3}～)；舒服.　⑨甲會活(kah⁴e⁷～)；還得了！

⑩艙活！(be⁷／bue⁷～)；糟了、不得了！

（205）【設】　　　shè（ㄕㄜˋ）

"設"字祇有一種讀音：(siat⁴)

　　(例)　①設法(～huat⁴).　　②設備(～pi⁷).

　　③設若(～jiok⁴／giok⁴／liok⁴)；假如.

　　④設想(～siong²).　　　　⑤設使(～su³)；即假若.

　　⑥設置(～ti³)；設立、裝置.　⑦假設(ka²～).

　　⑧建設(kian³～).

（206）【及】　　　jí（ㄐㄧˊ）

按"及"字的讀音爲：(kip⁴)，但亦有訓讀爲(kap⁴)。

Ⓐ[kip⁴]：①及格(～keh⁴).　　②及第(～te⁷)；合格.

　　③及時(～si⁵).　　　　　④及早(～tsa²)；趁早.

　　⑤以及(i²／yi²～).

Ⓑ訓讀音[kap⁴]：用作介詞和連詞語義爲"跟"、"同"、"與"⋯⋯。

　　(例)　①我及汝來去(gua²～li²lai⁵ki³)；我跟你去.

　　②大兄及小弟(tua⁷hia^{n1}～siə²ti⁷)；哥哥跟弟弟.

（207）【管】　　　guǎn（ㄍㄨㄢˇ）

Ⓐ文言音：(kuan²)

　　(例)　①管轄(～hat⁴).　　②管弦樂(～hian⁵gak⁸).

　　③管教(～ka³／kau³).　　④管家(～ke¹).

　　⑤管見(～kian³)；淺陋的見解.　⑥管理(～li²).

⑦管束(～sok⁴)；約束限制. ⑧管道(～tə⁷).

⑨管制(～tse³). ⑩鋼管(kng³～).

⑪保管(pə²～). ⑫主管(tsu²～).

Ⓑ白話音：(kong²)～(kng²)／(kun²)／(kuiⁿ²)

(例) ①米管(bi²kng²). ②竹管(tek⁴kong²／kng²).

③排水管(pai⁵tsui²kuan²／kong²).

④頷管(am⁷kun²／kuiⁿ²)；脖子，"大頷管"(tua⁷～)；大脖子.

⑤火管(he²／hue²kng²)；吹氣熰火用的管子.

（208）【特】　　　tè（ㄊㄜˋ）

"特"字祇有一種讀音：(tek⁸／t'ek⁸)；通用前者(tek⁸／tik⁸)。

(例) ①特務(～bu⁷). ②特效藥(～hau⁷ioh⁸).

③特約(～iok⁴). ④特異(～iⁿ⁷)；特別優異、特殊.

⑤特權(～kuan⁵). ⑥特使(～sai³).

⑦特赦(～sia³). ⑧特殊(～su⁵).

⑨特長(～tiong⁵). ⑩特徵(～tseng¹／tsing¹).

⑪特種(～tsiong²). ⑫特輯(～tsip⁴).

⑬不特此也(put⁴～ts'u²ya²)；不只這樣.

（209）【件】　　　jiàn（ㄐㄧㄢˋ）

"件"字文言音為；(kian⁷)，很少用，一般通用白話音：(kiaⁿ⁷)。

(例) ①案件(an³～). ②密件(bit⁸～).

③五件行李(go⁷～heng⁵／hing⁵li²).

④函件(ham⁵～). ⑤物件(mih⁸～)；泛指一般東西.

（210）【長】　　　cháng（ㄔㄤˊ）～zhǎng（ㄓㄤˇ）

Ⓐ文言音：(tiong⁵)～(tsiang⁵)～(tiong²)

I [tiong⁵]： ①長眠(～bian⁵)．②長庚(～keng¹／keⁿ¹)．
③長編(～p'ian¹)．　④長生[不老](～seng¹)[put⁴lə²]．
⑤長壽(～siu⁷)，"長"又音(tng⁵)．　⑥長嘆(～t'an³)．
⑦長處(～ts'u³)．　⑧特長(tek⁸／tik⁸～)．
⑨專長(tsuan¹～)．　⑩無長錢有長子[囝仔](bə⁵～tsiⁿ⁵
u⁷／wu⁷～kiaⁿ²)[gin²a²]；没剩(得)錢卻得了孩子．
⑪無卡長(bə⁵k'ah⁴～／tng⁵)；得不了好處．
⑫一技之長(yit⁴ki¹tsi¹～)；一項專長(技能)．

II [ts' iang⁵]： ①高長[大漢](kuan⁵～)[tua⁷han³]；高個子、
塊頭大．　②笨長(pun⁷～)；即笨拙．

III [tiong²]： ①長兄(～hiaⁿ¹)．②長男(～lam⁵)．
③長女(～li²／lu²)．　④長輩(～pue³)．
⑤長老(～lə²)；"長"又音(tioⁿ²／tiuⁿ²)．
⑥長房(～pang⁵)；又説"大房"(tua⁷pang⁵)．
⑦長大[成人](～tai⁷)[seng⁵／sing⁵jin⁵]．
⑧長者(～tsia²)．　⑨長子(～tsu²)．
⑩成長(seng⁵～)．

B 白話音：(tng⁵)～(tioⁿ²／tiuⁿ²)
I [tng⁵]： ①長歲壽(～he³／hue³siu⁷)；長壽．
②長工(～kang¹)；長期勞力工人．③長期(～ki⁵)．
④長管鞋(～kong²e⁵)；長統鞋．⑤日時長(jit⁸si⁵～)；白天長．
⑥長枝仔(～ki¹a²)；竹名、刺竹．⑦長久(～ku²)．
⑧長衫[馬褂](～saⁿ¹)[be²kua³]．⑨長城(～siaⁿ⁵)．
⑩長尾星(～bue²ts'eⁿ¹)；即彗星．⑪長途(～to⁵)．
⑫長流水(～lau⁵tsui²)；長流不盡的水．
⑬暝長夢濟(me⁵／mi⁵～bang⁷tse⁷／tsue⁷)；即夜長夢多．
II [tioⁿ²／tiuⁿ²]： ①長官(～kuaⁿ¹)．②長老(～lə²)．

③校長(hau⁷～)． ④家長(ka¹～)．

（211）【求】 　　 qiú（ㄑㄧㄡ）

"求"字只有一種讀音：(kiu⁵)

(例) ①求和(～hə⁵)． ②求婚(～hun¹)．
③求人(～jin⁵／lang⁵)． ④求教(～kau³)．
⑤求救(～kiu³)． ⑥求乞(～k'it⁴)；討飯，請求救濟．
⑦求生(～seng¹／seⁿ¹)． ⑧求知(～ti¹)；"求知欲"(～iok⁸)．
⑨求情(～tseng⁵／tsing⁵)． ⑩請求(ts'eng²／t'sing²～)．
⑪要求(iau³／yau³～)． ⑫求之不得(～tsi¹put⁴tit⁴)；意外得到．

（212）【老】 　　 lǎo（ㄌㄠ）

A 文言音：(lə²)

(例) ①老眼(～gan²)． ②老爺(～ia⁵／ya⁵)．
③[李]老君[Li²](～kun¹)． ④老師(～／lau⁷su¹)．
⑤父老(hu⁷～)． ⑥長老(tioⁿ²／tiong²～)．

B 白話音：(lau⁷)～(lau²)

I [lau⁷]： ①老母(～bə²／bu²)．②老父(～pe⁷)．
③老兄(～hiaⁿ¹)． ④老漢(～han³)；男性老人自稱．
⑤老牌(～／lau²pai⁵)． ⑥老歲仔(～he³／hue³a²)；老頭兒．
⑦老猴(～kau⁵)；罵語，老昏瞶． ⑧老百姓(～peh⁴seⁿ³／siⁿ³)．
⑨老油條(～iu⁵／yiu⁵tiau⁵)；喻狡猾的人．
⑩老步定(～po⁷tiaⁿ¹)；愼重，不着慌，喻有經驗、老練．
⑪老不修(～put⁴siu¹)；年老好色．
⑫老身(～sin¹)；老年婦女自稱，反義語爲：老漢．
⑬老大人(～tua⁷lang⁵)． ⑭老太太(～t'ai³〃)．
⑮老顚倒(～tian¹t'ə¹)；即老糊塗，又說"老翻顚"(～huan¹

122

tian¹). ⑯老賊(～ts'at⁸).

⑰老蔥(～ts'ang¹)；妓院的女老板.

⑱食到老學到老(tsiah⁸kah⁴～əh⁸kah⁴～)；活到老學到老.

⑲人老心未老(lang⁵～sim¹bue⁷～)；人老心還沒老.

II [lau²]： ①老經驗(～keng¹／king¹giam⁷).

②老練(～lian⁷). ③老板(～pan²).

④老王的(～Ong⁵e)；即老王. ⑤老實(～sit⁸).

⑥老大的(～tua⁷e)；即老大. ⑦老早(～tsa²).

⑧老手(～ts'iu²). ⑨眞老(tsin¹～)；又説"足老"(tsiok⁴～)；

即很老練，如"數學足老"(so³hak⁸～)；數學很拿手.

（213） 【頭】 tóu（ㄊㄡ）

按"頭"字雖有文言音：(t'o⁵)，但用例殊少，多通用白話音：(t'au⁵)。

(例) ①頭仔(～a²)；最初. ②頭目(～bak⁸)；即"頭哥"(～kə¹).

③頭尾(～be²／bue²)；前後，如自頭到尾(tsu⁷～kau³～).

④頭額(～hiah⁸)；額部. ⑤頭人(～lang⁵)；首領.

⑥頭家(～ke¹)；老板；"頭家娘"(～niu⁵)；老板之妻.

⑦頭殼(～k'ak⁴)；即頭部，"頭殼髓"(～ts'ue²)；腦漿.

⑧頭王(～ong⁵)；頭子、魁首. ⑨頭毛(～mo⁵／mng⁵)；頭髮.

⑩頭路(～lo⁷)；職業. ⑪頭[起]先(～[k'i²]sian¹)；先前.

⑫頭拄(抵)仔(～tu²a²)；剛才. ⑬頭頭仔(～a²)；起初.

⑭目頭高(bak⁸～kuan⁵)；看上不看下.

⑮戇頭(gong⁷～)；傻瓜. ⑯藥頭(iəh⁸～)；初次煎的藥汁.

⑰歹鬼頭(pain²kui²～)；壞頭頭. ⑱勢頭(se³～)；指權勢.

⑲對頭(tui³～)；當事者雙方. ⑳車頭(ts'ia¹～)；車站.

㉑話頭(ue⁷／we⁷～)；話的開端. ㉒炰頭(ts'ua⁷～)；帶頭.

㉓柴頭(ts'a⁵～)；呆滯不靈活. "柴頭翁仔"(～ang¹a²)；木偶.

（214）【基】　　jī（ㄐㄧ）

"基"字的讀音只有一種：(ki^1)

（例）①基金(～kim^1). ②基本(～pun^2).

③基數(～so^3). ④基地(～te^7).

⑤基督(～tok^4). ⑥基層(～tsan^3).

⑦基礎(～ts'o^2). ⑧路基(lo^7～).

⑨開基(k'ai^1～)；開創基業. ⑩地基(te^7～).

（215）【資】　　zī（ㄗ）

"資"字祇有一種讀音：(tsu^1)

（例）①資源(～guan^5). ②資格(～keh^4).

③資產(～san^2). ④資財(～tsai^5).

⑤資質(～tsit^4)；人的素質. ⑥投資(tau^5～).

（216）【邊】　　biān（ㄅㄧㄢ）

A 文言音：(pian^1)

（例）①邊防(～hong^5). ②邊界(～kai^3).

③邊境(～keng^2／king^2). ④邊疆(～kiong^1).

⑤邊陲(～sui^5)；即邊境. ⑥邊際(～tse^3).

⑦[佛法]無邊[hut^{8}huat^4](bu^5～).

B 白話音：(pi^{n1})

（例）①椅仔邊(i^2／yi^{2}a^2～)；椅子旁邊.

②鬢邊(pin^3～)；額下耳上之間.

③身軀邊(seng^1／sin^{1}k'u^1～)；身邊.④厝邊(ts'u^3～)；左鄰右舍.

（217）【流】　　liú（ㄌㄧㄡ）

A 文言音：(liu^5)

(例) ①流氓(～bang^5)；口語爲"鱸鰻"(lo^{5}mua^5).

②流芳(～hong^1)；流傳好名譽；"流芳百世"(～pek^{4}se^3).

③流寇(～k'o^3)；流動的土匪. ④流年(～lian^5).

⑤流露(～lo^7). ⑥流弊(～pe^3)；滋生的弊端.

⑦流浪(～long^7)；到處移動.⑧流毒(～tok^8)；流傳的毒害.

⑨流傳(～t'uan^5). ⑩河流(hə^5～).

⑪氣流(k'i^3～)；流動的空氣.⑫輪流(lun^5～).

⑬四界流(si^{3}ke^3／kue^3～)；到處閑逛.

B 白話音：(lau^5)

(例)①流目屎(～bak^{8}sai^2). ②流血(～hueh^4)；又音(liu^{5}hiat^4).

③流汗(～kua^{n7})；又説"流汗酸"(～sng^1).

④過流(ke^3／kue^3～)；過了時限，多指魚類失去鮮度.

（218）【路】　　　lù（ㄌㄨ）

"路"字祇有一種讀音：(lo^7)

(例) ①路尾[手](～be^2／bue^2)[ts'iu^2]；最後.

②[有無]路用[u^7／wu^{7}bə^5](～iong^7)；(有、沒)用處.

③路費(～hui^3)；旅費. ④路燈(～teng^1／ting^1).

⑤路中(～tiong^1)；路上. ⑥路途(～to^5)；即路程.

⑦路旁屍(～pong^{5}si^1)；罵語、該死的傢伙.

⑧路頭(～t'au^5)；路本身，如"路頭生疏"(～ts'e^{n1}so^1)；路不熟.

⑨[有、無]路[u^7／wu^7、bə^5](～)；即[有、沒]法子.

⑩幼路(iu^3／yu^3～)；精緻. ⑪低路(ke^7～)；差勁兒、低等.

⑫手路(ts'iu^2～)；手法、手藝.

（219）【級】　　　jí（ㄐㄧ）

"級"字只有一種讀音：(kip^4)

(例)　①級任[的先生](～jim⁷)[e⁵sian¹se^n1]；級任的老師．

②級會(～hue⁷)；即班會．③高級(kə¹～)．

④留級(liu⁵～)．　　　　　⑤特級(tek⁸～)．

（220）【少】　　　shǎo（ㄕㄠ）

Ⓐ文言音：(siau²)

(例)　①少爺(～ia⁵／ya⁵)．②少婦(～hu⁷)．

③少年(～lian⁵)；年輕，"少年家"(～ke¹)；年青人．

④少女(～li²／lu²)．　　　⑤少數(～so³)．

⑤多少(tə¹～)；(詞義用法均與官話同)．

Ⓑ白話音：(tsiə²)

(例)　①少一半(～tsit⁸pua^n3)．②少一部分(～po⁷hun⁷)．

③獪少(be⁷／bue⁷～)；不少．④減少(kiam²～)．

⑤濟少(tse⁷～)；多少(或多或少)．

按"少"字又音：(siə²)，如"少可"(～k'ua²)；若干，"少等"(～tan²)．

（221）【圖】　　　tú（ㄊㄨ）

"圖"字祇有一種讀音：(to⁵)

(例)　①圖案(～an³)．　　　②圖形(～heng⁵／hing⁵)．

③圖樣(～io^n7／iu^n7)．　　④圖表(～piau²)．

⑤圖片(～p'i^n3)．　　　　⑥圖書館(～su¹kuan²)．

⑦圖釘(～teng¹／ting¹)．　⑧圖畫(～ue⁷／we⁷)．

⑨藍圖(lam⁵／na⁵～)．　　⑩地圖(te⁷～)．

（222）【山】　　　shān（ㄕㄢ）

Ⓐ文言音：(san¹)

(例)　①山河(～hə⁵)．　　　②山林(～lim⁵)．

③山歌($\sim$kə¹)；又口語音(suaⁿ¹kua¹)．

④山巒($\sim$luan⁵)；連綿的山．⑤山水($\sim$sui²)，又音(suaⁿ¹tsui²)．

⑥高山(kə¹$\sim$)，又音(kuan⁵suaⁿ¹)． ⑦阿里山(A¹li²$\sim$)．

B 白話音：(suaⁿ¹)

(例) ①山腳($\sim$k'a¹)；即山麓，又説"山下"($\sim$e⁷)．

②山腰($\sim$io¹／yo¹)．③山崁($\sim$k'am³)；即山崖($\sim$gai⁵)

④山孔($\sim$k'ang¹)；山洞．⑤山龍($\sim$leng⁵)；即山脈，又指蛇．

⑥山坑($\sim$k'eⁿ¹／k'iⁿ¹)；峽谷．⑦山坪($\sim$p'iaⁿ⁵)；山的傾斜面．

⑧起山(k'i²$\sim$)；登陸． ⑨出山(ts'ut⁴$\sim$)；喪禮、出葬．

⑩山寨($\sim$tse⁷)；山中有設防的地方．

（223）【統】　　　tǒng（ㄊㄨㄥ）

"統"字白話音讀(t'ang²)，但殊少用而通用文言音：(t'ong²)。

(例) ①統轄($\sim$hat⁸)． ②統計($\sim$ke³)．

③統帥($\sim$sue³)． ④統籌($\sim$tiu⁵)；統一籌劃．

⑤統率($\sim$sut⁴)． ⑥統戰($\sim$tsian³)；統一戰線的簡稱．

⑦法統(huat⁴$\sim$)． ⑧總統(tsong²$\sim$)．

⑨傳統(t'uan⁵$\sim$)． ⑩正統(tseng³／tsing³$\sim$)．

（224）【接】　　　jiē（ㄐㄧㄝ）

A 文言音：(tsiap⁴)

(例) ①接吻($\sim$bun²)，又説"相斟"(siə¹tsim¹)．

②接洽($\sim$hiap⁸)． ③接納($\sim$lap⁸)．

④接送($\sim$sang³)；"接"又音(tsih⁴)．

⑤接線生($\sim$suaⁿ³seng¹)；電話局的接線人員．

⑥接續($\sim$siok⁸)；繼續． ⑦接着($\sim$tiəh)；接到．

⑧接頭($\sim$t'au⁵)；接洽． ⑨接觸($\sim$ts'iok⁸)．

⑩迎接(geng⁵／ging⁵～)．　⑪交接(kau¹～)．

B 白話音：(tsih⁴)

用例殊少；　①接送(～sang³)．　　②接接(～tsiap⁴)；交際．

（225）【知】　　　zhī（ㄓ）

A 文言、白話音：(ti¹)

(例)　①知覺(～kak⁴)．　　②知己(～ki²)．

③知識(～sek⁴／sik⁴)．　　④知悉(～sit⁴)；即知道．

⑤知情(～tseng⁵／tsing⁵)．⑥無知(bu⁵～)．

⑦求知(kiu⁵～)．　　　　⑧通知(t'ong¹～)．

B 訓讀音、俗音：(tsai¹)

(例)　①知影(～ia^{n2})；知道．②知人(～lang⁵)；有知覺．

③知位(～ui⁷)；知道地點．④毋知(m⁷～)；不知道．

（226）【較】　　　jiào（ㄐㄧㄠ）

A 文言音：(kau³)

(例)　①較量(～liong⁷)；即比賽．　　②比較(pi²～)．

B 白話音：(ka³)和(k'a³)罕用而通用(k'ah⁴)，俗字寫作"卡"。

(例)　①較(卡)好(k'ah⁴hə²)．②較緊(～kin²)；較快．

③較贏(～ia^{n5}／ya^{n5})；比……更好，如"睏較贏食"(k'un³～tsiah⁸)

；睡比吃好．　　　　　④較加麼……(～ke¹ma⁷)；難怪……

⑤較去(～k'i³)；過些時候．⑥較苦[也着……](～k'o²)[ya⁷tiəh⁸…]

；再苦也要……．　　　⑦較常(～siong⁵)；時常、平常．

⑧較大面(～tua⁷bin⁷)；可能性較大，如"獪來較大面"(bue⁷lai⁵

～)；不會來的可能性較大．⑨較停仔(～teng⁵a²)；等一會兒．

又說"較(卡)寡仔"(～kua²a²)．　⑩有較(卡)勢(u⁷／wu⁷～

gau⁵)；比較更能幹，如"汝有比伊較勢"(li²～pi²yi¹～　)．

（227）【幹】　　　gàn（ㄍㄢˋ）

"幹"字祇有一種讀音：(kan³)

(例)　①幹部(～po⁷)．　　②幹練(～lian⁷)；有才能和經驗．

③骨幹(kut⁴～)；喻支撐部分．④幹個娘(～in¹nia⁵)；他媽的．

（228）【將】　　　jiāng～jiàng（ㄐㄧㄤ）

"將"字的讀音有：(tsiong¹)～(tsiong³)

I [tsiong¹]：①將安呢(～an²ne¹／ni¹)；就這樣，如"將安呢寄去"(～kia³k'i³)；就這樣寄去．

②將厝賣掉(～ts'u³be⁷／bue⁷tiau⁷)；把房子賣掉．

③將近(～kin⁷)；快要接近．④將軍(～kun¹)．

⑤將來(～lai⁵)．　　　　⑥將就(～tsiu⁷)；勉強適應．

II [tsiong³]：①將官(～kuaⁿ¹)．　　②將士(～su⁷)．

③將領(～leng²／ling²)．④兵將(peng¹／ping¹～)．

（229）【組】　　　zǔ（ㄗㄨˇ）

"組"字閩南讀音為(tso²)，台灣讀(tso¹)，聲調不同，當以台語音為準．

(例)　①組合(～hap⁸)；組織起來，又義同農會、合作社．

②組閣(～kəh⁴)．　　　③組曲(～k'iok⁴)．

④組織(～tsit⁴)．　　　⑤分組(hun¹～)．

⑥甲組(kah⁴～)．⑦組頭(～t'au⁵)；賭博大家樂的小組負責人．

（230）【見】　　　jiàn（ㄐㄧㄢˋ）

Ⓐ文言音：(kian³)

(例)　①我見來伊攏出去(gua²～lai⁵yi¹long²ts'ut⁴k'i³)；我每次來，他都不在．"見擺"(～pai²)；即每次．②見聞(～bun⁵)．

③見解(～kai²)．　　　　④見怪(～kuai³)．

129

⑤見本(～pun²)；樣本．　⑥見笑(～siau³)；丟臉．

⑦見習(～sip⁸)；邊做邊學、實習．

⑧見証(～tseng³／tsing³)；當場看見可以作證的．

⑨愚見(gu⁵～)．　　⑩高見(kə¹～)；敬稱對方的見解．

B 白話音：(ki^{n3})

(例)　①見面(～bin⁷)；"見面三分情"(～sa^{n1}hun¹tseng⁵)．

②見人阿(呵)老(～lang⁵ə¹lə²)；人人稱讚．

③見先生(～sian¹se^{n1}／si^{n1})；見(找)老師．

④看見(k'ua^{n3}～)．　　⑤聽見(t'ia^{n1}～)．

（231）【計】　　　jì（ㄐㄧ）

A 文言音：(ke³)

(例)　①計謀(～bo⁵)．　　②計劃(～hek⁸／hik⁸／ek⁸)．

③計較(～kau³)．　　④計略(～liok⁸)．

⑤計智(～ti³)；計略的頭腦．⑥計策(～ts'ek⁴／ts'ik⁴)．

⑦奸計(kan¹～)．　　⑧苦肉計(k'o²bah⁴～)．

⑨詭計(kui²～)；狡詐的計策．⑩毒計(tok⁸～)．

B 白話音：(ki³)

(例)　伙(夥)計(he²／hue²～)；舊時指店員或長工．

（232）【別】　　　bié（ㄅㄧㄝ）

A 文言音：(piat⁸)

(例)　①別號(～hə⁷)．　　②別名(～mia⁵)．

③別墅(～su²)，口語説"別莊"(～tsong¹)．

④別出心裁(～ts'ut⁴sim¹ts'ai⁵)．⑤告別(kə³～)．

⑥辨別(pian⁷～)．

B 白話音：(pat⁸)

(例)　①別日(～jit⁸／lit⁸)；改天.　　②別款(～k'uan²)；別種.
③別所在(～so²tsai⁷)，又説"別位"(～ui⁷)；"別搭"(～tah⁴)；
即別的地方.

（233）【她】　　　tā（ㄊㄚ）

"她"字在台語雖有文言音(t'o¹)和白話音(t'a¹)，但台語本身没這種
語詞。這個字的詞義素(概念)，在台語裡跟"他"、"它"即第3人稱
單數一律用[i¹／yi¹]表示，漢字作"伊"。

（234）【手】　　　shǒu（ㄕㄡ）

A 文言音：(siu²)

按"手"字的文言音用例殊少，全部用白話音. 文言音的語例如：①
人有二手(jin⁵iu²／yu²ji⁷～). ②手足無措(～tsiok⁴bu⁵ts'o³).

B 白話音：(ts'iu²)

(例)　①手頷(～am⁷)；手腕子，又説"手骨輪"(～kut⁴lun⁵).
②手尾(～be²／bue²)；手下、手指尖兒.
③手下(～e⁷／ha⁷).　　④手痕(～hun⁵)；即指紋.
⑤手藝(～ge⁷)，"手工藝"(～kang¹～).
⑥手股(～ko²)；上膊，又説"手肚"(～to²).
⑦手柺(～kuai²)；柺杖.　⑧手骨(～kut⁴)；指手全體.
⑨手銬(～k'au³).　　⑩手曲(～k'iau¹)；肘、肱.
⑪手環(～k'uan⁵).　　⑫手榴彈(～liu⁵tuaⁿ⁵).
⑬手路(～lo⁷)；功夫.　⑭手囊(～long⁵)；手套.
⑮手腕盤(～uaⁿ²puaⁿ⁵)；手掌全體，包括手和臂相接的部分.
⑯手心(～sim¹).　　⑰手術(～sut⁸).
⑱手蹄[仔](～te⁵／tue⁵)[a²]；手掌正(上)面，又作"手底".
⑲手提琴(～t'e⁵k'im⁵).　⑳手擋(～tong³)；手刹車.

㉑手頭(～t'au⁵)；手中、手可及處的經濟狀況.

㉒怪手(kuai³～)；有箕形裝置掘削用的建設機械，箕形物狀如人手因而得名. ㉓手電(～tian⁷)；即手電筒.

㉔倒手(tə³～)；左手. ㉕正手(tsiaⁿ³～)；右手.

（235）【角】　　jiǎo（ㄐㄧㄠ）

"角"字的讀音祇有一種；(kak⁴)

（例）　①角銀(～gin⁵／gun⁵)；即1毛，如"5角銀"(go⁷～)；5毛錢.

②[眼]角膜[gan²](～moh⁸).

③角勢(～si³)；方向、方位，如"彼角勢"(hit⁴～)；那邊兒.

④角頭(～t'au⁵)；角落. ⑤角糖(～t'ng⁵)；方塊糖.

⑥鴨角(ah⁴～)；雄鴨. ⑦牛角(gu⁵～)；牛角.

⑧雞角仔(ke¹～a²)；年輕的雄雞.

⑨銳角(jue⁷／lue⁷～). ⑩直角(tit⁸～).

（236）【期】　　qī（ㄑㄧ）

"期"字祇有一種讀音：(ki⁵)

（例）　①期望(～bang⁷). ②期限(～han⁷).

③期刊(～k'an¹). ④期考(～k'ə²).

⑤期待(～t'ai⁷). ⑥期票(～p'iə³)；定期付款的票據.

⑦到期(kau³～). ⑧過期(ke³／kue³～).

（237）【根】　　gēn（ㄍㄣ）

"根"字的讀音祇有一種：(kin¹／kun¹)

（例）　①根源(～guan⁵). ②根據(～ku³／ki³).

③根基(～ki¹). ④根底(～te²／tue²).

⑤根除(～ti⁵／tu⁵). ⑥根治(～ti⁷)；徹底治療.

⑦根絕($\sim$tsuat^8).　　　⑧禍根(hə$^7\sim$).

⑨錢根(tsi$^{n5}\sim$)；錢的來源.　⑩存根(tsun$^5\sim$).

（238）【論】　　　lùn（ㄌㄨㄣ）

"論"字的讀音只有一種：(lun^7)

(例)　①論據($\sim$ki^3／ku^3).　②論理($\sim$li^2)；按道理、講道理.

③論題($\sim$te^5).　　　④論壇($\sim$tua^{n5})；發表議論的刊物.

⑤論斷($\sim$tuan^3).　　⑥論爭($\sim$tseng^1／tsing^1).

⑦論証($\sim$tseng^3／tsing^3).　⑧評論(p'eng^5／p'ing$^5\sim$).

⑨高論(kə$^1\sim$).　　　⑩理論(li$^2\sim$)；據理爭論，又理論.

（239）【運】　　　yùn（ㄩㄣ）

"運"字僅有一種讀音：(un^1／wun^1)

(例)　①運河($\sim$hə^5).　　②運氣($\sim$k'i^3).

③運金($\sim$kim^1)；即運費，又説"運錢"($\sim$tsi^{n5}).

④運搬($\sim$pua^{n1}).　　⑤歹運(pai$^{n2}\sim$)；運氣不好.

⑥運輸($\sim$su^1)，亦説"運送"($\sim$sang^3).

⑦運途($\sim$to^5)，又寫成"運圖"，即運命.

⑧運轉($\sim$tsuan^2)；駕駛，"運轉手"($\sim$ts'iu^2)；司機.

⑨桃花運(t'ə^{5}hue$^1\sim$)；指與異性有緣的運氣.

⑩上運(tsio^{n7}／tsiu$^{n7}\sim$)；走上好運.

（240）【農】　　　nóng（ㄋㄨㄥ）

按"農"字白話音(lang^5)，俗寫爲"人"(lang^5)意義同，但白話音語詞
罕有，一般均通用文言音：(long^5)。

(例)　①農民($\sim$bin^5).　　②農學($\sim$hak^8).

③農園($\sim$hng^5).　　④農夫($\sim$hu^1)；即農民.

⑤農曆(～lek^8／lik^8)；又説"舊曆"(ku^7～)，即太陰曆.

⑥農貸(～tai^7)；農業貸款. ⑦農場(～tio^{n5}／tiu^{n5}).

⑧農村(～ts'un^1). ⑨果農(kə^2～).

⑩佃農(tian^7～)；没土地的農民. ⑪蕉農(tsiə^1／tsiau^1～).

（241）【指】 zhǐ（ㄓ）

A 文言音：(tsi^2)

(例) ①指紋(～bun^5). ②指揮(～hui^1).

③指引(～in^2／yin^2). ④指教(～kau^3).

⑤指南針(～lam^{5}tsiam^1). ⑥指令(～leng^7／ling^7)；指示命令.

⑦指摘(～tek^4／tik^4). ⑧指責(～tsek^4／tsik^4).

⑨指導(～tə^7). ⑩屈指(k'ut^4～)；彎着指頭計算.

⑪指桑罵槐(～song^{1}ma^{7}huai^5)，亦説"指雞罵狗"(～ke^{1}ma^{7}kau^2)
；比喩表面上罵甲，實際上是在罵乙.

B 白話音：(ki^2)～(tsai^{n2})

I [ki^2]：用手指頭指示叫(ki^2)，如"毋通用手指"(m^{7}t'ang^{1}yong^7
ts'iu^2～)；不要用指頭指着. "烏白指"(o^{1}peh^8～)；用手亂指，
又説"亂使指"(luan^{7}su^2～).

II [tsai^{n2}]：爲手指頭的口語音. 如"尾指"(be^2／bue^2～)；小指，
"中指"(tiong^1～)，"指指"(ki^2～)；食指.

（242）【幾】 jǐ（ㄐㄧ）

A 文言音：(ki^2)

(例) ①幾何(～hə^5)，如"人生幾何"(jin^{5}seng^1～)，又"幾何學"
(～hak^8). ②無幾(bu^5～)；没有多少.

B 白話音：(kui^2)

(例) ①幾仔[款](～a^{2}k'uan^2)；好幾[樣、種].

②幾個(～e⁵)．　　　③幾時(～si⁵)．

④幾粒(～liap⁸)；按"粒"爲圓形物體如，卵、球等的量詞．

⑤幾擺(～pai²)；幾次(回)；又"幾仔擺"(～a²pai²)；好幾次．

⑥百幾(pah⁴～)；一百多，又説"百外"(～gua⁷)．

(243)　【九】　　　jiǔ（ㄐㄧㄡ）

A 文言音：(kiu²)

(例)①九牛二虎(～giu⁵ji⁷ho²)．②九死一生(～si²it⁴／yit⁴seng¹)．
③九霄雲外(～siau¹hun⁵gua⁷)．④九泉(～tsuaⁿ⁵)；黃泉、地下．

B 白話音：(kau²)～(kiau²)

Ⅰ [kau²]：①九點(～tiam²)．②十九(tsap⁸～)．

Ⅱ [kiau²]：①九棍(～kun²)；賭徒(棍)．
②九先(～sian¹)；賭徒．　③跋九(puah⁸～)；賭博．

(244)　【區】　　　qū（ㄑㄩ）

"區"字祇有一種讀音：(k'u¹)

(例)　①區分(～hun¹)．　②區劃(～ek⁸／ueh⁸)．
③區別(～piat⁴)．　　④區域(～hek⁸／hik⁸)．
⑤禁區(kim³～)．　　⑥軍區(kun¹～)．

(245)　【強】　　　qiáng（ㄑㄧㄤ）

按"強"字有白話音(kioⁿ⁵／kiuⁿ⁵)，語例罕見，一般通用文言音：
(kiong⁵／kiang⁵)。

(例)　①強卜(要)(～beh⁴／bueh⁴)；硬是要，"要"讀訓讀音．
②強姦(～kan¹)．　　　③強固(～ko³)．
④強強(～〃)；硬是…，勉強…，如"強強叫我着愛啉"(～kiə³
gua²tiəh⁸ai³lim¹)；硬叫我一定要喝，又義"幾乎…"，如"強強燴

赴"（～be⁷／bue⁷hu³）；差點兒來不及．

⑤強迫(～pek⁴／pik⁴)，強逼音義同前．

⑥強盛(～seng⁷)． ⑦強調(～tiau⁷)．

⑧強盜(～tə⁷)． ⑨強心劑(～sim¹tse¹)．

⑩強壯(～tsong³)． ⑪倔強(k'ut⁸～)；剛強不屈．

⑫高強(kə¹～)，如"武藝高強"(bu²ge⁷～)．

⑬勉強(bian²kiong²)，的"強"訛音為第2聲，意為；努力用功或
價錢算便宜點兒．

（246）【放】 fàng（ㄈㄤ）

Ⓐ文言音：(hong³)

(例) ①放影機(～iaⁿ²ki¹)．②放棄(～k'i³)．

③釋放(sek⁴／sik⁴～)． ④放送(～sang³)；播送、廣播．

⑤放射線(～sia⁷suaⁿ³)． ⑥放心(～sim¹)．

⑦放大鏡(～tua⁷kiaⁿ³)；又說"泛鏡"(ham³kiaⁿ³)．

⑧放蕩(～tong⁷)．⑨放縱(～tsiong³)；同⑧，行為不檢點．

⑩解放(kai²～)． ⑪開放(k'ai¹～)．

⑫百花齊放(pek⁴hua¹tse⁵～)．⑬放放(～〃)；心不在焉、不專
心."放放顧迌迌"(～ko³t'it⁴t'o⁵)；只顧貪玩不關心．

Ⓑ白話音：(pang³)

(例) ①放學(～əh⁴)． ②放假(～ka²)．

③放血[屎、尿、屁](～heh⁴／hueh⁴)[sai²、jiə⁷、p'ui³]．

④放工(～kang²)；工人下班．⑤放捒(～sak⁴)；遺棄、放棄．

⑥放鬆(～sang¹)． ⑦放生(～seⁿ¹／siⁿ¹)．

⑧放聲(～siaⁿ¹)；提高聲量，如"放聲大哭"(～tua⁷k'au³)， 又
義揚言威脅． ⑨放刁(～tiau¹)；揚言威脅．

⑩放定(～tiaⁿ⁷)；又說"送定"(sang³～)，送定錢或訂婚的聘金．

⑪目珠(瞳)放卡(較)金咧(bak⁸tsiu¹～k'ah⁴kim¹le)；眼睛睜亮一點兒，"放"亦用"捌"(peh⁴)．⑫心肝放卡(較)開[清]咧(sim¹kuaⁿ¹～k'ah⁴k'ui¹[ts'eng¹]le)；心情開朗一點兒．⑬放姥放子 (～bo²～kiaⁿ²)；遺下妻兒.⑭放繪落心 (～bue⁷loh⁸sim¹)；放心不下．

（247）【決】　　jué（ㄐㄩㄝ）

"決"字祇有一種讀音：(kuat⁴)

(例)　①決議(～gi⁷)．　　②決意(～i³／yi³)；決心．

③決裂(～liat⁸)．　　④決賽(～sai³)．

⑤決勝(～seng³／sing³)；又説"見輸贏"(kiⁿ³su¹iaⁿ⁵／yaⁿ⁵)．

⑥決算(～sng³／suan³)．　⑦決定(～teng¹／ting¹)．

⑧決斷(～tuan³)．　　⑨決策(～ts'ek⁴／ts'ik⁴)．

⑩表決(piau²～)．　　⑪判決(p'uaⁿ³～)．

⑫槍決(ts'eng³～)；鎗斃．⑬處決(ts'u³～)；執行死刑．

（248）【西】　　xī（ㄒㄧ）

A 文言音：(se¹)

(例)　①西域(～hek⁸／hik⁸)．②西醫(～i¹／yi¹)．

③西藥(～ioh⁸／yoh⁸)．　④西洋(～ioⁿ⁵／iuⁿ⁵)．

⑤西曆(～lek⁸)；陽(公)曆．⑥西部(～po⁷)．

⑦西天(～t'ian¹)．　　⑧西裝(～tsong¹)．

⑨西餐(～ts'an¹)．　　⑩歸西(kui¹～)；喻死亡、去世．

B 白話音：(sai¹)

(例)　①西南方(～lam⁵hng¹)．②西北雨(～pak⁴ho⁷)．

（249）【被】　　bèi（ㄅㄟ）

A 文言音：(pi⁷)

(例)　①被告(〜kə³)．　　　②被騙(〜p'ian³)；亦説"受騙"(siu⁷
〜)，口語説"互人騙去" (ho⁷lang⁵〜k'i³)．
③被動(〜tong⁷)．　　　④被推選(〜t'ui¹suan²)．

B 白話音：(p'ue⁷)
(例)　①被單(〜tua^{n1})．　　②棉被(mi⁵〜)．

（250）【干】、【乾】　　　gān（ㄍㄢ）

Ⅰ "干"字有文白兩種讀音：

A 文言音：(kan¹)
①干犯(〜huan⁷)．　　　②干戈(〜kə¹)．
③干連(〜lian⁵)．　　　④干涉(〜siap⁸)．
⑤干支(〜tsi¹)．　　　⑥相干(siong¹〜)．
⑦干預(〜u⁷／wu⁷)；過問、參與．

B 白話音：(kua^{n1})；義同"乾"(見下)．

Ⅱ "乾"字則有三種讀音；一爲(k'ian⁵)，如"乾坤"(〜k'un¹)，
"乾造"(〜tsə⁷)；婚姻中的男方．另兩種讀音如下．

A 文言音：(kan¹)
①乾旱(〜han⁷)；日照不雨乾燥．②乾(干)貝(〜pue³)．
③乾涸(〜ko³)；水没有了．④乾酪(〜lok⁸)；固體鹹牛奶．
⑤乾冰(〜peng¹／ping¹)．⑥乾杯(〜pue¹)．
⑦乾涸(〜ta¹)；即僅、只、單．(ta¹)的"涸"又作"焦"．
⑧乾電池(〜tian⁷ti⁵)，按"乾"省作"干"．

B 白話音(kua^{n1})
①肉乾(bah⁴〜)．　　　②蚵仔乾(ə⁵a²〜)；乾牡蠣．

（251）【做〜作】　　　zuò（ㄗㄨㄛ）

Ⅰ [做]有兩種讀音；文言音(tsə³)和白話音(tsue³)，兩音通用．

(例) ①做牙(～ge^5)；舊曆每月初2和16日祭土地公(福德正神)叫做"做牙". ②做証(～tseng^3／tsing^3).

③做瓦的(～hia^{7}e^o)；製瓦工人.

④做法(～huat^4). ⑤做工(～kang^1)；勞動工作.

⑥做夥(伙)(～he^2／hue^2)；一起、伙伴.

⑦做忌(～ki^7)；每年命日的供養；"忌辰做忌"(ki^{7}sin^5～).

⑧做客(～k'eh^4)；回娘家. ⑨做伴(～p'ua^{n7})；做陪.

⑩做人(～lang^5)；爲人，惟"做"字讀本調(3聲)而"人"字讀輕聲(近3聲)時，語義是許配婚事.

⑪做便的(～pian^{7}e^o)；既成的，"做便子婿"(～kia^{n2}sai^3).

⑫做穡人(～sit^{4}lang^5)；即"做田人"(～ts'an^5～)；農夫.

⑬做陣(～tin^7)；一塊兒，又説"鬥陣"(tau^3～).

⑭做土水(～t'o^{5}tsui^2)；水泥匠. ⑮做罪(～tsue^7)；敗壞了事體.

⑯做汝免煩惱(～li^{2}bian^{2}huan^{5}lə^2)；你儘管放心(不必操心).

⑰做汝講(～li^{2}kong^2)；儘管説. ⑱準做…(tsun^2～…)；當做….

⑲掠做是(liah^8～si^7)；以爲是，如"掠做是酒"(～tsiu^2)；以爲是酒.

II [作]的讀音有文白異讀，用法不同。

A 文言音：(tsok^4)

(例) ①作案(～an^3)；犯罪活動. ②作文(～bun^5).

③作風(～hong^1). ④作業(～giap^8).

⑤作孽(～giat^8)；造孽、淘氣. ⑥作用(～iong^7／yong^7).

⑦作家(～ka^1). ⑧作怪(～kuai^3)；作祟.

⑨作曲(～k'iok^4／k'ek^4). ⑩作亂(～luan^7).

⑪作品(～p'in^2). ⑫作詞(～su^5).

⑬作者(～tsia^2). ⑭作戰(～tsian^3)；籌劃、策劃.

⑮佳作(ka^1～). ⑯傑作(kiat^8～).

B 白話音：(tsoh^4)

(例)　①作穡(～sit⁴)；作農．②作田(～ts'an⁵)；種田．
③耕作(keng¹／king¹～)．

（252）【必】　　bì（ㄅ丨）

"必"字祇有一種讀音：(pit⁴)

(例)　①必然(～jian⁵)．　②必修(～siu¹)．
③必須[來](～su¹)[lai⁵]．　④必需[品](～su¹)[p'in²]．
⑤必定(～teng⁷／ting⁷)．　⑥務必(bu⁷～)；必須，一定要．
⑦未必(bue⁷～)．按"必"有分開，裂開之義，如"必開"(～k'ui°)．

（253）【戰】　　zhàn（ㄓㄢ）

"戰"的讀音只有一種：(tsian³)

(例)　①戰禍(～hə⁷)．　②戰雲(～hun⁵)；比喻戰爭的氣氛．
③戰局(～kiok⁸)．　④戰鼓(～ko²)．
⑤戰艦(～lam⁷／kam³)．　⑥戰鬥(～to³／tau³)．
⑦戰爭(～tseng¹／tsing¹)．⑧空中戰(k'ong¹tiong¹～)．
⑨保衛戰(pə²ue⁵／we⁵～)　⑩持久戰(ts'i⁵kiu²～)．

（254）【先】　　xiān（ㄒ丨ㄢ）

A 文言音：(sian¹)

(例)　①先鋒(～hong¹)．　②先賢(～hian⁵)．
③先覺(～kak⁴)．　　④先生(～se^n¹／si^n¹)．
⑤先天(～t'ian¹)．　⑥先進(～tsin³)．
⑦先祖(～tso²)．　　⑧燒酒先(sia¹tsiu²～)；酒鬼．
⑨"…先"；即"…先生"的略語，(含敬意)如，許先(K'o²～)；即
許先生.惟此"先"音(sian³)．⑩阿片先(a¹p'ian³～)，鴉片煙鬼．
⑪雞胿先(ke¹kui¹～)；吹牛大王．　⑫看命先(k'ua^n³mia⁷～)；

卜者；替人看相，算命的人.

B 白話音：(seng¹／sing¹)

(例) ①先來先食(～lai⁵～tsiah⁸)；先到先吃.

②代(大)先(tai⁷～)；在前、事先. ③頭起先(t'au⁵k'i²～)；起初.

④代(大)先人睏路尾人醒(～langk'un³lo⁷bue²langts'e^{n²}／ts'i^{n²})
；喻努力不夠.

（255）【回】　　huí（ㄏㄨㄟˊ）

"回"字的文言音是(hue⁵)，白話音是(he⁵)，兩音互為通用。

(例) ①回憶(～ek⁴／ik⁴)；一般訛音為(～yi³).

②回扣(～k'au³)；佣金. ③回復(～hok⁸)；即復原.

④回覆(～hok⁴)；回答、答覆. ⑤回教(～kau³).

⑥回報(～pə³)；報告、報答、報復.

⑦回批(～p'ue¹)；即回信. ⑧回頭(～t'au⁵).

⑨回條(～tiau⁵)；收到信件或物品時交帶來的人拿回去的收據.

⑩回話(～ue⁷／we⁷)；答覆的話、傳話，口頭翻譯.

⑪一、二(兩)回(tsit⁸lng⁷～)；即一、兩次.

⑫風勢回落來(hong¹se³～loh⁸lai⁵)；風勢減弱，又"熱有卡回"
(jiat⁸u⁷／wu⁷k'ah⁴～)；發燒降了一些.

（256）【則】　　zé（ㄗㄜˊ）

A 文言音：(tsek⁴／tsik⁴)

(例) ①原則(guan⁵～). ②法則(huat⁴～).

③規則(kui¹～). ④總則(tsong²～).

⑤以身作則(yi²sin¹tsok⁴～)；用自己的行為做出榜樣.

B 白話音：(tsiah⁴)作副詞用，意為"才"。

(例) ①汝講我則知(Li²kong²gua²～tsai¹)；你說了我才知道.

②拄則來(tu²～lai⁵)；才到. ③無雨則去(bə⁵ho⁷～k'i³)；雨 停

才去. 按表示"才"的(tsiah⁴)，用"即"而少用"則"。

（257）【任】　　rèn（ㄖㄣ）

"任"字有白話音：(na⁷)，意爲"住"或"在"，台語罕用，廈門則還用，
如"我任台北" (gua²na⁷Tai⁵pak⁴)。一般"任"通用文言音：(jim⁷)。

　　(例)　①任務($\sim$bu⁷).　　　②任命($\sim$beng⁷／bing⁷).

　　　　③任何($\sim$hə⁵).　　　　④任期($\sim$ki⁵).

　　　　⑤任勞任怨($\sim$lə⁵$\sim$uan³). ⑥放任(hong³$\sim$).

　　　　⑦任教($\sim$kau³).　　　　⑧信任(sin³$\sim$).

（258）【取】　　qǔ（ㄑㄩ）

"取"字只有一種讀音：(ts'u²)

　　(例)　①取法($\sim$huat⁴). ②取巧($\sim$k'a²)；"投機取巧"(tau⁵ki¹$\sim$)

　　　　③取人才($\sim$jin⁵／lang⁵tsai⁵)；選取才能. 即不考慮貧富.

　　　　④取樂($\sim$lok⁸).　　　　⑤取消($\sim$siau¹).

　　　　⑥取信($\sim$sin³).　　　　⑦取締($\sim$te³)；明令禁止.

　　　　⑧取得($\sim$tek⁴／tik⁴／tit⁴). ⑨可取(k'ə²$\sim$).

　　　　⑩吸取(k'ip⁴$\sim$).　　　　⑪錄取(lok⁸$\sim$).

（259）【據】　　jù（ㄐㄩ）

"據"字簡寫"据"，讀音祇有一種：(ki³／ku³)。

　　(例)　①"據"與"據在"($\sim$tsai⁷)同義，意爲"任由"，如"據[在]伊
　　　　罵"($\sim$yi¹me⁷)；任由他罵. ②據説($\sim$suat⁴).

　　　　③依據(yi¹$\sim$).　　　　④根據(kin¹／kun¹$\sim$).

　　　　⑤盤據(pua$^{n5}\sim$)；又"佔據"(tsiam³$\sim$).

（260）【處】　　chù（ㄔㄨ）

"處"字的讀音只有一種；(ts'u³)

　　(例)　①處罰(～huat⁸)．　　③處分(～hun¹)．

　　②處方(～hng¹／hong¹)；調配藥方．

　　④處男(～lam⁵)；童貞，又説"在室男"(tsai⁷sek⁴／sik⁴lam⁵)．

　　⑤處女(～li²)；又説"在室女"．　⑥處所(～so²)．

　　⑦處置(～ti³)．　　　　⑧處處(～〃)；到處．

　　⑨辦事處(pan⁷su⁷～)．　　⑩到處(tə³～)．

（261）【隊】　　　　duì（ㄉㄨㄟ）

"隊"字的讀音袛有一種：(tui⁷)

　　(例)　①隊伍(～ngo²)．　　②隊旗(～ki⁵)．

　　③隊列(～liat⁸)．　　　④隊長(～tioⁿ²／tiuⁿ²)．

　　⑤球隊(kiu⁵～)．　　　⑥排隊(pai⁵～)．

　　⑦游擊隊(iu⁵／yu⁵kek⁸／kik⁸～)．

（262）【南】　　　　nán（ㄋㄢ）

"南"字袛有一種讀音：(lam⁵)

　　(例)　①南方(～hng¹／hong¹)．②南極(～kek⁸)．

　　③南曲(～k'ek⁴／k'ik⁴)．　④南洋(～ioⁿ⁵／iuⁿ⁵)．

　　⑤南北(～pak⁴)．　⑦南柯一夢(～k'ə¹yit⁴bong⁷)；一場空夢．

　　⑥南爿(旁)(～peng⁵／ping⁵)；即南側．

（263）【給】　　　　gěi（ㄍㄟ）

Ⓐ文言、白話音：(kip⁴)音義與"乞"(k'it⁴)近似．

　　(例)　①給付(～hu³)；供給、付給．

　　②給料(～liau⁷)；即薪水．③支給(tsi¹～)．

　　④給牌(～pai⁵)；申請(發給)牌照、(執照)．

⑤給仕(～su⁷)；工友. ⑥配給(p'ue³～)；分配供給.

B 訓讀音：(ho⁷)～(kang⁷／ka⁷)

I [ho⁷]："給"字訓讀作(ho⁷)時，即"互"字的語義.

(例) ①互(給)伊錢(～yi¹tsi^{n5})；給他錢.

②互(給)人拍(～lang p'ah⁴)；被人家打.

II [kang⁷／ka⁷]："給"字訓讀音爲：[kang⁷／ka⁷]時，即跟"共"字同語義.

(例) ①汝共(給)伊講(Li²～yi¹kong²)；你給(跟)他説.

②共(給)我買(～gua²be²／bue²)；給(替)我買.

（264） 【色】　　　sè（ㄙㄜˋ）

"色"字只讀一種音：(sek⁴／sik⁴)

(例) ①色盲(～bong⁵). ②色筆(～pit⁴)；彩色鉛筆.

③色料(～liau⁷)；水彩等顏料. ④色素(～so³)；使有機體具有

各種不同顏色的物質成分. ⑤色緻(～ti³)；色彩的質地.

⑥色澤(～tek⁸)；顏色和光澤. ⑦色調(～tiau⁷).

⑧色情(～tseng⁵／tsing⁵). ⑨貨色(he³／hue³～).

⑩色水(～tsui²)；光澤、色澤. ⑪景色(keng²／king²～).

⑫姿色(tsu¹～)；婦女美好的容貌. "姿色迷人"(～be⁵lang).

（265） 【光】　　　guāng（ㄍㄨㄤ）

A 文言音：(kong¹)

(例) ①光明(～beng⁵／bing⁵). ②光榮(～eng⁵／ing⁵).

③光輝(～hui¹)；耀目的光. ④光復(～hok⁸).

⑤光陰(～im¹)；"光陰如箭、日月如梭"(～ju⁵tsi^{n3}jit⁸guah⁸ju⁵so¹).

⑥光景(～keng²／king²)；景色、景氣，如"無三日的好光景"

(bə⁵sa^{n3}jit⁸ehə²～)；没三天的好境況.

· 144 ·

⑦光臨(～lim⁵). ⑧光彩(～t'sai²)；即光榮.
⑨風光(hong¹～). ⑩觀光(kuan¹～).

B 白話音：(kng¹)

(例) ①光滑(～kut⁸)；平滑. ②光溜溜(～liu¹〃)；光滑、滑溜.
③光閃閃(～siam²〃)；發亮閃光. ④光生(～seⁿ¹)；平坦而光滑.
⑤光線(～suaⁿ³). ⑥光度(～to⁷).
⑦光頭(～t'au⁵). ⑧發光(huat⁴～).
⑨電光(tian⁷～). ⑩天光(t'iⁿ¹～)；天亮，破曉.

（266）【門】 mén（ㄇㄣ）

A 文言音：(bun⁵)

(例) ①門閥(～huat⁸). ②門生(～seng¹／sing¹).
③門第(～te⁷). ④門徒(～to⁵).
⑤門診(～tsin²). ⑥門市部(～／bng⁵ts'i⁷po⁷).
⑦內門(Lai⁷～)；地名，在高雄縣，是鴨母王朱一貴起義反清
的基地. ⑧‥‥入門(‥‥jip⁸／gip⁸／lip⁸～)，如
"台語入門"(Tai⁵gi²／gu²～).

B 白話音：(bng⁵／mng⁵)

(例) ①門外漢(～gua⁷han³). ②門戶(～ho⁷).
③門聯(～lian⁵)；貼在門戶的對聯. ④門風(～hong¹).
⑤門口(～k'au²)；又説"門腳口"(～k'a¹k'au²).
⑥門牌(～pai⁵). ⑦門票(～pia³)；又説"入場券"(jip⁸tiuⁿ⁵kng³).
⑧門扇(～siⁿ³)；即門扉. ⑨後門(au⁷～).
⑩門閂(～ts'uaⁿ³)；使門關上後卡住不開的棍子.
⑪偏門(p'ian¹～)；側門. ⑫鐵門(t'ih⁴～).

（267）【即】 jí（ㄐㄧ）

boxed{A} 文言音：(tsek⁴／tsik⁴)

(例) ①即刻(～k'ek⁴／k'ik⁴)．②即時(～si⁵)；立刻．
③即使(～su²)． ④一觸即發(yit⁴ts'iok⁴～huat⁴)．
⑤若即若離(jiok⁸／liok⁸～jiok⁸li⁷)；好像接近，又好像不接近．

boxed{B} 白話音：(tsit⁴)～(tsiah⁴)

Ⅰ [tsit⁴]：按"即"字讀此音時，與"這"、"此"同義。
(例) ①即個(～e⁵)；這個．②即擺(～pai²)；這次．
③即久(～ku²)；最近，但讀(tsiah⁴ku²)，則爲"這麽久"．
④即款(～k'uan²)；這種．⑤即時(～si⁵)；這個時候，又説
"即陣"(～tsun⁷)，若讀(tsek⁴si⁵)則意爲立刻．
⑥即搭(～tah⁴)，即跡(～jiah⁴)；均爲"這裡"．

Ⅱ [tsiah⁴]："即"字讀此音時與"才"同義．
(例) ①慢半點鐘即來(ban⁷puaⁿ³tiam²tseng¹／tsing¹～lai⁵)；
晚了半個小時才來．②安呢即着(an¹ne¹～tiəh⁸)；這樣才對．
③即出去(～ts'ut⁴k'i³)；剛(才)出去．

(268) 【保】 bǎo (ㄅㄠˇ)

"保"字衹有一種讀音：(pə²)

(例) ①保安(～an¹)． ②保密(～bit⁸)．
③保險(～hiam²)． ④保護(～ho⁷)．
⑤保佑(～iu⁷／yu⁷)． ⑥保甲(～kah⁴)．
⑦保健(～kian⁷)． ⑧保管(～kuan²)．
⑨保齡球(～leng⁵kiu⁵)． ⑩保領(～nia²)；承擔、保証．
⑪保衛(～ue⁷／we⁷)． ⑫保庇(～pi³)．
⑬保惜(～sioh⁴)；保護愛惜．⑭保証人(～tseng³jin⁵／lang⁵)．
⑮保障(～tsiong³)． ⑯保存(～tsun⁵)．
⑰難保(lan⁵～)． ⑱投保(tau⁵～)；即參加保險．

⑲保重(～tiong⁷).　　　⑳對保(tui³～).

（269）【治】　　zhì（ㄓˋ）

按"治"字有白話音(tai⁷)，俗寫作"代"，即"事"的意思，故説"治(代)
誌"(～tsi³)，如"無汝的(治)代"(bə⁵li²e⁵[ti⁷]tai⁷)；不干你的事。惟
此語例不多見，今通用文言音：(ti⁷)。

(例)　①治安(～an¹).　　②治家(～ke¹).

③治療(～liau⁵).　　④治標(～piau¹)；"治本"的反義語.

⑤治罪(～tsue⁷).　　⑥統治(t'ong²～).

⑦互人治(ho⁷lang⁵～)；被整(吃苦頭).

⑧創治(ts'ong³～)；欺凌、作弄.

（270）【北】　　běi（ㄅㄟˇ）

Ａ 文言音：(pok⁴)語例不多，一般通用白話音。

(例)　①敗北(pai⁷～)；打敗仗.

②三戰三北(sam¹tsian³sam¹～)；打了三次仗都被打敗.

Ｂ 白話音：(pak⁴)

(例)　①北回歸線(～hui⁵kui¹suaⁿ³).

②北方(～hng¹／hong¹).　③北斗星(～tau²ts'eⁿ¹).

④北極星(～kek⁸ts'eⁿ¹).　⑤北爿(旁)(～peng⁵)；北側、北邊.

⑥向北(ng³～).　　　　⑦西北(sai¹～).

（271）【造】　　zào（ㄗㄠˋ）

"造"字的讀音爲：(tsə⁷)

(例)　①造反(～huan²).　②造孽(～giat⁸)；做壞事.

③造詣(～ge⁷)；學術的境地.　④造謠(～iau⁵／yau⁵).

⑤造林(～lim⁵).　　　⑥造就(～tsiu⁷).

⑦兩造(liong²～)；當事者雙方．⑧締造(te⁷～)；創立、建立．

（272） 【百】　　　bǎi（ㄅㄞˇ）

按"百"字的讀音有文白不同，但頗多互用，多以白話音為主。

Ⓐ文言音: (pek⁴／pik⁴)

（例）　①百合花(～hap⁸hue¹)．②百發百中(～huat⁴～tiong³)．
③百孔千瘡(～k'ong²ts'ian¹ts'ong¹)；比喻弊病很多．
④百步蛇(～／pah⁴po⁷tsua⁵)；一種毒蛇，被咬後走百步便死．

Ⓑ白話音: (pah⁴)～(peh⁴)

I [pah⁴]：①百葉窗(通)(～hiəh⁸t'ang¹)．
②百貨(～hue³)．　　　　③百般(～puaⁿ¹)．
④百日嗽(～jit⁸／git⁸／lit⁸sau³)；即百日咳．
⑤千方百計(ts'ian¹hng¹～ke³)．

II [peh⁴]：語例殊少，如"[老]百姓"[lau⁷](～seⁿ³／siⁿ³)．

（273） 【規】　　　guī（ㄍㄨㄟ）

"規"字的讀音只有一種: (kui¹)

（例）　①規模(～bo⁵)．　　②規勸(～k'ng³／k'uan³)．
③規下(～e⁷)；全部，又"規個"(～e⁵)；整個．
④規日(～jit⁸)；整天．　⑤規矩(～ki²／ku²)．
⑥規氣(～k'i³)；乾脆、妥善，如"規氣食食咧"(～tsiah⁸〃le)；乾
脆吃完它．"安呢卡規氣"(an¹ne¹／ni¹k'ah⁴～)；這樣比較妥當．
⑦規律(～lut⁸)．　　　　⑧規世人(～si³lang⁵)；一生．
⑨規大堆(～tua⁷tui¹)；一大堆，"規大堆若山"(～na²suaⁿ¹)．
⑩規簇(～ts'ok⁴)；成堆，如"規簇人"(～lang⁵)；成堆的人．
⑪規陣(～tin⁷)；整群．　⑫校規(hau⁷～)．　⑬法規(huat⁴～)．
⑭清規 (ts'eng¹／ts'ing¹～)；佛教規定的僧尼必須遵守的規則．

/148

（274）【熱】　　rè（ㄖㄜˋ）

A 文言音：(jiat⁸／giat⁸／liat⁸)

　　(例)　①熱愛(～ai³)．　②熱戀(～luan⁵)．

　　③熱烘烘(～hong¹〃)；形容很熱．

　　④熱烈(～liat⁸)．　⑤熱病(～pe^{n7}／pi^{n7})．

　　⑥熱誠(～seng⁵／sing⁵)．　⑦熱帶(～tai³)．

　　⑧發熱(huat⁴～)；即發燒．⑨親熱(ts'in¹～)．

　　⑩寒熱仔(kua^{n5}～a²)；瘧疾；"着寒熱仔"(tiə^h⁸～)；患瘧疾．

　　⑪麻油酒眞熱(mua⁵iu⁵tsiu²tsin¹～)；麻油雞酒補氣多．

　　⑫當熱(tng¹～)；正在熱中，火熱．語音 (tng¹juah⁸)；最熱時候．

　　⑬燒頭耳熱 (siə¹t'au⁵hi^{n7}～)；即發燒，喻小病．

B 白話音：(juah⁸／luah⁸)

　　(例)　①熱人(～lang)；即夏天，又説"熱天"(～t'i^{n1})．

　　②熱死(～si²)；按"死"讀本調(第2聲)，意爲差點兒就死掉，

　　如讀3聲(或輕聲，按3聲與輕聲很近)即眞的死掉．

　　③寒熱(kua^{n5}～)；寒暑也．④燒熱(siə¹～)；指天氣暖和．

（275）【領】　　lǐng（ㄌㄧㄥˇ）

A 文言音：(leng²／ling²)

　　(例)　①領海(～hai²)．　　②領域(～hek⁸／hik⁸)．

　　③領教(～kau³)．　　④領空(～k'ong¹)；領有地的上空．

　　⑤領先(～sian¹)；走在前端．⑥領袖(～siu³)．

　　⑦領事(～su⁷)．　　⑧領土(～t'o²)．

　　⑨領主(～tsu²)；封建地(君)主．⑩綱領(kang¹／kong¹～)．

　　⑪首領(siu²～)．　　⑫[大]統領[tai⁷](t'ong²～)；總統．

B 白話音：(nia²／lia^{n2})

　　(例)　①領仔(～a²)；領子．②領後(～au⁷)；領頸的後面部分．

③領巾(～kin¹／kun¹)；又説"圍巾"(ui⁵／wi⁵～)．

④領受(～siu⁷)；多指接受好意的接受．⑤領帶(～tua³)；一般多仿日語音譯説(ne⁷ku¹tai²)．⑥頷領(am⁷～)；脖子部分的領子．

⑦一領[被、衫、蓆](tsit⁸～)[p'ue⁷、saⁿ¹、ts'iəh⁸]；一件被、衣、蓆子．

（276）【七】　　qī（ㄑㄧ）

"七"字只有一種讀音：(ts'it⁴)

(例)　①七月初七(～geh⁸／gueh⁸ts'e¹／ts'ue¹～)；七月七日．

②七娘媽生(～niu⁵ma²seⁿ¹／siⁿ¹)；即"七夕"(～sek⁴／sik⁴)．

③七字仔(～ji⁷a²)；歌仔冊(kua¹a²ts'eh⁴)，大多爲七字一句的韻文册子，又叫"七字仔"．　④七星(～ts'eⁿ¹)；北斗七星．

（277）【海】　　hǎi（ㄏㄞ）

"海"字的讀音祇有一種：(hai²)

(例)　①海翁(～ang¹)；鯨魚．②海馬(～be²)；又名龍落子．

③海鷗(～au¹)；又叫"海雞母"(～ke¹／kue¹bə²／bu²)．

④海味(～bi⁷)；即海產食品；"山珍海味"(san¹tin¹～)．

⑤海狗(～kau²)．　　　⑥海墘(～kiⁿ⁵)；海岸、海邊．

⑦海峽(～kiap⁴)．　　　⑧海關(～kuan¹)．

⑨海派(～p'ai³)；闊氣．　⑩海拔(～puat⁸)．

⑪海參(～sam¹／sim¹)．　⑫海蝕(～sit⁴)；海水的冲擊和侵蝕．

⑬海帶(～tai³)；即昆布．　⑭海豬(～ti¹／tu¹)；即海豚．

⑮海漲(～tiong³)．　　　⑯海棠(～tong⁵)；花樹名．

⑰海灘(～t'an¹)；又叫"海沙埔"(～sua¹po¹)．

⑱做人海海仔(tsə³／tsue³lang⁵～〃a)；馬虎、不計較．

⑲外海(gua⁷～)．　　　⑳内海(lai⁷～)．

（278）【口】　　　kǒu（ㄎㄡ）

按"口"字的文言音是(k'o²)，除一部分成語，如 "口口聲聲"(k'o²〃seng¹／sing¹〃)、"口是心非"(k'o²si⁷sim¹hui¹)等讀文言音以外，一般通用白話音：(k'au²)。

（例）　①口號(～hə⁷)．　　　②口傳(～t'uan⁵)．

③口紅(～hong⁵)；又説"胭(臙)脂"(ian¹／yan¹tsi¹)．

④口音(～im¹／ym¹)．　　　⑤口琴(～k'im⁵)．

⑥口頭[試問](～t'au⁵)[ts'i³mng⁷]；即口試．

⑦口灶(～tsau³)；戶，如 "彼口灶"(hit⁴～)；那戶人家．

⑧外口(gua⁷～)；外邊．　　⑨海口(hai²～)；港口，又義説大話，亦説"誇口"(k'ua⁷～)．　⑩看口(k'ua^{n3}～)；看得過去，如"膾看口得"(be⁷／bue⁷～tit⁴)；樣子不好看．

（279）【東】　　　dōng（ㄉㄨㄥ）

Ａ 文言音：(tong¹)

（例）　①東方(～hong¹)；又口語音(tang¹hng¹)．

②東風(tong¹／tang¹hong¹)．　　　③房東(pang⁵～)．

④做東(tsə³／tsue³～)；當主人請客．

⑤東山再起(～san¹tsai³k'i²)．

Ｂ 白話音：(tang¹)

（例）　①東粉(～hun²)；"東"又作"冬"．

②東西(～sai¹)．　　　③東洋(～io^{n5}／iu^{n5})．

④東[南、北](～)[lam⁵、pak⁴]．⑤東爿(旁)(～peng⁵)；東邊．

⑥講東講西(kong²～kong²sai¹)．

（280）【導】　　　dǎo（ㄉㄠ）

"導"字的讀音祇有一種：(tə⁷)

（例）　①導火線($\sim$he^2／hue^{2}sua^{n3})；喻引發事變的事件．
②導演($\sim$ian^2／yan^2)．　　③導遊($\sim$iu^5／yu^5)．
④導師($\sim$su^1)．⑤教導(kau$^3\sim$)；教導，又義教務主任．
⑥開導(k'ai$^1\sim$)；用道理啓發勸導．

（281）【器】　　　qì（ㄑ丨）

"器"字的讀音祇有一種：(k'i^3)
（例）　①器物($\sim$but^8)．②器樂($\sim$gak^8)；用樂器演奏的音樂．
③器械($\sim$hai^5)．　　　　④器官($\sim$kuan^1)．
⑤器具($\sim$k'u^7／ku^7)．　　⑥器重($\sim$tiong^7)；重視．
⑦器量($\sim$liong^7)；才能，度量．⑧成器(seng$^5\sim$)；成爲有用
的東西(人)．

（282）【壓】　　　yā（丨ㄚ）

A 文言音：(ap^4)
（例）　①壓服($\sim$hok^8)．　　②壓境($\sim$keng^2)；逼近也、"敵軍
壓境"(tek^8／tik^{8}kun$^1\sim$)．　③壓力($\sim$lek^8／lik^8)．
④壓迫($\sim$pek^4／pik^4)．　　⑤壓縮($\sim$siok^4)．
⑥壓倒($\sim$tə^2)．　　　　　⑦壓碎($\sim$ts'ui^3)．
⑧氣壓(k'i$^3\sim$)．　　　　　⑨鎭壓(tin$^3\sim$)．
⑩積壓(tsek$^4\sim$)；長久積存沒處理．
B 白話音：(ah^4)這種讀音的語例殊少。
（例）　①壓平($\sim$pe^{n5}／pi^{n5})；又音(teh^{4}pe^{n5})．
②壓板($\sim$pan^2)；界尺．　③壓斷($\sim$tng^7)．
C 訓讀音・俗音：(teh^4)又寫作"硩"
（例）　①壓印仔($\sim$in^3／yin^{3}a^2)；蓋圖章．
②壓蕃薯($\sim$huan^1／han^{1}tsi^5／tsu^5)；種地瓜．

③壓扁(～pi^{n2}).　　　　④壓嗽(～sau^3)；鎮咳.

⑤壓覆笑(～p'ak^{4}ts'iə^3)；賭博的一種，銅幣(銀角仔：gin^5／gun^{5}kak^{4}a^2)的覆面即背面，笑面即表(正)面，teh^{4}即下注.

⑥壓死(～si^2)；"死"讀輕聲時意爲壓死，讀2聲喻被壓死的程度.

⑦壓倒轉去(～tə^{2}tng^{2}k'i^3)；一種答禮，在人家送東西來用的器皿內放一些東西表示回禮。如"壓茶甌"(～te^{5}au^1)；即婚禮之夜，接受新娘的甜茶(叫"食茶"：tsiah^{8}te^5)後，在茶杯內放紅包，叫壓茶甌.

（283）【志】　　　zhî（ㄓ）

"志"字的讀音只有一種：(tsi^3)

　　(例)　①志願(～guan^7).　②志向(～hiong^3).

　　③志氣(～k'i^3)；決心和氣概. ④志同道合(～tong^{5}tə^{7}hap^8).

　　⑤志趣(～ts'u^3).　　　　⑥立志(lip^8～).

　　⑦同志(tong^5～).

（284）【世】　　　shî（ㄕ）

按"世"字有白話音(sua^3)、即"連續"之意、如"接世"(tsiap^{4}sua^3)，即接續，"世"字應作"續"。

文言音口語音化，有兩種即；(se^3)和(si^3)。

　　I　[se^3]：①世面(～bin^7)；社會上的情況.

　　②世家(～ka^1)；門第高的家庭(族).

　　③世間(～kan^1).　　　　④世風(～hong^1)；社會風氣.

　　⑤世交(～kau^1)；兩代以上的交誼.

　　⑥世紀(～ki^2)；百年一世紀. ⑦世局(～kiok^8).

　　⑧世故(～ko^3)；處事待人圓滑，懂事(處世經驗).

　　⑨世俗(～siok^8).　　　　⑩世襲(～sip^8).

⑪世仇(～siu⁵).　　　　⑫世世代代(～〃tai⁷〃).

⑬世情(～tseng⁵)；社會情況、人情；"看破世情"(k'ua^{n3}p'ua³～).

⑭世世相傳(～〃siong¹t'uan⁵)；"代代世世"(tai⁷〃～〃).

II [si³]：①一世人(tsit⁸～lang⁵)；即一生.

②出世(ts'ut⁴～)；即出生，又義"不見了"，"丟了".

（285）【金】　　　jīn（ㄐㄧㄣ）

"金"字的讀音祇有一種：(kim¹)

(例)　①金仔(～a²)；即黃金，"金仔店"(～tiam³)；金銀珠寶加
工出售的店.　　　　②金額(～giah⁸).

③金玉良言(～giok⁸liong⁵gian⁵).　④金婚(～hun⁷)；結婚50周年.

⑤金融(～iong⁵／yong⁵).　⑥金字塔(～ji⁷t'ah⁴).

⑦金含仔(～kam⁵a²)，又叫"糖含仔"(t'ng⁵～)；即珠形菓糖.

⑧金瓜(～kue¹)；南瓜.　　⑨金光閃閃(～kong¹siam²〃).

⑩金龜(～ku¹)；黃金虫、金龜子.

⑪金箍棒(～k'o¹pang⁷)；即孫悟空的如意棒.

⑫金鑾殿(～luan⁵tian⁷)；皇帝受朝見的宮殿(唐朝始設).

⑬金牌(～pai⁵).　　　　⑭金榜(～png²／pong²).

⑮金飯碗(～png⁷ua^{n2}／wa^{n2})；收入高的好職業.

⑯金星(～ts'e^{n1})；又說"太白金星"(t'ai³peh⁸／pek⁸～).

⑰金閃閃(～sih⁴〃)；喻發光、發亮，又說"金鑠鑠"(～siak⁴〃).

⑱金蠅(～sin⁵)；飛行時發鳴聲的大蒼蠅.

⑲金屬(～siok⁸).　　⑳金斗仔(～tau²a²)；骨缸.

㉑金條(～tiau⁵)；金塊.　㉒金針[菜](～tsiam¹)[ts'ai³].

㉓金紙(～tsua²)；又有銀紙(gin⁵／gun⁵tsua²)；即紙錢，拜神、
祖先時燒用供獻，"燒金紙"(siə¹～)，有"九金"(kau²～).

㉔(目珠[睭])金金看：[bak⁸tsiu¹](～〃k'ua^{n3})；睜大眼一直看.

㉕五金(ngo²~)；指金、銀、銅、鐵、錫． ㉖獎金(tsiong²~)．

（286）【增】　　　zēng（ㄗㄥ）

"增"字祇有一種讀音：(tseng¹／tsing¹)

(例)　①增加(~ka¹)．　　　②增光(~kong¹)；增加光彩．
③增補(~po²)．　　　④增產(~san²)．
⑤增殖(~sit⁸)；繁殖．　⑥增進(~tsin³)．
⑦急增(kip⁴~)．　　　⑧有增無減(iu²~bu⁵kiam²)．

（287）【爭】　　　zhēng（ㄓㄥ）

A 文言音：(tseng¹／tsing¹)

(例)　①爭議(~gi⁷)；又説"爭論"(~lun⁷)．
②爭氣(~k'i³)；又説"食氣"(tsiah⁸~)；表示有志氣、"爭氣不
爭財"(~put⁴~tsai⁵)．　　③爭光(~kong¹)．
④爭權奪利(~kuan⁵tuat⁸li⁷)．⑤爭持不下(~ts'i⁵put⁴ha⁷)．
⑥爭執(~tsip⁸)；爭論中各持已見不肯相讓．
⑦爭取(~ts'u²)．　　　⑧紛爭(hun¹~)．
⑨競爭(keng³／king³~)．⑩戰爭(tsian³~)．

B 白話音：(tseⁿ¹／tsiⁿ¹)

(例)　①爭贏(~iaⁿ⁵／yaⁿ⁵)．②爭來爭去(~lai⁵~k'i³)．
③爭代(大)先(~tai⁷seng¹／sing¹)；爭前恐後，又説"拼頭前"
(piaⁿ³t'au⁵tseng⁵／tsing⁵)．④相爭食(siə¹~tsiah⁸)；爭着吃．

（288）【濟】　　　jǐ（ㄐㄧ）

按"濟"字文白讀音爲(tse³)

(例)　①濟急(~kip⁴)．　　②救濟(kiu³~)．

訓讀音爲：(tse⁷)，即"衆多"的意思，由"濟濟多士"(tse²〃tə¹su⁷)而

155

來。異形同義字有"儕"(文言音：tse^7，白話音：tsue^7)，意為數量大而多，故"濟"、"儕"通用。

（289）【階】　　jiē（ㄐㄧㄝ）

"階"字讀音祇有一種：(kai^1)

(例)　①階級(～kip^4)．　　②階段(～tua^{n7})．
　　　③階層(～tsan^3)．　　④官階(kua^{n1}～)．

（290）【油】　　yóu（ㄧㄡ）

"油"字的讀音祇有一種：(iu^5／yiu^5)

(例)　①油煙(～ian^1／yan^1)．　②油印(～in^3／yin^3)．
　　　③油垢(～kau^2)．　　④油漏仔(～lau^{7}a^2)；油漏斗．
　　　⑤油踏踏(～lap^4〃)；油膩、油多，又説(油p'ueh^{8}p'ueh^8)．
　　　⑥油畫(～ue^7／we^7)．　⑦油脂(～tsi^2)．
　　　⑧油飯(～png^7)；"蒸油飯"(ts'eng^3～)；小孩生滿一個月時用糯米、蝦米乾、葱頭、肉絲等蒸煮的飯亦叫"煮油飯做滿月"(tsu^2～tsə^{3}ma^2／mua^{2}geh^4／gueh^4)．
　　　⑨油食粿(～tsiah^{8}ke^2／kue^2)；即油條，按台語"油條"(iu^{5}tiau^5)，與官話同具"狡猾"之義，而"油食粿"則否．
　　　⑩油水(～tsui^2)；喻不正當的額外收入．
　　　⑪油漆(～ts'at^4)；又"油互金"(～ho^{7}kim^1)；(用油或漆)塗亮．
　　　⑫目油(bak^8～)；眼睛因受刺激而分泌的液體(跟淚水不同)．
　　　⑬豆油(tau^7～)；醬油．　⑭面油(bin^7～)；即面霜．
　　　⑮火油(he^2／hue^2～)；素食油，即花生油、或沙拉油．
　　　⑯肉油(bah^4～)；用以搾油的肉，或指動物油．

（291）【思】　　sī（ㄙ）

"思"字讀音有(si¹)，但語例除"相思"(siong¹su¹)有讀音(siuⁿ¹si¹)等 以外語例罕見，一般通用的讀音爲：(su¹)。

(例)　①思慕($\sim$bo⁷)．　②思考($\sim$k'ə²)．

③思念($\sim$liam⁷)．　④思路($\sim$lo⁷)．

⑤思索($\sim$soh⁴／sek⁴)．　⑥思潮($\sim$tiau⁵)．

⑦思維($\sim$ui⁵)；思考、推理、判斷等認識活動的過程．

（292）【術】　　shù（ㄕㄨ）

"術"字的讀音祇有一種：(sut⁸)

(例)　①術語($\sim$gi²／gu²)．②術科($\sim$k'ə¹)．

③術人的錢($\sim$lang⁵e⁵tsiⁿ⁵)；騙取人家的錢．

④武術(bu²$\sim$)．　　⑤學術(hak⁸$\sim$)．

⑥權術(kuan⁵$\sim$)；權謀術數，不正的手段．

（293）【極】　　jí（ㄐㄧ）

"極"字的讀音只有一種：(kek⁸／kik⁸)

(例)　①極力($\sim$lek⁸／lik⁸)．②極刑($\sim$heng⁵／hing⁵)．

③極樂($\sim$lok⁸)．　　④極端($\sim$tuan¹)．

⑤極步($\sim$po⁷)；最後的手段．⑥極品($\sim$p'in²)；最高級的品位．

⑦極不極($\sim$put⁴$\sim$)；充其量，如"極不極死煞" ($\sim$si²suah⁴)；頂多(最壞)一死了之．　　⑧極天($\sim$t'ian¹)；再高級不過了．

（294）【交】　　jiāo（ㄐㄧㄠ）

Ⓐ 文言音：(kau¹)

(例)　①交尾($\sim$be²／bue²)；動物交配．

②交易($\sim$ek⁴／ik⁴)．　　③交割($\sim$kuah⁴)；結清手續．

④交葛($\sim$kuah⁴)；交錯也．⑤交媾($\sim$ko³)；性交．

⑥交關(～kuan¹)；生意往來. ⑦交陪(～pue⁵)；即"交際"(～tse³).

⑧交涉(～siap⁸). ⑨交帶(～tai³)；委任辦理.

⑩交代(～tai⁷)；吩咐，託言. ⑪交定(～tiaⁿ⁷)；交定錢(金).

⑫交通燈(～t'ong¹teng¹／ting¹)；"青紅燈"(ts'eⁿ¹ang⁵teng¹).

⑬交際(～tse³). ⑭交接(～tsiap⁴)；移交.

⑮交叉(～ts'e¹). ⑯邦交(pang¹～).

⑰相交插(siə¹～ts'ap⁴)；打交道.

B 白話音：(ka¹)～(kiau¹)前一音語例罕見。

[kiau¹]：

(例)①交參(～ts'am¹)；參雜，混合，"毋通交參"(m̄⁷t'ang¹～)；不
可相混合．"交來參去"(～lai⁵ts'am¹k'i³)；互相混合．

②我交汝來去(gua²～li²lai⁵k'i³)；"交"音義同"邀"，我跟你去也．

（295）【受】　　　　shòu（ㄕㄡ）

"受"字祇有一種讀音：(siu⁷)

(例)　①受𣍐起(～be⁷／bue⁷k'i²)；受不起．

②受罰(～huat⁸). ③受戒(～kai³).

④受氣(～k'i³)；生氣. ⑤受教育(～kau³iok⁸／yok⁸).

⑥受苦(～k'o²). ⑦受虧(～k'ui¹)；吃虧.

⑧受連累(～lian⁵lui⁷). ⑨受胎(～t'ai¹)；即受精，受孕.

⑩受騙(～p'ian³). ⑪受罪(～tsue⁷)；受到折磨.

⑫忍受(jim²～). ⑬授受(siu⁷～)；交付和接受.

（296）【聯】　　　　lián（ㄌㄧㄢ）

"聯"字祇有一種讀音：(lian⁵)

(例)　①聯袂(～be⁷／bue⁷)；袂即袖子，聯袂意爲手拉手．

②聯盟(～beng⁵／bing⁵). ③聯合國(～hap⁸kok⁴).

④聯歡會(～huan¹hue⁷). ⑤聯絡(～lok⁸).
⑥聯邦(～pang¹). ⑦三聯單(saⁿ¹～tuaⁿ¹).
⑧聯名(～beng⁵／mia⁵). ⑨對聯(tui³～)；"春聯"(ts'un¹～).
⑩邦聯(pang¹～)；兩個以上獨立國家的聯合體，各成員國的主
權獨立,只在軍事、外交聯合行動.聯邦是統一國家成員國沒獨立主權.

（297）【甚】　　shén～shèn（ㄕㄣ）

A 文白讀音：(sim⁷)／(siam⁷)

(例)　①甚乜(～mih⁴)；即甚麼，又作"甚物"(音同前).
②甚好(～hə²). ③甚而(～ji⁵／gi⁵／li⁵).
④甚至(～tsi³). ⑤太甚(t'ai³～)；過分也，如 "欺人
太甚"(k'i¹jin⁵～).

B 俗(訛)音：(siaⁿ²)，字義與"啥"同，即"甚麼"，惟一般通用
"啥"而不用"甚"。(例)有啥通食(u⁷siaⁿ²t'ang¹tsiah⁸?)；有什麼可以
吃的嗎？

（298）【認】　　rèn（ㄖㄣ）

A 文言音：(jim⁷／gim⁷／lim⁷)

(例)　①認可(～k'ə²). ②認識(～sek⁴／sik⁴).
③認知(～ti¹). ④認爲(～ui⁵／wi⁵).
⑤公認(kong¹～). ⑥承認(seng⁵／sing⁵～).

B 白話音：(jin⁷／gin⁷／lin⁷)

(例)　①認無(～bə⁵)；又説"認獪出"(～be⁷ts'ut⁴)；認不出來.
②認毋着人(～m⁷tiəh⁸lang⁵)；搞錯了人.
③認定(～／jim⁷teng⁷／ting⁷). ④認眞(～tsin¹).
⑤認罪(～tsue⁷)；承認犯的罪行. ⑥認領(～／jim⁷nia²).
⑦認錯(～／jim⁷ts'ə³)；承認自己的過失、錯誤.

（299）【六】　　　liù（ㄌ丨ㄡ）

A 文言音：(liok⁸)

(例)　①六合(～hap⁸)；上下和東西南北謂之六合．

②六國(～kok⁴)；指中國戰國時代韓趙魏齊燕楚六國．

③六神(～sin⁵)；指心、肺、肝、腎、脾、膽六臟之神。

④六畜(～t'iok⁴)；牛、馬、豬、羊、雞、狗合稱六畜。

⑤六親(～ts'in¹)；父、母、兄、弟、妻、子謂之六親。

B 白話音：(lak⁸)

(例)　①六月初六(～geh⁸／gueh⁸ts'e¹／ts'ue¹～)．

②六十甲子(～tsap⁸kah⁴tsi²)．

（300）【共】　　　gòng（ㄍㄨㄥ）

A 文言音：(kiong⁷)

(例)　①共鳴(～beng⁵／bing⁵)．②共和(～hə⁵)．

③共計(～ke³)；合計，總計．④共產(～san²)．

⑤共同(～tong⁵)．　　　　⑥攏共(long²～)；總計．

⑦總共(tsong²～)．

B 白話音：(kang⁷)～(ka⁷)(kang⁷的訛音)

I [kang⁷]：①共人(～lang⁵)；同一個人，惟"人"讀輕聲時，
意為欺負人、惹人。又[kang⁷lang⁵]合音時為[kang⁵]，用在動
詞前、如"伊[共人]拍"(yi¹～p'ah⁴)；他把人家打(即他打了我)．

②共款(～k'uan²)；即一樣，又說"像款"(siang⁷～)．

③共爿(旁)(～peng⁵／ping⁵)；同側、伙伴．

④共姓(～seⁿ³)；同姓．⑤共時陣(～si⁵tsun⁷)；同一個時候．

⑥共所在(～so²tsai⁷)；同一個地方．

⑦無共(bə⁵～)；不一樣．　⑧相共(siə¹～)；一樣．

II [ka⁷]：用於介詞；①我共汝講(gua²～li²kong²)；我跟你說．

②門共開互開(mng⁵～k'ui¹ho⁷k'ui¹)；把門打開.

（301）【權】　　　quán（ㄑㄩㄢˊ）

"權"字的讀音祇有一種：(kuan⁵)

（例）　①權益(～ek⁴／ik⁴). ②權宜(～gi⁵)；暫時適應變通.

③權衡(～heng⁵)；衡量考慮. ④權謀[術數](～bo⁵)[sut⁸so³].

⑤權貴(～kui³). 　　　　⑥權能(～leng⁵／ling⁵).

⑦權柄(～peng²／ping²). ⑧權勢(～se³)；權柄和勢力.

⑨權術(～sut⁸). 　　　　⑩弄權(lang⁷～).

⑪奪權(tuat⁸～). 　　　　⑫掌權(tsiang²～).

（302）【收】　　　shōu（ㄕㄡ）

"收"字的讀音只有一種：(siu⁷)

（例）　①收容(～yong⁵). 　②收押(～ah⁴)；拘留.

③收尾(～be²／bue²)；結束事情的最後一段.

④收發(～huat⁴). 　　　⑤收養(～yong²)；收下來撫養.

⑥收監(～kaⁿ¹)；將犯人關進監牢.

⑦收工(～kang¹)；結束勞動的工作,反義語為"落工"(ləh⁸～).

⑧收驚(～kiaⁿ¹)；因恐怖而害病者請道士或"先生媽" (sian¹siⁿ¹
／seⁿ¹ma²：舊時專替小孩治病的老婦)念咒驅邪(把"驚"收掉).

⑨收據(～ku³)；又説"收條"(～tiau⁵).

⑩收割(～kuah⁴)，又説"收穫"(～hek⁸／hik⁸).

⑪收脚(～k'a¹)；改邪歸正不再做惡.

⑫收成(～seng⁵／sing⁵)；又説"收冬"(～tang¹).

⑬收(數)帳(～siau³). 　⑭收縮(～siok⁴)；緊縮.

⑮收拾(～sip⁸). 　　　　⑯收束(～sok⁴)；縮小、結束.

⑰收場(～tioⁿ⁵／tiuⁿ⁵)；下場、結束、結局.

· 161 ·

⑱收攤(～t'ua^{n1})，又說收擔(～ta^{n3})，亦說"收山"(～sua^{n1})；喻結束手頭的工作． ⑲接收(tsiap^4～)．

⑳採收(ts'ai^2～)．

（303）【証】 　　zhèng（ㄓㄥˋ）

"証"字只有一種讀音：(tseng^3／tsing^3)

(例) ①証言(～gian^5)． ②証明(～beng^5／bing^5)．
③証婚人(～hun^1jin^5／lang^5)． ④証件(～kia^{n7})．
⑤証據(～ku^3)． ⑥証券(～kuan^3)；又音(～kng^3)．
⑦証書(～su^1)． ⑧証詞(～su^5)．
⑨証實(～sit^8)；證明爲事實． ⑩僞証(gui^7～)．
⑪憑証(pin^5～)． ⑫身份証(sin^1hun^7～)．

（304）【改】 　　gǎi（ㄍㄞˇ）

Ⓐ 文言音：(kai^2)

(例) ①改行(～hang^5)． ②改易(～ik^4／yik^4)；即改變，改換．
③改革(～kek^4)． ④改過(～kə^3)；如讀 (～kue^o) 則爲改掉．
⑤改觀(～kuan^1)． ⑥改變(～pian^3)；指事物發生顯著的差別，如讀口語音 (ke^2／kue^2pi^{n3})；則指改正壞習慣．
⑦改善(～sian^7)． ⑧改選(～suan^2)．
⑨改訂(～teng^3／ting^3)． ⑩改造(～tsə^7)；將原有事物改變質量．
⑪改正(～tseng^3／tsing^3)；"改邪歸正"(～sia^5kui^1tseng^3)．
⑫改裝(～tsong^1)；又口語音(ke^2／kue^2tsng^1)． ⑬改組(～tso^1)．
⑭悔改(hue^2～)． ⑮纂改(ts'uan^3～)；用作僞的手段修改．
⑯改進(～tsin^3)． ⑰修改(siu^1～)．

Ⓑ 白話音：（ke^2／kue^2)

按"改"字的白話口語音除少數語例外，均與文言音通用．

(例) ①改換(～wa^{n7}／ua^{n7}). ②改熏(～hun^1)；戒煙.
③改嫁(～／kai^{2}ke^3). ④改期(～／kai^{2}ki^5).
⑤改寫(～／kai^{2}sia^2). ⑥改酒(～tsiu^2)；戒酒.

（305）【清】　　qīng（ㄑㄧㄥ）

按"清"字雖有口語音讀(ts'i^{n1}／ts'e^{n1})，但除"清明"讀此音(～mia^5，
亦讀文言音ts'eng^{1}beng^5)以外，多通用文言音(ts'eng^1／ts'ing^1)。

(例) ①清(閑)間(～eng^5／ing^5)；台語説"閑仙仙"(～sian^1〃)；
閑得有點無聊的樣子. ②清馨(～heng^1)；即清香.
③清香(～hiong^1)；口語説"清芳"(～p'ang^1).
④清氣(～k'i^3)；乾淨. ⑤清幽(～hiu^1／iu^1)；秀麗幽雅清靜.
⑥清癯(～ku^5)；清瘦. ⑦清苦(～k'o^2).
⑧清廉(～liam^5). ⑨清涼(～liang^5).
⑩清靜(～tseng^7／tsing^7). ⑪清白(～pek^4／pik^4／peh^4).
⑫清茶(～te^5). ⑬清爽(～song^2).
⑭清晰(～sek^4／sik^4). ⑮清單(～tua^{n1}).
⑯清湯(～t'ng^1). ⑰清剿(～tsiau^2)，全部消滅、肅清.
⑱清眞寺(～tsin^{1}si^7)；回教的寺院.
⑲清彩(～ts'ai^2)；神志安適，病情轉好、天氣晴朗.
⑳清冊(～ts'eh^4). ㉑清醒(～ts'e^{n2}／ts'i^{n2}).
㉒食清領便(tsiah^8～nia^{2}pian^7)；喻事事有人代勞不必操心.
㉓清清(～〃)；寂靜、零落，没牽掛.但"清清咧"(～le)；清理或清掃一下.

（306）【己】　　jǐ（ㄐㄧ）

"己"字祇有一種讀音：(ki^2)，惟俗音讀(ki^7)。

(例) ①己任(～jim^7)；自己的任務.
②自己(tsu^7～). ③家己(ka^{1}ki^7)；即自己.

（307）【美】　　　　měi（ㄇㄟˇ）

A 文言音：(bi²)

(例)　①美妙(～biau⁷)．　②美滿(～buan²／mua²)．
③美容(～iong⁵／yong⁵)．　④美人(～jin⁵)．
⑤美感(～kam²)．　　　　⑥美術(～sut⁸)．
⑦美金(～kim¹)；又説"美鈔"(～ts'au¹)．
⑧美麗(～le⁷)．　　　　　⑨美貌(～mau⁷)．
⑩美援的(～uan⁷／wan⁷e)；指美國援助的，喻免本錢儘管用．
⑪優美(iu¹／yiu¹～)．　　⑫選美(suan²～)．

B 訓讀音：(sui²)

按台語口語有[sui²]，語義是"美麗"、"漂亮"，通常寫成"水"(文言
音)，但亦有訓用"美"字。

(例)　①(水)美人歹命(sui²lang⁵pai^n²mia⁷)；紅顏薄命．
②伊生做眞(水)美(yi¹se^n¹tsə³／tsue³tsin¹sui²)；她長得很漂亮．

（308）【再】　　　　zài（ㄗㄞˋ）

"再"字祇有一種讀音：(tsai³)

(例)　①再會(～hue⁷)．　②再發(～huat⁴)；再次發生．
③再婚(～hun¹)．　　　④再見(～kian³)．
⑤再版(～pan²)．　　　⑥一再(yit⁴～)．
⑦再三再四(～sa^n¹～si³)；多次重複．
⑧佫再(kəh⁴～)；又再，按"又"字表示已然的重復(他又來了)、
"再"字表示未(將)然的重複(再來吧)，但是台語裡兩者均用
"kəh⁴"(佫、亦有作"閣")。

（309）【採】　　　　cǎi（ㄘㄞˇ）

"採"字的讀音祇有一種：(ts'ai²)

164

(例)　①採訪(〜hong²)．　②採伐(〜huat⁸)．

③採購(〜kang²／ko³)．　④採掘(〜kut⁸)．

⑤採納(〜lap⁸)．　⑥採收(〜siu¹)．

⑦採集(〜tsip⁸)．　⑧採擇(〜tek⁸／tik⁸)；選取．

⑨採取(〜ts'u²)．　⑩開採(k'ai¹〜)；開發採掘礦產．

（310）【采】、【綵】　　cǎi（ㄘㄞˇ）

Ⅰ "采"字的讀音：(ts'ai²)

(例)　①采地(〜te⁷)；封建時代分封給諸侯的田地(含奴隸)、

也叫"采邑"(〜yip⁴)．　　②風采(hong¹〜)；美好的風度．

③神采(sin⁵〜)；精神、神色，面部的神氣和光采．

Ⅱ "綵"字的讀音同樣是(ts'ai²)，語義是彩色的絲綢。

(例)　①剪綵(tsian²〜)．　②結綵(kiat⁴／kat⁴〜)．

（311）【轉】　　zhuǎn（ㄓㄨㄢˇ）

A 文言音：(tsuan²)

(例)　①轉業(〜giap⁸)．　②轉學(〜hak⁸)．

③轉讓(〜jiong⁷／niu⁷)．　④轉勤(〜k'in⁵)；調職．

⑤轉變(〜pian³)．　⑥轉播(〜po³)；播送別的節目．

⑦轉身(〜sin¹)．　⑧轉達(〜tat⁸)；把一方的話告訴另一方．

⑨轉動(〜tong⁷)．　⑩轉調(〜tiau³)；即調動工作單位．

⑪轉載(〜tsai³)．　⑫自轉車(tsu⁷〜ts'ia¹)；腳踏車．

⑬運轉(un⁷／wun⁷〜)；駕駛、運轉．"運轉手"(〜ts'iu²)；司機．

⑭周／週轉(tsiu¹〜)；金錢開支出入的調度，又"轉旋／踅"(tng²seh⁸)．

B 白話音：(tng²)

(例)　①轉去(〜k'i)；回去．②轉來(〜lai)；回來．

③轉流(〜lau⁵)；漲潮．　④轉來去(〜lai⁵k'i³)；回去吧．

⑤轉旋(～seh⁸／sueh⁸)；週轉(指金錢)，轉動(指身體)．

⑥獪轉(be²／bue²～)；轉不了．"歹轉"(p'ai²～)；不好轉動．

⑦倒(正)轉(tə²[tsiaⁿ³]～)；左(右)轉，反轉、正轉．

（312）【更】　　gèng（ㄍㄥˋ）

A̲ 文言音：(keng¹／king¹)

（例）　①更加(～ka¹)，又音(keng³ka¹)． ②更改(～kai²)．

③更生(～seng¹／sing¹)． ④更新(～sin¹)．

⑤更換(～uaⁿ⁷／waⁿ⁷)． ⑥變更(pian³～)．

B̲ 白話音：(keⁿ¹／kiⁿ¹)

（例）　①更深(～ts'im¹)． ②更鼓(～ko²)；舊時報更用的鼓．

③顧更(ko³～)；即"巡更"(sun⁵～)；巡邏打更．

④三更半暝(saⁿ¹～puaⁿ³me⁵／mi⁵)；三更半夜．

（313）【單】　　dān（ㄉㄢ）

A̲ 文言音：(tan¹)

（例）　①單元(～guan⁵)． ②單行道(～tə⁷)．

③單行本(～heng⁵pun²)． ④單掛號(～kua³hə⁷)．

⑤單槍匹馬(～ts'iang¹p'it⁴ma²)；喻單獨行動没別人幫助．

⑥單幫(～pang¹)；即跑單幫(從甲地採購物品到乙地販賣、跑
來跑去)，口語説"做走水仔生理"(tsə³tsau²tsui²a²seng¹li²)．

⑦單身漢(～sin¹han³)；口語説"羅漢腳仔"(lə⁵han³k'a¹a²)．

⑧單獨(～tok⁸)． ⑨單調(～tiau⁷)；簡單重複．

⑩單車(～ts'ia¹)，又音（～ki¹)． ⑪單位(～ui⁷／wi⁷)．

⑫不單是(put⁴～si⁷)． ⑬單單(tan¹〃)．

B̲ 白話音：(tuaⁿ¹)

（例）　①單號(～／tan¹hə⁷)．②孤單(ko¹～)．

③被單(p'ue⁷～)． ④數(賬)單(siau³～)；即賬單．

⑤訂單(teng³／tia^n3～)． ⑥菜單(ts'ai³～)．

（314）【風】　　fēng（ㄈㄥ）

"風"字祇有一種讀音：(hong¹)

(例)　①風靡(～bi²)；風行．②風尾(～be²／bue²)．

③風火(～he²)；火氣大，如"發風火"(huat⁴～)；發脾氣，光火．

④風行(～heng⁵)；盛行．　⑤風衣(～i¹／yi¹)；防風大衣．

⑥風險(～hiam²)；可能發生的危險．

⑦風琴(～ki'm⁵)．　　　⑧風流(～liu⁵)；男女間行爲放蕩．

⑨風飛砂(～pue¹sua¹)；風引起的飛砂．

⑩風騷(～sə¹)；女性放蕩、男性好遊逛．

⑪風聲(～sia^n1)；傳聞．　⑫風霜(～sng¹)；喻經歷艱難困苦．

⑬風水(～sui²)；墓相．　⑭出風頭(ts'ut⁴～t'au⁵)．

⑮風土人情(～t'o²jin⁵tseng⁵)．⑯風吹(～ts'ue¹)；"風"字讀本調(1聲)時爲"刮風"，讀變調時爲"風箏"．

⑰起風(k'i²～)；又説"透風"(t'au³～)．

⑱做風颱(tsə³～t'ai¹)；刮颱風，按"颱"又作"篩"．

⑲望春風(bong⁷／bang⁷ts'un¹～)；台語歌曲名．

（315）【切】　　qiē～qiè（ㄑㄧㄝ）

A 文言音：(ts'iat⁴)～(ts'e³)

Ⅰ [ts'iat⁴]：①切肉(～bah⁴)．②切開(～k'ui¹)．

③切瓜(～kue¹)．　　　④切齒(～k'i²)．

⑤切片(～p'i^n3)．　　　⑥切身(～sin¹)．

⑦切傷(～siong¹)．　　　⑧切實(～sit⁸)．

⑨切做爿(平)(～tsə³／tsue³peng⁵／ping⁵)；切成兩半．

・167・

⑩切碎(～ts'ui³)． ⑪懇切(k'un²～)．

⑫親切(ts'in¹～)．

II [ts'e³]：此一讀音語例殊少，如"一切"(yit⁴～)．

B 白話音：(ts'eh⁴／ts'ueh⁴)

此一讀音語例不多見．

(例) ①切心(～sim¹)；痛心．"吼切"(hau²～)；哭泣哀怨．

②心內怨切(sim¹lai⁷uan³／wan³～)；內心怨恨痛苦．

（316）【打】 dǎ（ㄉㄚˇ）

按"打"字的文言音是(teng²／ting²)，但是一般並不通用．

A 白話音：(taⁿ²)

(例) ①打游擊(～iu⁵／yiu⁵kek⁸／kik⁸)；"打"字頗多改讀訓讀口

語音(p'ah⁴)． ②打字(～ji⁷)；又音(p'ah⁴ji⁷)．

③打擊(～kek⁸)． ④打扮(～pan⁷)．

⑤打馬膠(～ma²ka¹)；又訛音(tam²a²ka¹)．

⑥打算(～／pah⁴sng³)． ⑦打疊(～tiap⁸)；整治、療治．

⑧打倒(～tə²)． ⑨打胎(～t'ai¹)．

⑩一打酒(tsit⁸～tsiu²)． ⑪攏總打五万箍(long²tsong²～go⁷

ban⁷k'o¹)；全部估算折合五万塊．

B 訓讀音：(p'ah⁴)

按"打"字往往做[p'ah⁴](拍)的訓用字．

(例) ①(打)拍球(～kiu⁵)．②(打)拍拼(～piaⁿ³)．

③相(打)拍(siə¹～)；即打架．

（317）【白】 bái（ㄅㄞˊ）

按"白"字的讀音雖有文言音：(pek⁸／pik⁸)，而語例殊少，僅有① 白

手起家(～siu²k'i²ka¹)．②明白(beng⁵～)等，一般通用白話音(peh⁸)。

(例) ①白喉(～au⁵). ②白墨(～bak⁸)；粉筆.

③白木耳(～bok⁸ni²). ④白仁(～jin⁵)；白眼.

⑤白蟻(～hia⁷)；專吃木材的白色螞蟻.

⑥白內障(～lai⁷tsiang³)；一種眼病.

⑦白鴒鷥(～leng⁷／ling⁷si¹)；白鷺鳥.

⑧白話(～ue⁷／we⁷)；口語、平易的話、不客套的實話.

⑨白話字(～ji⁷)；指閩南方言教會羅馬字.

⑩白飯(～png⁷)；白米飯. ⑪口白(k'au²～)；道白.

⑫白死殺(～si²sat⁴)；(因病)臉色蒼白.

⑬白帶(～tai³)；女性生殖器分泌的乳白色或淡黃色的黏液，惟讀(peh⁸tua³)則爲魚名. ⑭白葱葱(～ts'ang¹〃)；白晳晳 (～siak⁴〃)，均形容很白的樣子. ⑮白賊(～ts'at⁸)；說謊，"白賊七仔"(～ts'it⁴a²)；指說謊者.⑯醬菜生白(tsiu³ts'ai³seⁿ¹～)；醬菜因腐化出現白色的東西.

（318）【教】　　jiào（ㄐㄧㄠ）

A 文言音：(kau³)

(例) ①教務(～bu⁷). ②教訓(～hun³).

③教學(～hak⁸)；又口語音(ka³əh⁸)，意爲教師的工作.

④教會(～hue⁷)；又口語音(ka³e⁷)；教而懂.

⑤教室(～sek⁴／sik⁴). ⑥教授(～siu⁷).

⑦教條(～tiau⁵). ⑧教唆(～so⁷)；縱恿指使.

⑨教堂(～tng⁵). ⑩教徒(～to⁵).

⑪信教(sin³～). ⑫教頭(～t'au⁵)；即教務主任.

⑬受教(siu⁷～). ⑭請教(ts'eng²／ts'ing²～).

B 白話音：(ka³)～(kah⁴)

I [ka³]：①教人(～lang⁵)；"教"字讀本調，意教育別人. 如果讀音爲(kah⁴lang)時、則爲"差使"別人做事.

②教册(～ts'eh⁴)；教書. ③教示(～si⁷)；教諭訓示.

④好教(hə²～). ⑤上教(tsiuⁿ⁷～)；一教就會.

II [kah⁴]：多用於"差、使". ①教伊去買(～yi¹k'i³be²／bue²)；
叫他去買. ②差教(ts'e¹～)；即差使.

（319）【速】　　　sù（ㄙㄨ）

"速"字只有一種讀音：(sok⁴)

(例)　①速記(～ki³). ②速成(～seng⁵／sing⁵).

③速決(～kuat⁴)；速戰速決(～tsian³～)；迅速地處理解決.

④速度(～to⁷). ⑤高速(kə¹～).

⑥快速(k'uai³～).

（320）【花】　　　huā（ㄏㄨㄚ）

A 文言音：(hua¹)

(例)　①花卉(～hui³). ②花花公子(～〃kong¹tsu²).

③花生油(～seng¹／sing¹ iu⁵／yiu⁵)；又説"土豆油"(t'o⁵tau⁷～).

④花天酒地(～tian¹tsiu²te⁷). ⑤落花流水(lok⁸～liu⁵sui²).

B 白話音：(hue¹)

(例)　①花仔布(～a²po³)；花布. "花仔衫"(～a²saⁿ¹)；花布衣.

②花花仔(～〃a²)；稀疏，如"人客花花仔"(lang⁵k'eh⁴～)；客人
没幾個. ③花矸(～kan¹)；又説花瓶(～pan⁷).

④花枝(～ki¹)；花枝，即墨魚. ⑤花漉漉(～lok⁴〃)；糟糕透了.

⑥花蕊(～lui²). ⑦花蕾(～m⁵)，又叫(～lui²).

⑧花貓貓(～niao¹〃)；亂糟糟，又臉上髒污.

⑨花斑(～pan¹)；斑點. ⑩花盤(～puaⁿ⁵)；插花用水盤.

⑪花燈(～teng¹／ting¹). ⑫豆花(tau⁷～)；豆腐腦兒.

⑬目(瞴)珠花(bak⁸tsiu¹～)；眼花看不清楚.

⑭起花(k'i²～)；賴皮起來，"酒醉起花"(tsiu²tsui³～)；醉了賴人.

⑮粗花(ts'o¹～)；粗粒，指粗的糖叫"粗花糖"(～t'ng⁵).

(321)【帶】dài（ㄉㄞ）

A 文言音：(tai³)

(例) ①熱帶(jiat⁸～).　　②帶衰(～sue¹)；受累倒霉.

③[互伊]帶帶着[ho⁷yi¹](～〃tiəh)；被他所連累.

④生不帶來死不帶去(seⁿ¹／siⁿ¹put⁴～lai⁵si²put⁴～k'i³).

B 白話音：(tua³)

(例) ①帶路(～lo⁷).　　②帶飯(～png⁷).

③帶錢(～tsiⁿ⁵).　　④鞋帶(e⁵～).

⑤皮帶(p'ue⁵～),又"褲帶"(ĸ'o³～).

(322)【安】　　　ān（ㄢ）

"安"字的文言音有：(an¹)和(an²)

Ⅰ [an¹]：①安營(～iaⁿ⁵／yaⁿ⁵)；即紮設營帳.

②安家(～ka¹／ke¹).　　③安寧(～leng⁵／ling⁵).

④安(呢)爾(～ne¹／ni¹)；這樣. 又說"安呢生"(～seⁿ¹)；

這個樣子.　　⑤安神位(～sin⁵ui⁷／wi⁷)；安置神位.

⑥安置(～ti³).　　　　⑦安慰(～ui³／wi³).

⑧安穩(～un²)；穩當.　⑨平安(peng⁵／ping⁵～).

⑩安葬(～tsong³)；即埋葬. ⑪安胎符 (～t'ai¹hu⁵)；舊時迷信

爲了防止流產，在孕婦寢室貼的符咒.

Ⅱ [an²]：親屬稱謂的詞頭用"安"時變調發第2聲；

①安公(～kong¹)；祖父. ②安媽(～ma²)；祖母.

③安爹(～tia¹)；父親.　④安娘(～nia⁵)；母親.

（323）【場】　　　　chǎng（ㄔㄤˇ）

按"場"字的文言音爲(tiong⁵)，惟語例殊少，一般通用口語音：
(tio^{n5}／tiu^{n5})。

（例）　①場面($\sim$bin⁷)．②場合($\sim$hap⁸)．③場所($\sim$so²)．
④工場(kang¹$\sim$)．　⑤山場(sua^{n1}$\sim$)；山裡的工作．
⑥一場電影(tsit⁸$\sim$tian⁷ia^{n2}／ya^{n2})；一般説"一齣電影"(tsit⁸t'sut⁴$\sim$)．

（324）【身】　　　　shēn（ㄕㄣ）

[A] 文言音：(sin¹)

（例）　①身份($\sim$hun⁷)．　②身命($\sim$mia⁷)；即身體．
③身軀($\sim$k'u¹)；"身"又訛音(sian¹)或(seng¹／sing¹)．
④身邊($\sim$pi^{n1})．　　　⑤身屍($\sim$si¹)；即屍體．
⑥出身(ts'ut⁴$\sim$)；經歷、身份，又騰達成功，如 "伊會出身"
(yi¹e⁷$\sim$)；他會成功騰達．⑦本身(pun²$\sim$)．

[B] 白話音：(sian¹)

（例）　①細身(se³／sue³$\sim$)；小身材、"大身"(tua⁷$\sim$)；大身材，
又喻架子大，如"伊足大身請繪行" (yi¹tsiok⁴$\sim$ts'ia^{n2}be⁷／bue⁷
kia^{n5})；他架子大請不動．②一身佛(tsit⁸$\sim$put⁸)；一尊佛．

（325）【車】　　　　chē（ㄔㄜ）

"車"字衹有一種讀音：(ts'ia¹)

（例）　①車母($\sim$bu²／bo²)；指火車頭．"火車母"(hue²$\sim$)．
②車禍($\sim$hə⁷)，又音($\sim$e⁷)．　③車輦($\sim$lian²)；即車輪．
④車心($\sim$sim¹)；車軸．　⑤車路($\sim$lo⁷)；即車道．
⑥車盤($\sim$pua^{n5})；翻來覆去、或爭論．
⑦車單($\sim$tua^{n1})；即"車票"($\sim$p'iə³)．
⑧車頭($\sim$t'au⁵)；即"車站"($\sim$tsam⁷)．

⑨車粟仔(～ts'ek⁴／ts'ik⁴a²)；用車運稻穀.

⑩規車攏人(kui¹～long²lang⁵)；整個車子全是人.

（326）【例】　　　lì（ㄌㄧ）

"例"字的讀音祇有一種：(le⁷)

　　(例)　①例行公事(～heng⁵／hing⁵kong¹su⁷).

　　②例外(～gua⁷).　　　　③例如(～ju⁵／lu⁵).

　　④例假(～ka²).　　　　⑤舉例(ki²／ku²～).

　　⑥破例(p'ua³～).　　　⑦先例(sian¹～).

（327）【眞】　　　zhēn（ㄓㄣ）

"眞"的讀音祇有一種：(tsin¹)

　　(例)　①眞意(～i³／yi³).　②眞芳(～p'ang¹)；即很香.

　　③眞誠(～seng⁵／sing⁵).　④眞相(～siong³).

　　⑤眞實(～sit⁸).　　　⑥眞知(～ti¹)；正確的認識.

　　⑦頂眞(teng²～)；即認眞."做代誌頂眞"(tsə³tai⁷tsi³～)；做事認眞.

（328）【務】　　　wù（ㄨ）

"務"字祇有一種讀音：(bu⁷)

　　(例)　①務農(～long⁵).　②務必(～pit⁴)；必須.

　　③務實(～sit⁸)；致力具體工作.④義務(gi⁷～).

　　⑤服務(hok⁸～).　　　⑥公務(kong¹～).

（329）【具】　　　jù（ㄐㄩ）

"具"字的讀音只有一種：(ku⁷)

　　(例)　①具文(～bun⁵)；徒具形式.②具備(～pi⁷).

　　③具體(～t'e²).　　　④文具(bun⁵～).

⑤工具(kang¹〜). 按"具"字亦有讀送氣音的(k'u⁷)。

（330）【萬】　　　wàn（ㄨㄢˋ）

"萬"字祇有一種讀音：(ban⁷)

(例)　①萬一(〜it⁴/yit⁴). ②萬分(〜hun¹)；非常.

③萬幸(〜heng⁷/hing⁷)；非常幸運，又説"佳哉"(ka¹tsai³).

④萬能(〜leng⁵/ling⁵). ⑤萬年筆(〜lian⁵pit⁴)；鋼筆.

⑥萬丈(〜tng⁷)；喻極高或極深. ⑦百萬(pah⁴〜)；喻富翁.

⑧千萬(ts'eng¹〜)；即千萬巨額，如讀(ts'ian¹〜)，則是無論如
何，與"萬萬"[不可](put⁴k'ə²)、"千萬"[毋通](m⁷t'ang¹)語義同.

（331）【每】　　　měi（ㄇㄟˇ）

"每"字的讀音只有一種：(mui²)，台語常説"逐"(tak⁸)。

(例)　①每日(〜jit⁸/git⁸/git⁸)；即"逐日"(tak⁸〜)，又説"(每)
逐工"(〜kang¹). 　　　②(每)逐暝(〜me⁵)；即每晚.

③每每(〜〃)；又説"往往"(ong²〃)；亦説"常在"(siang⁵tsai⁷)、
"定定"(tiaⁿ⁷〃)，("常在"或作"常再").

（332）【目】　　　mù（ㄇㄨˋ）

A 文言音：(bok⁸)

(例)　①目擊(〜kek⁴)；看到. ②目錄(〜lok⁸).

③目標(〜p'iau¹). 　　　④目的(〜tek⁸).

⑤目前(〜tsian⁵)；又口語音(bak⁸tseng⁵/tsing⁵).

⑥目次(bok⁸ts'u³〜). 　　　⑦項目(hang⁷〜).

⑧綱目(kang¹/kong¹〜)；大綱和細目.

B 白話音：(bak⁸)

(例)　①目眉(〜bai⁵)；目眉毛(〜mng⁵)；即眉毛，"目睫毛"

(～tsiah^4～)：睫毛，即"目睭毛"(～tsiu^1～)．

②目油(～iu^5)；眼睛因受刺激而分泌的少量黏液．

③目垢針(～kau^{2}tsiam^1)；指臉腺炎、麥粒腫，即眼角、眼皮因炎腫長出的粒狀物．　　④目鏡(～kia^{n3})；眼鏡，又"目鏡仁"(～jin^5)；眼鏡的玻璃部分，"目鏡框"(～k'eng^1)．

⑤目箍(～k'o^1)；眼圈．　　⑥目屎(～sai^2)；眼淚．

⑦目屎膏(～kə^1)；眼睛的膠狀分泌物．

⑧目睭(珠)(～tsiu^1)；眼睛，"目睭皮"(～p'ue^5)；眼皮，"目睭窟仔"(～k'ut^{4}a^2)；眼窩，"目睭仁"(～jin^5)；眼球．

⑨使目尾(sai^2～be^2／bue^2)；送秋波，丟眼色．

⑩網仔目(bang^{7}a^2～)；網的小孔．

⑪甘蔗目(kam^{1}tsia^3～)；甘蔗的節目．

⑫雞仔目(ke^{1}a^2～)；夜間視力弱，又義小疙瘩(如"腳目"；k'a^1～)．

（333）【至】　　　　zhì（ㄓˋ）

"至"字的讀音只有一種：(tsi^3)

　　(例)　①至好(～hə^2)；即至交，"至好的朋友"(～e$^{?}$peng^{5}iu^2)．

②至今(～kim^1)．　　　　③至上(～siong^7)；最重要．

④至少(～tsiə^2)．　　　　⑤甚至(sim^7～)．

⑥不至(put^4～)；"無所不至"(bu^{5}so^2～)．

（334）【達】　　　　dá（ㄉㄚˊ）

"達"字的讀音祇有一種：(tat^8)

　　(例)　①達意(～i^3／yi^3)；"詞不達意"(su^{5}put^4～)．

②達成(～seng^5／sing^5)．　③達到(～tə^3／kau^3)．

④發達(huat^4～)．　　　　⑤直達(tit^8～)．

⑥轉達(tsuan^2～)．　　　　⑦配達(p'ue^3～)；分配送給．

175

⑧阿里不達($a^1li^2put^4\sim$)；没用的事體，廢話、廢物．

（335）【走】　　zǒu（ㄗㄡ）

按"走"字文言音爲：(tso^2)，語例除"走訪"($\sim hong^2$)、"奔走"($p'un^1$ $\sim$)等少數以外，一般均通用白話音：($tsau^2$)。

　（例）　①走狗($\sim kau^2$)．　②走江湖($\sim kang^1o^5$)．

　　③走路($\sim lo^7$)；逃亡．　④走廊($\sim long^5$)．

　　⑤走閃($\sim siam^2$)；躲開．　⑥走私($\sim su^1$)．

　　⑦走桌的($\sim təh^4e$)；端菜的人．

　　⑧走精($\sim tseng^1／tsing^1$)；逸脱正軌、走調．

　　⑨走水($\sim tsui^2$)；跑單幫．　⑩緊走($kin^2\sim$)；快跑．

　　⑪𣍐走($be^7\sim$)；不會跑．　⑫卡走咧($k'ah^4\sim le$)；走開一點兒．

　　⑬偷走去($t'au^1\sim ki^3$)；偷偷地跑掉．

（336）【積】　　jī（ㄐㄧ）

"積"字只有一種讀音：($tsek^4／tsik^4$)

　（例）　①積壓($\sim ap^4$)．　　②積極($\sim kek^8$)．

　　③積德($\sim tek^4$)．　　　④積欠($\sim k'iam^3$)；累積的虧欠．

　　⑤累積($lui^7\sim$)．　　　⑥積勞($\sim lə^5$)；長期累積辛勞．

　　⑦積蓄($\sim t'iok^4$)；即積存．⑧攝積($liap^4\sim$)；聚積．

（337）【示】　　shì（ㄕ）

"示"字只有一種讀音：(si^7)

　（例）　①示意($\sim i^3／yi^3$)．　②示範($\sim huan^7$)．

　　③示威($\sim ui^1／wi^1$)．　④暗示($am^3\sim$)．

　　⑤啓示($k'e^2\sim$)．　　　⑥教示($ka^3\sim$)；教諭訓示．

　　⑦告示($kə^3\sim$)；公告．"貼告示"($tah^4\sim$)；貼公告．

（338）【議】　　yì（ㄧˋ）

"議"字的讀音只有一種：(gi⁷)

　　(例)　①議案(～an³)．　　②議會(～hue⁷)．
　　③議決(～kuat⁴)．　　④議論(～lun⁷)．
　　⑤議席(～sek⁸／sik⁸)．　　⑥議題(～te⁵)．
　　⑦議程(～t'eng⁵／t'ing⁵)．⑧異議(i^{n7}／yi^{n7}～)．
　　⑨商議(siong¹～)．　　⑩建議(kian³～)．

（339）【聲】　　shēng（ㄕㄥ）

Ⓐ文言音：(seng¹／sing¹)語例除文語以外不多見、通用白話音。

　　(例)　①聲明(～beng⁵／bing⁵)．　　②聲望(～／sia^{n1}bong⁷)．
　　③聲嘶力竭(～su¹lek⁸kiat⁸)；嗓子喊啞，力氣用盡．

Ⓑ白話音：(sia^{n1})

　　(例)　①聲母(～bə²／bu²)；音節的開頭部份．②聲樂(～gak⁸)．
　　③聲嗽(～sau³)；説話的語氣、口氣，"歹聲嗽"(p'ai^{n2}～)；説
　　話口氣不好．　　④聲勢(～se³)；聲威和氣勢．
　　⑤大細聲(tua⁷se³／sue³～)；吵聲、怒聲、罵聲、哭聲，如"吼甲大細聲
　　"(hau²kah⁴～)；哭得聲音很大．"毋通大細聲"(m⁷tang¹～)；不要吵．

（340）【報】　　bào（ㄅㄠˋ）

"報"字的讀音只有一種：(pə³)

　　(例)　①報案(～an³)．　　②報復(～hok⁸)．
　　③報應(～eng³／ing³)．　　④報名(～mia⁵)．
　　⑤報館(～kuan²)；又説"報社"(～sia⁷)．
　　⑥報銷(～siau¹)；作開支核銷，又義喻人死亡。又"報(數)賬"
　　(～siau³)，則爲報告開銷(支)．⑦報仇(～siu⁵)．
　　⑧報酬(～siu⁵)．　　⑨報導(～tə⁷)．

⑩海報(hai²～)．　　　　⑪呈報(t'eng⁵／t'ing⁵～)．

（341）【鬥】　　　dòu（ㄉㄡ）

A 文言音：(to³)

　(例)　①鬥氣(～k'i²)；意氣之爭，又説"激氣"(kek⁴k'i²)．

　　②鬥智(～ti³)；用智謀爭勝．③鬥爭(～tseng¹／tsing¹)．

　　④鬥志(～tsi³)．⑤奮鬥(hun³～)．"孤軍奮鬥"(ko¹kun¹～)．

　　⑥戰鬥(tsian³～)．

B 白話音：(tau³)

　(例)　①鬥法(～huat⁴)．　　②鬥腳手(～k'a¹ts'iu²)；幫忙．

　　③鬥空(～k'ang¹)；互相謀議作壞事．

　　④鬥參共(～saⁿ¹kang⁷)；互相幫忙．

　　⑤鬥收音機(～siu¹im¹／yim¹ki¹)；組立收音機．

　　⑥𣍐鬥的(be⁷／bue⁷～e)；合不來．

（342）【完】　　　wan（ㄨㄢ）

"完"字的讀音祇有一種：(uan⁵／wan⁵)

　(例)　①完美(～bi²)．　　②完滿(～buan²／mua²)．

　　③完婚(～hun¹)；指父母替子女(尤其男孩)完成婚事．

　　④完聘(～p'eng³／p'ing³)；結婚聘禮之一，即納采、又叫"送
　　大定"(sang³tua⁷tiaⁿ¹)．又説"完大聘"(～tua⁷p'eng³)．

　　⑤"‥‥完"，台語説"‥‥了"(‥‥liau²)，如"册看(完)了"(ts'eh⁴
　　k'uaⁿ³[～]liau²)．"做完"；"做了"(tsə³／tsue³liau²)．

（343）【類】　　　lèi（ㄌㄟ）

"類"字只讀一種音：(lui⁷)

　(例)　①類別(～piat⁸)．　　②類似(～su⁷)．

③類型(～heng⁵／hing⁵)． ④類人猿(～jin⁵uan²／wan²)．
⑤類推(～t'ui¹)． ⑥分類(hun¹～)．
⑦種類(tsiong²／tseng²～)．

(344) 【八】　　　bā (ㄅㄚ)

A 文言音：(pat⁴)
(例)　①八音[仔吹](～im¹)[a²ts'ue¹)；八種樂器的音樂．
②八卦(～kua³)；"八卦山"(～san¹)；在彰化的觀光名勝．
③八寶菜(～pə²ts'ai³)． ④八拜之交(～pai³tsi¹kau¹)；結拜兄弟．
⑤八仙(～sian¹)；"八仙桌"(～təh⁴)；大型方桌．
⑥"八"當副詞時訓義爲"曾經"，如"八食"(～tsiah⁸)；曾經吃過．
⑦二八[青春](ji⁷／gi⁷／li⁷～)[ts'eng／ts'ing¹ts'un¹)；即二八十
六(歲)、正是青春年華． ⑧三八(sam¹～)；指女人不正經．

B 白話音：(peh⁴／pueh⁴)
(例)　①八字(～ji⁷／gi⁷／li⁷)；用天干(甲乙丙丁…等十種)和
地支(子丑寅、卯…等12種)配合表示出生的年月日時(生辰)爲
八字(如甲子年、乙丑月、丙寅日、丁卯時…中干支有8個字)，
由它們與陰陽五行的關係來推斷人的命運叫"看八字"(k'ua^{n3}～)
或"排八字"(pai⁵～)． ②八成(～sia^{n5})．
③八角(～kak⁴)；八毛，又香料之一．

(345) 【離】　　　lí (ㄌ丨)

"離"字的讀音因聲調不同而有兩種：(li⁵) ～(li⁷)
[li⁵]：①伊將姥共離掉(yi¹tsiong³bo²ka⁷～tiau⁷)；他把太太離婚掉．
②離離咧(～〃le)；離婚算了．
③已經離啦(yi²keng¹～la)；已經離婚掉了．
[li⁷]：①離婚(～hun¹)；亦説"離緣"(～ian⁵／yan⁵)；惟後者另有

"養子離緣"(iong²tsu²〜). ②離合(〜hap⁸).

③離間(〜kan¹)；挑撥. ④離境(〜keng²／king²).

⑤離奇(〜ki⁵)；情節不平常. ⑥離宮(〜kiong¹).

⑦離開(〜k'ui¹). ⑧離別(piat⁸).

⑨離譜(〜po²)；不合準則. ⑩離心離德(〜sim¹〜tek⁴).

⑪離散(〜suaⁿ³). ⑫離職(〜tsit⁴).

⑬分離(hun¹〜). ⑭隔離(keh⁴〜).

⑮斷離離(tng⁷〜)；截然而斷的狀態.

⑯距離(ku⁷〜). ⑰脫離(t'uat³〜).

(346) 【華】　　huá (ㄏㄨㄚˊ)

"華"字祇有一種讀音：(hua⁵)

(例) ①華裔(〜e³). ②華夏(〜ha⁷).

③華僑(〜kiau⁵). ④華人(〜jin⁵／gin⁵／lin⁵).

⑤華胄(〜tiu⁷)；貴族的後裔或漢人後裔.

⑥繁華(huan²〜). ⑦中華(tiong¹〜).

(347) 【名】　　míng (ㄇㄧㄥˊ)

A 文言音：(beng⁵／bing⁵)

(例) ①名望(〜bong⁷). ②名義(〜gi⁷).

③名片(〜p'iⁿ³)；又口語音(mia⁵p'iⁿ³)；又説"名刺"(beng⁵／mia⁵／ts'i³).　④名人(〜jin⁵／gin⁵／lin⁵).

⑤名產(〜san²). ⑥名勝(〜seng³／sing³).

⑦名詞(〜su⁵). ⑧名作(〜tsok⁴).

⑨名稱(〜ts'eng¹／ts'ing¹). ⑩名手(〜ts'iu²)；技藝高超的人.

⑪名譽(〜u⁷／wu⁷)；名義上，或名聲.

⑫莫名其妙(bok⁸〜ki⁵biau⁷)；没法説出妙處.

B 白話音：(mia⁵)

  (例) ①名額($\sim$giah⁷)． ②名號($\sim$hə⁷)．

  ③名字($\sim$ji⁷)．   ④名牌($\sim$pai⁵)；著名的牌子．

  ⑤名簿($\sim$p'o⁷)；又説"名册"($\sim$ts'eh⁴)；又"名單"($\sim$tua^{n1})．

  ⑥名聲($\sim$sia^{n1})． ⑦人名(lang⁵$\sim$)．

（348）【確】   quē（ㄑㄩㄝ）

"確"字只有一種讀音：(k'ak⁴)

  (例) ①確立($\sim$lip⁸)． ②確認($\sim$jim⁷／jin⁷)．

  ③確保($\sim$pə²)．   ④確信($\sim$sin³)．

  ⑤確是($\sim$si⁷)；没錯，又説"無毌着"(bə⁵m⁷tiəh⁸)．

  ⑥確實($\sim$sit⁸)． ⑦確定($\sim$teng⁷／ting⁷)．

  ⑧無的確(bə⁵tek⁸$\sim$)；説不定．⑨正確(tseng³／tsing³$\sim$)．

（349）【才】・【纔】   cái（ㄘㄞ）

按"纔"字本來跟"才"不同，台語不用此字，今因簡略爲"才"，字同
而語義用法略異。

  I 才[tsai⁵]；指才能的"才"．①才華($\sim$hua⁵)；文藝方面的才能．

  ②才能($\sim$leng⁵／ling⁵)． ③才子($\sim$tsu²)；特別有才華的人．

  ④才調($\sim$tiau⁷)；本事，本領，又説"才情"($\sim$tseng⁵)．

  ⑤鬼才(kui²$\sim$)；特異的"天才"(t'ian¹tsai⁵)．

  II 纔(才)；台語本不用此字，因官話中的用法而予以訓用爲
  (tsiah⁴)；漢字作"則"或"即"。

  (例) ①即(才)食飽($\sim$tsiah⁸pa²)；才(剛)吃過．

  ②早起即(才)到(tsa²k'i²$\sim$kau³)；早上才來的．

  ③安呢即(才)好 (an¹ne¹／ni¹$\sim$hə²)；這樣才好．

（350）【科】　　　kē（ㄎㄜ）

按"科"字有白話音：(k'e¹)，語例不多，如"科班"(～pan¹)、"科場"
(～tio^{n5}／tiu^{n5})，又均通用文言音(k'ə¹)；各又音(k'ə¹pan¹)、(k'ə¹
tiu^{n5})，以下介紹文言音(k'ə¹)的語例。

　　（例）　①科目(～bok⁸)．　　②科學(～hak⁸)．
　　③科技(～ki¹)；科學技術．④科舉(～ki²／ku²)．
　　⑤文科(bun⁵～)．　　　　⑥腦外科(nau²gua⁷～)．

　　按"科"讀(k'e¹)有"笑科"(ts'iə³～)；笑話、滑稽，又作"笑稽"．

（351）【張】　　　zhāng（ㄓㄤ）

Ａ 文言音：(tiang¹／tiong¹)

　　（例）　①張力(～lek⁸／lik⁸)．②張牙舞爪(～ga⁵bu²jiau²)．
　　③開張(kai¹～)．　　　　④誇張(k'ua¹～)；過甚其詞的誇大．
　　⑤擴張(kok⁴～)．

Ｂ 白話音：(tio^{n1}／tiu^{n1})

　　（例）　①張毋去(～m⁷k'i²)；彆着扭不去．
　　②張持(～ti⁵)；注意小心，如"無張無持"(bə⁵～bə⁵～)；不小
　　心，突然．　　　　　③一張眠床(tsit⁸～bin⁵ts'ng⁵)；一張
　　床，"一張紙"(tsit⁸～tsua²)．"一張批"(tsit⁸～p'ue¹／p'e¹)；一封信．

（352）【信】　　　xìn（ㄒㄧㄣ）

"信"的讀音只有一種：(sin³)

　　（例）　①信仰(～giong²)．　②信封(～hong¹)．
　　③信奉(～hong⁷)．　　　　④信任(～jim⁷／gim⁷／lim⁷)．
　　⑤信靠(～k'ə³)．　　　　　⑥信鴿(～kap⁴)；通訊用鴿子．
　　⑦信賴(～lai⁷／nai⁷)．　　⑧信守(～siu²)．
　　⑨信箱(～sio^{n1}／siu^{n1})．　⑩信託(～t'ok⁴)；信任委託．

⑪信箋(～tsian²)；信紙． ⑫信從(～tsiong⁵)；信任聽從．

⑬批信(p'ue¹～)；函件． ⑭徵信(tseng¹／tsing¹～)．

（353）【馬】　　mǎ（ㄇㄚ）

按"馬"字的文言音(ma²)，除用於音譯漢字官話音，一般語例不多，
通常用白話音(be²)。

A 文言音：(ma²)

（例）　①馬拉松(～la¹siong⁵)；長程賽跑．

②馬鈴薯(～leng⁵tsi⁵／tsu⁵)'． ③馬馬虎虎(～〃hu¹〃)；又説
"清采"(ts'in³ts'ai²)；"糊泛"(ho⁵ham³)．

④馬上(～siang⁷／siong⁷)；又説"連鞭"(lian⁵pi^{n1})．

⑤馬到成功(～tə³seng⁵kong¹)． ⑥人馬(jin⁵～)．

B 白話音：(be²)

（例）　①馬後炮(～au⁷p'au³)；不及時的舉動．

②馬戲(～hi³)． ③馬力(～lat⁸)．

④馬齒豆(k'i²tau⁷～)；即"蚕豆"(ts'am⁵tau⁷)．

⑤馬路(～lo⁷)． ⑥馬蹄(～te⁵)．

⑦馬椆(～tiau⁵)；即"馬厩"(～kiu⁷)．

⑧馬薯(～tsi⁵)；即"荸薺"(put⁸tsi⁵)；又作"美薺"(be²tsi⁵)．

⑨馬鞍(～ua^{n1}／wa^{n1})． ⑩競馬(keng³／king³～)；賽馬．

⑪鐵馬(t'ih⁴～)；即自行車．

（354）【節】　　jié（ㄐㄧㄝ）

A 文言音：(tsiat⁴)

（例）　①節目(～bok⁸)．②節育(～iok⁸)；節制生育子女．

③節約(～iok⁴)；即"節省"(～seng²)，又"節儉"(～k'iam⁷)．

④節日(～／tseh⁴jit⁸)．⑤節錄(～liok⁸／lok⁸)；摘要錄下來．

⑥節奏(～tsau³)；均勻有規律．⑦節操(～ts'ə¹)；氣節操守．

⑧氣節(k'i³～)；有正義操守．⑨禮節(le²～)．

⑩變節(pian³～)；改變立場討好敵人，喪失氣節．

B 白話音：(tsat⁴)～(tseh⁴／tsueh⁴)

Ⅰ [tsat⁴]：①節力(～lat⁸)；控制力氣．

②節節仔用(～〃a²eng⁷)；節制地使用．

③關節(kuan¹～)． ④小節咧(sia³～le)；稍微控制一下．

⑤10節火車(tsap⁸～he²／hue²ts'ia¹)；10輛車廂的火車．

Ⅱ [tseh⁴／tsueh⁴]：①節日(～jit⁸)．

②中秋節(tiong¹ts'iu¹～)；"節"又音(tsiat⁴)．

③節氣(～k'i²)；1年24個點．④做年節(tsə³ni⁵～)．

（355） 【話】　　　huà（ㄏㄨㄚˋ）

按"話"字的文言音爲：(hua⁷)，語例罕見，而白話音兩種中有一種是(ua⁷／wa⁷)爲漳州音，有若干語例卻同時通用另一種白話音(泉州、廈門)的(ue⁷／we⁷)；台語通用此音．

(例)　①話尾(～be²／bue²)；話尾巴，又説"話縫"(～p'ang⁷)．

②話劇(～kiok⁸,訛音kek⁸)．③話柄(～pe^{n3}／pi^{n3})；話把兒．

④話頭(～t'au⁵)；談話的開端．⑤話屎(～sai²)；輕視所説的話．

⑥話先(～sian¹)；愛聊天的人，喻話多．

⑦閑話(eng⁵／ing⁵～)． ⑧廢話(hue³～)．

⑨土話(t'o²～)；喻方言，或没教養的話．

（356） 【米】　　　mǐ（ㄇㄧˇ）

"米"字祇有一種讀音：(bi²)

(例)　①米粉(～hun²)． ②米絞(～ka²)；碾(精)米機．

③米糠(～k'ng¹)． ④米斗(～tau²)；量米的斗．

⑤米糕(〜kə¹)；糯米加糖蒸煮的，有的加入龍眼乾或一些米酒．

⑥米荖(〜lau²)；用油榨過的米粒粘在橢圓型的榨糕表面，是
一種點心果．另外有用油榨過的麻子粘的叫"麻荖"(mua⁵〜)．

⑦米芳(〜p'ang¹)；米泡糖的點心果，形狀如豆腐．

⑧米篩目(〜t'ai¹bak⁸)；如筷子粗的圓形米質粉條．

⑨蝦米(he⁵〜)．　　　⑩茶米(te⁷〜)；即茶葉．

⑪秫米(tsut⁸〜)；糯米．⑫菜脯米(ts'ai³po²〜)；羅卜乾(纖細)．

（357）【整】　　zhěng（ㄓㄥ）

按"整"字白話音爲：(tsiaⁿ²)；惟一般讀音多通用文言音：(tseng²
／tsing²)。

(例)　①整形(〜heng⁵／hing⁵)．②整容(〜iong⁵)．

③整個(〜kə⁵)；口語説"規個"(kui¹e⁵)．

④整理(〜li²)．　　　⑤整地(〜te⁷)；弄平地面．

⑥整頓(〜tun³)．　　⑦整齊(〜tse⁵／tsue⁵)．

⑧整錢互汝(〜tsiⁿ⁵ho⁷li²)；籌款給你．

（358）【空】　　kōng〜kòng（ㄎㄨㄥ）

Ⓐ文言者：(k'ong¹)〜(k'ong³)

　Ⅰ [k'ong¹]：①空間(〜kan¹)．②空軍(〜kun¹)．

③空氣(〜k'i³)．　　　④空想(〜siong²)，又音(k'ang¹siuⁿ⁷)．

⑤空洞(〜tong¹)．　　⑥空襲(〜sip⁸)；飛機由空中來攻擊．

⑦空前(〜tsian⁵)；以前所没有．⑧悟空(ngo⁷〜)；領悟一切皆空．

⑧太空人 (t'ai³〜jin⁵)；在地球以外高空活動的人．

　Ⅱ [k'ong³]：①505(go⁷pah⁴〜go⁷)．②303(sam¹〜sam¹)．

Ⓑ白話音：(k'ang¹)〜(k'ang³)

　Ⅰ (k'ang¹)：①空殼(〜k'ak⁴)；徒有外形而空無一物．

②空行(～kia^{n5})；白跑． ③空腹(～pak^4)．

④空心麵(～sim^{1}mi^7)． ⑤空話(～ue^7)．

⑥空頭(～t'au^5)；事兒，如"變啥空頭"(pi^{n3}sia^{n2}～)；搞甚麼鬼花招．⑦好(歹)空(～hə^2[pai^{n2}]～)；好(壞)事兒．

⑧生空(se^{n1}／si^{n1}～)；製造事端；"破空"(p'ua^3～)；敗事．

II [k'ang^3]：①空額(～giah^8)． ②空白(～peh^8)．

③空縫(～p'ang^7)；可乘之機．

（359） 【元】　　yuán（ㄩㄢˊ）

"元"字祇有一種讀音：(guan^5)；但亦被訓爲貨幣單位的[k'o^1](漢字作"箍")，這裡只錄文白讀音的(guan^5)。

(例) ①元曲(～k'iok^4)． ②元氣(～k'i^3)；生命力．

③元老(～lə^2)，又音(～no^2)．④元宵(～siau^1)．

⑤元配(～p'ue^3)；頭次娶的妻子．反義語"後宿(巢)"(au^{7}siu^7)；繼妻． ⑥元首(～siu^2)．

⑦元素(～so^3)． ⑧元帥(～sue^3)．

⑨根元(kin^1／kun^1～)． ⑩紀元(ki^2～)；紀年的開始．

（360） 【況】　　kuàng（ㄎㄨㄤˋ）

按"況"字又作"况"，文白讀音爲(hong^3)，一般口語俗音爲：(hong^2)。

A [hong^3]：(例) ①況且(～ts'ia^{n2})．②何況(hə^5～)．

B [hong^2]：(例) ①近況(kin^7～)．②情況(tseng^5／tsing^5～)．

③狀況(tsong^7～)． ④比況(pi^2～)；即比方也．

（361） 【今】　　jīn（ㄐㄧㄣ）

A 文言音：(kim^1)

(例) ①今後(～au^7)． ②今日(～jit^8／git^8／lit^8)．

③今世(～se³)；今生、當代. ④今天(～tian¹).

⑤現今(hian⁷～). ⑥今昔(～sek⁴／sik⁴)；現在和過去.

⑦如今(ju⁵～). ⑧古今(ko²～)；古代和現代.

B 白話音：(kin¹)

(例) ①今仔日(～a²jit⁸／git⁸／lit⁸)；即今天.

②今年(～ni⁵). 又説"即冬"(tsit⁴tang¹).

（362）【集】　　jí（ㄐㄧ）

"集"字只讀一種音：(tsip⁸)

(例) ①集合(～hap⁸). ②集會(～hue⁷).

③集郵(～iu⁵). ④集權(～kuan⁵)；權力集中到中央.

⑤集刊(～k'an¹). ⑥集團(～t'uan⁵)；同一目的組成的團體.

⑦文集(bun⁵～). ⑧全集(tsuan⁵～).

（363）【溫】　　wēn（ㄨㄣ）

"溫"字的讀音只有一種：(un¹／wun¹)

(例) ①溫和(～hə⁵). ②溫柔(～jiu⁵).

③溫暖(～luan²). ④溫罐(～kuan³)；熱水瓶.

⑤溫室(～sek⁴／sik⁴). ⑥溫習(～sip⁸).

⑦溫馴(～sun⁵)；溫和馴服. ⑧溫順(～sun⁷)；溫和順從.

⑨溫帶(～tai³). ⑩溫床(～ts'ng⁵)；喻孕育壞事的有利環境.

⑪溫故知新(～ko³ti¹sin¹). ⑬溫酒(～tsiu²)；把酒加熱.

⑭洗溫泉 (se²～ tsuaⁿ⁵)；在溫泉中沐浴.

（364）【傳】　　chuán（ㄔㄨㄢ）～zhuàn（ㄓㄨㄢ）

按"傳"字的讀音有五種；(t'uan⁵tuan⁵tng⁵t'ng⁵tuan⁷)其中最常用的

祇有(t'uan⁵)和(tuan⁷)兩種。

A 文言音：(tuan⁵)～(t'uan⁵)、(tuan⁷)

  I [tuan⁵]："傳"字讀此音的均可讀(t'uan⁵)，如 "傳呼 "(～／t'uan⁵ho¹) "傳見"(～／t'uan⁵kian³)．

  II [t'uan⁵]：①傳閱(～iat⁴／yat⁴)；傳遞輪流看．

    ②傳染(～jiam²／liam²)． ③傳教(～kau³)．

    ④傳奇(～ki⁵)．   ⑤傳播(～po³)．

    ⑥傳票(～p'iə³)；法院叫人到案的憑單，或會計憑單．

    ⑦傳世(～se³)；流傳後世．⑧傳訊(～sin³)；叫(調)來訊問．

    ⑨傳神(～sin⁵)；描繪逼眞．⑩傳誦(～siong⁷)；輾轉流布傳述．

    ⑪傳單(～tuaⁿ¹)．   ⑫傳統(～t'ong²)．

    ⑬傳眞(～tsin¹)；電送原樣的文件．

    ⑭流傳(liu⁵～)．   ⑮宣傳(suan¹～)．

    ⑯單傳(tan¹～)；獨子．

  III [tuan⁷]：①傳記(～ki³)．②傳略(～liok⁸)；簡略的傳記．

    ③阿Q正傳(A¹k'iu¹tseng³～)．④水滸傳(Tsui²ho²～)．

B 白話音：

  I [t'ng⁵]；用於表生育傳嗣；①傳種(～tseng²／tsing²)．

    ②無傳(bə⁵～)；没生育子女．

  II [tng⁵]：給予的意思；①傳人(～lang⁵)；給了人家．

    ②錢傳汝(tsiⁿ⁵～li²)；給你錢．

（365）【土】   tǔ（ㄊㄨ）

按"土"字官話裡語義指泥土、砂土的"土"，引伸語義借用爲粗野，未開化的"土"，讀音不變。但在台語裡，這兩類不同的概念的語音不同；泥土的"土"爲(t'o⁵)，粗野的"土"爲(t'o²)。惟(t'o⁵)則有認爲應作"涂"、或作"塗"，今不取而一律用"土"字。至於讀音則粗野之義一定用(t'o²)，泥土之義則或用(t'o²)、或用(t'o⁵)．

I [t'o²]：①土木(～bok⁸)．②土風舞(～hong¹bu²)．

③土皇帝(～hong⁵te³)；大惡霸．"做土皇帝"(tsə³～)．

④土法(～huat⁴)．　　　⑤土匪(～hui²)．

⑥土公(～kong¹)；舊時處理埋葬屍體的人．

⑦土包仔(～pau¹a²)；即土包子，喻没頭腦的人．

⑧土產(～san²)．　　　⑨本土(pun²～)．

⑩土性(～seng³)；粗野率直的性格，這樣的人叫"土人"(～lang⁵)．又指没開化的人如"非洲土人"(Hui¹tsiu¹～)．

⑪土想(～sioⁿ⁷／siuⁿ⁷)；單純膚淺自以爲是的想法．

⑫土地(～te⁷)；"土地公"(～kong¹)訛音爲(t'o²ti⁷kong¹)．

⑬土星(～ts'eⁿ¹／seng¹)．　⑭土話(～ue⁷／we⁷)．

⑮國土(kok⁴～)．　　　⑯領土(leng²／ling²～)．

II [t'o⁵]：①土尪仔(～ang¹a²)；土人形、土偶．

②土米砂(～bi²sua¹)；土砂，又説"土砂粉"(～sua¹hun²)．

③土壤(～jiong²)．　　　④土墼(～kat⁴)；方形土塊．

⑤土腳(～k'a¹)；地面．　⑥土豆(～tau⁷)；即落花生．

⑦土糜(～mue⁵)；泥漿，又説"路糊仔糜"(lo⁷ko⁵a²～)．

⑧土性(～seng³)；土質、土壤的性能．

⑨土炭(～t'uaⁿ³)；即煤炭．⑩土葬(～tsong³)．

⑪黄土(ng⁵～)．　　　⑫紅毛土(ang⁵mng⁵～)；水泥．

（366）【許】　　xǔ（ㄒㄩ）

A 文言音：(hi²／hu²)

(例)　①許願(～guan⁷)；亦説"下願"(he⁷guan⁷)．

②許配(～p'ue³)；女人與人訂婚，亦叫"做人"(tsə³／tsue³lang)；"做"讀本調"人"讀輕聲．　③許可(～k'ə²)．

④嘉許(ka¹～)．　　　⑤允許(un²／wun²～)．

B 白話音：(k'o²)；祇用於姓氏地名的讀音，如"許愼"(～sin⁷).
；漢代"說文解字"的著者. ②許昌(～ts'iong¹)；中國河南省的有名都市

（367）【步】　　bù（ㄅㄨ）

"步"字祇有一種讀音：(po⁷)

(例)　①步輦(～lian²)；即步行. ②步兵(～peng¹／ping¹).
③步哨(～sau³)；擔任警戒的士兵.
④步調(～tiau⁷)；步驟和速度. ⑤步數(～so³)；方法、手段.
⑥腳步(k'a¹～)；"跕腳步"(tsam³～)；用力踩步伐，踢正步也.
⑦步銃(～ts'eng³)；即步槍. ⑧無步(bə⁵～)；沒辦法.
⑨後步(au⁷～)；留在後頭以備回旋的地步叫"留後步"(lau⁵～).
⑩定步(teng⁷／ting⁷～)；喻行動愼重.
⑪偷食步(t'au¹tsiah⁸～)；用僞詐的方法.

（368）【群】　　qún（ㄑㄩㄣ）

"群"字只有一種讀音：(kun⁵)

(例)　①群雄(～hiong⁵). ②群英會(～eng¹／ing¹hue⁷).
③群島(～tə²). ④群魔亂舞(～mo⁵luan⁷bu²).
⑤群衆(～tsiong³). ⑥人群(jin⁵／gin⁵／lin⁵～).
⑦一群人(tsit⁸～lang⁵). ⑧群策群力 (～ts'ek⁴／ts'ik⁴～lek⁸／lik⁸)
；大家共同出主意、出力量. ⑨群居 (～ki¹／ku¹)；成群聚居.

（369）【廣】　　guǎng（ㄍㄨㄤ）

A 文言音：(kong²)

(例)　①廣泛(～huan³). ②廣義(～gi⁷).
③廣告(～kə³). ④廣闊(～k'uah⁴).
⑤廣播(～po³). ⑥廣博(～p'ok⁴)；指學識範圍廣大.

⑦廣大(～tai⁷／tua⁷)． ⑧廣場(～tioⁿ⁵／tiuⁿ⁵)；廣闊的場地．

⑨推廣(tui¹～)． ⑩地廣人稀(te⁷～jin⁵hi¹)．

B 白話音：(kng²)，祇限於地名，如 "廣東"(～tang¹)．

（370）【石】　　　shí（ㄕ）

按"石"字的文言音爲：(sek⁸／sik⁸)，但是語例不多，如 "石女"
(～li²／lu²)，"石破天驚"(～p'ua³t'ian¹keng¹／king¹)等以外，多通
用白話音：(tsioh⁸)。

（例）　①石磨(～bə⁷)． ②石仔(～a²)；小石塊．

③石英(～eng¹)；SiO₂． ④石灰(～he¹／hue¹)．

⑤石油(～iu⁵)． ⑥石膏(～kə¹)．

⑦石刻(～kek⁴)． ⑧石窟(～k'ut⁴)．

⑨石器(～k'i³)．⑩石蠟(～lah⁸)；從石油提煉出來可製蠟燭等．

⑪石棉(～mi⁵)；纖維狀礦物．⑫石板(～pan²)；板狀石塊．

⑬石碑(～pi¹)． ⑭石柱(～t'iau⁷)．

⑮石梯(～t'ui¹)． ⑯文石(bun⁵～)；有紋樣的石頭．

（371）【記】　　　jì（ㄐㄧ）

"記"字祇有一種讀音：(ki³)

（例）　①記憶(～ek⁴／ik⁴)．②記錄(～lok⁸)．

③記號(～hə⁷)；又説"記認"(～jin⁷／gin⁷／lin⁷)．

④記者(～tsia²)． ⑤記持(～ti⁵)；記性，記憶力．

⑥記載(～tsai³)． ⑦暗記(am³～)；背熟．

⑧會記得(e⁷～tit⁴)． ⑨標記(piau¹／p'iau¹～)．

⑩表記(piau²～)． ⑪登記(teng¹／ting¹～)．

（372）【需】　　　xū（ㄒㄩ）

・ 191 ・

"需"字的讀音祇有一種：(su¹)

　　(例)　①需要(～iau³／yau³)．②需求(～kiu⁵)．

　　③軍需品(kun¹～p'in²)．　　④必需品(pit⁴～p'in²)．

（373）【段】　　duàn（ㄉㄨㄢ）

按"段"字的文言音是：(tuan⁷)，除了姓氏用此音以外，語例如"段落"
(tuan⁷lok⁸)，亦讀白話音(tuaⁿ⁷loh⁸)，一般通用白話音：(tuaⁿ⁷)。

　　(例)　①一段路(tsit⁸～lo⁷)．②一段時間(～si⁵kan¹)．

　　③柔道五段(jiu⁵tə⁷go⁷～)．

（374）【研】　　yán（ㄧㄢ）

"研"字的讀音比較複雜，文言音有：(gian²)、(gian⁵)，白話音有：
(geng²／ging²)(geng⁵／ging⁵)，其中以[gian²]和[geng²]兩種讀
音較普遍。

Ⓐ 文言音：(gian²)

　　(例)　①研究(～kiu³)．　　②研習(～sip⁸)．

　　③研制(～tse³)；研究制造，如讀(geng²tse³)則意爲研成粉末．

　　④研討(～t'ə²)．　　　⑤鑽研(tsuan³～)；深入研究．

Ⓑ 白話音：(geng²／ging²)

　　(例)　①研磨(～bua⁵)．　　②研末(～buah⁴)；研磨成粉末．

　　③研藥(～iok⁸／yok⁸)；碾磨藥材成粉末．

　　④互車輦研過去(ho⁷ts'ia¹lian²～kue³k'i)；被車輪碾過去．

（375）【界】　　jiè（ㄐㄧㄝ）

Ⓐ 文言音：(kai³)

　　(例)　①界限(～han⁷)．　　②界説(～suat⁴)；即定義．

　　③界線(～suaⁿ³)．　　　④學界(hak⁸～)．

⑤境界(keng²／king²～)． ⑥疆界(kiong¹～)；地域的界限．

⑦邊界(pian¹～)；地區和地區之間的界線．

B 白話音：(ke³／kue³)語例殊少："四界"(si³～)；到處遍地也，又說"一四界"(tsit⁸～)；語氣加強．至於說"滿四界"(mua²～)；則意爲"到處都是、都有"。

（376）【拉】　　　lā（ㄌㄚ）

按"拉"字的讀音有三種；文言音爲(lap⁸)和白話音：(lah⁸)均罕用，語例少用，唯有白話語音：(la¹)較通用，語例如下。

（例）　①拉攏(～long²)．　　②拉弓(～keng¹／king¹)．

③拉尿(～jiə⁷／giə⁷／liə⁷)；又說"放尿"(pang³～)．

④拉鏈(～lian⁷)；又說"挽鏈"(t'uah⁴lian⁷)．

⑤拉倒(～tə²)；又說"煞去"(suah⁴ki³)．

（377）【林】　　　lín（ㄌㄧㄣ）

A 文言音：(lim⁵)

（例）　①林木(～bok⁸)；森林內的樹木，樹林．

②林業(～giap⁸)．　　　　③林立(～lip⁸)；喻衆多、密集．

④林場(～tioⁿ⁷／tiuⁿ⁷)．　⑤山林(san¹～)．

⑥姓林(seⁿ³／siⁿ³～)；如林小姐(～siə²tsia²)．

B 白話音：(na⁵／laⁿ⁵)

（例）　①樹林(ts'iu⁷～)．　　②林投(～tau⁵)；露兜樹．

③林口(～k'au²)；台灣北部地名．

④竹林(tek⁴／tik⁴～)；文言音爲(tek⁴lim⁵)．

（378）【律】　　　lü̍（ㄌㄩ）

"律"字祇有一種讀音：(lut⁸)

（例）　①律詩(～si¹)；唐初形成，每首八句，二、四、六、八
句要押韻，每句五個字的爲五律，七個字的叫七律．
②律師(～su¹)．　　　　③法律(huat⁴～)．
④規律(kui¹～)．　　　　⑤戒律(kai³～)；宗教的生活準則．

（379）【叫】　　jiào（ㄐㄧㄠ）
按"叫"字的文言音(kiau³)語例殊少，一般通用白話音(kia³)。
（例）　①叫苦(～k'o²)．　②叫門(～mng⁵)；一邊敲門一邊叫喊．
③叫是……(～si⁷)；以爲是……，(誤認)，如"是汝，我叫是阿雄"
(si⁷li²,gua²～a¹Hiong⁵)．　④叫做(～tsə³／tsue³)．
⑤叫菜(～ts'ai³)；即點菜，"叫酒"(～tsiu²)；在店內"要酒喝"．
⑥哀哀叫(ai¹〃～)；連喊帶叫地大聲哭，又如"哀父叫母"(ai¹pe¹
～bə²)；喻痛苦哀號呼叫父母．

（380）【且】　　qiě（ㄑㄧㄝ）
"且"字的讀音有(ts'ia²)和(ts'iaⁿ²)；通常讀鼻韻化的(ts'iaⁿ²)。
（例）　①且慢(～ban⁷)；暫時慢點見(有等一下的意思)．
②且等咧(～tan²le)；稍等一下．③而且(ji⁵／gi⁵／li⁵～)．
④并且(peng⁷／ping⁷～)．⑤尚且(siong⁷～)．

（381）【究】　　jiù（ㄐㄧㄡ）
"究"字的讀音祇有一種：(kiu³)
（例）　①究明(～beng⁵／bing⁵)．②究竟(～keng³)；到底．
③研究(gian²～)．　　　　④追究(tui¹～)；追問究明原委．
⑤究辦(～pan⁷)；追究查辦．

（382）【觀】　　guān（ㄍㄨㄢ）

"觀"字祇有一種讀音：(kuan^1)

　(例)　①觀音($\sim$im^1)；即"觀世音菩薩"($\sim$se^{3}im^{1}po^{5}sat^4)的略稱．

　②觀光($\sim$kong^1)．　　　③觀念($\sim$liam^7)．

　④觀摩($\sim$mo^5)；互相觀看經驗．⑤觀賞($\sim$siong^2)；觀看欣賞．

　⑥觀測($\sim$ts'ek^4)；觀察並測量．⑦美觀(bi$^2\sim$)．

　⑧雅觀(nga$^2\sim$)；文雅好看．⑨壯觀(tsong$^3\sim$)；雄偉的景象．

　⑩愛樂觀奮鬥(ai^{3}lok$^8\sim$hun^{3}to^3／tau^3)；應該有信心地努力幹．

（383）【越】　　　yüè（ㄩㄝ）

"越"字的讀音有兩種，僅聲調不同(uat^4／wat^4)$\sim$(uat^8／wat^8)

　Ｉ [uat^4／wat^4]：語義為"身體全部移動轉向拐彎"．

　(例)　①越角仔($\sim$kak^{4}a^2)；即轉彎處．

　②越過($\sim$ke^3／kue^3)；轉彎過去，跨越過去，"越"字讀本調

　(4聲)，"過"字讀輕聲．"越燴過"($\sim$be^{7}kue^3)；轉不過去．

　③越卡(較)大越咧($\sim$k'ah^{4}tua$^7\sim$le)；拐(彎)大一點．

　④越來($\sim$lai)；移身前來，如"若有來台北即順續越來"(na^{3}u^7

　／wu^{7}lai^{5}Tai^{5}pak^{4}tsiah^{8}sun^{3}sua$^3\sim$)；如果來台北就順便來吧．

　⑤轉越(tng$^2\sim$)；即轉彎處．" 越 "又作" 斡 "．

　⑥越來越去越幾仔越($\sim$lai$^5\sim$k'i$^3\sim$kui^{2}a$\sim$)；"越"字讀本調，

　"來"和"去"讀輕聲，意為；拐來拐去拐了好幾個彎．

　⑦毋通越(m^{7}t'ang$^1\sim$)；不要拐彎．

　⑧足歹越(tsiok^{4}pai$^{n2}\sim$)；很不好拐彎．

　ＩＩ [uat^8／wat^8]；表示轉變方向，身體本身不作大幅度移動．

　(例)　①[面]越過來[bin^7]($\sim$ke^{3}lai^5)；"越"字讀本調(8聲)"過"

　"和"來"均讀輕聲，意為；把臉轉向這邊．

　②越頭($\sim$t'au^5)；"越"因連音變調變為第四聲意為；轉身、

　改變方向，如"越頭無看見人"($\sim$bə^{5}k'ua^{n3}ki^{n3}lang^5)；回過頭，

人已不在．"頭燴越"(t'au⁵be⁷～)；頭没法轉動．

③頭殼毋通烏白越(t'au⁵k'ak⁴m⁷t'ang¹o¹peh⁸～)；頭不要亂轉．

④越軌(～kui²)．　　　　⑤越級(～kip⁴)．

⑥越愈(～ju²)；即更加，越⋯⋯越⋯⋯如"叫伊卡恬咧，伊越愈大聲"(kiə³yi¹k'ah⁴tiam⁵le,yi¹～tua⁷sian¹)；叫他安靜一點，他聲音更大，又"愈來越愈好款"(ju²lai⁵～hə²k'uan²)；他越來越得寸進尺．　　　　⑦越權(～kuan⁵)．

⑧越念(～liam⁷)；背誦，即頭背向着書誦讀，又叫"暗念"(am³liam⁷)．

（384）【織】　　　zhí（ㄓˊ）

按"織"字文言音為(tsik⁴)，但語例罕見，一般多通用白話音：(tsit⁴)，語例如下。

（例）　①織布(～po³)．　　②織女星(～li²／lu²ts'e^{n1}／ts'i^{n1})．

③紡織(p'ang²～)．　　④組織(tso¹～)．

（385）【裝】　　　zhuāng（ㄓㄨㄤ）

A 文言音：(tsong¹)

（例）　①裝潢(～hong⁵)．　②裝備(～pi⁷)；配備器材．

③裝飾(～sek⁴／sik⁴)．　　④裝束(～sok⁴)；打扮、收拾行李．

⑤裝訂(～teng³／ting³)；又叫"鞯線"(kap⁴sua^{n3})．

⑥裝置(～ti³)；安裝，或機器儀器等設備．

⑦化裝(hua³～)；亦即"喬裝"(kiau²～)．

⑧戎裝(jiong⁵～)；軍服．　⑨精裝(tseng¹～)；書籍精美的裝訂．

B 白話音：(tsng¹)

（例）　①裝糊塗(～ho⁵to⁵)．②裝假(～ke²)．

③裝配(～p'ue³)；組合零件．④裝載(～tsai³)；裝進運輸工具．

⑤裝運(～un⁷／wun⁷)．　⑥瓶裝(pan⁵／pin⁵／～)．

⑦箱裝(sioⁿ¹／siuⁿ¹～)．　⑧線裝(suaⁿ³～)；書籍用線裝訂．

（386）【影】　　　yǐng（ㄧㄥˇ）

Ⓐ 文言音：(eng²／ing²) = (yeng²／ying²)

按"影"字的文言音語例很少，常用的僅有"影響"(～hiong²)。

Ⓑ 白話音：(iaⁿ²／yaⁿ²)～(ng²)按此兩音中前者尤爲常用。

Ⅰ [iaⁿ²]：①影(～)；形象．②影迷(～be⁵)．

③影戲(～hi³)；皮影戲，亦指電影．

④影印(～in³／yin³)．　　⑤影片(～piⁿ³)．

⑥影射(～sia⁷)；暗指，借甲指乙．

⑦影星(～ts'eⁿ¹／ts'iⁿ¹)；電影明星．

⑧無影(bə⁵～)；沒事實，假的，"有影"(u⁷～)；眞的是事實．

⑨無影無跡(bə⁵～bə⁵tsiah⁴)；毫無事實．

⑩知影(tsai¹～)；知道、了解事實．

Ⅱ [ng²]：專指陽光投下的陰影，語例不多．

(例)　①日影(jit⁸／git⁸／lit⁸～)．

②樹影(ts'iu⁷～)；日照之下的樹蔭，但如讀(ts'iu⁷iaⁿ²)；則指燈光或月光等的投影．

（387）【算】　　　suàn（ㄙㄨㄢˋ）

Ⓐ 文言音：(suan³)

(例)　①算卦(～kua³)；根據卦象推算吉凶．

②算術(～sut⁸)．　　　③算了(～liau)；即算了，作罷．

④算數(～so³)；又語音(sng³siau³)；即算賬．

⑤心算(sim¹～)．　　　⑥推算(t'ui¹～)．

Ⓑ 白話音：(sng³)

(例)　①算命(～mia^7).　　②算盤(～pua^{n5}).

③算做(～tsə^3／tsue^3)；視爲，看成....，"算做我輸"(～gua^{2}su^1)
；算我輸了.　　　　　④拍算(pah^4～)；計劃、打算.

（388）【低】　　　dī（ㄉㄧ）

Ⓐ 文言音：(te^1)，語例頗多與訓讀音(ke^7)通用。

(例)　①低壓(～ap^4)；高壓的反語，"低"字又讀語音(ke^7)；低
氣壓(～／ke^{7}k'i^{3}ap^4).　　②低級(～／ke^{7}kip^4).

③低能(～leng^5／ling^5).　④低落(～lok^8).

⑤低潮(～tiau^5)，低落階段.⑥降低(kang^3～／ke^7).

Ⓑ 訓讀音：(ke^7)，語義與"下"(ke^7)同。

(例)　①低血壓(～hiat^{4}ap^4)；"血"字又讀口語音(huih^4／hueh^4).

②低椅仔(～yi^{2}a^2).　　　③低路(～lo^7)；(做法)差勁.

④低年級(～ni^{5}kip^4).　　⑤低厝仔(～tsu^{3}a^2)；矮房子.

⑥高高低低(kuan^5〃～〃).

（389）【持】　　　chí（ㄔ）

Ⓐ 文言音：(ts'i^5)

(例)　①持久(～kiu^2).　　②持論(～lun^7)；立論、主張.

③堅持(kian^1～).　　　④持平(～peng^5)；公正不偏.

⑤主持(tsu^2～).　　　⑥持續(～siok^8)；延續不斷.

⑦維持(ui^5／wi^5～).

Ⓑ 特殊音：(ti^5)，按"特殊音"或可視爲一種訓讀音或訛音。

(例)　①記持(ki^3～)；記性，"好記持"(hə^2～)；記性好.

②超持(tiau^1～)；特意，"超"字又作"刁"，"超持互伊知"(～ho^7
yi^{1}tsai^1)；特意讓他知道.　③張持(tio^{n1}～)；注意，"無張無持"
(bə^5～bə^5～)；突然.

（390）【音】　　　yīn（ㄧㄣ）

"音"字祇有一種讀音：(im¹／yim¹)

(例)①音響(～hiang²)．②音符(～hu⁵)；表示音長、高的符號．

③音容(～iong⁵)；聲音和容貌，"音容宛在"(～wan²tsai⁷)．

④音標(～piau¹)；語音符號．⑤音波(～p'ə¹)．

⑥音訊(～sin³)；音信、消息．⑦音速(～sok⁴)；音移動的速度．

⑧音質(～tsit⁴)；聲音的屬性．⑨佳音(ka¹～)．

⑩噪音(tsə³～)；聽起來不舒服的聲音，反義語爲"樂音"(gak⁸～)

（391）【衆】　　　zhòng（ㄓㄨㄥ）

A 文言音：(tsiong³)

(例)　①衆望[所歸](～bong⁷)[so²kui¹]．

②衆怒(～no⁷)．　　　　③衆生(～seng¹／sing¹)．

④觀衆(kuan¹～)．　　　⑤衆叛親離(～p'uan³ts'in¹li⁵)．

⑥群衆(kun⁵～)．　　　⑦大衆(tai⁷～)．

B 白話音：(tseng³／tsing³)，語例殊少如"衆人"(～lang⁵)。

（392）【書】　　　shū（ㄕㄨ）

"書"字有文言白話兩種讀音，但白話音(tsu¹)除少數語例如"買書"
(be²／bue²～)"看書"(k'uaⁿ³～)，"讀書"(t'ak⁸～)等以外，大多通
用文言音(su¹)，"書"台語多說"册"(ts'eh⁴)。

(例)　①書面[通知](～bin⁷)[t'ong¹ti¹]；用文字寫的．

②書法(～huat⁴)．　　　③書香(～hiong¹)；讀書人的家風．

④書刊(～k'an¹)．　　　⑤書記(～ki³)．

⑥書局(～／tsu¹kiok⁸)．　⑦書庫(～k'o³)．

⑧書包(～／tsu¹pau¹)．　⑨書評(～p'eng⁵／p'ing⁵)．

⑩書房(～／tsu¹pang⁵)；讀書間，又義私塾．

⑪書生(～seng¹／sing¹)． ⑫楷書(k'ai²～)；正楷的書法．

⑬書信(～sin³)；口語説"批信"(p'ue¹sin³)．

⑭四書(su³～)． ⑮叢書(ts'ong⁵～)；各種書的集成．

按⑥⑦⑧⑩(指私塾時除外)的"書"字均通用作"册"。

(393) 【布～佈】　　　bù（ㄅㄨ）

按"布"和"佈"同音，語義有一部分互通而有差異。

Ⅰ [布]：按"布"字祇有一種讀音：(po³)①布鞋(～e⁵)．

②布衣(～i¹／yi¹)；喻平民，口語説"白身人"(peh⁸sin¹lang⁵)．

③布簾(～liam⁵)；布質的窗簾． ④布匹(～p'it⁴)．

⑤布帆(～p'ang⁵)；即帳蓬，"搭布帆"(tah⁴～)．

⑥布身(～sin¹)；即布質，又説布料(～liau⁷)．

⑦布袋(～te⁷)；布或麻製的袋子． ⑧布袋戲(～te⁷hi³)；木偶戲．

⑨布扎(～tsat⁴)；剪剩下的布塊，又叫"布碎仔"(～ts'ui³a²)．

⑩面布(bin⁷～)；即毛巾，又説"面巾"(bin⁷kin¹／kun¹)．

⑪棉布(mi⁵～)． ⑫桌布(təh⁴～)．

Ⅱ [佈]：按"佈"亦祇有一種讀音：(po³)

(例) ①佈告(～kə³)． ②佈景(～keng²／king²)．

③佈道(～tə⁷)． ④發佈(huat⁴～)．

⑤公佈(kong¹～)． ⑥散佈(san³～)．

(394) 【復】　　　fù（ㄈㄨ）

"復"字的讀音除少數語例讀(hok⁴)以外通用(hok⁸)。

Ⅰ [hok⁸]：①復原(～guan⁵)．②復學(～hak⁸)．

③復興(～heng¹／hing¹)． ④復舊(～ku⁷)．

⑤復古(～ko²)． ⑥復習(～sip⁸)．

⑦復仇(～siu⁵)；報仇． ⑧復職(～tsit⁴)．

⑨復活(～uah⁸／wah⁸)． ⑩光復(kong¹～)．
⑪報復(pə³～)． ⑫收復(siu¹～)．
Ⅱ [hok⁴]：①反復(huan²～)．②答復(tap⁴～)；又作"答覆"．

（395）【複】　　fù（ㄈㄨ）

"複"字的讀音爲：(hok⁸)
（例）　①複利(～li⁷)． 　②複寫(～sia²)；一次寫出多份．
③複數(～so³)． 　④複雜(～tsap⁸)；簡單的反義語．
⑤繁複(huan²～)． 　⑥重複(tiong⁷～)．

（396）【容】　　róng（ㄖㄨㄥ）

"容"字祇讀一種音：(iong⁵／yong⁵)
（例）　①容易(～i⁷／yi⁷)；按"易"字多鼻音化韻爲：(～yiⁿ¹)．
②容器(～k'i³)． 　③容忍(～jim²／gim²／lim²)．
④容量(～liong⁷)． 　⑤容貌(～mau⁷)．
⑥容允(～un²／wun²)． 　⑦容積(～tsek⁴)．
⑧面容(bin⁷～)． 　⑨寬容(k'uan¹～)．
⑩笑容(ts'iə³～)．

（397）【兒】　　ér（ㄦ）

"兒"字的讀音祇有一種：(ji⁵／gi⁵／li⁵)
（例）　①兒戲(～hi³)；喻鬧着玩不負責．
②兒孫(～sun¹)；口語説"子[囝]孫"(kiaⁿ²～)．
③兒童(～tong⁵)． 　④男兒(lam⁵～)．
⑤小兒科(siau²～k'ə¹)．

（398）【須】　　xū（ㄒㄩ）

201

"須"字只有一種讀音：(si^1／su^1)，雖爲常用字，語例不多。

  (例)　①須要($\sim iau^3$／yau^3)．②須知($\sim ti^1$)．
  ③務須($bu^7\sim$)；即必須．　④必須($pit^4\sim$)．

（399）【際】　　　$ji\grave{}$（ㄐㄧ）

"際"字的讀音只有一種：(tse^3)

  (例)　①際遇($\sim gu^7$)；遭遇、碰上．
  ②交際($kau^1\sim$)．　　③際此盛會($\sim ts'u^2 seng^7 hue^7$)．
  ④國際($kok^4\sim$)．　　⑤邊際($pian^1\sim$)；邊緣、界限．

（400）【商】　　　shāng（ㄕㄤ）

"商"字只有一種讀音：($siong^1$)

  (例)　①商務($\sim bu^7$)．　　②商行($\sim hang^5$)．
  ③商人($\sim jin^5$)．　　④商榷($\sim k'ak^4$)；商討、商量討論．
  ⑤商標($\sim piau^1$)．　　⑥商洽($\sim hiap^8$)；接洽商談．
  ⑦商場($\sim tio^{n5}$／tiu^{n5})．⑧商埠($\sim po^1$)；商業城鎮．
  ⑨商討($\sim t'ə^2$)．　　⑩商酌($\sim tsiok^4$)；商量斟酌．
  ⑪商量($\sim liong^5$)．　⑫商販($\sim huan^3$)；現買現賣的小商人．
  ⑬商談($\sim tam^5$)．　⑭會商($hue^7\sim$)；雙方或多方共同商議．
  ⑮協商($hiap^4\sim$)．　⑯奸商($kan^1\sim$)；用不正手段牟利的商人．

（401）【非】　　　fēi（ㄈㄟ）

"非"字的讀音只有一種：(hui^1)

  (例)　①是非($si^7\sim$)．　　②非凡($\sim huan^5$)；超越一般．
  ③非法($\sim huat^4$)．　　④非難($\sim lan^5$)；攻擊、批評指責．
  ⑤非常($\sim siong^5$)．　⑥非但($\sim tan^3$)；口語"毋但"($m^7 na^7$)．
  ⑦爲非做惡(ui^5／$wi^5\sim tsə^3$／$tsue^3 ok^4$)；全做壞事．

（402）【驗】　　　yàn（ㄧㄢ）

"驗"字的讀音祇有一種：(giam⁷)

　　(例)　①驗光(～kng¹)；檢查眼球(晶狀體的屈光度).

　　②驗屍(～si¹).　　　　③驗收(～siu¹)；檢驗接受.

　　④驗算(～sng³).　　　　⑤驗證(～tseng³).

　　⑥應驗(eng³／ing³～).　⑦效驗(hau⁷～)；方法、藥劑有效果.

　　⑧化驗(hua³～).　　　　⑨經驗(keng¹／king¹～).

　　⑩靈驗(leng⁵／ling⁵～).

（403）【連】　　　lián（ㄌㄧㄢ）

按"連"字除"黃連"(ng⁵ni⁵)等少數特殊語例的"連"讀(ni⁵) 以外，一般
通用的讀音爲 (lian⁵)。

　　(例)　①連回(～hue⁵)；落魄、零落、行動遲鈍，類義語有
　　(pian³sui⁷)，漢字作"偏癱"，亦作"半癱"意爲"半身不遂".

　　②連貫(～kuan³).　　　　③連亙(～keng³)；連續不斷.

　　④連襟(～kim³)；姐妹的丈夫們之間的姻親關係，口語説"同
　　門的"(tang⁵mng⁵e).　　⑤連累(～lui⁷).

　　⑥連帶(～tai³)；"連帶保證人"(～pə²tseng³jin⁵).

　　⑦連鞭(～piⁿ¹)；訛音爲(liam⁵piⁿ¹)和(liam⁵miⁿ¹)；意爲馬上、立刻.

　　⑧連續(～siok⁸)；動詞意爲繼續，"連續性"(～seng³)；變成名
　　詞，如果讀口語音(～sua³)則爲副詞，如"連續來"(～lai⁵).

　　⑨牽連(k'an¹～)；連累.　⑩關連(kuan¹～).

（404）【斷】　　　duàn（ㄉㄨㄢ）

Ａ 文言音：(tuan³)～(tuan⁷)

　Ⅰ [tuan³]：表示"判斷"的意思.

　　(例)　①斷案(～an³)；即審判訴訟案件.

②斷言(〜gian⁵)．　③斷然(〜jian⁵／lian⁵)；堅決、果斷．

④斷定(〜teng⁷／ting⁷)．　⑤武斷(bu²〜)；憑主觀判斷．

⑥果斷(kə²〜)；有決斷力．⑦決斷(k'uat⁴〜)；做決定．

⑧診斷(tsin²〜)．

II [tuan⁷]：表示"斷絕"的意思．

(例)　①斷句(〜ku³)．②斷送(〜song³)；喪失、毀滅(生命)等．

③斷代(〜tai⁷)．　　　④斷頭台(〜t'au⁵tai⁵)．

⑤斷腸(〜tiong⁵)．　　⑥斷層(〜tsan³)；地層斷裂．

⑦斷章取義(〜tsiong¹ts'u²gi⁷)；光擇取一段一句歪曲主旨．

⑧斷絕(〜tsuat⁸)．　　⑨不斷(put⁴〜)．

⑩間斷(kan¹〜)．　　⑪壟斷(liong²／long²〜)；把持操縱．

⑫切斷(ts'iat⁴〜)；又口語音(ts'iat⁴tng⁷)．

B 白話音：(tng⁷)表"斷絕折斷"之意．

(例)　①斷去(〜k'i³)；"去"讀輕聲，意爲"斷了"．

②斷熏(〜hun¹)；即戒煙．③斷離離(〜li⁷〃)；截然折斷、切斷．

④斷奶(〜leng¹／ling¹)；又音(〜 ni¹)；嬰兒不再吃奶．

⑤斷氣(〜k'ui³)；即死亡．⑥斷路(〜lo⁷)；絕交．

⑦斷水(〜tsui²)；又"斷滴水"(〜tih⁴tsui²)；連一滴水也沒有．

⑧握[搤]斷(at⁴〜)；即折斷，又説"拗斷"(au²〜)．

⑨拍斷(p'ah⁴〜)；打斷．　⑩洗斷(se²〜)；洗澡，又作"洗蕩"．

（405）【深】　　　shēn（ㄕㄣ）

按"深"字的文言音(sim¹)語例僅"深更"(〜keng¹／king¹)，"深藏"(〜tsong¹)等幾個而已，一般通用的是白話音：(ts'im¹)。

(例)　①深夜(〜ia⁷／ya⁷)．②深入(〜jip⁸／gip⁸／lip⁸)．

③深刻(〜k'ek⁴)．　④深信(〜sin³)，"深信不疑"(〜put⁴gi⁵)．

⑤深度(〜to⁷)．　　　⑥深井(〜tseⁿ²／tsiⁿ²)；裡院．

⑦深淺(～ts'ian²)． ⑧深切(～ts'iat⁴)．

⑨深深[感謝](～〃)[kam²sia⁷]，"深深煩頭"(～tam³t'au⁵)；深深

鞠躬． ⑩字眞深(ji⁷tsin¹～)；字深奧，又

"字捌[八、識]深"；(ji⁷bat⁴～)；識字多．

（406）【難】　　nán（ㄋㄢ）

"難"字只有一種讀音：(lan⁵)，惟官話的(nan)；台語口語常説"歹

(否)"(p'ai ⁿ²)；或"僫"(əh⁴)，以下僅舉文言音(lan⁵)的語例。

（例）　①難民(～bin⁵)． ②難兄難弟(～hia ⁿ¹～te⁷)．

③難友(～iu²)；患難之友． ④難怪(～kuai³)．

⑤難關(～kuan¹)． ⑥難堪(～k'am¹)．

⑦難保(～pə²)． ⑧難產(～san²)．

⑨難題(～te⁵)． ⑩難得(～tit⁴)．

⑪艱難(kan¹～)． ⑫困難(k'un³～)．

⑬災難(tsai¹lan⁷)；"難"字由第五聲變第七聲．

（407）【近】　　jìn（ㄐㄧㄣ）

"近"字祇有一種讀音：(kin⁷／kun⁷)

（例）　①近況(～hong²)． ②近郊(～kau¹)．

③近日(～jit⁸／git⁸／lit⁸)． ④近來(～lai⁵)．

⑤近世(～se³)． ⑥近視(～si⁷)．

⑦近似(～su⁷)． ⑧近代(～tai⁷)．

⑨近親(～ts'in¹)． ⑩接近(tsiap⁴～)．

（408）【礦】　　kuàng（ㄎㄨㄤ）

"礦"字的讀音祇有一種：(k'ong³)

（例）　①礦物(～but⁸)． ②礦業(～giap⁸)．

③礦產(～san²). ④礦山(～sua^{n1}).
⑤礦石(～tsioh⁸). ⑥煤礦(bue⁵～)；即"炭礦"(t'ua^{n3}～).
⑦金礦(kim¹～). ⑧鐵礦(t'i⁴～).

（409）【千】　　　qiān（ㄑㄧㄢ）

A 文言音：(ts'ian¹)

(例)　①千萬(～ban⁷)；絕對(後加否定).

②千金(～kim¹)；指巨款，又義尊稱別人的女兒.

③千古(～ko²)；永別、哀悼用語.

④千辛萬苦(～sin¹ban⁷k'o²). ⑤千軍[萬馬](～kun¹ban⁷ma²).

⑥一日千里(yit⁴jit⁸～li²)；比喻進展極快.

B 白話音：(ts'eng¹／ts'ing¹)

按口語中的數字"千"一律此音，如"三千人"(sa^{n1}～lang⁵)；"五千五"
(go⁷～go⁷)；即5,500，又"規千萬"(kui¹～ban⁷)；喻上千萬、巨量、
巨款，如"東京有規千萬的人"(Tang¹kia^{n1}u⁷～elang⁵)；東京有上千
萬的人口.

（410）【周～週】　　　zhōu（ㄓㄡ）

按"周"與"週"語音同，均為：(tsiu¹)，而語義有共通部分，亦有各
自的部分.

I　周(～tsiu¹). ①周波(～p'ə¹)；電波的循環(cycle).

②周旋(～suan⁵)；應酬. ③周到(～tə³).

④周圍(～ui⁵／wi⁵). ⑤四周(si³～).

⑥圓周(i^{n5}／yi^{n5}～)；又"圓周率"(～lut⁸).

⑦西瓜必做(兩)二周(si¹kue¹pit⁴tsə³nng⁷～)；西瓜裂成兩塊.

II　週(tsiu¹)：①週記(～ki³). ②週會(～hue⁷).

③週刊(～k'an¹). ④週(周)年(～ni⁵).

⑤宣傳週間(suan¹t'uan⁵～kan¹)．

（411）【委】　　　wěi（ㄨㄟ）

"委"字祇有一種讀音：(ui²／wi²)

　(例)　①推委(t'ui¹～)．　　②委任(～jim⁷／gim⁷／lim⁷)．
　③委曲(～k'iok¹)；彎彎曲曲喻詳細，"委曲求全"(～kiu⁵tsuan⁵)；
　爲大局而忍讓．　　　　④委屈(～k'ut⁴)；即冤屈，冤枉，
　"受人委屈"(siu⁷lang⁵～)；被冤枉．⑤委派(～p'ai³)；派人擔任職務．
　⑥委(託)托(～t'ok⁴)．　　⑦委實(～sit⁸)；實實在在．
　⑧委員(～wan⁵)．　　　　⑨原委(guan⁵～)；經緯、從頭到尾．

（412）【素】　　　sù（ㄙㄨ）

"素"字祇有一種讀音：(so³)

　(例)　①素描(～biau⁵)．　　②素養(～iong²／yong²)．
　③素服(～hok⁸)；即喪服，口語説"孝衫"(ha³saⁿ¹)．
　④素來(～lai⁵)；平時、向來．⑤素氣(～k'i³)；樸實無華．
　⑥素席(～sek⁸)；全用素菜没魚肉的酒席．
　⑦素食(～sit⁸)；即吃素，口語説"食菜"(tsiah⁸ts'ai³)．
　⑧元素(guan⁵～)．　　　　⑨樸素(p'ok⁴～)．
　⑩平素(peng⁵／ping⁵～)．⑪味素(粉)(bi⁷～[hun²])；味精．

（413）【技】　　　jì（ㄐㄧ）

"技"字的讀音只有一種：(ki¹)

　(例)　①技藝(～ge⁷)；技巧性的手藝．
　②技工(～kang¹)．　　　　③技巧(～k'iau²／k'a²)．
　④技能(～leng⁵／ling⁵)．⑤技師(～su¹)．
　⑥技術(～sut⁸)．　　　　⑦科技(k'ə¹～)；科學技術．

⑧絕技(tsuat⁸～)；一般人没法學會的技藝.

（414）【備】　　bèi（ㄅㄟ）

"備"字祇有一種讀音：(pi⁷)

(例)　①備案(～an³).　　②備用(～iong⁷／yong⁷).

③備考(～k'ə²).　　④備注(～tsu³).

⑤備辦(～pan⁷)；即準備，"備辦酒菜請人客"(～tsiu²ts'ai³ts'iaⁿ² lang⁵k'eh⁴)；準備酒菜招待客人.

⑥防備(hong²～)；預防戒備. ⑦籌備(tiu⁵～)；籌劃準備.

（415）【半】　　bàn（ㄅㄢ）

A 文言音：(puan³)

(例)　①半夏(～ha⁷)；中藥名，可止咳、祛痰、止吐.

②半百(～pek⁴／pah⁴).　　③半生(～seng¹／sing¹).

④半邊(～pian¹)；口語説"半爿"(puaⁿ³peng⁵).

⑤半島(～／puaⁿ³tə²).　　⑥半途(～to⁵).

B 白話音：(puaⁿ³)

(例)　①半價(～ke³).　　②半日(～jit⁸)；又説"半工"(～kang¹).

③半路[出家](～lo⁷)[ts'ut⁴ke¹]；喻中途改行.

④半暝(～mi⁵)；半夜.　　⑤半票(～p'iə³).

⑥半屏山(～pin⁵suaⁿ¹)；在高雄北郊，又音(～peng⁵suaⁿ¹).

⑦半山(～suaⁿ¹)；指中國大陸化的台灣人(山指唐山).

⑧表示"中間、一半"的半，如"半中央"(～tiong¹ng¹)；即中間，"半中站"(～tiong¹tsam⁷)；即中途.

⑨表示"極少"時，如"一半擺仔"(tsit⁸～pai²a²)；即才幾次.

⑩表示"絕無"，如"無半項"(bə⁵～hang⁷)；一樣(東西)也没有.

⑪用在相反的兩種含義，如"半信半疑"(～sin³～gi⁵)；疑信參半.

（416）【辦】　　　　bàn（ㄅㄢˋ）

"辦"字的讀音祇有一種：(pan⁷)

　　(例)　①辦貨(～hue³)；採辦貨品，即採購.

　　②辦家姑伙仔(～ke¹ko¹hue²a²)；兒童的做飯遊戲，又説"辦姑

　　伙仔".又"做囝仔戲"(tsə²gin²a²hi³).　　③辦勢(～se³)；樣子.

　　④辦[酒]桌(～[tsiu²]təh⁴)；準備宴席，或設宴招待客人.

　　⑤彼辦人(hit⁴～lang⁵)；那種人.⑥嚴辦(giam⁵～).

　　⑧偵辦(tseng¹～)；偵查辦理(多指刑事案件).

（417）【青】　　　　qīng（ㄑㄧㄥ）

A 文言音：(ts'eng¹／ts'ing¹)

　　(例)　①青年(～lian⁵).　　②青苗(～miau⁵)；還未熟的稻禾.

　　③青天(～t'ian¹).　　　④青春(～ts'un¹).

　　⑤青蛙(～ua¹／wa¹).　　⑥青天霹靂(～p'ek⁸lek⁸)；晴天時的

　　雷電，喻突然發生的意外大事件.

B 白話音：(ts'eⁿ¹／ts'iⁿ¹)

　　(例)　①青果(～kə²).　　　②青驚(～kiaⁿ¹)；驚慌.

　　③青狂(～kong⁵)；倉皇，着慌，如"青狂人"(～lang⁵)；急性子.

　　④青暝(～mi⁵)；瞎眼."青暝牛"(～gu⁵)；指文盲.

　　⑤青苔(～t'i⁵).　　　　⑥青眞(～tsin¹)；異常認眞.

　　⑦青菜(～ts'ai³).　　　⑧青葱(～ts'ang¹)；即葱也.

　　⑨青草(～ts'au²).　　　⑩青翠(～ts'ui³).

　　⑪烏青(o¹～)；即內出血，凝血的青斑.

（418）【省】　　　　shěng（ㄕㄥ）

"省"字只有一種讀音(seng²／sing²)

　　(例)　①省會(～hue⁷).　　②省力(～lat⁸).

③省工(～kang¹). ④省略(～liok⁸)；免掉、除去.

⑤省時間(～si⁵kan¹). ⑥省事(～su⁷)；減少辦事手續.

⑦省錢(～tsiⁿ⁵). ⑧儉省(k'iam⁷～)；即儉約節省.

⑨卡(較)省咧(k'ah⁴～le)；節省一點兒吧.

（419）【列】　　　liè（ㄌㄧㄝˋ）

"列"字的讀音祇有一種：(liat⁸)

(例)　①列強(～kiong⁵). ②列席(～sek⁸／sik⁸).

③列島(～tə²). ④列傳(～tuan⁷)；各種人物的傳記.

⑤列隊(～tui⁷)；排列成隊. ⑥列車(～ts'ia¹)；成列的火車.

⑦列位(～ui⁷／wi⁷)；各位. ⑧排列(pai⁵～).

⑨羅列(lə⁵～)；分布列舉(一個一個地舉出).

⑩陳列(tin⁵～)；把物品擺出來供人看.

（420）【習】　　　xí（ㄒㄧˊ）

"習"字只有一種讀音：(sip⁸)

(例)　①習慣(～kuan³). ②習字(～ji⁷／gi⁷／li⁷).

③習性(～seng³／sing³). ④習題(～te⁵)；又説"宿題"(siok⁴～)

⑤習作(～tsok⁴). ⑥見習(kian³～)；初任職邊作邊學.

⑦惡習(ok⁴～). ⑧實習(sit⁸～).

（421）【響】　　　xiǎng（ㄒㄧㄤˇ）

A 文言音：(hiong²／hiang²)

(例)　①響應(～eng³／ing³). ②影響(eng²／ing²～).

③響亮(～liang⁷／liong⁷)；聲音宏大.

④聲響(seng¹～)；聲音，亦指聲音的回響.

B 白話音：(hioⁿ²／hiuⁿ²)；此音語例不多

(例)　①聲響(sia^{n1}～)．　②獪響(be^7／bue^7～)；不會響亮．

（422）【約】　yuē（ㄩㄝ）

A 文言音：(iok^4／yok^4)

(例)　①特約(tek^8～)．　③約會(～hue^7)．
②約法三章(～huat^{4}sam^{1}tsiong^1)；原爲"殺人者死，盜及傷人抵罪"的三項法律，後爲喻訂立簡單的規約(共守的條款)．
④約略(～liok^8)．　⑤約束(～sok^4)．
⑥約數(～so^3)；能整除某一個數目的數．
⑦約定俗成(～teng^{7}siok^{8}seng^5)；社會上用慣後形成的．
⑧量約(liong^7～)；即大約粗略，又説"量其約"(liong^{7}ki^5～)．

B 白話音：(ioh^4／yoh^4)；猜測的意思，有作"憶"或"億"。

(例)　①約謎(～be^5)；即猜謎．②互汝約(ho^{7}li^2～)；給(讓)你猜．
③約無(～bə^5)；猜不透(中)，又説"約獪着"(～be^{7}tioh^8)．

（423）【支】　zhī（ㄓ）

按"支"字的文言音語例限用在量詞方面，亦即作爲量詞用的"支"字並不讀白話音，量詞以外的"支"才讀白話音．

A 文言音：(ki^1)

(例)　①五支筆(go^7～pit^4)．②六支熏(lak^8～hun^1)；6枝香煙．

B 白話音：(tsi^1)

(例)　①支付(～hu^3)．　②支流(～liu^5)．
③支票(～p'iə^3)；付款票據．④支配(～p'ue^3)．
⑤支部(～po^7)．　⑥支線(～sua^{n3})．
⑦支隊(～tui^7)．　⑧支持(～ts'i^5)．
⑨支出(～ts'ut^4)．　⑩干支(kan^1～)；天干地支的略語．
⑪透支 (t'au^3～)；開支超過收入，"體力透支"(t'e^{2}lek^8～)；過勞．

（424）【般】　　　bān（ㄅㄢ）

"般"字的文言音(puan¹)，語例罕見，通用的讀音爲白話音(puaⁿ¹)。

（例）　①百般(pah⁴～)．　②如此這般(ju⁵ts'u²tse²～)．

③一 般(it³／yit⁴～)；如"一般規則"(～kui¹tsek⁴)．

（425）【史】　　　shǐ（ㄕ）

"史"字的白話音是(sai²)，但是語例除用於姓氏的讀法以外一般均通用讀文言音：(su²)，舉例如下。

（例）　①史學(～hak⁸)．　②史無前例(～bə⁵tsian⁵le⁷)．

③史官(～kuaⁿ¹)．　　④史館(～kuan²)．

⑤史料(～liau⁷)．　　⑥史詩(～si¹)；敘述歷史故事的詩．

⑦史實(～sit⁸)．　　⑧歷史(lek⁸／lik⁸～)．

（426）【感】　　　gǎn（ㄍㄢ）

"感"字祇有一種讀音：(kam²)

（例）　①感化(～hua³)．　②感服(～hok⁸)；佩服也．

③感染(～jiam²／liam²)．④感覺(～kak⁴)．

⑤感激(～kek⁸)．　　⑥感光(～kng¹)．

⑦感慨(～k'ai³)．　　⑧感念(～liam⁷)；感激懷念．

⑨感冒(～mo⁷)．　　⑩感謝(～sia⁷)．

⑪感嘆(～t'an³)．　　⑫感心(～sim¹)；欽佩、佩服．

⑬感戴(～tai³)；感激而擁護．⑭感電(～tian⁷)；接觸到電流．

⑮感着(～tiəh)；"感"字讀本調(2聲)，"着"字讀輕聲，意爲"感了冒、傷了風"．　　⑯惡感(ok⁴～)；即惡性感冒．

⑰靈感(leng⁵／ling⁵～)．⑱重感(teng⁵～)；感冒未好又傷風．

（427）【勞】　　　láo（ㄌㄠ）

"勞"字祇讀有一種音(lə⁵)

　(例)　①勞駕(～ka³).　　②勞煩(～huan⁵)；即麻煩.
　③勞工(～kang¹).　　④勞軍(～kun¹).
　⑤勞苦(～k'o²).　　　⑥勞力(～lek⁸)，又音(lo²lat⁸)；謝謝也.
　⑦勞碌(～lok⁸)；事多而辛苦、又説"拖磨"(t'ua¹bua⁵).
　⑧勞作(～tsok⁴)；勞動工作.⑨勞保(～pə²)；即勞動保險.
　⑩勞資(～tsu¹)；工人和資本家，又説"勞使"(～su³)，使指資本家.
　⑪功勞(kong¹～).　　⑫疲勞(p'i⁵～).
　⑬辛勞(sin¹～)；即傭人、傭工又作"身勞".

（428）【便】　　　biàn（ㄅㄧㄢ）

按"便"字隨官話音爲(ㄆㄧㄢ)時讀文言音(pian⁵)，白話音(pan⁵)，
官話爲(ㄅㄧㄢ)時，讀(pian⁷)，一般都通用此音.

A (pian⁵)～(pan⁵)兩音的語例均極少
　Ⅰ [pian⁵]：(例)大腹便便(tai⁷hok⁸～〃)
　Ⅱ [pan⁵]：(例)①價格便宜(ke³keh⁴～gi⁵).
　　②佔便宜(tsiam³～).

B (pian⁷)一般通用這個讀音
　(例)①便服(～hok⁸)；平常穿用的衣服，以別於制服、禮服.
　②便衣(～i¹／yi¹)；指一般人的衣服不同於軍警制服，亦指"便
　衣警察"(～keng²ts'at⁴).　③便祕(～pi³).
　④便器(～k'i³)；如"便盆"(～p'un⁵)、"尿斗"(jiə⁷tau²)，又　説
　"便桶" (～t'ang²)；如"尿桶"、"屎桶"(sai²～).
　⑤便飯(～png⁷)；"食便飯"(tsiah⁸～)，意爲不工作光吃飯，責
　懶鬼.官話的吃"便飯"，台語説食"便菜飯"(～ts'ai³png⁷)，按
　"便菜"是指已經煮好的菜，如"買便菜"(be²／bue²～).
　⑥便所(～so²)；即廁所(ts'ek⁴～)，又説"洗手間"(se²ts'iu²keng¹).

⑦便條($\sim$tiau^5)；紙條. ⑧便當($\sim$tong^1)；指盒飯.
⑨方便(hong$^1\sim$). ⑩利便(li$^7\sim$)；即方便也.

（429）【團】 　　　tuán（ㄊㄨㄢ）

按"團"字的白話音爲：(t'ng^5)，惟語例僅出現在量詞表示成團的東
西，如"一團羊毛"(tsit$^8\sim$io^{n5}／iu^{n5}mng^5)；即一團毛線，一般則通
用文言音：(t'uan^5)，語例如下。

　　(例)　①團圓($\sim$i^{n5}／yi^{n5}). ②團結($\sim$kiat^4).
　　③團拜($\sim$pai^3)；集團拜年. ④團體($\sim$t'e^2).
　　⑤團員($\sim$uan^5／wan^5). ⑥訪問團(hong^{2}bun$^7\sim$).
　　⑦參觀團(ts'am^{1}kuan$^1\sim$).

（430）【歷】 　　　ㄌㄧˋ（ㄌㄧ）

"歷"字的讀音只有一種：(lek^8／lik^8)

　　(例)　①歷屆($\sim$kai^3). ②歷來($\sim$lai^5).
　　③歷年($\sim$ni^5). ④歷史($\sim$su^2).
　　⑤歷代($\sim$tai^7). ⑥歷程($\sim$t'eng^5)；經歷的過程.
　　⑦閱歷(iat$^8\sim$)；見聞經驗. ⑧履歷(li$^2\sim$)；個人的經歷.

（431）【酸】 　　　suān（ㄙㄨㄢ）

Ⓐ 文言音：(suan^1)
　　(例)　①寒酸(han$^5\sim$). ②辛酸(sin$^1\sim$).
Ⓑ 白話音：(sng^1)
　　(例)　①酸味($\sim$bi^7). ②酸梅($\sim$mui^5).
　　③酸觔觔($\sim$giuh^4〃)；又"酸溜溜"($\sim$liu^1〃)；喻酸味厲害.
　　④酸軟($\sim$nng^2／lng^2). ⑤酸筍($\sim$sun^2).
　　⑥酸性($\sim$seng^3／sing^3). ⑦酸醋($\sim$ts'o^3)；即醋.

⑧酸痛(～t'ang³)；又音(～t'iaⁿ³)；即又酸又痛．

⑨鹽酸(iam⁵／yam⁵～)．　⑩硫酸(liu⁵～)．

⑪心酸(sim¹～)；即心疼，心不忍也，與"心痛"(sim¹t'iaⁿ³)；心苦病痛)意思不同．　⑫臭酸(ts'au³～)；腐化的酸味．

（432）【往】　　　wǎng（ㄨㄤˇ）

按"往"字有文白兩種讀音，凡是表示時間的詞語文白均通用，其外則讀文言音。

A 文言音：(ong²)

(例)　①往復(～hok⁸)．　②往後(～au⁷)；即今後．

③往回(～hue⁵)．　④往來(～lai⁵)．

⑤往昔(～sek⁴／sik⁴)．　⑥往常(～siong⁵)．

⑦往事(～su⁷)．　⑧往診(～tsin²)；外出診療病人．

⑨以往(i²／yi²～)．　⑩前往(tsian⁵～)．

B 白話音：(eng²／ing²)，按讀白話的語例均可讀文言音。

(例)　①往年(～／ong²ni⁵)．②往日(～／ong²jit⁸)；從前．

③往時(～／ong²si⁵)．　④往往(～〃／ong²〃)．

按台語在表示"往"的方向性時并不用"往"而多用"向"(ng³)；例如"往前看"(ong²tseng⁵k'uaⁿ³)→向前看(ng³tseng⁵k'uaⁿ³)，"往東行"(ong² tang¹kiaⁿ⁵)→向東行．

（433）【市】　　　shì（ㄕˋ）

按"市"字的文言音(si⁷)罕有語例，一般通用的是白話音(tsi⁷)。

(例)　①市民(～bin⁵)．　②市面(～bin⁷)．

③市營(～eng⁵／ing⁵)．　④市容(～iong⁵)；街市的外觀．

⑤市郊(～kau¹)．　⑥市價(～ke³)；市場的價格．

⑦市兩(～nio²／niu²)．　⑧市場(～tioⁿ⁵／tiuⁿ⁵)．

⑨城市(sia^{n5}～). ⑩都市(to^1～).

⑪早市(tsa^2～). ⑫上市(tsio^{n7}／tsiu^{n7}～).

（434）【克／剋】　　　kè（ㄎㄜ）

A 文言音：(k'ek^4／k'ik^4)

(例)　①克服(～hok^8)；克制、忍受困難.

②克復(～hok^8)；因戰勝而收回失地.

③剋虧(～k'ui^1)；吃虧、受損、可憐.

④克己(～ki^2)；克制私心. ⑤克制(～tse^3)；抑制(感情).

⑥水火相剋(tsui^{2}he^2／hue^{2}sia^1～)；水跟火互相矛盾、克制.

⑦攻克(kong^1～)；戰勝或攻下敵方的陣地.

B 白話音：(k'at^4)

(例)　①克苦(～k'o^2)，又音(k'ek^{4}k'o^2)，"克苦耐勞"(～nai^{7}lə^5).

②看燴克(k'ua^{n3}be^7／bue^7～)；禁受不住(看不過去).

（435）【何】　　　hé（ㄏㄜ）

按"何"字有白話音(ua^5／wa^5)；但語例殊少，如"無奈何"讀口語音 (bə^{5}ta^{7}wa^5)，但亦可讀文言音(bu^{5}nai^{7}hə^5)。一般基本上通用文言音；(hə^5)。

(例)　①何以(～i^2／yi^2)；又説"安怎"(an^{1}tsua^{n2}).

②何況(～hong^2)；況且. ③何妨(～hong^7)；即沒關係.

④何苦(～k'o^2). ⑤何必(～pit^4).

⑥何等(～teng^2)；口語說"偌呢仔"(jua^7／gua^7／lua^{7}ni^{3}a^2)；又 説"啥款"(sia^{n2}k'uan^2)；怎麼樣的？如何的？

⑦何謂(～ui^7／wi^7)；什麼. ⑧因何(in^1／yin^1～)；什麼原因.

⑨如何(ju^5／lu^5～). ⑩爲何(ui^5／wi^5～).

⑪何去何從 (～k'i^3～ tsiong^5)；對於重大的問題選擇什麼行動、走向

（436）【除】　　　chú（ㄔㄨˊ）

"除"字只有一種讀音：(ti⁵／tu⁵)

(例)　①除外(～gua⁷)．　　②除法(～huat⁴)．

③除非(～hui¹)；即"除了"……(～liau²)．

④除去(～k'i³)；即…之外，如"除去伊無別人"(～k'i³yi¹bə⁵pat⁸ lang⁵)；他之外沒別人．⑤[斬草]除根[tsam²ts'au²](～kin¹)．

⑥除名(～mia⁵)；使脫離團體．⑦除夕(～sek⁴／sik⁴)．

⑧廢除(hue³～)．　　　　⑨驅除(k'u¹～)．

⑩加減乘除(ka¹kiam²seng⁷／sing⁷～)．

（437）【消】　　　xiāo（ㄒㄧㄠ）

"消"字的讀音祇有一種：(siau¹)

(例)　①消滅(～biat⁸)．　　②消化(～hua³)．

③消灰(～hua¹)；消火、燈等如"電火着消灰"(tian⁷he²／hue² tiəh⁸～)；電燈必須消燈．④抵消(ti²～)．

⑤消火栓(～hue²tsuan⁵)．⑥消炎(～iam⁷／yam⁷)．

⑦消氣(～k'i³)；平息怒氣或洩氣解悶的對象(如"消氣丸"：～ uan⁵／wan⁵)，又"消氣散"(～san²)．

⑧消極(～kek⁸)．　　　　⑨消遣(～k'ian²)．

⑩消磨(～mo⁵)；消失．⑪消瘦(～san²)；消瘦．

⑫消災(～tsai¹)；袪除災厄．⑬消逝(～se³)；時光消失．

⑭消毒(～tok⁸)；消除毒菌，又喻"拒絕"，如說"互人消毒"(ho⁷ lang⁵～)；被人家拒絕(不受歡迎)．

⑮食𣍐消(tsiah⁸be⁷／bue⁷～)；即吃不消、受不了．

（438）【構】　　　gòu（ㄍㄡˋ）

"構"字只有一種讀音：(ko³)

217

(例)　①構成(～seng⁵)．　　②構築(～tiok⁸)；修築(工程)．
③構造(～tsə⁷)．　　　　　④虛構(hi¹／hu¹～)；憑空架設的．
⑤佳構(ka¹～)；好的文藝作品．

（439）【府】　　　fǔ（ㄈㄨ）

"府"字的讀音祇有一種：(hu²)

(例)　①府城(～sian⁵)；即府治所在地，又專指台南(清代爲台
灣府治)．　　　　　　　②府上(～siong⁷)；敬辭稱對方家屬．
③府綢(～tiu⁵)；質地好有光澤用以做 衬 衣的平紋棉織品，如山
東府綢(Suan¹tang¹～)．④府庫(～ko²)；政府儲存文書物的地方．
⑤府第(～te⁷)；豪華住宅，又説"府邸"(～te²)．
⑥王府(ong⁵～)；指豪華的住宅．

（440）【稱】　　　chēng（ㄔㄥ）

Ⓐ文言音：(ts'eng¹／ts'ing¹)～(ts'eng³／ts'ing³)
　Ⅰ [ts'eng¹／ts'ing¹]：①稱號(～hə⁷)．②稱雄(～hiong⁵)．
③稱呼(～ho¹)．　　　　④稱霸(～pa³)；號稱霸者．
⑤稱贊(～tsan³)．　　　　⑥稱謂(～ui⁷)；親屬或身分的名稱．
⑦簡稱(kan²～)．　　　　⑧名稱(mia⁵～)．
　Ⅱ [ts'eng³／ts'ing³]：①稱心如意(～sim¹ju⁵／lu⁵i³／yi³)．
②稱職(～tsit⁴)．　　　　③對稱(tui³～)；對應關係．
Ⓑ白話音：(ts'in³)；與"秤"字同音又同義。
(例)　①稱(秤)仔(～a²)；指桿秤，尤指手提式小桿秤．
②稱(秤)頭(～t'au⁵)；指斤兩的重量、分量，如"食稱頭"(tsiah⁸
～)；偷斤兩(偷工減料)．"稱頭無夠"(～bə⁵kau³)；重量不夠．
③稱(秤)錘(～t'ui⁵)；桿秤用的秤砣(金屬製，鐵爲多)．
④稱(秤)花(～hue¹)；秤星，鑲在秤桿上作計量標誌的圓點．

（441）【太】　　　tài（ㄊㄞˋ）

"太"字只有一種讀音：(t'ai³)

　　(例)　①太陽傘(～iong⁵／yong⁵sua^{n3})；陽傘.

　　②太監(～kam³)；宦官.　　④太空(～k'ong¹).

　　⑤太白粉(～peh⁸hun²)；即藕粉、澱粉.

　　⑥太白金星(～pek⁸kim¹ts'e^{n1}／ts'i^{n1})；即夜晚的明星、金星.

　　⑦太平間(～peng⁵keng¹)；醫院裡停放屍體的房間.

　　⑧太平門(～peng⁵mng⁵)；緊急時脱出用的門.

（442）【准】·【準】　　　zhǔn（ㄓㄨㄣˇ）

按"准"與"準"字語音同而語義用法互異，兩字的讀音同爲：(tsun²)，
語例分別如下。

　Ⅰ [准]：①准落來(～loh⁸lai⁵)；"落"讀本調，"來"讀輕聲，意
　　　爲批准下來. "猶未准落來"(iau²bue⁷～)；還没准下來.

　　②准據(～ku³)；即准單.　③准考證(～k'ə²tseng³／tsing³).

　　④毋准(m⁷～)；文言説"不准"(put⁴～)；即不准、不許可.

　　⑤批准(p'ue¹～).　　　⑥允准(un²／wun²～)；准許.

　Ⅱ [準]：①準確(～k'ak⁴).　②準備(～pi⁷).

　　③準是(～si⁷)；肯定是. "若準是"(na³～)；如果是.

　　④準做…(～tsə³…)；當做…、視同…，如 "準做了去 "(～liau²
　　k'i³)；當做虧損掉，"準做毋知"(～m⁷tsai¹)；當做不知道.

　　⑤準節(～tsat⁴)；愼重控制、節約，如 "用錢愛卡準節咧"
　　(eng⁷／iong⁷tsi^{n5}ai³k'ah⁴～le)；花錢要節制(約)一點兒.

（443）【精】　　　jīng（ㄐㄧㄥ）

[A] 文言音：(tseng¹／tsing¹)

　　(例)　①精密(～bit⁸).　　②精明(～beng⁵／bing⁵).

③精液(～ek⁸)．　　　　　④精華(～hua⁵)．

⑤精巧(～k'a²)；精細巧妙．⑥精確(～k'ak⁴)．

⑦精力(～lek⁸／lik⁸)．　　⑧精細(～se³)．

⑨精通(～t'ong¹)．　　　⑩精心傑作(～sim¹kiat⁸tsok⁴)．

⑪精神(～sin⁵)；作名詞爲精神，當動詞時是"醒悟"的意思，
如"睏到九點猶未精神"(k'un³kau³kau²tiam²yau²bue⁷～)；睡到
9點還沒醒過來．"無精神"(bə⁵～)；沒精神．

⑬受精(siu⁷～)．　　　　⑫香精(hiong¹～)；香料混合物．

⑭酒精(tsiu²～)．　　　　⑮精彩(～ts'ai²)；優美、出色．

B 白話音：(tsiⁿ¹)～(tsiaⁿ¹)

Ⅰ [tsiⁿ¹]：①妖精(yau¹～／tsiaⁿ¹)．

　②龜精(ku¹～)；喩各嗇．　③鬼精(kui²～)．

Ⅱ [tsiaⁿ¹]：精肉(～bah⁴)；瘦肉．

（444）【值】　　　zhí（ㄓ）

按"值"字的文言者(tik⁸)，語例罕見，一般通用白話音，有兩種，
(tit⁸)和(tat⁸)．

Ⅰ [tit⁸]：①值勤(～k'in⁵)；即"值班"(～pan¹)．

　②值日(～jit⁸／git⁸／lit⁸)；又説"當值"(tong¹～)．

　③值星官(～seng¹／sing¹kuaⁿ¹)；部隊中值班的軍官(普通指
　排長)．　　　　　　④幣值(p'e³～)；貨幣的價值．

Ⅱ [tat⁸]：①值錢(～tsiⁿ⁵)．②值得(～tit⁴)．

　③價值(ke³～)．　　　　④毋值(m⁷～)；不值得．

（445）【號】　　　hào（ㄏㄠ）

按"號"字有白話音(kə⁷)，但少用，一般通用的是文言音：(hə⁷)．

　(例)　①號外(～gua⁷)．　②號碼(～be²)；又音(～ma²)．

③號令($\sim$leng^7／ling^7)． ④號名($\sim$mia^5)；命名．

⑤號召($\sim$tiau^1)． ⑥號頭($\sim$t'au^5)；符號、標誌．

⑦號做($\sim$tsə^3／tsue^3)；叫做，如"汝號做啥名"(li^2$\sim$sia^{n2}mia^5)；

你叫什麼名字． ⑧暗號(am^3$\sim$)；祕密記號或信號．

⑨記號(ki^3$\sim$)． ⑩年號(ni^5$\sim$)．

⑪編號(pian^1$\sim$)． ⑫店號(tiam^3$\sim$)；即商店，又店名．

⑬做號(tsə^3／tsue^3$\sim$)；即做記號、標誌．

（446）【率】　　lǜ（ㄌㄩ）

按"率"字官話有兩種讀音，台語亦分別配合官話音而有兩類不同的
讀音。

Ⅰ [lut^8]：①效率(hau^7$\sim$)． ②速率(sok^4$\sim$)．

③機率(ki^1$\sim$)；即"可能率"(kə^{2}leng^5／ling^5$\sim$)．

Ⅱ A [sut^4]：①率先($\sim$sian^1)．②率直($\sim$tit^8)；坦白、直率．

③坦率(t'an^2$\sim$)． ④草率(ts'au^2$\sim$)；口語"潦草"(lə̂^{2}ts'ə^2)．

B [suai^3]：①率領($\sim$／sut^{4}leng^2)．②輕率(k'in^1$\sim$)；言行隨

隨便便．

C [sue^3]：統率(t'ong^2$\sim$)；按此"率"同"帥"．

（447）【族】　　zú（ㄗㄨ）

"族"字祇有一種讀音：(tsok^8)

（例）①族譜($\sim$p'o^2)． ②民族(bin^5$\sim$)．

③語族(gi^2／gu^2$\sim$)． ④家族(ka^1$\sim$)．

⑤種族(tsiong^2$\sim$)；又口語音(tseng^2／tsing^{2}tsak^8)．

⑥水族館 (tsui^2$\sim$ kuan^2)；展覽水棲動物的建築物．

（448）【維】　　wéi（ㄨㄟ）

"維"字的白話音爲：(bi⁵)，然語例殊少，如"維持"讀(～ti⁵)，亦讀文言音：(wi⁵／yi⁵ts'i⁵)，一般則多用文言音：(ui⁵／wi⁵)。

(例)　①維護(～ho⁷)．　　②維生素(～seng¹／sing¹so³)．

③維新(～sin¹)；如"明治維新"(Beng⁵／Bing⁵ti⁷～)．

④維他命(～t'a¹beng⁷)．　⑤四維[八德](su³～)[pat⁸tek⁴]．

（449）【劃】　　huà（ㄏㄨㄚˋ）

按"劃"字的文言音是：(hik⁸)，惟語例殊少，通常使用的是白話音：(ik⁸／yik⁸)、(ueh⁸／weh⁸或uih⁸／wih⁸)和(ua⁷／wa⁷)三種。

Ⅰ [yik⁸]：①計劃(ke³～)．　②區劃(k'u¹～)．

Ⅱ [weh⁸]：①劃圓箍仔(～iⁿ⁵／yiⁿ⁵k'o¹a²)；劃圓圈．

②劃撥(～p uah⁴)；又音(wa⁷p'uah⁴)；郵局辦匯款手續．

③劃線(～suaⁿ³)．　　　　④筆劃(pit⁴～)．

⑤劃策(～ts'ek⁴)；籌謀計策，又音(wa⁷ts'ek⁴)．

⑥一劃(tsit⁸～)；指漢字的一橫．

Ⅲ [wa⁷]：①劃分(～hun¹)．②劃界(～kai³)．

③劃時代(～si⁵tai⁷)．　　　④劃一(～yit⁴)；使一致、一樣．

⑤策劃(ts'ek⁴～)；計謀籌劃．

（450）【選】　　xuǎn（ㄒㄩㄢˇ）

"選"字底有一種讀音：(suan²)

(例)　①選民(～bin⁵)．　　②選舉(～ki²／ku²)．

③選子婿(～kiaⁿ²sai³)；選女婿，又"選人材"(～lang⁵tsai⁵)．

④選派(～p'ai³)．　　　　⑤選票(～p'iə³)．

⑥選拔(～puat⁸)；挑選人材．⑦選修(～siu¹)；選定學習科目．

⑧選擇(～tek⁸)．　⑨選集(～tsip⁸)；選錄著作而成的書集．

⑩選手(～ts'iu²)．⑪民選(bin⁵～)．

⑫文選(bun⁵～)．⑬普選(p'o²～)；人民直接投票選舉．

⑭挑選(t'iau¹～)，口語説"揀"(keng²)，文言音(kan²)．

（451）【標】　　biāo（ㄅ丨ㄠ）

A 文言音：有兩種：(piau¹)和(p'iau¹)，閩南地區通用前者，台灣則多用後者，間用前者，茲以台灣爲準．

(例)　①標語(～gu²)．　　②標明(～beng⁵／bing⁵)．

③標記(～ki³)．　　　④標價(～ke³)；標示價格．

⑤標榜(～pong²)；宣揚誇耀．⑥標本(～pun²)．

⑦標題(～te⁵)．　　　⑧標點(～tiam²)．

⑨標致(～ti³)；容貌姿態美麗(多用於女子)，男子則説"緣投"(yan⁵tau⁵)．又"標撇"(～p'iat⁴)；活潑瀟洒，"標"又作"飄"．

⑩標頭(～t'au⁵)；即"商標"(siong¹～)；"標籤"(～ts'iam¹)．

⑪標準(～tsun²)．　　　⑫目標(bok⁸～)．

⑬翁仔標(ang¹a²～)；印有人形的紙牌．

⑭指標(tsi²～)；計劃中規定達到的目標．

B 白話音：(piə¹)

(例)　①標會仔(～hue⁷a²)；"會仔"爲民間一種小型經濟互助團體，一般每個月舉行一次"標會"取得會款．

②標工事(～kang¹su⁷)；用投標承辦工程．

③投標(tau⁵～)．　　④中標(tiong³～)；參加比價的投標入選．

⑤招標(tsiə¹～)；招募廠商參加比價競爭承包工程或貨物．

（452）【寫】　　xiě（ㄒ丨ㄝ）

"寫"字祇有一種讀音：(sia²)

(例)　①寫字(～ji⁷／gi⁷／li⁷)．②寫文章(～bun⁵tsiong¹)．

③寫生(～seng¹／sing¹)．　④寫實(～sit⁸)；眞實地描繪事物．

⑤寫眞(～tsin¹)；照片． ⑥寫作(～tsok⁴)．
⑦描寫(biau⁵～)． ⑧抄寫(ts'au¹～)．

（453）【存】　　　cún（ㄘㄨㄣˊ）

A 文言音：(tsun⁵)

（例）　①存亡(～bong⁵)．②存疑(～gi⁵)；保留疑問不作決定．
③存戶(～ho⁷)；在金融機關存款者(戶頭)．
④存放(～hong³)；寄存． ⑤存貨(～hue³)．
⑥存根(～kin¹／kun¹)． ⑦存款(～k'uan²)．
⑧存留(～liu⁵)． ⑨存檔(～tong³)；歸入檔案．
⑩存心(～sim¹)；又音(ts'un⁵sim¹)，居心也．
⑪存續(～siok⁸)；繼續存在、永存．
⑫存在(～tsai⁷)． ⑬存單(～tuaⁿ¹)；存款憑證．
⑭存查(～ts'a⁵)． ⑮保存(pə²～)．
⑯生存(seng¹／sing¹～)． ⑰儲存(t'u²～)；儲蓄積存．
⑱殘存(tsan⁵～)；殘餘或沒被消滅而留存下來．

B 白話音：(ts'un⁵)

（例）　①存死(～si²)；存心拼死，又説"存辦死"(～pan⁷si²)．
②存辦毋去(～m⁷k'i³)；"存辦"即打算，意爲打算不去．
③存心(～sim¹)；即居心，"存心不良"(～put⁴liong⁵)．
④相存(siə¹～)；互相謙讓，又説"參存"(saⁿ¹～)．

（454）【候】　　　hòu（ㄏㄡˋ）

A 文言音：(ho⁷)用例很少．

（例）　①候鳥(～niau²)；又音(hau⁷niau²)，隨季節而遷徙的鳥．
②問候(bun⁷～)． ③季候(kui³～)．

B 白話音：(hau⁷)

(例)　①候補(～po²)；等候遞補，或候選人.

②候選人(～suan²jin⁵／lin⁵). ③候診室(～tsin²sek⁴／sik⁴).

④候車室(～ts'ia¹sek⁴).　　⑤氣候(k'i³～).

⑥等候(teng²／ting²～)；或音(t'eng²／t'ing²～).

（455）【毛】　　　máo（ㄇㄠ）

A 文言音：(mo⁵)

(例)　①毛菇(～ko¹)；松蘑. ②毛蟹(～he⁷／hue⁷)；即螃蟹.

③毛病(～pe^{n7}／pi^{n7})；又音：(mau⁵peng⁷／ping⁷).

④毛重(～tang⁷)；連包裝在內的重量，反義語為"淨重"(tseng⁷／tsing⁷～).　　⑤毛蟲(～t'ang⁵)；又說"刺毛蟲"(ts'i³～).

⑥毛織(～tsit⁴)，又音(mng⁵～). ⑦毛筆(～pit⁴).

⑧不毛之地(put⁴～tsi¹te⁷)；草木不能生育之地.

B 白話音：(mau⁵)、(mng⁵)

I [mau⁵]：毛病(～peng⁷／ping⁷).

II [mng⁵]：①毛管(～kng²)；即毛孔，又說"毛管孔"(～k'ang¹).

②毛腳(～k'a¹)；前額和後頸的髮際.

③毛毛仔雨(～〃 a²ho⁷)；即毛毛雨，又說"雨毛"(ho⁷mng¹)，訛音(ho⁷mi¹).　　　④毛毯(～t'an²).

⑤腳毛(k'a¹～).　　⑥頭毛(t'au⁵～)；又訛音為(t'au⁵mo¹).

（456）【親】　　　qīn（ㄑㄧㄣ）

按"親"字的白話音為：(ts'e^{n1}／ts'i^{n1})，例"親姆"(～m²)；指對姻親對方母親的稱呼. 此外這個讀音的語例罕見，一般通用(ts'in¹)。

(例)　①親愛(～ai³).　　②親密(～bit⁸).

③親迎(～geng⁵／ging⁵)；新郎親自去女家迎娶新娘的儀式.

④親友(～iu²)；親戚朋友，又說"親情五雜"(～tsia^{n5}go⁷tsap⁸).

⑤親家(～ke¹)；對姻親對方父親的稱呼.

⑥親人(～lang⁵)；自家人. ⑦親筆(～pit⁴).

⑧親善(～sian⁷). ⑨親身(～sin¹).

⑩親屬(～siok⁸)；有血統或婚姻關係的人.

⑪親事(～su⁷)；指婚姻之事，又説"親情"(～tsiaⁿ⁵).

⑫親切(～ts'iat⁴). ⑬親堂(～tong⁵)；指同姓的人.

⑭親情(～tsiaⁿ⁵)；指姻戚，又説"親情似海"(～tseng⁵) [su⁷hai²]，"情"字讀文言音，語義不同，意爲父母的恩情.

⑮親族(～tsok⁸). ⑯親戚(～ts'ek⁴).

⑰親像(～ts'io⁷／ts'iu⁷)；即類似、像、像樣，如"無親像人"(bə⁵～lang⁵)；按人字讀本調則意爲"不像人"(像人以外的動物)，如讀輕聲則指別人，亦即"不像一般人一樣"(比不上人家).

⑱親親而仁民(ts'in¹～ji⁵jin⁵bin⁵)；對親人親愛，對人民仁愛.

⑲有來有去即會親 (u⁷lai⁵u⁷k'i³tsiah⁴e⁷～)；有來往才會有感情.

(457) 【快】　　kuài（ㄎㄨㄞ）

A 文言音：(k'uai³)

(例)　①快感(～kam²). ②快樂(～lok⁸).

③快門(～mng⁵)；照相機控制曝光的裝置.

④快速(～sok⁴). ⑤快刀斬亂蔴(～tə¹tsam²luan⁷mua⁵).

⑥快餐(～ts'an¹). ⑦快車(～ts'ia¹).

⑧爽快(song²～). ⑨大快人心(tua⁷～jin⁵sim¹).

B 白話音：(k'uaⁿ³)～(k'uiⁿ³)

(例)　快活(～uah⁸／wah⁸)；"艱苦"(kan¹k'o²)的反義語，喻生活、身心的輕鬆、舒適，如"艱苦做快活食"(kan¹k'o²tsə³～tsiah⁸)；工作時辛苦，吃飯時該舒服一點. "飼姥飼子無快活" (ts'i⁷bo²ts'i⁷kiaⁿ²bə⁵～)；扶養妻兒並不輕鬆.

（458）【效】　　　xiào（ㄒㄧㄠ）

"效"字的讀音只有一種；(hau⁷)

　　(例)　①效法(～huat⁴)．　②效用(～iong⁷／yong⁷)．
　　③效果(～kə²)．　　　　④效力(～lek⁸／lik⁸)．
　　⑤效能(～leng⁵／ling⁵)．⑥效勞(～lə⁵)；出力服務．
　　⑦效率(～lut⁸)．　　　　⑧仿效(hong²～)；模仿效法．
　　⑨功效(kong¹～)．　　　⑩失效(sit⁴～)．

（459）【院】　　　yuàn（ㄩㄢ）

"院"字的文言音：(uan⁷／wan⁷)，今已罕用，一般通用的是白話音：
(iⁿ⁷／yiⁿ⁷)。

　　(例)　①院落(～loh⁸)；又説"深井"(ts'im¹／tseⁿ²／tsiⁿ²)．
　　②院士(～su⁷)．　　　　③戲院(hi³～)．
　　④醫院(i¹／yi¹～)．　　　⑤研究院(gian²kiu³～)．
　　⑥學院(hak⁸～)．　　　　⑦入院(jip⁸～)；住進醫院．

（460）【查】　　　chá（ㄔㄚ）

按"查"字的讀音有三種；①(tsa⁵)、②(ts'a⁵)、③(tsa¹)。其中①與
②在單音節詞或複音節詞第1音節時基本上互通，而③則用在複音
節詞的末音節。

　　I　[tsa⁵～ts'a⁵]：①查明(～beng⁵／bing⁵)．
　　②查問(～mng⁷)．　　　③查封(～hong¹)．
　　④查字典(～ji⁷tian²)．⑤查考(～k'ə²)；調查考究，弄清事實．
　　⑥查究(～kiu³)；檢查追究．⑦查辦(～pan⁷)；查明後處理．
　　⑧查哨(～sau³)．　　　　⑨查收(～／tsa¹siu¹)．
　　⑩查詢(～／tsa¹sun⁵)．⑪查點(～tiam²)；檢查數目．
　　⑫查照(tsa⁵tsiau³)．　　⑬查對(～tui³)；檢查核對．

II [tsa¹]：①檢查(kiam²～)．②稽查(k'e³～)．

③考查(k'ə²～)．　　　④查姥嫺(～bo²kan²)；女婢．

⑤巡查(sun⁵～)；指警察，來自日語．

⑥調查(tiau⁷～)。按以下"查"讀(tsa¹)可能是借音字．

⑦查姥(～bo²)；女人，"查"字有作"偖"而"姥"字有作"某"．

⑧查姥囝仔(～gin²a²)；即女孩子，少女．

⑨查姥子(～kiaⁿ²)；女兒．⑩查姥孫(～sun¹)；女孫兒．

⑪查姥人(～lang⁵)；女人，婦女，又男子謙稱自己的太太．

⑫查佣(tsa¹po¹)；男人，有寫作"丈夫"或"乾埔"、"唐夫"．

⑬查佣囝仔(～giⁿ²a²)；男孩子、少男．

⑭查佣子(～kiaⁿ²)；男孩子、男子漢．

⑮查佣人(～lang⁵)；男人，又女人謙稱自己的丈夫．

⑯查佣孫(～sun¹)；男孫兒．⑰查姥姪仔(～tit⁸a²)；姪女．

（461）【江】　　jiāng（ㄐㄧㄤ）

"江"字的讀音祇有一種：(kang¹)

（例）①江河(～hə⁵)．　　②江湖(～o⁵)．

③江山(～san¹)．　　④長江(Tng⁵／Tiong⁵～)．

（462）【型】　　xíng（ㄒㄧㄥ）

"型"字只有一種讀音：(heng⁵／hing⁵)

（例）①型號(～hə⁷)；機器等的性能、規格．

②血型(hueh⁴／huih⁴～)．③類型(lui⁷～)．

④模型(bo⁵～)．⑤典型(tian²～)；有代表性的人或事．

（463）【眼】　　yǎn（ㄧㄢ）

Ⓐ文言音：(gan²)

(例) ①眼福(～hok⁴). ②眼界(～kai³).

③眼角(～kak⁴)；口語説"目角"，"眼角膜"(～moh⁸).

④眼鏡(～kiaⁿ³). ⑤眼球(～kiu⁵)；"目睭仁"(bak⁸tsiu¹jin⁵).

⑥眼光(～kong¹). ⑦眼科(～k'ə¹).

⑧眼力(～lek⁸／lik⁸)；視力，又説"目識"(bak⁸sek⁴／sik⁴).

⑨眼前(～tseng⁵／tsing⁵)；口語又説"目前"(bak⁸tseng⁵)；"目
(珠)睭前"(～tsiu¹～)，亦説"面頭前"(bin⁷t'au⁵～).

⑩慧眼(hui⁷～). ⑪千里眼(ts'ian¹li²～).

B 白話音：(geng²／ging²)

(例)龍眼(leng⁵～)；又音(geng⁵～).

(464) 【王】　　　wáng（ㄨㄤ）

"王"字祇有一種讀音：(ong⁵)

(例) ①王府(～hu²)；喻豪華的住宅.

②王妃(～hui¹). ③王室(～sek⁴／sik⁴).

④王爺(～ia⁵／ya⁵)；指橫行霸道的人，如"做王爺"(tsə³～)；
當惡霸. ⑤親王(ts'in¹～).

⑥王牌(～pai⁵)；喻最強的人物或手段.

⑦王子(～tsu²). ⑧君王(kun¹～).

(465) 【按】　　　àn（ㄢ）

"按"字的讀音只有一種：(an³)

(例) ①按語(～gi²／gu²)；這裡"按"字亦作"案".

②按理(～li²)；按照道理. ③按時(～si⁵)；照預定的時間.

④按摩(～mo⁵)；亦即推拿，又説"掠龍"(liah⁸leng⁵／ling⁵).

⑤按照(～tsiau³). ⑥按算(～sng³)；估計、予定.

⑦按怎(～tsuaⁿ²)；如何也，"按怎來"(～lai⁵)；怎樣來，又義

· 229 ·

"爲何"，如"按怎毋來"(〜m⁷lai⁵)；爲什麼不來.

⑧按怎樣(〜ioⁿ⁷／iuⁿ⁷)；義與按怎同."按"字又作"安".

（466）【格】　　gé（《さ）

Ⓐ 文言音：(kek⁴／kik⁴)

(例)　①格物(〜but⁸)；推究物性、物理.

②格言(〜gian⁵).　　　③格格不入(〜〃 put⁴jip⁸).

④格氣(〜k'ui³)；擺出了不起的樣子.

⑤格派頭(〜p'ai³t'au⁵)；擺架子(貶義).

⑥格一個派(〜tsit⁸e⁵p'ai³)；傲慢無禮的態度.

Ⓑ 白話音：(keh⁴)

(例)　①格仔(〜a²)；格子，方框子.

②格式(〜sek⁴／sik⁴).　③風格(hong¹〜)；作風、氣度.

④規格(kui¹〜).　　　⑤格外(〜gua⁷)；超出尋常.

⑥大(細)格(tua⁷[se³／sue³]〜)；大(小)體形(指禽畜)，如"無毛雞假(格)大格"(bə⁵mng⁵ke¹／kue¹ke²[kek⁴]tua⁷〜)；沒羽毛的雞還假裝成大型的樣子，喻沒錢的人還裝富有.

（467）【養】　　yǎng（丨尢）

Ⓐ 文言音：(iong²／yong²)

(例)　①養育(〜iok⁸).　　②養老(〜lə²).

③養女(〜li²／lu²).　④養病(〜peⁿ⁷／piⁿ⁷).

⑤養生(〜seng¹／sing¹).　⑥養神(〜sin⁵).

⑦撫養(bu²〜).　　　⑧贍養(siam⁷〜)；供給生活所需.

Ⓑ 白話音：(ioⁿ²／iuⁿ²)、(tsiu⁷)

Ⅰ [iuⁿ²]：①養母(〜bə²／bu²).　②養(爸)父(〜pe⁷).

③養飼(〜ts'i⁷)；即撫養飼育.

II [tsiu^{n7}]："養"字讀此音，意爲"胎"，如"生頭養" (se^{n1}／si^{n1}

t'au^5～)；生育頭一胎的子女.

（468）【易】　　　yì（丨）

A 文言音：(i^7／yi^7)～(yik^8／yek^8)

I [yi^7]：按"易"的這個讀音有鼻化變成(yi^{n7})的傾向.

①容易(iong^5／yong^5～).　②簡易(kan^2～).

③輕易(k'in^1～).　　　④平易(peng^5／ping^5～).

II [yek^8]：①交易(kau^1～).　②易俗(～siok^8)；改變風俗.

③易地而處(～te^{7}ji^{7}ts'u^3)；即設身處地.

B 白話音：(iah^8／yah^8)

（例）　①易經(～keng^1).　②易市(～ts'i^7)；旺盛的買賣.

③優易(iu^1／yiu^1)；富裕.　④"佳"易(ka^1～)；繁盛、熱鬧.

（469）【置】　　　zhì（ㄓ）

"置"字的讀音祇有一種：(ti^3)

（例）　①置疑(～gi^5)；即存疑.　②置信(～sin^3)；相信(用於否定).

③置之度外(～tsi^{1}to^{1}gua^2)；不予考慮.

④安置(an^1～)；安放.　⑤裝置 (tsong^1～)；安裝儀器、機器等.

（470）【派】　　　pài（ㄆㄞ）

"派"字只有一種讀音：(p'ai^3)

（例）　①派系(～he^7).　　②派遣(～k'ian^2)；口語 "差派"(ts'e^1～).

③派別(～piat^8).　　　④派出所(～ts'ut^{4}so^2).

⑤派頭(～t'au^5)；(含貶義的)氣派，又説"氣頭"(k'ui^{3}t'au^5).

⑥流派(liu^5～).　　　⑦黨派(tong^2～).

⑧派生 (～seng^1／sing^1)；從一個主要事物發展中分化產生出來.

（471）【層】　　　céng（ㄘㄥ）

Ａ 文言音：(tseng⁵／tsing⁵)；層出不窮(～ts'ut⁴put⁴kiong⁵).

Ｂ 白話音：(tsan³)～(tsan⁵)

　I [tsan³]：①五層樓仔(go⁷～lau⁵a²)；五層的樓房.

　　②階層(kai¹～)；社會中地位不同的層次，或其集團.

　II [tsan⁵]：①層仔(～a²)；分層的容器.

　　②層次(～ts'u³)；説話、作文等内容的次序.

　　③一層過一層(tsit⁸～ke³／kue³tsit⁸～)；(事件)一件又一件.

　　④有兩層的理由(u⁷／wu⁷nng⁷～e⁵li²iu⁵)；有兩個(種)理由.

（472）【片】　　　piàn（ㄆㄧㄢ）

Ａ 文言音：(p'ian³)

　(例)　①片面(～bian⁷).　　②片刻(～k'ek⁴／k'ik⁴).

　　③片段(～tuan⁷).　　④鴉片(a¹～).

Ｂ 白話音：(p'iⁿ³)

　(例)　①片仔黃(～a²hong⁵)；一種治肝炎的藥品.

　　②玻璃片(pə¹le⁵～).　　③明信片(beng⁵／bing⁵sin³～).

　　④相片(siong⁷～).　　⑤刀片(tə¹～).

　　⑥唱片(ts'ioⁿ³／ts'iuⁿ³～).⑦名片 (miaⁿ⁵～)；又説 " 名刺 "(beng⁵／

　　bing⁵ts'i³)；介紹自己名字身分住址的小卡片.

（473）【始】　　　shǐ（ㄕ）

"始"字的讀音祇有一種：(si²)

　(例)　①始末(～buat⁸).　　②始終(～tsiong¹).

　　③始祖(～tso²)；又説 "開基祖"(k'ai¹ki¹～).

　　④原始(guan⁵～)；未開化，第一手的.

　　⑤元始(guan⁵～)；開始、第一. 又 "肇始"(t'iau⁷～).

（474）【卻】　　　　què（ㄑㄩㄝˋ）

"卻"字的讀音只有一種：(k'iok⁴)

（例）　①卻下(～ha⁷)；駁下. 如"推卻"(t'ui¹～)；拒絕也.

②卻步(～po⁷)；因畏懼或厭惡而後退.

③卻是(～si⁷)；勿寧是，……是……(後接"但是"、"不過"等轉折語)，如"好 卻是好，毋拘無俗" (hə²～hə²,m⁷ku²bə⁵siok⁸)；好是好，不過 並不便宜.　　　　　　　　④冷卻(leng²～)；冷掉了.

（475）【專】　　　　zhuān（ㄓㄨㄢ）

"專"字的讀音祇有一種：(tsuan¹)

（例）　①專案(～an²).　　　　②專賣(～be⁷／bue⁷).

③專門(～bun⁵).　　　　④專橫(～huaiⁿ⁵)；專斷強橫.

⑤專業(～giap⁸).　　　　⑥專工(～kang¹)；特意.

⑦專攻(～kong¹)；專業.　⑧專科(～k'ə¹).

⑨專款(～k'uan²).　　　　⑩專欄(～lan⁵).

⑪專利(～li⁷).　　　　　⑫專誠(～seng⁵／sing⁵).

⑬專題(～te⁵).　　　　　⑭專長(～tiong⁵).

⑮專制(～tse³).　　　　　⑯大專(tai⁷～)；指大學和專科學校.

⑰自專 (tsu⁷～)；擅自作主，口語 "大主大意"(tua⁷tsu²tua⁷yi³).

（476）【狀】　　　　zhuàng（ㄓㄨㄤˋ）

A 文言音：(tsong⁷)

（例）　①狀況(～hong²).　②狀態(～t'ai⁷).

③行狀(heng⁵～)；敘述死者的身世經歷的文章，亦叫行述.

B 白話音：(tsiong⁷)～(tsng⁷)

I [tsiong⁷]：狀元(～guan⁵)；科考第一名.

II [tsng⁷]：①狀紙(～tsua²)；(舊時)訴狀用紙.

②告狀(kə³〜)． ③訴狀(so³〜)；訴訟的文件．
④獎狀(tsiong²〜)． ⑤委任狀(ui²／wi²jim⁷／lim⁷〜)．

（477）【育】　　　yǜ（ㄩ）

"育"字的讀音只有一種：(iok⁸／yok⁸)

　　(例)　①育兒(〜ji⁵／gi⁵／li⁵)．②育苗(〜biau⁵)；培育幼苗．
　　③育種(〜tseng²／tsing²)．④生男育女(seng¹lam⁵〜lu²)．
　　⑤德育(tek⁴／tik⁴〜)．　　⑥智育(ti³〜)．

（478）【廠】　　　chǎng（ㄔㄤ）

按"廠"字的文言音為：(ts'iong²／ts'iang²)；但一般均通用白話音：
(ts'iuⁿ²／ts'ioⁿ²)。

　　(例)　①廠方(〜hong¹)． ②廠房(〜pang⁵)；工廠的建築物．
　　③廠商(〜siong¹)．　　④廠地(〜te⁷)．
　　⑤工廠(kang¹〜)． ⑥鋼廠(kng³〜)；製鋼的工廠．

（479）【京】　　　jīng（ㄐㄧㄥ）

Ａ文言音：(keng¹／king¹)
　　(例)　①京畿(〜ki¹)；國都及其附近地方．
　　②京劇(〜kiok⁸)；即北京戲．③京師(〜su⁷)；首都．
Ｂ白文音：(kiaⁿ¹)
　　(例)　①京戲(〜hi³)．　②京城(〜siaⁿ⁵)；首都．
　　③京都(〜to¹)．　　④東京(Tang¹〜)．

（480）【識】　　　shì（ㄕ）

"識"字的讀音祇有一種：(sek⁴／sik⁴)
　　(例)　①識貨(〜hue³)；能鑒別貨物的好壞，又説"捌貨"

$(bat^4 / pat^4 hue^3)$. ②識字$(\sim ji^7 / gi^7 / li^7)$.
③識相$(\sim siong^3)$；知趣，能看出別人的意思行事、口語説"目
睭金" $(bak^8 tsiu^1 kim^1)$. ④學識$(hak^8 \sim)$.
⑤見識$(kian^3 \sim)$. ⑥足識$(tsiok^4 \sim)$；很聰明懂事.

（481） 【適】　　　shì（ㄕˋ）

"適"字只有一種讀音：(sek^4 / sik^4)

（例）①適宜$(\sim gi^5)$. ②適應$(\sim eng^3 / ing^3)$.
③適合$(\sim hap^8)$. ④適時$(\sim si^5)$；不早也不晚.
⑤適當$(\sim tong^3)$. ⑥適從$(\sim tsiong^5)$；跟隨附和行動.
⑦心適$(sim^1 \sim)$；有趣. ⑧舒適$(su^1 \sim)$；心爽舒服.

（482） 【屬】　　　shǔ（ㄕㄨˇ）

"屬"字的讀音只有一種：$(siok^8)$

（例）①屬國$(\sim kok^4)$. ②屬性$(\sim seng^3 / sing^3)$.
③屬地$(\sim te^7)$. ④附屬$(hu^3 \sim)$；附設、依附歸屬.
⑤歸屬$(kui^1 \sim)$. ⑥隸屬$(le^7 \sim)$；從屬，受管轄.
⑦直屬$(tit^8 \sim)$；直接管轄.

（483） 【圓】　　　yuán（ㄩㄢˊ）

A 文言音：(uan^5 / wan^5)

（例）①銀圓$(gin^5 / gun^5 \sim)$. ②圓滿$(\sim buan^2 / mua^2)$.
③圓滑$(\sim huat^8)$；又口語音$(yi^{n5} kut^8)$；敷衍討好.
④圓通$(\sim t'ong^1)$；靈活變通而不固執.
⑤團圓$(t'uan^5 \sim)$. ⑥圓舞曲$(\sim / yi^{n5} bu^2 k'iok^4)$.

B 白話音：(i^{n5} / yin^5)

（例）①圓仔$(\sim a^2)$；糯米粉等做成的團子，煮成"圓仔湯"$(\sim$

- 235 -

t'ng¹）；湯團子，湯圓，俗説"搓圓仔湯"(sə¹～)；喻用協議方式
將競爭的對手買收使其撤退(選舉或投標時).

②圓仔花(～hue¹)；一種像玻璃球(珠)大小的紫紅色花，狀如
圓仔而得名，台灣以前田野很多，近已少見.

③圓形(～heng⁵／hing⁵). ④圓規(～kui¹).

⑤圓棍棍(～kun³〃)；喻非常圓，又説"圓輦輦"(～ lian³〃)；圓
如車輪. ⑥圓箍仔(～k'o¹a²)；即圓圈.

⑦圓環仔(～k'uan⁵a²)；小的圓環，又指小型的圓形公園，有
飲食攤子. ⑧圓心(～sim¹).

⑨圓桌(～təh⁴). ⑩圓周(～tsiu¹).

⑪粉圓(hun²～)；溨粉做的團子.

（484）【包】　　　　bāo（ㄅㄠ）

"包"字只有一種讀音：(pau¹)

（例）　①包含(～ham⁵). ②包仔(～a²)；即包子.

③包涵(～ham⁵)；請原諒. ④包袱(～hok⁸).

⑤包工(～kang¹)；承包工程，又説"貿工"(bauh⁸～).

⑥包裏(～kə²). ⑦包機(～ki¹)；包租飛機.

⑧包括(～kuat⁴). ⑨包攬(～lam²)；即獨佔.

⑩包領(～nia²)；即保障，負責，又説"保領"(pə²nia²).

⑪包辦(～pan⁷). ⑫包飯(～png⁷).

⑬包庇(～pi³)；祖護、掩護(壞人、壞事).

⑭包死的(～si²e)；肯定會死的. 亦即"包允死的"(～un²si²e).

⑮包裝(～tsong¹／tsng¹). ⑯包圍(～ui⁵／wi⁵).

⑰紅包(ang⁵～). ⑱皮包(p'ue⁵～).

（485）【火】　　　　huǒ（ㄏㄨㄛ）

按"火"字文言音爲(ho^{n2})；除幾個文言、成語以外語例殊少；如"火帝"(～te^3)，"火樹銀花"(～su^{7}gin^{5}hua^1)等，一般全都通用白話音：(he^2／hue^2)(泉音爲hə^2)。

(例) ①火灰(～hu^1)；灰燼．②火燻(～hun^1)；即火煙．

③火煙(～ian^1／yan^1)． ④火雞(～ke^1)．

⑤火油(～iu^5／yiu^5)；食用植物油(花生油)．

⑥火金姑(～kim^{1}ko^1)；即螢火蟲．

⑦火管(～kng^2)；用以吹風煽火的管子．

⑧火鍋(～kə^1)． ⑨火炬(～ku^7)；即火把．

⑩火籠(～lang^5)；小型圓形手提取暖器，又説"火烔"(～t'ang^1)．

⑪火犁(～le^5)；燃炭的拖拉機．⑫火把(～pe^2)；成把的火．

⑬火燒厝(～siə^{1}ts'u^3)；房屋火災．

⑭火箸(～ti^7)；挾火炭、火柴用的火筷子．

⑮火頭軍(～t'au^{5}kun^1)；即炊事員（原爲軍中炊事兵）．

⑯火炭(～t'ua^{n3})． ⑰火腿(～t'ui^2)；醃製的豬腿．

⑱火箭(～tsi^{n3})． ⑲火舌(～tsih^8)；即火炎．

⑳火葬(～tsong^3)． ㉑火船(～tsun^5)；即輪船．

㉒火拭仔(～ts'it^{4}a^2)；即火柴，又説"番仔火"(huan^{1}a^2～)．

㉓火星(～ts'e^{n1}／ts'i^{n1})；火花，又指太空中的火星．

㉔火車頭(～ts'ia^{1}t'au^5)；即火車站，或指機車又説"火車母"(～bə^2)． ㉕火引(～yin^2)；引火用乾燥易燃物．

㉖起火(k'i^2～)；生火． ㉗發火(huat^4～)．

（486）【住】　　zhù（ㄓㄨ）

按"住"字有二種聲調不同的讀音：(tsu^3)和(tsu^7)

Ⅰ [tsu^3]：①住口(～k'au^3)；口語説"恬去"(tiam^{7}k'i^3)．

②住手(～ts'iu^2)，口語説"停手"(t'eng^5／t'ing^{5}ts'iu^2)．

II [tsu⁷]：①住民(～bin⁵)．②住宿(～siok⁴)．

③住院(～i^{n7}／yi^{n7})；住進醫院治療，又説"入院"(jip⁸／gip⁸

／lip⁸yi^{n7})．　　　　　④住宅(～t'e²)．

⑤住所(～so²)；又説"住址"(～tsi²)．

⑥住持(～ts'i⁵)；寺廟的主管(主持者)．

⑦記住(ki³～)．　　　　　⑧對不住(tui³put⁴～)．

（487）【調】　　　tiáo（ㄊㄧㄠ）～diào（ㄉㄧㄠ）

按"調"字有多種聲調不同的讀音；(tiau¹)、(tiau³)、(tiau⁵)和(tiau⁷)
；其中1聲和5聲因連音變調均變爲7聲，故在複音節詞中的前一音
節可視爲同音，7聲則在複音節詞的末音節或單獨音節時的讀音，
至於第3聲則表示"移動"的"調"(動)的讀音．

I [tiau¹／tiau⁵]：①調味(～bi⁷)．　　②調合(～hap⁸)．

③調養(～iong²／yong²)．④調戲(～hi³)；戲弄婦女．

⑤調解(～kai²)．　　　　⑥調配(～p'ue³)；調配材料．

⑦調停(～t'eng⁵)．　　　⑧調整(～tseng²／tsing²)．

⑨調節(～tsiat⁴)．　　　⑩風調雨順(hong¹～u²／wu²sun⁷)．

II [tiau³]：①調任(～jim⁷)．②調撥(～puat⁴)；調動撥付款項．

③調派(～p'ai³)．　　　　④調配(～p'ue³)；調動人馬．

⑤調度(～to⁷)．　　　　⑥調動(～tong⁷)；變動位置、職位．

⑦調集(～tsip⁸)．　　　⑧調職(～tsit⁴)；調動工作單位．

⑨調換(～ua^{n7})．　　　⑩對調(tui³～)；互相掉換．

⑪輪調(lun⁵～)；輪流調動工作單位．

III [tiau⁷]：用於表 "聲調"、"音調"等的"調"之讀音．

(例)　①音調(im¹／yim¹～)．②曲調(k'iok⁴～)．

③腔調(k'io^{n1}／k'iu^{n1}～)．④變調(pian³～)．

⑤本調(pun²～)；固有聲調.⑥論調(lun⁷～)；調調兒、説法.

（488）【滿】　　　mǎn（ㄇㄢˇ）

A 文言音：(buan^2)

　（例）　①滿門(～bun^5)．②滿懷(～huai^5)．

　　③滿期(～ki^5)．　　　　④滿壘(～lui^5)；各壘上都有走壘的人．

　　⑤滿墘(～ki^{n5})；充滿容器邊緣，"大碗佮滿墘"(tua^{7}ua^{n2}kəh^4～)．

　　⑥[順風]滿帆[sun^{7}hong^1](～p'ang^5)．

　　⑦滿潮(～tiau^5)；潮位最高．⑧滿足(～tsiok^4)．

　　⑨滿員(～uan^5／wan^5)；(按以上除⑧以外末音節都是第5聲)．

　　⑩美滿(bi^2～)．　　　　⑪充滿(ts'iong^1～)．

　　⑫完滿(uan^5／wan^5～)；完美沒缺欠，即圓滿．

B 白話音：(mua^2)

　（例）　①滿月(～geh^8／gueh^8)；小孩出生滿一個月，即彌月．

　　②滿意(～i^3／yi^3)．　　③滿期(～ki^5)．

　　④美滿(bi^2～)．　　　　⑤滿滿是(～〃si^7)；喻非常多．

　　⑥滿腹(～pak^4)；滿腔，"滿腹熱情"(～jiat^{8}tseng^5)；滿腔熱情．

　　⑦完滿(uan^5／wan^5～)．　⑧滿四界(～si^{3}ke^3)；到處有．

　　⑨滿心[歡喜](～sim^1)[hua^{n1}hi^2]；整個心裡滿高興的．

（489）【縣】　　　xiàn（ㄒㄧㄢˋ）

按"縣"字文言音讀(hian^7)，語例罕見，一般通用白話音(kuan^7)。
按廈音(kuai^{n7})，漳州音(kui^{n7})。

　（例）　①縣府(～hu^2)；即縣政府的略稱．

　　②縣城(～sia^{n5})．　　　③縣治(～ti^7)．

　　④郡縣制度(kun^7～tse^{3}to^7)．

（490）【局】　　　jú（ㄐㄩˊ）

"局"字的白話音為(kek^8／kik^8)，惟語例罕有，一般通用文言音：

(kiok⁸)。

(例)　①局面(～bin⁷)．　　②局部(～po⁷)．

③局外人(～gua⁷lang⁵)；與某事無關的人．

④局勢(～se³)．　　　　⑤專賣局(tsuan¹be⁷～)．

⑥[顧全]大局[ko³tsuan⁵](tai⁷～)．

⑦有局(u⁷／wu⁷～)；有趣，有意思．

（491）【照】　　zhào（ㄓㄠ）

A 文言音：(tsiau³)

(例)　①照樣(～io^{n7}／iu^{n7})．②照顧(～ko³)．

③照舊(～ku⁷)．　　　　④照料(～liau⁷)．

⑤照看(～k'ua^{n3})；看情形，參照實況．

⑥照開(～k'ui¹)；費用平均分擔，又"會"照原定召開．

⑦照輪(～lun⁵)；按先後輪流，如；"當值照輪"(tong¹tit⁸～)；按順序輪流值班．　　　　⑧照步來(～po⁷lai⁵)；按規定進行．

⑨照分(～pun¹)；平均分配，"利益照分"(li⁷ek⁴～)．

⑩照(像)相(～siong³)；又説"翕相"(hip⁴～)．

⑪照常(～siong⁵)．　　⑫迴光反照(hue⁵kong¹huan²～)．

⑬照應(～eng³／ing³)．　⑭佛光普照(hut⁸kong¹p'o²～)．

⑮照會(～hue⁷)．　　　⑯心照不宣(sim¹～put⁴suan¹)．

B 白話音：(tsiə³)

(例)　①照光(～kng¹)；即對黑暗的地方映照燈光．

②照日頭(～jit⁸／git⁸／lit⁸t'au⁵)；晒太陽．

③照鏡(～kia^{n3})．　　　④照面(～bin⁷)；照臉孔．

⑤照人影(～lang⁵ya^{n2})；指水中映照出人影．

⑥照X光(～e¹ku¹suh⁴kong¹)；又説"照電光"(～tian⁷kong¹)．

⑦探照燈 (t'am³～ teng¹)；遠距離照射高空、地面的照明．

（492）【參】　　　cān（ㄘㄢ）

按"參"字的台語讀法，配合官話的讀法舉例如下。

　　Ⅰ [can]：台語文言音爲(ts'am^1)；白話音爲(sa^{n1})。

A 文言音：(ts'am^1)

　　（例）　①參謀(〜bo^5)．　　②參與(〜yi^2／wu^2)．
　　③參見(〜kian^3)．　　④參軍(〜kun^1)；加入軍隊．
　　⑤參考(〜k'ə^2)．　　⑥參看(〜k'ua^{n3})；參考地看資料．
　　⑦參拜(〜pai^3)．　　⑧參半(〜pua^{n3})；各佔一半．
　　⑨參詳(〜siong^5)；即商量，亦有作"參商"．
　　⑩參酌(〜tsiok^4)；參照實際情況而加以斟酌．
　　⑪烏白參(o^{1}peh^8〜)；胡亂加調味品，或任意混合．
　　⑫魚參蝦(hi^5／hu^5〜he^5)；魚跟蝦．

B 白話音：(sa^{n1})語意爲"互相"。

　　（例）　①參合(〜kap^4)；一起、共同、"參合做生理"(〜tsə^{3}seng^1 li^2)；共同做生意．　　②參招(〜tsiə^1)；相邀．

　　Ⅱ [cen]：台語的讀音，文言音(ts'im^1)；白話音(ts'am^1)．

A 文言音：參差不齊(〜ts'u^{1}put^{4}tse^5)；大小長短不一致．

B 白話音：交參(kau^{1}ts'am^1)；參錯(〜ts'ok^4)．

　　Ⅲ [shen]：台語的讀音文言爲(sim^1)，白話爲(som^1／song^1)，兩音頗多通用，①人參(jin^{5}sim^1／som^1)．②黨參(tong^{2}som^1)．

（493）【紅】　　　hóng（ㄏㄨㄥ）

按"紅"的文言音爲(hong^5)，很少語例，一般均通用白話音(ang^5)。

　　（例）　①紅目(〜bak^8)；喻嫉妒，眼紅．
　　②紅帽仔(〜bə^{7}a^2)；在火車站替客人提行李的人，戴紅色帽子．
　　③紅字(〜ji^7)；虧本．　　④紅嬰仔(〜e^{n1}a^2)；即嬰兒．
　　⑤紅熱病(〜jiat^{8}pe^{n7})；即腥紅熱．

⑥紅記記(〜ki³〃)；喻很紅的樣子，"記"又作"嘩"，又説"紅絳絳"(〜kong³〃)．　　　　⑦紅霞(〜ha⁵)；指落日殘照．

⑧紅龜[粿](〜ku¹[kue²／ke²])；糯米做的紅色糕，用烏龜模型塑成，染紅色而得名，用於喜慶．

⑨紅燒(〜siə¹)；一種烹調法，"紅燒魚"(〜hi⁵)．

⑩紅糖(〜t'ng⁵)；指紅砂糖，黃褐色并非紅色，又叫"粗花"(ts'o¹hue¹)．　　　　⑪紅毛土(〜mng⁷t'o⁵)；水泥．

⑫紅膏赤蟻(〜kə¹ts'iah⁴ts'ih⁸)；形容臉色紅潤、容光煥發．

⑬見笑面紅(kian³siau³bin⁷〜)；害羞而臉紅．

（494）【細】　　　xì（ㄒㄧ）

按"細"字的讀音有文言音(se³)和白話音(sue³)；漳州通用文言音，廈門通用語音，台灣則兩音均通用。

(例)　①細漢(〜han³)；個子小、小孩。如："伊卡細漢"(yi¹k'ah⁴〜)；他個子比較小，"我細漢的時陣"(gua²〜e⁵si⁵tsun⁷)；我小的時候．　　　　②細姨(〜i⁵／yi⁵)；妾，小老婆．

③細膩(〜ji⁷／gi⁷／li⁷)；小心，客氣．

④細子(〜kiaⁿ²)；指幼子，末子，又説"細漢子"(〜han³kiaⁿ²)．

⑤細菌(〜k'un²)．　　　　⑥細節(〜tsiat⁴)．

⑦無大無細(〜bə⁵tua⁷bə⁵〜)；不辨長幼之序．

⑧囝仔大細(gin²a²tua⁷〜)；小孩子們．

（495）【引】　　　yǐn（ㄧㄣ）

"引"字祇有一種讀音：(in²／yin²)

(例)　①引火(〜he²／hue²)．②引誘(〜iu³／yiu³)．

③引力(〜lek⁸／lik⁸)．　　　④引起(〜k'i²)；招致，惹起．

⑤引路(〜lo⁷)；帶路．　　　⑥引領(〜leng²／ling²)；帶領．

242

⑦引退(～t'e³／t'ue³)． ⑧引受(～siu⁷)；承受、接受．

⑨引𤆬(～ts'ua⁷)；帶路． ⑩火引(hue²～)；引火燃燒的東西．

（496）【聽】　　tīng（ㄊㄧㄥ）

按"聽"字的文言音爲(t'eng¹／t'ing¹)和(t'eng³／t'ing³)；惟語例除
"聽聞"(～bun⁵)、"聽信"(～sin³)等之外，一般均通用白話音：(t'iaⁿ¹)。

（例）　①聽覺(～kak⁴)． ②聽見(～ki n³)．

③聽講(～kang²)；聽講義、講話，但如果讀成(～kong²)；則
爲"聽説"的意思，如"聽講伊死啦"(～yi¹si²la)；聽説他死了．

④聽筒(～tang⁵)． ⑤聽嘴(～ts'ui³)；亦即聽話．

⑥好聽(hə²～)；反義語爲"歹聽"(p'ai n²～)；不好聽，難聽．

⑦聽牌（～pai⁵）；玩麻將，差一個牌就成局，此時叫聽牌．

（497）【該】　　gāi（ㄍㄞ）

"該"字讀音只有一種：(kai¹)

（例）　①該講着講(kai¹kong²tiəh⁸kong²)；該説就説．

②該死(～si²)．"註該死"(tsu³～)；註定要死的．

③該慘(～ts'am²)；糟了、慘了、不得了．

④應該(eng³／ing³～)；"無應該"(bə⁵～)；不應該．

（498）【鐵】　　tiě（ㄊㄧㄝ）

按"鐵"字的文言音(t'iat⁴)；除少數成語、文言有語例之外，一般均
通用白話音(t'ih⁴)。

（例）　①鐵管(～kong²)． ②鐵馬(～be²)；自行車．

③鐵牛(～gu⁵)；耕耘機． ④鐵櫃(～kui⁷)；大型金庫．

⑤鐵枝(～ki¹)；即鐵筋，鐵軌，如"鐵枝[仔]路"(～[a²]lo⁷)；
路軌．"火車行鐵枝仔路"(hue²ts'ia¹kia n⁵～)；火車走鐵軌．

⑥鐵齒[銅牙槽](～k'i² [tang⁵ge⁵tsə⁵])；剛愎頑固，好辯．

⑦鐵線網(～suaⁿ³bang⁷)．　⑧鐵槌仔(～t'ui⁵a²)；大型鐵槌．

⑨鐵釘仔槌(～teng¹／ting¹a²t'ui⁵)；即小型鐵槌．

⑩鐵砧(～tiam¹)；鐵製墊板．　⑪手無寸鐵(ts'iu²bə⁵ts'un³～)．

（499）【價】　　jià（ㄐㄧㄚ）

"價"字的文言音爲(ka³)，惟一般則通用白話音(ke³)。

（例）　①價格(ke³keh⁴)．　　②價腳(～k'a¹)；即價目．

③價錢(～ts'iⁿ⁵)．　　　④價值(～tat⁸)；文言音爲(ka³tit⁸)．

⑤落價(lak⁴～)；又音(ləh⁸～)；即跌價，又説"跋價"(puah⁸～)．

⑥漲價(tiong³～)．　　　⑦出價(ts'ut⁴～)．

（500）【嚴】　　yán（ㄧㄢ）

A 文言音：(giam⁵)～(giam⁷)，一般通用前者。

（例）　①嚴密(～bit⁸)．　　②嚴格(～keh⁴)．

③嚴禁(～kim³)．　　　④嚴厲(～le⁷)．

⑤嚴肅(～siok⁸)．　　　⑥嚴守(～siu²)．

⑦嚴重(～tiong⁷)．　　　⑧嚴峻(～tsun³)；即嚴厲．

⑨嚴正(～tseng³／tsing³)；嚴肅公正．

⑩嚴官府出厚賊(～kuaⁿ¹hu²ts'ut⁴kau⁷ts'at⁸)；政府愈嚴，人民
愈會違法，喻壓力大、反抗亦大．　⑪戒嚴(kai³～)．

⑫莊嚴(tsong¹～)．　　　⑬威嚴(ui¹／wi¹～)．

B 白話音：(gan³)～(gan⁵)(例)水嚴(tsui²～)．

（501）【首】　　shǒu（ㄕㄡ）

按"首"字的白話音爲(ts'iu²)；如"一首詩"(tsit⁸～si¹)；亦讀文言音
(tsit⁸siu²si¹)；惟一般都通用文言音(siu²)。

(例) ①首尾(～be²／bue²)；口語説"頭尾"(t'au⁵～).

②首府(～hu²)；省都. ③首要(～iau³／yau³).

④首級(～kip⁴)；即人頭. ⑤首領(～leng²／ling²).

⑥首腦(～nau²). ⑦首先(～sian¹)；最先.

⑧首相(～siong³). ⑨首長(～tioⁿ²／tiuⁿ²).

⑩首都(～to¹). ⑪俯首(hu³～)；低下頭.

⑫自首(tsu⁷～)；自己檢舉自己犯法的行為.

(502)【底】 dǐ(ㄉㄧ)

A 文言音(te²)與白話音的(tue²)通用。

(例) ①底稿(te²／tue²kə³). ②底牌(～pai⁵)；喻最後動用的力量.

③底片(～p'iⁿ³). ④底細(～se³)；內情、根源.

⑤無底[深坑](bə⁵～ts'im¹k'eⁿ¹／kiⁿ¹)；喻慾望無限.

⑥月底(geh⁸／gueh⁸～). ⑦海底(hai²～).

⑧貨底(hue³～)；殘餘貨品. ⑨褲底(k'o³～)；褲子的股間部分.

⑩留底(lau⁵～). ⑪本底 (pun²～)；即本來.

⑫打底(p'ah⁴～)；打基礎. ⑬通底(t'ang³～)；穿到底部.

⑭歹底(p'aiⁿ²～)；底子差，經歷不好.

⑮心底(sim¹～)；心中. ⑯沈底(tim⁵～)；沈到底部.

⑰厝內底(ts'u³lai⁷～)；家裡頭，"內底"即裡面.

B 白話音：(tue²)～(ti²)按[tue²]的語例如上，以下為[ti²]的語例。

(例)到底(tau³～)；又音(tau³te²).

C 俗讀音：(ti⁷)；或可視為訓讀音，語例不多。

(例) ①底時(～si⁵)；即何時. ②底代(～tai⁷)；何事.

③底一日(～tsit⁸jit⁸)；哪一天.

(503)【液】 yè(ㄧㄝ)

Ⓐ 文言音：(ek⁸／yek⁸)／(ik⁸／yik⁸)

(例)　①液體(～t'e²)．　　②血液(heh²／hueh²～)．

③溶液(iong⁵／yong⁵～)．　④濃液(long⁵～)．

Ⓑ 白話音：(sioh⁸)　　按"液"字此音疑爲訓讀音，語義爲液體分

泌物，類似汗水。

(例)　①腳液(k'a¹～)．　　②手液(ts'iu²～)；手掌的汗液．

（504）【官】　　guān（ㄍㄨㄢ）

Ⓐ 文言音：(kuan¹)

(例)　①官僚(～liau⁵)；又口語音(kuaⁿ¹liau⁵)．

②官署(～su²)．　　③官邸(～te²)；高級公務人員的住宅．

④官場(～tioⁿ⁵／tiuⁿ⁵)．　⑤五官(ngo²～)；指耳目口鼻身．

Ⓑ 白話音：(kuaⁿ¹)

(例)　①官方(～hong¹)．　②官人(～lang⁵)；即做官的人．

③官吏(～li⁷)．　　④官名(～mia⁵)．

⑤官司(～si¹)．　　⑥官廳(～t'iaⁿ¹)；政府機關．

⑦官話(～ue⁷／we⁷)；原義爲官廳用語，多爲首都方言，乃專

指北方方言，又義官腔．　⑧官銜(～ham⁵)；官職的頭銜．

⑨大官虎(tua⁷～ho²)；大官逞威，爲害如虎，故得名．

⑩食錢官(tsiah⁸tsiⁿ⁵～)；指專收紅包賄賂的官吏．

（505）【德】　　dé（ㄉㄜ）

"德"字的讀音祇有一種：(tek⁴)

(例)　①德育(～iok⁸／yok⁸)．②德行(～heng⁷)；道德品行．

③德政(～tseng³／tsing³)．④德高望重(～ko¹bong⁷tiong⁷)．

⑤美德(bi²～)．　　⑥恩德(in¹／yin¹～)．

⑦品德(p'in²～)．　　⑧道德(tə⁷～)．

⑨積德(tsek⁴〜)；做好事，惟"做積德"(tsə³〜)則眨義爲"事情嚴重".

（506）【隨】　　　suí（ㄙㄨㄟˊ）

"隨"字祇有一種讀音：(sui⁵)

(例)　①隨意(〜i³／yi³).　②隨便(〜pian⁷).

③隨和(〜hə⁵)；"伊的人眞隨和好鬥陣"(yi¹e⁵lang⁵tsin¹〜hə²tau³tin⁷)；他很隨和容易合得來.　④夫唱婦隨(hu¹ts'iong³hu⁷〜).

⑤隨字仔寫(〜ji⁷／gi⁷／li⁷a²sia²)；逐字書寫.

⑥隨人來(〜lang⁵lai⁵)；各人自己來吧(飲食時招呼用菜的用語).

⑦隨時(〜si⁵).　　　　　⑧半身不隨(puan³sin¹put⁴〜).

⑨隨在[汝、伊⋯](〜tsai⁷)[li²、yi¹⋯]；任由[你、他⋯]吧.

（507）【病】　　　bìng（ㄅㄧㄥˋ）

按"病"字的文言音：(peng⁷／ping⁷)，惟除疾病(tsit⁴〜)，"病故"(〜ko³)等少數語例以外，一般均通用白話音：(peⁿ⁷／piⁿ⁷)。

(例)　①病院(〜iⁿ⁷／yiⁿ⁷).　②病子(〜kiaⁿ⁷)；孕吐.

③病去[甲]足傷重(〜k'i³[kah⁴]tsiok⁴siong¹tiong⁷)；病得嚴重.

④病房(〜pang⁵).　　　⑤病情(〜tseng⁵／tsing⁵).

⑥病相思(〜sioⁿ¹／siuⁿ¹si¹)；害單相思.

⑦病床(〜ts'ng⁵).　　　⑧破病(p'ua³〜)；害病.

⑨傳染病(t'uan⁵jiam²／liam²〜)，口語"着災"(tiəh⁸tse¹).

⑩有夠病(u⁷／wu⁷kau³〜)；眞是飯桶、差勁兒.

（508）【蘇】　　　sū（ㄙㄨ）

"蘇"字的讀音祇有一種：(so¹)

(例)　①蘇聯(So¹lian⁵).　②蘇打(〜taⁿ²)；碳酸鈉.

③蘇醒(～ts'e^{n2}／ts'i^{n2})． ④紫蘇(tsi^2～)；植物名．

（509）【失】　　　　shī（ㄕ）

"失"字的讀音祇有一種：(sit^4)

(例)　①失眠(～bin^5)．　　②失望(～bang^7／bong^7)．

③失明(～beng^5／bing^5)． ④失業(～giap^4)．

⑤失言(～gian^5)；無意中説出不該説的⑥失效(～hau^7)．

⑦失火(～hue^2／he^2)．　　⑧失學(～hak^8)．

⑨失意(～i^3／yi^3)．　　　⑩失約(～iok^4／yok^4)．

⑪失禮(～le^2)；對不起，又告辭用語．

⑫失靈(～leng^5／ling^5)；機器不靈敏，失去機能．

⑬失利(～li^7)．　　　　　⑭失戀(～luan^5)．

⑮失落(～loh^8)；丟失． ⑯失敗(～pai^7)．

⑰失陪(～pue^5)．　　　　⑱失勢(～se^3)；失去權勢．

⑲失聲(～sia^{n1})；不自主地發出聲音．

⑳失神(～sin^5)；又説"無神"(bə^{5}sin^5)；疏忽、茫然．

㉑失信(～sin^3)；即失約，失去信用．

㉒失算(～sng^3)；没計算或計算得不好．

㉓失事(～su^7)；發生不幸或意外的事故．

㉔失傳(～t'uan^5)．　　　㉕失常(～siong^5)；失去常態．

㉖失職(～tsit^4)．　　　　㉗失蹤(～tsong^1)；行蹤不明．

㉘失策(～ts'ek^4)．　　　㉙迷失(be^5～)；弄不清，搞錯方向．

㉚過失(ke^3／kue^3～)．　㉛喪失(song^1～)．

㉜得失(tek^4～)；得罪人家，如讀口語音(tit^4～)；得和失．

（510）【爾】　　　　ěr（ㄦ）

A 文言音：(ni^2)

248

(例)　①爾(ni^2)；即你．　②爾日(～jit^8)；那天、這天．

③爾時(～si^5)；那時候．　④果爾(ko^2～)；如此、這樣．

B 白話音：(nia^7)

(例)　①一箍銀爾(tsit^{8}k'o^{1}gin^5／gun^5～)；只有一塊錢而已．

②伊一個爾爾(yi^{1}tsit^{8}e^5～〃)；只他一個人而已，按此"爾"又

作"耳"．

C 俗讀音(假借音)：(ni^1)；如安爾(an^1～)；"爾"又作"呢"；這樣．

（511）【死】　　　sǐ（ㄙ）

"死"字的讀音除"死灰復燃"(su^{2}hue^{1}hok^{8}jian^5／lian^5)等少數的成語

讀(su^2)以外，一般通用的讀音爲：(si^2)。

(例)　①死亡(～bong^5)．　②死鬼仔(～kui^{2}a^2)；罵語．

③死結(～kat^4)；喻不易解開的問題．

④死棋(～ki^5)；喻不可救藥的局面．

⑤死期(～ki^5)．　　　⑥死路(～lo^7)；走不通的路．

⑦死版(～pan^2)；不會變通，又説"死死"(～〃)；"死丁丁"(～

teng^1／ting^1〃)．　　　⑧死半路(～pua^{n3}lo^7)；罵語，

死在路上，又説"死路旁"(～lo^{7}pong^5)．⑨死傷(～siong^1)．

⑩死守(～siu^2／tsiu^2)．⑪死敵(～tek^8)；即"死對頭"(～tui^{3}t'au^5)．

⑫死症(～tseng^3)；難治絶症．⑬死罪(～tsue^7)；犯了應死的罪．

⑭讀死冊(t'ak^8～ts'eh^4)；即讀死書，不知應用．

⑮笑死人(ts'ia^3～lang^5)；好笑至極．

按"死"字在複音節詞的末尾時(前一音節爲動詞)，讀音有兩種，一

爲本調(2聲)(它的前一音節變調)，一爲輕聲(前一音節不變調)，

前者，"死"表示喻義，即它前面的音節(動詞)含義達到極點，如

"氣死"(ki$^{\overset{3→2}{1}}$si^2)；(箭號表變調)並非眞正氣死，而是氣得近於死的狀

態。但後者的情形，"死"表示本義(死亡)，如"氣死"(k'i^{3}si)；這就

· 249 ·

眞的氣死了.

(例)⑯驚死(kia^{n7}si^2)；怕死(並没死)，(kia^{n1}si^o)；因恐怖而死亡.

⑰拍死(p'ah^{8}si^2)；打死你噢(威嚇)，(p'ah^{4}si^o)；活活打死.

⑱釘死(teng^{2}si^2)；釘得堅固難開，(teng^{3}si^o)；活活釘死.

又按"死"字的前一音節如爲副詞,就没上述的音義變化,如"險死
(hiam^2～)；差點兒就死亡. "半小死"(pua^{n3}siə^2～)；即半死.

（512）【講】　　jiǎng（ㄐㄧㄤ）

A̲ 文言音：(kang^2)

(例)　①講義(～gi^7).　　②講學(～hak^8).

③講和(～hə^5)；又口語音(kong^{2}hə^5).

④講演(～ian^2／yan^2).　⑤講解(～kai^2).

⑥講究(～kiu^3).　　⑦講習(～sip^8).

⑧講授(～siu^7).　　⑨講師(～su^1).

⑩講述(～sut^4).　　⑪講台(～tai^5).

⑫講道(～tə^7)；指宗教上的講解教義道理.

⑬講壇(～tua^{n5}).　⑭講堂(～tng^5).

⑮講座(～tsə^7).　　⑯開講(k'ai^1～)；聊天.

⑰聽講(t'ia^{n1}～)；聽講義聽演講,但如讀口語音(t'ia^{n1}kong^2)；
則是"聽説……"的意思,如"聽講汝卜去美國"(～li^{2}beh^4／bueh^4
k'i^{3}Bi^{2}kok^4)；聽説你要去美國.

B̲ 白話音：(kong^2)

(例)　①講明(～beng^5／bing^5). ②講價(～ke^3)；討價還價.

③講情(～tseng^5／tsing^5). ④講古(～ko^2)；即講故事.

⑤講笑(～ts'iə^3)；開玩笑. ⑥講道理(～tə^{7}li^2)；即講理.

⑦講笑話(～ts'iə^{3}ue^7／we^7)；説笑話.

⑧毋好講(m^{7}hə^2～)；喻糟了,難以言喻,又不便説,不要説.

250

⑨烏白講(o¹peh⁸～)；即亂説話，義同"亂講"(luan⁷～)．

⑩歹講(p'ai^n²～)；很難説，不好説．

（513）【配】　　　pèi（ㄆㄟˋ）

按"配"字的文言音爲(p'ue³)，白話音爲(p'e³)，兩音通用。

（例）　①配合(～hap⁸)．　　②配偶(～ngo²)；指丈夫或妻子．
③配方(～hng¹)；按處方配製葯品．
④配音(～im¹)．　　　　　⑤配角(～kak⁴)；喻助手．
⑥配給(～kip⁴)；配售．⑦配備(～pi⁷)；根據需要分配人和物．
⑧配色(～sek⁴／sik⁴)．　　⑨配達(～tat⁸)；遞送．
⑩配置(～ti³)；配備佈置．⑪四配(su³～)；即合適，相稱．
⑫配菜(～tsai³)；吃飯時挾菜吃，又"配魚配肉"(～hi³～bah⁴)；
即吃飯時用魚肉佐飯．按菜餚叫"物配"(mih⁸～)．
⑬食飯配菜莆，儉錢開查姥(tsiah⁸png⁷～ts'ai³po²k'iam⁷tsin⁵k'ai¹
tsa¹bo²)；吃飯時只有羅蔔乾佐膳，把錢省起來用於玩女人，
喻用錢不當．　　　　　⑭匹配(p'it⁴～)；許配爲妻嫁給人．

（514）【女】　　　nǚ（ㄋㄩˇ）

"女"字祇有一種讀音：(lu²／li²)

（例）　①女方(～hong¹)．　②女家(～ka¹)；即女方的娘家．
③女兒(～ji⁵)；即女孩子、女人，如説"女兒男志"(～lam⁵tsi³)；
女人懷抱男人的志氣．口語説"偅姥子"(tsa¹bo²kia^n²)．
④女工(～kang¹)．　　　　⑤女權(～kuan⁵)．
⑥女流(～liu⁵)；指婦女(有輕蔑之意)．
⑦女王(～ong⁵)．　　　　⑧女生(～seng¹／sing¹)；女子學生．
⑨女婿(～sai³)；又説"子婿"(kia^n²sai³)．
⑩女色(～sek⁴／sik⁴)；女子的姿色．

⑪女性(～seng³／sing³)． ⑫女神(～sin⁵)；女性的神．

⑬女士(～su⁷)． ⑭美女(bi²～)．

⑮女子(～tsu²)；口語"偵姥"(tsa¹bo²)． ⑯仙女(sian¹～)；喻世俗
沒有的美人．

（515）【黃】　　huǎng（ㄏㄨㄤ）

A 文言音：(hong⁵)

(例)　①黃昏(～hun¹)． ②黃道(～tə⁷)．

③黃疸(～t'an²)；口語音(ng⁵t'an²)；通稱黃病．

④黃泉(～tsuan⁵)；即地下的泉水，喻陰間．

⑤大黃(tai⁷～)；藥材名，止瀉用．

⑥蛋黃(tan⁷～)；口語説"卵仁"(nng⁷jin⁵)．

B 白話音：(ng⁵)有訛音爲(huiⁿ⁵)

(例)　①黃牛(～gu⁵)． ②黃金(～kim¹)．

③黃麻(～mua⁵)． ④黃銅(～tang⁵)．

⑤黃連(～ni⁵)；味極苦出名，治胃．

⑥黃酸(～sng¹)；發育不良，臉色黃白，叫"黃酸面"(～bin⁷)．

⑦黃檨仔(～suaiⁿ⁷a²)；即黃熟的芒果．

⑧黃膽(～taⁿ²)；即黃疸(～t'an²)．⑨黃土(～t'o⁵)．

⑩姜黃(kioⁿ¹／kiuⁿ¹～)；黃色染料、刺激劑．

（516）【推】　　tuī（ㄊㄨㄟ）

按"推"字文言音(t'ui¹)；有訛音爲(ts'ui¹)；還有三種白話音：(tu¹)、
(t'e¹)和(t'ue¹)；文白各音以文言音最通用，而白話音的(t'ue¹)；音
近似文言音．

A 文言音：(t'ui¹／t'ue¹)～(ts'ui¹)

(例)　①推翻(～huan¹)． ②推行(～heng⁵／hing⁵)．

③推廣($\sim$kong^2). ④推舉($\sim$ki^2／ku^2).

⑤推理($\sim$li^2). ⑥推論($\sim$lun^7).

⑦推銷($\sim$siau^1). ⑧推事($\sim$su^7);法院的審判員.

⑨推選($\sim$suan^2). ⑩推算($\sim$suan^3／sng^3).

⑪推動($\sim$tong^7). ⑫推斷($\sim$tuan^7).

⑬推土機($\sim$t'o^{5}ki^1). ⑭推薦($\sim$tsian^3).

⑮腫的所在用萬金油推推咧(tseng^{2}eso^{2}tsai^{7}eng^{7}ban^{5}kin^{1}yiu^{5}t'ui^1

〃le);腫的地方用萬金油塗均勻後按摩. (此處"推"不讀ts'ui^1).

⑯用索仔推頷管(eng^{7}səh^{4}a^{2}ts'ui^{1}am^{7}kun^2);用繩子絞脖子.

B 白話音：(tu^1)(t'e^1)

I [tu^1]：①推來推去無人卜($\sim$lai^5$\sim$k'i^{3}bə^{5}lang^{5}bueh^4);到處

遞給人家沒人要. ②推無路($\sim$bə^{5}lo^7);没地方投遞.

II [t'e^1]：①責任大家推來推去(tsek^{4}jim^{7}tai^{7}ke^1$\sim$lai^5$\sim$k'i^3);

大家把責任推來推去. ②推辭($\sim$si^5);拒絕.

按台語裡;"推"字的概念,又説[sak^4],[e^1：挨],[ts'ia^1：捙]。

（517）【顯】　　xiǎn（ㄒㄧㄢˇ）

A 文言音：(hian^2)

(例)　①顯微鏡($\sim$bi^{5}kia^{n3}). ②顯明($\sim$beng^5／bing^5).

③顯形($\sim$heng^5／hing^5);顯出原形.

④顯現($\sim$hian^7);呈現. ⑤顯然($\sim$jian^5／gian^5／lian^5).

⑥顯靈($\sim$leng^5／ling^5);靈魂顯現發出威力.

⑦顯露($\sim$lo^7). ⑧顯著($\sim$tu^3);很明顯.

⑨顯聖($\sim$seng^3／sia^{n3});亡靈顯現.

⑩倥倥顯(k'ong^1〃$\sim$);搖晃不定.

B 白話音：(hia^{n2})

(例)　①顯目($\sim$bak^8);光耀奪目,炫眼.

②顯場(～tio^{n5}／tiu^{n5})；喻場面富麗堂皇.

（518）【談】　　　tán（ㄊㄢˊ）

"談"字的讀音爲：(tam^5)，亦有訛音爲(t'am^5)；並不通用。

(例)　①談論(～lun^7)．　　②談判(～p'ua^{n3})．
　　　③談天説地(～ti^{n1}suat^{4}te^7)．④美談(bi^2～)．
　　　⑤談心(～sim^1)；談心裡的話．
　　　⑥講笑談(kong^{2}ts'iau^3～)；説笑話.

（519）【罪】　　　zuì（ㄗㄨㄟˋ）

按"罪"字的文言音爲：(tsue^7)，白話音爲(tse^7)，在台語裡"艱苦罪
過"(kan^{1}k'o^{2}tse^{7}kua^3)；(即難受的意思)等少數語例以外，一般通用
的是文言音(tsue^7)。

(例)　①罪案(～an^3)．　　　②罪孽(～giat^8)；會受報應的罪惡．
　　　③罪犯(～huan^7)．　　　④罪名(～mia^5)．
　　　⑤罪過(～ko^3)；又口語音(tse^{7}kua^3)．
　　　⑥罪惡(～ok^4)．　　　　⑦罪責(～tsek^4)；罪行的責任．
　　　⑧罪證(～tseng^3／tsing^3)．⑨判罪(p'ua^{n3}～)．
　　　⑩受罪(siu^7～)；受到折磨、遭受苦難.

（520）【神】　　　shén（ㄕㄣˊ）

"神"字的讀音祇有一種：(sin^5)

(例)　①神妙(～biau^7)．　　②神明(～beng^5／bing^5)．
　　　③神學(～hak^8)．　　　④神話(～ue^7／we^7)．
　　　⑤神父(甫)(～hu^7)；天主教的神職人員也叫司鐸．
　　　⑥神魂(～hun^5)；即魂魄．⑦神奇(～ki^5)；神秘奇妙．
　　　⑧神經[過敏、衰弱](～keng^1／king^1)[kue^{3}bin^2、sue^{1}jiok^8

／liok^8]. ⑨神去(～k'i^3);即出神、茫然。如
"看[聽]甲神去"(k'ua^{n3}[t'ia^{n1}]kah^4～);看[聽]得出神.
⑩神權(～kuan^5). ⑪神祇(～ki^5);天神地祇.
⑫神祕(～pi^3). ⑬神聖(～seng^3／sing^3).
⑭神神(～〃);出神、呆滯狀態,如"規個人神神"(kui^{1}e^{5}lang^5～〃)
;整個人呆滯的. ⑮神速(～sok^4);速度快得驚人.
⑯神仙(～sian^1). ⑰神道(～tə^7).
⑱神主仔(～tsu^{2}a^2);寫祖先氏名的小木片,又説"神主牌仔"
(～pai^{5}a^2). ⑳費神(hui^3～);亦即"勞神"(lə^5～);麻煩也.
⑲神位(～ui^7／wi^7);安置神靈位牌的地方.

（521）【藝】　　yî（ㄧ）

"藝"字的文言音爲:(ge^7);白話音爲(gue^7);一般通用文言音.

(例) ①藝名(～mia^5). ②藝妲(～tua^{n3});藝妓.
③藝術(～sut^8);"藝術品"(～p'in^2).
④工藝(kang^1～). ⑤手藝(ts'iu^2～).
⑥做(工)藝(tsə^3／tsue^3[kang^1]～);消遣,當趣兒.

（522）【呢】　　ne（ㄋㄝ）～ní（ㄋㄧ）

按"呢"字的台語讀音隨官話的讀音、語義而改變,官話讀輕聲(ne)
時,台語讀輕聲的(ni)／(ne);作語助詞用.

(例) ①來啦呢(lai^{5}lane);來了噢.
②是汝合意的呢(si^{7}li^{2}kah^{4}yi^{3}ene);是你自己中意的嘛.
③有影呢(u^7／wu^{7}yia^{n2}ne);眞的呢.
"呢"字的官話音讀(ni)時,台語亦讀(ni^5).

(例) ①呢絨(ni^{5}jiong^5／liong^5).
②水呢仔(tsui^2～a^2);絨布(表面有絨毛的棉織品).

（523）【席】　　　xí（ㄒㄧ）

按"席"字的文言音(sek⁸／sik⁸)，白話音(siah⁸)和(ts'iəh⁸)，其中
(siah⁸)為舊口語音，和(ts'iəh⁸)語例今已罕見。

Ⓐ 文言音：(sek⁸／sik⁸)

(例)　①席位(～ui⁷／wi⁷)．②席地而坐(～te⁷ji⁷tsə⁷)．

③席次(～ts'u³)；座位的次序．

④欠席(k'iam³～)；又説"缺席"(k'uat⁴～)．

⑤酒席(tsiu²～)．　　　　⑥出席(ts'ut⁴～)．

Ⓑ 白話音：(siah⁸)／(ts'iəh⁸)罕見。

（524）【蓆】　　　xí（ㄒㄧ）

按"蓆"的文言音音為(sek⁸／sik⁸)，有一部分與"席"字通用，惟"蓆"
的文言音語例已少見，現多通用白話音：(ts'iəh⁸)。

(例)　①竹蓆(tek⁴／tik⁴～)．②篾蓆(bih⁸～)；涼蓆．篾是竹子薄片．

③草蓆(ts'au²～)；睏草蓆(k'un³～)；睡在草蓆上．草蓆又叫"蓆
仔"(～a²)．"捲草蓆"(kng²～)；貧苦者死後没棺木用草蓆捲起來埋葬．

（525）【含】　　　hán（ㄏㄢ）

Ⓐ 文言音：(ham⁵)

(例)　①含慢(～ban⁷)；又作"憨慢"，即笨拙．

②含義(～gi⁷)．　　　　③含量(～liong⁷)．

④含糊(～ho⁵)；不明確，又説"清彩"(ts'in³ts'ai²)；即馬虎．

⑤含莓(～m⁵)；即含苞．⑥含脆(～sau¹)；鬆脆．

⑦含笑花(～ts'iau³hue¹)．⑧含笑(～ts'iə³)；面帶笑容．

⑨含冤(～uan¹／wan¹)．⑩包含(pau¹～)．

Ⓑ 白話音：(kam⁵)、(kaⁿ⁵)

Ⅰ [kam⁵]：①含著嘴内(～ti³ts'ui³lai⁷)；含在嘴裡．

②嘴裡含水(ts'ui³lin³～tsui²)；口中含水.

II ［kaⁿ⁵］：①含做伙(～tsə³hue²)；攏住一起.

②含三個囝仔(～saⁿ¹e⁵gin²a²)；攜帶三個小孩.

（526）【企】　　　qǐ（ㄑ丨）

"企"字祇有一種讀音：(k'i²)

(例)　①企鵝(～gə⁵).　　　②企望(～bong⁷)；盼望.

③企業(～giap⁸).　　　④企劃(～hek⁸／yek⁸).

⑤企求(～kiu⁵).　　　⑥企圖(～to⁵).

（527）【望】　　　wàng（ㄨㄤ）

Ⓐ 文言音：(bong⁷)

(例)　①望族(～tsok⁸).　　②望遠鏡(～wan²kiaⁿ³).

③德高望重(tek⁴kə¹～tiong⁷)；道德高，名望重.

④探望(t'am³～).　　　⑤在望(tsai⁷～)；可以看見.

Ⓑ 白話音：(bang⁷)

(例)　①希望(hi¹～).　　②望汝早歸(～li²tsa²kui¹)；汝即你.

③望春風(～ts'un¹hong¹)；鄧雨賢作曲、李臨秋作詞的台灣鄉
土歌名.　　④無[有]望(bə⁵[wu⁷]～)；沒[有]希望.

⑤向望(ng³～)，又作"映望"；即期望，如"拍拼即會有向望"
(p'ah⁴piaⁿ³tsiah⁴e⁷wu⁷～)；努力才會有希望.

（528）【密】　　　mì（ㄇ丨）

Ⓐ 文言音：(bit⁸)

(例)　①密謀(～bo⁵).　　②密碼(～be²／ma²).

③密議(～gi⁷).　　　④密會(～hue⁷)；祕密地相會.

⑤密約(～iok⁴／yok⁴).　　⑥密告(～kə³)；暗中檢舉、告狀.

⑦密友($\sim$iu^2／yiu^2)；友誼特別深的朋友.

⑧密林($\sim$lim^5).　　　　⑨密切($\sim$ts'iat^4).

⑩密度($\sim$to^7)；單位面(體)積內的含量. ⑪密集($\sim$tsip^8).

⑫嚴密(giam$^5\sim$).　　　　⑬祕密(pi$^3\sim$).

⑭保密(pə$^2\sim$).　　　　⑮精密(tseng^1／tsing$^1\sim$).

B 白話音：(bat^8)；語義為没空隙

(例)　①密密是($\sim$〃si^7)；即密密麻麻，又"密朋朋"($\sim$tsiuh^4〃)

②關密密(kuai$^{n1}\sim$〃)；關得密閉不透氣.

③種足密(tseng^{3}tsiok$^4\sim$)；種得很密集.

C 訓讀音：(ba^7)

(例)　①門關無密(mng^{5}kuai^{n1}bə$^5\sim$)；門没關緊(有空隙).

②個兩人眞密(yin^{1}lng^{7}lang^{5}tsin$^1\sim$)；他倆很投機(合得來，臭氣相投，喻要好)，很親密.

（529）【批】　　　　pī（ㄆㄧ）

按"批"字文言音為(p'e^1)；白話音為(p'ue^1)兩音通用，但仍以白話音較多.

(例)　①批發($\sim$huat^4).　②批改($\sim$kai^2).

③批殼($\sim$k'ak^4)；即信封，又説"批囊"($\sim$long^5).

④批評($\sim$p'eng^5／p'ing^5). ⑤批駁($\sim$pok^8)；批評否決.

⑥批判($\sim$p'ua^{n3}).　　　　⑦批信($\sim$sin^3)；即書信.

⑧批示($\sim$si^7)；上司對下級指示意見. ⑨批桶($\sim$t'ang^2)；郵筒.

⑩批札($\sim$tsat^4)；信文.　⑪批紙($\sim$tsua^2)；信箋.

⑫批准($\sim$tsun^2).　　　　⑬回批(hue$^5\sim$)；回信.

⑭寄批(kia$^3\sim$)；寄信.　⑮寫批(sia$^2\sim$)；寫信.

（530）【營】　　　　yíng（ㄧㄥ）

A 文言音：(eng⁵／ing⁵)

$\boxed{A}$ 文言音：(eng^5／ing^5)

(例) ①營業(～giap^8). ②營養(～iong^2／yong^2).

③營建(～kian^3)；營造. ④營救(～kiu^3)；設法救援.

⑤營利(～li^7)；謀求利潤. ⑥營私(～su^1)；謀求私利.

⑦營造(～tsə^7)；經營建築，有計劃的造林.

⑧民營(bin^5～). ⑨合營(hap^8～)；共同經營.

$\boxed{B}$ 白話音：(ia^{n5}／ya^{n5})

(例) ①營房(～pang^5). ②營盤(～pua^{n5})；軍營的舊稱.

③營寨(～tse^7)；軍隊駐紮處設有防守柵欄.

④軍營(kun^1～). ⑤兵營(peng^1／ping^1～).

⑥新營(Sin^1～)；台南縣治. ⑦左營(Tsə^2～)；在高雄市北郊.

（531）【項】　　xiàng（ㄒㄧㄤ）

"項"字只有一種讀法：(hang^7)

(例) ①項目(～bok^8). ②事項(su^7～).

③項鍊(～lian^7)；口語説"頷鏈"(am^{7}lian^7).

④一項代誌(tsit^8～tai^{7}tsi^3)；一樁事情，"一項物件"(～mih^{8}kia^{n7})；
一件東西. "無半項"(bə^{5}pua^{n3}～)；一樣也没有.

（532）【防】　　fáng（ㄈㄤ）

"防"字的讀音祇有一種：(hong^5)

(例) ①防腐(～hu^2). ②防範(～huan^7)；戒備.

③防火(～hue^2／he^2). ④防空(～k'ong^1).

⑤防備(～pi^7)；預防戒備. ⑥防守(～siu^2)；防備守衛.

⑦防毒(～tok^8)；防止毒害. ⑧防衛(～ue^7／we^7)；防禦和保衛.

⑨海防(hai^2～). ⑩國防(kok^4～).

⑪堤防(te⁵～)． ⑫提防(te⁵～)；注意、警戒防備．

⑬預防(u⁵／wu⁵～)，"預防注射"(～tsu³sia⁷)；打預防針．

（533）【舉】 jǔ（ㄐㄩ）

"舉"字的讀音祇有一種：(ki²／ku²)

(例) ①舉目[無親](～bok⁸)[bu⁵ts'in¹]． ②舉行(～heng⁵)．

③舉例(～le⁷)． ④舉人(～jin⁵)；省級鄉試及第的人．

⑤舉辦(～pan⁷)． ⑥舉重(～tang⁷)．

⑦舉動(～tong⁷)；動作,行動．⑧舉止(～tsi²)；指姿態和風度．

⑨舉薦(～tsian³)；推荐． ⑩舉債(～tse³)；借債．

⑩舉足輕重(～tsiok⁴k'in¹tiong⁷)；一舉一動都關係到全局．

⑪舉手(～ts'iu²)；又説"擇手"(giah⁸ts'iu²)．

（534）【球】 qiú（ㄑㄧㄡ）

"球"字的讀音祇有一種：(kiu⁵)

(例) ①球迷(～be⁵)． ②球鞋(～e⁵／ue⁵)．

③球間(～keng¹／king¹)；撞球房．

④球抔(～pue¹)；即球拍，"抔"又作"杯"．

⑤球賽(～sai³)． ⑥球場(～tioⁿ⁵／tiuⁿ⁵)．

⑦月球(guat⁸／gueh⁸～)． ⑧腳球(k'a¹～)；即足球．

⑨結規球(kiat⁴／kat⁴kui¹～)；纏結成一團，又説"結做球"(kat⁴
tsə³／tsue³～)． ⑩一大球(tsit⁸tua⁷～)；一大團(如球狀)．

（535）【英】 yīng（ㄧㄥ）

按"英"字有白話音：(iⁿ¹／eⁿ¹)，但語例限於"英仔花"(～a²hue¹)
(即全英花)等，一般都通用文言音：(eng¹／ing¹)。

(例) ①英文(～bun⁵)． ②英明(～beng⁵／bing⁵)．

260

③英語($\sim$gi^2／gu^2)． ④英雄($\sim$hiong^5)．

⑤英豪($\sim$hə^5)；英雄豪傑．⑥英勇($\sim$iong^2／yong^2)．

⑦英傑($\sim$kiat^8)． ⑧英里($\sim$li^2)；即1.6公里．

⑨英磅($\sim$pong^7)；0.45公斤．⑩英俊($\sim$tsun^3)；才能過人，瀟洒．

⑪英才($\sim$tsai^5)；才智出衆的人(多指青年)．

⑫落英繽紛(lok^8$\sim$pin^{1}hun^1)；落花凌亂．

（536）【氧】　　yǎng（丨ㄤ）

"氧"字的讀音祇有一種：(iong^2／yong^2)，但一般多讀 (iong^5／yong^5)。

　（例）　①氧氣($\sim$k'i^3)． ②二氧化碳(ji^7$\sim$hua^{3}t'ua^{n3})．

（537）【勢】　　shì（ㄕ）

A 文言音：(se^3)

　（例）　①勢力($\sim$lek^4／lik^4)．②勢面($\sim$bin^7)；情勢、樣子．

③勢利($\sim$li^7)；權勢財富．④勢如破竹($\sim$ju^{5}p'ə^{3}tek^4／tiok^4)．

⑤勢頭($\sim$t'au^5)；形勢，勢力，如"有勢頭"(u^7／wu^7$\sim$)；即有

勢力(多指官勢、權勢)．"勢頭大"($\sim$tua^7)．

⑥好勢(hə^2$\sim$)；完善有序，舒適，又説"四是"(su^{3}si^7)，如"伵兜

足(四是)好勢" (yin^{1}tau^{1}tsiok^4[su^{3}si^7]$\sim$)；他家設備得很完善．

⑦權勢(kuan^5$\sim$)． ⑧時勢(si^5$\sim$)；當前的情勢．

⑨辦勢(pan^7$\sim$)；樣子，"看辦勢"(k'ua^{n3}$\sim$)；看樣子．

⑩歹勢(p'ai^{n2}$\sim$)；不好意思，不便當．

⑪搡勢(sang^2$\sim$)；擺架子、逞威風，"搡"字又作"爽"．

⑫姿勢(tsu^1$\sim$)． ⑬趨勢(ts'u^1$\sim$)；事物發展的動向．

⑭手勢(ts'iu^2$\sim$)；表示意思的手的姿勢．

⑮運勢 (un^7／wun^7$\sim$);即運氣、口語説 "字運"(ji^7$\sim$)."運途"($\sim$to^5)．

B 白話音：(si^3)

（例）　①慣勢(kuan³～)；即習慣，"𣍐慣勢"(be⁷～)；不習慣.
②南勢(lam⁵～)；南面方向. ③北勢(pak⁴～)；北面方向.
④東勢角(tang¹～kak⁴)；東面方位.
⑤彼角勢(hit⁴kak⁴～)；那個方位.

（538）【告】　　　gào（ㄍㄠ）

"告"字的白話音：(kau³)，語例罕見，現通行文言音：(kə³)。

（例）　①告饒(～jiau⁵)；即求饒，口語説"叫毋敢"(kiə³m⁷ka n²)；
直譯爲"説不敢". 　　　②告白(～pek⁸／pik⁸)；坦白、自白.
③告別(～piat⁸). 　　　④告辭(～si⁵).
⑤告訴(～so³)；訴訟，又説"相告"(siə¹～).
⑥告狀(～tsng⁷／tsong⁷)；訴説被欺負的情形，口語説"投"(tau⁵)

（539）【李】　　　lǐ（ㄌㄧ）

"李"字祇有一種讀法：(li²)

（例）　①李小姐(～siə²tsia²). ②李仔(～a²)；即李子.
③行李(heng⁵／hing⁵～). ④桃李滿天下(t'ə⁵～buan²t'ian¹ha⁷).

（540）【台／臺】　　　tái（ㄊㄞ）

"台"字的讀音祇有一種：(tai⁵)

（例）　①台本(～pun²)；即劇本，又叫腳本(k'a¹pun²).
②台甫(～hu²)；敬語，用以問人的表字.
③台鑒(～kam³)；請對方看(信)的敬語.
④台北(～pak⁴). 　　　⑤台詞(～su⁵)；演員的道白.
⑥台地(～te⁷)；口語説"坪"(p'ia n⁵)；山上的平地.
⑦台端(～tuan¹)；函件中稱對方的敬詞.
⑧台灣語(～uan¹／wan¹gi²／gu²)；略稱"台語".

⑨戲台(hi³～)；即演戲的"舞台"(bu²～).

⑩細台(se³～)；小型小部(機器)，如"買細台的卡省"(be²～e k'ah⁴seng²)；買小(型)的比較省錢.

⑪一台大台電視(tsit⁸～tua⁷～tian⁷si⁷)；一架大的電視機.

（541）【落】　　　luò（ㄌㄨㄛˋ）

按"落"字在台語裡的讀音除文言音一種(lok⁸)固定外，白話口語音有好幾種，分別跟官話音幾種不同讀法相對應.

Ⅰ 官話音讀[la]：台語爲；(lak⁴)

　(例)　①落一字(～tsit⁸ji⁷)；漏掉了一個字.

　　②册落著厝(ts'eh⁴～ti⁷ts'u³)；書掉落在家裡(忘了帶).

Ⅱ 官話音讀[lao]：台語爲；(lau³)和(lauh⁸)

　(例)　①落下頦(lau³e⁷huai⁵／hai⁵)；下巴脱臼(脱位).

　　②落褲(lau³k'o³)；即褲子下墜. ③落氣(～k'ui³)；敗事丟臉.

　　③拍交落(p'ah⁴ka¹lauh⁸)；掉落，不見、遺失.

Ⅲ 官話音讀[luo]：台語讀音有；(lak⁴)～(lak⁸)，(ləh⁴)～(ləh⁸)、(lauh⁴)～(lauh⁸)和(lau³)三類7種，以下就Ⅲ分別列出文白異讀的各種語例.

Ａ 文言音：(lok⁸)

　(例)　①落後(～au⁷).　　②落伍(～ngo²).

　③落日(～jit⁸).　　　　④落空(～k'ong¹)；没着落.

　⑤落魄(～p'ek⁴)；潦倒失意，又"悽慘落魄"(ts'i¹ts'am²～).

　⑥落成(～seng⁵／sing⁵).　⑦落選(～suan²).

　⑧落第(～te⁷)；考試失敗，又留級.

　⑨落嘴(～ts'ui³)；嗽口.　⑩零落(leng⁵／ling⁵～)；散落.

　⑪風吹花落(hong¹ts'ue¹hua¹～)；("風"字讀本調).

　⑫衰落(sue¹～)；衰微没落. ⑬村落(ts'un¹～).

B 白話音：(ləh⁴)～(ləh⁸)、(lak⁴)～(lak⁸)、(lauh⁴)～(lauh⁸)、
(lau³)．

ⓐ [ləh⁴]～[ləh⁸]：因連音變調的規律4、8聲互變，故一般通用
第8聲。

(例) ①落雨(～ho⁷)；下雨． ②落眠(～bin⁵)；睡着．
③落工(～kang¹)；勞動作業開始．反義語"放工"(pang³～)．
④落價(～ke³)；跌價． ⑤落課(～k'ə³)；下課．
⑥落去(～k'i³)；下去，如"落去下底"(～e⁷te²)；到下面去．
⑦落來(～lai⁵)；下來． ⑧落肥(～pui⁵)；即施放肥料．
⑨落樓梯(～lau⁵t'ui¹)；下樓梯，如"互伊獪落樓梯"(ho⁷yi¹
be⁷／bue⁷～)；使他下不了台． ⑩落車(～ts'ia¹)；下車．
⑪落雪(～seh⁴)；下雪． ⑫落俗(～siəh⁴)；適應、習慣．
⑬落霜(～sng¹)；下霜． ⑭落田(～ts'an⁵)；下田工作．
⑮一落厝(tsit⁸～ts'u³)；一排房屋，有"頂落"(teng²～)；上一
進房子，"下落"(e⁷～)；下一進房子，"前[後]落"(tseng⁵[au⁷]
～)；前(後)一進房子．

ⓑ [lak⁴]～[lak⁸]：同上變調的關係，通用第8聲的(lak⁸)．

(例) ①落葉仔(～hiəh⁸a²)；掉葉子．
②落價(～ke³)；掉(跌)價．又説"跋價"(puah⁸ke³)．
③落去(～k'i³)；掉了，"錢袋仔落去"(tsiⁿ⁵te⁷a²～)；錢包掉了．
④落毛(～mng⁵)；掉毛髮． ⑤落鈕仔(～liu²a²)；鈕釦掉了．
⑥落衰(～sui¹)；倒霉． ⑦落落去(～ləh⁸k'i)；掉下去．

ⓒ [lauh⁴]～[lauh⁸]和[lau³]：語例見前出(Ⅱ)官話音[lao]項。

(542)【木】　　　mù（ㄇㄨˋ）

A 文言音(bok⁴)

(例) ①木魚(～hi⁵／hu⁵)；佛具之一．

②木瓜($\sim$kue^1). ③木麻黃 ($\sim$ mua^{5}hong^5)；生長快、適於防潮風.

④木棉($\sim$mi^5)，口語説(pan^{1}tsi^{1}mi^5). ⑤木耳($\sim$ni^2).

⑥木乃伊($\sim$nai^{2}yi^1)；喻僵化的事物. ⑦木星($\sim$ts'i^{n1}／seng^1).

⑧木炭($\sim$t'ua^{n3})；口語説"火炭"(he^2／hue$^2\sim$).

⑨林木(lim$^5\sim$).　　⑩草木(ts'ə$^2\sim$).

B 白話音：(bak^4)

(例)　①木工($\sim$kang^1).　②木屐($\sim$kiah^8)；木製拖履.

③木匠($\sim$ts'iu^{n7}).　④樹木(ts'iu$^7\sim$).

⑤做木的(tsə$^3\sim$e)；即木匠. "大木"(tua$^7\sim$)；搞建築房屋的木匠，
"小木"(siə$^2\sim$)；做家具的木匠，"細木"(se^3／sue$^3\sim$)；雕刻的木匠.

(543)【幫】　　bāng（ㄅㄤ）

按"幫"原作"幇"，今又簡略作幫，雖有文言音(pong^1)，多通用白
話音(pang^1)。

(例)　①幫忙($\sim$bang^5). ②幫兇($\sim$hiong^1)；幫助行兇作惡.

③幫會($\sim$hue^7)；祕密組織. ④幫派($\sim$p'ai^3)；幫會的派系.

⑤幫贊($\sim$tsan^3)；即"幫助"($\sim$tso^7)又説"鬥腳手"(tau^{3}k'a^{1}ts'iu^2).

⑥一日五幫車(tsit^{8}jit^{8}go$^7\sim$ts'ia^1)；一天五班車.

⑦頂幫[下幫](teng$^2\sim$[e$^7\sim$])；上次[下次]，"即幫"(tsit$^4\sim$)；
這次. "頭幫"(t'au$^5\sim$)；第1班次，"尾幫"(bue^2／be$^2\sim$)；末班次.

(544)【輪】　　lún（ㄌㄨㄣ）

"輪"字的讀音祇有一種：(lun^5)

(例)　①輪迴($\sim$hue^5).　②輪椅($\sim$i^2)；裝有輪子的椅子.

③輪流($\sim$liu^5).　④輪班($\sim$pan^1)；分班輪流.

⑤輪胎($\sim$t'ai^1).　⑥輪值($\sim$tit^8)；輪流值班.

⑦輪船($\sim$tsun^5).　⑧扶輪社(hu$^5\sim$sia^7).

（545）【破】　　　pò（ㄆㄛ）

A 文言音：(p'o³)

(例)　①破案(～an³)；又口語音(p'ua³an³)；查明案件的眞相.

②破害(～hai⁷)；即"破壞"(～huai⁷).

③破獲(～hek⁸／hik⁸).　④破費(～hui³)；花錢.

⑤破裂(～liat⁸)；顯出裂縫.⑥破例(～le⁷)；打破常例.

⑦破產(～san²).　　　　⑧破損(～sun²).

⑨破除(～tu⁵)；除去.　⑩破碎(～ts'ui³).

⑪有法有破(iu²／yiu²huat⁴yiu²～)；喻有矛即有盾，相剋相生
的道理.　　⑫突破(t'ut⁸～)；打開缺口、打破限制.

B 白話音：(p'ua³)

(例)　①破格(～keh⁴)；不得體，喻成事不足，敗事有餘，如
"破格嘴"(～ts'ui³)；事情被說壞了，"破格查姥"(～tsa¹bo²)；敗
筆的女人. 又打破規格的意思，如"破格錄取"(～lok⁸ts'u²).

②破破去(～〃k'i³)；破掉不堪. ③拍破(p'ah⁴～)；打破.

④破糊糊(～ko⁵〃)；破破爛爛. "一領衫破糊糊"(tsit⁸nia²sa^{n1}～).

⑤破腹(～pak⁴)；剖腹手術或完全坦白.

⑥破衫破褲(～sa^{n1}～k'o³). ⑦破病(～pe^{n1}／pi^{n1})；即生病.

⑧破布仔(～po³a²)；破爛的布塊.

⑨破傷風(～siong¹hong¹). ⑩破相(～sio^{n3}／siu^{n3})；即殘障.

⑪講破毋値錢(kong²～m⁷tat⁸tsi^{n5})；說穿了沒什啥奧妙.

⑫食緊損破碗(tsiah⁸kin²kong³～ua^{n2}／wa^{n2})；喻欲速不達.

（546）【亞】　　　yà（ㄧㄚ）

"亞"字的讀音爲：(a¹)

(例)　①亞鉛(～ian⁵／yan⁵)；馬口鐵、鍍鋅薄鐵板.

②亞鉛線(～sua^{n3})；鐵糸. ③亞鉛桶(～t'ang²)；鉛桶.

④亞熱帶(～jiat^{8}tai^3)． ⑤亞軍(～kun^1)；第2名．
⑥亞太地區(～t'ai^{3}te^{7}k'u^1)；指亞洲太平洋地區．
⑦東亞(tang^1～)． ⑧西亞(se^1～)．

（547）【師】 shī（ㄕ）

A 文言音：(su^1)
（例） ①師母(～bə^2)． ②師父(～hu^7)，又音(sai^{1}hu^7)；老
師、師傅，一般多用於對和尚、尼姑、道士的尊稱．
③師兄(～hia^{n1})． ④師範(～huan^7)．
⑤師表(～piau^2)；品德學問值得學習的榜標，指教師．
⑥師資(～tsu^1)；教師人才． ⑦工程師(kang^{1}teng^5～)．
⑧禪師(siam^5～)；對和尚的尊稱．⑨軍師(kun^1～)；軍中的謀劃
人員．"狗頭軍師"(kau^{2}t'au^5～)；喻没實際能力而愛替人出主意、謀劃．

B 白話音：(sai^1)
（例） ①師仔(～a^2)；學技術的徒弟．
②師傅(～hu^7)；教技術的老師，又作"師父"．
③師兄弟(～hia^{n1}ti^7)；同一師傅的徒弟．
④出師(ts'ut^4～)；學技藝達到某一階段，可以獨當一面的程度．
惟如讀文言音 (ts'ut^{4}su^1)；意爲出兵打仗．

（548）【圍】 wéi（ㄨㄟ）
"圍"字的讀音祇有一種：(ui^5／wi^5)
（例） ①圍棋(～ki^5)． ②圍剿(～tsiau^2)；包圍攻擊．
③圍巾(～kin^1)；繞在脖子上的絲織品．
④圍裙(～kun^5)；又説"圍[身]軀裙"(～[sin^1]su^{1}kun^5)．
⑤圍爐(～lo^5)；除夕夜圍繞爐子飲食．
⑥圍牆(～ts'io^{n5}／ts'iu^{n5})． ⑦包圍(pau^1～)．

（549）【注】　　　zhù（ㄓㄨ）

A 文言音：(tsu³)

(例)　①注目(～bok⁸)．　　②注文(～bun⁵)；訂購、希望、要求．
③注音(～im¹)．　　④注入(～jip⁸)．
⑤注射(～sia⁷)．　　⑥注視(～si⁷)．
⑦注重(～tiong⁷)；重視．⑧注神(～sin⁵)；全心注意．
⑨貫注(kuan³～)．　　⑩賭注(to²～)；賭博時所押的錢．

B 白話音：(tu³)

(例)　①細注錢(se³／sue³～tsiⁿ⁵)；小筆錢．
②大注錢(tua⁷～)；大筆錢．③一注錢(tsit⁸～)；一筆錢．

（550）【註】　　　zhù（ㄓㄨ）

"註"字的讀音祇有一種：(tsu³)

(例)　①註釋(～sek⁴／sik⁴)．②註記(～ki³)；用註記入．
③註解(～kai²)；又説"註腳"(～k'a¹)或"腳註"．
④註死(～si²)；註定完蛋，又義碰巧，亦説"註該死"(～kai¹si²)．
⑤註銷(～siau¹)；取銷登記的事項．
⑥註疏(～so¹)；注解和解釋注解的合稱．
⑦附註(hu³～)．　　⑧註定(～tiaⁿ⁷)；預先決定．
⑨批註(p'ue¹～)；評語和註解．⑩註册(～ts'eh⁴)；登記備案．

（551）【遠】　　　yuǎn（ㄩㄢ）

A 文言音：(uan²／wan²)

(例)　①遠方(～hong¹)．　②遠因(～in¹／yin¹)．
③遠洋(～ioⁿ⁵／iuⁿ⁵)．　④遠見(～kian³)；遠大的眼光．
⑤遠慮(～li⁷)；長遠考慮．⑥遠道(～tə⁷)；遙遠的道路．
⑦遠大(～tai⁷)．　　⑧遠途(～to⁵)．

⑨遠祖(～tso²)；許多代以前的祖先．⑩遠東(～tong¹)．
⑪遠征(～tseng¹／tsing¹)．⑫遠足(～tsiok⁴)；徒步旅遊．
⑬遠親(～ts'in¹)．　　　　⑭遙遠(iau⁵／yau⁵～)．
⑮久遠(kiu²～)．　　　　⑯疏遠(so¹～)．

B 白話音：(hng⁷)
　(例)　①遠路(～lo⁷)．　　　②路頭遠(lo⁷t'au⁵～)；路途遠．

（552）【字】　　　　zì（ㄗ）

A 文言音：(ju⁷／tsu⁷)
　(例)　①字畫(～ua⁷／wa⁷)．②字字有據(～〃iu²／yiu²ku³)．
　③文字(bun⁵～)．　　　　④篆字(tuan³～)；秦時的漢字．
　⑤孫文字逸仙(Sun¹bun⁵～Yek⁴sian¹)．

B 白話音：(ji⁷／gi⁷／li⁷)
　(例)　①字母(～bə²)．　　　②字號(～hə⁷)；店名、商標．
　③字幕(～bo⁵)；銀幕上映出的文字．
　④字體(～t'e²)．　　　　⑤字句(～ku³)；字眼和句子．
　⑥字據(～ku³)；用文字寫的單據．
　⑦字迹(～liah⁴)；又文音爲(tsu⁷tsek⁴)．
　⑧字運(～un⁷／wun⁷)；即運氣，如"好歹字運"(hə²p'ai^{n2}～)；
　運氣的好壞．　　　　　　⑨字紙(～tsua²)；有字的廢紙．
　⑩習字(sip⁸～)．　　　　⑪寫字(sia²～)．

（553）【材】　　　　cái（ㄘㄞ）

A 文言音：(tsai⁵／ts'ai⁵)，一般多通用(tsai⁵)，尤其是指人的外
表相貌。
　(例)　①材料(～liau⁷)．　②木材(bok⁸～)．
　③材積(～tsek⁴／tsik⁴)；木材的體積．

269

④教材(kau³～)． ⑤鋼材(kng³～)．

⑥人材(jin⁵／lin⁵～)．又音(lang～)，亦作"人才"．

$\boxed{B}$ 白話音：(ts'a⁵)

(例) 棺材(kuaⁿ¹～)．

（554）【排】 pái（ㄆㄞ）

"排"字衹有一種讀音：(pai⁵)

(例) ①排球(～kiu⁵)． ②排外(～gua⁷)；排斥外國．

③排戲(～hi³)；即"排演"(～ian²／yan²)戲劇．

④排解(～kai²)；調解． ⑤排骨(～kut⁴)．

⑥排列(～liat⁸)． ⑦排泄(～siat⁴)．

⑧排版(～pan²)；拼排活字版，又説"排字"(～ji⁷)．

⑨排斥(～t'ek⁴／t'ik⁴)． ⑩竹排(tek⁴／tik⁴～)；即竹筏．

⑪煞尾排(suah⁴bue²～)；即最後一排，又説"後壁排"(au⁷piah⁴～)．

⑫頭前排(t'au⁵tseng⁵～)；前排．

（555）【供】 gōng～gòng（ㄍㄨㄥ）

$\boxed{A}$ 文言音：(kiong¹)～(kiong³)

I [kiong¹]：①供獻(～hian³)；供奉呈獻．

②供養(～iong²／yong²)；供給親屬生活費用．

③供認(～jim⁷)；説出所做的． ④供求(～kiu⁵)；供給和需求．

⑤供給(～kip⁴)；提供給予． ⑥供銷(～siau¹)；供應銷售．

⑦供應(～eng³／ing³)． ⑧僅供參考(kin²～ts'am¹kə²)．

II [kiong³]：①供奉(～hong⁷)；敬奉供養．

②供養(～iong²)；將香燭祭品擺在神佛或亡靈之前敬奉．

③供職(～tsit⁴)；擔任職務．

$\boxed{B}$ 白話音：(keng¹／king¹)～(keng³／king³)

I [keng^1／king^1]：①供認(～jim^7)；承認所做之事．
　②供述(～sut^4)；口述案情．③口供(k'au^2～)；同②．
II [keng^3／king^3]：①供桌(～toh^4)；陳設供品的桌子，又説
　"香案桌"(hiu^{n1}wa^{n3}toh^4)．　②供物(～mih^8)；即供品．

（556）【河】　　　hé（ㄏㄜˊ）

"河"字的讀音祇有一種：(hə^5)

（例）　①河馬(～be^2)．　　②河流(～liu^5)．
　③河山(～san^1)．　　④河道(～tə^7)；河的路線．
　⑤河床(～ts'ng^5)；河身．⑥河川(～ts'uan^1)．
　⑦銀河(gin^5／gun^5～)．　⑧運河(un^7／wun^7～)．

（557）【態】　　　tài（ㄊㄞˋ）

"態"字的讀音祇有一種：(t'ai^7)

（例）　①態度(～to^7)．　　②態勢(～se^3)；狀態和形勢．
　③形態(heng^5／hing^5～)．④變態(pian^3～)；不正常的狀態．
　⑤動態(tong^7～)；變化發展的狀況．

（558）【封】　　　fēng（ㄈㄥ）

按"封"字的舊口語音(泉州)讀(pang^1)，如"一封批"(tsit^8～p'ue^1)；
即一封信，台灣不用此音，一般均通用文言音的(hong^1)。

（例）　①封面(～bin^7)；書籍的表面紙，又叫"册皮"(ts'eh^{4}p'ue^5)．
　②封建(～kian^3)．　　③封禁(～kim^3)；封鎖禁止．
　④封閉(～pi^3)；嚴密關閉．口語説"封死"(～si^2)．
　⑤封鎖(～sə^2)；斷絶與外界的關係或使不能通行．
　⑥封條(～tiau^5)；封閉時粘貼的紙條．
　⑦信封(sin^3～)．　　⑧一封信(tsit^8～sin^3)．

（559）【另】　　　lìng（ㄌㄧㄥˋ）

"另"字的讀音祇有一種：(leng⁷／ling⁷)

　　(例)　①另外(～gua⁷).　　③另日(～jit⁸)；改天，他日.

　　②另回(～hue⁵)；下次的機會，如"另回即來去拜候汝"(～tsiah⁴ lai⁵k'i³pai³hau⁷li²)；下次有機會再去拜訪你.

　　④另起爐灶(～k'i²lo⁵tsau³)；喻另立門戶，另搞一套.

（560）【施】　　　shī（ㄕ）

"施"字，廈門的訓讀音爲(sua¹)，意爲"洒落"，如"白米施甲一土腳" (peh⁸bi²～kah⁴tsit⁸t'o⁵k'a¹)；白米洒落滿地，但台語沒此用法，只有文言音(si¹)。

　　(例)　①施工(～kang¹).　　②施行(～heng⁵／hing⁵).

　　③施肥(～pui⁵)；又説"壅肥"(eng³／ing³pui⁵).

　　④施捨(～sia³)；即救濟.　　⑤施展(～tian²)；發揮能力.

　　⑥施政(～tseng³／tsing³).　　⑦實施(sit⁸～).

　　⑧施主(～tsu²)；指施捨財物給僧侶的在家人.

　　⑨布施(po³～)；施捨財物給別人.　　⑩措施(ts'o³～).

（561）【減】　　　jiǎn（ㄐㄧㄢˇ）

"減"字的讀音祇有一種：(kiam²)

　　(例)　①減免(～bian²).　　②減價(～ke³).

　　③減輕(～k'in¹).　　　　④減寡(～kua²)；減少一些.

　　⑤減省(～seng²)；即節約.　⑥減削(～siah⁴)；即削減.

　　⑦減低(～te¹)；即降低.　　⑧減少(～tsiə²).

　　⑨加減(ke¹～)；多多少少，如"加減仔啉(飲)淡薄仔"(～a²lim¹ tam⁷pəh⁸a²)；多少喝一點兒.又説"加加減減"(ke¹ǁkiam²ǁ)，又 "有加無減"(u⁷／wu⁷ke¹bə⁵～)，"增減"(tseng¹～)；增加和減少.

⑩飯減卡少咧(png⁷～k'ah⁴tsiə²le)；飯減少一些.

（562）【樹】　　　shù（ㄕㄨ）

Ⓐ 文言音：(su⁷)

　　(例)　①[百年]樹人(pek⁴／pik⁴lian⁵～jin⁵).

　　　　②樹立(～lip⁸)；即建立. ③建樹(kian³～).

Ⓑ 白話音：(ts'iu⁷)

　　(例)　①樹木(～bak⁸).　　②樹林(～na⁵).

　　③樹尾(～bue²／be²)；即樹的枝葉末部，反義語為"樹頭"(～
　　t'au⁵)；樹的根幹部分. 口語有"樹尾頂"(～teng²)；樹頂上.

　　④樹腳(～k'a¹)；樹底下，反義語"樹頂"(～teng²).

　　⑤樹影(～ng²)；日光照射下的樹蔭. 讀(～ia^{n2})則為月光下的
　　樹影.　　　　　　　⑥樹脂(～tsi¹)；又叫"樹膠"(～ka¹).

　　⑦樹叢(～tsang⁵)；即樹木本身. "大欉樹"(tua⁷～ts'iu⁷)；大樹木.

（563）【溶】　　　róng（ㄖㄨㄥ）

Ⓐ 文言音：(iong⁵／yong⁵)

　　(例)　①溶液(～ek⁸／ik⁸).②溶解(～kai²).

　　③溶化(～hua³)；固體溶解為液體.

　　④溶劑(～tse¹)；使物質溶解的液體.

Ⓑ 白話音：(io^{n5}／iu^{n5})

　　(例)　①溶去(～k'i³)；溶解掉. ②溶錫(～siah⁴)；把錫溶解掉.

　　③冰溶去(peng¹／ping¹～k'i³)；冰溶解掉.

（564）【怎】　　　zěn（ㄗㄣ）

Ⓐ 文言音：(tsim²)　用例罕見，一般通用白話口語音。

Ⓑ 白話音：(tsai²／tsai^{n2})～(tsua^{n2})

按"怎"字的白話音台灣有作(tsai²)，但一般多讀成有鼻韻(tsaiⁿ²)。
另外漳州廈門讀(tsuaⁿ²)，台灣亦通用。

（例）　①怎仔(tsaiⁿ²a²)／(tsuaⁿ²a²)；即怎麼，怎麼樣.

②怎仔樣(～ioⁿ⁷／iuⁿ⁷)；即怎樣，疑問代名詞，問性質、狀況、
方式等。按"甚乜款"(siaⁿ²mi¹k'uan²)則問性質、狀況(不問方式).

③怎樣生(～siⁿ¹)→(tsiuⁿ²siⁿ¹)；即怎麼、怎麼樣.

④怎通(～t'ang¹)；即怎麼能夠、怎麼可以.

⑤安怎(an¹～)；即怎麼、怎麼樣(問方式)，又作"按怎".

⑥無偌怎樣[安怎](bə⁵jua⁷～)[an¹～]；即不怎麼樣.

（565）【止】　　zhǐ（ㄓ）

"止"字的讀音只有一種：(tsi²)

（例）　①止血(～hueh⁴)；使血止住不流.

②止境(～keng²／king²)；盡頭，如"學無止境"(hak⁸bu⁵～)；
學問沒盡頭.　　　　③止步(～po⁷)；停止腳步.

④禁止(kim³～).　　　⑤停止(t'eng⁵／t'ing⁵～).

⑥不止(put⁴～)；即不僅，(止跟只同義).

⑦截止(tsiat⁸～)；到一定期限停止.

（566）【案】　　àn（ㄢ）

"案"字祇有一種讀音：(an³)

（例）　①案件(～kiaⁿ⁷).　②案語(～gu²)；亦作"按語".

③案由(～iu⁵／yu⁵)；案件的内容提要.

④案卷(～kuan³)；分類文件. ⑤案内(～nai⁷)；招待，引導.

⑥案情(～tseng⁵／tsing⁵)；案件的情節.

⑦方案(hong¹～).　　　⑧備案(pi⁷～)；報備存案.

⑨[無頭]公案[bə⁵t'au⁵](kong¹～)；没法解決的訴訟案件(多指

刑法案）．　　　　　⑩破案(p'ua³～)，查明案情．
⑪檔案(tong³～)；同④．　⑫慘案(ts'am²～)．

（567）【言】　　　yán（ㄧㄢ）

"言"字的讀音祇有一種：(gian⁵)

(例)　①語言(gu²～)．　　②言明(～beng⁵／bing⁵)；講清楚．
③言語(～gu²)；語言，説話。如"歹花厚子、歹人厚言語"
(p'ain²hue¹kau⁷tsi²p'ain²lang⁵kau⁷～)；壞花多子，壞人多嘴．
④言行(～heng⁵／hing⁵)．　⑤言歸正傳(～kui¹tseng³tuan⁷)．
⑥方言(hong¹～)．　　　⑦言論自由(～lun⁷tsu⁷iu⁵／yu⁵)．
⑧言辭(～su⁵)；即言詞；説話用的詞句．
⑨言談(～tam⁵)；説話的内容和態度．
⑩言責(～tsek⁴)；言論的責任．類語有"筆責"(pit⁴～)．

（568）【士】　　　shì（ㄕ）

"士"字的讀音祇有一種：(su⁷)

(例)　①士氣(～k'i³)．　　②士兵(～peng¹／ping¹)．
③士人(～jin⁵)；指舊時的讀書人．
④士紳(～sin¹)；即紳士．　⑤士卒(～tsut⁴)．
⑥士大夫(～tai⁷hu¹)；舊時官僚階級．
⑦學士(hak⁸～)．　　　⑧女士(lu²～)；對女性的敬稱．
⑨人士(jin⁵～)；有地位的人物．

（569）【均】　　　jūn（ㄐㄩㄣ）

"均"字的讀音祇有一種：(kin¹／kun¹)

(例)　①均分(～hun¹)．　②均衡(～heng⁵／hing⁵)；平衡．
③均富(～hu³)；平均財富．④均勢(～se³)；力量平均的形勢．

275

⑤均等(～teng²／ting²)；平均、相等，又説平平(pe^{n5}〃)．
⑥均勻(～un⁵／wun⁵)；平均分配，或平均分布．

（570）【武】　wǔ（ㄨ）

"武"字的讀音祇有一種：(bu²)

(例)　①武器(～k'i³)．　②武藝(～ge⁷)；武術的本領．
③武力(～lek⁸)．　④武士(～su⁷)．
⑤武備(～pi⁷)；武裝力量、軍備、國防建設．
⑥武術(～sut⁸)．　⑦武斷(～tuan³)；主觀獨斷．
⑧武腯(～tun²)；矮墩墩．⑨武裝(～tsong¹)．
⑩英武(eng¹／ing¹～)．　⑪威武(ui¹／wi¹～)；武力權勢．
⑫比武(pi²～)；比賽武術．⑬文武雙全 (bun⁵～ siang¹tsuan⁵)
；文才武藝(術)具備，又説"文武全才"(～tsai⁵)．

（571）【固】　gù（ㄍㄨ）

"固"字的讀音祇有一種：(ko³)

(例)　①固然(～jian⁵)．　②穩固(wun²～)；安穩堅固．
③固有(～iu²)；本來有的．"固有名詞"(～beng⁵su⁵)．
④固定(～teng⁷)．　⑤固態(～t'ai⁷)；固體狀態．
⑥固體(～t'e²)．　⑦凝固(geng⁵／ging⁵～)．
⑧固執(～tsip⁸)；堅持己見，又説"執死訣"(～si²kuat⁴)．
⑨頑固(guan²～)；保守不改變想法．
⑩堅固(kian¹～)．　⑪牢固(lə⁵～)；結實堅固．

（572）【葉】　yè（ㄧㄝ）

A 文言音：(iap⁸／yap⁸)

(例)　①葉輪(～lun⁵)；水泵、渦輪機等機器帶葉片的輪．

②葉葉是(～〃si⁷)；喻衆多，"葉"字疑諧音字．

③葉片(～p'ian³)；口語説(hiəh⁸p'i'ⁿ³)；按"葉"字又作"箬"．

④葉先生(～sian¹siⁿ¹)． ⑤紅葉(ang⁵～)；楓樹．

B 白話音：(hiəh⁸)、(yah⁸)

I [hiəh⁸]：按"葉"字讀白話音時又作"箬"．

(例) ①葉仔(～a²)；即葉子，但亦讀文言音(yap⁸a²)；則爲
暱稱或蔑稱姓葉的人． ②樹葉(ts'iu⁷～)．

③枝葉茂盛(ki¹～bo⁷seng⁷)．

II [iah⁸／yah⁸]：按"葉"字讀此音時同"頁"，指書的紙頁。

（573） 【魚】 　　　yú（ㄩ）

A 文言音：(gu⁵)，語不多，如①"魚貫"(～kuan³)．

②"魚肉"(～jiok⁸／liok⁸)；但又口語音(hi⁵／hu⁵bah⁴)．

③魚目混珠(～bok⁸hun⁷tsu¹)；拿魚的眼睛冒充珍珠．

B 白話音：(hi⁵／hu⁵)

(例) ①魚鈎(～kau⁷)． ②魚業(～giap⁸)；即漁業．

③魚夫(～hu¹)；即漁夫． ④魚餌(～ji⁷)；釣魚用的魚食．

⑤魚脯(～hu²)；魚肉乾燥後碎絨狀態者，如讀(hi⁵po²)；則爲
魚乾又説 " 魚脯仔 "(～po²a²)． ⑥鱔魚(sian⁷～)．

⑦魚乾(～kuaⁿ¹)． ⑧魚肝油(～kuaⁿ¹yiu⁵)．

⑨魚鱗(～lan⁵)． ⑩魚雷(～lui⁵)；水中炸彈．

⑪魚卵(～lng⁷) ⑫魚翅(～ts'i³)；鯊魚的鰭．

⑬魚丸(～wan⁵)． ⑭虱目魚(sat⁴bak⁸～)．

⑮魚鰾(～piə⁷)；魚腹内的白色囊狀器官，用以調節浮沈．

⑯魚栽(～tsai¹)；即 " 魚苗 "(～biau⁵)．

⑰魚肉(～jiok⁸／liok⁸)；指被宰割者，如讀(～bah⁴)；泛指葷菜．

⑱魚子(～tsi²)；魚卵． "烏魚子"(o¹～)；烏魚(鯔魚:tsu¹～)的卵．

（574）【波】　　　bō（ㄅㄛ）

"波"字的讀音祇有一種：(p'ə¹)

　　（例）　①波紋(～bun⁵)；小波浪形成的水紋．

　　②波瀾(～lan⁵)；即波濤． ③波濤(～tə⁵)；大波浪．

　　④波浪(～long²)；口語説"水湧"(tsui²eng²)．

　　⑤波動(～tong⁷)；不穩定． "物價波動"(but⁸ke³～)．

　　⑥波折(～tsiat⁴)；喻事情進行中的曲折．

　　⑦風波(hong¹～)；喻動摇不定、變遷不居．

　　⑧雪文波(suat⁴bun⁵～)；"波"字又作"沫"，即肥皂泡沫．

（575）【視】　　　shì（ㄕ）

"視"字的讀音為：(si⁷)

　　（例）　①視野(～ya²)；眼睛所看的空間範圍．

　　②監視(kam³～)．　　　　③視而不見(～ji⁷put⁴kian³)．

　　④視若無睹(～jiok⁸bu⁵to²)；喻對眼前的事物漠不關心．

　　⑤視覺(～kak⁴)．　　　　⑥視力(～lek⁸／lik⁸)．

　　⑦視線(～suaⁿ³)；看的方向． ⑧視聽(～t'iaⁿ¹)；看和聽．

　　⑨視察(～ts'at⁴)；察看． ⑩近視(kin⁷／kun⁷～)．

（576）【僅】　　　jǐn（ㄐㄧㄣ）

"僅"字讀作：(kin⁷)，但亦有讀(kan¹)的，為訛音。

　　（例）　①僅只(kin⁷tsi²)．　　②僅有(kin⁷yiu²)．

　　③僅僅(kin⁷〃)；口語作(kan¹ta¹)，漢字作"干但"，又作"僅單"，
　　亦有作"乾凋"者．　　　④不僅(put⁴kin⁷)；即不止．

（577）【費】　　　fèi（ㄈㄟ）

按"費"字的白話音為：(pi³)，祇用於姓氏，"費先生"(～sian¹siⁿ¹)，

一般通用文言音：(hui³)。

(例) ①費用(～yong⁷)． ②公費(kong¹～)．

③費解(～kai²)；不容易理解．口語"歹理解"(p'aiⁿ²li²～)．

④費工(～kang¹)；口語"厚工"(kau⁷～)，或"加工"(ke¹～)．

⑤費事(～su⁷)；同⑥． ⑥費氣(～k'i³)；費事，麻煩．

⑦費力(～lat⁸)；口語説"了力"(liau²～)．

⑧費神(～sin⁵)；耗費精神．⑨費心(～sim¹)；耗費心思．

⑩費錢(～tsiⁿ⁵)；口語説"爽錢"(sng²tsiⁿ⁵)．

⑪耗費(hoⁿ³～)；按"耗"字訛音爲(mo⁵)．

⑫所費(so²～)；費用，需用的錢，旅費，如 "出外愛開所費"
(ts'ut⁴gua⁷ai³k'ai¹～)；外出須費用(花錢)．

（578）【緊】 jǐn（ㄐㄧㄣˇ）

"緊"字的讀音只有一種：(kin²)

(例) ①緊慢(～ban⁷)；即早晚，如"緊慢會出代誌"(～e⁷ts'ut⁴
tai⁷tsi³)；早晚會出事兒．又説"緊tsua⁷慢"．

②緊密(～bit⁸)． ③緊急(～kip⁴)．

④緊張(～tioⁿ¹／tiuⁿ¹)． ⑤要緊(iau³／yau³～)．

⑥緊迫(～pek⁴)；即急迫．⑦緊性(～seng³)；即急性．

⑧緊10分(～tsap⁸hun¹)；快10分鐘．

⑨卡緊咧(k'ah⁴～le)；快一點兒．按"緊"(kin²)；即快速．

（579）【愛】 ài（ㄞˋ）

"愛"字只有一種讀法：(ai³)

(例) ①愛卜(～beh⁴／bueh⁴)；想要，"汝愛卜去無"(li²～k'i³
bə⁵)；你想要去嗎？ ②愛面子(～bin⁷tsu²)．

③愛慕(～bo⁷)，喜愛而仰慕．④愛撫(～bu²)；疼愛撫慰．

⑤愛護(～ho⁷)．　　　　　⑥愛好(～hoⁿ²)．

⑦愛人(～jin⁵)；即情人．⑧愛國(～kok⁴)．

⑨愛來(～lai⁵)；須要來，又説"着來"(tiəh⁸lai⁵)．

⑩愛惜(～siəh⁴)；又説"寶惜"(pə²siəh⁴)．

⑪愛(美)水(～sui²)；即愛美，喜愛變成漂亮．"人攏愛水"
(lang⁵long²～)；人都喜歡(成爲)漂亮．

⑫愛戴(～tai³)；敬愛並擁護．⑬愛情(～tseng⁵)．

⑭愛迌迌(～ts'it⁴t'ə⁵)，又音(～t'it⁴t'ə⁵)；愛玩樂、玩耍，又
"愛風騷"(～hong¹sə¹)；好遊蕩、玩樂．

⑮熱愛(jiat⁸～)．　　　　⑯戀愛(luan⁵～)．

⑰毋愛(m⁷～)；不要．　　⑱着愛(tiəh⁸～)；一定要．

（580）【左】　　　zuǒ（ㄗㄨㄛ）

"左"字的讀法只有一種：(tsə²)

(例)　①左右(～iu⁷／yiu⁷)；"3點左右"(saⁿ¹tiam²～)，"受人左
右"(siu⁷lang⁵～)；被他人所控制，無法自主．

②左翼(～ek⁸／ik⁸)；同③．③左派(～p'ai³)；主張進步、改
革、革命．④左手(～ts'iu²)；口語説"倒手"(tə³ts'iu²)．

⑤意見相左(i³／yi³kian³siong¹～)；意見相反．

（581）【章】　　　zhāng（ㄓㄤ）

Ａ 文言音：(tsiong¹／tsiang¹)

(例)　①章回[小説](～hue⁵)[siə²suat⁴]；長篇小説的一種體裁，
全書分成若干回，各有標題，概括全回的故事内容．

②章句(～ku³)；文章的節和句讀．

③章程(～t'eng⁵／t'ing⁵)；組織的規程或辦事規則，如"公司章
程"(kong¹si¹～)．　　　④章則(～tsek⁸)；章程規則．

⑤章節(～tsiat⁴)；文章組成的一部分，通常分若干章若干節.
⑥樂章(gak⁸～)；樂曲的段落. ⑦印章(in³／yin³～)；亦即圖章.
⑧蓋章(kai³～)；口語説"勘印"(k'am³yin³)，或"當印"(tng³～)，
"當"又作"頓".

B 白話音：(tsiuⁿ¹／tsioⁿ¹)
按"章"字的白話音語例殊少，僅見於"文章"(bun⁵～)等.

（582）【早】　　　zǎo（ㄗㄠ）

A 文言音：(tsə²)　按"早"字雖有此文言音，但語例罕見，一般均
　通用白話音。

B 白話音：(tsa²)

　（例）　①早暗(～am³)；即早上或晚上，又説"透早透暗"(t'au³
　～t'au³～)；即或早上或晚上. 又有"某個時候"的意思.
　②早慢(～ban⁷)；即早晚，或快或慢，通常多説"緊慢".
　③早婚(～hun¹).　　　　④早期(～ki⁵)；最初的階段.
　⑤早起(～k'i²)；即早上，早晨，又説"早起時"(～si⁵).
　⑥早年(～ni⁵).　　　　⑦老早(lau²～).
　⑧早晡(～po¹)；上午，即"頂晡"(teng²～)，反語爲"下晡"(e⁷po¹).
　⑨早產(～san²)；未足月分娩. ⑩早熟(～sek⁸).
　⑪早冬(～tang¹)；指早種早收成，生長期短的稻子.
　⑫早頓(～tng³)；即"早飯"(～png⁷)，"早餐"(～ts'an¹)，又説
　"早起頓"(～k'i²tng³).　　　⑬早前(～tseng⁵)；即先前，又説
　"往時"(eng²si⁵)，"頂擺"(teng²pai²).
　⑭夠早(gau⁵～)；即早安，或很早.

（583）【朝】　　　cháo（ㄔㄠ）
按"朝"的台語跟官話一樣有兩種不同讀法。

Ⅰ 官話[chao]，台語為：[tiau^5]

(例) ①朝野(～ia^2／ya^2). ②朝見(～kian^3)；上朝見君主.

③朝貢(～kong^3)；朝見君主獻禮物. ④朝陽(～iong^5／yong^5).

⑤朝覲(～kin^3)；同②，即臣下在朝廷見君上.

⑥朝拜(～pai^3). ⑦朝聖(～seng^3)；朝拜聖地.

⑧朝廷(～teng^5／ting^5)；君主時代君主聽政的地方.

⑨朝代(～tai^7). ⑩王朝(ong^5～).

Ⅱ 官話[zhao]，台語為：[tiau^1]按此語早上的意思與夕相對.

(例) ①朝霞(～ha^5). ②朝氣(～k'i^3)；活氣.

③朝露(～lo^7). ④朝令夕改(～leng^{7}sek^{4}kai^2).

⑤朝夕(～sek^4／sik^4). ⑥今朝(kim^1～)，又音(kim^{1}tiau^5).

按台語連音變調的規律，第5聲變第7聲，第1聲亦變第7聲，"朝"
字的台語讀音在複音節詞的前音節時，5聲、1聲都變調成為7聲，
實際上不分，故一般仍以5聲[tiau^5]較通用.

（584） 【害】　　　hài（ㄏㄞˋ）

"害"字只有一種讀音；(hai^7)

(例) ①害去(～k'i^3)；壞掉了，又說"歹去"(p'ai^{n2}～).

②害人(～lang^5)；使人受損害、困苦，如"害人了錢"(～liau^{2}tsi^{n5})
；使人家虧了錢. "害人害已"(～hai^{7}ki^2).

③害嘍(～lo)；糟了，又說"害啦"(～la)；義同.

④害死(～si^2)；又說"害害死"(～〃si^2)；"死"字讀輕聲，意 為 害
得好慘，又"害死人". 又"害死囝仔栽"(～gin^{2}a^{2}tsai^1)；害死小孩.

⑤害虫(～t'ang^5). ⑥害處(～ts'u^3)；即壞處，不利因素.

⑦禍害(hə^7～)；禍事. ⑧利害(li^7～)；利益和損害.

⑨厲害(li^7～)；能幹、可怕. ⑩災害(tsai^1～)；天災人禍.

⑪變害去 (pi^{n3}～k'i)；弄壞了. 又 "創害去"(ts'ong^3～)；搞壞掉.

（585）【續】　　　xù（ㄒㄩ）

A 文言音：(siok^8)

　　(例)　①續弦(～hian^5)；妻死再娶．②續(篇)編(～p'ian^1)．

　　③繼續(ke^3～)．　　　　④陸續(liok^8～)；斷斷續續．

　　⑤相續(siong^1～)；繼承(來自日語)，又音(siə^{1}sua^3)；繼續．

B 訓讀音：(sua^3)

　　(例)　①續落去(～ləh^{8}k'i^3)；接下去．

　　②相續(siə^1～)；繼續不斷，又説"相連續"(siə^{1}lian^5～)，"連續"．

　　③食有續(tsiah^{8}wu^7～)；一程一程的飲食不中斷．

（586）【輕】　　　qīng（ㄑㄧㄥ）

按"輕字白話音有(k'ia^{n1})，如"輕薄(～pəh^8)；指體質薄弱，語例殊
少。一般通用文言音(k'eng^1／k'ing^1)和白話音的(k'in^1／k'un^1)。

A 文言音：(k'ing^1)

　　(例)　①輕蔑(～biat^8)；即輕視．②輕銀仔(～gin^5／a^2)；即鋁．

　　③輕薄(～pok^8)；指對女性言語舉動輕佻．

　　④輕易(～yi^7)；很容易、隨便．⑤輕敵(～tek^8)；輕視敵人．

　　⑥輕工業(～kang^{1}giap^8)．　⑦輕視(～／k'in^{1}si^7)．

　　⑧輕舉妄動(～ki^2／ku^{2}bong^{2}tong^7)．

B 白話音：(k'in^1)

　　(例)　①輕微(～bi^5)；又説"小可"(siə^{2}k'ua^2)，亦作"小許"．

　　②輕鬆(～sang^1)．　　　　③輕眠(～bin^5)；淺睡易醒．

　　④輕可(～k'ə^2)；即輕鬆簡易，如"食好做輕可"(tsiah^{8}hə^{2}tsə^3
　　／tsue^3～)；吃得好，做得少而輕鬆，按"可"字又作"許"．

　　⑤輕快(～k'uai^3)．　　　　⑥輕便(～pian^7)．

　　⑦輕聲細説(～sia^{n1}se^3／sue^{3}sueh^8)；説話輕柔．

　　⑧輕信(～sin^3)；輕易地相信，又説"耳腔輕"(hi^{n7}k'ang^1～)．

⑨輕重(～tang^7)；量的大小，又義層次深淺，又義喻心意、傾向，如"伊足知汝的輕重"(yi^{1}tsiok^{4}tsai^{1}li^{2}e^5～)；她善於體會你的心意．"毋知人的輕重" (m^{7}tsai^{1}lang^{5}e^5～)；昧於他人的心意．

⑩重頭輕(tang^{7}t'au^5～)；一端重一端輕，喻不平衡，又"頭重腳輕" (t'au^{5}tang^{7}k'a^1～)．　⑪看輕(k'ua^{n3}～)；看不起．

⑫卡(較)輕蚊仔(k'ah^4～bang^{2}a^2)；比蚊子還輕，又説"輕蚊蚊".

（587）【服】　　fú（ㄈㄨˊ）

"服"字祇有一種讀法：(hok^8)

（例）　①服務(～bu^7)．　　②服刑(～heng^5／hing^5)；服徒刑．

③服藥(～iok^8／yok^8)；吃藥，又義賠償醫藥費．

④服兵役(～peng^1／ping^{1}yah^8)；又説"做兵"(tsə^3～)．

⑤服飾(～sek^8／sik^8)；口語説"穿插"(ts'eng^1／ts'ing^{1}ts'ah^4)．

⑥服侍(～sai^7)；伺候照料．⑦服毒(～tok^8)；吃毒藥自殺．

⑧服從(～tsiong^5)．　　　⑨服裝(～tsong^1)．

⑩不服(put^4～)．　　　　⑪口服(k'au^2～)；口頭上服從．

⑫心服(sim^2～)．　　　　⑬制服(tse^3～)．

（588）【試】　　shì（ㄕˋ）

按"試"字的文言音爲(si^3)，語例罕見，一般均通用白話音：(ts'i^3)。

（例）　①試驗(～giam^7)．　②試行(～heng^5／hing^5)．

③試用(～iong^7)．　　　　④試管(～kuan^2)．

⑤試卷(～kuan^3／kng^3)．⑥試銷(～siau^1)；試行銷售看看．

⑦試看[覓](～k'ua^{n3}mai^7)；即試試看．

⑧試題(～te^5)．　　　　　⑨試探(～t'am^3)．

⑩試場(～tiu^{n5}／tio^{n5})．⑪筆試(pit^4～)．

⑫口試(k'au^2～)；又説"口頭試問"(k'au^{2}t'au^5～bun^7／mng^7)．

（589）【食】　　　shí（ㄕ）

A 文言音：(sit⁸)

（例）①食物(～but⁸)． ②食言(～gian⁵)；不履行諾言．
③食慾(～iok⁸／yok⁸)． ④食油(～iu⁵／yiu⁵)．
⑤食用(～iong⁷／yong⁷)；做吃用的，"食用品"(～p'in²)．
⑥食品(～p'in²)． ⑦食譜(～p'o²)；菜餚的書，菜單．
⑧食堂(～tng⁵)． ⑨副食(hu³～)．
⑩食指(～tsi²)；母指旁邊的指頭，口語説："指指"(ki²tsai^n²)．
⑪素食(so³～)；不吃魚肉暉油的菜食．

B 白話音：(tsiah⁸)

（例）①食獪消(～be⁷／bue⁷siau¹)；即吃不消，受不了．
②食熏(～hun¹)；抽煙． ③食風(～hong¹)；受風、引風．
④食我(～gua²)；欺負我，又説"虎我"(ho²～)．
⑤食虧(～k'ui¹)；吃虧． ⑥食日(～jit⁸)；吸收日光．
⑦食醋(～ts'o³)；嫉妒． ⑧食氣(～k'i³)；激發志氣．
⑨食認(～lin⁷／gin⁷／jin⁷)；承認．"毋食認"(m⁷～)；不承認．
⑩食力(～lat⁸)；嚴重，如"了了錢了一下足食力"(liau²tsi^n⁵liau²
tsit⁸e⁷tsiok⁴～)；虧錢虧得厲害，"破病眞食力"(p'ua³pe^n⁷／pi^n⁷
tsin¹～)；病得嚴重． ⑪食名(～mia⁵)；靠名氣、冒名．
⑫食罪(～tsue⁷)；受罪． ⑬食物(～mih⁸)；吃的東西．
⑭乞食(k'it⁴～)；乞丐． ⑮食飯廳(～png⁷t'ia^n¹)；即餐間．
⑯食色(～sek⁴／sik⁴)；塗上顏色．"食漆"(～ts'at⁴)；塗上漆料．
⑰食錢(～tsi^n⁵)；即貪污． ⑱食聲(～sia^n¹)；虛張聲勢．
⑲食頭路(～t'au⁵lo⁷)；上班領薪水的職業．
⑳食菜(～ts'ai³)；素食． ㉑食酒醉(～tsiu²tsui³)；喝醉．
㉒食市(～ts'i⁷)；生意上的好地點．"無食市"(bə⁵～)；生意地點差．
㉓顧食(ko³～)；好吃． ㉔趁食(t'an³～)；謀生，得到吃的．

㉕貪食(t'am¹〜)；貪吃．　㉖討食(t'ə²〜)；覓食．

（590）【充】　　chōng（ㄔㄨㄥ）

"充"字祇有一種讀法：(ts'iong¹)

(例)　①充滿(〜buan²)．　②充血(〜hiat⁴)．
③充分(〜hun¹)．　　　④充任(〜jim⁷／lim⁷)；擔任．
⑤充裕(〜ju⁷)；充足有餘．⑥充饑(〜ki¹)．
⑦充其量(〜ki⁵liong⁷)；最大限度、頂多．
⑧充軍(〜kun¹)；把罪犯送到邊地當兵或服勞役的一種流刑．
⑨充公(〜kong¹)．　　　⑩充實(〜sit⁸)．
⑪充電(〜tian⁷)．　　　⑫充足(〜tsiok⁴)．
⑬冒充(mo⁷〜)；又説"假袍"(ke²pau⁵)．

（591）【兵】　　bīng（ㄅㄧㄥ）

"兵"字的讀音祇有一種：(peng¹／ping¹)

(例)　①士兵(su⁷〜)．　　②兵馬(〜be²)，又音(〜ma²)．
③兵法(〜huat⁴)；用兵作戰的策略和方法．
④兵器(〜k'i³)；即武器．　⑤兵變(〜pian³)；軍隊嘩變．
⑥兵權(〜kuan⁵)；即軍權．⑦紙上談兵(tsua²siong⁷tam⁵〜)．

（592）【源】　　yuán（ㄩㄢ）

"源"字只有一種讀法：(guan⁵)

(例)　①源流(〜liu⁵)．②源頭(〜t'au⁵)；水發源的地方．
③源泉(〜tsuaⁿ⁵)．　　　④發源(huat⁴〜)．
⑤起源(k'i²〜)．　　　　⑥來源(lai⁵〜)．

（593）【判】　　pàn（ㄆㄢ）

按"判"字的文言音爲：(p'uan³)，白話音爲：(p'uaⁿ³)，兩音通用，惟一般較偏用白話音。

(例) ①判案(～an³). ②判明(～beng⁵／bing⁵).
③判決(～kuat⁴). ④判別(～piat⁸)；辨別.
⑤判斷(～tuan³). ⑥判死刑(～si²heng⁵／hing⁵).
⑦判罪(～tsue⁷). ⑧公判(kong¹～)；公開裁判.
⑨批判(p'ue¹～)；批評指摘. ⑩審判(sim²～).

（594）【護】　　　hù（ㄏㄨ）

"護"字只有一種讀法：(ho⁷)

(例) ①護航(～hang⁵)；護送船機航行.
②護理(～li²)；保護管理. ③護岸(～huaⁿ⁷)；即堤防.
④護送(～sang³)；陪同前往某地俾免遭意外.
⑤護照(～tsiau³)；出國時的國民證件. ⑥護士(～su⁷).
⑦護衛(～ue⁷／we⁷). ⑧愛護(ai³～).
⑨保護(pə²～). ⑩維護(ui⁵／wi⁵～).

（595）【司】　　　sī（ㄙ）

A 文言音：(si¹／su¹)

(例) ①司儀(～gi³). ②司法(～huat⁴)；掌管法律行政.
③司機(～ki¹). ④司令(～leng⁷／ling⁷).
⑤公司(kong¹si¹). ⑥禮賓司(le²pin¹～).

B 白話音：(sai¹)

(例) ①司父(～hu⁷)；枝術上的師傅，"父"又作"傅".
②司「奶」(～nai¹)；撒嬌(指小孩對母親，或妻對夫)，(按
"奶"字未確定). ③司公(～kong¹)；即道士. "司公(較)卡勢和尚"
(～k'ah⁴gau⁵hue⁵／he⁵siuⁿ⁷)；道士法力勝過和尚，其實是反語.

（596）【足】　　　zú（ㄗㄨ）

"足"字的讀音只有一種：(tsiok^4)

(例)　①足月(～gueh^4／geh^4)，又説"夠月"(kau^3～)．

②足下(～ha^7)；書信上對朋友的敬稱．

③足好(～hə^2)；很好，按副詞的"足"即"很"的意思，如"足寒"
(～kua^{n5})；很冷，"足熱"(～juah^8)；很熱，"足水"(～sui^2)；
很美．　　　　　　　④充足(ts'iong^1～)．

⑤足球(～kiu^5)；又説"腳球"(k'a^1～)．⑥足歲(～he^3／hue^3)．

⑦足跡(～tsek^4／tsik^4)．　⑧滿足(buan^2／mua^2～)．

（597）【某】　　　mǒu（ㄇㄡ）

"某"字祇有一種讀法：(bo^2)

(例)　①某項代誌(～hang^{7}tai^{7}tsi^3)；某件事情．

②某人(～lang^5)．　　　　　③某所在(～so^{2}tsai^7)；某地方．

④某年某月某日(～ni^5～gueh^8～jit^8)．

⑤翁[仔]某(ang^1[a^2]～)；即夫妻．"某"又作"偺"、"姥"．

⑥查某(tsa^1～)；即女人．　⑦李某(li^2～)；某姓李的人．

⑧娶某(ts'ua^7～)；娶妻．(按⑤⑥⑧的"某"宜作"姥")

（598）【練】　　　liàn（ㄌㄧㄢ）

"練"字的讀音祇有一種：(lian^7)

(例)　①練習(～sip^8)．　　②練功夫(～kang^{1}hu^1)．

③練拳頭(～kun^{5}t'au^5)；即練習打拳．

④練苦功(～k'o^{2}kang^1)．　⑤練兵(～peng^1／ping^1)．

⑥訓練(hun^3～)．　　　　⑦操練(ts'au^1～)；操作訓練．

（599）【差】　　　chā～chà（ㄔㄚ）

按"差"字的台語讀音跟官話音相應可分三種。

　　Ⅰ　官話音[chā～chà]，台語音為(ts'a¹)，按此音語例最多.

　　(例)　①差不多(～put⁴tə¹).　②差額(～giah⁸).

　　③差遠(～hng⁷)；差得多.　④差異(～iⁿ⁷／yiⁿ⁷).

　　⑤差距(～ku⁷).　　　　　　⑥差別(～piat⁸).

　　⑦差淡薄仔(～tam⁷pəh⁸a²)；差點兒.⑧差錯(～tsə³)；錯誤.

　　⑨無差(bə⁵～)；没關係，即無所謂，不受影響.

　　⑩有夠差(u⁷／wu⁷kau³～)；即太差了.

　　Ⅱ　官話音[chai]，台語音為：文言音(ts'ai¹)，白話音(ts'e¹)。

Ⓐ 文言音(ts'ai¹)

　　(例)　①差使(～su³).　　　②差事(～su⁷)；被派遣的工作.

Ⓑ 白話音(ts'e¹)

　　(例)　①差役(～iah⁴)；衙門的小職員.②差遣(～k'ian²).

　　③差教(～ka³／kah⁴)；差遣指使.　④差使(～sai²).

　　⑤官差(kuaⁿ¹～)；舊時的無償勞役.

　　⑥欽差(k'im¹～)；皇帝特任的差使，"欽差大臣"(～tai⁷sin⁵).

　　⑦出差(ts'ut⁴～)，又説"出張"(ts'ut⁴tiuⁿ¹).

　　Ⅲ　官話音：[ci]，台語音為：(tsu¹)

　　　(例)　參差(ts'im¹～)；如"參差不齊"(～put⁴tse⁵).

（600）【致】　　　　zhî（ㄓ）

"致"字只有一種讀法：(ti³)

　　(例)　①致意(～i³／yi³).　②致敬(～keng³)；表達敬意.

　　③致力(～lek⁸／lik⁸)；盡力.　④致命(～mia⁷)；使喪失生命.

　　⑤以致(i²～)；"致使"(～su³).　⑥致謝(～sia⁷).

　　⑦不致(put⁴～)；不會引起某種後果.⑧致詞(～su⁵)；在開會

　　或舉行喪喜儀式中講話.　⑨景致(keng²／king²～)；即風景.

　　⑩導致(tə⁷～)；引起、招來，"導致失敗"(～sit⁴pai⁷).

（601）【板】　　　　bǎn（ㄅㄢˇ）

"板"字的讀音只有一種：(pan²)

（例）　①板仔(～a²)；即棺柩，如訛音爲(pang¹a²)則意爲木板，或作"枋仔"．"烏枋"(o¹pang¹)；黑板．"柴枋"(ts'a⁵～)；木板．

②木板(bok⁸～)．　　　　　③板書(～su¹)；在黑板上寫字．

④無板(bə⁵～)；没本事，不夠樣，按"板"有"樣板"之義，又如："有板"(u⁷／wu⁷～)；有本事的樣子．

⑤門扇板(mng⁵si^n3～)；即門扉木板．

⑥鐵板(t'ih⁴～)．按"黑板"台語讀(o¹pang¹)．"棺材板"讀(kua^n1 ts'a⁵pang¹)，但棺材舖則叫"板店"(pan²tiam³)．

（602）【田】　　　　tián（ㄊㄧㄢˊ）

A 文言音：(tian⁵)

（例）　①田賦(～hu³)，口語説"田租"(ts'an⁵tso¹)．

②田野(～ia²／ya²)．　　③田徑賽(～keng³／king³sai³)．

④耕田(keng¹～)．　　　⑤稻田(tiu⁷～)．

B 白話音：(ts'an⁵)

（例）　①田園(～hng⁵)．　　②田蛤仔(～kap⁴a²)；小青蛙．

③田螺(～le⁵)．　　　　　④田地(～te⁷)．

⑤田岸(～hua^n7)；即田埂，田間略高的小徑．

⑥田庄(～tsng¹)；鄉下，又説"草地"(ts'au²te⁷)．

⑦看天田(k'ua^n3t'i^n1～)；旱田，要靠天才能種作的田．

⑧播田(po³～)；又説"播稻仔"(po³tiu⁷a²)；即插秧．

⑨種田(tseng³～)；又説"作田"(tsəh⁴～)，"作穡"(tsəh⁴sit⁴)．

⑩水田(tsui²～)；"一坵水田"(tsit⁸k'u¹～)；一區劃的水田．

（603）【降】　　　　jiàng（ㄐㄧㄤˋ）

按"降"字的讀音官話有兩種，台語亦有兩種相應的讀音。

I 官話[jiang]：台語[kang³]

(例) ①降格($\sim$keh⁴). ②降低($\sim$ke⁷).

③降旗($\sim$ki⁵). ④降級($\sim$kip⁴).

⑤降職($\sim$tsit⁴)；口語"落職"(lak⁴$\sim$). ⑥降臨($\sim$lim⁵)；來到.

⑦降落($\sim$loh⁸)，又"降落傘"($\sim$sua^{n3}).

⑧下降(ha⁷$\sim$). ⑨急降(kip⁴$\sim$).

⑩昇降(seng¹$\sim$)；上昇和下降.

II 官話[xiang]；台語[hang⁵]

(例) ①降伏($\sim$hok⁸)；使馴服、順從.

②投降(tau⁵$\sim$). ③降服($\sim$hok⁸)；投降屈服.

④降汝($\sim$li²)；向對方認輸，"汝"字讀輕聲.

⑤降表($\sim$piau²)；表示投降的文件.

（604）【黑】　　　hēi（ㄏㄟ）

"黑"字只有一種讀音：(hek⁸／hik⁸)，惟在台語裡"黑"的概念用"烏"字，讀音爲[o¹]，故官話的"黑"台語爲"烏"，即"黑"被訓讀爲[o¹]。

(例) ①黑【烏】暗(hek⁸[o¹]am³)；以下"黑"(hek⁴)用"烏"(o¹).

②烏棗($\sim$tsə²)；黑棗. ③烏鴉仔($\sim$a¹a²)；即烏鴉.

④烏暗眩($\sim$am³hin⁵)；頭暈眼眩(眼前黑暗).

⑤烏墨($\sim$bak⁸)；即墨，烏墨水($\sim$tsui²)；墨汁.

⑥烏魚($\sim$hi⁵／hu⁵)；又"烏魚子"($\sim$tsi²).

⑦烏耳鰻($\sim$hi^{n7}mua⁵)；即鰻魚，指大鰻魚.

⑧烏番仔($\sim$huan¹a²)；指黑人，又説"烏肚番仔"($\sim$to⁷$\sim$).

⑨烏煙黗($\sim$ian¹／yan¹t'un⁵)；黑煙子.

⑩烏陰($\sim$im¹)；天氣陰曇. ⑪烏仁($\sim$jin⁵)；即瞳孔.

⑫烏狗($\sim$kau²)；愛打扮的男人或花花公子，反義語"烏貓"($\sim$

niau^1）；俏皮女郎．"一對烏狗及烏貓"(tsit^{8}tui^3～kap^4～)．

⑬烏龜(～ku^1)；如讀(～kui^1)；則爲譏稱妻子有外遇的男人．

⑭烏金(～kim^1)；黑得發亮、黑油油．

⑮烏黔黔(～k'am^5〃)；黑壓壓的．"天頂烏黔黔"(ti^{n1}teng^2～)．

⑯烏鬼鬼(～kui^2〃)；即黑魆魆，又說"烏脞脞"(～sə^5)；"脞"又作"趖"，又黑又骯髒，又"烏ma^{3}ma^{3n}"．

⑰烏綠(～lek^8／lik^8)；即Zyanose，發紺，青紫．

⑱烏魯木齊(～lo^{2}bok^{8}tse^5)；亂七八糟，不像樣．

⑲烏枋(～pang^1)；即黑板．⑳烏貓貓(～niau^1〃)；黑黝黝．

㉑烏白……(～peh^8……)；胡亂……，如"烏白講"(～kong^2)；亂講．

㉒烏甜(～ti^{n1})；喻女人膚色黑黑而美麗可愛．

㉓烏青(～ts'e^{n1}／ts'i^{n1})；凝血而發青黑色，如"互人拍甲烏青"(ho^{7}lang^{5}p'ah^{4}kah^4～)；被打得青腫．

㉔烏市(～ts'i^7)；黑市．　㉕烏醋(～ts'o^3)；即醋醬油．

㉖烏鶖(～ts'iu^1)；類似烏鴉，體形略小而馴服，全身黑色的鳥，常停在田中水牛背上．對稱語"白鴿鶖"(peh^{8}leng^{7}si^1)；白鷺．

㉗面烏(bin^7～)；因驚惶或失望時面如土色．

㉘天烏烏(t'i^{n2}～〃)；天黑得快要下雨的狀態．

（605）【犯】　　　fàn（ㄈㄢ）

"犯"字的讀法只有一種：(huan^7)

　（例）　①犯法(～huat^4)．　②犯案(～an^3)；犯了某案件．

　③犯規(～kui^1)．　　　④犯戒(～kai^3)；違犯戒律．

　⑤犯人(～lang^5)．　　　⑥犯罪(～tsue^7)．

　⑦嫌疑犯(hiam^{5}gi^5～)．　⑧戰犯(tsian^3～)；戰爭犯罪人．

（606）【負】　　　fù（ㄈㄨ）

A 文言音：(hu⁷)

(例) ①負義(～gi⁷)；如 "忘恩負義"(bong⁵in¹／yin¹～)．

②負傷(～siong¹)． ③負疚(～kiu⁷)；覺得抱歉．

④負心(～sim¹)；背棄情誼，口語説"反僥"(huan²hiau¹)．

⑤負擔(～tam¹)． ⑥負債(～tse³)；欠人錢財．

⑦負責(～tsek⁴)． ⑧欺負(k'i¹～)．

⑨背負(pue⁷～)． ⑩辜負人(ko¹～lang)；辜負他人．

B 訓讀(口語)音：(p'ai^{n7})

(例) ①負債(～tse⁷)． ②負行李(～heng⁵／hing⁵li²)．

③負物件(～mih⁸kia^{n7})；背東西．

（607）【擊】 jī（ㄐㄧ）

"擊"字的讀音祇有一種：(kek⁴／kik⁴)

(例) ①攻擊(kong¹～)． ②擊破(～p'ua³)；打垮．

③襲擊(sip⁸～)；突然攻擊． ④打擊(ta^{n2}～)．

⑤衝擊(ts'iong¹～)；撞擊、碰擊，又"休克"(shock)．

（608）【範】 fàn（ㄈㄢ）

A 文言音：(huan⁷)

(例) ①範文(～bun⁵)，示範性的文章．

②範例(～le⁷)；模範事例． ③範本(～pun²)；書畫的樣本．

④範疇(～tiu⁵)；類型，"範圍"(～ui⁵／wi⁵)．

⑤模範(mo⁵～)． ⑥防範(hong⁵～)；防備、戒備．

⑦示範(si⁷～)；做樣供學習． ⑧就範(tsiu⁷～)；聽從支配．

⑨典範(tian²～)；可供學習的人或事．

B 白話音：(pan⁷)

(例)①無範(bə⁵～)；没辦法，不成樣子，反義語"有範"(u⁷～)．

293

②人範(lang⁵～)；人樣兒．③比範(pi²～)；比樣式．

（609）【繼】　　　jì（ㄐ丨）

"繼"的讀法祇有一種：(ke³)

(例)①繼母(～bə²／bu²)，父親再娶之婦人，即"後母"(au⁷～)．

②繼父(～hu⁷)；又説"後爸"(au⁷pe⁷)；母親再嫁的男人．

③繼任(～jim⁷)．　　　④繼承(～seng⁷／sing⁷)．

⑤繼室(～sek⁴／sik⁴)；再娶之妻室，口語説"後岫(宿)"(au⁷siu⁷)

⑥繼續(～siok⁸)．　　　⑦後繼(au⁷～)．

⑧過繼(kue³～)；給有親戚關係的人做兒子，又叫"過房"(kue³ pang⁵)．　　　⑨相繼(siong¹～)．

（610）【興】　　　xīng（ㄒ丨ㄥ）

按"興"字官話有兩種讀法，台語亦配合官話音而有三種讀音。

Ⅰ 官話[xīng]：台語有文言音(heng¹／hing¹)和白話音(hin¹)。

文白兩音通用，但是一般仍多用文言音。

(例)　①興亡(～bong⁵)．　②興奮(～hun³)．

③興學(～hak⁸)；興建學校辦教育．④興起(～k'i²)．

⑤興建(～kian³)．　　　⑥興工(～kang¹)；動工、開工．

⑦興隆(～liong⁵)．　　　⑧興旺(～ong⁷)；旺盛．

⑨興盛(～seng⁷／sing⁷)．　⑩興衰(～sue⁷)；興起和衰落．

⑪振興(tsin²～)；大力發展使興盛．⑫復興(hok⁸～)．

Ⅱ 官話[xìng]：台語為(heng³／hing³)；嗜好的意思。

(例)　①興唚酒(～lim¹tsiu²)；愛好喝酒．

②興勃勃(～put⁸〃)；興致勃勃，興沖沖．

③興趣(～ts'u³)．　　　④興頭(～t'au⁵)；高興，興致．

⑤興迌迌(～ts'it⁴t'o⁵)；愛玩，"迌迌"為會意字，有作"佚佗"，

亦讀(t'it⁴t'o⁵)，亦寫成"七桃"、"得桃"、"佚陶"…．

⑥頭仔興興尾仔冷冷(t'au⁵a²〜〃 bue²a²leng²〃)；開始時興致勃勃，末了則興味索然．⑦興查姥(〜tsa¹bo²)；好色鬼．

（611）【似】　　　sî（ㄙ）

Ⓐ 文言音：(su⁷)／(si⁷)(兩音通用)

　(例)　①似乎(〜ho⁷)．　　②似是而非(〜si⁷ji⁵hui¹)．
　　③近似(kin⁷〜)．　　④類似(lui⁷〜)．
　　⑤相似(siong¹〜)．　⑥酷似(k'ok⁴〜)；極像，像得很．

Ⓑ 白話音：(sai⁷)

　(例)　①熟似人(sek⁸／sik⁸〜lang⁵)；認識的人，又作"熟悉人"．
　　②同似(tang⁵〜)；即妯娌，丈夫是兄弟關係的女人．

（612）【餘】　　　yǘ（ㄩ）

"餘"字只有一種讀音：(yi⁵／wu⁵)＝(i⁵／u⁵)

　(例)　①餘音(〜im¹／yim¹)．②餘孽(〜giat⁸)；殘餘的惡勢力．
　　③餘興(〜heng³／hing³)；未盡的興致，附帶的娛樂活動．
　　④餘力(〜lek⁸／lik⁸)．　⑤餘波(〜p'a¹)；殘留的影響．
　　⑥……餘地(……〜te⁷)；"無同情的餘地"(bə⁵tong⁵tseng⁵e⁵〜)．
　　⑦餘生(〜seng¹／sing¹)．⑧餘毒(〜tok⁸)；殘留的毒素．
　　⑨業餘(giap⁸〜)．　　⑩剩餘(seng⁷／sing⁷〜)．

（613）【堅】　　　jiān（ㄐㄧㄢ）

"堅"字只有一種讀法：(kian¹)

　(例)　①堅硬(〜geⁿ⁷／giⁿ⁷)．②堅毅(〜ge⁷)；堅定有毅力．
　　③堅忍(〜jim²)；堅持不動搖．④堅強(〜kiong⁵)．
　　⑤堅固(〜ko³)．　　⑥堅決(〜kuat⁴)．

⑦堅巴(～pa¹)；粘結而凝固的東西，如"牛屎巴"(gu⁵sai²～)．

⑧堅庀(～p'i²)；類似堅巴(多指傷口)，粘結而堅硬的東西，如"飯庀"(png⁷p'i²)，即米飯過熟焦化變淺珈琲色而堅硬的部分．

⑨堅凍(～tang³)；液體因冰冷而凝結的狀態．

⑩堅定(～teng⁷／ting⁷)；堅決保持不變． ⑪堅持(～ts'i⁵)．

⑫堅貞(～tseng¹／tsing¹)；節操堅定不變．

（614）【曲】　　qū～qǔ（ㄑㄩ）

按"曲"字的台語讀音亦配合官話音，而有文言音和白話音而更有訓讀音，惟文白音各一種，不因官話音而不同．

Ⅰ 官話音[qū]；台語有文白異讀．

A 文言音爲(k'iok⁴)

①曲藝(～ge⁷)；説唱藝術． ②戲曲(hi³～)．

B 白話音爲(k'ek⁴／k'ik⁴)；詞例均通用文言音。

①曲譜(k'iok⁴/k'ek⁴p'o²)． ②曲調(～tiau⁷)．

③歌曲(kə¹k'iok⁴)、口語音爲(kua¹k'ek⁴)．

Ⅱ 官話音[qū]；台語有文言音(k'iok⁴)和訓讀音(k'iau¹)．

A 文言音(k'iok⁴)

①曲解(～kai²)；歪曲地解釋． ②曲線(～suaⁿ³)．

③曲直(～tit⁸)． 　　　　④曲折(～tsiat⁴)．

⑤歪曲(uai¹／wai¹～)． ⑥彎曲(uan¹／wan¹～)．

B 訓讀音：(k'iau¹)

(例) ①曲痀(～ku¹)；駝背． ②曲腳(～k'a¹)；曲膝而坐．

③彎彎曲曲(uan¹〃～〃)．

（615）【輸】　　shū（ㄕㄨ）

"輸"字的讀音祇有一種：(su¹)

(例)　①輸入(～jip^8)．　　②輸血(～hueh^4／huih^4)．

③輸贏(～ia^{n5}／ya^{n5})；即勝敗，較量勝負．

④輸去(～k'i^3)；又説"輸輸去"，即都輸掉了．

⑤輸送(～song^3)．　　⑥輸出(～ts'ut^4)．

⑦呣會輸…(be^7／bue^7～…)；不亞於…，跟…差不多，如"呣會輸痟
的"(～siau^{2}e)；簡直像瘋子．　⑧相輸(sio^1／sa^{n1}～)；即打賭．

（616）【修】　　　　xiū（ㄒㄧㄡ）

"修"字祇有一種讀法：(siu^1)

(例)　①修改(～kai^2)．　　②修面(～bin^7)；刮臉．

③修行(～heng^7／hing^7)．　④修復(～hok^8)；修理復原．

⑤修養(～iong^2／yong^2)．⑥修理(～li^2)；使壞的變好，又懲罰．

⑦修練(～lian^7)；修心練氣．⑧修繕(～sian^7)；修理建築物．

⑨修女(～lu^2)；天主教出家修道的女子．⑩修飾(～sek^4／sik^4)．

⑪修身(～sin^1)．　　　⑫修辭(～su^5)．

⑬修訂(～teng^3／ting^3)．　⑭修道院(～tə^{7}yi^{n7})．

⑮修正(～tseng^3)．　　⑯必修(pit^4～)．

⑰老不修(lau^{7}put^4～)；喻年老猶貪女色．

⑱進修(tsin^3～)；離開工作進一步學習．⑲選修(suan^2～)．

⑳裝修(tsong^1～)；修飾建築物或設備．㉑自修(tsu^7～)．

（617）【故】　　　　gù（ㄍㄨ）

"故"字的讀法只有一種：(ko^3)

(例)　①故鄉(～hiong^1)．　②故意(～i^3／yi^3)．

③故居(～ki^1)；住過的房子．④故宮(～kiong^1)．

⑤故技(～ki^1)；老手法．　⑥故里(～li^2)；故鄉，鄉里．

⑦故事(～su^7)．　　　⑧故都(～to^1)；過去的國都．

⑨故土（～t'o²）；故鄉. ⑩故障（～tsiong³）.

⑪無故（bə⁵／bu⁵～）；沒有理由、原因.

⑫緣故（ian⁵／yan⁵～）. ⑬因故（in¹／yin¹～）.

⑭病故（pe^{n1}／pi^{n1}～）；因病而死亡（亡故）.

（618）【城】　　　chéng（ㄔㄥˊ）

Ⓐ 文言音：(seng⁵／sing⁵)　按此音的語例不多.

　（例）　①城隍（～hong⁵）.　　②城郭（～kok⁴）；城牆，泛指城市.

　　　③城闕（～k'uat⁴）；城門兩邊的望樓，宮闕.

Ⓑ 白話音：(sia^{n5})　按一般多用此音.

　（例）　①城樓（～lau⁵）.　　②樓堡（～pə²）；堡壘式的小城.

　　　③城池（～ti⁵）；城牆和護城河. ④城市（～ts'i⁷）.

　　　⑤城牆（～ts'iu^{n5}）.　　⑥長城（Tng⁵～）.

　　　⑦城垣（～uan⁵／wan⁵）；即城牆.

（619）【夫】　　　fū（ㄈㄨ）

Ⓐ 文言音：(hu¹)

　（例）　①夫婦（～hu⁷）.　　②夫人（～jin⁵／lin⁵）.

　　　③夫婿（～sai³）；丈夫. ④夫妻（～ts'e¹）；口語＂翁姥＂(ang¹bo²).

　　　⑤夫子（～tsu²）；舊時對老師的稱呼.

　　　⑥莽夫（bong²～）；粗魯冒失的男子.

　　　⑦農夫（long⁵～）.　　⑧匹夫（p'it⁴～）；泛指一般平常人.

　　　⑨丈夫（tiong⁷～）；男女結婚後，男人是女人的丈夫.

　　　⑩姊夫（tse²／tsi²～）；姐姐的丈夫.

Ⓑ 白話音：(po¹)

　(例)語例見於＂丈夫＂(ta⁷po¹)；即男子.按(ta⁷po¹)又作＂唐夫＂、＂乾埔＂，亦説(tsa¹po¹)，寫成＂查甫＂或＂偝備＂等尚難確定.

（620）【夠】　　　gòu（ㄍㄡ）

按"夠"字的文言音爲(ko³)，惟語例罕見，通常均使用白話音(kau³)，又台語的"夠"常用"有夠"(u⁷／wu⁷kau³)，語氣較強，反義語爲"無夠"(bə⁵～)。

　　（例）　①無夠(bə⁵～)；不夠．②有夠無?(～bə⁵)；夠嗎？

　　③有夠勢(～gau⁵)；很能幹，有本事．

　　④有夠氣(～k'ui³)；滿意．　⑤有夠用(～eng⁷／ing⁷)；夠用．

　　⑥有夠分(～pun¹)；夠分配．⑦有夠本(～pun²)；夠本錢了．

　　⑧有夠水(美)(～sui²)；夠漂亮．按④讀(～k'i³)時意爲夠氣人．

（621）【送】　　　sòng（ㄙㄨㄥ）

A 文言音：(song³)

按"送"字文言音用的遠不及白話音多．

　　（例）　①送終(～tsiong¹)．　②送行(～heng⁵／hing⁵)．

　　③斷送(tuan⁷～)；喪失．

B 白話音：(sang³)

　　（例）　①送禮(～le²)．　　②贈送(tseng⁷～)．

　　③送人客(～lang⁵k'eh⁴)；即送客人．

　　④送別(～piat⁸)．　　　⑤送命(～mia⁷)；喪失生命．

　　⑥送死(～si²)；找死．　⑦送葬(～tsong³)．

　　⑧送神(～sin⁵)；舊曆12月24日送神日．

　　⑨奉送(hong⁷～)；贈送的敬語．⑩歡送(huan¹～)．

　　⑪保送(pə²～)；免試進入上級學校求學．

（622）【笑】　　　xiào（ㄒㄧㄠ）

A 文言音：(siau³) 此音用例不多，成語則多用。

　　（例）　①笑納(～lap⁸)．　　②見笑(kian³～)；害羞．

· 299 ·

B 白話音：有兩種，(tsiau³)的用例不多，有①笑談(～tam⁵)；笑話、笑柄，如"講笑談"(kong²～)；講笑話．②含笑(ham⁵～)；花名，香味清幽．一般最通用的音爲：(ts'iə³)。

（例）①笑微微(～bi⁵〃)，又音(bui¹〃)；即笑眯眯．

②笑面(～bin⁵)；笑面虎(～ho²)；表面善良內心兇惡的人．

③笑誼誼(～gi⁷〃)；亦即笑嘻嘻．

④笑哈哈(～ha¹〃)． ⑤笑容(～iong⁵／yong⁵)．

⑥笑稽(～k'e¹／k'ue¹)；即令人好笑，笑話，如"講笑稽"(kong²～)，又作"笑科"． ⑦笑神(～sin⁵)；含笑的神情，如"好笑神"(hə²～)；面帶含笑神情．"無笑神"(bə⁵～)；沒笑容．

⑧笑頭笑面(～t'au⁵～bin⁷)；喻高興的樣子．

⑨偷笑(t'au¹～)；偷偷地笑，暗地裡笑．

⑩恥笑(t'i²～)；即譏笑． ⑪滾笑(kun²～)；開玩笑．

（623）【船】　　　chuán（ㄔㄨㄢ）

按"船"字的文言音(suan⁵)，語例如"船舶"(～pok⁸)等很罕見，一般通用白話音(tsun⁵)。

（例）①船舷(～hian⁵)；船兩側的邊兒．

②船戶(～ho⁷)；以船爲家的水上住民．③船夫(～hu¹)．

④船長(～tio^{n2}／tiu^{n2})． ⑤船埠(～po¹)；停船的碼頭．

⑥船團(～t'uan⁵)；即"船隊"(～tui⁷)．

⑦船艙(～ts'ng¹)；船室． ⑧船員(～uan⁵／wan⁵)．

⑨船塢(～u³／wu³)；停泊、修理或造船的地方．

⑩海賊船(hai²ts'at⁸～)；即海盜船．

⑪火船(hue²～)；即"汽船"(k'i³～)，又説"輪船"(lun⁵～)．

（624）【佔】　　　zhàn（ㄓㄢ）

按"佔"字只有一種讀音：(tsiam³)，語義有調解、制止，如"佔互開"
(~ho⁷k'ui¹)；(把在打架的人)拉開、制止。

　　(例)　①佔有(~iu²／yiu²)．②佔據(~ku³)．
　　③佔領(~leng²／nia²)；用武力佔土地．④佔便宜(~pan⁵gi⁵)．
　　⑤強佔(kiong⁵~)；硬佔有．⑥佔位(~ui⁷／wi⁷)；佔位子．
　　⑦霸佔(pa³~)；倚仗權勢佔爲己有．

（625）【右】　　yòu（ㄧㄡˋ）

"右"字祇有文言音一種讀法：(iu⁷／yiu⁷)

　　(例)　①右腳(~k'a¹)；口語説"正腳"(tsiaⁿ³k'a¹)．
　　②右邊(~piⁿ¹)；口語爲"正爿"(tsiaⁿ³peng⁵／ping⁵)．
　　③右派(~p'ai³)．　　　　④左右(tsə²~)．
　　⑤右手(~ts'iu²)；口語説"正手"(tsiaⁿ³ts'iu²)．

（626）【財】　　cái（ㄘㄞˊ）

"財"的讀法只有一種：(tsai⁵)

　　(例)　①財務(~bu⁷)．　　②財物(~but⁸)．
　　③財源(~guan⁵)．　　　④財閥(~huat⁸)；壟斷資本家．
　　⑤財力(~lek⁸／lik⁸)．　⑥財寶(~pə²)．
　　⑦財產(~san²)．　　　　⑧財神(~sin⁵)；可使人發財的神．
　　⑨財團(~t'uan⁵)．　　　⑩財政(~tseng³／tsing³)．
　　⑪橫財(huaiⁿ⁵~)；意外的金錢財物，反義語爲"正財"(tsiaⁿ³~)．

（627）【吃】　　chī（ㄔ）

按"吃"字的文言音爲：(k'it⁴)，白話音爲：(k'ih⁴)，均爲牛羊等"吃草"
的"吃"，台語文言音讀(k'it⁴ts'ə²)，口語説"食草"(tsiah⁸ts'au²)。　"吃"
在台語訓讀爲"食"(tsiah⁸)，故台語不用"吃"字，均改(訓)用"食"。

以下略舉數例，詳細參照(589)號"食"字，不擬重複。

　　(例)　①食(吃)無着(～bə⁵tiəh⁸)；吃不上(以下"吃"字略去).

　　②食𣍐合(～bue⁷hah⁸)；吃不慣，不合胃口.

　　③食閑飯(～eng⁵png⁷)；光吃飯不幹事.

　　④食驚(～kiaⁿ¹)；吃驚.　　⑤食啉(～lim¹)；即吃和喝.

　　⑥食食(～sit⁸)；即飲食，吃喝兒.

　　⑦食齋(～tsai¹)；即吃齋.　⑧食臊(～tsʼə¹)；吃葷.

　　⑨小食(siə²～)；吃少.　　⑩大食(tua⁷～)；吃量大.

（628）【富】　　fù（ㄈㄨˋ）

Ⓐ 文言音：(hu³)

　　(例)　①富豪(～hə⁵)；有錢有權勢的人.

　　②富戶(～ho⁷).　　　　③富有(～iu²／yiu²).

　　④富饒(～jiau⁵／liau⁵).　⑤富裕(～ju⁷／lu⁷)；財物充裕.

　　⑥富強(～kiong⁵).　　　⑦富貴(～kui³).

　　⑧富麗(～le⁷)；宏偉美麗.⑨富農(～long⁵).

　　⑩富翁(～ong¹)；大財產家.⑪貧富(pin⁵～).

　　⑫富庶(～su³)；物產豐富人口眾多.

Ⓑ 白話音：(pu³)

　　(例)　①富死(～si²)；喻發大財，"死"字讀輕聲.

　　②大富(tua⁷～)；大發財.③土富(tʼo²～)；暴發戶.

　　④眞富(tsin¹～)；很富有，又説"足富"(tsiok⁴～).

（629）【春】　　chūn（ㄔㄨㄣ）

"春"字只有一種讀法：(tsʼun¹)

　　(例)　①春夢(～bang⁷).　②青春(tsʼeng¹～).

　　③春風化雨(～hong¹hua³u²／wu²).

④春分($\sim$hun^1)． ⑤春假($\sim$ka^2)．

⑥春耕($\sim$keng^1／king^1)． ⑦春光($\sim$kong^1)；春天的景致．

⑧春宮($\sim$kiong^1)；封建時代太子居住的宮室，又指色情，如
"春宮電影"($\sim$t'ian^{7}ia^{n2}／ya^{n2})，又指淫穢的圖畫叫春畫．

⑨春餅($\sim$pia^{n2})；又説"春卷"($\sim$kng^2)，亦説"潤餅"(lun$^7\sim$)．

⑩春筍($\sim$sun^2)． ⑪春節($\sim$tsiat^4／tseh^4)．

⑫回春(hue$^5\sim$)． ⑬懷春(huai$^5\sim$)；喻男女情欲．

（630）【職】 zhí（ㄓ）

按"職"字的文言音爲(tsik^4)，但少用，一般通用白話音：(tsit^4)。

（例）①職務($\sim$bu^7)． ②職業($\sim$giap^8)．

③職銜($\sim$ham^5)；職位和頭銜．④職權($\sim$kuan^5)；職務範圍内的權力．

⑤職能($\sim$leng^5)；職位功能．⑥職責($\sim$tsek^4)；職務和責任．

⑦職掌($\sim$tsiang^2)；職務上掌管的事．

⑧職稱($\sim$ts'eng^1)． ⑨職位($\sim$ui^7／wi^7)．

⑩本職(pun$^2\sim$)；自己的職務．⑪調職(tiau$^3\sim$)．

⑫盡職(tsin$^7\sim$)；克盡職務上的責任，"盡忠職守"($\sim$tiong$^1\sim$siu^2)．

⑬殉職(sun$^7\sim$)；因執行職務而犧牲生命．

（631）【訣】 jüé（ㄐㄩㄝ）

"訣"字的讀音祇有一種：(kuat^4)

（例）①訣別($\sim$piat^8)；分別而不再見．

②歌訣(kə$^1\sim$)；將事物的内容編成易於記憶的短句，大多押韻．

③祕訣(pi$^3\sim$)；巧妙的辦法．

（632）【漢】 hàn（ㄏㄢ）

"漢"字的讀音祇有一種：(han^3)

(例) ①漢語(〜gi²／gu²). ②漢學(〜hak⁸／əh⁸).

③漢字(〜ji⁷／li⁷). ④漢醫(〜i¹／yi¹)；即中醫.

⑤漢奸(〜kan¹). ⑥漢藥(〜ioh⁸/yoh⁸)；中藥.

⑦好漢(hə²〜)；勇敢堅強的男子,"英雄好漢"(eng¹hiong⁵〜).

⑧老漢(lau⁷〜)；老年男人自稱.

⑨細漢(se³／sue³〜)；身體小(指小孩)，又小個子.

⑩大漢(tua⁷〜)；長大，或大個子.

（633）【畫】　　huà（ㄏㄨㄚˋ）

按"畫"字的文言音：(hua⁷)用例很少，①畫舫(〜hong²)；裝飾華美專供遊覽用的船。②畫策(〜ts'ek⁸)；即策劃等數例而已。一般通用的語例多爲白話音：(ua⁷／wa⁷)和(we⁷／wi⁷)。

I [ua⁷／wa⁷]：①畫面(〜bian⁷)；銀幕等上面呈現的形象.

②畫家(〜ka¹). ③畫室(〜sek⁴／sik⁴).

④畫廊(〜long⁵)；又音(we⁷／wi⁷long⁵).

⑤畫報(〜pə⁵)；又音(we⁷／wi⁷pə⁵).

⑥畫圖(〜to⁵)；又音(we⁷／wi⁷to⁵).

⑦畫展(〜tian²)；又音(we⁷／wi⁷tian²).

II [we⁷／wi⁷]：①畫架(〜ke³)；畫圖用的架子.

②畫屏(〜pin⁵)；用圖畫裝飾的屏風.

③畫像(〜siong⁷)；畫人像，畫成的人像. ④畫布(〜po³).

⑤畫册(〜ts'eh⁴)；裝訂成本子的畫. ⑥畫圖(〜to⁵).

⑦版畫(pan²〜)；在木版或金屬等雕刻後印刷的畫.

⑧油畫 (iu⁵／yiu⁵〜).⑨畫板 (〜pan²). ⑩山水畫 (san¹sui²〜).

（634）【功】　　gōng（ㄍㄨㄥ）

按"功"字的白話音爲：(kang¹)，語例僅有"功夫"(〜hu¹)等，一般通用文言音：(kong^1)。

（例）　①功名(～beng^5／bing^5)；舊時科舉稱號或官名職位．
②功效(～hau^7)．　　　　③功用(～iong^7／yong^7)．
④功能(～leng^5／ling^5)．　⑤功利(～li^7)；功效利益．
⑥功臣(～sin^5)；泛指有功勞的人．⑦功勞(～lə^5)．
⑧成功(seng^5／sing^5～)．　⑨功德(～tek^4)；功勞和恩德．
⑩功績(～tsek^4)；功勞和成就．⑪有功拍無勞 (u^7～ p'ah^{4}bə^{5}lə^5)；
徒然賣命貢獻卻得不到賞賜、肯定．"有功無賞"(iu^2～bə^{5}siu^{n2}／sio^{n2})．

（635）【巴】　　　bā（ㄅㄚ）

"巴"字只有一種讀法：(pa^1)

（例）　①巴結(～kiat^4)；趨炎赴勢，阿諛奉承，又義敢擔當、
承受得起，如 "足巴結毋敢哭"(tsiok^4～m^{7}ka^{n2}k'au^3)；很堅忍不
敢哭．　　　　　　　②巴落去(～loh^{8}ki^3)；用手掌打下去．
③巴頭殼(～t'au^{5}k'ak^4)；用手掌打腦袋．
④巴嘴䫌(～ts'ui^{3}p'e^2／p'ue^2)；用手掌打嘴巴，"䫌"又作"頰"．
⑤巴掌(～tsiang^2／tsiong^2／tsiu^{n2})；即手掌．
⑥屎巴(sai^2～)；凝結的糞便，義同"屎乾"(sai^{2}kua^{n1})．

（636）【跟】　　　gēn（ㄍㄣ）

"跟"字只有一種讀音：(kin^1／kun^1)

（例）　①跟隨(～sui^5)；隨從，侍從．
②跟人學(～lang^{5}əh^8)；跟人家學習．
③跟蹤(～tsong^1)；又説"尾隨"(be^2／bue^{2}sui^5)，多説(tue^3)，
漢字或作"綴"，如"綴路"(tue^{3}lo^7)；同行、隨行．
④後腳跟(au^{7}k'a^1～)；即腳後跟，又説"腳後靪"(k'a^{1}au^{7}te^{n1}／
ti^{n7})；"靪"字或作"跉"．

（637）【雖】　　suī（ㄙㄨㄟ）

"雖"字的讀法只有一種：(sui¹)

　（例）　①雖然(～jian⁵／gian⁵／lian⁵)．

　　②雖講(～kong²)；即雖説．③雖則(～tsek⁴)；即雖然．

（638）【雜】　　zá（ㄗㄚ）

"雜"字只有一種讀音：(tsap⁸)

　（例）　①雜務(～bu⁷)．　　②雜文(～bun⁵)．

　③雜貨(～hue³)．　　④雜費(～hui³)．

　⑤雜音(～im¹/yim¹)．　⑥雜感(～kam²)．

　⑦雜糧(～niu⁵)；稻麥以外的糧食．⑧雜記(～ki³)．

　⑨雜念(～liam⁷)；不純的念頭，又嘮叨．

　⑩雜亂(～luan⁷)；又説"茹蹌蹌"(ju⁵／lu⁵ts'iang²〃)，"茹漖漖"

　(ju⁵ka³〃)；没秩序没條理，多而紊亂．

　⑪雜配(～p'ue³)；又説"雜交"(～kau¹)，"透種"(t'au³tseng²)．

　⑫雜牌(～pai⁵)；非正牌的．⑬雜種(～tseng²)．

　⑭雜誌(～tsi³)．　　⑮雜碎(～ts'ui³)；零零碎碎．

　⑯混雜(hun⁷～)．　　⑰複雜(hok⁸～)．

　⑱濫雜(lam⁷～)；即混雜，混合參雜一起．

（639）【飛】　　fēi（ㄈㄟ）

Ａ 文言音：(hui¹)

　（例）　①飛舞(～bu²)．　　②飛行(～heng⁵／hing⁵)．

　③飛躍(～iok⁴／yok⁴)；飛騰跳躍、喻突飛猛進．

　④飛機(～ki¹)．　　⑤飛禽(～k'im⁵)．

　⑥飛毛腿(～mo⁵t'ui²)；喻跑得快的人．

　⑦飛奔(～p'un¹)．　　⑧飛翔(～siong⁵)；盤旋地飛．

⑨飛彈(～tua^{n5}). ⑩飛馳(～ti^5)；即疾走如飛.

⑪飛天(～tian^1)；佛教壁畫裡在空中飛舞的神.

⑫鳥飛(niau^2～). ⑬飛濺(～tsian^3)；向外濺出.

B 白話音：(pue^1)

(例)①飛來飛去(～lai^5～k'i^3). ②飛去(～k'i^3)；被風吹走.

③飛高飛低(～kuan^5～ke^7). ④勢飛(gau^5～)；很會飛行.

⑤[紙]葉葉飛[tsua^2](iap^8〃～)；(紙)衆多地飛舞.

（640）【檢】　　jiǎn（ㄐㄧㄢˇ）

"檢"字的讀音只有一種：(kiam^2)

(例)　①檢疫(～ek^8／yik^8). ②檢驗(～giam^7).

③檢閱(～iat^4)；查看. ④檢舉(～ki^2)；揭發犯罪行爲.

⑤檢點(～tiam^2)；注意言行，或查看是否符合.

⑥檢討(～t'ə^2). ⑦檢查(～tsa^1).

⑧檢察(～ts'at^4)；專事檢舉犯罪行爲的人員.

⑨行爲不檢(heng^{5}wi^{5}put^4～). ⑩體檢(t'e^2～)；身體檢查.

（641）【吸】　　xī（ㄒㄧ）

按"吸"字的文言音爲(hip^4)，但罕用，一般通用白話音和訓讀音。

A 白話音：(k'ip^4)

(例)　①吸引(～in^2／yin^2). ②吸血鬼(～hueh^{4}kui^2).

③吸取(～ts'u^2)；吸收採取. ④吸力(～lek^8／lat^8).

⑤吸盤(～pua^{n5})；將身體附貼在他物的器官. ⑥吸收(～siu^1).

B 訓讀音：(suh^4)／(səh^4)

(例)　①吸血(～hueh^4). ②吸乳(～leng^1／ni^1)；吸奶汁.

③吸甜湯(～ti^{n1}t'ng^1). ④吸汁(～tsiap^4)；吸飮液汁.

⑤用吸的(iong^7～e)；用吸的.

（642）【助】　　　zhù（ㄓㄨˋ）

"助"字祇有一種讀法：(tso¹)

（例）①助興(～heng³／hing³)；幫助增加興致.

②助教(～kau³)；教授的助手. ③助理(～li²).

④助產士(～san²su⁷). ⑤助詞(～su⁵).

⑥助戰(～tsian³)；協助作戰(打仗). ⑦助動詞(～tong⁷su⁵).

⑧助威(～ui¹／wi¹)；幫助增加聲勢. ⑨助手(～ts'iu²).

⑩協助(hiap⁸～). ⑪互助(ho⁷～).

⑫救助(kiu³～). ⑬幫助(pang¹～).

⑭贊助(tsan³～)；幫助支持，又説"幫贊"(pang¹tsan³).

（643）【升～昇】　　　shēng（ㄕㄥ）

Ⅰ [升]：按"升"字除用於度量衡時讀白話音(tsin¹)，如①"米升"
(bi²～)；量米用的升. ②酒升(tsiu²～). ③水升(tsui²～)等。
其餘通用的讀音爲文言音：(seng¹／sing¹)；意爲往高處移動。

（例）①升學(～hak⁸). ②升降(～kang³).

③升格(～keh⁴)；身份地位升高. ④升旗(～ki⁵).

⑤升級(～kip⁴)；等級上升. ⑥升天(～t'ian¹)；喻去世.

⑦升官(～kuaⁿ¹)；"升"或作"陞". 又"升遷"(～ts'ian¹).

⑧升班(～pan¹)；年級上升. ⑨升做校長(～tsə³hau⁷tiuⁿ²).

⑩高升(kə¹～). ⑪晉升(tsin²～)；升等，升官.

Ⅱ [昇]：按"昇"字只有讀(seng¹／sing¹)，意爲太陽升高，如"日
頭初昇"(jit⁸t'au⁵ts'ə¹～). 又"昇華"(～hua⁵)用"昇"字；喻事物的
精練提高. 又 "旭日東昇"(hiok⁴jit⁸tong¹～)；朝陽從東方出來.

（644）【陽】　　　yáng（ㄧㄤ）

按"陽"字白話音爲：(iuⁿ⁵／ioⁿ⁵)，但語例不多，①陽桃(～tə⁵)；

"陽"字又作"楊". ②陽傘(〜sua^{n3})；遮太陽用的傘.

一般通用文言音：(iong^5／yong^5)

(例) ①陽極(〜kek^8). ②陽間(〜kan^1)；人世間.

③陽光(〜kong^1). ④陽曆(〜lek^8／lik^8)；即太陽曆.

⑤陽性(〜seng^3／sing^3). ⑥陰陽(im^1〜).

⑦陽春(〜ts'un^1)；暖和的春天. ⑧朝陽(tiau^1〜)；早上的太陽.

（645）【互】　　　hù（ㄏㄨ）

"互"字的讀音祇有一種：(ho^7)

(例)①互惠(〜hui^7)；互相給對方好處，"平等互惠"(peng^{5}teng^2〜).

②互人(〜lang^5)；"互"字不變調，"人"字讀輕聲時意爲給了人

家，"互人…"則"互"字變調(7聲→3聲)，"人"字讀本調，意爲

"被人…"，"給人…"，又音便爲(hong^5). 如"互人拍"(ho^{7}lang^5

p'ah^4)→(hong^{5}p'ah^4)；被人打. ③互利(〜li^7)；互相有利.

④互讓(〜niu^7／nio^{n7}). ⑤互相(〜siong^1).

⑥互市(〜tsi^7)；互相做生意，交易.

⑦交互(kau^1〜)；即互相，又交給…，如"交互伊"(〜i^1)；交給他(她).

（646）【初】　　　chū（ㄔㄨ）

A 文言音：(ts'o^1)

(例) ①初期(〜ki^5). ②初見面(〜ki^{n3}bin^7).

③初級(〜kip^4). ④初戀(〜luan^5)；第一次變愛.

⑤初版(〜pan^2). ⑥初步(〜po^7)；開始階段的.

⑦初衷(〜tiong^1)；最初的心願. ⑧起初(k'i^2〜)；最初，起先.

⑨年初(ni^5〜)，又音(ni^{5}ts'e^1). ⑩人之初(jin^{5}tsi^1〜).

B 白話音：(ts'e^1／ts'ue^1)

(例) ①初一十五(〜it^4／yit^{4}tsap^{8}go^7)；(每月的)初一跟十五號.

②初二、三、…十(～ji⁷、san¹、…tsap⁸)；每月二號、三號、…
十號.　　　　　　　　③月初(gueh⁸～)，又"年初"(ni⁵～).

（647）【創】　　chuàng（ㄔㄨㄤ）

I 官話音讀(chuāng)時，台語有文白兩讀。

A 文言音：(ts'ong¹)

　①創口(～k'au²)，皮膚裂傷處，口語説"孔嘴"(k'ang¹ts'ui³).

　②創傷(～siong¹)；身體受傷的地方，喻遭受的破壞.

B 白話音：(ts'ng¹)

　①創(瘡)口(～k'au²).　　②刀創(瘡)(tə¹～).

II 官話音讀(chuàng)時，台語讀音爲(ts'ong³)。

(例)　①創業(～giap⁸).　　②創舉(～ki²)；從來没過的舉動.

　③創互好(～ho⁷hə²)；搞好，使好.

　④創見(～kian³)；獨到的見解.　⑤創建(～kian³)；創立、創設.

　⑥創刊(～k'an¹)；開始刊行.　⑦創立(～lip⁸)；同⑤.

　⑧創辦(～pan⁷)；開始辦.　⑨創始(～si²)；開始興辦、設立.

　⑩創設(～siat⁴).　　　⑪初創(ts'o¹～)；剛創立.

　⑫創代誌(～tai⁷tsi³)；做事情. "創無代誌"(～bə⁵～)；搞不了事.

　⑬創啥(～sian²)；幹什麼，又説"創啥貨"(～hue³／he³).

　⑭創造(～tsə⁷).　　　⑮創治(～ti¹)；作弄、欺負.

　⑯創制(～tse³)；制定法律.　⑰創作(～tsok⁴)；創造文藝作品.

　⑱開創(k'ai¹～)；開始建立.　⑲首創(siu²～˙)；最先創設的.

　⑳參人創(ts'am¹lang⁵～)；跟人家合辦.

（648）【抗】　　kàng（ㄎㄤ）

"抗"字的讀音只有一種：(k'ong³)

　(例)　①抗命(～beng⁷／bing⁷)；違抗命令.

・310・

②抗議(～gi⁷).　③抗衡(～heng⁵)；對抗，不相上下.

④抗爭(～tseng¹).　⑤抗戰(～tsian³).

⑥抵抗(ti²～).　⑦對抗(tui³～).

（649）【考】　kǎo（ㄎㄠ）

"考"字祇有一種讀法：(k'ə²)

（例）①考驗(～giam⁷).　②考卷(～kng³).

③考古(～ko²).　④考據(～ku³)；考證.

⑤考訂(～teng³)；對古書研究訂正錯誤.　⑥考慮(～li⁷／lu⁷).

⑦考釋(～sek⁴／sik⁴)；考証並解釋.

⑧考証(～tseng³／tsing³).　⑨考察(～ts'at⁴).

⑩考試(～ts'i³).　⑪期考(ki⁵～).

⑫思考(su¹～).　⑬先考(sian¹～)；已死的父親.

⑭准考証(tsun²～tseng³).　⑮考倒先生（～tə²sian¹seⁿ¹／siⁿ¹）

；難倒老師.　⑯考獪着（～be⁷／bue⁷tioh⁸）；考不上.

（650）【投】　tóu（ㄊㄡ）

按"投"字的文言音爲：(to⁵)，語例少，一般通用白話音：(tau⁵)。

（例）①投案(～an³)；義同自首.　②投降(～hang⁵).

③投影(～iaⁿ²／yaⁿ²).　④投稿(～kə²).

⑤投機(～ki¹).　⑥投考(～k'ə²)；報名參加考試.

⑦投靠(～k'ə³).　⑧投標(～piə¹)；報價競爭承包工程.

⑨投票(～p'iə³).　⑩投奔(～p'un³)；前往依靠別人.

⑪投先生(～sian¹seⁿ¹／siⁿ¹)；向老師投訴，告狀.

⑫投胎(～t'ai¹)；靈魂投入母胎内轉生.

⑬投資(～tsu¹).　⑭緣投(ian⁵～)；喻男性美貌.

⑮情投意合(tseng⁵～i³／yi³hap⁸)；意見一致，感情融洽.

（651）【壞】　　　huài　（˙ㄏㄨㄞ）

"壞"字的讀音祇有一種：(huai⁷)，如"壞人壞事"($\sim$jin⁵$\sim$su⁷)，破壞(p'ə³$\sim$)。惟"壞"字在台語口語裡很少用上。台語有"歹"(p'aiⁿ²)和"害"(hai⁷)，分擔"壞"字的詞義。

（例）①歹人(p'aiⁿ²lang⁵)；壞人．

②歹去(p'ai²k'i³)；"歹"字不變調，意爲壞掉了，又説"害去"(hai⁷k'i³)；壞了，故障．③歹所在(p'aiⁿ²so²tsai⁷)；壞地方．

④歹處(p'aiⁿ²ts'u³)；壞處．

（652）【策】　　　cè　（ㄘㄜˋ）

按"策"字的白話音爲：(ts'eh⁴)，語例罕見，一般通用文言音：(ts'ek⁴／ts'ik⁴)。

（例）①策應($\sim$eng³／ing³)；呼應作戰．

②策源地($\sim$guan⁵te⁷)；策動起源的地方．

③策反($\sim$huan²)；設法使敵人倒戈．

④策略($\sim$liok⁸)；計策謀略．⑤策士($\sim$su⁷)；有計謀術策的人．

⑥策動($\sim$tong⁷)．　　　⑦策劃($\sim$ua⁷／wa⁷)．

⑧決策(kuat⁴$\sim$)．　　　⑨對策(tui³$\sim$)；對付的策略，辦法．

（653）【古】　　　gǔ　（ㄍㄨˇ）

"古"字的讀音祇有一種：(ko²)

（例）①古文($\sim$bun⁵)．　　②古雅($\sim$nga²)；古樸雅致．

③古稀($\sim$hi¹)；指七十歲．④古意($\sim$i³)；忠厚、老實，"古意人"($\sim$lang⁵)；老實人．　　⑤古怪($\sim$kuai³)．

⑥古板($\sim$pan²)；即死板．⑦古昔($\sim$sek⁴／sik⁴)．

⑧古典($\sim$tian²)．　　　⑨古董($\sim$tong²)．

⑩古早($\sim$tsa²)；即古時候．⑪古井($\sim$tseⁿ²／tsiⁿ²)．

⑫古裝(～tsong^1). ⑬古錐(～tsui^1)；玲瓏可愛.

⑭古冊(～ts'eh^4)；古書，又"古冊店"(～tiam^3).

⑮泛古(ham^3～)；完全脫離現實的故事.

⑰講古(kong^2～)；講故事，"講一塊古"(kong^{2}tsit^{8}te^3～)；講一段(節)故事.

（654）【徑】 jìng （ㄐㄧㄥˋ）

"徑"字的白話音：(ke^{n3}／ki^{n3})，指算盤上起固定作用的木條，進位叫"進徑"(tsin^3～)。一般通用文言音(keng^3／king^3)。

(例) ①徑賽(～sai^3)；賽跑. ②曲徑(k'iok^4～)；彎曲的小路.

③半徑(pua^{n3}～)，"直徑"(tit^8～).

（655）【換】 huàn （ㄏㄨㄢˋ）

"換"字的文言音爲：(huan^7)，如"更換"(keng^1／king^1～)、"變換"(pian^3～／ua^{n7})等語例不多，一般通用白話音：(ua^{n7}／wa^{n7})。

(例) ①換人(～lang^5). ②換班(～pan^1).

③換衫仔褲(～sa^{n1}a^{2}k'o^3)；換衣服.

④換算(～sng^3)；替換計算，即"易算"(ek^{4}sng^3)

⑤換帖(～t'iap^4)；指朋友結拜爲異姓兄弟.

⑥換做[準]我(～tsə^3[tsun^2]gua^2)；如果是我.

⑦換錢(～tsi^{n5}). ⑧換車(～ts'ia^1). ⑨改換(kai^2～).

（656）【未】 wèi （ㄨㄟˋ）

A 文音音：(bi^7)

(例) ①未免(～bian^2)；不能不說是…. (表示不以爲然).

②未婚(～hun^1). ③未來(～lai^5).

④未便(～pian^7)；不便. ⑤未必(～pit^4)；不一定.

⑥未遂(～sui⁵)；没達到目的. ⑦乙未(it⁴～)；干支之一.

B 白話音：(be⁷／bue⁷)，多用於語氣助詞

(例) ①未來(～lai⁵)，又音(bi⁷lai⁵).

②未了(～liau²)；還没完，又説"猶未了"(iau²／yau²～).

③未曾…(～tseng⁵／tsing⁵…)；即還没…，如"未曾有"(～u⁷／wu⁷)；即不曾有，又説"毋八"(m⁷bat⁴). 又"未曾卜"(～beh⁴)；還早呢，"未曾學行着卜學飛"(～əh⁸kiaⁿ⁵tiəh⁸beh⁴əh⁸pue¹)；還没學走，就要學飛行，喻做事不按步就班，好高騖遠.

④抑未(iah⁴／yah⁴～)；抑或没有，又義還没，後者又作"猶未"(iau²／yau²～)，如"去抑未"?(k'i³～)；意為去了嗎?如説"猶未去"(～k'i³)，則為還没去. 通常"抑"字被省略，如"去未"，"食未"(tsiah⁸～)；吃了嗎?"食飽抑未"(tsiah⁸pa²～)；吃飯了嗎?

⑤猶未…(yau²～…)；即還没…，如"猶未娶姥"(～ts'ua⁷bo²)；還没娶太太.

(657) 【跑】　　　pǎo　(ㄆㄠ)

"跑"字的讀音祇有一種：(p'au²)，又官話的"跑"在台語裡是"走"(tsau²)，故"跑"在台語裡用例殊少.

(例) ①跑馬(～be²)；賽馬，專供賽跑用的馬匹.

②跑道(～tə⁷)；運動場中賽跑或飛機起降用的路.

③跑車(～ts'ia⁷).　　　　④賽跑(sai³～).

⑤逃跑(tə⁵～)；口語説"偷走"(t'au¹tsau²).

⑥跑江湖(～kang¹o⁵)；口語説"走江湖"(tsau²～).

⑦跑跑跳跳(～〃t'iau³〃)；口語説"走走跳跳"(tsau²〃～〃).

(658) 【留】　　　líu　(ㄌㄧㄡ)

A 文音音：(liu⁵)

(例)　①留學(～hak^8)．　②留意(～i^3／yi^3)；注意．

③留影(～ia^{n2}／ya^{n2})；即照相．

④留級(～kip^4)．　⑤留念(～liam^7)；留做紀念．

⑥留戀(～luan^5)；不忍離開．⑦留心(～sim^1)；用心注意．

⑧留步(～po^7)；客人請主人不再送行時的用語．

⑨留情(～tseng^5)；原諒或寬恕，如"手下留情"(ts'iu^{2}ha^7～)．

⑩挽留(buan^2～)；勸告留存．⑪扣留(k'au^3～)；強制留下．

⑫保留(pə^2～)．　⑬收留(siu^1～)；收容．

⑭慰留(ui^3／wi^3～)．　⑮遺留(ui^5／wi^5～)．

B 白話音(lau^5)

(例)　①留後步(～au^{7}po^7)．②留互...(～ho^7..)；留給.....

③留落來(～ləh^{8}lai^5)；留下來．④留三本(～sa^{n1}pun^2)；留下3本.

⑤留頭毛(～t'au^{5}mng^5)；留頭髮，又"留嘴鬚"(～ts'ui^{3}ts'iu^1)；

留鬍子．　　⑥留地步(～te^{7}po^7)；留餘地．

（659）【鋼】　　　gāng（ㄍㄤ）

"鋼"字的文言音為：(kong^1)／(kong^3)，但語例罕見，一般通用白

話音：(kng^3)．

(例)　①鋼筋(～kin^1／kun^1)．②鋼管(～kuan^2)；鋼質的管子．

③鋼軌(～kui^2)；鋼條軌道.④鋼骨(～kut^4)；即鋼筋．

⑤鋼琴(～k'im^5)．　⑥鋼盔(～k'ue^1)；鋼製安全帽．

⑦鋼板(～pan^2)．　⑧鋼筆(～pit^4)．

⑨鋼材(～tsai^5)．　⑩鐵鋼(t'ih^4～)．

（660）【曾】　　　céng（ㄔㄥ）、zēng(ㄗㄥ)

I 官話讀[céng]時，台語讀(tseng^5)．

①曾經(～keng^1)．②未曾(bue^7～)．惟台語少用此語音，另

用[bat⁴]，漢字或作"八"，亦有訓用"曾"字，如"我[曾]八去美國"(gua²bat⁴k'i³Bi²kok⁴)．

Ⅱ 官話讀[zēng]時，台語的讀音有文言白話兩種讀音。

　　Ⓐ 文言音：(tseng¹)：①曾孫(～sun¹)．②曾祖(～tso²)．

　　Ⓑ 白話音(tsan¹)：①曾先生(～sian¹siⁿ¹)．②姓曾(seⁿ³～)．

（661）【端】　　　dūan（ㄉㄨㄢ）

"端"字的白話音爲爲：(tuaⁿ¹)，如"因端"(in¹／yin¹～)等語例不多，一般通用文言音：(tuan¹)。

（例）①端午(～ngo²)．②端相(～siong³)；又作"端詳"；即仔細地看．③端正(～tseng³／tsing³)；口語"四正"(si³tsiaⁿ³)．④發端(huat⁴～)；開始、開端，口語"起頭"(k'i²t'au⁵)．⑤開端(k'ai¹～)．　　　⑥筆端(pit⁴～)；筆尖頭．

（662）【責】　　　zé（ㄗㄜ）

"責"字只有一種讀音：(tsek⁴／tsik⁴)

（例）①責問(～bun⁷)；用責備的口氣問．②責罰(～huat⁸)；處罰．③責任(～jim⁷／lim⁷)．④責怪(～kuai³)．⑤責難(～lan⁵)；指摘非難．⑥責罵(～ma⁷／me⁷)．⑦責備(～pi⁷)．⑧負責(hu⁷～)．⑨指責(tsi²～)；指摘責備．⑩職責(tsit⁴～)；職務上的責任．

（663）【站】　　　zhàn（ㄓㄢ）

按"站"字的文言音爲：(tam³)，係廈門的讀法，在台灣一般讀作(tsam⁷)，亦讀(tsam³)和(tsan³)。

Ⅰ [tsam⁷]；多用於名詞

①站台(～tai⁵)；又説"月台"(gueh⁸tai⁵)．

②站長(～tiuⁿ²／tioⁿ²)；車站之長，又"驛長"(iah⁸～)．

③到站(kau³～)；即到車站，又到予定地(階段)，如"到坎站"
(kau³k'am²～)，即到達特定的段落．

④供應站(kiong¹eng³～)． ⑤車站(ts'ia¹～)．

"站"字如表示"站立"的概念時，台語則説(k'ia⁷)，漢字作"徛"，
亦作"踦"或"企"，如"站票"説"徛票"(k'ia⁷p'io³)．

II [tsam³]：意爲用力踏踐，如 "站土腳"(～t'o⁵k'a¹)；用力踏
踐地面．"站腳步"(～k'a¹po⁷)；即踢正步．

Ⅲ [tsan³]：作爲動詞表示"站立"之意．

①站崗(～kang¹)． ②站隊(～tui⁷)；站成行列．

③站穩(～un²／wun²)．

(664) 【簡】　　jiǎn（ㄐㄧㄢˇ）

"簡"字的讀音祇有一種：(kan²)

(例) ①簡明(～beng⁵／bing⁵)．②簡化(～hua³)．

③簡易(～i⁷／yi⁷)． ④簡潔(～kiat⁸)．

⑤簡練(～lian⁷)；簡要精練．⑥簡略(～liok⁸)．

⑦簡陋(～lo⁷)；簡單粗陋．⑧簡省(～seng²／sing²)．

⑨簡體字(～t'e²ji⁷)． ⑩簡章(～tsiong¹)．

⑪簡稱(～ts'eng¹／ts'ing¹)．⑫書簡(su¹～)；即書信．

⑬竹簡(tek⁴～)；古代用竹片編成的書籍．

(665) 【述】　　shù（ㄕㄨˋ）

"述"字祇有一種讀法：(sut⁴)

(例) ①述評(～p'eng⁵／p'ing⁵)．②述説(～suat⁴)．

③述職(～tsit⁴)；外調人員回原單位向上司陳述工作情況．

④講述(kang^2～). ⑤口述(k'au^2～).

⑥論述(lun^7～). ⑦敍述(siok^4～).

⑧陳述(tan^5～)；詳細列述説明.

（666）【錢】　qián（ㄑㄧㄢ）

"錢"字的文言音爲(tsian^5)，如"錢穀"(～kok^4)；貨幣和穀物，清代主管財政的幕僚。一般均通用白話音：(tsi^{n5})。

（例）　①錢銀(～gin^5／gun^5)；即錢.

②錢奴才(～lo^{5}tsai^5)；守財奴"做錢奴才"(tsə^3～).

③錢幣(～pe^3)；貨幣，錢. ④錢筒仔(～tang^{5}a^2)；存錢箱.

⑤錢財(～tsai^5). ⑥金錢(kim^1～).

（667）【副】　fù（ㄈㄨ）

"副"字的讀法祇有一種：(hu^3)

（例）　①副業(～giap^8). ②副官(～kuan^1)；又音(～kua^{n1}).

③副刊(～k'an^1). ④副本(～pun^2).

⑤副產品(～san^{2}p'in^2). ⑥副食(～sit^8)；反義語爲"主食"(tsu^2～)

⑦副詞(～su^5). ⑧副題(～te^5)；即副標題.

⑨副作用(～tsok^{4}iong^7). ⑩副手(～ts'iu^2)；助手.

⑪名副其實(beng^5／bing^5～ki^{5}sit^8)；名譽和實際(內容)一致.

⑫一副手囊(tsit^8～ts'iu^{2}long^5)；一副手套.

（668）【盡】　jìn（ㄐㄧㄣ）

"盡"字的讀音祇有一種：(tsin^7)

（例）　①盡興(～heng^3／hing^3)；使興趣滿足.

②盡力(～lek^8／lik^8)，又音(～lat^8).

③盡心(～sim^1). ④盡忠(～tiong^1).

⑤盡情(～tseng⁵／tsing⁵). ⑥盡職(～tsit⁴).

⑦無盡止(bu⁵～tsi²)；"無窮盡"(bu⁵kiong⁵～).

⑧講繪盡(kong²be⁷／bue⁷～)；講不完，有"數不盡"的指責之意.

（669）【帝】　　dì（ㄉㄧ）

"帝"字祇有一種讀法：(te³)

（例）　①帝君(～kun¹)；指被作爲偶像崇拜的關羽.

②帝國(～kok³).　　　③帝王(～ong⁵).

④帝制(～tse³)；君主制度. ⑤皇帝(hong⁵～).

（670）【射】　　shè（ㄕㄜ）

"射"字文言音爲(sek⁸／sik⁸)，惟很少語例，又有訓讀音(tsəh⁸)，
即擲投的意思，如"射出去外口"(～ts'ut⁴ki³gua⁷k'au²)；擲投到外邊。
惟一般通用的是白話音：(sia⁷)。

（例）　①射擊(～kek⁸). ②射程(～t'eng⁵／t'ing⁵)；發射的距離.

③射箭(～tsiⁿ³).　　　④射手(～ts'iu²).

⑤發射(huat⁴～).　　　⑥高射砲(kə¹～p'au³).

（671）【草】　　cǎo（ㄘㄠ）

Ⓐ文音音：(ts'ə²)

（例）　①草案(～an³).　　②草木(～bok⁸)；又音(ts'au²～).

③草擬(～gi²)；即起草文稿，初步設計.

④草野(～ia²)；指民間. ⑤草稿(～kə²).

⑥草書(～su¹)；漢字體之一. ⑦草率(～sut⁴)；粗枝大葉.

⑧草草(～〃)；即草率，口語又說"清清彩彩"(ts'in³〃 ts'ai²〃).

⑨草創(～ts'ong³)；開始創辦. ⑩甘草(kam¹～)；藥材之一.

⑪潦草(liau²～)；即草率，不細致，訛音(lə²～).

319

B 白話音(ts'au²)

(例) ①草仔(～a²)；即草，按台語"草"(ts'au²)和"草仔"語義有
所不同，後者有親切可愛或細小的含義．

②草莽(～／ts'ə²bong²)；野草叢．

③草帽(～bə⁷)． ④草鞋(～e⁵／ue⁵)．

⑤草原(～guan⁵)． ⑥草蝦(～he⁵)；對蝦．

⑦草猴(～kau⁵)；螳螂． ⑧草薰(～kə²)；草莖．

⑨草人(～lang⁵)；即稻草人． ⑩草蜢仔(～me²a²)；蝗虫．

⑪草庇(～p'i²)；被鏟起來用於移植的草塊．

⑫草坪(～p'iaⁿ⁵)；平坦的草地，又説"草埔"(～po¹)．

⑬草地(～te⁷)；鄉下，如"草地人"(～lang⁵)；鄉下人．

⑭草袋(～te⁷)． ⑮草蓆(～ts'iəh⁸)．

⑯草厝(～ts'u³)；即草茅(～mau⁵)；謙稱自己的房子草造的．

⑰阿草仔(a¹～a)；喻老粗，不懂事．

⑱仙草(sian¹～)；黑色軟脆的菓子凍(jelly)，泡冰飲用．

⑲田草(ts'an⁵～)；水田裡的雜草，"搓田草"(sə¹～)；用手去除
田裡的草．

（672）【沖】·【衝】　　chōng（ㄔㄨㄥ）

按"沖"(又作"冲")字與"衝"字互用，惟"沖"字讀音訓讀作(ts'iang⁵)
，如"沖冷水"(～leng²／ling²tsui²)，則不用"衝"。一般兩字通用，
但仍有分別。

Ⅰ[沖]

A 文言音爲：(ts'iong¹)

(例) ①沖洗(～se²／sue²)．②沖淡(～tam⁷)．

③沖程(～t'eng⁵／t'ing⁵)；內燃機活塞的運動距離．

④沖沖(～〃)；感情激動的樣子，口語説"氣勃勃"(k'i³put⁸put⁸)；

320

即氣沖沖.　　　　　　⑤沖積(～tsek⁴)；沖刷而積存.

⑥對忤沖(tui³ngo²～)；互相憎惡.

B 白話音爲：(ts'eng³／ts'ing³)

(例)　①沖煙(～ian¹／yan¹)；猛烈冒煙.

②沖高(～kuạn⁵)；往高處衝. ③沖芳(～p'ang¹)；熏香.

④沖上天(～tsiuⁿ⁷t'iⁿ¹)；猛烈衝上天空.

⑤運當沖(un⁷／wun⁷tng¹～)；正在走運，"沖"又作"衝".

Ⅱ [衝]

A 文言音：(ts'iong¹)

(例)　①衝鋒(～hong¹).　　②衝要(～iau³)；許多路線會合之地.

③衝擊(～kek⁸／kik⁸).　　④衝動(～tong⁷)；情緒發作.

⑤衝撞(～tong⁷).　　⑥衝突(～tut⁸).

⑦橫衝(huaiⁿ⁵～)；由側面急激地衝撞.

B 白話音：(ts'eng³／ts'ing³)和(tseng¹／tsing¹)，前者的例參照
"沖"字的白話音，後者如下。

①衝着面(～tiəh˙bin⁷)；撞碰(或打到)臉部.

②車衝人(ts'ia¹～lang⁵)；車子撞了人. ③相衝(siə¹～)；相撞.

（673）【承】　　　chéng（ㄔㄥ）

A 文言音：(seng⁵／sing⁵)

(例)　①承蒙(～bong⁵)；受到. ②承認(～jin⁷／gin⁷／lin⁷).

③承諾(～lok⁸)；答應也. ④承辦(～pan⁷)；負責辦理.

⑤承包(～pau¹)；口語說"貿"(bauh⁸).

⑥承先啓後(～sian¹k'e²ho⁷). ⑦承受(～siu⁷).

⑧承襲(～sip⁸)；繼承. ⑨承擔(～tam¹)；接受擔當.

⑩承當(～tong¹)；負責擔當. ⑪繼承(ke³～).

B 白話音：(sin⁵)

(例) ①承無着(～bə⁵tiəh⁸)；没接好(東西).

②承球(～kiu⁵)；接球. ③承咧(～le)；接着，接好.

（674）【獨】　　dú（ㄉㄨ）

A 文言音：(tok⁸)

(例) ①獨一無二(～it⁴／yit⁴bu⁵ji⁷). ②獨立(～lip⁸).

③獨身(～sin¹). ④獨斷(～tuan³)；單獨決定、判斷.

⑤獨奏(～tsau³). ⑥獨佔(～tsiam³).

⑦獨裁(～ts'ai⁵). ⑧獨唱(～ts'iuⁿ³／ts'ioⁿ³).

⑨獨創(～ts'ong³). ⑩孤獨(ko¹～)；又音(ko¹tak⁸).

B 白話音(tak⁸)

孤獨(ko¹～)；孤癖自私.

（675）【令】　　lìng（ㄌㄧㄥ）

"令"字的讀音祇有一種：(leng⁷／ling⁷)

(例) ①令嬡(～ai³)；尊稱對方的女兒，又説"令媛"(～uan⁷).

②令名(～beng⁵／bing⁵)；美名，好名聲.

③令郎(～long⁵)；您兒子. ④令堂(～tong⁵)；敬稱他人的母親.

⑤令尊(～tsun¹)；敬稱他人的父親，反義語爲"家父"(ka¹hu⁷).

按"令"字有"條狀傷痕"的含義，用作量詞，如 "互人拍甲一令一令"

(ho⁷lang⁵p'ah⁴kah⁴tsit⁸～tsit⁸～)；被打得一條條的傷痕。

（676）【限】　　xiàn（ㄒㄧㄢ）

A 文言音：(han⁷)

(例) ①限額(～giah⁸)；規定的數額.

②限量(～liong⁷)；限制數量、分量，"無限量"(bə⁵～).

③限時掛號(～si⁵kua³hə⁷)；郵件之一，快遞掛號的郵件.

④限定($\sim$teng^7／tia^{n7}). ⑤限度($\sim$to^7).

⑥限制($\sim$tse^3). ⑦限於…($\sim$u^7／wu$^{7\cdots}$).

⑧界限(kai$^3\sim$). ⑨期限(ki$^5\sim$).

⑩制限(tse$^3\sim$)；即限制(來自日語)，"無制限"(bə$^5\sim$).

B 白話音(an^7)

(例) ①限三工內(an^7／han^{7}sa^{n1}kang^{1}lai^7)；限三天之內.

②限定($\sim$tia^{n7})；"毋限定"(m$^7\sim$)；即不僅是.

（677）【阿】　　　ā（ㄚ）

"阿"字的讀法爲：(a^1)，主要用於接頭辭(名詞前綴)，加在親屬或
人名之前，以示親暱。

(例) ①阿母($\sim$bu^2／bə^2). ②阿兄($\sim$hia^{n1}).

③阿姨($\sim$i^5／yi^5). ④阿狗仔($\sim$kau^{2}a).

⑤阿公($\sim$kong^1). ⑥阿婆($\sim$pə^5).

又有一般用法如；⑦阿飛($\sim$hui^1)；指舉動狂妄的青年流氓.

⑧阿Q($\sim$k'iu^1)；受屈辱而不敢正視，反以"精神上的勝利者"

自我安慰. 魯迅的"阿Q正傳"($\sim$tseng^{3}tuan^7) 描寫得最透徹.

⑨阿里不達($\sim$li^{2}put^{4}tat^8)；說話做事糾纏不清，毫無價值.

⑩阿片($\sim$p'ian^3)；又作"鴉片"，音同，即"阿片煙"($\sim$ian^1).

（678）【宣】　　　xuān（ㄒㄩㄢ）

"宣"字祇有一種讀法：(suan^1)

(例) ①宣言($\sim$gian^5). ②宣教($\sim$kau^3).

③宣告($\sim$kə^3). ④宣布($\sim$po^3).

⑤宣判($\sim$p'ua^{n3})；法院宣布案件的判決.

⑥宣讀($\sim$t'ok^8). ⑦宣傳($\sim$t'uan^5).

⑧宣戰($\sim$tsian^3)；某國對別國公開聲明進入戰爭狀態.

⑨心照不宣(sim¹tsiau³put⁴〜)；彼此心裡明白，不用説出來.

（679）【環】　　　huán（ㄏㄨㄢˊ）

按"環"字的文言音為：(huan⁵)，白話音為(k'uan⁵)，兩音頗多互用，惟亦有一些語例只限用白話音。

　　I　[huan⁵]／[k'uan⁵](兩音通用者)：

　　　①環顧(〜ko³)；注視周圍.　②環節(〜tsiat⁴).

　　II　[k'uan⁵]：

　　　①環繞(〜jiau⁵)；圍繞.　②環境(〜keng²／king²).

　　　③環食(〜sit⁸)；完全的日蝕或月蝕.　④環球(〜kiu⁵).

　　　⑤耳環(hi^{n7}〜).　　　　　⑥鐵環(t'i$\overset{h}{n}$⁴〜).

（680）【雙】　　　shuāng（ㄕㄨㄤ）

"雙"字文言音為(song¹)，如"雙親"(〜ts'in¹)等若干語例又通用白話音(siang¹)，一般亦都用白話音。

　　(例)　①雙方(〜hong¹).　　②雙號(〜hə⁷).

　　　③雙軌(〜kui²)；指雙軌的鐵路，反義語為"單軌"(tan¹〜).

　　　④雙爿(〜peng⁵／ping⁵)；即雙邊，兩側(旁).

　　　⑤雙生(〜se^{n1}／si^{n1}).　　⑥雙數(〜so³)；偶數.

　　　⑦雙重(〜tiong⁷)；即兩重、兩層，又音(〜teng⁵).

　　　⑧雙全(〜tsuan⁵)；成對或成雙的(多指父母)都俱在.

　　　⑨雙親(〜ts'in¹).　　　　⑩雙手(〜ts'iu²).

　　　⑪成雙(seng⁵／sing⁵〜).　⑫一雙箸(tsit⁸〜ti⁷／tu⁷)；一雙筷子.

（681）【請】　　　qǐng（ㄑㄧㄥˇ）

Ⓐ文言音：(ts'eng²／ts'ing²)

　　(例)　①請安(〜an¹)；問候.

②請問(～bun⁷)；又口語音(ts'iaⁿ²bng⁷).

③請願(～guan⁷).　　　④請假(～ka²).

⑤請柬(～kan²)；即請帖. ⑥請教(～kau³).

⑦請求(～kiu⁵).　　　⑨申請(sin¹～).

B 白話音(ts'iaⁿ²)

　(例)　①請客(～keh⁴)；又説"請人客"(～lang⁵k'eh⁴).

②請便(～pian⁷).　　　③請帖(～t'iap⁴).

④煩請(huan⁵～).　　　⑤邀請(iau¹～).

⑥敬請(keng³／king³～). ⑦搬請(puaⁿ¹～)；邀請的敬語.

⑧聘請(p'eng³／p'ing³～).

（682）【超】　　　chāo（ㄔㄠ）

按"超"字一般的讀法是文言、白話兩音爲(ts'iau¹)，但亦有特殊的
讀法，應是訓讀音(tiau¹)，有"特"的含義。

A [ts'iau¹]

①超音速(～im¹／yim¹sok⁴). ②超額(～giah⁸)；超過定額.

③超然(～jian⁵／lian⁵)；不屬對立的任何一方.

④超人(～jin⁵／lin⁵)；指能力超過一般人.

⑤超級(～kip⁴).　　　⑥超過(～kue³／ke³).

⑦超生(～seng¹)；轉生，如"拍落地獄燴超生"(p'ah⁴ləh⁸te⁷gak⁸
bue⁷～)；打下地獄没法轉生. ⑧超群(～kun⁵).

⑨超渡(～to⁷)；使脱離苦難，即濟渡. ⑩超脱(～t'uat⁴).

⑪超載(～tsai³).　　　⑫超出(～ts'ut⁴).

⑬入超(jip⁸～)；輸入多出輸出.⑭高超(kə¹～).

⑮出超(ts'ut⁴～)；"入超"的反義語.

B [tiau¹]

①超意故(～i³／yi³ko³)；即故意.

②超工(～kang¹)；即特地. ③超持(～ti⁵)；特意.

（683）【微】　　　wēi、wéi（ㄨㄟ）

A 文言音：(bi⁵)

(例)　①微微(～〃)；如 "風微微"(hong¹～〃)；輕微的風，
"微微仔笑" (～〃 a²ts'iə³)；輕輕的微笑. ②微妙(～biau⁷).

③微末(～buat⁸)；細少不重要，"微末不足道"(～put⁴tsiok⁴tə⁷).

④微熱(～jiat⁸／liat⁸)；又説"烘烘"(hang¹〃).

⑤微弱(～jiok⁸／liok⁸). ⑥微薄(～pok⁸).

⑦微細(～se³／sue³). 　　⑧微小(～siə²).

⑨微一下仔(～tsit⁸e⁷a²)；淺睡了一下，讀(～tsit⁴e³a)；要小睡
一下. ⑩微出來(～ts'ut⁴lai⁵)；偷偷地出來. ⑪微笑(～ts'iə³).

⑫輕微(k'in¹～). 　　　⑬衰微(sue¹～).

B 白話音(bui¹)

(例)　①目睭微微(bak⁸tsiu¹～〃)；眯着眼睛.

②笑微微(ts'iə³～〃)；眯眼地笑.

③"拄睏起來，目睭蘇微蘇微"(tu²k'un³k'i²lai⁵bak⁸tsiu¹so¹～so¹～)
；剛睡醒，眼睛眯着睜不大開.

（684）【讓】　　　ràng（ㄖㄤ）

按"讓"字的文言音因方言差而有幾種：(jiong⁷／giong⁷／liong⁷)，除
"讓渡" (～to⁷)，"讓座"(～tsə⁷)等少數詞例跟白話音(niuⁿ⁷／nioⁿ⁷)通
用以外，一般都讀白話音.

(例)　①讓路(～lo⁷). 　　②讓步(～po⁷).

③讓手(～ts'iu²)；斟酌照顧，留情，如"伊對小弟攏毋讓手"
(Yi¹tui³siə²ti⁷long²m⁷～)；他對弟弟都不留情.

④讓位(～ui⁷／wi⁷). ⑤退讓(t'ue³～). 　　⑥轉讓(tsuan²～).

（685）【控】　　　kòng（ㄎㄨㄥˋ）

A 文言音：(k'ong³)

　　(例)　①控告(～kə³)．　　②控訴(～so³)；控告(告發)訴求．

　　③控制(～tse³)；操縱，使不逸脱．

　　④遙控(iau⁵～)；遠隔控制．⑤指控(tsi²～)；告發．

　　⑥操控(ts'au¹～)；操縱控制，即支配也．

B 白話音(k'ang³)；語義為用指甲挖扒．

　　(例)　①控庀(～p'i²)；挖粘結的傷口分泌物，如"控臭頭庀"(～

　　ts'au³t'au⁵p'i²)；控粘結的頭上疙瘩的分泌物，喻訓戒．

　　②控鼻屎(～p'iⁿ⁷sai²)；扒鼻内乾結的鼻涕．

　　③控壁(～piah⁴)；用指尖(或爪)扒牆壁．

　　④爬甲 (佮) 控 (pe⁵kah⁴～)；爬和扒，喻拼命脱身 (逃)．

（686）【州】　　　zhōu（ㄓㄡ）

"州"字只有一種讀音：(tsiu¹)

　　(例)　①州縣(～kuan⁷)．　　②州官(～kuaⁿ¹)；州的最高官吏．

（687）【良】　　　liáng（ㄌㄧㄤˊ）

"良"字的白話音為：(niu⁵／nioⁿ⁵)，僅限用於人名，一般通用文言
音：(liong⁵／liang⁵)。

　　(例)　①良好(～hə²)．　　②良機(liong⁵ki¹)．

　　③良心(～sim¹)．　　　　④良性(～seng³／sing³)．

　　⑤優良(iu¹／yiu¹～)．　　⑥不良(put⁴～)．

　　⑦善良(sian⁷～)．　　　　⑧天良(t'ian¹liong⁵)．

（688）【軸】　　　zhóu（ㄓㄡ）

"軸"字文言音讀(tiok⁸)，一般通用白話音(tek⁸／tik⁸)。

（例）　①軸心($\sim$sim^1)；即"輪軸"(lun$^5\sim$)，指車軸或車心．

②軸承($\sim$seng^5)；承受軸的機件，分滑動和滾動的兩種．

③一幅軸(tsit^{8}pak$^8\sim$)；一幅幛子(多指挽幛)．

（689）【找】　　zhǎo（ㄓㄠˇ）

"找"字的文言音爲(tsau^2)，很罕用，一般通用白話：(tsau^7)。

（例）　①找汝四箍半($\sim$li^{2}si^{3}k'o^{1}pua^{n3})；找你四元半．

②找錢($\sim$tsi^{n5})，"找闌珊錢"($\sim$lan^{5}san^{1}tsi^{n5})；找零錢．

③無通找免找(bə^{5}t'ang$^1\sim$bian$^2\sim$)；找不開不必找．

按"找"字在官話的用法有"尋找"，台語没這種用法，但仍有被訓用此義，不過台語的語音是(ts'e^7／ts'ue^7)，亦即"找"字在台語變成有訓讀音(ts'ue^7)。如"找無人"($\sim$bə^{5}lang^5)；找不到人．

（690）【否】　　fǒu（ㄈㄡˇ）

I 官話讀[fou]；台語讀(ho^2)

①否決($\sim$kuat^4)．　　　　②否認($\sim$jin^7／lin^7)．

③否定($\sim$teng^7／ting^7). ④否則($\sim$tsek^4)；口語"若無"(na^{3}bə^5)．

II 官話讀[pi]；台語文言音爲(pi^2／p'i^2)，如"否極泰來"($\sim$kek^8 t'ai^{3}lai^5)．白話音爲(p'ai^2)，如"否嘴"($\sim$ts'ui^3)；喻愛説粗野話．惟一般表示"不好、壞"的(p'ai^2／p'ai^{n2})則多用"歹"字．

（691）【紀】　　jǐ（ㄐ丨ˇ）

A 文言音：(ki^2)

（例）　①紀綱($\sim$kang^1)；訛音爲(k'i^{2}kang^1)，即道理、規矩，如"照紀綱來"(tsiau$^3\sim$lai^5)；按步就班，照規矩進行．

②一紀年(tsit$^8\sim$ni^5)；即12年也．③紀律($\sim$lut^8)．

④軍紀(kun$^1\sim$)．　　　　⑤年紀(ni$^5\sim$)．

⑥世紀(se³～)． 　　　⑦違紀(ui⁵／wi⁵～)．

B 白話音(ki³)

(例)　①紀元(～guan⁵)．　②紀行(～heng⁵)；旅行記錄．

③紀要(～iau³／yau³)．　④紀念(～liam⁷)．

⑤獨立紀(tok⁸lip⁸～)；獨立過程的紀事．⑥紀錄(～lok⁸)．

（692）【益】　　　yî（ㄧ）

"益"字白話音有(iah⁴／yah⁴)和(ah⁴)，僅見於"益母草"(ah⁴／iah⁴ bu²ts'au²)，一般通用文言音(ek⁴／ik⁴)／(yik⁴)。

(例)　①益友(～iu²／yiu²)．②益處(～ts'u³)．

③公益(kong¹～)．　　④權益(kuan⁵～)．

⑤利益(li⁷～)．　　　⑥損益(sun²～)．

（693）【依】　　　yī（ㄧ）

"依"字的讀音祇有一種：(i¹／yi¹)

(例)　①依附(～hu³)；附着、從屬．②依法(～huat⁴)．

③依依(～〃)；不忍分離．④依然(～jian⁵)；依舊．

⑤依舊(～kiu⁷／ku⁷)．　⑥依据(～ku³)．

⑦依靠(～k'ə³)．　　　⑧依賴(～lai⁷)．

⑨依戀(～luan⁵)；留戀不捨．⑩依順(～sun⁷)；順從．

⑪依從(～tsiong⁵)；順從．⑫依存(～tsun⁵)；依附而存在．

⑬依照(～tsiau³)．　　⑭歸依(kui¹～)；即皈依佛陀．

（694）【優】　　　yōu（ㄧㄡ）

"優"字的讀音祇有一種：(iu¹／yiu¹)

(例)　①優美(～bi²)．　②優遇(～gu⁷)．

③優厚(～ho⁷)；待遇好．④優惠(～hui⁷)；較一般優厚．

⑤優異(～i⁷／yi⁷).　　　⑥優先(～sian¹).

⑦優秀(～siu³).　　　　⑧優勢(～se³).

⑨優勝(～seng³／sing³).　⑩優點(～tiam²).

⑪優待(～t'ai⁷).　　　⑫品學兼優(p'in²hak⁸kiam¹～).

（695）【頂】　　ding（ㄉㄧㄥˇ）

"頂"字的讀音只有一種：(teng²／ting²)，用法很廣，分三方面：

Ⅰ表示時間上較早的"前"：

①頂回(～hue⁵)；上次，又説"頂擺"(～pai²).

②頂幾工(～kui²kang¹)；前幾天，又説"頂幾日"(～kui²jit⁸).

③頂工(～kang¹)；即頂日(～jit⁸)；前些天.

④頂個月(～kə⁵gueh⁸／geh⁸)；上個月.

⑤頂年(～ni⁵)；又説"頂冬"(～tang¹)；前些年.

⑥頂擺(～pai²)；上次；又説"頂過"(～ke³／kue³).

Ⅱ表示空間方位的"上"：

①頂面(～bin⁷)；即上面，又有"前面"的意思.

②頂高(～kuan⁵)；上頭，又説"頂頭"(～t'au⁵).

③眠床頂(bin⁵ts'ng⁵～)；床上. ④桌頂(təh⁴～)；桌子上.

⑤厝頂(ts'u³～)；屋頂，"na⁵kong⁵～"；天花板上面.

Ⅲ一般用法：

①頂下(～e⁷)；即上下，又上次.

②頂橛(～kueh⁸)；上半截，"橛"爲斷木.

③頂禮(～le²)；最高敬禮、跪拜.

④頂腹蓋(～pak⁴kua³)；上半身，又説"頂身"(～sin¹).

⑤頂晡(～po¹)；上午.　　⑥頂輩(～pue³)；上輩.

⑦頂司(～si¹)；上司.　　⑧頂替(～t'e³／t'ue³).

⑨頂腿(～t'ui²)；大腿.　⑩頂眞(～tsin¹)；認眞.

⑪頂手(～ts'iu²)；前代的人，或批發商.

⑫一頂帽仔(tsit⁸～bə⁷a²)；一頂帽子.

（696）【礎】　　　chǔ（ㄔㄨ）

"礎"字祇有一種讀法：(ts'o²)

（例）　①礎石(～tsiəh⁸).　　②基礎(ki¹～).

（697）【載】　　　zài（ㄗㄞ）

"載"字的讀法祇有一種：(tsai³)

（例）　①載貨(～hue³).　　②載人客(～lang⁵k'eh⁴)；載客人.

③載重(～tang⁷).　　④滿載而歸(buan²～ji⁵kui¹).

（698）【倒】　　　dǎo（ㄉㄠ）

"倒"字的讀音爲：(tə²)～(tə³)

Ⅰ [tə²]：

①倒落去(～ləh⁸k'i³)；倒下去，躺下去.

②倒閉(～pi³).　　　③倒產(～san²)；即倒閉.

④倒賬(～siau³)；又作"倒數"，亦説"倒錢"(～tsiⁿ⁵).

⑤倒台(～tai⁵)；垮台.　　⑥倒店(～tiam³)；店舖倒閉.

⑦倒運(～un⁷／wun⁷)；即倒霉，又説"歹運"(p'ai²un⁷).

⑧挨倒(e¹～)；推倒.　　　⑨跋倒(puah⁸～)；跌倒.

⑩惝倒(siang³～)；翻身倒地.⑪捹倒(ts'ia¹～)；推翻倒.

⑫趄倒(ts'u¹～)；即"滑倒"(ts'u⁷～)，又音(kut⁸～).

Ⅱ [tə³]：

①倒去(～k'i³);"倒"讀本調義"回去"，讀變調(2聲)爲"倒下".

②倒滾水(～kun²tsui²)；倒開水，"滾水"即開水.

③倒糞埽(～pun³sə³)；倒垃圾. ④倒反(～peng²)；相反.

⑤倒爿(～peng⁵／ping⁵)；左邊，"爿"又作"旁".

⑥倒轉(～tng²)；返回，"倒轉來"(～lai)；回來，又説"轉來".

⑦倒頭(～t'au⁵)；反方向，如"倒頭生"(～se^{n1}／si^{n1})；橫產(腳手比頭部先出母體)，又説"顛倒頭…"(tian¹～…).

⑧倒退(～t'e³).   ⑨倒手(～ts'iu²)；左手.

（699）【房】   fáng（ㄈㄤ）

"房"字的文言音(hong⁵)，語例罕見，白話音有三種；其中(pong⁵)的語例如"文房四寶"(bun⁵～su³pə²)。又白話口語音(p'ang⁵)則僅作爲量詞用，如"一房傢俬"(tsit⁸～ke¹si¹)；一套家具。一般最通用的讀音爲：(pang⁵)。

　(例)　①房間(～keng¹／king¹). ②房客(～k'eh⁴).

　③房產(～san²)，又説"房地產"(～te⁷san²)；不動產也.

　④房事(～su⁷)；男女性交，又叫"行房"(kia^{n5}～).

　⑤房地(～te⁷)；即"厝地"(ts'u³～).

　⑥房東(～tong¹)；口語説"厝主"(ts'u³tsu²).

　⑦房屋(～ok⁴)；即"厝間"(ts'u³keng¹).

　⑧讀册房(t'ak⁸ts'eh⁴～)；即"書房"(tsu¹～).

　⑨套房(t'ə³～)；指有浴廁的寢室.

（700）【突】   tū（ㄊㄨ）

A 文言音：(tut⁸)、(t'ut⁸)

　I [tut⁸]：

　　①突起(～k'i²)；突出的東西. ②突然(～jian⁵／lian⁵).

　　③突變(～pian³).   ④突破(～p'ua³).

　　⑤突出(～ts'ut⁴).   ⑥突圍(～ui⁵／wi⁵)；突破包圍.

　II [t'ut⁸]：

①突擊(～kek⁸／kik⁸)；猛烈地急激攻擊.

②突起(～k'i²)；高聳、突然興起.

③突飛猛進(～hui¹beng²／bing²jin³).

B 白話音：(tuh⁸)，刺戳的意思.

①突孔(～k'ang¹)；戳洞. ②突死(～si²)；刺死.

③突雞胿(～ke¹kui¹)；戳破牛皮.

（701）【坐】　　　zuò（ㄗㄨㄛ）

A 文言音：(tsə⁷)

(例)　①坐落(～lok⁸)；建築物的位置，"坐"又作"座".

②坐視(～si⁷)；喻漠不關心. ③坐鎮(～tin³)；親自鎮守.

④坐收漁利(～siu¹gu⁵／hi⁵li⁷)；佔現成的便宜.

B 白話音(tse⁷)

(例)　①坐飛機(～hui¹ki¹). ②坐墊(～tiam⁷).

③坐電車(～tian⁷ts'ia¹). ④坐北向南(～pak⁴ng³lam⁵).

⑤坐清(～ts'eng¹／ts'ing¹)；水中雜質沈澱，即澄清.

按「坐」字又讀（ts'e⁷），如〝坐底〞(～te²)；沈下底邊.

（702）【粉】　　　fěn（ㄈㄣ）

"粉"字只有一種讀音：(hun²)

(例)　①粉紅(～ang⁵)；紅白合成的顏色，即桃紅或叫"水紅"

(tsui²ang⁵)，一般多説"粉紅仔色"(～ang⁵a²sek⁴).

②粉末(～buah⁸). ③粉筆(～pit⁴).

④粉碎(～ts'ui³). ⑤抹粉(buah⁴～)；塗粉、擦粉.

⑥藥粉(ioh⁸／yoh⁸～). ⑦芳粉(p'ang¹～)；香粉.

（703）【敵】　　　dí（ㄉㄧ）

333

"敵"字祇有一種讀法：(tek^{8}／tik^{8})

(例)　①敵我(～ngo^{2}).　②敵後(～ho^{7})；敵人的後方.
③敵意(～i^{3}／yi^{3}).　④敵愾(～k'ai^{3})；對敵人的憤恨.
⑤敵視(～si^{7}).　⑥敵對(～tui^{3}).
⑦敵情(～tseng^{5}／tsing^{5}).　⑧敵前(～tsian^{5})；敵人面前，戰地.
⑨敵手(～ts'iu^{2}).　⑩無敵(bu^{5}～).
⑪勁敵(keng^{3}／king^{3}～).　⑫強敵(kiong^{5}～)；強大的敵人.

(704)【略】　lüè (ㄌㄩㄝ)

A 文言音：(liok^{8})

(例)　①略語(～gu^{2}). ②略述(～sut^{4})；又"略説"(～suat^{4}).
③略圖(～to^{5}).　④概略(kai^{3}／k'ai^{3}～)；大概情況.
⑤普略仔(p'o^{2}～a^{2})；稍微. ⑥省略(seng^{2}／sing^{2}～).
⑦大略(tai^{7}～).　⑧戰略(tsian^{3}～).
⑨節略(tsiat^{4}～)；摘要省略. ⑩侵略(ts'im^{1}～).

B 白話音(liəh^{8})

(例)　①略略仔(～〃a^{2})；稍微、若干，又説"小可"(siə^{2}k'ua^{2}).
②惜略(siəh^{4}～)；珍惜，"攏無惜略"(long^{2}bə^{5}～)；一點兒也不珍惜.

(705)【客】　kè (ㄎㄜ)

A 文言音：(kek^{4}／kik^{4})

(例)　①客居(～ki^{1})；在異鄉居住. ②客觀(～／k'eh^{4}kuan^{1}).
③客死(～si^{2})；死在異鄉. ④客歲(～sue^{3})；去年.
⑤説客(sue^{3}～)；到處遊説的人.

B 白話音(k'eh^{4})

(例)　①客家(～ka^{1})；説客家話的人.
②客機(～ki^{1})；載運旅客的飛機，相對於"貨機"(hue^{3}ki^{1}).

③客氣(～k'i³)；又説"細膩"，謙讓.

④客人(～lang⁵)；即客家人. ⑤客套(～t'ə³)；即客氣話.

⑥客廳(～t'ia^{n1})；又説"人客廳"(lang⁵～).

⑦客運(～un⁷／wun⁷)；載運旅客的業務.

⑧好客(hə²～)；好客人，又讀(ho^{n3}～)；厚待客人.

⑨旅客(li²／lu²～).　　　⑩賓客(pin¹～).

（706）【袁】　　　yuán（ㄩㄢ）

"袁"字祇有一種讀音：(uan⁵／wan⁵)，用於姓氏,"袁世凱"(～se³k'ai²)。

（707）【冷】　　　lěng（ㄌㄥ）

"冷"字的讀音祇有一種：(leng²／ling²)

　(例)　①冷吱吱(～ki¹〃)；又作"冷嗶嗶"，形容很冷.

②冷卻(～k'iok⁴)；溫度逐漸降低. ③冷氣(～k'i³).

④冷酷(～k'ok⁴)；冷血殘忍、缺乏人性無情.

⑤冷落(～lok⁸)；不熱鬧，被冷淡對待.

⑥冷門(～mng⁵)不受重視的學科. ⑦冷盤(～pua^{n5})；即拼盤.

⑧冷淡(～tam⁷).　　　　⑨冷凍(～tong³).

⑩冷箭(～tsi^{n3})；喻暗中害人的手段.

⑪冷戰(～tsian³).　　　⑫冷藏(～tsong⁵).

⑬冷笑(～ts'iə³).　　　⑭寒冷(han⁵～).

⑮冰冷(peng¹／ping¹～)；"冰互冷"(～ho⁷～)；冷藏使冷.

（708）【勝】　　　shèng（ㄕㄥ）

"勝"字只有一種讀法：(seng³／sing³)

　(例)　①勝負(～hu⁷)；勝敗. ②勝任(～jim⁷)；擔當得起.

③勝景(～keng²／king²)；優美的景色.

④勝利(～li⁷)．　　　　　⑤勝算(～sng³)；得勝的計謀．
⑥勝訴(～so³)；打贏官司．⑦勝地(～te⁷)；風景好的地方．
⑧得勝(tit⁴～)，又音(tek⁴／tik⁴～)．

（709）【絕】　　　jüé（ㄐㄩㄝ）

"絕"字的白話音爲：(tseh⁸)，用例不多，如"絕種"(～tseng²／tsing²)
，又音(tsuat⁸tseng²)，"死絕"(si²～)；絕交等，一般通用文言音
(tsuat⁸)。

　　(例)　①絕後(～au⁷／ho⁷)．②絕望(～bang⁷)．
　　③絕交(～kau¹)．　　　　④絕氣(～k'ui³)；呼吸斷絕．
　　⑤絕路(～lo⁷)；即死路．⑥絕版(～pan²)．
　　⑦絕筆(～pit⁴)．　　　　⑧絕食(～sit⁸)；禁吃東西．
　　⑨絕嗣(～su⁵)；没子孫，"絶子絕孫"(～tsu²～sun¹)．
　　⑩絕代(～tai⁷)；當代獨一無二，如"絕代佳人"(～ka¹jin⁵／lin⁵)．
　　⑪絕對(～tui³)．　　　　⑫絕症(～tseng³)；没法醫治的病．
　　⑬氣絕(k'i³～)．　　　　⑭斷絕(tuan⁷～)．

（710）【析】　　　xī（ㄒㄧ）

"析"字的讀法祇有一種：(sek⁴／sik⁴)
　　(例)　①析疑(～gi⁵)；分析解釋疑惑．
　　②析理(～li²)；分析道理．③解析(kai²～)；分析説明．
　　④剖析(p'o³～)；解剖分析，並做詳細的解釋．

（711）【塊】　　　kuài（ㄎㄨㄞ）

Ⓐ文言音：(k'uai³)
　　(例)　①塊莖(～keng⁷／king⁷)．②塊根(～kin¹／kun¹)．
　　③塊頭大(～t'au⁵tua⁷)；身體粗大，口語説"大股"(tua⁷ko²)，又

説"大箍"(tua⁷kʼo¹)；大塊頭.

B 訓讀音(te³)、(kʼo¹)

I [te³]：音如"地"(te⁷)，①"大塊"(tua⁷～)；即"大地".
②"小塊"即"細地"(se³／sue³～). ③一塊肉(tsit⁸～bah⁴).

II [kʼo¹]：貨幣單位，官話説"一塊錢"，台語説"一箍銀" (tsit⁸
～gin⁵／gun⁵).

（712）【劑】　　jî (ㄐ丨)

"劑"字祇有一種讀法：(tse⁷)

（例）①劑量(～liong⁷)；即藥量，藥品的使用分量.
②藥劑師(iəh⁸～su¹). ③清涼劑(tsʼeng¹／tsʼing¹liang⁵～).

按"劑"字出現在詞尾時，多讀第1聲，如"強心劑"(kiong⁵sim¹tse¹).

（713）【測】　　cè (ㄘㄜ)

"測"字的讀音祇有一種：(tsʼek⁴／tsʼik⁴)

（例）①測驗(～giam⁷). ②測量(～liong⁷).
③測定(～teng⁷／ting⁷). ④測度(～to⁷)；即推測.
⑤測試(～tsʼi³)；對機器測量.⑥測繪(～ue⁷)；測量和繪圖.
⑦莫測(bok⁸～)；難以逆料，無法估計.
⑧計測(ke³～)；計量、計算和測定.
⑨預測(u⁵／wu⁵～)；即料想、推測.

（714）【絲】　　sī (ㄙ)

"絲"字的讀音祇有一種：(si¹)

（例）①絲毫(～hə⁵)；極少，口語説"一點點仔"(tsit⁸tiam²ⁿ a²).
②絲絨(～jiong⁵／liong⁵)；用蠶絲和人造絲織成，表面起絨毛
的絲織品.③絲仔襪 (～ a²bueh⁸)；絲質襪子，今多指尼龍襪子.

④絲線($\sim$sua^{n3})；又説"綢仔絲"(tiu^{5}a^2$\sim$)．

⑤絲綢($\sim$tiu^5)．　　　　⑥絲織品($\sim$tsit^{4}p'in^2)．

⑦風絲(hong^1$\sim$)；如絲般的風，指微風輕飄如絲．

⑧鐵絲(t'ih^4$\sim$)；"鐵絲網"($\sim$bang^7)．⑨蜘蛛絲(ti^{1}tu^1$\sim$)．

⑩蠶絲(ts'am^5$\sim$)；又説"蠶仔絲"(ts'am^{5}a^2$\sim$)．

（715）【協】　　　xié（ㄒㄧㄝ）

"協"字的讀音祇有一種：(hiap^8)

(例)　①協議($\sim$gi^7)．　　②協和($\sim$hə^5)；協調融和．

③協會($\sim$hue^7)．　　④協力($\sim$lek^8)．

⑤協商($\sim$siong^1)．　　⑥協定($\sim$teng^7／ting^7)．

⑦協調($\sim$tiau^7)．⑧協同($\sim$tong^5)；互相配合共同處理．

⑨協奏曲($\sim$tsau^{3}k'iok^4)．　⑩協助($\sim$tso^7)．

⑪和協(hə^5$\sim$)；協力合作．

（716）【訴】　　　sù（ㄙㄨ）

"訴"字的讀音祇有一種：(so^3)

(例)　①訴求($\sim$kiu^5)；公開陳述要求．

②訴苦($\sim$k'o^2)；訴説所受的苦難．

③訴訟($\sim$siong^7)；打官司．④訴説($\sim$suat^4)；帶感情地陳述．

⑤訴狀($\sim$tsng^7)；起訴、告訴的文件．

⑥告訴(kə^3$\sim$)；控告，又説"上訴"(siong^7$\sim$)．

⑦傾訴(k'eng^1／k'ing^1$\sim$)；完全説出心内的話．

（717）【念】　　　niàn（ㄋㄧㄢ）

"念"字的讀音祇有一種：(liam^7)

(例)　①念佛($\sim$hut^8)；指佛教徒念"阿彌陀佛"．

②念東念西(～tang¹～sai¹)；喻嘮嘮叨叨.

③念經(～keng¹／king¹)；誦念宗教的經文.

④念咒(～tsiu³)；誦念咒文. ⑤念珠(～tsu¹)；即數珠.

⑥懷念(huai⁵～). ⑦數念(siau³～)；即想念.

⑧雜念(tsap⁸～)；即嘮叨，又"不純的念頭".

（718）【陳】　　　chén（彳ㄣ）

A 文言音：(tin⁵)

(例) ①陳腐(～hu³)；陳舊腐朽.

②陳舊(～kiu⁷)；舊而不新. ③陳年(～lian⁵)；即久年.

④陳列(～liat⁸)；擺放展覽. ⑤陳設(～siat⁴)；擺設.

⑥陳述(～sut⁴)；詳細列述. ⑦舖陳(p'o¹～)；即鋪敍.

B 白話音(tan⁵)

用於姓氏；陳先生(～sian¹siⁿ¹).

（719）【仍】　　　réng（ㄖㄥ）

"仍"字祇有文言音一種讀音：(jing⁵／ling⁵)

(例) ①仍然(～jian⁵)；依然. ②仍舊(～kiu⁷)；照舊.

③頻仍(pin⁵～)；頻繁重複.

（720）【羅】　　　luó（ㄌㄨㄛ）

"羅"字祇有一種讀法：(lə⁵)

(例) ①羅漢(～han³)；大乘佛教修行者的極位,具備功德的學

者稱號,即"阿羅漢"之略. ②羅漢腳仔(～k'a¹a²)；指獨身漢.

③羅經(～keⁿ¹／kiⁿ¹)；即"羅盤"(～puaⁿ⁵).

④羅馬字(～ma²ji⁷／li⁷). ⑤羅致(～ti³)；延聘人材.

⑥羅織(～tsit⁴)；虛構罪名. ⑦星羅棋布(seng¹～ki⁵po³).

⑧天羅地網(t'ian¹～te⁷bang⁷).

（721）【鹽】　yán（ㄧㄢ）

Ⓐ文言音：(iam⁵／yam⁵)，白話音同。

　(例)　①鹽酸(～sng¹).　　②鹽池(～ti⁵).

　③鹽埕(～tiaⁿ⁵)；晒鹽的場子，即鹽場.

　④鹽田(～tian⁵).　　⑤海鹽(hai²～).

　⑥鹽水(～tsui²)；按有訛音爲(kiam⁵tsui²).

　⑦撒鹽(suah⁴～)；施放鹽巴.　⑧曝鹽(p'ak⁸～)；晒鹽也.

　⑨施鹽(si¹～)；即施上鹽巴防腐；衍音爲(siⁿ⁷～)，即"豉(或醯)

鹽"，則浸醃以鹽巴.

Ⓑ訓讀音：(siⁿ⁷)

按"鹽"字取其義，被訓讀爲(siⁿ⁷)，亦即"醃"(iam¹)；鹽巴醬漬食品，

如"鹽王萊"(siⁿ⁷ong⁵lai⁵)；醬鳳梨，"鹽菜頭"(～ts'ai³t'au⁵)；醬白羅

卜．按(siⁿ⁷)漢字爲"豉"，爲"醯".

（722）【友】　yǒu（ㄧㄡ）

"友"字祇有一種讀法爲：(iu²／yiu²)

　(例)　①友愛(～ai³).　　②友誼(～gi⁵).

　③友好(～hə²).　　④友人(～jin⁵／lin⁵).

　⑤友邦(～pang¹).　　⑥友善(～sian⁷).

　⑦友情(～tseng⁵／tsing⁵).　⑧筆友(pit⁴～).

　⑨朋友(peng⁵／ping⁵～).　⑩戰友(tsian³～).

（723）【洋】　yáng（ㄧㄤ）

Ⓐ文言音：(iong⁵／yong⁵)

　(例)　①洋溢(～ek⁴／ik⁴).②洋洋大觀(～〃tai⁷kuan¹).

B 白話音(iu^{n5}／io^{n5})／(yiu^{n5}／yio^{n5})，按"洋"字的白話音有"一大片的平地"之意，如："平洋"(pe^{n5}／pi^{n5}～)；廣大平地. "田洋"($ts'an^5$～)；一大片田地. 又多與"番仔"($huan^1a^2$)同義. 如"洋灰"(～hue^1)；即水泥，又叫"番仔灰"，或"紅毛土"($ang^5mng^5t'o^5$).

(例)①洋行(～$hang^5$)；外國商行或專跟外國商人做生意的商行.
②洋服(～hok^8)；即西服. ③洋樓(～lau^5)；即西洋樓(se^1～).
④洋酒(～$tsiu^2$). ⑤洋裝(～$tsong^1$).
⑥洋蔥(～$ts'ang^1$)；又叫"蔥頭"($ts'ang^1t'au^5$).
⑦海洋(hai^2～). ⑧太平洋($T'ai^3peng^5$／$ping^5$～).

（724）【錯】　　　cuò（ㄘㄨㄛˋ）

"錯"字文言音爲：($ts'ok^4$／$ts'o^3$)，語例不多，如①錯雜(～$tsap^8$)，②錯綜(～$tsong^1$)，③交錯(kau^1～)，④攻錯($kong^1$～)等，惟這些詞例的"錯"字均可跟白話音($ts'ə^3$)通用。

(例)　①錯愛(～ai^3)；謙詞，表示感謝對方的愛護.
②錯誤(～ngo^7). ③錯覺(～kak^4).
④錯怪(～$kuai^3$)；因誤會而責備或抱怨人家.
⑤錯過(～kue^3)；錯失機會. ⑥錯亂(～$luan^7$).
⑦無錯($bə^5$～)；即沒錯. ⑧認錯(jin^7／lin^7～).

（725）【苦】　　　kǔ（ㄎㄨˇ）

"苦"字祇有一種讀法：($k'o^2$)
(例)　①苦肉計(～bah^4ke^3). ②苦悶(～bun^7)；苦惱煩悶.
③苦海(～hai^2)；喻艱難困苦的環境，"人生如苦海"($jin^5seng^1ju^5$～).
④苦學(～hak^8)；刻苦學習. ⑤苦瓜(～kue^1).
⑥苦行(～$heng^7$／$hing^7$)；艱苦難忍的修行手段.
⑦苦功(～$kang^1$)；刻苦的功夫，"下苦功"(he^7～).

⑧苦力(～lek⁸)；口語音爲(ku¹li²)，出賣勞力的人，與官話音近.

⑨苦命(～mia⁷)；即"歹命"(p'ai^{n2}mia⁷). ⑩苦難(～lan⁷).

⑪苦惱(～nau²)；苦悶煩惱. ⑫苦澀(～siap⁴)；又苦又澀的味道.

⑬苦心孤詣(～sim¹ko¹ge⁷)；費盡心思鑽研或經營.

⑭苦衷(～tiong¹)；痛苦或爲難的心情.

⑮苦頭(～t'au⁵)；苦味兒. ⑯苦痛(～t'ong³).

⑰苦戰(～tsian³)；艱苦奮鬥、奮戰.

⑱苦笑(～ts'iə³)；心情不愉快而勉強做出笑容.

⑲苦楚(～ts'o²)；受折磨的痛苦.

⑳苦處(～ts'u³)；所受痛苦，或痛苦之處.

㉑艱苦(kan¹～)；指生病或困難，"心肝頭艱苦"(sim¹kua^{n1}t'au⁵～).

㉒困苦(k'un³～). ㉓痛苦(t'ong³～).

（726）【夜】　　　yè（丨ㄝ）

"夜"字的讀音祇有一種：(ia⁷／ya⁷)

（例）　①夜明珠(～beng⁵tsu¹)；黑夜(暗)中能放光的珠子.

②夜盲症(～bong⁵tseng³／tsing³)；夜間光線不足的地方即看不見東西的一種眼病，又叫"雞仔目"(ke¹a²bak⁸).

③夜遊神(～iu⁵／yiu⁵sin⁵)；喻長夜在外遊蕩的人.

④夜間(～kan¹)；口語説"下昏時"(e⁷hng⁵si⁵)；説快一點爲(eng⁵si⁵)，又説"暝時"(mi⁵si⁵)，或"暗時"(am³si⁵).

⑤夜闌(～lan⁵)；即夜深. ⑥夜市(～ts'i⁷).

⑦夜半(～pua^{n3})；即半夜，口語"半暝"(pua^{n3}mi⁵).

⑧夜班(～pan¹)；夜裡上班，口語説"暝班"(mi⁵pan¹).

⑨夜叉(～ts'e¹)；指惡鬼，喻兇惡的人.

⑩夜車(～ts'ia¹)；又説"夜行的"(～heng⁵e)；夜間行駛的火車.

⑪日夜(jit⁸～). ⑫晝夜(tiu⁷～).

按台語裡"夜"常説"暝"(mi^5)；"三更半暝"(sa^{n1}ke^{n1}pua^{n3}～)；即三更半夜．

（727）【刑】　　xíng（ㄒㄧㄥˊ）

"刑"字的讀音祇有一種：(heng^5／hing^5)

（例）　①刑法(～huat^4)．②刑罰(～huat^8)；依法規所作制裁．

③刑事(～su^7)．　　　　④刑訊(～sin^3)；施刑問口供．

⑤刑場(～tiu^{n5})；行刑的地方．⑥判刑(p'ua^{n3}～)．

⑦受刑(siu^7～)；被刑訊，"互人刑"(ho^{7}lang^5～)；受到用暴力刑訊．　　　　　　　　⑧刑具(～k'u^7)；執刑用的器具．

（726）【移】　　yí（ㄧˊ）

"移"字祇有一種讀法：(i^5／yi^5)

（例）　①移民(～bin^5)．　　②移交(～kau^1)．

③移居(～ki^1／ku^1)．　　④移動(～tong^7)．

⑤移植(～sit^8)；口語説"搬栽"(pua^{n1}tsai^1)．

⑥推移(t'ui^1～)；變遷發展，時間、形勢的演變．

⑦遷移(ts'ian^1～)；移徙，口語"搬徙"(pua^{n1}sua^2)．

（729）【頻】　　pín（ㄆㄧㄣˊ）

"頻"字的讀法祇有一種：(pin^5)

（例）　①頻繁(～huan^5)；屢次不斷．

②頻仍(～leng^5)；屢次．　③頻數(～so^3)；接連多次．

④頻率(～lut^8)；單位時間完成振動的次數或周數，又叫周率．

（730）【逐】　　zhú（ㄓㄨˊ）

Ａ文言音：(tiok^8)

(例)　①逐一(～it⁴／yit⁴)；一個一個.

②逐字逐句(～ji⁷～ku³)；挨次序一字一句，口語音爲(tak⁸ji⁷ tak⁸ku³).　　　③逐步(～po⁷)；一步一步地.

④逐漸(～tsiam⁷).　　　⑤驅逐(k'u¹～)；趕走.

⑥逐鹿(～lok⁸)；爭奪天下.　⑦追逐(tui¹～)；追趕.

B 白話音(tak⁸)

(例)　①逐暗(～am³)；每晚，又説"逐暝"(～mi⁵).

②逐個(～e⁵)；每個，訛音爲(tak⁸ge⁵→tai⁷ke¹)；漢字爲"大家".

③逐項(～hang⁷)；每項，每樣，"逐項代誌"(～tai⁷tsi³)；每一樣事情.　　　④逐工(～kang¹)；每天，又説"逐日"(～jit⁸).

⑤逐暝(～mi⁵)；每夜.　　　⑥逐擺(～pai²)；每次.

（731）【靠】　　　kào（ㄎㄠ）

"靠"字的讀音爲：(k'ə³)

(例)　①靠儅住(～bue⁷／be⁷tsu⁷)；靠不住.

②靠近(～kin⁷／kun⁷).　③靠山(～suaⁿ¹)；喻可以依靠的有力量的人或團體，即後台.　④靠墊(～tiam⁷)；靠背用的墊子.

⑤依靠(i¹／yi¹～).　　　⑥可靠(k'ə²～).

按"靠"口語有讀(k'ua³)，如"腳"靠著椅仔頂"(k'a¹～ti⁷yi²a²teng²)；腳靠在椅子上.

（732）【混】　　　hùn（ㄏㄨㄣ）

"混"字祇有一種讀法：(hun⁷)

(例)　①混合(～hap⁸).　　　②混亂(～luan⁷).

③混淆(～hau⁵)；混雜，界限模糊.

④混沌(～tun⁷)；模糊不清，喻無知無識的樣子.

⑤混雜(～tsap⁸).　　　⑥混戰(～tsian³).

・344・

⑦混濁(～tsok⁴／lə⁵)；含有雜質不清潔、不新鮮.

（733）【母】　　mǔ（ㄇㄨ）

按"母"字文言音為(bə²)，白話音為(bu²)，一般詞例中兩音(bə²／bu²)通用。

(例)　①母愛(～ai³)．　　②母校(～hau⁷)．

③母語(～gu²)；生下後最初學會的語言，由母親學來的語言．

④母系(～he⁷)．　　⑤母音(～im¹)；元音．

⑥母本(～pun²)；本錢，又説"母錢"(～tsiⁿ⁵)．

⑦母性(～seng³)．　　⑧母體(～t'e²)；即母身．

⑨母親(～ts'in¹)．　　⑩雞母(ke¹～)；即母雞．

⑪狗母(kau²～)；母狗．　　⑫老母(lau⁷～)．

（734）【短】　　duǎn（ㄉㄨㄢ）

A 文言音：(tuan²)

(例)　①短見(～kian³)；短淺的見解，口語説"土想"(t'o²siuⁿ⁷)．

②短評(～p'eng⁵／p'ing⁵)．③短視(～si⁷)；看的近，義同近視．

④短暫(～tsiam⁷)；口語説"目瞤久"(bak⁸nih⁴ku²)．

⑤取長補短(ts'u²tiong⁵po²～)．

B 白話音(te²／tue²)

(例)　①短工(～kang¹)；臨時工，反義語"長工"(tng⁵～)．

②短路(～lo⁷)；即近路，"行短路"(kiaⁿ⁵～)；喻自殺．

③短命(～mia⁷)；又説"夭壽"(iau²siu⁷)，"短歲壽"(～hue³siu⁷)．

④短波(～p'ə¹)．　　⑤短途(～to⁵)；短的路途．

⑥短促(～ts'iok⁴)．　　⑦短處(～ts'u²)；缺點．

⑧長短(tng⁵～)；長度，"三長兩短"(saⁿ¹tng⁵lng⁷～)；不測的危
險．　　⑨短槍(銃)(～ts'eng³／ts'ing³)；指手鎗．

（735）【皮】　　　pí（ㄆㄧ）

A 文言音：(p'i⁵)

(例) ①皮毛(～mo⁵)；口語説"皮皮仔"(p'ue⁵／p'e⁵〃a²).

②皮皮卜(～〃beh⁴／bueh⁴)；不害臊地硬着要.

③皮蛋(～tan³).　　④眞皮(tsin¹～)；很懶皮.

B 白話音(p'ue⁵／p'e⁵)

(例) ①皮肉(～bah⁴)；皮和肉. ②皮鞋(～e⁵).

③皮戲(～hi³)；亦説"皮影戲"(～iaⁿhi³).

④皮衣(～i¹／yi¹).　　⑤皮膚(～hu¹).

⑥皮革(～kek⁴／kik⁴).　⑦皮包(～pau¹).

⑧皮箱(～siuⁿ¹).　　⑨皮帶(～tua³).

⑩蠻皮(ban⁵～)；經多次指責催促而無動於衷，不聽話.

⑪面皮(bin⁷～)；臉皮.　⑫牛皮(gu⁵～)；喻耐用、堅韌.

⑬韌皮(jun⁷／lun⁷～)；堅韌的皮，喻耐用，或麻痺、不易反應.

⑭册皮(ts'eh⁴～)；書籍的封面.

（736）【終】　　　zhōng（ㄓㄨㄥ）

"終"字祇有一種讀法：(tsiong¹)

(例) ①終結(～kiat⁴).　　②終局(～kiok⁸)；結局，終了.

③終歸尾(～kui¹bue²)；到底、畢竟，又説"到尾"(kau³be²).

④終生(～seng¹／sing¹).　⑤終身(～sin¹)；一生.

⑥終點(～tiam²).　　⑦終止(～tsi²).

⑧臨終(lim⁵～)；喻死.　⑨年終(ni⁵～)；年底.

⑩善終(sian⁷～)；自然死(非死於災禍)，口語説"好死"(hə²si²).

（737）【聚】　　　jù（ㄐㄩ）

"聚"字的讀音祇有一種：(tsu⁷)

（例） ①聚合(～hap⁸)． ②聚會(～hue⁷)；會合也．

③聚居(～ki¹／ku¹)；聚在一起居住．

④聚落(～lok⁸)；聚居的地方；村落．

⑤聚積(～tsek⁴)；口語説"粒積"(liap⁸～)；一點一滴地累積．

⑥聚集(～tsip⁸)；湊在一起．⑦聚餐(～ts'an¹)．

⑧歡聚(huan¹～)． ⑨聚首(～siu²)；即聚會．

（738）【汽】　　　qì（ㄑㄧ）

"汽"字的讀音祇有一種：(k'i³)

（例） ①汽化(～hua³)；液體變爲汽體．

②汽油(～iu⁵／yiu⁵)． ③汽笛(～tek⁸／tik⁸)．

④汽艇(～teng⁵／ting⁵)． ⑤汽車(～ts'ia¹)．

⑥汽水(～tsui²)． ⑦汽船(～tsun⁵)．

⑧水蒸汽(tsui²tseng¹／tsing¹～)．

（739）【村】　　　cūn（ㄘㄨㄣ）

"村"字的文言音爲：(ts'un¹)，如①村落(～lok⁸)．②村庄(～tsong¹)．白話音爲：(ts'uan¹)，語例的讀音與文言音通用；①鄉村(～ts'un¹／ts'uan¹)．②農村(long⁵～)。

（740）【雲】　　　yún（ㄩㄣ）

按"雲"字文言音爲：(un⁵／wun⁵)，語例罕見，一般通用白話音：(hun⁵)。

（例） ①雲霧(～bu⁷)． ②雲霞(～ha⁵)．

③雲海(～hai²)；如海一般的雲(喻雲多如海)．

④雲漢(～han³)；指銀河、天河．

⑤雲煙(～ian¹)；雲霧和煙氣．⑥雲遊(～iu⁵)；行蹤無定．

⑦雲鬢(～pin¹)；耳額的頭髮，多指婦女的鬢髮．

⑧雲霄(～siau¹)；天際． ⑨雲端(～tuan¹)；即雲內．

⑩雲集(～tsip⁸)；喻衆多的人從各處聚集一起．

⑪雲雀(～ts'iok⁴)；赤褐色黑斑紋的鳥． ⑫雲彩(～ts'ai²)．

⑬雲雨(～u²／wu²)；喻男女合歡，"雲雨巫山"(～bu⁵san¹)．

⑭白雲(peh⁸～)． ⑮烏雲(o¹～)．

（741） 【哪】 nǎ（ㄋㄚˇ）

按"哪"字在台語裡用的並不多，惟卻往往被訓用。

(例) ①哪樣(na²iuⁿ⁷／yiuⁿ⁷)；即"啥樣"(siaⁿ²iuⁿ⁷)，或說"啥款"
(～k'uan²)． ②哪里(na²li²)；口語說"何落"(tə²ləh⁸)．

③哪一個(tə²tsit⁸e⁵)；即哪一個．

④哪能(na²leng⁵)；口語說"哪通"(na²t'ang¹)；怎麼能夠．

⑤哪些(na²se¹)；口語說"何一寡"(tə²tsit⁸kua²)．

（742） 【旣】 jì（ㄐㄧˋ）

"旣"字的讀音祇有一種：(ki²)

(例) ①旣而(～ji⁵／li⁵)；即不久之後的意思(連詞)．

②旣然(～jian⁵／lian⁵)；口語說"kah⁴siⁿ⁷．

③旣往不咎(～ong²put⁴kiu⁷)；對過去的錯誤不再責備．

（743） 【距】 jù（ㄐㄩˋ）

"距"字祇有一種讀法：(ku⁷)

(例) ①距離(～li⁵／li⁷)． ②距今(～kim¹)；離開現在．

③相距(siong¹～)；彼此間隔． ④差距(ts'a¹～)．

（744） 【衞】 wèi（ㄨㄟˋ）

"衛"字的讀音祇有一種：(ue^7／we^7)

(例) ①衛兵($\sim peng^1$／$ping^1$). ②衛戍($\sim sut^4$)；即警備.

③衛生($\sim seng^1$)；如"衛生衣"($\sim i^1$)；防寒絨衣.

④衛道($\sim tə^7$)；保衛維護某種佔統治地位的思想體系.

⑤衛星($\sim ts'e^{n1}$／$ts'i^{n1}$). ⑥護衛($ho^7\sim$)；保護守衛.

⑦保衛($pə^2\sim$)；保護不受侵犯.

（745）【停】　　tíng（ㄊ丨ㄥ）

"停"字的讀法白話音有：($t'ia^{n5}$)，意爲總數分成幾分中的一份，如
"十停有九停" ($tsap^8\sim u^7$／$wu^7 kau^2\sim$)，此外語例罕見，一般通用
文言音：($t'eng^5$／$t'ing^5$)。

(例) ①停學($\sim hak^8$). ②停業($\sim giap^8$)；停止營業.

③停歇($\sim hiəh^4$)；歇業、休息，又説"歇睏"($hiəh^4 k'un^3$).

④停刊($\sim k'an^1$). 　　⑤停靠($\sim k'ə^3$)；車或船停留某地.

⑥停留($\sim liu^5$)；暫時不繼續前進. ⑦停頓($\sim tun^3$)；中止.

⑧停戰($\sim tsian^3$). 　　　⑨停止($\sim tsi^2$).

⑩停職($\sim tsit^4$). 　　　⑪無停($bə^5\sim$)；不休不歇、不間斷.

（746）【烈】　　liè（ㄌ丨ㄝ）

"烈"字祇有一種讀法：($liat^8$)

(例) ①烈火($\sim hue^2$／he^2). ②烈日($\sim jit^8$／lit^8).

③烈性($\sim seng^3$／$sing^3$). ④先烈($sian^1\sim$).

⑤猛烈($beng^2$／$bing^2\sim$). ⑥激烈(kek^8／$kik^8\sim$).

⑦烈士($\sim su^7$)；爲正義事業而死的人. ⑧強烈($kiong^5\sim$).

（747）【央】　　yāng（丨ㄤ）

Ⓐ文言音：($iong^1$／$iang^1$)／($yong^1$／$yang^1$)

(例)　①央告(～kə³)；懇求．②央人(～lang⁵)；拜託人家．

③央託(～t'ok⁴)；請託．　④中央(tiong¹～)．

⑤央求(～kiu⁵)；懇求，口語説"沽情"(ko¹tsia^{n5})．

B 白話音：(ng¹)語例不多，如"中央"(tiong¹ng¹)．

（748）【察】　　　chá（ㄔㄚˊ）

"察"字的讀音祇有一種：(ts'at⁴)

(例)　①察訪(～hong²)；觀察和訪問．

②警察(keng²／king²～)．③察看(～k'ua^{n3})；觀察細看．

④觀察(kuan¹～)；仔細察看．⑤考察 (k'ə²～)；實地調查觀察．

⑥察言觀色(～gian⁵kuan¹sek⁴／sik⁴)；口語 " 觀目(bak⁸)色、聽(t'ia^{n1})話意．

（749）【燒】　　　shāo（ㄕㄠ）

按"燒"字的文言音爲：(siau¹)，語例罕見，一般通用白話音：(siə¹)。

(例)　①燒香(～hiu^{n1}／hio^{n1})．②燒碱(～kiam⁵)；即苛性鈉．

③燒熱(～juah⁸／luah⁸)；暖和、炎熱，"天氣燒熱啦"(t'i^{n1}k'i³～la)

；天氣暖和(熱)起來了，"卡燒熱咧"(k'ah⁴～le)；再暖和些．

④燒金(～kim¹)；即"燒金紙"(～tsua²)，指燒紙錢獻給鬼神用．

⑤燒滾滾(～kun²〃)；熱騰騰會燙人，"水燒滾滾"(tsui²～)．

⑥燒烙(～lə⁷)；暖和，如"今仔日卡燒烙"(kin¹a²jit⁸k'a²～)．

⑦燒飯(～png⁷)；熱飯，"燒茶"(～te⁵)；熱茶，"燒湯" (～t'ng¹)；
熱湯，"燒滾水"(～kun²tsui²)；熱開水．

⑧燒酒(～tsiu²)；指白酒，或一般的酒，如"伊愛啉燒酒"(yi¹ai³
lim¹～)；他喜愛喝酒，有"燒酒先"(～sian¹)；很會喝的人，略
稱"酒仙"，貶義爲"酒鬼" (tsiu²kui²)或"酒鱉"(tsiu¹pih⁴)．

⑨發燒(huat⁴～)．　　⑩燃燒(jian⁵／lian⁵～)．

⑪火燒(hue²／he²～)；"火燒厝"(～ts'u³)；即房屋火災．

350

（750）【迅】　　xùn（ㄒㄩㄣ）

"迅"字祇有一種讀法：(sin³)

（例）　①迅急(～kip⁴)；急速．②迅即(～tsek⁴／tsik⁴)；立即．

③迅捷(～tsiat⁴)；迅速敏捷．④迅速(～sok⁴)；快速，高速度．

⑤迅疾(～tsit⁸)；即迅速．⑥快迅(k'uai³～)；即快速．

（751）【境】　　jìng（ㄐㄧㄥ）

"境"字的讀音祇有一種：(keng²／king²)

（例）　①境遇(～gu⁷)；境況和遭遇．

②境域(～hek⁸／hik⁸)．③境況(～hong²)；指經濟狀況．

④境界(～kai³)．　　　　⑤境地(～te⁷)；即境況．

⑥國境(kok⁴～)．　　　　⑦環境(k'uan⁵～)．

⑧邊境(pian¹～)．　　　　⑨出入境(ts'ut⁴jip⁸～)．

⑩處境(ts'u³～)；所遭遇的境況，境遇．

（752）【若】　　ruò（ㄖㄨㄛ）

Ⓐ 文言音：(jiok⁸)

（例）　①若無其事(～bu⁵ki⁵su⁷)；不當一回事．

②若何(～hə⁵)；即如何，口語説"怎[仔]樣"(tsaiⁿ²[a²]iuⁿ⁷／ioⁿ⁷)．

③若非(～hui¹)；要不是，口語説"若毋是"(na⁷m⁷si⁷)．

④若干(～kan¹)；多少，口語説"偌濟"(jua⁷／gua⁷／lua⁷tse⁷／tsue⁷)．

⑤假若(ka²～)．　　　　⑥設若(siat⁴～)．

Ⓑ 白話音(na²)～(na⁷)

Ⅰ [na²]：表好像之義，又表疊用．

①若火(～hue²／he²)；好像火．②若鬼(～kui²)；好像鬼．

③愛錢若命(ai³tsiⁿ⁵～mia⁷)；愛錢如命．又表姑且之義．

④若坐咧(～tse⁷le)；且坐吧，"若坐咧即講"(～tsiah⁴kong²)；

・351・

且坐下再説. ⑤若講若笑(～kong²～ts'iə³)；邊説邊笑.

⑥若看若眞(～k'ua^{n3}～tsin¹)；越看越似眞的.

II [na⁷]：表假如之義

①若無(～bə⁵)；如果没有. ②若毋去(～m⁷k'i³)；如果不去.

③若是(～si⁷)；如果是.

（753）【印】　　yìn（ㄧㄣˋ）

"印"字祇有一種讀法：(in³／yin³)

（例）　①印仔(～a²)；即印章. ②印花(～hue¹).

③印鑑(～kam³)；有登錄的印的底樣.

④印色(～sek⁴／sik⁴)；即印泥，又"印台"(～tai⁵).

⑤印信(～sin³)；政府機關的圖章總稱.

⑥印象(～siang⁷／siong⁷). ⑦印台(～tai⁵)；蓋章用的印油盒.

⑧印堂(～tong⁵)；指額部兩眉之間.

⑨印証(～tseng³／tsing³). ⑩印章(tsiong¹).

⑪粿印(kue²～)；印年糕用的模子. ⑫印刷(～ts'at⁴／suat⁴).

⑬蓋印(k'am³／kai³～). ⑭心心相印(sim¹〃siong¹～).

（754）【洲】　　zhōu（ㄓㄡ）

"洲"字的讀音祇有一種：(tsiu¹)，爲一塊大陸及其附近島嶼的總稱.

（例）　①洲際飛彈(～tse³hui¹tua^{n5})；射程超越洲界的飛彈.

②亞洲(a¹～). ③歐洲(au¹～).

④美洲(bi²～). ⑤非洲(hui¹～).

⑥澳洲(ə³～). ⑦南北極洲(lam⁵pak⁴kek⁸～).

（755）【刻】　　kè（ㄎㄜˋ）

"刻"字祇有一種讀法：(k'ek⁴／k'ik⁴)

(例) ①刻意(～i³／yi³)；用盡心思.

②刻骨銘心(～kut⁴beng⁵sim¹)；感恩極深入骨銘心永遠難忘.

③刻苦(～k'o²)；很能吃苦. ④刻薄(～pok⁸)；冷酷無情.

⑤刻劃(～ue⁷／ua⁷)；描繪、敘述.

⑥刻毒(～tok⁸)；刻薄狠毒. ⑦頃刻(k'eng²／k'ing²～).

⑧片刻(p'ian³～)；極短時間. ⑨雕刻 (tiau¹～).

⑩即刻(tsek⁴～)；馬上. ⑪尖刻(tsiam¹～)；即刻薄.

⑫深刻 (ts'im¹～)；達到問題的本質、感受極大.

(756)【括】 kuò (ㄎㄨㄛ)

A 文言音：(kuat⁴)；表包含容納之意.

(例) ①括號(～hə⁷). ②括弧(～ho⁵).

③概括(kai³／k'ai³～)；全部包括在內.

④總括(tsong²～)；全部歸結，容納. ⑤包括(pau¹～).

B 白話音：(kuah⁴)；表伙、夥之意.

(例) ①結規括(kiat⁴kui¹～)；結成一伙.

②一括人(tsit⁸～lang⁵)；一伙人.

(757)【激】 jī (ㄐㄧ)

"激"字祇有一種讀法：(kek⁴／kik⁴)

(例) ①激昂(～gong⁵)；激動昂奮.

②激發(～huat⁴)；刺激使奮發，促使引起行動.

③激甲艙喘氣(～kah⁴bue⁷／be⁷ts'uan²k'ui³)；悶得喘不過去.

④激憤(～hun³)；憤激. ⑤激骨(～kut⁴)；乘僻、推諉工作.

⑥激氣(～k'i³)；賭氣，如讀(～k'ui³)；則意為傲慢.

⑦激勵(～le⁷)；激發鼓勵. ⑧激烈(～liat⁸).

⑨激流(～liu⁵)；急流. ⑩激怒(～no⁷)；刺激使發怒.

⑪激屎(～sai²)；驕傲，對人愛理不理.

⑫激蕩(～tong⁷)；因受衝擊而動蕩.

⑬激情(～tseng⁵／tsing⁵)；如狂喜、憤怒等爆炸性的情感.

⑭激戰(～tsian³)；激烈戰鬥.　⑮激死(～si²)；悶死.

⑯感激(kam²～).　　　　⑰刺激(ts'i³～).

（758）【孔】　　kǒng（ㄎㄨㄥ）

按"孔"字有口語音：(k'ang¹)，義同"空"，如"壁孔"(piah⁴～)、"針孔"
(tsiam¹～)。另有口語音(k'ang²)語例罕見，文言音為(k'ong²)。

（例）　①孔雀(～ts'iok⁴).　②孔隙(～k'iah⁴)；縫兒.

　　　③孔道(～tə⁷)；必經的關口、大道.

（759）【搞】　　gǎo（ㄍㄠ）

按"搞"字在台語裡用得少，惟受官話影響，借音訓義亦有若干語例，
讀音有文言音(kə³)，語例罕見，白話音為(kau²)。

（例）　①搞鬼(～kui²)；口語說"變鬼"(pi^n³～).

　　　②亂搞(luan⁷～)；口語 "烏白創 "(o¹peh⁸ts'ong³).

（760）【室】　　shì（ㄕ）

"室"字文言音為：(sit⁴)，但通用的多是白話音(sek⁴／sik⁴)。

（例）　①室外(～gua⁷)、室內(～lai⁷).

　　　②教室(kau³～).　　　　③寢室(ts'im²～).

　　　④在室男(tsai⁷～lam⁵)；處男、童貞．

　　　⑤"在室女 "(～lu²／li²)；處女，還没跟異性交涉過的女人.

（761）【待】　　dài（ㄉㄞ）

"待"字有讀音：(tai⁷)，但罕用，一般通用送氣音的(t'ai⁷)。

(例)　①待命(～beng¹／bing¹)；等待命令．

②待字(～ji⁷)；指女子未許嫁(定親)，口語説"猶未做人"(yau²bue⁷tsə³lang)；按"做"字讀本調，"人"字讀輕聲．

③待遇(～gu⁷)．　　　　④待機(～ki¹)；等待時機．

⑤待人接物(～lang⁵tsiap⁴but⁸)．⑥待考(～k'ə²)；留待查考．

⑦虐待(giok⁸～)；兇狠刻薄地對待別人．

⑧優待(iu¹／yiu¹～)．　　⑨對待(tui³～)．

（762）【核】　　hé（ㄏㄜ）

A 文言音：(hek⁸／hik⁸)

(例)　①核心(～sim¹)；又音(hut⁸sim¹)；中心，主要部分．

②核定(～teng⁷／ting⁷)；審核決定．

③核對(～tui³)；查對．　　④核算(～suan³)；考核計算．

⑤核准(～tsun²)．　　　⑥核子武器(～／hut⁸tsu²bu²k'i³)．

⑦稽核(k'e¹～)；查對計算．⑧考核(k'ə²～)．

⑨審核(sim²～)．　　　⑩查核(tsa¹～)．

B 白話音(hut⁸)、(hat⁸)

I [hut⁸]：結成團的東西，果物的子．

①原子核(guan⁵tsu²～)．　②龍眼核(leng⁵／ling⁵／ging²～)．

③卵核(lan⁷～)；睪丸．　④檨仔核(suaiⁿ⁷a²～)；芒果的子．

II [hat⁸]：特指淋巴結，"牽核"(k'an¹～)；淋巴結腫大．

（763）【校】　　xiào（ㄒㄧㄠ）

I 官話讀[xiào]，台語讀(hau⁷)，爲學校的校。亦讀(kau³)，如"少校"(siau³～)，惟語例不多。

(例)　①校風(～hong¹)．　②校園(～hng⁵)．

③校友(～iu²／yiu²)．　④校規(～kui¹)．
⑤校刊(～k'an¹)．　⑥校舍(～sia³)．
⑦學校(hak⁸～)．　⑧夜校(ia⁷／yia⁷～)．

Ⅱ官話讀[jiào]，台語白話音讀(ka³)，如"校車"(～tʂ'ia¹)；機器的試運轉，語例少，一般通用文言音：(kau³)。

　　(例)　①校閱(～iat⁴／yat⁴)；審閱校訂．
　　②校勘(～k'am³)．　③校訂(～teng⁷／ting⁷)．
　　④校對(～tui³)．　⑤校正(～tseng³／tsing³)．
　　⑥校準(～tsun²)；校對儀器等使準確．
　　⑦初校(ts'o¹～)；第一次校對校樣，又"二校"(ji⁷～)．

（764）【散】　　sàn（ㄙㄢˋ）

按"散"字的文言音有(san²～san³)，白話音有(suaⁿ²～suaⁿ³)。

$\boxed{\text{A}}$文言音：[san²]的語例罕見，有"冑散"(ui⁷／wi⁷～)等，一般多通用第3聲的[san³]。

　　(例)　①散漫(～ban⁷)．　②散文(～bun⁵)．
　　③散悶(～bun⁷)；排遣煩悶，"散心"(～sim¹)．
　　④散曲(～k'iok⁴)；沒口白的曲子．⑤散落(～lok⁸)．
　　⑥散播(～po³)；口語說"掖"(ia⁷)；如"掖豆仔"(～tau⁷a²)；撒豆．
　　⑦散布(～po³)．　⑧散心(～sim¹)；解悶．
　　⑨散赤(～ts'iah⁴)；窮困．⑩發散(huat⁴～)．
　　⑪煙消雲散(ian¹／yan¹siau¹hun⁵～／suaⁿ³)．
　　⑫陰魂不散(im¹／yim¹hun⁵put⁴～)．

$\boxed{\text{B}}$白話音(suaⁿ²)的語例不多，有"散散來"(～〃lai⁵)；零零散散地來，一般以第3聲[suaⁿ³]的語例較多。

　　(例)　①散會(～hue⁷)．　②散學(～əh⁸)；即放學．
　　③散工(～kang¹)；零碎的工作，又勞動工作下班．

④散去(～k'i³)；散掉.　　⑤散光(～kng¹)；視力模糊.

⑥散開(～k'ui¹).　　　　⑦散了了(～liau²⁄)；全部散掉.

⑧散滂滂(～p'ong²⁄)；散亂. ⑨分散(hun¹～).

⑩解散(kai²～⁄san³).　　⑪四散(si³～)；向各方向散開.

（765）【侵】　　qīn（ㄑㄧㄣ）

"侵"字祇有一種讀法：(ts'im¹)

(例)　①侵害(～hai⁷).　　②侵犯(～huan⁷).

③侵擾(～jiau²⁄giau²⁄liau²)；侵犯擾亂.

④侵入(～jip⁸⁄lip⁸).　　⑤侵欠(～k'iam³)；虧欠錢債.

⑥侵略(～liok⁸).　　　⑦侵襲(～sip⁸)；侵入襲擊.

⑧侵蝕(～sit⁴)；侵害腐蝕. ⑨侵奪(～tuat⁸)；侵入而搶奪.

⑩侵佔(～tsiam³)；非法佔有別人的財產、土地.

（766）【吧】　　ba（ㄅㄚ）

Ⅰ官話讀[bā]爲象聲詞，台語模仿其用法，讀音爲(pa¹)。

(例)酒吧(tsiu²～)，"酒吧女"(～lu²⁄li²).

Ⅱ官話讀[ba]爲語助詞，台語仿其用法，讀音爲(pa⁰)。

(例)　①好吧(hə²～)；台語口語"好唉"(hə²ai).

②汝去吧(li²k'i³～)；實際上這種用法不多，此處的"吧"(pa)台

語另有(ho^n3)，如"來去乎"(lai⁵k'i³～)；走吧.

（767）【甲】　　jiǎ（ㄐㄧㄚ）

按"甲"字的文言音讀(kap⁴)，用爲連詞，相當於官話的"跟、與、和"，

惟這種用法白話音(kah⁴)亦通用，即(kap⁴⁄kah⁴)，宜用 " 佮 " 字。

(例)　①我甲汝(gua²～li²)；我和你.

②翁甲姥(ang¹～bo²)；夫與妻. 惟一般較通用白話音： (kah⁴)

(例)　①甲級(～kip⁴)．　　②甲骨文(～kut⁴bun⁵)．

③甲板(～pan²)．　　④甲子(～tsi²)．

⑤甲狀線(～tsong⁷suaⁿ³)．⑥盔甲(k'ue¹～)．

⑦指甲(tsi²～)；又音(tseng²／tsing²～)．

⑧保甲(pə²～)．　　⑨裝甲車(tsng¹／tsong¹～ts'ia¹)．

⑩戰甲(tsian³～)；戰衣，盔甲．⑪菜甲(ts'ai³～)；青菜的外葉．

按"甲"尚有以下幾種用法；

(a)用作連詞表"旣然"，(例)：

⑫甲是汝來(～si⁷li²lai⁵)；旣然你來了……。

⑬甲但安尔[呢](～na⁷an¹ni¹)；旣然如此。

(b)用作介詞，表"同、跟"，(例)：

⑭甲伊結婚(～yi¹kiat⁴hun¹)；跟他結婚。

(c)用作程度補語，表"得"，(例)：

⑮睏甲足飽(k'un³～tsiok⁴pah⁴)；睡得很足(飽)．

⑯水甲像仙女(sui²～ts'iuⁿ⁷sian¹li²)；美如仙女．

（768）【遊】　　yóu（丨ㄡ）

"遊"字的讀音祇有一種(iu⁵／yiu⁵)

(例)　①遊民(～bin⁵)；没正當職業的人．

②遊牧(～bok⁸)．　　③遊行(～heng⁵／hing⁵)．

④遊戲(～hi³)．　　⑤遊移(～i⁵／yi⁵)；搖擺不定．

⑥遊街(～ke¹)．　　⑦遊擊(～kek⁸／kik⁸)．

⑧遊記(～ki³)．　　⑨遊客(～k'eh⁴)．

⑩遊覽(～lam²)．　　⑪遊説(～suat⁴)．

⑫遊資(～tsu¹)；閑置的資金，或市面上流通的資金．

⑬遊手好閑(～ts'iu²hoⁿ²han⁵)；遊蕩生性不愛勞動．

⑭旅遊(li²／lu²～)．　⑮雲遊(hun⁵～)；到處遨遊．

（769） 【游】　　　yóu（ㄧㄡ）

按"游"字與"遊"字音同義近，所異者"游"字與水有關，"遊"則否。

　　(例)　①游泳(～eng² ／ing²)；口語説 " 洗浴 "(se²ek⁸／ik⁸)．

　　②下游(ha⁷～)；江河的下一段．

　　③姓游(se^{n3}～)；"游先生"(～sian¹si^{n1})．

（770） 【久】　　　jiǔ（ㄐㄧㄡ）

Ⓐ 文言音：(kiu²)

　　(例)　①久仰(～giong²)；客套話，仰慕已久．

　　②久旱逢甘霖(～han⁷hong⁵kam¹lim⁵)；喻在長久的乾旱之後所

　　下的雨極可貴．③久而久之(～ji⁵～tsi¹)；經過很長的時間．

　　④久遠(～uan²／wan²)．　⑤久違(～ui⁵／wi⁵)；好久没見．

　　⑥永久(eng²／ing²～)，"恒久"(heng⁵～)．

Ⓑ 白話音(ku²)

　　(例)　①久久(ku²〃)；很久，"足久"(tsiok⁴～)．

　　②久來(～lai⁵)；長久以來．③偌久(jua⁷／lua⁷～)；多久．

　　④蓋久(kai³～)；相當久．⑤長久(tng⁵～)．

（771） 【菜】　　　cài（ㄘㄞ）

"菜"字的讀音祇有一種：(ts'ai³)

　　(例)　①菜園(～hng⁵)．　　②菜花(～hue¹)；即花菜．

　　③菜燕(～ian³／yan³)；洋粉、瓊膠．

　　④菜架仔(～ke³a²)；即菜攤，又説"菜擔仔"(～ta^{n3}a²)．

　　⑤菜姑(～ko¹)；素食的女性，尼姑．

　　⑥菜館(～kuan²)；飯館．　⑦菜瓜(～kue¹)；糸瓜．

　　⑧菜包(～pau¹)；光包菜的包子，反義語"肉包"(bah⁴pau¹)．

　　⑨菜晡(～po²)；羅卜糸乾，又叫"菜晡米"(～bi²)．

⑩菜蔬(～se⁷／sue⁷)；即蔬菜類，佐膳的菜.

⑪菜色(～sek⁴／sik⁴)；菜的品種.

⑫菜店(～tiam³)；即有酒女服務的酒店.

⑬菜單(～tuaⁿ¹). ⑭菜廚(～tu⁵)；存放食器的廚子.

⑮菜頭(～t'au⁵)；白羅卜. ⑯菜湯(～t'ng¹).

⑰食菜(tsiah⁸～)；素食. ⑱酒菜(tsiu²～)；下酒用的食品.

（772）【味】　　　wèi（ㄨㄟˋ）

"味"字的讀音祇有一種：(bi⁷)

（例） ①味覺(～kak⁴). ②臭味(ts'au³～).

③味素(～so³)；即味精，又叫"味素粉"(～hun²).

④味精(～tseng¹／tsing¹). ⑤好味(hə²～).

⑥氣味(k'i³～)；即味道. ⑦芳味(p'ang¹～)；香味.

⑧歹味(p'aiⁿ²～)；味道壞了. ⑨一味藥(tsit⁸～iok⁸)；一種藥.

⑩滋味(tsu¹～)；味道，"無滋無味"(bə⁵～bə⁵～)；全沒味道.

（773）【舊】　　　jiù（ㄐㄧㄡˋ）

按"舊"字的文言音爲(kiu⁷)，但語例不多，一般通用白話音(ku⁷)。

（例） ①舊觀(～kuan¹)；原來的樣子.

②舊曆(～lek⁸／lik⁸)；農曆，亦即太陰曆.

③舊年(～ni⁵)；去年. ④舊式(～sek⁴／sik⁴)；老式.

⑤舊時(～si⁵)；從前. ⑥舊底(～te²)；以前，本來.

⑦舊址(～tsi²)；舊的地址. ⑧舊制(～tse³).

⑨舊册(～ts'eh⁴)；即舊書. ⑩依舊(i¹／yi¹～)；仍舊，照舊.

⑪破舊(p'ua³～). ⑫守舊(siu²～).

（774）【模】　　　mó（ㄇㄛˊ）

"模"字祇有一種讀音：(bo⁵)
$$\text{"模"字祇有一種讀音：}(bo^5)$$

(例)　①模仔($\sim a^2$)；即模型．②模擬($\sim gi^2$)；模仿．

③模型($\sim heng^5$／$hing^5$)．④模糊($\sim ho^5$)；混淆不清．

⑤模仿($\sim hong^2$)．　　　⑥模範($\sim huan^7$)．

⑦模樣($\sim iu^{n7}$／io^{n7})；樣本，"做歹模樣"($tsэ^3p'ai^2\sim$)；做壞樣本．

⑧模式($\sim sek^4$)；樣式，來自英語的"mode"．

⑨規模($kui^1\sim$)．　　　⑩楷模($k'ai^2\sim$)．

（775）【湖】　　　hú （ㄏㄨ）

按"湖"字的文言音爲：(ho^5)，語例殊少，通用音爲白話音：(o^5)。

(例)　①湖泊($\sim pok^8$)．　②湖沼($\sim tsiau^2$)．

③淡水湖($tam^7tsui^2\sim$)．

（776）【貨】　　　huò （ㄏㄨㄛ）

按"貨"字的文言音爲：(ho^3／ho^{n3})，如"貨殖"($\sim sit^8$)等語例很少，一般都通用白話音：(hue^3／he^3)。

(例)　①貨物($\sim but^8$)；即貨品或貨件，"貨物車"($\sim ts'ia^1$)，即卡車，又叫"貨物仔車"($\sim a^2ts'ia^1$)．

②貨樣($\sim iu^{n7}$／io^{n7})．　③貨款($\sim k'uan^2$)．

④貨櫃($\sim kui^7$)．　　　⑤貨幣($\sim pe^3$)．

⑥貨色($\sim sek^4$)；貨物的品種、品質，亦説"貨草"($\sim ts'au^2$)．

⑦貨車($\sim ts'ia^1$)．　　　⑧貨艙($\sim ts'ng^1$)．

⑨貨運($\sim un^7$／wun^7)．　⑩百貨($pah^4\sim$)．

⑪啥貨($sia^{n2}\sim$)；什麼，"創啥貨"($ts'ong^3\sim$)；幹什麼，"看啥貨" ($k'ua^{n3}\sim$)、"想啥貨"(siu^{n7}／$sio^{n7}\sim$)．

（777）【損】　　　sǔn （ㄙㄨㄣ）

A 文言音：(sun²)

(例) ①損害(～hai⁷)；毀傷，如"損害名譽"(～beng⁵u⁷)，"損害身體"(～sin¹t'e²)． ②損益(～ek⁴)；損失和增益．
③損耗(～ho^n³)；損失消耗． ④損傷(～siong¹)．
⑤損失(～sit⁴)． ⑥破損(p'o³～)；損壞．

B 白話音(sng²)

(例) ①損身體(～sin¹t'e²)；"損精神"(～tseng¹／tsing¹sin⁵)．
②損斷(～tng⁷)；毀傷，糟塌，"山豬來損斷蕃薯園"(sua^n¹ti¹lai⁵～han¹tsi⁵／tsu⁵hng⁵)；山豬來糟塌(破壞)了地瓜園．
③拍損(p'ah⁴～)；可惜，浪費，"足拍損"(tsiok⁴～)；很可惜．"毋通拍損"(m⁷t'ang¹～)；不要浪費掉．

（778）【預】　　　yù（ㄩ）

"預"字祇有一種讀音：(u⁷／wu⁷)／(i⁷／yi⁷)

(例) ①預謀(～bo⁵)；事前的計謀(多指犯法行爲)．
②預言(～gian⁵)；預先説出將來會發生的事情．
③預防(～hong⁵)；"預防射"(～sia⁷)；即預防疫病的針劑．
④預約(～iok⁴／yok⁴)． ⑤預感(～kam²)．
⑥預計(～ke³)；事先估計． ⑦預告(～kə³)；事先通告．
⑧預估(～ko¹)；預先估計． ⑨預期(～ki⁵)；預先期待．
⑩預料(～liau⁷)；即逆料． ⑪預報(～pə³)．
⑫預備(～pi⁷)． ⑬預賽(～sai³)；決賽前的比賽．
⑭預先(～sian¹)． ⑮預習(～sip⁸)．
⑯預售(～siu⁵)；預先出售． ⑰預算(～suan³／sng³)．
⑱預定(～teng⁷／ting⁷)． ⑲預兆(～tiau⁷)；事先的徵兆．
⑳預斷(～tuan³)；預先斷定，又説"預卜"(～pok⁴)．
㉑預一下(yi⁷tsit⁸e)；玩(參與)一下，此處預"即英文的"play"的

・362・

意思，預(yi^7)亦有"開始"的意思，如"預偌久啦"(〜jua^{7}ku^{2}la)；
進行(開始)多久了．　　　㉒參預(ts'am^1〜)．
㉓干預(kan^1〜)；過問他人的事．

（779）【阻】　　zǔ（ㄗㄨ）

"阻"字的讀音祇有一種：(tso^2)

(例)　①阻礙(〜gai^7)．　　②阻撓(〜jiau^5)；阻止干撓．

③阻隔(〜keh^4)；不能相通往來．

④阻力(〜lik^8／lat^8)．　　⑤阻塞(〜sai^3)；有障礙不能通行．

⑥阻擋(〜tong^3)；攔住．　⑦阻止(〜tsi^2)．

⑧勸阻(k'uan^3〜)；用勸喻的方式加以阻止．

（780）【毫】　　háo（ㄏㄠ）

"毫"字祇有一種讀音：(hə^5)

(例)　①毫米(〜bi^2)；即千分之一米．

②毫末(〜buat^8)；喻極微末，類義語有"毛絲仔"(mng^{5}si^{1}a^2)．

③毫毛(〜mo^5／mng^5)；指細毛，喻極微細的東西，類義語"幼
毛"(iu^3／yiu^3〜)，"苦毛仔"(k'o^{2}mng^{5}a^2)．

④秋毫(ts'iu^1〜)；喻極微小的事物．

（781）【普】　　pǔ（ㄆㄨ）

"普"字祇有一種讀法：(p'o^2)

(例)　①普及(〜kip^4)．　　②普遍(〜p'ian^3)．

③普普仔(〜〃a^2)；大約、約略，又説"普略仔"(〜liok^{8}a^2)．

④普渡(〜to^7)；舊曆七月民間視爲鬼月，拜祭鬼神叫普渡．

⑤普選(〜suan^2)；全面選舉．⑥普通(〜t'ong^1)．

⑦普查(〜tsa^1)；普遍調查．⑧無普(bə^5〜)；不適當、欠妥．

（782）【穩】　　　wěn（ㄨㄣˇ）

"穩"字的讀法祇有一種：(un² ╱ wun²)

按"穩"字有"一定"的意思，跟"包"通用，如①穩贏(～ia^{n5}╱yia^{n5})；一定會贏．②穩好(～hə²)；一定是好的．③穩來(～lai⁵)一定會來．④穩死(～si²)；必死無疑．

此外有"安穩"，"妥當"等含義．

　　（例）　⑤穩固(～ko³)．　　　⑥穩健(～kian⁷)．

　　⑦穩當(～tang³)；妥當．　⑧穩定(～teng⁷╱ting⁷)．

　　⑨穩重(～tiong⁷)；言行沈着有分寸．

　　⑩安穩(an¹～)．　　　　⑪無穩(bə⁵～)；不可靠．

　　⑫包穩(pau¹～)；包管保証，"包穩輸的"(～su¹e)；肯定會輸．

（783）【乙】　　　yǐ（ㄧˇ）

"乙"字的讀音祇有一種：(it⁴╱yit⁴)，爲十天干的第2項，故有"第2"的含義。

　　（例）　①乙級(～kip⁴)．　　②乙種(～tsiong²)．

　　③甲乙丙丁(kah⁴～pia^{n2}teng¹)．

（784）【媽】　　　mā（ㄇㄚ）

"媽"字的讀音爲：(ma²)，在台語裡是"祖母"的意思。

　　（例）　①阿媽(a¹～)；祖母，又説"安媽"．

　　②祖媽(tso²～)；指祖先，祖母，"恁(您)祖媽"(lin²～)；罵語，你老祖宗．③媽孫仔(～sun¹a²)；祖母與孫子．

　　④媽祖(～tso²)；指福建沿海的女性海神，台灣到處有祀奉媽祖的廟"天后宮"(t'ian¹hiə⁷kiong¹)．

　　戰後因官話進入台灣，"媽"即仿官話音有讀第1聲(ma¹)，意思爲"母親"，又説"媽媽"(ma¹〃)．

（785）【植】　　　zhí（ㄓ）

按"植"字的文言音爲：(sik⁸)，語例少，一般通用白話音：(sit⁸)。

（例）　①植樹(～su⁷／ts'iu⁷)；即種樹，"栽樹"(tsai¹ts'iu⁷)．

②移植(i⁵／yi⁵～)；移動種植，口語説"搬栽"(puaⁿ¹tsai¹)．

③培植(pue⁵～)；精心栽培．④種植(tsiong³～)．

（786）【息】　　　xī（ㄒ丨）

按"息"字的白言音爲：(sit⁴)，但用例多是文言音：(sek⁴／sik⁴)。

（例）　①息怒(～no⁷)；停止發怒．

②息事寧人(～su⁷leng⁵／ling⁵jin⁵)；不與人紛爭．

③安息(an¹～)；安靜地休息，多指入睡，或死亡．

④無聲無息(bə⁵siaⁿ¹bə⁵～)；一點兒動靜也沒有．

⑤休息(hiu¹～)．　　　　⑥平息(peng⁵～)；平靜下去．

⑦消息(siau¹～)．　　　　⑧嘆息(t'an³～)．

⑨出息(ts'ut⁴～)；長進，發展前途，多用於否定，"無出息"(bə⁵～)．

⑩子息 (tsu²～)；即子嗣，"子孫"(kiaⁿ²sun¹)．

（787）【擴】　　　kuò（ㄎㄨㄛ）

"擴"字祇有一種讀法：(k'ok⁴)

（例）　①擴音機(～im¹／yim¹ki¹)；擴大聲音的裝置．

②擴建(～kian³)；擴大建築物，加大規模建設．

③擴散(～san³)；擴大分散．④擴大(～tai⁷／tua⁷)．

⑤擴展(～tian²)．　　　　⑥擴張(～tiong¹)；擴大勢力．

⑦擴頭(～t'au⁵)；頭部向前或向後凸出，如"前擴"(tseng⁵～)，
"後擴"(au⁷～)．　　　　⑧擴充(～ts'iong¹)．

（788）【銀】　　　yín（丨ㄣ）

"銀"字祇有一種讀法：(gin^5／gun^5)

  (例) ①銀幕(～bo^7)；放映電影用的白色幕幔.

  ②銀洋(～iu^{n5})；即銀元，有"龍仔銀"(leng^{5}a^2～).

  ③銀角仔(～kak^{4}a^2)；銀質硬幣. ④銀行(～hang^5).

  ⑤銀根(～kin^1／kun^1)；指舊時市場上貨幣流通的的情況.

  ⑥銀櫃仔(～kui^{7}a^2)；即貯錢箱，亦説"錢櫃仔"(tsi^{n5}～).

  ⑦銀樓(～lau^5)；加工買賣金銀珠寶的店，又叫"金仔店" (kim^{1}a^2

  tiam^3).   ⑧銀票(～p'iə^3)；即鈔票.

  ⑨銀袋仔(～te^{7}a^2)；錢包，又叫"錢袋仔"(tsi^{n5}～).

  ⑩金銀(kim^1～).   ⑪白銀(peh^8～).

  ⑫一角銀(tsit^{8}kak^4～)；一毛(角)錢.

（789）【語】   yǔ（ㄩˇ）

"語"字的讀音祇有一種：(gu^2／gi^2)

  (例) ①語文(～bun^5).   ②語言(～gian^5).

  ③語學(～hak^8).   ④語法(～huat^4).

  ⑤語匯(～hue^7)；詞彙. ⑥語音(～im^1／yim^1).

  ⑦語句(～ku^3).   ⑧語氣(～k'i^3)；説話的口氣.

  ⑨語錄(～lok^8)；言論的記錄. ⑩語序(～su^7)；即詞序.

  ⑪語詞(～su^5)；即詞、或詞組. ⑫成語(seng^5／sing^5～).

  ⑬口語(k'au^2～).   ⑭手語(ts'iu^2～).

  ⑮語調(～tiau^7)；説話的腔調，語音高低輕重的配置.

（790）【揮】   huī（ㄏㄨㄟ）

"揮"字只有一種讀法：(hui^1)

  (例) ①揮舞(～bu^2)；舉起手臂和手中的東西搖擺.

  ②揮毫(～hə^5)；用毛筆寫字或繪畫兒.

③揮發(～huat⁴)；液體變氣體擴散．

④揮動(～tong⁷)；揮舞．　⑤發揮(huat⁴～)．

⑥指揮(tsi²～)．

（791）【酒】　　　jiǔ（ㄐ丨ㄡ）

"酒"字的讀音只有一種：(tsiu²)

（例）　①酒會(～hue⁷)．　　②酒家(～ka¹)．

③酒矸(～kan¹)；酒瓶，"酒矸仔嫂"(～a²sə²)；指酒家女．

④酒鬼(～kui²)；指嗜酒如命的人．

⑤酒開仔(～k'ui¹a²)；開酒瓶的起子．

⑥酒窟仔(～k'ut⁴a²)；酒窩、酒靨．

⑦酒樓(～lau⁵)；即供酒的餐館．

⑧酒量(～liong⁷)．　　　⑨酒吧(～pa¹)．

⑩酒瓶(～pan⁵／pin⁵)．　⑪酒保(～pə²)；酒店的伙計．

⑫酒癖(～p'iah⁴)；酒後的脾氣，"歹酒癖"(p'aiⁿ²～)；酒脾氣不好.

⑬酒癲(～tian¹)；酒醉時的狂癲狀態．

⑭酒徒(～to⁵)；愛好喝酒的人，又"酒先"(～sian¹)．

⑮酒菜(～ts'ai³)；酒和菜，下酒的食品．

⑯癮酒(gian³～)；即嗜酒，又説"興酒(heng³／hing³～)．

⑰啉酒(lim¹～)；喝酒，又説"食燒酒"(tsiah⁸siə¹～)．

（792）【守】　　　shǒu（ㄕㄡ）

A 文言音：(siu²)

（例）　①守望(～bong⁷)；看守瞭望．

②守候(～ho⁷)；口語説"當等"(tng¹tan²)．

③守護(～ho⁷)；看守保護，"守護神"(～sin⁵)．

④守宮(～kiong¹)；舊稱壁虎，口語爲"蟮蟲仔"(sian¹t'ang⁵a²)．

⑤守舊(～ku⁷／kiu⁷).　　⑥守備(～pi⁷)；防守戒備.

⑦守勢(～se³)；防禦的布署，防守態勢、地位.

⑧守株待兔(～tsu¹t'ai⁷t'o³)；喻不知變通，心存僥倖期待意外
的成果.　　　　　　⑨守衛(～ue⁷／we⁷).

⑩監守(kam³～)；即獄吏.⑪把守(pa²／pe²～).

⑫操守(ts'au¹～)；廉潔正直的品德.⑬保守(pə²～).

B 白話音(tsiu²)

　(例)　①守孝(～ha³).　　②守寡(～kuaⁿ²).

　③守規工(～kui¹kang¹)；守候了一整天.

　④守靈(～leng⁵／ling⁵).　⑤空守(k'ang¹～).

（793）【拿／挐】　　ná（ㄋㄚ）

"拿"字的讀音只有一種：(na²)，按台語罕用此字，但有訓用其義，
在台語有(t'eh⁸)；寫成"提"或"搣"，有(liah⁸)，寫成"掠"等. 如"提
(搣)落來"(t'eh⁸ləh⁸lai)；拿下來，"掠着"(liah⁸tiəh)；拿住，捉到.
此外有①擒拿(k'im⁵～)；捉拿. ②推拿(t'ui¹～)；按摩，又説"掠龍"
(liah⁸leng⁵／ling⁵).

（794）【序】　　xù（ㄒㄩ）

A 文言音：(su⁷)

　(例)　①序文(～bun⁵)；同"敍文"，敍述要旨的文章.

　②序言(～gian⁵)；同①.　③序幕(～bo⁷)；喻大事件的開端.

　④序曲(～k'iok⁴)；開場時演出的樂曲，喻事情，行動的開端.

　⑤序列(～liat⁸)；依序排好的行列.

　⑥順序(sun⁷～).　　　⑦程序(t'eng⁵／t'ing⁵～).

B 白話音(si⁷)

　(例)　①序細(～se³／sue³)；輩份低的人.

②序大(～tua⁷)；輩份高的人.

③序大人(～tua⁷lang⁵)；指長輩或父母.

（795）【紙】　　　zhǐ（ㄓ）

按"紙"字的文言音爲：(tsi²)，語例不多，通用白話音(tsua²)。

(例)　①紙熏(～hun¹)；用紙捲的香煙.

②紙幼仔(～iu³／yiu³a²)；即紙屑.

③紙撚(～lian⁵)；紙捻兒.　④紙篢仔(～lok⁴a²)；小紙袋.

⑤紙幣(～pe³)；口語"紙票"(～p'iə³).　⑥紙枋(～pang¹)；紙板.

⑦紙坯(胚)(～p'ue¹)；即厚紙或板紙.

⑧紙條(～tiau⁵)；又讀(～liau⁵)；細長的紙片.

⑨紙頭紙尾(～t'au⁵～bue²／be²)；即紙上或紙上的某部分.

⑩紙錢(～tsiⁿ⁵)；燒給鬼神以爲供養的"金紙"(kim¹～)或"銀紙"
(gin⁵／gun⁵～).　　　　⑪紅紙(ang⁵～).

⑫厚紙(kau⁷～).　　　　⑬粗紙(ts'o¹～).

（796）【醫】　　　yī（ㄧ）

"醫"字的白話音爲：(ui¹／wi¹)，是漳州音語例殊少，一般通用的是
文言音：(i¹／yi¹)。

(例)　①醫務(～bu⁷).　　②醫學(～hak⁸).

③醫院(～iⁿ⁷／yiⁿ⁷).　　④醫藥(～ioh⁸／yoh⁸).

⑤醫科(～k'ə¹).　　　⑥醫療(～liau⁵).

⑦醫生(～seng¹／sing¹)；口語又説"先生"(sian¹siⁿ¹).

⑧醫師(～su¹).　　　⑨醫治(～ti⁷)；治療.

⑩無醫(bə⁵～)；喻絶症，無法可醫好.

⑪歹醫(p'aiⁿ²～)；即難以治療.　⑫眞藥醫假病，眞病無藥醫
(tsin¹ioh⁸～ke²peⁿ⁷／pⁱⁿ⁷、tsin¹peⁿ⁷／pⁱⁿ⁷bə⁵ioh⁸～).

（797）【缺】　　　　　qüē（ㄑㄩㄝ）

A 文言音：(k'uat⁴)

(例)　①缺額(～giah⁸).　　②缺陷(～ham⁷)；缺點，不備之處.
③缺乏(～huat⁴).　　　④缺口(～k'au²).
⑤缺欠(～k'iam³)；缺少、短缺、缺點.
⑥缺課(～k'ə³).　　　⑦缺少(～siau²)；不夠.
⑧殘缺(tsan⁵～)；不完整.

B 白話音：(k'ueh⁴／k'eh⁴)～(k'ih⁴)
I [k'ueh⁴／k'eh⁴]：①欠缺(k'iam³～).②少缺(tsiə²～)；不夠.
II [k'ih⁴]：①缺角(～kak⁴).②缺一缺(～tsit⁸～)；缺了一個口.
③缺嘴(～ts'ui³)；(上)唇缺裂者.
④缺碗(～uaⁿ²／waⁿ²)；有缺口的碗塊.

（798）【雨】　　　　　yǔ（ㄩ）

A 文言音：(u²／wu²)

(例)　①雨後春筍(～ho⁷ts'un¹sun²)；喻新事物應時大量出現.
②雨季(～／ho⁷kui³).　　③雨量(～liong⁷).
④雨露(～lo⁷)；雨水和露水.⑤梅雨(mui⁵～)；梅熟時的綿綿雨.
⑥淒風苦雨(ts'e¹hong¹k'o²～)；天氣惡劣，比喻境遇悲慘悽涼.
⑦春雨綿綿(ts'un¹～bian⁵〃)；春天的細雨下個不停.

B 白話音(ho⁷)

(例)　①雨鞋(～e⁵)；即"樹奶鞋"(ts'iu⁷leng¹e⁵)；橡膠鞋.
②雨衣(～i¹／yi¹)；又説"雨衫"(～saⁿ¹)或"雨幔"(～mua¹).
③雨毛仔(～mng⁵a²)；毛毛雨，又説"雨屑仔"(～sap⁴a²).
④雨傘節(～suaⁿ³tsat⁴)；一種毒蛇，黑身白紋(節).
⑤雨滴(～tih⁴)；雨點，"落雨滴"(ləh⁸～)；下着稀落的雨.
⑥雨天(～t'iⁿ¹)；又説"雨來天"(～lai⁵t'iⁿ¹)；下雨天.

⑦雨水(～tsui²).　　　　　⑧雨傘(～sua^{n3}).

⑨風甲雨(hong¹kah⁴～)；風夾雨，"甲"又作"佮".

⑩西北雨(sai¹pak⁴～)；南台灣的夏天下午常下的一種陣雨.

（799）【嗎】　　　ma（ㄇㄚ）

Ⅰ官話讀[má]；台語讀(ma⁷)；好嗎(hə²～)，按呢嗎(an³ne¹～).

Ⅱ官話讀[mǎ]；台語讀(ma⁷)；嗎啡(～hui¹).

Ⅲ官話讀[ma]；台語讀(ma⁰)；會曉嗎(e⁷hiau²～)；會呀.

（800）【針】　　　zhēn（ㄓㄣ）

按"針"和"鍼"異文同音義，文言音讀(tsim¹)，用例殊少，一般通用白話音：(tsiam¹)。

(例)　①針耳仔(～hi^{n1}a²)；用針刺耳療法.

②針灸(～ku³)；針法和灸法(治療)的合稱.

③針(空)孔(～k'ang¹).　　④針線(～sua^{n3}).

⑤針對(～tui³)；對準.　　⑥度針(to⁷～)；體溫計.

⑦指南針(tsi²lam⁵～).

（801）【啊】　　　ā（ㄚ）

按"啊"字是擬聲詞，在官話中有5種讀法(因聲調不同)含義亦異，在台語裡，亦有同樣的用法。

Ⅰ官話讀[ā]；台語爲：(a¹)，啊、伊來啦！(～yi¹lai⁵la)；啊、他來了.

Ⅱ官話讀[á]；台語爲：(a⁵～ha^{n5})，啊、汝佮講(～li²kəh⁴kong²)；啊、你又説了. 啊、啥貨(～sia^{n2}hue³)；啊、什麼.

Ⅲ官話讀[ǎ]：台語爲：(a²～a⁵)；啊、伊又倒轉來啦(～yi¹iu⁷／yiu⁷tə³tng²lai⁵la)；啊、他又回來了.

Ⅳ官話讀[à]；台語為：(a¹～a³)，啊、原來是(你)汝(～guan⁵ lai⁵si⁷li²).

Ⅴ官話讀[a]；台語為：(a)，天氣眞好啊(t'i^{n1}k'i³tsin¹hə²～). 阿叔啊(a¹tsek⁴／tsik⁴～). 母啊(bu²／bə²～)，阿娘啊(a¹nia⁵ ～)；媽啊.

（802）【急】 jí（ㄐㄧ）

"急"的讀法祇一種：(kip⁴)

(例) ①急務(～bu⁷). ②急用(～iong⁷).

③急驚風(～keng¹／king¹hong¹)；小兒因發燒兩眼直視或上轉，牙關緊閉、手足痙攣的病，一種"抽風"、腦膜炎(轉腦瘋).

④急件(～kia^{n7}). ⑤急救(～kiu³).

⑥急遽(～ku⁷)；迅速劇烈. ⑦急迫(～pek⁴).

⑧急性(～seng³／sing³). ⑨急速(～sok⁴).

⑩急需(～su¹)；急需要. ⑪急症(～tseng³／tsing³).

⑫急診(～tsin²). ⑬急進(～tsin³).

⑭急切(～ts'iat⁴)；迫切. ⑮急促(～ts'iok⁴)；緊急而短促.

⑯火急(hue²～). ⑰着急(tiəh⁸～).

（803）【唱】 chàng（ㄔㄤ）

A 文言音：(ts'iang³／ts'iong³)

Ⅰ[ts'iang³](漳音)；①唱名(～mia⁵)；大聲叫名字.

②唱票(～p'iə³)；選舉后開票時大聲念選票上的名字.

③明唱(beng⁵／bing⁵～)；事先明確説清楚.

Ⅱ[ts'iong³](廈音)；唱和(～hə⁵).

B 白話音：(ts'iu^{n3}／ts'io^{n3})～(ts'iə³)

Ⅰ[ts'iu^{n3}／ts'io^{n3}]：①唱戲(～hi³).

②唱機(〜ki¹)；泛指留聲機或電唱機.

③唱歌(〜kua¹)；又説"唱曲"(〜k'ek⁴).

④唱片(〜p'i^{n3})；又叫"曲盤"(k'ek⁴pua^{n5}).

II [ts'iə³]：唱歌(〜kua¹).

（804）【誤】　　wù（ㄨ）

"誤"字的讀音爲(go⁷)，但亦有鼻韵的傾向(go^{n7})。

（例）　①誤會(〜hue⁷).　　②誤解(〜kai²).

③誤差(〜ts'a¹)；與實際數值的差異. ④誤事(〜su⁷).

⑤耽誤(tam¹〜)；遷延誤事. ⑥失誤(sit⁴〜)；過失造成差錯.

（805）【訓】　　xùn（ㄒㄩㄣ）

"訓"字祇有一種讀法：(hun³)

（例）　①訓誨(〜hue³)；開導，教誨、諭示.

②訓育(〜iok⁸／yok⁸)；訓導教育.

③訓(喻)諭(〜ju⁷／lu⁷)；訓誨開導.

④訓誡(〜kai³)；教導和告誡，"教訓"(kau³〜).

⑤訓詁(〜ko²)；對字和句義的闡釋.

⑥訓令(〜leng⁷／ling⁷)；對下屬的諭示命令.

⑦訓示(〜si⁷)；對下屬、晚輩的説諭指示.

⑧訓詞(〜su⁵).　　　　　⑨訓導(〜tə⁷).

⑩訓斥(〜t'ek⁴／t'ik⁴)；訓誡和斥責.

（806）【願】　　yuàn（ㄩㄢ）

"願"字讀法祇有一種：(guan⁷)

（例）　①願望(〜bong⁷).　②願意(〜i³／yi³).

③下願(he⁷〜)；又説"許願"(hi²〜).

④還願(huan⁵／heng⁵～). ⑤如願(ju⁵／lu⁵～).
⑥甘願(kam¹～). ⑦心願(sim¹～).
⑧情願(tseng⁵／tsing⁵～). ⑨志願(tsi³～).

（807）【審】　　shěn（ㄕㄣ）

"審"祇有一種讀音：(sim²)

　（例）①審議(～gi⁷). ②審問(～bun⁷／mng⁷).
③審核(～hut⁸／hek⁸)；審查核定.
④審理(～li²)；審查處理. ⑤審判(～p'ua^n3).
⑥審慎(～sin⁷)；周密謹慎. ⑦審訊(～sin³)；查問被告人.
⑧審訂(～teng³／ting³)；審閱修訂.
⑨審定(～teng⁷／ting⁷). ⑩審查(～tsa¹).
⑪初審(ts'o¹～)；初次審訊. ⑫重審(teng⁵～)；再次審理.

（808）【附】　　fù（ㄈㄨ）

"附"字基本上讀(hu³)，但偶而亦有讀(hu⁷)，後者將另標出讀音。

　（例）①附議(～gi⁷)；同意別人的提議.
②附和(～hə⁵)；追隨別人的言行.
③附會(～hue⁷)；把沒關係的事物說成有關係.
④附庸(～iong⁵)；依附其他事物(或人)而存在者.
⑤附驥(～ki³)；喻依附名人而出名.
⑥附加(～ka¹). ⑦附件(～kia^n7).
⑧附近(hu⁷kin¹). ⑨附麗(～le⁷)；依附.
⑩附錄(～lok⁸). ⑪附設(～siat⁴).
⑫附身(hu⁷sin¹)；依附身上. ⑬附屬(～siok⁸).
⑭附帶(～tai³)；順便. ⑮附註(～tsu³).
⑯附着(～tiok⁸)；小的物體黏着在大物體上. ⑰依附(i¹／yi¹～).

(809)【獲】 huò（ㄏㄨㄛ）

"獲"字只有一種讀法：(hek⁸／hik⁸)

(例) ①獲悉(～sit⁴)；得知某事(消息).

②獲得(～tek⁴／tik⁴).③捕獲(po²～)；捉到，口語"掠着"(liah⁸tiəh).

(810)【穫】 huò（ㄏㄨㄛ）

"穫"字只有一種讀法：(hek⁸／hik⁸)，如"收穫"(siu¹～)

(811)【茶】 chá（ㄔㄚ）

按"茶"字的文言音爲：(ta⁵／ts'a⁵)，語例少，一般通用白話音：(te⁵)。

(例) ①茶仔油(～a²iu⁵／yiu⁵)；油茶樹的種子榨取的油.

②茶(磘)甌(～au¹)；即"茶杯"(～pue¹).

③茶米(～bi²)；又叫"茶心"(～sim¹)，即"茶葉"(～hiəh⁸).

④茶砧(～ko²)；即"茶壺"(～o⁵).

⑤茶具(～ku⁷／k'u⁷). ⑥茶館(～kuan²).

⑦茶罐(～kuan³)；即"茶瓶"(～pan⁵).

⑧茶箍(～k'o¹)；即肥皂. ⑨茶房(～pang⁵)；即茶店.

⑩茶餅(～piaⁿ²)；茶菓、點心，又泉州特產可治感冒.

⑪茶盤(～puaⁿ⁵)；放茶壺茶杯的盤子.

⑫茶湯(～t'ng¹)；泛指茶和水，即"茶水"(～tsui²).

⑬綠茶(lek⁸／liok⁸～). ⑭烏龍茶(o¹liong⁵～).

(812)【鮮】 xiān（ㄒㄧㄢ）

按"鮮"字官話讀(xiǎn)時，台語讀(sian²)，語例不多。如①鮮有(～iu²／yiu²)；即少有. ②鮮見(～kian³)；罕見. 以外官話音以讀(xiān)爲多，台語則分文言音和白話音異讀。

[A] 文言音：(sian¹)

(例) ①鮮紅(～ang⁵).　②鮮明(～beng⁵／bing⁵).

③鮮美(～bi²)；新鮮美麗.　④鮮艷(～iam⁷)；鮮明美麗.

⑤鮮果(～kə²)；新鮮的水果.　⑥新鮮(sin¹～).

B 白話音：(ts'iⁿ¹)

(例) ①鮮跳跳(～t'iau³〃)；活生生地.

②魚無鮮(hi⁵bə⁵～)；魚不新鮮.

③衫仔褲足鮮(saⁿ¹a²k'o³tsiok⁴～)；衣服美麗好看.

（813） 【糧】　　liáng（ㄌㄧㄤ）

按"糧"字的文言音爲：(liong⁵)，但一般則多通用白話音：(niu⁵)。

(例) ①糧價(～ke³).　②糧秣(～buat⁸)；即糧草.

③糧食(～sit⁸).　④米糧(bi²～).

⑤糧草(～ts'au²)；泛指糧食(及軍馬的草料).

（814） 【斤】　　jīn（ㄐㄧㄣ）

"斤"字祇有一種讀法：(kin¹／kun¹)

(例) ①斤斤計較(～〃ke³kau³)；細微(過份)地計較.

②斤兩(～niu²)；喻分量.　③台斤(tai⁵～)；1台斤16兩.

④公斤(kong¹～)；26台兩，一千公克.

（815） 【孩】　　hái（ㄏㄞ）

"孩"字祇有一種讀音：(hai⁵)

(例) ①孩提(～t'e⁵)；幼兒期.　②孩兒(～ji⁵／gi⁵／li⁵).

③小孩(siə²～)；口語説"囝仔"(gin²a²).

（816） 【脱】　　tuō（ㄊㄨㄛ）

A 文言音：(t'uat⁴)

(例)　①脱肛(～kang¹)；直腸或乙狀結腸從肛門脫出，口語説
"吐腸頭"(t'o²tng⁵t'au⁵)．　②脫險(～hiam²)；脫離危險．

③脫臼(～k'u⁷)；即脫位，口語説"黜輪"(t'ut⁴lun⁵)．

④脫稿(～kə²)；著作完成．　⑤脫軌(～kui²)．

⑥脫開(～k'ui¹)．　　　　⑦脫離(～li⁵)．

⑧脫身(～sin¹)；即擺脫開某種場合，口語説"窿蹽"(lang³liau⁵)．

⑨脫落(～ləh⁸)．　　　⑩脫俗(～siok⁸)；不染俗氣．

⑪脫逃(～tə⁵)；即"脫走"(～tsau²)，或説"溜走"(liu¹tsau²)．

⑫脫胎換骨(～t'ai¹uaⁿ⁷kut⁴)；徹底改變立場或觀點．

⑬脫脂(～tsi¹)；除掉脂肪成分，"脫指牛奶粉"(～gu⁵leng¹hun²)．

⑭脫手(～ts'iu²)；脫開手，賣出貨物．

⑮脫節(～tsiat⁴)．　　　⑯解脫(kai²～)．

⑰出脫(ts'ut⁴～)；出息．　⑱五形脫去(ngo²heng⁵～k'i³)；五
形指眉、目、口、耳、鼻即五官，又泛指全身，又稱五體，此
指突然陷入貧血狀態，或近於死亡的狀態．

B 白話音：(t'uah⁴)

按(t'uah⁴)義近"拖"(t'ua¹)，意爲拖延、苟且延續。

(例)　①一日脫過一日(tsit⁸jit⁸～kue³tsit⁸jit⁸)一天拖延過一天．

②一冬脫過一冬(tsit⁸tang¹～kue³tsit⁸tang¹)；一年拖過一年．

C 訓讀音：(t'ng³)

按"脫"字依其義常被訓用爲(t'ng³)，實則(t'ng³)它另有漢字"褪"。

(例)　①脫帽(t'ng³bə⁷)；應作"褪帽"(以下同)．

②脫(褪)鞋(～e⁵)．　　③脫(褪)褲(～k'o³)．

④脫(褪)衫(～saⁿ¹)；脫衣．

（817）【硫】　liú（ㄌㄧㄡ）

"硫"字的讀法祇有一種：(liu⁵)

（例）　①硫磺(～hong⁵)．　③硫酸(～sng¹)．

（818）【肥】　féi（ㄈㄟˊ）

Ａ 文言音：(hui⁵)

（例）　①肥沃(～ak⁴／ok⁴)．②肥美(～bi²)；口語説(pui⁵sui²)．
③肥皂(～tsə⁵)；口語叫"雪文"(suat⁴bun⁵)或"茶箍"(te⁵k'o¹)．

Ｂ 白話音：(pui⁵)

（例）　①肥肉(～bah⁴)；又叫"白肉"(peh⁸～)．
②肥缺(～k'uat⁴／k'ueh⁴)；又説"好缺"(hə²k'ueh⁴／k'eh⁴)．
③肥分(～hun¹)．　　　④肥料(～liau⁷)．
⑤肥胖(～p'ong³)；又説"胖皮"(～p'ue⁵)．
⑥肥白(～peh⁸)；胖又白．⑦阿肥(a¹～)；暱叫胖子．
⑧肥的(～e)；胖子，又"大箍的"(tua⁷k'o¹e)．⑨肥大(～tua⁷)．
⑩豬肥(ti¹～)；豬的糞便．⑪人肥(lang⁵～)；人的糞便．
⑫有肥(u⁷／wu⁷～)；有肥效，肥分．

（819）【善】　shàn（ㄕㄢˋ）

"善"字的讀法祇有一種：(sian⁷)

（例）　①善後(～au⁷／ho⁷)；處理事後的問題．
②善感(～kam²)；容易引起感触，"多愁善感"(tə¹ts'iu⁵～)．
③善意(～i³／yi³)；好意．④善鄰(～lin⁵)；跟鄰居友好．
⑤善良(～liong⁵)．　　　⑥善心(～sim¹)．
⑦善事(～su⁷)．　　　　⑧善戰(～tsian³)．
⑨善終(～tsiong¹)；自然死．⑩面善(bin⁷～)；熟悉．
⑪友善(iu²／yiu²～)．　　⑫勸善(k'uan³～)．

（820）【龍】　lóng（ㄌㄨㄥˊ）

按"龍"字的文言音爲：(liong⁵)，語例不多，如"龍卷風"($\sim$kuan² hong¹)，"龍山寺"($\sim$san¹si⁷)；在台北萬華，"龍舟"($\sim$tsiu¹)等。一般多通用白話音：(leng⁵／ling⁵)。

(例)　①龍蝦($\sim$he⁵)．　　②龍虎鬥($\sim$ho²tau³)；龍爭虎鬥．

③龍眼($\sim$geng²／ging²)；又音(geng³geng²)．

④龍頭($\sim$t'au⁵)；老大、統領，又"龍首"($\sim$siu²)．

⑤弄龍(lang⁷$\sim$)；龍燈舞．⑥掠龍(liah⁸$\sim$)；按摩．

⑦山龍(sua$^{n1}\sim$)；山脈，又指蛇．

⑧鼻眞龍(p'i^{n1}tsin¹$\sim$)；鼻樑高，按"龍"有"隆起"之意，如"蕃薯龍"(huan¹／han¹tsu⁵$\sim$)；地瓜畑內成列的埂子．

（821）【演】　　　yǎn（ㄧㄢ）

"演"字的讀法祇有一種：(ian²／yan²)

(例)　①演義($\sim$gi⁷)；章回體的歷史小説．

②演戲($\sim$hi³)；又説"搬戲"(pua$^{n1}\sim$)．

③演講($\sim$kang²)．　　　④演技($\sim$ki¹)；表演的技巧．

⑤演變($\sim$pian³)．　　　⑥演習($\sim$sip⁸)．

⑦演算($\sim$sng³)．　　　⑧演説($\sim$suat⁴)．

⑨演出($\sim$ts'ut⁴)．　　　⑩表演(piau²$\sim$)．

（822）【父】　　　fù（ㄈㄨ）

"父"字祇有一種讀音：(hu⁷)，但亦被訓讀爲(pe⁷)，如"老父"(lau⁵pe⁷)，惟(pe⁷)另有字爲"爸"，以下爲(hu⁷)的詞例。

(例)　①父母($\sim$bə²／bu²)；口語説"爸母"(pe⁷bə²／bu²)．

②父系($\sim$he⁷)．　　　③父老($\sim$lə²)；泛指年長者．

④父兄($\sim$heng¹／hing¹)；泛指家長．

⑤父子($\sim$tsu²)；口語爲"爸子"(pe⁷kia^{n2})．

⑥父親(～ts'in¹)；口語說"阿爸"(a¹pa⁵)，又說"老爸"(lau⁷pe⁷).

⑦叔父(tsek⁴～)；口語"阿叔"(a¹～). ⑧老父(lau⁷～).

⑨伯父(peh⁴～)；口語"阿伯"(a¹peh⁴).

⑩祖父(tso²～)；口語"阿公"(a¹kong¹).

（823）【漸】　　jiàn（ㄐㄧㄢ）

按"漸"字官話讀(jiān)時，意爲"浸"或"流入"，台語則讀(tsiam¹)，如"漸染"(～liam²)，"東漸於海"(tong¹～u⁵／wu⁵hai²)。 官話讀(jiàn)時，意爲"逐步"、"漸漸"，台語通用音爲：(tsiam⁷)。

　　(例)　①漸變(～pian³)；逐步變化. ②逐漸(tiok⁸～).

　　　③漸進(～tsin³).　　　　　④漸次(～tsu³)；即漸漸.

　　　⑤漸漸(～〃)；一步一步慢慢地，口語說"匀匀仔"(un⁵〃a²).

（824）【血】　　xüè（ㄒㄩㄝ）

按"血"字官話音有(xie)和(xue)，台語讀音不受影響，均分文言音爲(hiat⁴)，白話音爲(hueh⁴／huih⁴)。官話音讀(xue)者如"血淋淋"，台語音爲(hiat⁴lim⁵〃)。但台語另有口語說"流血流滴"(lau⁵hueh⁴lau⁵tih⁴)，或"血流血滴"。一般官話通用音爲：(xue)。台語雖文白異讀而詞例大多互相通用。

Ⓐ 文言音：(hiat⁴)

　　(例)　①血壓(～ap⁴)；又口說音(hueh⁴～).

　　　②血型(～heng⁵／hing⁵)；又口語音(hueh⁴heng⁵).

　　　③血腥(～seng¹／sing¹)；血液的腥味.

　　　④血液(～ek⁸／ik⁸).　　　⑤血統(～t'ong²).

　　　⑥血親(～ts'in¹).　　　　⑦血清(～ts'eng¹／ts'ing¹).

Ⓑ 白話音：(hueh⁴／huih⁴)

　　(例)　①血肉(～bah⁴)；血和肉. ②血癌(～gam⁵)；白血球病.

③血筋(～kin^1)；即"血管"(～kng^2)．

④血汗(～kua^{n7})；血和汗．⑤血水(～tsui^2)．

⑥血球(hiat^4／hueh^{4}kiu^5)．⑦血色(～sek^4／sik^4)．

⑧血氣(～k'i^3)；文言音(hiat^{4}k'i^3)．　⑨流血(lau^5～)．

⑩放血(pang^3～)；下血，又"吐血"(t'o^3～)，"嘔血"(au^2～)．

（825）【歡】　　huān（ㄏㄨㄢ）

"歡"字白話音爲：(hua^{n1})，但語例并不多，除"歡喜"(～hi^2)以外
罕見，一般通用的是文言音：(huan^1)。

　　(例)　①歡迎(～geng^5／ging^5)．②歡欣(～him^1)；快樂興奮．

③歡呼(～ho^1)．　　　　④歡樂(～lok^8)．

⑤歡騰(～t'eng^5)；歡喜得手舞足蹈．⑥歡聲(～sia^{n1})．

⑦歡心(～sim^1)．⑧歡聚(～tsu^7)；快樂地團聚．

（826）【械】　　xiè（ㄒㄧㄝ）

"械"字祇有一種讀法；(hai^7)

　　(例)　①械鬥(～to^3)；用武器打群架．

②機械(ki^1～)．　　　　③繳械(kiau^2～)；繳出武器．

（827）【掌】　　zhǎng（ㄓㄤ）

A 文言音：(tsiang^2)／(tsiong^2)

　　(例)　①掌握(～ap^4)；又口語説"攏"(lang^2)．

②掌故(～ko^3)；歷史上的人、事、物事蹟、制度沿革．

③掌管(～kuan^2)；口語説"攏頭"(lang^{2}t'au^5)．

④掌櫃(～kui^7)；商店老板或主管，又叫"頭家"(t'au^{5}ke^1)．

⑤掌聲(～sia^{n1})；口語説"噗仔聲"(p'ok^{4}a^{2}sia^{n1})．

⑥掌心(～sim^1)；又音(tsiu^{n2}／tsio^{n2}sim^1)，即手心．

⑦掌中班(～tiong¹pan¹)；指"布袋戲"(po³te⁷hi³).

B 白話音：(tsiu^{n2}／tsio^{n2})

(例)　①熊掌(him⁵～)；又音(him⁵tsiang²)；熊的腳掌.
②斷掌(tng⁷～)；手掌橫紋線連貫兩端. ③手掌(ts'iu²～).

（828）【歌】　　　gē（ㄍㄜ）

A 文言音：(kə¹)　語例大多與白話音通用

(例)　①歌舞昇平(～bu²seng¹peng⁵)；歌舞團(～bu²t'uan⁵)，
又音(kua¹bu²t'uan⁵).　　②歌詠(～eng²／ing²)；即唱歌.
③歌功頌德(～kong¹siong⁷tek⁴／tik⁴)；歌頌功積和恩德.
④歌訣(～kuat⁴)；句子整齊的口訣. ⑤詩歌(si¹～).

B 白話音：(kua¹)

(例)　①歌仔(～a²)；民間歌謠，有5字一句、有7字一句，句尾押
韻，長者數百句，又叫"七字仔"，內容通俗，有歷史故事、戀愛、
勸世等. ②歌仔冊(～a²ts'eh⁴)；收錄歌仔的小冊子.
③歌仔戲(～hi³)；民間歌劇，一邊唱"歌仔"一邊動作，盛行於
閩南和台灣的獨特歌劇. 歌仔戲跟歌仔不同，但有共同的題材.
④歌喉(～au⁵).　　　⑤歌謠(～iau⁵／yau⁵).
⑥歌劇(～kek⁴／kik⁴).　⑦歌曲(～k'ek⁴／k'ik⁴).
⑧歌譜(～p'o²).　　　⑨歌詞(～su⁵).
⑩歌廳(～t'ia^{n1})；聽唱流行歌或大眾歌曲的小劇場.
⑪褒歌(pə¹～)；盛行於閩南、台灣的民間小調，係在勞動、
行船或路上男女褒唱的盤歌形式，兩句或四句不定，隨想隨唱，
一問一答.　　　　⑫聽歌(t'ia^{n1}～).

（829）【沙】　　　shā（ㄕㄚ）

A 文言音：(sa¹)，語例不多，以白話音較通用.

(例)　①沙門(～bun^5)；泛稱出家的佛教徒．

②沙茶(～te^1)．　　　　③豆沙(tau^7～)；紅豆餡兒．

④沙彌(～mi^5)；指初出家的年輕小和尚．

⑤[聲音]沙沙(～〃)；聲音沙啞不響亮．

B 白話音：(sua^1)

(例)　①沙漠(～bo^5)．　　②沙眼(～gan^2)，又作"砂眼"．

③沙沙(～〃)；像沙粒的樣子，"西瓜食着沙沙"(si^{1}kue^{1}tsiah^8

tiəh^8～〃)；西瓜吃起來像沙的樣子(好吃)．　④沙灘(～t'ua^{n1})．

⑤沙塵(～tin^5)；即飛揚的細沙土．⑥沙魚(～hi^5)；鯊魚．

⑦沙土(～t'o^5)；即砂土．　⑧風沙(hong^7～)；即風砂．

（830）【著】　　　zhù（ㄓㄨ）

"著"字的讀音爲：(ti^3／tu^3)，(ti^7)

Ⅰ [ti^3／tu^3]：①著名(～mia^5)．②著述(～sut^4)．

③著者(～tsia^2)．　　　④著作(～tsok^4)．

⑤卓著(tok^4～)；即顯著．⑥著稱(～ts'eng^1／ts'ing^1)；著名．

⑦顯著(hian^2～)．　　　⑨名著(mia^5～)．

Ⅱ [ti^7]：用作介詞，如官話的"在"，例"著厝"(～ts'u^3)；在家．

"著啥時陣"(～sia^{n2}si^{5}tsun^7)；在什麼時候．"滯著日本"(tua^3

～Jit^{8}pun^2)；住在日本．惟"著"(ti^7)又有諧音作"佇"字或訓用

"在"字。

（831）【剛】　　　gāng（ㄍㄤ）

按"剛"字白話音爲(kang^1)，惟語例罕見，一般通用文言音(kong^1)。

(例)　①剛健(～kian^7)；(性格)堅強．②剛強(～kiong^5)．

③剛毅(～ge^7)；剛強堅毅．④剛烈(～liat^8)；剛強有氣節．

⑤剛直(～tit^8)；剛強正直，又口語爲"土直"(t'o^2～)．

383

⑥土剛(t'o²～)；諧"土公"，粗鄙、壞夫．

（832）【攻】　　gōng（ㄍㄨㄥ）

"攻"字的讀音祇有一種：(kong¹)

（例）　①攻訐(～kiat⁴)；揭發短處或醜事．

②攻擊(～kek⁴／kik⁴)．　③攻克(～k'ek⁴／k'ik⁴)．

④攻勢(～se³)；進攻的形勢、行動．

⑤攻打(～taⁿ²)．　　　⑥攻讀(～t'ok⁸)；專心研修．

⑦專攻(tsuan¹～)；專業，鑽研．⑧圍攻(ui⁵～)；包圍攻擊．

（833）【謂】　　wèi（ㄨㄟ）

"謂"字的讀音祇有一種：(ui⁷／wi⁷)

（例）　①謂語(～gu²)；亦說"謂詞"(～su⁵)；陳述主語(詞)的情
況如何的句子成分．

②何謂……(hə⁵～……)；什麼叫做……。

③可謂……(k'ə²～……)；可以說(是)……。

④所謂(so²～)；所說的．　⑤稱謂(ts'eng¹～)；稱呼．

（834）【盾】　　dùn（ㄉㄨㄣ）

"盾"字的讀音爲：(tun²)

（例）　①盾牌(～pai⁵)．　　②後盾(au⁷／ho⁷～)；支持者．

③金盾(kim¹～)；金質盾牌．④矛盾(mau⁵～)；互相對立、抵觸．

（835）【討】　　tǎo（ㄊㄠ）

"討"字祇有一種讀法：(t'ə²)

（例）　①討海(～hai²)；捕魚，"討海人"(～lang⁵)；漁夫．

②討好(～hə²)；迎合他人．口語 " 扶挺 "(p'o⁵t'aⁿ²)．

384

③討伐(～huat⁸);出兵攻打. ④討厭(～ia³／ya³).

⑤討價(～ke³);要價，口語説"出價"(tsut⁴～).

⑥討客兄(～k'eh⁴hiaⁿ¹);女子與男人通姦.

⑦討論(～lun⁷). ⑧討命(～mia⁷);作祟、索命.

⑨討飯(～png⁷);要飯吃. ⑩討趁(～t'an³);謀生.

⑪討(賬)數(～siau³);收回賒賬(欠)的錢.

⑫討查姥(～tsa¹bo²);有妻子的男人與女子發生不正常的關係.

⑬討債(～tse³);浪費. ⑭討情(～tseng⁵／tsing⁵);求情.

⑮討錢(～tsiⁿ⁵);要錢. ⑯檢討(kiam²～).

⑰探討(t'am³～);探索研究.

（836）【晚】　　　　wǎn （ㄨㄢˇ）

Ⓐ文言音：(buan²)

　(例)　①晚年(～lian⁵);即老的時候. ②晚安(～an¹).

　③晚輩(～pue³);又説"下輩"(e⁷pue³). ④晚報(～pə³).

Ⓑ白話音：(mng²)，按漳音爲(mui²)

　(例)　①晚(子)囝仔(～kiaⁿ²／gin²a²);老年生的子女.

　②晚冬(～tang¹). ③晚稻(～tiu⁷);插秧期或成熟期晚的稻子.

Ⓒ按"晚"字有被諧音(仿官話音)讀成(uan²／wan²)。

　(例)　①晚會(～hue⁷). ②晚報(～pə³);又音(am³pə³).

　③晚車(～ts'ia¹);又音(am³ts'ia¹).

　但，實際上台語裡"晚"的語義口語説"暗"(am³)，故通用"暗會"、
"暗報"、"暗車"以及"暗時"(晚上)、"暗飯"(～png⁷);晚飯，或
説"暗頓"(～tng³)。表示"遲晚"者有"晏"(uaⁿ³／waⁿ³)，如"晏食"
(～tsiah⁸);吃得晚，"晏睏"(～k'un³);睡得遲(晚)，"晏來"(～
lai⁵);來得晚，又説"慢來"(ban⁷lai⁵)。"晚"字在台語裡又被訓用
爲"慢"(ban⁷)的意思。如"慢婚"(～hun¹);晚婚，是"早"的反義語。

（837）【粒】 lì（ㄌㄧ）

A 文言音：(lip⁸)，如"粒粒皆辛苦"(～kai¹sin¹k'o²)；語例不多。

B 白話音：(liap⁸)

（例）　①粒仔(～a²)；疙瘩. ②粒積(～tsek⁴)；一點一滴地累積.

③飯(水少)粒粒(png⁷[tsui²tsiə²]～〃)；(煮飯時水放少)飯乾結、鬆散. ④大粒藥丸(tua⁷～iəh⁸uan⁵).

⑤大粒汗細粒汗(tua⁷～kuaⁿ⁷se³～kuaⁿ⁷)；大小汗珠(滿是汗水).

（838）【亂】 luàn（ㄌㄨㄢ）

"亂"只有一種讀法：(luan⁷)

（例）　①亂拔(～ia⁷／ya⁷)；胡亂地散播.

②亂紛紛(～hun¹〃)；形容雜亂紛擾. ③亂講(～kong²).

④亂判(～p'uaⁿ³)；胡亂地判決、判案. ⑤亂世(～se³).

⑥亂糟糟(～tsau¹〃)；雜亂無章，又説"亂操操"(～ts'au¹〃).

⑦淫亂(im⁵／yim⁵～)；性慾強而不貞.

⑧毋通來亂(m⁷t'ang¹lai⁵～)；不要來擾亂. ⑨混亂(hun⁷～).

按"亂"又説"亂使"……(～su³……)，如"亂使講"(～kong²)；即亂講.

（839）【燃】 rán（ㄖㄢ）

"燃"字祇有一種讀音(jian⁵／lian⁵)

（例）　①燃料(～liau⁷).　②燃燒(～siə¹).

③燃眉之急(～bi⁵tsi¹kip⁴)；喻非常緊迫的狀況.

按"燃"有被訓用讀成(hiaⁿ⁵). ①燃火(～hue²／he²).

②燃茶(～te⁵)；燒茶水.　③燃柴(～ts'a⁵)；燃木柴.

（840）【矛】 mǎo（ㄇㄠ）

"矛"字的讀音祇有一種：(mau⁵)是一種武器

386

(例)　①矛盾(～tun²)．　　②矛頭(～t'au⁵)．

（841）【乎】　　　　hū（ㄏㄨ）

I [hoᵒ／ho³]：①不亦樂乎(put⁴ek⁴lok⁸～)．
②出乎意料(ts'ut⁴～i³／yi³liau⁷)．

II [hoⁿ⁷]：①有來乎(u⁷／wu⁷lai⁵～)；來了吧．
②汝卜去乎(li²beh⁴／bueh⁴k'i³～)；你要去吧．

（842）【殺】　　　　shā（ㄕㄚ）

"殺"字的讀音爲(sat⁴)；但台語常用"刣"(t'ai⁵)。

(例)　①殺害(～hai⁷)．　　②殺意(～i³／yi³)．
③殺人(～jin⁵)；口語説"刣人"(t'ai⁵lang⁵)．
④殺氣(～k'i³)；兇惡(有殺傷他人)的氣勢．
⑤殺戮(～liok⁸)；大量殺害．又説 "屠殺"(to²～)．
⑥殺生(～seng¹／sing¹)；殺害有生命的動物．
⑦殺傷(～siong¹)．　　⑧誤殺(ngo⁷～)．
⑨毒殺(tok⁸～);用毒物殺害．⑩他殺(t'aⁿ¹～)；即被殺．
⑪自殺(tsu⁷～)．　　⑫心眞殺(sim¹tsin¹～)；心兇狠．
⑬刣雞(～ke¹)；殺雞，"刣豬"(～ti¹)；宰豬．
⑭相刣(siə¹～)；打仗．⑮相殺 (siong¹～)；互相抵賬 (消)．

（843）【葯／藥】　　　　yào（ㄧㄠ）

"葯"字的文言音爲(iok⁸／yok⁸)；但通用的爲白話音；(io⁸／yoh⁸)。

(例)　①葯味(～bi⁷)；中葯方中葯的總稱．
②葯方(～hng¹)；又叫"處方"(ts'u³～)，" 藥單 "(～ tuaⁿ¹)．
③葯氣(～k'i³)；葯的氣味、效力．
④葯粉(～hun²)．　　⑤葯膏(～kə¹)；糊狀或膠狀的藥．

387

⑥藥罐(〜kuan³)；又説"給燒仔"(kip⁴siə¹a²).

⑦藥力(〜lat⁸)；即藥的效力，藥氣也.

⑧藥粕(〜pəh⁴)；不能再熬的藥滓渣，熬第一次叫"藥頭"(〜t'au⁵)；熬第二次叫"藥渣"(〜tse¹).

⑨藥帖(〜tiap⁴)；用紙包的藥材，一包叫一帖.

⑩藥水(〜tsui²).　　⑪藥酒(〜tsiu²).

⑫藥草(〜ts'au²)；即草藥，又叫"藥頭仔"(〜t'au⁵a²).

⑬藥丸(〜uan⁵／wan⁵).　⑭火藥(hue²〜).

⑮激(劇)藥(kek⁸／kik⁸〜)；毒藥.

（844）【寧】　　níng〜nìng（ㄋㄧㄥ）

Ⅰ 官話讀(níng)，台語讀(leng⁵／ling⁵)。

　（例）　①寧靜(〜tseng⁷／tsing⁷).　②安寧(an¹〜).

Ⅱ 官話讀(nìng)，台語讀(leng⁷／ling⁷)。

　（例）　①寧願(〜guan⁷).　　②寧可(〜k'ə²).

　③寧死不屈(〜si²put⁴k'ut⁴).

（845）【魯】　　lǔ（ㄌㄨ）

"魯"字的讀法祇有一種；(lo²)

　（例）　①魯莽(〜bong²)；輕率.

　②愚魯(gu⁵〜)；愚笨輕率. ③粗魯(ts'o¹〜).

（846）【貴】　　guì（ㄍㄨㄟ）

"貴"字祇有一種讀法；(kui³)

　（例）　①貴恙(〜iong⁷／yong⁷)；敬語、稱對方的病.

　②貴庚(〜ke^{n1}／ki^{n1})；敬詞、問對方的年齡.

　③貴妃(〜hui¹).　　　④貴氣(〜k'i³)；即高貴.

⑤貴重(～tiong⁷). ⑥貴賤(～tsian⁷)；高貴與卑賤.

⑦貴族(～tsok⁸). ⑧可貴(k'ə²～).

⑨寶貴(pə²～). ⑩珍貴(tin¹～).

（847）【鐘】　　zhōng（ㄓㄨㄥ）

"鐘"字的文言音爲：(tsiong¹)，但白話音(tseng¹／tsing¹)較通用。

(例)　①鐘鼓(～ko²)；鐘和鼓. ②鐘樓(～lau⁵).

③鐘錶(～piə²). ④鬧鐘(nau⁷～).

⑤…分鐘(…hun¹～). ⑥…點鐘(…tiam²～).

⑦時鐘(si⁵～). ⑧銅鐘(tang⁵～).

（848）【鍾】　　zhōng（ㄓㄨㄥ）

"鍾"字的文言音爲：(tsiong¹)

(例)　①鍾愛(～ai³). ②鍾情(～tseng⁵)；感情專注.

③鍾；姓氏的"鍾".

（849）【煤】　　méi（ㄇㄟ）

"煤"字的讀法祇有一種：(mui⁵／mue⁵)

(例)①煤油(～iu⁵)，又叫"番仔油"(huan¹a²～)；照明燃料用油.

②煤氣(～k'i³)；即瓦斯、燃料用.

③煤礦(～k'ong³). ④煤炭(～t'uaⁿ³).

⑤煤渣(～tse¹)：又叫"涂(土)炭屎"(t'o⁵t'uaⁿ³sai²).

（850）【讀】　　dú（ㄉㄨ）

Ⓐ文言音：(t'ok⁸)

(例)　①讀物(～but⁸). ②讀經(～keng¹／king¹).

③讀書(～su¹)；又音(t'ak⁸tsu¹)：口語説"讀册"(t'ak⁸ts'eh⁴).

④讀者(～tsia^2)． ⑤讀本(～pun^2)．

⑥閱讀(iat^8～)． ⑦宣讀(suan^1～)；公開地唸．

B 白話音：(t'ak^8)

(例) ①讀音(～im^1／yim^1)．②讀中學(～tiong^{1}hak^8／əh^8)．

③讀大學(～tai^{7}hak^8)．

（851）【班】　　　bān（ㄅㄢ）

"班"字的讀音祇有一種：(pan^1)

(例) ①班師(～su^1)；軍隊凱旋回來，或調回來．

②班級(～kip^4)． ③班底(～te^2)；基幹演員(人員)．

④戲班(hi^3～)；劇團． ⑤輪班(lun^5～)；輪流工作．

⑥上班(siong^7～)． ⑤值班(tit^8～)．

⑥一班人(tsit^8～lang^5)；一幫人．

（852）【伯】　　　bó（ㄅㄛ）

A 文言音：(pek^4／pik^4)

(例) ①伯母(～bu^2／bə^2)；口語說"阿姆"(a^{1}m^2)．

②伯父(～hu^7)． ③伯爵(～tsiok^4)．

B 白話音：(peh^4)

(例) ①伯公(～kong^1)；伯祖父．

②阿伯(a^1～)；伯伯或伯父． ③大伯(tua^7～)；伯父．

（853）【香】　　　xiāng（ㄒㄧㄤ）

A 文言音：(hiang^1)／(hiong^1)

I [hiang^1]：①香油(～iu^5／yiu^5)．②五香(ngo^2～)．

③肉桂味香香(jiok^{8}kui^{3}bi^7～)．④阿香(a^1～)；人名暱稱

II [hiong^1]：①香案(～an^3)；口語音爲(hiu^{n1}／hio^{n1}ua^{n3})；供神

的案桌. 　②香瓜($\sim$kua^1)；甜瓜.口語説"芳瓜"(p'ang^{1}kue^1).

③香料($\sim$liau^7)；口語説"芳料"(p'ang^{1}liau^7).

④香片($\sim$p'ian^3)；花茶，茉莉花茶.

⑤香蕉($\sim$tsiə^1)；口語説"芎蕉"(king^{1}tsiə^1).

⑥香皂($\sim$tsə^5)；口語説"芳雪文"(p'ang^{1}suat^{4}bun^5).

⑦芳香 (hong^1$\sim$)；花草香味，如讀口語 (p'ang^{1}hiu^{n1}) 則爲有香味的香.

B 白話音：(hiu^{n1}／hio^{n1})

(例) ①香案($\sim$ua^{n3})；即"香案桌"($\sim$təh^4).

②香火($\sim$hue^2)；供神用的香和燈火.

③香灰($\sim$hu^7)；香的灰燼.

④香煙($\sim$ian^1／yan^1)；燃着的香所生的煙.

⑤香客($\sim$k'eh^4)；朝山進香的人.

⑥香菇($\sim$ko^1). 　　　　⑦香爐($\sim$lo^5).

⑧香燭($\sim$tsek^4)；香和蠟燭. ⑨燒香(siə^7$\sim$).

⑩一把香(tsit^{8}pe^2$\sim$)；又"一枝香"(tsit^{8}ki^1$\sim$)；"一欉香"(tsit^8 tsang^5$\sim$). ⑪生做香香仔(se^{n1}／si^{n1}tsə^{3}hiu^{n1}〃a)；長得纖細瘦弱.

（ 854 ）【介】　　　　jiè（ㄐ丨ㄝ）

"介"字祇有一種讀法：(kai^3)

(例) ①介意($\sim$i^3／yi^3)；即在意(多用於否定)，如"毋免介意" (m^{7}bian^2$\sim$)；不必介意，又説"掛意"(kua^3$\sim$).

②介入($\sim$jip^8)；插進某事. ③介紹($\sim$siau^7).

④介詞($\sim$su^5)；即前置詞. ⑤媒介(mui^5／mue^5$\sim$).

⑥仲介(tiong^7$\sim$)；居中介紹.

（ 855 ）【迫】　　　　pò（ㄆㄛ）

按"迫"字的官話讀音有(pai如迫擊砲)和(po)，但台語的讀音則只有

一種(pek⁴／pik⁴)。

(例)　①迫害(～hai⁷)；壓迫加害．

②迫降(～kang³)；飛行中因故被迫降落．

③迫近(～kin⁷)；又説"迫倚"(～ua²／wa²)．

④迫不及待(～put⁴kip⁴t'ai⁷)；急迫得不能再等待．

⑤迫切(～ts'iat⁴)．　　⑥壓迫(ap⁴～)．

⑦強迫(kiong⁵～)；口語(kiang⁵～)．

（856）【句】　　jù（ㄐㄩ）

"句"字祇有一種讀法：(ku³)

(例)　①句法(～huat⁴)；句子的結構方式．

②句讀(～to⁷)；古文詞停頓的地方，句爲語義完整的部分，讀則否，但爲可小停的小段落．　　③文句(bun⁵～)．

④語句(gi²／gu²～)．　　⑤造句(tsə⁷～)．

（857）【豐(丰)】　　fēng（ㄈㄥ）

按"丰"字白話音爲(hang¹)；疑爲(p'ang¹)，如"丰沛"(～p'ai³)；充足喻有威勢、了不起，但語例殊少、一般通用文言音：(hong¹)。

(例)　①丰滿(～buan²)．　②丰盈(～eng⁵／ing⁵)；即丰滿．

③丰饒(～jiau⁵／liau⁵)；富饒、充足．④丰富(～hu³)．

⑤丰裕(～ju⁷)；富裕．　　⑥丰年(～lian⁵)；又音(～ni⁵)．

⑦丰碩(～sek⁴／sik⁴)；果實多而大．⑧豐盛(～seng⁷／sing⁷)．

⑨丰收(～siu¹)．　　⑩丰足(～tsiok⁴)．

（858）【培】　　péi（ㄆㄟ）

"培"字祇有一種讀音：(pue⁵)

(例)　①培訓(～hun³)；培養和訓練．

②培育(～iok^8／yok^8)．　③培養(～iong^2／yong^2)．
④培植(～sit^8)；栽培．　⑤栽培(tsai^1～)．

（859）【握】　　wò（ㄨㄛ）

"握"字白話音為；(ok^4)，如"握拳"(～kun^5)等語例不多，一般通用
文言音(ak^4)，亦有訛音為(at^4)，例如"握手"(ak^4／at^{4}ts'iu^2)；以下
為(ak^4)的語例．
　　(例)　①握別(～piat^8)；握手分別．②把握(pa^2～)．
　　　　③掌握(tsiang^2～)．

（860）【蘭】　　lán（ㄌㄢ）

"蘭"字讀音為：(lan^5)，"蘭花"(～hue^1)，"蝴蝶蘭"(o^{5}tiap^8～)．

（861）【擔／担】　　dān～dàn（ㄉㄢ）

Ⅰ　官話讀(dān)，台語的讀音分文言和白話兩種．
A 文言音：(tam^1)
　　　①擔架(～ka^3)；抬人用的布架子．②擔任(～jim^7／lim^7)．
　　　③擔保(～pə^2)；保證．　④擔心(～sim^1)；放心不下．
　　　⑤擔當(～tng^7)；負責．　⑥負擔(hu^7～)．
　　　⑦承擔(seng^7／sing^7～)；負起責任．
B 白話音：(ta^{n1})
　　　①擔燴起(～be^7／bue^{7}k'i^2)；挑不起、負不起責任．
　　　②擔擔(～ta^{n3})；挑擔子．③扁擔(pi^{n2}～)；扁形挑東西的竹棍子．
　　　④尖擔(tsiam^1～)；兩端削成尖形挑東西的竹棍子．
Ⅱ　官話讀(dàn)，台語亦分文白兩讀，但文言音(tam^3)用例殊少，
一般通用白話音：(ta^{n3})．
　　(例)　①擔子(～a^2)；攤子，如"路邊擔仔"(lo^{7}pi^{n1}～)；即擺在

路側的攤販，"菜擔仔"(ts'ai³～)；蔬菜攤販.

②擔頭(～t'au⁵)；擔子、喻責任. ③點心擔(tiam²sim¹～).

（862）【弦】　　xián（ㄒㄧㄢˊ）

A 文言音：(hian⁵)

(例)　①弦樂器(～gak⁸k'i³)；"管弦樂"(kuan²～).

②弦外之音(～gua⁷tsi¹im¹／yim¹)；喻言外之意.

③上(下)弦月(siong⁷[ha⁷]～guat⁸)；半圓的月亮.

B 白話音：(han⁵)；用繩子較鬆地拴縛的意思，"用索仔且弦咧"
(eng⁷／iong⁷səh⁴a²ts'ia^{n²}～le)；暫時用繩子拴一下。

（863）【蛋】　　dàn（ㄉㄢˋ）

"蛋"字的讀音祇有一種：(tan³)，語義同"卵"(lng⁷)；台語多用"卵".

(例)　①蛋黃(～hong⁵)；口語説"卵仁"(～jin⁵／gin⁵／lin⁵).

②蛋糕(～kə¹)；口語説"雞卵糕"(ke¹～kə¹).

③蛋白質(～pek⁸／pik⁸tsit⁴). ④皮蛋(p'i⁵～).

（864）【沈】　　chén（ㄔㄣˊ）shěn（ㄕㄣˇ）

按"沈"字官話有讀作：(shen)，台語讀：(sim²)，用於姓氏，"沈"
字 官話讀(chen)時，台語則分白話音(tiam⁵)和文言音(tim⁵)，前者
用例較少，有"沈落去"(～loh⁸k'i³)；即沈下去，一般通用文言音。

(例)　①沈默(～bek⁸／bik⁸)；少説話.

②沈悶(～bun⁷)；沈重煩悶. ③沈没(～but⁸)；沈入水中.

④沈香(～hiu^{n1}／hio^{n1})；有香味的木材又叫伽南香.

⑤沈思(～su¹)；深入思考. ⑥沈睡(～sui⁵)；熟睡.

⑦沈重(～tang⁷)；分量大、程度深.

⑧沈澱(～tian⁷). 　　　⑨沈痛(～t'ong³)；深深的悲痛.

⑩沈着(～tiok⁸)；鎮靜、不慌不忙，口語說"在在"(tsai⁷〃)．

⑪沈積(～tsek⁴／tsik⁴)；沈澱、堆積．

⑫沈靜(～tseng⁷／tsing⁷)；寂靜、平靜．

⑬浮沈(hu⁵～)．　　⑭消沈(siau¹～)；情緒低落．

（ 865 ）【假】　　　jiǎ～jià（ㄐㄧㄚ）

官話讀(jiǎ)，台語的讀法分文言和白話兩種．

◻文言音：(ka²)

①假名(～beng⁵／bing⁵)；日文的字母．

②假寐(～bi⁷)；口語說"目捎是"(bak⁸sa¹si⁷)，不脫衣服小睡．

③假若(～jiok⁸)．　　④假如(～ju⁵)．

⑤假公濟私(～kong¹tse⁵su¹)；假借公家名義取得私人利益．

⑥假冒(～mo⁷)；冒充．　⑦假釋(～sek⁴／sik⁴)；暫時釋放．

⑧假設(～siat⁴)．　　⑨假使(～su²)．

⑩假定(～teng⁷／ting⁷)．　⑪假借(～tsioh⁴／tsia³)；臨時借用．

◻白話音：(ke²)

①假的(～e)．　　　②假面具(～bin⁷k'u⁷)．

③假勢(～gau⁵)；自做聰明．④假意(～i³)；虛假的心意．

⑤假佯(～iaⁿ³)；虛假的．　⑥假袍(～pau⁵)；冒充．

⑤假死(～si²)；裝死．　⑧假仙(～sian¹)；欺騙、裝假．

⑨假痟(～siau²)；裝傻．　⑩假做…(～tsə³…)；假裝爲…．

官話讀(jià)，台語文言音爲(ka³)，白話音爲(ke²)，惟白話音詞
罕見，通用文言音而多讀第二聲(變調)爲(ka²)．

　（例）　①假期(ka²ki⁵)．　　②假日(～jit⁸／lit⁸)．

　③婚假(hun¹～)．　　　④放假(pang³／hong³～)．

　⑤准假(tsun²～)；核准放假．⑥休假 (hiu¹～)；按規定停止工作**或學**

習，或這種期間．⑦補假 (po²～)；給予應休假而沒休假者以休假．

（866）【穿】　　　chuān（ㄔㄨㄢ）

A 文言音：(ts'uan¹)

(例)　①穿孔(～k'ong²)；口語音(ts'ng¹k'ang¹).
②穿山甲(～san¹kah⁴)；口語説"鯪鯉"(la⁵li²).
③穿戴(～tai³)；穿的和戴的.
④穿着(～tiok⁸)；裝束，口語説"衫穿"(san¹tseng⁷／tsing⁷).
⑤穿插(～ts'ah⁴)；插(夾)入一些情節，讀口語爲(ts'eng⁷ts'ah⁴)；
意爲衣着、打扮. ⑥穿鑿(～ts'ok⁸)；牽強地解釋，附會.
⑦穿越(～uat⁴／wat⁴)；跨過. ⑧貫穿(kuan³～)；通過、透過.

B 白話音：(ts'ng¹)

(例)　①穿(空)孔(～k'ang¹). ②穿梭(～so¹)；形容來往頻繁.
③穿線(～sua^n3). 　　④穿針引線(～tsiam¹in²／yin²sua^n3).
⑤一穿一穿(tsit⁸～tsit⁸～)；一個小孔、一個小孔.
⑥蛀穿(tsiu³～)；蛀孔.

C 訓讀音：(ts'eng⁷／ts'ing⁷)

(例)　①穿孝(～ha³)；穿孝服. ②穿互好(～ho⁷hə²)；穿好.
③穿(美)水衫(～sui²sa^n1)；穿漂亮的衣服.

（867）【執】　　　zhí（ㄓ）

"執"字的讀法祇有一種：(tsip⁸)

(例)　①執迷不悟(～be⁵put⁴ngo⁷)；堅持錯誤而不覺悟.
②執行(～heng⁵／hing⁵). ③執法(～huat⁴)；執行法律.
④執意(～i³／yi³)；堅持自己的意見.
⑤執事(～su⁷)；事務擔任者. ⑥執政(～tseng⁵)；掌理政治.
⑦執照(～tsiau³)；許可證. ⑧執掌(～tsiang²)；掌管.
⑨執着(～tiok⁸)；對某事堅持到底，有"固執"(ko³～)之意.
⑩回執(hue⁵～)；憑單，又叫"收執"(siu¹～).

（868）【答】　　　　dá（ㄉㄚˊ）

按"答"字的官話讀音有(dā)和(dá)，台語讀法並不因而有所不同，祇分文言和白話兩種。

A 文言音：(tap⁴)

(例)　①答案($\sim$an³).　　②答復($\sim$hok⁸).

③答禮($\sim$le²)；即返禮.　④答辯($\sim$pian⁷)；以答復方式辯護.

⑤答謝($\sim$sia⁷).　　⑥答詞($\sim$su⁵)；回報謝意的言詞.

⑦問答(bun⁷$\sim$).　　⑧報答(pə³$\sim$).

B 白話音：(tah⁴)

(例)　答應($\sim$eng³／ing³)，又音(tap⁴eng³).

（869）【樂】　　　lè（ㄌㄜˋ）yüè（ㄩㄝˋ）

I 官話讀[le]，台語讀(lok⁸)

(例)　①樂園($\sim$hng⁵).　　②樂意($\sim$i³／yi³)；甘心願意.

③樂觀($\sim$kuan¹).　　④樂土($\sim$t'o²).

⑤樂天($\sim$t'ian¹)；安於自己的處境，没任何憂慮.

⑥樂趣($\sim$ts'u³).　　⑦歡樂(huan¹$\sim$).

⑧快樂(k'uai³$\sim$).　　⑨暢樂(t'iong³$\sim$)，亦説"樂暢".

II 官話讀[yue]，台語讀(gak⁸)

(例)　①樂器($\sim$k'i³).　　②樂曲($\sim$k'iok⁴).

③樂譜($\sim$p'o²).　　　④樂隊($\sim$tui⁷)；演奏音樂的組織.

⑤樂團($\sim$t'uan⁵)；演出音樂的團體.

（870）【誰】　　　shuí（ㄕㄨㄟˊ）

按"誰"字的讀音有文言音：(sui⁵)，白話音：(tsui⁵)，一般俗音作(tsia⁵)，但通常口語則説"啥人"(siaⁿ²lang⁵→siang⁵)。

如；伊是啥人(yi¹si⁷siang⁵)；他是誰？

（871）【順】　　　　shùn（ㄕㄨㄣˋ）

"順"字祇有一種讀法：(sun^7)

　　(例)　①順月(～gueh^4／geh^4)；臨產(生小孩)之月．

　　②順風(～hong^1)；送行用語，祝一路平安之意．

　　③順延(～ian^5／yan^5)；依序延期．

　　④順行(～kia^{n5})；送客歸去的用語．

　　⑤順耳(～ni^2)；又説"中聽"(teng^{3}t'ia^{n1})；聽着舒服．

　　⑥順路(～lo^7)；順道、順着路線折往某處．

　　⑦順利(～li^7)．　　　　⑧順便(～pian^7)．

　　⑨順序(～su^7)．　　　　⑩順續(～sua^3)；乘便(兼辦某事)．

　　⑪順差(～ts'a^1)；即出超(出口多過進口)，反語爲"逆差"(gek^8／gik^{8}ts'a^1)．　　　　⑫順從(～tsiong^5)．

　　⑬順手(～ts'iu^2)．　　　　⑭風調雨順(hong^{1}tiau^{5}u^2／wu^2～)．

（872）【煙】　　　　yān（ㄧㄢ）

"煙"字的讀法祇有一種：(ian^1／yan^1)，惟台語則多用"熏"(hun^1)表"煙"的語義。

　　(例)　①煙霧(～bu^7)；泛指煙霧雲氣等．

　　②煙雲(～hun^5)；飄散不定，像煙氣和雲．

　　③煙花(～hua^1)；指與娼妓有關者，如"煙花女"(～lu^2／li^2)．

　　④煙火(～hue^2)；即焰火，發射在夜空暴出彩色的火花．

　　⑤煙斗(～tau^2)；口語爲"熏斗"(hun^{1}tau^2)．⑥煙筒(～tang^5)；即煙囪．⑦煙草(～ts'au^2)；口語爲"熏草"(hun^1～)．

　　⑧香煙(hiong^1～)；口語爲(hiu^{n1}ian^1)；香的煙．

（873）【縮】　　　　suō（ㄙㄨㄛ）

按"縮"字一般讀音爲：(sok^4)～(siok^4)，但亦有訓讀音爲(kiu^1)～

(kiu³)，漢字作"勼"。

　　I [sok⁴／siok⁴]：①縮影(～eng²／ing²)，或(～iaⁿ²／yiaⁿ²)．
　　　②縮寫(～sia²)；略寫． ③縮小(～siau²)．
　　　④縮短(～tuan²)；變短． ⑤緊縮(kin²～)；即縮小．
　　II [kiu¹／kiu³]：按布類因吸水而縮短是(kiu³)，音如"救"，叫
　　　"勼水"(～tsui²)．頭、腳、手收縮叫(kiu¹)，如"勼腳勼手"(～
　　　k'a¹～ts'iu²)．又"勼倒轉去"(～tə²tng²k'i³)；即縮回去．

（874）【徵】　　　zhēng（ㄓㄥ）

"徵"字的讀法爲：(tseng¹／tsing¹)

　　(例)　①徵文(～bun⁵)；徵集文稿．②徵用(～iong⁷／yong⁷)．
　　　③徵求(～kiu⁵)． ④徵購(～ko³)；根據法律購買．
　　　⑤徵兵(～peng¹／ping¹)．⑥徵聘(～p'eng³／p'ing³)；招聘．
　　　⑦徵象(～siong⁷)；徵候、兆象．⑧徵收(～siu¹)．
　　　⑨徵詢(～sun⁵)；徵求意見，探聽意見．
　　　⑩徵調(～tiau³)；徵集調用．⑪徵兆(～tiau⁷)；預兆、兆示．
　　　⑫徵集(～tsip⁸)；官方的公開收集、征募．
　　　⑬應徵(eng³／ing³～)． ⑭特徵(t'ek⁸～)．

（875）【征】　　　zhēng（ㄓㄥ）

"征"字祇有一種讀音：(tseng¹／tsing¹)，與"徵"同音而語義異．

　　(例)　①征服(～hok⁸)；用力量使屈服．
　　　②征伐(～huat⁸)；討伐． ③征帆(～p'ang⁵)；運行的船．
　　　④征討(～t'ə²)． ⑤征途(～to⁵)；遠行的路途．
　　　⑥出征(ts'ut⁴～)． ⑦征戰(～tsian³)；出征作戰．

（876）【喜】　　　xǐ（ㄒㄧ）

"喜"字讀音祇有一種：(hi²)

    (例) ①喜愛(～ai³)；又説"意愛"(i³／yi³～)．

    ②喜劇(～kek⁸／kik⁸)；皆大歡喜收場的戲劇．

    ③喜事(～su⁷)．   ④喜氣(～k'i³)；歡喜的氣氛．

    ⑤喜色(～sek⁴／sik⁴)；歡喜的面色、神色．

    ⑥賀喜(hə⁷～)．   ⑦喜酒(～tsiu²)；即結婚的酒席．

    ⑧喜鵲(～ts'iok⁴)；一種報喜的吉鳥．

    ⑨歡喜(huaⁿ¹～)；高興． ⑩有喜(u⁷／wu⁷～)；喻懷孕．

（877）【鬆】   sōng（ㄙㄨㄥ）

"鬆"字的文言音爲：(song¹)，但語例不多，如：①鬆懈(～hai⁷)；
注意力不集中，關係不密切．②鬆散(～san³)．③蓬鬆（p'ong⁵～)；
即鬆散．一般通用的讀音爲白話音(sang¹)。

    (例) ①鬆化化(～hua³〃)；即鬆散分離，如 "蕃薯鬆化化"
(huan¹tsu⁵～)；地瓜鬆散可口(没粘性)．②鬆散(～suaⁿ³)．
③輕鬆(k'in¹～)．   ④乾鬆(ta¹～)；乾燥而鬆爽．
⑤香灰鬆鬆(hiuⁿ¹／hioⁿ¹hu¹～〃)；香的灰燼鬆軟．

（878）【松】   sōng（ㄙㄨㄥ）

"松"字的官話音與"鬆"同，故有借用爲簡體字，惟兩者語義並不同，
台語裡這兩字讀法完全不同。

按"松"字台語的白話音爲(ts'eng⁵／ts'ing⁵)；"松樹"(～ts'iu⁷)．"松
仁"(～jin⁵／lin⁵)等語例不多，一般通用的是文言音：(siong⁵)。

    (例) ①松明(～beng⁵／bing⁵)；點燃照明用的松樹枝．

    ②松香(～hiong¹)；松脂蒸餾後剩下的物質，爲油漆、肥皂、
造紙等原料．   ③松鼠(～ts'i²)；又叫"椪鼠"(p'ong³～)．
④松柏常青（～pek⁴siong⁵ts'eng¹／ts'ing¹)；喻長久不衰老．

④松濤(～tə⁵)；松樹枝因風吹動發出如波濤之聲.

（879） 【腳】　　　jiǎo（ㄐㄧㄠ）

按"腳"字的字音(文言)爲(kiok⁴)，訓讀音爲(k'a¹)，雖然(k'a¹)的漢字有"骹"、"跤"，但一般均通用"腳(脚)"字.

（例） ①腳后骭(～au⁷teⁿ¹／tiⁿ¹)；腳跟，"骭"又作"靪".

②腳后肚(～to²)；小腿的背部、腓，小腿肚子，又説"腳肚".

③腳目(～bak⁸)；指腳踝隆起部分的骨.

④腳印(～in³／yin³).　　⑤腳迹(跡)(～jiah⁴).

⑥腳爪(～jiau²)；動物的腳爪子.

⑦腳氣(～k'i³)；缺乏維他命B所引起的腳氣病(～peⁿ⁷／piⁿ⁷)，會水腫或麻痺.　　⑧腳骨(～kut⁴)；指腳或腳的骨.

⑨腳球(～kiu⁵)；足球.　　⑩腳臁(～liam⁵)；脛骨.

⑪腳鐐(～liau⁵)；套在腳部限制行動的刑具.

⑫腳帛(～peh⁸)；婦女纏腳用的長布條.

⑬腳步(～po⁷).　　⑭腳埽(～sau¹)；品質不好.

⑮腳本(～pun²)；戲劇等的底本.

⑯腳賬(～siau³)；伙伴、人手，如"無腳賬"(bə⁵～)；人手不夠.

⑰腳踏車(～tah⁸ts'ia¹)；又説"鐵馬"(tih⁴be²).

⑱腳筒(～tang⁵)；小腿的正面部分、脛.

⑲腳蹄(～te⁵)；腳掌.　　⑳腳擋(～tong³)；腳踩的刹車.

㉑腳桶(～t'ang²)；洗腳、洗衣用大型木盆.

㉒腳頭窩(～t'au⁵u¹／wu¹)；膝蓋頭.

㉓腳腿(～t'ui²)；指大腿.　㉔腳脊后(～au⁷)；背後.

㉕腳脊(～tsiah⁴)；背部，又説"腳脊骿(～p'iaⁿ¹).

㉖腳脊溝(～kau¹)；背部低凹的長溝.

㉗腳注(～tsu³).　　㉘山腳(suaⁿ¹～)；山麓.

401

㉙腳手(～ts'iu²)；腳和手，又人手、部下，"好腳手"(hə²～)；
動作敏捷，"無腳手"(bə⁵～)；没人手．

㉚腳倉(～ts'ng¹)；臀部，"腳倉孔"(～k'ang¹)；肛門，"腳倉頓"
(～pe²／pue²)；屁股，"腳倉后話"(～au⁷ue⁷)；背地裡説是非．

㉛無夠腳(bə⁵kau³～)；人不夠(賭博時)．

㉜當量詞用；1腳皮箱(tsit⁸～p'ue⁵／p'e⁵siu^{n1}／sio^{n1})；一個皮
箱．"2腳籃仔"(lng⁷～na⁵a²)；兩個籃子．

㉝架腳(k'ue³／k'e³～)；墊腳，又腳靠在上面．

㉞跛腳(k'ue⁵～)；因麻痺致腳不自由，"跛腳破相"(～p'ua³siu^{n3}
／sio^{n3})；跛腳殘障．　　㉟椅仔腳(i²a²～)；椅子底下．

㊱桌腳(təh⁴～)；桌子的腳，又桌子下面．

（880）【困】　　　kùn（ㄎㄨㄣ）

"困"字的讀音爲：(k'un³)

　（例）　①困厄(～ek⁴／ik⁴)；艱難的處境．

　②困惑(～hek⁸／hik⁸)．　③困乏(～huat⁸)；疲乏．

　④困境(～keng²／king²)．　⑤困苦(～k'o²)．

　⑥困難(～lan⁵)．　　　⑦艱困(kan¹～)；艱難困苦．

　⑧困守(～siu²)；在被圍困中堅守．

（881）【睏】　　　kùn（ㄎㄨㄣ）

"睏"字與"困"官話音同，台語的讀音亦爲：(k'un³)，但語義不同．

　（例）　①睏無夠眠(～bə⁵kau³bin⁵)；睡眠不足．

　②睏一大睏(～tsit⁸tua⁷～)；睡了一大覺．

　③愛睏(ai³～)；想睡．　④歇睏(hiəh⁴～)；休息．

　⑤停睏(t'eng⁵／t'ing⁵～)；歇息．⑥繪食繪睏(bue⁷／be⁷tsiah⁸
bue⁷／be⁷～)；因憂慮操心而寢食難安．

（882） 【異】　　　yì（丨）

"異"字的讀音爲(i^7／yi^7)，但多有鼻化韻的傾向爲；(i^{n7}／yi^{n7})。

（例）　①異議($\sim gi^7$)．　　②異鄉($\sim hiong^1$)；他鄉．

③異日($\sim jit^8$)；他日．　④異國($\sim kok^4$)；外國．

⑤異己($\sim ki^2$)；與自己不同立場、意見的人．

⑥異常($\sim siong^5$)；不同尋常、不正常．

⑦異性($\sim seng^3$／$sing^3$)．　⑧異地($\sim te^7$)；他鄉．

⑨異同($\sim tong^5$)；不同的地方和相同的地方．

⑩異端($\sim tuan^1$)；與正統思想不同的主張．

⑪優異(iu^1／$yiu^1 \sim$)．　⑫驚異($kia^{n1} \sim$)；驚奇感怪異．

（883） 【免】　　　miǎn（ㄇㄧㄢˇ）

"免"字的讀音只有一種：($bian^2$)

（例）　①免役($\sim ek^8$／ik^8)；免除勞役或兵役．

②免疫($\sim ek^8$／ik^8)；免除患某種傳染病．

③免刑($\sim heng^5$／$hing^5$)；免予刑事處分．

④免費($\sim hui^3$)；又說"免錢"($\sim tsi^{n5}$)．

⑤免來($\sim lai^5$)；不必來．　⑥免票($\sim p'iə^3$)；不要入門票．

⑦免不了($\sim put^4 liau^2$)．　⑧免除($\sim tu^5$／ti^5)；免掉．

⑨未免($bue^7 \sim$)；確實是．⑩免職($\sim tsit^4$)；解除職務．

⑪免罪($\sim tsue^7$)；不問罪、不做法律處分．

⑫難免($lan^5 \sim$)；免不了．⑬毋免($m^7 \sim$)；不必、不用．

⑭避免($pi^7 \sim$)；又訛音($p'iah^4 \sim$)．

（884） 【背】　　　bēi～bèi（ㄅㄟ）

按"背"字的官話讀音有：($bēi$)和($bèi$)兩種，但台語的讀音不受其影響而分歧，文言音均爲(pue^3)～(pue^7)，白話音爲(pe^3)～(pe^7)。

$\boxed{A}$ 文言音中[pue³]的語例不多如"背影"(〜ia^{n2}／yia^{n2})，"背心"(〜sim¹)；口語説"神仔"(kah⁴a²)等，一般通用[pue⁷]。

(例) ①背面(〜bin⁷)；口語説"倒面"(tə³bin⁷)．

②背後(〜au⁷)． ③背負(〜hu⁷)．

④背約(〜iok⁴／yok⁴)． ⑤背棄(〜k'i³)；違背和拋棄．

⑥背景(〜keng²／king²)． ⑦背離(〜li⁷)；違背、離開．

⑧背念(〜liam⁷)；背誦． ⑨背叛(〜p'uan³)；背離叛變．

⑩背信(〜sin³)；違反信義． ⑪背道而馳(〜tə⁷ji⁵ti⁵)．

⑫背書(〜su¹)；在票據背面簽章．

⑬[人心]向背[jin⁵sim¹](hiong³〜)；人心背離而去．

⑭手背(ts'iu²〜)． ⑮違背(ui⁵／wi⁵〜)；違反、背叛．

$\boxed{B}$ 白話音中：[pe³]的語例罕見，如"生背"(si^{n1}〜)；背瘡，一般通用：(pe⁷)。

(例) ①背包(〜pau¹)． ②背包袱(〜hok⁸)．

③背帶(〜tua³)；又説"吊帶"(tiau³〜)．

④背銃(〜ts'eng³／ts'ing³)；背着鎗．

（885）【星】　　　xīng（ㄒㄧㄥ）

$\boxed{A}$ 文言音：(seng¹／sing¹)

(例) ①星雲(〜hun⁵)；象雲霧一般的天體．②星期(〜ki⁵)．

③星夜(〜ia⁷／ya⁷)；有星的夜空下(多指在原野的活動)．

④星球(〜kiu⁵)；指星，因屬球形．⑤星河(〜he⁵)；指銀河．

⑥星座(〜tsə⁷)；星空的區域．⑦星空(〜k'ong¹)；有星的夜空．

⑧星散(〜san³)；如星散佈天空般、喻四散．

⑨星辰(〜sin⁵)；日月等星球的總稱．

⑩星斗(〜to²)；泛稱星． ⑪星宿(〜siu³)；星座有28宿．

⑫明星(beng⁵／bing⁵〜)；又音(beng⁵ts'e^{n1}／ts'i^{n1})．

$\boxed{B}$ 白話音：(ts'e^{n1}／ts'i^{n1})

　　(例)　①火星(hue^2／he^2～)．②救星(kiu^3～)；解脱別人的苦難．

　　③掃帚星(sau^{3}ts'iu^2～)；即彗星，又叫"長尾星"(tng^{5}bue^2～)．

　　④歹星(pai^{n2}～)；喻壞人．

（886）【福】　　　fú（ㄈㄨ）

按"福"字的白話音爲：(pak^4)，地名"長福"(Tng^5～)以外語例罕見，
一般均用文言音：(hok^4)。

　　(例)　①福利(～li^7)．　　　②福分(～hun^7)；即福氣．

　　③福音(～im^1／yim^1)；喻利於公衆的好消息．

　　④福氣(～k'i^3)；享受幸福的運氣．

　　⑤福地(～te^7)；招來幸福的土地．

　　⑥享福(hiang^2／hiong^2～)．⑦福祉(～tsi^2)；福利、幸福．

　　⑧幸福(heng^7／hing^7～)．⑨造福(tsə^7～)．

（887）【買】　　　mǎi（ㄇㄞ）

$\boxed{A}$ 文言音：(mai^2)

　　(例)　①買空賣空(～k'ong^{1}mai^{7}k'ong^1)；指空頭生意。

　　②買辦(～pan^7)；替外國資本家在本國推行經濟侵略的代理人．

$\boxed{B}$ 白話音：(be^2／bue^2)

　　(例)　①買賣(～be^7／bue^7)．②買命(～mia^7)；致命、要命．

　　③買主(～tsu^2)．　　　　④買收(～siu^1)；用財物拉攏．

（888）【染】　　　rǎn（ㄖㄢ）

$\boxed{A}$ 文言音：(liam^2)

　　(例)　①染病(～pe^{n7}／pi^{n7})；患病，又説"着病"(tiəh^{8}pe^{n7})．

　　②染指(～tsi^2)；喻分取非分的利益．③傳染(t'uan^5～)．

B 白話音：(ni²)

   (例)　①染料(～liau⁷)．②染布(～po³)；用染料把布着色．

   ③染色(～sek⁴／sik⁴)；用染料着色．

（889）【井】　　　jǐng（ㄐㄧㄥ）

A 文言音：(tseng²／tsing²)

   (例)　①井鹽(～iam⁵)．②井然(～jian⁵)；有秩序．

   ③井底之蛙(～te²tsi¹ua¹／wa¹)；喻見識狹小的人．

   ④井井有條(～〃iu²／yiu²tiau⁵)；喻條理分明．

B 白話音：(tseⁿ²／tsiⁿ²)

   (例)　①井水(～tsui²)．　　②油井(iu⁵／yiu⁵～)．

   ③天井(t'ian¹～)；院落．又説 " 深井 "(ts'im¹tseⁿ²／tsiⁿ²)；中庭、裡

（890）【概】　　　gài（ㄍㄞ）

按"概"字的讀法有：(kai³)和(k'ai³)兩者互相通用。

   (例)　①概要(～iau³／yau³)．②概況(～hong²)；大概的情況．

   ③概略(～liok⁸)；大略．　④概觀(～kuan¹)；概要地觀察．

   ⑤概念(～liam⁷)．　　　⑥概論(～lun⁷)．

   ⑦概算(～suan³)．　　　⑧梗概(keng⁵／king⁵～)；即概要．

   ⑨一概(it⁴～)．　　　　⑩大概(tai⁷～)．

（891）【慢】　　　màn（ㄇㄢ）

A 文言音：(ban⁷)

   (例)　①慢慢仔來(～〃a²lai⁵)；即不急不忙，又説"匀仔是"(un⁵
／wun⁵a²si¹)．　　　　　　②慢行(～kiaⁿ⁵)；慢走．

   ③慢性(～seng³／sing³)．④慢車(～tsia¹)．

   ⑤緊慢(kin²～)；快和慢，又早晚．又説 " 早慢 "(tsa²～)．

⑥慢一下仔(～tsit⁸e⁷a²)；晚了一點兒.

⑦慢且(～ts'ia^{n2})；慢點兒、等一下，又説"慢即"(～tsiah⁴)、
"慢者"(～tsia²).　　　⑧早慢(tsa²～)；即早晚.

⑨頇慢(han¹～)；低能，又作"含慢"、"緩慢"、"頇顢"(ham¹～).

⑩腳手慢鈍(k'a¹ts'iu²～tun⁷)；笨手笨腳.

B 白話音：(ban⁵) 按以下各例中 "慢" 字亦作 "蠻" 字。

(例)　①慢皮(～pue⁵／pe⁵)；喻反應遲鈍.

②慢火(～hue²／he²)；微弱的火.

③藥食了眞慢(ioh⁸tsiah⁸liau²tsin¹～)；服藥的效力緩慢.

④柴的火卡慢(ts'a⁵e⁵hue²k'ah⁴～)；木柴的火力較差.

（892）【怕】　　pà（ㄆㄚ）

按"怕"字的讀音祇有一種：(p'a^{n3})，惟台語常用"驚"(kia^{n1})字。

(例)　①怕事(～su⁷)；口語説"驚代誌"(～tai⁷tsi³).

②害怕(hai⁷～)；"生驚"(ts'e^{n1}／ts'i^{n1}～).

③恐怕(kiong²～)；口語"驚"，或"恐驚"(～kia^{n1})，如 "下暗恐
驚會落雨" (e⁷am³～e⁷ləh⁸ho⁷)；今晚恐怕會下雨.

④懼怕(ku⁷～)；害怕，口語爲"懼掣"(～ts'uah⁴).

（893）【磁】　　cí（ㄘ）

"磁"字的讀音爲：(tsu⁵)

(例)　①磁力(～lek⁸／lik⁸). ②磁場(～tiu^{n5}／tio^{n5}).

③磁帶(～tua³).　　　　④磁鐵(～t'ih⁴)；即吸鐵.

⑤磁石(～tsiəh⁸)；含有磁性的礦石.

（894）【倍】　　bèi（ㄅㄟ）

"倍"字的讀音有(pe⁷)和(pue⁷)，文白互相通用(pe⁷／pue⁷)。

(例) ①倍數(～so³)． ②加倍(ka¹～)．
③幾仔倍(kui²a²～)；好幾倍． ④重倍(teng⁵～)；即加倍．

（895） 【祖】 zǔ（ㄗㄨ）

"祖"字祇有一種讀法：(tso²)

(例) ①祖母(～bə²／bu²)． ②祖父(～hu⁷)．
③祖墓(～bong⁷)；又説"祖墳"(～hun⁵)．
④祖公祖媽(～kong¹～ma²)；泛指祖先．
⑤祖產(～san²)；口語説"父公業"(pe⁷kong¹giap⁸)或"祖公業"
(～giap⁸)． ⑥祖國(～kok⁴)．
⑦祖孫(～sun¹)；又"媽孫"(ma²～)． ⑧祖先(～sian¹)．
⑨祖師(～su¹)；學派或宗派的開創者．
⑩祖述(～sut⁴)；尊崇和紹述先人的學説．
⑪祖傳(～t'uan⁵)． ⑫元祖(guan⁵～)；創始者．
⑬祖宗(～tsong¹)；口語又説"祖公"．
⑭開祖(k'ai¹～)；開山祖師、開創者．
⑮鼻祖(pi⁷～)；創始人． ⑯遠祖(uan²～)；很多代以前的祖先．

（896） 【皇】 huáng（ㄏㄨㄤ）

"皇"字祇有一種讀法：(hong⁵)

(例) ①皇后(～ho⁷)；又説"皇帝娘"(～te³niu⁵／nio⁵)．
②皇家(～ka¹)；即皇室、皇帝的家族．
③皇宮(～kiong¹)． ④皇室(～sek⁴／sik⁴)．
⑤皇上(～siong⁷)；指在位的皇帝．
⑥玉皇(上)大帝(giok⁸～[siong⁷]tai⁷te³)；天上最高的神，又叫
"玉帝"． ⑦皇帝(～te³)．
⑧"有皇"(u⁷／wu⁷～)；即有威勢．按"皇"爲盛大、威勢之意．

（897）【促】　　　　cù（ㄘㄨ）

A 文言音：(ts'iok⁴)

　　（例）　①促聲(～sia^{n1})；指入聲如"納"(lap⁸)、"殺"(sat⁴)、"毒"
　　　(tok⁸)、"鴨"(ah⁴)，即韻尾為～p、～t、～k、～h者．
　　②敦促(tun¹～)；懇切地催促．③促使(～su³)．
　　④促進(～tsin³)；促使進展．⑤急促(kip⁴～)；快而短促．
　　⑥催促(tsui¹～)；使人快做某事．⑦促成(～seng⁵／sing⁵)．

B 白話音：(ts'ek⁴／ts'ik⁴)～(tsak⁴)

　　I [ts'ek⁴／ts'ik⁴]：①促互短(～ho⁷te²)；縮短，如"索仔促卡短
　　　咧"(səh⁴a²～k'ah⁴te²le)；把繩子縮短一點．
　　②促歲壽(～hue³siu⁷)；縮短壽命．
　　③撫促(ts'iau⁵～)；即調整也．

　　II [tsak⁴]：①促死(～si²)；"死"字讀輕聲，意為悶(煩)得要死．
　　②厝內人濟足促(ts'u³lai⁷lang⁵tse⁷tsiok⁴～)；屋裡人多很悶．
　　③互囝仔促 (ho⁷gin²a²～)；被小孩纏磨．

（898）【靜】　　　　jìng（ㄐㄧㄥ）

"靜"字的讀音為：(tseng⁷／tsing⁷)

　　（例）　①靜物(～but⁸)．②靜養(～iong²)；安靜地休養．
　　③靜脈(～miah⁸／meh⁸)．④靜態(～t'ai⁷)；靜止狀態．
　　⑤靜止(～tsi²)．　　　　⑥安靜(an¹～)．
　　⑦平靜(peng⁵／ping⁵～)．⑧肅靜(siok⁴～)；嚴肅寂靜．

（899）【補】　　　　bǔ（ㄅㄨ）

"補"字祇有一種讀音：(po²)

　　（例）　①補藥(～ioh⁸／yoh⁸)；滋補身體的藥物．
　　②補養(～iong²)．　　　　③補貨(～hue³)；補辦貨品．

④補假(〜ka²).　　⑤補票(〜p'iə³)；補買車票等票.

⑥補救(〜kiu³)；彌補救濟. ⑦惡補(ok⁴〜)；指惡性補習.

⑧補給(〜kip⁴)；補充供給彈葯糧食.

⑨補考(〜k'ə²).　　⑩補課(〜k'ə³).

⑪補習(〜sip⁸).　　⑫補缺(〜k'uat⁴)；填補缺額.

⑬補冬(〜tang¹)；立冬或冬天吃補品增進體力.

⑭補充(〜ts'iong¹).　　⑮補貼(〜t'iap⁴)；貼補費用.

⑯食補(tsiah⁸〜)；吃滋補身體的東西.

（900）【評】　　píng（ㄆㄧㄥ）

"評"字讀音祇有一種：(p'eng⁵／p'ing⁵)

　（例）　①評議(〜gi⁷)；商討評定.　②評語(〜gu²).

　③評分(〜hun¹).　　④評閱(〜iat⁴)；閱覽而加評語.

　⑤評介(〜kai³)；評論介紹. ⑥評價(〜ke³)；評定價值.

　⑦評定(〜teng⁷).　　⑧評論(〜lun⁷)；批評而議論.

　⑨評判(〜p'uaⁿ³)；判定優劣勝負.

　⑩評斷(〜tuan³). ⑪評傳(〜tuan⁷)；帶有評論的傳記.

　⑫好評(hə²〜).　　⑬品評(p'in²〜)；評論高下.

（901）【翻】　　fān（ㄈㄢ）

"翻"字祇有一種讀法：(huan¹)

　（例）　①翻案(〜an³)；推翻原來的判決、評定.

　②翻滾(〜kun²).　　③翻覆(〜hok⁸)；翻來覆去.

　④翻悔(〜hue²)；也說"反悔"；對己允諾的事後悔而不承認.

　⑤推翻(t'ui¹〜).　　⑥翻印(〜in³)；影印、複印.

　⑦翻供(〜kiong¹)；推翻已供認的話.

　⑧翻身(〜sin¹)；轉動身體、喻脫出壓迫.

⑨翻新(～sin¹)；由舊而轉爲新(指建築物).

⑩翻修(～siu¹)；拆除舊的，在原址重建新的.

⑪翻點(～tiam²)；過了一點，"翻二點"(～lng⁷tiam²)；過了兩點.

（902）【肉】　　　　ròu（ㄖㄡ）

A 文言音：(jiok⁸／giok⁸／jiok⁸)

(例)　①肉眼(～gan²)；又口語音(bah⁴gan²).

②肉桂(～kui³)；可做香料的桂樹.

③肉體(～t'e²)；口語音(bah⁴t'e²).

④靈肉(leng⁵／ling⁵～)；精神與肉體.

B 訓讀音：(bah⁴)

(例)　①肉脯(～hu²)；粉碎的乾肉(綿狀)，肉鬆.

②肉幼仔(～iu³a²)；碎肉、肉屑.

③肉油(～iu⁵).　　　　④肉乾(～kuaⁿ¹).

⑤肉包(～pau¹)；肉包子. ⑥肉色(～sek⁴／sik⁴)；淡黃色.

⑦肉皮(～p'ue⁵)；指食用的豬皮.

⑧肉酥(～so¹)；乾的粉碎肉(脆砂狀).

⑨肉粽(～tsang³).　　　⑩肉砧(～tiam¹)；切肉的墊板.

⑩肉肉肉 (～〃〃)；形容全身是肉，肥胖也，應讀 (bah⁸bahᵒbah⁴).

（903）【賤】　　　jiàn（ㄐㄧㄢ）

"賤"字有讀(tsuaⁿ⁷)，疑是"濺"，如"濺水"(～tsui²)，一般的讀音爲：
(tsian⁷)。

(例)　①賤人(～jin⁵)；舊小説戲劇中罵婦女的代用語.

②賤民(～bin⁵)；地位低的人民. ③下賤(ha⁷～)；低級没地位.

④貴賤(kui³～)；高貴和低賤.

⑤卑賤(pi¹～)；地位低下. ⑥臭賤(ts'au³～)；粗鄙下賤.

（904）【尼】　　　ní（ㄋㄧ）

"尼"字的讀音爲：(ni⁵)

(例)　①尼姑(～ko¹)；出家修行的女佛教徒.

②尼龍(～liong⁵)；即"nylon"，化學樹脂的纖維製品.

（905）【衣】　　　yī（ㄧ）

按"衣"有特殊讀音、訓讀爲(ui¹／wi¹)，指"胎衣"，又寫成"胰"。一般所通用的讀音爲：(i¹／yi¹)，口語多用"衫"(saⁿ⁷)字。

(例)　①衣帽(～bə⁷)．　　②衣服(～hok⁸)．

③衣鉢(～puat⁴)；佛僧的袈裟和鉢盂(盛飯菜茶水的陶器)，喻思想、學藝.　　　④大衣(tua⁷～)．

⑤衣料(～liau⁷)⑥衣裳(～siong⁵／tsiuⁿ⁵)；口語説"衫褲"(saⁿ¹k'o²).

⑦衣食住(～sit⁸tsu⁷)．　　⑧外衣(gua⁷～)．

（906）【寬】　　　kuān（ㄎㄨㄢ）

A 文言音：(k'uan¹)

(例)　①寬容(～iong⁵)．　　②寬限(～han⁷)；放寬期限.

③寬宏大量(～hong⁵tai⁷liong⁷)；度量大.

④寬衣(～i¹／yi¹)；請人脱衣服的敬詞.

⑤寬宥(～iu⁷／yiu⁷)；饒恕.　⑥寬裕(～ju⁷)；寬綽富裕.

⑦寬闊(～k'uah⁴)．　　　⑧寬恕(～su³)．

⑨寬心(～sim¹)；放寬心情不愁悶.

⑩寬大爲懷(～tai⁷ui⁵huai⁵)；寬大的胸懷.

⑪寬度(～to¹)．　　　　⑫寬待(～t'ai⁷)；寬大對待.

⑬放寬(hong³～)；使鬆緩不緊迫.

⑭從寬處理(tsiong⁵～ts'u³li²)；不嚴厲、寬大地處理.

B 白話音：(k'uaⁿ¹)緩慢地、從容不迫的意思。

(例)　①寬仔行(～a²kiaⁿ⁵)；慢慢走.

②寬仔是(～si⁷)；慢慢兒來. ③寬仔食(～tsiah⁸)；慢慢吃.

（907）【揚】　　yáng（ㄧㄤ）

A 文言音：(yong⁷)／(yong⁵)

　Ⅰ [yong⁷]：①揚氣(～k'i³)；得意的樣子.

　　②趁着錢足揚(t'an³tioh tsiⁿ⁵tsiok⁴～)；賺了錢得意傲慢.

　　③耀武揚威(iau⁷bu²～ui¹).

　Ⅱ [yong⁵]：①揚言(～／yang⁵gian⁵)；放言威脅.

　　②揚名(～mia⁵).　　　③表揚(piau²～).

　　④宣揚(suan¹～).　　　⑤贊揚(tsan³～).

B 白話音：(yaⁿ⁷)和(ts'iu⁵)／(ts'iu⁷)；按後者語例罕見.

　(例)　[yaⁿ⁷]：即揮也. ①"揚胡蠅"(～ho⁵sin⁵)；揮趕蒼蠅.

　　②揚風(～hong¹)；扇風.

（908）【棉】　　miǎn（ㄇㄧㄢ）

按"棉"字文言音爲：(bian⁵)，語例不多，一般通用白話音(mi⁵)。

　(例)　①棉襖(～ə²)；棉質上衣. ②棉花(～hue¹).

　　③棉褲(～k'o³).　　　④棉布(～po³).

　　⑤棉被(～p'ue⁷).　　　⑥棉紗(～se¹)；棉花紡成的紗.

　　⑦棉織品(～tsit⁴p'in²).　　⑧木棉(bok⁸～).

　　⑨純棉(sun⁵～)；喻耐穿. ⑩草棉(ts'au²～).

（909）【希】　　xī（ㄒㄧ）

"希"字的讀音祇有一種：(hi¹)

　(例)　①希望(～bang⁷).　　②希冀(～ki³)；希望得到.

　　③希求(～kiu⁵)；希望求得.

（910）【傷】　　shāng（ㄕㄤ）

A 文言音：(siong¹)

(例)　①傷害(～hai⁷)．　　②傷風(～hong¹)；感冒．

③傷寒(～han⁵)；因風寒引起的多種發熱的病．

④傷腦筋(～nau²kin¹)．　⑤傷痕(～hun⁵)；即傷疤．

⑥傷口(～k'au²)；口語説"孔嘴"(k'ang¹ts'ui³)．

⑦傷心(～sim¹)．　　　⑧傷勢(～se³)；受傷的狀況．

⑨傷神(～sin⁵)；即傷心．⑩傷重(～tiong⁷)；喻情況嚴重．

⑪內傷(lai⁷～)．　　　⑫受傷(siu⁷～)．

B 白話音：(siuⁿ¹)；即過份、過度的意思．

(例)　①傷無款(～bə⁵k'uan²)；太不像樣．

②傷緊(～kin²)；太快．③傷厚話(～kau⁷ue⁷)；過於多言．

按 (siuⁿ¹)漢字或作 " 襄 "，惟有作 " 尚 " 則不妥。

（911）【操】　　cāo（ㄘㄠ）

A 文言音：(ts'ə¹)／(ts'ə³)

(例)　①操行(～heng⁵)．　②情操(tseng⁵～)．

③操守(～siu²)；又口語音(ts'au¹siu²)．

B 白話音：(ts'au¹)

(例)　①操演(～ian²／yan²)；操練演習．

②操勞(～lə⁵)；辛苦勞動、費心思．

③操練(～lian⁷)．　　　④操心(～sim¹)．

⑤操場(～tiuⁿ⁵／tioⁿ⁵)．　⑥操縱(～tsiong³)；控制、支配．

⑦操作(～tsok⁴)．　　　⑧體操(t'e²～)．

（912）【垂】　　chuí（ㄔㄨㄟ）

A 文言音：(sui⁵)～(sui⁷)，一般多用五聲。

414

(例)　①垂暮(～bo⁷)；傍晚，口語説"日卜暗"(jit⁸bueh⁴am³).

②垂簾聽政(～liam⁵t'iaⁿ¹tseng³)；指皇太后掌握朝政.

③垂老(～lə²)；已近老年.　④垂死(～si²)；接近死亡.

⑤垂詢(～sun⁵)；上輩對下輩的事情表示關切加以詢問.

⑥下垂(ha⁷～).　　　　　⑦垂直線(～tit⁸suaⁿ³).

⑧垂頭喪氣(～t'o⁵song³k'i³)；喻失望的神情.

⑨垂青(～ts'eng¹／ts'ing¹)；即表示重視.

⑩永垂不朽(eng²／ing²～put⁴hiu²)；永遠留存下來不會失滅.

B 白話音：(sue⁵／se⁵)～(sue⁷／se⁷)

(例)　①垂落土腳(～ləh⁸t'o⁵k'a¹)；垂下地面.

②垂瀾(～nua⁷)；即垂涎(口水).

③頷垂(am⁷～)；小孩脖子下胸前的圍嘴兒.

（913）【秋】　　　qiū（ㄑㄧㄡ）

"秋"字只有一種讀法：(ts'iu¹)

(例)　①秋毫(～hə⁵)；喻極微小的事物.

②秋季(～kui³).　　　　③秋風秋雨(～hong¹～u²).

④秋分(～hun¹)；24節氣之一，約在陽曆9月22、23或24日，此日南北半球晝夜一樣長.　⑤秋涼(～liang⁵).

⑥千秋萬世(ts'ian¹～ban⁷se³)；喻永遠也.

⑦秋收(～siu¹)；秋季收穫農作物.

⑧秋波(～p'ə¹)；比喻美女的眼睛.

⑨秋水(～sui²)；喻眼睛(多指女的)，"望穿秋水"(bong⁷ts'uan¹～)；形容盼望非常急切，按河湖的秋天的水最美如童眼之美.

⑩多事之秋(tə¹su⁷tsi¹～)；事故多的時期.

（914）【宜】　　　yí（ㄧ）

"宜"字只有一種讀法：(gi⁵)

　　(例)　①宜人(～jin⁵)；適合人意，如"景色宜人"(keng²sek⁴～)．

　　②不宜……(put⁴～…)；不應當……

　　③適宜(sek⁴／sik⁴～)；合適．　④事宜(su⁷～)；事情、事項．

（915）【套】　　　　tào（ㄊㄠ）

"套"字的讀音祇有一種：(t'ə³)

　　(例)　①外套(gua⁷～)．　　②套仔(～a²)；套子．

　　③套語(～gu²)；即"客套話"(k'eh⁴～ue⁷)．

　　④套間(～keng¹)；相連的屋子中的一間，没直通外面的門．

　　⑤套人來騙我(～lang⁵lai⁵p'ian⁵gua²)；勾結別人來欺騙我．

　　⑥套房(～pang⁵)；有浴廁的寢室．

　　⑦套話(～ue⁷／we⁷)；用計引出對方的話使其受騙．

　　⑧手套(ts'iu²～)．　　　　⑨一套設備(tsit⁸～siat⁴pi⁷)．

（916）【筆】　　　　bǐ（ㄅㄧ）

"筆"字祇有一種讀法：(pit⁴)

　　(例)　①筆墨(～bek⁸／bik⁸)；又音(～bak⁸)．

　　②筆架(～ke³)．　　　　③筆法(～huat⁴)；寫字的技巧．

　　④筆記(～ki³)．　　　　⑤筆名(～mia⁵)．

　　⑥筆算(～sng³)；用筆計算(有別於心算、珠算)．

　　⑦筆談(～tam⁵)；用筆對談．⑧筆筒(～tang⁵)．

　　⑨鉛筆(ian⁵／yan⁵～)．　　⑩筆調(～tiau⁷)；運筆的格調．

　　⑪筆迹(～tsek⁴)；字迹的筆法特徵或形象．

　　⑫筆尖(～tsiam¹)．　　　⑬筆者(～tsia²)；作者自稱．

　　⑭筆戰(～tsian³)；用文章進行論爭．⑮毛筆(mo⁵～)．

　　⑯筆劃(～ue⁷／we⁷)；又説"字劃"(ji⁷～)．

⑰一筆土地、錢(tsit⁸～t'o³te⁷,tsiⁿ⁵).

（917）【督】　　　dū（ㄉㄨ）

"督"字祇有一種讀法：(tok⁴)

(例)　①督撫(～bu²)；明清時代的最高地方官.
②督學(～hak⁸)；監督學校行政的人員. ③總督(tsong²～).
④督軍(～kun¹)；民初中國一省的最高軍事長官.
⑤督勵(～le⁷)；督促勉勵. ⑥督察(～ts'at⁴)；監督察看.
⑦督促(～ts'iok⁴). 　　　　⑧監督(kam³～).

（918）【振】　　　zhèn（ㄓㄣ）

Ⓐ 文言音：(tsin²)

(例)　①振興(～heng¹／hing¹)；又音(～hin¹).
②振幅(～hok⁸)；波幅. 　③振奮(～hun³)；振作奮發.
④振作(～tsok⁴)；提起精神.

Ⓑ 白話音：(tin²)，如"振動"(～tang⁷)，又文言音(tsin²tong⁷).

（919）【架】　　　jià（ㄐㄧㄚ）

Ⓐ 文言音：(ka³)

(例)　①架空(～k'ong¹)；喻没基礎、虛構.
②架設(～siat⁴). 　　　　③架勢(～se³)；姿態、姿勢.
④招架不住(tsiau¹～put⁴tsu⁷)；抵擋不起.

Ⓑ 白話音：(ke³)～(kue²／ke²)

Ⅰ [ke³]：①筆架(pit⁴～). ②葡萄架(p'u⁵tə⁵～).
③吵架(ts'a²～).

Ⅱ [kue²／ke²]：墊的意思，①架互平(～ho⁷peⁿ⁵／piⁿ⁵)；墊之
使平穩. 　　　　②架腳(～k'a¹)；墊腳使夠高.

（920）【亮】　　　　liàng（ㄌㄧㄤ）

"亮"字有讀(liong⁷)，但用例不多，一般多通用(liang⁷)。

（例）　①亮光(〜kng¹)．　　②明亮(beng⁵／bing⁵〜)．

③響亮(hiang²〜)．

（921）【末】　　　mò（ㄇㄛ）

A 文言音：(buat⁸)

（例）　①末尾(〜bue²／be²)．②末日(〜jit⁸／lit⁸)．

③末流(〜liu⁵)；衰微失去原有精神實質的學術、藝術等流派．

④末路(〜lo⁷)；喻衰亡的境地，"窮途末路"(kiong⁵to⁵〜)．

⑤末年(〜ni⁵)；最後的時期．⑥末節(〜tsiat⁴)；細節．

⑦末梢(〜siau¹)；末尾、口語説"尾溜"(bue²／be²liu¹)．

⑧週末(tsiu¹〜)．　　　　　⑨本末(pun²〜)；根本和末尾．

B 白話音：(buah⁸)；即粉末、碎末的意思．

（例）　①研末(geng²／ging²〜)；研磨成極碎細的狀態．

②粉末(hun²〜)．③甘草末(kam¹ts'ə²〜)；甘草的碎末(粉末)．

（922）【憲】　　　xiàn（ㄒㄧㄢ）

"憲"字祇有一種讀法：(hian³)

（例）　①憲法(〜huat⁴)．　　②憲兵(〜peng¹／ping¹)．

③憲政(〜tseng³／tsing³)；實施憲法的政治．

④憲章(〜tsiong¹)；重要的章則及其文件．

⑤立憲(lip⁸〜)；創立憲法議會制度．

（923）【慶】　　　qìng（ㄑㄧㄥ）

"慶"字舊時口語音爲：(k'iaⁿ³)，今已少用，一般的通用音爲；
(k'eng³／k'ing³)。

(例)　①慶幸($\sim$heng^7／hing^7)．②慶賀($\sim$hə^7)．

③慶典($\sim$tian^2)；隆重的慶祝典禮．④慶祝($\sim$tsiok^4)．

⑤校慶(hau$^7\sim$)．　　　　⑥國慶(kok$^4\sim$)．

（924）【編】　biān（ㄅㄧㄢ）

A 文言音：(pian^1)

(例)　①編號($\sim$hə^7)．　　②編譯($\sim$ek^8)；編輯和翻譯．

③編排($\sim$pai^5)；編列安排．④編寫($\sim$sia^2)；整理並撰寫．

⑤編造($\sim$tsə^7)；編制報表，或捏造．

⑥編織($\sim$tsit^4)；把細長的東西交叉組織起來，如"編織毛衣"

($\sim$mo^{5}yi^7)．　　　　⑦編審($\sim$sim^2)；編輯審定．

⑧編撰($\sim$ts'uan^3)；編寫(一般文章)．

⑨編纂($\sim$ts'uan^3)；編寫(詞典等大規模的資料)．

⑩改編(kai$^2\sim$)．　　　⑪新編(sin$^1\sim$)．

B 白話音：(pi^{n1})

(例)　①編竹籃仔($\sim$tek^4／tik^{4}na^{5}a^2)．②編草蓆($\sim$ts'au^{2}ts'iəh^8)．

（925）【牛】　níu（ㄋㄧㄡ）

A 文言音：(giu^5)

(例)　①牛黃($\sim$hong^5)；中藥材、強心解熱用．

②牛犢($\sim$tok^4)；小牛．

B 白話音：(gu^5)

(例)　①牛肉麵($\sim$bah^{4}mi^7)．②牛馬($\sim$be^2)．

③牛油($\sim$iu^5／yiu^5)．　　④牛母($\sim$bə^2)；喻粗大的婦女．

⑤牛角($\sim$kak^4)．　　　⑥牛牮($\sim$kang^2)；雄牛．

⑦牛奶($\sim$leng^1／ni^1)；"牛奶餅"($\sim$pia^{n2})；圓形小餅乾．

⑧牛腩($\sim$lam^5)；牛肚上或近肋骨處的軟肌肉．

⑨牛排(～pai⁵)；大而厚的牛肉.

⑩牛稠(～tiau⁵)；牛舍. ⑪牛皮(～p'ue⁵)；喻堅忍.

⑫牛屎龜(～sai²ku¹)；黑色有觸角的小甲虫.

⑬牛擔(～taⁿ¹)；牛拖東西時脖子上套的架子，牛軛.

⑭牛痘(～tau⁷)；口語説"珠"(tsu¹)，"種珠"(tseng³～)；種牛痘.

⑮鈍牛(tun⁷～)；笨傢伙. ⑯水牛(tsui²～).

（926）【觸】　　　chù（ㄔㄨ）

A 文言音：(ts'iok⁴)

　（例）　①觸目驚心(～bok⁸keng¹sim¹)；看到的景況令人心驚.

　②觸發(～huat⁴)；引發. ③觸犯(～huan⁷)；冒犯、侵犯.

　④觸角(～kak⁴)；頭上的感覺器官. ⑤觸怒(～no⁷)；惹人發怒.

　⑥觸覺(～kak⁴)；皮膚、毛髪等因接觸而產生感覺.

　⑦觸媒(～mue⁵／mui⁵)；即催化劑. ⑧觸動(～tong¹)；碰、撞.

　⑨觸電(～tian⁷)；口語説"着電"(tiəh⁸～).

　⑩觸礁(～tsiau¹)；碰上暗礁，喻碰到難題.

　⑪抵觸(ti²～)；矛盾. ⑫接觸(tsiap⁴～).

B 白話音：(ts'ek⁴／ts'ik⁴)

　（例）　①觸惡(～oⁿ³)；褻瀆. ②觸一下(～tsit⁸e⁷)；吃了一驚.

　③一句話觸着人的心肝(tsit⁸ku³ue⁷～tiəh lang⁵e°sim¹kuaⁿ¹)；一
　句話觸犯了人家的心情.

C 訓讀音：(tak⁴)

　（例）　①觸着(～tiəh)；"着"字讀輕聲，意爲被觸角刺上了.

　②牛相觸(gu⁵siə¹～)；牛用角相碰撞.

　③觸來觸去(～lai⁵～k'i³)；喻常吵架.

（927）【映】　　　yìng（ㄧㄥ）

420

按"映"字語義爲光線照射而顯出物體的形象(類義語爲"影")，讀音
多種。

A 文言音：(yeng³／ying³)

　　(例)　①映照(～tsiə³)；照射．②反映意見(huan²～i³kian³)．

　　　③映射(～sia⁷)；即照射．　④放映電影(hong³～t ian⁷iaⁿ²)．

B 白話音：(yiaⁿ³)，如"假映"(ke²～)；假像。

C 訓讀音：(ng³)

　　(例)　①映望(～bang⁷)；指望、又作"向望"．

　　　②無映(bə⁵～)；没指望．　③映汝來(～li²lai⁵)；盼望你來．

（928）【雷】　　　léi　（ㄌㄟˊ）

"雷"字祇有一種讀法：(lui⁵)

　　(例)　①雷鳴(～beng⁵／bing⁵)；口語説"䡅雷"(tan⁵～)．

　　②雷公(～kong¹)；指打雷的神．

　　③雷厲風行(～le⁷hong¹heng⁵)；喻推行政令的嚴格與迅速．

　　④地雷(te⁷～)；埋在地下的炸藥．⑤雷電(～tian¹)；雷聲和閃電．

　　⑥雷霆(～teng⁵／ting⁵)；喻威力和怒氣如暴雷．

　　⑦雷同(～tong⁵)；隨聲附和，盲從．

　　⑧魚雷(hi⁵～)；在水中發射的炸藥．⑨雷雨(～u²／wu²)．

　　⑩春雷(ts'un¹～)；喻有震聾作用．

（929）【銷】　　　xiāo（ㄒㄧㄠ）

"銷"字只有一種讀音：(siau¹)

　　(例)　①銷毀(～hui²)；燒掉．②銷行(～heng⁵／hing⁵)；賣出．

　　③銷路(～lo⁷)；銷售的出路(方向)．

　　④銷售(～siu⁵)．　　　⑤無銷(bə⁵～)；賣不出去．

　　⑥推銷(t'ui¹～)．　　　⑦供銷(kiong¹～)；供應銷售．

⑧注銷(tsu³～)；撤回登記.

（930）【詩】　　shī（ㄕ）

"詩"字只有一種讀音：(si¹)

(例)　①詩歌(～kua¹)．　　②詩人(～jin⁵)．

③詩經(～keng¹／king¹)；最古詩集，詩的經典．

④詩篇(～p'ian¹)．　　　⑤詩集(～tsip⁸)．

⑥詩情畫意(～tseng⁵／tsing⁵ua⁷yi³)；詩和畫的意境.

⑦史詩(su²～)；敘述歷史事件的詩. ⑧敘事詩(siok⁴su⁷～)．

⑨抒情詩(su⁷tseng⁵～)；表達情感爲主的詩篇.

（931）【座】　　zuò（ㄗㄨㄛ）

Ⓐ文言音：(tsə⁷)

(例)　①滿座(buan²～)．　　②座落(～lok⁸)；建築物的位置.

③座席(～sek⁴)；即座位. ④座談(～tam⁵)；不拘形式的談論.

⑤座上客(～siong⁷k'ek⁴)；貴重的客人.

⑥星座(seng¹／sing¹～)；天空中星星的集團.

⑦一座樓仔厝(tsit⁸～lau⁵a²ts'u³)；一棟樓房.

Ⓑ白話音：(tse⁷)，語例較少，"座位"(～ui⁷／wi⁷)。

（932）【居】　　jū（ㄐㄩ）

"居"字的讀法祇有一種：(ki¹／ku¹)

(例)　①居民(～bin⁵)．　　②居家(～ka¹)；住在家裡.

③居然(～jian⁵)；出乎意料，竟然.

④居間(～kan¹)；在雙方中間(調解).

⑤居士(～su⁷)；在家佛徒. ⑥居留(～liu⁵)；停留居住.

⑦居心(～sim¹)；懷着某種念頭(貶義).

⑧居住(～tsu⁷)． ⑨安居樂業(an¹～lok⁸giap⁸)．

⑩故居(ko³～)；即"舊居"(ku⁷～)．⑪新居(sin¹～)．

⑫遷居(ts'ian¹～)；遷徙居住的地方．

（933）【抓】　　zhuā（ㄓㄨㄚ）

按"抓"字文言音讀(tsao¹)、白話音讀(tsua¹)，如"抓緊"(～kin²)，

但語殊少．"抓"的訓義在台語爲"掠"(liah⁸)，惟"抓"字台語另有訓

讀音(jiau³／giau³／liau³)，即"搔"，用爪(指甲)撓、搔等動作。

(例)　①抓面(jiau³bin⁷)．②抓破册(～p'ua³ts'eh⁴)；搔破書本．

③抓瘴(～tsiu^{n7}／tsio^{n7})；抓(搔)痛癢處．

（934）【裂】　　liè（ㄌㄧㄝ）

A 文言音：(liat⁸)

(例)　①裂紋(～bun⁵)；即裂痕．②分裂(hun¹～)．

③斷裂(tuan⁷～)．④決裂(k'uat⁴～)；即破裂(感情、關係)．

B 白話音：(lih⁸)

(例)　①裂開(～k'ui¹)；"開"字讀輕聲，即"裂"字讀本調．

②裂縫(～p'ang⁷)．　　③裂痕(～hun⁵)；破裂的痕迹．

④裂嘴(～ts'ui³)；裂口．　⑤必裂(pit⁴～)；裂開．

（935）【胞】　　bāo（ㄅㄠ）

"胞"字只有一種讀音：(pau¹)

(例)　①胞衣(～i¹／yi¹)；指胎盤和胎膜，亦叫"胎衣"(t'ai¹yi¹)．

②胞兄(～hia^{n1})；親生哥哥．③細胞(se³／sue³～)．

④同胞(tong⁵～)．

（936）【呼】　　hū（ㄏㄨ）

A 文言音：(ho¹)

(例) ①呼應(～eng³／ing³)；一呼一應，聲氣聯繫.

②呼喊(～ham²)；口語爲"呼喝"(～huah⁴). ③呼叫(～kiə³).

④呼籲(～iok⁸)；向個人或社會申述、請求支援贊同.

⑤呼救(～kiu³)；口語說"喝救(人)"(huah⁴kiu³[lang⁵]).

⑥呼吸(～k'ip⁴). ⑦明呼(beng⁵～)；口頭講明.

⑧呼聲(～sia^{n1}). ⑨高呼(kə¹～)；大聲喊叫.

B 白話音：(k'o¹)；"呼雞"(～ke¹)；呼叫雞，"呼狗"(～kau²)；呼叫狗。"會呼雞𣍐呔火"(e⁷～ke¹bue⁷pun⁵hue²)；喻有氣無力.

（937）【娘】 niáng (ㄋㄧㄤ)

A 文言音：(liang⁵／liong⁵)，語例罕見。

B 白話音：(niu⁵／nio⁵)～(nia⁵)

I [niu⁵／nio⁵]：①娘仔(～a²)；蚕(蠶)的別稱. ②新娘(sin¹～).

③娘子(～k'ia^{n2})；尊稱年輕或中年婦女，又文言音(～tsu²).

④娘娘(～〃)；指皇后或貴妃，又稱呼女性的神"～娘娘".

⑤娘胎(～t'ai¹)；即母身. ⑥月娘(gueh⁸／geh⁸～)；即月亮.

⑦阿娘仔(a¹～a²)；暱稱年輕女性、或妻子.

⑧先生娘(sian¹se^{n1}／si^{n1}～)；即師母.

⑨頭家娘(t'au⁵ke¹～)；老板或主人(頭家)的太太.

II [nia⁵]：俺(安)娘(an¹～)；母親.

（938）【景】 jǐng (ㄐㄧㄥ)

"景"字祇有一種讀音：(keng²／king²)

(例) ①景物(～but⁸)；供觀賞的景色風物.

②景仰(～giong²)；仰慕. ③景況(～hong²)；光景、情況.

④景氣(～k'i³)；經濟繁榮. ⑤景色(～sek⁴／sik⁴).

⑥景致(～ti³)；風景．　　⑦背景(pue⁷～)．

⑧良辰美景(liong⁵sin⁵bi²～)；好時光與好景致．

（939）【威】　　wēi（ㄨㄟ）

"威"字的讀法只有一種：(ui¹／wi¹)

　（例）　①威望(～bong⁷)；很高的聲譽和名望．

②威嚴(～giam⁵)．　　　③威武(～bu²)；武力、權勢．

④威儀(～gi⁵)；使人敬畏的舉止，儀表．

⑤威脅(～hiap⁸)．　　　⑥威力(～lek⁸／lik⁸)．

⑦威風(～hong¹)；使人敬畏的聲勢或氣派．

⑧威懾(～liap⁴)；使對方恐懼而屈服．

⑨威逼(～pek⁴／pik⁴)；用威力逼迫，使人屈服．

⑩權威(kuan⁵～)．　　　⑪威信(～sin³)；威光與信用．

⑫聲威(siaⁿ¹～)；名聲和威望."聲威遠播"(～uan²po³)．

⑬虎展威(ho²tian²～)；老虎發怒的聲勢．

（940）【綠】　　lǜ（ㄌㄩ）

按"綠"字的文言音為(liok⁸)，如"綠化"(～hua³)、"綠蔭"(～im³)，

均可用白話音(lek⁸／lik⁸)取代，一般多通用白話音．

　（例）　①綠肥(～pui⁵)；植物輕莖葉在土中發酵而成的肥料．

②綠豆(～tau⁷)．　　　③綠茶(～te⁵)．

④綠燈(～teng¹)．⑤綠洲(～tsiu¹)；沙漠中有水草的地方．

⑥花紅柳綠(hue¹ang⁵liu²～)；喻顏色鮮艷多彩．

（941）【晶】　　jīng（ㄐㄧㄥ）

按"晶"字的白話音為：(tsiⁿ¹)，如"水晶"(tsui²～)，一般多通用文言

音(tsing¹)。

(例)　①晶瑩(～eng^5／ing^5)；光亮而透明.
②晶體(～t'e^2)；結晶的物體. ③結晶(kiat^4～).

（942）【厚】　　　　hòu（ㄏㄡ）

A 文言音：(ho^7／hiə^7)

(例)　①厚望(～bong^7)；很大的期望.
②厚顏(～gan^5)；臉皮厚. ③厚道(～tə^7)；待人寬容.
④厚重(～tiong^7)；舉止端莊，又口語音(kau^{7}tang^7)；即渾厚，
比重大. ⑤忠厚(tiong^{1}ho^7～)；誠懇、厚道.

B 白話音：(kau^7)

(例)　①厚面皮(～bin^{7}p'ue^5)；即厚臉皮.
②嘴唇厚(ts'ui^{3}tun^5～). ③厚雨水(～ho^{7}tsui^2)；雨水多.
④厚話(～ue^7／we^7)；多嘴. ⑤厚工(～kang^1)；多費工夫.
⑥厚茶(～te^5)；濃茶. ⑦厚禮數(～le^{2}so^3)；禮節苛繁.
⑧厚屎厚尿(～sai^2～jiə^7)；小毛病多.
⑨厚酒(～tsiu^2)；烈酒. ⑩厚朒朒(～tut^4〃)；喻很厚.
⑪魚厚刺(hi^5／hu^5～ts'i^3)；魚多刺.

（943）【盟】　　　　méng（ㄇㄥ）

"盟"字只有一種讀法：(beng^5／bing^5)

(例)　①盟約(～iok^4／yok^4)；締結同盟的約束(條約或誓約).
②盟友(～iu^2／yiu^2). ③盟邦(～pang^1).
④同盟(tong^5～). ⑤盟主(～tsu^2)；同盟國的首領.
⑥聯盟(lian^5～)；訂盟者的聯合，團體.

（944）【衡】　　　　héng（ㄏㄥ）

"衡"字的讀音只有一種：(heng^5／hing^5)

（例）　①衡量(～liong⁵)；評定、斟酌．②平衡(peng⁵～)．
③度量衡(to⁷liong⁵～)；尺秤等度量器具．

（945）【雞】　　jī（ㄐㄧ）

按"雞"字的文言音爲：(ke¹)，白話音爲：(kue¹)，兩者互爲通用．

（例）　①雞仔子(～a²kia^{n2})；雛雞．②雞翁(～ang¹)；老雄雞．
③雞母(～bə²／bu²)；母雞．④雞仔目(～a²bak⁸)；夜盲症．
⑤雞母皮(～bə²／bu²p'ue⁵)；雞皮疙瘩．
⑥雞鵤(～kak⁴)；小公雞．⑦雞尾酒(～bue²／be²tsiu²)．
⑧雞胸(～heng¹／hing¹)；佝僂病形成的胸骨突出如雞胸．
⑨雞形(～heng⁵／hing⁵)；早漏、性交短促．
⑩雞姦(～kan¹)；男性間的性行爲．
⑪雞公(～kang¹)；公雞．⑫雞胿仔(～kui¹a²)；膠皮小氣球．
⑬麻油雞(mua⁵iu⁵～)．⑭雞髻花(～kue³hue¹)；雞冠花．
⑮雞胿(～kui¹)；雞的砂囊，"噴雞胿"(pun⁵～)；吹牛皮．
⑯雞籠(～lang²)；又説"雞庵"(～am¹)、"雞罩"(～ta³)．
⑰雞卵(～lng⁷)．⑱雞卵糕(～kə¹)；蛋糕．
⑲火雞(hue²～)．⑳閹雞(iam¹～)；睪丸被割除的公雞．

（946）【孫】　　sūn（ㄙㄨㄣ）

按"孫"字的白話音讀(sng¹)，用於姓氏，一般通用文言音(sun¹)．

（例）　①孫仔(sun¹a²)；孫子，又姪兒．②孫新婦 (～ sin¹pu⁷)；
孫媳婦．　　　　　　　③孫婿(～sai³)；姪婿，又孫女婿．
④子孫(kia^{n2}～)；又文言音(tsu²～)．
⑤兒孫(ji⁵～)；子女和孫子．⑥祖孫(tso²～)；祖父母與孫兒．
⑦百子千孫 (pek⁴tsu²ts'ian¹～)；喻子孫衆多，是一種幸福．
⑧子子孫孫 (kia^{n2}〃～〃)；即世世代代永遠地．

427

（947）【延】　　　yán（ㄧㄢˊ）

A 文言音：(ian⁵／yan⁵)

　　(例)　①延期(～ki⁵)．　　②延誤(～ngo⁷)；延遲耽誤．

　　③延年益壽(～lian⁵ek⁴／ik⁴siu⁷)；增加年歲延長壽命．

　　④延伸(～sin¹)．　　　⑤延聘(～p'eng³／p'ing³)；聘請．

　　⑥延長(～tiong⁵)．　　⑦延燒(～siə⁷)；蔓延燃燒．

　　⑧延續(～siək⁸)；照原樣繼續下去．

　　⑨延遲(～ti⁵)．　　　⑩延緩(～uan⁷)；延遲，緩期．

　　⑪蔓延(ban⁷～)；如蔓草向周圍擴展．

　　⑫綿延(bian⁵～)；延續不斷．

B 白話音：(ts'ian⁵)語例殊少，"延延"(ian⁵～)；即遷延。"延時間"
(～si⁵kan¹)；即拖長時間。"勢延"(gau⁵～)；很會拖時間。

（948）【危】　　　wēi（ㄨㄟ）

"危"字只有一種讀法：(gui⁵)

　　(例)　①危言聳聽(～gian⁵siong²t'eng¹／t'ing¹)；故意說嚇人的
　　話，使聽者吃驚．　　②危害(～hai⁷)；使受害．

　　③危險(～hiam²)．　　④危機(～ki¹)．

　　⑤危急(～kip⁴)．　　⑥危懼(～ku⁷)；擔憂害怕．

　　⑦危殆(～tai⁷)；危險至極．⑧危難(～lan⁵)；危險和災難．

　　⑨危篤(～tok⁴)；病情危急．⑩病危(pe^{n7}～)；病近死亡．

（949）【膠】　　　jiāo（ㄐㄧㄠ）

按"膠"字的文言音為：(kau¹)，如"膠葛"(～kat⁴)；糾纏不清，語例
少，通常多用白話音；(ka¹)

　　(例)　①膠鞋(～e⁵)．　　②膠布(～po³)．

　　③膠結(～kiat⁴)；又說"堅巴"(kian¹pa¹)．

④膠帶(～tua³)．　　　　⑤膠質(～tsit⁴)．

⑥橡膠(ts'iu^{n7}～)．　　⑦膠水(～tsui²)；液體的膠．

⑧墨汁足膠(bak⁸tsiap⁴tsiok⁴～)；墨汁很濃帶有黏性．

（950）【屋】　　wū（ㄨ）

"屋"字祇讀一種音：(ok⁴)，口語常説"厝"(ts'u³)。

(例)　①屋架(～ke³)；口語説"厝架"(ts'u³ke³)．

②屋檐(～ian⁵)；口語爲"簾檐"(ni⁵tsi^{n5})或"厝檐"(～tsi^{n5})．

③屋宇(～u²／wu²)；口語爲"厝間"(～keng¹／king¹)．

④房屋(pang⁵～)；口語説"厝"．

（951）【鄉】　　xiāng（ㄒㄧㄤ）

按"鄉"字有文白異讀，白話音(hiu^{n1}／hio^{n1})語例較少，有：①鄉下
(～e⁷)．②鄉里(～li²)。一般多通用文言音：(hiong¹)。

(例)　①鄉鎮(～t'in³)．　　②鄉誼(～gi⁵)；同鄉的情誼．

③鄉愿(～guan⁷)；外表忠厚的僞善者．

④鄉音(～im¹／yim¹)；家鄉的口音．

⑤鄉土(～t'o²)．　　　　⑥鄉紳(～sin¹)；鄉間的士紳．

⑦鄉試(～ts'i³)；明清時代在省城三年一次的科舉考試，及格
者爲舉人．　⑧鄉愁(～ts'iu⁵)；懷鄉的憂念之情，想家．

⑨鄉村(～ts'un¹)．　　　⑩家鄉(ka¹～)．

⑪鄉思(～su¹)；懷念家鄉的心情．⑫故鄉(ko³～)．

（952）【臨】　　lín（ㄌㄧㄣ）

按"臨"字有文白兩種異讀，白話音(liam⁵)，有"臨時"(～si⁵)，亦讀
(lim⁵si⁵)，語例很少，一般均讀文言音：(lim⁵)。

(例)　①臨危(～gui⁵)；病重將死，或面臨危險．

②臨界(～kai³)；不同狀態的轉變點. ③臨近(～kin⁷)；接近.

④臨機應變(～ki¹eng³pian³)；掌握時機採取適切的行動.

⑤臨摹(～mo⁵)；摹仿書畫. ⑥臨別(～piat⁸)；即將分別.

⑦臨盆(～p'un⁵)；即將分娩. ⑧臨頭(～t'au⁵)；災難落到身上.

⑨臨終(～ts'iong¹)；人將要死的時候.

⑩臨床(～ts'ng⁵)；給病人診斷和治療.

⑪面臨(bian⁷／bin⁷～)；面前遇到問題、情勢.

⑫光臨(kong¹～)；亦説"蒞臨"(li⁷～)，是"來臨"(lai⁵～)，來到的敬詞.

（953） 【陸】　　　lù（ㄌㄨ）

"陸"字官話音亦讀(liòu)，即"六"字的大寫。台語的讀音按"六"爲文言音(liok⁸)、白話音(lak⁸)。惟這裡"陸"的官話音爲(lù)，台語的白話音爲：(lek⁸／lik⁸)，但語例罕見，一般通用文言音：(liok⁸)。

(例) ①陸軍(～kun¹). 　　②陸續(～siok⁸)；斷斷續續.

③[光怪]陸離[kong¹kuai³](～li⁵)；形容色彩繁雜.

④陸地(～te⁷). 　　　　⑤陸戰隊(～tsian³tui⁷).

⑥陸運(～un⁷／wun⁷)；陸路(上)運輸.

⑦水陸(tsui²～)；指水路(河海)和陸路. ⑧大陸(tai⁷～).

（954） 【顧】　　　gù（ㄍㄨ）

"顧"字祇有一種讀法：(ko³)

(例) ①顧名思義(～beng⁵／bing⁵su¹gi⁷)；看名稱聯想含義.

②顧問(～bun⁷). 　　　③顧忌(～ki⁷)；顧慮忌諱.

④顧客(～k'eh⁴). 　　　⑤顧人怨(～lang⁵uan³)；惹人討厭.

⑥顧念(～liam⁷)；顧及到，惦念，口語又説"帶念"(tua³liam⁷).

⑦顧門(～mng⁵)；守門. ⑧顧店(～tiam³)；照應店務.

⑨顧厝(～ts'u³)；守家，又"顧家"(～ke¹)；守護家庭.

⑩三顧茅廬(sam¹～mau⁵lo⁵)；三次拜訪草房，喻盡禮誠意.

⑪兼顧(kiam¹～).　　　⑫看顧(k'ua^n3～)；照管.

⑬環顧(k'uan⁵～)；向四周看.　⑭主顧(tsu²～)；主要顧客.

（955）【掉】　　　diào（ㄉㄧㄠ）

A 文言音：(tiau³)～(tiau⁷)

　I [tiau³]：複音詞的詞尾以外讀此音，如①掉落(～ləh⁸).

　　②掉換(～ua^n7).

　II [tiau⁷]：詞尾時讀此音，如①放掉(pang³～). ②燒掉(sio¹～).

　　③揬掉(t'an³～)；擲掉.　④食掉(tsiah⁸～)；吃掉.

B 白話音：(tio⁷)，音如"趙"，顫動、抖搖。

　(例)　①寒甲會掉(kua^n5kah⁴e⁷～)；冷得發抖.

　②石頭仔路車足掉(tsioh⁸t'au⁵a²lo⁵ts'ia¹tsiok⁴～)；石子路車顫

　動得厲害"掉來掉去"(～lai⁵～k'i³)；搖來擺去.

　③心肝頭嗶嗶掉(sim¹kua^n1t'au⁵p'ok⁸〃～)；心臟跳動得厲害.

（956）【灯／燈】　　　dēng（ㄉㄥ）

"燈"字的讀音祇有一種：(teng¹／ting¹)

　(例)　①燈謎(～be⁵)；貼在燈上的謎語，多在舊曆正月十五日

　或八月十五日的夜間點燈會時猜謎，又叫"燈猜"(～ts'ai¹).

　②燈火(～hue²).　　　③燈光(～kng¹).

　④燈油(～iu⁵)；又叫"臭油"(ts'au³～). ⑤燈籠(～long²).

　⑥燈心(～sim¹)；即燈芯 (紗線)，"點燈"(tiam²～).

　⑦燈台(～tai⁵)；即"燈座"(～tsə⁷)，"電燈"(tian⁷～).

　⑧燈塔(～t'ah⁴)；海邊照明引導船隻的高塔.

　⑨宮燈 (kiong¹～)；六角或八角形掛燈.

（957）【歲】　　　suì（ㄙㄨㄟˋ）

A 文言音：(sue³)

　　(例)　①歲暮(～bo⁷)；年底，口語又説"年尾"(ni⁵bue²／be²).

　　②歲月(～guat⁸)；年月.　③歲數(～so³)；即年齡.

　　④歲首(～siu²)；口語説"年頭"(ni⁵t'au⁵).

　　⑤歲序(～su⁵)；日月的運行，即"時序"(si⁵～).

　　⑥年老歲多(lian⁵lo^{n2}～tə¹).

B 白話音：(hue³／he³)

　　(例)　①歲壽(～siu⁷)；壽命. ②歲頭仔(～t'au⁵a²)；指年齡.

　　③幾歲(kui²～).　　　　④二三十歲(ji⁷sa^{n1}tsap⁸～).

　　⑤有歲嘍(u⁷／wu⁷～lo)；年紀大了，上了年紀了.

（958）【措】　　　cuò（ㄘㄨㄛˋ）

"措"字祇有一種讀法：(ts'o³)

　　(例)　①措施(～si¹)；處理辦法. ②措詞(～su⁵)；選用的詞句.

　　③措置(～ti³)；安排、處理. ④籌措(tiu⁵～)；設法集錢.

　　⑤措意(～i³／yi³)；用心，留意.

　　⑥措手不及(～ts'iu²put⁴kip⁴)；臨時來不及應付、處理.

　　⑦不知所措(put⁴ti¹so²～)；不知如何應付、處理.

（959）【束】　　　shù（ㄕㄨˋ）

"束"字一般通用的讀音爲：(sok⁴)

　　(例)　①束腰(～iə¹)；捆束腰部. ②束縛(～pak⁸).

　　③束身(～sin¹)；約束自身，捆束身體.

　　④束頭毛(～t'au⁵mng⁵)；綁頭髮. ⑤束裝(～tsong¹)；整理行裝.

　　⑥束手無策(～ts'iu²bu⁵ts'ek⁴)；捆住了手，喻没法可施.

　　⑦約束(iok⁴～).　　　　⑧結束(kiat⁴～).

・432・

（960）【耐】　　　nài（ㄋㄞ）

"耐"字祇有一種讀法：(nai⁷)

（例）①耐用(～eng⁷／yong⁷).②耐火材料(～hue²tsai⁵liau⁷).

③耐煩(～huan⁵)；不急躁、不怕麻煩.

④耐久(～kiu²).　　　⑤耐勞(～lə⁵)；能忍受勞苦.

⑥耐性(～seng³／sing³)；不急躁的性格.

⑦耐心(～sim¹).　　　⑧忍耐(jim²／lim²～).

（961）【劇】　　　jù（ㄐㄩ）

按"劇"字的讀音有多種，白話音有(kiak⁸)和(k'iak⁸)，前者語例罕見，後者有"惡劇劇"(ok⁴～〃)；很兇．一般通用文言音：(kek⁸／kik⁸)／(kiok⁸)。

（例）①劇葯(～ioh⁸)；葯性劇烈的葯，指毒葯.

②劇烈(～liat⁸).　　　③劇本(～pun²)；演戲用腳本.

④劇場(～tiuⁿ⁵／tioⁿ⁵).　　⑤劇團(～t'uan⁵)；演戲的團體.

⑥劇情(～tseng⁷／tsing⁷)；戲劇的情節.

⑦戲劇(hi³～).　　　⑧歌劇(kua¹～).

（962）【玉】　　　yù（ㄩ）

Ⓐ 文言音：(giok⁸)

（例）①玉米(～bi²)；即"玉蜀黍"(～siok⁸su⁷).

②玉音(～im¹)；指對方的書信、言詞的敬語.

③玉蘭花(～lan⁵hue¹).　④玉成(～seng⁵／sing⁵)；成全.

⑤玉山(～san¹)；在台灣中部爲全台最高峰.

⑥玉帝(～te³);天上最高的神、又稱"玉皇大(上)帝"(～hong⁵tai⁷[siong⁷]te³).　⑦玉兔(～t'o³);指月亮,古時傳説月中有兔子.

⑧金玉(kim¹～);黃金和寶玉.　⑨玉石(～tsioh⁸);玉或玉與石.

⑩玉碎(～ts'ui³)；爲保全氣節而犧牲，反義語爲"瓦全"(ua³ tsuan⁵)．

B 白話音：(gek⁸)

(例) ①玉仔(～a²)；即玉．②玉環(～k'uan⁵)．
③玉手指(～ts'iu²tsi²)；玉戒指．

（963）【跳】　　tiào（ㄊㄧㄠ）

按"跳"字有白話音讀(tiə⁵)，如：①驚一跳(kiaⁿ¹tsit⁸～)；嚇了一跳．
②氣甲跳起來(k'i³kah⁴～k'i²lai⁵)；"來"字讀輕聲，意爲氣得暴跳起來．③新球勢跳(sin¹k'iu⁵gau⁵～)；新的球彈力大．一般較通用文言音；(t'iau³)。

(例) ①跳舞(～bu²)．　　②跳棋(～ki⁵)；棋類遊藝之一．
③跳級(～kip⁴)；超越班級的順次進級．
④跳索仔(～səh⁴a²)；即跳繩．⑤跳傘(～sua³)；跳降落傘．
⑥跳遠(～uan²)．　　⑦跳水(～tsui²)；游泳體技之一．
⑧三級跳(saⁿ¹kip⁴～)；喻昇進不按順序．

（964）【哥】　　gē（ㄍㄜ）

"哥"字祇有一種讀音：(kə¹)，台語多說"兄"(hiaⁿ⁷)。

(例) ①哥哥(～〃)．　　②兄哥(hiaⁿ⁷～)；即哥哥．
③二哥(ji⁷～)；即二兄．　④表哥(piau²～)．
⑤大哥(tua⁷～)，又說"大兄"(～hiaⁿ⁷)，"老大哥"(lau²～)．

（965）【季】　　jì（ㄐㄧ）

"季"字的讀音祇有一種：(kui³)

(例) ①季風(～hong¹)；隨季節而改變風向的風，也叫"季節風"(～tsiat⁴hong¹)或季候風(～hau⁷hong¹)，英語叫"monsoon"．

②季刊(ㄑk'an¹)；每季(3個月)出一次的刊物.

③季節(～tsiat⁴)；即"時季"(si⁵～). ④雨季(u²～).

⑤乾季(kan¹～)；即不下雨或雨極少的"旱季"(han⁷～).

⑥旺季(ong⁷～)；營業多或生產盛的季節(時期)，反義語爲"淡季"(tam⁷～). ⑦春夏秋冬四季(ts'un¹ha²ts'iu¹tong¹su³～).

（966）【課】　　kè（ㄎㄜ）

按"課"字白話音讀(k'ue³／k'e³)；如"工課"(kang¹／k'ang¹～)；工作,活計等語例不多,一般多通用文言音：(k'ə³)。

（例）①課文(～bun⁵). ②課業(～giap⁸)；功課.

③課外(～gua⁷)；上課以外的時間即"課餘"(～i⁵／u⁵).

④課本(～pun²). ⑤課稅(～sue³)；徵稅.

⑥課題(～te⁵／tue⁵)；研討的主題或待解決的重要事項.

⑦課堂(～tng⁵)；教室. ⑧課程(～t'eng⁵)；教學科目與進程.

⑨下課(ha⁷～). ⑩無課(bə⁵～)；沒課.

⑪文書課(bun⁵su⁷～). ⑫缺課(k'uat⁴～).

（967）【凱】　　kǎi（ㄎㄞ）

"凱"字的讀音爲；(k'ai²),如"凱歌"(～kə¹)；打勝仗唱的歌,"凱旋"(～suan⁵)；戰勝回來.

（968）【胡】　　hú（ㄏㄨ）

A 文言音：(ho⁵～)

（例）①胡言亂語(～gian⁵luan⁷gu²)；胡說八道,口語說"亂使講"(luan⁷su²kong²),"烏白講"(o¹peh⁸kong²).

②胡蠅(～sin⁵)；蒼蠅. ③胡椒(～tsiə¹).

④胡思亂想(～su⁷luan⁷siong²)；口語說"亂使想"(luan⁷su²siuⁿ⁷

／sioⁿ⁷）．⑤胡説（〜suat⁴）；瞎説，口語爲"亂講"．

B 白話音：(o⁵)

(例) ①胡笳(〜ka¹)；古代北方民族胡人的樂器，類似笛子．

②胡琴(〜k'im⁵)；口語説"弦仔"(hiaⁿ⁵a²)．

③胡麻(〜mua⁵)．　　　④胡桃(〜t'ə⁵)；核桃．

（969）【鬍】　　　hú（ㄏㄨ）

"鬍"字與"胡"字官話音同,但台語則只有文言音(ho⁵)，如①鬍的(〜e°)；鬍子，即鬍鬚多的人，絡腮鬍子．②鬍鬚(〜ts'iu¹)．

（970）【額】　　　é（ㄜ）

"額"字文言音爲：(gek⁸／gik⁸)，語例較少，如"額手稱慶"(〜siu² tseng¹k'eng³)；以手加額表示慶幸。一般以白話音較通用：(giah⁸)〜(hiah⁸)。

A [giah⁸]：(例) ①額外(〜gua⁷)；超出規定的數額．

②額數(〜so³)；規定的數目．

③額定(〜teng⁷／ting⁷)；規定數目的，口語説"在額"(tsai⁷〜)．

④好額(hə²〜)；有錢，"好額人"(〜lang⁵)；有錢人．

⑤名額(mia⁵〜)．　　　⑥夠額(kau³〜)；足夠、充足．

⑦匾額(pian²〜)．　　　⑧超額(ts'iau¹〜)．

B [hiah⁸]：即額部，①頭額(t'au⁵〜)．②門額(mng⁵〜)；門楣．

（971）【款】　　　kuǎn（ㄎㄨㄢ）

A 文言音：(k'uan²)

(例) ①款米糧(〜bi²niu⁵／nio⁵)；備辦糧食．

②款項(〜hang⁷)；錢，又"錢項"(tsiⁿ⁵hang⁷)．

③款行李(〜heng⁵／hing⁵li²)；整理行李．

④款式(〜sek⁴)；樣式、格式. ⑤款曲(〜k'iok⁴)；殷勤的心意.
⑥款留(〜liu⁵)；誠懇地挽留. ⑦款待(〜t'ai⁷)；親切地招待.
⑧好款(hə²〜)；好樣子(貶義喻得寸進尺，得意的樣子).
⑨即款(tsit⁴〜)；這種樣子. ⑩無像款(bə⁵siang⁷〜)；不一樣.
B 白話音：(k'uaⁿ²)　按白話音的詞例亦多通用文言音(k'uan²)。
　　(例)①貨款(hue²／he²〜／k'uan²). ②公款(kong¹〜／k'uan²).

（972）【紹】　　　shào（ㄕㄠ）
"紹"字的讀音爲：(siau⁷)
　　(例)　①紹興酒(〜heng¹tsiu²). ②紹介(〜kai³)；即介紹.
　　③紹述(〜sut⁴)；繼承而傳述(學說).

（973）【卷】　　　juàn（ㄐㄩㄢ）
A 官話音讀[juǎn]，台語分文白兩讀，文言音爲；(kuan²)，語例
如"卷雲"(〜hun⁵)等很少，一般通用白話音(kng²)。
　　(例)　①卷熏(〜hun¹)；用紙捲起來的香煙，即紙煙.
　　②卷尺(〜ts'iəh⁴)；捲式的尺、布尺.
　　③規卷紙(kui¹〜tsua²)；整卷的紙. 按"卷"又訛音爲(k'un⁵)；
　　　如"1卷軟片"(tsit⁸〜1ng²p'iⁿ³). ④卷毛(〜mng⁵)；曲捲的毛髮.
B 官話音爲：[juàn]台語亦分文白兩讀。
　Ⅰ 文言音：(kuan³)　①卷牘(〜tok⁴)；公文書.
　　②卷宗(〜tsong¹)；分類保存的文件.
　　③考卷(k'ə²〜)；考試用紙. ④卷冊(〜ts'eh⁴)；書册、文件.
　　⑤看卷(k'uaⁿ³〜)；評分、改考卷.
　Ⅱ 白話音：(kng³)　①考卷(k'ə²〜). ②試卷(ts'i³〜).

（974）【捲】　　　juǎn（ㄐㄩㄢ）

A 文言音：(kuan²)，如"捲土重來"(～t'o²tiong⁷lai⁵)等詞例不多。
B 白話音：(kng²)，如①捲螺仔風(～le⁵a²hong¹)；旋風. ②捲蓆仔(～ts'iəh⁸a²)；捲草蓆. ③1捲紙(tsit⁸～tsua²)；一卷紙.

（975）【齊】　　　qí（ㄑㄧ）

"齊"字文言音爲(tse⁵)、白話音爲(tsue⁵)，兩音大多互相通用。

（例）　①百花齊放(pek⁴／pik⁴hua¹tse⁵hong³).

②齊到(～kau³).　　　③齊備(～pi⁷)；齊全.

④齊頭(～t'au⁵)；整數.　⑤齊集(～tsip⁸)；全部集合.

⑥齊全(～tsuan⁵)；應有盡有，又音(tsiau⁵tsng⁵).

⑦齊唱(～ts'iuⁿ³／ts'ioⁿ³)；一齊唱，又音(tsiau⁵ts'iuⁿ³).

⑧會齊(hue⁷～)；約好一齊(一起).

⑨整齊(tseng²～).　　　⑩同齊(tang⁵～)；一齊、一起.

（976）【偉】　　　wěi（ㄨㄟ）

"偉"字的讀音祇有一種：(ui²／wi²)

（例）　①偉大(～tai⁷).　　②偉業(～giap⁸)；偉大的功業.

③偉人(～jin⁵)；偉大的人物. ④偉力(～lek⁸)；巨大的力量.

⑤偉績(～tsek⁴)；偉大的功績. ⑥雄偉(hiong⁵～)；雄壯偉大.

（977）【蒸】　　　zhēng（ㄓㄥ）

"蒸"字只有一種讀法：(tseng¹／tsing¹)

（例）　①蒸發(～huat⁴). ②蒸氣(～k'i³)；因蒸發而變成氣體.

③蒸汽(～k'i³)；水蒸氣. ④蒸餾水(～liu⁵sui²)；按台語常說"炊"(ts'ue¹)，如"蒸年糕"叫"炊粿"(～kue²).

（978）【殖】　　　zhí（ㄓ）

按"殖"字的文言音爲(sek^8／sik^8)、通常則多用白話音：(sit^8)。

(例)　①殖民地(～bin^{5}te^7)．②繁殖(huan^2～)．

③增殖(tseng^1／tsing^1～)；即繁殖(生殖傳代)．

(979)【永】　　yǒng（ㄩㄥˇ）

"永"字的讀法祇有一種：(eng^2／ing^2)

(例)　①永眠(～bin^5)；婉言死亡．②永生(～seng^1／sing^1)．

③永無彼號代誌(～bə^{5}hit^{4}hə^{7}tai^{7}tsi^3)；絶不會有那種事情．

④永會(～e^7)；總會(終會)，如"人永會做毋着"(lang^5～tsə^{3}m^7
tiəh^8)；人終會做錯的．⑤永恆(～heng^5／hing^5)；即永遠．

⑥永回(～hue^5)；即以前，又説"永過(仔)"(～kue^3[a^2])，亦説
"永擺"(～pai^2)．　　　　⑦永久(～kiu^2)．

⑧永訣(～kuat^4)；即"永別"(～piat^8)．

⑨永世(～se^3)；即"永遠"(～uan^2)．

(980)【宗】　　zōng（ㄗㄨㄥ）

"宗"字祇有一種讀法：(tsong^1)

(例)　①宗廟(～biə^7)；帝王或諸侯祭祀祖宗的地方．

②宗法(～huat^4)；以血統遠近區別親疏的宗族制度．

③宗教(～kau^3)．④宗派(～p'ai^3)；學術、宗教等的派別．

⑤宗室(～sek^4／sik^4)；帝王的宗族．

⑥宗旨(～tsi^2)；主要目的．⑦宗族(～tsok^8)．

⑧禪宗(sian^5～)；佛教主靜坐修行．⑨同宗(tong^5～)．

(981)【苗】　　miáo（ㄇㄧㄠˊ）

"苗"字只有一種讀音:(biau^5)；按台語多説"栽"(tsai^1)。

(例)　①苗裔(～e^7)；子孫後代．②苗圃(～p'o^2)；育苗的園地．

③苗條(～tiau⁵)；細長柔美(形容女性身裁).

④苗頭(～t'au⁵)；微露的情況. ⑤幼苗(iu³～).

⑥菜苗(ts'ai³～)；即"菜栽"(ts'ai³tsai¹).

⑦樹苗(ts'iu⁷～)；口語説"樹栽"(ts'iu⁷tsai¹).

（982）【川】　　chuān（ㄔㄨㄢ）

按"川"字有白話音作(ts'ng¹)，用於"尻川"(k'a¹～)；即屁股，但另有寫作"腳倉"者，惟一般通用的讀音爲文言音：(ts'uan¹)。

(例)　①川流不息(～liu⁵put⁴sit⁴)；像水流不間斷.

②川貝(～pue³)；四川產的貝母，治袪痰止咳.

③川資(～tsu¹)；旅費. ④川芎(～kiong¹)；補葯材之一.

⑤河川(he⁵～). ⑥山川(san¹～).

（983）【炉／爐】　　lú（ㄌㄨ）

"爐"字的讀音爲(lo⁵)一種而已，台語多用"灶"(tsau³)。

(例)　①爐火純青(～hue²sun⁵ts'eng¹)；學藝到了純熟的地步.

②爐台(～tai⁵)；爐子上頭可放東西的平面部分，口語説"灶頭"(tsau³t'au⁵). ③爐灶(～ts'au³). ④電爐(tian⁷～)

⑤煤爐(mue⁵／mui⁵～)；燒煤的爐子. ⑥火爐(hue²／he²～).

⑦爐渣(～tsa¹)；爐子内的渣滓，口語"炭屎"(t'ua^{n3}sai²).

（984）【岩／巖】　　yán（ㄧㄢ）

按"岩"字有文言音：(gam⁵)，如"岩石"(～sek⁸)、"山岩"(san¹～)，一般多通用白話音(giam⁵)。

(例)　①岩洞(～tong⁷). ②岩層(～tsan³).

③岩石(～ts'iəh⁸). ④花崗岩(hua¹kang¹～).

⑤水成岩(tsui²seng⁵／sing⁵～)；即沈積岩.

（985）【弱】　　　ruò（ㄖㄨㄛˋ）

"弱"字的讀音有白話音爲：(jiəh^8／giəh^8／liəh^8)，如"軟弱"(nng^2～)
；柔軟，惟一般則通用文言音：(jiok^8／giok^8／liok^8)。

　　（例）　①薄弱(pok^8～)．　　②弱肉強食(～jiok^{8}kiong^{5}sit^8)．
　　③弱冠(～kuan^1)；古代男子20歲行冠禮，因没到壯年，故稱
　　弱冠(20歲代)，口語説"上人範" (tsiu^{n7}lang^{5}pan^7)．
　　④弱小(～siə^2)．　　　　⑤弱點(～tiam^2)．
　　⑥弱體(～t'e^2)；身體弱、體質差，口語説"荏身命"(lam^{2}sin^1
　　mia^7)．　⑦老弱(lau^7～)．　　⑧軟弱(luan^2～)．
　　⑨衰弱(sue^1～)．　　　　⑩脆弱(ts'ui^3～)；禁不起挫折．

（986）【零】　　　líng（ㄌㄧㄥˊ）

按"零"字白話音讀(lan^5)，語例少，一般通用文言音：(leng^5／ling^5)。
又台語常説(k'ong^3)；漢字作"空"或"曠"表示"～零……"。

　　（例）　①707(ts'it^{4}k'ong^{3}ts'it^4)．②零用(～iong^7)；零碎地花用．
　　③零件(～kia^{n7})；又説"部(分)品"(po^1[hun^7]p'in^2)．
　　④零亂(～luan^7)；即凌亂．⑤零落(～lok^8)；散落、衰敗．
　　⑥零散(～san^3)；口語説"散散"(sua^{n3}〃)．
　　⑦零售(～siu^5)；零細個別地販賣．
　　⑧零碎(～ts'ui^3)；瑣碎．　⑨凋零(tiau^1～)；枯萎散落．
　　⑩一千零[空]一(tsit^{8}ts'eng^1～[k'ong^3]it^4)．
　　⑪飄零 (p'iau^1～)；凋謝散落，流浪無依．

（987）【楊】　　　yáng（ㄧㄤˊ）

按"楊"字文言音爲：(yong^5)，白話音爲：(iu^{n5}／io^{n5})，一般兩音
通用。

　　（例）　①楊柳(yong^5／iu^{n5}liu^2)；指楊樹和柳樹．

・441・

②楊梅($\sim$mui^5／mue^5)；草莓．又説"澌梅"(ho^{2}m^5)．

③姓楊(se^{n3}iu^{n3}／io^{n3})；按姓氏僅用白話音．

（988）【奏】　　　zòu（ㄗㄡ）

按"奏"字的文言音(tso^3)用例較少，一般均通用白話音：(tsau^3)。

（例）　①伴奏(p'ua$^{n7}\sim$)．　②奏樂($\sim$gak^8)；吹奏音樂．

③奏效($\sim$hau^7)；見效，口語有"行氣"(kia^{n5}k'i^3)．

④奏凱($\sim$k'ai^2)；得勝而奏凱歌．

⑤奏疏($\sim$so^1)；即舊時臣下向帝王上奏的意見書．

⑥演奏(ian$^2\sim$)．　⑦奏章($\sim$tsiong^1)；同前⑤．

⑧烏白奏(o^{1}peh$^8\sim$)；即"亂奏"，胡亂地打報告．

⑨獨奏(tok$^8\sim$)．　⑩吹奏(ts'ue$^1\sim$)．

（989）【沿】　　　yán（ㄧㄢ）

"沿"字祇有一種讀法：(ian^5／yan^5)

（例）　①沿海($\sim$hai^2)．　②沿用($\sim$iong^7)；繼續使用．

③沿革($\sim$kek^4／kik^4)；事物發展和變化的過程．

④沿路($\sim$lo^7)；順着路側，一路上，如"沿路行沿路哮(吼)"($\sim$kia$^{n5}\sim$hau^2);邊走邊哭．⑤沿線($\sim$sua^{n3});沿鐵路或公路的地方．

⑥沿襲($\sim$sip^8)；即因襲，照原樣繼續下去．

⑦沿岸($\sim$hua^{n7})．　⑧沿途($\sim$to^5)；即順着路側．

（990）【露】　　　lù（ㄌㄨ）

"露"字祇有一種讀音：(lo^7)

（例）　①露營($\sim$ia^{n5})；在野外搭帳蓬住宿，也叫"野營"(ia$^2\sim$)．

②露水($\sim$tsui^2)．　③露天($\sim$t'ian^1)；指在屋外．

④杏仁露(heng^{7}jin$^5\sim$)．　⑤甘露(kam$^1\sim$)；甜美的飲料．

⑥白露(peh^8〜)；24節氣之一，每年9月7、8或9日．

⑦揭露(k'iat^4〜)；使顯露．⑧暴露(pok^8〜)；同⑦．

⑨露骨(〜kut^4)；用意明顯不掩飾．⑩凍露(tang^3〜)；放在屋外過夜．

（991）【桿】　　gān〜gǎn（ㄍㄢ）

A官話讀[gān]時，台語文言音讀(kan^7)，用例少，白話音爲：(kua^{n1})；如"旗桿"(ki^5〜)．

B官話讀[gǎn]時，台語文言音爲(kan^2)，如"桿菌"(〜k'un^2)；桿狀的細菌．白話音讀(kuai^{n2})；如"秤桿"(ts'in^3〜)．

（992）【探】　　tàn（ㄊㄢ）

"探"字的讀音祇有一種：(t'am^3)

（例）　①探問(〜bun^7／mng^7)．②探險(〜hiam^2)．

③探訪(〜hong^2)．　　　　④探究(〜kiu^3)；探索追求．

⑤探花(〜hue^1)；科舉的殿試第三名．⑥偵探(tseng^1〜)．

⑦探監(〜ka^{n1})；到監獄看被囚的親友．

⑧探勘(〜k'am^3)；勘探礦藏情況．

⑨探索(〜sek^4／səh^4)；探究追索答案．

⑩探聽(〜t'ia^{n1})；打聽．　⑪探討(〜t'ə^2)；研究討論．

⑫探親(〜ts'in^1)；探望親屬．⑬密探(bit^8〜)；祕密偵察．

（993）【滑】　　huá（ㄏㄨㄚ）

"滑"字的文言音爲(huat^8)，詞例不多，一般多用白話音(kut^8)。

（例）　①滑稽(〜k'e^1)；口語説"笑科"(ts'iə^{3}k'ue^1／k'e^1)．

②滑溜溜(〜liu^1〃)；喻很滑．③滑潤(〜lun^7)；光滑潤澤．

④滑翔(〜／huat^{8}siong^7)；不靠動力而靠浮力在空中飄行．

⑤滑動(～tong⁷).　　　　　⑥光滑(kng¹～)；口語"金金"(kim¹〃).
⑦路滑倒人(lo⁷～tə²lang⁵).

（994）【鎮】　　　　zhèn（ㄓㄣ）

"鎮"字的讀音有一種：(tin³)

(例)①鎮壓(～ap⁴)；用強力壓制.②鎮守(～siu²)；駐紮防守.
③鎮腳鎮手(～k'a¹～ts'iu²)；礙手礙腳.
④鎮所在(～so²tsai⁷)；佔地方，又説"鎮地(塊)"(～te⁷[te³])；
亦説"鎮位"(～ui⁷).　　　　⑤鎮定(～teng⁷／ting⁷)；不慌亂.
⑥鎮靜(～tseng⁷／tsing⁷)；情緒穩定.
⑦鄉鎮(hiong¹～).　　　　⑧重鎮(tiong⁷～)；重要城鎮.

（995）【飯】　　　　fàn（ㄈㄢ）

Ⓐ文言音：(huan⁷)用例不多，如"飯疏食"(～so¹sit⁸)。
Ⓑ白話音：(png⁷)一般多用此音。

(例)　①飯盒(～ah⁸).　　　　②飯館(～kuan²).
③飯坩(～k'a\ⁿ¹)；裝飯的容器，又有"飯桶"(～t'ang²)；喻無用的
人，"飯斗"(～tau²)以及"飯鍋"(～ue¹)；均爲裝飯的容器.
④飯粒(～liap⁸).　　　　⑤飯包(～pau¹)；盒飯，便當.
⑥飯疕(～p'i²)；鍋巴.　　⑦飯匙(～si⁵)；飯杓.
⑧飯丸(～uan⁵)；飯團.　　⑨飯匙骨(～kut⁴)；肩胛骨.
⑩飯店(～tiam³)；大型旅館(hotel)，又指飯館.
⑪糜飯(muai⁵／be⁵～)；稀飯和乾飯、泛稱飯.
⑫番薯籤飯(huan¹tsu⁵ts'iam¹～)；乾地瓜籤混米煮的飯.
⑬蔴油飯(mua⁵iu⁵～)；蔴油炒飯.

（996）【濃】　　　　nóng（ㄋㄨㄥ）

"濃"字的讀音祇有一種：(long⁵)，口語常説"厚"(kau⁷)。

   (例) ①濃密($\sim$bit⁸)；稠密. ②濃霧($\sim$bu⁷)；濃厚的霧.

   ③濃厚($\sim$ho⁷／hiə⁷).   ④濃艷($\sim$iam⁷／yam⁷)；濃厚艷麗.

   ⑤濃縮($\sim$siok⁴)；除去不必要的成分增加濃度.

（997）【航】　　háng（ㄏㄤ）

"航"字文言音讀(hong⁵)，語例不多，一般多用白話音(hang⁵)。

   (例) ①航海($\sim$hai²).   ②航行($\sim$heng⁵／hing⁵).

   ③航空($\sim$k'ong¹). ④航線($\sim$suaⁿ³)；陸和空航行的路線.

   ⑤航路($\sim$lo⁷)；船航行的路線. ⑥航程($\sim$t'eng⁵／t'ing⁵).

   ⑦航道($\sim$tə⁷)；船在海中安全航行的通道.

   ⑧導航(tə⁷$\sim$)；引導航行，又説"領航"(leng²／ling²$\sim$).

（998）【懷】　　huái（ㄏㄨㄞ）

按"怀"字白話音爲(kui⁵)，如"怀帶"($\sim$tai³／tua³)，一般通用文言音
(huai⁵)。

   (例) ①怀疑($\sim$gi⁵).   ②怀恨($\sim$hin⁷／hun⁷)；記恨.

   ③怀古($\sim$ko²).   ④怀孕($\sim$in⁵)；妊娠.

   ⑤怀柔($\sim$jiu⁵／liu⁵)；指籠絡的手段.

   ⑥怀念($\sim$liam⁷)；又"怀戀"($\sim$luan⁵)；思念.

   ⑦怀胎($\sim$t'ai¹)；口語説"有身"(wu⁷sin¹).

   ⑧怀春($\sim$ts'un¹)；少女愛慕異性.

   ⑨胸怀(hiong¹$\sim$).   ⑩滿怀(buan²$\sim$)；整個心胸裡.

（999）【趕】　　gǎn（ㄍㄢ）

"趕"字文言音爲：(kan²)，如"趕出去"($\sim$ts'ut⁴k'i³)，但一般則通用
白話音(kuaⁿ²)，按用(kan²)比用(kuaⁿ²)語氣粗劣。

(例)　①趕緊(kua^{n2}kin^2)．②趕工課(～k'ang^{1}k'ue^3)；趕工作．
③趕路(～lo^7)．　　　④趕車(～ts'ia^1)；急着要去搭車．
⑤追趕(tui^1～)．　　　⑥眞趕(tsin^1～)；很緊迫．

（1000）【庫】　　kù（ㄎㄨ）
"庫"字的讀音祇有一種：(k'o^3)
(例)　①庫房(～pang^5)；儲存財物的房屋．
②庫存(～tsun^5)；庫房中儲存的財物．③金庫(kim^1～)．
④水庫(tsui^2～)；儲水處．⑤倉庫(ts'ng^1～)．

（1001）【奪】　　duó（ㄉㄨㄛ）
按"奪"字白話音讀(tuah^8)，如"氣奪奪"(k'i^3～〃)；怒氣沖沖。但一
般則多通用文言音：(tuat^8)。
(例)　①奪目(～bok^8)；耀眼，口語説"顯目"(hia^{n2}bak^8)．
②奪取(～ts'u^2)．　　　③掠奪(liok^8～)；搶奪．
④剝奪(pak^4～)；強行奪取．⑤定奪(teng^7／ting^7～)；做決定．

（1002）【伊】　　yī（ㄧ）
按"伊"字的讀音祇有一種：(i^1／yi^1)，語義主要的爲第三人稱單數，
即"他"或"她"、"它"。如"汝有愛伊無"(li^{2}u^{7}ai^3～bə^5)?你愛他(她)嗎
?"這是伊的"(tse^{1}si^7～e^5)；這是他(她)的．"伊"又用於"虛指"(用在動
詞和補語之間)，如"食[互]伊飽" (tsiah^8[ho^7]～pa^2)；吃個飽飽．

（1003）【靈】　　líng（ㄌㄧㄥ）
"靈"字祇有一種讀法：(leng^5／ling^5)
(例)　①靈魂(～hun^5)．　②靈敏(～bin^2)；反應快．
③靈驗(～giam^7)；有奇效，應驗．

④靈感(～kam²)；思路，有靈驗，"媽祖足靈感(Ma²tso²tsiok⁴
～)；媽祖(神)很靈驗，靈聖. ⑤靈機(～ki¹)；靈巧的心靈.
⑥靈聖(～siaⁿ³)；靈應. ⑦靈巧(～kiau²)；靈活而巧妙.
⑧心靈(sim¹～). ⑨靈柩(～kiu²)；死者入殮的棺材.
⑩靈性(～seng³／sing³)；指動物而具聰慧者.
⑪英靈(eng¹／ing¹～). ⑫靈通(～t'ong¹)；消息來得快.

（1004） 【稅】 　　　shuì（ㄕㄨㄟˋ）

按"稅"字的文言音爲：(sue³)，白話音爲：(se³)，兩音異讀而通用
(sue³／se³)。

　　(例)　①稅務(～bu⁷). 　②稅額(～giah⁸).
　　③稅金(～kim¹)；即稅捐. ④稅捐(～kuan¹)；捐稅.
　　⑤稅關(～kuan¹)；海關. ⑥稅厝(～ts'u³)；租房子.
　　⑦稅人(～lang)；"稅"字讀本調3聲，"人"讀輕聲；租給人家.
　　⑧課稅(k'ə³～). 　　⑨所得稅(so²tek⁴～).
　　⑩房捐稅(pang⁵kuan¹～)；房子的不動產稅.

（1005） 【像】 　　　xiàng（ㄒㄧㄤˋ）

Ⓐ 文言音：(siang⁷／siong⁷)詞義同"相"字。
　Ⅰ [siang⁷]：①像款(～k'uan²)；一樣. ②無像(bə⁵～)；不像.
　③相像(sia¹～)；一樣、相同.
　按有時又訛音爲5聲(siang⁵)；相像(sia¹～)、無像(bə⁵～).
　Ⅱ [siang⁷／siong⁷]：①畫像(hue⁷～). ②翕像(hip⁴～)；照相.
　③佛像(hut⁸／put⁴～). 　④繡像(siu³～).
Ⓑ 白話音：(ts'iuⁿ⁷／ts'ioⁿ⁷)表在形象上相同或類似，通常與"親"
字組成"親像"(ts'in¹～)一詞。
　　(例)　①(親)像老父(～lau⁷pe⁷)；像父親.

②像種(～tseng² ／tsing²)；遺傳特徵. ③無親像人(bə⁵～lang⁵／lang⁰)；人讀5聲即不像"人"，讀輕聲則比不上別人.

（1006）【途】　　tú（ㄊㄨ）

"途"字祇有一種讀法：(to⁵)

　　(例)　①途徑(～keng⁷／king⁷). ②途程(～t'eng⁵)；即路程.

　　③改途(kai²～)；改行，又説"換途"(uaⁿ⁷～).

　　④共途(kang⁷～)；"共"字又作"仝"，即同行也.

　　⑤旅途(li²～).　　　　　⑥路途(lo⁷～).

（1007）【滅】　　miè（ㄇㄧㄝ）

"滅"字的讀法只有一種：(biat⁸)

　　(例)　①滅亡(～bong⁵).　②滅口(～k'au²)，殺人滅口.

　　③滅頂(～teng²)；被水淹死. ④滅迹(～tsek⁴／tsik⁴)；消滅痕迹.

　　⑤消滅(siau¹～).　　　　　⑥絶滅(tsuat⁸～)；完全消滅.

（1008）【賽】　　sài（ㄙㄞ）

"賽"有白話音(se³)，如"參賽"(saⁿ¹～)；互相比賽，但語例多通用文言音：(sai³)。

　　(例)　①賽馬(～ma²)，又音(sai³be²)，又説"競馬"(keng³be²).

　　②賽車(～ts'ia¹).　　　　　③決賽(k'uat⁴～).

（1009）【歸】　　guī（ㄍㄨㄟ）

"歸"字的讀音祇有一種：(kui¹)

　　(例)　①歸還(～huan⁵).　②歸降(～kang³)；即投降.

　　③歸依(～i¹／yi¹)；皈依，誠心信佛.

　　④歸根結底(～kin¹kiat⁴te³／ti³)；歸到根本上.

⑤歸公(～kong¹)；口語説"拍落公"(p'ah⁴ləh⁸kong¹)．

⑥歸納(～lap⁸)；反義語"演繹"(ian²ek⁸／ik⁸)．

⑦歸寧(～leng⁵／ling⁵)；結婚婦女回娘家，口語又説"做客" (tsə³／tsue³k'eh⁴)．　⑧歸併(～peng⁷／ping⁷)；併入．

⑨歸西(～se¹)；喻死亡．　⑩歸屬(～siok⁸)．

⑪歸順(～sun⁷)．　　　⑫歸途(～to⁵)；回來的路途．

⑬歸檔(～tong³)；將公文資料分類保存．

⑭歸隊(～tui⁷)；回到原來的隊伍．

⑮歸天(～t'ian¹)；喻死亡．⑯回歸(hue⁵～)．

⑰當歸(tong¹～)；補葯之一．⑱衆望所歸(tsiong³bong⁷so²～)．

（1010）【召】　　　zhào（ㄓㄠ）

"召"字的讀音有(tiau³)和(tiau⁷)通用，即(tiau³／tiau⁷)。

(例)　①召喚(～huan³)；叫人來(抽象用法)．

②召見(～kian³／kiⁿ³)；上級叫下級來見面．

③召開(～k'ui¹)；舉行會議．④召集(～tsip⁸)．

⑤感召(kam²～)；感化和召喚．

（1011）【鼓】　　　gǔ（ㄍㄨ）

"鼓"字祇有一種讀法：(ko²)

(例)　①鼓舞(～bu²)．　　②鼓勵(～le⁷)．

③鑼鼓(lə⁵～)．　　④鼓脹(～tiong³)；多指腹部膨脹．

⑤鼓動(～tong⁷)；激發他人的情緒使行動起來．

⑥鼓掌(～tsiong²)；口語説"拍噗仔"(p'ah⁴p'ok⁸a²)．

⑦旗鼓(ki⁵～)．　　　⑧鼓手(～ts'iu²)；打鼓的人．

（1012）【播】　　　bō（ㄅㄛ）

"播"字的讀音爲：(po³)，按亦有讀(pə³)者，較不通用。

(例)　①播音(po³im¹／yim¹)．②播送(～sang³)；利用電氣傳送．

③播種(～tseng³／tseng²)；撒布種子、或種植．口語又説"掖種"(ia⁷～)，或"放種"(pang³～)．

（1013）【盤】　　　pán（ㄆㄢ）

按"盤"字的讀法多種，文言音中的(puan⁵)和(pan⁵)語例殊罕見，(puan⁵)有"盤旋"(～suan⁵)，亦讀(puaⁿ⁵～)。而白話音中的(p'uaⁿ⁵)亦殊少語例，故實際通用讀音兩種如下．

A 文言音較通用的爲：(puan⁵)

(例)　①盤根錯節(～kun¹／kin¹ts'ə³／ts'ok⁴tsiat⁴)；喻事情繁難複雜不易解決．②盤古(～ko²)；中國神話中天地的開闢者．

③盤踞(～ku³)；非法霸佔．④盤川(～ts'uan¹)；路費．

⑤盤算(～suan³)；心裡籌劃、計算．

B 白話音的(puaⁿ⁵)；此音爲最常用者

(例)　①盤仔(～a²)；盤子．②盤問(～mng⁷)；詳細查問．

③盤貨(～hue³／he³)；清點實存貨物．

④盤弄(～lang⁷)；即"變弄"(piⁿ³lang⁷)；撥弄．

⑤盤山(～suaⁿ¹)；翻越山頭，如"盤山過嶺"(～kue³／ke³niaⁿ²)．

⑥盤查(～tsa¹)；盤問檢查．⑦盤栽(～tsai¹)；移植．

⑧盤車(～ts'ia¹)；換車．　⑨墨盤(bak⁸～)；硯台．

⑩盤話(～ue⁷)；把別人背後説的話傳來傳去．

⑪腳盤(k'a¹～)；蹄部(腳掌)的表面．

⑫開盤(k'ui¹～)；開始交易時的行情．

⑬算盤(sng³～)．　　　　⑭茶盤(te⁵～)．

⑮車盤(ts'ia¹～)；翻來覆去．⑯碗盤(uaⁿ²～)．

⑰算𣍐和盤(sng³bue⁷／be⁷hə⁵～)；划不來、不合算．

（1014）【裁】　　cái（ㄘㄞ）

"裁"字的讀音為：(ts'ai⁵)

（例）①裁縫(～hong⁵)．　②裁減(～kiam²)；削減．
③裁決(～kuat⁴)；經過考慮做出決定，又叫"決裁"．
④裁判(～p'ua^{n3})．　　⑤裁定(～teng⁷／ting⁷)；判定．
⑥裁軍(～kun¹)；減少軍隊．⑦裁斷(～tuan³)；考慮決定．
⑧裁撤(～t'iat⁴)；取消(機構)．
⑨洋裁(iu^{n5}／io^{n5}～)．　⑩裁員(～uan⁵)；裁減人員．
⑪獨裁(tok⁸～)．　　　　⑫制裁(tse³～)；一種處罰行為．

（1015）【險】　　xiǎn（ㄒㄧㄢ）

"險"字的讀音為：(hiam²)

（例）①險隘(～ai³)；險要的關口．
②險儅赴(～bue⁷／be⁷hu³)；差點兒來不及．
③險要(～iau³)；險峻的要衝．④險險(～〃)；差一點兒．
⑤險惡(～ok⁴)；兇險可怕．⑥險阻(～tso²)；險惡而有阻礙．
⑦險峻(～tsun³)；高陡而險．⑧危險(gui⁵～)．
⑨冒險(mo⁷～)．　　　　⑩陰險(im¹～)；用心狠毒．

（1016）【康】　　kāng（ㄎㄤ）

Ⓐ 文言音：(k'ong¹)

（例）①康復(～hok⁸)；恢復健康．②康健(～kian⁷)．
③康寧(～leng⁵／ling⁵)．　④康樂(～lok⁸)．

Ⓑ 白話音：(k'ng¹)；用於姓氏
按"康"字另有白話音 (k'ang¹)，"康寧"(～leng⁵／ling⁵)．

（1017）【唯】　　wéi（ㄨㄟ）

A "唯"字官話音讀(wéi)時，台語讀(ui⁵／yi⁵)，有獨一無二之義，如"唯一"(～it⁴)，"唯物主義"(～but⁸tsu²gi⁷)，"唯心論"(～sim¹lun⁷)。
B 官話讀(wéi)時，台語讀(ue⁵)，表示應答。
　　(例)　"阿美！"(A¹bi²！)，"唯！"(～)！

(1018)【錄】　lù（ㄌㄨ）
A 文言音：(liok⁸)，通常訛爲：(lok⁸)，兩音通用。
　　(例)　①錄音(～im¹／yim¹)．②錄用(～iong⁷／yong⁷)．
　　③錄取(～ts'u²)．　　　④目錄(bok⁸～)．
　　⑤記錄(ki³～)．　　　⑥筆錄(pit⁴～)．
B 白話音；廈門語有讀(lak⁴)，如"錄空"(～k'ang¹)；鑽孔。一般白話音通用(lek⁸／lik⁸)，如"抄錄"(ts'au¹～)，"一項一項錄起來"(tsit⁸hang⁷〃～k'i²lai)。

(1019)【菌】　jùn（ㄐㄩㄣ）
"菌"字的讀音隨官話音而變，官話讀(jūn)時台語讀(k'un²)，如"細菌"(se³／sue³～)。官話讀(jǜn)時台語讀(kun⁷)；即菇、蕈．

(1020)【純】　chún（ㄔㄨㄣ）
"純"字的讀法祇有一種：(sun⁵)
　　(例)　①純愛(～ai³)；純潔没雜念的愛情．
　　②純金(～kim¹)．　　　③純潔(～kiat⁸)．
　　④純利(～li⁷)；扣除成本、費用後的實質益益．
　　⑤純樸(～p'ok⁴)；樸實厚道．⑥純情(～tseng⁵／tsing⁵)．
　　⑦純粹(～ts'ui³)；没參入別的成分．　⑧單純(tan¹～)．

(1021)【借】　jiè（ㄐㄧㄝ）

A 文言音：(tsek⁴／tsik⁴)和(tsia³)前者如"借故" (～ko³)，後者如
"借口"(～k'au²)，又音(tsiəh⁴k'au²)，但通常多使用白話音(tsiəh⁴)。

B 白話音：(tsiəh⁴)

   (例)　①借据(～ku³)． 　　②借款(～k'uan²)．

   ③借條(～tiau⁵)；便條式的借据． ④借重(～tiong⁷)；敬詞，請
   別人出力． 　　　　　⑤借助(～tso⁷)；靠別人的幫助．

   ⑥借支(～tsi¹)；先期支用薪水或工資．

   ⑦假借(ka²～)；借用，利用． ⑧貸借(tai³～)；即借出．

（1022）【乃】　　　nǎi（ㄋㄞˇ）

按"乃"字祇有一種讀音(文言音)；(nai²)，又作"廼"。

   (例)　①乃是(～si⁷)；就是．②乃至(～tsi³)；甚至於．

（1023）【蓋】　　　gài（ㄍㄞˋ）

A 文言音：(kai³)

   (例)　①蓋棺論定(～kuan¹lun⁷teng⁷／ting⁷)；人要死後才能論
   其功過是非． 　　②蓋章(～tsiong¹)．

   ③蓋世無雙(～se³bu⁵siang¹)；當代獨一無二．

   ④[上]蓋勢(siang⁷／siong⁷～gau⁵)；非常能幹．

   ⑤[上]蓋好(siang⁷／siong⁷～hə²)；最好，"蓋好"即非常好．

B 白話音：(kua³)

   (例)　①鍋仔蓋(e¹／ue¹a²～)；鍋蓋兒．②厝蓋(ts'u³～)；屋頂．

C 訓讀音：蓋字又訓讀(kah⁴)，如"蓋被"(～p'ue⁷／p'e⁷)，和
(k'am³)，如"蓋頭殼"(～t'au⁵k'ak⁴)；覆蓋了頭部．

（1024）【糖】　　　táng（ㄊㄤˊ）

按"糖"字的的文言音爲：(t'ong⁵)，如"糖分"(～hun¹)，"白糖" (peh⁸

～)，惟一般則多通用白話音：(t'ng⁵)。

(例)　①糖仔(～a²)；即糖果.

②糖蜜(～bit⁸)；含有糖、蛋白質和色素的黏稠液體.

③糖衣(～i¹／yi¹)；包在苦藥表面的糖質層.

④蔗糖(tsia³～)；甘蔗製的糖. ⑤糖膏(～kə¹)；黏稠液狀的糖.

（1025）【橫】　　héng（ㄏㄥˊ）

按"橫"字的文言音爲(heng⁵／hing⁵)，如"橫逆"(～gek⁸／gik⁸)；即橫暴的行爲。一般通用的詞例多讀白話音：(huaiⁿ⁵／huiⁿ⁵)。

(例)　①橫禍(～hə⁷)；意外的災禍.

②橫暴(～pok⁸)；強橫兇暴. ③橫財(～tsai⁵)；意外的錢財.

④橫柴攑入灶(～ts'a⁵giah⁸jip⁸／lip⁸tsau³)；喻橫暴不講理.

⑤蠻橫(ban⁵～)；口語説"拗蠻"(au²～).

（1026）【符】　　fú（ㄈㄨˊ）

"符"字只有一種讀法：(hu⁵)

(例)　①符仔(～a²)；即道士信手所畫用來驅鬼神的紙條(上有圖形、線條).　②符合(～hap⁸).

③符號(～hə⁷).　④符咒(～tsiu³)；符和咒語.

⑤安胎符(an¹t'ai¹～).　⑥護身符(ho⁷sin¹～).

（1027）【私】　　sī（ㄙ）

按"私"字白話音讀(sai¹)，如"私(家、奇、腳、骹)錢"(～k'ia¹tsiⁿ⁵)，即私房錢，"私"字又讀(su¹)，而(k'ia¹)的漢字有4種寫法，一般通用的是文言音：(su¹)。

(例)　①私憤(～hun³)；個人關係的憤恨.

②私見(～kian³).　③私囊(～long⁵)；私人的錢袋.

454

④私生子(～seng^1／sing^{1}tsu^2)；又説"偷生"的(t'au^{1}si^{n1}／se^{n1}e).

⑤私塾(～siok^8).　　　⑥私蓄(～t'iok^4)；私人的積蓄.

⑦私欲(～iok^8).　　　⑧私通(～t'ong^1)；通敵、通姦.

⑨大公無私(tai^{7}kong^{1}bu^5～).　⑩自私自利(tsu^7～tsu^{7}li^7).

（1028）【努】　　nǔ（ㄋㄨ）

"努"字基本上讀(lo^5)，但亦有讀鼻化(韻)的傾向：(no^5)，兩音(lo^5／no^5)通用。

（例）　①努氣(～k'i^3)；慪氣、煩擾、受氣.

②努力(～lek^8／lik^8)，又音(lo^{2}lat^8)；即勞駕、感謝之意.

（1029）【堂】　　táng（ㄊㄤ）

A 文言音：(tong^5)

（例）　①堂皇(～hong^5)；喻氣勢盛大.

②堂上(～siong^7)；指父母，又時受審訊的人呼審案的官吏.

③堂堂(～〃)；形容大方或有氣魄或陣容壯大.

B 白話音：(tng^5)

（例）　①學堂(əh^8～)；又音(hak^8～).②教堂(kau^3～).

③課堂(k'ə^3～).　　　④禮堂(le^2～).

⑤菜堂(ts'ai^3～)；指出家人的寺庵.

（1030）【域】　　yù（ㄩ）

按"域"字文言音為(ek^4／ik^4)，白話音為(hek^4／hik^4)，兩音通用(ek^4／hek^4)。

（例）　①域外(～gua^7)，域內(～lai^7).②異域(i^{n7}／yi^{n7}～).

③海域(hai^2～).　　　④區域(k'u^1～).

⑤領域(leng^2～)；範圍、區域.⑥地域(te^7～).

（1031）【槍～鎗】　qiāng（ㄑ丨ㄤ）

A 文言音：(ts'iong¹／ts'iang¹)；台語口語常説"銃"(ts'eng³
／ts'ing³)。

　　（例）　①槍決(～k'uat⁴)；口語爲"銃決"(～kuat⁴)．　②槍彈(～
　　tuaⁿ⁵)．　　　③槍殺(～sat⁴)；口語説"銃殺"(～sat⁴)．
　　④機關槍(ki¹kuan¹～)；口語爲"機關銃"(ki¹kuan¹～)．
　　⑤步槍(po⁷～)；口語爲"步銃"(po⁷～)．

B 白話音：(ts'iuⁿ¹／ts'ioⁿ¹)

　　（例）　①槍手(～ts'iu²)．　　②長槍(tng⁵～)．

（1032）【潤】　rùn（ㄖㄨㄣ）

"潤"字的讀音爲：(lun¹)

　　（例）　①潤滑(～kut⁸)；又音(～huat⁸)．
　　②潤澤(～tek⁸／tik⁸)；滋潤，不乾枯．
　　③利潤(li⁷～)．　　　　　　④濕潤(sip⁴～)；潮濕而潤澤．
　　⑤浸潤(tsim³～)；漸漸滲入．⑥潤色(～sek⁴)；修飾文字．
　　⑦滋潤(tsu¹～)；含水分不乾枯．

（1033）【幅】　fú（ㄈㄨ）

A 文言音：(hok⁸)

　　（例）　①幅面(～bin⁷)；布帛等的寬面．②幅員(～uan⁵)；領土
　　面積．③幅度(～to⁷)；振動或搖擺的寬度，喻變動的大小．
　　④振幅(tsin²～)；振動的大小、寬度．

B 白話音：(pak⁸)

　　（例）　①一幅畫(tsit⁸～ue⁷／we⁷)．②大幅的(tua⁷～eᵒ)．

（1034）【竟】　jìng（ㄐ丨ㄥ）

A 文言音：(king³)

(例) ①竟然(～jian⁵／lian⁵)；即出乎意外.

②有志者事竟成(iu²tsi³tsia²su⁷～seng⁵／sing⁵)；有志氣的人終歸會成功. ③竟日(～jit⁸／lit⁸)；整天.

④究竟(kiu³～)；到底、結果. ⑤畢竟(pit⁴～)；終歸，到底.

B 訓讀音：按"竟"亦有被訓義讀爲(suah⁸)，如"竟死去"(suah⁸si²k'i)；竟然(終於)死了。

按表示(終於，竟然)的(suah⁸)，漢字有作"遂"。

（1035）【熟】　　shú（ㄕㄨ）

A 文言音：(siok⁸)

(例) ①熟語(～gu²)；固定的詞組. ②熟稔(～lim²)；很熟悉.

③熟悉(～sek⁴／sik⁴). ④熟知(～ti¹)；清楚地知道.

⑤熟識(～sek⁴／sik⁴)；有深入的認識.

B 白話音：(sek⁴／sik⁴)

(例) ①熟客(～k'eh⁴)；常來的客人. ②熟人(～lang⁵).

③熟練(～lian⁷). ④熟路(～lo⁷).

⑤熟似(～sai⁷)；認識得深，如"熟似人"(～lang⁵).

⑥熟地(～te⁷)；經過多年耕種的土地.

⑦熟手(～ts'iu²)；熟悉於某種工作的人.

⑧飯熟啦(png⁷～la)；或説"煮熟啦"(tsu²～la).

⑨背熟啦(pue⁷～la). ⑩讀熟啦(tak⁸～la).

（1036）【虫／蟲】　　chóng（ㄔㄨㄥ）

按"虫"字文言音讀(t'iong⁵)，如"昆虫"(k'un¹～)等，但一般較通用白話音：(t'ang⁵)。

(例) ①虫害(～hai⁷). ②虫災(～tsai¹)；口語"着虫"(tiəh⁸～).

・ 457 ・

③悶虫(bun⁷～)；文言説"蛔虫"(hue⁵t'iong⁵). ④蛀虫(tsiu³～).
⑤毒虫(tok⁸～)；喻危害社會的壞蛋.

（1037）【澤】　zé（ㄗㄜˊ）

"澤"字的讀法只有一種：(tek⁸／tik⁸)

(例)　①澤國(～kok⁴)；河流湖泊多的地區或受水淹没的地方.
②湖澤(o⁵～)；湖泊和沼澤. ③恩澤(in¹／un¹～)；恩惠.
④光澤(kng¹～)；物體表面反射出來的亮光.
⑤沼澤(tsio¹～)；水草茂密的泥濘地帶.

（1038）【腦】　nǎo（ㄋㄠˇ）

按"腦"字的文言音爲：(lo²)，如"樟腦"(tsiuⁿ¹／tsioⁿ¹～)等，用例不
多，一般多通用白話音：(nau²)。

(例)　①腦溢血(～ek⁴／ik⁴hiat⁴)；口語説"腦沖血"(～ts'iong¹
hiat⁴)，俗稱"斷腦筋"(tng⁷～kin¹／kun¹). ②腦力(～lek⁸／lik⁸).
③腦海(～hai²)；口語説"頭殼內"(t'au⁵k'ak⁴lai⁷).
④腦筋(～kin¹／kun¹)；指思惟、記憶等能力.
⑤腦膜炎(～moh⁸iam⁷)；指流行性腦脊髓膜炎.
⑥腦漿(～tsiuⁿ¹／tsioⁿ¹)；指頭腦破裂時流出的腦髓.
⑦腦充血(～ts'iong¹hiat⁴)；腦部血管血液增多的病症.
⑧頭腦(t'au⁵～).　　⑨腦髓(～ts'ue²／ts'e²)；即腦兒.
⑩無頭腦(bəˀ⁵t'au⁵～)；没腦筋、記性不好.

（1039）【壞】　rǎng（ㄖㄤˇ）

"壞"字衹有一種讀音：(jiong²／liong²)

(例)　①天壤之別(t'ian¹～tsi¹piat⁸)；天地之別，喻差別太懸殊.
②土壤(t'o⁵～). ③窮鄉僻壤(kiong⁵hiong¹pek⁴～)；偏僻地區.

（1040）【碳】　　　tàn（ㄊㄢ）

按"碳"字文言音讀($t'an^3$)；爲有機物的主要成分，如"二氧化碳"(ji^7 $iong^5hua^3\sim$)，"碳酸鈉"($\sim suan^1lap^8$)等。

白話音爲：($t'ua^{n3}$)，跟文言音可以通用。

（1041）【炭】　　　tàn（ㄊㄢ）

"炭"字的讀音有文白兩種異讀，文言音爲($t'an^3$)，白話音爲：
($t'ua^{n3}$)，一般較通用白話音，爲木炭的通稱。

 （例）　①炭坑($\sim k'e^{n1}／k'i^{n1}$)．②炭礦($\sim k'ong^3$)．
 ③炭火($\sim hue^2／he^2$)．　④炭屎($\sim sai^2$)；炭渣．
 ⑤炭灰($\sim hue^1$)；口語音爲($\sim hu^1$)．⑥煤炭($mue^5／mui^5\sim$)．
 ⑦木炭($bok^8\sim$)；口語説"火炭"($hue^2／he^2\sim$)．
 ⑧土炭($t'o^5\sim$)；又説"石炭"($ts'i\partial h^8\sim$)，即煤炭．

（1042）【歐】　　　ōu（ㄡ）

"歐"字文言音讀(o^1)，但不如白話音(au^1)較通用。

 （例）　①歐美($au^1bi^2\sim$)．　②歐洲($\sim tsiu^1$)．
 ③西歐($se^1\sim$)，東歐($tang^1\sim$)．

（1043）【遍／徧】　　　biàn（ㄅㄧㄢ）

按"遍"和"徧"兩字通用，讀音祇有一種($pian^3$)。

 （例）　①滿山遍野($mua^2sua^{n1}\sim ia^2／ya^2$)．
 ②遍地($\sim te^7$)；口語讀"一四界"($tsit^8si^3ke^3／kue^3$)．
 ③看兩三遍($k'ua^{n3}lng^7sa^{n1}\sim$)．

（1044）【側】　　　cè（ㄘㄜ）

"側"字祇有一種讀法：($ts'ek^4／ts'ik^4$)

(例)　①側面(～bin⁷).　　②側目(～bok⁸)；斜瞪着眼.
③側門(～bun⁵).　　④側臥(～ngo⁷)；側着身躺倒.
⑤側擊(～kek⁸／kik⁸)；從側面攻擊.
⑥側身(～sin¹)；偏着身子.　⑦側重(～tiong⁷)；偏重，着重某
一方面.　⑧反側(huan²～)；身子轉來轉去如"輾轉反側"，又背
叛.　⑨路側(lo⁷～)；路旁.

（1045）【寨】　　　zhài（ㄓㄞˋ）
"寨"字文言音讀(tsai⁷)，語例殊少，一般通用白話音：(tse⁷)。
(例)　①山寨(suaⁿ¹～)；山中防守用的欄柵、基地.
②營寨(yiaⁿ⁵～)；舊時軍隊駐守的地方.

（1046）【敢】　　　gǎn（ㄍㄢˇ）
Ａ 文言音：(kam²)副詞，用於反問帶疑問語氣，亦有讀(kan²)。
(例)　①敢愛(kam²ai³)；有必要嗎(含没必要吧).　如"敢愛去"
(～ki³)；有必要去嗎？亦説"敢着愛"(～tiəh⁸ai³).
②敢無(～bə³)；没有嗎.　敢有(～u⁷／wu⁷)；有嗎，按此處"敢"
字又讀(kaⁿ²)。　③敢卜(～bueh⁴)；要嗎(含不要吧).
④敢會曉(～e⁷hiau²)；會嗎(含不會吧).
⑤敢敢食(～kaⁿ²tsiah⁸)；敢吃嗎(含不敢吃吧).
⑥敢是汝(～si⁷li²)；是你嗎(恐怕不是你).
⑦敢通(～t'ang¹)；可以嗎(含疑慮：不可以吧).
⑧敢眞正(～tsin¹tsiaⁿ³)；果眞的嗎(有點兒不敢相信是眞的).
⑨不敢(put⁴～).　　　⑩勇敢(iong²～).
Ｂ 白話音：(kaⁿ²)
(例)　①敢無(～bə⁵)、敢有(～u⁷／wu⁷)；没有嗎(有才對)，有
嗎(没有吧).　　②敢講(～kong²)；即敢(於)説.

③敢去(～k'i³)；敢來(～lai⁵)；敢去、敢來．

④敢看(～k'ua^n3)；按"敢"(ka^n2)＋動詞→表示敢於某種行爲．

⑤敢死(～si²)；不怕死． ⑥毋敢(m⁷～)；不敢．

⑦敢是(～si⁷)；没錯(是的樣子)．

⑧眞敢(tsin¹～)；足敢(tsiok⁴～)：膽子大(不怕)．

（ 1047 ） 【徹】　　　 chè（ㄔㄜˋ）

按"徹"字文言音爲(t'iat⁴)，白話音爲：(t'eh⁴)，兩音通用。

　(例)　①徹夜(～ia⁷／ya⁷)；通宵，口語説"規暝"(kui¹me⁵／mi⁵)，
"透暝"(t'au³～)． ②徹骨(～kut⁴)；喻程度深入．

　③徹頭徹尾(～t'au⁵～bue²／be²)；從頭到尾、完完全全．

　④徹底(～te²)． ⑤貫徹(kuan³～)．

（ 1048 ） 【慮】　　　 lǜ（ㄌㄩˋ）

"慮"字祇有一種讀音：(li⁷／lu⁷)

　(例)　①疑慮(gi⁵～)；因懷疑而顧慮. ②憂慮(iu¹～)；擔心．

　③顧慮(ko³～)；怕事情不利而不敢照本意行動，有所考慮．

（ 1049 ） 【斜】　　　 xié（ㄒㄧㄝˊ）

"斜"字文言音爲：(sia⁵)，實際如"傾斜"(k'ing¹～)等用例不多。

Ⓐ白話音：(ts'ia⁵)．

　(例)　①斜眼(～gan²)；即斜視，口語爲；"斜目"(～bak⁸)，又
説"脱肩(通、窗)"(t'uah⁴t'ang¹)．

　②斜陽(～iong⁵／yong⁵)；傍晚時西斜的太陽．

　③斜角(～kak⁴)；訓讀音爲(ts'uah⁸～)。按(ts'uah⁸)字音字脱節
，有作"䫀"． ④斜路(～lo⁷)；即不正的歪路．

　⑤斜坡(～p'ə¹)；口語説"趨坡"(ts'u¹p'ə¹)．

・ 461 ・

⑥斜射(～sia⁷)；光線不垂直照射.

⑦歪斜(uai¹～)；訓讀音爲(uai¹ts'uah⁸).

B 訓讀音：(ts'uah⁸)；按(ts'uah⁸)的音字脫節乃有被訓用"斜"字者，語例參照上面 A ③、⑦等。

（1050）【薄】　　bó（ㄅㄛ）、báo（ㄅㄠ）

按"薄"字的官話音雖然有三種；"薄利"(bóli)"薄荷"(bòhe)和"薄脆"(báo cui)，台語的讀音僅分文白兩種，不再細分。

A 文言音：(pok⁸)

(例)　①薄命(～beng⁷／bing⁷)；命運不好、如"紅顏薄命"(hong⁵gan⁵～)；美人命運不好,"水(美)人歹命"(sui²lang⁵p'aiⁿ²mia⁷)

②薄海同歡(～hai²tong⁵huan¹)；即普天同慶(薄海：達到海邊,喻海內外). ③薄幸(～heng⁷／hing⁷)；薄情、負心.

④薄弱(～jiok⁸／liok⁸). ⑤薄情(～tseng⁵／tsing⁵).

⑥刻薄(k'ek⁴～)；不厚道. ⑦輕薄(k'ing¹～)；不莊重.

⑧厚此薄彼(ho⁷ts'u²～pi²)；差別對待,厚待這邊、看輕那邊.

⑨日薄西山(jit⁸～se¹san¹)；太陽逼近西邊的山.

B 白話音：(pəh⁸)

(例)　①薄厘絲(～li⁵si¹)；喻很細薄. ②薄利(～li⁷)；利益微薄.

③薄荷(～hə⁷). ④薄酒(～tsiu²)；味淡或乏味的酒.

⑤稀薄(hi¹～)；少而薄；如"空氣稀薄"(k'ong¹k'i³～).

⑥厚薄(kau⁷～). ⑦淡薄(tam⁷～)；一些、一點兒.

⑧淺薄(ts'ian²～)；缺乏知識或經驗.

（1051）【庭】　　tíng（ㄊㄧㄥ）

A 文言音：(teng⁵／ting⁵)

(例)　①庭院(～iⁿ⁷／yiⁿ⁷)；泛指院子. ②庭園(～uan⁵／wan⁵).

③法庭(huat⁴〜)． ④家庭(ka¹〜)．

⑤開庭(k'ui¹〜)；法院進行審問、審訊有關人員．

<u>B</u> 白話音：(tiaⁿ⁵)

(例) ①門口庭(mng⁵k'au²〜)．②大庭(tua⁷〜)．

③頭前庭(t'au⁵tseng⁵／tsing⁵〜)；前面的庭(空地)．

（1052）【納】 nà（ㄋㄚˋ）

按"納"字白話音讀(lah⁸)，亦讀(la⁷)，惟一般通用文言音(lap⁸)。

(例) ①納鞋底(〜e⁵te²)；密縫鞋底使堅實耐磨．

②納福(〜hok⁴)；多指在家閒居享福．

③納涼(〜liang⁵)；乘涼，口語説"秋清"(ts'iu¹ts'in³)．

④納税(〜sue³／se⁵)；又説"繳税"(kiau²sue³)．

⑤納采(〜ts'ai²)；從前訂親時男方送女方的聘禮之一．

⑥納粹(〜ts'ui³)；即"Nazism"的譯語、指德國的社會黨法西斯

主義者． ⑦繳納(kiau²〜)．

⑧採納(ts'ai²〜)． ⑨出納(ts'ut⁴〜)．

（1053）【彈】 dàn（ㄉㄢˋ）

"彈"字的官話音有當名詞用的(dàn)，如炸彈、彈丸的"彈"和動詞用

的(tán)，如彈琴、彈性的"彈"。台語則不因用途(詞類)而分別讀音，

而是各種用途所分的文白異讀是共通的。

<u>A</u> 文言音：(tan⁵)適用官話的(dàn)和(tán)

(例) ①彈壓(〜ap⁴)；用武力壓制．

②彈劾(〜hek⁸／hik⁸)；檢舉而評擊過失的官吏．

③彈簧(〜hong⁵)；會伸縮變形而復原的零件．

④彈葯(〜ioh⁸／yoh⁸)．⑤彈殼(〜k'ak⁴)；炸(砲)彈的外殼．

⑥彈力(〜lek⁸／lik⁸)． ⑦彈性(〜seng³)；物體的伸縮性．

⑧彈道(～tə⁷)；彈頭射出後經過的路線．

⑨信號彈(sin³hə⁷～)；"彈"又讀(tua*⁵)．

⑩炸彈(tsa³～)；又説"爆彈"(pok⁸tua*⁵)．

B 白話音：(tua*⁵)～(tua*⁷)通用官話的(dan)和(tan)

　I (tua*⁵)；①彈殼(～k'ak⁴)．②彈琴(～k'im⁵)．

　　③彈坑(～k'i*¹)；又説"彈空"(～k'ang¹)．

　　④彈被(～p'ue⁷／p'e⁷)；用弓弦彈棉花使紮實作棉被．

　　⑤彈死(～si²)；被子彈殺害．⑥飛彈(hui¹～)．

　　⑦銃彈(ts'eng³～)；即鎗彈、子彈．

　II (tua*⁷)；①亂彈(luan⁷～)；亂發射子彈．②臭彈(ts'au³～)；

　　吹牛皮，胡扯．

（1054）【飼】　　sì（ㄙ）

"飼"字文言音爲：(su⁷)，如"飼養"(～iong²／yong²)等用例不多，
一般均通用白話音：(ts'i⁷)。

　(例)　①飼鴨馬牛豬(～ah⁴be²gu⁵ti¹)．②飼育(～iok⁸)；喂養．

　　③飼查姆(～tsa¹bo²)；已婚男人在外頭與女人同居負擔其生活費．

　　④飼姆飼子(～bo²～kia*²)；養妻兒．⑤飼料(～liau⁷)．

　　⑥養飼(iu*²／io*²～)；喂養、撫養．　⑦共団仔飼奶 (ka⁷gin²a*～

　　leng¹／ni¹)；喂奶 (牛奶或人奶) 給小孩 (或嬰兒) 吃．

（1055）【伸】　　shēn（ㄕㄣ）

A 文言音：(sin¹)

　(例)　①伸縮(～siok⁴／sok⁴)．②伸展(～tian²)；伸長擴展．

　　③伸張(～tiong¹)；擴大 (指抽象的事物)，如"伸張正義"(～

　　tseng³gi⁷)．　　　　④能屈能伸(leng⁵k'ut⁴leng⁵～)．

B 白話音：(ts'un¹／ts'ng¹)

(例)　①伸腰(～iə¹)．　　　②伸直(～tit⁸)．

③伸腳出手(～k'a¹ts'ut⁴ts'iu²)；即動起腳手來，喻行動起來．

④伸長手(～tng⁵ts'iu²)；喻向人求乞要錢．

⑤伸勻(～un⁵)；伸懶腰，欠伸，"勻"字又作"輪"、亦作"圇"．

⑥伸出來(～ts'ut⁴lai)．

（1056）【折】　　　zhé（ㄓㄜˊ）

"折"字的讀音有文言音、白話音和訓讀音三種讀法．

A 文言音：(tsiat⁴)

(例)　①折合(～hap⁸)；不同物品或貨幣比照價值計算．

②折價(～ke³)；將實物折合算成錢．

③折舊(～ku⁷)；固定資產因陳舊減少價值，酌予評估減值．

④折扣(～k'au³)；口語說"拍折"(pah⁴～)．

⑤折磨(～bua⁵)；使在精神上和肉體上受痛苦．又說"凌遲"
(leng⁵／ling⁵ti⁵)，又寫作"凌治"．　⑥折回(～hue⁵)；半路返回．

⑦折半(～puaⁿ³)；即減半、對折，口語說"對拗"(tui³au²)．

⑧百折不撓(pek⁴～put⁴jiau⁵)；多次受挫而不氣餒．

⑨曲折(k'iok⁴～)．　　　⑩轉折(tsan²～)；轉換方向．

B 白話音：(tsih⁸)

(例)　①折了了(～liau²〃)；全部斷光．

②折去(～k'i³)；斷掉了．　③折斷(～tng⁷)；又音(at⁴～)．

④折做兩(二)三(截)節(～tsə³1ng⁷saⁿ¹tsat⁴)；折斷成兩三截．

⑤拍折手骨(p'ah⁴～ts'iu²kut⁴)；打斷了手臂．

C 訓讀音：(at⁴)

(例)　①折𣍐斷(～bue⁷／be⁷tng⁷)；折不斷．

②折甲斷(～kah⁴tng⁷)；要折斷(為止)．

③折手霸(～ts'iu²pa³)；比腕力，"折"字又作"握"字．

（1057）【麥】　　mài（ㄇㄞˋ）

"麥"字文言音讀(bek⁸／bik⁸)，如"麥門冬"(～bun⁵tong¹)；有鎮咳祛痰作用的藥材，又叫"麥冬"，一般則多通用白話音：(beh⁸)。

(例)　①麥仔(～a²)；即麥子，多指小麥.

②麥芽膏(～ge⁵kə¹)；即麥芽糖.

③麥片(～p'in³)；又叫"麥角"(～kak⁴).

④麥穗(～sui⁷).　　　⑤番麥(huan¹～)；玉蜀黍.

⑥小麥(siə²～).　　　⑦大麥(tua⁷～).

⑧麥仔酒 (～a²tsiu²)；用大麥作主要原料釀成的酒，即啤酒.

（1058）【濕】　　shī（ㄕ）

"濕"字的讀法只有一種(sip⁴)，按台語口語常說"澹"(tam⁵)。

(例)　①濕淋淋(～lim⁵〃)；口語說"澹漉漉"(tam⁵lok⁴〃).

②濕氣(～k'i³).　③濕潤(～lun⁷)；土壤或空氣潮濕潤澤.

④濕疹(～tsin²)；一種皮膚病，發紅、發痒起小水泡、丘疹.

⑤潤濕(lun⁷～).　　　⑥潮濕(tiə⁷～)；含有水分.

（1059）【摺】　　zhé（ㄓㄜˊ）

按"摺"字文言音讀(tsiap⁴)，亦有讀作(tsiat⁴)，惟用例少。一般多通用白話音(tsih⁴)，折疊的意思。

(例)　①摺好(～hə²)；折疊好，摺互好(～ho⁷hə²)；要折疊好.

②摺衫仔褲(～saⁿ¹a²k'o³)；折疊衣服.

③摺被(～p'ue⁷)；折疊棉被.　④摺扇(～siⁿ³)；折疊式的扇子.

⑤摺做兩摺(～tsə³ lng⁷～)；摺疊成兩摺.

⑥存摺(tsun⁵～)；銀行等的存款簿.

（1060）【荷】　　hé（ㄏㄜˊ）

A 官話讀[hé]時，台語讀(hə⁵)。

(例)　①荷花(～hua¹)；即口語説"蓮花"(lian⁵hue¹).

②荷蘭(Hə⁵lan⁵). ③荷包(～pau¹)；口語"錢包仔"(tsi⁵pau¹a²).

B 官話讀[hè]時，台語分文白兩讀。

I 文言音：(hə⁷)　①荷重(～tiong⁷). ②荷槍(～ts'iang¹).

II 白話音：(ə⁷)　感荷(kam²～)；感戴，非常感謝.

（1061）【瓦】　　　wǎ（ㄨㄚ）

A 文言音：(ua²／wa²)

(例)　②瓦礫(～lek⁸／lik⁸)；破碎的磚頭瓦片，口語説"瓦簎仔"
(hia⁷pue³／pe³a²).　　　①瓦解(～kai²).

③瓦斯(～su¹)；指煤氣、沼氣等氣體爲"gass"的音譯.

④瓦全(～tsuan⁵)；喻没氣節，貪生怕死委屈求全.

B 白話音：(hia⁷)

(例)　①瓦窯(～iə⁵／yə⁵)；燒制磚瓦的建築物.

②瓦厝(～ts'u³)；蓋瓦的房子，常説"紅瓦厝"(ang⁵～).

（1062）【塞】　　　sài（ㄙㄞ）

A 文言音：(sek⁴／sik⁴)～(sai³)

I [sek⁴]：用例較少　①塞責(～tsek⁴)；敷衍自己應負的責任.

②堵塞(to²～)；(通道、洞穴)阻塞不通.

II [sai³]：①塞外(～gua⁷)；指長城以北的地方.

②塞翁失馬(～ong¹sit⁴ma²)；喻一時吃虧也許因而得到好處.

③要塞(iau³～).　　　④邊塞(pian¹～).

B 白話音：(sat⁴)～(seh⁴／sueh⁴)

I [sat⁴]：塞鼻(～p'i⁷)；即鼻子堵塞不通.

II [seh⁴]：①塞入篏袋仔(～jip⁸lak⁴te⁷a²)；塞進口袋裡.

②塞縫(～p'ang⁷). ③塞滯耳仔後(～tua³hiⁿ⁷a²au⁷)；塞在耳後.

C 訓讀音：(tat⁴)　按(tat⁴)有寫作"窒"者。

(例)　①塞仔(～a²)；塞子，如"酒矸塞仔"(tsiu²kan¹～a²)；酒瓶
塞子. ②塞密(～bat⁸).　③塞縫(～p'ang⁷)；填空隙.

（1063）【床／牀】　　　chuáng（ㄔㄨㄤˊ）

按"床"字文言音爲(ts'ong⁵)；如"溫床"(un¹／wun¹～)、"牀前明月
光" (～tsian⁵beng⁵guat⁸kong¹)等，一般較通用白話音(ts'ng⁵) ～
(sng⁵)。

A [ts'ng⁵]：(例)①河床(hə⁵～). ②床巾(～kin¹／kun¹)；即床單.
③床位(～ui⁷／wi⁷). ④床舖(～p'o¹)；口語說"眠床"(bin⁵～).

B [sng⁵]：(例)①籠床(lang²～)；蒸籠. ②炊床(ts'ue¹～)；同①.
③1床粿(tsit⁸～kue²／ke²)；一籠年糕.

（1064）【築】　　　zhù（ㄓㄨˋ）

"築"字只有一種讀法：(tiok⁸)

(例)　①築路(～lo⁷)；修建道路. ②築堤(～t'e⁵)；修建堤防.
③建築(kian³～). ④構築(ko³～)；修築軍事工程.

（1065）【惡】　　　è（ㄜˋ）～wù（ㄨˋ）

按"惡"字官話音讀(wu)時，台語讀(oⁿ³)，如"可惡"(kewu)台語爲
(kə²oⁿ³)，惟語例不多，一般多通用讀音(ok⁴)，官話爲(e)。

(例)　①惡化(～hua³). ②惡意(～i³)；又說"歹意"(p'aiⁿ²～).
③惡感(～kam²)；不滿或仇恨的感情.
④惡果(～kə²)；坏結果.　⑤惡棍(～kun²)；兇惡的無賴.
⑥惡人(～lang⁵)；壞人，又向人逞兇.
⑦惡劣(～luat⁸)；很壞.　⑧惡魔(～mo⁵)；惡鬼.

⑨惡少(〜siau³)；品行惡劣的年輕人．

⑩惡性(〜seng³／sing³)．　⑪惡習(〜sip⁸)；壞習慣．

⑫惡霸(〜pa³)；欺壓善良的霸道分子．

⑬惡毒(〜tok⁸)；陰險狠毒．⑭險惡(hiam²〜)．

⑮兇惡(hiong¹〜)；性情、相貌可怕．⑰罪惡(tsue⁷〜)；犯罪的惡行．

（1066）【戶】　　hù（ㄏㄨ）

"戶"字的讀法只有一種：(ho⁷)

　(例)　①戶口(〜k'au²)．　②戶長(〜tiuⁿ²／tioⁿ²)．

　③戶籍(〜tsek⁸／tsik⁸)．　④戶主(〜tsu²)；即戶長．

　⑤富戶(hu³〜)；有錢人家．⑥門戶(mng⁵〜)．

　⑦暴發戶(pok⁸huat⁴〜)；突然發跡致富的人．

（1067）【訪】　　fǎng（ㄈㄤ）

"訪"字只有一種讀法：(hong²)

　(例)　①訪問(〜bun⁷／mng⁷)．②訪求(〜kiu⁵)．

　③訪查(〜ts'a⁵)；訪問調查．④拜訪(pai³〜)．

　⑤採訪(ts'ai²〜)；尋求資料、消息．

（1068）【塔】　　tǎ（ㄊㄚ）

按"塔"字的文言音為：(t'ap⁴)，但一般則通用白話音：(t'ah⁴)。

　(例)　①塔台(〜tai⁵)；飛機場上的塔形建築物．

　②紀念塔(ki³liam⁷〜)．　③寶塔(pə²〜)．

　④燈塔(teng¹／ting¹〜)．

（1069）【奇】　　qí（ㄑㄧ）

按"奇"字有白話音：(kia⁵)，如"臭奇奇"(ts'au³～)：臭極了，一般則多通用文言音：(ki⁵)。

(例) ①奇妙(～biau⁷)；希奇巧妙.

②奇聞(～bun⁵)；令人驚奇動人聽的消息.

③奇遇(～gu⁷)；奇特的相逢. ④奇形怪狀(～heng⁵kuai³tsong⁷).

⑤奇異(～i⁷／iⁿ⁷)；驚異與平常的不同.

⑥奇觀(～kuan¹)；雄美罕見的景象.

⑦奇巧(～k'ah⁴)；新奇精巧. ⑧奇襲(～sip⁸)；出其不意的攻擊.

⑨奇跡(～tsek⁴／tsik⁴)；不平凡想不到的事情.

⑩驚奇(kiaⁿ¹～)；驚異. ⑪新奇(sin¹～).

（1070）【透】 tòu（ㄊㄡ）

"透"字文言音為：(t'o³)用例少，一般通用白話音：(t'au³)。

(例) ①透暗(～am³)；整個夜晚.

②透尾(～bue²／be²)；一直到末了.

③透明(～beng⁵／bing⁵)；物體能透過光線的.

④透雨(～ho⁷)；冒着雨. ⑤透風(～hong¹)；刮風.

⑥透日(～jit⁸／lit⁸)；一整天，又説"規工"(kui¹kang¹)或 "規日"

(kui¹jit⁸／lit⁸). ⑦透濫(～lam⁷)；參雜、混合.

⑧透亮(～liang⁷)；明亮透明，又説"通光"(t'ang¹kng¹)；明白.

⑨透露(～lo⁷)；泄漏消息. ⑩透暝(～mi⁵)；整夜，又不顧深夜.

⑪透世人(～si³lang⁵)；一輩子、一生中.

⑫透視(～si⁷)；看穿，喻清楚地看到事物的本質.

⑬透心涼(～sim¹liang⁵)；冷徹心脾.

⑭透底(～te²)；徹底. ⑮透支(～tsi¹／ki¹)；支出超過收入.

⑯透水(～tsui²)；滲入水，加了水.

⑰講透(kong²～)；講完. ⑱熟透(sek⁸／sik⁸～).

⑲風足透(hong¹tsiok⁴〜)；風刮得大.

⑳尋透透(ts'ue⁷〜〃)；找遍了.

按"透"又音(t'au²)；如"名足透"(mia⁵tsiok⁴〜)；出名，有名氣. "水
䆀透"(tsui²be⁷〜)；水不通.

（1071）【梁】　　　liáng（ㄌㄧㄤ）

"梁"字讀音有文言音：(liang⁵／liong⁵)，如"高梁"(kə¹〜)，白話音
爲(niu⁵／nio⁵)；主要用於姓氏。

（1072）【刀】　　　dāo（ㄉㄠ）

"刀"字祇有一種讀法：(tə¹)

(例)　①刀仔(〜a²)；小刀. ②刀肉(〜bah⁴)；刀刃.

　　③刀尾(〜bue²／be²)；刀尖. ④刀口(〜k'au²)；又説"刀嘴"(〜
ts'ui³).　　　　　　　　　⑤刀柄(〜peⁿ³／piⁿ³).

　　⑥刀銃(〜ts'eng³／ts'ing³)；刀槍. ⑦菜刀(ts'ai³〜).

（1073）【旋】　　　xüán（ㄒㄩㄢ）

Ⓐ文言音：(suan⁵)

(例)　①旋渦(〜ə¹)；流體因旋轉形成的螺旋形部分，"捲入旋
渦"(kuan²／kng²jip⁸〜)；比喻牽累到某事件，口語説"捲螺仔"
(kng²le⁵a²). "捲螺仔水"(〜tsui²)；旋渦式的水流.

②旋風(〜hong¹)；口語説"捲螺風(kng²／ka²le⁵hong¹).

③旋繞(〜jiau⁵)；繚繞、圍繞着旋轉.

④旋律(〜lut⁸)；悦耳的音調，英文説"melody".

⑤旋踵(〜tsiong²)；指腳跟回轉，喻短促的時間.

⑥旋轉(〜tsuan²)；物體圍繞一個點或軸作圓周運動，口語説
(seh⁴／sueh⁴)漢字作"踅"，亦作"旋".

⑦回旋(hue⁵～)；繞來繞去地活動，可進退．

⑧凱旋(k'ai²～)；戰勝歸來．⑨盤旋(p'uan⁵～)；即旋轉．

⑩周旋(tsiu¹～)；應酬打交道，又義同盤旋，回旋．

按"旋"字又讀(suan¹)第1聲；表"打滾"、"翻轉"，又"蛇行而進"、"溜走"叫"旋藤"(suan¹tin⁵)。

B 白話音：(tsng⁵)表"一味纏繞、不肯離去"。

(例)　①胡蠅旋屎庀(ho⁵sin⁵～sai²p'i²)；蒼蠅纏繞着乾涸的糞便．

②旋規日(～kui¹jit⁸)；整天纏住．

C 訓讀音：(seh⁴／sueh⁴)表繞着轉

(例)　①旋來旋去(～lai⁵～k'i³)．②旋透透(～t'au³〃)；到處繞過，口語又説(seh⁴lin⁵long¹)；漢字或作"旋輪弄"。

(1074) 【迹／跡／蹟】　　jī (ㄐㄧ)

A 文言音：(tsek⁴／tsik⁴)

(例)　①跡象(～siong⁷)；某種徵兆、樣子、形跡．

②形跡(heng⁵～)；舉動和神色．③古蹟(ko²～)．

④足跡(tsiok⁴～)；口語説"腳跡"(k'a¹jiah⁴)．

⑤遺跡(ui²～),"奇蹟"(ki³～)．

B 白話音：(jiah⁴／liah⁴)

(例)　①彼跡(hit⁴～)；那里，"彼"又作"迄"．

②血跡(hue²／hui²～)．　③痕跡(hun⁵～)；物體留下的印兒．

④影跡(ian²／yan²～)；蹤影、如"無影無跡"(bə⁵ian²bə⁵～)；全屬子虛、毫無事實，"跡"又讀(tsiah⁴)．

(1075) 【卡】　　kǎ (ㄎㄚ)

按"卡"字文言音爲(kap⁴)，但語例罕見，一般通用白話音：(k'ah⁴)和訓讀音：(k'a²)。

A 白話音：(kah⁴)屬譯音、即借音字多用於外來詞。

　　(例)　①卡介苗(～kai³biau⁵)；預防結核病的一種疫苗.

　　②卡賓槍(～pin¹ts'eng³)；槍身短而輕能自動退殼和射擊.

　　③卡片(～p'i³n³).　　　　④卡車(～ts'ia¹)；運貨的汽車.

　　⑤哩仔卡(li²a²～)；即"rear car"，一種小型手推載貨的台車.

B 俗讀音：(k'a²)表"比較"的語義

　　(例)　①卡好(～ho²)；比較好，如"嬒去卡好"(mai³k'i³～)；不
　　要去比較好.　　　　②卡熱(～juah⁸)；較熱.

按"卡"字官話亦讀(qia:ㄑㄧㄚ)，意爲"阻擋"，"留住"。台語亦有
這種用法，讀音爲(k'ah⁸)，如"卡來卡去"(～lai⁵～k'i³)；擋來擋去，
或到處止步耗時間. 又"卡着" (～tioh°)；即卡住、梗住.

(1076) 【遇】　　　yû (ㄩ)

"遇"字祇有一種讀法：(gu⁷)

　　(例)　①遇害(～hai⁷)；被殺害. ②遇險(～hiam²)；遭到危險.

　　③遇見(～kian³)；碰到.　④遇救(～kiu³)；得救脱險.

　　⑤遇難(～lan⁷)；遭到危險致死或遭殺害.

　　⑥相遇(siong¹～)；口語説"相拄"(sio¹tu²).

　　⑦優遇(iu¹～)；好的待遇.　⑧待遇(t'ai⁷～).

(1077) 【份】　　　fèn (ㄈㄣ)

"份"字的讀音祇有一種：(hun⁷)

　　(例)　①份一份(～tsit⁸～)；參加一份.

　　②無份(bo⁵～)；没份兒、没參加(作爲部分加入整體).

　　③月份(gueh⁸～).　　　　④股份(ko²～)；參加投資的資本單位.

　　⑤本份 (pun²～)；本身應盡的責任或義務，又作"本分".

　　⑥生份 (se^n1／si^n1～)；陌生人，亦作"生分人".

- 473 -

（1078）【毒】　　　dú（ㄉㄨˊ）

"毒"字白話音爲(tak^8)，但通常均用文言音：(tok^8)。

　（例）　①毒物(～but^8／mih^8).

　　②毒害(～hai^7)；用毒物使人受害. ③毒葯(～ioh^8).

　　④毒計(～ke^3)；毒辣的計策. ⑤毒氣(～k'i^3)；有危害性的氣體.

　　⑥毒瘤(～liu^5)；泛稱惡性的腫瘤. ⑦毒辣(～luah^8)；惡毒殘酷.

　　⑧毒步(～po^7)；毒辣的手段計策. ⑨毒素(～so^3).

　　⑩毒手(～ts'iu^2)；狠毒的手段. ⑪吸毒(kip^4～).

　　⑫苦毒(k'o^2～)；迫害、欺凌. ⑬惡毒(ok^4～)；兇惡毒辣.

（1079）【泥】　　　nǐ（ㄋㄧˇ）

"泥"字文言音爲：(ne^5)，但一般多通用白話音：(ni^5)。

　（例）　①泥古(～ko^2)；拘泥於古代的典制，不懂變通.

　　②泥土(～t'o^5).　　　　　③泥牆(～ts'iu^{n5}／ts'io^{n5}).

　　④水泥(tsui^2～)；口語説"紅毛土"(ang^{5}mng^{5}t'o^5).

（1080）【退】　　　tuî（ㄊㄨㄟˋ）

"退"字文言音爲：(t'ue^3)、白話音爲：(t'e^3)，兩音通用。

　（例）　①退後(～au^7).　　　②退無路(～bə^{5}lo^7)；没地方可退.

　　③退伍(～ngo^2)；退出軍隊. ④退學(～əh^8／hak^8).

　　⑤退還(～heng^5／huan^5). ⑥退化(～hua^3)；機能衰退或消失.

　　⑦退火(～hue^2／he^2)；使火氣下降.

　　⑧退回(～hue^5)；口語説"退倒轉"(～tə^{3}tng^2).

　　⑨退熱(～jiat^8／liat^8)；亦即"退燒"(～siə^1).

　　⑩退役(～iah^8／ek^8).　　⑪退卻(～k'iok^4)；畏縮後退.

　　⑫退讓(～niu^7／nio^{n7})；讓步. ⑬退保(～pə^2)；撤銷保証.

　　⑭退避(～pi^7)；即"退閃"(～siam^2). ⑮退步(～po^7)；向後退.

⑯退票(～p'iə³). ⑰退色(～sek⁴／sik⁴).

⑱退席(～sek⁸／sik⁸). ⑲退縮(～siok⁴)；畏縮而倒退.

⑳退敵(～tek⁸／tik⁸)；使敵人撤退離去.

㉑退潮(～tiə⁷)；海水的水位下降，反義語爲"漲潮"(tiong³～).

㉒退親(～ts'in¹)；又說"退婚"(～hun¹)；解除婚約.

㉓退職(～tsit⁴). ㉔退換(～uaⁿ⁷／waⁿ⁷).

㉕退隱(～un²／wun²)；退職隱居. ㉖後退(au⁷～).

㉗倒退(tə³～). ㉘撤退(t'iat⁴～).

（1081）【洗】 xǐ（ㄒ丨）

"洗"字文言音爲：(sue²)、白話音爲：(se²)，兩音互相通用。

(例) ①洗面(～bin⁷)；洗臉，又喻使人難看，使人丟臉.

②洗腳(～k'a¹)；喻不再做壞事，又說"洗手"(～ts'iu²).

③洗牌(～pai⁵)；玩牌時把牌攪(參)和、整理以便再玩.

④洗劫(～kiap⁴)；搶光一切財物.

⑤洗禮(～le²)；基督教對入信者的一種儀式，喻重大的考驗.

⑥洗像(～siong⁷)；洗照片. ⑦洗雪(～suat⁴)；除掉恥辱.

⑧洗塵(～tin⁵)；設宴歡迎客人.

⑨洗蕩(～tng⁷)；即洗淨髒的東西，又說"洗滌"(～tek⁸／tik⁸).

⑩乾洗(kan¹／ta¹～). ⑪清洗(ts'eng¹／ts'ing¹～)；清除不能容留的東西，洗乾淨，口語說"洗清氣"(～ts'eng¹k'i³).

⑫沖洗(ts'iong¹～)；洗照片，又用水沖掉髒物也叫"呇洗"(ts'iang⁵～).

（1082）【擺】 bǎi（ㄅㄞ）

"擺"字的讀音只有一種：(pai²)

(例) ①擺門面(～mng⁵bin⁷)；講究排場、外表.

②擺布(～po³)；即支配、操縱.

③擺設(〜siat⁴)． ④擺動(〜tong⁷)；摇動．

⑤擺脫(〜t'uat⁴)；脫離不好的景況、困難等．

按"擺"字在台語多用於量詞：

⑥下擺(e⁷〜)；下次，又説"後擺"(au⁷〜)．

⑦幾仔擺(kui²a²〜)；好幾次．"幾擺"(kui²〜)；幾次？

⑧頂擺(teng²／ting²〜)；上次．⑨即擺(tsit⁸〜)；這次．

（1083）【灰】　　　huī（ㄏㄨㄟ）

Ａ 文言音：(hue¹)

(例)　①灰暗(〜am³)；即暗淡，口語説(p'u²〃)，漢字作"殕殕"
或"普普"．類義語"霧霧"(bu⁷〃)；模糊不清．

②灰白(〜peh⁸)．　　　③灰色(〜sek⁴／sik⁴)．

④灰心(〜sim¹)；意志消沈，口語説"清心"(ts'in³〜)．

⑤灰塵(〜tin⁵)；口語説(t'o⁵hun²)，漢字作"土粉"或"涂粉"．

⑥灰燼(〜tsin⁷)；物質燒后剩下的東西，口語説"火灰"(hue²
／he²hu¹)．　　　⑦煙灰(ian¹〜)．　　　⑧石灰(ts'ioh⁸〜)．

Ｂ 白話音：有(he¹)和(hu¹)兩種，前者少用多通用後者。

(例)　①香灰(hiu¹／hioⁿ¹hu¹)；香的灰燼．

②火灰(hue²〜)；泛指一般的灰燼．

③杉仔灰(sam¹a²〜)；杉材鋸下的粉末．

④土豆灰(t'o⁵tau⁷〜)；花生米的碎末．

（1084）【彩】　　　căi（ㄘㄞˇ）

"彩"字祇有一種讀法：(ts'ai²)

(例)　①彩霞(〜ha⁵)；彩色的雲霞．

②彩虹(〜hong⁵)；口語音爲(〜k'eng⁷／k'ing⁷)．

③彩樓(〜lau⁵)；結彩的樓台，牌樓．

④彩票（～p'iə³）；舊時的獎券．⑤彩色（～sek⁴／sik⁴）．

⑥彩綢（～tiu⁵）；彩色的絲綢．⑦彩帶（～tua³）．

⑧彩頭（～t'au⁵）；預兆，如"好彩頭"（hə²～）；好預兆．

⑨結彩（kiat⁴／kat⁴～）．　⑩剪彩（tsian²～）．

（1085）【賣】　　　mài（ㄇㄞˋ）

A 文言音：（mai⁷）

　（例）　①賣淫（～im⁵）；女人出賣肉體，口語"賣身"（bue⁷sin¹）．

　②賣弄（～long⁷）；有意炫耀自己的本領．

　③賣笑（～ts'iau³）；用聲色供人取樂．

　④賣唱（～ts'iong³）；在公衆之前唱歌掙錢．

　⑤不賣他人（put⁴～ta¹jin⁵）；不賣給別人．

B 白話音：（bue⁷）

　（例）　①賣國賊（～kok⁴ts'at⁸）；通敵賣國的奸賊．

　②賣命（～mia⁷）；拼命幹的意思．

　③賣身（～sin¹）；即賣淫，賣春（～ts'un¹）　④賣主（～tsu²）．

　⑤買賣（be²／bue²～）．⑥出賣（ts'ut⁴～）；出售，又背叛行爲．

（1086）【耗】　　　hào（ㄏㄠˋ）

按"耗"字的讀音只有一種：（ho^{n3}），惟多被訛音爲（mo⁵），可能是因
（ho^{n3}）較難讀，而取右旁"毛"字讀它的音。

　（例）　①耗費（ho^{n3}／mo⁵hui²）；即消耗．

　②耗損（ho^{n3}／mo⁵sun²）．　③消耗（siau¹～）．

（1087）【夏】　　　xià（ㄒㄧㄚˋ）

A 文言音：（ha⁷）

　（例）　①夏季（～kui³），"夏期"（～ki⁵）．

②夏曆(～lek^8／lik^8)；即農曆，又稱"舊曆"(ku^{7}lek^8).

③夏令營(～leng^3／ling^{3}ia^{n5})；夏季開設的娛樂營地.

④夏裝(～tsong^1)；口語説"熱天衫"(juah^{8}ti^{n1}sa^{n1}).

⑤華夏(hua^5～).　　　　⑥初夏(ts'o^1～).

B 白話音：(he^7)

(例)　①夏火(～hue^2)；夏天的體內火氣.

②夏天(～t'i^{n1})；口語説"熱人"(juah^{8}lang)，此處"人"字讀輕聲.

（1088）【擇】　　zé（ㄗㄜ）

"擇"字讀法祇有一種：(tek^8／tik^8)

(例)　①擇期(～ki^5)；選擇日期. ②擇日(～jit^8)；挑選日子.

③擇食(～sit^8)；口語説"揀食"(keng^2／king^{2}tsiah^8)；挑選食物.

④選擇(suan^2～).

按口語常説"揀"(keng^2／king^2)表"挑選"或"選擇"。

（1089）【忙】　　máng（ㄇㄤ）

按"忙"字文言音讀(bong^5)，白話音讀(bang^5)，兩音通用，惟白話音用得較多。

(例)　①忙碌(～lok^8)；忙於做各種事情. ②忙亂(～luan^7).

③慌忙(hong^1～)；口語"青狂"(ts'e^{n1}kong^5). ④繁忙(huan^2～).

⑤急忙(kip^4～).　　　　⑥撥忙(puat^4～)；忙中抽出時間.

按口語多説"無閑"(bə^{5}eng^5／ing^5)表"忙"的語義，如"足無閑"(tsiok^4～)；很忙。

（1090）【銅】　　tóng（ㄊㄨㄥ）

"銅"字文言音爲(tong^5)，一般讀音則多通用白話音：(tang^5)。

(例)　①銅模(～bo^5)；字印版用的字模.

②銅鑛(～k'ong³). ③銅版(～pan²)；銅質印刷版.

④銅錢(～sian²／tsi^{n5}). ⑤銅像(～siong⁷).

⑥鐵齒銅牙槽(t'ih⁴k'i²～ge⁵tsə⁵)；喻很會吃，很會辯.

⑦銅牆鐵壁(～ts'iu^{n5}／ts'io^{n5}t'ih⁴piah⁴)；喻堅固不可摧毀.

⑧歹銅舊錫(p'ai^{n2}～ku⁷siah⁴)；喻陳舊的廢物.

（1091）【獻】　　xiàn（ㄒㄧㄢ）

A 文言音：(hian³)

(例) ①獻媚(～bi⁵)；爲討好別人所做舉動.

②獻胸(～heng¹／hing¹)；露出(掀開)胸部，西裝叫"獻胸仔".

③獻花(～hua¹／hue⁷). ④獻計(～ke³)；貢獻計策.

⑤獻旗(～ki⁵). ⑥獻技(～ki¹)；表演技術.

⑦獻身(～sin¹)；奉獻身心從事某項工作.

⑧獻詞(～su⁵)；賀詞. ⑨獻策(～ts'ek⁴)；同④.

⑩奉獻(hong⁷～)；呈獻. ⑪貢獻(kong³～).

⑫捐獻(kuan¹～)；捐出財物作奉獻.

B 白話音：(hi^{n3})

(例) ①獻來獻去(～lai⁵～k'i³)；搖來晃去.

②腳搖手獻(k'a¹io⁵／yo⁵ts'iu²～)；手腳搖晃.

③獻韆鞦(～ts'ian¹ts'iu¹)；盪鞦韆.

④蕩蕩獻(tong¹〃～)；搖盪不停.

（1092）【硬】　　yìng（ㄧㄥ）

"硬"字文言音爲：(geng¹／ging¹)，用例較少，一般所通用的是白
話音：(ge^{n1}／gi^{n1})。

(例) ①硬卜(～bueh⁴／beh⁴)；硬是要.

②硬漢(～han³)；堅強不屈的人.

③硬化(～hua³)；變僵硬. ④硬氣(～k'i³)；剛強有骨氣.
⑤硬涸涸(～k'ok⁸〃)；即硬邦邦. 又説"定涸涸"(teng⁷～〃).
⑥硬性(～seng³／sing³)；不能改變、欠缺融通的.
⑦堅硬(kian¹～). ⑧軟硬(lng²～).

（1093）【予】　　　yǔ（ㄩ）

"予"字的讀音爲：(u²／wu²)，亦有被訓讀爲(ho⁷)，表給與(予).
　（例）　①予以(u²i²)；即給以. ②免予(bian²～). ③給予(kip⁴～).
　　按訓讀音如：
　　　④予汝(ho⁷li²)；給你. ⑤予人(ho⁷lang⁵)；給別人.
　　按表示"給予"、"被"、"相應"的(ho⁷)宜用"互"字，音義均符合。

（1094）【繁】　　　fán（ㄈㄢ）

"繁"字只有一種讀法：(huan²)
　（例）　①繁茂(～bo⁷). ②繁蕪(～bu²)；繁多蕪雜.
　③繁複(～hok⁸)；多而雜. ④繁華(～hua⁵)；興旺熱鬧.
　⑤繁衍(～ian³／yan³)；逐漸增多.
　⑥繁縟(～jiok⁸／liok⁸)；多而瑣碎，與"繁瑣"(～sə²)同.
　⑦繁冗(～liong²)；繁雜冗長. ⑧繁盛(～seng⁷／sing⁷).
　⑨繁殖(～sit⁸)；生殖傳後代，口語"生湠"(澶)"(seⁿ¹t'uaⁿ³).
　⑩繁重(～tiong⁷)；(工作)多而重.
　⑪紛繁(hun¹～)；多而複雜. ⑫冗繁(liong²～)；繁雜.

（1095）【圈】　　　qiān（ㄑㄩㄢ）

Ⓐ 文言音：(k'uan¹)
　（例）　①圈選(～suan²)；畫圈做記號.
　②圈套(～t'ə³)；使人受騙的計策.

③文化圈(bun⁵hua³～). ④活動圈(uah⁴tong⁷～).

B 白話音：有(k'ng¹)和(k'uan⁵)，以後者較通用。

(例) ①圈內(k'uan⁵lai⁷). ②包圍圈(pau¹ui⁵／wi⁵k'uan⁵).

（1096）【雪】　　xuě（ㄒㄩㄝˇ）

A 文言音：(suat⁴)

(例) ①雪文(～bun⁵)；肥皂. ②雪崩(～peng¹／p'eng¹).

③雪恥(～t'i²)；洗除恥辱. ④雪中送炭(～tiong¹song³t'an³).

⑤雪冤(～uan¹／wan¹)；洗雪冤屈.

⑥洗雪(se²～). ⑦雨雪(u²／wu²～).

B 白話音：(seh⁴／sueh⁴)

(例) ①雪人(～lang⁵). ②雪山(～suaⁿ¹).

③落雪(ləh⁴～)；即下雪也. ④霜雪(sng¹～)；霜和雪.

（1097）【函】　　hán（ㄏㄢ）

"函"字的讀法祇有一種：(ham⁵)

(例) ①函件(～kiaⁿ⁷)；信件，口語説"批信"(p'ue¹sin³).

②函購(～ko²)；寫信購買. ③函授(～siu⁷)；通信方式的教學.

④函數(～so³)；相互關聯的兩個變量Y＝f(x)，Y是X的函數.

⑤函電(～tian⁷)；信和電報的總稱.

⑥公函(kong¹～). ⑦來函(lai⁵～).

（1098）【亦】　　yì（ㄧ）

A 文言音：(ek⁸／ik⁸)

(例) ①亦然(～jian⁵／lian⁵)；也是如此.

②不亦樂乎(put⁴～lok⁸hoⁿ／ho)；不也快樂嗎？

③亦步亦趨(～po⁷～ts'u¹)；人走就走、人跑亦跑，喻自己没主

張，跟從別人，口語説"舉香綴拜"(giah⁸hioⁿ⁷tue³pai³)．④亦是(～si⁷)
⑤人云亦云(jin⁵un⁵～un⁵)；人家説什麼，自己也説什麼．

B 白話音：(iah⁸／yah⁸)，有訛音爲(ah⁸／a⁷)。

（例）①亦無(～bə⁵)；也没有．②亦卜(～beh⁴／bueh⁴)；也要．

③亦毋(～m⁷)；亦不要．　　④亦着講(～tiəhkong²)；何必説呢？
按口語音的"亦"或多寫"也"，台語有同義語的(ma³)。

（1099）【抽】　chōu（彳ㄡ）

"抽"字祇有一種讀法：(t'iu¹)

（例）①抽印本(～in³pun²)；從整書中取出一部分印成小册子．

②抽筋(～kin¹／kun¹)；筋肉痙攣，口語又説"觓筋"(kiu³kun¹)．

"觓"又作"勼"字．　　③抽高(～kuan⁵／kə¹)；身長拉高．

④抽象(～siong⁷)．　　⑤抽調(～tiau³)；從中調出一部分．

⑥抽頭(～t'au⁵)；賭場主抽取賭錢的一部分，或泛指從別人所
得財物中抽取一小部分．　　⑦抽退(～t'ue³)；脱身離開．

⑧抽簽(～ts'iam¹)；口語説"抽鬮(～k'au¹)．

⑨風抽(hong¹～)；氣泵．　⑩油抽(iu⁵／yiu⁵～)；油泵．

（1100）【篇】　piān（ㄆㄧㄢ）

A 文言音：(p'ian¹)

（例）　①篇目(～bok⁸)；篇名目錄．②篇幅(～hok⁸)；文章容量．

③篇章(～tsiong¹)；篇和章，泛指文章．④詩篇(si¹～)．

B 白話音：(p'iⁿ¹)

（例）　①一篇(tsit⁸～)．　　②長篇(tng⁵～)．

（1101）【陣】　zhèn（ㄓㄣ）

A 文言音：(tin⁷)

(例)　①陣亡(～bong⁵)；作戰中死亡.②陣地(～te⁷).

③陣營(～ia^{n5})；有共同目標或利益的集團.

④陣容(～iong⁵)；比喻力量(原義爲隊伍的外貌).

⑤陣腳(～k'a¹)；所擺陣的最前方.

⑥陣勢(～se³)；戰陣的形勢.⑦陣線(～sua^{n3})；隊列、戰線.

⑧陣痛(～t'ia^{n3})；一陣一陣的激痛.

⑨陣雨(～u²)；口語音爲(tsun⁷ho⁷).

⑩做陣(tsə³／tsue³～)；同伴，又説"鬥陣"(tau³～).

⑪一陣人(tsit⁸～lang⁵)；即一小群的人.

⑫出陣(ts'ut⁴～)；出發作戰或競爭.

$\boxed{B}$ 白話音：(tsun⁷)

(例)　①陣雨(～ho⁷)；突然急降的雨、時間短，強度變化大.

②一陣風(tsit⁸～hong¹).　③即陣(tsit⁸～)；這陣兒，此時.

（1102）【陰】　　　yīn（丨ㄣ）

"陰"字白話音爲：(iam¹／yam¹)，用例很少，如"畏陰寒"(ui³～kua^{n5})；
背脊發冷，"半陰陽"(pua^{n3}iam¹iu^{n5}／io^{n5})，訛音爲(pua³lam⁵io^{n5})；
指不男不女的陰陽人，一般多通用文言音：(～im¹／yim¹)。

(例)　①陰暗(～am³).②陰謀(～bo⁵)；暗中策劃作壞事.

③陰險(～hiam²)；表面和善，暗地存心險惡.

④陰府(～hu²)；指地獄.　⑤陰曆(～lek⁸).

⑥陰間(～kan¹)；人死後靈魂所在的地方.

⑦陰冷(～leng²)；天氣陰沈寒冷.⑧太陰(tai³～)；即月亮.

⑨陰涼(～liang⁵).　　⑩陰森(～sim¹)；陰沈可怕.

⑪陰囊(～long⁵)；口語説"羼脬"(lan⁷p'a¹).

⑫陰德(～tek⁴／tik⁴)；暗中行善積的德.

⑬陰毒(～tok⁸)；陰險惡毒.⑭陰沈(～tim⁵)；暗淡不光彩.

⑮陰曹(〜tsə⁵)；即陰間．⑯歸陰(kui¹〜)；喻死亡．

（1103）【丁】　　dīng（ㄉ丨ㄥ）

Ⓐ文言音：(teng¹／ting¹)

（例）　①丁憂(〜iu¹／yiu¹)；遭到父母的喪事．

②丁字尺(〜ji⁷ts'iəh⁴)；形狀像丁字的尺．

③人丁(jin⁵〜)．　　④壯丁(tsong³〜)；指青壯年的男子．

Ⓑ白話音：(taⁿ¹)

（例）　①丁卜安怎(〜beh⁴／bueh⁴an¹tsuaⁿ²)；那麼，要怎麼辦呢？

②丁來去乎(〜lai⁵k'i³ho)；那走吧！

③丁慘啦(〜ts'am²la)；這下慘了！(糟了！)

（1104）【尺】　　chǐ（ㄔ）

Ⓐ文言音：(ts'ek⁴／ts'ik⁴)　"尺牘"(〜t'ok⁸)以外少用。

Ⓑ白話音：(ts'ioh⁴)

（例）　①尺度(〜to⁷)；標準．②尺頭(〜t'au⁵)；即尺寸．

③計算尺(ke³sng³〜)．　　④豬尺(ti¹〜)；豬的胰線．

（1105）【追】　　zhuī（ㄓㄨㄟ）

"追"字祇有一種讀法：(tui¹)

（例）　①追溯(〜sok⁴)；逆流而上、喻探索由來．

②追加(〜ka¹)．③追究(〜kiu³)；事後追問原因、責任．

④追求(〜kiu⁵)．　　⑤追趕(〜kuaⁿ²)．

⑥追問(〜mng⁷)；追根究底地問．⑦追認(〜jim⁷)．

⑧追捕(〜po²)．　　⑨追隨(〜sui⁵)；跟隨．

⑩追悼(〜tə³)．　　⑪追查(〜tsa¹)；追究調查．

⑫追逐(〜tiok⁸)；即追趕、口語説"走相掠"(tsau²siə¹liah⁸)．

⑬追蹤(～tsong¹)；追尋行蹤、按線索追尋.

⑭直追(tit⁸～)；急速追趕. ⑮追懷(～huai⁵)；追念、回憶.

（1106）【堆】　　　duī（ㄉㄨㄟ）

"堆"字白話音有讀作(tu¹)，如"一堆塗"(tsit⁸～t'o⁵)；一堆土. 一般均讀文言音(tui¹)。

(例)　①堆肥(～pui⁵)；堆積雜草、落葉、糞尿等使發酵腐爛製成肥料. 　　　②堆疊(～t'iap⁸)；一層層地堆起來.

③堆積(～tsek⁴／tsik⁴)；聚集成堆. ④規堆(kui¹～)；整堆.

⑤做堆(tsə³～)；成堆，在一起. ⑥一堆一堆(tsit⁸～tsit⁸～).

（1107）【雄】　　　xióng（ㄒㄩㄥ）

A 文言音：(hiong⁵)

(例)　①雄厚(～ho⁷／hiə⁷). ②雄雞(～ke¹)；公雞.

③雄辯(～pian⁷)；善於辯論. ④雄兵(～peng¹)；強大的兵力.

⑤雄心(～sim¹)；指壯志. ⑥雄師(～su¹)；同④.

⑦雄大(～tai⁷)；即壯大. ⑧雄圖(～to⁵)；巨大的計劃或謀略.

⑨雄壯(～tsong³)；氣魄聲勢強大. ⑩雄姿(～tsu¹)；威武雄壯的姿態. 　　　　　　　⑪雄偉(～ui²／wi²)；雄壯偉大.

⑫英雄(eng¹／ing¹～). ⑬高雄(Kə¹～)；台灣南部的大都市.

⑭眞雄(tsin¹～)；很兇狠."雄雄想無"(～〃siu⁷bə⁵)；緊急中想不出來.

⑮行足雄 (kiaⁿ⁵tsiok⁴～)；走得急而快.

B 白話音：(heng⁵／hing⁵)

(例)　①鴨雄仔(ah⁴～a²)；剛長大的雄鴨，(老雄鴨叫"鴨角"：ah⁴kak⁴). 　　　　　　　②反雄(huan²～)；胚胎變質.

③散雄(suaⁿ³～)；胚胎散開(壞了)，喻没集中力.

④卵有雄(nng⁷u⁷／wu⁷～)；蛋有了胚胎.

（1108）【迎】　　　yíng（丨ㄥ）

A 文言音：(geng⁵／ging⁵)

　　(例)　①迎合(～hap⁸)；故意使自己的言行適合他人的心意.

　　②迎新(～sin¹).　　　③迎接(～tsiap⁴).

　　④迎親(～ts'in¹)；娶新婦. ⑤歡迎(huan¹～).

B 白話音：(gia⁵／giaⁿ⁵)

意爲擁着讓大衆觀看的人或物，結隊在街上遊。

　　(例)　①迎鬧熱(～nau⁷／lau⁷jiat⁴)；祭神等遊街活動.

　　②迎媽祖(～Ma²tso²).

（1109）【泛】　　　fàn（ㄈㄢ）

A 文言音：(huan³)

　　(例)　①泛美(～bi²)；全美洲.

　　②泛泛之交(huan³〃tsi¹kau¹)；不深入的交往(淺交).

　　③廣泛(kong²～).　　　④空泛(k'ong¹～)；不切實.

B 白話音：(ham³)

　　(例)　①泛泛仔(ham³〃a)；馬馬虎虎、不計較.

　　②泛鏡(～kiaⁿ³)；放大鏡. ③泛古(～ko²)；誇張的故事.

（1110）【爸】　　　bà（ㄅㄚ）

"爸"字的文言音爲：(pa)，如"爸爸"(pa⁷〃). "阿爸"(a¹～)。白話
音爲：(pe⁷)，如"老爸"(lau⁷～)；父親。"爸子"(～kiaⁿ²)；父子。

（1111）【樓】　　　lóu（ㄌㄡ）

"樓"字文言音讀：(lo⁵)，如"樓台(～tai⁵)，用例少，一般通用的是
白話音：(lau⁵)。

　　(例)　①樓仔厝(～a²ts'u³)；樓房. ②樓腳(～k'a¹)；樓下.

③樓頂(～teng²／ting²)；樓上．④樓梯(～t'ui¹)．
⑤高樓(kuan⁵～)．　　　⑥二樓(ji⁷／li⁷～)．⑦大樓(tua⁷～)．

（1112）【避】　　bì（ㄅㄧ）

A 文言音：(pi⁷)

(例)　①避免(～bian²)；又音(p'iah⁴bian²)．
②避雨(～ho⁷)．　　　③避諱(～hui³)；回避、忌諱．
④避孕(～in⁷)．　　　⑤避難(～lan⁷)；逃避災難．
⑥避亂(～luan⁷)．　　⑦避暑(～su²)．
⑧逃避(tə⁵～)，如"逃避現實"(～hian⁷sit⁸)．

B 白話音：(p'iah⁴)

(例)　①避開(～k'ui¹)．②閃避(siam²～)；躲避．

（1113）【謀】　　móu（ㄇㄡ）

"謀"字讀音爲(bo⁵)，又鼻化韵讀(boⁿ⁵)。

(例)　①謀害(～hai⁷)；謀劃殺害、陷害．
②謀反(～huan²)；謀劃反叛．③謀求(～kiu⁵)；設法尋求．
④謀略(～liok⁸)；計謀、策略．⑤謀殺(～sat⁴)．
⑥謀生(～seng¹／sing¹)；尋求生活的門路，口語又説"趁食"
(t'an³tsiah⁸)，"討趁"(t'ə²t'an³)."歹趁食"(p'aiⁿ²～)；不容易謀生．
⑦陰謀(im¹～)；暗中謀劃．⑧計謀(ke³～)；計策、策略．

（1114）【野】　　yě（ㄧㄝ）

"野"字只有一種讀法：(ia²／ya²)

(例)　①野蠻(～ban⁵)．②野馬(～be²)；輕佻好動的年輕女人．
③野外(～gua⁷)．　　　④野花(～hue¹)．
⑤野雞(～ke¹)；私娼，又"野雞(仔)車"(～[a²]ts'ia¹)；指不合規

章經營的汽車. ⑥野球(～kiu⁵)；棒球.

⑦野心(～sim¹). ⑧野獸(～siu³)．

⑨野黨(～tong²)；在野(非執政)的政黨.

⑩視野(si⁷～)；視線的界限. ⑪粗野(ts'o¹～)．

（1115）【豬】　　zhū（ㄓㄨ）

按"豬"字的讀音祇有一種：(ti¹／tu¹)

(例)①豬母(～bə²)；喻多產. ②豬腳(～k'a¹)；喻粗而短的腳.

③豬狗(～kau²)；喻卑劣無恥如畜牲.

④豬哥(～kə¹)；喻色鬼，類義語説"癡哥"(ts'i⁵kə¹)．

⑤豬肝色(～kuaⁿ¹sek⁴)． ⑥豬八戒(～pat⁴kai⁵)；喻醜臉.

⑦豬爿(～peng⁵／ping⁵)；除去内臟後的整隻豬.

⑧豬皮(～p'ue⁵)；又説"肉皮"(bah⁴p'ue⁵)．

⑨豬頭肥(～t'au⁵pui⁵)；流行性耳下腺炎，又説"豬頭柄"(～peⁿ³／piⁿ³)． ⑩豬灶(～tsau⁵)；屠宰場.

⑪豬蹄(～te⁵)；又説"豬腳蹄"(～k'a¹te⁵)．

⑫豬瘟(～un¹)． ⑬肥豬(pui⁵～)；喻胖子.

⑭刣豬公(t'ai⁵～kong¹)；宰殺專供祭神用的豬.

（1116）　　【旗】　　qí（ㄑㄧ）

"旗"字祇有一種讀音；(ki⁵)

(例)　①旗語(～gu²)；用旗子通訊的方法.

②旗鼓相當(～ko²siong¹tong¹)；喻力量不相上下.

③旗袍(～p'au⁵)． ④旗幟(～tsi³)；即旗子，又喻榜樣.

⑤優勝旗(iu¹seng³／sing³～)；即錦旗. ⑥國旗(kok⁴～)．

（1117）【累】　　lěi～lèi（ㄌㄟ）

按"累"字官話有3種讀法(僅聲調不同)，台語亦有3種讀法(亦僅聲調不同)。

A 官話讀：(léi)，台語讀：(lui²)；"累贅"(～tsui³)；多餘，麻煩。

B 官話讀：(lěi)，台語讀：(lui⁵～lui⁷)

I [lui⁵]；①累世(～se³)；連續幾代. ②累積(～tsek⁴).

③累次(～tsu³)；即屢次.

II [lui⁷]；連累(lian⁵～).

C 官話讀：(lèi)，台語讀：(lui⁷)，勞累(lə⁵～)。

（1118） 【偏】 piān（ㄆㄧㄢ）

A 文言音：(p'ian¹)

(例) ①偏愛(～ai³). ②偏安(～an¹)；苟安在局部的地域.

③偏廢(～hue³)；忽略某一部分(因重視另一部分).

④偏激(～kek⁸／kik⁸)；過火. ⑤偏見(～kian³).

⑥偏名(～mia⁵)；本名以外的名字. ⑦偏僻(～p'iah⁴).

⑧偏偏(～〃)；故意也，又説"刁(彫)故意"(tiau¹ko³yi³).

⑨偏食(～sit⁸)；口語説"揀食"(keng²／king²tsiah⁸).

⑩偏心(～sim¹). ⑪偏私(～su¹).

⑫偏重(～tiong⁷)；看重一方面. ⑬偏袒(～t'an²)；袒護一方.

⑭不偏不倚(put⁴～put⁴yi²)；公正、中立.

B 白話音：(p'eⁿ¹／p'iⁿ¹)；佔便宜的意思

(例) ①偏人無好(～lang⁵bə⁵hə²)；佔人家的便宜並不好，或
"偏人艙好"(～lang⁵bue⁷／be⁷hə²)；佔人家的便宜不會有好結果.

②偏頭(～t'au⁵)；佔了便宜. "無偏頭"(bə⁵～)；沒佔便宜.

③無相偏(bə⁵siə¹～)；誰也不誰佔的便宜.

④據在人偏(ku³tsai⁷lang⁵～)；任由人家佔便宜.

（1119）【典】　　　diǎn（ㄉㄧㄢˇ）

"典"字的讀法祇有一種：(tian²)

　　(例)　①典型(～heng⁵／hing⁵)．②典範(～huan⁷)；楷模、標準．
　　③典禮(～le²)；鄭重舉行的儀式．"結婚典禮"(kiat⁴hun¹～)．
　　④典籍(～tsek⁸)；泛指古代的圖書．
　　⑤典章(～tsiong¹)；指法令制度．⑥詞典(su⁵～)．

（1120）　　【館】　　　guǎn（ㄍㄨㄢˇ）

"館"字只有一種讀法；(kuan²)

　　(例)　①武館(bu²～)；師授武術的處所．②旅館(li²／lu²～)．
　　③賓館(pin¹～)；賓客的旅舍．④大使館(tai⁷sai³～)．

（1121）【索】　　　suǒ（ㄙㄨㄛˇ）

A 文言音：(sok⁴)和(sek⁴／sik⁴)，其中(sok⁴)的語例較少，一般
　　通用(sek⁴)。

　　(例)　①索引(～in²／yin²)．②索性(～／soh⁴seng³)；直截了當．
　　③索取(～ts'u²)；要求取得．④探索 (t'am³～)；廣泛地尋求答案、
　　解決疑問，即探索追求．

B 白話音：(soh⁴)

　　(例)①索仔(～a²)；繩子．②索竹篙(～tek⁴kə¹)；(搜着)爬竹竿．
　　③猴索樹(kau⁵～ts'iu⁷)；猴子爬上樹．
　　④砂索水(sua¹～tsui²)；砂吸吮水．

（1122）【秦】　　　qín（ㄑㄧㄣˊ）

"秦"字讀法祇有一種：(tsin⁵)

　　(例)　①秦始皇(～si²hong⁵)．②秦朝(～tiau⁵)；(221～206B.C.)．
　　③秦樓楚館 (～lau⁵ts'o²kuan²)；秦樓和楚館均指妓樓．

（1123）【脂】　　zhī（ㄓ）

"脂"字的讀法祇有一種：(tsi¹)

(例)　①脂肪(～hong¹)．　②脂粉(～hun²)；胭脂和水粉．

③胭脂(ian¹～)；一種紅色的化裝品，塗兩頰或嘴唇用．

（1124）【潮】　　cháo（ㄔㄠ）

Ⓐ文言音：(tiau⁵)

(例)　①潮流(～liu⁵)．　②潮濕(～sip⁸)．

③潮汐(～sek⁴／sik⁴)；海水定時漲落的現象．④海潮(hai²～)．

⑤風潮(hong¹～)；風向與潮汐，喻群眾紛爭、運動等．

⑥高潮(kə¹～)；潮流高潮的情況．

Ⓑ白話音：(tiə⁵／tiə⁷)；潮州(～tsiu¹)

（1125）【爺】　　yé（ㄧㄝ）

"爺"字讀法只有一種：(ia⁵／ya⁵)

(例)　①老爺(lə²～)；稱呼官吏，又(lau⁷～)；稱呼老主人．

②大爺(tua⁷～)；對長一輩或年長男子的尊稱．

（1126）【豆】　　dòu（ㄉㄡ）

按"豆"字文言音讀：(tou⁷)，語例少，通用白話音(tau⁷)。

(例)　①豆仔(～a²)；豆子．②豆腐(～hu⁷)．

③豆花(～hue¹)；豆漿煮開后加入石膏而凝結成柔軟的半固體，
又叫豆腐腦兒．④豆芽(～ge⁵)；又說"豆菜"(～ts'ai³)．

⑤豆油(～iu⁵)；醬油．　⑥豆乳(～ju²／lu²)；豆腐乳．

⑦豆枯(～k'o¹)；又說"豆餅"(～piaⁿ²)．

⑧豆奶(～ni¹／leng¹)；豆漿．⑨豆醭(～po⁵)；豆豉．

⑩豆沙(～sa¹)；豆的餡兒．⑪豆簽(～ts'iam¹)；豆粉制成如麵條

，細而扁． ⑫土豆(t'o⁵～)；落花生．

⑬菜豆(ts'ai³～)；長條形的(約30公分)的食用豆．

（1127）【忽】　　　hū（ㄏㄨ）

"忽"字的讀法只有一種：(hut)

(例)　①忽然(～jian⁵／lian⁵)；又說"忽然間"(～jian⁵kan¹)．

②忽略(～liok⁸)；没注意到．③忽視(～si⁷)；不重視．

④悠忽(iu¹～)；喻悠閑懶散．⑤疏忽(so¹～)；忽略、粗心大意．

⑥風透忽忽 (hong¹t'au³～〃)；風刮 (吹) 得緊急的樣子．

（1128）【托】　　　tuō（ㄊㄨㄛ）

Ⓐ文言音：(t'ok⁴)

(例)　①托夢(～bang⁷)；神靈在夢中出現而有所諭示．

②托福(～hok⁴)；客套語，謂承對方的餘蔭．

③托兒所(～ji⁵／li⁵so²)．④托人情(jin⁵tseng⁵)；請人代爲説情．

⑤托管(～kuan²)；委托管理、統治．⑥托運(～un⁷)；委託運搬．

⑦托嘴齒(～ts'ui³k'i²)；用細的東西挖牙縫的殘留物．

⑧齒托(k'i²～)；牙籤．　　⑨推托(t'ui¹～)；借故拒絶．

Ⓑ白話音：(t'uh⁴)

(例)　①托下頦(～e⁷hai⁵／huai⁵)；用雙手撑住下巴，又説 "托嘴下斗" (～ts'ui³e⁷tau²)．　　②托布蓬(～po³p'ang⁷)；頂住帳蓬．

③托飯疕(～png⁷p'i²)；用尖器刮鍋巴．

④托樣仔(～suaiⁿ⁷a²)；用尖物戳芒果使掉下．

⑤相托(siə¹～)；互相爭風、頂對，爭執．

按"托"又訛音或訓讀爲(t'aⁿ²)；如"托咧"(～le³)；用手掌托住．

（1129）【託】　　　tuō（ㄊㄨㄛ）

"託"字只有一種讀音，文言音；(t'ok⁴)

(例)　①託故(～ko³)；借口某種原因. ②託詞(～su⁵)；借口.
③寄託(kia³～)；託付.　④拜託(pai³～).
⑤信託(sin³～)；信任託付.

（ 1130 ）【驚】　　　jīng （ㄐㄧㄥ）

A 文言音：(keng¹／king¹)

(例)　①恨別鳥驚心(hin⁷／hun⁷piat⁸niau²～sim¹).
②驚天動地(～t'ian¹tong¹t'e⁷).

B 白話音：(kiaⁿ¹)

(例)　①驚喜(～hi²)；又驚又喜. ②驚惶(～hiaⁿ⁵)；即驚慌.
③驚險(～hiam²)；場面危險緊張.
④驚悸(～kui⁷)；因驚慌而心跳厲害.
⑤驚人；讀音如爲(～lang)，即"人"字讀輕聲時，意爲令人吃
驚，讀音如爲(～lang⁵)，"驚"字變調(7聲)，"人"字本調(5聲)
時，意爲"骯髒"，或怕人(見人害怕)。
⑥驚醒(～ts'eⁿ²)；被驚醒. ⑦無驚(bə⁵～)；没什麼可怕的.
⑧免驚(bian²～)；不必害怕，不用擔心.
⑨收驚(siu¹～)；袪除心中的恐怖. ⑩大驚小怪(tua⁷～siə²kuai³).

（ 1131 ）【塑】　　　sù （ㄙㄨ）

"塑"字祇有一種讀音：(sok⁴)

(例)　①塑膠(～ka¹). ②塑料(～liau⁷)；樹脂等可塑性物質.
③塑像(～siong⁷)；塑成的人像. ④塑造(～tsə⁷)；依模型揑造.

（ 1132 ）【遺】　　　yí （ㄧ）

"遺"字的讀法只有一種：(ui⁵／wi⁵)

(例)　①遺言(〜gian⁵)；生前留下的話．②遺憾(〜ham⁵)．

③遺恨(〜hin⁷／hun⁷)；至死仍感悔恨之事．

④遺容(〜iong⁵)；遺像，死者生前的容貌．

⑤遺教(〜kau³)；生前留下來的教悔，主張等．

⑥遺稿(〜kə²)；生前留下的原稿．⑦遺棄(〜k'i³)；拋棄．

⑧遺缺(〜k'uat⁴)；空缺的職位．

⑨遺漏(〜lau⁷)；口語説"落交"(lau³kau¹)．⑩遺產(〜san²)．

⑪遺失(〜sit⁴)；口語説"拍交落"(p'ah⁴ka¹lak⁸)．

⑫遺書(〜su¹)；生前留下的信件．⑬遺傳(〜t'uan⁵)．

⑭遺跡(迹)(〜tsek⁴)；舊時留下的痕跡．

⑮遺囑(〜tsiok⁴)；生前或臨死時所囑咐的事情．

⑯遺族(〜tsok⁸)；死者的家屬．

（1133）【愈】　　yù（ㄩ）

"愈"字的文言音讀(u²／wu²)，但實用語例少，一般通用的是白話音：(ju²／lu²)。

(例)　①愈好(〜hə²)；更好．"愈來愈好"(〜lai⁵〜hə²)；越來越好．　②愈⋯⋯愈⋯⋯；越⋯⋯越⋯⋯，"愈想愈氣"(〜siuⁿ⁷〜k'i³)．

③越愈(uat⁴〜)；更加⋯⋯，"越愈困難"(〜k'un³lan⁵)；更加困難．

（1134）【朱】　　zhū（ㄓㄨ）

"朱"字的讀法祇有一種；(tsu¹)

(例)　①朱紅(〜ang⁵)；鮮紅色．

②朱門(〜bun⁵)；紅漆的大門，指富豪人家，如"朱門酒肉臭"(〜tsiu²jiok⁸ts'iu³)；有錢人的家裡有吃喝不完讓它腐壞的酒肉．

③朱痣(〜ki³)；紅色的疙瘩，又説"血痣"(hueh⁴／huih⁴ki³)．

④朱批(〜p'ue¹)；用紅筆寫的批語．

⑤朱砂(～se¹)；顏料，可治疥癬，"朱"又作"硃"，音同．

⑥姓氏，如朱元璋(～guan⁵tsiong¹)．

⑦共結朱陳 (kiong⁷kiat⁴～ tan⁵)；喻聯姻．

（1135）【替】　　　t'i（ㄊㄧˋ）

按"替"字文言音爲：(t'e³)，屬漳音，白話音爲：(t'ue³)，屬廈音，文白互相通用．

(例)　①替人做(～lang⁵tsə³)；"人"字變調讀7聲，即替別人做．

②替死鬼(～si²kui²)；喻代人受罪，或受害的人．

③替身(～sin¹)；代人受罪的人，如"替身仔"(～a²)；多用紙人形替代人受罪．　④替換(～uaⁿ⁷)．　⑤代替(tai⁷～)．

（1136）【纖】　　　xiān（ㄒㄧㄢ）

"纖"字的文言音是；(siam¹)語例殊少，意爲細小，如"纖細"(～se³)，亦讀白話音(ts'iam¹se³)，通常多讀白話音(ts'iam¹)。

(例)　①纖弱(～jiok⁴)；纖細柔弱．②纖巧(～k'iau²)；細巧．

③纖小(～siə²)；即細小．　④纖塵(～tin⁵)；細小的灰塵．

⑤纖纖(～〃)；形容細長，女人的指頭"十指纖纖"(sip⁸tsi²～〃)．

⑥纖維(～ui⁵／wi⁵)；細絲狀的物質．

（1137）【粗】　　　cū（ㄘㄨ）

"粗"字的讀法祇有一種：(ts'o¹)

(例)　①粗野(～ia²／ya²)；粗魯没禮貌．

②粗勇(～iong²)；健壯，堅固．③粗工(～kang¹)；體力勞動．

④粗糠(～k'ng¹)；稻谷的殼皮．⑤粗略(～liok⁸)；大略．

⑥粗魯(～lo²)；粗暴、魯莽．⑦粗飽(～pa²)；極度飽食．

⑧粗笘笘(～pe⁵〃)；喻很粗糙，"手粗笘笘"(ts'iu²～)．

⑨粗飯粗菜(～png⁷～ts'ai³)；謙語，粗糙的飯和菜.

⑩粗皮(～p'ue⁵)；皮膚粗糙. ⑪粗暴(～pok⁸).

⑫粗心(～sim¹)；疏忽、不細心.

⑬粗俗(～siok⁸)；不文雅，低廉没什麽價值.

⑭粗重(～tang⁷)；笨重. ⑮粗大(～tua⁷)；粗而大.

⑯粗穿(～ts'eng⁷／ts'ing⁷)；平常穿用的衣服.

⑰粗話(～ue⁷)；粗野不雅的言詞. ⑱雨眞粗(ho⁷tsin¹～)；雨很大.

⑲本錢粗(pun²tsiⁿ⁵～);本錢大⑳手路粗(ts'iu²lo⁷～);技術粗劣.

(1138)【傾】　　qīng (ㄑㄧㄥ)

"傾"字祇有一種讀法：(k'ing¹)

(例)①傾慕(～bo⁷);傾心愛慕. ②傾向(～hiong³);趨勢,偏向.

③傾家蕩産(～ka¹tong⁷san²)；使家産喪失殆盡.

④傾盆大雨(～pun⁵tai⁷u²／wu²)，如倒盆的大雨.

⑤傾斜(～sia⁵)；歪斜. ⑥傾銷(～siau¹);大量抛售賣出.

⑦傾心(～sim¹)；專心愛慕. ⑧傾訴(～so³)；完全説出心中話.

⑨傾倒(～tə²)；歪斜倒下，喻佩服而愛慕.

⑩傾巢(～tsau⁵)；出動全部的力量.

⑪傾注(～tsu³)；使出全部力量於某一目標.

⑫右傾(iu⁷～)；偏向右派. ⑬左傾(tsə²～)；偏向左派.

(1139)【尚】　　shàng (ㄕㄤ)

A 文言音：(siong⁷)

(例)　①尚武(～bu²)；注重軍事或武術.

②尚書(～su¹)；古代中央官名，又書經的書名.

③尚且(～ts'iaⁿ²)；即使⋯也⋯，"尚且⋯何況"(～...hə⁵hong²).

④高尚(kə¹～)；水平高、有意義的.

⑤風尚(hong^1～)；流行的風氣習俗.

B 白話音：(siu^{n7}) 和尚(he^5～).

（1140）【痛】　　　tòng（ㄊㄨㄥˋ）

A 文言音：(t'ong^3)

(例)　①痛恨(～hin^7／hun^7)；深切地憎恨.

②痛感(～kam^2)；深切地感覺到. ③痛苦(～k'o^2).

④痛心疾首(～sim^{1}tsit^{8}siu^2)；形容痛恨到極點.

⑤痛惜(～siəh^4)；深切地惋惜.

B 白話音：(t'ang^3)

(例)　①痛忝(～t'ia^{n3})；疼愛，又説"忝痛"(t'ia^{n3}～).

②苦痛(k'o^2～)；即痛苦.

（1141）【楚】　　　chǔ（ㄔㄨˇ）

按"楚"字的讀音爲：(ts'o^2)

(例)　①楚國(～kok^4). 又"楚霸王項羽"(～pa^{3}ong^{5}Hang^{7}u^2).

②楚楚(～〃)；鮮明，整潔，如"衣冠楚楚"(i^1／yi^{1}kuan^1～〃).

③苦楚(ko^2～)；痛苦(多指生活受折磨).

惟另有俗讀音，或爲訛音讀：(ts'ə^2)，如"清楚"(ts'eng^1～).

（1142）【謝】　　　xiè（ㄒㄧㄝˋ）

A 文言音：(sia^7)

(例)　①謝意(～i^3／yi^3)；感謝的心意. ②謝世(～se^3)；去世.

③謝神(～sin^5)；設供答謝神明的庇祐.

④謝天公(～t'i^{n1}kong^1)；設供答謝天界的上帝.

⑤謝絶(～tsuat^8)；婉辭拒絶. ⑥謝罪(～tsue^7)；承認錯誤請求

原諒. 又音(tsia^{7}tsue^7).　　　　⑦感謝(kam^2～).

⑧酬謝(siu⁵～)；用金錢物品表示謝意.

B 白話音：(tsia⁷)用於姓氏，如"謝安"(～an¹).

（1143）【奮】　　fèn（ㄈㄣˋ）

"奮"字的讀法只有一種：(hun³)

(例)　①奮發(～huat⁴)；振作精神.

②奮勇(～iong²)；鼓起勇氣. ③奮起(～k'i²)；振作起來.

④奮不顧身(～put⁴ko³sin¹)；奮通前進，不顧生命安危.

⑤奮鬥(～to³)；努力地幹，拼命做.

⑥興奮(heng³／hing³～)；振作奮發.

⑦勤奮(k'in⁵～)；勤勉努力. ⑧振奮(tsin²～)；振作奮發.

（1144）【購】　　gòu（ㄍㄡˋ）

"購"字的讀音祇有一種：(ko²)

(例)　①購買(～be²／bue²). ②購銷(～siau¹)；購入和銷售.

③購置(～ti³)；購買長期性的設備.

④收購(siu¹～)；向各處收買(多指政府向人民收買).

⑤採購(ts'ai²～).　　　　　⑥訂購(teng⁷～)；約定購買.

按"購"字有俗音(kang²)，如"採購"讀(ts'ai²～).

（1145）【磨】　　mó（ㄇㄛˊ）

A 文言音：(mo⁵)，又讀(bə⁷)

I [mo⁵]：①磨練(～lian⁷)；即鍛鍊.

②磨損(～sun²)；因磨(摩)擦而引起的損耗.

③磨擦(～ts'at⁴)；"磨"字又作"摩".

II [bə⁷]：①磨仔(～a²)；碾臼、磨. "石磨仔"(ts'iəh⁸～).

②磨粿(～kue²)；推磨做年糕用的米.

③挨磨(e^1／ye^1～)；推磨．"挨石磨"($e^1tsiəh^8$～)．

④做磨仔心($tsə^3$／$tsue^3$～a^2sim^1)；喻當軸心的任務．

B 白話音：(bua^5)

　(例)　①磨墨(～bak^8)．　　②磨鏡(～kia^{n3})．

　③磨刀(～$tə^1$)．　　　　④研磨($geng^2$～)；細磨成粉狀．

　⑤拖磨($t'ua^1$～)；即折磨($tsiat^4$～)；喻精神和肉體上受痛苦．

　⑥磨磚對縫 (～$tsng^1tui^3p'ang^7$)；喻互相讓步妥協．

（ 1146 ）【君】　　　jūn（ㄐㄩㄣ）

　"君"字的讀法只有一種：(kun^1)

　(例)　①君權(～$kuan^5$)；君主的權力．

　②君臣(～sin^5)；君主與臣下．

　③君主(～tsu^2)；舊時君權政治的最高統治者；國王或皇帝．

　④君子(～tsu^2)；有學問和品德的人．⑤國君(kok^4～)．

　按舊時女子稱呼丈夫爲"君"，如"我君"(gua^2～)，"夫君"(hu^1～)．

（ 1147 ）【摩】　　　mó（ㄇㄛ）

　"摩"字的讀法祇有一種：(mo^5)

　(例)　①摩達(～ta^3)；即馬達，英文的"motor"，發動機．

　②摩登(～$teng^1$／$ting^1$)；時髦．

　③摩天(～$t'ian^1$)；接觸到天空，喻極高．

　④摩擦(～$ts'at^4$)；兩個物體的表面接觸進行阻礙運動．

（ 1148 ）【池】　　　chí（ㄔ）

　"池"字祇有一種讀法：(ti^5)

　(例)　①池仔(～a^2)；池子．②池魚(～hi^5)；池中的魚．

　③浴池(ek^8～)；即澡堂．　④魚池(hi^5～)；養魚的池子．

⑤游泳池(iu⁵eng²～). ⑥城池(sia^{n5}～)；城牆和護城河，指城市.

(1149) 【旁】　　　　páng（ㄆㄤ）

"旁"字的讀法祇有一種：(pong⁵)

(例)　①旁觀(～kuan¹)；從旁觀察(觀看). ②旁聽(～t'eng¹).

③旁証(～tseng³／tsing³)；側面證據.

④路旁(lo⁷～).　　　　　⑤偏旁(p'ian¹～).

(1150) 【碎】　　　　suì（ㄙㄨㄟˋ）

"碎"字文言音爲：(sui³)，白話音爲：(ts'ui³)，一般多通用白話音。

(例)　①碎糊糊(～ko⁵〃)；喻極爲粉碎狀態.

②碎布(～po³)；又説"布碎仔"(po⁵～a²).

③零碎(leng⁵～)；粉碎.　④破碎(p'ua³～).

⑤碎米仔 (～bi²a²)；粉碎的米.

(1151) 【骨】　　　　gǔ（ㄍㄨˇ）

"骨"字的讀音爲：(kut⁴)

(例)　①骨灰(～hue¹)；火葬後燒成灰的骨骼.

②骨幹(～kan³)；喻支撐作用的重要分子.

③骨架(～ke³).　　　　　④骨骼(～keh⁴).

⑤骨氣(～k'i³)；不屈服的氣概.

⑥骨力(～lat⁸)；勤勞.　⑦骨髓(～ts'ue²).

⑧格骨(kek⁴～)；自作聰明而流於乖張.

⑨腳骨(k'a¹～).　　　　　⑩手骨(ts'iu²～).

(1152) 【監】　　　　jiān～jiàn（ㄐㄧㄢ）

按"監"字的官話音有兩種，并不影響台語音。

A 文言音：(kam³)

(例) ①監護(～ho⁷)；監督和保護.

②監工(～kang¹)；監督工作或監工的人.

③監禁(～kim³)；扣押而限制自由.

④監考(～k'ə²). ⑤監視(～si⁷).

⑥監守(～siu²)；看管. ⑦監督(～tok⁴).

⑧監察(～ts'at⁴)；監督并檢察舉發. ⑨太監(t'ai³～)；宦官.

⑩欽天監(k'im¹t'ian¹～)；中國明清時掌天文曆法的官署.

B 白話音：(kaⁿ¹)

(例) ①監獄(～gak⁸). ②監牢(～lə⁵).

（1153）【捕】 bǔ（ㄅㄨ）

"捕"字的讀音祇有一種：(po²)

(例) ①捕獲(～hek⁸／hik⁸)；逮住、捉到，口語説"掠着"(liah⁸ tiəhº). ②捕風捉影(～hong¹tsok⁴eng²)；喻説話做事單憑風聞似是而非的跡象做根據. ③緝捕(tsip⁴～)；緝拿.

（1154）【弟】 dì（ㄉㄧ）

A 文言音：(te⁷)

(例) ①弟婦(～hu⁷)；弟弟的妻子. ②弟妹(～muai⁷).

③弟子(～tsu²)；即學生、門徒，又對神佛自稱弟子.

④胞弟(p'ə⁷～)；"親小弟"(ts'in¹siə²ti⁷).

B 白話音：(ti⁷)

(例) ①兄弟(hiaⁿ¹～). ②表小弟(piau²siə²～)；即表弟.

③小弟(siə²～)；指弟弟("小"字無義)，又謙語自稱.

（1155）【暴】 bào（ㄅㄠ）

· 501 ·

A 文言音：(po⁷)～(pok⁸)

I [po⁷]：①暴虐(～giək⁸)；兇惡殘酷.

②暴行(～heng⁵／hing⁵)；兇殘的行爲.

③暴風雨(～hong¹u²)；"透大風落大雨"(t'au³tua⁷～loh⁸tua⁷～).

④暴發戶(～huat⁴ho⁷)；短期間內突然發財致富的人.

⑤暴利(～li⁷)；不正當所得巨大利益.

⑥暴君(～kun¹)；暴虐的君主. ⑦暴力(～lek⁸／lik⁸).

⑧暴亂(～luan⁷)；使用暴力破壞社會秩序.

⑨暴徒(～to⁵)；用強暴的手段迫害人或擾亂社會秩序的人.

⑩暴跳(～t'iau³)；口語説"暴暴跳"(p'ok⁸〃t'iau³).

⑪暴政(～tseng³／tsing³)；暴虐的政治.

II [pok⁸]：①暴光(～kng¹)；即感光，暴露公開.

②暴露(～lo⁷)；顯露.

III [pok⁴]：①暴牙(～ge⁵)；牙齒暴出唇外.

②暴莓(～m⁵)；綻出花蕾. ③暴泡(～p'a⁷)；起泡.

B 白話音：(paoh⁴)；暴牙(～ge⁵)；同 III ①.

（1156）【割】　　　gē（ㄍㄜ）

"割"字的文言音爲：(kat⁴)，用例較少，一般通用白話音：
(kuah⁴)。

(例)　①割愛(～ai³)；放棄心愛的事物.

②割讓(～jiong⁷／liong⁷)；分割一部分的領土給別的國家(戰勝
國). ③割據(～ku³)；憑武力佔據一部分的土地.

④割裂(～liat⁸／lih⁸). 　⑤分割(hun¹～).

⑥宰割(tsaiⁿ²～)；比喻欺凌、壓迫、剝削.

（1157）【貫】　　　guàn（ㄍㄨㄢ）

文言音：(kuan³)

(例) ①貫徹(～t'iat⁴)；徹底實現(方針、主張等).

②貫通(～t'ong¹)；徹底了解、連接無阻.

③貫穿(～ts'uan¹)；穿過. ④一貫(it⁴～)；前後一致.

⑤連貫(lian⁵～)；相連互通.

Ⓑ 白話音：(kng³)

(例) ①貫耳(～hiⁿ⁷)；穿耳朵. ②貫孔(～k'ang¹)；穿洞.

③貫鼻(～p'iⁿ⁷)；穿鼻孔(對牛)，喻好控制.

④貫錢(～tsiⁿ⁵)；把銅版錢透過孔部串起來.

（1158）【殊】　　shū（ㄕㄨ）

"殊"字的讀音只有一種：(su⁵)

(例) ①殊死戰(～si²tsian³)；拼死作戰.

②殊途同歸(～to⁵tong⁵kui¹)；不同方法達到同一目的.

③特殊(tek⁸／tik⁸～). "情形特殊"(tseng⁵heng⁵～).

（1159）【釋】　　shì（ㄕ）

"釋"字只有一種讀法：(sek⁴／sik⁴)

(例) ①釋疑(～gi⁵)解釋疑難、消除疑慮.

②釋義(～gi⁷)；解釋詞義、字義. ③釋放(～hong³).

④釋迦(～k'ia¹)；佛祖名、又水果名.

（1160）【詞】　　cí（ㄘ）

"詞"的讀法祇有一種：(su⁵)

(例) ①詞尾(～bue²)；加在詞的末尾，表示詞形變化的詞素；

如"椅仔"的"仔". 反義語"詞頭"(～t'au⁵)；如"阿公"的阿".

②詞語(～gu²)；詞和短語，字眼. ③詞匯(～hue¹).

④詞牌(～pai⁵)；詞的調子的名稱，如"西江月"、"蝶戀花"等.
⑤詞素(～so³)；語言中最小有意義的單位.
⑥詞綴(～tuat⁴)；詞中附加在詞根上的構詞成分，有前綴(詞頭：如阿雄的阿)和後綴(詞尾).
⑦詞組(～tso¹)；兩個或以上的詞的組合，或叫"片語".
⑧歌詞(kua¹～). ⑨致詞(ti³～).

（1161）【亡】 wáng（ㄨㄤ）

"亡"的讀音祇有一種：(bong⁵)

(例) ①亡命(～beng⁷／bing⁷)；流亡、逃亡，口語爲"走命"(tsau²mia⁷). ②亡羊補牢(～iong⁵po²lə⁵)；事後補救.
③亡故(～ko³)；即死亡、口語説"過身"(kue³sin¹).
④亡靈(～leng⁵／ling⁵)；死人的靈魂.
⑤流亡(liu⁵～)；即逃亡. ⑥陣亡(tin⁷～)；戰死.

（1162）【壁】 bì（ㄅㄧ）

"壁"字文言音爲：(pek⁴／pik⁴)，如"壁壘"(～lui⁵)，喻對立的事物或界限，一般多通用白話音：(piah⁴)。

(例) ①壁虎(～ho²)；即守宮，又稱蟮虫(sian⁷t'ang⁵).
②壁爐(～lo⁵). ③壁報(～pə³).
④壁紙(～tsua²). ⑤壁畫(～ue⁷).
⑥後壁(au⁷～)；即後面、背面. ⑦牆壁(ts'iu^n5～).

（1163）【頓】 dùn（ㄉㄨㄣ）

A 文言音：(tun³)

(例) ①頓首(～siu²)；磕頭(多用于書信信末).
②頓挫(～ts'ə³)；語調音律的停頓轉折.

③安頓(an¹～)；使有着落、安穩下來．④整頓(tseng²～)．

B 白話音：(tng³)

(例) ①頓腳(～k'a¹)；用力踩腳．②頓印仔(～in³a²)；蓋章．
③頓咧坐(～leh⁴tse⁷)；用力坐下．④頓心肝(～sim¹kua^{n1})；用
拳頭打自己的胸部．⑤一日三頓(tsit⁸jit⁸sa^{n1}～)；一天三餐．

(1164) 【寶】　　bǎo (ㄅㄠ)

"寶"字的讀法只有一種：(pə²)

(例) ①寶物(～but⁸／mih⁸)．②寶劍(～kiam³)．
③寶貴(～kui³)．　　　④寶庫(～k'o³)．
⑤寶貝(～pue³)；珍奇的東西．⑥寶刀(～tə¹)．
⑦寶塔(～t'ah⁴)．　　　⑧寶石(～tsiəh⁸)．
⑨法寶(huat⁴～)；喻特別有效的方法(原為伏魔用的寶物)．

(1165) 【午】　　wǔ (ㄨ)

"午"字祇有一種讀法：(go^{n2})

(例) ①午後(～au⁷)；即下午，口語説"下晡"(e⁷po¹)．
②午夜(～ia⁷／ya⁷)；口語説"半暝"(pua^{n3}mi⁵)．
③午時(～si⁵)；指上午11點到下午1點之間，口語説"中晝"
(tiong¹tau³)．　　　　　　④午前中(～tsian⁵tiong¹)；上午．
⑤下午(ha⁷～)；口語"下晡"(e⁷po¹)．⑥上午(siong⁷～)．
⑦中午(tiong¹～)；口語"中晝"．⑧子午線(tsu²～ sua^{n3})；地球
的南北兩極連起來的線，是想像的線，即經線．

(1166) 【塵】　　chén (ㄔㄣ)

A 文言音：(tin⁵)

(例) ①塵埃(～ai¹)．　　　②塵寰(～huan⁵)；即塵世．

③凡塵(huan⁵〜)；指人世間. ④灰塵(hue¹〜)；"土粉"(t'o⁵hun²).

⑤拂塵 (hut⁴〜)；揮除灰塵或驅除蚊蠅的用具，又叫"蠓捽仔"(bang²sut⁴a²)，手指粗的長約50公分的桿子，一端裝上毛線或布條.

B 白話音：(t'un⁵) 煙塵(ian¹〜)，文言音爲(ian¹tin⁵)；殘留鍋底的煙燼，口語又説"煙塵烏"(〜o¹).

（1167）【聞】　　wén（ㄨㄣ）

"聞"字的讀法只有一種：(bun⁵)

(例)　①聞名(〜beng⁵／bing⁵)；有名，聽到名聲.

②聞風而動(〜hong¹ji⁵／li⁵tong⁷)；聽到消息即刻行動.

③聞人(〜jin⁵)；名人.　　④奇聞(ki⁵〜).

（1168）【揭】　　jiē（ㄐㄧㄝ）

A 文言音：(kiat⁴)〜(k'iat⁴)

I [kiat⁴]①揭幕(〜bo⁵)；揭開幕幔. ②揭曉(〜hiau²)；公布結果.

③揭發(〜huat⁴)；揭露錯誤、罪行. ④揭露(〜lo⁷)；使露出.

⑤揭破(〜pə³)；口語音爲(giah⁴p'ua³)；使掩蓋着的真相顯露出來.　　　　　⑥揭穿(〜t'suan¹)；揭露.

II [k'iat⁴]①揭番仔火(〜huan¹a²hue²)；擦火柴(洋火).

B 白話音：(kiah⁴)：揭壁縫(〜piah⁴p'ang⁷).

C 訓讀音：(giah⁴)：揭刺(〜ts'i³)；挑出刺兒.

（1169）【炮／砲】　　pào（ㄆㄠ）

"炮"字的讀法只有一種：(p'au³)

(例)　①炮火(〜hue²).　　②炮艦(〜lam⁷／kam³).

③炮台(〜tai⁵).　　　　④炮彈(〜tuaⁿ⁵).

⑤放炮(pang³〜).　　　⑥大炮(tua⁷〜).

（1170）【殘】　　　cán（ㄘㄢˊ）

A 文言音：有兩種，(tsan⁵)和(ts'an⁵)，前者較通用。

　　I [tsan⁵]：①殘害(～hai⁷)；傷害或殺害. ②殘廢(～hue³).

　　　③殘餘(～i⁵／u⁵). 　　　　④殘忍(～jim²／lim²)；狠毒.

　　　⑤殘酷(～k'ok⁴)；兇狠冷酷. ⑥殘缺(～k'uat⁴)；不全.

　　　⑦殘留(～liu⁵)；部分地遺留下來. ⑧殘破(～p'ə³)；殘缺破損.

　　II [ts'an⁵]；心眞殘(sim¹tsin¹～)；心性兇殘.

B 白話音：(tsuaⁿ⁵)意爲嘴唇沾過的痕跡，"食嘴殘"(tsiah⁸ts'ui³～)
　　；吃人家吃過(剩下)的東西.

（1171）【冬】　　　dōng（ㄉㄨㄥ）

A 文言音：(tong¹)

　　(例)　①冬防(～hong⁵)；冬天的治安防衛.

　　②冬令(～leng⁷／ling⁷)；即冬季.

　　③冬至(～tsi³)；口語説"冬節"(tang¹tseh⁴).

B 白話音：(tang¹)

　　(例)　①冬瓜(～kue¹). 　　②冬筍(～sun²)；毛竹的筍.

　　③冬天(～t'iⁿ¹). 　　　　④好年冬(hə²ni⁵～)；豐收之年.

　　⑤一冬(tsit⁸～)；即一年也.

（1172）【橋】　　　qiáo（ㄑㄧㄠˊ）

A 文言音：(kiau⁵)：橋牌(～pai⁵)，一般多通用白話音。

B 白話音：(kiə⁵)

　　(例)　①橋空(～k'ang¹)；橋孔. ②橋樑(～niu⁵).

　　③橋頭(～t'au⁵). 　　　　④吊橋(tiau³～).

　　⑤紅毛土橋(ang⁵mng⁵t'o⁵～)；水泥橋.

　　⑥過橋(河)拆橋(kue³～ [hə⁵]t'iah⁴～)；喻自私自利不管他人.

（1173）【婦】　　　fù（ㄈㄨ）

A 文言音：(hu⁷)

　　(例)　①婦人(～jin⁵／lin⁵)；"婦人人"(～jin⁵lang⁵)．

　　②婦女(～lu²／li²)．　　③婦道(～tə⁷)；婦女道德．

　　④夫婦(hu¹～)．　　　　⑤少婦(siau²～)．

B 白話音：(pu⁷)

　　(例)　①新婦(sin¹～)；兒媳婦．②新婦仔(sin¹～a²)；童養媳．

（1174）【警】　　　jǐng（ㄐㄧㄥ）

　　"警"字的俗音爲：(keng³／king³)，但通常多讀文言音：

　　(keng²／king²)。

　　(例)　①警戒(～kai³)．　②警覺(～kak⁴)；敏銳的感覺．

　　③警告(～kə³)．　　　　④警察(～ts'at⁴)；又説"大人"(tai⁷jin⁵)．

　　⑤警備(～pi⁷)；警戒防備．⑥警報(～pə³)；告知危險將發生．

　　⑦火警(hue²～)；火災警報．⑧機警(ki¹～)；機敏警覺．

（1175）【綜】　　　zōng（ㄗㄨㄥ）

　　"綜"字的讀法祇有一種：(tsong¹)

　　(例)　①綜合(～hap⁸)；分析的反義語，把分析的各事象各部

　　分聯合起來，成爲統一的．②綜觀(～kuan¹)；綜合地觀察．

　　③綜述(～sut⁴)；綜合起來敘述．④錯綜(ts'ə³～)；縱橫交叉．

（1176）【招】　　　zhāo（ㄓㄠ）

A 文言音：(tsiau¹)

　　(例)　①招撫(～bu²)；即招安，籠絡怀柔使投降或不反抗．

　　②招魂(～hun⁵)；招回死者的靈魂．

　　③招認(～jin⁷／lin⁷)；承認犯罪事實．

④招供(～kiong¹)；供述犯罪情形．⑤招牌(～pai⁵)．

⑥招聘(～p'eng³／p'ing³)；招募(公開)聘請．

⑦招致(～ti³)；引起某種後果(意外的)．⑧招待(～t'ai⁷)．

B 白話音：(tsiə¹)

(例)　①招募(～bo⁷)；即公開募集(人員)．

②招呼(～ho¹)；呼喚、關照．③招降(～kang³)；號招敵人投降．

④招子婿(～kiaⁿ²sai³)；招女婿．⑤招考(～k'ə²)．

⑥招攬(～lam²)；招引顧客．⑦招標(～piə¹)．

⑧招兵買馬(～peng¹be²be²)；喻興辦事業．⑨招生(～seng¹)．

⑩招租(～tso¹)；招人租屋．⑪招親(～ts'in¹)；即招女婿．

⑫相招(siə¹～)；互相招呼、相邀．

（1177）【付】　　　fù（ㄈㄨ）

"付"字只有一種讀法：(hu³)

(例)　①付印(～in³／yin³)；將稿件交給出版社印刷、出版．

②付郵(～iu⁵／yiu⁵)；交給郵局．③付款(～k'uan²)．

④付清(～ts'eng¹／ts'ing¹)；支付完結．

⑤收付(siu¹～)；收入和支付．⑥支付(tsi¹～)；支給付出．

（1178）【浮】　　　fú（ㄈㄨ）

A 文言音：(hu⁵)

(例)　①浮現(～hian⁷)；往事再次顯現腦中．

②浮雲(～hun⁵)；飄浮的雲．③浮力(～lek⁸／lik⁸)．

④浮華(～hua⁵)；表面好看、華麗不實．

⑤浮動(～tong⁷)；飄浮移動，類義語爲"浮蕩"音同．

⑥浮沈(～／p'u⁵tim⁵)．⑦輕浮(k'in¹～)；浮躁，不穩重．

⑧人浮於事 (jin⁵～ wu⁵su⁷)；求職的人比工作多．

B 白話音：(p'u⁵)

　(例)　①浮圓仔(～iⁿ⁵／yiⁿ⁵a²)；煮湯圓.

　　②浮油(～iu⁵／yiu⁵)；即油炸東西.

　　③浮箭(～tang⁷)；魚漂、浮子.

　　④腳浮浮(k'a¹～〃)；腳似不着地的感覺.

（1179）【遭】　　zāo（ㄗㄠ）

　"遭"字的讀法祇有一種：(tsə¹)

　(例)　①遭遇(～gu⁷)；碰上，遇到，口語説"拄着"(tu²tiəh).

　　②遭逢(～hong⁵)；碰上. 口語"碰着"(pong¹tiəh).

　　③遭殃(～iong¹)；遭受災殃，口語説"着災"(tiəh⁸tse¹).

　　④遭難(～lan⁷)；遇到不幸. ⑤遭受(～siu⁷)；受到不幸(或損害).

（1180）【徐】　　xǘ（ㄒㄩ）

"徐"字文言音爲：(su⁵／si⁵)，用例不多，如"徐徐"(～〃)，一般通
用白話音：(ts'i⁵)，用於姓氏，又如"徐來"(～lai⁵)；慢慢地來.

（1181）【搖】　　yáo（ㄧㄠ）

"搖"字的文言音爲：(iau⁵／yau⁵)，語例不多，有"搖旗納喊"(～ki⁵
lap⁸han²)；喻替人助聲勢. 一般通用白話音：(iə⁵／yiə⁵)。

　(例)　①搖晃(～hong²)；即搖擺. ②搖籃(～na⁵).

　　③搖擺(～pai²).　　　　④搖頭(～t'au⁵).

　　⑤搖錢樹(～tsiⁿ⁵ts'iu⁷).　⑥動搖(tong⁷～).

（1182）【谷】　　gǔ（ㄍㄨ）

　"谷"字的讀音爲：(kok⁴)

　(例)　①溪谷(k'e¹～).　　②山谷(san¹～).

（1183）【沽】　　gū（ㄍㄨ）

"沽"字祇有一種讀音：(ko¹)

(例)　①沽名釣譽(～beng⁵tiə³u⁷)；謀取名譽或賣名行為.

②沽酒(～tsiu²)；買酒.　③沽清(～ts'eng¹／ts'ing¹)；賣光.

④沽情 (～tsi aⁿ⁵)；好言求情，又作 "姑成".

（1184）【贊】　　zàn（ㄗㄢ）

"贊"字只有一種讀法：(tsan³)

(例)　①贊成(～seng⁵／sing⁵).　②贊同(～tong⁵)；同意.

③贊助(～tso⁷)；幫助支持.

（1185）【讚】　　zàn（ㄗㄢ）

"讚"字只有一種讀法：(tsan³)

(例)　①讚美(～bi²)；稱讚.　②讚許(～hi²)；認為好而稱讚.

③讚賞(～siong²)；讚美賞識.　④讚譽(～u⁷／wu⁷)；即稱讚.

（1186）【箱】　　xiāng（ㄒㄧㄤ）

"箱"字的文言音為：(siong¹)，用例較少，一般均通用白話音：
(siuⁿ¹／sioⁿ¹)。

(例)　①箱仔(～a²)；箱子.　②箱頭(～t'au⁵)；指木製的箱子.

③皮箱(p'ue⁵～).　　④柴箱(ts'a⁵～)；木質箱子.

（1187）【隔】　　gé（ㄍㄜ）

"隔"字的文言音為(kek⁴／kik⁴)，如"懸隔"(hian⁵～)，通常多讀
白話音：(keh⁴)。

(例)　①隔暗(～am³)；即過了一夜，口語又說"隔暝"(～me⁵
／mi⁵)，文言說"隔夜"(～ia⁷／ya⁷).　②隔月(～gueh⁸).

③隔閡($\sim$hek^8／hik^8)；想法、情意不通. ④隔音板($\sim$im^{1}pan^2).

⑤隔日($\sim$jit^8／lit^8)；即翌日，口語説"隔工"($\sim$kang^1)或"隔轉工"($\sim$tng^{2}kang^1). ⑥隔開($\sim$k'ui^1).

⑦隔離($\sim$li^5). ⑧隔膜($\sim$moh^8)；情意不通.

⑨隔壁($\sim$piah^4)；毗連的屋子. ⑩隔絶($\sim$tsuat^8).

⑪間隔，文言音(kan$^1\sim$)；指時空上的距離，讀口語音爲：(keng^1／king$^1\sim$)；指房子結構形式、間架.

⑫阻隔(tso$^2\sim$)；兩地之間無法往來.

（1188）【訂】　　　　dìng（ㄉㄧㄥˋ）

Ⓐ文言音：(teng^7／ting^7)

"訂"字讀音有（teng^3/ting^3）和（teng^7/ting^7）以後者較通用。

(例)　①訂戶($\sim$ho^7)，又讀(tia^{n7}ho^7). ②訂婚($\sim$hun^1).

③訂閲($\sim$iat^8). ④訂交($\sim$kau^1)；結爲朋友.

⑤訂購($\sim$ko^3)；口語亦説"注文"(tsu^{3}bun^5).

⑥訂立($\sim$lip^8)；將協議好的條件用文書寫下，并簽認使成立.

⑦訂正($\sim$tseng^3／tsing^3). ⑧改訂(kai$^2\sim$).

⑨修訂(siu$^1\sim$). ⑩預訂(u^5／wu$^5\sim$)；預先約定.

（1189）【男】　　　　nán（ㄋㄢˊ）

"男"字祇有一種讀法：(lam^5)

(例)　①男兒($\sim$ji^5／li^5)；男子漢. 口語"偖佣子"(tsa^{1}po^{1}kia^{n2})

②男人($\sim$jin^5／lin^5)；口語説(tsa^{1}po^1)或(tsa^{1}po^{1}lang^5)；漢字或"查佣"，"丈夫"、"乾埔"、"唐夫"⋯⋯莫衷一是.

③男女($\sim$lu^2／li^2). ④男性($\sim$seng^3／sing^3).

⑤男子漢($\sim$tsu^{2}han^3)，口語説(tsa^{1}po^{1}kia^{n2}).

⑥孝男面 (hau$^3\sim$bin^7)；一副愛哭的臉.

（1190）【吹】　　　chuǐ（ㄔㄨㄟˇ）

A 文言音：(ts'ui¹)

　　(例)　①吹牛(～gu⁵)；口語説"嗌雞脬"(pun⁵ke¹kui¹).

　　②吹風機(～hong¹ki¹)；鼓風機.

　　③吹灰之力(～hue¹tsi¹lek⁸／lik⁸)；喻微小的力量.

　　④吹毛求疵(～mo⁵kiu⁵ts'u³)；挑剔毛病.

　　⑤吹奏(～tsau³)；吹打演奏樂器. ⑥亂吹(luan⁷～).

B 白話音：(ts'ue¹)

　　(例)　①吹風(～hong¹)；受空氣(風)乾燥.

　　②吹頭毛(～t'au⁵mng⁵)；用吹風機把頭髮吹乾.

　　③鼓吹(ko²～)；一種中國式的小型喇叭.

　　④風吹 (hong⁷～)；風字讀變調(3聲)，意為風箏.

（1191）【園】　　　yüán（ㄩㄢˊ）

A 文言音：(uan⁵／wan⁵)，用例不多，一般與白話音通用。

B 白話音：(hng⁵)

　　(例)　①園藝(uan⁵／hng⁵ge⁷)；種植花卉、蔬菜、果樹等的技術.

　　②園林(～lim⁵)；植樹木花草供人遊覽的風景區.

　　③園地(～te⁷)；喻活動的場地. ④花園(hue¹hng⁵).

　　⑤果園(kə²～)；口語"果子園"(kue²tsi²～)；即果樹園.

　　⑥公園(kong¹～). 　　　⑦動物園(tong⁷but⁸～).

（1192）【紛】　　　fēn（ㄈㄣ）

"紛"字祇有一種讀法：(hun¹)

　　(例)　①紛繁(～huan²)；多而複雜. ②紛紛(～〃)；多而雜亂.

　　③紛擾(～jiau²／liau²)；混亂. ④糾紛(kiu³～)；爭執.

　　⑤繽紛(pin¹～)；繁多而凌亂、散落.

（1193）【唐】　　táng（ㄊㄤ）

A 文言音：(tong⁵)

　(例)　①唐朝(～tiau⁵)．②唐突(～t'ut⁴)；冒犯．

B 白話音：(tng⁵)

　(例)　①唐山(～sua^n1)；指中國大陸．②唐山客(～k'eh⁴)；又

　　稱"唐人"(～lang⁵)；指海外華僑．

（1194）【敗】　　bài（ㄅㄞ）

　"敗"字祇有一種讀法：(pai⁷)

　(例)　①敗壞(～huai⁷)；有害，破壞．

　　②敗露(～lo⁷)；被人發覺，口語説"破空"(p'ua³k'ang¹)．

　　③敗類(～lui⁷)；集體中的不良份子，"民族敗類"(bin⁵tsok⁸～)．

　　④敗北(～pak⁴)；打敗仗，又説"敗戰"(～tsian³)．

　　⑤敗筆(～pit⁴)；失手的一筆．⑥腐敗(hu³～)；變壞、腐爛．

（1195）【宋】　　sòng（ㄙㄨㄥ）

　"宋"字祇有一種讀音：(song³)

　(例)　①宋朝(～tiau⁵)．②姓宋(se^n3／si^n3～)；宋江(～kang¹)．

　　③宋體字(～t'e²ji⁷／li⁷)；通行的漢字印刷體，橫劃細，直(縱)

　　的筆劃粗，其實此種字體始於明朝中葉，并非宋朝．

（1196）【玻】　　bō（ㄅㄛ）

　"玻"字的讀法只有一種：(pə¹)

　(例)　①玻璃(～le⁵)．　②玻璃矸(～le⁵kan¹)；玻璃瓶(～pan⁵)．

（1197）【巨】　　jù（ㄐㄩ）

　"巨"字只有一種讀法：(ku⁷)

(例)　①巨人(〜jin⁵／lin⁵)；很大的人．②巨輪(〜lun⁵)．

③巨擘(〜pek⁴／pik⁴)；大拇指，喻某方面的地位、能力的高手．

④巨大(〜tai⁷)．　　　　⑤巨頭(〜t'au⁵)；政經界的大頭目．

⑥巨匠(〜ts'iong⁷)；在文藝、科學有極大成就的人．

（1198）【鉅】　　jù（ㄐㄩ）

"鉅"字讀音同"巨"，詞義亦多相同，但仍有差異的部分．

(例)　①鉅萬(ku⁷ban⁷)．②鉅額(〜giah⁸)．③鉅富(〜hu³)．

按"鉅"字，金字旁多與金錢有關的詞例。

（1199）【耕】　　gēng（ㄍㄥ）

"耕"字祇有一種讀法：(keng¹)

(例)　①耕地(〜te⁷)；用犁鬆土．②耕種(〜tsiong³)．

③耕作(〜tsəh⁴)；又説"作穡"(tsəh⁴sit⁴)，"種作"(tseng³tsəh⁴)．

④耕耘(〜un⁵／wun⁵)；耕地除草．⑤春耕(ts'un¹〜)．

（1200）【坦】　　tǎn（ㄊㄢ）

Ａ 文言音：(t'an²)

(例)　①坦然(〜jian⁵／lian⁵)；即坦白，率直．

②坦克車(〜kek⁴／kik⁴ts'ia¹)；又説"鐵甲車"(t'ih⁴kah⁴ts'ia¹)．

③坦白(〜pek⁸／pik⁸)，又音：(〜peh⁸)．

④坦率(〜sut⁴)；直率，口語説"條直"(tiau⁵tit⁸)．

⑤坦途(〜to⁵)；平坦的道路．

Ｂ 白話音：(taⁿ²)，平坦坦(peⁿ⁵／piⁿ⁵〜〃)；很平坦的樣子．

（1201）【榮】　　róng（ㄖㄨㄥ）

"榮"字祇有一種讀法：(eng⁵／ing⁵)

· 515 ·

(例) ①榮幸(〜heng^7／hing^7)；光榮而幸運.

②榮華(〜hua^5);喻興盛、顯達. ③榮耀(〜iau^3／yau^3);光榮.

④榮光(〜kong^1);即光彩，光榮. ⑤榮譽(〜u^7);光榮的名譽.

⑥欣欣向榮(him^1〃hiong^3〜);草木茂盛，喻繁榮發展.

（1202）【閉】　bì（ㄅㄧ）

"閉"字的讀法只有一種：(pi^3／pe^3)

(例) ①閉幕(〜bo^7);會議，展覽等結束.

②閉門造車(〜bun^{5}tsə^{7}ts'ia^1);喻主觀辦事，不符客觀事實.

③閉結(〜kiat^4);指便秘. 口語有"放定屎"(pang^{3}teng^{7}sai^2).

④閉關自守(〜kuan^{1}tsu^{7}siu^2);喻保守，不接觸外界的新事物.

⑤閉塞(〜sek^3／sai^3);堵塞不通. ⑥關閉(kuan^1〜).

（1203）【灣】　wān（ㄨㄢ）

"灣"字只有一種讀音：(uan^1／wan^1)

(例) ①海灣(hai^2〜). ②港灣(kang^2〜).

③西仔灣(Se^{1}a^2〜);高雄市西郊的海灣爲著名的海水浴場.

按"台灣"的"灣"訛音爲第5聲(陽平)爲(uan^5／wan^5)，音如"完"字。

(例)①台灣話 (Tai^5〜ue^7／we^7). ②灣產的 (〜san^{2}e);指台灣的
製品或台灣的，亦指台灣人.

（1204）【健】　jiàn（ㄐㄧㄢ）

A 文言音：(kian^7)

(例) ①健康(〜k'ong^1). ②健壯(〜tsong^3);強健.

③健身操(〜sin^{1}ts'au^1);促進身體健康的體操.

④健全(〜tsuan^5);没缺陷. ⑤康健(k'ong^1〜).

B 白話音：(kia^{n7})，勇健(iong^2／yong^2〜);強健，健康。

（1205）【凡】　　　fán（ㄈㄢ）

"凡"字祇有一種讀法：(huan⁵)

(例)　①凡庸(～iong⁵／yong⁵)；普普通通，没出色.

②凡人(～jin⁵／lin⁵)；即世間人(se³kan¹lang⁵)；平常人.

③凡間(～kan¹)；即世間. ④凡塵(～tin⁵)；指人世間.

⑤非凡(hui¹～)；不平常. ⑥平凡(peng⁵／ping⁵～).

⑦大凡(tai⁷～)；大致、一般.

（1206）【駐】　　　zhù（ㄓㄨ）

"駐"字的讀音爲：(tsu³)

(例)　①駐防(～hong⁵)；駐紮防守. ②駐守(～siu²).

③駐屯(～t'un⁵)；駐紮. ④駐紮(～tsat⁴)；軍隊駐留防守.

⑤駐車場(～ts'ia¹tiuⁿ⁵／tioⁿ⁵).

（1207）【鍋】　　　guō（ㄍㄨㄛ）

A 文言音：(kə¹)

(例)　①鍋爐(～lo⁵)燒熱水，產生水蒸氣取暖用的裝置.

②火鍋(hue²～)；各種菜料置鍋中隨煮隨吃的.

B 白話音：(ue¹／we¹)，又音(e¹)

(例)　①鍋仔蓋(～a²kua³)；鍋蓋.

②狗母鍋(kau²bə²～)；腹部鼓狀的鍋.

③鍟鍋(seⁿ¹／siⁿ¹～)；鑄鐵製的(飯)鍋，"鍟"又作"鉎".

④電鍋(tian⁷～)；利用電流熱能燒飯的鍋子.

（1208）【救】　　　jiù（ㄐㄧㄡ）

"救"字的讀音爲：(kiu³)

(例)　①救亡(～bong⁵)；拯救危亡. ②救護(～ho⁷).

③救火(～hue^2). ④救急(～kip^4);拯救危急.

⑤救國(～kok^4). ⑥救命(～mia^7).

⑦救生圈(～seng^1／sing^{1}k'uan^1). ⑧救濟(～tse^3).

⑨救助(～tso^7). ⑩救星(～ts'e^{n1});使他人解脫苦難.

⑪挽救(buan^2～);從危險中救回來.

⑫營救(eng^5～);設法解救. ⑬解救(kai^2～);使脫離危險.

（1209）【恩】　　ēn（ㄣ）

"恩"字的讀法祇有一種: (in^1／un^1)

(例)　①恩愛(～ai^3);指夫妻情愛親熱. ②恩惠(～hui^7);好處.

③恩人(～jin^5／lin^5);對自己有恩情好處的人.

④恩德(～tek^4／tik^4);同恩惠. ⑤恩情(～tseng^5／tsing^5).

⑥恩怨(～uan^3);恩惠和仇恨,(多偏指仇恨).

（1210）【剝】　　bō（ㄅㄛ）

"剝"字文言音讀(pok^4),語例少,一般通用白話音: (pak^4)

(例)　①剝離(～li^7);分開、脫落.

②剝落(～loh^8);一片一片地脫落. ③剝皮(～p'ue^5).

④剝削(～siah^4);無償地佔有別人的生產所得.

⑤剝衫褲(～sa^{n1}k'o^3);脫掉他人的衣服.

⑥剝奪(～tuat^8);強行奪取. ⑦剝手指(～ts'iu^{2}tsi^2);卸掉戒指.

（1211）【凝】　　níng（ㄋㄧㄥ）

Ⓐ文言音: (geng^5／ging^5)

(例)　①凝眸(～bo^5);目不轉睛地看. 口語説 "目(睭)珠凝凝

看"(bak^{8}tsiu^{1}gin^5〃k'ua^{n3}).

②凝望(～bong^7);目不轉地觀望,口語説"金金看"(kim^1

〃k'ua^{n3}). ③凝血(～hueh^4)；血凝結.

④凝結(～kiat^4)；氣體變爲液體，或液體變爲固體.

⑤凝固(～ko^3)；液體變固體. ⑥凝視(～si^7)；聚精會神地看.

⑦凝思(～su^1)；集中精神地思考. ⑧凝滯(～te^3)；停止流動.

B 白話音：(gin^5)；瞪眼看人的意思，"凝人"(～lang^5)。

又俗音有(gian^5)；"目珠凝凝"(bak^{4}tsiu^1～〃)；喻眼睛凝重，呆滯.

又音：(gan^5)；"水冷凝人"(tsui^{2}leng^2～lang)；水冷有冷凍的感覺.

（1212）【鹹】 jiǎn（ㄐㄧㄢ）

"鹹"字的文言音爲：(kiam^5)，又作"鹼"、"䶢"。

(例) ①鹹性(～seng^3)；含有氫氧根(NH)的化合物，有鹹性.

②石鹹(tsiəh^8～)；肥皂，口語"雪文"(suat^{4}bun^5).

按鹹字俗音(訓讀音)爲：(ki^{n1})，又寫作"焿"。

（1213）【齒】 chǐ（ㄔ）

"齒"字的文言音爲：(tsi^2)，語例少，多通用白話音(k'i^2)。

(例) ①齒齦(～gun^5)；即牙床，口語說"齒岸"(～hua^{n7}).

②齒根(～kin^1／kun^1)；牙齒的下部，口語說"齒腳"(～k'a^1).

③齒膏(～kə^1)；牙膏. ④齒科(～k'ə^1)；牙科.

⑤齒輪(～lun^5)；有齒的輪狀機件. ⑥齒杯(～pue^1)；牙杯.

⑦鐵齒(t'ih^4～)；好詭辯，"鐵齒銅牙槽"(～tang^{5}ge^{5}tsə^5).

⑧蛀齒(tsiu^3～). ⑨嘴齒(ts'ui^3～)；牙齒.

（1214）【截】 jié（ㄐㄧㄝ）

A 文言音：(tsiat^8)，按一般多通用此音.

(例) ①截面(～bin^7)；即剖面，橫斷面.

②截然(～jian^5／lian^5)；界限分明.

③截長補短(～tng⁵po²te²)；喻用長的來補短的，口語説"掠長
補短"(liah⁸～)．④截斷(～tuan⁷／tng⁷)；即切斷、打斷．
⑤截止(～tsi²)；到一定期限停止．
⑥截取(～ts'u²)；從中取一段或一部分．
Ⓑ白話音：(tsueh⁸)，語例少，又有：(tsah⁸)，如"斬做兩截"(tsam⁷
tsə³lng⁷～)；切成兩段．"一截甘蔗"(tsit⁸～kam¹tsia³)；一截 (或一
小段)甘蔗．

（ 1215 ）【煉】　　　liàn（ㄌ丨ㄢ）
"煉"字祇有一種讀法：(lian⁷)
(例) ①煉油(～iu⁵／yiu⁵)；分餾石油．
②煉鋼(～kng³)；用加熱方法製造鋼鐵．
③煉乳(～ni¹／leng¹)；濃縮乳料加糖製成膠狀乳，或製法．
④煉丹(～tan¹)；指用朱砂製葯．

（ 1216 ）【麻】　　　má（ㄇㄚ）
Ⓐ文言音：(ma⁵)，語例不多，如"麻煩"(～huan⁵)；煩瑣，費事．
Ⓑ白話音：(ba⁵)～(mua⁵)
I [ba⁵]①麻木不仁(～bok⁴put⁴jin⁵)；肢體麻木沒感覺．
②麻瘋(～hong¹)；口語説"癩痔"(t'ai²kə¹)；皮膚麻木，變厚、
結節，毛髮脱落，感覺喪失，手指腳趾變形．
③麻葯(～ioh⁸)；麻醉的葯．④麻痺(～pi³)；神經感覺故障．
⑤麻疹(～tsin²)；急性傳染病、小孩易患、全身起紅色丘疹，
口語説"癖"(p'iah⁸)，又"出癖"(ts'ut⁴～)．
⑥麻醉(～tsui³)；使神經系統失去感覺．
⑦麻雀(～t'siok⁴)；即麻將，又説(mua⁵～)．
II [mua⁵] ①麻疹．　　②麻雀等如上．

（1217）【蔴】　　　má（ㄇㄚ）

"蔴"字文言音讀(ma⁵)，語例殊少，通用白話音：(mua⁵)。

（例）　①蔴油(～iu⁵／yiu⁵)；即芝麻油.

②蔴布(～po³)；用麻織的布. ③蔴衫(～saⁿ¹)；麻質衣.

④蔴索(～səh⁴)；蔴繩. 　⑤蔴袋(～te⁷)；蔴質袋子.

⑥蔴糍(～tsi⁵)；糯米漿蒸熟後搗成塊狀，再包上紅豆餡.

（1218）【紡】　　　fǎng（ㄈㄤ）

按"紡"字文言音爲：(hong²)，如"紡紗"(～sa¹)，又讀白話音：
(p'ang²se¹)，一般通用白話音(p'ang²)。

（例）　①紡綢(～tiu⁵)；平紋絲織品，質地細軟.

②紡織(～tsit⁴)；"紡織品"(～p'in²).

③電風紡起來(tian⁷hong¹～k'ilai)；電扇轉動起來.

④紡車輪 (～ts'ia¹lun⁵)；轉動 (發動)汽車.

（1219）【禁】　　　jìn（ㄐㄧㄣ）

Ⓐ 官話讀：(jīn)時，台語讀：(kim¹)

（例）　①禁含(～kam⁵)；圓形糖果，含在口中耐久.

②禁不起(～put⁴k'i²)；承受不住，又説"禁不住"(～put⁴tsu⁷).

③不禁(put⁴～)；如"弱不禁風"(jiok⁸／liok⁸～hong¹)；身體虛
弱禁不住風吹.

Ⓑ 官話讀：(jìn)時，台語讀：(kim³)

（例）　①禁忌(～ki⁷／k'i⁷)；禁止或忌諱、嫌惡.

②禁錮(～ko³)；關押，監禁. ③禁區(～k'u¹).

④禁令(～leng⁷／ling⁷)；禁止從事活動的法令.

⑤禁書(～su¹)；禁止刊行閱讀的書.

⑥禁電火(～tian⁷hue²)；關掉電燈. ⑦禁止(～tsi²).

⑧水禁咧(tsui²～le)；把水龍頭關住．

⑨禁氣（～ k'ui³）；屏息、呼吸．

（1220）【廢】　　fèi（ㄈㄟˋ）

"廢"字祇有一種讀法：(hue³)

（例）　①廢物(～but⁸)；没用(没價值)的東西．

②廢墟(～hi¹／hu¹)；荒涼殘壞的地方．

③廢人(～jin⁵／lin⁵)；殘廢、没用的人．

④廢棄(～k'i³)；抛棄不用．⑤廢料(～liau⁷)；没用的原料．

⑥廢除(～tu⁵)．⑦廢黜(～t'ut⁴)；罷免、革除官職．

⑧半途而廢(puan³to⁵ji⁵／li⁵～)；中途停止．

⑨荒廢(hong¹／hng¹～)；不從事工作，不耕種、不利用．

⑩作廢 (tsə³～)；使失效没用．

（1221）【盛】　　shèng（ㄕㄥˋ）

按"盛"字文言音讀；(seng⁷／sing⁷)，白話音讀；(siaⁿ⁷)，白話音用以表裝盛東西的量詞，如"一盛大餅"(tsit⁸～tua⁷piaⁿ²)。一般多通用文言音．

（例）　①盛行(～heng⁵／hing⁵)；廣泛地流行．

②盛況(～hong²)；盛大熱烈的狀況．③盛會(～hui⁷)；盛大的會．

④盛意(～i³／yi³)；即盛情．⑤盛世(～se³)；興盛的時代．

⑥盛產(～san²)．　　　⑦盛大(～tai⁷)；規模大、隆重．

⑧盛典(～tian²)；盛大的典禮．　⑨盛情(～tseng⁵／tsing⁵)．

⑩鼎盛(teng²／ting²～)；正當興盛的時候．

（1222）【版】　　bǎn（ㄅㄢˇ）

"版"字祇有一種讀音：(pan²)

522

(例)　①版面(～bin^7)；指報紙雜誌每頁的整個部份.

②版權(～kuan^5)；對出版物擁有處置的權利.

③版税(～sue^3)；指出版物出售所得分予著者的報酬.

④版圖(～to^5)；泛指疆域. ⑤排版(pai^5～)；編排字模.

⑥銅版(tang^5～). 　　　　⑦出版(ts'ut^4～).

（1223）【緩】　　　huǎn（ㄏㄨㄢ）

A 文言音：(huan^7)

(例)　①緩慢(～ban^7)；口語説"勻勻仔"(un^5〃a^2).

②緩和(～hə^5)；即和緩，又音(uan^{7}hə^5).

③緩急(～kip^4)；徐緩和急迫，口語説"緊慢"(kin^{2}ban^7).

④緩衝(～ts'iong^1)；使衝突緩和. ⑤遲緩(ti^5～).

B 白話音：(uan^7／wan^7)

(例)　①緩刑(～heng^5／hing^5)；將刑罰延緩或不執行.

②緩期(～ki^7)；把預定的時間往後推.

③緩辦(～pan^7)；延緩辦理.

（1224）【淨】　　　jìng（ㄐㄧㄥ）

"淨"字又作"凈"，白話音讀(tsia^{n7})，爲戲曲角色(生旦丑淨)之一，如"大淨"(tua^7～)，表性格激烈或粗暴的人。"淨"字通常多用於文言音：(tseng^7／tsing^7)。

(例)　①淨利(～li^7)；純利益，反義語爲"毛利"(mo^{5}li^7).

②淨化(～hua^3)；使純潔，"淨化環境"(～huan^{5}keng^2).

③淨重(～tang^7)；實重，反義語爲"毛重"(mo^{5}tang^5).

④淨土(～t'o^2)；佛、菩薩所居的世界，没人世的污穢.

⑤淨水(～tsui^2). 　　　⑥洗淨(se^2／sue^2～)；洗乾淨.

⑦清淨(ts'eng^1／ts'ing^1～)；清潔乾淨，口語"清氣"(～k'i^3).

（1225）【睛】　　jīng（ㄐㄧㄥ）

"睛"祇有文言音：(tseng¹／tsing¹)

（例）　①眼睛(gan²～)；口語説"目珠"(bak⁸tsiu¹)，"珠"又作"睭".

②目不轉睛(bak⁸put⁴tsuan²～)；眼睛不轉動地看.

（1226）【昌】　　chāng（ㄔㄤ）

Ａ 文言音：(ts'iong¹)

（例）　①昌明(～beng⁵／bing⁵)；興盛發達.

②昌盛(～seng⁷／sing⁷)；興旺. ③繁昌(huan²～)；繁榮昌盛.

Ｂ 白話音：(ts'iuⁿ¹)，如"面昌"(bin⁷～)；即面貌. 如 "歹面昌"(p'ai²／p'aiⁿ²bin⁷～)；面有怒色，或兇惡.

（1227）【婚】　　hūn（ㄏㄨㄣ）

"婚"字祇有一種讀法：(hun¹)

（例）　①婚姻(～in¹／yin¹)；結婚的事. ②婚約(～iok⁴／yok⁴).

③婚期(～ki⁵)；結婚日期. ④婚禮(～le²).

⑤婚聘(～p'eng³／p'ing³)；婚事的聘約.

⑥結婚(kiat⁴～).　　　⑦慢婚(ban⁷～)；即晚婚.

⑧完婚(uan⁵～)；給兒子完成婚事. ⑨未婚夫(bi⁷～hu¹).

⑩重婚(tiong⁷～)；再娶，再嫁.

（1228）【涉】　　shè（ㄕㄜ）

"涉"字祇有一種讀法：(siap⁸)

（例）　①涉嫌(～hiam⁵)；有跟某件事情關連的嫌疑.

②涉外(～gua⁷)；有關外交的事. ③涉及(～kip⁴)；關連到.

④涉獵(～liap⁸)；粗略地閱讀. ⑤涉足(～tsiok⁴)；進入某種環境.

⑥牽涉(k'an¹～)；涉及. 口語有"牽拖"(～t'ua¹).

（1229）【筒】　　　tǒng（ㄊㄨㄥˇ）

按"筒"字文言音讀(tong⁵)，語例少罕用，一般通用白話音；
(tang⁵)。

（例）　①筒瓦(～hia⁷)半圓筒形的瓦．②郵筒(iu⁵／yiu⁵～)．
③筆筒(pit⁴～)．　　　④竹筒(tek⁴／tik⁴～)；粗大的竹管．

（1230）【嘴】　　　zuǐ（ㄗㄨㄟˇ）

按"嘴"字又寫作"喙"，讀音為：(ts'ui³)

（例）　①嘴下斗(～e⁷tau²)；下巴．②嘴齒(～k'i²)；牙齒．
③嘴緊(～kin²)；有話藏不住，馬上說出來即嘴快．
④嘴角(～kak⁴)；上下唇連接處．
⑤嘴箍(～k'o¹)；嘴的周圍．⑥嘴涎(～nua⁷)；口水．
⑦嘴䫌(～p'e²／p'ue²)；頰部，"䫌"又作"頓"，即嘴巴．
⑧嘴水(～sui²)；愛說好聽話，逢迎的話(恭維奉承的話)，"好
嘴水"(hə²～)；即"嘴甜"(～ti ⁿ¹)．⑨嘴乾(～ta¹)；口喝．
⑩嘴斗(～tau²)；指食欲，"好嘴斗"(hə²～)；不擇食，不偏食，
反義語為"歹嘴斗"(p'ai ⁿ²～)．⑪嘴唇(～tun⁵)．
⑫嘴唇皮仔(～p'ue⁵a²)；喻光會說好聽話，毫無真心．
⑬嘴舌(～tsih⁸)；即舌頭．⑭嘴鬚(～ts'iu¹)；鬍鬚．
⑮硬嘴(ge ⁿ¹／gi ⁿ¹～)；好詭辯，又說"鐵齒"(tih⁴k'i²)；"嘴硬"．

（1231）【插】　　　chā（ㄔㄚ）

A 文言音：(ts'ap⁴)

（例）　①插牌仔(～pai⁵a²)；洗牌、錯牌．
②插散(～sua ⁿ³)；錯開，使同一成分分散．
③插代誌(～tai⁷tsi²)；參與事情．④插嘴(～ts'ui³)；加入談話．
⑤嬤插伊(mai³～i¹)；不理他(她)．⑥相交插(siə¹kau¹～)；交往．

⑦參插(ts'am¹～)；加入另一種東西致原物不純.

B 白話音：(ts'ah⁴)

(例)　①插花(～hue¹)．②插腳(～k'a¹)；參與.

③插曲(～k'iok⁴)．④插秧(～ng¹)；又説"播稻仔"(po³tiu⁷a²).

⑤插身(～sin¹)；喻參與進去．⑥插圖(～to⁵).

⑦插頭(～t'au⁵)；即插銷．⑧插手(～ts'iu²)；又音(ts'ap⁴ts'iu²).

⑨插畫(～ue⁷／we⁷)．⑩安插(an¹～)；安排加入某特定位置.

（1232）【岸】　　　aǹ（ㄢˋ）

"岸"字文言音爲：(gan⁷)，用例不多，如"道貌岸然"(tə⁷mau⁷～jian⁵)
；神態嚴肅的樣子，一般多通用白話音；(huaⁿ⁷)。

(例)　①岸壁(～piah⁴)；碼頭．②海岸(hai²～).

③護岸(ho⁷～)；堤防．　　④齒岸(k'i²～)；齒齦.

⑤田岸(ts'an⁵～)；田埂，即田與田之間隆起的狹道.

（1233）【朗】　　　lǎng（ㄌㄤˇ）

"朗"字祇有一種讀法：(long²)

(例)　①朗誦(～siong⁷)；大聲誦讀.

②朗讀(～t'ok⁸)；清晰響亮地念出聲音來.

③明朗(beng⁵／bing⁵～)；明亮．④晴朗(tseng⁵／tsing⁵～).

（1234）【莊】　　　zhuāng（ㄓㄨㄤ）

A 文言音：(tsong¹)

(例)　①莊嚴(～giam⁵)；莊重嚴肅．②莊重(～tiong⁷)；不輕浮.

③莊園(～uan⁵／wan⁵)．④端莊(tuan¹～)；端正嚴肅.

B 白話音：(tsng¹)

(例)　①莊先生(～sian¹siⁿ¹)．②布莊(po³～)；布店.

③錢莊(tsiⁿ⁵〜)；做金融生意的店.

④田莊(ts'an⁵〜)；農村，鄉村，又說"草地"(ts'au²te⁷).

（1235）【庄】　　　zhuāng（ㄓㄨㄤ）

按"庄"字頗多與莊字通用之處，但亦有差異，"莊"字用得較廣．

$\boxed{A}$ 文言音：(tsong¹)

（例）①庄(莊)稼(〜ka³)；指地上的農作物．

②庄(莊)園(〜uan⁵／wan⁵)；封建領主佔有的大地產．

$\boxed{B}$ 白話音：(tsng¹)

（例）①庄腳(〜k'a¹)；即指鄉下，如"庄腳人"(〜lang⁵)；鄉下人．

②庄頭庄尾(〜t'au〜bue²)；指整個村莊．

③田庄(ts'an⁵〜)；即鄉下，又說"草地"(ts'au²te⁷)

（1236）【街】　　　jiē（ㄐㄧㄝ）

"街"字文言音讀(kai¹)，語例少，一般通用白話音：(ke¹／kue¹)。

（例）①街坊(〜hong¹)；街中里巷、鄰居，口語"厝邊頭尾"
(ts'u³piⁿ¹t'au³bue²)．②街路(〜lo⁷)，又說"街仔路"(〜a²〜)．

③街頭巷尾(〜t'au⁵hang¹bue²)．④街市(〜ts'i⁷)．

（1237）【藏】　　　cáng（ㄘㄤ）

$\boxed{A}$ 官話讀(cáng)時，台語讀：(tsong⁵)

（例）①藏身(〜sin¹)；躲藏、安身．②藏書(〜su¹)；收藏圖書．

③藏頭露尾(〜t'o⁵lo⁷bue²)；喻無法全部隱藏得住．

④金屋藏嬌(kim¹ok⁴〜kiau¹)；喻有錢人家養小老婆．

$\boxed{B}$ 官話讀(zàng)時，台語讀：(tsong⁷)

（例）①寶藏(pə²〜)；儲藏珍寶的地方．

②大藏經(tua⁷〜keng¹)．③西藏(Se¹〜)．

（1238）【姑】　　　gū（ㄍㄨ）

"姑"字祇有一種讀音：(ko¹)

(例)　①姑娘(～niu⁵)；年輕女人、小姐，又對基督教獨身女傳

教士的稱呼．②姑黃(～ng⁵)；即貓頭鷹．③姑表(～piau²)．

④姑婆(～pə⁵)；祖父的姐妹，又指老處女．

⑤姑不將(～put⁴tsiong¹)；不得已，又說"姑不而將"(～put⁴ji⁵

／li⁵tsiong¹)．但亦有寫成"孤不終"、"枯不終"……未必是．

⑥姑丈(～t'iuⁿ⁷／t'ioⁿ⁷)；姑父．⑦阿姑(a¹～)；姑母．

⑧尼姑(ni⁵～)．　　　　⑨細姑(se³／sue³～)；夫之妹．

⑩大姑(tua¹～)；父之姐，"大姑頭仔"(～t'au⁵a²)；夫之姐．

（1239）【貿】　　　mào（ㄇㄠ）

Ⓐ文言音：(mo⁷)

(例)　①貿易(～ek⁸／ik⁸)；對海外的買賣．

②貿然(～jian⁵／lian⁵)；輕率地．

Ⓑ訓讀音：(bauh⁴)

(例)　①貿工事(～kang¹su⁷)；承包工程．

②貿俗貨(～siok⁸hue³)；批發買進便宜的貨品．

③貿着(～tiəh)；意外地得了利益．

④貿死(～si²／siᵒ)；強調意外地得了巨大利益．

（1240）【腐】　　　fǔ（ㄈㄨ）

按"腐"字的讀音爲：(hu⁷)，惟一般均訓讀爲；(hu²)。

(例)　①腐朽(～hiu²)；喻陳腐敗壞，墮落．

②腐化(～hua³)；變化，腐爛．③腐爛(～nua⁷)；腐臭、敗壞．

④腐敗(～pai⁷)．⑤腐蝕(～sit⁸)；逐漸變壞，變質而壞掉．

⑥豆腐(tau⁷～)．　　　⑦陳腐(t'in⁵～)；陳舊腐朽．

（1241）【奴】　　　　nú（ㄋㄨ）

"奴"字的讀音爲：(lo⁵)，但亦訛爲鼻韵的(no⁵)，以(lo⁵)較通用。

（例）　①奴役(～ek⁸／ik⁸)；把人當奴隸使用．

②奴化(～hua³)；使成奴隸以供奴役．③奴隸(～le⁷)．

④奴僕(～p'ok⁴)；奴隸般的差役、僕人．⑤家奴(ka¹～)．

⑥守財奴(siu²tsai⁵～)；視錢如命而吝嗇的人．

（1242）【慣】　　　　guàn（ㄍㄨㄢ）

A 文言音：(kuan³)

（例）　①慣技(～ki¹)；常用的手段(貶義)．②慣例(～le⁷)；常例．

③慣練(～lian⁷)；專門、擅長．④慣性(～seng³／sing³)．

⑤慣勢(～si³)；即習慣於，"習慣"(sip⁸～)．

⑥慣竊(～ts'iap⁴)；經常盜賊，即"慣賊"(～ts'at⁸)．

（1243）【乘】　　　　chéng（ㄔㄥ）

"乘"字的讀法只有一種：(seng⁵／sing⁵)

（例）　①乘虛(～hi¹)；趁着空虛．②乘法(～huat⁴)；乘的方法．

③乘機(～ki¹)；利用機會．④乘便(～pian⁷)；順便．

⑤乘勢(～se³)；順着形勢．

（1244）【伙】　　　　huǒ（ㄏㄨㄛ）

"伙"字文言音讀(ho^{n2})，語例少，通用白話音：(hue²／he²)。

（例）　①伙計(～ki³)；合作的人，店員或長工，"伙"又作"夥"．

②伙食(～sit⁸)；飯食(多指學校、部隊等集體所辦的)．

③作伙(tsə³～)；在一起，如"沓作伙"(t'ah⁸～)；疊在一起．

（1245）【恢】　　　　huī（ㄏㄨㄟ）

"恢"字文言音讀(k'ue¹)，白話音讀(hue¹／he¹)。

(例)　①恢復(k'ue¹hok⁸)；回復原狀．

②無恢(bə⁵hue¹)；無能力．③恢恢(k'ue¹〃)；喻非常廣大．

（1246）【勻】　　yún（ㄩㄣˊ）

"勻"字祇有一種讀法：(un⁵／wun⁵)。

(例)　①勻勻仔(～〃a²)；慢慢地，如"勻勻仔來"(～lai⁵)；慢
慢地進行，"勻勻仔是"(～si⁷)；別急．

②字勻(ji⁷／li⁷～)；輩份，如"頂下勻"(teng²e⁷～)；上下輩．

③一勻磚一勻土(tsit⁸～tsng¹tsit⁸～t'o⁵)；一層磚、一層土．

（1247）【紗】　　shā（ㄕㄚ）

Ⓐ文言音：(sa¹)；語例殊少，如"紗窗"(～ts'ong¹)。

Ⓑ白話音：(se¹)

(例)　①紗帽(～bə⁷)；即烏紗帽(o¹～)；指官帽．

②紗布(～po³)；包裹傷口用的稀疏的紗線棉織品．

③棉紗(mi⁵～)；棉紡的細絲(線)．

（1248）【紮】　　zā（ㄗㄚ）～zhā（ㄓㄚ）

"紮"字文言音讀(tsat⁴)，白話音讀(tsah⁴)，後者較通用．

(例)　①紮褲腳(～k'o³k'a¹)；捆束褲管的下段．

②補紮(po²～)；幫助，物質上或經濟上的援助．

（1249）【辯】　　biàn（ㄅㄧㄢˋ）

"辯"字祇有一種讀法：(pian⁷)

(例)　①辯護(～ho⁷)；為某言行說明其正當性，"辯護士"(～su⁷)；
指律師．②辯解(～kai²)；對被指責的言行加以解釋．

③辯駁(～pok⁸)；用理由説明並否定對方的意見.

④爭辯(tseng¹／tsing¹～)；爭論，"辯論"(～lun⁷).

（1250）【耳】　　ěr（ㄦ）

Ⓐ文言音：(ni²)

(例)　①耳目一新(～bok⁸yit⁴sin¹)；感到很新鮮.

②耳邊風(～pian¹hong¹)；喻聽了不放在心內. ③木耳(bok⁸～).

Ⓑ白話音：(hi⁷／hiⁿ⁷)

(例)　①耳仔(～a²)；耳朵. ②耳鈎(～kau¹)；耳環.

③耳鏡(～kiaⁿ³)；即耳內鼓膜.

④耳腔(～k'ang¹)；耳孔. ⑤耳屎(～sai²)；耳垢.

⑥耳珠(～tsu¹)；耳垂，又説"耳墜"(～tui⁷).

⑦雙耳鼎(siang¹～tiaⁿ²)；兩個把手的鼎或鍋.

（1251）【彪】　　biāo（ㄅ丨ㄠ）

"彪"字的讀法祇有一種：(piu¹)

(例)　①彪形大漢(～heng⁵／hing⁵tai⁷han³)；喻軀體壯大的人.

②彪炳(～peng²／ping²)；光彩煥發.

（1252）【臣】　　chén（ㄔㄣ）

"臣"字祇有一種讀法：(sin⁵)

(例)　①臣服(～hok⁸)；屈服稱臣，接受統治.

②臣僚(～liau⁵)；文武官員. ③君臣(kun¹～)；帝王與臣民.

④大臣(tai⁷～)；大官僚.

（1253）【億】　　yì（丨）

"億"字讀；(ek⁴／ik⁴)

(例) ①億萬(～ban⁷)；泛指大數目.

②規億的(kui¹～e³)；指鉅大金額或鉅富.

（1254）【抵】dǐ（ㄉㄧ）

"抵"字文言音爲：(ti²)，語例少，通用的是白話音(te²)。

(例) ①抵押(～ah⁴)；即做擔保. ②抵抗(～k'ong³).

③抵償(～siong²)；用同等價值的事物賠(補)償.

④抵達(～tat⁸)；到達. ⑤抵消(～siau¹)；互相消除.

⑥抵擋(～tong³)；擋住對方的壓力.

⑦抵制(～tse³)；對抗阻止. ⑧抵罪(～tsue⁷)；接受懲罰.

⑨安抵(an¹～)；平安抵達. ⑩大抵(tai⁷～)；大概.

（1255）【脈】 mài（ㄇㄞˋ）

"脈"字文言音讀(bek⁸／bik⁸)，語例少，通用白話音：(meh⁸)。

(例) ①脈搏(～p'ok⁴)；動脈的跳動.

②脈絡(～lok⁸)；脈的系統，喻條理、頭緒.

③無脈(bə⁵～)；喻死亡. ④摸脈(bong¹～)；即按脈，把脈.

⑤無氣脈(bə⁵k'ui³～)；喻虛弱没力氣.

⑥動脈(tong⁷～)；將血由心臟輸往全身的血管.

⑦靜脈(tseng⁷／tsing⁷～)；將血液輸回心臟的血管.

（1256）【秀】 xiù（ㄒㄧㄡˋ）

"秀"字只有一種讀音：(siu³)

(例) ①秀美(～bi²)；清秀美麗. ②秀氣(～k'i³)；文雅、清秀.

③秀才(～tsai⁵)；泛指讀書人或有才智的.

④優秀(iu¹／yiu¹～)；成績、業績等非常好.

⑤面目清秀 (bin⁷bak⁸ts'eng¹／ts'ing¹～)；容貌美麗不俗氣.

（1257）【俄】　　é（ㄜ）

"俄"字讀音爲：(go⁵)

(例)　①俄頃(~k'in¹)；很短的時間．②俄羅(~lə⁵)；指蘇聯，即俄羅斯之略語，含有跟人家不同，怪異之義．

（1258）【網】　　wǎng（ㄨㄤ）

A 文言音：(bong²)

(例)　天網恢恢(tian¹~k'ue¹〞)；天道如廣大的網．

B 白話音：(bang⁷)

(例)　①網仔(~a²)；網子．②網球(~kiu⁵)．

③網羅(~lə⁵)；從各方面搜尋、招致．

④網袋(~te⁷／tue⁷)；網狀的袋子．⑤魚網(hi⁵~)．

（1259）【舞】　　wǔ（ㄨ）

"舞"字祇有一種讀音：(bu²)

(例)　①舞無路來(~bə⁵lo⁷lai⁵)；搞不來．

②舞規工(~kui¹kang¹)；忙碌(折騰)了一整天．

③舞曲(~k'iok⁴)；"圓舞曲"(wan⁵／yi^{n5}~)；每節三拍的舞曲．

④舞弄(~lang⁷)；揮舞着手中的東西，又説"變弄"(pi^{n3}~)．

⑤舞女(~lu²)．⑥舞弊(~pe³)；用欺騙的方式做違法之事．

⑦舞台(~tai⁷)．　　⑧舞蹈(~tə⁷)．

⑨跳舞(t'iau³~)．⑩亂舞(luan⁷~)；喻亂搞也．

（1260）【店】　　diàn（ㄉ丨ㄢ）

"店"字的讀音爲：(tiam³)

(例)　①店仔(~a²)；指小型零售店．

②店面(~bin⁷)；即"店舖"(~p'o³)．

③店東($\sim$tong^1)；店的主人，又説"店頭家"($\sim$t'au^{5}ke^1)；頭家即老板，又説"店主"($\sim$tsu^2)，"老板"(lau^{2}pan^2)．

④肉店(bah^4$\sim$)．　　　⑤菜店(ts'ai^3$\sim$)；酒家．

⑥青菜店(ts'e^{n1}／ts'i^{n1}ts'ai^3$\sim$)；蔬菜店．

（1261）【噴】　　pēn（ㄆㄣ）

"噴"的讀法祇有一種：(p'un^3)

(例)　①噴芳水($\sim$p'ang^{1}tsui^2)；噴香水．

②噴射($\sim$sia^7)；如噴射機($\sim$ki^1)；即噴射式飛機．

③噴水池($\sim$tsui^{2}ti^5)．④噴漆($\sim$ts'at^4)；將漆料噴在器物上．

（1262）【縱】　　zòng（ㄗㄨㄥ）

"縱"字的讀法祇有一種：(ts'iong^3)

(例)　①縱橫($\sim$heng^5／hing^5)；豎和橫，奔馳無阻．

②縱火($\sim$ho^{n2})；放火．③縱慾($\sim$iok^8)；放縱肉慾．

④縱貫($\sim$kuan^3)；貫通南北，反義語"橫貫"(huai^{n5}kuan^3)．

（1263）　【寸】　　cùn（ㄘㄨㄣ）

"寸"字的讀音為(文言音)：(ts'un^3)

(例)　①寸陰($\sim$im^1／yim^1)；喻極短的時間．

②寸步難行($\sim$po^{7}lan^{5}heng^5)；喻處境至為艱難．

③寸心($\sim$sim^1)；微小的心意；又"寸草心"($\sim$ts'ə^{2}sim^1)．

④寸斷($\sim$tuan^7)；斷成許多小段．

⑤寸草不留($\sim$ts'au^{2}put^{4}liu^5)；連小草也不留下，喻徹底破壞．

⑥寸尺($\sim$ts'iəh^4)；長度．⑦方寸(hong^1$\sim$)；指心、心裡．

（1264）　【汗】　　hàn（ㄏㄢ）

$\boxed{A}$ 文言音：(han⁷)

(例) ①汗顏(～gan⁵)；即慚愧，"汗顏難當"(～lan⁵tong¹)．

②汗流浹背(～liu⁵kiap⁴pue⁷)；流出大量的汗，濕透了背上的衣服，口語說"流規身軀汗"(lau⁵kui¹sin¹k'u¹kuaⁿ⁷)．

③汗牛充棟(～giu⁵ts'iong¹tong³)；形容書籍極多．

$\boxed{B}$ 白話音(kuaⁿ⁷)

(例) ①汗粒(～laip⁸)；成滴的汗，又說"汗珠"(～tsu¹)．

②汗濕(～sip⁴)；又說"流汗濕仔"(lau⁵～sip⁴a²)；出微汗．

③汗滴(～tih⁴)；即汗，又說"汗珠"(～tsu¹)．

④大粒汗細粒汗(tua⁷liap⁸～se³／sue³liap⁸～)；喻大量的汗．

⑤臭汗酸(ts'au³～sng¹)；即汗臭，累積污汗的臭味．

⑥清汗(ts'in³～)；病人或恐怖時流的冷汗．

⑦黃酸汗(ng⁵sng¹～)；身體不健康的人所流的汗．

（1265） 【掛】 guà（ㄍㄨㄚˋ）

"掛"字白話音讀：(k'ui³)，語例殊少，訓讀音有(k'ue³)；靠也，如"掛腳"(～k'a¹)；靠腳．又讀(kue²)；墊也，如"掛高起來"(～kuan⁵k'i²lai)．惟一般多通用文言音：(kua³)．

(例) ①掛目鏡(～bak⁸kiaⁿ³)；戴眼鏡．

②掛碍(～gai⁷)；牽掛． ③掛號(～hə⁷)；編號登記．

④掛耳鈎(～hiⁿ⁷kau¹)；戴耳環．

⑤掛一漏萬(～yit⁴lau⁷ban⁷)；喻列舉不全，遺漏很多．

⑥掛鈎(～kau¹)；喻相聯繫． ⑦掛慮(～li⁷／lu⁷)．

⑧掛念(～liam⁷)，又說"掛心"(～sim¹)．

⑪掛名(～mia⁵)；掛空頭名義不做實際工作，又說"掛空名"(～k'ang¹mia⁵)；"掛名niaⁿ⁷niaⁿ⁷"；掛名而已．

⑩掛牌(～pai⁵)；指醫生、律師正式開業．

⑪掛羊頭賣狗肉(～iu^{n5}t'au^{5}be^7／bue^{7}kau^{2}bah^4);喻表裡不一致.

⑫掛彩(～ts'ai^2)；做喜事時掛紅色彩綢.

⑬掛手指(～ts'iu^{2}tsi^2)；戴戒指，"掛手環"(～k'uan^5).

⑭風掛雨(hong^1～ho^7)；連風帶雨.

⑮鹹掛澀(kiam^5～siap^4)；旣鹹又澀；又喻吝嗇.

⑯骨掛肉(kut^4～bah^4)；骨帶肉，又指排骨.

⑰牽腸掛肚(k'an^{1}tng^5～to^7)；喻非常操心掛念.

（1266）　【洪】　　　hóng（ㄏㄨㄥ）

Ⓐ 文言音：(hong^5)

　　(例)　①洪荒(～hong^1)；混沌蒙昧的狀態.

　　②洪亮(～liang^7)；即聲音大、響亮.

　　③洪流(～liu^5)；巨大的水流，"一股洪流"(tsit^{8}ko^2～).

　　④洪水(～sui^2／tsui^2)；暴漲的水流，喻災害.

　　⑤防洪(hong^5～)；防止洪水造成的災害.

Ⓑ 白話音(ang^5)，用於姓氏，如"洪秀全"(～siu^{3}tsuan^5).

（1267）　【賀】　　　hè（ㄏㄜ）

"賀"字祇有一種讀法：(hə^7)

　　(例)　①賀喜(～hi^2).　　　　②賀年(～ni^5)，"賀年片"(～p'i^{n3}).

　　③賀詞(～su^5)；祝賀的話. ④賀電(～tian^7)；祝賀的電報.

　　⑤恭賀(kiong^1～)；鄭重地祝賀. ⑥慶賀(k'eng^3／k'ing^3～).

（1268）　【閃】　　　shǎn（ㄕㄢ）

Ⓐ 文言音：(siam^2)

　　(例)　①閃耀(～yau^3)；光彩耀眼.

　　②閃光(～kng^1).　　　　③閃開(～k'ui^1)；躲開，走開.

④閃避(～p'iah⁴)；躲避；又説"走閃"(tsau²～)．

⑤閃閃(～〃)；如"金光閃閃"(kim¹kong¹～〃)，又口語音讀
(sih⁴〃)，如"金閃閃(kim¹～〃)；很光亮，"皮鞋金閃閃"(p'ue⁵
e⁵～)；皮鞋發亮．　　　⑥閃身(～sin¹)；側着身子．

⑦閃爍(～siok⁴)；光亮忽明忽暗．

⑧閃電(～tian⁷)；即雷電，口語説"sih⁴na³"(閃燼)．

⑨閃着(～tiəh)；因動作過猛，致部分筋肉扭傷，如"腰骨閃着"
(yə¹kut⁴～)．　　　⑩閃無路(～bə⁵lo⁷)；没地方躲避．

B̅ 白話音：(si²)、訓讀音：(sih⁴)兩者互爲通用。

　(例)　①閃燼：(～na³)；即閃電．②金閃閃(kim¹～〃)；喻光亮．
　③火金姑閃一下閃一下(hue²kim¹ko¹～tsit⁸e～tsit⁸e)；螢火蟲
　的光亮閃爍不停.

（1269）【柬】　　jiàn（ㄐㄧㄢ）

"柬"字衹有一種讀法：(kan²)，是信件、名片、帖子等的統稱。

　(例)　①柬帖(～t'iap⁴)；字帖兒．②請柬(ts'eng²／ts'ing²～)．

（1270）【爆】　　bào（ㄅㄠ）

"爆"字的讀音爲：(pok⁸)

　(例)　①爆發(～huat⁴)；如"火山爆發"(hue²sua^{n1}～)．
　②爆裂(～liat⁸)；突然猛力地破裂．
　③爆彈(～tua^{n5})；炸彈．　④爆炸(～tsa³)；猛力地迸開．

（1271）【津】　　jīn（ㄐㄧㄣ）

A̅ 文言音：(tsin¹)

　(例)　①津液(～ek⁸／ik⁸)；體內液體（血液、唾液、汗液、淚
　液）的總稱，又讀(tin¹ek⁸)，"無津液"(bə⁵～)；喻枯瘦有病．

②津樑($\sim$liong^5)；渡口和橋樑，喻用做引導的事物或手段.

③津津有味($\sim$〃yiu^{2}bi^7)；喻很有趣味，又讀(tin^1〃yiu^{2}bi^7).

④要津(iau^3／yau^3$\sim$／tin^1)；重要地位.

B 白話音：(tin^1)

(例) ①津液($\sim$ek^8). ②津貼($\sim$t'iap^4)；薪水以外的補助費.

（1272） 【稻】　　　dào（ㄉㄠ）

"稻"字文言音爲：(tə^7)，語例少見，通用訓讀音(tiu^7)。

(例) ①稻仔($\sim$a^2)；稻子，"稻谷(穀)"($\sim$kok^4)的總稱.

②稻稿($\sim$kə^2)；稻子的莖，又説"稻稈"($\sim$kuai^{n2}).

③稻(穀)谷($\sim$kok^4)；口語説"粟仔"(ts'ek^{4}a^2).

④稻草($\sim$ts'au^2). ⑤播稻仔(po^3$\sim$a^2)；插秧.

⑥稻埕($\sim$tia^{n5})；晒稻穀用的場地.

（1273） 【牆】　　　qiáng（ㄑㄧㄤ）

"牆"字文言音:(ts'iong^5),語例少,通用白話音:(ts'iu^{n5}／ts'io^{n5})

(例) ①牆角($\sim$kak^4) ②牆腳($\sim$k'a^1)；即牆根.

③牆壁($\sim$piah^4). ④城牆(sia^{n5}$\sim$).

⑤牆頭草($\sim$t'au^{5}ts'au^2)；喻投機者.

⑥銅牆鐵壁 (tang^5$\sim$ t'ih^{4}piah^4)；喻堅固難破.

（1274） 【軟】　　　ruǎn（ㄖㄨㄢ）

A 文言音：(luan^2)

(例)‧①軟化($\sim$hua^3). ②軟弱($\sim$jiok^8／liok^8).

③柔軟(jiu^5／liu^5$\sim$). ④軟和($\sim$hə^5)；柔和、柔軟

B 白話音(lng^2)

(例) ①軟禁($\sim$／luan^{2}kim^3);不關進牢獄,卻限制自由行動.

②軟腳蝦(～k'a¹he⁵)；喻没勁兒.

③軟片(～p'i^{n3})；即底片，膠卷.

④按台語有形容軟綿綿的詞"軟kauh⁸kauh⁸，"軟kə⁵kə⁵"、"軟
siə⁵siə⁵"等. "規身軀軟siə⁵siə⁵"(kui¹sin¹k'u¹～)；全身乏力.

⑤酸軟(sng¹～)；如"腳酸手軟"(k'a¹sng¹ts'iu²～)；脚手乏力.

⑥軟路(～lo⁷)；輕鬆的，"食軟路的飯"(tsiah⁸～e⁵png⁷).

⑦用軟步(iong⁷／eng⁷～po⁷)；喻用智力、計謀.

⑧落軟(loh⁴～)；即軟化；由倔強變成順從.

（1275）【勇】　　yǒng（ㄩㄥˇ）

"勇"字祇有一種讀法：(iong²／yong²)

（例）　①勇武(～bu²)；英勇威武.

②勇敢(～kam²).　　　③勇健(～kia^{n7})；健康.

④勇氣(～k'i³).　　　⑤勇偉偉(～k'iat⁴〃)；喻很健壯.

⑥勇身命(～sin¹mia⁷)；體質好，健壯也.

⑦粗勇(ts'o¹～)；結實堅固、健壯碩大.

（1276）【滾】　　gǔn（ㄍㄨㄣˇ）

"滾"字祇有一種讀法：(kun²)

（例）　①滾邊(～pi^{n1})；沿衣服邊沿鑲上布條.

②滾動(～tong⁷).　　　③滾水(～tsui²)；開水.

④滾車車(～ts'ia¹〃)；喻水等沸騰得厲害.

⑤滾笑(～ts'iə³)；開玩笑，"講滾笑"(kong²～)；説着玩的.

（1277）【蒙】　　méng（ㄇㄥˊ）

"蒙"字祇有一種讀法：(bong⁵)

（例）　①蒙古(～ko²).　　　②蒙難(～lan⁷)；遭受到禍害.

③蒙昧($\sim$mui^7)；不懂事理、無知.

④蒙蔽($\sim$pe^3)；隱瞞眞相. ⑤蒙受($\sim$siu^7)；受到.

⑥承蒙(seng^5／sing^5$\sim$)；"受也"的敬詞.

（1278）【芳】　　　fāng（ㄈㄤ）

A 文言音：(hong^1)

(例)　①芳香($\sim$hiong^1). 　②芳菲($\sim$hui^1)；花草的芳香.

　　③芳澤($\sim$tek^8／tik^8)；指香氣. ④芬芳(hun^1$\sim$)；香、香氣.

　　⑤流芳(liu^5$\sim$)；"萬世流芳"(ban^{7}se^3$\sim$)；好名譽流傳久遠.

B 白話音(p'ang^1)

(例)　①芳味：($\sim$bi^7)；即香味,"鼻着芳味"(p'i^{n1}tiəh$\sim$)；嗅
　　到香味. 　　②芳花($\sim$hue^1)；有香味的花.

　　③芳氣($\sim$k'i^3)；即香味. ④芳水($\sim$tsui^2)；即香水.

　　⑤名芳四海(mia^5$\sim$su^{3}hai^2)；好名聲傳到世界各地.

（1279）【肯】　　　kěn（ㄎㄣ）

"肯"字的讀音爲(k'eng^2／k'ing^2)

(例)　①肯定($\sim$teng^7／ting^7). ②毋肯(m^7$\sim$)；不肯.

（1280）【坡】　　　pō（ㄆㄛ）

"坡"字祇有一種讀法：(p'ə^1)

(例)　①坡地($\sim$te^7)；傾斜的地方.

　②坡度($\sim$to^7)；斜坡傾斜的程度（角度）.

　③山坡(sua^{n1}$\sim$). 　　　④斜坡(ts'ia^5$\sim$).

（1281）【柱】　　　zhù（ㄓㄨ）

"柱"字文言音讀：(tu^7)，意爲將東西往液體浸入，語例不多，如

"柱水"(～tsui²)，"柱油"(～yiu⁵)，"柱死"(～si²)；即溺死。惟一般較通用的是白話音：(t'iau⁷)。

(例)　①柱仔(～a²)；柱子，"青春豆"台語叫"t'iau⁷a²".

②柱仔腳厝(～a²k'a¹ts'u³)；用木柱建造的陋屋.

③柱石(～ts'ioh⁸)；比喻基礎，重要人材.

④龍柱(leng⁵／ling⁵～)．　⑤厝柱(ts'u³～)；房子的支柱.

⑥電火柱(tian⁷hue²～)；電線桿子.

（1282）　【蕩／盪】　　dàng（ㄉㄤˋ）

Ａ 文言音：(tong⁷)

(例)　①蕩漾(～iong⁷／yong⁷)；水波一起一伏地動.

②蕩然無存(～jian⁵bu⁵tsun⁵)；全部喪失.

③蕩滌(～tek⁸／tik⁸)；洗滌使乾淨.

④浩蕩(hə⁷～)；浩大貌，如"浩浩蕩蕩(hə⁷〃～〃)．

⑤放蕩(hong³～)；放縱不務正業.

⑥傾家蕩產(k'ing¹ka¹～san²)；弄光財產.

Ｂ 白話音(tng⁷)；用水過一下的意思.

(例)　①洗蕩：(se²／sue²～)；洗滌.

②用清氣水蕩一遍(iong⁷ts'eng¹k'i³tsui²～tsit⁸pian³)；用乾淨的水過一次．"蕩互清氣"(～ho⁷～)；用水過滌乾淨.

（1283）　【腿】　　tuǐ（ㄊㄨㄟˇ）

"腿"字祇有一種讀法：(t'ui²)

(例)　①腿肚(～to²)；小腿後面鼓起的部分，又説"腳後肚"(k'a¹au⁷to²)．　②腳腿(k'a¹～)；即腿部

③小腿(sio²～)．　④大腿(tua⁷～)．

⑤飛毛腿(hui¹mo⁵～)；喻善走的人.

（1284） 【儀】　　　yí（ㄧˊ）

"儀"字的讀法只有一種；(gi⁵)

（例）　①儀容(～iong⁵／yong⁵)；即儀表容貌.

②儀器(～k'i³)；測量、實驗等器具的總稱.

③儀仗(～tiong³)；國家儀式用的兵仗.

④儀表(～piau²)；容貌姿態等外表.

⑤儀式(～sek⁴／sik⁴)；典禮的形式.

⑥儀態(～t'ai⁷)；泛指姿態的儀表、態度和動作.

⑦司儀(su¹～).　　　　　⑧賀儀(hə⁷～)；禮物，賀禮.

⑨地動儀(te⁷tong⁷～)；計測地震的儀器.

（1285） 【旅】　　　lǚ（ㄌㄩˇ）

"旅"字祇有一種讀法：(li²／lu²)

（例）　①旅行(～heng⁵／hing⁵). ②旅費(～hui³).

③旅館(～kuan²).　　　　④旅客(～k'eh⁴)；旅行的人.

⑤旅社(～sia⁷).　　　　⑥旅店(～tiam³)；即旅館.

⑦旅途(～to⁵).　　　　⑧旅行支票(～heng⁵tsi¹p'iə³).

（1286） 【尾】　　　wěi（ㄨㄟˇ）

按"尾"字的文言音爲：(bi²)，詞例很少，通用音爲白話音爲：
(be²／bue²)。

（例）　①尾仔(～a²)；末尾部分，如"尾仔子"(～kiaⁿ²)；老么.

②尾後(～au⁷)；後來，後面."做尾後"(tsə³～)；在後面.

③尾牙(～ge⁵)；農曆十二月十六日祭拜土地公，叫"做尾牙"
(tsə³～ge⁵).　　　　④尾句(～ku³)；最後一句.

⑤尾二指(～ji⁷tsaiⁿ²)；(倒數第二根指頭)即無名指.

⑥尾溜(～liu¹)；尾巴.　⑦尾聲(～siaⁿ¹).

⑧尾椎(～tsui¹)；尾部椎骨．又"尾椎骨"(～kut⁴)．

⑨尾數(～so³)；小數以下的數目．

⑩尾指(～tsaiⁿ²)；小指． ⑪尾手(～ts'iu²)；末了、最後．

⑫目尾(bak⁸～)；眼角(梢)、或眼梢的視線．"使目尾"(sai²～)；使眼色． ⑬有頭無尾(u⁷/wu⁷t'au⁵bə⁵～)；"虎頭鼠尾"(ho²t'au⁵ts'u²～)．

⑭路尾(lo⁷～)；最後，後來．又説"路尾手"(～ts'iu²)．

⑮屎尾(sai²～)；餘留下的爛攤子．

⑯頭尾(t'au⁵～)；從頭到尾；指起始至終了的時間．

⑰手尾(ts'iu²～)；死者遺留的．

⑱路頭路尾(lo⁷t'au⁵lo⁷～)；指道路本身．

⑲話尾(ue⁷～)；餘留下的話意；"順話尾"(sun⁷～)．

⑳蛇、魚、蝦等動物的量詞，"一尾蛇"(tsit⁸～tsua⁵)；一條蛇．

㉑吊車尾 (tiau³ts'ia¹～)；喻没錢買車票或以第末名上榜．

㉒終歸尾(tsiong¹kui¹～)；到最後，畢竟、結局．

（ 1287 ） 【冰】　　　bīng （ㄅㄧㄥ）

"冰"字祇有一種讀法：(peng¹／ping¹)

（例）　①冰鞋(～e⁵)；滑冰時穿的鞋．

②冰起來(～k'ilai)；被凍結，喻指人事失勢．

③冰互冷(～ho⁷leng²／ling²)；冷藏使冰冷．

④冰箱(～siuⁿ¹)，又音(～sioⁿ¹)，即"電冰箱"(tian⁷～)．

⑤冰霜(～sng¹／song¹)；喻有節操，堅貞潔白．

⑥冰山(～suaⁿ¹)． 　　　⑦冰凍(～tang³／tong³)．

⑧冰糖(～t'ng⁵)；冰狀的糖塊，台語説"糖霜"(t'ng⁵sng¹)

⑨冰川(～ts'uan¹)；亦即冰河(～hə⁵)．

⑩紅豆仔冰(ang⁵tau⁷a²～)；加入紅豆的冰棒(棍)兒．

⑪枝仔冰(ki¹a²～)；即冰棍兒．⑫芎蕉冰(kin¹tsiə¹～)；即香蕉冰．

⑬芋仔冰(o⁷a²～)；加入芋頭的材料制成的冰.

⑭雪文冰(suat⁴bun⁵～)；長方形的狀如肥皂的冰棍兒，雪文即肥皂.

（1288）　【貢】　　gòng（ㄍㄨㄥ）

"貢"字祇有一種讀法：(kong³)

（例）　①貢獻(～hian³)．　　②貢品(～p'in²)；朝貢的物品.

③貢生(～seng¹／sing¹)；在中國明清兩代科舉制度裡，在各省科舉合格被推荐到京師國子監學習的人.

④納貢(lap⁸～)；又説"朝貢"(tiau⁵～)．

⑤進貢(tsin³～)；呈獻貢物，台語含有巴結、獻媚的意思.

（1289）　【登】　　dēng（ㄉㄥ）

"登"字只讀：(teng¹／ting¹)

（例）　①登峰造極(～hong¹tsə⁷kek⁸／kik⁸)；喻達到極點.

②登極(～kek⁸／kik⁸)；指皇帝即位、又説"登基"(～ki¹)．

③登高(～kə¹)；登上高處．④登記(～ki³)．

⑤登科(～k'ə¹)；科考及格，又説"登第"(～te⁷)．

⑥登陸(～liok⁸)；口語説"上陸"(tsiuⁿ⁷liok⁸)．

⑦登山(～san¹)；口語説"跮山"(peh⁴suaⁿ¹)，即爬山.

⑧登台(～tai⁵)；上講台或舞台(要表演).

⑨登場(～tiuⁿ⁵／tioⁿ⁵)；出現在舞台上.

⑩登載(～tsai³)；又説"刊登"(k'an¹～)．

（1290）　【黎】　　lí（ㄌㄧ）

"黎"字祇有一種讀法：(le⁵)

（例）　①黎明(～beng⁵／bing⁵)；天將亮時.

②黎民(～bin⁵)；百姓、民衆. ③庶黎(su³～)；老百姓.

④群黎 (kun⁵～)；庶民，一般民衆.

（1291） 【削】　　　xūē（ㄒㄩㄝ）～xiāo（ㄒㄧㄠ）

按"削"字官話有兩種讀法，台語并不因而有不同的讀法，即官話的
兩種讀法的台語讀法是文言和白話對應祇有一種.

Ⓐ 文言音：(siok⁴)

　（例）　①削髪(～haut⁴)；即剃掉頭髪出家.

　　　②削減(～kiam²)，又音(siah⁴kiam²).

　　　③削足適履(～tsiok⁴sek⁸li²)；喻不合理地遷就現成條件.

Ⓑ 白話音(siah⁴)

　（例）　①削面子：(～bin⁷tsu²)；挖苦人.

　　　②削鉛筆(～ian⁵pit⁴).　　③削弱(～jiok⁸／liok⁸)；勢力變弱.

　　　④削皮(～p'ue⁵).　　　⑤削除(～tu⁵)；鏟除.

　　　⑥敲削(k'au¹～)；譏諷、挖苦."勢敲削人"(gau⁵～ lang⁵)；常挖苦
　　　別人.　　⑦剝削(pak⁴～)；榨取他人的勞動成果.

（1292） 【鑽】　　　zuàn（ㄗㄨㄢ）

"鑽"字官話音有兩種不同聲調的讀法，台語僅分文言與白話的異讀.

Ⓐ 文言音：(tsuan³)

　（例）　①鑽營(～eng⁵／ing⁵)；設法巴結權勢而求私利，口語説
　　　"淪鑽"(lng³tsng³)；"勢淪鑽"(gau⁵～)；很會鑽營.

　　　②鑽研(～gian²)；深入研究，"鑽研不捨"(～put⁴sia³).

　　　③鑽探(～t'am³)；用鑽機鑽掘地層取出岩心、分析研究鑛藏情形.

　　　④鑽木取火(～bok⁸ts'u²hoⁿ²)；使木頭摩擦發熱而取火.

Ⓑ 白話音(tsng³)

　（例）　①鑽仔(～a²)；鑽子. ②鑽空(～k'ang¹)；穿孔.

③鑽入水底（～jip^8／lip^{8}tsui^{2}te^2）；潛入水中．

（1293）　【勒】　　lè（ㄌㄜ˙）～lēi（ㄌㄟ）

按"勒"字官話有兩種讀法，台語衹分文言、白話并不個別受影響．

A 文言音：(lek^8／lik^8)

　（例）　①勒令（～leng^7／ling^7）；強制執行命令．

　　②勒逼（～pek^4）；強迫．③勒索（～sok^4）；強行索取財物．

　　④彌勒佛（mi^5～hut^8）；胸腹袒露、滿面笑容的大肚子的佛名．

B 白話音 (leh^4)，語例少，儉腸勒肚（k'iam^{7}tng^5～to^7）；勒緊腰帶、省吃儉用，喻節儉也。

（1294）　【逃】　　táo（ㄊㄠ）

"逃"字衹有一種讀法：(tə^5)

　（例）　①逃亡（～bong^5）；逃走而流浪在外．

　　②逃學（～hak^8／əh^8）；口語説，"偷走學"（t'au^{1}tsau^{2}əh^8）．

　　③逃犯（～huan^7）；脱獄或逃亡中的犯人．

　　④逃難（～lan^5）；爲避開災難而逃往別處．

　　⑤逃命（～mia^7）．　　　　⑥逃避（～pi^7／p'iah^4）．

　　⑦逃兵（～peng^1／ping^1）．⑧逃奔（～p'un^1）；逃往他處．

　　⑨逃生（～seng^1／sing^1），逃脱險境求生，又口語音（～se^{n1}）．

　　⑩逃之夭夭（～tsi^{1}iau^1〃）；即溜之大吉．

　　⑪逃脱（～t'uat^4）；逃跑掉，口語説"走脱"（tsau^{2}t'uat^4）．

　　⑫逃走（～tsau^2）；口語説"偷走"（t'au^{1}tsau^2）．

　　⑬四界逃（si^{3}ke^3～）；到處遊蕩、流浪．

（1295）　【障】　　zhàng（ㄓㄤ）

"障"字衹有一種讀法：(tsiong^3)

(例)　①障礙(～gai⁷)；阻隔遮擋，口語有"遮魔"(tsah⁸mo⁵)．
②障蔽(～pe³)；遮蔽．　③保障(pə²～)；保護使不受侵犯．
④屏障(pin⁵～)；用以遮擋的東西．

（1296）　【郭】　　　guō（ㄍㄨㄛ）
"郭"字文言音爲：(kok⁴)，惟語例少，一般通用白話音(kueh⁴)。
(例)　①姓郭(seⁿ³／siⁿ³～)；"郭懷一"(～huai⁵yit⁴)．
②城郭(siaⁿ⁵～)；即城外的圍牆，文言音爲(seng⁵kok⁴)．

（1297）　【峰】　　　fēng（ㄈㄥ）
按"峰"字雖有白話音讀：(p'ang¹)，用於地名以外少見，通常用文
言音：(hong¹)。
(例)　①山峰(san¹／suaⁿ¹～)；山的突出的尖頂，又説"山尾溜"
(suaⁿ¹bue²liu¹)．②駝峰(tə⁵～)；指駱駝背部隆起的部分．

（1298）　【幣】　　　bì（ㄅㄧˋ）
"幣"字祇有一讀音：(pe³)
(例)　①幣值(～tit⁸)；貨幣的價值．
②貨幣(hue³～)．　　　③台幣(tai⁵～)；台灣的貨幣．
④紙幣(tsua²～)，又説"紙票"(～p'iə³)．

（1299）　【港】　　　gǎng（ㄍㄤˇ）
"港"字的讀法只有一種；(kang²)，有相當於"股"的含義．
(例)　①港口(～k'au²)．　　②港邊(～piⁿ¹)；即海岸、碼頭．
③港灣(～uan¹／wan¹)．　④海港(hai²～)；又"河港"(hə⁵～)．
⑤漁港(hi⁵～)；專供漁船出入的港灣"商港"(siong¹～)．
⑥細港(se³／sue³～)；指小股的水流，或"細港風"(～hong¹)；小

・547・

股的風．⑦大港(tua^7～)；(水或液體)大股，如"尿大港"(jiə^7～)；
小便量多，"水道水大港"(tsui^{2}tə^{7}tsui^2～)；自來水的水大股．
⑧一港風、鼻、水(tsit^8～hong^{1}pi^{n7}tsui^2)；一股風、鼻涕、水流．

（1300）　【伏】　　fú（ㄈㄨ）

"伏"字只有一種讀法：(hok^8)

(例)　①伏法(～huat^4)；被執行死刑．

②伏兵(～peng^1／ping^1)；埋伏的軍隊．

③伏罪(～tsue^7)；即服罪、認罪也，口語説"食罪"(tsiah^8～)

④降伏(hang^3／kang^3～)；即投降．

⑤起伏(k'i^2～)；高低不平．⑥潛伏(tsiam^5～)；隱藏．

（1301）　【軌】　　guǐ（ㄍㄨㄟ）

"軌"字的讀法只有一種：(kui^2／k'ui^2)

(例)　①軌道(～tə^7)；喻行動的規則、程序或範圍．

②軌跡(～tsek^4／tsik^4)；喻經歷的痕跡或歷程．

③常軌(siong^5～)；喻正常的方法、途徑．

④鐵軌(t'ih^4～)；鐵製軌道．⑤脫軌(t'uat^4～)；車輪離開軌道．

（1302）　【畢】　　bì（ㄅㄧ）

"畢"字只有一種讀法：(pit^4)

(例)　①畢業(～giap^8)．　　②畢竟(～king^3)；到底究竟．

③畢生(～seng^1／sing^1)；終生、一生．

④完畢(uan^5／wan^5～)；完結，完成結束．

（1303）　【擦】　　cā（ㄘㄚ）

A 文言音：(ts'at^4)　詞義與拭(ts'it^4)同．

(例)　①擦玻璃($\sim$pə^{1}le^5)．②擦皮鞋($\sim$p'ue^{5}e^5)．

③橡奶擦(ts'iu^{7}ni$^1\sim$)；橡皮擦兒．

B 白話音(ts'uah^4)；語例少，有"蕃薯擦簽" (huan^{1}tsu^5／tsi^5

$\sim$ts'iam^1)；地瓜擦成細條兒．

（1304）　【莫】　　　mò（ㄇㄛ）

A 文言音：(bok^8)

(例)　①莫名其妙($\sim$beng^5／bing^{5}ki^{5}biau^7)．

②莫逆之交($\sim$gek^8／gik^{8}tsi^{1}kau^1)；很要好的朋友．

③莫非($\sim$hui^1)；口語説"敢是"(ka^{n2}si^7)．

④莫如($\sim$ju^5)；不如，又説"莫若"($\sim$jiok^8／liok^8)．

⑤莫須有($\sim$su^{1}iu^2／yiu^2)；也許有，喻憑空捏造．

B 白話音(boh^8)；意爲"不要"

(例)　①莫講：($\sim$kong^2)；不要講．

②莫得($\sim$tit^4)；不要，"莫得去"($\sim$k'i^3)；別去．

（1305）　【刺】　　　cì（ㄘ）

A 文言音：(ts'i^3)

(例)　①刺仔($\sim$a^2)；刺兒，有刺的植物(樹)．

②刺目($\sim$bak^8)；刺眼、又説"鑿目"(ts'ak^{8}bak^8)．

③刺戟(又作激)($\sim$kek^4／kik^4)．

④刺瓜($\sim$kue^1)；黃瓜，又叫胡瓜．

⑤刺客($\sim$k'ek^4)；暗殺者．⑥刺螺($\sim$le^5)；海螺．

⑦刺毛蟲($\sim$mng^5／mo^{5}t'ang^5)；毛蟲．

⑧刺殺($\sim$sat^4)．　　　　　⑨刺繡($\sim$siu^3)．

⑩刺刀($\sim$tə^1)；鎗尖端的刀，"銃尾刀"(ts'eng^{3}bue^{2}tə^1)．

⑪刺探($\sim$t'am^3)；暗中打聽，收集情報．

⑫刺鑿(〜ts'ak⁸)；礙眼、看不順眼.

⑬刺青(〜ts'eⁿ¹／ts'iⁿ¹)；墨黥、文身.

⑭行刺(heng⁵／hing⁵〜)；進行暗殺

⑮魚刺(hi⁵／hu⁵〜).　　⑯諷刺(hong²〜).

B 白話音：(ts'iah⁴)·

(例)　①刺皮鞋(〜p'ue⁵e⁵)；絎皮鞋.

②刺捽紗(〜p'ong³se¹)；用手織毛衣.

③刺土炭(〜t'o⁵t'uaⁿ³)；用鏟子鏟煤.

（1306）　【浪】　　làng（ㄌㄤ）

"浪"字只有一種讀法；(long⁷)

(例)　①浪漫(〜ban⁷)；romantic的譯語，富有詩意與幻想.

②浪費(〜hui³).　　③浪潮(〜tiə⁷).

④浪蕩(〜tong⁷)；遊蕩不務正業.

⑤浪子(〜tsu²)；不務正業、行爲不檢的年青人.

⑥海浪(hai²〜)；口語説"海湧"(hai²yeng²).

⑦聲浪(siaⁿ¹〜);即聲波. ⑧流浪(liu⁵〜);没有目標的漂流.

（1307）　【祕】　　mì（ㄇㄧ）

"祕"字只有一種讀法：(pi³)

(例)　①祕密(〜bit⁸)；保守祕密"(pə²siu²〜).

②祕方(〜hng¹)；没公開而有效能的藥方.

③祕訣(〜kuat⁴)；解決問題的巧妙方法.

④祕書(〜su¹).　　　⑤祕史(〜su²)；没公開的歷史.

⑥神祕(sin⁵〜)；令人莫測高深的.

（1308）　【援】　　yüán（ㄩㄢ）

550

A 文言音：(uan⁷／wan⁷)

　　(例)　①援用(～ioṅg⁷／yong⁷)；引用.

　　②援救(～kiu³)；幫助別人脱離痛苦或危險.

　　③援例(～le⁷)；引用成例. "有例可援"(iu²le⁷k'ə²～).

　　④援助(～tso⁷);支援、幫助. ⑤支援(tsi¹～);支持和援助.

　　⑥美援(Bi²～)；美國的援助，有沒成本的東西之意.

B 白話音：(huaⁿ⁷)

　　(例)　①援家 (～ke¹);掌管家務，又説"援家庭"(～ka¹teng⁵).

　　②援互好(～ho⁷hə²)；好好兒抓住(欄杆等)或好好掌管家計(財

　　務). ③援數(～siau³);管帳. ④援手頭(～ts'i²t'au⁵);掌家計.

　　⑤手援(ts'iu²～);自行車的把手.

（ 1309 ）　【株】　　　zhū（ㄓㄨ）

"株"字的讀法只有一種：(tu¹)

　　(例)　①株連(～lian⁵)；連累，牽連別人.

　　②株守(～siu²):死守不離開. ③股株(ko²～);合夥，參加投資.

　　④一株(tsit⁸～)；一棵(樹)、一股(股份).

（ 1310 ）　【鍵】　　　jiàn（ㄐㄧㄢ）

"鍵"字只有一種讀音：(kian⁷)

　　(例)　①鍵盤(～puaⁿ⁵)；鋼琴、打字機等有鍵的部分.

　　②關鍵(kuan¹～)；喻緊要部分，起決定性作用的因素.

（ 1311 ）　【售】　　　shòu（ㄕㄡ）

"售"字的讀音爲：(siu⁵)

　　(例)　①售貨員(～hue³uan⁵／wan⁵)；出售貨品的人員.

　　②售票(～p'iə³)；賣票，"售票處"(～ts'u³).

・ 551 ・

③零售(leng⁵／ling⁵～)；零細地出售，口語説"小賣"(sia²be⁷)．

④標售(piau¹～)；以投標辦法出售．

⑤出售(ts'ut⁴～)，"拋售"(p'au¹～)；大量賣出商品．

（1312）【股】　　gǔ（ㄍㄨ）

"股"字衹有一種讀法：(ko²)

（例）　①股份(～hun⁷)．　　②股金(～kim¹)．

③股票(～p'ia³);即"證券"(tseng³／tsing³kng³／kuan³)．

④股息(～sek⁴／sik⁴)；即股利、投資利潤．

⑤股東(～tong¹)；股票持有人，參加投資股份的人．

⑥股株(～tu¹)；合夥投資，參加股份，又指股份本身．

⑦乾股(kan¹～)；不出資金而取得的股份．

⑧菜股(ts'ai³～)；菜園中一行一行的土埂．

（1313）【島】　　dǎo（ㄉㄠ）

"島"字衹有一種讀音：(tə²)

（例）　①島國(～kok⁴)．　　②島嶼(～su⁷)；島的總稱．

③荒島(hong¹～)；荒蕪没人住的島嶼．④海島(hai²～)．

⑤孤島(ko¹～)．　　　　⑥群島(kun⁵～)．

（1314）【甘】　　gān（ㄍㄢ）

"甘"字衹有一種讀法：(kam¹)

（例）　①甘願(～guan⁷)；心甘情願．

②甘休(～hiu¹)；情願罷休，又説"甘煞"(～suah⁴)．

③甘露(～lo⁷)；清甜的雨露，喻珍貴的水．

④甘霖(～lim⁵)；久旱後所下的雨、喻可貴．

⑤甘心(～sim¹)；願意．　⑥甘蔗(～tsia³)．

⑦甘草(～tsə²)．"甘草末"(～buah⁸)；甘草的粉末．

⑧毋甘(m⁷～)；捨不得，"毋甘用"(m⁷～iong⁷)；捨不得用．

⑨錢毋甘開(tsiⁿ⁵m⁷～k'ai¹)；錢捨不得用．

（1315）　【泡】　　　pào（ㄆㄠ）

Ａ 文言音：(p'au³)

　(例)　①泡沫(～buah⁴)；密集的小泡．

　②泡滾水(～kun²tsui²)；沖白開水．

　③泡茶(～te⁵)．　　　　　④泡糖(～t'ng⁵)；加糖進去．

Ｂ 白話音(p'a⁷)

　(例)　①起泡：(k'i²～)；長出泡狀物．

　②水泡(tsui²～)，又音(tsui²p'au⁷)．

（1316）　【睡】　　　shuì（ㄕㄨㄟ）

Ａ 文言音：(sui⁷)

　(例)　①睡眠(～bin⁵)．②睡衣(～i¹)；口語"睏衫"(k'un³saⁿ¹)．

　③熟睡(sek⁸～)；睡得深入．

Ｂ 白話音：(tsue⁷／tse⁷)，語例少，如"瞌睡"(ka¹～)。按台語多
說"睏"(k'un³)，例①愛睏(ai³～)；想睡．②好睏(hə²～)；容易睡，
睡得甜．"歹睏"(p'ai²／p'aiⁿ²～)；睡態不好．

（1317）　【童】　　　tóng（ㄊㄨㄥ）

Ａ 文言音：(tong⁵)

　(例)　①童謠(～iau⁵／yau⁵)；在兒童間流行的歌謠．

　②童年(～lian⁵)，口語說"囝仔時陣"(gin²a²si⁵tsun⁷)．

　③童話(～ue⁷)；適合兒童的故事．

　④童貞(～tseng¹)；處女或童男的貞操．

⑤兒童(ji⁵／li⁵～).＂頑童＂(guan⁵／wan⁵～)；頑皮的兒童.

B 白話音(tang⁵)

(例)　①童乩：(～ki¹)；神棍,又説＂乩童＂(ki¹tong⁵).

②關童(kuan¹～)；念咒語,使童乩引起幻覺以爲神來附身.

③跳童(t'iau³～)；童乩因神附身而發作跳動.

④上童(tsiu^{n7}～)；神來附身,開始＂跳童＂.

（1318）　【鑄】　　　zhù（ㄓㄨ）

＂鑄＂字的讀音爲：(tsu³)

(例)　①鑄模(～bo⁵)；鑄造用的模子.

②鑄字(～ji⁷／li⁷)；鑄造鉛字,又＂鑄字模仔＂(～bo⁵a²).

③鑄鐵(～t'ih⁴)；即生鐵或銑鐵.

④鑄造(～tsə⁷)；將金屬加熱溶化後倒入模子裡,冷卻後凝固
成爲器物.

（1319）　【湯】　　　tāng（ㄊㄤ）

＂湯＂字文言音爲：(t'ong¹),如＂赴湯蹈火＂(hu³～tə⁷ho^{n2}),一 般 多
通用白話音：(t'ng¹)。

(例)　①湯藥(～ioh⁸)；指用水煎服的藥物,又説＂藥湯＂.

②湯匙(～si⁵).又＂湯匙仔＂(～a²)；調羹、羹匙.

③湯頭(～t'au⁵)；指中藥的配劑,或烹調的湯汁兒,如＂好湯
頭＂(hə²～)；好吃的湯汁兒.④菜湯(ts'ai³～).

（1320）　【閥】　　　fá（ㄈㄚ）

＂閥＂字只有一種讀法：(huat⁸)

(例)　①閥閱(～iat⁴)；功勳的世家.②軍閥(kun¹～).

③門閥(bun⁵～)；封建時代有權勢的家庭.

（1321） 【休】　　　xiū（ㄒㄧㄡ）

"休"字只有一種讀法：(hiu¹)

(例)　①休業(～giap⁸)；停止營業.

②休學(～hak⁸).　　　　③休養(～iong²／yong²).

④休憩(～k'e³)；同"休息"(～sek⁴)，口語説"歇睏"(hiəh⁴k'un³).

⑤休克(～k'ek⁴／k'ik⁴)；即shock的譯語，意爲令人震驚、沖擊、虛脱.　　　　⑥甘休(kam¹～)；情願罷休

⑦退休(t'ue³～).　　　　⑤不眠不休(put⁴bin⁵put⁴～).

（1322） 【匯】　　　huì（ㄏㄨㄟˋ）

"匯"字的讀音只有一種：(hue⁷)

(例)　①匯合(～hap⁸)；水流聚合.

②匯費(～hui³)；匯款的費用. "匯款"(～k'uan²)、"匯錢"(～tsiⁿ⁵).

③匯集(～tsip⁸)；聚集.　④匯率(～lut⁸)；貨幣互換的比率.

⑤匯票(～p'iə³)；匯款的票據，可用以兑換現金.

⑥匯兑(～tue⁷)；用匯票兑換現金.

⑦詞匯(su⁵～)；詞的集聚，或指單詞本身.

（1323） 【彙】　　　huì（ㄏㄨㄟˋ）

按"彙"字的文言音爲：(ui⁷／wi⁷)，意爲聚集，如"彙音"(～im¹／yim¹)，彙集(～tsip⁸)，詞彙(su⁵～). 按"彙"俗讀音爲：(lui⁷).

（1324） 【捨】　　　shě（ㄕㄜˇ）

"捨"字只有一種讀法：(sia³)

(例)　①捨本逐末(～pun²tiok⁸buat⁸)；喻輕重倒置.

②捨身(～sin¹)；犧牲自己. ③四捨五入(su³～ngo²jip⁸／lip⁸).

④施捨(si¹～)；送財物給窮苦人或出家人.

（1325） 【舍】　　　shè（ㄕㄜˋ）

"舍"字的讀法只有一種：(sia^3)

　　（例）　①舍弟(～te^7)；謙稱自己的弟弟．

　　②寒舍(han^5～)；謙稱自己的家屋．

　　③校舍(hau^7～)．　　　④宿舍(siok^4～)．

（1326） 【牧】　　　mù（ㄇㄨˋ）

"牧"字祇有一種讀法：(bok^8)

　　（例）　①牧師(～su^1)；基督教的一種神職人員．

　　②牧場(～tiu^{n5}／tio^{n5})；即牧地，飼養牲畜的場地．

　　③牧童(～tong^5)；放牧牛羊的兒童．

　　④游牧(iu^5／yiu^5～)．　　⑤畜牧(t'iok^4～)．

（1327） 【繞】　　　rào（ㄖㄠˋ）

"繞"字的讀音爲：(jiau^2／liau^2)

　　（例）　①繞場(～tiu^{n5}／tio^{n5})；繞着場一周．

　　②繞道(～tə^7)；不走直路，走彎路過去．

　　③環繞(k'uan^5～)；圍繞．④纏繞(ti^{n5}～)．

（1328） 【炸】　　　zhà（ㄓㄚˋ）

A 文言音：(tsa^3)，如；炸彈(～tan^5)，爆炸(pok^8～)；物
　體急劇膨脹而破裂，引起氣壓變化并產生巨響．

B 白話音(tsia^7)，如；油炸粿(iu^5／yiu^5～kue^2)；油條．

（1329） 【哲】　　　zhé（ㄓㄜˊ）

"哲"字只有一種讀音：(tiat^4)

　　（例）　①哲學(～hak^8)．②哲理(～li^2)；深奧的道理．

③先哲(sian¹～). "賢哲"(hian⁵～)；有智慧學問的人.

（1330） 【績】 jī（ㄐㄧ）

"績"字的讀音衹有一種：(tsek⁴／tsik⁴)

   （例） ①績學(～hak⁸)；做學問.

   ②紡績(hong²～)；紡紗，把麻纖維搓成線.

   ③功績(kong¹～).   ④成績(seng⁵／sing⁵～).

（1331） 【朋】 péng（ㄆㄥ）

"朋"字的讀音有：(peng¹／ping¹)和(p'eng¹／p'ing¹)兩者通用。

   （例） ①朋友(～iu²／yiu²). ②朋比(～pi²)；勾結依附.

   ③朋黨(～tong²)；黨派集團. ④親朋(ts'in¹～)；親戚和朋友.

（1332） 【淡】 dàn（ㄉㄢ）

A 文言音：(tam⁷)

   （例） ①淡忘(～bong⁵)；冷淡而遺忘.

   ②淡季(～kui³)；營業或生產較差的季節，反義語爲"旺季"(ong⁷ kui³).   ③冷淡(leng²～)；毫不關心.

   ④淡薄(～pok⁸)；稀薄微少，口語音爲(～pah⁸)，即微少.

   ⑤淡水(～tsui²)；鹽分少的水，又台灣北部的地名.

B 白話音(taⁿ⁷)，語例少，如"鹹淡" (kiam⁵～)；口重.

C 訓讀音(tsia²)，如"味淡" (bi⁷～)，按[tsiaⁿ²]字又作"饗"，如"無饗無味" (bə⁵～bə⁵bi⁷)；沒鹽分、沒味道.

  按"淡"字又有訓讀作(tam⁵)，即濕也，惟[tam⁵]的漢字又作"湆".

（1333） 【尖】 jiān（ㄐㄧㄢ）

"尖"字衹有一種讀法：(tsiam¹)

(例)　①尖鋭(～jue⁷／lue⁷)；有鋒芒、鋭利、敏鋭、激烈.

②尖溜溜(～liu¹〃)；喻很尖細、鋒利.

③尖刀(～tə¹)；刀的一端尖鋭者，一般菜刀屬之，故又指菜刀.

④尖端(～tuan¹)；頂點、尖鋭的末梢，發展得最高的科學技術叫"尖端科學"(～kʼə¹hak⁸). ⑤技術尖(kiʼsut⁸～)；技術高明.

（1334）【啓】　qǐ（ㄑㄧ）

"啓"字祇有一種讀音：(kʼe²)

(例)　①啓明(～beng⁵／bing⁵)；指日出前出現在東方的金星.

②啓蒙(～bong⁵)；啓發蒙昧使有知識.

③啓釁(～hin³／hun³)；挑起事端.

④啓發(～huat⁴)；用簡明的事例使人有所領悟. 口語説"開破"(kʼui¹pʼua³). ⑤啓用(～iong⁷)；開始使用.

⑥啓齒(～kʼi²)；開口(要求)，口語説"開嘴"(kʼui¹tsʼui³).

⑦啓示(～si⁷)；啓發指示，使有所領悟.

⑧啓事(～su⁷)；公開説明某事.

⑨啓迪(～tek⁸／tik⁸)；開導，啓發.

⑩啓程(～tʼeng⁵／tʼing⁵)；即起程出發，口語説"起行"(kʼi²kiaⁿ⁵).

⑪敬啓者(keng³／king³～tsia²)；陳述、寫信的開頭用語.

⑫謹啓(kin²～)；恭敬地陳述.

（1335）【陷】　xiàn（ㄒㄧㄢ）

按"陷"字的白話音為：(kʼam⁷)，語例不多，如"陷竭"(～kʼeh⁸)，即衰竭之意，一般多通用文言音：(ham⁷)。

(例)　①陷害(～hai⁷)；設計害人.

②陷坑(～kʼeⁿ¹／kʼiⁿ¹)；即陷井，又説"陷空"(～kʼang¹).

③陷落(～ləh⁸)；領土被佔領，或地面凹陷.

④陷井(～tse^{n2}／tsi^{n2})；喻害人的圈套.

⑤缺陷(k'uat^4～).　　　⑥淪陷(lun^5～)；被攻破佔領.

（1336）【柴】　　chái（ㄔㄞ）

"柴"字的文言音爲：(ts'ai^5)，語例少，如"柴扉"(～hui^1)，一般大多
通用白話音：(ts'a^5)。

（例）　①柴油(～iu^5／yiu^5)；從石油分餾出來可做燃料用的輕油.

②柴屎(～kiah^8)；即"木屎"(bak^{8}kiah^8).

③柴胡(～o^5)；解熱用藥材.　④柴頭(～t'au^5)；木頭，或喻"呆板".

⑤柴柴(～)；呆板、不靈活，如"目(瞴)珠柴柴"(bak^{8}tsiu^1～)；
眼睛呆滯."一箍柴柴"(tsit^{8}k'o^1～)；身體笨拙行動呆滯.

（1337）【呈】　　chéng（ㄔㄥ）

"呈"字的白話音爲(t'ia^{n5})，惟語例少，如"呈送"(～sang^3)等，一般多
通用文言音：(t'eng^5／t'ing^5)。

（例）①呈獻(～hian^3)；恭敬地送給.

②呈現(～hian^7)；顯現.　③呈報(～pə^3)；用公文報告上級.

④呈遞(～te^7)；向上級遞送公文，恭敬地投遞(國書等).

⑤呈請(～ts'eng^2)；用公文向上級請求.

⑥謹呈(kin^2～)；恭敬地送上，鄭重地送上去.

⑦簽呈(ts'iam^1～)；向上級請示的簡短文書.

（1338）【徒】　　tú（ㄊㄨ）

"徒"字祇有一種讀法：(to^5)

（例）　①徒刑(～heng^5／hing^5)；剝奪自由的刑罰.

②徒然(～jian^5)；白白地不起作用.

③徒勞(～lə^5)；白費勞力."徒勞無功"(～bu^{5}kong^1).

④徒步(～po⁷)；步行，口語説"步輦"(po⁷lian²).

⑤徒孫(～sun¹)；徒弟的徒弟，"再傳弟子"(tsai¹t'uan⁵te⁷tsu²).

⑥徒弟(～te⁷).　　　　⑦門徒(bun⁵～).

⑧學徒(hak⁸～).　　　⑨教徒(kau³～)；宗教的信徒.

⑪信徒(sin³～).　　　⑫酒徒(tsiu²～)；又"酒鬼"(～kui²).

（1339）　【顏】　　　yán（ㄧㄢˊ）

"顏"字的讀法祇有一種：(gan⁵)

　(例)①顏面(～bin⁷)；臉部.　②顏料(～liau⁷).

　③顏色(～sek⁴／sik⁴).　　④紅顏(ang⁵～)；喻美人.

　⑤龍顏(liong⁵／leng⁵～)；指舊時帝王的容顏.

　⑥童顏(tong⁵～)；小孩的容顏，喻臉上氣色好.

（1340）　【淚】　　　lèi（ㄌㄟˋ）

"淚"字只有一種讀音：(lui⁷)

　(例)　①淚痕(～hun⁵)；眼淚流過後所留下的痕跡.

　②淚液(～ek⁸／ik⁸)；眼内分泌的液體.

　③淚珠(～tsu¹)；一滴一滴的眼淚，口語説"目屎"(bak⁸sai²).

　④淚水(～tsui²)；眼淚、"目屎".

　⑤眼淚(gan²～)；"目屎"、"目油"(～iu⁵)的通稱.

　⑥血淚 (hiat⁴～)；痛哭時眼裡流出的含血眼液，喻極度悲慘.

　又指血和淚，"無血無目屎"(bə⁵hueh⁴bə⁵bak⁸sai²)；喻冷酷無情.

（1341）　【稍】　　　shāo（ㄕㄠ）

"稍"字僅有文言音一種讀法：(sau¹)，實際用例很少，因爲它的詞義
在台語另外有(siə²)或(siə²k'ua²)，漢字作"小"，"小可"或"小許"。

　(例)①稍微或稍許，台語作"siə²k'ua²"，亦作"略略仔"(liəh⁸／ʔa²).

560

②稍等，台語作"小等"(siə²tan²).

（1342）【忘】 wàng（ㄨㄤˋ）

"忘"字祇有一種讀法，文言音：(bong⁷)

　　（例）　①忘我(～go^{n2}／ngo²)；忘了自己.

　　②忘形(～heng⁵)；忘掉了應有的節度，"得意忘形"(tek⁴yi³～).

　　③忘懷(～huai⁵)；即忘記. ④忘恩負義(～yin¹hu⁷gi⁷).

　　⑤忘卻(～k'iok⁴)；即忘記，口語説"繪記"(bue⁷ki³).

　　⑥健忘(kian⁷～)；容易忘記，記性不好.

（1343）【藍】 lán（ㄌㄢˊ）

A 文言音：(lam⁵)

　　（例）　①藍本(～pun²)；著作所依據的底本.

　　②藍皮書(～p'ue⁵／p'e⁵su¹)；政府所發表的重要文件，封面藍
　　色而得名. 另外有"白皮書"(pek⁸／peh⁸～).

　　③藍靛(～tian⁷)；青藍的通稱，即深藍色.

　　④藍圖(～to⁵)；喻計劃書. ⑤天藍(t'ian¹～)；即天藍色.

B 白話音(na⁵)

　　（例）　①藍色(～sek⁴／sik⁴). ②姓藍(se^{n3}／si^{n3}～).

（1344）【拖】 tuō（ㄊㄨㄛ）

"拖"字的文言音讀(t'ə¹)，語例少，又均可讀白話音，一般亦多用白
話音：(t'ua¹)。

　　（例）　①拖網(～bang⁷).　　②拖磨(～bua⁵)；操勞.

　　③拖尾溜(～bue²／be²liu¹)；拖尾巴、喻做事拖泥帶水.

　　④拖尾屎(～bue²si¹)；即把東西拿到那裡就放在那裡.

　　⑤拖欠(～k'iam³)；久欠人家錢而不還.

・ 561 ・

⑥拖累($\sim$lui^7)；牽連受累．"連累"(lian^{5}lui^7)．

⑦拖命($\sim$mia^7)；喻辛苦勞累，拼命、硬支撐着(做)．

⑧拖屎連($\sim$sai^{2}lian^5)；拖拖拉拉、不爽利．

⑨拖沙($\sim$sua^1)；遷延． ⑩牽拖(k'an^1$\sim$)；責怪他人．

（1345） 【洞】 dòng（ㄉㄨㄥ）

A 文言音：(tong^7)

(例) ①洞穴($\sim$hiat^4)，又説"洞空"($\sim$k'ang^1)．

②洞府($\sim$hu^2)；深山中神仙所住的地方．

③洞若觀火($\sim$jiok^{8}kuan^{1}ho^{n2})；喻看得很清楚．

④洞房($\sim$pong^5)；新婚夫婦的房間、寢室，口語説"新娘房"
(sin^{1}niu^{5}pang^5)． ⑤洞悉($\sim$sek^4)；很清楚地知道．

⑥洞簫($\sim$siau^1)；簫因没封底故叫"洞"簫，又喻身體細長的人．

⑦山洞(sua^{n1}$\sim$)；山中的洞穴，又隧道．

B 白話音(tang^7)，用於地名如高雄縣的"龜洞"(Ku^1$\sim$)．

（1346） 【授】 shòu （ㄕㄡ）

"授"字祇有一種讀法：(siu^7)

(例) ①授命($\sim$beng^7／bing^7)；下命令．

②授意($\sim$i^3／yi^3)；密地指示別人照自己的意思去做．

③授權($\sim$kuan^5)；把權力委任他人．

④授課($\sim$k'ə^3)；即教授課業，"講課"(kang^2$\sim$)．

⑤函授(ham^5$\sim$)；通信方式的教授．

⑥傳授(t'uan^5$\sim$)；把學問、技藝教給別人．

（1347） 【鏡】 jìng （ㄐㄧㄥ）

A 文言音：(keng^3／king^3)，用例殊少，"波平如鏡"(p'ə^{1}peng^5／

ping^{5}ju^5／lu^5〜）；水面平靜如鏡子．

B 白話音：(kia^{n3})

  （例）①鏡面（〜bin^7）；鏡子的表面，即鏡子中可映照的部分．

  ②鏡台（〜tai^5）；安裝着鏡子的梳妝台．

  ③鏡頭（〜t'au^5）；照相的畫面．④目鏡（bak^8〜）；眼鏡．

  ⑤望遠鏡（bong^{7}uan^2〜）．⑥顯微鏡（hian^{2}bi^5〜）．

  ⑦擴大鏡（k'ok^{4}tua^7〜），又説"泛鏡"（ham^3〜）．

  ⑧烏目鏡（o^{1}bak^8〜）；有色眼鏡、太陽鏡．

（1348）【辛】　　xīn（ㄒㄧㄣ）

"辛"字祇有一種讀法：(sin^1)

  （例）①辛勤（〜k'in^5）；辛苦勤勞．②辛苦（〜k'o^2）．

  ③辛勞（〜lə^5）；辛苦勞累．④辛酸（〜sng^1）；痛苦和悲傷．

  ⑤艱辛（kan^1〜）；艱難辛苦．

（1349）【壯】　　zhuàng（ㄓㄨㄤ）

"壯"字白話音爲：(tsang^3)，語例罕見，通用音爲：(tsong^3)。

  （例）①壯美（〜bi^2）；雄壯美麗·同"壯麗"（〜le^7）．

  ②壯舉（〜ki^2）；偉大的舉動．③壯觀（〜kuan^1）；雄偉的景象．

  ④壯烈（〜liat^8）；勇敢有氣節．"壯烈犧牲"（〜hi^{1}seng^1）．

  ⑤壯麗（〜le^7）；雄壯而美麗．⑥壯年（〜lian^5）．

  ⑦壯士（〜su^7）；豪壯而勇敢的人．⑧壯膽（〜ta^{n2}）；使膽大．

  ⑨壯志（〜tsi^3）；偉大的抱負．⑩勇壯（iong^2〜）；健壯，剛強結實．

（1350）【鋒】　　fēng（ㄈㄥ）

"鋒"字的讀音只有一種：(hong^1)

  （例）①鋒芒（〜bong^5）；刀劍的尖端，喻顯露的才幹．

②鋒刃(～jim²／lim²)；刀劍的犀利部分．

③鋒利(～li⁷)；尖銳，口語"利劍劍"(lai⁷kiam³〃)．

④先鋒(sian¹～)．又"前鋒"(tsian⁵～)．

⑤針鋒相對(tsiam¹～siong¹tui³)；尖端銳利部分相對，喻策略言論互相對敵．

（1351） 【貧】　　　pín（ㄆㄧㄣ）

"貧"字祇有一種讀法：(pin⁵)

　(例)　①貧民(～bin⁵)．　　②貧寒(～han⁵)；窮苦．

③貧血(～hiat⁴)．　　④貧乏(～huat⁸)；貧窮．

⑤貧窮(～kiong⁵)．　　⑥貧困(～k'un³)．

⑦貧賤(～tsian³)；貧窮而没地位．

（1352） 【虛】　　　xū（ㄒㄩ）

"虛"字的讀法祇有一種：(hi¹／hu¹)

　(例)　①虛名(～beng⁵／bing⁵)；跟實際情況不符合的名聲．

②虛妄(～bong²)；没事實根據．"無影無跡"(bə⁵ia^n²bə⁵tsiah⁴)．

③虛無(～bu⁵)；有而若無，實而若虛．

④虛文(～bun⁵)；喻徒具形式的禮節，又具文．

⑤虛榮(～eng⁵／ing⁵)；表面上的光彩．

⑥虛偽(～gui⁷／wi⁷)；做假，不實在．

⑦虛幻(～huan³)；空虛不實的形象、主觀的幻想．

⑧虛假(～ka²)；跟事實不符合，"假空"(ke²k'ang¹)．

⑨虛驚(～kia^n¹)；不必要的驚慌. ⑩虛構(～ko³)；憑想像造的.

⑪虛誇(～k'ua¹)；虛假誇張的言談．

⑫虛弱(～jiok⁸／liok⁸)；軟弱、薄弱，口語"荏弱"(lam²～)．

⑬虛報(～pə³)；以少報多，不照實情報告．

⑭虛實(～sit⁸)；虛和實，泛指内部情況．

⑮虛渡(～to⁷)；白白地渡過．⑯空虛(k'ang¹～)．

⑰謙虛(k'iam¹～)；口語説"謙卑"(k'iam¹pi¹)．

（1353） 【彎】　wān（ㄨㄢ）

A 文言音：(uan¹／wan¹)

(例)　①彎曲(～kiok⁴)；不直，口語説"彎蹺"(～k'iau¹)，又説"彎斡"(～uat⁴)．　　②彎路(～lo⁷)．

③越彎(uat⁴～)；拐彎．

B 白話音(uaiⁿ¹／waiⁿ¹)，語義爲；耍賴、詐、曲屈形。

(例)　①圓彎桌(iⁿ⁵／yiⁿ⁵～təh⁴)；曲屈形的桌子．

②強彎人(kiang⁵／kiong⁵～lang⁵)；硬誣賴人家．

（1354） 【泰】　tài（ㄊㄞ）

"泰"字通用文言音：(t'ai³)

(例)　①泰然(～jian⁵)；形容鎭定的樣子．

②泰山(～san¹)；喻敬仰的人或重大事物，又指岳父的別稱．

③泰斗(～tau²)；即泰山和北斗(星)，喻德高望重或有卓越成就的人．　　④國泰民安(kok⁴～bin⁵an¹)．

⑤安泰(an¹～)；即安如泰山、穩固不可動搖．

（1355） 【幼】　yòu（ㄧㄡ）

"幼"字只有一種讀法：(iu³／yiu³)，語義爲細小、柔軟．

(例)　①幼仔(～a²)；屑，如"肉幼仔"(bah⁴～)；肉屑．

②幼路(～lo⁷)；精巧，如"工夫眞幼路"(kang¹hu¹tsin¹～)；工夫很精巧．　　③幼兒(～ji⁵／li⁵)．

④幼麵麵(～mi⁷〃)；柔軟細賦，如"皮膚幼麵麵"(p'ue⁵hu¹～)．

⑤幼秀(～siu³)；苗條，纖細，如"枝骨仔幼秀"(ki¹kut⁴a²～)；體格苗條．"生做幼秀"(se^{n1}tsə³～)；長得秀氣有教養．

⑥幼稚(～ti⁵)；年幼不懂事．⑦幼姘(～tsi^{n2})；幼小未成熟．

⑧老幼(lə²～)；老小，"男女老幼"(lam⁵lu²～)．

⑨幼齒的(～k'i²e)；指年輕女人．

（ 1356 ）　【廷】　　　tíng（ㄊ丨ㄥ）

"廷"字祇有一種讀法：(teng⁵／ting⁵)

(例)　①廷議(～gi⁷)；朝廷中的議論．

②廷臣(～sin⁵)；服仕於朝廷的人．

③朝廷(tiau⁵～)；舊時皇帝聽政的地方．④宮廷(kiong¹～)．

（ 1357 ）　【尊】　　　zūn（ㄗㄨㄣ）

"尊"字的讀法祇有一種：(tsun¹)

(例)　①尊嚴(～giam⁵)；不可侵犯的身份或地位．

②尊敬(～keng³／king³)．　③尊貴(～kui³)．

④尊長(～tiong²)；地位或輩份比自己高的人．

⑤尊重(～tiong⁷)．　　　⑥尊崇(～tsong⁵)；尊敬推崇．

⑦尊稱(～ts'eng¹／ts'ing¹)．⑧自尊(tsu⁷～)．

（ 1358 ）　【窗】　　　chuāng（ㄔㄨㄤ）

"窗"字祇有文言音：(ts'ong¹)，語例不多：窗明幾淨(～beng⁵／bing⁵ki²tseng⁷／tsing⁷)；窗子光亮小桌子乾淨。在台語裡通常被訓用爲[t'ang¹]的漢字，其實台語(t'ang¹)另寫作"通"或"扄"。

(例)　①通仔(～a²)；窗子．②通仔口(～a²k'au²)；窗口．

③通仔門(～a²mng⁵)；窗門，窗扉、即窗子．

④通仔帘(～a²li⁵／ni⁵)．　⑤門通(mng⁵～)；門和窗子．

⑥玻璃通(pə⁷le⁵～)；玻璃窗.

（1359）　【綱】　　　　gāng（ㄍㄤ）

Ⓐ 文言音：(kong¹)

　(例)　①綱目(～bok⁸)；又音(kang¹bok⁸)；大綱和細目.

　　②綱要(～iau³／yau³)；又音(kang¹iau³)；提要、概要.

　　③綱紀(～ki²)；社會秩序、國家的法紀.

　　④綱領(～／kang¹leng²／ling²)；政黨、社團的行動目標、步

　驟和原則.　　　　　　⑥大綱(tai⁷～／kang¹).

Ⓑ 白話音：(kang¹)，詞例參照文言音部分。又"紀綱"(k'i²～)；規

　矩、道理，如"照紀綱來"(tsiau³～lai⁵)；即照規定、按步就班，

　不馬虎.

（1360）　【弄】　　　lòng(ㄌㄨㄥ)～nòng(ㄋㄨㄥ)

按"弄"字官話音雖有兩種，台語的讀音不受響，僅分文白兩讀.

Ⓐ 文言音：(long⁷)

　(例)　①弄假成眞(～ka²seng⁵／sing⁵tsin¹)；假裝的事變成眞事.

　　②弄權(～kuan⁵)；玩弄權術，又音(lang⁷kuan⁵).

　　③弄狗相咬(～kau²sio¹ka⁷)；喻唆使人家打架，唯恐天下不亂.

　　④弄巧成拙(～k'a²seng⁵tsuat⁸)；耍巧妙的手段，反而壞了事.

　　⑤使弄(sai²～)；唆使、縱惡."烏白使弄"(o¹peh⁸～)；胡亂煽動.

　　⑥玩弄(uan⁵～)；擺弄着玩，戲弄、搬弄.

Ⓑ 白話音：(lang⁷)

　(例)　①弄風(～hong¹)；抖動引起風來.

　　②弄龍(～leng⁵)；表演龍舞．③弄被(～p'ue⁷)；抖動被蓋.

　　④弄獅(～sai¹)；表演獅舞．⑤變猴弄(piⁿ³kau⁵～)；耍猴子.

　　⑥戲弄(hi³～)；拿人開心，又"創治"(ts'ong³ti⁷)，"創景"(～keng²).

（1361）　【隸】　　　lì（ㄌ丨）

"隸"字祇有一種讀法：(le⁷)

　　（例）　①隸屬(～siok⁸)；受管轄、從屬.

　　②隸書(～su¹)；漢代通行的漢字字體.

　　③奴隸(lo⁵～)，又"僕隸"(pok⁸～).

（1362）　【疑】　　　yí（丨）

"疑"字單獨一種讀法：(gi⁵)

　　（例）　①疑案(～an³)；一時難以判決的案子.

　　②疑問(～bun⁷)；懷疑的問題，不能確定的事情.

　　③疑義(～gi⁷)；可疑或不解的道理.

　　④疑惑(～hek⁸／hik⁸)；不明白、不相信.

　　⑤疑懼(～ku⁷)；疑慮恐懼. ⑥疑難(～lan⁵)；疑問而難解決.

　　⑦疑慮(～li⁷)；因懷疑而顧慮. 　⑧疑心(～sim¹)；懷疑的念頭.

　　⑨無疑(bə⁵～)；沒想到，"無疑伊會來"(～i¹／yi¹e⁷lai⁵)；沒想到他會來. ⑩嫌疑(hiam⁵～)；懷疑有某行為的可能性.

　　⑪懷疑(huai⁵～)；口語説"僥疑"(giau⁵～)；亦作"邀疑"(iau¹～).

（1363）　【氏】　　　shì（ㄕ）

"氏"字祇有一種讀法：(si⁷)

　　（例）　①氏族(～tsok⁸). 　②姓氏(se^{n3}／si^{n3}～).

（1364）　【宮】　　　gōng（ㄍㄨㄥ）

Ⓐ文言音：(kiong¹)

　　（例）　①宮娥(～go⁵)；即宮女，被選在宮廷裡服務的女子.

　　②宮闕(～k'uat⁴)；即宮殿. ③宮殿(～tian⁷).

　　④宮燈(～teng¹)；六角或八角形的吊燈，因用於宮廷而得名.

　　　　　　　　　　　　　　　　　．

⑤宮廷(～teng⁵／ting⁵)；帝王住處.

⑥宮闈(～ui⁵)；即宮廷. 又"官拔"(～ek⁸).

⑦天后宮(t'ian¹ho⁷～)；奉祀媽祖的建築物.

⑧子宮(tsu²～).　　　⑨春宮(ts'un¹～)；指淫穢的圖畫.

Ⓑ 白話音(keng¹／king¹)，用例不多、如"媽祖宮"(ma²tso²～)，奉
祀媽祖的建築物.

（ 1365 ）　【姐】　　　jiě（ㄐㄧㄝ）

Ⓐ 文言音：(tsia²)

　(例)　①姐母(～bə²／bu²)；又叫"床母"(ts'ng⁵bə²)，即照料嬰
　　兒的女神.　　　　　②翁仔姐(ang¹a²～)；即夫妻.

　③媒人姐(hm⁵lang⁵～)；又叫"媒人婆"(hm⁵lang⁵pə⁵)；即媒人.

　④小姐(siə²～)；對年輕女性的尊稱.

Ⓑ 白話音(tse²)

　(例)　①姐夫(～hu¹)；又説"姊夫"(tsi²hu¹).

　②姐妹(～muai⁷)；又説"姊妹"(tsi²muai⁷).

（ 1366 ）　【震】　　　zhèn（ㄓㄣ）

"震"字祇有一種讀法：(tsin²)

　(例)　①震撼(～ham²)；震動搖撼.

　②震驚(～keng¹／king¹)；口語音(～kiaⁿ¹)；使大吃一驚.

　③震懾(～liap⁴)；震動使害怕. "震懾敵人"(～tek⁸jin⁵).

　④震怒(～no⁷)；大爲憤怒，口語"足受氣"(tsiok⁴siu⁷k'i³).

　⑤震動(～tong⁷)；同"振動"(tin²tang⁷／tsin²tong⁷).

　⑥地震(te⁷～)；口語説"地動"(te⁷tang⁷).

（ 1367 ）　【瑞】　　　ruì（ㄖㄨㄟ）

"瑞"字的讀音只有一種：(sui^7)

 (例) ①瑞氣(～k'i^3)；吉祥的兆候、好運.

  ②瑞士(～su^7)；歐洲的國名. ③瑞雪(～suat^4)；應時的好雪.

  ④祥瑞(siong^5～)；吉祥的徵兆.

（ 1368 ） 【怪】 guài（ㄍㄨㄞ）

Ⓐ 文言音：(kuai^3)

 (例) ①怪物(～but^8)；異常者、不可思議的東西.

  ②怪異(～i^7／yi^7)；即奇異，又音(～i^{n7}／yi^{n7}).

  ③怪僻(～p'iah^4)；古怪. ④怪癖(～p'iah^4)；怪脾氣.

  ⑤怪誕(～tan^7)；離奇古怪，荒唐無稽.

  ⑥狡怪(kau^2～)；狡獪、狡滑. ⑦奇怪(ki^5～).

  ⑧古怪(ko^2～)，口語音(ku^1～)；奇怪.

  ⑨鬼怪(kui^2～)；"妖魔鬼怪"(iau^{1}mo^5～).

Ⓑ 白話音：(kue^3)，語例少、意爲責怪。

 (例) ①莫怪(bok^8～)；又音(bok^{8}kuai^3)；難怪，即怪不得也.

  ②膾過得(bue^7／be^7～tit^4)；怪不得.

（ 1369 ） 【尤】 yóu（ㄧㄡ）

"尤"字的讀音只有一種：(iu^5／yiu^5)

 (例)①尤其(～ki^5)；特別是、更加，口語"佫卡"(kəh^{4}k'ah^4).

  ②怨天尤人(uan^{3}t'ian^1～jin^5／lin^5)；怨恨老天爺歸咎別人.

  ③效尤(hau^7～)；仿效別人的錯誤行爲.

（ 1370 ） 【琴】 qín（ㄑㄧㄣ）

"琴"字祇有一種讀法：(k'im^5)

 (例) ①琴棋書畫(～ki^{5}su^{1}ua^7).

②琴鍵(～kian⁷)；鋼琴等的白色和黑色的鍵，按鍵即出聲音.

③琴瑟(～sek⁴／sik⁴)；琴和瑟(弦樂器)，喻夫妻.

④鋼琴(kng³～).　　　　⑤小提琴(sio²t'e⁵～).

（1371）　【循】　　xún（ㄒㄩㄣ）

"循"字的讀法只有一種：(sun⁵)

(例)　①循環(～k'uan⁵／huan⁵).

②循例(～le⁷)；依照慣例. ③循序(～su⁷)；按照順序.

④循循善誘(～〃sian⁷iu³／yiu³)；善於有步驟地引導別人學習.

⑤遵循(tsun¹～)；即遵照，依照規定做.

（1372）　【描】　　miáo（ㄇㄧㄠ）

A 文言音：(biau⁵)

(例)　①描繪(～hue⁷)；描畫. ②描寫(～sia²).

③描圖(～／biə⁵to⁵)；按照底樣繪圖.

④素描(so³～)；光用線條描繪事物的形象.

B 白話音(biə⁵)

(例)　①描圖樣(～to⁵iuⁿ⁷／ioⁿ⁷)；照底樣畫圖.

②用描的(iong⁷～e)；用薄紙在原圖樣上照樣塗繪.

（1373）　【膜】　　mó（ㄇㄛ）

A 文言音：(bok⁸)，用例不多，如"膜拜"（～pai³)；跪在地上舉雙手虔誠地敬禮.

B 白話音：(moh⁴)～(moh⁸)

（Ⅰ）[moh⁴]：①膜壁(～piah⁴)；附着在牆壁上.

②膜著石頭頂(～ti³tsioh⁸t'au⁵teng²／ting²)；貼附在石頭上面.

③膜石頭（～tsioh⁸t'au⁵)；用雙手把石頭抱起來.

571

(II)[moh⁸]：①耳膜(hi⁷～)；耳腔內的鼓膜.

②腦膜(nau²～)；腦表面的締結組織(薄膜層).

③土豆膜(t'o⁵tau⁷～)；花生的薄膜.

（1374） 【違】　　wéi（ㄨㄟˊ）

"違"字祇有一種讀法：(ui⁵／wi⁵)

（例）①違反(～huan²)；不符合規定.

②違法(～huat⁴)；不遵守法令，違反法律的規定.

③違約(～iok⁴／yok⁴).　　④違背(～pue⁷)；違反背棄.

⑤違心(～sim¹)；跟本意相反，"違心之論"(～tsi¹lun⁷).

⑥久違(kiu²～)；離別得久，即好久沒見.

（1375） 【夾】　　jiā（ㄐㄧㄚ）

"夾"字文言音讀：(kap⁴)，用例少，跟連詞的和、同等字義同，俗
寫"甲"(kah⁴)。白話音有兩種讀法：(kiap⁴)～(kah⁴)。

A 文言音：[kiap⁴]

（例）①夾仔(～a²)；夾子，又音(giap⁴a²)／(ngeh⁴a²).

②夾擊(～kek⁸／kik⁸)；即夾攻；從兩方面同時攻擊.

③夾縫(～p'ang⁷)；兩個靠近的物體間狹窄的空隙.

④夾道(～tə⁷)；左右均有牆壁的狹窄通道.

⑤夾雜(～tsap⁸)；滲雜，混入不同成分.

B 白話音 [kah⁴]

（例）①配搭，如"魚肉照夾"(hi⁵bah⁴tsiau³～)；魚跟肉照分量配搭.

②連詞的和、同，如"A夾B"(A～B)；A和B，A與B.

（1376） 【腰】　　yāo（ㄧㄠ）

"腰"字文言音讀：(iau¹／yau¹)；語例罕見，一般通用白話音：

(iə¹／yə¹)。

(例)　①腰骨(～kut⁴)；腰部的骨頭.

②腰包(～pau¹)；繫在腰間的錢包，亦即錢包的意思.

③腰部(～po⁷)；又"腰肢"(～ki¹)；即腰桿子意爲靠山.

④腰帶(～tua³)；又説"褲帶"(k'o³tua³).

⑤腰子(～tsi²)；即腎臟.　⑥腰脊骨(～tsiah⁴kut⁴)；脊梁骨.

⑦狗公腰(kau²kang¹～)；像公狗的腰那樣的腰，即腰細、紮實.

⑧蘇腰(so¹～)；即腰彎曲，"老人蘇腰"(lau⁷lang⁵～).

（1377）　【緣】　　　yüán（ㄩㄢ）

"緣"字的讀音祇有一種：(ian⁵／yan⁵)

(例)①緣木求魚(～bok⁸kiu⁵hi⁵)；喻方向、方法不對没法達到目的.　　②緣分(～hun⁷)；有發生關係的可能性.

③緣由(～iu⁵／yiu⁵)；原因.④緣故(～ko³)；原因.

⑤緣起(～k'i²)；事情的起因.⑥緣投(～tau⁵)；美男子.

⑦姻緣(in¹／yin¹).⑧人緣(lang⁵～)；又説"人氣"(jin⁵k'i³).

⑨良緣(liong⁵～).　　　⑩邊緣(pian¹～)；即"邊沿".

（1378）　【珠】　　　zhū（ㄓㄨ）

A 文言音：(tsu¹)

(例)　①珠玉(～giok⁸).　　②珠寶(～pə²).

③珠算(～suan³)；用算盤計算的方法.

④電珠(tian⁷～)；燈泡.　⑤珍珠(tsin¹～)；諧眞珠

⑥珠仔鞋(～a²e⁵)；鞋面繡上彩色小珠子的布鞋.

B 白話音：(tsiu¹)，語例少，如"目珠"(bak⁸～)；眼珠.

（1379）　【窮】　　　qióng（ㄑㄩㄥ）

A 文言音：(kiong⁵)

(例) ①窮困(～k'un³)；貧窮困苦.

②窮兵黷武(～peng¹tok⁸bu²)；動用大量武力發動侵略戰爭.

③窮途末路(～to⁵buat⁸lo⁷)；喻無路可走.

④窮盡(～tsing⁷)；到了底. ⑤無窮(bu⁵～)；没盡止.

⑥貧窮(pin⁵～)；口語"散赤"(san³ts'iah⁴).

B 白話音：(keng⁵／king⁵)～(k'eng⁵／k'ing⁵)

(Ⅰ)[keng⁵]：①窮苦(～k'o²)；貧乏而困苦.

②窮人(～lang⁵)；窮苦人，又"艱苦人"(kan¹k'o²～).

(Ⅱ)[k'eng⁵]：把剩餘或分散的東西集中起來收拾或清理，如

①窮貨底(～hue³te²)；整理殘餘貨品.

②窮數(～siau³)；清理帳目，又作"窮賬".

③窮碗箸(～uaⁿ²ti⁷)；飯後整理碗筷.

④窮互清氣(～ho⁷ts'eng¹k'i³)；清理乾淨，又義計較，如⑤⑥.

⑤窮份(～hun⁷)；計較. ⑥窮氣(～k'i³)；鬧意氣(因計較).

(1380) 【森】 sēn (ㄙㄣ)

"森"字的讀法祇有一種：(sim¹)

(例) ①森嚴(～giam⁵)；嚴整不可侵犯.

②森林(～lim⁵). ③陰森(im¹／yim¹～)；陰暗.

(1381) 【枝】 zhī (ㄓ)

"枝"字文言音爲：(tsi¹)，如"枝蔓"(～ban⁷)；枝節繁瑣紛雜，一般
多通用白話音：(ki¹)。

(例) ①枝葉(～iap⁸／yap⁸). ②枝節(～tsiat⁴)；細節.

③柳枝(liu²～). ④樹枝(ts'iu⁷～).

⑤一枝花(tsit⁸～hue¹)；喻女人美貌如一朵花.

（1382）　【竹】　　　zhú（ㄓㄨ）

"竹"字的文言音為：(tiok⁴)語例少，如"竹林"(～lim⁵)，口語音：
(tek⁴／tik⁴na⁵)，通常多用白話音：(tek⁴／tik⁴)。

　　(例)　①竹仔(～a²)；竹子."竹仔腳"(～k'a¹)；竹林之下.
　　②竹簡(～kan²)；古代用來寫字的竹片.
　　③竹竿(～kua^{n1})；又説"竹篙"(～kə¹).
　　④竹爿(～peng⁵)；較大的竹片. ⑤綠竹(lek⁸／lik⁸～).
　　⑥麻竹(mua⁵～)；高而粗大的竹子，台灣南部盛產麻竹筍.

（1383）　【溝】　　　gōu（ㄍㄡ）

Ⓐ 文言音：(ko¹)，用例少，"溝通"(～t'ong¹)；意見的交流.
Ⓑ 白話音：(kau¹)

　　(例)　①溝仔(～a²)；小的水溝. ②溝渠(～ku⁵).
　　③暗溝(am³～)；即地下水溝. ④山溝(sua^{n1}～)；山谷.

（1384）　【催】　　　cuī（ㄘㄨㄟ）

"催"字衹有一種讀法：(ts'ui¹)

　　(例)　①催眠(～bin⁵)；用刺激視覺、聽覺等使人引起睡眠狀態.
　　②催化劑(～hua³tse¹)；加速或延緩化學反應的物質，即觸媒.
　　③催趕(～kua^{n2})；同④. 　④催促(～ts'iok⁴)；使人趕快行動.

（1385）　【繩】　　　shéng（ㄕㄥ）

Ⓐ 文言音：(seng⁵／sing⁵)，如"繩索"(～soh⁴).
Ⓑ 白話音：(tsin⁵)，如"兩人對繩"(lng⁷lang⁵tui³～)；互相凝看.

（1386）　【憶】　　　yì（ㄧ）

Ⓐ 文言音：(ek⁴／ik⁴)"回憶"(hui⁵～)，"記憶"(ki³～).

B 白話音：(it⁴／yit⁴)如"憶着"(～tiəh)；顧瞻、傾愛、思念.

（1387）【邦】　　bāng（ㄅㄤ）

"邦"字只有一種讀法：(pang¹)

(例)　①邦交(～kau¹)即"國交"(kok⁴kau¹).

②邦聯(～lian⁵)；兩個以上國家的聯合體.

③友邦(iu²／yiu²～).　　④鄰邦(lin⁵～).

⑤聯邦(lian⁵～)；兩個以上的州、邦、有國家性質的行政區域
聯成統一的國家.

（1388）【剩】　　shèng（ㄕㄥ）

"剩"字讀：(seng⁵／sing⁵)如"剩餘"(～i⁵)；有訓讀爲：(ts'un¹)，如
"剩我一個"(～gua²tsit⁸e⁵)；剩下我一個人.

（1389）【幸】　　xìng（ㄒㄧㄥ）

"幸"字祇有一種讀音：(heng⁷／hing⁷)

(例)　①幸福(～hok⁴)；"幸福的家庭"(～e⁵ka¹teng⁵).

②幸虧(～k'ui¹)；口語説"好佳哉"(hə²ka¹tsai³).

③幸運(～un⁷／wun⁷).　　④榮幸(eng⁵／ing⁵～)；光榮而幸運.

⑤慶幸(k'eng³／k'ing³～)；可喜而高興.

（1390）【倖】　　xìng（ㄒㄧㄥ）

"倖"字讀法只有一種：(heng⁷／hing⁷)

(例)　①倖免(～bian²)；僥倖地避免.

②僥倖(hiao¹～)；負心、違背情理，"好佳哉"(hə²ka¹tsai³).

（1391）【漿】　　jiāng（ㄐㄧㄤ）

"漿"字文言音讀：(tsiong¹)，語例少，如"漿膜"(～moh⁸)；分泌漿液的薄膜如腹膜、胸膜等，一般通用白話音：(tsiuⁿ¹／tsioⁿ¹)。

(例)　①漿潽(～am²)；用米湯漿衣服．

②漿洗(～se²)；洗而且漿．③米漿(bi²～)．

④豆漿(tau⁷～)；口語"豆奶"(tau⁷leng¹)．

（1392）　【欄】　　　lán（ㄌㄢ）

Ａ 文言音：(lan⁵)

(例)　①欄杆(～kan¹)；欄擋用的柵、或圍柵．

②欄架(～ke³／ka³)；即橫竿，用於做圍柵的．

③布告欄(po³kə³～)；張貼公告的地方．

④備注欄(pi⁷tsu³～)；寫備注用的空格兒．

⑤專欄(tsuan¹～)；報刊上專門刊登某類稿件的部分篇幅．

Ｂ 白話音：(nua⁵)，用例少、如"橋欄" (kiə⁵～)，"牛欄"(gu⁵～)；養牛用的圈兒，口語説"牛牢"(gu⁵liau⁵／tiau⁵)．

（1393）　【攔】　　　lán（ㄌㄢ）

Ａ 文言音：(lan⁵)

(例)　①攔路(～lo⁷)；又音(nua⁵lo⁷)；攔住去路，口語説"截路"(tsah⁸lo⁷)．　　　　②攔擋(～tong³)；不使通過．

③攔截(～tsiat⁸)；中途阻止不讓通過，口語音爲：(nua⁵tsah⁸)．

Ｂ 白話音：(nua⁵)

(例)　①攔路(～lo⁷)．②攔阻(～tso²)；口語説"截"(tsah⁸)．

（1394）　【擁】　　　yōng（ㄩㄥ）

"擁"字的讀法祇有一種：(iong²)

(例)　①擁護(～ho⁷)；支持的意思．

②擁有(～iu²／yiu²)；具有．③擁立(～lip⁴)；擁護支持．

④擁抱(～p'au⁷)；口語説"相攬"(sio¹lam²)．

⑤擁塞(～sai³)；因擁擠而堵塞，口語説"窒滇"(t'at⁴ti^(n7))．

⑥擁戴(～tai³)；擁護推戴(某人當領導)．

⑦簇擁(ts'ok⁴～)；許多人緊緊成團地圍着移動．

（1395） 【牙】　　yá（ㄧㄚˊ）

"牙"的文言音是：(ga⁵)，如"牙科"(～k'ə¹)，"牙床"(～ts'ong⁵)，又音(ge⁵ts'ng⁵)，一般較通用白話音：(ge⁵)。

(例)　①牙科(～k'ə¹)；口語説"齒科"(k'i²k'ə¹)．

②牙槽(～tsə⁵)；上下顎．③齙牙(giang³～)；牙齒突出不齊，口語説"暴齒"(pau³k'i²)，或喻指好辯．

④狗牙(kau²～)；多指嬰兒剛長出的牙齒．

⑤弄牙(lang⁷～)；賣弄牙齒，有示威之意．

⑥做牙(tsə²／tsue²～)；舊曆每月初2、16民間拜祭地居主或土地公謂之，初2為"頭牙"(t'au⁵～)，16為"尾牙"(bue²～)．

（1396） 【貯】　　zhù（ㄓㄨˋ）

Ⓐ 文言音：(tu²)

(例)　①貯滿(～buan²)；積滿．貯即儲積也．

②貯備(～pi⁷)；即儲備．　③貯蓄(～t'iok⁴)；儲蓄，儲存．

④貯水池(～tsui²ti³)．　⑤貯藏(～tsong⁵)；儲藏．

⑥貯存(～tsun⁵)；即儲存、積存起來．

Ⓑ 白話音：(tue²／te²)；裝、盛也．

(例)　①貯米(～bi²)；裝米、②貯水(～tsui²)；盛水．

③無貯半項(bə⁵～pua^(n3)hang⁷)；没盛任何東西．

④我共汝貯飯 (gua²ka⁷li²～ png⁷)；我替你盛飯．

（1397）　【禮】　　lǐ（ㄌ丨）

"禮"字只有一種讀法：(le²)

（例）　①禮物(～but⁸)．　　②禮儀(～gi⁵)；禮節和儀式．

③禮遇(～gu⁷)；有禮貌的待遇．④禮服(～hok⁸)．

⑤禮教(～kau³)；舊時的禮節和道德多束縛人的思想和行動．

⑥禮貌(～mau⁷)；言語動作規範的表現．

⑦禮拜(～pai³)；即星期，又指禮拜天，或宗教式的行禮．

⑧禮聘(～p'eng³／p'ing³)；用尊敬的方式聘請．

⑨禮數(～so³)；即禮貌、禮節，"無禮無數"(bə⁵～bə⁵～)；全
不懂禮貌．　　　⑩禮俗(～siok⁸)；婚喪喜慶的禮節習慣．

⑪厚禮(kau⁷～)；多禮．"毋免厚禮"(m⁷bian²～)；不必多禮．

⑫行禮(kiaⁿ⁵～)；又"行生分禮"(kiaⁿ⁵seⁿ¹／siⁿ¹hun⁷～)；過分客
氣、多禮，"生分"爲不認識的意思．

⑬送禮(sang³～)．⑭先生禮(sian¹siⁿ¹～)；給老師的謝禮．

（1398）　【濾】　　lǜ（ㄌㄩ）

"濾"字只有一種讀音：(li⁷／lu⁷)

（例）　①濾器(～k'i³)；過濾用的裝置．

②濾紙(～tsua²)；過濾溶液用的潔白鬆紙．

③過濾(kue³／ke³～)；使雜質去除變成純淨．

（1399）　【紋】　　wén（ㄨㄣ）

"紋"字祇有一種讀法：(bun⁵)

（例）　①紋理(～li²)；物體上呈線條的花紋．

②紋路(～lo⁷)；口語説"花痕"(hue¹hun⁵)．

③花紋(hue¹～)；各種條紋．④指紋(tsi²～)；指頭上的紋縷兒．

⑤螺紋 (le⁵～)；手指或腳趾的紋理。

（1400） 【罷】　　　bà（ㄅㄚˋ）

"罷"字的讀法祇有一種：(pa²)

　（例）　①罷免(～bian²)；基於多數人的意思免掉某人的公職.

　②罷休(～hiu¹)；停止某種行動，口語說"放煞"(pang³suah⁴).

　③罷工(～kang¹)；停止工作. ④罷課(～k'ə³).

　⑤罷了(～liau)；表示容忍，如"罷罷了"(pa² // liau)；算了！不
　再深究了，口語說"煞去"(suah⁴k'i).

　⑥罷黜(～t'uat⁴)；貶低或免除官職.

　⑦罷市(～ts'i⁷)；商人集體停止營業.

　⑧罷手(～ts'iu²)；住手、停止進行.

　⑪欲罷不能(iok⁸～put⁴leng⁵)；想停止(放棄)也不能停止.

　⑩選罷法(suan²～huat⁴)；規定選舉與罷免的法律.

（1401）　【拍】　　　pāi（ㄆㄞ）

Ⓐ 文言音：(p'ek⁴／p'ik⁴)

　（例）　①拍皮球(～p'i⁵kiu⁵). ②鼓拍(ko²～)；鼓板.

Ⓑ 白話音：(p'ah⁴)，按台語"拍"，官話為"打"(tan²、teng²／ting²)，
而"打"字又訓讀為(p'ah⁴)，參照第316條"打"字項.

　（例）　①拍姥豬狗牛(～bo²ti¹kau²gu⁵)；對太太施暴力的跟畜牲
　　沒兩樣，"姥"有作"某、嬤". ②拍賣(～be⁷／bue⁷).

　③拍眠床(～bin⁵ts'ng⁵)；安裝床舖.

　④拍姥菜(～bo²ts'ai³)；指茼萵菜，(蓬鬆)一煮就縮小.

　⑤拍呃(～eh⁴)；打嗝兒，又說"呼呃仔"(k'o¹eh⁴a²)；呃有作噎.

　⑥拍魚鱗(～hi⁵lan⁵)；剝下魚鱗.

　⑦拍互人(～ho⁷lang)；讓渡他人，(多指店鋪).

　⑧拍火(～hue²)；消火，"拍火車"(～hue²ts'ia¹)；消防車.

　⑪拍贏(～ian⁵)；打勝仗，或球賽優勝.

⑩拍約($\sim$iok^4)；訂約，又説"拍契約"($\sim$k'e^{3}iok^4)．

⑪拍字($\sim$ji^7)；打字．　⑫拍加落($\sim$ka^{1}lauh^8)；掉落．

⑬拍工($\sim$kang^1)；打工、做臨時工．

⑭拍結($\sim$kat^4)；打結，"拍結球"($\sim$kat^{4}kiu^5)；纏繞成團，如"線拍結球"(sua$^{n3}\sim$)，"心肝拍結球"(sim^{1}kua$^{n1}\sim$)；心悶不開．

⑮拍雞卵($\sim$ke^{1}lng^7)；把雞蛋黃攪散．

⑯拍球($\sim$kiu^5)；打球．　⑰拍官司($\sim$kua^{n1}si^1)；打官司．

⑱拍拳頭($\sim$kun^{5}t'au^5)；打拳，"拍拳賣膏藥"($\sim$be^{7}kə^{1}ioh^8)．

⑲拍咳嚏($\sim$k'a^{1}ts'iu^{n3})；打噴嚏．

⑳拍起($\sim$k'i^2)；開始搞，"重拍起"(teng$^5\sim$)；從頭重來．

㉑拍開($\sim$k'ui^1)；打開．　㉒拍落公($\sim$loh^{8}kong^1)；歸入公有．

㉓拍毋見($\sim$m^{7}ki^{n3})；丟了、遺失．

㉔拍拼($\sim$pia^{n3})；努力幹，拼命工作．

㉕拍歹($\sim$p'ai^{n2})；搞壞、"拍歹身體"($\sim$sin^{1}t`e^2)；搞壞身體．

㉖拍票($\sim$p'iə^3)；買票．　㉗拍噗仔($\sim$p'ok^{8}a^2)；鼓掌．

㉘拍破($\sim$p'ua^3)；打破、破壞，"拍破姻緣"($\sim$in^{1}ian^5)；破壞婚事．

㉙拍損($\sim$sng^2)；浪費，可惜．"無食眞拍損"(bə^{5}tsiah^{8}tsin$^1\sim$)；没吃很可惜．㉚拍算($\sim$sng^3)；打算．㉛拍折($\sim$tsiat^4)；打折．

㉜拍生驚($\sim$ts'e^{n1}／ts'i^{n1}kia^{n1})；使驚慌，使別人有所警覺．

㉝拍醒($\sim$ts'e^{n2}／ts'i^{n2})；使從睡眠中醒來．

㉞拍車單($\sim$ts'ia^{1}tua^{n1})；"買車票"(be^{2}ts'ia^{1}p'iə^3)．

㉟拍手指($\sim$ts'iu^{2}tsi^2)；訂製戒指．

㊱拍手銃($\sim$ts'iu^{2}ts'eng^3／ts'ing^3)；手淫．

（1402）【咱】　　zá（ㄗㄚ）$\sim$zán（ㄗㄢ）

按"咱"字官話有兩種讀法，台語衹有一種讀法：(tsam^1)．官話"咱們"，台語爲(lan^2)，或作"咱",也作"伯"．

[lan²](咱)指包括談話的對方。不包括談話的對方官話爲"我們",台語爲：[gun²／guan²]，漢字作"阮"，有作"伄"。

（ 1403 ）　【喊】　　　hǎn（ㄏㄢ˘）

"喊"字文言音：(ham²)用例少見，通用白話音和訓讀音。

A 白話音：(hiam³)、(k'am⁷)

（Ⅰ）[hiam³]；吆喝、驅使的意思，如"喊雞"(～ke¹),"喊豬"(～ti¹),"喊狗"(～kau²)。

（Ⅱ）[k'am⁷]：喊嗽(～sau³)，即作咳嗽聲.

B 訓讀音(han²)；多數人同時發出叫嚷聲.

（例）　①烏白喊(o¹peh⁸～)；亂傳説(有謠傳的意思).

②人喊綴人喊(lang⁵～tue³lang⁵～)；跟着人家的喊聲呼喊.

按官話的"喊"，台語作"喝"(huah⁴),如"喊口號"即"喝口號"(～k'au²hə⁷).

（ 1404 ）　【袖】　　　xiù（ㄒ丨ㄡ）

"袖"字的讀法衹有一種文言音：(siu³)

（例）　①袖手旁觀(～siu²／ts'iu²pong⁵kuan¹)；喻置身事外，不協助別人.　②袖珍(～tin¹／tsin¹)；比一般較小便於攜帶者,如"袖珍字典" (～ji⁷tian²)；小型字典.

（ 1405 ）　【埃】　　　āi（ㄞ）

A 文言音：(ai¹)；塵埃(tin⁵～)，埃及(～kip⁴)；國名.

B 白話音：(ia¹)；揚埃(eng¹／ing¹～)；塵土飛揚.

（ 1406 ）　【勤】　　　qín（ㄑ丨ㄣ）

"勤"字衹有一種讀音：(k'in⁵／k'un⁵)

(例)　①勤勉(～bian²)．　　②勤務(～bu⁷)；上班、擔任工作．

③勤奮(～hun³)；努力奮鬥．④勤儉(～k'iam⁷)．

⑤勤苦(～k'o²)；勤勞刻苦．⑥勤勞(～lə⁵)．

⑦夜勤(ia⁷～)；上夜班．　⑧內勤(lai⁷～)；在室內工作。

⑨出勤(ts'ut⁴～)；上班，"出勤查姥"(～tsa¹bo²)；指在酒家上班
的女人．

（1407）　【罰】　　fá（ㄈㄚˊ）

"罰"字祇有一種讀音：(huat⁸)

(例)　①罰鍰(～huan⁵)；即罰款．

②罰金(～kim¹)；罰款．　③罰啉酒(～lim¹tsiu²)；罰喝酒．

④刑罰(heng⁵／hing⁵～)；處治，依照法律對犯罪者制裁．

⑤處罰(ts'u³～)；使犯錯或犯罪者受到懲罰．

⑥賞罰分明 (siong²～ hun¹beng⁵／bing⁵)；賞賜和處罰不含糊．

（1408）　【焦】　　jiāo（ㄐㄧㄠ）

按"焦"字的詞義是；物質受熱後失去水分呈黃色、黑色而發硬、發
脆。台語説(ts'au³hue²ta¹)或寫成"臭火凋"，惟(ta¹)有被寫成"焦"或
"乾"，其實"焦"字的讀音祇有文言音一種：(tsiau¹)

(例)　①焦黑(～hek⁴／hik⁴)；口語説"臭火烙"(ts'au³hue²lo⁷)．

②焦急(～kip⁴)；着急萬分．台語口語"着急"(tiəh⁸kip⁴)．

③焦距(～ku⁷)；球面鏡或透鏡的中心到焦點的距離．

④焦慮(～li⁷／lu⁷)；着急憂慮．

⑤焦點(～tiam²)；喻事理之引人注目的集中點．

⑥焦土(～t'o²)；被烈火燒焦的土地．

⑦三焦(sam¹～)；中醫指舌的下部沿胸腔至腹腔的部分．

⑧心焦(sim¹～)；心中煩悶而急躁．

（1409）　【潛】　　　qián（くＩㄢ）

"潛"字的讀法祇有一種：(ts'iam⁵)

(例)　①潛行(～heng⁵／hing⁵)；暗中行動.

②潛伏(～hok⁸)；不露面、穩藏.

③潛意識(～i³／yi³sek⁴／sik⁴)；即下意識，潛在的意識.

④潛入(～jip⁸／lip⁸)；暗中進入，口語説"鑽入"(tsng³jip⁸).

⑤潛力(～lek⁸／lik⁸)；潛在的力量.

⑥潛心(～sim¹)；用心專而深，如"潛心研究台語"(～gian²kiu³ Tai⁵gi²／gu²).　⑦潛在(～tsai⁷)；在看不見的地方在存着.

⑧潛水(～tsui²)；"潛水艇"(～teng⁵)；在水面下行動的船隻.

（1409）　【伍】　　　wǔ（ㄨ）

Ⓐ 文言音：(goⁿ²／ngo²)

(例)　①伍長(～tiuⁿ²)；下士.　②入伍(jip⁸～)；進入軍營當兵.

③隊伍(tui⁷～)；按"伍"爲古時軍隊編制的最小單位，由五個人編成(1個伍)，"伍"也是"五"的大寫.

Ⓑ 白話音：(go)　即"五",如"伍萬箍"(～ban⁷k'o¹)；五萬塊錢.

（1410）　【墨】　　　mò（ㄇㄛ）

Ⓐ 文言音：(bek⁸／bik⁸)

(例)　①墨家(～ka¹)；中國先秦時墨翟所創的學派，主張"兼愛非攻"(kiam¹ai³hui¹kong¹).　②墨寶(～pə²)；優美珍貴的字畫.

③墨守成規(～siu²seng⁵／sing⁵kui¹)；喻因循保守不求改進.

Ⓑ 白話音：(bak⁸)

(例)　①墨魚(～hi⁵)；即烏賊，又説"墨賊"(～tsat⁸)；又比它小的"鎖管"(sə²kng²).　　②墨硯(～hiⁿ⁷)；墨和硯台.

③墨吏(～li⁷)；指貪污的官吏.　④墨盤(～puaⁿ⁵)；硯台.

⑤墨斗(～tau²)；木工用以繪線的工具，亦叫"墨斗魚"(～hi⁵)．

⑥墨跡(～tsaih⁴)；指手寫的毛筆字或畫．

⑦墨汁(～tsiap⁴)；又"烏墨汁"(o¹～)．

⑧墨水(～tsui²)；有紅墨水(ang⁵～)，"烏墨水"(o¹～)．

⑨烏墨(o¹～)；黑墨．　　⑩白墨(peh⁸～)；粉筆．

（1411）【欲】　　yù（ㄩ）

A 文言音：(iok⁸)

(例)①欲蓋彌彰(～kai³mi⁵tsiong¹)；想掩蓋事實的眞相，結果反而顯露出來(多指壞事)．"屎愈掩愈臭"(sai²ju²am¹ju²ts'au³)

②欲罷不能(～pa²put⁴leng⁵／ling⁵)；想停止而不能停止．

③欲速不達(～sok⁴put⁴tat⁸)；操之過急反而敗事，口語有"食緊弄破碗"(tsiah⁸kin²long³p'ua³ua^n²)；緊即快也，弄即碰也．

B 口語音：(beh⁴／bueh⁴)

按"欲"字詞義爲想要，台語是(beh⁴)，故常被訓用，讀成(beh⁴)。惟(beh⁴)亦有寫成"要"(訓用)，和"卜"(俗用)。

(例)　①欲無(～bə⁵)；要否？

②欲來(～lai⁵)；要來．　　③欲毋(～m⁷)；要不要？

（1412）【縫】　　féng～fèng（ㄈㄥ）

A 官話讀(féng)時，台語文言音讀：(hong⁵)，白話音爲：(pang⁵)。

(Ⅰ)文言音：[hong⁵]；①縫合(～hap⁸)；又音(pang⁵hap⁸)，口語說"組合"(t'i^n⁷hap⁸)．又"組倚來"(t'i^n⁷ua²lai)；縫合起來．

②縫補(～po²)；又音(pang⁵po²)，口語說"補組"(po²t'i^n⁷)；把破洞補起來，裂開的地方縫合起來．　　③縫紉(～jim²／lim²)．

④裁縫(ts'ai⁵～)；剪裁縫紉衣服．

(Ⅱ)白話音：[pang⁵]；①縫紐仔(～liu²a²)；縫紐扣．

②縫衫仔褲(～sa^{n1}a^{2}k'o^3)；縫衣服.

B 官話讀(fèng)，台語文言音爲：(hong^7)，用例少，如"無縫鋼管"(bu^5～kng^{3}kuan^2)。一般較通用白話音：(p'ang^7)。

(例) ①空縫(kang^1～)；空隙. 又説"空仔縫"(kang^{1}a^2～)

②「窒」縫(lang^3～)；留空隙，抽空兒.

③裂縫(lih^8～)；裂成空隙. ④接縫(tsiap^4～)；接合的痕跡.

（1413） 【慾】　yù（ㄩ）

"慾"字祇有一種讀音：(iok^8／yok^8)

(例) ①慾望(～bong^7). ②慾火(～hue^2)；喻情慾如火烈.

③慾念(～liam^7)；即慾望，口語説(siau^{3}siu^{n7})；或寫成"數想".

④性慾(seng^3／sing^3～)；對性行爲的慾(要)求.

⑤食慾(sit^8～)；對飲食的要求，有時用於比喻性慾.

（1414） 【姓】　xìng（ㄒㄧㄥ）

"姓"字文言音讀(seng^3／sing^3)，用例少，如"姓氏"(～si^7)，一般多通用白話音：(se^{n3}／si^{n3})。

(例) ①姓名(～mia^5). ②姓啥(～sia^{n2})；姓什麼.

③姓陳(～Tan^5). ④貴姓(kui^3～).

⑤百姓(peh^4～)，又"老百姓"(lau^7～)；一般人民.

（1415） 【刊】　kān（ㄎㄢ）

"刊"字祇有一種文言音的讀音：(k'an^1)

(例) ①刊物(～but^8)；刊登文章、圖片等的出版物.

②刊行(～heng^5)；出版發行. ③刊印(～in^3)；排版印刷.

④刊刻(～k'ek^4);刻(木)版. ⑤刊布(～po^3)；用印刷物來公布.

⑥刊登(～teng^1／ting^1)；即"刊載"(～tsai^3).

⑦月刊(gueh⁸〜)． ⑧副刊(hu³〜)

⑨停刊(t'eng⁵〜)． ⑩創刊(ts'ong³〜)．

（1416）　【飽】　　bǎo

Ａ 文言音：(pau²)

(例)　①飽滿(〜buan²)；充足，如"精神飽滿"(tseng¹sin⁵〜)．

②飽學(〜hak⁸)；學識豐富，口語(pa²hak⁸)；有信心的意思．

③飽和(〜hə⁵)；喻事物發展到了最高限度．

④飽食終日(〜sit⁸tsiong¹jit⁸)；整天什麼都不幹，口語 "食飽睏睏飽食"(tsiah⁸pa²k'un³〃 pa²tsiah⁸)；即光吃飯睡覺，無所事事．

Ｂ 白話音：(pa²)

(例)　①飽學(〜hak⁸)；知識豐富、喻有信心．

②飽甲醉(〜kah⁴tsui³)；又飽又醉，喻厭膩，厭煩，按"甲"又作"合"、"夾"和"佮"． ③飽氣(〜k'i³)；有飽滿而厭的感覺．

④飽食(〜sit⁸)；吃得飽． ⑤飽滇(〜tiⁿ⁷)；豐滿充足．

⑥飽tu³tu³；形容肚子飽滿，(tu³)，或寫作滯、亍、柱、注等．

⑦飽水(〜tsui²)；果物結實的狀況，如"芎蕉足飽水"(kin¹tsiə¹ tsiok⁴〜)；香蕉結實得很好． "猶未飽水"(iau²bue⁷〜)；還没粜實兒． ⑧飫飽吵(iau¹〜ts'a²)；指小孩任意叫嚷，喻嘮叨妨礙．

⑨睏飽(k'un³〜)；睡飽． ⑩食飽(tsiah⁸〜)；吃飽．

⑪ts'it⁴t'ə⁵飽；玩得夠了． (ts'it⁴t'ə⁵)；寫作迌迌或勑陶．

⑫嘴飽目珠毋飽(ts'ui³〜bak⁸tsiu¹m⁷〜)；嘴飽而眼睛不飽，喻慾望没盡止．

（1417）　【仿／倣】　　fǎng（ㄈㄤ）

"仿"字的讀法祇祇有一種：(hong²)

(例)　①仿效(〜hau⁷)；模仿．

②仿古(〜ko²)；模仿古時的樣式、作法.

③仿宋(〜song³)；依照宋版書上的字體.

④仿照(〜tsiau³)；按照已有的樣式或方法做.

⑤仿造(〜tsə⁷)；模仿一定的樣式製造.

⑥看仿(k'ua^{n3}〜)；供觀看的樣品.

⑦模仿(mo⁵〜)；效法，照樣子做.

（ 1418 ）　【彷】　　　fǎng （ㄈㄤˇ）〜páng（ㄆㄤˊ）

A 官話讀(fang)時，台語讀：(hong²)。

　　(例)　①彷彿(〜hut⁴)；似乎、好像，口語説"若像"(na²ts'iu^{n7}
／ts'io^{n7}) "親像"(ts'in¹ts'iu^{n7}／ts'io^{n7}).

B 官話讀(pang)時，台語讀：(pong⁵)。

　　(例)　①彷徨(〜hong⁵)；又作"徬徨"，猶疑不決.

（ 1419 ）　【獎】　　　jiǎng （ㄐㄧㄤˇ）

"獎"字祇有一種讀法：(tsiong²／tsiang²)

　　(例)　①獎學金(〜hak⁸kim¹).　②獎掖(〜ek⁸)；獎勵提拔.
③獎挹(〜ip⁴)；即獎掖.　④獎金(〜kim¹)；做獎勵用的錢.
⑤獎券(〜kuan³／kng³)；賭博性的證券，中獎者有獎金，不中
者作廢，如台灣的愛國獎券.　⑥獎勵(〜le⁷).
⑦獎章(〜tsiong¹)；獎勵用的徽章、標誌.
⑧獎狀(〜tsong⁷／tsng⁷)；獎勵用的證書.
⑨尾仔獎(bue²a²〜)；末獎.　⑩着獎(tiəh⁸〜)；即中了獎.
⑪入獎(jip²／lip²〜).　　　⑫中獎(tiong³〜).

（ 1420 ）　【鬼】　　　guǐ （ㄍㄨㄟˇ）

"鬼"字祇有一種讀法：(kui²)

(例)　①鬼面(～bin⁷)；鬼臉，如"小鬼面"(siau²～)；又説"小鬼仔殻"(siau²～a²k'ak⁴)；即假面具、喻不知廉恥.

②鬼母(～bə²)；鬼的頭頭，"鬼母禿頭"(～ts'ua⁷t'au⁵)；喻帶頭做壞事.　　　　　　③鬼仔火(～a²hue²)；即磷火.

④鬼計(～ke³)；即詭計，"鬼計多端"(～tə¹tuan¹).

⑤鬼怪(～kuai³)；鬼精和妖怪. "妖魔鬼怪"(iau¹mo⁵～).

⑥鬼啦(～la)；見了鬼時的喊聲，或喻哪有那回事(即没有啦).

⑦鬼咧(～le)；即"見鬼！"，亦即没那種事.

⑧鬼門關(～mng⁵／bun⁵kuan¹)；生死交界的關口，地獄的關口，喻凶險的地方，反義語爲"陽關道"(iong⁵kuan¹tə⁷)

⑨鬼祟(～sui⁷)；偷偷摸摸，不光明正大，如"鬼鬼祟祟".

⑩鬼頭鬼腦(～t'au⁵～nau²)；狡獪的聰明，又説"奸巧"(～k'iau²)；奸智.　　　　　　⑪腌臢鬼(a¹tsa¹～)；髒鬼.

⑫餓鬼(gə⁷～)；即挨餓的人. 口語"枵勞"(iau¹lə⁵).

⑬枵鬼(iau¹～)；貪吃，或貪吃的人，如"枵鬼假細膩"(～ke²se³／sue³ji⁷／li⁷)；很想吃卻假裝着客氣.

⑭甲若鬼(kah⁴na²～)；簡直像個鬼.

⑮奸鬼(kan¹～)；陰險.　　⑯講鬼(kong²～)；即瞎説.

⑰垃圾鬼(lah⁴sap⁴～)；污穢的，或對女性不正行爲.

⑱魔鬼(mo⁵～)；妖魔鬼怪. ⑲烏鬼鬼(o¹～〃)；髒得很，如"規個面烏鬼鬼"(kui¹e⁵bin⁷～)；整個臉髒得很.

⑳散鬼鬼(san³～〃)；喻很貧窮的人.

㉑雙面刀鬼(siang¹bin⁷tə¹～)；喻狡獪，兩面討好.

㉒不死鬼(put⁴su²～)；指對女性的下流言行.

㉓宿鬼(sek⁴／sik⁴～)；喻聰明伶俐(貶義)的人.

㉔癩痾鬼(t'ai²kə¹～)；骯髒污穢的人.

㉕水鬼(tsui²～)；水中的鬼怪.

㉖有一股鬼($u^7tsit^8ko^2\sim$)；什麼也沒有．

按：台語"鬼"有機智狡猾之意，如"伊眞鬼"($I^1tsin^1\sim$)；他很精明而狡猾，也説"精"(tsi^{n1})；即精明(貶義)．

（1421） 【麗】　　lí～lǐ（ㄌㄧ）

A 官話讀(lì)時，台語讀；(le^5)，人名、地名等用．

　　(例)　①高麗($Kə^1\sim$)．　　②阿麗($A^1\sim$)．

B 官話讀(lì)時，台語讀；(le^7)，美麗的意思．

　　(例)　①麗人($\sim jin^5$)；美人．②麗句($\sim ku^3$)；美麗的辭句．

　　③麗質($\sim tsit^4$)；美貌．　　④美麗($bi^2\sim$)．

　　⑤附麗($hu^3\sim$)；附着．　　⑥秀麗($siu^3\sim$)．

　　⑦壯麗($tsong^3\sim$)；雄壯好看，即"壯美"($tsong^3bi^2$)．

（1422） 【跨】　　kuà（ㄎㄨㄚ）

"跨"字祇有文言音：(kua^3)，詞義與口語的"伐"($huah^8$)同。

　　(例)　①跨過($\sim kue^3$)；口語説"伐過"($huah^4kue^3$)．

　　②跨進($\sim tsin^3$)；起步走進，口語説"伐入去"($huah^8jip^8ki$)．

　　③跨越($\sim uat^4$)；即口語"伐過"．

（1423） 【默】　　mò（ㄇㄛ）

A 文言音：(bek^8／bik^8)

　　(例)　①默哀($\sim ai^1$)；低下頭肅立而不出聲地表示哀悼．

　　②默默($\sim〃$)；不説話、不出聲．

　　③默認($\sim jim^7$／lim^7)；心中承認而不説出來．

　　④默契($\sim k'e^3$)；祕密約定．"個有黙契"($In^1u^7\sim$)；他們有祕密約定．⑤默念($\sim liam^7$)；背誦，口語説"越念"(uat^8liam^7)．

　　⑥默寫($\sim sia^2$)；口語説"越寫"(uat^8sia^2)．

⑦沈默(tim⁵～)；不説不笑，不作聲色．

B 白話音(hmh⁸)

(例) ①默默（～hmh⁸）；不拘言笑、沈默寡言．

②默默食三碗公半(～〃tsiah⁸saⁿ¹uaⁿ²kong¹puaⁿ³)；喻表面上看來老實，私底下卻搞得不少．按"碗公"即大的碗。

（1424）【挖】　　　wā（ㄨㄚ）

"挖"字文言音爲：(uat⁴／wat⁴)，語例罕見，一般通用白話音和訓(俗)讀音。

A 白話音：(ueh⁴／uih⁴)～(iah⁴)

(I)[ueh⁴]：①挖空(～k'ang¹)；挖一個洞，"空"又作"孔"．

②挖鼻屎(～p'iⁿ⁷sai²)；挖鼻牛兒．

(II)[iah⁴]：①挖甲滿四界(～kah⁴buaⁿ²si³ke³)；挖得髒亂．

②挖人的祕密(～lang⁵e⁵pi³bit⁸)；揭發他人的祕密．

③挖土(～t'o⁵)；又"挖土砂"(～sua¹)．

B 訓讀音：(o²)

(例) ①挖目珠(～bak⁸tsiu¹)；挖眼睛．

②挖耳腔(～hiⁿ⁷k'ang¹)．　③挖蕃薯(～huan¹tsu⁵)；掘地瓜．

④挖糊(～ko⁵)；挖醬糊. ⑤挖飯䂉(～png⁷k'aⁿ¹)；挖飯鍋(找飯吃).　　⑥挖豆醬(～tau⁷tsiuⁿ³／tsioⁿ³)．

⑦挖人的腳倉(～lang⁵e⁵k'a¹ts'ng¹)；掘發他人的錯誤．

（1425）【鏈】　　　liàn（ㄌㄧㄢ）

"鏈"字讀法祇有一種：(lian⁷)

(例) ①鏈仔(～a²)；又作"鍊仔"，如"金鏈／鍊仔"．

②鏈條(～tiau⁵)．　　③鏈起來(～k'i²lai)；用鏈子縛起來．

④錶仔鏈／鍊(piəˀ²a²～)；錶鏈兒．

・591・

（1426）　【鍊】　　　liàn（ㄌㄧㄢˋ）

按"鍊"字衹有一種讀法：(lian⁷)，詞義亦頗多與"鏈"字共通，但有它跟"鏈"不同而跟"練"通用的部分。

　　(例)　①鍊金(～kim¹)；"鍊金術"(～sut⁸).
　　　　②鍛鍊(tuan³～)；鍛造金屬或金屬工具.

（1427）　【掃】　　　sǎo（ㄙㄠˇ）

"掃"字的文言音爲：(so³)，用例很少，多通用白話音：(sau³)。

　　(例)　①掃盲(～bong⁵)；掃除文盲.
　　　　②掃墓(～bong⁷)；祭掃墳墓，又叫"培墓"(pue⁵bong⁷).
　　　　③掃視(～si⁷)；目光迅速向四周看.
　　　　④掃射(～sia⁷)；連續射擊，"機關銃掃射"(ki¹kuan¹ts'eng³～).
　　　　⑤掃帚(～tsiu²)；掃把.　⑥掃地(～te⁷／tue⁷).
　　　　⑦掃蕩(～tong⁷)；用武力肅清敵人.
　　　　⑧掃除(～tuᵉ)；口語説"摒蕩"(pianⁿ³tng³).
　　　　⑨掃土腳(～t'o⁵k'a¹)；打掃地面.　"掃眠床"(～bin⁵ts'ng⁵)；打掃床鋪.　⑩摒掃(pianⁿ³～)；清除髒的東西，又説"清掃"(ts'eng¹～).

（1428）　【喝】　　　hē（ㄏㄜ）

Ⓐ官話讀(hē)時，台語文言音爲：(hat⁴)，惟用例罕見，多被訓用作(lim¹)。按台語(lim¹)寫成"啉"即飲、喝。

　　(例)　①啉燒酒(～siə¹tsiu²)；喝酒.
　　　　②啉一杯(～tsit⁸pue¹)；喝一杯，喝一點兒.

Ⓑ官話讀(hè)時，台語亦分文白異讀。

　　(Ⅰ)文言音：[hat⁴]喝彩(～ts'ai²).喝令(～leng⁷／ling⁷)；　大聲命令.
　　(Ⅱ)白話音：[huah⁴]　①喝大聲(～tua⁷siaⁿ¹)；喊大聲.

②烏白喝(o¹peh⁴～)；亂喊、亂叫.

（1429）　【袋】　　dài（ㄉㄞ）

Ⓐ 文言音：(tai⁷)用例少，"袋鼠" (～ts'u²)，又音(te⁷ts'u²)。

Ⓑ 白話音：(te⁷)

（例）　①袋仔(～a²)；袋子，"袋仔內"(～lai⁷)；袋子裡頭.

②袋屎(～sai²)；裝糞便，喻吃糞便，沒用的廢物.

③袋著／佇囊袋仔(～ti³lak⁴～a²)；放在口袋裡.

④米袋(bi²～)；裝米用的袋子.

⑤布袋(po³～)；布製袋子. ⑥紙袋(tsua²～).

（1430）　【污】　　wū（ㄨ）

"污"的讀法有：(o¹)，如"污染"(～jiam²／liam¹)，但通常均讀成：
(u¹／wu¹).

（例）　①污染(～jiam²)；使沾污有害物質，如"空氣污染"(k'ong¹
k'i³～). 又音(u²jiam²). ②污辱(～jiok⁸／liok⁸)；即侮辱.

③污垢(～ko²／kau²)；髒東西，又"油垢"(iu⁵kau²).

④污點(～tiam²)；喻缺點. ⑤污水(～tsui²).

⑥污濁(～tsiok⁴／lə⁵)；不乾淨.

⑦貪污(t'am¹～)；不廉潔，官吏貪錢枉法，收取紅包賄賂.

（1431）　【幕】　　mù（ㄇㄨ）

"幕"字文言音為：(bok⁸)，語例罕見，一般通用白話音：(bo⁷).

（例）　①幕後(～au⁷)；在舞台帳幕的後面，背地裡進行.

②幕府(～hu²)；將軍的軍營，武士總攬大權的中央政府.

③幕友(～iu²)；俗稱師爺、地方官署中沒官職的佐理人員.

④幕僚(～liau⁵)；幕府中的參謀泛指官署中的佐理人員.

⑤幕賓($\sim$pin^1)；即幕友或幕僚．⑥銀幕(gin$^5\sim$)．

⑦布幕(po$^3\sim$)；布製幕幔．⑧帳幕(tiong$^3\sim$)；即帳蓬．

（1432）　【諸】　　zhū（ㄓㄨ）

"諸"字祇有一種讀法：(tsu^1)

（例）　①諸侯($\sim$ho^5)；古代封建制度下各級列國君主的統稱．

②諸如此類($\sim$ju^5／lu^{5}ts'u^{2}lui^7)；與此相似的各種事物．

③諸君($\sim$kun^1)．　　　　④諸子百家($\sim$tsu^{2}pek^4／pik^{4}ka^1)．

⑤諸位($\sim$ui^7)；敬詞，即各位，總稱面對的人們．

（1433）　【弧】　　hú（ㄏㄨ）

"弧"字的讀法祇有一種：(ho^5)

（例）　①弧形($\sim$heng^5／hing^5)；即弓形，圓周的一段爲弧．

②弧度($\sim$to^7)；量角的一種單位；圓心角的弧長跟半徑的長相

等爲一弧度．　　　　　③圓弧(i^{n5}／yi$^{n5}\sim$)．

④括弧(kuat$^4\sim$)；括號的形式，通常有三種；(、[、{，括弧

指"("，爲其中之一，最常用．

（1434）　【勵】　　lì（ㄌㄧ）

"勵"字的讀法祇有一種：(le^7)

（例）　①勵行($\sim$heng^5／hing^5)；努力實行．

②勵精圖治($\sim$tseng^1／tsing^{1}to^{5}ti^7)；振作精神要把政治搞好．

③勵志($\sim$tsi^3)；勸告鼓勵自己．④勉勵(bian$^2\sim$)；勸勉．

⑤鼓勵(ko$^2\sim$)；激發勉勵，又"鼓舞"($\sim$bu^2)．

⑥獎勵(tsiong$^2\sim$)；給予財物或榮譽的鼓勵．

（1435）　【梅】　　méi（ㄇㄟ）

"梅"字白話音爲：(m⁵)，用例殊少，通常用文言音：(mui⁵)。

(例) ①梅仔(～a²)；指梅樹或梅的果實.

②梅花(～hue¹)；又叫"臘梅"(lah⁸～).

③梅花鹿(～hue¹lok⁸)；鹿的一種，身上有白斑如梅花而得名.

④梅毒(～tok⁸)；性病的一種，口語説"生檨仔"(seⁿ¹／siⁿ¹suaiⁿ⁷a²).

⑤梅雨(～u²／wu²)；即黄梅雨，又作霉雨，口語説"黄酸仔雨"
(ng⁵sng¹a²ho⁷).

（1436） 【奶】 　　nǎi（ㄋㄞˇ）

按"奶"字文言音讀：(nai²)，語例殊少，一般通用的是口語音：
(leng¹／ni¹)。

(例) ①奶仔(～a²)；指乳房. ②奶母(～bə²／bu²)；奶媽.

③奶牛(～gu⁵)；乳牛，專供生產牛奶的牛.

④奶粉(～hun²)；又説"牛奶粉"(gu⁵～hun²).

⑤奶油(～iu⁵／yiu⁵)；指"牛油"(gu⁵iu²).

⑥奶齒(～k'i²)；即乳齒，幼兒出生後最初長的牙齒.

⑦奶酪(～lok⁸)；動物的乳汁加工成半凝固狀態者.

⑧奶名(～mia⁵)；即乳名，童年時期的名字.

⑨奶罩(～ta³)；乳罩，又叫"奶套"(～t'ə³).

⑩奶頭(～t'au⁵)；即乳頭. ⑪奶水(～tsui²)；即乳汁，奶.

⑫奶嘴仔(～ts'ui³a²)；橡膠製成像奶頭的東西，供嬰兒吸奶用.

⑬摸奶(bong¹～)；摸乳房. ⑭牛奶(gu⁵～).

⑮肮奶(hang³～)；乳房腫大，又指嬰兒營養好面頰鼓起來.

⑯含奶(kam⁵～)；含住乳房. ⑰人奶(lang⁵～).

⑱嗽奶(soh⁴～)；吮吸乳頭. ⑲豆奶(tau⁷～)；即豆漿.

⑳食奶(tsiah⁸～)；吃奶，指嬰兒吸奶或喝奶.

㉑生奶(ts'eⁿ¹／ts'iⁿ¹～)；未加工的乳汁，或指未加硫化的橡膠.

㉒樹奶(ts'iu⁷〜)；即橡膠．

（1437） 【潔】　　jíe（ㄐㄧㄝ）

"潔"字白話音讀：(kueh⁴)，用例很少，一般通用文言音：(kiat⁴)。
　　(例)　①潔白(〜peh⁸／pek⁸)；純白，雪白，或喻無辜，没過
　　失，口語説"白皙皙"(peh⁸siak⁴〃)，或"白葱葱"(〜ts'ang¹〃)．
　　②潔淨(〜tseng⁷)；乾淨没雜質或塵土．
　　③純潔(sun⁵〜)；純粹清白没污點．
　　④整潔(tseng²／tsing²〜)；整齊乾淨．
　　⑤清潔(ts'eng¹／ts'ing¹〜)；打掃，或乾淨的意思，如"大清潔"
　　(tua⁷〜)；即大掃除，"足清潔"(tsiok⁴〜)；很乾淨．

（1438） 【災】　　zāi（ㄗㄞ）

A 文言音：(tsai¹)
　　(例)　①災民(〜bin⁵)；遭受災害的民衆．
　　②災害(〜hai⁷)；自然或人爲造成的禍害．
　　③災禍(〜hə⁷)；災難禍害，"災難"(〜lan⁷)．
　　④災荒(〜hng¹)；因災害帶來的饑荒、荒廢等．
　　⑤災患(〜huan⁷)；災難．⑥災情(〜tseng⁵)；受災的情況．
　　⑦旱災(han⁷〜)；乾旱成災．⑧火災(hue²〜)．
B 白話音：(tse¹)
　　(例)　①雞災(ke¹〜)；鬧雞瘟．②豬災(ti¹〜)；豬瘟．
　　③着災(tiəh⁸〜)；鬧瘟疫，遭殃．

（1439） 【舟】　　zhōu（ㄓㄡ）

"舟"字祇有一種讀法文言音：(tsiu¹)
　　(例)　①舟楫(〜tsip⁴)；即船隻．②舟車(〜ts'ia¹)；船和車．

③輕舟(k'in¹～)；輕型的小船，"輕舟快艇"(～kuai³teng⁵).

④獨木舟(tok⁸bok⁸～)；一根樹幹造成的小船.

（1440）【鑒／鑑】　　jiàn（ㄐㄧㄢ）

"鑒"字的讀法祇有一種：(kam³)

(例)　①鑒戒(～kai³)；用以警惕，如鏡的作用.

②鑒諒(～liang⁷)；見諒，體諒.

③鑒往知來(～ong²ti¹lai⁵)；了解過去預知未來.

④鑒別(～piat⁸)；辨別眞假、好壞.

⑤鑒賞(～siong²)；觀看欣賞. ⑥鑒定(～teng⁷)；鑒別和評定.

⑦○鑒(O～)；書信開頭的套語，表示請看信，有對上輩的"鈞鑒"(kin¹～)、"尊鑒"(tsun¹～)等，對平輩有"台鑒"(tai⁵～)、"大鑒"(tai⁷～)，又有"惠鑒"等敬語.

（1441）【訟】　　sòng（ㄙㄨㄥ）

"訟"字只有一種文言音的讀法：(siong⁷)

(例)　①訟案(～an³)；訴訟事件；打官司的案件.

②訟獄(～gak⁸)；裁判事件. ③訟詞(～su⁵)；告訴內容.

④訴訟(so³～)；打官司，在法庭爭是非曲直.

⑤爭訟(tseng¹／tsing¹～)；爭辯是非.

（1442）【頌】　　sòng（ㄙㄨㄥ）

A 文言音：(siong⁷)

(例)　①頌揚(～iong⁵)；歌頌讚揚.

②頌歌(～kua¹)；祝頌的詩歌. 與"歌頌"(kə¹～) 讀音不同.

③頌詩(～si¹)；讚頌的詩篇. ④頌詞(～su⁵)；讚頌的文詞.

⑤歌功頌德(kə¹kong¹～tek⁴)；歌頌功績和恩德(多用於貶義).

⑥祝頌大安(tsiok⁴〜tai⁷an¹)；書信末後問候用語；祝福健康.

B 白話音：(ts'eng⁷／ts'ing⁷)與通常所用的"穿"字同義。

(例) ①頌鞋(〜e⁵)；穿鞋子. ②頌衫(〜saⁿ¹)；穿上衣.

③粗頌(ts'o¹〜)；日常便服.

（1443） 【抱】 bào（ㄅㄠ）

A 文言音：(p'ə⁷)

(例) ①抱囝仔(〜gin²a²)；抱小孩、"抱嬰仔"(〜eⁿ¹／iⁿ¹a).
抱嬰兒，又說"抱紅嬰仔"(〜ang⁵〜).

②抱心(〜sim¹)；心頭壓仰不舒展、有要嘔吐的感覺.

③囝仔是抱出來的(gin²a²si⁷〜ts'ut⁴lai e)；嬰兒是手術接生的.

④一抱竹仔(tsit⁸〜tek⁴a²)；一叢竹子(約兩臂合圍的量).

B 白話音：(p'au⁷)

(例) ①抱憾(〜ham²)；心存遺憾.

②抱恨(〜hin⁷)；心存怨恨，"抱恨終生"(〜tsiong¹seng¹).

③抱負(〜hu⁷)；遠大的志向. ④抱歉(〜k'iam²)；心中不安，
過意不去. ⑤抱病(〜ping⁷)；有病在身.

⑥抱不平(〜put⁴peng⁵／ping⁵)；對不公平的事氣憤而出面干
涉，口語說"看燴克"(k'uaⁿ³be⁷／bue⁷kat⁴).

⑦抱怨(〜uan³)；心中不滿意有所埋怨，口語說"抾怨"(k'ioh⁴
uan³)，又說"埋怨"(bai⁵uan³)，義同(geng⁵sim¹).

⑧抱殘守缺(〜tsan⁵siu²k'uat⁴)；一昧保守不知改進.

⑨懷抱(huai⁵〜)；抱在懷裡，又指胸前，心中存有.

⑩擁抱(iong²〜)；互相抱住，口語"參抱"(saⁿ¹p'ə⁷).

（1444） 【毀】 huǐ（ㄏㄨㄟ）

"毀"字的讀法祇有一種：(hui²)

(例)　①毀害(～hai⁷)；搞壞，又説"損蕩"(sng²tng⁷)亦即"毀壞"
(～huai⁷)，口語"創歹"(ts'ong³p'ai²).②毀棄(～k'i³)；毀壞拋棄.
③毀謗(～pong²)；即誹謗，説別人不實的坏話.
④毀傷(～siong¹)；傷害.　⑤毀損(～sun²)；損坏.
⑥毀譽(～u⁷／wu⁷)；誹謗和稱讚.

（1445）【懂】　　dǒng（ㄉㄨㄥˇ）

"懂"字祇有一種讀法：(tong²)

(例)　①懂事(～su⁷)；了解一般事理，口語説"捌代誌"(bat⁴tai⁷
tsi³)，"捌(八)世事"(～se³su⁷)、"捌"即懂也.
②懂得(～tek⁴)；了解意義，做法，口語説"會曉"(e⁷hiau²).
③汝講我不懂(li²kong²gua²put⁴～)；你説的我聽不懂(戲言).

（1446）【董】　　dǒng（ㄉㄨㄥˇ）

Ⓐ文言音：(tong²)
(例)　①董理(～li²)；監督管理.②古董(ko²～).
Ⓑ白話音：(tang²)　如"董事"(～su⁷)等.

（1447）【寒】　　hán（ㄏㄢˊ）

Ⓐ文言音：(han⁵)
(例)　①寒微(～bi⁵)；家世、出身低下.
②寒門(～bun⁵)；貧寒或微賤的家庭.
③寒衣(～i¹)；禦寒的衣服."寒人的衫褲"(kuaⁿ⁵lang e⁵saⁿ¹k'o³).
④寒假(～ka²).　　　　　⑤寒冷(～leng²／ling²).
⑥寒流(～liu⁵)；冷的氣流或洋流.
⑦寒心(～sim¹)；害怕，驚心，口語説"破膽"(p'ua³taⁿ²).
⑧寒食(～sit⁸)；清明的前一天."寒食節"(～tsiat⁴).

⑨寒暄(～suan¹)；見面時談天氣、起居等應酬話.

⑩傷寒(siong¹～)；急性腸道傳染病，亦叫"腸仔熱"(tng⁵a²jiat⁸
／liat⁸)，張仲景著"傷寒論"(～lun⁷).

B 白話音：(kuaⁿ⁵)

(例)　①寒人(～lang)；指冬天，又寒冷的意思.

②寒天(～t'iⁿ¹)；即冬天，同"寒人".

③着寒熱(tiəh⁸～jiat⁸)；發瘧疾又"着寒熱仔"(～a²).

④大寒(tua⁷～)；嚴寒非常寒冷，文言音爲：(tai⁷han⁵)，24節
氣之一，每年的1月20日或21日.

（1448）　【智】　　　zhî（ㄓ）

"智"字祇有一種讀法：(ti³)

(例)　①智謀(～bo⁵)；智慧和計謀.②智慧(～hui⁷).

③智育(～iok⁸)；使智力發達的教育.

④智力(～lek⁸／lik⁸).　　⑤智略(～liok⁸)；智慧和謀略.

⑥智囊(～long⁵)；喻計謀多的人，"智囊團"(～t'uan⁵).

⑦智識(～sek⁴／sik⁴).　　⑧計智(ke³～)；智謀，計策.

（1449）　【埔】　　　bù（ㄅㄨ）

"埔"字的讀法祇有一種：(po¹)

(例)　①埔里(～li²)；地名、在台灣中部，盛產蝴蝶.

②墓仔埔(bong⁷a²～)；墳墓地區，又叫"塚仔埔"(t'iong²a²～).

③溪埔(k'e¹～)；河川的平坦地，"埔"即平坦地的意思.

④平埔(peⁿ⁵／piⁿ⁵～)；平坦的原野地，"平埔族"(～tsok⁸).

⑤草埔(ts'au²～)；野草叢生的一片平地.

（1450）　【寄】　　　jî（ㄐㄧ）

"寄"字的文言音爲：(ki³)，語例少，一般通用白話音：(kia³)。

(例)　①寄賣(～be⁷／bue⁷)；委託販賣．

②寄附(～hu³)；捐獻．③寄居(～ki¹)；住在他鄉或他人家中．

④寄批(～p'ue¹)；寄信，"寄掛號"(～kua³hə⁷)．

⑤寄生(～seng¹／sing¹)；靠剝削別人維持自己的生活．

⑥寄托(～t'ok⁴)；付托．　⑦寄存(～tsun⁵)；寄放．

⑧寄册(～ts'eh⁴)；寄書．　⑨寄話(～ue⁷)；交代傳言．

⑩郵寄(iu⁵／yiu⁵～)；又説"寄郵便"(～iu⁵pian⁷)．

（ 1451 ）　【屆】　　　jiè（ㄐㄧㄝ）

"屆"字祇有一種讀音：(kai³)

(例)　①屆滿(～buan²)；期間已滿．

②屆期(～ki³)；到預定的日期，即"到期"(kau³～)．

③屆時(～si⁵)；到時候，口語説"到時"(kau³si⁵)．

④應屆(eng³～)；本屆，本次．⑤歷屆(lek⁸～)；以往各屆(次)．

（ 1452 ）　【躍】　　　yùe（ㄩㄝ）

"躍"字的讀音祇有一種：(iok⁸／yok⁸)

(例)　①躍起(～k'i²)；跳起來，"躍居"(～ki¹)；一躍而成爲……．

②躍進(～tsin³)；跳着前進，喻進展迅速．

③飛躍(hui¹～)；如飛地躍進．④跳躍(t'iau³～)．

（ 1453 ）　【渡】　　　dù（ㄉㄨ）

"渡"字祇有一種讀法：(to⁷)

(例)　①渡口(～k'au²)；渡船或筏子的搭乘地點．

②渡輪(～lun⁵)；橫渡較長距離的大型船隻．

③渡頭(～t'au⁵)；即渡船場．④渡船(～tsun⁵)．

⑤罔渡(bong²～)；挨日子過活，勉強過日子.

⑥横渡(太平洋)(huaiⁿ⁵～"T'ai³peng⁵iuⁿ⁵")；横斷地渡過太平洋.

⑦飛渡(hui¹～)；乘坐飛機達到遙遠的那一邊.

⑧過渡(kue³～)；"暫時過渡"(tsiam⁷si⁵～).

（1454） 【挑】　　tīao（ㄊㄧㄠ）

按"挑"字在官話裡雖然有[tiao]的1聲和3聲兩種不同的讀音，而在台語裡雖然亦分文言和白話兩種讀法，但並不因官話的讀法而異.

A 文言音：(t'iau¹)

　　(例)　①挑釁(～hun³)；借端生事，口語説"起空"(k'i²k'ang¹).

　　②挑字眼(～ji⁷／li⁷gan²)；從措詞用字上找小毛病，口語説"掠話虱"(liah⁸ue⁷sat⁴). ③挑撥離間(～puat⁴li⁷kan¹)；搬弄是非破壞他人的感情或團結. ④挑選(～suan²)；又音：(t'iə¹suan²).

　　⑤挑剔(～t'ek⁴／t'ik⁴)；過苛地對細節指摘.

　　⑥挑戰(～tsian³)；故意邀怒對方應戰，或比賽.

按"挑"字官話中如"挑東西"、"挑水"的"挑"在台語則説[taⁿ¹]，寫成"擔"，如"擔水"(taⁿ¹tsui²)；即挑水.

B 白話音：(t'iə¹)

　　(例)　①挑好的(～hə²e⁵). ②挑毛病(～mo⁵peⁿ⁷).

　　③挑刺(～ts'i³)；把肉體内的刺兒用尖器挑出來.

（1455） 【丹】　　dān（ㄉㄢ）

按"丹"是依成方配製成藥物，多爲顆粒狀也有粉末狀，因多用朱砂而得名，而"丹"也有"紅"的意思。它的讀音祇有一種：(tan¹)。

　　(例)　①丹膏丸散(～kə¹uan⁵san²)；藥物的形態和它的統稱.

　　②丹砂(～sa¹／se¹)；即朱砂，又叫"辰砂"(sin⁵～).

　　③丹田(～tian⁵)；指臍下1寸半至3寸的部份.

④丹青(～ts'eng¹／ts'ing¹)；喻指繪畫.

⑤萬靈丹(ban⁷leng⁵／ling⁵～)；可治療萬病的藥方.

⑥練丹(lian⁷～)；練製藥物，又"練仙丹"(lian⁷sian¹～).

⑦爐丹(lo⁵～)；向神佛求得的治病藥方，又叫"金丹"(k'im¹～)，意爲寶貴，故得來不易者，台語説"乞爐丹"(k'it⁴～).

⑧仙丹(sian¹～)；仙人所練製的祕方，有特效的意思，説"親像仙丹，藥到病除"(ts'in¹ts'iu⁷～,ioh⁸kau³pe⁷／pi⁷tu⁵).

(1456)   【艱】   jiān（ㄐㄧㄢ）

"艱"字的讀音祇有一種：(kan¹)

(例) ①艱巨(～ku⁷)；困難而繁重.

②艱苦(～k'o²)；有三種含義；(a)艱難困苦；如"艱苦趁來的錢"(～t'an³lai⁵e⁵tsi⁵)；辛辛苦苦賺來的錢，(b)生病；如"艱苦着去互醫生看"(～tiəh⁸ki³ho⁷i¹seng¹k'ua³)；病了該給醫生看，(c)窮苦；如"同情艱苦人"(tong⁵tseng⁵～lang⁵)；同情窮苦的人，"艱苦出身"(～ts'ut⁴sin¹)；貧苦家庭長大的.

③艱深(～ts'im¹)；指文詞、道理深奧難懂.

(1457)   【貝】   bèi（ㄅㄟ）

"貝"字祇一種讀法：(pue³)

(例) ①貝殼(～kak⁴)；"貝塚"(～t'iong²).

②貝雕(～tiau¹)；用貝殼加工的工藝品.

③寶貝(pə²～)；"心肝寶貝"(sim¹kua n¹～).

④川貝(ts'uan¹～)；即四川產的貝母，有祛痰止咳作用.

(1458)   【碰】   pèng（ㄆㄥ）

按"碰"字的文言音爲：(p'eng³／p'ing³)，用例罕見，一般通用訓讀音：(pong⁷)、(p'ong³)。

（Ⅰ）[pong⁷]：

①碰壁(～piah⁴)；窮乏，或走投無路，如"伊散甲碰壁"(I¹san³ kah⁴～)；他窮得要命．"到處碰壁"(tə³ts'u³～)．

②碰着(～tiəh)；偶然碰到，口語又説"拄着"(tu²tiəh)．

③相碰(siə¹～)；相遇，偶然遇到，或互相碰到．

（Ⅱ）[p'ong³]：

①碰餅(～piaⁿ²)；外皮薄中空的餅，如"食碰餅"(tsiah⁸～)；喻挨罵、被批評．　　②碰啦(～la)；麻將用語．

（1459）　【拔】　　bá（ㄅㄚ）

A 文言音：(puat⁸)

（例）　①拔牙(～ga⁵)；口語説"挽嘴齒"(ban²ts'iui³k'i²)．

②拔除(～tu⁵)；即抽或拉而去掉．

③拔腿(～t'ui²)；邁步，口語説"拾起腳"(k'iəh⁴k'i²k'a¹)．

④拔取(～ts'u²)；選擇錄用．⑤拔萃(～ts'ui³)；出衆．

⑥海拔(hai²～)；超出海面的高度．

⑦提拔(t'e⁵～)；口語説"牽成"(k'an¹seng⁵／sing⁵)．

B 白話音：(pueh⁸)

（例）　①拔劍(～kiam³)．　②拔起來(～ki²lai)；抽(拉)起來．

③拔刀(～tə¹)．　　　　④拔鐵釘(～t'ih⁴teng¹／ting¹)．

⑤鞋拔(e⁵～)．　　　　⑥相拔(siə¹～)；互相抽取．

（1460）　【爹】　　diē（ㄉㄧㄝ）

"爹"字祇有一種讀法：(tia¹)

（例）　①阿爹(a¹～)；稱呼父親，又"安爹"(an²～)．

②老爹(lə²～)；舊時稱呼地方官．

（1461）　【戴】　　　　dài（ㄉㄞˋ）

A 文言音：(tai³)

(例)　①不共戴天之仇(put⁴kiong⁷～t'ian¹tsi¹siu⁵).

②愛戴(ai³～)；敬愛擁護. ③擁戴(iong²～)；擁護推戴.

B 白話音：(ti³)～(te³)

(Ⅰ)[ti³]：①戴帽仔(～bə⁷a²).　　　②戴笠仔(～leh⁸a²).

(Ⅱ)[te³]：姓氏讀音，"戴小姐"(～siə²tsia²).

（1462）　【碼】　　　　mǎ（ㄇㄚˇ）

"碼"字文言音爲:(ma²)，如"砝碼"(huat⁴～)，又口語音(huat⁴be²)，即
天秤或磅秤上的籌碼。但語例少，通用的爲白話音:(be²)～(ba⁷)。

(Ⅰ)[be²]：①碼頭(～t'au⁵).　　　②號碼(hə⁷～).

③數碼(so³～)；即數字、數目.

(Ⅱ)[ba⁷]：①狹碼(eh⁸／ueh⁸～)；布的狹幅面.

②1碼(tsit⁸～)；0.914米(公尺)，即91.4公分.

（1463）　【夢】　　　　mèng（ㄇㄥˋ）

A 文言音：(bong⁷)

(例)　①夢寐(～bi⁷)；睡夢. ②夢囈(～ge⁷)；說夢話.

③夢鄉(～hiong¹)；熟睡時的境界.

④夢幻(～huan³)；虛幻如夢，夢境、空虛的幻想.

⑤夢境(～keng²／king²)；夢中的情境，喻美妙的境界.

⑥夢想(～siong²)；即妄想，不實的幻想.

⑦夢遺(～ui²)；夢中遺精，又說"夢洩"(～siat⁴).

B 白話音：(bang⁷)

(例)　①夢話(～ue⁷／we⁷)；睡夢中說的話，喻不可能、不切
實、不能實現的話.　　　②眠夢(bin⁵～)；睡眠中做夢.

③惡夢(ok⁴～)；"惡夢初醒"(～ts'o¹ts'eⁿ²)．

（1464） 【芽】 　　　yá（ㄧㄚˊ）

"芽"字文言音爲：(ga⁵)，語例少，一般通用白話音：(ge⁵)，台語裡因植物不同有叫"心"(sim¹)，有叫"莢"(iⁿ²/yiⁿ²)。

　　(例)　①發芽(huat⁴～)；又説"發莢"(huat⁴yiⁿ²)．

　　②出芽(ts'ut⁴～)；亦説"出莢"(ts'ut⁴yiⁿ²)．

　　③豆芽(tau⁷～)；又"豆菜芽"(tau⁷ts'ai³～)．

　　④茶心(te⁵sim¹)；茶的嫩芽．

（1465） 【熔】 　　　róng（ㄖㄨㄥˊ）

Ⓐ文言音：(iong⁵／yong⁵)

　　(例)　①熔化(～hua³)；固體因加熱變成液體．

　　②熔煉(～lian⁷)；熔化練製．③熔爐(～lo⁵)；熔煉金屬的爐子．

Ⓑ白話音：(iuⁿ⁵／ioⁿ⁵)

　　(例)　①熔錫(～siah⁴)．　　②熔鐵鉼(～t'ih⁴p'iaⁿ²)；熔鐵片．

（1466） 【赤】 　　　chì（ㄔˋ）

Ⓐ文言音：(ts'ek⁴／ts'ik⁴)

　　(例)　①赤忱(～sim⁵)；即忠誠，又説"赤誠"(～seng⁵)．

　　②赤地(～te⁷)；因旱災虫災而寸草不生的地面．

　　③赤道(～／ts'iah⁴tə⁷)．　④赤子(～tsu²)；初生的嬰兒．

Ⓑ白話音：(ts'iah⁴)

　　(例)　①赤牛(～gu⁵)；即棕黄色的牛．

　　②赤血球(～hueh⁴／hiah⁴kiu⁵)；即"紅血球"(ang⁵～)．

　　③赤腳(～k'a¹)；裸足，"赤腳仔"(～a²)，指没執照的醫療人員，又説"赤腳仔先"(～sian¹)，又"赤腳仔醫生"(～i¹seng¹)．

606

④赤痢(～li⁷)；大便帶血. ⑤赤扒扒(～pe⁵〃)；女人兇悍潑辣.
⑥赤貧(～pin⁵)；窮得不得了，口語"窮赤"(keng⁵～).
⑦赤查姥／某(～tsa¹bo²)；潑辣兇悍的女人.
⑧赤鬃魚(～tsang¹hi⁵)；鯛魚，即"魩魶魚"(ka¹lah⁸hi⁵).
⑨散赤(san³～)；貧窮，又作"瘠赤"(san²～).
⑩煎互赤(tsian¹ho⁷～)；煎成珈啡色有焦斑.

(1467) 【漁】 　　　yú（ㄩ）

A 文言音：(gu⁵)

(例) ①漁火(～ho^{n2})；漁船上的燈火.

②漁利(～li⁷)；謀取不應得的利益．"坐收漁利"(tsə⁷siu¹～).

③漁獵(～liap⁸)；捕魚和打獵，相對語"農耕"(long⁵keng¹).

B 白話音：(hi⁵／hu⁵)

(例) ①漁民(～bin⁵). 　　②漁業(～giap⁸).

③漁撈(～lə⁵)；大規模的捕魚作業.

④漁場(～tiu^{n5}／tio^{n5})；海上捕魚地區.

(1468) 【哭】 　　　kū（ㄎㄨ）

"哭"字的文言音是：(k'ok⁴)，例不多，如"哭泣"(～kip⁴)，口語説
"嗤嗤嗆嗆"(ts'i¹〃ts'ngh⁴〃)。一般較通用白話音：(k'au³)。按哭，
台語常説"吼"(hau²)。

(例) ①哭無錢(～bə⁵tsi^{n5})；訴苦没錢.

②哭／吼無目屎(～／hau²bə⁵bak⁸sai²)；光有哭聲而没流淚.

③哭賴人(～lua⁷lang)；哭訴賴皮他人.

④哭父(～pe⁷)；斥罵發牢騷的人，"哭父咯"(～lo)；糟了.

⑤哭呻(～ts'an¹)；哭哭啼啼的樣子，或罵人發牢騷.

⑥愛哭(ai³～)，又"愛哭仔胚"(～a²p'ue¹)；愛哭的小孩.

（1469）　【敬】　　　jìng（ㄐㄧㄥ）

"敬"字祇有一種讀法：(keng³／king³)

　（例）　①敬愛(～ai³)；尊敬熱愛. ②敬仰(～giong²)；尊敬仰慕.

　　③敬佩(～p'ue³)；敬重佩服. ④敬詞(～su⁵)；含敬意的用語.

　　⑤敬重(～tiong⁷). 　　　　⑥敬畏(～ui³)；又尊敬又害怕.

　　⑦致敬(ti³～)；表示敬意. ⑧尊敬(tsun¹～).

（1470）　【奔】　　　bēn（ㄅㄣ）

"奔"字的讀音爲：(pun¹)

　（例）　①奔命(～beng⁷／bing⁷)；拼命趕路.

　　②奔放(～hong³)；盡情流露(思想、感情).

　　③奔流(～liu⁵)；急速地流. ④奔跑(～p'au²)；奔走、快跑.

　　⑤奔波(～p'ə¹)；忙碌奔走. ⑥奔馳(～ti⁵)；很快地跑.

　　⑦奔騰(～t'eng⁵／t'ing⁵)；很多馬跳躍奔跑.

　　⑧奔走(～tsau²)；到處活動，急走.

（1471）　【鉛】　　　qiān（ㄑㄧㄢ）

"鉛"字祇有一種讀法：(ian⁵／yan⁵)

　（例）　①鉛印(～in³)；用鉛字排版印刷.

　　②鉛字(～ji⁷／li⁷)；鉛錫銻的合金活字.

　　③鉛筆(～pit⁴)；"鉛筆篋仔"(～k'eh⁴a²)；鉛筆盒.

　　④鉛鉼(～p'iaⁿ²)；即"亞鉛鉼"(a¹～)，鍍鋅薄鐵板，馬口鐵.

（1472）　【仲】　　　zhòng（ㄓㄨㄥ）

"仲"字祇有一種讀音：(tiong⁷)

　（例）　①仲夏(～ha⁷)；夏季第2個月.

　　②仲裁(～ts'ai⁵)；居中調停. ③仲春(～ts'un¹)；春季第2個月.

608

④昆仲(k'un¹〜)；即兄弟，又説"昆季"(k'un¹kui³).

（1473） 【虎】 hǔ（ㄏㄨ）

"虎"字的讀法祇有一種：(ho²)

  （例）　①虎穴(〜hiat⁴)；喻危險的地方.

  ②虎姑婆(〜ko¹pə⁵)；童話中老虎變成的僞善的老太婆，喻嘴甜心狠的老年女人. ③虎人(〜lang)；欺騙人，佔人便宜.

  ④虎sa³母(〜sa³bə³)；喻吃量大，虎嚥狼吞.

  ⑤虎視眈眈(〜si⁷tam¹〃)；形容貪婪而兇狠地注視.

  ⑥虎膽(〜taⁿ²)；喻膽子大，訛音爲"好膽"(hə²〜)；有膽量.

  ⑦虎頭蛇尾(〜t'au⁵tsua⁵bue²／be²)；喻做事有始無終，口語有"頭仔興興尾仔冷冷"(t'au⁵a²heng³〃bue²a²leng²〃)；開始時興致勃勃，後來就沒勁兒. 即"有頭無尾"(u⁷t'au⁵bə⁵bue²).

  ⑧生理虎(seng¹／sing¹／li²〜)；喻很會做生意的人(貶義).

（1474） 【稀】 xī（ㄒㄧ）

"稀"字祇有一種讀法：(hi¹)

  （例）　①稀罕(〜han²)；稀少、稀奇、少有.

  ②稀有(〜iu²)；極少有的. ③稀奇(〜ki³)；少而特別.

  ④稀薄(〜pəh⁸)；空氣等密度小，淡薄.

  ⑤稀疏(〜so¹)；間隔大，反義語爲"密喌喌"(bat⁸tsiuh⁴〃).

（1475） 【妹】 mèi（ㄇㄟ）

按"妹"字的文言音廈門泉州讀：(mui⁷)，漳州讀：(mue⁷)，白話音則漳州爲：(muai⁷)，泉州爲：(bue⁷)和(bə⁷)，廈門讀(be⁷)。

  （例）　①妹夫(muai⁷／be⁷hu¹). ②妹婿(〜sai³).

  ③兄妹(hiaⁿ¹〜). 　　　　④小妹(siə²〜)；妹妹.

（1476） 【乏】　　　fá（ㄈㄚˊ）

A 文言音：(huat⁴)

　　(例)　①乏味(～bi⁷)；没有趣味，没有味道，口語説"無心適"

　　(bə⁵sim¹sek⁴／sik⁴)，又説"無味"(bə⁵bi⁷)．

　　②乏貨(～hue³)；有銷路的貨品匱乏，供不應求．

　　③窮乏(kiong⁵～)；窮透了．④困乏(k'un³～)；疲乏極了．

B 白話音：(hat⁴)

　　(例)　①乏錢(～tsin⁵)；要錢用．②乏水(～tsui²)；缺乏水．

　　③乏腸 乏肚(～tng⁵～to⁷)；飲食節省，少吃少喝．

（1477） 【珍】　　　zhēn（ㄓㄣ）

A 文言音：(tin¹)，亦有讀(tsin¹)，但例罕見，如"珍珠"(～tsu¹)．

　　(例)　①珍愛(tin¹ai³)；重視而愛惜．

　　②珍聞(～bun⁵)；稀奇的消息．③珍貴(～kui³)；稀奇寶貴．

　　④珍攝(～liap⁴)；養生、保重，在書信末常用，為一種敬詞．

　　⑤珍寶(～pə²)；珠玉寶石之類，泛指有價值的東西．

　　⑥珍本(～pun²)；珍貴的書．⑦珍惜(～siəh⁴)；珍重愛惜．

　　⑧珍重(～tiong⁷)；愛惜保重．"珍重再會"(～tsai³hue⁷)．

　　⑨山珍海味(san¹～hai²bi⁷)；有價值的食品．

B 白話音：(tiⁿ¹)　同"甜"字。

　　(例)　①無夠珍／甜(bə⁵kau³～)；不夠甜．

　　②甘蔗好食雙頭珍／甜(kam¹tsia³hə²tsiah⁸siang¹t'au⁵～)；甘蔗

　　好吃兩端都甜．

（1478） 【申】　　　shēn（ㄕㄣ）

A 文言音：(sin¹)

　　(例)　①申明(～beng⁵／bing⁵)；鄭重聲明．

②申年(～ni⁵)；即猴年(kau⁵ni⁵)，12地支(子丑寅卯……)之一．

③申辯(～pian⁷)；申述理由加以辯解．

④申報(～pə³)；向政府機關提出報備，口語説"申告"(～kə³)．

⑤申時(～si⁵)；下午3點到5點，口語説"日落申"(jit⁸ləh⁸～)．

⑥申謝(～sia⁷)；道謝．　⑦申述(～sut⁴)；詳細説明．

⑧申斥(～t'ek⁴／t'ik⁴)；(對下面的人)斥責．

⑨申討(～t'ə²)；聲討．　⑩申冤(～uan¹)；洗雪冤屈．

⑪三令五申(sam¹leng⁷ngo²～)；一再説明，再三命令規定．

⑫重申(tiong⁷～)；重新説明．

B 白話音：(ts'un¹)，按即剩餘的意思。

(例)　①申儅少(～bue⁷tsiə²)；剩下不少．

②毋通申(m⁷t'ang¹～)；不要剩下來．

(1479)　【桌】　　　zhuō (ㄓㄨㄛ)

按"桌"字的文言音爲：(tak⁴)，白話音有兩種：(tok⁴)和(təh⁴)，其中僅白話音的(təh⁴)較通用。

(例)　①桌仔(～a²)；桌子．②桌面(～bin⁷)；指桌子的表面．

③桌腳(～k'a¹)；桌子的腿，或桌子底下．

④桌布(～po³)；拭擦桌子用的抹布、布塊．

⑤桌頂(～teng²／ting²)；桌子上，如"桌頂食飯，桌腳放屎"(～tsiah⁸png⁷～pang³sai²)；桌子上吃飯，桌子底下大便，喻不明是非道理．"桌頂扡柑仔"(～ni¹kam¹a²)；喻輕而易舉．

⑥尪架桌(ang¹ke³～)；安置神佛的細長方形的高桌．

⑦人客桌(lang⁵k'eh⁴～)；有客人的筵席，或宴客用的桌子．

⑧辦桌(pan⁷～)；設筵席請客，亦説"開桌"(k'ui¹～)．

⑨八仙桌(pat⁴sian¹～)；高大的方形桌，一般排在客廳或神位前面尪架桌之前，四個方向各可坐兩個人，計8個座位而得名．

⑩走桌的(tsau²～e)；跑堂、端盤子．

⑪食桌(tsiah⁸～)；赴宴．　⑫菜桌(ts'ai³～)；素食席．

⑬酒桌(tsiu²～)；即宴飲的酒席．

（1480）　【遵】　　zūn（ㄗㄨㄣ）

"遵"字的讀音祇讀一種：(tsun¹)

（例）　①遵命(～beng⁷／bing⁷)；按照吩咐(命令)辦事．

②遵行(～heng⁵)；遵奉實行．③遵守(～siu²)；依照規定行動．

④遵循(～sun⁵)；即遵照．⑤遵從(～tsiong⁵)；遵照并服從．

（1481）　【允】　　yǔn（ㄩㄣ）

"允"字祇有一種讀法：(un²／wun²)

（例）　①允許(～hi²／hu²)；許可、許諾．

②允人(～lang)；答應了人家，應允，訛音(in²lang)．

③允諾(～lok⁸)；應許，即"應允"、"允人"．

④允當(～tong³／tang³)；妥當、適當、確實，"允當好勢"(～(hə²se³)；肯定没問題．"允當"漢字亦寫成"穩當"．

⑤允准(～tsun²)；許可．　⑥無允(bə⁵～)；不妥當．

⑦應允(eng³～)；承諾．　⑧公允(kong¹～)；公平妥當．

⑨平允(peng⁵／ping⁵～)；公平適當．

⑩不允(put⁴～)；不准，口語"毋允准"(m⁷～tsun²)．

（1482）　【隆】　　lóng（ㄌㄨㄥ）

"隆"字的讀法祇有一種：(liong⁵)

（例）　①隆起(～k'i²)；凸起來．②隆盛(～seng⁷)；興盛．

③隆冬(～tong¹)；冬天最冷的期間．

④隆情(～tseng⁵／tsing⁵)；深厚的情誼．

⑤興隆(heng¹／hing¹～)，"生理興隆"(seng¹li²～)；生意隆盛.

（1483）【螺】　　lúo（ㄌㄨㄛ）

A 文言音：(lo⁷)
(例)　①螺絲(～si¹)；螺旋. ②螺絲絞(～si¹ka²)；即螺絲刀.
③螺絲釘(～teng¹／ting¹)；螺釘.

B 白話音：(le⁵)
(例)　①螺仔(～a²)；小的海螺. ②螺肉(～bah⁴)；海螺的肉.
③螺紋(～bun⁵)；手指或腳趾的紋有螺旋形的，又叫"螺"(le⁵)，
以外的紋型叫"糞箕"(pun³ki¹). ④螺旋槳(～suan¹tsiu n²).
⑤海螺(hai²～).　　　⑥路螺(lo⁷～)；蝸牛.
⑦田螺(ts'an⁵～).　　⑧捲螺仔(kng²～a²)；旋渦.

（1484）【倉】　　cāng（ㄘㄤ）

A 文言音：(ts'ong¹)
(例)　①倉皇(～hong⁵)；匆忙慌張，口語説"青狂"(ts'e n¹kong⁵).
②倉稟(～lim²)；儲糧的倉庫，"倉稟實知廉恥"(～sit⁸ti¹liam⁵t'i²).
③倉猝(～ts'ut⁴)；匆忙，也作"倉卒"、"倉促"(～ts'iok⁸).

B 白話音：(ts'ng¹)
(例)　①倉庫(～k'o³).　　②米倉(bi²～).
③糧倉(liu n⁵／lio n⁵～).　④粟倉(ts'ek⁴～)；儲藏稻谷的倉庫.

（1485）【蒼】　　cāng（ㄘㄤ）

按"蒼"字的讀音有：(ts'ong¹)和(ts'ang¹)；後者例少，如"老蒼"
(lau⁷～)；爲老婦自稱，一般通用(ts'ong¹)。
(例)　①蒼茫(～bong⁵)；空闊遼遠沒有邊際，口語説"闊漭漭"
(k'uah⁴bong²〃). ②蒼蠅(～eng⁵)；口語"胡蠅"(ho⁵sin⁵).

③蒼老(～lə²)；老態，口語説"臭老"(ts'au³lau⁷).

④蒼白(～pek⁸／pik⁸)；白中帶青，没血色，口語説"白死殺" (peh⁸si²sat⁴)，"青恂恂"(ts'eⁿ¹／ts'iⁿ¹sun²〃).

⑤蒼生(～seng¹／sing¹)；指老百姓.

⑥蒼天(～t'ian¹)；青天，亦叫"上蒼"(siong⁷ts'ong¹).

⑦蒼翠(～ts'ui³)；深綠色，口語説"青蘢蘢" (ts'eⁿ¹／ts'iⁿ¹lang¹〃).

（1486）　【鋭】　　　ruì（ㄖㄨㄟˋ）

"鋭"字只有一種讀法：(lue⁷)

(例)　①鋭意(～i³／yi³)；意志堅決而積極.

②鋭角(～kak⁴)；小於直角(90度)的角.

③鋭氣(～k'i³)；勇往直前的氣勢.

④鋭利(～li⁷)；尖鋭鋒利，口語説"利劍劍"(lai⁷kiam³〃).

⑤敏鋭(bin²～)；感覺靈敏. ⑥尖鋭(tsiam¹～)；有鋒芒鋭利.

（1487）　【曉】　　　xiǎo（ㄒㄧㄠˇ）

"曉"字的讀音爲：(hiau²)

(例)　①曉行夜宿(～heng⁵ia⁷siok⁴)；天亮行動，天黑歇腳.

②曉諭(～ju⁵／lu⁵)；曉示，明白地告示，同"曉示"(～si⁷).

③曉得(～tit⁴)；懂得.　④𣍐曉(be⁷／bue⁷～)；不會、不懂.

⑤會曉(e⁷～)；會、懂，"會曉抑𣍐曉"(～ah⁸be⁷～)；會或不會？

（1488）　【兼】　　　jiān（ㄐㄧㄢ）

"兼"字祇有一種法：(kiam¹)

(例)　①兼顧(～ko³)；同時照顧幾方面.

②兼任(～jim⁷／lim⁷)；同時擔任幾個任務，不是專任.

③兼併(～peng⁷／ping⁷)；把別人的土地併爲己有，口語説

"吞佔"(t'un¹tsiam³)．　　④兼備(～pi⁷)；同時具備．

⑤兼程(～t'eng⁵／t'ing⁵)；少休息多走路，一天走兩天的路程．

⑥兼差(～t'se¹)；即"兼職"(～tsit⁴)．

⑦烏白兼(o¹peh⁸～)；任意地兼各種職務．

（1489）　【隱】　　　yǐn（丨ㄣ）

"隱"字的讀音祇有一種：(un²／wun²)

　(例)　①隱晦(～hue³)；意思不明顯．

②隱諱(～hui³)；有所顧忌而不直說．

③隱憂(～iu¹／yiu¹)；藏在心中的憂慮，潛在的禍患．

④隱忍(～jim²)；藏在心中忍住，口語說"吞忍"(t'un¹lun²)．

⑤隱居(～ki¹)；住在偏僻地不出來任官職．

⑥隱芎蕉(～kin¹tsiə¹)；把香蕉密封起來使熟黃．

⑦隱瞞(～mua⁵)；掩蓋真相不使人知道．

⑧隱祕(～pi³)；使不外露，秘密的事．

⑨隱身(～sin¹)；遮蔽身體，口語說"掩身"(iam²sin¹)．

⑩隱私(～su¹)；不願他人知道的私事(貶義)．

（1490）　【碍／礙】　　　aî（ㄞ）

"礙"字祇有一種讀法：(gai⁷)

　(例)　①礙目(～bak⁸)；不順眼，口語又說"桀目"(keh⁸bak⁸)．

②礙腳礙手(～k'a¹～ts'iu²)；妨礙別人的工作．

③礙難(～lan⁵)；為難．　　④礙事(～su⁷)；有不便、有妨害．

⑤無礙着(bə⁵～tiəh)；不在乎、沒妨礙．

⑥妨礙(hong²～)．　　　　⑦阻礙(tso²～)；阻擋妨礙．

（1491）　【赫】　　　hè（ㄏㄜˋ）

615

A 文言音：(hek⁴／hik⁴)

　　(例)　①赫赫(〜〃)；顯著而盛大的樣子.

　　②顯赫(hian²〜)；權勢盛大，"地位顯赫"(te⁷ui⁷〜)．

B 白話音：(hiah⁴)，即"那麼……"的意思.

　　(例)　①赫好(〜hə²)；那麼好！②赫大(〜tua⁷)；那麼大．

（1492）【撥】　　　bō（ㄅㄛ）

按"撥"字文言音為：(puat⁴)，用力使東西移動，如"挑撥"(t'iau¹〜)；
搬弄是非引起糾紛．惟一般則通用白話音：(puah⁴)．

　　(例)　①撥工(〜kang¹)；撥出工夫、時間.

　　②撥款(〜k'uan²)；撥給款項．即"撥錢"(〜tsi⁵)．

　　③撥兩三萬(〜lng⁷saⁿ¹ban⁷)；暫借調2〜3萬塊．

　　④撥時間(〜si⁵kan¹)．⑤撥調(〜tiau³)；分遣兵力．

（1493）【忠】　　　zhōng（ㄓㄨㄥ）

"忠"字祇有一種讀法：(tiong¹)

　　(例)　①忠言(〜gian⁵)；誠懇的話語.

　　②忠厚(〜ho⁷)；忠實厚道．③忠告(〜kə³)；出於誠懇的勸告．

　　④忠誠(〜seng⁵)；中心不二．⑤忠實(〜sit⁸)；忠誠可靠．

　　⑥戇忠(gong⁷〜)；愚忠．　⑦死忠(si²〜)；一昧忠誠．

　　⑧盡忠(tsin⁷〜)；竭盡忠心，"盡忠職守"(〜tsit⁴siu²)．

（1494）【肅】　　　sù（ㄙㄨ）

"肅"字的讀音祇有一種：(siok⁸)

　　(例)　①肅穆(〜bok⁸)；嚴肅而恭敬的樣子.

　　②肅立(〜lip⁸)；恭敬莊嚴地站着.

　　③肅靜(〜tseng⁷／tsing⁷)；嚴肅而寂靜．

④肅清(～ts'eng¹／ts'ing¹)；徹底清除異已或壞的事物.

⑤嚴肅(giam⁵～)；不拘言笑，有呆板或令人敬畏的感覺.

（1495）【缸】　　　gāng（ㄍㄤ）

"缸"字的文言音爲：(kong¹)，用例少，一般通白話音：(kng¹)

(例)　①缸仔(～a²)；小型缸子.

②汽缸(k'i³～)；內燃機或蒸汽機中裝有活塞的部分.

③水缸(tsui²～)；口語有"涵缸"(am¹～).

（1496）【牽】　　　qiān（ㄑㄧㄢ）

Ⓐ文言音：(k'ian¹)

(例)　①牽仔(～a²)；有眼兒的鐐銱兒，一種小型掛鈎兒.

②牽互好(～ho⁷hə²)；把門上好鐐銱兒，又義好好拉住(k'an¹～).

③牽強(～kiong⁵)；勉強拉關係，"牽強附會"(～hu³hue⁷).

④門牽(mng⁵～)；門上的鐐銱兒.

Ⓑ白話音：(k'an¹)

(例)　①牽亡(～bong⁵)；引亡魂跟遺族談話.

②牽核(～hat⁸)；因發炎而淋巴腫大的現象.

③牽猴仔(～kau⁵a²)；拉皮條，仲介者.

④牽累(～lui⁷)；拖累.　⑤牽連(～lian⁵)；連累.

⑥牽線(～suaⁿ³)；居中拉關係，背後操縱.

⑦牽拖(～t'ua¹)；牽扯，責怪，"牽拖鬼"(～kui²)；責怪鬼.

⑧牽制(～tse³)；拖住使不能自由活動.

⑨牽手(～ts'iu²)；妻子，又説"柴扒"(ts'a⁵pe⁵).

⑩勢牽(gau⁵～)；善於拉關係，又善於拖拖拉拉.

（1497）【搶】　　　qiǎng（ㄑㄧㄤ）

"搶"字文言音爲：(ts'iong²)，語例少，一般通用白話音：(ts'iuⁿ²／ts'ioⁿ²)。

(例) ①搶劫(～kiap⁴)；搶奪劫取他人的財物.
②搶救(～kiu³)；迅速急救. ③搶購(～ko²)；搶着購買.
④搶掠(～liok⁸)；強力奪取. ⑤搶做前(～tsə³tseng⁵)；即搶先.
⑥搶先(～sian¹)；爭先. ⑦搶奪(～tuat⁸)；強行奪取.
⑧相搶(siə¹～)；爭搶，又"相(參)爭搶"(siə¹<saⁿ¹>tseⁿ¹～).

（1498） 【博】　　bó（ㄅㄛ）

A 文言音：(p'ok⁴)

(例) ①博愛(～ai³)；普遍的愛情. ②博物(～but⁸).
③博學(～hak⁸)；學問豐富，學識廣博.
④博古通今(～ko²t'ong¹kim¹)；通曉古代事情了解現代的事理.
⑤博取(～ts'u²)；取得信任、重視.
⑥假博(ke²～)；裝着有學問，"未博假博"(bue⁷～ke²～).

B 白話音：(pəh⁴)　意爲沒把握而要嘗試看看能否僥幸.

(例) ①無博(bə⁵～)；沒希望成就，沒把握成功.
②罔博(bong²～)；是好是壞姑且試試看.

（1499） 【巧】　　qiǎo（ㄑㄧㄠ）

"巧"字的文言音爲：(k'au²)，但語例少，一般通用白話音：(k'iau²)和(k'a²)。

（Ⅰ）[k'iau²]：①巧妙(～biau⁷)；靈巧高明.
②巧計(～ke³)；巧妙的計策. ③巧氣(～k'ui³)；漂亮的樣子.
④奸巧(kan¹～)；狡獪的聰明，又"奸奸巧巧".
⑤乖巧(kuai¹～)；聰明聽話. ⑥眞巧(tsin¹～)；很聰明.
（Ⅱ）[k'a²]：①花言巧語(hua¹gian⁵～gu²)；虛假而動聽的話.

②巧合(～hap⁸)；湊巧符合．

（1500）【殼】　　kē（ㄎㄜ）

"殼"字的文言音爲：(kok⁴)，用例少，一般通用白話音：(kak⁴)。
　　(例)　①雞卵殼(ke¹lng⁷～)；雞蛋殼．
　　②批殼(p'ue¹～)；信封．　③土豆殼(t'o⁵tau⁷～)；花生殼兒．
　　④銃子殼(ts'eng³／ts'ing³tsi²～)；子彈殼兒．

（1501）【兄】　　xiōng（ㄒㄩㄥ）

"兄"字文言音讀：(heng¹／hing¹)，如"兄弟"(～te⁷)；哥哥弟弟，
"仁兄"(jin⁵～)等，一般多用白話音：(hiaⁿ¹)。
　　(例)　①兄哥(～kə¹)；哥哥，"我有兩個兄哥"(gua²u⁷／wu⁷lng⁷e⁵
　　～)我有兩個哥哥．"兄哥佮小弟"(～kah⁴siə²ti⁷)；哥哥和弟弟．
　　②兄嫂(～sə²)；嫂嫂，"我無兄嫂"(gua²bə⁵～)；我沒嫂嫂．
　　③兄弟(～ti⁷)．④阿兄(a¹～)；哥哥，對哥哥的稱呼．
　　⑤二兄(ji⁷～)；二哥．　　⑥大兄(tua⁷～)；大哥，哥哥．

（1502）【杜】　　dù（ㄉㄨ）

"杜"字只有一種讀法：(to⁷)，按棠梨叫杜樹，又阻塞之意。
　　(例)　①杜鵑(～kuan¹)；花名，亦叫"映山紅"，又鳥名，又叫
　　子規或杜宇．　　　　②杜塞(～sai³)；阻塞．
　　③杜仲(～tiong⁷)；藥材名花綠白色，有鎮靜和鎮痛作用．
　　④杜絕(～tsuat⁸)；徹底禁止，"杜絕後患"(～ho⁷huan⁷)．

（1503）【訊】　　xùn（ㄒㄩㄣ）

"訊"字祇有一種讀法：(sin³)
　　(例)　①訊問(～bun⁷／mng⁷)；質問、審問．

②音訊(im¹／yim¹～)；消息．③審訊(sim²～)；訊問．
④通訊(t'ong¹～)；通信息．⑤資訊(tsu¹～)；各種情報、消息．

（1504）　【誠】　　　chéng（ㄔㄥ）

Ⓐ文言音：(seng⁵／sing⁵)

　(例)　①誠意(～i³)；眞心眞意．②誠懇(～k'un²)；眞誠懇切．
　③誠樸(～p'ok⁴)；誠懇樸實．④誠實(～sit⁸)．
　⑤誠摯(～tsi³)；誠懇而眞情．⑥眞誠(tsin¹～)；眞實的誠意．

Ⓑ白話音：(tsiaⁿ⁵)

　(例)　①誠好(～hə²)；眞好．②誠熱(～juah⁸／luah⁸)；夠熱．
　③誠俗(～siok⁴)；很便宜．④誠清氣(～ts'eng¹k'i³)；很乾淨．

（1505）　【碧】　　　bì（ㄅㄧ）

"碧"字祇有一種讀法：(pek⁴／pik⁴)

　(例)　①碧血(～hiat⁴)；指爲正義而流的血．
　②碧空(～k'ong¹)；淺藍色的天空．
　③碧綠(～lek⁸)；青綠色．④碧落(～lok⁸)；即指天空．

（1506）　【祥】　　　xiáng（ㄒㄧㄤ）

"祥"的讀音只有一種：(siong⁵)

　(例)　①祥和(～hə⁵)；安祥和氣．
　②祥瑞(～sui⁷)；好的徵兆．③吉祥(kiat⁴～)；吉利．

（1507）　【頁】　　　yè（ㄧㄝ）

"頁"字文言音爲：(hiat⁸)，很少用，一般通用白話音：(iah⁸／yah⁸)。

　(例)　①頁碼(～be²)；書上每張紙上標明次序的數字(號碼)．
　②頁數(～so³)；書籍的紙張數量，亦指紙張(頁)的號碼．

③第幾頁(te⁷kui²～)． ④冊頁(ts'eh⁴～)；書籍的紙張．

（1508） 【巡】 xún（ㄒㄩㄣˊ）

"巡"字祇有一種讀法：(sun⁵)

(例) ①巡撫(～bu²)；中國的明代爲臨時派遣到地方巡視監督
民政、軍政的大臣，清代爲掌理一省民政、軍政的常設長官，
約今之省長． ②巡航(～hang⁵)；巡邏航行．
③巡回(～hui⁵)；按一定的路線到各地去活動．
④巡更(～keⁿ¹／kiⁿ¹)；夜間巡查警戒．
⑤巡禮(～le²)；朝拜聖地． ⑥巡邏(～lə⁵)；到處查看警戒．
⑦巡視(～si⁷)；到各處視察． ⑧紅巡(ang⁵～)；紅色的條紋．
⑨金巡(kim¹～)；金色的長條杠． ⑩兩巡(lng⁷～)；兩條杠．
按⑨⑩多指軍警領章上的階級標誌．

（1509） 【矩】 jǔ（ㄐㄩˇ）

"矩"字祇有一種讀音：(ki²／ku²)

(例) ①矩形(～heng⁵/hing⁵)；即長方形．
②規矩(kui¹～)；法度、規則． "無規無矩"(bə⁵kui¹bə⁵～)．
③循規蹈矩(sun⁵kui¹tə⁷～)；按步就班、奉公守法．

（1510） 【悲】 bēi（ㄅㄟ）

"悲"字只有一種讀法：(pi¹)

(例) ①悲哀(～ai¹)；傷心，令人失望．
②悲歡離合(～huan¹li⁷hap⁸)；泛指悲傷、歡樂、離別與聚會等
各種遭遇，喻人世無常． ③悲憤(～hun³)；傷心和憤怒．
④悲歌(～kə¹)；悲壯地歌唱，口語音：(～kua¹)；哀傷的歌曲．
⑤悲觀(～kuan¹)；樂觀(lok⁸kuan¹)的反義詞．

⑥悲苦(～ko²)；悲傷痛苦．⑦悲痛(～t'ong³)．

⑧悲嘆(～t'an³)；悲傷嘆息．⑨悲壯(～tsong³)；悲哀而雄壯．

⑩悲慘(～ts'am²)．　　　　⑪悲愴(～ts'ong¹)；悲傷．

⑫慈悲(tsu⁵～)；憐憫、同情之心．

（1511）　【灌】　　　guàn（ㄍㄨㄢ）

"灌"字祇有一種讀音：(kuan³)

　(例)　①灌木(～bok⁸)；矮小而叢生的樹木．

　②灌風(～hong¹)；注入空氣．③灌漑(～k'ai³)；送水到田地裡．

　④灌輸(～su¹)；輸送注入(水、或思想)．

　⑤灌唱片(～ts'iuⁿ³／ts'ioⁿ³p'iⁿ³)；錄音於唱片．

（1512）　【齡】　　　líng（ㄌㄧㄥ）

"齡"字只有一種讀音：(leng⁵／ling⁵)。

　(例)　①年齡(lian⁵～)．　　②黨齡(tong²～)；入黨後的年數．

　③樹齡(ts'iu⁷～)；樹木生長的年數，"年輪"(lian⁵lun⁵)．

（1513）　【倫】　　　lún（ㄌㄨㄣ）

"倫"字的讀法祇有一種：(lun⁵)

　(例)　①倫理(～li²)；人與人相處的道德準則．

　②倫比(～pi²)；匹敵，比擬，口語説"比並"(pi²peng⁷／ping⁷)．

　③倫常(～siong⁵)；即人倫，人應守之道．

　④倫次(～ts'u³)；條理次序、秩序，"語無倫次"(gi²／gu²bu⁵～)；

　説話沒條理，胡説八道．⑤五倫(ngo²～)；指君臣之義、父子

　之親、兄弟之愛、夫婦之別、朋友之信的五種倫理關係．

　⑥不倫不類(put⁴～put⁴lui⁷)；喻不像樣，不合規範，口語説"不

　八不七" (put⁴pat⁴put⁴ts'it⁴)，按(put⁴pat⁴)訛成(put⁴lap⁴)，誤聽

爲(put⁴tap⁴)，故又作"不答不七".

（1514）　【票】　　　piào（ㄆㄧㄠˋ）

"票"的文言音爲：(p'iau³)，但一般均通用白話音：(p'iə³)。

（例）　①票面(～bin⁷)；票據上的金額，亦叫"票面額"(～giah⁸).

②票根(～kin¹／kun¹)；票據的存根.

③票據(～ku³)；指支票或期票等記明付款金額的証件.

④票房(～pang⁵)；售票處. ⑤票選(～suan²)；用投票選擧.

⑥買票(be²／bue²～)；購買車票、門票或選擧票.

⑦銀票(gin⁵／gun⁵～)；即鈔票，錢.

⑧月票(gueh⁸～).　　　　　⑨戲票(hi³～)；觀劇、看戲的門票.

⑩廢票(hue³～)；無效選票. ⑪股票(ko²～)；股份的證券.

⑫門票(mng⁵～)；入場的票. ⑬選票(suan²～)；選擧票.

⑭投票(tau⁵～)；選擧的一種方式，也爲表決的方式之一.

⑮作票(tsə³～)；對選擧後的選票進行非法不正常的行爲.

⑯紙票(tsua²～)；鈔票.　　⑰全票(tsuan⁵～)；即大人用的票.

（1515）　【尋】　　　xún（ㄒㄩㄣˊ）

"尋"字官話音分兩種讀法，台語則文白兩讀不受其影響。

Ａ 文言音：(sim⁵)

（例）　①尋覓(～bek⁴／bik⁴)；尋找.

②尋訪(～hong²)；尋找探訪. ③尋求(～kiu⁵)；尋找追求.

④尋死(～si²)；企圖自殺，口語說"行短路"(kiaⁿ⁵te²／tue²lo⁷).

⑤尋找(～tsau²)；口語說"摕"(ts'e⁷／ts'ue⁷)，或"走摕"(tsau²～).

Ｂ 白話音：(siam⁵)

（例）　①兩尋長(lng⁷～tng⁵)；兩手伸直的最大長度，又古代8尺
爲1尋，兩尋即16尺.　　　②1尋(tsit⁸～)；即8尺長.

（1516）【桂】　　gui`(ㄍㄨㄟ)

"桂"字只有一種讀法：(kui³)

　　(例)　①桂冠(～kuan¹)；月桂樹葉編的帽子，古代希臘對傑出
　　的詩人授予桂冠，稱桂冠詩人，今喻爲榮譽的標誌.

　　②桂皮(～pue⁵／pe⁵)；桂皮樹或其皮，可作藥用，健胃鎮痛，
　　亦可作香料.　　　③桂圓(～uan⁵)；即龍眼的果肉.

（1517）【鋪／舖】pū～pù (ㄆㄨ)

Ⓐ官話讀(pū)時，台語只有一種讀法：(p'o¹)，意爲展開，攤平。

　　(例)　①鋪排(～pai⁵)；布置、安排，鋪張，應酬、照應.

　　②鋪平(～pe^{n5})；攤平.　　③鋪敍(～su⁷)；詳細地敍述(文章).

　　④鋪張(～tiong¹)；講究排場. "勢鋪張"(gau⁵～)；善於排場.

　　⑤鋪床(～ts'ng⁵)；在床上鋪上被褥.

Ⓑ官話讀(pù)時，台語讀：(p'o¹～p'o³)

　　(Ⅰ)[p'o¹]：①鋪面(～bin⁷)；商店的門面，口語"店面"(tiam³
　　bin⁷)，"鋪面"很少用.　　②鋪保(～pə²)；即店保.

　　③鋪位(～ui⁷)；床的位置. ④店鋪(tiam³～).

　　⑤床鋪(ts'ng⁵～)；又音(ts'ong⁵～)，如"拍床鋪"(pah⁴～)；設
　　置床鋪，也説"拍眠床"(p'ah⁴bin⁵ts'ng⁵).

　　(Ⅱ)[p'o³]：用於量詞，10華里(約6公里)爲1鋪。

　　　　(例)　1日行2～3鋪路(tsit⁸jit⁸／lit⁸kia^{n5}lng⁷sa^{n1}～lo⁷)；一天
　　走2～30里路.

（1518）【聖】　　shèng（ㄕㄥ）

Ⓐ文言音：(seng³／sing³)

　　(例)　①聖明(～beng⁵／bing⁵)；非凡而聰明，從前指帝王，即
　　"聖明君主"(～ kun¹tsu²)的略語.

②聖母(～bu^{2}／bə^{2})；對女神的敬稱，"天上聖母"(t'ian^{1}siong^{7}～)；即媽祖，又天主教徒稱耶穌的母親瑪利亞爲聖母.

③聖人(～jin^{5}／lin^{5})；指人格、智慧非凡的人.

④聖經(～keng^{1}／king^{1})；指基督教的經典，包括舊約全書和新約全書，即神聖的經典，原指"Bible"經.

⑤聖潔(～kiat^{8})；神聖純潔. ⑥聖君(～kun^{1})；英明的天子.

⑦聖上(～siong^{7})；稱呼在位中的皇帝.

⑧聖誕(～tan^{3})；聖人的生日，今多用於指耶穌的生日.

⑨顯聖(hian^{2}～)；死後顯靈，又說(hian^{2}sia^{n3}).

⑩神聖(sin^{5}～)；極崇高而莊嚴的.

B 白話音：(sia^{n3})

(例) ①聖人(～lang^{5})；喻過世，"做聖人"(tsə^{3}～)；逝世.

②聖聖是汝(～〃si^{7}li^{2})；果然不出所料是你.

③聖拄聖(～tu^{2}～)；很靈驗，恰巧.

④靈聖(leng^{5}／ling^{5}～)；靈驗、應驗.

(1519) 【恐】 kǒng (ㄎㄨㄥˇ)

"恐"字只有一種讀法：(k'iong^{2})

(例) ①恐喝(～hat^{4})；恐嚇，又說"放刁"(pang^{3}tiau^{1}).

②恐慌(～hong^{1})；口語說"着青驚"(tiəh^{8}ts'e^{n1}／ts'i^{n1}kia^{n1}).

③恐驚(～kia^{n1})；擔憂. ④恐怖(～po^{3})；安全受威脅而恐懼.

⑤恐怕(～p'a^{n3})；擔心. ⑥惶恐(hong^{5}～)；畏懼.

(1520) 【恰】 qià (ㄑㄧㄚˋ)

A 文言音：(k'ap^{4})

(例) ①恰如其分(～ju^{5}／lu^{5}ki^{5}hun^{7})；正合分寸(說話做事).

②恰似(～su^{7})；恰如，口語說"拄像"(tu^{2}ts'iu^{n1}／ts'io^{n1}).

③恰當(～tong³)；適合、妥當.

B 白話音：(k'ah⁴)，表示更加的意思。

　(例)　①恰無錢也着買(～bə⁵tsiⁿ⁵ia³tiəh⁸be²)；再沒錢也得買.

　　　②恰講都毋聽(～kong²to¹m⁷t'iaⁿ¹)；再勸說也不聽.

（1521）　【趣】　　qù（ㄑㄩ）

"趣"字的讀法祇有一種：(ts'u³)

　(例)　①趣味(～bi⁷).　　②興趣(heng³／hing³～).

　③志趣(tsi³～)；志向和興趣.

（1522）　【荒】　　huāng（ㄏㄨㄤ）

A 文言音：(hong¹)

　(例)　①荒謬(～biu⁷)；錯誤到不合情理.

　②荒漠(～bok⁸)；荒涼的砂漠或曠野.

　③荒蕪(～bu²)；田地因不耕耘長滿了野草.

　④荒廢(～hue³)；不耕種而荒疏. ⑤荒淫(～im⁵)；貪戀酒色.

　⑥荒涼(～liang⁵)；冷清沒人. ⑦荒誕(～tan³)；荒唐不近情理.

　⑧荒唐(～tong⁵)；錯誤得令人奇怪，毫無根據.

B 白話音：(hng¹)

　(例)①荒年(～ni⁵)；收成不好的年份,反義語爲"豐年"(hong¹ni⁵).

　②饑荒(ki¹～)；農作物沒收成造成糧食缺乏.

　③拋荒(p'a¹～)；放置不耕耘不耕作而荒蕪.

（1523）　【騰】　　téng（ㄊㄥ）

"騰"字的讀音爲：(t'eng⁵／t'ing⁵)，奔跑跳躍的意思。

　(例)　①騰雲駕霧(～hun⁵ka³bu⁷)；在空中飛馳.

　②騰貴(～kui³)；物價飛漲. ③騰空(～k'ong¹)；躍升空中.

④騰達(～tat⁸)；發跡、高升. ⑤歡騰(huan¹～)；狂喜雀躍.
⑥奔騰(p'un¹～)；(多指動物群)跳躍奔跑.

（1524） 【貼】　　　tiē（ㄊㄧㄝ）
Ⓐ文言音：(t'iap⁴)
　(例)　①貼現(～hian⁷)；用沒有到期的票據向銀行兌現.
　　②貼利息(～li⁷sek⁴／sik⁴)；補貼利息.
　　③加減貼一寡(ke¹kiam²～tsit⁸kua²)；多少補貼一些.
　　④米貼(bi²～)；補貼米. ⑤補貼(po²～).
　　⑥津貼(tin¹～)；補助費. ⑦1貼／帖藥(tsit⁸～iok⁸)；一服藥.
Ⓑ訓讀音：(tah⁴)，又作"搭"字。
　(例)　①貼膏藥(～kə¹ioh⁸). ②貼布告(～po³kə³)

（1525）　【帖】　　　tiē（ㄊㄧㄝ）
"帖"字官話有3種不同聲調的讀音，台語只有一種讀法：(t'iap⁴)。
　(例)　①喜帖(hi²～)；指結婚請帖，口語"紅帖仔"(ang⁵～a²).
　　②藥帖(ioh⁸／yoh⁸～)；紙包的草藥，藥包.
　　③字帖(ji⁷～)；字帖兒. ④請帖(ts'iaⁿ²～)；請客的通知.
　　⑤換帖(uaⁿ⁷～)；交換生辰八字等紙片，即結拜，八拜之交.

（1526）　【柔】　　　róu（ㄖㄡ）
"柔"字的讀音祇有一種：(jiu⁵／liu⁵)
　(例)　①柔和(～hə⁵)；溫和不強烈.
　　②柔魚(～hi⁵)；即魷魚. ③柔軟(～luan²)；口語音(～lng²).
　　④柔嫩(～lun⁷)；軟而嫩. ⑤柔韌(～lun⁷)；軟而韌(不脆).
　　⑥柔順(～sun⁷)；溫和柔順，"性情柔順"(seng³tseng⁵～).
　　⑦柔道(～tə⁷)；運動的一種，類似摔跤，"摔柔道"(siak⁴～).

⑧柔情(～tseng⁵／tsing⁵)；溫柔的感情.

⑨溫柔(un¹／wun¹～)；溫和柔順. "溫柔體貼"(～t'e²t'iap⁴)

（1527） 【滴】　　dī（ㄉㄧ）

"滴"字的文言音爲：(tek⁴／tik⁴)，用例少，多通用白話音：(tih⁴)。

(例)　①滴落來(～ləh⁸lai)；(水)滴下來.

②滴雨(～ho⁷)；下着稀落的雨點. ③雨滴(ho⁷～)；雨點.

④滴水(～tsui²)；水成滴地掉落，又指屋檐，口語説"簾檐"(ni⁵
tsiⁿ⁵)，"簾檐腳"(～k'a¹)；屋檐下.

⑤汗滴(kuaⁿ⁷～)；汗水，成粒的汗，"流汗滴"(lau⁵～).

⑥無半滴(bə⁵puaⁿ³～)；一丁點兒也沒有.

⑦勢滴小弟(gau⁵～sio²ti⁷)；很常輕侮弟弟，按"滴"有輕輕打一
下的意思，如"滴一下也好"(～tsit⁸e⁷ia³hə²)；輕輕打一下也好.

（1528） 【猛】　　měng（ㄇㄥ）

Ⓐ 文言音：(beng²／bing²)

(例)　①猛烈(～liat⁸)；氣勢強大而激烈.

②猛獸(～siu³)；虎獅等兇猛的野獸.

③猛進(～tsin³)；勇猛前進，或進展極快.

④猛將(～tsiong³)；勇敢直進的將領或戰鬥人員.

⑤兇猛(hiong¹～)；兇惡強烈. ⑥勇猛(iong²～)；勇敢有氣力.

Ⓑ 白話音：(me²／mi²)

(例)　①猛火(～hue²)；強烈的火，"炒菜愛猛火"(ts'a²ts'ai³ai³
～)；炒菜須要烈火，反義語，爲"慢火"(ban⁷hue²).

②猛醒(～ts'eⁿ²／ts'iⁿ²)；突然醒悟，機智，尤其多作"機智"用.

③火猛(hue²～)；火勢強烈. ④緊猛來(kin²～lai⁵)；趕快來.又
説"卡(恰)猛來"(k'ah⁴～lai⁵)；快點來.

（1529）　【闊】　　　kuò（ㄎㄨㄛˋ）

"闊"字文言音讀：(k'uat⁴)，語例少，一般通用白話音：(k'uah⁴)。

　　(例)　①闊罔罔(～bong²〃)；喻很寬闊，又説"闊輪瓏"(～lin⁵ long¹)，或"闊瓏瓏"(～long¹〃).

　　②闊幅(～pak⁴)；幅面闊的，反義語爲"狹幅"(eh⁸～).

　　③闊嘴(～ts'ui³)；口寬長的，"闊嘴tsa¹po¹食四方"(～tsa¹po¹ tsiah⁸si³hng¹)；闊嘴的男人到處有的吃.

　　④抃曠闊(long³k'ong³～)；很廣大而寬敞.

（1530）　【妻】　　　qī（ㄑㄧ）

"妻"的白話音爲：(ts'ue¹)，用法少，一般多用文言音：(ts'e¹)。

　　(例)　①妻兒(～ji⁵／li⁵)；口語説"姥／某子"(bo²kia^n²).

　　②妻舅(～ku⁷)；妻的弟兄，口語説"大舅仔"(tua⁷ku⁷a²)；妻之兄，"舅仔"(ku⁷a²)；妻之弟. ③妻室(～sek⁴／sik⁴)；即妻子.

　　④妻妾(～ts'iap⁴)；正妻和偏妾，口語説"大姥／某細姨"(tua⁷ bo²se³／sue³yi⁵). ⑤夫妻(hu¹～)；口語説"翁姥"(ang¹bo²).

（1531）　【塡】　　　tián（ㄊㄧㄢˊ）

"塡"字祇有文言音：(t'ian⁵)一種讀法。

　　(例)　①塡補(～po²)；口語説"補塌"(po²t'ap⁴).

　　②塡寫(～sia²)；塡表. ③塡充(～ts'iong¹)；把空的補好.

（1532）　【撤】　　　chè（ㄔㄜˋ）

"撤"字祇有一種讀法：(t'iat⁴)。

　　(例)　①撤回(～hui⁵)；退回. ②撤離(～li⁷)；使離開.

　　③撤兵(～peng¹／ping¹)；退兵或把軍隊調走.

　　④撤銷(～siau¹)；取消. ⑤撤退(～t'ue³)；使離開退走.

⑥撤職(～tsit⁴)；撤銷職務，"撤職查辦"(～ts'a⁵pan⁷).

⑦撤換(～uaⁿ⁷)；撤去原有的換上別的.

（1533） 【儲】 chǔ（ㄔㄨ）

"儲"字只有文言音：(t'u²)的讀法，音義與"貯"略同。

（例） ①儲備(～pi⁷)；儲存備用，"儲備糧草"(～niu⁵ts'au²).

②儲蓄(～t'iok⁴)；積存，口語説"粒積"(liap⁸tsek⁴).

③儲藏(～tsong⁵)；保藏，口語説"存囥"(tsun⁵k'ng³).

④儲存(～tsun⁵)；存放起來. ⑤皇儲(hong⁵～)；皇太子.

（1534） 【簽】 qiān（ㄑㄧㄢ）

"簽"字的讀法祇有一種：(ts'iam¹)

（例） ①簽字(～ji⁷／li⁷)；在文件上寫上自己的名字，與"簽名"

(～mia⁵)同. 惟簽名則不限在文件上任意寫自己的名字.

②簽收(～siu¹). ③簽署(～su³)；公用時的正式簽字.

④簽訂(～teng⁷／ting⁷)；訂條約或合同并簽署.

⑤簽到(～tə³)；簽名表示到場、或表示出席.

⑥簽呈(～t'eng⁵／t'ing⁵)；給上司的簡短呈文.

⑦簽証(～tseng³)；進入外國的許可手續.

（1535） 【鬧】 nào（ㄋㄠ）

A 文言音：(nau⁷)／(lau⁷)

（Ⅰ）[nau⁷]：

①鬧鬼(～kui²)；發生鬼怪作祟的事情.

②鬧新娘房(～sin¹niu⁵pang⁵)；結婚之夜鬧新房.

③鬧鐘(～tseng¹／tsing¹). ④鬧市(～ts'i⁷)；繁華熱鬧的市街.

⑤吵鬧(ts'au²～)；擾亂、如"鬧場"(～tiuⁿ⁵)，即鬧事.

(II) [lau⁷]

①鬧熱(～jiat⁸)；熱鬧.　　②鬧翻(～huan¹)；因爭吵而翻臉.

B 白話音：(la⁷)

(例)　①吵鬧(ts'a²～)；吵嚷，擾亂.

②吵家鬧家／宅(ts'a²ke¹～ke¹／t'e²)；在家庭内吵鬧得厲害.

(1536)　【擾】　　rǎo（ㄖㄠ）

"擾"字的讀法祇有一種：(jiau²／liau²／giau²)

(例)　①擾攘(～jiong²)；騷亂，口語說"絞絞滾"(ka²〃 kun²).

②擾亂(～luan⁷)；使紛亂，口語有"攪吵"(kiau²ts'a²).

③紛擾(hun¹～)；混亂.　　④攪擾(kiau²～)；打攪.

(1537)　【紫】　　zǐ（ㄗ）

"紫"字祇有一種讀法是：(tsi²)

(例)　①紫微星(～bi⁵ts'e^n1／ts'i^n1)；在紫微垣的星.

②紫外線(～gua⁷sua^n3)；波長比 x 光線短的電磁波.

③紫禁城(～kim³sia^n5)；北京的故宮舊名.

④紫氣(～k'i³)；祥瑞之氣. ⑤紫菜(～ts'ai³)；海菜，海苔.

(1538)　【砂】　　shā（ㄕㄚ）

按"砂"的文言音爲：(sa¹)，實用少，一般通用白話音：(sua¹)，音義一部分與"沙"(829條)略同。

(例)　①砂／沙粒(～liap⁸). ②砂／沙漠(～bo⁵).

③砂糖(～t'ng⁵)；結晶顆粒粗大，狀如砂粒的糖，又叫"粗花"(ts'o¹hue¹)，有"白粗花"(beh⁸～)，"紅粗花"(ang⁵～).

④砂紙(～tsua²)；粘有玻璃粉的紙，磨光用.

⑤風飛砂／沙(hong¹pue¹～)；飛塵、風砂.

⑥土砂／沙(t'o⁵～)，即塵土，口語"土砂粉"(～hun²).

（1539）　【遞】　　　dì（ㄉㄧ）

"遞"字祇有一種讀法：(te⁷)

　　(例)　①遞加(～ka¹)；漸次增加.

　　②遞交(～kau¹)；當面送交. ③遞減(～kiam²)；漸次減少.

　　④遞補(～po²)；依次補充. ⑤投遞(tau⁵～)；送交信件、公文.

　　⑥傳遞(t'uan⁵～)；傳送，一個接一個地送過去.

（1540）　【戲】　　　xì（ㄒㄧ）

"戲"字祇有一種讀音：(hi³)

　　(例)　①戲迷(～be⁵)；喜歡看戲的人.

　　②戲言(～gian⁵)；開玩笑，口語説"講笑"(kong²ts'iə³).

　　③戲園(～hng⁵)；即戲院，劇場.

　　④戲劇(～kek⁸／kiok⁸)；各種形態的戲，或劇本.

　　⑤戲弄(～lang⁷)；拿人開心，口語又説"創治"(ts'ong³ti¹).

　　⑥戲班(～pan¹)；即劇團. ⑦戲棚(～pe^n5)；露天的演戲台.

　　⑧戲台(～tai⁵)；演戲的舞台. 又同"戲棚".

　　⑨馬戲(be²～)；使用動物的雜技表演. "馬戲團"(～t'uan⁵).

　　⑩改良戲(kai²liong⁵～)；用現代西洋樂器伴奏的新劇.

　　⑪歌仔戲(kua¹a²～)；伴唱民間歌謠參以動作的一種戲劇.

　　⑫布袋戲(po³te⁷～)；用五指穿撐人形的一種傀儡戲.

（1541）　【吊】　　　diào（ㄉㄧㄠ）

"吊"字的白話音爲：(tiə³)，用例少，通用文言音：(tiau³)。

　　(例)　①吊頷(～am⁷)；上吊，又説"吊脰"(～tau⁷).

　　②吊猴(～kau⁵)；喻飲食後没錢，又泛指没錢支付費用.

③吊鏡($\sim$kia^{n3})；即望遠鏡. ④吊橋($\sim$kia^5)；吊索懸掛的橋.

⑤吊銷($\sim$siau^1)；收回并使無效，"吊銷執照"($\sim$tsip^{8}tsiau^3).

⑥吊車尾($\sim$ts'ia^{1}bue^2／be^2)；喻没錢買車票.

（1542）　【陶】　　táo（ㄊㄠˊ）

"陶"字的讀法祇有一種：(tə^5)

（例）　①陶冶($\sim$ia^2／ya^2)；熏陶培養思想、性格.

②陶器($\sim$k'i^3)；土製器物. ③陶瓷($\sim$tsu^5)；陶器和瓷器.

④陶醉($\sim$tsui^3)；滿意地浸沈在某種境界.

⑤熏陶(hun^1$\sim$)；喻培養、教育，尤其着重於情操、氣質的改變.

（1543）　【伐】　　fá（ㄈㄚˊ）

A 文言音：(huat^8)

（例）　①伐木($\sim$bok^8)；砍樹，口語説"剉樹"(ts'ə^{3}ts'iu^7).

②討伐(t'ə^2$\sim$)；攻打. ③征伐(tseng^1$\sim$)；進攻，侵戰.

B 白話音：(huah^8)；邁步，步伐之意。

（例）　①伐兩三伐($\sim$lng^{7}sa^{n1}$\sim$)；邁了二三步.

②伐出去($\sim$ts'ut^{4}k'i)；邁出去. ③行大伐(kia^{n5}tua^7$\sim$)；走大步.

（1544）　【療】　　liáo（ㄌㄧㄠˊ）

"療"字只有一種讀法：(liau^5)

（例）　①療法($\sim$huat^4)；治療的方法.

②療養($\sim$iong^2)；治療休養. ③醫療(i^1／yi^1$\sim$)；醫治.

（1545）　【瓶】　　píng（ㄆㄧㄥˊ）

按"瓶"字的文言音爲：(ping^5)，但一般通用白話音：(pan^5)。

（例）　①瓶仔($\sim$a^2)；即小瓶子，"溫瓶"(un^1$\sim$)；熱水瓶.

②花瓶(hue¹pan⁵)；口語作"花矸"(hue¹kan¹).

③酒瓶(tsiu²～)；即酒瓶，又指溫酒用的酒壺，口語酒瓶又説"酒矸"(tsiu²kan¹)，"酒矸仔嫂"(～a²sə²)；指酒家女(貶義).

（1546）【婆】　pó（ㄆㄛ）

"婆"字的讀法祇有一種：(po⁵)

（例）①婆媳(～sek⁴／sik⁴).②阿婆(a¹～).

③家婆(ke¹～)；多管閒事.④姑婆(ko¹～)；祖父的姐妹，"做姑婆"(tsə³～)；意爲没出嫁的老婦，老處女.

⑤姆婆(m²～)；伯祖母.⑥媒人婆(mui⁵／hm⁵lang⁵～)；媒人.

（1547）【撫】　fǔ（ㄈㄨ）

按"撫"字的文言音爲：(hu²)，俗音訓讀爲：(bu²)，兩音通用。

（例）①撫育(hu²／bu²iok⁸)；用心照料養育.

②撫養(～iong²)；保護教養，口語説"養飼"(iuⁿ²ts'i⁷).

③撫恤(～sut⁴)；對因公受傷或犧牲者的安慰與救濟.

④撫慰(～ui³／wi³)；安慰.⑤安撫(an¹～)；安頓并加慰問.

（1548）【臂】　bì（ㄅㄧ）

"臂"字只有文言音一種讀法：(pi³)

（例）①臂膀(～pong²)；胳膊.②臂助(～tso⁷)；幫助，協助.

③手臂(ts'iu²～)."左臂"(tsə²～)、"右臂"(iu⁷～).

（1549）【摸】　mō（ㄇㄛ）

"摸"字的文言音爲：(mo¹)，如"摸索"(～sek⁴／sik⁴)，但一般較通用白話音：(bong¹)。

（例）①摸燴閑(～be⁷／bue⁷eng⁵／ing⁵)；工作做不完.

②摸腹肚(～pak⁴to²)；摸肚子，"摸肚臍"(～to⁷tsai⁵)．

③摸東摸西(～tang¹～sai¹)；這裡做一下那裡做一下，做各種
零碎工作，多指家庭雜務．④摸頭殼(～t'au⁵k'ak⁴)；摸頭．

⑤暗暝摸(am³mi⁵～)；黑夜摸索，又指暗黑的夜間．

（ 1550 ）【忍】 　　　rěn（ㄖㄣˇ）

A 文言音：(jim²／lim²)

　（例）　①忍耐(～nai⁷)；抑制維持，口語説"吞忍"(t'un¹lun²)．

　②忍讓(～niu⁷／jiong⁷)；容忍退讓．

　③忍心(～sim¹)；硬着心腸．④忍受(～siu⁷)；勉強承受．

　⑤容忍(iong⁵～)；寬容忍受．⑥殘忍(tsan⁵～)；狠心．

B 白話音：(lun²)

　（例）　①忍繪稠(～be⁷／bue⁷tiau⁵)；忍耐不住．

　②吞忍(t'un¹～)；即忍耐．"勢吞忍"(gau⁵～)；善於容忍．

（ 1551 ）【蝦】 　　　xiā（ㄒㄧㄚ）

"蝦"字文言音讀：(ha⁵)，如"蝦夷"(～yi⁵)；日本的土著民族，今多
遷住北海道．一般多通用白話音：(he⁵)．

　（例）　①蝦仔(～a²)；蝦．②蝦米(～bi²)；小蝦乾．

　③蝦仁(～jin⁵／lin⁵)；去掉頭和皮的蝦肉．

　④魚還魚蝦還蝦(hi⁵huan⁵hi⁵～huan⁵～)；魚是魚，蝦是蝦，要
分清楚不要混淆不清，即你是你，我是我．

（ 1552 ）【蜡／蠟】 　　　là（ㄌㄚˋ）

"蜡"字的文言音爲：(lap⁸)，一般則多用白話音：(lah⁸)．

　（例）　①蜡筆(～pit⁴)；彩色畫用的蜡質筆．

　②蜡燭(～tsek⁴／tsik⁴)；又説"蜡條"(～tiau⁵)．

③蠟紙(～tsua²)；浸過蠟的紙，寫鋼板用.

（1553）　【隣／鄰】　　lín（ㄌㄧㄣˊ）

"鄰"字的讀法祇有一種：(lin⁵)

　　(例)　①鄰居(～ki¹)；口語有"厝邊頭尾"(ts'u³piⁿ¹t'au⁵bue²).

　　②鄰近(～kin⁷)；位置接近. ③鄰里(～li²)；住宅群的地區.

　　④鄰接(～tsiap⁴)；接連. ⑤左鄰右舍(tsə²～iu⁷sia³)；即鄰居.

（1554）　【胸】　　xiōng（ㄒㄩㄥ）

A 文言音：(hiong¹)

　　(例)　①胸懷(～huai⁵)；胸襟. ②胸襟(～kim¹)；氣量、抱負.

　　③胸脯(～po⁵)；指胸前兩個乳頭周圍的部分.

B 白話音：(heng¹／hing¹)

　　(例)　①胸坎(～k'am²)；胸膛，"挽胸"(ban²～)；抓胸部或發抖.

　　②胸口(～k'au²)；胸骨下端部份，即"心肝頭"(sim¹kuaⁿ¹t'au⁵).

　　③雞胸(ke¹～)；胸骨鼓起的胸部，"雞禽胸"(ke¹k'im⁵～)；雞

的胸部.　　　　　　　　④心胸(sim¹～)；氣量、見識.

（1555）　【偶】　　ǒu（ㄡˇ）

"偶"字白話音爲：(ngau²)，一般多用文言音：(ngo²)。

　　(例)　①偶合(～hap⁸)；無意中巧合.

　　②偶然(～jian⁵／lian⁵)；碰巧，不一定發生而發生.

　　③偶像(～siong⁷)；土、木等制成的神像、佛像.

　　④偶數(～so³)；又叫"雙數"(siang¹so³).

（1556）　【棄】　　qì（ㄑㄧˋ）

"棄"字的讀法祇有一種：(k'i³)

(例)　①棄暗投明(〜am³tau⁵beng⁵)；離開黑暗，投向光明.

②棄權(〜kuan⁵)；放棄權利. ③棄置(〜ti³)；口語"攕下"(hiat⁴he⁷).

④放棄(hong³〜).　　　　⑤拋棄(p'au¹〜)；扔掉不要了.

⑥遺棄(ui⁵〜)；拋開不管，口語"放揀"(pang³sak⁴)

（1557）　【槽】　　cáo（ㄘㄠˇ）

"槽"字祇有一種讀音：(tsə⁵)

(例)　①槽仔(〜a²)；方形或長方形的溝式容器.

②牙槽(ge⁵〜)；牙床. ③豬槽(ti¹〜)；放飼料給豬吃的槽子.

④水槽(tsui²〜)；屋簷承受雨水的溝式槽子.

（1558）　【勁】　　jìn（ㄐㄧㄣˋ）〜jìng（ㄐㄧㄥˋ）

"勁"字官話的讀法有n韻尾和ng韻尾的兩種微差的讀法，但台語則
祇有一種讀法：(keng³／king³)。

(例)　①勁旅(〜li²／lu²)；強有力的軍隊.

②勁敵(〜tek⁸／tik⁸)；強的敵手或對手.

③勁頭(〜t'au⁵)；力氣，口語說"興頭"(heng³t'au⁵).

④勁草(〜ts'au²)；堅硬的草. ⑤強勁(kiong⁵〜)；強而有力氣.

（1559）　【乳】　　rǔ（ㄖㄨˇ）

"乳"字在台語都用"奶"字(ni¹；參照1436號條)，乳的讀法祇有文言
音：(ju²／lu²)一種。

(例)　①乳名(〜berg⁵／bing⁵)；口語說"奶名"(ni¹mia⁵)；幼小
時的名字，是一種暱稱. ②乳牛(〜giu⁵)；即"奶牛"(ni¹gu⁵).

③乳臭(〜hiu³)；奶腥氣(對年少者的輕蔑)，口語說"臭奶脈／
腥(ts'au³ni¹hian³).　　　④乳齒(〜k'i²)；即"奶齒"(ni¹k'i²).

⑤乳房(〜pang⁵).　　　　⑥乳汁(〜tsiap⁴)；奶水，"奶"(ni¹).

⑦豆乳(tau⁷～)；豆腐乳.

（1560）【吉】　　jí（ㄐㄧˊ）

"吉"字文言音爲：(kit⁴)，但一般通用白話音：(kiat⁴)。

　（例）①吉凶(～hiong¹)；吉利或凶惡，好運或壞運.

　②吉利(～li⁷)；吉祥順利.③吉期(～ki⁵)；吉日.

　④吉祥(～siong⁵)；好運的，可喜的，吉利的.

　⑤吉兆(～tiau⁷)；好運的預兆.⑥大吉(tai⁷～)；最吉利的.

（1561）【仁】　　rén（ㄖㄣˊ）

"仁"字祇有一種讀法：(jin⁵／lin⁵／gin⁵)

　（例）①仁愛(～ai³)；同情愛護的心性.

　②仁義(～gi⁷)；仁愛和正義.③仁兄(～hiaⁿ¹)；對朋友的稱呼.

　④仁慈(～tsu⁵)；仁愛慈悲.⑤目鏡仁(bak⁸kiaⁿ³～)；眼鏡的鏡片.

　⑥目珠／䁽仁(bak⁸tsiu¹～)；眼珠，眼球.

　⑦杏仁(heng⁷～)；甜的可吃，苦的可作藥，有鎭咳袪痰作用.

　⑧卵仁(lng⁷～)；蛋黃.　⑨土豆仁(t'o⁵tau⁷～)；花生米.

　⑩烏仁抵(拄)白仁(o¹～tu²peh⁴～)；喻看了裝不認識.

（1562）【爛】　　làn（ㄌㄢˋ）

"爛"字文言音讀：(lan⁷)，如"爛醉"(～tsui³)；即大醉。一般均通白
話音：(nua⁷)。

　（例）①爛糊糊(～ko⁵〃)；喻稀爛如漿糊.

　②爛土糜(～t'o⁵be⁵／muai⁵)；爛泥，有訛音爲(nua⁷k'o⁵muai⁵).

　③爛數(～siau³)；爛帳.　④毋驚爛(m⁷kiaⁿ¹～)；不怕爛掉.

（1563）【懶／嬾】　　lǎn（ㄌㄢˇ）

A 文言音：(lan²)

(例) ①懶屍(～si¹)；怠情、無精打彩、發懶，口語"嬗"(sian⁷).

②懶惰(～tə⁷)；口語説"貧憚"(pin⁵tuaⁿ⁷).

B 白話音：(nua⁷)；意爲行動緩慢、有氣無力.

(例) ①懶性(～seng³／sing³)；散慢、拖拖拉拉.

②人懶懶(lang⁵～〃)；散慢、不檢點.

按"懶"的詞義，台語有(tuaⁿ⁷)或(pun⁵／pin⁵tuaⁿ⁷)，漢字有寫作"惰"

或"憚"，"貧憚"或"憑惰"，更有説成(pan⁵tuaⁿ⁷)，漢字不詳。

（1564） 【磚】 zhuān（ㄓㄨㄢ）

"磚"字的文言音爲：(tsuan¹)，一般多通用白話音：(tsng¹)。

(例)①磚仔(～a²)；磚塊. ②磚仔厝(～a²ts'u³)；磚頭蓋的房屋.

③磚仔窯(～a²io⁵／yo⁵)；燒製磚的窯(窰).

④紅磚(ang⁵～)；紅色的磚塊. ⑤四角磚(si³kak⁴～)；方形磚.

（1565） 【租】 zū（ㄗㄨ）

"租"字祇有一種讀法：(tso¹)

(例) ①租戶(～ho⁷)；租用者. ②租約(～iok⁴)；租借的契約.

③租價(～ke³)；租借價格. ④租界(～kai³)；租借地區的範圍.

⑤租金(～kim¹)；租用費. ⑥租賃(～lim⁷)；租用、出租.

⑦租厝(～ts'u³)；租房屋，口語説"税厝"(sue³ts'u³).

⑧房租(pang⁵～)；即房子的租金，又説"厝租"(ts'u³～).

⑨地租(te⁷～)；土地的租税. ⑩水租(tsui²～)；田水的税捐.

（1566） 【烏】 wū（ㄨ）

"烏"字的讀法祇有一種：(o¹)，意爲"黑"。

(例) ①烏鴉仔(～a¹a²)；烏鴉. ②烏暗(～am³)；黑暗.

③烏暗眩(～am^{3}hin^{5})；頭暈. ④烏肉椺(～bah^{4}sang^{2})； 即日語"obasan"，泛指中年婦女，或母輩婦女，父母的姐妹等.

⑤烏墨(～bak^{8})；墨. ⑥烏棗(～tsə^{2}).

⑦烏青(～ts'e^{n1}／ts'i^{n1})；內出血引起的黑紫色，"捻甲烏青"(liam^{3}kah^{4}～)；被捻(擰)得發黑紫色.

⑧烏魚(～hi^{5})，又"烏魚子"(～hi^{5}tsi^{2})；烏魚的卵.

⑨烏耳鰻(～hi^{n7}mua^{5})；鰻魚，又指大鰻魚.

⑩烏煙(～ian^{1})；黑煙，"烏煙黗(～t'un^{5})；煤煙子.

⑪烏陰(～im^{1})；天陰暗, "烏寒"(～kua^{n5})；陰冷.

⑫烏字椺(～ji^{7}sang^{2})，日語"ojisan"，泛指中年男人、或父輩男人，父母的兄弟等. ⑬烏仁(～jin^{5})；瞳孔.

⑭烏狗(～kau^{2})；打扮得顯目的男人.

⑮烏痣(～ki^{3})；黑痣. ⑯烏金(kim^{1}～)；黑得發亮.

⑰烏龜(～ku^{1})；指妻有外遇的男人.

⑱烏黔黔(～k'am^{3}〃)；人群如山黑压压，又密集大片的東西.

⑲烏綠(～lek^{8})；發紺、青紫，與"烏青"略同，多指內傷淤血.

⑳烏人(～lang^{5})；黑人. ㉑烏龍茶(～liong^{5}te^{5}).

㉒烏魯木齊(～lo^{2}bok^{8}tse^{5})；亂七八糟，不倫不類.

㉔烏貓(～niau^{1})；打扮得顯目的女人.

㉕烏枋(～pang^{1})；黑板，"烏枋擦仔"(～ts'at^{4}a^{2})；黑板擦兒.

㉖烏白(～peh^{8})；黑和白，喻皂白不分，胡亂，如"烏白講"(～kong^{2})；亂講，"烏白來"(～lai^{5})；亂來.

㉗頭毛(t'au^{5}mng^{5})烏sim^{3}sim^{3}；喻頭髮很黑而美.

㉘烏脞脞(～sə^{5}〃)；黑而髒，又説"烏鬼鬼"(～kui^{2}〃).

㉙烏甜(～ti^{n1})；黑得可愛. ㉚烏市(～ts'i^{7})；黑市.

㉛烏鶖(～ts'iu^{1})；像烏鴉而體形略小，常停在田中水牛背上.

㉜烏鯧(～ts'iu^{n1})；鯧魚. ㉝烏醋(～ts'o^{3})；醬油色的醋.

（1567）　【艦】　　　　jiàn（ㄐㄧㄢˋ）

按"艦"字文言音讀：(kam³)，俗讀音爲：(lam⁷)，多通用文言音。

　　(例)　①艦隊(～tui⁷)．　　　②航空母艦(hang⁵k'ong¹bə²～)．

（1568）　【伴】　　　　bàn（ㄅㄢˋ）

Ⓐ文言音：(p'uan⁷)

　　(例)　①伴侶(～li⁷／lu⁷)；一起生活或工作的人．

　　②伴隨(～／p'ua^{n7}sui⁵)；跟隨．③伴同(～tong⁵)；陪同．

Ⓑ白話音：(p'ua^{n7})

　　(例)　①伴新娘(～sin¹niu⁵／nio^{n5})；女儐相．

　　②伴奏(～tsau³)；搭配演奏．③無伴(bə⁵～)；孤獨．

　　④結伴(kiat⁴～)；同伴．　⑤做伴(tsə³～)；陪伴．

（1569）　【瓜】　　　　guā（ㄍㄨㄚ）

Ⓐ文言音：(kua¹)

　　(例)　①瓜分(～hun¹)；像切地瓜那樣地分割土地．

　　②瓜葛(～kat⁴)；喻互相牽連、縲繞一起．

　　③瓜田李下(～tian⁵li²ha⁷)；喻容易引起嫌疑的地方．

Ⓑ白話音：(kue¹)

　　(例)　①瓜仔(～a²)；瓜，尤指黃瓜，小型的瓜．

　　②瓜子(～tsi²)；瓜的種子．③苦瓜(k'o²～)．

　　④西瓜(si¹～)．　　　　⑤菜瓜(ts'ai³～)；糸瓜．

　　⑥刺瓜(ts'i³～)；黃瓜．⑦歹瓜厚子(p'ai^{n2}～kau⁷tsi²)；壞瓜子多．

（1570）　【淺】　　　　qiǎn（ㄑㄧㄢˇ）

"淺"字白話音讀：(ts'i^{n2})，一般均通用文言音：(ts'ian²)。

　　(例)　①淺學(～hak⁸)；學識淺薄．

641

②淺見(～kian³)；膚淺的見解，多用於謙詞.

③淺近(～kin⁷)；淺顯.　　④淺陋(～lo⁷)；見識貧乏.

⑤淺白(～peh⁸)；淺而易懂.⑥淺灘(～t'uaⁿ¹)；水淺的地方.

⑦深淺(ts'im¹～)；即深度.

（1571）　【暫】　　zàn（ㄗㄢ）

"暫"字的文言音爲：(tsam⁷)，但一般多通用白話音：(tsiam⁷)。

（例）　①暫行(～heng⁵╱hing⁵)；暫時施行.

②暫時(～si⁵)；短時間內.③暫且(～ts'iaⁿ²)；暫時、姑且.

④短暫(tuan²╱te²～)；短時間.

（1572）　【燥】　　zào（ㄗㄠ）

"燥"字祇有一種讀法：(sə³)

（例）　①燥藥(～ioh⁸)；溫性或熱性的藥.

②燥 piak⁸piak⁸；喻乾燥，如乾柴烈火，多指男女性的慾求.

③燥水(～tsui²)；吸水.　　④乾燥(ta¹～)；"空氣乾燥".

（1573）　【橡】　　xiàng（ㄒㄧㄤ）

"橡"字的文言音爲：(siong⁷)，但一般則通用白話音：(ts'iuⁿ⁷)。

（例）　①橡膠(～ka¹)；口語説"橡奶"(～ni¹).

②橡奶箍(～ni¹k'o¹)；橡皮圈兒，或橡膠筋兒.

③橡奶擦仔(～ni¹ts'at⁴a²)；橡皮擦兒.

（1574）　【柳】　　liǔ（ㄌㄧㄡ）

"柳"字祇有一種讀音：(liu²)

（例）　①柳枝(～ki¹)；柳樹的枝，又叫"柳條"(～tiau⁵).

②柳絮(～su³)；柳樹的種子，上面有白色絨毛隨風飄散.

③楊柳(iu^{n5}／io^{n5}～)；楊樹和柳樹，泛指柳樹．

（1575）　【迷】　　　mý（ㄇㄧ）

"迷"字祇有一種讀法：(be^5)。

　(例)　①迷惘(～$bong^2$)；心意如有所失而不知如何是何．

　②迷惑(～hek^8／hik^8)；分辨不清是非而困惑．

　③迷魂(～hun^5)；使人的精神困惑而失去主張．

　④迷人(～lang)；"人"讀輕聲，意為使人入迷、信而不疑，或叫人熱衷、麻醉，又音(～jin^5)如"酒不醉人人自醉，色不迷人人自迷"($tsiu^2put^4tsui^3jin^5$／tsu^7tsui^3，sek^4put^4～jin^5／tsu^7～)．

　⑤迷路(～lo^7)；迷失方向．　⑥迷戀(～$luan^5$)；熱愛難捨．

　⑦迷信(～sin^3)；盲目的信仰．　⑧迷失(～sit^4)；弄不清方向．

　⑨迷津(～tin^1)；使人迷惑的錯誤的歧路．

　⑩戲迷(hi^3～)；熱愛看戲的人，"互戲迷去"(ho^7hi^3～ $k'i$)；被戲迷了．　⑪影迷(ia^{n2}～)；指熱愛看電影的人．

　⑫入迷(～jip^8／lip^8～)；熱衷難捨，如癡如醉的狀態．

（1576）　【暖】　　　nuǎn

按"暖"字祇有一種文言音的讀法：($luan^2$)

　(例)　①暖和(～$hə^5$)．　　　　②暖氣(～$k'i^3$)．

　③暖流(～liu^5)；由低緯度流向高緯度的海流．

　④溫暖(un^1／wun^1～)；(天氣或關心)的暖和感覺．

　按"暖"字的詞義，台語常用"溫"或"烘"($hang^1$)。如；"溫酒"(un^1tsiu^2)；暖酒，"烘火"($hang^1hue^2$)；取暖。

（1577）　【牌】　　　pái（ㄆㄞ）

"牌"字祇有一種讀法：(pai^5)

（例）　①牌仔(～a²)；指小型紙牌，爲娛樂或賭博用具.

②牌號(～hə⁷)；商標或店號. ③牌坊(～hng¹)；牌樓式建築物.

④牌價(～ke³)；規定的價格. ⑤牌匾(～pian²)；即匾額.

⑥牌照(～tsiau³)；行車執照. ⑦牌位(～ui⁷)；祖先靈位的木牌.

⑧老牌(lau⁷～)；歷史久的牌號，但讀成：(lau²～)時意爲"老練，老經驗、老手". ⑨名牌(mia⁵～).

⑩門牌(mng⁵～). ⑪滕牌(ti^{n5}～)；滕製的盾.

（1578）　【胆／膽】　　　dǎn（ㄉㄢˇ）

Ⓐ文言音：(tam²)

（例）　①膽量(～liong⁷). ②膽識(～sek⁴)；膽量和見識.

③膽膽(～〃)；膽怯. ④上台會膽(tsiu⁷tai⁵e⁷～)；上台會膽怯.

Ⓑ白話音：(ta^{n2})

（例）　①膽囊(～long⁵)；儲存膽汁的器官.

②膽大(～tua⁷)；勇敢. ③膽頭(～t'au⁵)；即膽量、勇氣.

④膽汁(～tsiap⁴)；膽囊内的消化液、由肝臟產生的有苦味.

⑤膽石(～tsiəh⁸)；膽囊内形成堅硬如石的球狀物.

⑥無膽(bə⁵～)；膽子太小，又說"膽細"(～se³／sue³).

⑦好膽(hə²～)；膽子大，又"膽大"(～tua⁷)，"虎膽"(ho²～).

⑧破膽(p'ua³～)；嚇壞了. ⑨ka天公(ti^{n1}kong¹)借膽(tsioh⁴～)；向老天爺借膽子，即膽大包天.

（1579）　【詳】　　　xiáng（ㄒㄧㄤˊ）

"詳"字只有一種讀法：(siong⁵)

（例）　①詳密(～bit⁸)；詳細周密. ②詳細(～se³／sue³).

③詳悉(～sit⁴／sek⁴)；詳細地知道.

④詳情(～tseng⁵／tsing⁵). ⑤詳盡(～tsin⁷)；詳細周到.

⑥不詳(put⁴〜)；不清楚. ⑦參詳(ts'am¹〜)；商量.

（1580） 【簧】　　huáng（ㄏㄨㄤ）

"簧"字祇有一種文言音的讀法：(hong⁵)

　(例)　①笙簧(seng¹〜)；笙是一種管樂器、簧是發聲的簿片.
　　②彈簧(tan⁵〜)；有彈性的機件.

（1581） 【踏】　　tà（ㄊㄚ）

"踏"字文言音讀：(t'ap⁸)，一般多通用白話音：(tah⁸)。

　(例)　①踏硬(〜ge^{n7}／gi^{n7})；堅持強硬的態度，如"條件踏足
　　硬"(tiau⁵kia^{n7}〜tsiok⁴ge^{n7}／gi^{n7})；條件堅持很苛.
　　②踏割耙(〜kuah⁴pe⁷)；犁鋤過的田土用割耙"扒"碎、由牛拖
　　它，人踩在上面借重量加深增強.
　　③踏橇(〜k'iau¹)；踩竹馬. ④踏利益(〜li⁷ek⁴)；先定下利益.
　　⑤踏本錢(〜pun²tsi^{n5})；預留本錢，"本錢先踏起來"(〜seng¹
　　〜k'ilai). 　　⑥踏三成(〜sa^{n1}sia^{n5})；從中提取3成.
　　⑦踏地理(〜te⁷li²)；查勘風水. ⑧踏着(〜tiəh)；踩到了.
　　⑨踏話頭(〜ue⁷／we⁷t'au⁵)；話先講好.
　　⑩雞公踏雞母(ke¹kang¹〜ke¹bə²／bu²)；雞交尾.

（1582） 【瓷】　　cí（ㄘ）

"瓷"字文言音讀：(tsu⁵)，如"瓷器"(〜k'i³)，一般用訓讀音：(hui⁵)

　(例)　①瓷窯(〜io⁵)；燒瓷器的窯子.
　　②瓷磚(〜tsng¹)；又叫"花磚"(hue¹tsng¹).
　　③瓷碗(〜ua^{n2})；又"瓷仔碗"(hui⁵a²ua^{n2}).

（1583） 【譜】　　pǔ（ㄆㄨ）

"譜"字的讀法祇有一種：(p'o²)

　　(例)　①譜系(～he⁷)；家族家譜上的系統.

　　②譜諜(～tiap⁸)；即家譜、族譜.

　　③無譜(bə⁵～)；沒妥當，不合理，如"二重國籍的立委上無譜"
(lng⁷teng⁵kok⁴tsek⁸e⁵lip⁸ui²siong⁷／siang⁷～)；雙重國籍的立法
委員最不合理.　　　　　④樂譜(gak⁸～).

　　⑤歌譜(kua¹～).　⑥年譜(ni⁵～)；用編年體記載個人的生平.

（1584）　【呆】　　　dāi（ㄉㄞ）

"呆"字祇有一種讀法：(tai¹)

　　(例)　①呆頭呆腦(～tau⁵～nau²)；喻遲鈍的樣子.

　　②呆滯(～te⁷)；停止、不流通、口語有"柴柴"(ts'a⁵〃).

　　③戇呆(gong⁷～)；傻子，又說"戇雞"(gong⁷ke¹)；喻呆如木雞.

　　④大箍呆(tua⁷k'o¹～)；指頭腦遲鈍的胖子.

（1585）　【賓】　　　bīn（ㄅㄧㄣ）

"賓"字的讀法祇有一種：(pin¹)

　　(例)　①賓館(～kuan²)；招待貴賓住宿的地方.

　　②賓客(～k'eh⁴).　　　　　③賓主(～tsu²)；客人和主人.

　　④賓至如歸(～tsi³ju⁵／lu⁵kui¹)；客人來了感到好像回到自己的
家裡一樣.　　　　　⑤貴賓(kui³～)；重要的客人.

　　⑥來賓(lai⁵～).　　　　　⑦陪賓(pue⁵～)；做陪的客人.

　　⑧主賓(tsu²～)；主要客人.

（1586）　【糊】　　　hú（ㄏㄨ）

按"糊"字官話音有3種聲調不同的讀法；(hū)、(hú)和(hù)，其中
(hú)用得較多。台語則只分文言和白話兩種讀法。

A 文言音：(ho⁵)，如"糊塗"(〜to⁵)，語例少。

B 白話音：(ko⁵)

(例) ①糊去(〜k'i)；爛糊了，如"煮一下糊去"(tsu²tsit⁸e⁷〜)；
煮成了爛糊狀態。 ②糊人(〜lang)；死賴人家。

③糊成(〜tsiaⁿ⁵)；委曲請託央求，"好嘴糊成"(hə²ts'ui³〜)；好
言央求，"糊成"又作"沽情"。④糊紙(〜tsua²)。

⑤爛糊糊(nua⁷〜〃)；喻很稀爛的樣子。

（1587） 【輝】 huī（ㄏㄨㄟ）

"輝"字祇有一種讀法：(hui¹)

(例) ①輝煌(〜hong⁵)；光輝燦爛。

②輝映(〜eng³)；照耀映射。③光輝(kong¹〜)；閃耀的光彩。

（1588） 【憤】 fèn（ㄈㄣ）

"憤"字的讀法只有一種：(hun³)

(例) ①憤懣(〜bun⁷)；氣憤不平。

②憤恨(〜hin⁷)；氣憤痛恨。③憤激(〜kek⁸)；憤怒激動。

④憤慨(〜k'ai³)；氣憤不平。⑤憤怒(〜no⁷)；生氣得厲害。

⑥氣憤(k'i³〜)。 ⑦公憤(kong¹〜)；眾怒。

（1589） 【搭】 ké（ㄎㄜ）

"搭"字文言音爲：(k'ek⁴／k'ik⁴)，通用音爲訓讀①"卡住"之義的"椵
(ke⁵)"、"格(kek⁴)"和②"刁難"之義的"喬(k'iau⁵)"。

(例) ①屜仔椵咧(t'uah⁴a²ke⁵le)；抽屜搭住了。

②鞋格腳(e⁵kek⁴k'a¹)；鞋子太小，穿起來卡住腳。

③眞勢喬人(tsin¹gau⁵k'iau⁵lang)；眞會刁難人家。

按台語的 "k'e⁵"(卡住) 或 "k'eh⁴"(擁擠) 可寫成 "搭"。

（1590）【隙】　　xì（ㄒㄧ）

A 文言音：(k'ek⁴／k'ik⁴)

（例）①隙地(～te⁷)；空地．又"空隙地"(k'ang¹～)．

②無隙可乘(bu⁵～k'ə²seng⁷)；喻没機會可乘．

③嫌隙(hiam⁵～)；感情上有裂痕．

④門隙(bun⁵～)；口語説"門縫"(mng⁵p'ang⁷)．

⑤縫隙(hong⁷～)；即裂縫．

B 白話音：(k'iah⁴)

（例）①破隙(p'ua³～)；裂開了的小縫兒．

②一空一隙(tsit⁸k'ang¹tsit⁸～)；縫隙之多，或指細微之處，如
"伊一空一隙攏知"(ㄧ¹～long²tsai¹)；他任何細節都知道，又
説"空仔縫"(k'ang¹a²p'ang⁷)；縫隙，細節．

（1591）【怒】　　nù（ㄋㄨ）

"怒"字的讀法祇有一種：(no⁷)

（例）①怒吼(～hau²)；猛獸發威吼叫．

②怒放(～hong³)；盛開．　③怒火(～hue³)；憤怒之氣．

④怒氣(～k'i³)；憤怒的情緒．又作"惱氣"，音同義近．

⑤怒視(～si⁷)；憤怒地注視．⑥怒濤(～tə⁵)；澎湃的波浪．

⑦怒潮(～tiau⁵)；兇湧的浪潮、喻聲勢浩大的反抗運動．

⑧憤怒(hun³～)；生氣得厲害，氣憤到極點．

⑨震怒(tsin²～)；異常憤怒，口語"大受氣"(tua⁷siu⁷k'i³)．

（1592）【粘／黏】　　nián（ㄋㄧㄢ）

按"粘"字官話讀：(nian)時與"黏"字同，但另讀(zhan)。台語則兩
字均讀成：(liam⁵)。像膠水或醬糊能使物體互相附著連結一起的作
用或性質，通常較用 "粘" 字。

（例）　①粘密(～bat^8)；粘合一起没空隙.

②粘液(～ek^8／ik^8)；粘性液體. ③粘糊(～ko^5)；喻很粘.

④粘咧(～le)；粘住，又説粘稠咧(～tiau^{5}le).

⑤粘性(～seng^3／sing^3). ⑥粘貼(～tah^4／t'iap^4).

⑦粘t'i^{1}t'i^1；喻很粘，又喻纏得緊，多指男女難捨難分(貶義).

⑧粘土(～t'o^5)；粘性的土壤.

（1593）　【緒】　　　xù（ㄒㄩ）

"緒"字祇有一種讀音：(su^7)

（例）　①緒言(～gian^5)；文章開頭的前言.

②緒論(～lun^7)；導論. ③心緒(sim^1～)；心情.

④頭緒(t'au^5～)；事情的開端. ⑤情緒(tseng^5～)；氣氛、心情.

（1594）　【肩】　　　jiān（ㄐㄧㄢ）

Ａ 文言音：(kian^1)

（例）　①肩負(～hu^7)；擔負. ②肩膀(～pong^2).

Ｂ 白話音：(keng^1／king^1)

（例）　①肩胛頭(～kah^{4}t'au^5)；即肩膀. ②肩頭(～t'au^5)；肩膀.

（1595）　【籍】　　　jí（ㄐㄧ）

"籍"字的讀法祇有一種：(tsek^8／tsik^8)

（例）　①籍貫(～kuan^3)；家庭久居地或出生地.

②原籍(guan^5～). ③國籍(kok^4～).

④古籍(ko^2～)；古代的書籍.

（1596）　【藉】　　　jí（ㄐㄧ）～jiè（ㄐㄧㄝ）

Ａ 官話讀(ji)時，台語讀：(tsek^8／tsik^8)，如"狼藉"(long^5～)；亂

· 649 ·

七八糟，零亂不堪的狀態.

B 官話讀(jie)時，台語讀：(tsia³)

(例) ①藉故(～ko³)；托故. ②藉口(～k'au²)；借口.

③藉手(～ts'iu²)；假手.

（ 1597 ）　【敏】　　mǐn（ㄇㄧㄣˇ）

"敏"字祇有一種法：(bin²)

(例) ①敏感(～kam²). ②敏銳(～jue⁷／lue⁷)；靈敏尖銳.

③敏捷(～tsiat⁸)；動作迅速靈敏. ④靈敏(leng⁵～)；反應快.

（ 1598 ）　【塗】　　tú（ㄊㄨˊ）

A [to⁵]：①塗改(～kai²)；抹去原來的字重新寫.

②塗料(～liau⁷)；漆、顏料等東西.

B [t'o⁵]：①塗牛(～gu⁵)；指滿身泥土的人、多指小孩.

②塗炭(～t'uaⁿ⁵)；煤炭，又作"土炭".

（ 1599 ）　【皆】　　jiē（ㄐㄧㄝ）

"皆"字只有一種讀法：(kai¹)

(例) ①皆是(～si⁷)；都是. "比比皆是"(pi²pi²～)；全都是.

②皆大歡喜(～tua⁷huaⁿhi²)；大家都歡喜、高興.

③盡人皆知(tsin⁷jin⁵～ti¹)；所有的人全都知道.

（ 1600 ）　【偵】　　zhēn（ㄓㄣ）

"偵"字只有一種讀音：(tseng¹／tsing¹)

(例) ①偵探(～t'am³)；暗中察看.

②偵緝(～tsip⁴)；探查緝捕. ③偵查(～ts'a⁵)；探查.

④偵察(～tsat⁴)；窺探敵情, "偵察機"(～ki¹)；在空中偵察的飛機.

（1601）　【懸】　　　　xüán（ㄒㄩㄢˊ）

A 文言音：(hian^5)

　(例)　①懸案(～an^3)；沒解決的案件.

　　②懸隔(～keh^4)；相隔很遠. ③懸空(～k'ong^1)；吊在空中.

　　④懸念(～liam^7)；掛念.　⑤懸殊(～su^5)；相差很大.

B 白話音：(kuai^{n5})

　(例)　①懸5尺(～go^{7}ts'iəh^4)；高5尺.

　　②山懸(sua^{n1}～)；山很高. ③6丈懸(lak^{8}tng^7～)；6丈高.

（1602）　【掘】　　　　jüé（ㄐㄩㄝˊ）

"掘"字的讀法祇有一種：(kut^8)

　(例)　①掘土(～t'o^5).　　②掘足深(～tsiok^{4}ts'im^1)；挖得深.

　　③發掘(huat^4～)；挖掘埋藏物. ④採掘(ts'ai^2～)；挖取礦物.

（1603）　【享】　　　　xiang（ㄒㄧㄤˇ）

"享"字只有一種讀法：(hiang^2)

　(例)　①享福(～hok^4)；享受幸福、清福.

　　②享有(～iu^2／yiu^2)；取得或擁有聲譽、權利等.

　　③享樂(～lok^8)；享受快樂. ④享受(～siu^7)；欣賞滿足.

　　⑤民享(bin^5～)；人民享有. ⑥分享(hun^1～)；共同享有.

（1604）　【糾】　　　　jiū（ㄐㄧㄡ）

"糾"字的讀音祇有一種：(kiu^3)

　(例)　①糾合(～hap^8)；集合. ②糾紛(～hun^1)；爭執的事情.

　　③糾葛(～kat^4)；糾纏不清. ④糾正(～tseng^3／tsing^3)；改正.

　　⑤糾察(～ts'at^4)；維持秩序，調查糾正.

　　⑥糾結 (～ kat^4)；互相纏繞. ⑦糾誤 (～ ngo^7)；糾正錯誤.

（1605）　【醒】　　　　xǐng（ㄒㄧㄥ）

A 文言音：(seng²／sing²)

　　（例）　①醒目(～bok⁸)；口語音(ts'eⁿ²bak⁸)；明顯引人注目．

　　　　②醒悟(～ngo⁷)；從迷糊中醒過來而有所了悟．

B 白話音：(ts'eⁿ²／ts'iⁿ²)

　　（例）　①醒啦(～la)；醒了．②醉未醒(tsui³bue⁷～)；醉還没醒．

　　　　③睏醒(k'un³～)；睡醒．　④睏一醒(k'un³tsit⁸～)；睡了一覺．

（1606）　【狂】　　　　kuáng（ㄎㄨㄤ）

"狂"字祇有一種讀法：(kong⁵)

　　（例）　①狂妄(～bong²)；極端的自高自大．

　　　　②狂言(～gian⁵)；狂妄的話，口語説"痟話"(siau²ue⁷)．

　　　　③狂喜(～hi²)；極度歡喜．④狂熱(～jiat⁸)；極度的熱情．

　　　　⑤趕狂(kuaⁿ²～)；慌忙．　⑥生狂(tseⁿ¹／tsiⁿ¹～)；慌張忙亂．

（1607）　【鎖】　　　　suǒ（ㄙㄨㄛ）

"鎖"字的讀法祇有一種：(sə²)

　　（例）　①鎖互好(～ho⁷hə²)；要鎖好．

　　　　②鎖鏈(～lian⁷)；裝有鎖的鏈條．③鎖門(～mng⁵)．

　　　　④鎖匙(～si⁵)；鑰匙．　⑤鎖頭(～t'au⁵)；鎖．

　　　　⑥號碼鎖(hə⁷be²～)．　　⑦枷鎖(ka¹～)；鎖鏈．

（1608）　【恨】　　　　hèn（ㄏㄣ）

"恨"字只有一種讀音：(hin⁷／hun⁷)

　　（例）　①相罵恨無話(siaⁿ¹me⁷～bə⁵ue⁷)；吵架時措詞無所不用．

　　　　②恨事(～su⁷)；憾事．③怨恨(uan³～)；強烈的不滿或仇恨．

　　　　④悔恨(hue²～)；不稱心．⑤仇恨(siu⁵～)；強烈的憎恨．

（1609）　【牲】　　　　shēng（ㄕㄥ）

A 文言音：(seng¹／sing¹)

　　(例)　①牲口(～k'au²)；牛馬等幫助人工作的家畜.

　　　②牲畜(～t'iok⁴)；家畜.　③犧牲(hi¹～)；放棄或受損害.

B 白話音：(tseng¹／tsing¹)～(seⁿ¹／siⁿ¹)

　　(例)　牲牲(tseng¹seⁿ¹)；牲畜.

（1610）　【霸】　　　　bà（ㄅㄚˋ）

'霸"字的讀法祇有一種：(pa³)

　　(例)　①霸權(～kuan⁵)；以武力做後盾壓制他國的作法.

　　　②霸王(～ong⁵)；橫蠻的或有強大力量的頭頭.

　　　③霸道(～tə⁷);蠻橫不講理.④霸佔(～tsiam³);靠權勢佔取剝取.

　　　⑤壓霸(ah⁴～)；又作"拗／偓霸"(a³～)；即蠻橫靠暴力不講理.

　　　⑥惡霸(ok⁴～)；欺壓弱小善良的壞蛋.

　　　按台語表蠻橫不講理的 [a³pa³]，漢字有寫 "鴨霸" 不妥，宜作 "偓霸"。

（1611）　【爬】　　　　pá（ㄆㄚˊ）

A 文言音：(pa⁵)

　　(例)　①爬行(～heng⁵)；口語説"趖／脞"(sə⁵).

　　　②爬虫類(～t'iong⁵lui⁷)；在地上爬行的動物.

B 白話音：(pe⁵)

　　(例)　①爬土腳(～t'o⁵k'a¹)；在地面爬.

　　　②爬足緊(～tsiok⁴kin²)；爬得很快.

　　　③會曉爬(e⁷／hiau²～)；會爬.　④學爬(əh⁸～).

按"爬"的動作，台語有(sə⁵)，漢字作"趖／脞"，即邊爬邊走的爬行。

又有(peh⁴)，漢字作"跖"，而"爬"可作訓讀字，如"跖山"(～suaⁿ¹)、

"跖樹"(～ts'iu⁷)；爬樹也.

（1612） 【賞】　　　shǎng（ㄕㄤ）

A 文言音：(siong²)

　　(例)　①賞罰(～huat⁸)；又音(siuⁿ²～).

　　②賞金(～kim¹)；即獎金，又音(siuⁿ²kim¹).

　　③懸賞(hian⁵～)；揭示對有功或入選者給以獎金.

　　④欣賞(him¹～)；領會而享受、感到滿意.

B 白話音：(siuⁿ²／sioⁿ²)

　　(例)　①賞月(～gueh⁸).　②賞賜(～su³)；對晚輩給以財物表
　　示對其某種表現贊賞.　　③賞錢(～tsiⁿ⁵)；賞給錢.

（1613）　【逆】　　　nì（ㄋㄧ）

"逆"字的讀法祇有一種：(gek⁸／gik⁸)

　　(例)　①逆風(～hong¹).　②逆行(～heng⁵)；背着預定或應走
　　的方向走，即"倒行"(tə³kiaⁿ⁵).　③逆境(～keng²／king²)；困境.
　　④逆料(～liau⁷)；預料.　⑤逆流(～liu⁵)；反着水流的方向.
　　⑥逆耳(～ni²)；聽起來不舒服，"忠言逆耳"(tiong¹gian⁵～).
　　⑦逆水(～sui²);即違反水流的方向，"逆水行舟"(～heng⁵tsiu¹).
　　⑧逆子(～tsu²)；忤逆不孝的兒子，"不孝逆子"(put⁴hau³～).
　　⑨逆轉(～tsuan²)；情勢倒轉或惡化.
　　⑩逆差(～ts'a¹)；輸入超出輸出，又叫"入超"(jip⁸ts'iau¹).
　　⑪忤逆(ngo²～)；不順從，反抗上輩(父母).
　　⑫叛逆(p'uan³～)；違背反叛，又指有背叛行為的人.

（1614）　【玩】　　　wán（ㄨㄢ）

"玩"字的文言音為：(guan⁵)，一般多通用訓讀音的(uan²／wan²)。

　　(例)　①玩偶(～ngo²)；口語説(ang¹a²)，漢字作"翁仔"，又作"
　　尪仔"；供兒童玩的人形. ②玩弄(～long⁷)；戲弄、搬弄.

③古玩(ko²〜)；亦即古董、古代的繪畫器物．

（1615）　【陵】　　　líng（ㄌㄧㄥ）

"陵"字的讀法祇有一種：(leng⁵／ling⁵)

(例)　①陵墓(〜bong⁷)；又音(〜mo⁷)；帝王或偉人的墳墓．

②陵寢(〜tsim²)；帝王的墳墓．

③陵園(〜uan⁵)；陵墓所在的園林．又音(〜hng⁵)．

④丘陵(k'iu¹〜)；連綿的矮山丘．"丘陵地"(k'iu¹〜te⁷)．

（1616）　【凌】　　　líng（ㄌㄧㄥ）

"凌"字只有一種讀音：(leng⁵／ling⁵)

(例)　①凌辱(〜jiok⁸／liok⁸)；侮辱．

②凌駕(〜ka³)；壓倒、超越．③凌空(〜k'ong¹)；高昇到空中．

④凌厲(〜le⁷)；氣勢猛烈．⑤凌亂(〜luan⁷)；雜亂，口語

説"茹蹌蹌"(ju⁵ts'iang²〃)．⑥凌晨(〜sin⁵)；口語説"天(要)

卜光"(t'iⁿ¹beh⁴kng¹)；天將亮的時候．

⑦凌遲(〜ti⁵)；分割肢體的死刑，虐待．

⑧欺凌(k'i¹〜)；欺負凌辱．⑨侵凌(ts'im¹〜)；侵犯欺凌．

（1617）　【祝】　　　zhù（ㄓㄨ）

"祝"字祇有一種讀法：(tsiok⁴)

(例)　①祝賀(〜hə⁷)．　　②祝福(〜hok⁴)．

③祝頌(〜siong⁷)；表示良好的願望．

④祝詞(〜su⁵)；祝賀的詞句．⑤祝禱(〜tə²)；祈禱神保佑．

⑥敬祝(keng³〜)；恭敬地祝福．⑦慶祝(k'eng³／k'ing³〜)．

（1618）　【貌】　　　mào（ㄇㄠ）

"貌"字的讀法祇有一種：(mau⁷)

    (例)　①貌合神離(～hap⁸sin⁵li⁷)；表面上關係密切、實際上心思不同，表裡不一致．②面貌(bin⁷～)；臉的形狀神情．

    ③容貌(iong⁵～)．　　　　④禮貌(le²～)；言行規矩．

    ⑤全貌(tsuan⁵～)；全容、整個形象．

（ 1619 ）　【役】　　yì（ㄧ）

Ⓐ文言音：(ek⁸／ik⁸)

    (例)　①役齡(～leng⁵／ling⁵)；服兵役的年齡．

    ②役使(～su³)；差使．　　③勞役(lə⁵～)；勞動服務．

    ④奴役(lo⁵～)；如同奴隸般地使用．

    ⑤兵役(peng¹／ping¹～)．⑥戰役(tsian³～)；戰爭．

Ⓑ白話音：(iah⁸／yah⁸)

    (例)　①役場(～tiuⁿ⁵)；日治下的町(鎮)村(鄉)的政府機關．

    ②兵役(peng¹～)；當兵的義務，口語"做兵"(tsə³peng¹)．

（ 1620 ）　【彼】　　bǐ（ㄅㄧ）

Ⓐ文言音：(pi²)

    (例)　①彼岸(～gan⁷)；指超脫生死的境界．

    ②彼此(～ts'u²)；那個和這個，對方和自己．

Ⓑ訓讀音：(he¹)～(hia¹)、(hiah⁴)

  Ⅰ [he¹]：彼是啥(～si⁷siaⁿ²)；那是什麼？

  Ⅱ [hia¹]：彼有人坐(～u⁷lang⁵tse⁷)；那兒有人坐．

  Ⅲ [hiah]：①彼貴(～kui³)；那麼貴．②彼緊(～kin²)；那麼快．

（ 1621 ）　【悉】　　xī（ㄒㄧ）

Ⓐ文言音：(sit⁴)

（例）　①悉心(～sim¹)；盡心. ②悉數(～so³)；全數.

　　③敬悉(keng³～)；(敬語)知道. ④知悉(ti¹～)；知道.

B 白話音：(sek⁸／sik⁸)

（例）　①熟悉(siok⁸～).　　②詳悉(siong⁵～)；詳細地知道.

（1622）　【鴨】　　yā（ㄧㄚ）

"鴨"字文言音爲：(ap⁴)，一般通用白話音：(ah⁴)。

（例）　①鴨仔聽雷(ah⁴aⁿ²t'iaⁿ¹lui⁵)；莫明其妙.

　　②鴨母蹄(～ba²/bu²te⁵)；喻兩腳的趾端向內成八字形，走起路
來會搖擺(多指婦女). ③鴨雄仔(～heng⁵a²)；少年期的鴨子.

　　④鴨角(～kak⁴)；公鴨，尤指成年的雄鴨.

　　⑤番鴨(huan¹～)；黑色粗大紅臉的一種鴨子.

　　⑥水鴨(tsui²～).　　　　⑦菜鴨(ts'ai³～)；即食用鴨.

（1623）　【趨】　　qū（ㄑㄩ）

"趨"字祇有一種讀音：(ts'u¹)

（例）　①趨向(～hiong³)；傾向. ②趨附(～hu³)；迎合投靠.

　　③趨炎附勢(～iam⁷hu³se³)；奉承依附有權勢的人.

　　④趨勢(～se³)；發展的傾向、動向. ⑤趨趨(ts'u¹〃)；傾斜.

（1624）　【鳳】　　fèng（ㄈㄥ）

"鳳"字祇有一種讀音：(hong⁷)

（例）①鳳尾草(～bue²ts'au²)；又叫井邊草，有退熱解毒作用.

　　②鳳眼(～gan²)；眼角尖細的眼型.

　　③鳳凰(～hong⁵)；傳說爲百鳥之王，雄的叫鳳，雌的叫凰.

　　④鳳冠(～kuan¹)；從前后妃所戴的帽子，因有鳳凰形狀的金
屬裝飾而得名.　　　　⑤鳳梨(～lai⁵)；又叫(ong⁷lai⁵)，

漢字作"茎梨"，或"旺梨". ⑥鳳仙花(～sian¹hue¹)；即指甲花.

⑦鳳毛麟角(～mo⁵lin⁵kak⁴)；喻稀有可貴.

⑧龍鳳(leng⁵～)；喻高貴的動物，生男要像龍，生女要像鳳.

（1625）　【晨】　　　chén（ㄔㄣ）

"晨"字的讀法祇有一種文言音：(sin⁵)

　　(例)　①晨曦(～hi¹)；即晨光. ②晨昏(～hun¹)；早晨和晚上.

　　③晨光(～kong¹)；早上的陽光，清晨的太陽光.

　　④清晨(ts'eng¹～)；清早，口語有"透早"(t'au³tsa²).

（1626）　【畜】　　　chù（ㄔㄨ）～xù（ㄒㄩ）

A 官話音讀(chu)時，台語分文白兩種讀音。

　　I 文言音：[t'iok⁴]：①畜肥(～pui⁵). ②六畜(liok⁸～)；豬羊牛

　　馬雞狗. ③牲畜(seng¹～)；家畜. ④家畜(ka¹～).

　　II 白話音：[t'ek⁴／t'ik⁴]：畜生(～seⁿ¹／siⁿ¹)；泛指禽獸.

B 官話音讀(xu)時，台語讀(hiok⁴)，但通用音為：(t'iok⁴)。

　　(例)　①畜牧(～bok⁸)；大規模地飼養牲畜.

　　②畜養(～iong²)；飼養動物.

　　③畜產(～san²)；畜牧業，或其產品.

（1627）　【蓄】　　　xù（ㄒㄩ）

"蓄"字有儲存的意思，讀音為：(hiok⁴)和(t'iok⁴)，而以後者較通用.

　　(例)　①蓄謀(～bo⁵)；早有計謀. ②蓄意(～i³)；早有企圖.

　　③蓄養(～iong²)；積蓄培養. ④蓄志(～tsi³)；早存志願.

　　⑤蓄積(～tsek⁴)；積聚儲存. ⑥儲蓄(tu²～)；儲存金錢.

　　⑦積蓄(tsek⁴～)；同蓄積，以積蓄較常用.

　　⑧蓄電池 (～ tian⁷ti⁵)；儲電的裝置，電池.

（1628）　【輩】　　　bèi（ㄅㄟˋ）

"輩"字的讀法爲：(pue³)

　　(例)　①輩分(～hun⁷)；家族親戚等世系次第的分別.

　　②輩出(～ts'ut⁴)；人材一批批地出現.

　　③後輩(au⁷～)；又音(hiə⁷～)，亦即"下輩"(e⁷～).

　　④下輩(e⁷～)；即晚輩.　⑤我輩(ngo²～)；即我們.

　　⑥老輩(lau⁷～)；老一輩.　⑦頂輩(teng²～)；上一輩.

　　⑧長輩(tiong²～)；年長的一輩.⑨前輩(tsain⁵～)；又"老前輩".

（1629）　【秩】　　　zhì（ㄓˋ）

"秩"字的讀音有文言音的：(tit⁸)～(tiat⁸)和白話音的(tek⁸／tik⁸)，
其中以(tiat⁸)較通用。

　　(例)　①秩祿(～lok⁸)；俸給，俸祿.

　　②秩序(～su⁷)；順序、條理，有條理不混亂的狀況.

　　③七秩(ts'it⁴～)；七十歲，按十年一秩.

（1630）　【卵】　　　luǎn（ㄌㄨㄢˇ）

Ⓐ文言音：(luan²)

　　(例)　①卵生(～seng¹／sing¹)；由卵孵化出來的.

　　②卵巢(～tsau⁵)；雌性動物的生殖腺.

　　③孵卵(hu¹～)；口語(pu¹lng⁷)；把卵孵化(爲動物).

Ⓑ白話音：(lng⁷)

　　(例)　①卵仁(～jin⁵／lin⁵／gin⁵)；蛋黃，又叫"卵黃"(～ng⁵).

　　②卵端(～tuaⁿ¹)；許多卵連成塊狀，而未完全成熟者.

（1631）　【署】　　　shǔ（ㄕㄨˇ）

"署"字的讀法祇有一種：(su²)

(例)①署名(～mia⁵)；簽名. ②署理(～li²)；官職空缺時的代理.
③官署(kuaⁿ¹～)；政府機關. 舊時叫"衙門"(ge⁵mng⁵).
④簽署(ts'iam¹～)；在公文書合同等上面簽名，或題名.

（1632） 【暑】 shǔ（ㄕㄨ）

"暑"字的讀法祇有一種文言音的讀法：(su²)

(例) ①暑假(～ka²). ②暑期(～ki⁵).
③暑氣(～k'i³)；盛夏時的熱氣. ④暑天(～t'ian¹)；夏季炎熱
的日子，口語説"熱人"(juah⁸lang)，或"熱天"(juah⁸t'iⁿ¹).

（1633） 【梯】 tī（ㄊㄧ）

A 文言音：(t'e¹)

(例) ①梯形(～heng⁵／hing⁵)；上下兩邊平行、左右兩邊不平
行的四邊形. ②梯級(～kip⁴)；樓梯的級.
③梯次(～ts'u³)；分批的次序，"第1梯次"(te⁷it⁴～)；即第1批.

B 白話音：(t'ui¹)

(例) ①樓梯(lau⁵～). ②電梯(tian⁷～).

（1634） 【炎】 yán（ㄧㄢ）

"炎"字的讀法祇有一種：(iam⁷／yam⁷)

(例) ①炎夏(～ha⁷)；炎熱的夏天.
②炎熱(～jiat⁸)；極熱(天氣)，口語"燒熱"(siə¹juah⁸).
③炎涼(～liang⁵)；熱和冷. ④炎暑(～su²)；大熱天.
⑤炎症(～tseng⁵)；發炎(熱、腫、紅等)的症狀.
⑥火炎(hue²～)；火燒猛烈. ⑦日頭炎(jit⁸t'au⁵～)；陽光猛烈.
⑧腸仔炎(tng⁵a²～)；腸炎. ⑨胃炎(ui⁷／wi⁷～)；胃部的炎症.
⑩盲腸炎 (bong⁵tng⁵～)；盲腸發炎.

（1635）　【灘】　　　tān（ㄊㄢ）

"灘"爲水中沙洲、低窪地，文言音爲：(t'an¹)，但一般多通用白話音：(t'uaⁿ¹)。

　　(例)　①灘頭(～t'au⁵)；岸邊陸地．"灘頭陣地"(～tin⁷te⁷)．

　　②灘地(～te⁷)；水中沙州．③海灘(hai²～)；海邊的沙地．

　　④險灘(hiam²～)．　　　　⑤沙灘(sua¹～)；又文言音(sa¹～)．

（1636）　【攤】　　　tān（ㄊㄢ）

A 官話讀(tan)時，台語文言音讀：(t'an¹)，但一般均通用白話音：(t'uaⁿ¹)。

　　(例)　①攤販(～huan³)；擺攤子做買賣的人．

　　②攤開(～k'ui¹)；擺開，"開"字多讀輕聲．

　　③攤牌(～pai⁵)；擺開手中的牌，口語説"獻牌"(hian³～)．

　　④攤派(～p'ai³)；由衆人分擔費用、金錢等．

　　⑤分攤(hun¹～)；同上④，口語又説"分抨"(pun¹peⁿ¹)．

B 官話讀(nan)時，台語文言音爲：(lan²)，但一般均通白話音：(nua²)，用手揉、團弄的意思。

　　(例)　①攤麵粉(～mi⁷hun²)；揉麵粉．

　　②攤衫仔褲(～saⁿ¹a²k'o³)；用手揉衣服(洗衣服的動作)．

　　③攤菜脯(～ts'ai³po²)；用手揉羅卜乾．

　　④攤粿 (～ kue²／ke²)；搓揉做年糕用的米醬團．

（1637）　【驅】　　　qū（ㄑㄩ）

"驅"字祇有一種讀法：(k'u¹)，意爲趕、快跑．

　　(例)　①驅散(～san³)；趕走散失．

　　②驅使(～su³)；強行差使．③驅逐(～tiok⁸)；趕走．

　　④驅除(～tu⁵)；趕掉．

（1638）　【篩】　　　shāi（ㄕㄞ）

按"篩"字文言音爲：(su¹)，但通常讀訓讀音：(t'ai¹)，惟(t'ai¹)漢字
作"箬"。

　　(例)　①篩／箬仔(～a²)；用金屬、藤竹等糸線編成有小孔的網
　　　　狀器具，搖動時上面的粉碎東西掉下，粗大的留下，這種作業
　　　　叫"篩／箬".　　　　　　　　②篩／箬米(～bi²)；用篩子篩米.
　　③米篩／箬(bi²～)；篩米用的篩子.

按颱風，台語叫(hong¹t'ai¹)，有作"風篩／箬"。

（1639）　【峽】　　　xiá（ㄒㄧㄚˊ）

"峽"字的文言音爲：(hap⁴)，白話音爲：(hiap⁴)，但一般多通用訓
讀音：(kiap⁴)。

　　(例)　①峽谷(～kok⁴)；深而狹窄的山谷.
　　②海峽(hai²～).

（1640）　【冒】　　　mào（ㄇㄠˋ）

"冒"字祇有一種讀法：(mo⁷)

　　(例)　①冒昧(～bi⁷)；輕率、魯莽(謙辭).
　　②冒險(～hiam²).　　　　　③冒犯(～huan⁷)；言行沖撞了對方.
　　④冒名(～mia⁵)；假冒別人的名義，"冒名頂替"(～teng²t'e³).
　　⑤冒牌(～pai⁵)；冒充他人的牌號.
　　⑥冒失(～sit⁴)；魯莽，"莽撞"(bong²tong⁷).
　　⑦冒充(～ts'iong¹)；假的充當眞的.
　　⑧感冒(kam²～).　　　　　⑨假冒(ke²～)；假的冒充眞的.

（1641）　【啥】　　　shá（ㄕㄚˊ）

"啥"字祇有一種讀法：(sia²／siaⁿ²)，詞義表示"甚麼"。

(例) ①啥貨(～hue³)；什麼(有"什麼事"的含義)．

②啥款(～k'uan²)；什麼樣，"款"為樣式，種類．

③啥人(～lang⁵)；什麼人，誰．"啥人知"(～tsai¹)；誰知道．

④啥物(～mih⁸)；即什麼．⑤啥時陣(～si⁵tsun⁷)；什麼時候．

⑥啥(物)所在(～ <mih⁴> suo²tsai⁷)；什麼地方．

⑦啥代誌(～tai⁷tsi³)；什麼事情．

⑧創啥 (ts'ong³～)；幹什麼，又説 "創啥貨"(～hue³)．

（1642） 【壽】　　shòu（ㄕㄡ）

"壽"字祇有一種讀法：(siu⁷)

(例) ①壽命(～mia⁷)；生存的年限．

②壽辰(～sin⁵)；生日．　③壽星(～seng¹)；長壽的人．

④壽終正寢(～tsiong¹tseng³／tsing³tsim²)；年老病死家中．

⑤福壽(hok⁴～)；幸福長壽．⑥做壽(tsə³～)；慶賀壽辰．

（1643） 【譯】　　yì（ㄧˋ）

"譯"字的讀音為：(ek⁸／ik⁸)

(例) ①譯音(～im¹)；將一種語言按發音譯成另一種語言．

②譯述(～sut⁴)；將一種語文按大意寫成另一種語文．

③翻譯(huan¹～)．　　　④口譯(k'au²～)．

⑤直譯(tit⁸～)；將一種語文直截地換成另一種語文．

（1644） 【浸】　　jìn（ㄐㄧㄣˋ）

"浸"字的讀法祇有一種：(tsim³)

(例) ①浸潤(～lun⁷)；逐漸滲入．

②浸酒(～tsiu²)；泡在酒裡．③浸水(～tsui²)；泡在水中．

④慢慢仔浸(ban⁷〃a²～)；慢慢地泡．

（1645）　【泉】　　　quán（ㄑㄩㄢ）

A 文言音：(tsuan⁵)

（例）　①泉源(～guan⁵)．　　②泉幣(～pe³)；錢幣的古稱．

③泉州(～tsiu¹)．"泉州音(腔)(～im¹<k'iu^{n1}>)．

B 白話音：(tsua^{n5})

（例）　①泉水(～tsui²)．　　②出泉(ts'ut⁴～)；湧出泉水．

③活泉(uah⁸～)；活水泉．④溫泉(un¹／wun¹～)；熱的泉水．

（1646）　【帽】　　　mào（ㄇㄠ）

"帽"字文言音讀：(mo⁷)，用例少，通用白話音：(be⁷)．

（例）　①帽仔(～a²)；帽子．②帽仔舌(～a²tsih⁸)；帽沿．

③草帽(ts'au²～)．　　　　④運動帽(un⁷tong⁷～)．

（1647）　【遲】　　　chí（ㄔ）

"遲"字祇有一種讀音：(ti⁵)

（例）　①遲暮(～bo⁷)；喻老年．②遲疑(～gi⁵)；猶豫．

③遲緩(～huan⁷)；緩慢．④遲延(～ian⁵／yan⁵)；耽延．

⑤遲滯(～te⁷)；不暢通．　⑥遲鈍(～tun⁷)；反應慢．

⑦遷遲(ts'ian¹～)；耽擱拖延．

（1648）　【疆】　　　jiāng（ㄐㄧㄤ）

"疆"字白話音有兩種讀法：(kiang¹)和(kiu^{n1}／kio^{n1})，但通常多用文言音：(kiong¹)。

（例）　①疆域(～hek⁸／hik⁸)；領土範圍．

②疆界(～kai³)；領土或地域的界限．

③疆場(～tiu^{n5}／tio^{n5})；戰場．④疆土(～t'o²)；即領土．

⑤無疆(bu⁵～)；沒界限，沒盡止，"萬壽無疆"(ban⁷siu⁷～)．

（1649） 【貸】　　　　　dài（ㄉㄞˋ）

"貸"字的讀音：(tai³)，但俗音讀第7聲：(tai⁷)。

　（例）　①貸方(～hong¹)；又叫付方，表示資產的減少．

　②貸款(～k'uan²)；期間較長的借錢．

　③寬貸(k'uan¹～)；饒恕，寬容．

　④借貸(tsiəh⁴～)；借方和付方，又借款．

（1650） 【漏】　　　　　lòu（ㄌㄡˋ）

"漏"字的文言音爲：(lo⁷)，但一般通用白話音：(lau⁷)。

　（例）　①漏網(～bang⁷)；喻罪犯没被逮捕．

　②漏雨(～ho⁷)；雨水滲漏．③漏風(～／lau³hong¹)；空氣外泄．

　④漏夜(～ia⁷／ya⁷)；深夜，口語説"下半暝"(e⁷pua^n3mi⁵)．

　⑤漏光(～kng¹)；光線外洩．⑥漏税(～sue³)；逃税，又説"走税"(tsau²sue³)．　⑦漏斗(～tau²)；"酒漏仔"(tsiu²～a²)．

　⑧掠漏(liah⁸～)；找屋頂漏縫并加修補．

　⑨涉／泄(洩)漏(siap⁸～)；滲漏．⑩走漏(tsau²～)；泄露．

（1651） 【稿】　　　　　gǎo（ㄍㄠˇ）

"稿"字祇有一種讀音：(kə²)．

　（例）　①稿約(～iok⁴)；徵稿的宗旨等規定．

　②稿本(～pun²)；著作的底本．③稿酬(～siu⁵)；對稿件的報酬．

　④擬稿(gi²～)；草擬原稿．⑤核稿(hek⁸／hut⁸～)；審閲稿件．

　⑥起稿(k'i²～)．　⑦稻草稿(tiu⁷ts'au²～)；稻草稈．

　⑧草稿(ts'ə²～)；底稿，草擬的底稿．

（1652） 【冠】　　　　　guān～guàn（ㄍㄨㄢ）

Ａ官話音讀第1聲時意爲帽子，台語有文白兩讀，白話音爲：

(kua^{n1})，但很少用，通常用文言音：(kuan^1)。

  （例）　①冠冕(～bian^2)；古代帝王、官僚的帽子，"冠冕堂皇"
  (～tong^{5}hong^5)；喻表面上一番正氣派頭的樣子．

　②衣冠(i^1／yi^1～)；衣帽．③雞冠(ke^1～)；雞頭上的冠狀物，
  口語説"雞髻"(ke^{1}kue^3／ke^3)．

B 官話音讀第4聲時爲動詞，戴帽子或居首位，台語讀：(kuan^3)。

  （例）　①冠軍(～kun^1)；第1名，即優勝也．

　②沐猴而冠(bok^{8}ho^{5}ji^5～)；獼猴戴帽子，裝成人，似是而非．

（ 1653 ）　【嫩】　　　nèn（ㄋㄣ）

"嫩"字祇有一種讀音：(lun^7)

  （例）　①嫩綠(～lek^8／lik^8)；淺綠(新芽)．

　②幼嫩(iu^3～)；嬌嫩，柔弱．

（ 1654 ）　【脅】　　　xié（ㄒㄧㄝ）

"脅"字的讀音：(hiap^4)／(hiap^8)通用，但後者較多．

  （例）　①脅迫(～pek^4／pik^4)；威脅強迫．

　②脅從(～tsiong^5)；強迫使跟從做壞事．

　③脅持(～ts'i^5)；即挾持．④兩脅(liong^2～)；腋下到腰部爲脅．

　⑤威脅(ui^1～)；脅迫，"受着威脅"(siu^{7}tiəh～)．

（ 1655 ）　【芯】　　　xīn（ㄒㄧㄣ）

按"芯"字的官話音有1聲和4聲兩種讀法，台語則均讀爲：(sim^1)
一種而已。

  （例）　①蠟燭芯(lah^{8}tsek^4～)．②炮仔芯(p'au^{3}a^2～)；爆竹芯．

　③燈芯(teng^1～)；油燈的引火燃燒的線．

　④鉛筆芯 (ian^5／yan^{5}pit^4～)；鉛筆的芯兒．

（1656）　【牢】　　láo（ㄌㄠ）

"牢"字白話音讀：(lau⁵)，語例少，通用文言音：(lə⁵)。

（例）　①牢獄(～gak⁸)；監獄，監牢.
②牢固(～ko³)；結實堅固. ③牢籠(～long⁵)；又説"籠仔内"
(long⁵a²lai⁷)；監牢裡.　　④牢騷(～sə¹)；説怨言.
⑤監牢(ka^{n1}～)；監獄.

（1657）　【叛】　　pàn（ㄆㄢ）

"叛"字的讀音爲：(puan⁷)和(p'uan⁷)通用。

（例）　①叛逆(～gek⁸／hik⁸)；背叛(pue⁷～).
②叛離(～li⁷)；背叛脱離. ③叛亂(～luan⁷)；背叛而作亂.
④叛變(～pian³)；背叛而投敵或與原所屬者對敵.
⑤叛徒(～to⁵)；叛變的人. ⑥反叛(huan²～)；反抗而背叛.

（1658）　【蝕】　　shí（ㄕ）

"蝕"字文言音爲：(sek⁸／sik⁸)，語例少，通用的是白話音：(sih⁸)
和(sit⁸)。

（例）　①蝕本(～pun²)；虧本. ②月蝕(gueh⁸sit⁸)；地球在日和
月的中間，太陽光照不到月球上.
③腐蝕(hu²～)；腐化而耗損. ④日蝕(jit⁸～)；月球在地球和
太陽之間形成一直線，日光照不到地球.

（1659）　【奧】　　aò（ㄠ）

"奧"字白話音爲：(au³)少用，通常用文言音(ə³)；意爲含義深，不
容易懂。

（例）　①奧妙(～biau⁷)；又讀(au³biau⁷)；深奧微妙.
②深奧(ts'im¹～)；含義深.

（1660）　【懊】　　　ào（ㄠ）

"懊"字文言音讀：(ə³)，通用的是白話：(au³)。

　（例）　①懊悔(～hue²)；悔恨不該.

　　②懊惱(～nau²)；心裡不舒服而煩惱.

（1661）　【鳴】　　　míng（ㄇㄧㄥ）

"鳴"爲鳥獸或虫類的呼叫，祇有一種讀法：(beng⁵／bing⁵)。

　（例）　①鳴炮(～p'au³)；鳴放鞭炮，口語説"放炮"(pang³p'au³).

　　②鳴謝(～sia⁷)；表明謝意. ③共鳴(kiong⁷～)；起同樣的反應.

　　④爭鳴(tseng¹～)；競相表明主張.

（1662）　【嶺】　　　lǐng（ㄌㄧㄥ）

Ⓐ文言音：(leng²／ling²)

　（例）　①分水嶺(hun¹sui²～). ②山嶺(san¹～).

Ⓑ白話音：(nia²)

　（例）　①嶺頂(～teng²／ting²)；有路通行的山頂上.

　　②山嶺(sua^{n1}～)；連綿的高山，口語説"崙仔"(lun⁵a²).

　　③關仔嶺 (Kuan¹a²～)；台灣南部溫泉名勝.

（1663）　【憑】　　　píng（ㄆㄧㄥ）

Ⓐ文言音：(peng⁵／ping⁵)

　（例）　①憑據(～ku³)；証物或証件.

　　②憑吊(～tiau³)；訪問古蹟而懷古.

Ⓑ白話音：(pin⁵)

　（例）　①憑空(～k'ong¹)；没依據.

　　②憑票入場(～p'ia³jip⁸／lip⁸tiu^{n5}／tio^{n5})；依據票進入場内.

　　③憑啥(～sia^{n2})；依據什麼？④憑証(～tseng³／tsing³)；証據.

⑤文憑(bun⁵～)；畢業証書.

（1664）　【串】　　　chuàn（ㄔㄨㄢ）

"串"字的白話音爲：(ts'ng³)；如"一串珍珠" (tsit⁸～tsin¹tsu¹)，"串"
又讀文言音：(ts'uan³)，文言音較通用。

　　(例)　①串供(～keng¹／king¹)；互相勾結捏造口供.

　　　　②串講攏無影(～kong²long²bə⁵ia^{n2})；老是説不實的話.

　　　　③串聯／連(～lian⁵)；一個一個互相聯繫起來.

　　　　④貫串(kuan³～)；連貫.　⑤客串(k'eh⁴～)；臨時加入表演.

（1665）　【繪】　　　huì（ㄏㄨㄟ）

"繪"字白話音爲：(kue⁷)，用例少，如"繪圖"(～to⁵)，又音(hue⁷to⁵)。
一般則較通用文言音：(hue⁷)。

　　(例)　①繪製(～tse³)；指畫圖表，製圖.　②繪畫(～ue⁷／wa⁷).

（1666）　【融】　　　róng（ㄖㄨㄥ）

"融"字祇有一種讀音爲：(iong⁵／yong⁵)

　　(例)　①融合(～hap⁸)；成爲密切的一體.

　　　　②融洽(～hiap⁸)；感情好、没抵觸.

　　　　③融化(～hua³)；溶化.　④融會貫通(～hue⁷kuan³t'ong¹)；多
　　　　方面參考而得到徹底的了解.　⑤金融(kim¹～)；指貨幣的流通.

　　　　⑥通融(t'ong¹～)；變通辦法，又"融通"音(hiong⁵t'ong¹).

（1667）　【盆】　　　pén（ㄆㄣ）

"盆"字的讀法祇有一種：(p'un⁵)

　　(例)　①盆景(～keng²／king²)；栽在盆中的小巧花樹.

　　　　②盆地(～te⁷)；四周爲山丘所圍的平地.

③面盆(bin⁷～)；口語"面桶"(bin⁷t'ang²).

④臨盆(lim⁵～)；分娩，生小孩.

（1668）　【廟】　　miào（ㄇㄧㄠˋ）

"廟"字的文言音爲：(biau⁷)，一般則通用(biə⁷)。

　　(例)　①廟會(～hue⁷)；在廟所在地舉行的香會迎神等活動.

　　②乞食趕廟公(k'it⁴tsiah⁸kuaⁿ²～kong¹)；乞丐到廟裡避雨，反
而把廟的主持人趕走，喻反賓爲主.

　　③廟寺(～si⁷)；又説寺廟.　④媽祖廟(ma²tso²～).

　　⑤仙公廟(sian¹kong¹～).

（1669）　【籌】　　chóu（ㄔㄡˊ）

"籌"字的讀法祇有一種：(tiu⁵)

　　(例)　①籌謀(～bo⁵)；計謀.　②籌劃(～hek⁸／hik⁸)；計劃.

　　③籌款(～k'uan²)；設法弄錢.　④籌辦(～pan¹)；計劃辦理.

　　⑤籌備(～pi⁷)；計劃準備，在創辦事業前的籌劃準備.

　　⑥籌商(～siong¹)；計劃商議，口語"參詳"(ts'am¹siong⁵).

　　⑦籌措(～tso³)；計劃調達財物.　⑧統籌(t'ong²～)；統一計劃.

（1670）　【凍】　　dòng（ㄉㄨㄥˋ）

Ⓐ文言音：(tong³)

　　(例)　①凍結(～kiat⁴)；因冷而凝結，喻阻止流動.

　　②冷凍(leng²／ling²～)；因冰冷而凝固.

Ⓑ白話音：(tang³)

　　(例)　①凍霜(～sng¹)；被霜所凍，又喻寒酸小氣、吝嗇.

　　②凍瘡(～ts'ng¹)；皮膚因冷而成瘡.

　　③堅凍(kian¹～)；因冷而凝固、凍結.

（1671）　【輔】　　fǔ（ㄈㄨ）

"輔"字的讀音爲：(hu²)

　　(例)　①輔音(～im¹)；子音. ②輔導(～tə⁷)；幫助和指導.

　　③輔佐(～tsə²)；協助.　　④輔助(～tso⁷)；從旁協助.

　　⑤相輔相成(siong¹～siong¹seng⁵)；互相補充、互相配合.

　　⑥畿輔(ki¹～)；國都附近的地方.

（1672）　【攝】　　shè（ㄕㄜ）

"攝"字的讀音有：(siap⁴)，如"攝政"(～tseng³／tsing³)，又音(liap⁴
～)，但一般的通用音爲：(liap⁴)。

　　(例)　①攝影(～ia^{n2})；口語"翕像"(hip⁴siang⁷)；照相.

　　②攝生(～seng¹／sing¹)；保養身體.

　　③攝取(～ts'u²)；吸取.　　④珍攝(tin¹～)；保養.

（1673）　【襲】　　xí（ㄒㄧ）

"襲"字祇有一種讀法：(sip⁸)

　　(例)　①襲用(～iong⁷)；沿襲地採用.

　　②襲擊(～kek⁸／kik⁸)；突然攻擊，出其不意地打擊.

　　③襲取(～ts'u²)；沿襲採取，突然奪取.

　　④奇襲(ki⁵～)；出其不意地攻擊敵人.

　　⑤空襲(k'ong¹～).　　　　⑥世襲(se³～)；父傳子地照樣繼承.

　　⑦抄襲(ts'au¹～)；完全照樣做.

（1674）　【筋】　　jīn（ㄐㄧㄣ）

"筋"字的讀音祇有一種：(kin¹／kun¹)

　　(例)　①筋骨(～kut⁴)；筋肉和骨頭.

　　②筋肉(～jiok⁸)；肌肉. ③筋節(～tsat⁴)；即骨節.

④血筋(hueh⁴～)；血管. ⑤青筋(ts'eⁿ¹～)；靜脈血管.

（1675） 【拒】 jù（ㄐㄩ）

"拒"字祇有一種讀音爲：(ku⁷)

　　(例)　①拒絕(～tsuat⁸)；不接受.

　　②抗拒(k'ong³～)；抵抗、抵擋. "抗拒命令"(～beng⁷leng³).

（1676） 【僚】 liáo（ㄌㄧㄠ）

"僚"字的讀法祇有一種：(liau⁵)

　　(例)　①僚屬(～siok⁸)；下屬的官吏.

　　②官僚(kuaⁿ¹～)；官吏，又指做官、有官氣擺官架的態度.

　　③同僚(tong⁵～)；同事、又同一官署中的官吏.

（1677） 【旱】 hàn（ㄏㄢ）

"旱"字白話音爲：(huaⁿ⁷)，一般通用文言音：(han⁷)。

　　(例)　①旱地(～te⁷)；旱田. ②旱道(～tə⁷)；陸路.

　　③旱稻(～tiu⁷)；種在旱田的稻子.

　　④旱災(～tsai¹)；因長期不下雨帶來的災害.

　　⑤乾旱(kan¹～)；乾燥不下雨. ⑥苦旱(k'o²～)；長期不下雨.

（1678） 【鳥】 niǎo（ㄋㄧㄠ）

Ａ 文言音：(niau²)

　　(例)　①鳥瞰(～kam³)；從高處向低處看，概括的描寫.

　　②鳥獸(～siu³)；鳥類與獸類. ③駝鳥(tə⁵～)；現存最大的鳥

　　類，"駝鳥作法"(～tsə³huat⁴)；藏頭露尾.

Ｂ 俗讀音：(tsiau²)

　　(例)　①鳥仔(～a²)；鳥. ②鳥仔肚(～to⁷)；喻没氣量.

③鳥銃(～ts'eng³／ts'ing³)；即打鳥用的火槍.

④粉鳥(hun²～)；鴿子. ⑤羼鳥(lan⁷～)；即"屌"(tiau²)，陰莖.

(1679) 【漆】　　qī (ㄑㄧ)

A 文言音：(ts'it⁴)，用例少，"漆黑"(～hek⁸／hik⁸)；非常黑，
黑暗，口語説"烏墨墨"(o¹bak⁸〃)，"暗嗦嗦"(am³sə¹〃).

B 白話音：(ts'at⁴)

(例)　①漆器(～k'i³)；表面塗漆的器具.

②油漆(iu⁵～)；漆料.　　③噴漆(p'un³～)；噴上漆料.

④食漆(tsiah⁸～)；塗上漆料.

(1680) 【眉】　　méi (ㄇㄟˊ)

A 文言音：(bi⁵)

(例)　①眉目(～bok⁸)；喻事情的頭緒，又指容貌.

②眉眼(～gan²)；泛指容貌，眉毛眼睛.

③眉飛色舞(～hui¹sek⁴bu²)；形容喜悦、得意的情形.

B 白話音：(bai⁵)

(例)　①眉頭(～t'au⁵)；兩眉附近部分.

②目眉(bak⁸～)；即眉毛. ③月眉(gueh⁸～)；如上弦月的眉毛.

④柳葉眉(liu²hioh⁸～)；如葉般細長的眉毛，爲女性美眉的標準.

(1681) 【疎／疏】　　shū (ㄕㄨ)

A 文言音：(so¹)

(例)　①疏忽(～hut⁴)；粗心大意，忽略.

②疏開(～k'ai¹)；散開疏遷到偏僻的地方.

③疏懶(～lan²)；懶散不受拘束，口語"荏懶"(lam²nua⁷).

④疏漏(～lau⁷)；疏忽遺漏，不周密、有漏洞.

⑤疏落(～lok⁸)；稀疏零落，口語"散散"(suaⁿ³〃)，"離離落落"(li⁵
〃lak⁴〃)．⑥疏散(～san³)；分散．⑦疏導(～tə⁷)；使水流通．
⑧疏通(～t'ong¹)；使彼此意思溝通，和解．
⑨疏遠(～uan²)；感情有距離，不親近．
⑩上疏(siong⁷～)；舊時臣下向帝王陳述意見的文書．
B 白話音：(se¹／sue¹)
　　(例)　①疏疏仔(se¹／sue¹〃a)；疏而不密．
　　②親疏(ts'in¹～)；親近的與疏遠的．

（1682）　【添】　　　tiān（ㄊㄧㄢ）
A 文言音：(t'iam¹)
　　(例)　①添油香(～iu⁵hiuⁿ¹／hioⁿ¹)；在寺廟捐香火用的錢．
　　②添補(～po²)；補充．　③添丁(～teng¹)；生男孩．
B 白話音：(t'inⁿ¹)
　　(例)　①添飯(～png⁷)；盛飯．②添油(～iu⁵)；補充油．

（1683）　【棒】　　　bàng（ㄅㄤ）
"棒"字的讀音祇有一種：(pang⁷)
　　(例)　①棒球(～kiu⁵)．　②棍棒(kun³～)．
　　③金箍棒(kim¹k'o¹～)；"西遊記"內孫悟空所持的伸縮自如的
　　金棒，又叫"如意棒"(ju⁵yi³～)．

（1684）　【穗】　　　suì（ㄙㄨㄟ）
"穗"字祇有一種讀音：(sui⁷)
　　(例)　①麥穗(beh⁸～)；麥莖頂端的麥粒團．
　　②稻穗(tiu⁷～)；稻莖頂端的稻穀團．
　　③一穗番麥(tsit⁸～huan¹beh⁸)；一只玉蜀黍．

674・

（1685）　【硝】　　　xiāo（ㄒㄧㄠ）

"硝"字只有一種讀音：(siau¹)

　（例）　①硝煙(〜ian¹／yan¹)；火藥爆炸後的煙霧.

　　②硝酸(〜sng¹)；有刺激性臭味,腐蝕性強,可制火藥、肥料等.

　　③芒／盰硝(bong⁵〜)；一種硫酸鈉，可作瀉葯.

（1686）　【韓】　　　hán（ㄏㄢ）

"韓"字祇有一種讀音：(han⁵)

　（例）　①韓國(〜kok⁴)；朝鮮半島北緯38°線以南的國家大韓
　　　民國(Tai⁷〜bin⁵kok⁴)的略稱.　②姓韓(seⁿ³／siⁿ³Han⁵).

（1687）　【逼／偪】　　　bī（ㄅㄧ）

A 文言音：(pek⁴／pik⁴)·

　（例）　①逼緊(〜kin²)；緊緊地催促,口語"逼恆"(〜an⁵).

　　②逼近(〜kin⁷)；靠得很近，口語"逼倚"(〜ua²).

　　③逼宮(〜kiong¹／keng¹)；強迫帝王退位.

　　④逼供(〜kiong¹)；用酷刑逼使招供，認罪.

　　⑤逼眞(〜tsin¹)；像眞的，口語"kah⁴na²tsin¹e".

　　⑥逼上梁山(〜tsiu⁷Niu⁵suaⁿ¹)；喻被迫採取重大的行動.

B 白話音：(piak⁴)，意爲因膨脹過度而爆裂.

　（例）　①逼開(〜k'ui)；爆開.　②逼破(〜p'ua³)；爆破.

　　③代誌逼破(tai⁷tsi³〜)；事情敗露.

（1688）　【扭】　　　niǔ（ㄋㄧㄡ）

A 文言音：(liu²／niu²)

　（例）　①扭傷(〜siong¹)；撙傷.　②扭轉(〜tsuan²)；使轉動.

B 白話音：(lau²)

(例)　①手扭着(ts'iu²～tiəh)；手腕扭傷.

C 訓讀音：(giu²)

　　(例)　①扭胸坎(～heng¹k'am²)；揪住胸膛.

　　　②扭衫仔褲(～sa^{n1}a²k'o³)；抓住衣服.

（1689）　【僑】　　　qiáo（ㄑㄧㄠ）

"僑"字祇有一種讀音：(kiau⁵)

　　(例)　①僑民(～bin⁵)；在外國居住而有本國籍的人.

　　②僑居(～ki¹)；在外國居住. ③僑匯(～hue⁷)；僑民匯回本國的錢.

　　④外僑(gua⁷～)；外國的僑民. ⑤華僑(hua⁵～)；僑居外國的華人.

　　⑥台僑(tai⁵～)；僑居外國的台灣人.

（1690）　【悄】　　　qiāo～qiǎo（ㄑㄧㄠ）

按"悄"字官話音有兩種讀法，但台語則祇有一種讀法：(ts'iau²)

　　(例)　①悄然(～jian⁵)；喻憂愁的樣子,或寂靜無聲的樣子.

　　②悄聲(～sia^{n1})；低聲.　③靜悄悄(tseng⁷～)；寂靜沒聲音.

（1691）　【涼】　　　liáng（ㄌㄧㄤ）

按"涼"字白話音：(niu⁵)，用例罕見，文言音有兩種；(liong⁵)和
(liang⁵)，一般均通用後者.

　　(例)　①涼鞋(～e⁵)；通風的鞋子.

　　②考試了就涼啦(k'ə²ts'i³liau²tsiu⁷～la)；考完試就輕鬆了.

　　③涼冷(～leng²)；涼而有點兒冷,如"秋天涼冷"(ts'iu¹t'i^{n1}～).

　　④涼亭(～teng⁵／ting⁵)；納涼休息的亭子.

　　⑤涼水(～tsui²)；涼冷的水. ⑥陰涼(im¹～)；天氣陰而涼爽.

　　⑦心涼(sim¹～)；舒服，滿足，"心涼脾土開"(～pi⁵t'o²k'ui¹)；
精神好有食慾,喻精神爽快、有滿足感.

⑧做×涼(tsə³×〜)；輕鬆，避勞就逸，喻偷懶，如"逐個無閒汝做汝涼"(tak⁸e⁵bə⁵eng⁵li²〜)；大家在忙，汝卻偷懶(溜走).

（1692）　【挺】　　tǐng（ㄊ丨ㄥˇ）

Ⓐ文言音：(t'eng²／t'ing²).

（例）　①挺胸(〜hiong¹)；凸出胸脯，挺直胸部.

②挺立(〜lip⁸)；直立."挺立不動"(〜put⁴tong⁷).

Ⓑ白話音：(t'aⁿ²)〜(t'iⁿ²)

Ⅰ [t'aⁿ²]：挺互懸(〜ho⁷kuan⁵)；扶(抬)高.

Ⅱ [t'iⁿ²]：硬挺咧(geⁿ⁷／giⁿ⁷〜le)；勉強支撐住.

（1693）　【碗】　　wǎn（ㄨㄢˇ）

"碗"字文言音為：(uan²／wan²)，較通用的是白話音：(uaⁿ²)。

（例）　①碗糕咧(〜kə¹le)；没那回事.

②碗粿(〜kue²)；盛在碗塊裡蒸熟的年糕.

③碗公(〜kong¹)；大碗，又説"碗彊"(〜kiang¹).

④飯碗(png⁷〜)；喻謀生的工具，靠它吃飯，有"金飯碗"(kim¹〜)；喻收入很好的職業，"鐵飯碗"(tih⁴〜)；喻有保障(如鐵打不破)的職業. ⑤煮甲大碗細碗(tsu²kah⁴tua¹〜se³〜)；喻備辦了各色各樣的菜.　　　　⑥菜碗(ts'ai³〜)；素食的果品.

（1694）　【栽】　　zāi（ㄗㄞ）

"栽"字祇有一種讀音：(tsai¹)

（例）　①栽培(〜pue⁵)；種植培養，多用於培植人材.

②栽植(〜sit⁸)；種植.　　③栽種(〜tseng³／tsing³).

④囝仔栽(gin²a²〜)；指年幼小孩，如"害死囝仔栽(hai⁷si²〜)；例如誘使小孩喝酒就是"害死囝仔栽".

⑤魚栽(hi⁵〜)；魚苗.　　⑥花栽(hue¹〜)；花苗.

⑦樹仔栽(t'siu⁷a²〜)；樹苗."搬樹仔栽"(pua^{n1}〜)；移植樹苗.

（1695）【炒】　　chǎo（ㄔㄠ）

"炒"字文言音爲：(ts'au²)，通用的是白話音：(ts'a²)

（例）　①炒米粉(〜bi²hun²)；又説"米粉炒"(bi²hun²〜).

②炒麵(〜mi⁷).　　　　②炒飯(〜png⁷).

（1696）【吵】　　chǎo（ㄔㄠ）

Ａ官話音讀第1聲時、台語祇有一種讀音：(ts'au¹)

（例）　亂吵吵(luan⁷〜〃)；紛擾、吵嚷.

Ｂ官話音讀第3聲時分文白兩種讀音

Ⅰ文言音：(ts'au²)，如"吵鬧"(〜nau⁷).

Ⅱ白話音：(ts'a²)，如"攪吵"(kiau²〜)；打攪、擾亂.

（1697）【杯】　　bēi（ㄅㄟ）

"杯"字祇有一種讀音：(pue¹)

（例）　①杯仔(〜a²)；杯子.②杯葛(〜kat⁴)；由"boycott"譯音，
意爲聯合抵制，聯合拒絕購買.

③茶杯(te⁵〜)."酒杯(盃)"(tsiu²〜).

④銀杯(gin⁵〜)；"杯"又作"盃"，杯狀的錦標.

（1698）【患】　　huàn（ㄏㄨㄢˋ）

"患"字的讀法祇有一種：(huan⁷)

（例）　①患難(〜lan⁷)；困難和危險的處境.

②患得患失(〜tit⁴〜sit⁴)；斤斤計較利害得失，口語有"捏驚死，
放驚飛"(nih⁸kia^{n1}si²pang³kia^{n1}pue¹)；抓緊怕會死掉，放了又怕

會被飛掉.　　　　　③患者(～tsia²)；病人.
④禍患(hə⁷～)；禍害.　　⑤憂患(iu¹／yiu¹～)；苦難.

（1699）　【餾】　　　liú（ㄌㄧㄡ）

A 官話讀第2聲時，台語讀：(liu⁵)

（例）　①蒸餾(tseng¹～)；把液體加熱成蒸汽，再冷卻成液體
（藉以袪除所含雜質）.

B 官話讀第4聲時，台語讀：(liu⁷)，意為把熟的食物加熱.

（例）　①一句話餾燴煞(tsit⁸ku³ue⁷～bue⁷／be⁷suah⁴)；一句話
不斷地重複講.　　　　　②餾粿(～kue²)；把年糕蒸熱.
③三日無餾跖上樹(saⁿ¹jit⁸bə⁵～peh⁴tsiuⁿ⁷ts'iu⁷)；喻三天不複習
(學的東西)便都會忘光.

（1700）　【勸】　　　quàn（ㄑㄩㄢ）

A 文言音：(k'uan³)

（例）　①勸勉(～bian²)；勸導勉勵.
②勸募(～bo⁷)；勸說募捐，又說"勸捐"(～kuan¹)..
③勸誘(～iu³)；勸說誘導.　④勸解(～kai²)；勸導疏解.
⑤勸導(～tə⁷)；規勸開導.　⑥勸慰(～ui³)；勸解安慰.

B 白話音：(k'ng³)

（例）　①規勸(kui¹～)；勸說使人聽從.　又"解勸"(kai²～).
②苦勸(k'o²～)；耐心地勸說，如"好嘴苦勸"(hə²ts'ui³～)；耐
心地用好話勸說.　　　　　③款勸(k'uan²～)；勸說.

（1701）　【豪】　　　háo（ㄏㄠ）

"豪"字祇有一種讀音：(hə⁵)

（例）　①豪語(～gu²)；說大話，說盛氣凌人的話.

②豪華(～hua⁵)；華麗、舖張. ③豪飲(～im²)；大量喝酒.
④豪傑(～kiat⁸)；智勇不凡的人，"英雄豪傑"(eng¹hiong⁵～).
⑤豪爽(～song²)；豪放直爽. ⑥富豪(hu³～)；有錢有勢的人.
⑦英豪(eng¹／ing¹～)；才能出衆的人，英雄豪傑的略語.

（1702） 【遼】　　liáo（ㄌ丨ㄠ）
"遼"字祇有一種讀音：(liau⁵)
　　(例)　①遼闊(～k'uah⁴)；指海面或平原、沙漠等空曠.
　　②遼遠(～uan²)；遙遠，口語說"吊(迢)遠"(tiau³uan²).

（1703） 【勃】　　bó（ㄅㄛ）
"勃"字的讀音祇有一種：(put⁸)
　　(例)　①勃興(～heng¹／hing¹)；忽然興盛起來.
　　②勃起(～k'i²)；指陰莖挺直起來.
　　③勃勃(～〃)；旺盛的樣子，"興勃勃"(heng³～)；興致十足.

（1704） 【鴻】　　hóng（ㄏㄨㄥ）
"鴻"字祇有一種讀法：(hong⁵)
　　(例)　①鴻鵠(～hok⁴)；鴻雁和天鵝，喻志向遠大，"鴻鵠之志"
　　(～tsi¹tsi³)，飛得高而遠的抱負.
　　②鴻儒(～ju⁵)；博學之士. ③鴻毛(～mo⁵)；鴻雁的毛，喻輕微.
　　④鴻圖(～to⁵)；即遠大的計劃. ⑤來鴻(lai⁵～)；來信.

（1705） 【旦】　　dàn（ㄉㄢ）
Ⓐ文言音：(tan³)
　　(例)　①旦夕(～sek⁴)；早晨和晚上，口語說"早暗"(tsa²am³).
　　②元旦(guan⁵～).　　　③一旦(it⁴～)；一天之間，或某一天.

680

B 白話音：(tua^{n3})，戲曲的角色．

　　(例)　戲旦(hi^{3}tua^{n3})；扮演婦女的有花旦、老旦……戲曲的角色．

（1706）　【吏】　ㄌ|ˋ（ㄌ丨）

"吏"字祇有一種讀音：(li^7)

　　(例)　①官吏(kua^{n1}～)．　　②貪官污吏(t'am^{1}kua^{n1}wu^1～)．

（1707）　【拜】　bài（ㄅㄞ）

"拜"字的讀音祇有一種：(pai^3)

　　(例)　①拜候(～hau^7)；拜見問候，請教．

　　②拜會(～hue^1)；拜訪會見．(多用於外交上的訪問)

　　③拜訪(～hong^2)．　　　　④拜謁(～iat^4)；拜見．

　　⑤拜見(～kian^3)；拜會、會見．⑥拜年(～ni^5)．

　　⑦拜壽(～siu^7)；祝賀老年人的生日．

　　⑧拜師(～su^1)；認老師，口語説"拜師傅"(～sai^{1}hu^7)．

　　⑨拜託(～t'ok^4)；託人辦事的敬詞．

　　⑩結拜(kiat^4～)；結爲異姓兄弟，口語"換帖"(ua^{n1}t'iap^4)．

　　⑪禮拜(le^2～)；敬神佛，又指星期天以及星期，如"禮拜六"
(～lak^8)，按"星期×"口語常説"拜×"，如"今仔日拜幾"(kin^{1}a^2
jit^8／lit^{8}pai^{3}kui^2)；今天星期幾？

　　⑫拜拜(～〃)；祈神祭祀，"食拜拜"(tsiah^8～)；祭神時打牙祭．

（1708）　【狗】　gǒu（ㄍㄡ）

"狗"字文言音爲：(ko^2)，但通用的是白話音：(kau^2)

　　(例)　①狗母鍋(～ba^2／bu^{2}ue^1)；陶質鼓形鍋子,適於鹵肉等用．

　　②狗公腰(～kang^{1}ia^1)；腰如雄狗的，狹窄細運動力大．

　　③狗子／囝(～kia^{n2})；輕視罵人，狗生狗養的．

④放狗屁(pang³〜p'ui³)；喻所寫的文章，所説的話毫無可取.

⑤吹狗螺(ts'ue¹〜le⁵)；狗拉長吠聲的吠法.

⑥狗頭軍師(〜t'au⁵kun¹su¹)；指愛替人出主意而不高明的人.

⑦烏狗(o¹〜)；打扮得顯目的男人.

⑧痟狗(siau²〜)；狂犬，又指瘋狂地窮追女人的男人.

（1709）【埋】　　mái（ㄇㄞ）

A 官話音讀(man)時，台語祇讀：(bai⁵)，如"埋怨"(〜uan³)

B 官話音讀(mai)時，台語有兩種讀法

　（Ⅰ）[bai⁵]：①埋没(〜but⁸)；掩埋使不顯露.

　②埋伏(〜hok⁸)；潛伏，祕密佈置的兵力.

　③埋葬(〜tsong³).　　④埋藏(〜tsong⁵)；藏在地下，深處.

　⑤收埋(siu¹〜)；收拾屍體加以埋葬.

　（Ⅱ）[tai⁵]；(訓讀音)："埋"被訓用爲(tai⁵)的漢字，意爲埋葬，惟

　它另有漢字"坮"，如"活坮"(uah⁸〜)；活埋也.

（1710）【掩】　　yǎn（ㄧㄢ）

"掩"字文言音爲：(iam²／yam²)，亦有訓讀爲：(am¹)；較少用.

　（例）　①掩護(〜ho⁷)；用牽制敵人的手段保護友軍.

　②掩蓋(〜kai³)；遮蓋.　　③掩蔽(〜pe³)；遮蔽.

　④掩藏(〜tsong⁵)；隱藏，口語説(am¹ts'ang³).

　按口語多説(ng¹)，漢字或作"搵"，如"搵嘴"(〜ts'ui³)；掩口.

　也説(k'ah⁸)，漢字作"闔"，如"闔門"(〜mng⁵)；把門輕輕關起來.

（1711）【飲】　　yǐn（ㄧㄣ）

A 文言音：(im²／yim²)

　（例）　①飲恨(〜hin⁷／hun⁷)；抱恨含冤.

· 682 ·

②飲泣(～k'ip⁴)；很悲傷哀泣流淚哭不出聲.

③飲料(～liau⁷)．　　④飲食(～sit⁸)；吃喝.

⑤飲水思源(～sui²su¹guan⁵)；喝水時想到水的來源，口語有
"食果子拜樹頭"(tsiah⁸kue²tsi²pai³ts'iu⁷t'au⁵)；果子即水果.

B 白話音：(am²)

(例)　①飲粥(～be⁵／muai⁵)；稀飯，又作"淖糜"，飲即淖.

②飲湯(～t'ng¹)；稀飯湯．③啉飲(lim¹～)；喝飯湯.

④漿飲(tsiuⁿ¹／tsioⁿ¹～)；用飯湯上漿衣服.

按：(am²)漢字亦有作"淖"、或用作"泔"。

（1712）　【搬】　　bān（ㄅㄢ）

"搬"字文言音讀：(puan¹)，實用少，通用白話音：(puaⁿ¹)。

(例)　①搬戲(～hi³)；演戲．②搬演(～ian²)；表演.

③搬弄(～lang⁷)；翻動、搬動，"搬弄是非"(～si⁷hui¹).

④搬徙(～sua²)；遷徙．　⑤搬震動(～tin¹tang⁷)；移動.

⑥搬厝(～ts'u³)；搬家．　⑦運搬(un⁷／wun⁷～).

（1713）　【罵】　　mà（ㄇㄚˋ）

"罵"字文言音為：(ma⁷)，通用的是白話音：(meⁿ⁷)

(例)　①罵繪痛(～be⁷／bue⁷t'iaⁿ³)；被罵並不會痛.

②相罵(sio¹～)．　　③烏白罵人(o¹peh⁸～lang⁵)；亂罵人.

（1714）　【辭】　　cí（ㄘˊ）

"辭"字的讀音祇有一種：(si⁵／su⁵)，前者較通用.

(例)　①辭讓(～jiong⁷／liong⁷)；推辭謙讓.

②辭別(～piat⁸)；告別．　③辭謝(～sia⁷)；推辭不受.

④辭呈(～t'iaⁿ⁵／t'eng⁵)；辭職的呈文.

⑤辭職(～tsit⁴)；口語説"辭頭路"(～t'au⁵lo⁷).

⑥參辭(sa^{n1}～)；告別，又作"相辭"(siə¹～)，(sa^{n1}～).

（1715）　【勾】　　gōu（ㄍㄡ）

"勾"字文言音讀：(ko¹)，如"勾通"(～t'ong¹)；即串通.

一般較通用白話音：(kau¹)

　　(例)　①勾引(～in²／yin²)；招引人做壞事.

②勾結(～kiat⁴)；暗中串通，口語説"鬥空"(tau³k'ang¹).

③勾搭(～tah⁴)；引誘串通做不正當的事(尤指男女的關係).

（1716）　【扣】　　kòu（ㄎㄡ）

"扣"字文言音爲：(k'o³)，通用的是白話音：(k'au³)。

　　(例)　①扣押(～ah⁴)；拘留、扣留.

②扣留(～liu⁵)；強行留住. ③扣除(～tu⁵／ti⁵)；從總額中減掉.

④七扣八扣(ts'it⁴～peh⁴～)；東扣西扣，扣這扣那.

（1717）　【估】　　gū（ㄍㄨ）

"估"字祇有一種讀音：(ko²)

　　(例)　①估計(～ke³)；推測、估算. ②估價(～ke³)；評估價值.

③估量(～liong⁵)；估算、口語"按算"(an³sng³).

④車估互人(ts'ia¹～ho⁷lang⁵)；車子償付給人家.

⑤這估兩萬(tse¹～lng⁷ban⁷)；這個折算兩萬塊.

（1718）　【蔣】　　jiǎng（ㄐㄧㄤ）

"蔣"字文言音讀：(tsiong²)，姓氏基本上讀白話音：(tsiu^{n2}／tsio^{n2})。

　　(例)　①蔣介石(～kai³tsioh⁸／sek⁸)；1950年在台灣建立國民黨
獨裁統治的軍閥，通稱"老蔣"(lau²～)，或"臭頭仔"(ts'au³t'au⁵a²).

②小蔣(siə²～)；蔣介石之子蔣經國，繼承乃父統治台灣.

（1719） 【絨】　　　róng（ㄖㄨㄥˊ）

"絨"字祇有一種讀音：(jiong⁵／liong⁵)

（例）　①絨毛(～mng⁵)；短而柔軟的毛，口語説"幼毛"(iu³／yiu³ mng⁵). 又"苦毛仔"(k'o²～a²). ②絨布(～po³)；含有絨毛的棉布.
③糸絨(si¹～)；有一層絨毛的糸織品.

（1720） 【霧】　　　wù（ㄨˋ）

"霧"字的讀音祇有一種：(bu⁷)

（例）　①霧社(～sia⁷)；在台灣中部埔里東北，因 1930年 的 霧 社 事件而著名. (原住民泰雅族抗日襲日警、日人，後被鎮壓屠殺).
②霧嗄嗄(～sa³〃)；喻很混亂，如"無閑甲霧嗄嗄"(bə⁵eng⁵kah⁴ ～)；忙得一塌糊塗.　　　③霧水(～tsui²)；噴水.
④茫／濛霧(bong⁵～)；即濃霧，"罩茫霧"(ta³～).
⑤銃亂霧(ts'eng³luan⁷～)；亂開鎗，"機關銃亂霧"(ki¹kuan¹～).
⑥目睭霧(bak⁸tsiu¹～)；眼睛模糊，又"目睭ts'uh⁴ts'uh⁴".

（1721） 【丈】　　　zhàng（ㄓㄤˋ）

Ⓐ文言音：(tiong⁷)；如"丈夫"(～hu¹).
Ⓑ白話音：有三種讀音.

（Ⅰ）[tiuⁿ⁷／tioⁿ⁷]：①丈人(～lang⁵)；岳父.
②丈姆(～m²)；岳母.　　　③姑丈(ko¹～).
（Ⅱ）[tng⁷]：①一丈差九尺(tsit⁸～ts'a¹kau²ts'ioh⁴)；喻差得很遠.
②清丈(ts'eng¹～)；丈量土地.
（Ⅲ）[ta⁷]；"丈夫"有讀成(ta⁷po¹)；男子，男性. "丈夫人"(～po⁷ lang⁵)；指成年男子.

（1722）　【拟／擬】　　　nǐ（ㄋㄧ）

"拟"字祇有一種讀音：(gi²)

　　（例）　①拟議(～gi⁷)；草擬提案．②拟稿(～kə²)；起草稿．

　　③拟訂(～teng³／ting³)；草擬．④拟定(～teng⁷)；起草制定．

　　⑤模拟(bo⁵～)；模仿．　　⑥草拟(ts'ə²～)；起草，初步擬稿．

（1723）　【宇】　　　yǔ（ㄩ）

"宇"字的讀音祇有一種：(u²／wu²)

　　（例）　①宇宙(～tiu⁷)；宇指無限的空間，宙指無限的時間．

　　②眉宇(bai⁵～)；眉和目之間．③廟宇(biə⁷～)；即廟屋．

（1724）　【輯】　　　jí（ㄐㄧ）

"輯"字的讀音爲：(tsip⁴)

　　（例）　①輯錄(～lok⁸)；將有關的資料收集編成的書．

　　②編輯(pian¹～)；對資料或稿件加以整理編製．

（1725）　【雕／彫】　　　diāo（ㄉㄧㄠ）

"雕"字祇有一種讀音：(tiau¹)

　　（例）　①雕刻(～k'ek⁴)；刻畫形象．

　　②雕版(～pan²)；刻板．　③雕塑(～sok⁴)；雕刻和塑造．

　　④雕琢(～tok⁴)；雕刻琢磨，又指對子女的管教，又作"調督"．

　　⑤歹雕(p'aiⁿ²～)；難於管教，又作"歹調"．

　　⑥雕眞撒(～tsin¹p'iat⁴)；打扮得很標致、好看．

（1726）　【償】　　　cháng（ㄔㄤ）

"償"字的讀音爲：(siong²)

　　（例）　①償命(～beng⁷／bing⁷)；賠命，抵命．

②償還(～huan⁵)；歸還欠債．③補償(po²～)；補足欠額．

④賠償(pue⁵～)；償還或補償對別人造成的損失．

（1727） 【崇】　　chóng（ㄔㄨㄥˊ）

"崇"字的讀音通用的是：(tsong⁵)

（例）　①崇奉(～hong⁷)；信仰、崇拜．

②崇敬(～keng³)；推崇尊敬．③崇高(～kə¹)；很高尚的．

④崇拜(～pai³)；尊敬欽佩．⑤崇尚(～siong⁷)；重視．

⑥推崇(t'ui¹～)；很推重．⑦尊崇(tsun¹～)；尊敬推崇．

（1728） 【剪】　　jiǎn（ㄐㄧㄢˇ）

"剪"字祇有一種通用的讀音：(tsian²)

（例）　①剪仔(～a²)；剪刀，口語"鉸刀"(ka¹tə¹)．

②剪影(～iaⁿ²)；喻對事物輪廓的描寫．

③剪鈕仔(～liu²a²)；扒手．④剪除(～tu⁵／ti⁵)；鏟除．

⑤剪彩(～ts'ai²)；開幕或落成典禮中剪斷彩帶．

⑥剪裁(～ts'ai⁵)；剪斷裁開，喻取捨安排．

（1729） 【倡】　　chàng（ㄔㄤˋ）

"倡"字讀：(ts'iong³)，又讀(ts'iang³)，前者較通用。

（例）　①倡議(～gi⁷)；首先建議，口語"提頭"(t'e⁵t'au⁵)．

②倡導(～tə⁷)；帶頭提倡．③提倡(t'e⁵～)；率先主張、實踐．

（1730） 【廳】　　tīng（ㄊㄧㄥ）

"廳"字文言音為：(t'eng¹／t'ing¹)，惟以白話音：(t'iaⁿ¹)較為通用。

（例）　①廳頭(～t'au⁵)；即廳中央或前頭．

②廳堂(～tng⁵)；即廳．　③人客廳(lang⁵k'eh⁴～)；客廳．

④飯廳(png⁷～).　　⑤大廳(tua⁷～)；大的廳堂、正廳.

（1731）【咬】　　yǎo（ㄧㄠ）

A 文言音：(gauⁿ²)～(hau⁷)

(例)　①咬着舌(gauⁿ²tiəhtsih⁸)；咬了舌頭.

②互狗咬着(ho⁷kau²～tiəh)；被狗咬了.

B 白話音：(ka⁷)

(例)　①咬牙(～ge⁵)；喻痛恨，"咬牙切齒"(～ts'iat⁴k'i²).

②咬熏(～hun¹)；嘴裡含煙.　③咬舌(～tsih⁸)；咬舌頭(喻自殺).

④咬嘴齒根(～ts'ui³k'i²kin¹／kun¹)；咬緊牙關.

⑤柿仔澀咬嘴(k'i²a²siap⁴～ts'ui³)；柿子未熟吃起來嘴澀舌黏.

（1732）【駛】　　shǐ（ㄕ）

A 文言音：(su²)

(例)　①駕駛(ka³～)；操縱機器使行進，"駕駛員"(～uan⁵).

B 白話音：(sai²)

(例)　①駛飛行機(～hui¹heng⁵／hing⁵ki¹)；駕駛飛機.

②駛車(～ts'ia¹).　　③含慢駛(ham⁵ban⁷～)；駕駛技術不好.

（1733）【薯／藷】　　shǔ（ㄕㄨ）

"薯"字文言音讀：(su⁵)，一般通用白話音：(tsi⁵／tsu⁵)。

(例)　①蕃薯(huan¹／han¹～)；甘薯，地瓜.

②馬鈴薯(ma²leng⁵～).　　③樹薯(ts'iu⁷～).

（1734）【曙】　　shǔ（ㄕㄨ）

"曙"字的讀音爲：(su⁷)和(su²)，後者爲俗讀音較常用.

(例)　①曙光(～kong¹)；早晨的陽光.

②曙色(～sek⁴)；黎明的天色.

（1735）　【刷】　　　shua（ㄕㄨㄚ）

"刷"字語例少而讀音多；文言音爲：(suat⁴)，白話音爲：(suah⁴
／seh⁴)，俗讀音爲：(sua¹)，通常則多用文言音。

　　(例)　①刷新(～sin¹)；使煥然一新.
　　②印刷(in³／yin³～)；按官話的"刷"，台語用"抿"(bin²)，如
　　"齒抿"(k'i²～)；牙刷.

（1736）　【斥】　　　chì（ㄔ）

"斥"字文言音爲：(t'ek⁴／t'ik⁴)，白話音爲：(t'ak⁴)，一般所通用的
是文言音。

　　(例)　①斥候(～ho⁷)；偵察敵人的情況.
　　②斥罵(～ma⁷)；責罵.　　③斥逐(～tiok⁸)；驅逐.
　　④斥責(～tsek⁴)；嚴厲指責.⑤排斥(pai⁵～)；使離去，排除.
　　⑥駁斥(pok⁴～)；對認爲錯誤的説法加以反駁而排除.

（1737）　【番】　　　fān（ㄈㄢ）

"番"字祇有一種讀音：(huan¹)

　　(例)　①番仔(～a²)；舊時蔑稱洋人或異民族，台灣原住民族.
　　②番仔火(～hue²／he²)；洋火.③番仔油(～iu⁵／yiu⁵)；石油.
　　④番仔薑(～kiuⁿ¹)；青椒.⑤番麥(～beh⁸)；玉蜀黍.
　　⑥番號(～hə⁷)；號碼.　　⑦番婆(～pə⁵)；異族婦女.
　　⑧番社(～sia⁷)；舊指原住民的社區.
　　⑨番癲(～tian¹)；糊塗.　　⑩番椒(～tsiə¹)；辣椒.
　　⑪番薯(～tsu⁵／tsi⁵)；地瓜.⑫老番癲(lau⁷～tian¹)；老糊塗.
　　按 "番癲" 意即是非不清，甚至顚倒。

⑬生番(ts'e^{n1}／ts'i^{n1}～)；蔑稱没開化的人，或不懂道理的人.

（1738） 【蕃】 fān（ㄈㄢ）

按"蕃"祇讀一種音：(huan^1)，舊指外國或外族，如"蕃邦"(～pang^1)
或"蕃幫"，又如"蕃社"(～sia^7)；蕃人的住地。

（1739） 【賦】 fù（ㄈㄨ）

"賦"字的讀音祇有一種：(hu^2)

　　(例)　①賦役(～ek^8／ik^8)；賦稅和徭役.

　　②賦閒(～han^5)；失業在家. ③賦稅(～sue^3)；田賦和各種稅捐.

　　④田賦(tian^5～)；田地的稅捐，又"田租"(ts'an^{5}tso^1).

（1740） 【奉】 fèng（ㄈㄥ）

"奉"字祇有一種讀音：(hong^7)

　　(例)　①奉命(～beng^7／bing^7)；接受命令.

　　②奉行(～heng^5／hing^5)；遵照實行.

　　③奉獻(～hian^3)；無償地獻出. ④奉告(～kə^3)；使知道的敬詞.

　　⑤奉勸(～k'uan^3)；懇切勸告. ⑥奉陪(～pue^5)；陪伴的敬詞.

　　⑦奉祀(～su^7)；供奉祭祀. ⑧信奉(sin^3～)；信仰崇奉.

（1741） 【佛】 fó（ㄈㄛ）

A 文言音：(hut^8)

　　(例)　①佛法(～huat^4)；佛教的教義，佛的法力.

　　②佛教(～kau^3)；釋迦牟尼所創設的一種宗教.

　　③佛龕(～k'am^1)；供奉佛像的小閣子.

　　④佛珠(～tsu^1)；念珠. 又叫"數珠"(so^{3}tsu^1).

　　⑤阿彌陀佛(a^1／o^{1}mi^{5}tə^5～)；佛教徒見面時的問候語.

B 白話音：(put⁸)

(例) ①佛教(～kau³). ②佛公(～kong¹)；佛像.
③拜佛(pai³～). ④活佛(uah⁸～).

（1742） 【漫】　　màn（ㄇㄢˋ）

"漫"字的讀音祇有一種：(ban⁷)

(例) ①漫遊(～iu⁵／yiu⁵)；隨意到處遊玩.
②漫步(～po⁷)；悠閑散步. ③漫談(～tam⁵)；不拘形式地談論.
④漫長(～tiong⁵)；時間或路程遙遠.
⑤漫畫(～ue⁷)；諷刺畫或誇張畫. 又音(mang²ga³).
⑥散漫(san³～)；隨便、零散，尤指人的精神與行爲鬆散.

（1743） 【蔓】　　màn（ㄇㄢˋ）

"蔓"字文言音爲：(ban⁷)，白話音爲：(mua⁷)，通常多用文言音.
(例) 蔓延(～ian⁵／yan⁵)；像蔓草般到處延伸擴展.

（1744） 【曼】　　màn（ㄇㄢˋ）

"曼"字祇有一種讀法：(ban⁷)

(例) ①曼舞(～bu²)；輕盈優美的舞姿.
②曼延(～ian⁵／yan⁵)；連綿不斷，同"曼衍"(～ian⁵).
③曼谷(～kok⁴)；泰國的首都. ④曼聲(～seng¹)；拉長聲音.

（1745） 【扇】　　shàn（ㄕㄢˋ）

"扇字"文言音爲：(sian³)，通用的詞例多爲白話音：(si^{n3})。
(例) ①葵扇(k'e⁵／k'ue⁵～)；即扇子.
②電扇(tian⁷～). ③紙扇(tsua²～).
④兩扇門(lng⁷～mng⁵)；兩片門扉.

（1746）　【煽】　　　shān（ㄕㄢ）

"煽"字祇有一種讀法：(sian³)

　　(例)　①煽風(～hong¹)；喻鼓動別人採取某種行動.
　　②煽動(～tong⁷)；同①.

（1747）　【桃】　　　táo（ㄊㄠ）

"桃"字有讀：(tə⁵)，如"楊桃"(iu^{n5}～)；果實名，一般多讀爲：(t'ə⁵)。

　　(例)　①桃仔(～a²)；桃子. ②桃花(～hue¹)；桃樹的花，又喻
　　女性，如"行桃花運"(kia^{n5}～un⁷)；走桃花運，與女人有緣.
　　③桃李(～li²)；喻學生. "桃李滿天下"(～buan²t'ian¹ha⁷).
　　④桃色(～sek⁴／sik⁴)；粉紅色，喻與女性不正當關係的事情.

（1748）　【扶】　　　fú（ㄈㄨ）

A 文言音：(hu⁵)

　　(例)　①扶搖直上(～iau⁵／yau⁵tit⁸siong⁷)；由下而上的旋風似
　　地直昇上去，喻昇進快速. ②扶養(～iong²／yong²)；養飼.
　　③扶植(～sit⁸)；扶助培植. ④扶疏(～so¹)；枝葉茂盛.
　　⑤扶桑(～song¹)；指日本. ⑥扶助(～tso⁷)；扶持幫助.

B 白話音：(p'o⁵)

　　(例)　①扶腳倉(～k'a¹ts'ng¹)；拍馬屁，奉承、諂媚，又説"扶
　　羼葩"(～lan⁷p'a¹).　　②扶人(～lang)；奉承人家.
　　③鬥扶一下(tau³～tsit⁸e)；幫忙扶持一下.

（1749）　【返】　　　fǎn（ㄈㄢ）

"返"字的讀音祇有一種：(huan²)，詞義爲回、歸。

　　(例)①返鄉(～hiong¹)；回故鄉. ②返回(～hue⁵)；回到原地.口語
　　説 "轉來"(tng²lai)或 "倒轉"(tə³tng²)。

③返老還童(～lə²huan⁵tong⁵)；口語説"食老倒少年"(tsiah⁸lau⁷ tə³siau³lian⁵)；年老反而顯得年輕.

④迴光返照(hui⁵kng¹～tsiə³)；落日餘暉的發亮現象，喻事物滅亡之前的短暫興旺的現象. ⑤返轉(～tsuan²)；倒轉.

⑥一去不返(yit⁴k'i³put⁴～)；離開了即不返回.

⑦往返(ong²～)；來回，即"往復"(ong²hok⁸).

按"返"的詞義，口語有(tng²)，漢字爲"轉"，如"轉來"(～lai)；回來，"倒轉去"(tə³～k'i)；回去。

（1750）【俗】　　sú（ㄙㄨ）

按"俗"字有白話音：(siəh⁸)，較通用的爲文言音：(siok⁸)。

（例）　①俗賣(～be⁷)；賤賣. ②俗語(～gu²)；通俗定型的語句.

③俗貨(～hue³)；便宜貨. ④俗字(～ji⁷／li⁷)；即俗體字.

⑤俗氣(～k'i³)；不文雅，粗俗，反義語"貴氣"(kui³k'i³).

⑥俗物無好貨(～mih⁸bə⁵hə²hue³)；廉價的東西没有好的.

⑦無俗(bə⁵～)；不便宜. ⑧民俗(bin⁵～)；民間習俗.

⑨風俗(hong¹～). ⑩世俗(se³～)；社會上通行的作法.

⑪通俗(t'ong¹～). ⑫粗俗(ts'o¹～)；不文雅，庸俗.

（1751）【虧】　　kuī（ㄎㄨㄟ）

"虧"字祇有一種讀音：(k'ui¹)

（例）　①虧欠(～k'iam³)；虧空. ②虧本(～pun²)；賠本蝕本.

③虧心(～sim¹)；有負良心. ④虧損(～sun²)；收入不及支出.

⑤虧待(～tai⁷)；不合情理地對待人.

⑥克虧(k'ek⁴～)；使受虧損. ⑦食虧(tsiah⁸～)；吃虧.

（1752）【腔】　　qiāng（ㄑㄧㄤ）

"腔"字文言音爲：($k'ang^1$)，爲洞簫的音階. 一般通用的是白話音：($k'iong^1$)和($k'iu^n$／$k'io^{n1}$)。

（Ⅰ）[$k'iong^1$]：腔調($\sim tiau^7$)；指説話的聲音、語氣.

（Ⅱ）[$k'iu^{n1}$／$k'io^{n1}$]：①腔口($\sim k'au^2$)；即方音色彩.

②腔調($\sim tiau^7$)；方音. ③泉州腔($Tsuan^5 tsiu^1 \sim$)。

（1753） 【鞋】 xié（ㄒㄧㄝ）

"鞋"字的文言音爲：(hai^5)，一般多通用白話音：(e^5／ue^5)。

（例） ①鞋仔($\sim a^2$)；鞋子. ②鞋抿仔($\sim bin^2 a^2$)；鞋刷子.

③鞋油($\sim iu^5$／yiu^5). ④鞋拔($\sim pueh^8$)；鞋拔子.

⑤布鞋($po^3 \sim$). ⑥皮鞋($p'ue^5 \sim$)。

（1754） 【覆】 fù（ㄈㄨ）

A 文言音：(hok^4)

（例） ①覆滅($\sim biat^8$)；全部被消滅.

②覆面($\sim bin^7$)；遮住臉部. ③覆亡($\sim bong^5$)；滅亡.

④覆没($\sim but^8$)；覆滅，或翻船而沈没.

⑤覆函($\sim ham^5$)；回信. ⑥覆蓋($\sim kai^3$)；遮蓋住.

⑦覆轍($\sim tiat^4$)；車子翻過的道路，喩曾經失敗過的作法.

⑧奉覆($hong^7 \sim$)；回信. ⑨答覆($tap^4 \sim$)；回答.

B 白話音：($p'ak^4$)

（例） ①覆咧($\sim le$)；臉胸伏貼在地面，把身體伏貼到地面.

②覆落去($\sim l\partial h^8 k'i$)；傾伏下去，面向地面傾伏下去.

③覆笑($\sim ts'i\partial^3$)；笑面即表面，覆面即背面.

（1755） 【框】 Kuāng（ㄎㄨㄤ）

"框"字的官話音有1、4兩種不同聲調的讀法，台語則同樣祇分文言音和白話音，其中文言音：(K'ong¹)用例少，通用的是白話音：
(K'eng¹／K'ing¹)。

(例) ①鏡框(kiaⁿ³〜). ②目鏡框(bak⁸kiaⁿ³〜)；眼鏡的框框.
③門框(mng⁵〜). ④窗仔框(t'ang¹a²〜)；窗子的框兒.

（1756）【眶】　　　Kuàng（ㄎㄨㄤ）

"眶"字文言音爲：(k'ong¹)，如"眼眶"(gan²〜)，口語爲"目箍"(bak⁸k'o¹)。
按"眶"字白話音讀(k'eng¹／k'ing¹)，用例罕見，口語不用(k'eng¹)
而用(k'o¹)，漢字作"箍"。

（1757）　【叔】　　　shū（ㄕㄨ）

"叔"字文言音讀：(siok⁴)，一般多通用白話音：(tsek⁴／tsik⁴)。

(例)①叔公(〜kong¹)；祖父的弟弟，"嬸婆"(tsim²pə⁵)；叔公之妻.
②叔伯(〜peh⁴)；指堂兄弟，同祖父、曾祖父的兄弟姐妹，如
"伊是我的叔伯小妹" (Yi¹si⁷gua²e⁵〜siə²muai⁷／be⁷)；她是我的
堂妹.　　　　　　③阿叔(a¹〜)；叔父.
④小叔(siə²〜)；丈夫的弟弟. "小姑"(siə²ko¹)；丈夫的妹妹.

（1758）　【撞】　　　zhuàng（ㄔㄨㄤ）

A 文言音：(tong⁷)

(例) ①撞球(〜kiu⁵). ②撞孔／空(〜k'ang¹)；密告、檢
舉；如"有人撞孔／空，代誌即會破" (u⁷lang⁵〜tai⁷tsi³tsiah⁸e⁷
p'ua³)；有人密告，事情才會敗露.
③撞突(〜tut⁸)；意外地遷延. ④相撞(siə¹〜)；相碰.

B 白話音：(tng⁷)

(例) ①撞着(〜tiəh)；碰見，又説"挂着"(tu²tiəh).
②參撞頭(saⁿ¹〜t'au⁵)；互相碰頭，又"相撞頭"(siə¹〜).

（1759）【騙】　　piàn（ㄆㄧㄢ）

"騙"字祇有一種讀音：(p'ian³)

　　(例)①騙人(～lang⁵)；欺騙人. ②騙術(～sut⁸)；騙人的伎倆.

　　③瞞騙(mua⁵～)；隱瞞欺騙. ④欺騙(k'i¹～).

（1760）　【諞】　　piǎn（ㄆㄧㄢ）

"諞"字的讀音祇有一種：(pian²)，意爲有計劃地用話語或動作使人
受騙。

　　(例)　①諞人(～lang)；欺詐騙人. ②諞仙仔(～sian¹a²)；騙子.

　　③互人諞去(ho⁷lang～k'i)；被人騙了，上了當.

（1761）　【勘】　　kān（ㄎㄢ）

"勘"字的讀音通用的是：(k'am³)

　　(例)　①勘誤(～ngo⁷)；校正錯誤的字.

　　②勘印(～in³／yin³)；蓋印. ③勘蓋(～kua³)；蓋上蓋兒.

　　④勘探(～t'am³)；探查礦儲藏的分布儲藏情形.

　　⑤勘測(～ts'ek⁴)；踏勘測量. ⑥掩勘(am¹～)；用手遮住或隱藏.

（1762）　【旺】　　wàng（ㄨㄤ）

"旺"字祇有一種讀音：(ong⁷)

　　(例)　①旺季(～kui³)；營業旺盛的季節.

　　②旺盛(～seng⁷)；興旺強壯. ③興旺(heng¹～)；勢力強盛高漲.

（1763）　【沸】　　fèi（ㄈㄟ）

"沸"字的讀音祇有一種：(hui³)，但俗讀爲：(hut⁴)較通用。

　　(例)　①沸點(～tiam²)；液體沸騰時的溫度.

　　②沸騰(～t'eng⁵／t'ing⁵)；液體因加熱而轉化爲氣體時的現象.

（1764）　【孤】　　　gū（ㄍㄨ）

"孤"字祇有一種讀法：(ko¹)

　（例）　①孤我一人(～gua²tsit⁸lang⁵)；單單我一個人.

　②孤軍(～kun¹)；孤立無援的軍隊，"孤軍奮鬥"(～hun³to³).

　③孤苦(～k'o²)；無依無靠生活困苦.

　④孤立(～lip⁸).　　　　　⑤孤僻(～p'iah⁴)；性僻孤獨.

　⑥孤獨(～tak⁸／tok⁸)；不合群，心胸狹小.

　⑦孤單(～tuaⁿ¹)；"孤單無伴"(～bə⁵p'uaⁿ⁷).

（1765）　【吐】　　　tǔ（ㄊㄨ）

"吐"字的讀法"有：(t'o²)和(t'o³)，兩種聲調不同的讀法。

Ａ 文言音：(t'o²)　①目睭吐吐(bak⁸tsiu¹～〃)；眼球凸出.

　②舌吐吐(tsih⁸～〃)；舌頭伸出. ③吐氣(～k'ui³)；嘆氣.

Ｂ 白話音：(t'o³)　①吐目(～bak⁸)；眼球凸出的，如"吐目仔"

(～a²)；眼球凸出的人.　　②吐氣(～k'i³)；送氣、吐出空氣.

　③吐瀉(～sia³)；上吐下瀉；嘔吐和拉肚子，霍亂的症狀.

（1766）　【孟】　　　mèng（ㄇㄥ）

"孟"字的讀音祇有一種：(beng⁷)

　（例）　①孟浪(～long²)；魯莽. ②孟春(～ts'un¹)；舊曆正月.

　③孔孟(K'ong²～)；指孔子和孟子，儒家(教)的代表.

（1767）　【渠】　　　qú（ㄑㄩ）

"渠"字只有一種讀音：(ku⁵)

　（例)①渠道(～tə⁷)；水道，門徑. ②河渠(hə⁵～)；河川水道.

　③水到渠成(sui²tə³～seng⁵／sing⁵)；水一來自然形成渠道，喻
　　條件一成熟，事情自然會成功.

（1768）　【屈】　　qū（ㄑㄩ）

"屈"字的讀音祇有一種：(k'ut⁴)

（例）　①屈服(～hok⁸)；即屈伏，對壓力讓步不反抗.

②屈曲(～k'iok⁴)；彎曲，或"彎蹺"(uan¹k'iau¹).

③屈就(～tsiu⁷)；降低身分遷就，又指用以請人擔任某項職務的客套語.　　④屈從(～tsiong⁵)；對外來壓力服從.

⑤受屈(siu⁷～)；受到冤枉心有不甘願，同"受委屈"(siu⁷ui²～).

（1769）　【疾】　　jí（ㄐㄧ）

"疾"字的讀音祇有一種：(tsit⁴)

（例）　①疾風(～hong¹)；猛烈的風.　②疾患(～huan⁷)；即疾病.

③疾苦(～k'o²)；困苦.　　④疾病(～peng⁷)；即病的總稱.

（1770）　【妙】　　miào（ㄇㄧㄠ）

"妙"祇有一種讀法：(biau⁷)

（例）　①妙法(～huat⁴)；巧妙的辦法，口語説"水步"(sui²po⁷).

②妙計(～ke³)；巧妙的計策. ③妙齡(～leng⁵)；女子青春期.

④妙手回春(～siu²／ts'iu²hue⁵ts'un¹)；喻醫道高明.

⑤微妙(bi⁵～)；玄妙莫測. ⑥巧妙(k'ah⁴～)；靈巧高明.

（1771）　【惜】　　xī（ㄒㄧ）

"惜"字文言音為：(sek⁴／sik⁴)，一般則通用白話音：(siəh⁴)。

（例)①惜別(～piat⁸)；捨不得分開. ②愛惜(ai³～)；愛護保惜.

③可惜(k'ə²～)；口語"無采"(bə⁵ts'ai²)；值得惋惜.

④憐惜(lin⁵～)；同情愛護，又"疼惜"(t'iaⁿ³～).

（1772）　【仰】　　yǎng（ㄧㄤ）

"仰"字的讀音祇有一種：(giong^2)．

    (例) ①仰慕(～bo^7)；敬仰思慕．

    ②仰望(～bong^7)；抬頭向上看，又敬仰而期望．

    ③仰臥(～ngo^7)；臉向上地躺着．④信仰(sin^3～)．

（1773）　【狠】　　　hěn（ㄏㄣˇ）

"狠"字祇有一種讀音：(hun^7)

    (例) ①狠心(～sim^1)；橫着心，心腸殘忍．

    ②狠毒(～tok^8)；兇狠毒辣．③兇狠(hiong^1～)；兇惡殘忍．

（1774）　【諧】　　　xié（ㄒ丨ㄝ）

"諧"字的讀音爲：(hai^5)

    (例)①諧和(～hə^5)；即和諧．②諧音(～im^1)；音相同或相近．

    ③諧聲(～sia^{n1})；形聲．　④和諧(hə^5～)；和協，配合得好．

（1775）　【脹】　　　zhàng（ㄓㄤ）

A 文言音：(tiong^3)

    (例) ①鼓脹(ko^2～)；腹部膨脹的疾病．

    ②膨脹(p'eng^5／p'ing^5～)；體積增大，數量加大．

B 白話音：(tiu^{n3}／tio^{n3})

    (例) ①脹風(～hong^1)；肚子氣脹．②脹死(～si)；鼓脹致死．

    ③脹大(～tua^7)．④腹肚脹脹(pak^{4}to^2～〃)；肚子脹脹的．

（1776）　【拋】　　　pāo（ㄆㄠ）

A 文言音：(p'au^1)

    (例) ①拋錨(～biau^5)；將船錨投入水底．

    ②拋棄(～k'i^3)；扔掉不要．③拋售(～siu^5)；大量出賣商品．

④拋繡球(〜siu³kiu⁵)；古時豪富女兒選婿的一種作法.

⑤拋擲(〜tek⁸／tik⁸)；扔、擲，口語説(k'ian¹).

B 白話音：(p'a¹)

(例) ①拋荒(〜hng¹)；放任荒蕪.

②拋輾斗(〜lin³tau²)；翻筋斗. ③拋倒轉(〜tə³tng²)；繞回頭.

（1777） 【媚】　　　mèi（ㄇㄟˋ）

"媚"字的讀音祇有一種：(bi⁷)

(例) ①媚外(〜gua⁷)；奉承巴結討好外國人.

②媚藥(〜ioh⁸)；催淫藥. ③媚態(〜t'ai⁷)；妖冶的嬌態.

④諂媚(t'iam²〜)；巴結，故意討人喜歡、奉承、拍馬屁.

（1778） 【桑】　　　sāng（ㄙㄤ）

A 文言音：(song¹)

(例) ①桑梓(〜tsu²)；喻故鄉. ②桑蚕(〜ts'am⁵)；家蚕.

B 白話音：(sng¹)

(例) ①桑莓(〜m⁵)；桑葚. ②桑葉／箬(〜hiəh⁸)；桑葉.

（1779） 【岡】　　　gāng（ㄍㄤ）

"岡"字的讀音祇有一種：(Kong¹)

(例) ①岡陵(〜leng⁵)；丘陵. ②岡巒(〜luan⁵)；連綿的山岡.

③岡山(〜san¹)；台灣南部高雄縣內的市鎮.

（1780） 【崗】　　　gāng（ㄍㄤ）

"崗"字的讀音有文言音一種：(Kong¹)和白話音兩種：(Kang¹)〜
(Kng¹)，其中以白話音的(Kang¹)通用。

(例) ①崗卡(〜k'a²)；山路險要處的檢查站，又叫"路卡"(lo⁷

k'a²).　　　　②崗位(～ui⁷／wi⁷)；即指職位.

（1781）【衰】　　shuāi（ㄕㄨㄞ）

"衰"字的讀音爲：(sue¹)

(例)　①衰微(～bi⁵)；衰落. ②衰亡(～bong⁵)；衰落滅亡.
③衰朽(～hiu²)；衰敗腐朽. ④衰弱(～jiok⁸／liok⁸).
⑤衰老(～lə²)；衰弱老化. ⑥衰落(～lok⁸／ləh⁸)；衰退没落.
⑦衰敗(～pai⁷)；衰落崩壞. ⑧衰頽(～tue⁵)；衰弱頽廢.
⑨衰退(～t'ue³)；趨於衰落. ⑩衰運(～un⁷)；運氣不好.
⑪互人看衰(ho⁷langk'ua^{n3}～)；被人家看不起.
⑫落衰(lak⁴sui¹)；倒霉. ⑬足衰(tsiok⁴～)；很倒霉.

（1782）【盜】　　dào（ㄉㄠ）

"盜"字的讀音祇有一種：(tə⁷)

(例)　①盜匪(～hui²)；盜賊匪徒；用暴力搶劫財物的人.
②盜用(～iong⁷／yong⁷)；非法使用他人名義或財物.
③盜劫(～kiap⁴)；盜竊掠奪. ④盜賊(～tsek⁸／ts'at⁸).
⑤盜竊(～ts'iap⁴)；偷取. ⑥強盜(kiong⁵～)；即盜匪.

（1783）【滲】　　shèn（ㄕㄣ）

"滲"字的詞義爲液體慢慢漏出或透過，讀音是文言音：(sim³)，而
通用的是白話音：(siam³)。

(例)　①滲入(～jip⁸／lip⁸)；液體慢慢流入某一物體内，喻 某 種
勢力慢慢進入另一個範圍裡. ②滲透(～t'au³)；滲入而混合.
按"滲"的詞義，口語有(to³)，寫成"黗"，如"烏黗紅"(o¹～ang⁵)；
黑色和紅色的混合，又"紙黗澹去"(tsua²～tam⁵k'i)；紙被滲濕了.
③滲尿(～jio⁷)；小便漏洩出來.

（1784）　【賴】　　　lài（ㄌㄞˋ）

A 文言音：(lai⁷)

（例）　①無賴漢(bu⁵～han³)；壞蛋．②依賴(i¹／yi¹～)；依靠．

B 白話音：(lua⁷)

（例）　①賴人(～lang)；誣賴他人，如"死賴人"(si²～)；賴皮．

②賴東賴西(～tang¹～sai¹)；怪別人而把責任推得一乾二淨．

③哭賴(k'au³～)；厚着臉皮責怪、依賴他人．

④死賴(si²～)；硬要抵賴別人．⑤姓賴(se^{n3}～)．

（1785）　【湧】　　　yǒng（ㄩㄥˇ）

A 文言音：(iong²／yong²)

（例）　①風起雲湧(hong¹k'i²hun⁵～)；喻情勢緊急．

②淚如泉湧(lui⁷ju⁵／lu⁵tsua^{n5}～)；喻流淚之多，悲傷之深．

B 白話音：(eng²／ing²)

（例）　①海湧(hai²～)；海浪．②水湧(tsui²～)；一般波浪．

（1786）　【甜】　　　tián（ㄊㄧㄢˊ）

A 文言音：(tiam⁵)

（例）　①甜蜜(～bit⁸)；感到幸福、舒服．

②甜言蜜語(～gian⁵bit⁸gu²)；爲了討好人家所説好聽的話．

B 白話音：(ti^{n1})

（例）　①甜but⁸but⁸(～but⁸〃)；形容很甜，漢字或作"甜勿勿"．

②甜粿(～kue²)；甜味的年糕．③甜茶(～te⁵)；

④甜頭(～t'au⁵)；好吃的味道兒．

⑤甜湯(～t'ng¹)；甜的湯汁，又喻利益、好處，"有甜湯通嗽"

(u⁷／wu⁷～t'ang¹səh⁴)；有好處可得，有利可得．

按口語的(ti^{n1})，又作"珍"，惟仍以用"甜"爲宜．

（1787）　【曹】　　cáo（ㄘㄠ）

"曹"字的讀音爲：(tsə⁵)

　　(例)　①曹操(～ts'ə³)；中國三國時代魏國的名人.

　　②吾曹(ngo²～)；我們.　③爾曹(ni²～)；你們.

（1788）　【閱】　　yuè（ㄩㄝ）

"閱"字的文言音爲：(uat⁴／wat⁴)，很少用，一般通用白話音：
(iat⁴／yat⁴)。

　　(例)　①閱覽(～lam⁷)；看書報、或翻看資料.

　　②閱兵(～peng¹)；檢閱軍隊. ③閱讀(～t'ok⁸)；看又讀.

　　④校閱(kau³～)；審閱校訂文章. ⑤檢閱(kiam²～)；查看.

（1789）　【肌】　　jī（ㄐㄧ）

"肌"字祇有一種讀音：(ki¹)

　　(例)　①肌膚(～hu¹)；肌肉和皮膚.

　　②肌肉(～jiok⁸)；即筋肉. ③心肌(sim¹～)；心筋(sim¹kin¹).

（1790）　【緯】　　wěi（ㄨㄟ）

"緯"字的讀音有作：(ui²／wi²)，亦有作第7聲的：(ui⁷／wi⁷)，習慣
上較通用第2聲。

　　(例)　①緯線(～suaⁿ³)；地球儀上設定的跟赤道平行的橫線.

　　②緯度(～to⁷)；緯線南北間的距離，由赤道(0度)至南北極各
90度.　　　　　　　③經緯(keng¹～)；經線和緯線，兩者交
織成物，喻事情的經過.

（1791）　【毅】　　yì（ㄧ）

"毅"字意爲堅決，讀音有文言音的(gi⁷)和白話音的(ge⁷)，一般較通

用白話音。

(例) ①毅然(～jian⁵／lian⁵)；堅決的樣子．

②毅力(～lek⁸)；堅決的意志．③勇毅(iong²～)；英勇堅毅．

（1792） 【侍】 shì（ㄕˋ）

Ⓐ文言音：(si⁷)

(例) ①侍奉(～hong⁷)；侍候奉養長輩．

②侍候(～ho⁷)；服侍，口語"纏綴"(tiⁿ⁵tue³)．

③侍女(～lu²)；口語"查姥／某嫺"(tsa¹bo²kan²)．

④侍衛(～ue⁷)；衛護．

Ⓑ白話音：(sai⁷)

(例) 服侍(hok⁸～)；陪伴侍候．

（1793） 【藩】 fān（ㄈㄢ）

Ⓐ文言音：(huan¹)

(例) ①藩籬(～li⁵)；籬巴． ②藩鎮(～tin³)；唐代中期以後
鎮守邊境的節度使． ③屏藩(pin⁵～)；屏障．

Ⓑ白話音：(puan¹)

(例) ①藩屬(～siok⁸)；屬國．②外藩(gua⁷～)；外圍藩屬．

（1794） 【嚷】 rǎng（ㄖㄤˇ）

"嚷"字祇有一種讀音：(jiong²／liong²／giong²)，喊叫也．

(例) ①嚷甲大細聲(～kah⁴tua⁷se³／sue³siaⁿ¹)；叫喊得厲害．

②相嚷(siə¹～)；互相吵嘴．

按"嚷"字又訛音(jiang²)、(giang²)等．

（1795） 【攘】 rǎng（ㄖㄤˇ）

"攘"字的讀音爲：(jiong² ／ liong²)，詞義爲；排除、侵奪．

　(例)　①攘外(～gua⁷)；排斥外來勢力．

　　②攘臂(～pi³)；捋起袖子．③攘除(～tu⁵)；排除．

　　④攘奪(～tuat⁸)；奪取．

（1796）　【匪】　　　fěi（ㄈㄟˇ）

"匪"字的讀音爲：(hui²)，意爲非，或強盜．

　(例)　①匪類(～lui⁷)；匪徒，又爲非做惡的人．

　　②匪幫(～pang¹)；匪徒的組織．

　　③匪徒(～to⁵)；強盜．　　④共匪(kiong⁷～)；指中共．

（1797）　【岳】　　　yüè（ㄩㄝˋ）

"岳"字的讀音祇有一種：(gak⁸)

　(例)　①岳母(～bə²／bu²)；妻子的母親，口語"丈姆"(tiuⁿ⁷m²)．

　　②岳父(～hu⁷)；妻的父親，口語"丈人"(tiuⁿ⁷lang⁵)．

　　③岳家(～ka¹)；妻的娘家．④岳丈(～tiong⁷／tiuⁿ⁷)；即岳父．

（1798）　【嶽】　　　yüè（ㄩㄝˋ）

"嶽"字的讀音爲：(gak⁸)；大山也。

　(例)　五嶽(ngo²～)；指中國五座著名的大山，亦作"五岳"．

（1799）　【糟】　　　zāo（ㄗㄠ）

Ⓐ 文言音：(tsə¹)；煩悶也．

　(例)　①糟心(～sim¹)；情況壞而心煩．

　　②聽甲耳仔糟(t'iaⁿ¹kah⁴hi⁷a²～)；聽得厭煩了．

Ⓑ 白話音：(tsau¹)；渣粕也。

　(例)　①糟糠(～k'ng¹)；酒糟或米糠．

②糟粕(～p'əh⁴)；酒糟或豆渣．

③糟躂(～t'at⁴)；浪費、損壞，又侮辱、蹂躪、刁難，"孽糟躂人"(gau⁵～lang⁵)；很會刁難、侮辱人家．

④紅糟肉(ang⁵～bah⁴)；用紅色酒糟腌製的肉．

⑤酒糟(tsiu²～)；造酒剩下的渣子．

（1800） 【灶／竈】　　zào（ㄗㄠ）

"灶"字的文言音爲：(tsə³)，但通用白話音：(tsau³)。

（例）　①灶文公(～bun⁵kong¹)；指灶君、灶神．

②灶空(～k'ang¹)；灶肚．　③灶頭(～t'au⁵)；灶的上面．

④豬灶(ti¹～)；宰豬場．

（1801）　【纏】　　chán（ㄔㄢ）

"纏"字文言音爲：(tian⁵)，但通用白話音：(tiⁿ⁵)。

（例）　①纏腳拌手(～k'a¹puaⁿ³ts'iu²)；繞住腳手，難擺脫．

②纏車仔線(～ts'ia¹a²suaⁿ⁵)；繞捲縫衣機用的紗線．

③膏膏纏(kə¹ㄍㄍ～)；糾纏不休，令人討厭，使人困擾．

（1802）　【昨】　　zuó（ㄗㄨㄛ）

Ⓐ文言音：(tsok⁴)；今是昨非(kim¹si⁷～hui¹)，用例不多。

Ⓑ白話音：(tsah⁸)、(tsa⁷)、(tsəh⁸)三種．

（例）　①昨暗(tsa⁷am³)，又音(tsah⁸am³)；昨天晚上．

②昨暝(tsa⁷mi⁵)，又音(tsah⁸mi³)；昨天晚上．

③昨昏(tsa⁷hng¹)，又音(tsah⁸hng¹)，又合音成(tsang⁵)；昨天．

④昨日(tsa⁷jit⁸／lit⁸)，又音(tsah⁸jit⁸／lit⁸)；昨天，若讀成(tsəh⁸jit⁸)時，意思是"前天"．　⑤昨昏暗(tsang⁵am³)；昨天晚上．

⑥昨昏下晡(～e⁷po¹)；昨天下午．

⑦昨昏中晝($\sim$tiong^{1}tau^3)；昨天中午．

⑧昨昏早起($\sim$tsa^{2}k'i^2)；昨天早上．

（1803）【僞】　　　wěi（ㄨㄟˇ）

"僞"字的讀音有俗讀音：(ui^7／wi^7)，但以文言・白話音的(gui^7)較爲通用。

（例）①僞君子($\sim$kun^{1}tsu^2)；外貌正派實際上卑鄙無恥的人，口語説"假聖人"(ke^{2}seng^3／sing^{3}jin^5／lin^5)．

②僞善($\sim$sian^7)；假裝正人君子．

③僞托($\sim$t'ok^4)；將著作假冒爲古人的．

④僞造($\sim$tsə^7)；假造．　⑤僞裝($\sim$tsong^1／tsng^1)；假裝．

⑥眞僞(tsin^1$\sim$)；眞的和假的．

（1804）【症】　　　zhèng（ㄓㄥˋ）

"症"字的讀音祇有一種：(tseng^3／tsing^3)

（例）①症候($\sim$hau^7)；疾病、症狀．

②症狀($\sim$tsong^7)；疾病的狀態．

③急症(kip^4$\sim$)；緊急、危急的疾病．

④難症(lan^5$\sim$)；醫治不易的疾病．

⑤絶症(tsuat^8$\sim$)；不治的疾病，没法醫治的疾病．

（1805）【煮】　　　zhǔ（ㄓㄨˇ）

"煮"字祇有一種讀法：(tsu^2)

（例）①煮飯($\sim$png^7)；燒飯．②煮食($\sim$tsiah^8)；炊事．

（1806）【嘆／歎】　　　tàn（ㄊㄢˋ）

"嘆"字的讀音爲：(t'an^3)

(例) ①嘆服(〜hok⁸)；稱讚而佩服．

②嘆氣(〜k'i³)；心裡不舒服時發出的氣息或聲音如；啊！

③嘆苦經(〜k'o²keng¹／king¹)；説埋怨的話．

④嘆息(〜sit⁴)；嘆氣．　⑤怨嘆(uan³／wan³〜)；埋怨苦嘆．

（1807）【釘】　　dīng（ㄉ丨ㄥ）

"釘"字祇有一種讀法：(teng¹／ting¹)

(例)　①釘仔(〜a²)；釘子．②釘鞋(〜e⁵)；鞋底裝釘的跑鞋．

③釘耙(〜pe⁵)；用鐵釘做齒的耙，爲碎土的農具．

④鐵釘(t'ih⁴〜)；又説"鐵釘仔"(〜a²)．

（1808）【搭】　　dā（ㄉㄚ）

"搭"字的文言音爲：(tap⁴)，詞例罕見，一般通用白話音：(tah⁴)。

(例)　①搭戲棚(〜hi³peⁿ⁵)；架戲台．

②搭油(〜iu⁵)；沽、買油．③搭救(〜kiu³)；救助人脱險．

④搭腳脊骿(〜k'a¹tsiah⁴p'iaⁿ¹)；輕拍背部．

⑤搭配(〜p'ue³);安排分配．⑥搭心肝(〜sim¹kuaⁿ¹);輕拍胸脯．

⑦搭紙(〜tsua²);貼紙．⑧輸甲搭搭(su¹kah⁴〜〃);輸得淨光．

⑨彼搭(hit⁴〜);那里．　　⑩這／即搭(tsit⁴〜);這裡．

（1809）【莖】　　jīng（ㄐ丨ㄥ）

"莖"字的文言音讀：(heng⁵／hing⁵)，少用，白話音：(huaiⁿ⁵)和俗

讀音：(keng⁵／king⁵)較通用。

Ⓐ白話音：[huaiⁿ⁵]；芋莖(o⁷〜)；芋頭的莖．

Ⓑ俗讀音：[keng⁵／king⁵]；陰莖(im¹／yim¹〜)；男子的生殖器．

（1810）【籠】　　lóng〜lǒng（ㄌㄨㄥ）

708

A 官話讀2聲時，台語的文言音讀：(long²)，用例少，通用的是白話音：(lang²)、(lang⁵)和(lang⁷)。

　　(Ⅰ)[lang²]：①籠仔(～a²)；籠子. ②紙籠(tsua²～)；丟紙籠.

　　(Ⅱ)[lang⁵]：籠床(～sng⁵)；籠屜、蒸籠.

　　(Ⅲ)[lang⁷]：箸籠(ti⁷～)；存放筷子的容器.

B 官話讀3聲時，台語的讀法白話音爲：(lang²)，如"戲籠"(hi³～)；戲班裝放戲服戲具的箱籠，一般多通用文言音：(long²)。

　　(例)　①籠絡(～lok⁸)；拉攏、收買人心.

　　②籠罩(～tau³)；像籠子從上面罩下去.

　　③籠統(～t'ong²)；含糊不清.

（1811）　【酷】　　　kū（ㄎㄨ）

"酷"字祇有一種讀法：(k'ok⁴)

　　(例)　①酷刑(～heng⁵)；殘暴狠毒的刑罰，喻無理的虐待.

　　②酷虐(～liok⁸)；殘酷兇狠. ③酷似(～si⁷)；非常像.

　　④酷暑(～su²)；非常熱的夏天. ⑤殘酷(tsan⁵～).

（1812）　【偷】　　　tōu（ㄊㄡ）

A 文言音：(t'o¹)

　　(例)　①偷安(～an¹)；祇顧眼前的安逸.

　　②偷閑(～han⁵)；撥出空閑的時間.

　　③偷生(～seng¹／sing¹)；苟且地活着.

B 白話音：(t'au¹)

　　(例)　①偷工減料(～kang¹kiam²liau⁷)；暗中削減工序和材料.

　　②偷牽牛(～k'an¹gu⁵). 　③偷看(～k'ua^{n3}).

　　④偷掠雞(～liah⁸ke¹)；偷抓雞，"偷掠雞一把米"(～tsit⁸pe²bi²).

　　⑤偷襲(～sip⁸)；趁敵人不防備突然攻擊.

⑥偷偷摸摸(～〃mo¹〃)；喻瞞着人作事.

⑦偷提／撚(～t'eh⁸)；偷拿東西，竊取.

⑧偷情(～tseng⁵／tsing⁵)；男女背着人談戀愛.

⑨偷食步(～tsiah⁸po¹)；巧詐，又説"偷賺食"(～tsuan²tsiah⁸).

⑩偷竊(～ts'iap⁴)；盜竊，口語"偷拈"(～ni¹).

（1813）【弓】　　gōng（ㄍㄨㄥ）

"弓"字文言音讀：(kiong¹)，詞例少，一般通用白話音：(keng¹／king¹)。

（例）　①弓蠓／蚊罩(～bang²ta³)；撐開蚊帳.

②弓雨傘(～ho⁷sua^n3)；撐開雨傘.

③弓布帆(～po³p'ang⁵)；撐帳蓬.

④弓肥豬(～pui⁵ti¹)；使豬快長肥. ⑤弓箭(～tsi^n3).

⑥衫仔弓(sa^n1a²～)；使衣服張開的東西，如衣掛兒.

（1814）【椎】　　chuī（ㄔㄨㄟ）～zhuī（ㄓㄨㄟ）

Ａ官話讀：(chui)時台語兩讀，一爲(t'ui⁵)，愚魯之意，同"槌"字.

（例）　①椎哥(～kə)；傻瓜. ②汝眞椎(li²tsin¹～)；你眞笨.

二爲讀(tui⁵)，意爲敲打，同"捶"字.

（例）　椎心肝(～sim¹kua^n1)；形容痛心憤恨，用手捶打胸部.

Ｂ官話讀：(zhui)時，台語祇有一種讀音：(tsui¹)

（例）　①椎骨(～kut⁴).　②尾椎骨(bue²／be²～)；尾椎部分.

③胸椎(heng¹／hing¹～).　④頸椎(keng⁷／king⁷～).

（1815）【恆】　　héng（ㄏㄥ）

Ａ文言音：(heng⁵／hing⁵)

（例）　①恆久(～kiu²)；持久、常久.

②恆心(～sim^1)；長久不變的意志.

③恆春(～ts'un^1)；台灣南部的市鎮名，舊名瑯璚(Lang^{5}kio^5).

④永恆(eng^2／ing^2～)；長久、永遠.

B 白話音：(an^5)

(例) ①恆擋擋(～tong^3〃)；形容非常緊.

②門足恆(mng^{5}tsiok^4～)；門很緊.

③手頭恆(ts'iu^{2}t'au^5～)；手頭緊；喻身上沒甚麼錢.

按台語(an^5)，又被訓用寫成"緊"字.

（1816）【傑／杰】　　jié（ㄐㄧㄝ）

"杰"字的讀音祇有一種：(kiat^8)

(例) ①傑作(～tsok^4)；優越的作品.

②傑出(～ts'ut^4)；超出一般、出眾.

③英傑(eng^1／ing^1～).　　④豪傑(hə^5～).

（1817）【坑】　　kēng（ㄎㄥ）

A 文言音：(k'eng^1／k'ing^1)

(例) ①焚書坑儒(hun^{5}su^1～ju^5／lu^5)；燒掉書籍活埋儒者.

B 白話音：(k'e^{n1}／k'i^{n1})

(例) ①坑仔(～a^2)；即地洞，口語又説"窟仔"(k'ut^{4}a^2).

②坑道(～tə^7)；地下通道. ③深坑(ts'im^1～)；深窪的地洞.

（1818）【鼻】　　bí（ㄅㄧ）

"鼻"字的讀音有三種：(pi^7)，用例殊少，(pit^8)，如"鼻祖"(pit^{8}tso^2)；開基祖，開創者，又讀(p'i^{n7})，最爲通用。

(例) ①鼻味(～bi^7)；嗅. ②鼻空／孔(～k'ang^1)；鼻孔.

③鼻樑／龍(～liong^5)；鼻子隆起部分，又説"鼻鞍"(～ua^{n1}).

④鼻芳(〜p'ang¹)；聞香味兒. ⑤鼻鼻(〜〃)；粘糊狀，如"大便鼻鼻"(tai⁷pian⁷〜)；大便呈粘糊狀，赤痢.
⑥鼻屎(〜sai²)；乾結的鼻涕. ⑦流鼻(lau⁵〜)；流鼻涕.
⑧moh⁴鼻(moh⁴〜)；鼻頭部分扁平的鼻子，(moh⁴)或作"膜".
⑨凹鼻(nah⁴〜)；塌鼻樑. ⑩啄鼻(tok⁴〜)；高尖成鈎形的鼻子，指西洋人的鼻型，口語有"鶯歌鼻"(eng¹kə¹〜)；鼻子閉塞.
⑪實鼻(tsat⁸〜)；鼻塞不通. ⑫掅鼻(ts'eng³〜)；擠鼻涕.
⑬埈鼻(ts'ang³〜)；鼻孔向前（不向下）如豬鼻的鼻子.

（1819）【翼】　　yì（ㄧ）

Ⓐ文言音：(ek⁸／ik⁸)．
（例）　①小心翼翼(siə²sim¹〜〃)；很謹慎地.
②兩翼(liong²〜)；兩側，兩邊的翅膀.

Ⓑ白話音：(sit)
（例）　①翼尾(〜bue²／be²)；翅膀末端.
②翼股(〜ko²)；翅膀.

（1820）【綸】　　lún（ㄌㄨㄣ）、guān（ㄍㄨㄢ）

Ⓐ官話讀：(lun)時，台語讀：(lun⁵)，如"經綸"(keng¹／king¹〜)；整理過的蠶絲，喻政治規劃、才能. 按"綸"爲青絲帶子。

Ⓑ官話讀(guan)時，台語讀：(kuan¹)如"綸巾"(〜kin¹／kun¹)；配有青絲帶的頭巾.

（1821）【敍】　　xù（ㄒㄩ）

"敍"字祇有一種讀音：(su⁷)
（例）　①敍文(〜bun⁵)；即序文. ②敍言(〜gian⁵)；序言.
③敍舊(〜kiu⁷)；談論舊事. ④敍事(〜su⁷)；敍述事情.

⑤敍述(～sut⁴)；記述或説出事情的經過.

⑥平舖直敍(peng⁵／ping⁵p'o¹tit⁸～)；平板地敍述.

（1822） 【獄】　　yù（ㄩ）

"獄"字的文言音讀：(giok⁸)，一般則通用白話音：(gak⁸)

(例)　①獄吏(～li⁷)；管理監獄的小官.

②獄卒(～tsut⁴)；監獄的看守人.

③文字獄(bun⁵ji⁷～)；因寫文章觸犯禁忌引起的官司、罪案.

④監獄(ka^{n1}～).　　　　⑤牢獄(lə⁵～).

⑥冤獄(uan¹～)；冤枉的官司、罪案.

（1823） 【逮】　　dài（ㄉㄞ）

"逮"字官話有兩種聲調不同的讀法、詞義則一樣，台語的讀法祇有
一種：(tai⁷)，詞義跟"掠"(liah⁸)一樣。

(例)　逮捕(～po⁷)；捉拿，口語説"掠"(liah⁸).

（1824） 【罐】　　guàn（ㄍㄨㄢ）

"罐"字祇有一種讀音：(kuan³)

(例)　①罐仔(～a²)；罐子，尤指小罐子.

②罐頭(～t'au⁵)；將食品加工裝在罐子裡，即罐頭食品的簡稱.

③兩罐酒(lng⁷～tsiu²)；兩瓶酒. ④茶罐(te⁵～)；茶壺.

（1825） 【絡】　　luò（ㄌㄨㄛ）

"絡"字的白話音是：(ləh⁸)，語例少，一般通用文言音：(lok⁸)。

(例)　①絡繹不絕(～ek⁸／ik⁸put⁴tsuat⁸)；人馬往來連接不斷.

②經絡(keng¹／king¹～)；中醫指運行氣血通路的旁支.

③聯／連絡(lian⁵～)；聯繫／係.

（1826） 【棚】　　　péng（ㄆㄥˊ）

"棚"字的文言音為:(peng⁵／ping⁵)，通常則用白話音:(peⁿ⁵／piⁿ⁵)
；"棚"為遮蔽太陽風雨的簡單設備，或陋屋的意思．

　（例）　①牛棚(gu⁵～)；牛住的陋屋，又"牛稠"(gu⁵tiau⁵)；牛舍．
　　②戲棚(hi³～)；臨時搭的戲台．③雙棚鬥(siang¹～tau³)；唱對
　　台戲．　　　　　　　④菜瓜棚(ts'ai³kue¹～)；糸瓜的支架．
　　⑤拖棚(t'ua¹～)；原為演戲拖拖拉拉，喻做事拖泥帶水．
　　⑥一棚戲(tsit⁸～hi³)；一台戲(從頭到尾的戲劇)或一個戲班．

（1827）　　【抑】　　　yì（ㄧˋ）

Ⓐ文言音：(ek⁴／ik⁴)；意為向下按。

　（例）　①抑壓(～ap⁴)；壓制，又説"抑制"(～tse³)．
　　②抑揚(～iong⁵)；指聲音的高低起伏．
　　③抑或(～hek⁸)；或是．　④抑制(～tse³)；控制．
　　⑤抑止(～tsi²)；阻止．　　⑥抑且(～ts'iaⁿ²)；況且．

Ⓑ白話音：(iah⁴／yah⁴)／(ah⁴)；意為或是、還是、可是。

　（例）　①抑卜安怎(～beh⁴／bueh⁴an¹tsuaⁿ²)；那、要怎麼辦．
　　②抑無轉來去(～bə⁵tng²lai⁵k'i³)；否則就回去吧．
　　③愛抑毋愛(ai³～m⁷ai³)；要還是不要．
　　④卜抑毋(beh⁴／bueh⁴～m⁷)；要或是不要．
　　⑤好抑毋好(hə²～m⁷hə²)；好或是不好．
　　⑥有抑無(u⁷／wu⁷～bə⁵)；有還是沒有．
　　⑦想卜買抑無錢(siong⁷beh⁴be²～bə⁵tsiⁿ⁵)；想買可是沒錢．
　　⑧好額抑龜精(hə²giah⁸～ku¹tsiⁿ¹)；有錢但是吝嗇．
　　⑨興啉抑無錢(heng³lim¹～bə⁵tsiⁿ⁵)；愛喝而沒錢．

（1828）　　【膨】　　　péng（ㄆㄥˊ）

"膨"字祇有一種讀法：$(p'eng^5 ／ p'ing^5)$

（例）　①膨大$(\sim tai^7)$；體積增大，口語"胖大"$(p'ong^3 tua^7)$.

②膨脹$(\sim tiong^3)$；體積或長度加大、脹大.

按"膨"字在台語亦被訓讀爲：$(p'ong^3)$，惟$(p'ong^3)$的漢字爲"胖"，

如"胖風"$(\sim hong^1)$；膨肚，肚子發脹.

（1829）【胖】　　pàng（ㄆㄤ）

A 文言音：$(p'ang^3)$

（例）　①肥胖$(pui^5 \sim)$；身體肉多，脂肪多.

②眞胖$(tsin^1 \sim)$；很胖，多指小孩，至於成年多用"肥"(pui^5).

B 白話音：$(p'ong^3)$

（例）　①胖風$(\sim hong^1)$；肚子發脹，又喻愛誇耀、誇張.

②胖柑$(\sim kam^1)$；又作"椪柑". ③胖白$(\sim peh^8)$；白胖胖地.

④胖皮$(\sim p'ue^5)$；喻營養好、身體不錯.

⑤胖獅獅$(\sim sai^1 \prime\prime)$；胖乎乎，形容脹得很大.

⑥胖肚$(\sim to^7)$；肚子脹大，罵語有"胖肚短命"$(\sim te^2 mia^7)$.

⑦胖頭$(\sim t'au^5)$；頭肥大，又指髮型膨大.

（1830）【寺】　　sî（ㄙ）

"寺"字只有一種讀音：(si^7)

（例）　①寺廟$(\sim bio^7)$.　②寺院$(\sim i^{n7} ／ yi^{n7})$；佛寺的總稱.

③佛寺$(hut^8 \sim)$.　④廟寺$(bio^7 \sim)$；寺和廟的總稱.

（1831）【驟】　　zhòu（ㄓㄡ）

"驟"字祇有文言音一種讀法：(tso^7)

（例）　①驟然$(\sim jian^5 ／ lian^5)$；突然、忽然.

②驟變$(\sim pian^3)$；突然發生變化.

③驟雨(～u²／wu²)；忽然下得急速的雨.

④步驟(po⁷～)；事情進行的程序，口語"步數"(po⁷so³).

（1832） 【穆】　　　mù（ㄇㄨ）

"穆"爲恭敬、肅靜的意思，祇有一種讀音：(bok⁸)

　　（例）　①穆民(～bin⁵)；回教徒. ②肅穆(siok⁴～)；恭敬.

　　③穆穆(bok⁸～)；恭敬、深邃貌.

　　④穆斯林(～su¹lim⁵)；Moslem的音譯，回教徒的自稱.

（1833） 【冶】　　　yě（ㄧㄝ）

"冶"字祇有一種文言音的讀法：(ia²／ya²)

　　（例）　①冶金(～kim¹)；熔煉黃金.

　　②冶煉(～lian⁷)；熔煉、焙燒等方法從礦石中提出金屬.

　　③妖冶(iau¹～)；妖媚.

（1834） 【枯】　　　kū（ㄎㄨ）

Ⓐ文言音：(ko¹)

　　（例）　①枯燥(～sə³)；乾燥没生趣.

　　②枯草(～ts'au²).　　　③枯萎(～ui²／wi²)；乾枯萎縮.

　　④枯木逢春(～bok⁸hong⁵ts'un¹)；喻重獲生機.

　　⑤枯黃(～hong⁵)；乾枯焦黃. ⑥枯槁(～kə²)；草木乾枯.

　　⑦枯枝(～ki¹)；枯萎的樹枝. ⑧枯竭(～kiat⁸)；水源乾涸.

　　⑨枯腸(～tiong⁵)；喻文思貧乏. ⑩海枯(hai²～)；海水乾涸.

Ⓑ口語音：(k'o¹)～(kua¹)

（Ⅰ)[k'o¹]①豆枯(tau⁷～)；豆餅. ②茶枯(te⁵～)；肥皂.

（Ⅱ)[kua¹]柯的諧音字，食用植物過熟，竹筍枯(tek⁴sun²～)；竹筍
　　過老.

（1835）　【冊】　　cè（ㄘㄜ）

A 文言音：(ts'ek⁴／ts'ik⁴)

　　(例)　①冊封(～hong¹)；封立皇貴妃、貴妃、親王、親王世子、
　　郡王⋯等叫冊封.　　　　②冊立(～lip⁸)；封立皇后叫冊立.
　　③冊書(～su¹)；冊立與冊封時的詔書.

B 白話音：(ts'eh⁴)

　　(例)　①冊架(～ke³)；書架.②冊名(～mia⁵)；書名.
　　③冊房(～pang⁵)；書房.　④冊店(～tiam³)；書店.
　　⑤買冊(be²／bue²～)；買書.⑥看冊(k'ua^{n3}～)；看書.
　　⑦讀冊人(t'ak⁸～lang⁵)；讀書人.⑧第4冊(te⁷si³～).

（1836）　【屍】　　shī（ㄕ）

"屍"字祇有一種讀法：(si¹)

　　(例)　①屍骸(～hai⁵)；屍骨，並泛指死者骨骸.
　　②屍骨(～kut⁴)；屍體腐爛后剩下的骨頭.
　　③屍身(～sin¹)；屍體，口語"身屍"(sin¹～).
　　④屍體(～t'e²).　　　　⑤屍首(～siu²)；屍體.
　　⑥屍位素餐(～ui⁷so³ts'an¹)；光佔着職位，不做事白吃飯.
　　⑦驗屍(giam⁷～)；檢查屍體.

（1837）　【凸】　　tū（ㄊㄨ）

"凸"字的讀音有：(tut⁸) 和(t'ut⁸)，後者較通用。

　　(例)　①凸面鏡(t'ut⁸bin⁷kia^{n3})；球面鏡的一種.
　　②凸版(～pan²)；雕刻的部分高出版面的印刷版.
　　③凸透鏡(～t'au³kia^{n3})；中央比周圍厚的透鏡.
　　④凸出(～ts'ut⁴)；突出.⑤凸額(～hiah⁸)；前額向前突出，
　　又説 "擴頭 "(k'ok⁴t'au⁵).

（1838）　【紳】　　　shēn（ㄕㄣ）

"紳"字祇有一種讀法：(sin¹)，原義爲古代官吏繫在腰間大帶子下垂的部分。

（例）　①紳耆(～ki⁵)；舊時地方上的名士或年老有聲望的人.

②紳士(～su⁷)；舊時地方上退休官僚、或有勢力的，又喻講道理的人.　　　　　③鄉紳(hiong¹～)；地方上的紳士.

④士紳(su⁷～)；有勢力、名望的人.

（1839）　【焰／燄】　　　yàn

"焰"字有文言、白話兩種讀音，白話音爲：(iaⁿ⁷／yaⁿ⁷)，較少用，一般通用文言音：(iam⁷／yam⁷)。

（例）　①焰火(～hue²／he²)；猛烈的火.

②焰(～p'e³p'e³)；火勢猛烈.　③火焰(hue²／he²～)；火苗.

④氣焰(k'i³～)；喻威風、氣勢.

（1840）　【轟】　　　hōng（ㄏㄨㄥ）

A文言音：(hong¹)

（例）　①轟轟烈烈(～〃liat⁸〃)；氣魄雄偉.

②轟炸(～tsa³)；從飛機擲炸彈.

B白話音：(eng¹／ing¹)

（例）　①轟埃(～ia¹／ya¹)；灰塵飛揚.

②轟火灰(～hue²／he²hu¹)；撒灰燼.

③轟蓬蓬(～p'ong⁵p'ong⁵)；塵土飛揚得厲害.

（1841）　【欣／訢】　　　xīn（ㄒㄧㄣ）

"欣"字的文言音爲：(hin¹)用得少，白話音：(him¹)較通用。

（例）　①欣慕(～bo⁷)；仰慕、羨慕.　②欣喜(～hi²)；歡喜快樂.

③欣幸(～heng⁷)；歡喜慶幸. ④欣欣向榮(～〃hiong³eng⁵
／ing⁵)；比喻事業蓬勃發展. ⑤欣羨(～sian⁷)；喜愛而羨慕.
⑥欣賞(～siong²)；領略而享受美好的情趣.
⑦欣慰(～ui³)；歡喜而心安. ⑧歡欣(huan¹～)；喜悦.

（1842） 【晉】 jìn（ㄐㄧㄣˋ）

"晉"字祇有一種讀法：(tsin²)

　　(例)　①晉謁(～iat⁴)；謁見、進見.
　　②晉見(～kian³)；進見. 　　　　③晉級(～kip⁴)；昇級.
　　④晉昇(～seng¹／sing¹)；昇高職位.

（1843） 【瘦】 shòu（ㄕㄡˋ）

A 文言音：(so³)　用例罕見

B 訓讀音：(san²)，惟(san²)的漢字爲"瘷／瘦"。

　　(例)　①瘦的(～e)；瘦子. ②瘦猴(～kau⁵)；貶義瘦削的人.
　　③瘦k'ok⁴k'ok⁴，瘦pi¹pa¹；均形容瘦削的情形.
　　④瘦抽(～t'iu¹)；瘦而長身. ⑤瘦田(～ts'an⁵)；瘦田.

（1844） 【御】 yù（ㄩˋ）

"御"字的讀音有：(gu²)和(gu⁷)

　　(例)　①御侮(gu²bu²)；抵抗外侮，御亦作"禦".
　　②御用(gu⁷iong⁷)；爲權力者、統治者效命利用.按較常見的
　　有"御用紳士"(～sin¹su⁷)，"御用學者"(～hak⁸tsia²)。

（1845） 【錦】 jǐn（ㄐㄧㄣˇ）

"錦"字的俗讀音爲：(gim²)，估計之意，如"互人錦看咧"(ho⁷lang⁵
～k'ua^{n3}le)；讓人估計看吧，但一般通用的讀音是：(kim²)。

(例)　①錦旗(～ki⁵)；彩綢做的旗子送給競賽的優勝者.

②錦繡(～siu³)；美好、秀麗.

（1846）　【喪】　　sāng（ㄙㄤ）

Ⓐ官話讀第1聲時，台語有文白兩種讀法；

（Ⅰ）文言音：(song¹)①喪禮(～le²)；有關喪事的禮節.

②喪事(～su⁷).　　　③喪葬(～tsong³)；辦理喪事埋葬死者.

④治喪(ti⁷～)；辦理喪事.

（Ⅱ）白話音：(sng¹)；①喪服(～hok⁸)；喪事時穿用的服飾.

②喪事(～su⁷)；又音(song¹su⁷).

Ⓑ官話讀第4聲時，台語的讀音祇有一種：(song¹)

(例)　①喪氣(～k'i³)；因事情不順利而情緒低落.

②喪偶(～ngo²)；死了配偶.　③喪命(～mia⁷)；死亡.

④喪失(～sit⁴)；失掉，如"喪失記憶力"(～ki³ek⁴lek⁴).

⑤喪膽(～taⁿ²)；非常恐懼，口語説"破膽"(p'ua³taⁿ²)；嚇壞了.

（1847）　【旬】　　xún（ㄒㄩㄣ）

"旬"字的讀音祇有一種：(sun⁵)，十日爲一旬。

(例)　①旬刊(～k'an¹)；每10日出1次的刊物.

②旬日(～jit⁸／lit⁸)；十天.

③下旬(ha⁷～)；每月21日以後至月底.

（1848）　【鍛】　　duàn（ㄉㄨㄢ）

"鍛"字的讀音爲：(tuan³)和(t'uan³)，前者較常用。

(例)　①鍛練(～lian⁷)；又音(t'uan³lian⁷)，培養訓練體魄.

②鍛造(～tsə⁷)；用錘擊的方法使金屬工具改變物理性質.

③鍛接(～tsiap⁴)；即用火溶接，焊接.

（1849） 【煅】　　　duàn（ㄉㄨㄢˋ）

"煅"字的文言音爲：(tuan³)～(t'uan³)，但一般多通用白話音：
(t'ng³)。

　　（例）　①一句話煅了佫煅(tsit⁸ku³ue⁷～liau²kəh⁴～)；一句話説
　　了又説.　　　　　　②煅菜(～ts'ai³)；把凉了的菜加熱.

（1850） 【壟／壠】　　　lǒng（ㄌㄨㄥˇ）

Ⓐ文言音：(liong²)　壟斷(～tuan³)；把持操縱.
Ⓑ白話音：(leng⁵／ling⁵)；意爲土埂，如"蕃薯壠"(huan¹／han¹
tsu⁵／tsi⁵～)；種地瓜的土埂(畑間隆起成行的部分).

（1851） 【搜】　　　sōu（ㄙㄡ）

"搜"字的文言音爲：(so¹)，一般則通用俗讀音：(sə¹)。

　　（例）　①搜羅(～lə⁵)；到處尋找并集在一起.
　　②搜索(～sek⁴)；仔細尋找.③搜查(～tsa¹／ts'a⁵)；搜索檢查.
　　④搜集(～tsip⁸)；尋找並聚集.

（1852） 【撲】　　　pū（ㄆㄨ）

"撲"字的白話音爲：(p'ak⁴)，通用的是文言音：(p'ok⁴)。

　　（例）①撲面(～bian⁷)；迎面沖來.②撲鼻(～pit⁸)；氣味沖鼻.
　　③撲朔迷離(～sok⁴be⁵li⁷)；喻錯綜複雜不易分辨.

（1853） 【邀】　　　yāo（ㄧㄠ）

Ⓐ文言音：(iau¹／yau¹)
　　（例）　①邀約(～iok⁴)；約請.②邀請(～ts'iaⁿ²).
Ⓑ白話音：(iə¹／yə¹)；有生育、撫育的意思.
　　（例）　①邀抑未(～iah⁴bue⁷／be⁷)；生了没有.

②邀子／囝(～kia^{n2})；撫養子女．

③邀孫(～sun^1)；撫育孫子． ④邀飼(～ts'i^7)；撫養．

（1854） 【亭】　　tǐng（ㄊ丨ㄥ）

"亭"字的讀音祇有一種：(teng^5／ting^5)

(例)　①亭仔腳(～a^{2}k'a^1)；亭子下面、又毗連的屋簷下成走道的部分．　　②亭午(～ngo^2)；正午．

③亭亭玉立(～〃giok^{8}lip^8)；形容美女身體細長花木形體挺拔．

（1855） 【邁】　　mài（ㄇㄞ）

"邁"字的讀音爲：(mai^7)

(例)　①邁步(～po^7)；提腳向前走．

②邁進(～tsin^3)；大踏步地前進． ③年邁(lian^5～)；年老．

（1856） 【舒】　　shū（ㄕㄨ）

A 文言音：(su^1)

(例)　①舒服(～hok^8)；輕鬆愉快．

②舒散(～san^3)；散心．　③舒適(～sek^8／sik^8)；舒服安逸．

④舒聲(～seng^1／sing^1)；指平上去三種聲調．

⑤舒展(～tian^2)；伸展．

B 白話音：(ts'u^1)；有鋪平擺平的意思．

(例)　①舒互平(～ho^{7}pe^{n5}／pi^{n5})；鋪平．

②舒被(～p'ue^7)；鋪被子． ③舒直的(～tit^{8}e)；鋪直的．

（1857） 【脆】　　cuì（ㄘㄨㄟ）

A 文言音：(ts'ui^3)

(例)　①脆骨(～kut^4)；軟骨，容易折斷的骨頭．

②脆弱(～jiok^8／liok^8)；不堅強，口語説(lng^{2}tsia^{n2}).

③乾脆(kan^1～)；直接了當，口語説"規氣"(kui^{1}k'i^3).

B 白話音：(ts'e^3／ts'ue^3)

(例)　①脆柿仔(～k'i^{7}a^2)；易碎的柿子.

②甘蔗脆脆(kam^{1}tsia^3～〃)；甘蔗脆而易斷.

（1858）　【閑／閒】　　　xián（ㄒㄧㄢ）

A 文言音：(han^5)

(例)①閑暇(～ha^7)；閑空.②閑居(～ki^1)；在家裡住着没事做.

③農閑(long^5～)；農事忙後的空閑兒.

B 白話音：(eng^5／ing^5)

(例)　①閑工(～kang^1)；閑空.②閑人(～lang^5)；没事做的人.

③閑事(～su^7)；跟自己没關係的事情.

④閑話(～ue^5)；跟正事無關的話語.⑤無閑(bə^5～)；没空兒，忙.

（1859）　【憂】　　　yōu（ㄧㄡ）

"憂"字的讀音祇有一種：(iu^1／yiu^1)

(例)　①憂患(～huan^7)；困苦患難.

②憂慮(～li^7／lu^7)；憂愁擔心.③憂心(～sim^1)；憂愁的心情.

④憂愁(～ts'iu^5)；遇困難而苦悶.

⑤面憂面結(bin^7～bin^{7}kat^4)；愁眉苦臉.

（1860）　【頑】　　　wán（ㄨㄢ）

"頑"字的讀音有文言音的：(guan^5)和俗讀音的：(uan^5／wan^5)和
(guan^2)3種，其中前兩種較通用。

(例)　①頑強(wan^{5}kiong^5)；堅固強硬.

②頑固(uan^5／guan^{2}ko^3)；想法保守不肯改變.

③頑敵(guan⁵／uan⁵tek⁸／tik⁸)；頑強的敵人．

④頑童(guan⁵／uan⁵tong⁵)；頑皮的兒童．

⑤冥頑(beng⁵／bing⁵guan⁵)；不易開導．

（1861） 【羽】　　yǔ（ㄩ）

"羽"字祇有一種讀法：(u²／wu²)

　　(例)　①羽翼(～ek⁸)；喻輔佐的人．②羽毛(～mo⁵)．

（1862） 【漲】　　zhǎng～zhàng（ㄓㄤ）

A 官話讀第3聲時，台語有文白異讀三種讀音．

　　(Ⅰ)文言音：(tiong³／tiong²)　　(例)　漲價(tiong³ke³)．

　　(Ⅱ)白話音：(tiuⁿ³／tioⁿ³)

　　(例)　①漲風(～hong¹)；物價上漲的情勢．

　　　②漲潮(～tiau⁵)；海洋的水面昇高．

B 官話讀第4聲時，台語有文白各1種讀音．

　　(Ⅰ)文言音：(tiong³)　　(例)　頭昏腦漲(t'au⁵hun¹nau²～)；頭
　　　暈目眩，"漲"又作"脹"．

　　(Ⅱ)白話音：(tiuⁿ³／tioⁿ³)

　　　(例)　面漲紅(bin⁷～ang⁵)；臉漲得通紅．

（1863） 【卸】　　xiè（ㄒㄧㄝ）

"卸"字祇有一種讀法：(sia³)

　　(例)　①卸貨(～hue³／he³)；把貨物搬離運輸工具，又說"起貨"
　　(k'i²hue³)，"落貨"(ləh⁸～)．②卸任(～jim⁷／lim⁷)；解除職務．
　　③卸責(～tsek⁴)；推卸責任．④推卸(t'ui¹～)；解除、推開．

（1864） 【仗】　　zhàng（ㄓㄤ）

"仗"字的讀法祇有一種：(tiong³)

　（例）　①仗義執言(～gi⁷tsip⁴gian⁵)；爲了正義說話.

　　②仗勢(～se³)；倚仗權勢，口語"靠勢"(k'ə³se³).

（ 1865 ）　【陪】　　　péi（ㄆㄟ）

"陪"字祇有一種讀音：(pue⁵)

　（例）　①陪客(～k'eh⁴)；陪客人的人，又陪伴客人.

　　②陪伴(～p'uaⁿ⁷).　　　　③陪審(～sim²)；陪同審判案件.

　　④陪都(～to¹)；首都以外的臨時首都.

　　⑤陪同(～tong⁵)；陪着一同(進行某種活動).

　　⑥陪酒(～tsiu²)；酒家裡女人陪酒客喝酒.

　　⑦奉陪(hong⁷～)；陪同的敬語. ⑧作陪(tsok⁴／tsə³～).

（ 1866 ）　【賠】　　　péi（ㄆㄟ）

"賠"字的文言音爲：(pue⁵)，白話音爲：(pe⁵)，兩者通用.

　（例）　①賠款(pue⁵／pe⁵k'uan²)；戰敗國對戰勝國賠償的錢.

　　②賠償(～siong²)；償還損失. ③賠錢(～tsiⁿ⁵)；用錢賠償.

　　④賠罪(～tsue⁷)；道歉，"毋着愛賠罪"(m⁷tiəh⁸ai³～)；犯了錯
　　　應道歉.

（ 1867 ）　【闢】　　　pì（ㄆㄧ）

"闢"字的讀音爲：(p'ek⁴／p'ik⁴)

　（例）　①闢謠(～iau⁵)；說明眞相駁斥謠言.　　　　　　・

　　②開闢(k'ai¹～)；打開、開拓. ③精闢(tseng¹～)；透徹.

（ 1868 ）　【辟】　　　bì（ㄅㄧ）

Ａ文言音：(pek⁴／pik⁴)～(p'ek⁴／p'ik⁴)，後者較通用。

（例）①辟邪(p'ek⁴sia⁵)；驅逐邪惡.

②復辟(hok⁸～)；君主恢復權位.

Ｂ 白話音：(p'iah⁴)

（例）辟雨(～ho⁷)；避雨.

（1869）【懲】 chéng（ㄔㄥˊ）

"懲"字意爲處罰，有讀：(teng⁵／ting⁵)，仍以讀：(tseng⁵／tsing⁵)
較通用。

（例）①懲罰(～huat⁸)；嚴厲地處罰.

②懲戒(～kai³)；用處罰來警戒. ③懲辦(～pan¹)；處罰.

④懲治(～ti⁷)；懲辦. ⑤嚴懲(giam⁵～)；嚴厲地懲罰.

（1870）【肚】 dù（ㄉㄨˋ）

Ａ 官話讀第3聲時，台語讀：(to⁷)，指動物的胃。

（例）①牛肚(gu⁵～). ②豬肚(ti¹～).

Ｂ 官話讀第4聲時，台語讀：(to²)，指人的肚子。

（例）①肚掐(～kuaⁿ⁷)；小孩的圍巾，由胸部到肚子.

②肚臍(～tsai⁵)；肚臍眼兒、肚子中央臍帶脫離處.

③腹肚(pak⁴～)；肚子.

（1871）【捉】 zhuō（ㄓㄨㄛ）

"捉"字的詞義爲抓、握，口語常說"掠"(liah⁸)，如"掠人"(～lang⁵)；
捉人。讀音有文言音的(tsak⁴)和白話音的(tsok⁴)、(ts'iok⁴)三種，
其中(ts'iok⁴)較通用。

（例）①捉迷藏(～be⁵tsong⁵)；兒童遊戲，口語有"搵呼雞"(ng¹
k'o¹ke¹／kue¹). ②捉姦(～kan¹)；捉拿通姦的人，
口語說"掠猴"(liah⁸kau⁵). ③捉弄(～lang⁷／long⁷)；以開玩笑

而使人爲難，口語説"創景"(ts'ong³keng²／king²).

（1872） 【飄】　　　piāo（ㄆㄧㄠ）

"飄"字的讀音祇有一種：(p'iau¹)

 （例）　①飄渺(～biau²)；同"縹緲"(p'iau¹～)，形容隱隱約約，
若有若無的情景.　　　　②飄忽(～hut⁴)；搖擺、浮動不定.
③飄搖(～iau⁵)；隨風搖動. ④飄揚(～iong⁵)；被風吹翻動.
⑤飄零(～leng⁵)；凋謝零落. ⑥飄流(～liu⁵)；流動不定.
⑦飄泊(～pok⁸)；即漂泊，到處流浪、住所不定.
⑧飄飄然(～〃jian⁵)；輕飄飄地好像浮在空中，喻得意的樣子.
⑨飄撇(～p'iat⁴)；漂亮、帥、爽利(多指男性姿態打扮).
⑩飄洒／灑(～sa²)；姿態活潑. ⑪飄蕩(～tong⁷)；隨風擺動.

（1873） 【漂】　　　piāo～piào（ㄆㄧㄠ）

A 官話讀第1聲時，台語讀一種音：(p'iau¹)
 （例）　①漂浮(～hu⁵)；即飄浮，在水上漂動.
②漂流(～liu⁵)；同飄流，在水面流動.
③漂泊(～pok⁸)；又作飄泊，到處流浪.
B 官話讀第3聲時，台語讀音有文言和白話兩種，文言音爲：
(p'iau³)，用例罕見，白話音爲：(p'ie³)較通用。
 （例）　①漂染(～ni²)；漂白染色. ②漂漂咧(～〃le)；漂一漂.
③漂白(～peh⁸)；用藥水使顏色褪掉變白.
C 官話讀第4聲時，台語讀音祇有一種：(p'iau³)
 （例）①漂亮(～liang⁷)；美麗，口語"水"(sui²)、"水氣"(～k'ui³).
②漂亮話(～ue⁷)；説得好聽的話.

（1874） 【昆】　　　kūn（ㄎㄨㄣ）

"昆"字的讀音祇有一種：(k'un¹)

　　(例)　①昆曲(～k'iok⁴／k'ek⁴)；流行於江蘇南部的一種戲曲．

　　②昆布(～po³)；海帶．　　③昆仲(～tiong⁷)；稱人家的兄弟．

（1875）　【欺】　　qī（ㄑㄧ）

"欺"字祇有一種讀法：(k'i¹)

　　(例)　①欺壓(～ap⁴)；欺負壓迫．

　　②欺蒙(～bong⁵)；隱瞞來欺騙．③欺侮(～bu²)；欺負侮辱．

　　④欺負(～hu⁷)；蠻橫無理地侵犯、壓迫、侮辱他人．

　　⑤欺凌(～leng⁵)；欺負凌辱．⑥欺瞞(～mua⁵)；欺負瞞騙．

　　⑦欺詐(～tsa³)；奸詐狡猾地騙人，又"詐欺"(tsa³～)．

（1876）　【吾】　　wǔ（ㄨ）

"吾"字的讀音有文言音的(go⁵)和(ngo⁵)，一般以(go⁵)較通用．

　　(例)　①吾人(～jin⁵／lin⁵)；我們．②吾輩(～pue³)；我們．

　　③吾儕(～ts'ai⁵)；我們．

（1877）　【郎】　　láng（ㄌㄤ）

Ⓐ文言音：(long⁵)

　　(例)　①郎君(～kun¹)；妻對丈夫的稱呼．

　　②郎中(～tiong¹)；古代的官職，又指醫生．

　　③新郎(sin¹～)；結婚時的男人，口語多説"子婿"(kiaⁿ²sai³)．

Ⓑ白話音：(lng⁵)

　　(例)　牛郎織女(gu⁵～tsit⁴li²／lu²)．

（1878）　【汁】　　zhī（ㄓ）

"汁"字的文言音爲：(tsip⁴)，語例少，通用的是白話音：(tsiap⁴)．

（例）　①汁液(～ek⁸)；汁兒，多指植物的液狀物．

②果汁(kə²～)；水果的液體．③奶汁(ni¹～)．

④烏墨汁(o¹bak⁸～)；黑色墨水，又說"墨水"(bak⁸tsui²)．

⑤甘蔗汁(kam¹tsia³～)．

（1879）　【呵】　hē（ㄏㄜ）

"呵"字文言音讀：(hə¹)，白話音有：(ha¹)和(hia¹)但少用，一般通用文言音．

（例）　①呵喝(～huah⁴)；申斥、禁止時的大聲喊叫，口語有
"吼喝"(hau²huah⁴)．　　②呵責(～tsek⁴／tsik⁴)；呵斥．

③一氣呵成(it⁴／yit⁴k'i³～seng⁵／sing⁵)；文章的氣勢首尾貫通．

（1880）　【飾】　shì（ㄕ）

"飾"字祇有一種讀音：(sek⁴／sik⁴)

（例）　①飾詞(～su⁵)；託詞，虛僞掩蔽眞相的話語．

②服飾(hok⁸～)；衣服及裝飾品．

③粉飾(hun²～)；裝飾．　④修飾(siu¹～)；修整裝飾使美觀．

⑤首飾(siu²～)；裝飾品．⑥裝飾(tsng¹～)；點綴加上一些附屬的東西使美觀．

（1881）　【蕭】　xiāo（ㄒㄧㄠ）

"蕭"字的文言音爲：(siau¹)，白話音爲：(siə¹)，通用的是文言音。

（例）　①蕭然(～jian⁵／lian⁵)；空虛寂寞．

②蕭蕭(～〃)；風聲、如"風蕭蕭"(hong¹～〃)．

③蕭瑟(～sek⁴)；景色凄涼．④蕭索(～sek⁴)；缺乏生機．

⑤蕭條(～tiau⁵)；零落衰微，没生機．

⑥蕭墻(～ts'iong⁵)；喻内部、身邊，如"禍起蕭墻"(hə⁷k'i²～)．

（1882）　【雅】　　　yǎ（ㄧㄚˇ）

"雅"字祇有一種讀法：(nga² ／ gaⁿ²)

(例)　①雅意(～i³ ／ yi³)；高尚的情意.

②雅教(～kau³)；敬語，稱對方的指教.

③雅觀(～kuan¹)；裝束舉動文雅、好看(多用於否定)，如"不雅觀"(put⁴～).　　　④雅量(～liong⁷)；寬宏的氣度.

⑤雅座(～tsə⁷)；酒店、飯館中比較精緻的小房間.

⑥文雅(bun⁵～)；溫文有禮貌、不粗俗.

⑦幽雅(iu¹ ／ yiu¹～)；幽靜而雅緻.

（1883）　【郵】　　　yóu（ㄧㄡˊ）

"郵"字的讀音祇有一種：(iu⁵ ／ yiu⁵)

(例)　①郵匯(～hue⁷)；通過郵電匯送現款.

②郵簡(～kan²)；不用信封可以密封起來寄航空的郵件.

③郵寄(～kia³)；付郵寄送.　④郵件(～kiaⁿ⁷)；泛指信件、包裹.

⑤郵局(～kiok⁸)；又叫"郵便局"(～pianʼkiok⁸).

⑥郵票(～pʼiə³)；傳送郵件所須費用的憑證.

⑦郵箱(～siuⁿ¹ ／ sioⁿ¹)；信箱.　⑧郵筒(～tang⁵)；投寄信件的設備，口語為"批筒"(pʼue¹tang⁵).　⑨郵電(～tian⁷)；郵政和電信.

⑩郵資(～tsu¹)；即郵費.　⑪郵船(～tsun⁵)；運輸郵件的船隻.

⑫郵差(～tsʼe¹)；遞送郵件的人，口語"提批的"(tʼeh⁸pʼue¹e).

⑬郵戳(～tsʼok⁸)；郵件上的記印，註明承辦的日期.

（1884）　【遷】　　　qiān（ㄑㄧㄢ）

"遷"字的讀法祇有一種：(tsʼian¹)

(例)　①遷移(～i⁵ ／ yi⁵)；搬走到別的地方，口語說"搬徙"(puaⁿ¹sua²).　　　②遷延(～ian⁵ ／ yan⁵)；拖延.

③遷居(～ki¹／ku¹)；搬家. ④遷徙(～sua²)；遷移.

⑤遷就(～tsiu⁷)；將就別人. ⑥變遷(pian³～)；演變.

（1885） 【燕】　　yàn（ㄧㄢˋ）

A 文言音：(ian³／yan³)

  （例）　①燕窩(～ə¹)；金糸燕在海島岩石間做的巢，吃海藻后吐
出膠狀物凝結而成的，爲珍貴食品，有袪痰止咳的作用.

  ②燕子(～tsu²)；口語"燕仔"(iⁿ³／yiⁿ³a²).

B 白話音：(iⁿ³／yiⁿ³)　（例）　燕仔(～a²)；燕子.

（1886） 【撒】　　sā（ㄙㄚ）

A 文言音：(sat⁴)

  （例）　①撒野(～ia²／yia²)；對人粗野、放肆.

  ②撒嬌(～kiau¹)；仗着被寵愛而故意作媚態.

  ③撒手(～ts'iu²)；放開手，"撒手西歸"(～se¹kui¹)；喻死亡.

B 白話音：(suah⁴)

  （例）　①撒胡椒(～ho⁵tsio¹). ②撒糖(～t'ng⁵).

按台語散布粒狀物除了(suah⁴)，還説(sam²)，漢字作"糝"，如"糝
粉"(～hun²)；撒粉. 又説(ia⁷／ya⁷)，漢字作"掖"，如"掖豆仔"（～
tau⁷a²)；撒豆.

（1887） 【姻】　　yīn（ㄧㄣ）

A 文言音：(in¹／yin¹)

  （例）　姻緣(～ian⁵／yan⁵)；婚姻的緣分.

B 白話音：(ian¹／yan¹)

  （例）　①姻親(～ts'in¹)；由婚姻而成的親戚，如姑丈、姐夫、
妻的兄弟姐妹.　　　　②婚姻(hun¹～)；又讀(hun¹in¹)；

因結婚而產生的夫妻關係.

（1888） 【赴】　　fù（ㄈㄨ）

"赴"字祇有一種讀音：(hu^3)，意為往、去。

（例）①赴會（～hue^7）；前往參加聚會.

②赴死（～si^2）；走向死或危險之地.

③赴湯蹈火（～$t'ong^1tə^7ho^{n2}$）；比喻不避危險艱難.

④儈赴（be^7～）；來不及. ⑤會赴（e^7～）；來得及.

（1889） 【宴】　　yàn（ㄧㄢ）

"宴"字祇有一種讀音：(ian^3/yan^3)

（例）①宴安鴆毒（～$an^1tim^7tok^8$）；宴安是安閑享樂，鴆是羽毛有毒的鳥，鴆毒是毒酒，喻貪圖安逸好比喝毒酒自殺.

②宴會（～hue^7）；宴飲的集會. ③宴客（～$k'eh^4$）；設宴待客.

④宴席（～$sek^4／sik^4$）；酒席，口語是"酒桌"（$tsiu^2tə^4$）.

⑤喜宴（hi^2～）；喜事的酒宴. ⑥婚宴（hun^1～）；結婚酒席.

（1890） 【煩】　　fán（ㄈㄢ）

"煩"字的讀音祇有一種：$(huan^5)$

（例）①煩悶（～bun^7）；心情不舒服.

②煩囂（～hau^1）；嘈聲擾人. ③煩惱（～$lə^2$）；煩悶苦惱.

④煩瑣（～$sə^2$）；同繁瑣，繁雜瑣碎.

⑤勞煩（$lə^5$～）；託人家辦事時的用語，又説"費神"（hui^3sin^5）.

⑥耐煩（nai^7～）；耐得住麻煩的事，有耐性.

⑦心煩（sim^1～）；心中煩躁苦悶，"心真煩"（sim^1tsin^1～）.

（1891） 【債】　　zhài（ㄓㄞ）

"債"字文言音讀：(tsai³)，語例少，通用的是白話音：(tse³)。

　(例)　①債務(～bu⁷)；負的債，欠人家的錢．

　②債券(～kuan³)；公債的憑證，又音(～kng³)．

　③債權(～kuan⁵)；對負債的人擁有要求償還債務的權利．

　④債主(～tsu²)；擁有債權的人． ⑤還債(heng⁵～)；還人家錢．

　⑥負債(hu⁷～)；欠人家錢財． ⑦欠債(k'iam³～)；欠人家債務．

　⑧討債(t'ə²～)；浪費、奢侈，"討債用"(～eng⁷)；用法浪費．

（1892）　【帳】　　　zhàng（ㄓㄤˋ）

Ａ 文言音：(tiong³)　　按"帳"與"賬"有共通的部分，口語爲"數"
(siau³)。

　(例)　①帳幕(～bo⁷)；帳蓬，帳只讀文言音．

　②帳目(～bok⁸)；即賬目，口語説"數目"(siau³bak⁸)．

　③帳簿(～p'o⁷)；口語説"數簿"(siau³p'o⁷)．

　④帳單(～tuaⁿ¹)；口語"數單"(siau³tuaⁿ¹)．

Ｂ 白話音：(tiuⁿ³／tioⁿ³)意爲紗布做成遮蔽用的東西．

　(例)　①帳蓬(～p'ang⁵)． ②營帳(iaⁿ⁵～)；營幕．

（1893）　【斑】　　　bān（ㄅㄢ）

"斑"字的讀音爲：(pan¹)

　(例)　①斑馬(～be²)；體毛有白色條紋(斑紋)而得名．

　②斑斑(～〃)；喻斑點很多． ③斑白(～pek⁸／peh⁸)；多指頭
髮花白，白色的斑點． ④斑鳩(～kah⁴)；山鳩．

　⑤斑駁(～pok⁸)；在一種顏色裡雜有別種顏色．

　⑥烏斑(o¹～)；黑色斑點． ⑥雀斑(ts'iok⁴～)；像麻雀的斑點．

（1894）　【鈴】　　　líng（ㄌㄧㄥˊ）

"鈴"字祇有一種讀音：(leng^5／ling^5)

　　(例)　①鈴仔(～a^2)；鈴子．②電鈴(tian^7～)．

（1895）　【旨】　　zhǐ（ㄓ）

"旨"的讀法祇有一種：(tsi^2)

　　(例)　①旨意(～i^3／yi^3)；意旨、目的．

　　②旨趣(～ts'u^3)；主旨、意圖．③聖旨(seng^3～)；帝王的命令．

　　④宗旨(tsong^1～)；目的、意義．⑤主旨(tsu^2～)；主要意旨．

（1896）　【醇】　　chún（ㄔㄨㄣ）

"醇"字祇有一種讀法：(sun^5)

　　(例)　①醇厚(～ho^7)；氣味純正濃厚．

　　②乙醇(it^4～)；藥用酒精．③性情醇(seng^{3}tseng^5～)；性情溫和．

（1897）　【餅】　　bǐng（ㄅㄧㄥ）

"餅"字文言音讀：(peng^2／ping^2)，但詞例罕見，一般通用白話音：
(pia^{n2})。

　　(例)①餅幼仔(～iu^{3}a^2)；餅屑．②餅乾(～kua^{n1})；乾而薄的餅塊．

　　③月餅(gueh^4～)；又叫"中秋餅"(tiong^{1}ts'iu^1～)．

　　④禮餅(le^2～)；多指訂婚用的餅．

　　⑤豆餅(tau^7～)；口語説(tau^{7}k'o^1)；寫成"豆箍"或"豆枯"．

（1898）　【姿】　　zī（ㄗ）

"姿"字的讀音祇有一種：(tsu^1)

　　(例)　①姿容(～iong^5)；形體與容貌，姿態面容．

　　②姿勢(～se^3)；形體的樣子．③姿色(～sek^4)；婦女的容貌．

　　④姿態(～t'ai^7)；姿勢體態樣兒．⑤英姿(eng^1～)；英俊的形體．

（1899）　【拌】　　　bàn（ㄅㄢ）

"拌"字文言音爲：(puan⁷)，一般則通用白話音：(puaⁿ⁷)，意爲用撢子打掉灰塵、攪和東西。

（例）　①拌眠床(～bin⁵ts'ng⁵)；撢掉床上的灰塵.

②拌桌頂(～t'əh⁴teng²／ting²)；拂去桌子上面的塵土.

③攪拌(kiau²～)；攪和東西使均勻.

（1900）　【傅】　　　fù（ㄈㄨ）

Ⓐ文言音：(hu⁷)(例)師傅(su¹～)，又音(sai¹～)；傳授技藝的人.

Ⓑ白話音：(po³)　(例)姓傅(seⁿ³／siⁿ³～).

（1901）　【腹】　　　fù（ㄈㄨ）

Ⓐ文言音：(hok⁴)

（例）　①腹部(～po⁷).　　　②腹心(～sim¹)；喻要害或中心的部分，又喻極親近的人.③腹地(～te⁷)；中央要地.

Ⓑ白話音：(pak⁴)

（例）　①腹內(～lai⁷)；胸腹內部，又指內臟，如"雞腹內"(ke¹～)，"豬腹內"(ti¹～).　②一腹火(tsit⁸～hue²)；一肚子火.

③腹肚(～to²)；肚子.　④一腹氣(tsit⁸～k'i³)；一肚子氣.

（1902）　【妥】　　　tuǒ（ㄊㄨㄛ）

"妥"字祇有一種讀音：(t'ə³)

（例）　①妥協(～hiap⁸)；讓步解決爭執.

②妥善(～sian⁷)；妥當完善.③妥當(～tong³)；合理適當.

④欠妥(k'iam³～)；不妥當.⑤辦妥(pan⁷～)；處理停當.

（1903）　【揉】　　　róu（ㄖㄡ）

"揉"字的讀法祇有一種：(jiu⁵／liu⁵)，用手搓擦.

(例)　①揉身軀(～sin¹k'u¹)；擦洗身體.

②揉桌頂(～təh⁴teng²／ting²)；用濕布擦洗桌子.

按口語常說"挼"(jue⁵／lue⁵)，如"用手挼目睭"(eng⁷／iong⁷ts'iu²～bak⁸tsiu¹)；用手揉眼睛.

（1904）　【賢】　　　xián（ㄒㄧㄢ）

"賢"字祇有一種讀音：(hian⁵)·

(例)　①賢明(～beng⁵／bing⁵)；有才能有德行.

②賢惠(～hui⁷)；指婦女心地好、待人和藹，又作"賢慧".

③賢能(～leng⁵／ling⁵)；有德行與才能.

④賢良(～liong⁵)；有德行的好人.　⑤賢淑(～siok⁴)；婦女賢惠.

⑥聖賢(seng³／sing³～)；德行才能超出一般的人.

按"賢"字在台語裡有被訓讀用作(gau⁵)，實則不妥。

（1905）　【拆】　　　chāi（ㄔㄞ）

按"拆"字的文言音爲：(t'ek⁴／t'ik⁴)，詞例少，如"拆除"(～tu⁵)；拆掉。一般多用白話音：(t'iah⁴)。

(例)　①拆藥(～iəh⁸)；抓藥.②拆開(～k'ui¹)；拉開、撕開.

③拆破(～p'ua³)；撕破.　④拆散(～suaⁿ³)；使分散.

⑤拆食(～tsiah⁸)；伙食分開，又撕下來吃.

⑥拆車票(～ts'ia¹p'iə³)；買車票.

（1906）　【歪】　　　wāi（ㄨㄞ）

"歪"字祇有一種讀音：(uai¹／wai¹)

(例)　①歪kə¹；貪污，不正取得.②歪曲(～k'iok⁴)；故意改變事實，"歪曲事實"(～su⁷sit⁸).

③歪錢(～tsi^{n5})；不正取錢，收取賄賂．
④歪斜(～ts'ia^5)；不正．⑤歪醉(～ts'uah^8)；不正、不直．
⑥歪嘴(～ts'ui^3)；嘴歪斜．⑦歪kə^{5}ts'ih^{8}ts'uah^8；歪歪扭扭．

（1907）　【丟】　　　dīu（ㄉ丨ㄡ）

"丟"字的讀法祇有一種：(tiu^1)

（例）　①丟棄(～k'i^3)；拋棄．

②丟失(～sit^4)；遺失，口語説"拍毋見"(p'ah^{4}m^{7}ki^{n3})．

（1908）　【浩】　　　hào（ㄏㄠ）

"浩"字祇有一種音：(hə^3)

（例）　①浩瀚(～han^7)；廣大繁多．

②浩繁(～huan^2)；繁多．　③浩劫(～kiap^4)；大災難．

④浩氣(～k'i^3)；正氣．　　⑤浩大(～tai^7)；氣勢盛大．

⑥浩蕩(～tong^7)；水勢壯大，"浩浩蕩蕩"(～〃 tong^7〃)．

⑦浩嘆(～t'an^2)；大聲嘆息，口語説"吐大氣"(t'o^{2}tua^{7}k'ui^3)．

（1909）　【徽】　　　huī（ㄏㄨㄟ）

"徽"字的讀音祇有一種：(hui^1)，標誌、符號的意思．

（例）　①徽號(～hə^7)；美好的稱號(舊時臣下對帝王稱頌功德
所贈奉的)．　　　　　　②校徽(hau^7～)；學校的標誌．

③徽章(～tsiong^1)；佩在胸前表示所屬職業團體的標誌．

（1910）　【昂】　　　áng（ㄤ）

"昂"字祇有一種讀音：(gong^5)，意爲仰著頭、高漲．

（例）　①昂揚(～iong^5)；情緒高漲．

②昂貴(～kui^3)；價格騰高．③昂首(～siu^2)；仰着頭．

④激昂(kek⁸／kik⁸～)；情緒氣慨強烈.

（ 1911 ）　【墊】　　　　diàn（ㄉㄧㄢ）

A 文言音：(tiam³)～(tian⁷)　前者很少用
　(例)　①墊付(tian⁷hu³)；暫時替人付錢，又音(tiam⁷hu³).
　　②墊肩(tian⁷keng¹／king¹)；肩上的墊子.
　　③墊懸(tian⁷kuan⁵／kuaiⁿ⁵)；即墊高，"墊"又音(tiam⁷).
　　④墊錢(tian⁷tsiⁿ⁵)；"墊"又音(tiam⁷)和(t'iam⁷).
　　⑤墊補(tian⁷po²)；暫時拿別的錢來補上，口語説"塌空"(t'ap⁴
　　k'ang¹)，"墊"又音(tiam⁷).

B 白話音：(t'un⁷)
　(例)　①墊平(～peⁿ⁵／piⁿ⁵)；"墊"又音(tian⁷).
　　②墊本(～pun²)；虧空蝕本，又音(t'iam⁷pun²).
　　③墊滇(～tiⁿ⁷)；墊(塡)滿.

C 俗讀音：(tiam⁷)～(t'iam⁷)
　(Ⅰ)[tiam⁷]：①墊仔(～a²)；墊子. ②墊付(～hu³).
　　③墊肩(～keng¹／king¹). ④墊高(～kuan⁵).
　　⑤墊背(～pue⁷)；喻代人受過. ⑥墊錢(～tsiⁿ⁵).
　　⑦椅墊仔(i²～a²)；椅子上面的墊子，又説"椅堅仔"(i²tsu⁷a²).
　(Ⅱ)[t'iam⁷]：①墊本(～pun²)；蝕本. ②墊錢(～tsiⁿ⁵).

（ 1912 ）　【擋】　　　　dǎng（ㄉㄤ）

"擋"字祇有一種讀音：(tong³)
　(例)　①擋風(～hong¹)；口語又説"截風"(tsah⁸hong¹)；遮住風.
　　②擋駕(～ka³)；婉辭謝絕來客的訪問.
　　③擋頭(～t'au⁵)；耐力，有擋頭(wu⁷～)；耐力強大.
　　④擋箭牌(～tsiⁿ³pai⁵)；盾牌，喻推脱的借口.

⑤無擋(bə⁵～)；沒有擋子，又沒耐力．

⑥腳擋(k'a¹～)；腳刹車．　⑦手擋(ts'iu²～)；手刹車．

（1913）　【覽】　　　　lǎn（ㄌㄢˇ）

"覽"字的讀音祇有一種：(lam²)，意爲觀看。

　　(例)　①閱覽(iat⁴／yat⁴～)．②遊覽(iu⁵／yiu⁵～)．

　　③展覽(tian²～)；陳列讓人觀看．

（1914）　【貪】　　　　tān（ㄊㄢ）

"貪"字祇有一種讀法：(t'am¹)

　　(例)　①貪官污吏(～kua^{n1}u¹li⁷)；又説"食錢官"(tsiah⁸tsi^{n5}kua^{n1})．

　　②貪婪(～lam⁵)；貪得無厭．③貪戀(～luan⁵)；非常留戀．

　　④貪心(～sim¹)；貪得的慾念．⑤貪圖(～to⁵)；非常想取得．

　　⑥貪食(～tsiah⁸)；貪吃．　⑦貪贓(～tsng¹)；指官吏收賄賂，

　"食錢"(tsiah⁸tsi^{n5})．

（1915）　【慰】　　　　wèi（ㄨㄟˋ）

"慰"字的讀音是：(ui³／wi³)

　　(例)　①慰勉(～bian²)；安慰勉勵．

　　②慰問(～bun⁷)；安慰問候．③慰唁(～gan⁷)；慰問死者的家屬．

　　④慰勞(～lə⁵)；慰問．　　⑤安慰(an¹～)；使安心．

　　⑥欣慰(him¹～)；高興而心安．⑦自慰(tsu⁷～)；指男女自行

　滿足性慾．

（1916）　【繳】　　　　jiāo（ㄐㄧㄠ）

"繳"字只有一種讀音：(kiau²)

　　(例)①繳費(～hui³)；繳納費用．②繳械(～kai³)；強迫交出武器．

③繳納(～lap⁸)；交付. ④繳銷(～siau¹)；繳回註銷.

（1917）【汪】 wāng（ㄨㄤ）

"汪"字的讀音祇有一種文言音：(ong¹)

（例） ①汪洋(～iong⁵)；水勢浩大的樣子，"汪洋大海"(～tai⁷ hai²)；廣大的海洋. ②汪汪(～〃)；眼睛裡充滿淚水的樣子，又水盛多的樣子. ③姓汪(seⁿ³／siⁿ³～).

（1918）【慌】 huāng（ㄏㄨㄤ）

"慌"字祇有一種文言音的讀法：(hong¹)

（例） ①慌忙(～bong⁵)；急忙，口語說"趕狂"(kuaⁿ²kong⁵). ②慌亂(～luan⁷)；慌張而混亂. ③慌張(～tiong¹)；冒失輕率. ④驚慌(keng¹～)；緊張忙亂，口語爲"着青驚"(tiəh⁸ts'eⁿ¹kiaⁿ¹). ⑤心慌(sim¹～)；心裡急，緊張起來.

（1919）【諾】 nuò（ㄋㄨㄛ）

A 文言音：(lok⁸)

（例） ①諾言(～gian⁵)；答應的話. ②諾諾(～〃)；表示順從的應諾. ③允諾(un²～)；應允.

B 白話音：(hio³)，好、OK表示應諾的意思

（例） "諾，我來去"(～gua²lai⁵k'i³)；好的，我去.

（1920）【誼】 yì（ㄧˋ）

按"誼"字的文言音爲：(gi⁷)，俗讀音爲：(gi⁵)，兩音通用。

（例） ①友誼(iu²／yiu²～)；朋友間的交情. ②情誼(tseng⁵／tsing⁵～)；親密的關係，友情. ③笑誼誼(ts'iə³～〃)；笑得嘴巴向兩側伸展.

（1921） 【凶】 xiōng （ㄒㄩㄥ）

"凶"字的讀音祇有一種：(hiong¹)，意爲不吉、災難等。

（例） ①凶年(～lian⁵)；年成不好，口語説"歹年冬"(p'ai^{n2}ni⁵ tang¹)，反語"豐年"(hong¹～)．②凶信(～sin³)；死亡的消息．③凶事(～su⁷)；喪事． ④凶兆(～tiau⁷)；不吉利的預兆．⑤吉凶未卜(kiat⁴～bi⁷pok⁴)；好壞難逆料．

（1922） 【兇】 xiōng （ㄒㄩㄥ）

"兇"字的詞義是；惡事或惡行，傷害人的行爲，讀音爲：(hiong¹)

（例） ①兇悍(～han⁷)；兇猛強悍．②兇犯(～huan⁷)；行兇的犯人．③兇狠(～hun²)；兇惡狠毒．④兇器(～k'i³)；殺傷他人所用的器具．⑤兇惡(～ok⁴)；性情容貌很可怕．⑥兇殺(～sat⁴)；殺害． ⑦兇殘(～ts'an⁵)；兇惡殘暴．⑧行兇(heng⁵／hing⁵～)；殺傷他人的行爲．

（1923） 【劣】 liè （ㄌㄧㄝ）

"劣"字的讀音祇有一種：(luat⁴)，詞義是不好、壞。

（例） ①劣根性(～kin¹／kun¹seng⁵)；根深蒂固的不良習性，口語説"歹底柢" (p'ai^{n2}te²ti³)．②劣勢(～se³)；形勢較差．③劣等(～teng²／ting²)；低等、下等，口語説"低路"(ke⁷lo⁷)．④優劣(iu¹／yiu¹～)；好與壞．⑤惡劣(ok⁴～)；很壞．⑥低劣(te¹～)；差勁兒，尤指能力差，或品質不好．

（1924） 【誣】 wū （ㄨ）

"誣"的詞義是捏造事實冤枉人，讀音祇有：(bu⁵)。

（例） ①誣蔑(～biat⁸)；捏造事實毀壞別人的名義．

②誣害(〜hai⁷)；捏造事實來陷害．

③誣告(〜kə³)；無中生有地控告別人．

④誣賴(〜lua⁷)；没根據地硬說別人有某種行爲．

⑤栽誣(tsai¹〜)；栽贓誣害，僞造證據陷害．

（1925） 【耀】　　yào（ㄧㄠ）

Ⓐ文言音：(iau⁷／yau⁷)

　(例)　①耀武揚威(〜bu²iong⁵wi¹)；炫耀武力以顯示威風．

　　②耀眼(〜gan²)；光線刺眼．③誇耀(k'ua¹〜)；顯示給人看．

　　④照耀(tsiau³〜)；照射使產生光明，溫暖．

（1926） 【昏】　　hūn（ㄏㄨㄣ）

Ⓐ文言音：(hun¹)

　(例)　①昏迷(〜be⁵)；意識模糊不省人事．

　　②昏庸(〜iong⁵)；糊塗愚蠢．③昏厥(〜kuat⁴)；暫時失去知覺．

　　④昏瞶(〜kui⁷)；眼花耳聾，喻糊塗．

　　⑤昏君(〜kun¹)；糊塗愚蠢的帝王．

　　⑥昏沈(〜tim⁵)；頭暈腦脹意識不清的狀態．

　　⑦黃昏(hong⁵〜)；日暮時．⑧晨昏(sin⁵〜)；早上和傍晚．

Ⓑ白話音：(hng¹)

　(例)　①下昏(e⁷〜)；今晚．②昨昏(tsah⁸〜)；昨天．

（1927） 【盈】　　yíng（ㄧㄥ）

Ⓐ文言音：(eng⁵／ing⁵)

　(例)　①盈餘(〜i⁵／yi⁵)；收支相抵後有剩餘．

　　②盈虧(〜k'ui¹)；指月亮的圓和缺，企業的盈利或虧損．

　　③盈利(〜li⁷)；獲得利潤．④滿盈(buan²〜)；充滿．

B 白話音：(i^{n}h^4／yi^{n}h^4)

(例)①飽盈盈(pa^2～〃)；飽滿. ②肥盈盈(pui^5～〃)；很肥滿.

（1928） 【騎】 qí（ㄑㄧ）

A 文言音：(k'i^5)

(例) ①騎虎難下(～ho^{2}lan^{5}ha^7)；騎在虎背不容易下來，喻遇
到困難欲擺不能，下不了台. ②騎兵(～peng^1／ping^1).

B 白話音：(k'ia^5)

(例) ①騎馬(～be^2). ②騎牛(～gu^5).

③騎縫(～p'ang^7)；兩張紙的連接處.

④公騎母(kang^1～bə^2／bu^2)；動物交配，雄的騎在雌的上面.

（1929） 【喬】 qiáo（ㄑㄧㄠ）

A 文言音：(kiau^5)

(例) ①喬木(～bok^8)；樹幹高大的樹木.

②喬裝(～tsong^1)；改換服裝隱瞞身份.

③喬遷(～ts'ian^1)；賀詞，遷到好地方，喬謂喬木，喻高大的房子.

B 俗讀音：(k'iau^5)，賴着要，小孩子非要到不休的要求。

(例) ①喬苦(～k'o^2);刁難，"喬苦老母"(～lau^{7}bə^2);爲難母親.

②喬人(～lang)；要挾人各種要求非得不休.

③勢喬(gau^5～)；很會要挾，賴皮不休.

（1930） 【溪】 xī（ㄒㄧ）

"溪"字的文言音是：(k'e^1)，白話音爲：(k'ue^1)，兩音通用.

(例)①溪仔(～a^2)；小溪. ②溪溝(～kau^1)；即"溪澗"(～kan^3).

③溪埔(～po^1)；溪中或溪邊的平坦地.

④下淡水溪(Ha^{7}tam^{7}tsui^2～)；在台灣南部.

⑤濁水溪(Lə⁵tsui²～)；在台灣中部，據傳爲台灣神祕性的河流.

（1931） 【叢】　　cóng（ㄘㄨㄥˊ）

A 文言音：(tsong⁵)

　　(例)　①叢刊(～k'an¹)；叢書. ②叢林(～lim⁵)；樹林子.
　　③叢生(～seng¹)；聚集一處密生，口語"密密生"(bat⁸〃se^{n1}).
　　④論叢(lun⁷～)；論集，"台灣語文論叢"(Tai⁵uan⁵gi²bun⁵～).

B 白話音：(tsang⁵)，多用於量詞，又寫成"欉".

　　(例)　①五欉熏(go⁷～hun¹)；5枝煙. ②樹欉(ts'iu⁷～)；樹木.
　　③六欉樹(lak⁸～ts'iu⁷)；6棵樹. ④檨仔欉(suai^{n7}a²～)；芒果樹.

（1932） 【抹】　　mà（ㄇㄚˋ）、mò（ㄇㄛˋ）

按"抹"字的官話音有三種，台語的讀音則僅分文言白話兩種，文言
音：(buat⁸)詞例少，一般通用白話音：(buah⁴)，意爲塗抹。

　　(例)　①抹仔(～a²)；抹子，塗抹用具.
　　②抹面(～bin⁷)；塗臉，即臉上化粧.
　　③抹粉(～hun²)；塗上白粉. ④抹藥仔(～ioh⁸a²)；塗藥膏.

（1933） 【譽】　　yù（ㄩˋ）

"譽"字祇有一種讀音：(u⁷／wu⁷)

　　(例)　①榮譽(eng⁵／ing⁵～)；光榮的名譽.
　　②名譽(mia⁵～)；名聲，"歹名譽"(p'ai²／p'ai^{n2}～)；壞名聲.

（1934） 【悶】　　mèn（ㄇㄣˋ）

"悶"字的官話音有兩種聲調不同的讀法，台語則只有一種讀音：
(bun⁷)。

　　(例)　①腹肚悶悶仔痛(pak⁴to²～〃a²t'ia^{n3})；肚子輕輕地有不舒

服的痛法. ②悶悶不樂(～〃put⁴lok⁸)；心情不舒暢.

③悶熱(～juah⁸／luah⁸)；天氣熱，氣壓低，呼吸不暢快.

④悶氣(～k'i³)；積壓在心裡的怨氣、空氣不流通引起的感覺.

⑤悶飯(～png⁷)；蒸飯. ⑥苦悶(k'o²～)；苦惱煩悶.

⑦心悶(sim¹～)；因離別而懷念. ⑧鬱悶(ut⁴／wut⁴～)；悶氣.

（1935） 【駕】 　　jià（ㄐㄧㄚ）

"駕"字的讀音祇有一種：(ka³)

(例) ①駕御／馭(～gu⁷)；驅駛車馬行進，喻控制、指揮.

②駕輕就熟(～k'in¹tsiu⁷sek⁸／sik⁸)；喻熟習容易辦.

③駕臨(～lim⁵)；來臨的敬詞. ④駕駛(～su²／sai²).

⑤凌駕(leng⁵／ling⁵～)；超越、壓倒別的.

（1936） 【悟】 　　wù（ㄨ）

"悟"字祇有一種讀法：(ngo⁷／go^n7)

(例) ①悟性(～seng³／sing³)；理解道理的秉性.

②悟道(～tə⁷)；了悟道理. ③覺悟(kak⁴～)；由迷惑而明白，
心裡有準備,"考試無及格覺悟互人罵"(k'ə²ts'i³bə⁵kip⁴keh⁴～ho⁷
langme⁷)；考試不及格肯定會挨罵的.

（1937） 【摘】 　　zhāi（ㄓㄞ）

Ⓐ 文言音：(tek⁴／tik⁴)

(例) ①文摘(bun⁵～)；選取的文章，或摘要記述.

②指摘(tsi²～)；挑出錯誤加以批評.

Ⓑ 白話音：(tiah⁴)

(例) ①摘要(～iau³)；摘錄要點.

②摘記(～ki³)；摘錄. ③摘錄(～lok⁸)；選取要點記錄下來.

（1938）　【擲】　　　zhí～zhì（ㄓ）

"擲"字的官話音有兩種聲調不同的讀法，台語則只有一種讀法：
(tek⁸／tik⁸)。

（例）　①擲交(～kau¹)；謙辭，扔給、交給．

②投擲(tau⁵～)；扔投，口語説"tan³ⁿ"、"k'ian¹ⁿ"等．

按表示"擲"(投、扔)等詞義，在口語常用"獻"(hiⁿ³)和"揕"(tim³)．
如"獻出去" (～ts'ut⁴k'i)；扔出去．"揕落海"(～ləh⁸hai²)；投進海裡．

（1939）　【頗】　　　pō（ㄆㄛ）

"頗"字的讀音爲文言音：(pə¹)

（例）　①頗久(～kiu²)；相當地久．②頗有(～iu²)；很有．

按表示"頗"的詞義，口語説"嶄然"(tsam²jian⁵)和"不止"(put⁴tsi²)。
如"嶄然有錢"(～u⁷／wu⁷tsin⁵)；相當有錢．"不止勢讀册"(～gau⁵
t'ak⁸ts'eh⁴)；頗會讀書．

（1940）　【幻】　　　huàn（ㄏㄨㄢ）

"幻"字的讀音爲：(huan³)

（例）　①幻滅(～biat⁸)；像幻境一樣地消失．

②幻影(～iaⁿ²)；幻想中的影像．③幻覺(～kak⁴)；虛幻的感覺．

④幻境(～keng²／king²)；虛幻的境界．

⑤幻想(～siong²)；虛假不存在的想像，"空思夢想"(k'ong¹su¹
bong⁷～)．⑥夢幻(bang⁷～)；夢境．⑦虛幻(hi⁷～)；虛假不實．

（1941）　【柄】　　　bǐng（ㄅㄧㄥ）

A 文言音：(peng²／ping²)

（例）　①國柄(kok⁴～)；國家的權柄．

②權柄(kuan⁵～)；掌握的權力．

746

B 白話音：(pe^{n5}／pi^{n5})

  (例)　①刀柄(tə^1～)．　　②笑柄(ts'iə^3～)；被譏笑的材料．
  ③話柄(ue^7／we^7～)；話題，談話的材料．

（1942）　【惠】　　huî（ㄏㄨㄟ）

"惠"字意爲好處，或用於敬辭爲對方待己的行爲，讀音爲：(hui^7)。

  (例)　①惠鑒(～kam^3)；請看．②惠顧(～ko^3)；來臨、光顧．
  ③惠臨(～lim^3)；請來．　④惠知(～ti^1)；請通知．
  ⑤惠存(～tsun^5)；請留存．⑥互惠(ho^7～)；互相給好處．
  ⑦恩惠(in^1／yin^1～)；恩情好處．

（1943）　【慘】　　cǎn（ㄘㄢˇ）

"慘"字祇有一種讀法：(ts'am^2)

  (例)　①慘案(～an^3)；悲慘的案件．　②慘禍(～hə^7)．
  ③慘劇(～kek^4)；慘痛的事．④慘敗(～pai^5)；敗得慘重．
  ⑤慘死(～si^2)；死於非命．　⑥慘重(～tiong^7)；非常嚴重．
  ⑦慘痛(～t'ong^3)；悲慘痛苦．⑧悲慘(pi^1～)．
  ⑨悽慘(ts'i^1～)；處境艱難可憐，"悽慘落魄"(～lok^8 p'ek^4)．

（1944）　【佳】　　jiā（ㄐㄧㄚ）

"佳"字有讀：(kai^1)，如"佳哉"(～ tsai^3)；幸好，一般則讀：(ka^1)。

  (例)　①佳音(～im^1／yim^1)；好消息．
  ②佳偶(～ngo^2)；好夫妻．③佳人(～jin^5／lin^5)；美人．
  ④佳境(～keng^2)；好境界．⑤佳期(～ki^3)；好日子．
  ⑥佳麗(～le^7)；美貌的女子．⑦佳里(～li^2)；台南縣的鎮名．
  ⑧佳節(～tsiat^4)；好節日，如"中秋佳節"(tiong^1 ts'iu^1～)．又
  "每逢佳節倍思親"(mui^2 hong^5～ pue^7 su^1 t'sin^1)．

（1945）　【仇】　　　chóu（ㄔㄡˊ）

"仇"字用於姓氏時讀：(kiu⁵)，其餘多讀：(siu⁵)。

（例）　①仇恨(～hin⁷／hun⁷)．②仇人(～jin⁵／lin⁵)．

③仇殺(～sat⁴)；因仇恨而殺害．④仇視(～si⁷)；仇敵相待．

⑤仇怨(～uan³)；仇恨、怨恨．⑥仇敵(～tek⁸／tik⁸)．

⑦冤仇(uan¹～)；仇恨，"結冤仇"(kiat⁴～)．⑧報仇(pə³～)．

（1946）　【腊／臘】　　　là（ㄌㄚˋ）

"腊"字文言音讀：(lap⁸)，一般詞例均讀白話音：(lah⁸)。

（例）　①腊肉(～bah⁴)；冬天腌制後風乾或燻乾的肉．

②腊味(～bi⁷)；腊肉、腊魚等食品．

③腊月(～gueh⁸)；農曆12月．

（1947）　【劍】　　　jiàn（ㄐㄧㄢˋ）

"劍"字的讀音祇有一種：(kiam³)

（例）　①劍俠(～kiap⁴)；精於劍術的俠客．

②劍光(～kong¹)；劍的光亮．③劍仙(～sian¹)；喻能力出眾．

④目睭眞劍(bak⁸tsiu¹tsin¹～)；眼力很厲害．

（1948）　【堡】　　　bǎo（ㄅㄠˇ）

"堡"字祇有一種讀音：(pə²)

（例）　①堡壘(～lui²)；防守用的堅固建築物．

②城堡(siaⁿ⁵～)．　　　③碉堡(tiau¹～)；軍用的防守建築物．

（1949）　【潑】　　　pō（ㄆㄛ）

A 文言音：(p'uat⁴)

（例）　①潑皮(～p'i⁵)；流氓、無賴．②活潑(huat⁸～)；有活力．

748

B 白話音：(p'uah⁴)

  (例)　①潑雨(～ho⁷)；撒雨，被雨淋，"外口會潑雨"(gua⁷k'au²
e⁷～)；外邊會淋雨．　　②潑婦(～hu⁷)；兇悍的婦女，口語
"赤婆"(ts'iah⁴pə⁵)，"赤偅俣／姥"(ts'iah⁴tsa¹bo²)．
③潑冷水(～leng²tsui²)；喻挫別人的熱情．

（1950）　【蔥】　　cōng（ㄘㄨㄥ）

"蔥"字文言音讀：(ts'ong¹)，如"蔥綠"(～liok⁸)；青翠、淺綠微黃，
一般較通用白話音：(ts'ang¹)。

  (例)　①蔥仔(～a²)；蔥兒．②蔥仔白(～a²peh⁸)；蔥白兒．
③蔥頭(～t'au⁵)；洋蔥，又蔥的根莖．
④油蔥(iu⁵～)；用油炒過的碎蔥．⑤洋蔥(iu^{n5}～)；球形的塊蔥．

（1951）　【罩】　　zhào（ㄓㄠ）

"罩"字的文言音是：(tau³)，少用，白話音有兩種：(ta³)和(tauh⁴)
，後者如"罩鈕"(～liu²)；凸凹扣式的鈕釦，"罩落去"(～ləh⁸k'i)；
扣下去，一般較通用(ta³)。

  (例)　①罩霧(～bu⁷)；被霧籠罩．
②蚊／蠓罩(bang²～)；蚊帳．③燈罩(teng¹／ting¹～)．

（1952）　【胎】　　tāi（ㄊㄞ）

A 文言音：(t'ai¹)

  (例)①胎衣(～i¹)；胞衣．②胎膜(～mo²)；包裹胎兒的膜狀物．
③胎盤(～pua^{n5})；又叫"衣"(ui¹)．④胎動(～tong⁷)；出現之前
的活動．　　⑤胎位(～ui⁷)；胎兒在子宮內的位置和姿勢．

B 白話音：(t'e¹)

  (例)　①胎毛(～mng⁵)；胎髮．②落胎(lau³～)；流產．

③生四胎($se^{n1}si^3\sim$)；生過4次小孩. ④坐胎($tse^7\sim$)；受胎.
⑤頭一胎($t'au^5tsit^8\sim$)；第1次生小孩.

（1953） 【捅／捅】　　tǒng（ㄊㄨㄥˇ）

按"捅"字有凸出、伸出、或突出等意思，讀音有白話音：($t'ang^2$)
，詞例少，一般均用文言音：($t'ong^2$)。

　（例）　①捅破($\sim p'ua^3$)；扎破、戳破，又説"搋破"($tuh^8p'ua^3$).
②捅死($\sim si^3$)；戳死.　　③捅頭($\sim t'au^5$)；伸出頭，露面.
④十捅歲($tsap^8\sim hue^3$)；十來歲，又説"十外歲"($\sim gua^7hue^3$).
⑤三十捅斤($sa^{n1}tsap^8\sim kin^1$)；三十多斤.
⑥厝角捅出去($ts'u^3kak^4\sim ts'ut^4k'i$)；屋角突出.
⑦錢用甲捅捅($tsi^{n5}eng^n／ing^7kah^4\sim〃$)；錢花得所剩無幾.

（1954） 【坎】　　kǎn（ㄎㄢˇ）

"坎"字的讀音祇有一種：($k'am^2$)

　（例）　①坎仔($\sim a^2$)；地面高起的地方，如"坎仔頂"($\sim a^2teng^2$)，
"崁頂" ($k'am^3teng^2$).　　②坎坎碣碣($\sim〃k'iat^8〃$)；地面坑
坑洼洼，路難走，喻不得志，又説"坎坷"($\sim k'ə^2$).
③一坎店($tsit^8\sim tiam^3$)；一個鋪子.
④櫥仔分三坎($tu^5a^2hun^1sa^{n1}\sim$)；櫥子分三層，三個格子.

（1955） 【霞】　　xiá（ㄒㄧㄚˊ）

"霞"字文言音讀：(ha^5)，白話音爲：(he^5)，通常多用文言音。
　（例）　①晚霞($buan^2\sim$). ②雲霞($hun^5\sim$). ③朝霞($tiau^5\sim$).

（1956） 【瘋】　　fēng（ㄈㄥ）

"瘋"字文言音讀：($hong^1$)，在台語口語常説($siau^2$)，漢字爲："痟"，

也説(k'ong¹)，漢字作"倥"。

　(例)　①瘋狗(～kau²)；口語"痟狗"(siau²kau²).

　②瘋癲(～tian¹)；精神失常，口語"倥癲".

　③瘋話(～ue⁷)；不倫不類的話，口語"痟話".

　④起痟(k'i²～)；發瘋，口語又"起倥". ⑤痟的(～e)；瘋子.

（1957）　【遂】　　　suì（ㄙㄨㄟˋ）

"遂"字官話有2聲和4聲兩種讀音，台語只有一種讀音：(sui⁷)。

　(例)　①遂願(～guan⁷)；滿足願望.

　②遂心(～sim¹)；符合心意. ③未遂(bi⁷～)；没能實現.

　④不遂(put⁴～)；不能如意，如"半身不遂"(puan³sin¹～)；中瘋、

偏癱，又説"半遂"(puan³～)；又音(pian³～).

按"遂"有被訓讀爲(sua³)，"遂落去"(～ləh⁸k'i)；接着，接下去，其

實應作"續"字.

（1958）　【熊】　　　xióng（ㄒㄩㄥˊ）

"熊"字的文言音爲：(hiong⁵)，但一般通用白話音：(him⁵)。

　(例)　①熊熊(～〃)；形容火勢旺盛. ②熊貓(～niau⁷)；貓熊.

　③熊掌(～tsiang²)；熊的腳掌，脂肪多的食品.

（1959）　【糞】　　　fèn（ㄈㄣˋ）

"糞"字的文言音爲：(hun³)，語例少，如"糞土"(～t'o²)；喻不值錢

的東西。一般多通用白話音：(pun³)。

　(例)　①糞箕(～ki¹)；荆條、竹製箕狀盛器.

　②糞便(～pian⁷). ③糞肥(～pui⁵)；動物的屎尿合成的肥料.

（1960）　【烘】　　　hōng（ㄏㄨㄥ）

Ⓐ文言音：(hong¹)　如"烘托"(～t'ok⁴)；襯托.

Ⓑ白話音：(hang¹)

（例）　①烘焙(～pue³)；用火烘乾茶葉等.

②烘手(～ts'iu²)；用熱氣把手弄乾.

③頭烘烘(t'au⁵～〃)；頭有點發燒. ④烘肉(～bah⁴)；烤肉.

（1961）　【宿】　　　sù（ㄙㄨ）～xiù（ㄒㄧㄡ）

Ⓐ官話讀：(su)時，台語有文言白話兩種讀法。

（Ⅰ）文言音：(siok⁴)(例)　①宿願(～guan⁷)；從來的願望.

②宿舍(～sia³).　　　③宿敵(～tek⁸)；長久以來的敵人.

④宿怨(～uan³／wan³)；舊有的怨恨.

（Ⅱ）白話音：(sek⁴／sik⁴)　（例)①宿鬼(～kui²)；喻精明的人.

②宿人(～lang⁵)；老練的人. ③李仔宿啦(li²a²～la)；李子熟了.

④學卡／較宿咧(əh⁸k'ah⁴～le)；學聰明一點兒.

Ⓑ官話讀：(xㄩ)時，台語讀(siu³)；指天上星的集團，如"星宿"
(seng¹／sing¹～)。

（1962）　【駁】　　　bó（ㄅㄛ）

"駁"字文言音為：(pak⁴)，詞例少，一般通用白話：(pok⁴)。

（例）　①駁回(～hui⁵)；不准、不採納，口語"駁倒轉"(～tə³tng²).

②駁倒(～tə²)；成功地否定了對方的意見.

③駁斥(～t'ek⁴／t'ik⁴)；反駁. ④駁雜(～tsap⁸)；混雜不純.

⑤駁船(～tsun⁵)；在大船和岸邊之間來回搬運的船.

⑥批駁(p'ue¹～)；批示不准. ⑦反駁(huan²～).

（1963）　【裕】　　　yù（ㄩ）

"裕"字文言音為：(u⁷／wu⁷)，惟通用的是白話音：(ju⁷／lu⁷)。

（例）　①應付裕如(eng³／ing³hu³〜ju⁵)；形容從容不費力.
②富裕(hu³〜)；豐富.　　③寬裕(k'uan¹〜)；寬綽.
④充裕(ts'iong¹〜)；充足有餘量.

（1964）　【徙】　　xǐ（ㄒㄧ）

"徙"字的文言音有：(su²)和(si²)兩種，詞例均少，通用的是白話音：(sua²)。

（例）　①徙厝(〜ts'u³)；搬家.②搬徙(puaⁿ¹〜)；搬家.
③遷徙(ts'ian¹〜)；遷移.

（1965）　【箭】　　jiàn（ㄐㄧㄢ）

"箭"字的文言音爲：(tsian³)，如"箭在弦上"(〜tsai⁷hian⁵siong⁷)；喻到了不得不實行的時候，一般通用白話音：(tsiⁿ³)。

（例）　①箭號(〜hə⁷).　　②箭頭(〜t'au⁵).
③火箭(hue²／he²〜).　　④弓箭(keng¹／king¹〜).

（1966）　【捐】　　juān（ㄐㄩㄢ）

"捐"字的讀法祇有一種：(kuan¹)

（例）　①捐獻(〜hian³)；無償地提供.
②捐軀(〜k'u¹)；犧牲生命.③捐款(〜k'uan²)；捐錢.
④捐贈(〜tseng¹／tsing¹)；贈送給團體.
⑤捐助(〜tso⁷)；拿出來幫助.⑥募捐(bo⁷〜)；募集捐款.
⑦樂捐(lok⁸〜)；自願捐出.⑧房捐(pang⁵〜)；房稅.

（1967）　【腸】　　cháng（ㄔㄤ）

A 文言音：(tiong⁵)〜(ts'iang⁵)
（Ⅰ)[tiong⁵]：斷腸(tuan⁷〜)；形容極度悲痛.

753

(II)[ts'iang⁵]：胭／煙腸(ian¹／yan¹～)；香腸．
B̲ 白話音：(tng⁵)

(例) ①腸仔(～a²)；腸．②腸液(～ek⁸／ik⁸)；小腸粘膜腺分
泌的消化液，口語爲："腸仔瘍"(～a²siu^{n5}／sio^{n5})．
③儉腸捏肚(k'iam¹～nih⁸to⁷)；節省飲食，形容節儉的情形．
④大腸告／靠小腸(tua⁷～kə³／k'ə³sio²～)；形容肚子餓．
⑤胃腸(ui⁷～)；"心腸"(sim¹～)，"肚腸"(to⁷～)；即肚量．

（1968） 【撐／撐】　　　　　chēng（ㄔㄥ）

A̲ 文言音：(t'eng¹／t'ing¹)～(t'eng³／t'ing³)　互相通用
(例) ①撐腰(～io¹／yo¹)；喻支持．②撐竿跳(～kan¹t'iau³)．
B̲ 白話音：(t'i^{n1}／t'e^{n1})～(t'i^{n3}／t'e^{n3})　互相通用
(例) ①撐開(～k'ui¹)．　②撐雨傘(～ho⁷sua^{n3})；按口語又説
"摀開"(t'i'i²kui¹)，"摀雨傘"(t'i'i²ho⁷sua^{n3})．

（1969） 【辨】　　　biàn（ㄅㄧㄢ）

"辨"字的讀音衹有一種：(pian⁷)
(例) ①辨明(～beng⁵／bing⁵)；分辨清楚．
②辨認(～jim⁷／lim⁷)；根據某些特點加以辨別確認；"辨認屍
體的身份"(～si¹t'e²e⁵sin¹hun⁷)．③辨別(～piat⁸)；分辨．
④辨析(～sek⁴／sik⁴)；辨別分析．

（1970） 【殿】　　　diàn（ㄉㄧㄢ）

"殿"字衹有一種讀法：(tian¹)
(例) ①殿後(～au⁷)；在最後，在……之後．
②殿下(～ha⁷)；對皇太子或親王的尊稱．
③殿軍(～kun¹)；競賽結果入選的最後一名，即第3名．

④殿試(～ts'i³)；皇帝在宮殿親自主持的科舉考試.

⑤宮殿(kiong¹～)．　　⑥正殿(tsia^{n3}～)；主要宮殿．

（1971）　【蓮】　　lián（ㄌ丨ㄢ）

"蓮"字的文言音爲：(lian⁵)，白話音爲：(nai⁵)，通用文言音。

（例）　①蓮藕(～gau⁷)；蓮的地下莖．

②蓮花(～hue¹)；又説"水蓮花"(tsui²～)．

③蓮子(～tsi²)；蓮的種子．

按"蓮"口語亦讀(ni⁵)，如"黃蓮"(ng⁵～)、"老蓮"(lau²～)；均爲植物名，惟"花蓮(Hue¹lian¹)"這個地名的"蓮"亦讀(lian¹)。

（1972）　【攪】　　jiǎo（ㄐ丨ㄠ）

"攪"字文言音讀：(kau²)，白話音讀：(kiau²)和(ka²)，另有訓讀音(kiauh⁴)，其中以(kiau²)較通用。

（例）　①攪擾(～jiau²／liau²／giau²)；打攪，又説"攪吵"(～ts'a²)．

②攪桀(～keh⁸)；鬧矛盾、對立，又作"攪格"．

③攪拌(～pua^{n7})；撥動使均勻．④攪亂(～luan⁷)；搞亂．

（1973）　【醬】　　jiàng（ㄐ丨ㄤ）

"醬"字文言音讀：(tsiong³)，通用的是白話音：(tsiu^{n3}／tsio^{n3})。

（例）　①醬油(～iu⁵／yiu⁵)；口語又説"豆油"(tau⁷iu⁵)．

②醬缸(～kng¹)；製造和儲放醬類食品的缸．

③醬糊糊(～ko⁵〃)；稀爛粘糊狀．④醬瓜(～kue¹)．

⑤醬規身軀(～kui¹sin¹k'u¹)；塗得全身髒污．

⑥醬咧咧(～leh⁸〃)；粘糊般地骯髒．

⑦醬菜(～ts'ai³)．　　　　⑧辣椒醬(luah⁸tsiə¹～)．

⑨豆醬(tau⁷～)；豆製糊狀物，又指日本的 "味噌 "(miso)．

（1974）　【屏】　　　　píng（ㄆㄧㄥ）

A 官話讀(bing)時，台語讀：(ping²)

　　(例)　①屏氣(～k'i³)；暫時抑止呼吸，口語説"禁氣"(kim³k'ui³).

　　　②屏棄(～k'i³)；扔掉，又寫成"摒棄". ③屏息(～sit⁴)；屏氣.

B 官話讀(ping)時，台語文言音爲：(p'eng⁵／p'ing⁵)，但通用的
是白話音：(pin⁵)。

　　(例)　①屏風(～hong¹)；室内遮擋風或視線的用具.

　　　②屏藩(～p'uan¹)；屏風和藩籬. ③屏障(～tsiong³)；遮蔽物.

（1975）　【疫】　　　　yì（ㄧ）

A 文言音：(ek⁸／ik⁸)

　　(例)　①疫苗(～biau⁵)；能使機體產生免疫力的細菌製劑，如
　　　牛痘苗、卡介苗等.　　　②疫病(～peⁿ⁷)；流行性傳染病.

　　　③鼠疫(ts'i²／ts'u²～)；急性傳染病又叫黑死病.

B 白話音：(iah⁸／yah⁸)

　　(例) ①疫苗(～biau⁵). ②瘟疫(un¹～／ek⁸)；流行性急性傳染病.

（1976）　【哀】　　　　āi（ㄞ）

"哀"字除了悲哀以外有"哭"(連喊帶叫地大聲哭)的意思，讀音爲：
(ai¹)。

　　(例)　①哀哀叫(～〃kiə³)；大聲哭.

　　　②哀告(～kə³)；苦苦央告. ③哀求(～kiu⁵)；苦苦懇求.

　　　④哀矜(～k'im⁵)；哀憐. ⑤哀憐(～lian⁵／lin⁵)；對不幸的同情.

　　　⑥哀爸叫母(～pe⁷kiə³bə²／bu²)；呼父叫母地哭得悲慘.

　　　⑦哀思(～si¹)；悲傷思念. ⑧哀悼(～tə³)；悲傷悼念.

　　　⑨哀嘆(～t'an³)；悲傷嘆息. ⑩哀痛(～t'ong³)；悲痛.

　　　⑪哀愁(～ts'iu⁵)；悲傷愁苦. ⑫哀怨(～uan³)；因委屈而悲傷

怨恨，口語"怨切"(uan³ts'eh⁴)．⑬悲哀(pi¹～)；悲傷哀憐．

（1977） 【賭】　　　dǔ（ㄉㄨ）

"賭"的讀音祇有一種：(to²)

(例)　①賭棍(～kun²)；嗜賭博的人，口語"九鬼"(kiau²kui²)．
②賭強(～kiong⁵)；硬要．③賭氣(～k'i³)；因不滿意或受指責
不服而任性不妥協，口語有"激氣"(kek⁴/kik⁴k'i³)．
④賭博(～pok⁴)；口語說"跋九"(puah⁸kiau²)，又作"簙攄"．
⑤賭錢(～tsiⁿ⁵)；口語"跋錢"．⑥賭咒(～tsiu³)；發誓，口語
"咒誓"(tsiu³tsua⁷)．

（1978）　【皺】　　　zhòu（ㄓㄡ）

"皺"字的讀音通用文言音：(tso³)，台語口語爲"饒"(jiau⁵/liau⁵)。

(例)　①皺眉(～bi⁵)；口語說"勒目眉"(lek⁸/lik⁸bak⁸bai⁵)．
②皺紋(～bun⁵)；口語說"饒痕"(jiau⁵hun⁵)．
③皺胃(～ui⁷/wi⁷)；反芻動物的胃．

（1979）　【暢】　　　chàng（ㄔㄤ）

"暢"字祇有一種讀音：(t'iong³)，快樂、盡情的意思。

(例)　①暢飲(～im²)；盡情地喝酒；口語"爽啉"(song²lim¹)．
②暢遊(～iu³)；痛快地遊覽．③暢快(～k'uai³)；舒暢快樂．
④暢銷(～siau¹)；口語"好銷"(hə²siau¹)，"好賣"(hə²be⁷)．
⑤暢通(～t'ong¹)；無阻．⑥樂暢(lok⁴～)；快樂、樂觀．

（1980）　【疊】　　　dié（ㄉㄧㄝ）

A 文言音：(tiap⁸)

(例)　①疊韻(～un³)；兩個以上的漢字(音節)的韻母相同的叫

疊韻(聲母、即輔音相同的叫"雙聲"，如"流浪")如"闌珊".

②疊床架屋($\sim$tsong⁵ka³ok⁴)；床上疊床屋上架屋,喻重複累贅.

③重疊(tiong⁷$\sim$)；重複累加上去.

B 白話音：(t'iap⁸)　(例)　疊被($\sim$p'ue⁷／p'e⁷)；折疊棉被.

（1981）　【閣】　　　gé（ㄍㄜ）

"閣"字的文言音爲：(kok⁴)，一般則通用白話音：(kəh⁴)。

(例)　①閣下($\sim$ha⁷)；舊時對人的敬稱,今多用於外交場合,
如"總統閣下"(tsong²t'ong²$\sim$).②閨閣(kui¹$\sim$)；舊時指女子
的住房.　　　　　　　③內閣(lai⁷$\sim$)；中樞行政機構.

④出閣(ts'ut⁴$\sim$)；女子出嫁.

按："閣"常被借音用於表"重複"、"又、再"的詞義,如"伊閣來啦"(I¹
kəh⁴lai⁵l'a)；他又來了,其實應作"佫"字。

（1982）　【轄】　　　xiā（ㄒㄧㄚ）

"轄"字祇有一種讀音：(hat⁸)

(例)　①管轄(kuan²$\sim$).　②省轄市(seng²／sing²$\sim$ts'i⁷).
③直轄(tit⁸$\sim$)；直接管轄.④統轄(t'ong²$\sim$)；管轄.

（1983）　【餓】　　　è（ㄜ）

"餓"字的讀音爲：(gə⁷)，口語常説(iau⁷)，漢字作"枵"(參照次項)。

(例)　①餓鬼($\sim$kui²)；指挨餓的人.
②餓殍($\sim$p'iau⁵)；餓死的人.③饑餓(ki¹$\sim$).

（1984）　【枵】　　　xiāo（ㄒㄧㄠ）

A 文言音：(hiau¹)　(例)　枵腹從公($\sim$hok⁴tsiong⁵kong¹)；餓着
肚子辦理公家的事.

白話音：(iau¹／yiau¹)

(例)　①枵餓($\sim$gə⁷)；挨餓. 又"枵燥燥"($\sim$sə³〃)；喻餓得厲害.

②枵饞失頓($\sim$ki¹sit⁴tng³)；沒吃飯，肚子餓.

③枵鬼($\sim$kui²)；挨餓的人，又貪吃的人.

④枵勞($\sim$lə⁵)；餓鬼.　　⑤青枵(ts'eⁿ¹／ts'iⁿ¹$\sim$)；非常餓.

（1985）　【禍】　　　huò（ㄏㄨㄛ）

"禍"字通用的是文言音：(hə⁷)

(例)　①禍害($\sim$hai⁷)；禍事. ②禍福無常($\sim$hok⁴bu⁵siong⁵).

③禍患($\sim$huan⁷)；禍事災難. ④禍根($\sim$kin¹／kun¹).

⑤禍國殃民($\sim$kok⁴iong¹bin⁵)；國家受害、人民遭殃.

⑥禍首($\sim$siu²)；引起禍害的主要人物.

⑦禍端($\sim$tuan¹)；禍害的起因. ⑧車禍(ts'ia¹$\sim$)，又音(ts'ia¹e⁷).

按"禍"字有白話音：(e⁷)，語例不多，如上⑧.

（1986）　【玄】　　　xüán（ㄒㄩㄢ）

"玄"字祇有一種讀音：(hian⁵)

(例)　①玄妙($\sim$biau⁷)；奧妙，微妙難解.

②玄武($\sim$bu²)；道教所奉北方的神，又指烏龜.

③玄學($\sim$hak⁸)；道家的學説，抽象的觀念論.

④玄虛($\sim$hi¹)；虛假可疑，不可思議.

⑤玄機($\sim$ki¹)；深奧玄妙的道理.

⑥玄天上帝($\sim$t'ian¹siong⁷te³)；道家的天帝.

（1987）　【溜】　　　līu（ㄌㄧㄡ）

A 官話讀第1聲時，台語讀：(liu¹)。

(例)　①溜落去($\sim$ləh⁸k'i)；滑下去.

· 759 ·

②溜冰(～peng^1)；滑冰．③溜走(～tsau^2)；偷偷地離開．

④溜出去(～ts'ut^{4}k'i)；偷偷地走到外邊去．

⑤光溜溜(kng^1～〃)；形容很光滑，淨光．

⑥直溜溜(tit^8～〃)；形容很直，又説"直文文"(tit^{8}bun^5〃)．

B 官話讀第4聲時，台語讀：(liu^3)

(例)　①溜狗(～kau^2)；用套的方法抓狗．

②錢互人溜去(tsi^{n5}ho^{7}lang^5～k'i^3)；錢被人騙去．

③溜皮(～p'ue^5)；脱皮．　④溜索仔(～səh^{4}a^2)；繩套兒．

⑤四界溜(si^{3}ke^3～)；到處跑．

（1988）【吞】　　　　tūn（ㄊㄨㄣ）

"吞"字的讀音祇有一種：(tun^1)

(例)　①吞没(～buat^8／but^8)；如"吞没公款"(～kong^{1}k'uan^2)；
侵佔公家的錢．　　②吞忍(～lun^2)；忍氣吞聲．

③吞併(～peng^7／ping^7)．④吞聲(～sia^{n1})；不敢出聲．

⑤吞噬(～se^7)；吞食．　⑥吞吐(～t'o^3)；又"吞吞吐吐"

(～〃t'o^3〃)；想説又不説的樣子．

（1989）【怨】　　　　yuàn（ㄩㄢ）

"怨"字的音祇有一種：(uan／wan)

(例)　①怨言(～gian^5)．　②怨偶(～go^{n2})；不和睦的夫妻．

③怨恨(～hin^7／hun^7)．　④怨尤(～iu^5／yiu^5)；怨恨．

⑤怨懟(～tui^3)；怨恨．　⑥怨嘆(～t'an^3)；抱怨苦嘆．

⑦怨切(～ts'eh^4)；怨恨．⑧哀怨(ai^1～)；因委屈而悲傷怨恨．

⑨埋怨(bai^5～)；責怪．　⑩仇怨(siu^5～)；敵對怨恨．

（1990）【歇】　　　　xiē（ㄒㄧㄝ）

"歇"字的文言音爲：(hiat⁴)例少，一般通用白話音：(hiəh⁴)。

(例) ①歇暗(～am³)；住宿過夜．又説"歇暝"(～me⁵／mi⁵)．
②歇熱(～juah⁸／luah⁸)；暑假．③歇工(～kang¹)；停工休息．
④歇寒(～kuaⁿ⁵)；寒假．⑤歇過年(～kue³ni⁵)；放年假．
⑥歇睏(～k'un³)；休息．⑦歇涼(～liang⁵)；乘涼．
⑧歇暝(～me⁵／mi⁵)；住宿．⑨歇影(～ng²)；在樹蔭下休息．
⑩歇岫(～siu⁷)；禽畜回巢過夜．⑪歇晝(～tau³)；中午休息．
⑫小歇(siə²～)；稍歇一下．⑬暫歇(tsiam⁷～)；暫且歇息一下．

（1991） 【郊】　　jiāo（ㄐㄧㄠ）

按"郊"的讀音爲：(kau¹)，詞義有二；一爲城市周圍的區域，另一爲貿易商、或貿易批發商。

(例) ①郊外(～gua⁷)．②郊行(～hang⁵)；貿易商、或貿易行．
③郊遊(～iu⁵／yiu⁵)．　　④郊區(～k'u¹)．
⑤行郊(hang⁵～)；同②，如"香港郊"(Hiong¹kang²～)；販賣港貨的批發商．

（1992） 【捻】　　niǎn（ㄋㄧㄢ）

"捻"字有三種讀音，詞義爲用手指搓轉、擰、摘等。

A [liam³]：　①捻鼻(～piⁿ⁷)；擰鼻子．
②捻頭(～t'au⁵)；如"蝦仔愛捻頭"(he⁵a²ai³～)；蝦要摘下頭．
③捻大腿(～tua⁷t'ui²)；擰大腿，用手指抓又扭轉大腿的皮肉．
④捻菜箬／葉(～ts'ai³hiəh⁴)；摘菜葉．
⑤捻嘴頼／䫌(～ts'ui³p'e²／p'ue²)；捻臉頰．

B [liap⁴]：同捏，"捻指頭仔"(～tsaiⁿ²t'au⁵a²)；捏指頭．

C [liam⁷]：成串或小把東西的量詞；　①一捻龍眼(tsit⁸～leng⁵geng²)；一把龍眼．②一捻韭菜(tsit⁸～ku²ts'ai³)；一束韭菜．

· 761 ·

（1993） 【撚】 niǎn （ㄋㄧㄢˇ）

"撚"字祇有一種讀音：(lian²)，意爲用手指搓轉。

（例） ①撚錢(～tsi^{n5})；詐取金錢.

②撚紙丁(～tsua²teng¹／ting¹)；用手指搓紙線.

③撚嘴鬚(～ts'ui³ts'iu¹)；用手指搓鬍鬚.

④搓腳撚手(sə¹k'a¹～ts'iu²)；喻見獵心喜，手癢欲試.

（1994） 【拈】 niān （ㄋㄧㄢ）

Ⓐ文言音：(liam¹)～(liam⁵)兩音互爲通用，意爲用手指挾取.

（例） ①拈香(～hiu^{n1}／hio^{n1})；用手指挾取香柴的粉末，向死者敬禮後放進香爐裡的行爲.

②拈田嬰(～ts'an⁵e^{n1}／i^{n1})；用手指輕抓蜻蜓尾巴.

Ⓑ白話音：(ni¹) 詞義同上文言音。

（例） ①拈鬮(～k'au¹)；抓鬮兒. ②拈糖仔(～t'ng⁵a²)；拈果糖.

③用手拈(eng⁷／iong⁷ts'iu²～)；用手揑取.

④偷拈(t'au⁷～)；偷偷地揑取.

（1995） 【漠】 mò （ㄇㄛˋ）

Ⓐ文言音：(bok⁸)

（例） ①漠不關心(～put⁴kuan¹sim¹)；不關心，不經心.

②漠視(～si⁷)；不經心，冷淡. 義同"忽視"(hut⁸si⁷).

③暗漠漠(am³～〃)；廣漠深遠，不知底細.

Ⓑ白話音：(moh⁸) 看人漠漠(k'ua^{n3}lang⁵～〃)；看人無足輕重.

Ⓒ俗讀音：(bo⁵) 沙漠(sua¹～).

（1996） 【顚】 diān （ㄉㄧㄢ）

"顚"字的讀音有：(tian¹)和(t'ian¹)

(例)　①顛末(～buat⁸)；頭尾(t'au⁵bue²／be²)．

②顛覆(～hok⁸)；推翻政權．③顛撲不破(～p'ok⁴put⁴p'ua³)；摔不破，喻推翻不了的理論，指眞理．

④顛倒(～tə²)；又音(t'ian¹t'ə²)；腦筋不清楚錯亂没秩序．

⑤四界顛(si³ke³～)；到處閑逛，或到處摇擺．

（1997）　【宏】　　　hóng（ㄏㄨㄥ）

"宏"字祇有一種讀音：(hong⁵)，詞義爲廣大．

(例)　①宏觀(～kuan¹)；從大處看，反義語爲"微觀"(bi⁵kuan¹)．

②宏論(～lun⁷)；見識廣博的言論，也作弘論．

③宏大(～tai⁷)；廣大．　④宏圖(～to⁵)；遠大的計劃．

⑤宏旨(～tsi²)；重大的目的．⑥寬宏大量(k'uan¹～tai⁷liong⁷)；寬大有度量．

（1998）　【冤】　　　yuān（ㄩㄢ）

"冤"字文言音讀：(uan¹／wan¹)，白話音讀:(un¹／wun¹)，通用文言音．

(例)　①冤獄(～gak⁸)；冤屈的案件．

②冤孽(～giat⁸)；冤仇罪孽．③冤家(～ka¹)；仇人，又讀(～ke¹)時，意爲吵架、打架．"毋通冤家"(m⁷t'ang¹～)；不可打架．

④冤家量債(～niuⁿ⁵／nioⁿ⁵tse³)；爭吵責罵．

⑤冤屈(～k'ut⁴)；受不應受的待遇、冤枉、"枉屈"(ong²k'ut⁴)．

⑥冤枉(～ong²)；被委屈．⑦冤仇(～siu⁵)；受傷害或侮辱所產生的仇恨．　⑧冤情(～tseng⁵)；被委屈的情狀．

⑨勢冤(gau⁵～)；愛吵架．⑩伸冤(sin¹～)；即申冤，洗雪冤屈．

（1999）　【仙】　　　xiān（ㄒㄧㄢ）

"仙"字的讀音祇有一種：(sian^1)

 (例) ①仙人(～jin^5／lin^5)；又音(～lang^5)，但如讀(～lang)，
 "人"字讀輕聲，則意爲騙人．"仙人掌"(～jin^{5}tsiang^2)．
 ②仙女(～lu^2／li^2)；年輕女仙人，又喻出眾非凡的美人，如
 "水甲像仙女"(sui^{2}kah^{4}ts'iu^{n7}～)；像仙女般美麗．
 ③仙逝(～se^3)；婉辭稱人死．④仙丹(～tan^1)；喻靈驗的妙藥．
 ⑤仙都毋通去(～tə^{1}m^{7}t'ang^{1}k'i^3)；千萬不要去，"仙都無卜講"
 (～bə^{5}bueh^4／beh^{4}kong^2)；無論怎樣都不講．
 ⑥歸仙(kui^1～)；去世．⑦鴉片仙／先(a^{1}p'ian^3～)；鴉片鬼．
 ⑧講古仙／先(kong^{2}ko^2～)；説書先生，講故事的人．
 ⑨謅仙／先(pian^2～)；詐欺之徒，蔑視時説"謅仙仔"(～a^2)．
 ⑩跋九仙／先(puah^{8}kiau^2～)；賭徒．
 ⑪燒酒仙／先(siə^{1}tsiu^2～)；酒徒．⑫大仙(tua^7～)；架子大．
 ⑬走街仔仙／先(tsau^{2}ke^{1}a^2～)；走江湖賣膏藥的人．

（2000）　【妄】　　wàng（ㄨㄤ）

"妄"字祇有一種讀音：(bong^2)，詞義爲；荒謬不合理，非分的．
 (例)①妄語(～gu^2)；胡説．②妄念(～liam^7)；不正當的念頭．
 ③妄想(～siong^2)；狂思妄想(k'ong^{1}su^1～)．
 ④輕舉妄動(k'in^{1}ki^2～tong^1)；輕率地亂行動．
 ⑤虛妄(hi^1～)；没事實根據，口語"無影無跡"(bə^{5}ia^{n2}bə^{5}tsiah^4)．
 ⑥狂妄(k'ong^1～)；毫無根據的自大．

（2001）　【拘】　　jū（ㄐㄩ）

"拘"字的讀音有：(ku^1)和(k'u^1)兩者互爲通用。
 (例)　①拘押(～ah^4)；收押、拘禁．
 ②拘役(～ek^8／ik^8)；拘禁而使服勞役．

③拘禁(～kim³)；暫時關起來． ④拘留(～liu⁵)；暫時收押．
⑤拘泥(～ni⁷)；固執． ⑥拘捕(～po²)；逮捕．
⑦拘束(～sok⁴)；限制行動，不給自由．
⑧毋拘(m⁷～)；不過、但是，又"抑母拘"(ah⁸～)．

(2002) 【押】 yā（丨ㄚ）

"押"字的文言音爲：(ap⁴)，詞例少，多通用白話音：(ah⁴)。

(例) ①押尾(～bue²)；殿後，又在契約書末尾畫押(簽字)．
②押解(～kai²)；押送人犯． ③押送(～sang³)；拘送人犯，又
隨同照料輸送的貨物． ④押租(～tso¹)；租用不動產的保證金．
⑤押運(～un⁷)；押送貨物．⑥押韻(～un⁷)；詩詞句末的字其
韻母相同或相近叫做押韻． ⑦扣押(k'au³～)；扣留．
⑧抵押(ti²～)． ⑨硬押(geⁿ⁷／giⁿ⁷～)；強使就範．

(2003) 【誘】 yòu（丨ㄡ）

"誘"字的讀音祇有一種：(iu³／yiu³)

(例) ①誘惑(～hek⁸／hik⁸)．②誘因(～in¹／yin¹)；起因．
③誘拐(～kuai²)；將婦女兒童引誘騙走．
④誘迫(～pek⁴／pik⁴)；利誘並強迫．
⑤誘導(～tə⁷)；引導． ⑥誘致(～ti³)；招致．
⑦引誘(in²／yin²～)；勾引誘惑．⑧循循善誘(sun⁵〃sian¹～)；
善於有步驟地引導人學習．

(2004) 【謙】 qiān（ㄑ丨ㄢ）

"謙"字祇有一種讀法：(k'iam¹)

(例) ①謙虛(～hi¹／hu¹)；虛心，不自滿．
②謙讓(～jiong⁷／liong⁷)． ③謙恭(～kiong¹)；謙虛有禮貌．

④謙卑(～pi¹)；虛心壓低自己．⑤謙辭／詞(～su⁵)；壓低自己的言詞．　　　　　⑥顧謙(ko³～)；謙虛．

（2005）　【摧】　　　cuī（ㄘㄨㄟ）

Ⓐ文言音：(tsui⁵)

(例)　①摧甘蔗(～kam¹tsia³)；割斷甘蔗．

②摧頭(～t'au⁵)；割頭．又説"斬頭"(tsam⁷～)．

Ⓑ俗讀音：(ts'ui¹)／(ts'ue¹)　前者較通用

(例)　①摧毁(～hui²)；大力地破壞掉．

②摧殘(～tsan⁵)；破壞蹂躪．

（2006）　【拾】　　　shí（ㄕ）

Ⓐ文言音：(sip⁸)

(例)　①拾金不昧(～kim¹put⁴mui⁷)；撿到錢不據爲己有．

②拾取(～ts'u²)；拾、撿到．③收拾(siu¹～)．

Ⓑ白話音：(tsap⁸)　即"十"的原字．

Ⓒ訓讀音：(k'iəh⁴)

(例)　①拾擱(～kak⁸)；指人没用，廢人．

②拾起來(～k'ilai)．　　　③拾拾咧(～〃le)；收拾一下．

④拾拾(～sip⁸)；一點一滴愛惜地收拾起來，喻節儉不浪費．

⑤拾稅金(～sue³kim¹)；課稅.⑥拾着錢(～tiəh⁸tsiⁿ⁵)；拾到錢.

（2007）　【挨】　　　āi（ㄞ）

"挨"字的文言音爲：(ai¹)，通用的是白話音：(e¹／ue¹)。

(例)　①挨磨仔(～bə⁷a²)；推磨．

②挨米(～bi²)；碾米使脱殼去糟糠變白．

③挨挨陣陣(～〃tin⁷〃)；一批接着一批的人．

④挨弦仔(～hian⁵a²)；拉胡琴．⑤挨倒(～tə²)；擠倒．

（2008）　【猶】　　　yóu（丨ㄡ）

A 文言音：(iu⁵／yiu⁵)，較通用，按另有音：(iu²／yiu²)，詞例少。

（例）　①猶疑(～gi⁵)；猶豫．②猶原(～guan⁵)；仍然．

　　　③猶豫(～u⁵／wu⁵)；拿不定主意，口語説"躊躇"(tiu⁵tu⁵)．

B 白話音：(iau²／yau²)

（例）　①猶未(～bue⁷)；還没，"猶未食"(～tsiah⁸)；還没吃．

　　　②猶獪曉(～bue⁷／be⁷hiau²)；還不會．

　　　③猶俉有(～kəh⁴u⁷)；還有．④猶毋知(～m⁷tsai¹)；還不知道．

（2009）　【掠】　　　lüè（ㄌㄩㄝ）

A 文言音：(liok⁸)；詞義爲搶、奪。

（例）　①掠美(～bi²)；奪取別人的美名．

　　　②掠奪(～tuat⁸)；奪取．　③掠取(～ts'u²)；搶奪．

　　　④劫掠(kiap⁴～)；搶奪財物．

B 白話音：(liah⁸)，詞義爲捉拿、捕、捏。

（例）　①掠魚(～hi⁵)；捕魚．②掠雞(～ke¹)；捉雞．

　　　③掠猴(～kau⁵)；捉姦．　④掠叫(～kiə⁵)；以爲是．

　　　⑤掠人(～lang⁵)；抓人．　⑥掠龍(～leng⁵／ling⁵)；按摩．

　　　⑦掠漏(～lau⁷)；檢查并補修屋頂漏雨的地方．

　　　⑧掠平(～peⁿ⁵／piⁿ⁵)；弄平．⑨掠直(～tit⁸)；弄直．

　　　⑩掠做(～tsə³)；以爲，"掠做是汝的"(～si⁷li²e⁵)；以爲是你的．

　　　⑪掠準(～tsun²)；以爲，如"是汝，我掠叫／做／準是啥人"(si⁷

　　　li²，gua²～si⁷siaⁿ²lang⁵)；是你，我以爲是誰！

　　　⑫掠伊無法(～i⁷／yi⁷bə⁵huat⁴)；拿他没辦法．

　　　⑬一掠長(tsit⁸～tng⁵)；母指與中指間的距離．

（2010）　【樸】　　　pǔ（ㄆㄨ）

A 文言音：(p'ok⁴)

　　(例)　①樸學(〜hak⁸)；清代考據學的別稱．

　　②樸實(〜sit⁸)；又音(p'əh⁴sit⁸)．③樸素(〜so³)．

　　④樸質無華(〜tsit⁴bu⁵hua⁵)；純眞樸素沒經過修飾．

B 白話音：(p'əh⁴)，樸實(〜sit⁸)；不浮誇．

按"樸"簡寫爲"朴"，惟朴文言音(p'ok⁴)用於姓氏，白話音(p'əh⁴)爲
樹名，果實圓形黑色。

（2011）　【肺】　　　fèi（ㄈㄟ）

A 文言音：(hui³)

　　(例)　①肺腑之言(〜hu²tsi¹gian⁵)；內心的話．

　　②肺結核(〜kiat⁴hut⁸)；肺病或肺癆．

B 白話音：(hi³)

　　(例)　①肺癆(〜lə⁵)；肺結核．②肺病(〜peⁿ¹／piⁿ¹)．

（2012）　【舌】　　　shé（ㄕㄜ）

"舌"字的文言音爲：(siat⁸)，詞例少，一般通用白話音：(tsih⁸)。

　　(例)　①舌面前音(〜bin⁷tseng⁵／tsing⁵im¹)；如ㄐㄑㄒ，又叫
舌面音．②舌根音(〜kin¹yim¹)；如ㄍㄎㄏ，也叫舌面後音．

　　③舌苔(〜t'ai¹)；舌頭表面上滑膩的物質．

　　④舌尖音(〜tsiam¹im¹)；分舌尖前音如ㄗㄘㄙ，舌尖中音ㄉㄊ
ㄋㄌ，舌尖後音ㄓㄔㄕㄖ．⑤舌戰(〜tsian³)；激烈辯論．

　　⑥火舌(hue²〜)；火焰．⑦割舌(kuah⁴〜)；說謊的人死後在地
獄會被割舌頭，告誡人不要說謊．

　　⑧落舌(lau³〜)；舌頭下墜，指吊死者，或亂說話．

　　⑨吐舌(t'o²〜)；喻驚駭，咋舌，吐(伸)出舌頭．

（2013）　【馳】　　　chí（ㄔ）

"馳"字只有一種讀音：(ti⁵).

   （例）　①馳驅(～k'u¹)；快跑，效勞.

   ②馳名(～mia⁵)；名聲遠播. ③馳騁(～t'eng²)；奔馳.

   ④馳援(～uan⁷)；奔赴救援. ⑤飛馳(hui¹～)；快跑.

   ⑥奔馳(p'un¹～)；急跑前往. ⑦神馳(sin⁵～)；嚮往，思念.

（2014）　【狹】　　　xiá（ㄒㄧㄚ）

"狹"字文言音爲：(hap⁸)，用例少，白話音有三種；(hiap⁸)、(eh⁸
／ueh⁸)和(kueh⁸)，後者亦很少用。狹即窄，反義語爲"廣"。

A [hiap⁸] ：

   ①狹隘(～ai³)；寬度小. ②狹義(～gi⁷).

   ③狹小(～siə²)；又窄又小. ④狹長(～tiong⁵)；窄而長.

   ⑤狹窄(～tsek⁴／tsik⁴).

B [eh⁸／ueh⁸] ：

   ①狹擠擠(～tsiⁿ¹〃)；形容很窄小, "房間狹擠擠"(pang⁵keng¹～).

   ②所在狹(suo²tsai⁷～)；地方窄小.

   ③厝内狹(ts'u³lai⁷～)；家裡窄小.

（2015）　【奸】　　　jiān（ㄐㄧㄢ）

"奸"字的讀音祇有一種：(kan¹)

   （例）　①奸雄(～hiong⁵)；野心家、狡猾奸詐.

   ②奸計(～ke³)；陷害人的計謀.

   ③奸宄(～kui²)；奸險，壞蛋"奸奸宄宄".

   ④奸巧(～k'iau²)；聰明狡猾. ⑤奸佞(～leng²)；奸邪諂媚的人.

   ⑥奸細(～se³)；刺探消息的人. ⑦奸臣(～sin⁵).

   ⑧奸商(～siong¹)；用不正當的手段營利的商人.

⑨奸詐($\sim$tsa^3)；虛僞詭詐. ⑩奸賊($\sim$ts'at^8)；壞蛋，敗類.

⑪奸笑($\sim$ts'iə^3)；陰險的笑，又説"奸臣仔笑"($\sim$sin^{5}a^{2}ts'iə^3).

⑫內奸(lai$^7\sim$). ⑬台奸(Tai$^5\sim$)；出賣台灣人的人.

（2016）【姦】 jiān（ㄐㄧㄢ）

"姦"字的讀音祇有一種：(kan^1)

(例) ①姦淫($\sim$im^5／yim^5)；不正當的性行爲.

②姦污($\sim$u^1／wu^1)；強姦或誘姦.

③通姦(t'ong$^1\sim$)；已婚而非夫婦的男女間的性行爲.

（2017）【臥】 wò（ㄨㄛ）

"臥"字的讀音爲文言音：(go^7)／(ngo^7)，以(go^7)較通用。

(例) ①臥具($\sim$k'u^7)；睡覺用品.

②臥房($\sim$pang^5). ③臥病($\sim$peng^7)；病倒床上.

④臥舖($\sim$p'o^1)；車上供客人睡的鋪位.

⑤臥室($\sim$sek^4／sik^4). ⑥仰臥(giong$^2\sim$)；臉向上躺.

⑦橫臥(huai$^{n5}\sim$)；倒臥.

（2018）【醉】 zuì（ㄗㄨㄟ）

"醉"字祇有一種讀音：(tsui^3)

(例) ①醉矇矇($\sim$bang^5〃)；醉得迷迷糊糊.

②醉眼($\sim$gan^2)；喝醉時視力不正常的眼睛.

③醉漢($\sim$han^3)；喝醉的男人(貶義).

④醉鄉($\sim$hiong^1)；醉時昏沈迷糊的境界.

⑤醉意($\sim$i^3／yi^3)；醉的感覺、神情.

⑥醉癲癲($\sim$tian^1〃)；醉得癲來癲去；走路不穩.

⑦醉態($\sim$t'ai^7). ⑧假醉(ke$^2\sim$).

⑨飽佮醉(pa^{2}kah^4〜)；又飽又醉，又喻再也不敢領教了．

（2019） 【竭】　　jié（ㄐㄧㄝ）

"竭"字詞義爲"盡"，讀音有文言音的：(kiat^8)和白話音的：(keh^8)
、(k'eh^8)，惟一般多通用(kiat^8)．

（例）　①竭仔哥(〜a^{2}kə^1)；吝嗇鬼(男)，女爲竭仔嫂(〜a^{2}sə^2)．
②竭力(〜lek^8/lik^8)；盡力．③竭誠(〜seng^5)；竭盡忠誠．
④竭盡(〜tsin^7)；用盡，使盡，如"竭盡全力"(〜tsuan^{5}lek^8)．
⑤枯竭(ko^1〜)；乾涸．　　⑥地竭(te^7〜)；土地貧瘠．
⑦用錢竭(eng^{7}tsi^{n5}〜)；花錢不乾脆．

（2020） 【締】　　dì（ㄉㄧ）

"締"字的文言音爲：(te^7)，白話音爲：(ti^7)，通用文言音．

（例）　①締約(〜iok^4/yok^4)；訂立條約．
②締交(〜kau^1)；訂交、成立邦交．
③締結(〜kiat^4)．　　　　④取締(ts'u^2〜)；取消或禁止．

（2021） 【雇／僱】　　gù（ㄍㄨ）

"雇"字的詞義是拿錢請人做事，或租賃交通工具，讀音爲文言音：
(ko^3)，台語口語常説"倩"(ts'ia^{n3})．

（例）　①雇用(〜iong^7)；同"雇傭"，請幫幹活．
②雇員(〜uan^5/wan^5)；臨時的或短期的職員．
③無錢僱倩(bə^{5}tsi^{n5}〜ts'ia^{n3})；沒錢雇用的，喻不肯認眞幹活．

（2022） 【尿】　　niào（ㄋㄧㄠ）

"尿"字文言音讀：(jiau^7/liau^7)，白話音讀：(jiə^7/liə^7)，一般通用
白話音．

（例）　①尿布(～po³)；又叫"尿堅"(～tsu⁷)，"尿帕"(～p'e³)．

②尿肥(～pui⁵)；做肥料用的尿．

③尿素(～so³)；有機化合物CO(NH₂)₂，可製肥料、炸藥等．

（2023）　【拳】　　qüán（ㄑㄩㄢ）

"拳"字文言音讀：(k'uan⁵)，如"拳拳"(～〃)；形容懇切，語例不多，一般多通用白話音：(kun⁵)。

（例）　①拳擊(～kek⁸／kik⁸)；即boxing．

②拳師(～su¹)；口語有"拳頭師傅"(～t'au⁵sai¹hu⁷)．

③拳術(～sut⁸)．　　　　④拳頭(～t'au⁵)；即空拳術，"拍拳頭"(p'ah⁴～)；打拳．"拍拳頭賣膏藥"(～be⁷ko¹iəh⁸)．

⑤拳頭母(～bə²／bu²)；手指向內彎曲合攏時的手，即拳頭．

（2024）　【葬】　　zàng（ㄗㄤ）

"葬"字祇有一種讀音：(tsong³)

（例）　①葬式(～sek⁴／sik⁴)；即"葬禮"(～le²)．

②埋葬(bai⁵～)．　　　③火葬(hue²～)．

④土葬(to⁵～)．　　　　⑤水葬(tsui²～)；即海葬．

（2025）　【躲】　　duǒ（ㄉㄨㄛ）

"躲"字的讀音為：(tuo⁵)，詞義是隱藏、避開，口語為"覕"(bih⁴)，或"閃"(siam²)。

（例）　①躲避(～pi⁷)；口語為"躲辟"(～p'iah⁴)．

②躲閃(～siam²)；迅速避開．③躲車(～ts'ia¹)；口語"閃車"．

（2026）　【賊】　　zéi（ㄗㄟ）

"賊"字的文言音為：(tsek⁸／tsik⁸)，通用的是白話音：(ts'at⁸)。

（例）　①賊仔(～a²)；小偷．②賊目(～bak⁸)；即賊眼，神情不正派的眼睛．　　　　　③賊貨(～hue³)；偷來的財物．

④賊腳賊手(～k'a¹～ts'iu²)；慣竊，狡猾不正派的．

⑤賊窟(～k'ut⁴)；即"賊巢"(～tsau⁵)，又説"賊岫"(～siu⁷)．

⑥賊婆(～pə⁵)；女賊．　　⑦賊黨(～tong²)；壞蛋的集團．

⑧賊頭賊面(～t'au⁵～bin⁷)；奸邪之徒．

⑨海賊(hai²～)．　　　　⑩奸賊(kan¹～)；壞蛋，敗類．

⑪老賊(lau⁷～)；指戰後由中國大陸隨蔣介石逃亡台灣，違法長期做中央民意代表達40年以上的人．

⑫白賊(peh⁸～)；説謊．⑬山賊(sua^n1～)；出没於山間的盜賊．

⑭大賊股(tua⁷～ko²)；勢力強大的賊徒．

（2027）　【褲／袴】　　　kù（ㄎㄨ）

"褲"字祇有一種讀音：(k'o³)

（例）　①褲仔(～a²)；褲子．②褲腳(～k'a¹)；褲腿的最下端．

③褲底(～te²／tue²)；褲襠．④褲頭(～t'au⁵)；褲子的最上端．

⑤內褲(lai⁷～)．　　　　⑥衫仔褲(sa^n1a²～)；衣服．

⑦三角褲(sa^n1kak⁴～)；三角形的褲子，一般多指女性的內褲．

⑧短褲(te²／tue²～)．

（2028）　【韌／靭】　　　rèn（ㄖㄣ）

Ⓐ文言音：(jin⁷／lin⁷)～(jim⁷／lim⁷)，後者較通用．

（例）　①韌性(～seng³／sing³)；柔軟結實堅忍．

②堅韌(kian¹～)；柔軟結實不易斷．

Ⓑ白話音：(jun⁷／lun⁷)

（例）　①韌皮(～p'ue⁵)；執拗而賴皮．

②韌性(～seng⁵／sing⁵)．　③筋韌(kin¹～)；堅忍、頑強．

773

（2029）　【挽】　　　wǎn（ㄨㄢˇ）

Ⓐ文言音：(buan²)

（例）　①挽回(～hue⁵)；扭轉已經不利的情勢．

②挽救(～kiu³)；事將失敗，力圖補救．

③挽留(～liu⁵)；使表示要離去的人留下來．

Ⓑ白話音：(ban²)

（例）　①挽面(～bin⁷)；婦女用線拔臉上的幼毛．

②挽花(～hue¹)；摘花．　③挽着筋(～tiəh kin¹)；扭了筋﹒

④挽草(～ts'au²)；拔草．　⑤挽嘴齒(～ts'ui³k'i²)；拔牙齒．

（2030）　【掀】　　　xiān（ㄒㄧㄢ）

"掀"字的詞義爲揭起、翻開，讀音祇有一種：(hian¹)。

（例）　①掀起來(～k'ilai)；揭起來．

②掀開(～k'ui¹)；翻開(書本)，或揭開(蓋兒)．

③掀鼎仔蓋(～tiaⁿ²a²kua³)；揭開鍋蓋兒．

④掀來掀去(～lai⁵～ki³)；(翻書等)翻來翻去．

（2031）　【茫】　　　máng（ㄇㄤ）

"茫"字文言音爲：(bong⁵)，白話音讀：(bang⁵)，通用文言音。

（例）　①茫茫渺渺(～〃biau²〃)；看不清楚，不着邊際．

②茫無頭緒(～bu⁵t'au⁵su⁷)；摸不着邊兒．

③茫然失措(～jian⁵／lian⁵ sit⁴ts'o³)；完全不知怎麼辦．

（2032）　【盲】　　　máng（ㄇㄤ）

Ⓐ文言音：(beng⁵／bing⁵)～(bong⁵)，後者較通用。

（例）　①盲目(bong⁵bok⁸)；缺乏視力的眼睛．

②盲人(～jin⁵／lin⁵)；看不見東西的人．

③盲腸(～tng⁵). ④盲動(～tong⁷)；"輕舉盲動"
(k'in¹ki²／ku²～)；没經考慮就採取行動.

⑤盲從(～tsiong⁵)；不問明是非隨便附和別人.

⑥色盲(sek⁴／sik⁴～)；不能分辨顏色的眼睛.

B 白話音：(me⁵／mi⁵)；(例) 青盲(ts'eⁿ¹～)；瞎子.

（ 2033 ） 【闡】 chǎn（ㄔㄢˇ）

"闡"字祇有一種讀音：(ts'ian²)，意爲講明白。

(例) ①闡明(～beng⁵／bing⁵)；(把深奧的道理)講明白.

②闡揚(～iong⁵)；說明并宣傳. ③闡釋(～sek⁴)；說明并解釋.

④闡述(～sut⁴)；論述深奧的問題.

（ 2034 ） 【慧】 huì（ㄏㄨㄟˋ）

"慧"字的讀音爲：(hui⁷)～(hue⁷)

A [hui⁷]： ①慧眼(～gan²)；指敏鋭的眼力；"慧眼識英雄"(～
sek⁴eng¹hiong⁵). ②慧心(～sim¹)；領悟眞理的心.

③智慧(ti³～). ④聰慧(ts'ong¹～)；聰明.

B [hue⁷]：賢慧(hian⁵～)；賢淑聰明.

（ 2035 ） 【飢／饑】 jī（ㄐㄧ）

"飢"字祇有一種讀音：(ki¹)

(例) ①飢餓(～gə⁷)；口語"腹肚枵"(pak⁴to²iau¹).

②飢寒交迫(～han⁵kau¹pek⁴)；又餓又冷，生活極度貧困.

③飢荒(～hng¹)；農作物收成不好.

④飢饉(～kin³)；飢荒. "面有飢色"(bin⁷iu²～sek⁴).

⑤飢不擇食(～put⁴tek⁸sit⁸)；肚子餓時不選擇食物.

⑥枵飢失頓(iau¹～sit⁴tng³)；三餐不飽.

（2036）　【佩】　　　pèi（ㄆㄟˋ）

A 文言音：(pue⁷)

　　（例）　①佩服(～hok⁸)；心誠悅服.

　　②佩帶(～tai³)；掛在身上. ③欽佩(k'im¹～)；心內敬服.

B 白話音：(pe⁷)～(p'ue⁷)；（例）佩劍(pe⁷kiam³)；身上帶劍.

C 訓讀音：(p'uah⁸)；（例）佩肩頭(～keng¹t'au⁵)；披掛在肩膀.

（2037）　【頒】　　　bān（ㄅㄢ）

"頒"字祇有一種讀音：(pan¹)，意爲發下來。

　　（例）　①頒行(～heng⁵／hing⁵)；頒布施行.

　　②頒發(～huat⁴)；發布、授與. ③頒布(～po³)；政府公布政令.

（2038）　【篡】　　　cuàn（ㄘㄨㄢˋ）

"篡"字的讀音爲：(ts'uan³)，詞義爲奪取(多指權位)。

　　（例）　①篡改(～kai²)；用僞作的手段改變經典或理論等.

　　②篡權(～kuan⁵)；奪權. ③篡奪(～tuat⁸).

　　④篡位(～ui⁷／wi⁷)；臣下篡取君主的地位.

（2039）　【嘉】　　　jiā（ㄐㄧㄚ）

"嘉"字詞義爲美好，讀音祇有一種：(ka¹)。

　　（例）　①嘉勉(～bian²)；嘉獎和勉勵.

　　②嘉言懿行(～gian⁵yi³heng⁵／hing⁵)；有教育意義的好的言行.

　　③嘉許(～hi²／hu²)；贊許、誇獎某種行爲.

　　④嘉禮(～le²)；指結婚等慶賀的禮儀，又木偶戲，多在喜慶迎

　　賓會場上先行演出而得名，又叫嘉禮戲.

　　⑤嘉獎(～tsiong²)；對好的行爲予以獎勵.

　　⑥嘉義(～gi⁷)；台灣南部的都市，北回歸線通過的地名.

⑦精神可嘉(tseng¹／tsing¹sin⁵k'ə²～)；精神值得誇獎.

（2040）　【豎】　　　　shù（ㄕㄨ）

"豎"字的讀音爲文言音：(su⁷)，意爲跟地面垂直，口語説："徛"
(k'ia⁷)。

　　(例)①豎旗(～ki⁵)；將旗子樹立起來，口語"徛旗"(k'ia⁷ki⁵).
　　　②豎立(～lip⁸)；直立，口語"徛直"(k'ia⁷tit⁸).

（2041）　【孝】　　　　xiào（ㄒㄧㄠ）

Ⓐ文言音：(hau³)

　　(例)　①孝敬(～keng³／king³)；把東西獻給尊長，表示敬意，
　　又敬祭鬼神.　　　　　　②孝男(～lam⁵)；孝子，又"孝男
　　面"(～bin⁷)；愁眉苦臉的樣子，"愛哭面"(ai³k'au³bin⁷).
　　③孝孤魂(～ko¹hun⁵)；上供孤魂，而有"孝孤"，意爲"吃"(憎
　　厭貶義).　　　　　　　④孝順(～sun⁷)；孝敬順從.
　　⑤盡孝(tsin⁷～)；盡孝道.　⑥孝飽(～pa²)；吃飽.

Ⓑ白話音：(ha³)

　　(例)　①孝衣(～i¹)；"孝衫"(～saⁿ¹)，又説"麻衫"(mua⁵saⁿ¹).
　　②帶孝(tua³～)；又作"戴孝"；穿戴喪章孝服.
　　③守孝(tsiu²～)；即"守喪"(～sng¹).

（2042）　【綉／繡】　　　xiù（ㄒㄧㄡ）

"綉"字祇有一種讀法：(siu³)；意爲用彩色線在布面上做圖樣。

　　(例)　①綉花(～hue¹)；綉圖樣，綉花的圖樣.
　　②綉球(～kiu⁵)；用綢子結成的球形東西.
　　③綉房(～pang⁵)；年青女子的住房，寢室.
　　④綉像(～siong⁷)；綉成的人像.

・777・

⑤錦綉(kim²〜)；精美的糸織品和刺綉，喻美好，"錦綉河山"(〜hə⁵san¹)，"錦綉前程"(〜tsian⁵t'eng⁵／t'ing⁵)．

（2043）　【遙】　　yáo（ㄧㄠ）

"遙"字的讀音爲：(iau⁵／yau⁵)；意爲距離遠。
　　(例)　①遙遙(〜〃)；形容距離很遠，"遙遙相對"(〜siong¹tui³)，"遙遙無期"(〜bu⁵ki⁵)．②遙控(〜k'ong³)；在遠隔處做操縱．
　　③遙遠(〜uan²／wan²)；"路途遙遠"(lo⁷to⁵〜)．

（2044）　【妖】　　yāo（ㄧㄠ）

"妖"字的詞義爲邪惡不正，讀音爲：(iau¹／yau¹)。
　　(例)　①妖言惑衆(〜gian⁵hek⁸／hik⁸tsiong³)；迷惑人們的邪説．
　　②妖孽(〜giat⁸)；怪異不祥的事物，喻壞人．
　　③妖冶(〜ia²)；美麗而粗野．④妖艷(〜iam⁷)；艷麗而輕佻．
　　⑤妖嬈(〜jiau⁵)；嬌艷美好．⑥妖精(〜tsiaⁿ)；怪異的精靈．
　　⑦妖怪(〜kuai³)；"妖魔鬼怪"(〜mo⁵kui²kuai³)；喻惡勢力．
　　⑧妖道(〜tə⁷)；能施妖術的道士．⑨妖嬌(〜kiau¹)；美麗可愛．

（2045）　【夭】　　yāo（ㄧㄠ）

"夭"字的讀音祇有一種：(iau¹／yau¹)。
　　(例)　①夭壽(〜siu⁷)；短命，早死，"夭壽短命"(〜te²mia⁷)，又
　　"足夭壽"(tsiok⁴〜)；喻傷天害理，做得太過份的意思．
　　②桃之夭夭(t'ə⁵tsi¹〜〃)；桃花初開美麗盛艷，喻女子婚姻適齡
　　期．③夭折(〜tsiat⁴)；亦説"夭逝"，早死，一般指未滿40歲．

（2046）　【愁】　　chóu（ㄔㄡ）

"愁"字的讀音祇有一種：(ts'iu⁵)；心不清，憂慮的意思。

(例) ①愁眉不展(～bi⁵put⁴tian²)；發愁時，眉頭皺着．

②愁悶(～bun⁷)；憂悶，憂愁苦悶．

③愁容(～iong⁵)；發愁時的面容．④愁苦(～ko²)；憂慮苦惱．

⑤愁思(～su¹)；憂愁煩惱．⑥憂愁(iu¹／yiu¹～)．

（2047）【昭】　　zhāo（ㄓㄠ）

"昭"的詞義爲；使明朗，讀音爲：(tsiau¹)。

(例) ①昭然(～jian⁵／lian⁵)；明朗的樣子．

②昭示(～si⁷)；明顯地表示．③昭雪(～suat⁴)；洗清冤枉．

④罪惡昭彰(tsue⁷ok⁴～tsiong¹)；所犯罪惡顯著．

（2048）【酬】　　chóu（ㄔㄡ）

"酬"字的讀音只有一種；(siu⁵)，詞義是報答。

(例) ①酬勞(～lə⁵)；給出力的人報酬．

②酬謝(～sia⁷)；報答謝意．③酬答(～tap⁴)；報答．

④酬酢(～tsok⁸)；賓主互相敬酒．

⑤應酬(eng³／ing³～)；交際往來，口語有"交陪"(kau¹pue⁵)．

⑥報酬(pə³～)；"不在乎報酬"(put⁴tsai⁷ho⁷～)．

（2049）【莽】　　mǎng（ㄇㄤ）

"莽"字的讀音：(bong²)，意爲密生的草、粗魯。

(例)①莽莽(～〃)；草茂盛．②莽原(～guan⁵)；草木茂盛的原野．

③莽漢(～han³)；粗魯冒失的男子．

④莽撞(～tong⁷)；魯莽冒失．⑤魯莽(lo⁵～)；冒失．

⑥草莽(ts'ə²～)；草木密生的原野．

（2050）【披】　　pī（ㄆㄧ）

"披"字的讀音為：$(p'i^1)$，詞義為攤開鋪平。

    （例） ①披紅$(\sim ang^5)$；披掛紅綢(布)、表示喜慶或光榮.

    ②披甲$(\sim kah^4)$；穿上戰甲. ③披肩$(\sim kian^1)$；披在肩上的服

    飾.   ④披露$(\sim lo^7)$；表露、公表.

    ⑤披衫仔褲$(\sim sa^{n1}a^2k'o^3)$；披晒衣服.

（2051）【賬】   zhàng （ㄓㄤ）

按"賬"字文言音讀：$(tiong^3)$，白話音為：$(tiu^{n3}／tio^{n3})$，訓讀音為

：$(siau^3)$，就中以訓讀音較通用，但另作"數"字。

    （例） ①賬／數目$(siau^3bak^8)$. ②賬簿$(\sim p'o^7)$.

    ③賬單$(\sim tua^{n1})$.   ④算賬$(sng^3\sim)$.

（2052）【慎】   shèn （ㄕㄣ）

"慎"字的讀音為：(sin^7)，詞義為；小心。

    （例） ①慎重$(\sim tiong^7)$；小心. ②謹慎$(kin^2\sim)$.

（2053）【餐】   cān （ㄘㄢ）

"餐"字的讀音為文言音：$(ts'an^1)$，飲食之意。

    （例） ①餐巾$(\sim kin^1／kun^1)$；吃西餐時擺在膝上的布巾.

    ②餐具$(\sim k'u^7)$.   ③餐廳$(\sim t'ia^{n1})$.

    ④餐車$(\sim ts'ia^1)$.   ⑤西餐$(se^1\sim)$.

（2054）【誓】   shì（ㄕ）

"誓"字的詞義是表示下最大決心絕對要實行自己所說的話，讀音有

文言音：(se^3)和白話音：$(tsua^7)$。白話音的用例較少，如"咒誓"

$(tsiu^3tsua^7)$；發誓，以下為文言音的例。

    （例） ①誓願$(\sim guan^7)$. ②誓約$(\sim iok^4)$；發誓遵守的條款.

③誓死(～si²)；發誓至死不變. ④誓詞(～su⁵)；誓言，發誓的言詞.
⑤發誓(huat⁴～)；表明誓願. ⑥立誓(lip⁸～)；立下誓言.

（2055） 【惟】　　wéi（ㄨㄟˊ）

"惟"字的詞義是；單單、只是，讀音有文言音：(ui⁵／wi⁵)和白話音
：(bi⁵)，通用的是文言音。

（例）　①惟命是從(～beng⁷／bing⁷si⁷tsiong⁵)；即絕對服從.
②惟我獨尊(～go^{n2}tok⁸tsun¹)；認爲自己最了不起.
③惟恐(～k'iong²)；只怕，口語説"恐驚"(k'iong²kia^{n1}).
④惟一無二(～it⁴／yit⁴bu⁵ji⁷／li⁷)；獨一無二.
⑤惟有(～iu²／yiu²)；只有. ⑥惟利是圖(～li⁷si⁷to⁵)；只一昧
貪圖財利，口語"錢錢叫" (tsi^{n5}〃kiə³).
⑦惟獨(～tok⁸)；單單，"獨獨"(tok⁸〃).

（2056）　【畏】　　wèi（ㄨㄟˋ）

"畏"字的讀音爲：(ui³／wi³)，詞義爲畏懼，又厭惡。

（例）　①畏風(～hong¹)；討厭刮風.
②畏友(～iu²)；敬畏的朋友. ③畏寒(～kua^{n5})；怕冷，又有點
兒感到冷，"畏寒畏寒"(～〃). ④畏怯(～k'iap⁴)；膽小害怕.
⑤畏懼(～k'u⁷)；害怕.　　⑥畏難(～lan⁵)；怕困難.
⑦畏首畏尾(～siu²～bue²)；怕這怕那，口語"驚東驚西" (kia^{n1}
tang¹kia^{n1}sai¹). 逐項驚；每樣怕. ⑧畏縮(～sok⁴)；因害怕而
不敢向前.　　　⑨畏食肉(～tsiah⁸bah⁴)；討厭吃肉.
⑩畏罪(～tsue⁷)；犯了罪而怕受制裁.

（2057）　【叉】　　chā（ㄔㄚ）

"叉"字的讀音有文言音：(ts'a¹)和白話音：(ts'e¹)，後者較通用。

(例)　①分叉(hun^1〜)；分開成叉形.

②交叉(kau^1〜)；交錯分歧. ③開叉(k'ui^1〜)；張開成叉形.

④拍叉(p'ah^4〜)；打叉.

（2058）　【彌】　　　mí（ㄇㄧˊ）

"彌"字的讀音有：(mi^5)和(bi^5)，如"彌勒佛"(Bi^{5}lek^{8}hut^8)，一般多通用(mi^5)。

(例)　①彌漫(〜ban^7)；充滿(煙、霧、水等).

②彌留(〜liu^5)；病重臨死. ③彌補(〜po^2)；補足.

④彌撒(〜sat^4)；天主教的一種儀式.

（2059）　【臭】　　　chòu（ㄔㄡˋ）

"臭"字文言音讀：(ts'iu^3)，但用例少，通用的是白話音：(ts'au^3)。

(例)　①臭味(〜bi^7).　　　　②臭羶／膻(〜hian^3)；狐／胡臭
，如"羊肉有臭羶味"(iu^{n5}bah^{4}u^7〜bi^7)；羊肉有羶味.

③臭香的蕃薯(〜hiu^{n1}／hio^{n1}e^{5}han^{1}tsi^5／tsu^5)；染黑斑病的地
瓜，斑點部分有苦味.　　　④臭火燻(〜hue^{2}hun^1)；燒焦的氣
味，又"臭火ta$^{1''}$"(乾、焦)，"臭火lo$^{1''}$".

⑤臭尿破(〜jiə^7／liə^{7}p'ua^3)；尿的臭味.

⑥臭ka^{n7}ka^{n7}，臭ko^{n7}ko^{n7}，臭kia^{5}kia^5(奇)；均形容臭味嚴重的
情形.　　　　⑦臭汗酸(〜kua^{n7}sng^1)；汗臭.

⑧臭腳siəh^8(臍)；腳穿鞋久不洗所發的臭味，又叫"臭臍味"
(〜siəh^{8}bi^7).　　　　　⑨臭柿仔(〜k'i^{7}a^2)；腐爛的柿子.

⑩臭人(〜lang^5);不受歡迎的人. ⑪臭老(〜lau^7);過份的老相.

⑫臭罵(〜me^7)；狠狠地罵. ⑬臭名(〜mia^5)；名聲敗壞.

⑭臭奶呆／獃(〜ni^{1}tai^1)；説話稚氣、短舌根.

⑮臭殕(〜p'u^2)；腐爛發霉. ⑯臭酸(〜sng^1)；變質發酸味.

⑰臭豆腐(〜tau⁷hu⁷)． ⑱臭彈(〜tua^{n7})；吹牛皮．

⑲臭頭(〜t'au⁵)；頭上長疤瘡，禿頭，"臭頭仔"指蔣介石．

⑳臭賤(〜tsian⁷)；庸俗低賤． ㉑臭臊(〜tsʼə¹)；魚腥味．

㉒臭濁／俗(〜tsok⁸)；裝飾過份繁雜俗氣．

㉓面臭ko^{n7}ko^{n7}(bin⁷〜ko^{n7}〃)；生氣而不説話時嚴肅的面容．

（2060） 【醜】 chǒu（ㄔㄡ）

"醜"字的讀音爲：(tsʼiu²)，一般多讀：(tʼiu²)，意爲樣子不好看．

　　(例)　①醜化(〜hua³)；使變成醜陋．

　　②醜陋(〜lo⁷)；難看． ③醜惡(〜ok⁴)；難看又惡劣．

　　④醜態(〜tʼai⁷)；難看的樣子．

（2061） 【丑】 chǒu（ㄔㄡ）

"丑"字的讀音爲：(tʼiu²)；干支中的第2地支，戲曲的角色．

　　(例)　①丑角(〜kak⁴)． ②丑時(〜si⁵)；夜間1〜3點鐘．

　　③小丑(siə²〜)；滑稽的腳色．

（2062） 【劫】 jié（ㄐㄧㄝ）

"劫"字祇有一種讀法：(kiap⁴)．

　　(例)　①劫獄(〜gak⁸)；把獄中被監禁的人搶出來．

　　②劫銀行(〜gin⁵hang⁵)；搶銀行．

　　③劫掠(〜liok⁸)；搶劫掠奪． ④劫數(〜so³)；災難．

　　⑤劫持(〜tsʼi⁵)；要挾． ⑥搶劫(tsʼiu^{n2}／tsʼio^{n2}〜)．

（2063） 【拓】 tuò（ㄊㄨㄛ）

Ａ 文言音：(tʼok⁴)

　　(例)　①拓荒(〜hng⁷)；開闢荒地．

②開拓(k'ai¹～)；開墾、擴充. ③齒拓(k'i²～)；牙籤.

B 白話音：(t'uh⁴)

(例) ①拓仔(～a²)；鏟、刮東西的器具.

②拓嘴齒(～tsui³k'i²)；刮齒垢.

（2064） 【喉】　hóu（ㄏㄡ）

"喉"字文言音讀：(ho⁵)，語例少，通用音爲：(au⁵)。

(例) ①喉結(～kiat⁴)；結喉，口語説"頷管珠"(am⁷kun²tsu¹).

②喉頭(～t'au⁵)；即喉. ③喉舌(～tsih⁸)；口舌，"爲民喉舌"

(ui⁵bin⁵～)；替人民説話，做人民的口舌.

④咽喉(ian¹～)；咽頭和喉頭，口語"嚨喉"(na⁵au⁵).

⑤割喉(kuah⁴～)；喉部被割而痛哭，喻痛哭.

⑥大嚨喉空／孔(tua⁷na⁵～k'ang¹)；嗓子大，説話聲音大.

（2065）　【巾】　jīn（ㄐㄧㄣ）

"巾"字的讀音爲：(kin¹)一種，詞義爲擦東西或包裹東西的布塊。

(例) ①巾幗英雄(～kok⁴eng¹／ing¹hiong⁵)；婦女英雄.

②面巾(bin⁷～)；洗臉用毛巾，又叫"面布"(～po³).

③包袱巾(pau¹hok⁸～). ④手巾(ts'iu²～).

⑤床巾(ts'ng⁵～)；床單. ⑥圍巾(ui⁵／wi⁵～)；圍繞頸部防寒.

⑦頭巾(t'au⁵～)；包裹頭部的紡織物.

（2066）　【墾】　kěn（ㄎㄣ）

"墾"字祇有一種讀音：(k'un²)，詞義爲翻土。

(例) ①墾荒(～hong¹)；開墾荒地.

②懇殖(～sit⁸)；墾荒生產. ③墾種(～tseng³)；開墾種植.

④開墾(k'ai¹～)；開發荒地.

（2067） 【懇】　　　kěn（ㄎㄣ）

"懇"字的讀音為：(k'un²)，詞義為；真誠、請求。

　　（例）　①懇求(～kiu⁵)；誠懇地要求.

　　②懇請(～ts'eng²／ts'ing²)；誠懇切地請求.

　　③懇切(～ts'iat⁴)；誠懇殷切. ④誠懇(seng⁵～).

（2068） 【拼】　　　pīn（ㄆㄧㄣ）

Ⓐ文言音：(p'eng³／p'ing³)和(peng³／ping³)，前者較通用。

　　（例）　①拼音(～im¹／yim¹)；將各種子音母音連合起來念.

　　②拼音文字(～im¹bun⁵ji⁷)；用符號或字母來表示語音的文字.

　　③拼盤(～pua^{n5})；幾種冷葷的湊合，又讀音為：(pia^{n3}pua^{n5})

　　時，意為拼生意(殺價). 　④拼寫(～sia²)；用拼音字寫東西.

　　⑤拼湊(～ts'o³)；把零星的合在一起.

Ⓑ白話音：(pia^{n3})

　　（例）　①拼命(～mia⁷)；盡最大力量地幹，又"賣命"(be⁷mia⁷).

　　②拼博(～pəh⁴)；豁出去試試看.

　　③拼生拼死(～se^{n1}／si^{n1}～si²)；拼命幹、不顧危險地幹.

　　④拼性命(～se^{n3}／si^{n3}mia⁷)；即拼生死(～se^{n1}si²)；拼命.

　　⑤拼輸贏(～su¹ia^{n5})；全力較量高下.

　　⑥愛拼即會贏(ai³～tsiah⁸e⁷ia^{n5})；要拼命才會成功(勝利).

　　⑦拍拼(p'ah⁴～)；努力幹，有寫成"打拼"是不妥的.

（2069） 【爽】　　　shuǎng（ㄕㄨㄤ）

Ⓐ文言音：(song²)

　　（例）　①爽約(～iok⁴／yok⁴)；失約.

　　②爽氣(～k'i³)；爽快. ③爽快(～k'uai³)；心情好、舒服.

　　④爽朗(～long²)；清爽暢快，口語有"青彩"(ts'eng¹ts'ai²).

⑤爽直(～tit⁸)；直爽，性直而爽快．

⑥鞭鞦坐着足身爽(ts'ian¹ts'iu¹tse⁷tiəhtsiok⁴sin¹～)；打鞦韆很舒適，"坐轎身爽"(tse⁷kiə⁷～)；坐轎子舒服．

B 白話音：(sng²)

(例)　①爽歹去(～p'aiⁿ²k'i)；搞壞了，"歹去"即壞掉．

②爽蕩(～tng⁷)；浪費，蹧踏．

（2070）　【竊】　　qiē（ㄑㄧㄝ）

"竊"字的俗讀音爲：(ts'iap⁴)，詞例如"竊謂"(～ui⁷)；謙稱"自己說"，亦讀(tsiat⁴ui⁷)。一般均通用文言音：(ts'iat⁴)。

(例)　①竊案(～an³)；偷竊的案件．

②竊國(～kok⁴)；篡奪國家的權柄．

③竊據(～ku³)；非法佔據土地．④竊盜(～tə⁷)；盜、賊，偷也．

⑤竊取(～ts'u²)；偷竊．　⑥慣竊(kuan³～)；經常做賊．

（2071）　【崩】　　bēng（ㄅㄥ）

A 文言音：(peng¹／ping¹)～(p'eng¹／p'ing¹)，兩音互相通用．

(例)　①崩潰(～hue⁷)；敗壞，瓦解．

②崩裂(～liat⁸)；猛然分裂．③崩塌(～t'ap⁴)；崩壞倒塌．

④土崩瓦解(t'o²～ua⁷kai²)；崩潰分解．

B 白話音：(pang¹)

(例)　①崩陷(～ham⁷)；即崩塌．②崩落(～ləh⁸)；崩裂下陷．

③崩敗(～pai⁷)；崩潰．　④山崩地裂(suaⁿ¹～te⁷lih⁸)．

（2072）　【剖】　　pōu（ㄆㄡ）

"剖"字的詞義爲：破開，讀音爲：(p'o³)．

(例)　①剖面(～bin⁷)；截面，斷面．

②剖白(～pek⁸)；分辯表白. ③剖析(～sek⁴／sik⁴)；分析.

④解剖(kai²～)；用特製的刀將人體或動物體剖開進行研究.

（2073） 【霜】　　shuāng（ㄕㄨㄤ）

"霜"字文言音爲：(song¹)，白話音爲：(sng¹)，後者常用。

（例）　①霜降(～kang³)；24節氣之一，在10月23日或24日.

②凍霜(tang³～)；被霜所凍，又喻吝嗇.

（2074）　【抄】　　chāo（ㄔㄠ）

A 文言音：(ts'au¹)；照原文寫

（例）　①抄後路(～au⁷lo⁷)；從側面繞到對方的後面.

②抄家滅族(～ke¹biat⁸tsok⁸)；查抄家產殺害家屬.

③抄近路(～kin⁷lo⁷)；走近便的路. ④抄寫(～sia²).

⑤抄襲(～sip⁸)；抄取他人的作品或文句當自己的.

B 白話音：(ts'iau¹)；攪拌、翻動。

（例）　①抄麵粉(～mi⁷hun²)；攪拌麵粉.

②抄砂(～sua¹)；攪拌砂. ③烏白抄(o¹peh⁸～)；亂翻動、亂攪動.

（2075）　【猜】　　cāi（ㄘㄞ）

"猜"字的讀音祇有一種：(ts'ai¹)，意爲推測。

（例）　①猜謎(～be⁵).　　②猜疑(～gi⁵)；起疑心.

③猜忌(～ki³)；疑惑他人而懷不滿.

④猜拳(～kun⁵)；划拳，口語説"喝拳"(huah⁴～).

⑤猜想(～siong²)；猜測. ⑥猜測(～ts'ek⁴／ts'ik⁴)；推測，料想.

⑦燈猜(teng¹／ting¹～)；燈謎.

（2076）　【鋸】　　jù（ㄐㄩ）

"鋸"字的讀音祇有一種：(ku³)

　　(例)　①鋸仔(～a²)；鋸子. ②鋸枋仔(～pang¹a²)；鋸木板.

　　③鋸柴(～ts'a⁵)；鋸木柴. ④鋸樹仔(～ts'iu⁷a²)；鋸樹木.

（2077）　【綿】　　　mián（ㄇㄧㄢˊ）

Ⓐ文言音：(bian⁵)；連續不斷的意思

　　(例)　①綿密(～bit⁸)；細密周到. ②綿綿(～〃)；連續不斷的樣子.

　　③綿延(～ian⁵)；延續不斷. ④綿亙(～keng³)；指山脈接連不斷.

　　⑤綿薄(～pok⁸)；謙稱自己能力薄弱.

Ⓑ白話音：(mi⁵)，柔軟的意思

　　(例)　①綿仔紙(～a²tsua²)；柔軟的紙.

　　②綿羊(～iuⁿ⁵／ioⁿ⁵)；性溫順，毛供製毛織品，喻溫馴.

　　③綿落去(～loh⁸k'i)；沈迷下去，"一直綿落去"(it⁴tit⁸～)；不
斷地入迷.　④睏甲綿綿綿(k'un³kah⁴～〃〃)；睡得非常酣.

（2078）　【紐】　　　niǔ（ㄋㄧㄡˇ）

"紐"字祇有一種讀音：(liu²／niu²)，詞義爲布質的紐扣，聯結物。

　　(例)　①紐仔(～a²)；布質紐扣. ②紐仔眼(～a²geng²)；小的龍眼.

　　③衫仔紐(saⁿ¹a²～)；衣上的紐扣. ④屜紐(t'uah⁴～)；抽屜的拉扣.

　　⑤紐毋著紐(～m⁷tiəh⁴～)；扣錯了紐扣.

（2079）　【梳】　　　shū（ㄕㄨ）

"梳"字的文言音：(so¹)，詞例少，一般通用白話音：(se¹／sue¹)。

　　(例)　①梳洗(～se²)，又音(so¹se²)；梳頭洗臉.

　　②梳頭(～t'au⁵)；又"梳頭鬃"(～tsang¹)；梳理頭髮.

　　③梳妝打扮(～tsng¹taⁿ²pan⁷)；梳洗化粧打扮.

　　④柴梳(ts'a⁵～)；木梳子.

（2080）　【獸】　　　shòu（ㄕㄡˋ）

"獸"字的讀音爲：(siu³)，爲哺乳動物的通稱，喻野蠻，非人。

　　(例)　①獸行(～heng⁵／hing⁵)；野蠻殘忍的行爲．

　　②獸欲(～iok⁸)；野蠻的性欲．③獸王(～ong⁵)；指獅子．

　　④獸性(～seng⁵／sing⁵)；野蠻殘忍的性情．

　　⑤禽獸(kim⁵～)；指人以外的動物，喻沒人性(非人)．

（2081）　【籲】　　　yù（ㄩˋ）

"籲"字的讀音爲:(u⁷／wu⁷)和(iok⁴／yok⁴)，前者較通用。

　　(例)　①籲求(～kiu⁵);呼喊要求．②籲請(～ts'eng²);呼喊請求．

　　③呼籲(ho¹～)；向公衆申述要求支持．

（2082）　【吁】　　　xū（ㄒㄩ）

按"籲"字常被簡寫爲"吁"，惟"吁"字官話讀(su)，台語讀(hu¹)；爲 象
聲詞，如"長吁短嘆"(tiong⁵～tuan²t'an³)，"氣喘吁吁"(k'i³ts'uan²〃〃)．

（2083）　【錘／鎚】　　　chuí（ㄔㄨㄟˊ）

"錘"字的讀音爲：(t'ui⁵)，爲圓形金屬物。

　　(例)　①錘仔(～a²)；鎚子．②錘練(～lian⁷)；鍛練．

　　③鐵錘(t'ih⁴～)．④秤錘(ts'in³～)；秤子的砝碼，又叫稱鉈．

（2084）　【椅】　　　yǐ（ㄧˇ）

"椅"字的讀音祇有一種：(i²／yi²)。

　　(例)　①椅仔(～a²)；椅子．②椅轎(～kiə⁷)；母子椅、轎椅子．

　　③椅條(～tiau⁵／liau⁵)；長條椅子．

　　④坐金交椅(tse⁷kim¹kau¹～)；喻處在高貴的好地位．

　　⑤挷椅(p'ong³～)；有彈性的椅子(沙發)．

（2085） 【倚】　　yǐ（ㄧ）

Ⓐ 文言音：(i² ／yi²)

（例）　①倚賴(～nai⁷)；依賴，依靠，口語"所靠"(so²k'ə³).

②倚仗(～tiong⁷)；依靠他人勢力，口語説"靠勢"(k'ə³se³).

③倚重(～tiong⁷)；看重而信賴. ④倚倚(～ua²)；依賴，依靠.

Ⓑ 白話音：(ua² ／wa²)

（例）　①倚近(～kin⁷)；靠近. ②倚來(～lai)；靠過來.

③倚汝的名(～li²e⁵mia⁵)；憑借你的名義.

④倚年(～ni⁵)；靠近年終. ⑤行卡倚咧(kiaⁿ⁵k'ah⁴～le)；走近一點.

⑥圍倚去(ui⁵／wi⁵～k'i)；圍攏過去.

（2086） 【遮】　　zhē（ㄓㄜ）

Ⓐ 文言音：(tsia¹)

（例）　①遮掩(～iam⁷)；遮蔽. ②遮蓋(～kai³)；掩蓋.

③遮蔽(～pe³)；掩蔽.　　④遮擋(～tong³)；遮蔽住.

Ⓑ 白話音：(jia¹／lia¹)

（例）　①遮雨(～ho⁷)；口語説"閘雨"(tsah⁸ho⁷).

②遮風(～hong¹)；擋風. ③遮日頭(～jit⁸t'au⁵)；遮擋太陽.

按"遮"字有被訓讀作"這裡"(tsia¹)，如"遮有人"(～u⁷lang⁵)；這裡有
人. 惟"遮"讀(tsia⁵)是"這"的複數，即"這些"，如"遮攏共5本" (tsia⁵
long²kiong⁷go⁷pun²)；這些總共5本。

（2087） 【厭】　　yàn（ㄧㄢ）

按"厭"字廈門音讀：(iam³／yam³)，台灣多讀；(ia³／ya³)或(iaⁿ³
／yaⁿ³)，這裡採用(ia³／ya³)，詞義爲不喜歡。

（例）　①厭煩(～huan⁵)；嫌麻煩而討厭.

②厭棄(～k'i³).　　　　③厭惡(～ok⁴)；憎惡.

④厭世($\sim$se³)；厭棄人生．⑤討厭(t'ə²$\sim$)；憎厭．

（2088）　【誇】　　kuā（ㄎㄨㄚ）

"誇"字的讀法祇有一種：(k'ua¹)

　　(例)　①誇耀($\sim$iau⁷／yau⁷)；顯示自己，口語有"展"(tian²)，
　　"品捧"(p'in²p'ong²)．"展有錢"($\sim$u⁷tsi^n5)；誇耀有錢．
　　②誇口($\sim$k'au²)；説大話，口語説"胖風"(p'ong³hong¹)．
　　③誇大($\sim$tai⁷／tua⁷)；口語説"誇"(pong³)．
　　④誇張($\sim$tiong¹)；過甚其詞，口語"泛"(ham³)．
　　⑤誇獎($\sim$tsiong²)；稱贊，口語"阿咾"(ə¹lə²)．

（2089）　【捧】　　pěng（ㄆㄥ）

按"捧"字的文言音有：(hong²)和(hong⁵)，詞例少，通用白話音．

Ａ [p'ong²]：
　　①捧土豆($\sim$t'o⁵tau⁷)；兩手掌合攏托着花生．
　　②品捧(p'in²$\sim$)；誇耀，義與"展"(tian²)同．
　　③一大捧(tsit⁸tua⁷$\sim$)；雙手合攏托着滿滿．

Ｂ [p'ang⁵]：
　　①捧茶($\sim$te⁵)；端茶．　　②捧場($\sim$tiu^n5)；贊助別人的活動．
　　③捧菜($\sim$ts'ai³)；端菜．　④捧碗($\sim$ua^n2／wa^n2)；端碗．

（2090）　【閩】　　mǐn（ㄇㄧㄣ）

"閩"字文言音爲：(Bin⁵)，白話音爲：(Ban⁵)，兩音互爲通用，爲
福建的略稱．

　　(例)　①閩江($\sim$kang¹)；福建的最大河流．
　　②閩南($\sim$lam⁵)；福建的南部，"閩南人"($\sim$lang⁵)．
　　③閩北($\sim$pak⁴)．　　　　④閩東($\sim$tong¹)．

（2091）　【饒】　　　ráo（ㄖㄠ）

"饒"字的讀音爲：(jiau⁵／liau⁵)，詞義爲；豐富，寬容。

　　（例）　①饒命(～beng⁷／bing⁷)；免予處死.

　　②饒舌(～siat⁸)；多嘴，口語"厚話"(kau⁷ue⁷).

　　③饒恕(～su³)；免予責罰，原諒.

　　④豐饒(hong¹～)；豐富.　⑤富饒(hu³～)；富裕.

（2092）　【鑿】　　　záo（ㄗㄠ）

"鑿"字文言音讀：(ts'ok⁸)，通用的是白話音：(ts'ak⁸)。

　　（例）　①鑿仔(～a²)；鑿子；打洞、挖掘的器具.

　　②鑿空(～k'ang¹)；打洞.　③鑿井(～tseⁿ²／tsiⁿ²)；打井.

（2093）　【肝】　　　gān（ㄍㄢ）

"肝"字有文言音：(kan¹)和白話音：(kuaⁿ¹)，後者較通用。

　　（例）　①肝癌(～gam⁵)；生在肝臟的惡性腫瘤.

　　②肝火(～hue²)；又音(kan¹hue²)；怒氣，急躁的情緒.

　　③肝膽(～taⁿ²)；又音(kan¹tam²).　④肝臟(～tsong⁷).

（2094）　【恥】　　　chǐ（ㄔ）

"恥"字祇有一種讀音：(t'i²)，意爲羞愧。

　　（例）　①恥骨(～kut⁴)；口語説"骱邊骨"(kai³piⁿ¹kut⁴).

　　②恥辱(～jiok⁸／liok⁸)；可恥的事,口語"見笑代"(kian³siau³tai⁷).

　　③恥笑(～ts'iə³)；鄙視和嘲笑，"受人恥笑"(siu⁷lang⁵～).

　　④無恥(bu⁵～)；不知羞愧，口語説"嬒見笑"(be⁷kian³siau³).

（2095）　【濫】　　　làn（ㄌㄢ）

"濫"字祇有一種讀法：(lam⁷)

(例)　①濫用(～iong⁷)；亂用，口語"濫糝用"(～sam²iong⁷).

　②濫調(～tiau⁷)；令人膩煩的空論.

　③烏白濫(o¹peh⁸～)；胡亂地參雜. ④透濫(t'au³～)；參雜混合.

（2096）【戒】　　jiè（ㄐ丨ㄝ）

"戒"的讀音爲：(kai³)，意爲防備、警告、禁止等。

　(例)　①戒嚴(～giam⁵)；國家危急時採取的非常措施，嚴格限
　　制交通、自由……等.　　　②戒律(～lut⁸)；宗教上的規則.

　③戒備(～pi⁷)；警戒防備. ④戒心(～sim¹)；警惕心.

　⑤戒牒(～tiap⁸)；舊時官府發給僧尼的身份証件.

　⑥戒條(～tiau⁵)；戒律.　⑦戒除(～tu⁵)；改掉惡習.

　⑧戒酒(～tsiu²)；改掉喝酒的習慣. 又説"禁酒"(kim³tsiu²).

　⑨殺戒(sat⁴～)；禁止殺生的戒律.

（2097）【詢】　　xún（ㄒㄩㄣ）

"詢"字的讀音爲：(sun¹)，詞義爲；問、詢問。

　(例)　①詢問(～bun⁷)；徵求意見、打聽.

　②查詢(tsa¹～)；調查詢問. ③質詢(tsit⁴～)；質疑問難地盤問.

（2098）【滋】　　zī（ㄗ）

"滋"字的讀音爲：(tsu¹)；意爲滋生、增添。

　(例)　①滋蔓(～ban⁷)；生長蔓延，"滋長"(～tiong⁵)；生長.

　②滋味(～bi⁷)；味道.　　③滋養(～iong²)；供給養分.

　④滋潤(～lun⁷)；供給水分. ⑤滋補(～po²)；補養.

　⑥滋生(～seng¹／sing¹)；繁殖. ⑦滋事(～su⁷)；惹事.

（2099）【宅】　　zhǎi（ㄓㄞ）

"宅"字文言音爲:(tek^8／tik^8),通用的是白話音:(t'eh^8),爲大型房子。

(例) ①宅門(～mng^5);住宅的大門.

②住宅(tsu^7～);家屋. ③厝宅(ts'u^3～);家宅.

④弄家散宅(long^{7}ke^{1}sua^{n3}～);破壞家庭團結.

（2100） 【蠻】 mǎn (ㄇㄢˇ)

"蠻"字的讀音爲:(ban^5),詞義爲粗野、靈敏、頑固。

(例) ①蠻皮(～p'ue^5);頑梗、不靈敏.

②拗蠻(au^2～);粗暴不講道理. ③野蠻(ia^2～);不通情理,殘酷.

④秤仔較／卡蠻(ts'in^{3}a^{2}k'ah^4～);秤子不靈敏.

⑤火炭火眞蠻(hue^{2}t'ua^{n3}hue^{2}tsin^1～);炭火很緩慢.

（2101） 【棍】 gùn (ㄍㄨㄣˋ)

"棍"字的讀音祇有一種:(kun^2),詞義爲棒形物,壞傢伙。

(例) ①棍仔(～a^2);棍子、拐杖,"拐仔"(kuai^{2}a^2),"搥仔"(tui^{5}a^2),又音(tsui^{5}a^2),訛爲(ts'ue^{5}a^2). ②棍棒(～pang^7);棍子和棒.

③惡棍(ok^4～);無賴. ④賭棍(to^2～);嗜賭的傢伙.

⑤黨棍(tong^2～);指國民黨內仗勢欺人的惡勢力.

（2102） 【鼎】 dǐng (ㄉㄧㄥˇ)

A 文言音:(teng^2／ting^2)

(例)①鼎沸(～hui^3);形容喧鬧混亂,口語"杏杏滾"(ts'iang^5〃kun^2).

②鼎革(～kek^4／kik^4);除舊布新,改朝換代.

③鼎力(～lek^4／lik^4);敬稱對方的力量、意爲大力.

④鼎立(～lip^8);三方勢力對立. ⑤鼎盛(～seng^7);正當興盛.

⑥鼎峙(～si^7／ti^7);鼎立對峙. ⑦鼎鼎大名(～〃tai^{7}beng^5)。

B 白話音:(tia^{n2})

（例）　①鼎蓋(～kua³)；鍋蓋. ②鼎灶(～tsau³)；炊具，"猶未動鼎灶"(iau²bue⁷／be⁷tang⁷～)；還没開始炊煮.
③雙耳鼎(siang¹hi⁷～)；裝有兩個提手的鼎(鍋).

（2103）　【泄／洩】　　xiè（ㄒ丨ㄝ）

Ⓐ文言音：(siat⁴)，俗讀音爲：(siap⁴)，兩音通用.

（例）　①泄密(siat⁴／siap⁴bit⁸)；泄漏機密.
②泄憤(～hun³)；發泄内心的憤恨.
③泄氣(～k'i³)；口語"落氣"(lau³k'ui³)，又"漏風"(lau⁷hong¹).
④泄漏(～lau⁷)；即"泄露"(～lo⁷).
⑤排泄(pai⁵～)；排出體外. ⑥水泄不通(sui²～put⁴t'ong¹).

Ⓑ白話音：(ts'uah⁴)～(tsuah⁴)

Ⅰ [ts'uah⁴]：禁不住而泄出，"泄屎泄尿"(～sai²～jiə⁷).

Ⅱ [tsuah⁴]：搖晃而溢出，又作"泚"，"水泚出來"(tsui²～tsut⁴lai).

（2104）　【瀉】　　xiè（ㄒ丨ㄝ）

"瀉"字的讀音爲：(sia³)，詞義爲水向下急流.

（例）　①瀉藥(～iəh⁸)；使肚子引起瀉便的藥物.
②瀉腹(～pak⁴)；腹瀉. ③瀉體面(～t'e²bin⁷)；丟臉.
④瀉祖公(～tso²kong¹)；又説"瀉三代"(～saⁿ¹tai⁷)；丟失祖上的體面. ⑤阿瀉(a¹～)；指低能的少爺.

（2105）　【屑】　　xiè（ㄒ丨ㄝ）

按"屑"字的文言音爲：(siat⁴)，詞例少，通用白話音：(sut⁴).

（例）　①屑屑仔(sut⁴～a²)；一丁點兒.
②一屑仔(tsit⁸～a²)；一點兒，又"一屑屑仔"；形容極微少.
③不屑一顧(put⁴siat⁴it⁴ko³)；不值得一看.

（2106）　【卑】　　bēi（ㄅㄟ）

"卑"字的讀音祇有：(pi^1)，詞義爲；低下，低劣。

　　（例）　①卑微（～bi^5）；地位低下而渺小．

　　②卑下（～ha^7）；地位低下．③卑怯（～$k'iap^4$）；卑鄙怯懦．

　　④卑劣（～$luat^4$）；卑鄙惡劣．⑤卑鄙（～$p'i^2$）；言行惡劣．

　　⑥卑賤（～$tsian^7$）；卑微下賤，出身地位低．

　　⑦謙卑（$k'iam^1$～）；謙虛，又説"顧謙"（ko^3～）．

　　⑧自卑感（tsu^7～kam^2）；有地位低劣、能力不如人的自我感覺。

（2107）　【堪】　　kān（ㄎㄢ）

"堪"字的讀音爲：$(k'am^1)$，詞義爲；能夠、可以、能承受。

　　（例）　①堪當大任（～$tong^1tai^7jim^7$／lim^7）；能擔得起大任務．

　　②堪輿（～u^5／wu^5）；指風水．③獪堪得（be^7／bue^7～tit）；受不

了．　　　　④難堪（lan^5～）；難以忍受．

（2108）　【逞】　　chěng（ㄔㄥ）

"逞"字祇有一種讀音：$(t'eng^5$／$t'ing^5)$

　　（例）　①逞兇（～$hiong^1$）；進行兇暴的事情．

　　②逞強（～$kiong^5$）；顯示自己的高強．

　　③逞能（～$leng^5$／$ling^5$）；誇耀能力，口語説"展勢"（$tian^2gau^5$）．

　　④逞威風（～ui^7／wi^7hong^1）；誇耀威勢．

（2109）　【秤】　　chèng（ㄔㄥ）

"秤"字的文言音爲：$(ts'eng^3$／$ts'ing^3)$，但白話音：$(ts'in^3)$較通用．

　　（例）　①秤仔（～a^2）；小型秤（稱）子．

　　②秤花（～hue^7）；秤星，秤桿上鑲着計量的星點．

　　③秤桿（～$kuai^{n2}$）．　　　　④秤錘（～$t'ui^5$）；秤砣．

（2110）　【縛】　　　fù（ㄈㄨ）

"縛"字的文言音是：(hok^8)，通用音是白話音：(pak^8)。

　　(例)　①縛腳(～k'a^1)；纏足，又用繩索縛住腳部.

　　②縛腳縛手(～k'a^1～ts'iu^2)；碍手碍腳，不自由.

　　③縛籃仔(～na^{5}a^2);編製籃子，"縛籠仔"(～lang^{2}a^2);編竹籠子.

　　④縛身(～sin^1)；行動不自由，又衣服緊.

　　⑤綑縛(k'un^2～)；用繩索綁住. ⑥束縛(sok^4～)；限制行動.

　　⑦一縛箸(tsit^8～ti^7)；一束筷子，"一縛湯匙"(～t'ng^{1}si^5).

　　⑧一縛碗(tsit^8～ua^{n2})；一疊碗(多指用繩索綑好成套的碗).

（2111）　【悦】　　　yuè（ㄩㄝ）

"悦"字文言音讀:(uat^4／wat^4)，一般通用白話音:(iat^4／yat^4)。

　　(例)　①悦目(～bok^8)；好看，看起來舒服.

　　②悦服(～hok^8)；內心佩服，"心誠悦服"(sim^{1}seng^5～).

　　③悦耳(～ni^2)；好聽，聽得舒服. ④喜悦(hi^2～)；愉快.

（2112）　【屠】　　　tú（ㄊㄨ）

"屠"字的讀法爲：(to^2)，詞義爲；宰殺。

　　(例)　①屠夫(～hu^1)；屠殺人民的人.

　　②屠殺(～sat^4)；大批殘殺. ③屠宰(～tsai^{n2})；宰殺牲畜.

　　④屠宰場(～tiu^{n5})；口語説"豬灶"(ti^{1}tsau^3).

（2113）　【溢】　　　yì（ㄧ）

Ⓐ文言音：(ek^4／ik^4)；充滿而流出。

　　(例)　①水溢出來(tsui^2～ts'ut^{4}lai).

　　②食甲溢酸(tsiah^{8}kah^4～sng^1);過食而溢出酸液，喻糟蹋飲食.

　　③洋溢(iong^5～)；充滿而流出，"喜氣洋溢"(hi^{2}k'i^3～).

B 白話音：(iəh⁴／yəh⁴)；溢燴定(～be⁷／bue⁷tiaⁿ⁷)；動蕩不定．

（2114）　【拱】　　　gǒng（ㄍㄨㄥˇ）
"拱"字文言音爲：(kiong²)，白話音爲：(keng²)，通用文言音。
　　（例）　①衆星拱月(tsiong³seng¹～guat⁸)；衆多的星星圍繞月亮．
　　　　②拱橋(～kiə⁵)；拱形橋，口語説"彎弓橋"(uan¹kiong¹kiə⁵)．

（2115）　【攜】　　　xié（ㄒㄧㄝ）　　xī（ㄒㄧ）
"攜"字的讀音爲：(he⁵)
　　（例）　①攜帶(～tai³)；手裡提着．
　　　　②攜手合作(～ts'iu²hap⁸tsok⁴)；手拉着手合作．

（2116）　【吟】　　　yín（ㄧㄣˊ）
"吟"字的讀音祇有一種：(gim⁵)
　　（例）　①吟味(～bi⁷)；吟咏玩味，欣賞體會．
　　　　②吟咏(～eng²／ing²)；有節奏地誦讀詩文．
　　　　③飲酒吟詩(im²／yim²tsiu²～si¹)；一邊喝酒，一邊吟唱詩句．

（2117）　【凹】　　　āo（ㄠ）
"凹"字跟凸相反，窪陷之意，讀音有：(au¹)
　　（例）　①凹面鏡(～bin⁷kiaⁿ³)；球面鏡的一種，反射面凹進去．
　　　　②凹陷(～ham⁷)；向內陷進去．③凹凸不平(～tut⁸put⁴peng⁵)．
按"凹"訓讀音爲：(nah⁴)
　　（例）　①凹鼻(～p'iⁿ⁷)；塌鼻子，凹鼻跟膜鼻(moh⁴p'iⁿ⁷；鼻尖
扁平)不同．　②凹腰(～iə¹)；物體的中段凹陷．

（2118）　【俊】　　　jùn（ㄐㄩㄣˋ）

"俊"字的讀音爲：(tsun³)

    (例) ①俊傑(～kiat⁸)；才能出衆的人.

    ②俊秀(～siu³)；容貌清秀美麗. ③俊俏(～ts'iau³)；相貌好看.

    ④英俊(eng¹／ing¹～)；才能出衆、容貌好看.

（2119）　【趁】　　　chèn（ㄔㄣ）

"趁"字的文言音爲：(t'in³)，通用音是白話音：(t'an³)。

    (例) ①趁便(～pian⁷)；順便，又"順世"(sun⁷sua³)，又作"順續".

    ②趁勢(～se³)；利用有利的形勢，"順勢"(sun⁷se³).

    ③趁早(～tsa²)；又說"量早"(liong⁷tsa²).

    ④趁食(～tsiah⁸)；營生，謀生. "趁無食"(～bə⁵～)；謀不了生.

    ⑤趁食人(～tsiah⁸lang⁵)；從事小販等謀生的人.

    ⑥趁錢(～tsi ⁿ⁵)；賺錢.　⑦討趁(t'ə²～)；掙錢渡日.

（2120）　【唇】　　　chún（ㄔㄨㄣ）

"唇"字文言音爲：(sun⁵)，通用白話音：(tun⁵)

    (例) ①唇亡齒寒(～bong⁵k'i²han⁵)；喻關係密切.

    ②唇舌(～tsih⁸)；指言辭. ③耳仔唇(hi⁷a²～)；耳朵沿兒.

    ④厚唇(kau⁷～)；厚的邊沿兒，如"厚嘴唇"(～ts'ui³～).

（2121）　【羊】　　　yáng（丨ㄤ）

"羊"字的文言音爲：(iong⁵／yong⁵)，如"牛羊"(giu⁵～)，又音(gu⁵ iuⁿ⁵／ioⁿ⁵)，一般則通用白話音：(iuⁿ⁵／ioⁿ⁵)。

    (例) ①羊仔(～a²)；羊.　②羊眩(～hin⁵)；羊癲瘋.

    ③羊腸小徑(～tng⁵sia²keng³／king³)；彎曲的小路.

    ④羊頭狗肉(～t'au⁵kau²bah⁴)；表面好內容壞.

    ⑤羊水(～tsui²)；羊膜(胎膜)中的液體.

（2122）　【厝】　　　cuò（ㄘㄨㄛ）

"厝"字文言音爲：(ts'o³)，一般多通用白話音：(ts'u³)，房屋也。

　　(例)　①厝蓋(～kua³)；屋頂．②厝内(～lai⁷)；屋内．

　　③厝邊(～piⁿ¹)；鄰居，"厝邊頭尾"(～t'au³bue²)；左鄰右舍．

　　④厝頂(～teng²)；屋頂，"厝頂尾溜"(～bue²liu¹)；屋頂最上面．

　　⑤厝前厝後(～tseng⁵～au⁷)．　⑥瓦厝(hia⁷～)；互屋．

　　⑦起厝(k'i²～)；蓋房屋．　⑧搬厝(puaⁿ¹～)；搬家．

　　⑨破厝(p'ua³～)；陋屋．　⑩磚仔厝(tsng¹a²～)；瓦磚屋．

　　⑪土角厝(t'o⁵kak⁴／kat⁴～)；牆壁用土塊砌成的房屋．

　　⑫草厝(ts'au²～)；茅屋，又謙稱自己的住宅．

（2123）　【挫】　　　cuò（ㄘㄨㄛ）

"挫"字的讀音有：(tso³)和(ts'o³)，後者較通用。

　　(例)　①挫敗(～pai⁷)；挫折與失敗．

　　②挫折(～tsiat⁴)；遭到失敗、阻碍、壓制，使削弱或停頓．

　　③抑揚頓挫(ek⁸yong⁵tun³～)；聲音高低起伏和停頓轉折．

（2124）　【羞】　　　xiū（ㄒㄧㄡ）

A 文言音：(siu¹)，怕人見笑的心理和表情

　　(例)　①羞憤(～hun³)；羞愧和忿恨．

　　②羞辱(～jiok⁴／liok⁴)；恥辱，口語"見笑代"(kian³siau³tai⁷)．

　　③羞怯(～k'iap⁴)；羞澀膽怯．④羞愧(～k'ui³)；羞恥和慚愧，
　　口語"見笑又歹勢"(kian³siau³iu⁷p'aiⁿ²se³)．

　　⑤羞恥(～t'i²)；見笑、丟臉．⑥害羞(hai⁷～)；難爲情，"歹勢"．

B 白話音：(ts'iu¹)

　　(例)　羞羞繪見笑(～〃be⁷／bue⁷kian³siau³)；婦女對人諷刺説
　　的，意爲眞是不要臉呀！

（2125）　【浴】　　　yù（ㄩ）

"浴"字文言音讀：(iok⁸／yok⁸)，如"沐浴"(bok⁸～)；洗澡，一般均
通用白話音：(ek⁸／ik⁸)。

　　(例)　①浴間(～keng¹)；澡堂. ②浴巾(～kin¹)；洗澡用毛巾.
　　③浴缸(～kng¹)；即"浴盆"(～p'un⁵). ④浴室(～sek⁴／sik⁴).
　　⑤浴池(～ti⁵)；大型或大衆洗澡間. ⑥洗浴(se²～)；游泳.

（2126）　【疼】　　　téng（ㄊㄥ）

"疼"字文言音爲：(t'eng⁵／t'ing⁵)罕用，通用的是訓讀音：(t'iaⁿ³)。

　　(例)　①疼愛(～ai³)；關切喜愛. ②疼惜(～siəh⁴)；關切愛惜.
　　③疼痛(～t'ang³)；照顧，愛惜. 按"疼"字又作"忝".

（2127）　【萎】　　　wēi（ㄨㄟ）

"萎"字祇有一種讀音：(ui²／wi²)

　　(例)　①萎靡(～mi²)；精神不振、消沈.
　　②萎縮(～siok⁴)；乾枯、衰退. ③枯萎(ko¹～)；乾枯衰落。

（2128）　【愚】　　　yù（ㄩ）

"愚"字祇有一種讀法：(gu⁵)，笨、傻，口語説"戇／憨"(gong⁷)。

　　(例)　①愚昧(～bi⁷)；缺乏智識、文化落後.
　　②愚妄(～bong²)；愚昧而狂妄. ③愚頑(～guan²)；愚昧頑固.
　　④愚魯(～lo²)；笨蛋.　　⑤愚弄(～long⁷)；蒙蔽玩弄.
　　⑥愚笨(～pun⁷)；頭腦遲鈍. ⑦愚蠢(～ts'un²)；愚笨.

（2129）　【罰】　　　fá（ㄈㄚ）

"罰"字只有一種讀音：(huat⁸)

　　(例)　①罰鍰(～huan⁵)；即罰款. ②罰金(～kim¹)；罰款.

③罰啉酒(～lim⁷tsiu²);罰喝酒. ④刑罰(heng⁵～);用刑處罰.

（2130）　【鬱】　　　yù（ㄩ）

"鬱"字祇有一種讀法:(ut⁴／wut⁴),憂愁、氣憤聚集心中不得發泄。

　　(例)　①鬱悶(～bun⁷);煩悶,又説"鬱卒"(～tsut⁴).

　　②鬱熱(～juah⁸／luah⁴);悶熱,又説"翕熱"(hip⁴juah⁴／luah⁴).

　　③鬱曉(～k'iau¹);弄彎,折成彎曲狀態.

　　④鬱豆菜(～tau⁷ts'ai³);把綠豆悶成豆芽,又叫"翕豆菜"(hip⁴～).

　　⑤鬱稠(～tiau⁵);蜷曲狀態. ⑥鬱紙(～tsua²);折紙.

（2131）　【腫】　　　zhǒng（ㄓㄨㄥ）

"腫"字的讀音有文言音的:(tsiong²)和白話音的:(tseng²／tsing²)
,通用的是白話音。

　　(例)　①腫頷(～am⁷);即"腫頷管"(～kng²／kun²);脖子腫大
　　,"我若有講會腫頷"(gua²na³u⁷kong²e⁷～);我如果説過,脖子
　　會腫大(甘願受處罰)。按説"腫頷"時有"糟了"的意思.

　　②腫起來(～k'i lai). 　　③腫痛(～t'iaⁿ³);腫大而痛.

（2132）　【絞】　　　jiǎo（ㄐㄧㄠ）

"絞"字的文言音爲:(kau²),通用音爲白話音:(ka²)。

　　(例)　①絞甘蔗汁(～kam¹tsia³tsiap⁴);扭榨甘蔗汁.

　　②絞殺(～sat⁴);用繩勒死如"絞殺刑"(～heng⁵).

　　③絞痛(～t'iaⁿ³);腸胃因病變而引起的激烈陣痛.

　　④絞做伙(～tsə³hue²);扭成一團. ⑤米絞(bi²～);碾米工廠.

（2133）　【嫁】　　　jià（ㄐㄧㄚ）

"嫁"字文言音爲:(ka³),例少,多通用白話音:(ke³)。

（例）　①嫁翁／尪（～ang¹）；出嫁，翁即丈夫．②嫁人（～lang）．
③嫁查姥／某子／囝（～tsa¹bo²kiaⁿ²）；嫁女兒，女兒出嫁．
④嫁妝（～tsng¹）；陪嫁的東西．　⑤嫁娶（～ts'ua⁷）；女的出嫁
、男的娶妻．　　　⑥出嫁（ts'ut⁴～）．

（2134）　【翁】　　　　wēng（ㄨㄥ）

Ａ 文言音：（ong¹）　如"漁翁"（hi⁵～）；釣魚的老頭兒．
Ｂ 白話音：（ang¹），丈夫也。

（例）　①翁仔（～a²）；人形、玩偶，如"土翁仔"（t'o⁵～）；土偶，
按"翁"又作"尪"，其實並不妥，"迎尪"（gia⁵～）是祭神行事．
②翁／尪仔標（～a²p'iau¹）；印有人形的紙牌．
③翁仔頭嘴（～a²t'au⁵tsan²）；面貌漂亮．
④翁仔姥（～a²bo²）；夫妻，又説"翁姥"．
⑤翁婿（～sai³）；丈夫．　⑥嫁翁（ke³～）；出嫁．

（2135）　【榜】　　　　bǎng（ㄅㄤ）

"榜"字文言音爲：（pong²），如"榜眼"（～gan²）；科考殿試第2名，
一般通用白話音：（png²）。

（例）　①榜文（～bun⁵）；古時的文告．
②發榜（huat⁴～）；發表考試及格的名單．
③金榜題名（kim¹～te⁵mia⁵）；榜上有名字，考試及第．

（2136）　【欠】　　　　qiàn（ㄑㄧㄢ）

"欠"字祇有一種讀音：（k'iam³）

（例）　①欠佳（～ka¹）；并不算好．②欠缺（～k'eh⁴／k'uat⁴）；不夠．
③欠人（～lang）；對人負（錢、人情）債，讀（～lang⁵）則人手不夠．
④欠數／賬（～siau³）；欠賬．⑤欠席（～sek⁸／sik⁸）；缺席．

⑥欠債(～tse³)；負債. ⑦欠錢(～tsiⁿ⁵)；欠人家錢.

（2137） 【胃】　　wèi（ㄨㄟ）

"胃"字的讀音衹有一種：(ui⁷／wi⁷)

(例)　①胃炎(～iam⁷)；胃黏膜的炎症.

②胃口(～k'au²)；口語"嘴斗"(tsui³tau²)；指食欲.

③胃潰瘍(～k'ui³iong⁵)；胃黏膜潰爛的病.

④胃酸(～sng¹)；胃液中所含的鹽酸，能殺死細菌.

⑤胃腸lam²(～tng⁵～)；胃和腸的毛病多，"lam²"；衰弱也.

（2138） 【沾】　　zhān（ㄓㄢ）

"沾"字文言音爲：(tiam¹)，如"沾染"(～liam²)，口語"翌着"(bak⁴tiəh)，因接觸而受到不好的影響.白話音爲：(tsam¹)；如"互胡蠅沾過"(ho⁷ho⁵sin⁵～kue³／ke³)；被蒼蠅附着過.

按"沾"字在口語常説；①"醞"(un³／wun³)；如"醞豆油"(～tau⁷iu⁵)；沾醬油. ②"膏"(kə⁷)，如"膏麻仔"(～mua⁵a²)；沾胡麻.

③"翌"(bak⁴)；如"翌水"(～tsui²)；沾水，戲水，玩水也.

（2139） 【弊】　　bì（ㄅㄧ）

"弊"的讀音爲：(pe³)，害處，欺蒙人的壞事.

(例)　①弊害(～hai⁷). ②流弊(liu⁵～)；相沿下來的弊端.

③弊端(～tuan¹)；弊害的根源. ④舞弊(bu²～)；貪污，做壞事.

（2140） 【哼】　　hēng（ㄏㄥ）

Ａ官話讀(heng)時，台語文言音爲：(heng¹／hing¹)，用例少，白話音有：(hiⁿ¹)和(haiⁿ¹)兩種，由鼻發出聲音表示痛苦、不滿、或吟哦。

I [hi^{n1}]：痛苦呻吟，或小孩欲求不滿時的哼聲。如"哼獪煞"
　　(～be^7／bue^{7}suah^4)；哼不停。"勢哼"(gau^5～)；很會哼．

II [hai^{n1}]：除(hi^{n1})的詞義之外，另有吟哦的意思。

　　(例)①哼哼叫(～〃kiə^3)；呻吟．②哼歌(～kua^1)；用鼻哼歌．

B 官話讀(hng)時，台語的讀音文言音：(heng^1／hing^1)用例少，
通用白話音：(hng)．

　　(例)　①哼、啥代誌(～sia^{n2}tai^{7}tsi^3)；哼、什麼事兒．

　　②哼，有啥了不起!(～u^{7}sia^{n2}liau^{2}put^{4}k'i^2)；哼，有什麼了不起!

（2141）【歧】　　qí（ㄑㄧ）

"歧"字的讀音為：(ki^5)，分支、岔路的意思。

　　(例)　①歧異(～i^7／yi^7)；分歧差異．

　　②歧路(～lo^7)；岔道，分叉路．

　　③歧視(～si^7)；不平等地看待，口語"大細目"(tua^{7}se^{3}bak^8)．

　　④歧途(～to^5)；錯誤的路子．⑤分歧(hun^1～)；分叉．

（2142）【沃】　　wò（ㄨㄛ）

"沃"字文言音為：(ok^4)；土地肥沃的意思，如"沃野千里"(～ia^2
ts'ian^{1}li^2)；肥沃的原野千里遼闊。白話音：(ak^4)；澆水、灌溉。

　　(例)　①沃花(～hue^1)；給花澆水．②沃水(～tsui^2)；澆水．

　　③沃菜（～ts'ai^3）；給菜園的青菜澆水．

（2143）【悼】　　dào（ㄉㄠ）

"悼"字只有一種讀音：(tə^7)，意為對死者表示懷念、哀思。

　　(例)　①悼念(～liam^7)；懷念死者．

　　②悼詞(～su^5)；哀悼的言詞．③哀悼(ai^1～)；悲傷悼念．

　　④追悼(tui^1～)；懷念哀痛．

（2144）　【潰】　　　kuì（ㄎㄨㄟˋ）

"潰"字文言音爲：(hue⁷)，俗讀音爲：(k'ui³)，後者如"潰瘍"(～iong⁵)；皮膚或黏膜表皮壞死脫落形成的疾傷，一般通用文言音。

（例）　①潰滅(～biat⁸)；崩潰滅亡．

②河堤潰決(hə⁵t'e⁵～k'uat⁴)；崩壞，口語爲"崩"(pang¹)．

③潰爛(～lan⁷／nua⁷)；由潰瘍而化膿．

④潰亂(～luan⁷)；大敗而混亂．⑤潰散(～san³)；戰敗逃散．

（2145）　【蔗】　　　zhè（ㄓㄜˋ）

"蔗"的讀音爲：(tsia³)

（例）　①蔗農(～long⁵)；種甘蔗的農家．

②蔗粕(～p'əh⁴)；甘蔗渣．③蔗糖(～t'ng⁵)；由甘蔗製成的糖．

④甘蔗園(kam¹～hng⁵)；蔗畑．

（2146）　【診】　　　zhěn（ㄓㄣˇ）

"診"字祇有一種讀音：(tsin²)

（例）　①診療(～liau⁵)；診斷治療．

②診所(～so²)；醫療所．　③診斷(～tuan³)；診察判斷病情．

④診察(～ts'at⁴)；檢查病情．⑤誤診(ngo⁷～)．

⑥門診(mng⁵～)；病人到醫院接受診療．

⑦往診(ong²～)；醫生外出去診療病人．

（2147）　【庸】　　　yōng（ㄩㄥ）

Ⓐ文言音：(iong⁵／yong⁵)；平凡、平庸、不高明的意思。

（例）　①庸醫(～i¹／yi¹)；醫術低劣的醫生．

②庸人自擾(～jin⁵／lin⁵tsu⁷jiau²)；原本沒問題而自找麻煩．

③庸碌(～liok⁴)；沒作爲，或沒能力、沒出息的人．

④庸俗(～siok⁸)；鄙俗，"粗俗"(ts'o¹siok⁸)．

⑤庸才(～tsai⁵)；低能． ⑥平庸(peng⁵～)；不高明．

⑦中庸(tiong¹～)；不偏不倚．

B 白話音：(song⁵)；土氣，土包子之意。

(例)①互人看庸(ho⁷lang⁵k'uaⁿ³～)；被看成土包子(瞧不起)．

②互人食庸(ho⁷lang⁵tsiah⁸～)；被人當成傻瓜欺侮．

③草地庸(ts'au²te⁷～)；鄉下土包子．

④笑人庸(ts'iə³lang⁵～)；譏笑人家土理土氣．

（2148） 【嫌】　　　xián（ㄒㄧㄢ）

"嫌"字的讀音為：(hiam⁵)，厭惡也。

(例) ①嫌疑(～gi⁵)；懷疑． ②嫌惡(～ok⁴)；厭惡．

③嫌怨(～uan³)；討厭而怨恨，口語"拾恨"(k'iəh⁴hin⁷)．

④棄嫌(k'i³～)；嫌棄． ⑤毋通嫌(m⁷t'ang¹～)；不要嫌棄．

⑥着也嫌毋着也嫌(tiəh⁸a³／iə³～ m⁷…)；意謂反正不滿意．

（2149） 【廚】　　　chú（ㄔㄨ）

A 文言音：(tu⁵)

(例) ①廚房(～pang⁵)． ②廚師(～su¹)；烹調的專業人員．

B 白話音：(to⁵)

(例) ①廚子(～tsi²)；廚師． ②廚子師傅(～tsi²sai¹hu⁷)．

（2150） 【肆】　　　sì（ㄙ）

"肆"字讀：(si³)時意為"四"的大寫，其餘多讀：(su³)。

(例) ①肆無忌憚(～bu⁵ki⁷tan⁷)；任意妄行，全沒顧忌．

②肆意(～i³／yi³)；任性． ③肆虐(～liok⁸)；任意殘殺迫害．

④書肆(su¹～)；書店． ⑤酒肆(tsiu²～)；酒舖．

（2151） 【贈】　　　zēng（ㄗㄥ）

A 文言音：(tseng⁷／tsing⁷)；贈送禮物之意。

　　（例）　①臨別贈言(lim⁵piat⁸～gian⁵)；分別前勉勵的話.
　　②贈禮(～le²)；禮物.　　③贈品(～p'in²)；贈送的禮物.
　　④贈送(～sang³).

B 白話音：(tsang⁷)；支援、贊助的意思。

　　（例）　①贈一句(～tsit⁸ku³)；聲援一句話，又"贈一聲"(～tsit⁸
　　sia^n1).　　　　　　　　②贈嘴(～ts'ui³)；發言贊成.

（2152） 【籃】　　　lán（ㄌㄢ）

"籃"字文言音爲：(lam⁵)，用例少，一般通用白話音：(na⁵)。

　　（例）　①籃仔(～a²)；籃子. ②籃球(～kiu⁵).
　　③花籃(hue¹～).　　　　　④菜籃(ts'ai³～).

（2153） 【撕】　　　sī（ㄙ）

"撕"字祇有一種讀法：(si¹)

　　（例）　①撕毀(～hui⁷)；撕破毀掉.
　　②撕破(～pə³)；口語説"拆破"(t'iah⁴p'ua³)或"擺破"(li³p'ua³).

（2154） 【貞】　　　zhēn（ㄓㄣ）

"貞"字的讀音祇有一種：(tseng¹／tsing¹)。

　　（例）　①貞潔(～kiat⁸)；貞操没污點.
　　②貞烈(～liat⁸)；堅守貞操至死不屈.
　　③貞節(～tsiat⁴)；堅貞的節操. ④貞操(～ts'ə³)：同③.

（2155） 【賜】　　　cì（ㄘ）　sì（ㄙ）

"賜"字的讀音爲：(su³)，賞給、敬辭"給予"的意思。

(例)　①賜教（～kau³）；給予指教.

②賜知（～ti¹）；給予通知. ③賜予（～u²）；賞給，給予.

④恩賜（in¹～）；因憐憫而施捨. ⑤賞賜（siu^{n2}／sio^{n2}～）；賞給.

（2156）　【慈】　　　cí（ㄘ）

"慈"字祇有一種讀音：(tsu⁵)，和善、愛憐也。

(例)　①慈愛（～ai³）.　　　　②慈悲（～pi¹）；慈善和憐憫.

③慈善（～sian⁵）.　　　　④慈祥（～siong⁵）；和藹安祥.

⑤家慈（ka¹～）；謙稱自己的母親，父親爲"家嚴"(ka¹giam⁵).

⑥仁慈（jin⁵／lin⁵～）.

（2157）　【茲】　　　zī（ㄗ）

"茲"字祇有文言音一種讀法：(tsu¹)

(例)　①茲事體大（～su⁷t'e²tai⁷）；這是一件大事情.

②茲訂於……（～teng³／ting³ u⁵／wu⁵……）；現在決定在…….

③來茲（lai⁵～）；來年，明年.

（2158）　【卓】　　　zhuō（ㄓㄨㄛ）

"卓"字文言音讀：(tak⁴)，詞例少，通用白話音的：(tok⁴)，而白話
音的：(tэh⁴)則用於姓氏。

(例)　①卓異（～i⁷／yi⁷）；優異出衆.

②卓見（～kian³）；高明的見解. ③卓著（～ti³）；突出地優秀.

④卓絕（～tsuat⁸）；超過一切到了極點.

⑤卓越（～uat⁴／wat⁴）；超出一般地優秀.

（2159）　【嬰】　　　yīng（ㄧㄥ）

Ⓐ文言音：(eng¹／ing¹)

(例) ①嬰孩(～hai⁵). ②嬰兒(～ji⁵／li⁵).

③婦嬰(hu⁷～)；婦女和嬰兒.

④男嬰(lam⁵～). ⑤女嬰(lu²／li²～).

B 白話音：(eⁿ¹／iⁿ¹)

(例) ①嬰仔(～a²)；嬰兒，又呼叫嬰孩用語.

②紅嬰仔(ang⁵～a²)；嬰兒. ③田嬰(ts'an⁵～)；蜻蜓.

（2160） 【膚】 fū（ㄈㄨ）

A 文言音：(hu¹)

(例) ①膚色(～sek⁴／sik⁴)；皮膚的顏色.

②膚淺(～ts'ian²)；沒深度. ③皮膚(p'ue⁵～).

B 白話音：(p'o¹) (例)頭膚(t'au⁵～)；頭皮.

（2161） 【衫】 shān（ㄕㄢ）

"衫"字文言音讀：(sam¹)，詞例少，通用白話音：(saⁿ¹)。

(例) ①衫仔褲(～a²k'o³)；上衣和褲子，泛稱衣服.

②洗衫(se²～)；洗衣服. ③無穿衫(bə⁵ts'eng⁷～)；沒穿上衣.

④一領衫(tsit⁸nia²～)；一件上衣. ⑤一軀衫(tsit⁸su¹～)；一套
衣服. "一軀水／美衫仔褲"(～sui²～a²k'o³)；一套漂亮的衣服.

⑥寒天衫熱天衫(kuaⁿ⁵t'iⁿ¹～juah⁸……)；冬天的衣服、夏天的衣服。

（2162） 【勉】 miǎn（ㄇㄧㄢ）

"勉"字祇有一種讀音：(bian²)；努力、勉勵也。

(例) ①勉強(～kiong²)；力量不夠還要盡力，不是情願的，價
錢貶低，如"算卡／較勉強咧"(sng³k'ah⁴～le)；算便宜一點兒
，又用功讀書，如"伊teh⁴(在)勉強"(I¹teh⁴～)；他在用功.

②勉勵(～le⁷)；勸人努力. ③勤勉(k'in⁵～)；努力學習或工作.

（2163） 【逸】　　　yì（ㄧˋ）

"逸"字的文言音爲：$(et^8／it^8)$，白話音有：(iat^8)和$(ek^8／ik^8)$，其中$(ek^8／ik^8)$較通用。

　　（例）　①逸民($\sim bin^5$)；指避世隱居的人.

　　②逸聞($\sim bun^5$)；一般人不知道的傳說.

　　③逸文($\sim bun^5$)；散失的著述. ④安逸($an^1\sim$)；安閑.

　　⑤一勞永逸($it^4 lə^5 eng^2／ing^2\sim$)；從根本解決問題.

（2164） 【蜜】　　　mì（ㄇㄧˋ）

"蜜"字的讀音祇有一種：(bit^8).

　　（例）　①甜言蜜語($tiam^5 gian^5\sim gu^2$)；好聽的話.

　　②蜜月($\sim guat^8$)；新婚月份. ③蜜蜂($\sim p'ang^1$)；能釀蜜的蜂.

　　④蜜餞($\sim tsian^7$)；用濃糖漿浸債的果品.

　　⑤蜜起來($\sim k'ilai$)；用濃糖漿腌製.

　　⑥柑仔蜜($kam^1 a^2\sim$)；蕃茄，西紅柿.

　　⑦糖蜜($t'ng^5\sim$)；跟糖製成的蜜液,糖甘蜜甜($t'ng^5 kam^1\sim ti^{n1}$).

（2165） 【孕】　　　yùn（ㄩㄣˋ）

"孕"字文言音：$(eng^7／ing^7)$，詞例少，通用白話音：$(in^7／yin^7)$。

　　（例）　①孕婦($\sim hu^7$)；懷孕的婦女.

　　②孕育($\sim iok^8$)；懷胎生育. ③懷孕($huai^5\sim$)；妊娠.

　　④身孕($sin^1\sim$)；懷胎，口語"有身"($u^7 sin^1$).

（2166） 【膏】　　　gāo（ㄍㄠ）

Ⓐ官話讀第1聲時，台語讀：$(kə^1)$，意爲油脂、糊狀物。

　　（例）　①膏血($\sim hiat^4$)；油脂和血液.

　　②膏肓($\sim hong^1$)；心尖脂肪叫膏，心臟和隔膜之間叫肓，"病

・811・

入膏肓"(peng⁷／ping⁷jip⁴／lip⁴～);疾病到了藥力達不到的地
‵方,喻無可救藥.按"肓"常被誤讀爲(bong⁵:盲).

③膏火(～hue²);燃油的燈火,喻求學的費用.

④膏藥(～iəh⁸);油質或膠質的藥物,又叫"藥膏".

⑤目屎膏(bak⁸sai²～);糊狀眼眵,(眼睛的排泄物).

⑥雞膏(ke¹～);糊狀雞屎.⑦齒膏(k'i²～);牙膏.

⑧墨汁傷膏(bak⁸tsiap⁴siu^{n1}／sio^{n1}～);墨汁過濃.

B 官話讀第4聲時,台語讀:(kə⁷),用於動詞,沾附糊狀物也。

(例) ①牽牛去膏浴(k'an¹gu⁵k'i³～ek⁸);牽牛去浸泥漿.

②膏油(～iu⁵／yiu⁵);沾上油.③膏落去(～ləh⁸k'i);滾下去.

④膏膏輾(～〃lian³);不斷地滾轉.

(2167) 【祭】 jî(ㄐㄧˋ)

"祭"字祇有一種讀音:(tse³),祭祀、拜祭鬼神。

(例) ①祭文(～bun⁵);祭奠或祭祀時朗讀的文章。

②祭禮(～le²);祭奠、祭祀用的禮品或儀式.

③祭祀(～su⁷);備供品向神佛祖先敬拜.

④祭奠(～tian⁷);爲死者舉行祭拜追念儀式.

⑤祭灶(～tsau³);舊俗農曆12月23日或24日祭灶神,又叫"送
灶君"(sang³tsau³kun¹).

(2168) 【贏】 yíng(ㄧㄥˊ)

A 文言音:(eng⁵／ing⁵)

(例) ①贏餘(～i⁵／u⁵);盈餘,營業有賺錢.

②贏利(～li⁷);盈利.

B 白話音:(ia^{n5})

(例) ①贏兩万箍(～lng⁷ban⁷k'o¹);贏了兩万塊.

②輸贏(su¹〜)；輸或贏，打賭、比賽．

（2169） 【扮】　　　bàn（ㄅㄢ）

"扮"字文言音爲：(pan³)，但通用的是白話音：(pan⁷)。

(例)　①扮演(〜ian²)；化裝後出場表演．

②打扮(taⁿ²〜)；化裝成某種人物或樣子．

③裝扮(tsng¹〜)；面部表情化妝成某種樣子．

（2170） 【鵝】　　　ó（ㄜ）

"鵝"字文言音爲：(gə⁵)，白話音爲：(gia⁵)，文言音較通用。

(例)　①鵝毛(〜mng⁵)．　②天鵝(t'ian¹〜)；鵠鳥、swan，
"天鵝絨"(t'ian¹〜jiong⁵)；天鵝的絨毛，velvet．

（2171） 【憐】　　　lián（ㄌㄧㄢ）

A 文言音：(lian⁵)

(例)　①憐愛(〜ai³)；憐憫愛惜．

②可憐(k'ə²〜)，又說"可憐代"(〜tai⁷)．

B 白話音：(lin⁵)

(例)　①憐憫(〜bin²)；同情別人的不幸．

②憐惜(〜siəh⁴)；同情愛惜．③憐恤(〜sut⁴)；憐憫．

（2172） 【謠】　　　yáo（ㄧㄠ）

"謠"字祇有一種讀音：(iau⁵／yau⁵)；意爲謠言或歌謠。

(例)　①謠言(〜gian⁵)；没事實根據的消息．

②謠傳(〜t'uan⁵)；謠言的傳播．

③民謠(bin⁵〜)．　　　④歌謠(kə¹〜)．

⑤童謠(tong⁵〜)；適合於兒童歌唱的歌謠．

（2173） 【懼】　　jù（ㄐㄩ）

"懼"字的讀音有：(ku⁷)和(k'u⁷)，後者(k'u⁷)較通用。

　　(例)　①懼怕(～p'aⁿ³)．　　②恐懼(k'iong²～)；害怕．

　　③畏懼(ui³～)；害怕．

（2174） 【驕】　　jiāo（ㄐㄧㄠ）

"驕"字祇有一種讀音：(kiau¹)

　　(例)　①驕傲(～gə⁷)；自以為了不起而看不起別人．

　　②驕橫(～huaiⁿ⁵／heng⁵)；驕傲專橫．

　　③驕矜(～keng⁵／king⁵)；傲慢．

（2175） 【嬌】　　jiāo（ㄐㄧㄠ）

"嬌"字祇有一種讀音：(kiau¹)

　　(例)　①嬌媚(～bi⁷)；撒嬌獻媚．

　　②嬌艷(～iam⁷)；嬌嫩艷麗．③嬌氣(～k'i³)；祇享受不吃苦．

　　④嬌生慣養(～seng¹kuan³iong²)；從小被寵愛縱容慣了．

　　⑤愛嬌(ai³～)；討人喜歡．⑥妖嬌(iau¹～)；美麗可愛．

（2176） 【宰】　　zǎi（ㄗㄞ）

"宰"字的讀音為：(tsai²)和(tsaiⁿ²)，前者較為通用．

　　(例)①宰割(～kuah⁴)；口語"刣割"(t'ai⁵kuah⁴)；喻壓迫剝削．

　　②宰殺(～sat⁴)；屠殺禽畜．③宰相(～siong³)．

　　④宰制(～tse³)；統轄支配．⑤屠宰(to²～)；宰殺．

　　⑥主宰(tsu²～)；主持．

（2177） 【誕】　　dàn（ㄉㄢ）

"誕"字的讀音祇有一種：(tan³)。

・ 814 ・

(例)　①誕生(〜seng¹)；出生．②誕辰(〜sin⁵)；生日．
　　　③荒誕(hong¹〜)；不合情理．④聖誕(seng³／sing³〜)．

（2178）　【峻】　　jùn（ㄐㄩㄣ）

"峻"字的讀音為：(tsun³)，山高大，嚴厲也。

(例)　①峻急(〜kip⁴)；水流急．②峻嶺(〜nia²)；高大的山嶺．
　　　③峻峭(〜ts'iau²)；山高而陡．④嚴峻(giam⁵〜)；嚴厲．
　　　⑤嚴刑峻法(giam⁵heng⁵／hing⁵〜huat⁴)；喻嚴厲苛刻的法律．

（2179）　【惱】　　nǎo（ㄋㄠ）

Ⓐ文言音：(lə²)
(例)　①惱怒(〜no⁷)；生氣．②煩惱(huan⁵〜)；苦悶．
Ⓑ白話音：(nau²)
(例)　①惱恨(〜hin⁷／hun⁷)；生氣怨恨．
　　　②惱火(〜hue²)；生氣．　③懊惱(au³〜)；悔恨煩悶．

（2180）　【獵】　　liè（ㄌ丨ㄝ）

Ⓐ文言音：(liap⁸)
(例)　①獵奇(〜ki⁵)；搜尋奇異的事情．
　　　②獵取(〜ts'u²)；奪取．
Ⓑ白話音：(lah⁸)
(例)　①獵狗(〜kau²)；獵犬．②獵人(〜jin⁵)；打獵的人．
　　　③獵銃(〜ts'eng³／ts'ing³)．④拍獵(p'ah⁴〜)；打獵．

（2181）　【魔】　　mó（ㄇㄛ）

"魔"字祇有一種讀音：(mo⁵)；魔鬼、奇異神祕也。

(例)　①魔鬼(〜kui²)；迷惑或陷害人的鬼怪，惡勢力．

②魔力(～lek^8／lik^8)；使人沈迷的吸引力．

③魔王(～ong^5)；惡鬼、兇暴的惡人．

④魔神仔(～sin^{5}a^2)；鬼怪，泛指妖魔鬼怪．

⑤魔術(～sut^8)；變魔術(pian^3～)；戲法，幻術，一種雜技．

⑥魔掌(～tsiang^2)；惡魔的手掌，喻惡勢力的控制．

⑦妖魔(iau^1～)；妖怪、惡魔．

（2182）【脊】 jǐ～jǐ（ㄐㄧ）

按"脊"字官話有兩種聲調不同的讀法，但台語文白異讀不受影響。
文言音爲：(tsek^4／tsik^4)語例少，通用白話音 (tsit^4)和(tsiah^4)。

（Ⅰ）[tsit^4]

①脊樑(～liong^5)；脊背． ②脊樑骨(～liong^{5}kut^4)；脊柱．

③脊椎動物(～tsui^{1}tong^{7}but^8)；有脊椎骨的動物．

④中脊(楹)(tiong^1～[yi^{n5}])；屋頂中央橫樑．

（Ⅱ）[tsiah^4]

①腰脊骨(iə^1～kut^4)；人的脊樑骨．

②胛脊骨(ka^1～kut^4)；脊柱．③胛脊骿(ka^1～p'ia^{n1})；背部．

（2183）【鈔】 chāo（ㄔㄠ）

"鈔"字文言音讀：(ts'au^1)，俗讀音爲：(ts'au^3)，如"錢鈔"(tsi^{n5}
ts'au^3)，通用文言音。

(例) ①鈔票(～p'iə^3)；紙幣． ②現鈔(hian^7～)；現款．

（2184）【苛】 kē（ㄎㄜ）

"苛"字文言音爲：(kə^1)，很少用，一般通用白話音：(k'ə^1)。

(例) ①苛求(～kiu^5)；要求過於嚴厲．

②苛刻(～k'ek^4／k'ik^4)；條件等過嚴，刻薄．

③苛酷(～k'ok⁴)；苛刻嚴酷. ④苛細(～se³)；苛刻繁瑣.

⑤苛待(～t'ai⁷)；苛刻地對待. ⑥苛責(～tsek⁴)；過嚴地責備.

⑦苛政(～tseng³／tsing³)；殘酷、壓迫剝削人民的政治.

（2185） 【滯】　　zhì（ㄓˋ）

Ⓐ 文言音：(te⁷)～(te³)

　(例)　①滯留(～liu⁵)；停留不動.

　　②滯納金(～lap⁸kim¹)；因逾期繳納稅款、費用等需加繳的錢.

Ⓑ 白話音：(ti⁷)

　(例)　①滯貨(～hue³／he³)；不流動的貨品.

　　②滯銷(～siau¹). 按"滯"字俗讀或訓讀(tua³)。

（2186） 【揑】　　niē（ㄋㄧㄝ）

Ⓐ 文言音：(liap⁸)～(liap⁴)，第8聲較通用。

　(例)　①揑土翁仔(～t'o⁵ang¹a²)；揑泥人形.

　　②揑啥物(～siaⁿ²mih⁴)；(用手指)擺弄什麼.

　　③揑造(～tsə⁷)；假造事實.

Ⓑ 白話音：(nih⁸)；用手指壓按。

　(例)　①揑風琴(～hong¹k'im⁵)；按(彈)風琴.

　　②揑齒膏(～k'i²kə¹)；擠牙膏. ③揑電鈴(～tian⁷leng⁵)；按電鈴.

（2187） 【斬】　　zhǎn（ㄓㄢˇ）

"斬"字的讀音祇有一種：(tsam²)；砍也、切也。

　(例)　①斬首(～siu²)；砍頭. ②斬釘截鐵(～teng¹tsiat⁸tiat⁴)；

　　喻堅決果敢. 　　　③斬頭(～t'au⁵)；砍頭.

　　④斬草除根(～ts'au²tu⁵kin¹／kun¹)；徹底鏟除不利的東西.

　　⑤處斬(ts'u³～)；處以斬首之刑.

（2188）　【傲】　　　ào（ㄠ）

"傲"字祇有一種讀音：(gə⁷)；自高自大的意思。

　　(例)　①傲慢(～ban⁷)；對人輕視、沒禮貌．

　　　　②傲骨(～kut⁴)；高傲不屈．③傲氣(～k'i³)；高傲自大的作風．

　　　　④傲視(～si¹)；傲慢待人．⑤驕傲(kiau¹～)；自高自大．

（2189）　【匆／怱】　　　cōng（ㄘㄨㄥ）

"匆"字文言音爲：(ts'ong¹)，白話音爲：(ts'ang¹)，如"鬧匆匆"
(lau⁷ts'ang¹〃)；鬧騰、忙碌。一般多用文言音(ts'ong¹)。

　　(例)　①匆忙(～bong⁵)；急急忙忙．

　　　　②匆促(～ts'iok⁴)；倉促．③匆匆(～〃)；急忙的樣子．

　　　　④匆猝／卒(～ts'ut⁴)；匆促．

（2190）　【衍】　　　yǎn（ㄧㄢ）

"衍"字祇有文言音：(ian²／yan²)和白話音：(iⁿ⁷／yiⁿ⁷)，通用文言音。

　　(例)　①衍文(～bun⁵)；多餘的字或句子．

　　　　②衍變(～pian³)；演變．③衍生(～seng¹／sing¹)；派生．

　　　　④敷衍(hu⁵～)；拖延．⑤繁衍(huan²～)；繁茂．

（2191）　【攏】　　　lǒng（ㄌㄨㄥ）

Ⓐ文言音：(long²)；全部、都、合上等意思。

　　(例)　①攏卜(～beh⁴／bueh⁴)；都要．

　　　　②攏共(～kiong⁷)；共計．③攏着來(～tiəh lai⁵)；都得來．

　　　　④攏總(～tsong²)；全部，總共．

Ⓑ白話音：(lang²)；掌握、往上提使不鬆散等意思。

　　(例)　①攏褲(～k'o³)；把褲子向上提使不鬆開掉下．

　　　　②攏權(～kuan⁵)；掌權．③攏頭(～t'au⁵)；主宰，又"攏尾"

(～bue²／be²)；負最後的責任.

（2192）　【咽】　　　yān（ㄧㄢ）

"咽"字祇有一種讀音：(ian¹／yan¹)

（例）　①咽喉(～au⁵)；咽頭和喉頭，口語"嚨喉"(na⁵au⁵).

②咽氣(～k'i³)；又作嚥氣，指人死斷氣，口語"斷氣"(tng⁷k'ui³).

（2193）　【舅】　　　jiù（ㄐㄧㄡ）

"舅"字的文言音是：(kiu⁷)，一般均通用白話音：(ku⁷)。

（例）　①舅仔(～a²)；妻之弟. ②舅公(～kong¹)；父母親的舅父.

③阿舅(a¹～)；稱呼舅父. ④母舅(bə²／bu²～)；舅父(背稱).

⑤大舅(tua⁷～)；母親的長兄、"二舅"(ji⁷／li⁷～)；母親的二兄.

⑥大舅仔(tua⁷～a²)；妻的哥哥.

（2194）　【渴】　　　kě（ㄎㄜ）

Ⓐ文言音：(k'at⁴)；口乾，迫切等意思。

（例）　①渴慕(～bo⁷)；非常思慕. ②渴望(～bong⁷)；迫切地希望.

③渴求(～kiu⁵)；迫切地要求. ④渴念(～liam⁷)；非常想念.

Ⓑ白話音：(k'uah⁴)　（例)嘴乾喉渴(ts'ui³ta¹au⁵～)；口渴.

（2195）　【貓】　　　māo（ㄇㄠ）

"貓"字文言音讀：(biau⁵)，如"狸貓"(li⁵～)，白話音讀(ba⁵)，和
(niau¹)，一般則通用(niau¹)。

（例）　①貓仔(～a²)；貓.　　②貓面(～bin⁷)；麻臉.

③貓的(～e)；麻子，麻臉的人(多用於貶稱).

④貓貓看(～〃k'ua^{n3})；專心注視、又"金金看"(kim¹〃k'ua^{n3}).

⑤貓豹豹(～pa³〃)；臉上全是斑點，又説"貓卑巴"(～pi²pa³).

⑥貓神(～sin⁵)；小氣鬼，又指男人對女人的小動作．

⑦貓頭鷹(～t'au⁵eng¹／ing¹)；口語"公黃"(kong¹ng⁵)．

⑧烏貓(o¹～)；打扮妖冶的女子，(打扮妖冶的男人叫"烏狗")．

（2196）　【欽】　　　qīn（ㄑㄧㄣ）

"欽"字祇有一種讀音：(k'im¹)

（例）　①欽敬(～keng³／king³)；欽佩．

②欽佩(～pue³)．　　　　③欽定(～teng⁷)；皇帝親自裁定．

④欽差大臣(～ts'e¹tai⁷sin⁵)；皇帝派遣代表皇帝出外辦理重大事件的大官．

（2197）　【媒】　　　méi（ㄇㄟˊ）

Ａ 文言音：(mue⁵／mui⁵)

（例）　①媒介(～kai³)；仲介．②媒人(～lang⁵)，又音(hm⁵lang⁵)．

③媒婆(～pə⁵)；又"媒人婆"(hm⁵lang⁵pə⁵)．

④媒體(～t'e²)；指電視新聞等大眾傳播．

⑤媒妁(～tsiok⁴)；媒人．

Ｂ 白話音：(hm⁵)　媒人婆(hm⁵lang⁵pə⁵)；即媒人．

（2198）　【邪】　　　xié（ㄒㄧㄝˊ）

"邪"字祇有一種讀法：(sia⁵)，不正當也。

（例）　①邪氣(～k'i³)；鬼邪的氣氛．

②邪念(～liam⁷)；不正當的念頭，侵犯他人的想法．

③邪惡(～ok⁴)；不正而兇惡．④邪說(～suat⁴)；不正確的理論．

⑤邪道(～tə⁷)；不正的路子、方向．

⑥風邪(hong¹～)；因冷熱等侵襲致病．

⑦妖邪(iau¹～)；妖魔鬼怪等邪惡的東西．

820

（2199）　【脾】　　　pí（ㄆㄧ）

"脾"字偶而讀：(p'i⁵)，如"脾氣"(～k'i³)，一般多讀：(pi⁵)。

　（例）　①脾氣(～k'i³)；口語"性地"(seng³／sing³te⁷).

　　②脾土(～t'o²)；脾胃(土)的性能，"脾土開"(～t'o²k'ui¹)；胃口好.

　　③脾胃(～ui⁷／wi⁷)；脾和胃. ④開脾(k'ui¹～)；開胃口.

（2200）　【晝】　　　zhòu（ㄓㄡ）

Ⓐ文言音：(tiu³)，如"晝夜"(～ia⁷／ya⁷)；白天和晚上。

Ⓑ白話音：(tau³)

　（例）　①晝啦(～la)；中午了. ②下晝(e⁷～)；下午.

　　③過晝(kue³～)；超過正午. ④日晝(jit⁸～)；中午，"日頭晝"

　　(～t'au⁵). ⑤中晝(tiong¹～)；中午，"中晝時"(～si⁵)；中午

　　的時候.

（2201）　【扁】　　　biǎn（ㄅㄧㄢ）

Ⓐ文言音：(pian²)　如"扁食"(～sit⁸)；餛飩兒。

Ⓑ白話音：(pin²)和(piⁿ²)兩種

　Ⅰ[pin²]：扁擔(～taⁿ¹)；挑東西的竹槓.

　Ⅱ[piⁿ²]：　①扁的(～e)；"毋知圓抑扁"(m⁷tsai¹iⁿ⁵ah⁴～)；不

　　知是圓的或是扁的，喻對狀況全然不知道.

　　②扁柏(～peh⁴)；葉如魚鱗片的常綠喬木.

　　③扁桃腺(～t'ə⁵suaⁿ³)；在喉部兩側.

（2202）　【辰】　　　chén（ㄔㄣ）

"辰"字祇有一種讀法：(sin⁵)

　（例）　①辰時(～si⁵)；上午7～9點.

　　②良辰(liong⁵～)；美好的時光. ③星辰(seng¹～)；日月星的總稱.

④誕辰(tan³〜)；生日．

（2203）　【販】　　　fàn（ㄈㄢˋ）

A 文言音：(huan³)

　　(例)　①販仔(〜a²)；小商販．②販賣(〜be⁷／bue⁷)．

　　　　　③販運(〜un⁷／wun⁷)；搬賣、由甲地買貨運到乙地去賣．

B 白話音：(p'ua^{n3})；批發買或賣

　　(例)　①販貨(〜hue³)；批發買貨．

　　②販互人(〜ho⁷lang)；批發地賣給人家．

　　③販來賣(〜lai⁵be⁷／bue⁷)；批發買來賣．

（2204）　【詐】　　　zhà（ㄓㄚˋ）

"詐"字文言音爲：(tsa³)，白話音爲：(tse³)，僅通用文言音。

　　(例)　①詐降(〜hang⁵)；假投降．

　　②詐欺(〜k'i¹)；欺詐．　③詐騙(〜p'ian³)；哄騙．

　　④奸詐(kan¹〜)；虛僞詭詐．

（2205）　【囑】　　　zhǔ（ㄓㄨˇ）

"囑"字祇有一種讀音：(tsiok⁴)

　　(例)　①囑咐(〜hu³)；詳細吩咐、交待．

　　②囑托(〜t'ok⁴)；托人辦事．③叮囑(teng¹／ting¹〜)；吩咐．

　　④遺囑(ui⁵／wi⁵〜)；遺言．

（2206）　【卜】　　　bǔ（ㄅㄨˇ）

A 文言音：(pok⁴)

　　(例)　①卜卦(〜kua³)；占卜，口語"跋卦"(puah⁸kua³)．

　　②卜居(〜ki¹／ku¹)；擇地居住，"卜"有卜問選定之意．

③卜辭(〜su⁵)；甲骨文的内容多占卜的事而得名．

④未卜先知(bi⁷／bue⁷〜sian¹ti¹)；還没占卜便知未來．

B 訓讀音：(beh⁴)，要、欲也。

(例)　①卜抑毋(〜ah⁴m⁷)；要還是不要．

②卜去啦(〜k'i³la)；要去了．③天卜光(t'i'ⁿ¹〜kng¹)；天將亮．

④卜讀册(〜t'ak⁸ts'eh⁴)；要讀書，册即書也．

⑤無卜認輸(bə⁵〜jin⁷／lin⁷su¹)；不肯認輸．

（2207）　【悔】　huǐ（ㄏㄨㄟ）

"悔"字祇有一種讀音：(hue²)

(例)　①悔恨(〜hin⁷／hun⁷)；懊悔而不滿意．

②悔悟(〜ngo⁷)；悔過而醒悟．③悔改(〜kai²)；認識錯誤而改正．

④悔過(〜kə³)；反省並承認自己的錯誤．

⑤反悔(huan²〜)；反省悔悟．

（2208）　【皂】　zào（ㄗㄠ）

"皂"字的讀音祇有一種：(tsə⁷)

(例)　①皂白(〜pek⁸／pik⁸)；黑白，"皂"即黑也．

②皂烏擦白(〜o¹ts'at⁴peh⁸)；塗黑擦白．

③香皂(hiong¹〜)；洗澡用肥皂．④肥皂(hui⁵〜)．

（2209）　【拐】　guǎi（ㄍㄨㄞ）

"拐"字的讀音有：(kuaiⁿ²)，少用，一般多用：(kuai²)。

(例)　①拐囝仔(〜gin²a²)；欺騙小孩．

②拐騙(〜p'ian³)；欺詐騙取．③拐／枴杖(〜tiong⁷)；枴棍．

④拐走(〜tsau²)；騙走．⑤拐偦姥(〜tsa¹bo²)；欺騙愚弄婦女．

⑥互汝繪拐的／得(ho⁷li²be⁷／bue⁷〜 e/tit⁴)；讓你拐騙不了．

（2210）　【寓】　　　yù（ㄩ）

"寓"字祇有一種讀音：(gu⁷)

　　（例）　①寓言(～gian⁵)；有所寄托含意的言詞．

　　　②寓意(～i³／yi³)；寄托含意．③寓居(～ki¹)；在異鄉居住．

　　　④寓公(～kong¹)；指流亡國外的有錢人家．

　　　⑤寓所(～so²)；寓居的地方．

（2211）　【瓣】　　　bān（ㄅㄢ）

"瓣"字祇有一種讀音：(ban⁷)；花瓣、果實瓣。

　　（例）　①花瓣(hue¹～)．　　②蒜瓣(suan³～)；蒜頭的碎片．

　　　③柑仔兩瓣(kam¹a²lng⁷～)；兩片(瓣)橘子．

　　　④五瓣柚子(go⁷～iu⁷a²)．

（2212）　【罕】　　　hǎn（ㄏㄢ）

Ａ文言音：(han²)

　　（例）　①罕見(～kian³)；很少見．②罕得來(～tit⁴lai⁵)；很少來．

　　　③眞罕有(tsin¹～iu²)；眞稀少．④稀罕(hi¹～)；珍貴．

Ｂ白話音：(huaⁿ²)；模糊，彷彿之意。

　　（例）　①光罕罕(kng¹～〃)；茫然一片光亮．

　　　②黃罕(ng⁵～)；淡黃色．按白話音漢字又作"泛"或"幻"．

（2213）　【銜】　　　xián（ㄒㄧㄢ）

Ａ文言音：(ham⁵)；用嘴含、銜接等意思。

　　（例）　①銜恨(～hin⁷／hun⁷)；心中有怨恨、悔恨．

　　　②銜泥(～ni⁵)；嘴裡咬着泥土．③銜接(～tsiap⁴)；相連接．

　　　④官銜(kuaⁿ¹～)；官職稱號．⑤頭銜(t'au⁵～)；職位等級或稱號．

Ｂ白話音：(kaⁿ⁵)；交錯、拉攏。

(例)　①雞母銜雞仔子／囝(ke¹bu²／bə²～ke¹a²kiaⁿ²)；母雞拉攏小雞在自己懷中.　②銜做伙(～tsə³hue²)；拉攏在一起.

（2214）【恭】　　gōng（ㄍㄨㄥ）

"恭"字的詞義爲；有禮貌、敬意，讀音祇有一種：(kiong¹)。

(例)　①恭喜(～hi²).　②恭候(～ho⁵／hau⁵)；恭敬地等候.

③恭敬(～keng³)；嚴肅有禮貌. ④恭謹(～kin²)；謹愼恭敬.

⑤恭順(～sun⁷)；恭敬順從.⑥恭維(～ui⁵)；討好他人拍馬屁.

（2215）【秉】　　bǐng（ㄅㄧㄥ）

"秉"字的讀音爲：(peng²／ping²)，意爲掌握、拿着。

(例)　①秉公處理(～kong¹ts'u³li²)；主持公道處理.

②秉筆直書(～pit⁴tit⁸su¹)；拿着筆不隱諱地寫.

③秉承(～seng⁵／sing⁵)；承受、接受旨意.

④秉燭夜遊(～tsiok⁴ia⁷iu⁵)；提着燭火夜遊.

（2216）【廉】　　lián（ㄌㄧㄢ）

"廉"字祇有一種讀音：(liam⁵)；清廉，低價。

(例)　①廉價(～ke³)；價錢低、便宜.

②廉潔(～kiat⁸)；清廉潔白. ③廉恥(～t'i²)；廉潔羞恥.

④廉正(～tseng³)；廉潔正直. ⑤清廉(ts'eng¹～)；廉明、廉潔.

（2217）【銘】　　míng（ㄇㄧㄥ）

"銘"字祇有一種讀音：(beng⁵／bing⁵)；在器物上記述、深刻記住。

(例)　①銘文(～bun⁵)；銘刻的文字.

②銘記(～ki³)；深深地記在心裡. ③銘謝(～sia⁷)；深深地感謝.

④銘刻(～k'ek⁴)；刻記在器物上. ⑤感銘(kam²～)；心中感激不忘.

（2218） 【摔】　　　shuāi（ㄕㄨㄞ）

A 文言音：(sut⁴)；抽打

（例）①摔仔(～a²)；拂東西的工具，如"牛摔仔"(gu⁵～)；催促牛
走路時抽打牛用的東西．"蠓摔仔"(bang²～)；驅蚊子的撣子．

②摔胛脊骿(～ka¹tsiah⁴p'ia^{n1})；抽打背部．

B 訓讀音：(siak⁴)；跌倒，掉落。

（例）①摔破(～p'ua³)；口語有"摃破"(kong³p'ua³)．

②摔／踔倒(～tə²)；口語有"跋倒"(puah⁸tə²)．

（2219） 【儉】　　　jiǎn（ㄐㄧㄢ）

"儉"字祇有一種讀音：(k'iam⁷)

（例）①儉約(～iok⁴)；儉省節約．

②儉樸(～p'ok⁴)；儉省樸素．③儉省(～seng²)；節儉不浪費．

④儉腸捏肚(～tng⁵nih⁸to⁷)；形容節儉省吃．

⑤勤儉(k'in⁵～)．　　　⑥節儉(tsiat⁴～)．

（2220） 【喘】　　　chuǎn（ㄔㄨㄢ）

"喘"字的讀音祇有一種：(ts'uan²)

（例）①喘獪離(～be⁷／bue⁷li⁷)；上氣不接下氣．

②喘氣(～k'ui³)；呼吸．　③喘息(～sek⁴／sik⁴)；急促呼吸．

④喘大氣(～tua⁷k'ui³)；嘆息．⑤氣喘(k'i³～)；急促呼吸．

⑥澎澎喘(p'e^{n7}〃～)；喻喘得屬害、急促．

⑦停喘(t'eng⁵／t'ing⁵～)；歇息，又説"歇喘"(hiəh⁴～)．

（2221） 【廂】　　　xiāng（ㄒㄧㄤ）

A 文言音：(siong¹)

（例）①廂房(～pong⁵)；正房前面左右兩側的房屋，口語"護

厢"(ho⁷ts'u³)．　　　　　②西廂(se¹～)；西側的廂房．

B 白話音：(siuⁿ¹／sioⁿ¹)

(例)　①包廂(pau¹～)；舊式劇場裡特設的單間席位．

②車廂(ts'ia¹～)；火車或電車內有座位的單間．

（2222）　【婉】　　　wǎn（ㄨㄢˇ）

"婉"字祇有一種讀音：(uan²／wan²)

(例)　①婉言(～gian⁵)；婉轉的話語．

②婉約(～iok⁴)；委婉含蓄．③婉謝(～sia⁷)；婉轉地拒絕．

④婉辭(～su⁵)；同③．⑤婉轉(～tsuan²)；説話溫和轉彎．

（2223）　【腕】　　　wàn（ㄨㄢˋ）

A 文言音：(uan²／wan²)

(例)　①腕力(～lek⁸／lik⁸)；口語"手尾力"(ts'iu²be²／bue²lat⁸)．

②手腕(ts'iu²～)；手段，手腕兒．

B 白話音：(uaⁿ²／waⁿ²)　如"手腕骨"(ts'iu²～kut⁴)．

（2224）　【屢】　　　lǚ（ㄌㄩˇ）

"屢"字祇有一種讀音：(lu²)，一再也。

(例)　①屢見不鮮(～kian³put⁴sian²)；常看而不稀奇．

②屢屢(～〃)；屢次．　　　③屢次(～ts'u³)；一次又一次．

（2225）　【忌】　　　jì（ㄐㄧˋ）

"忌"字的讀音有：(ki⁷)和(k'i⁷)，後者用例較少，如"忌刻"(～k'ek⁴)
；忌妒刻薄，也作"忌克"；迴避，一般多通用(ki⁷)。

(例)　①忌諱(～hui⁷)；顧忌，禁忌，迴避，戒除．

②忌日(～jit⁸)；"忌辰"(～sin⁵)．③忌憚(～tan⁷)；畏懼．

．827．

④顧忌(ko³～)；因怕對人或對事不利而顧慮迴避．

⑤猜忌(ts'ai¹～)；疑惑別人對自己不利而有所不滿．

（2226）　【愧】　　　kuì（ㄎㄨㄟ）

"愧"字的詞義是對做錯的事感到不安、羞恥，讀音爲：(k'ui³)。

　　(例)　①愧汗(～han⁷)；因羞愧而流汗．

　　②愧恨(～hin⁷)；羞愧而悔恨．③愧怍(～tsok⁸)；慚愧．

　　④問心無愧(bun⁷sim¹bu⁵～)；自問沒有對不起自己良心的事．

　　⑤慚愧(ts'am⁵～)；做錯而不安．

（2227）　【騷】　　　sāo（ㄙㄠ）

"騷"字文言音爲：(sə¹)，白話音爲：(sau¹)，文言音較通用。

　　(例)　①騷客(～k'eh⁴)；即詩人．②騷擾(～jiau²／liau²)；擾亂．

　　③騷亂(～luan⁷)；使不安寧．④騷動(～tong⁷)；紛亂不安．

　　⑤風騷(hong¹～)；貪玩、不務正業．

　　⑥離騷(Li⁷～)；文學作品(楚辭)的篇名．

（2228）　【丸】　　　wán（ㄨㄢ）

"丸"字的詞義是小而圓形的東西，故有訓讀"圓"(iⁿ⁵／yiⁿ⁵)，但用法少，一般均通用文言音：(uan⁵／wan⁵)。

　　(例)①丸藥(～iəh⁸)；即藥丸．②丸散(～san²)；丸狀和粉狀的藥．

　　③肉丸(bah⁴～)；肉做的團子．④魚丸(hi⁵～)；魚團子．

　　⑤研心丸(geng²sim¹～)；煩悶苦惱的原因．

　　⑥結規丸(kiat⁴kui¹～)；凝聚成一團．

（2229）　【蒜】　　　suàn（ㄙㄨㄢ）

"蒜"有文言音：(suan³)，白話音：(sng³)，文言音較通用。

（例）　①蒜仔($\sim$a^2)；指蒜的莖和葉．

②蒜仔白($\sim$a^{2}peh^8)；指蒜莖白色部分．

③蒜頭($\sim$t'au^5)；大蒜，蒜的鱗莖．

（2230）　【俯】　　fǔ（ㄈㄨ）

"俯"字祇有一種讀音：(hu^2)；頭低下也．

（例）　①俯仰($\sim$giong^2)；低頭和抬頭，喻一舉一動．

②俯伏($\sim$hok^8)；趴在地上．③俯視($\sim$si^7)；從高處低頭往下看．

④俯首($\sim$siu^2)；低下頭．　⑤俯拾即是($\sim$sip^{8}tsek^4／tsik^{4}si^7)；

低下頭來撿到處都是，喻多的是．

⑥俯就($\sim$tsiu^7)；遷就、將就，要求對方擔任職務時的敬詞。

（2231）　【鹿】　　lù（ㄌㄨ）

"鹿"字的讀音祇有一種：(lok^8)。

（例）　①鹿仔($\sim$a^2)；鹿．②鹿茸($\sim$jiong^5)；雄鹿的嫩角還沒

長成硬骨時有茸毛，含血液有滋補作用．

③鹿角($\sim$kak^4)．　　　　④鹿港($\sim$kang^2)；在台灣中西部

，舊時爲良港，是泉州音的名所．

⑤鹿耳門($\sim$ni^{2}bun^5)；在台南市郊北西，爲鄭成功登陸處．

（2232）　【衙】　　yá（ㄧㄚ）

"衙"字有文言音：(ga^5)，亦有白話音：(ge^5)，通用的是白話音。

（例）　①衙門($\sim$mng^5)；舊時官廳叫"衙門"．

②衙役($\sim$iah^8)；衙門裡的差役．

（2233）　【轎】　　jiào（ㄐㄧㄠ）

"轎"字的文言音是：(kiau^7)，惟通用音是白話音：(kiə^7)。

（例）　①轎車($\sim$ts'ia^1）；小包車或嬰兒坐的有輪子的車．

②花轎(hue$^1\sim$)；轎子．③椅轎(i$^2\sim$)；嬰兒坐臥用的器具．

④扛轎(kng$^1\sim$)；抬轎子，喻支持．⑤坐轎(tse$^7\sim$)．

（2234）　【僵】　　jiāng（ㄐㄧㄤ）

"僵"字的讀音有：(kiong^1)、(k'iong^1)和(kiang^1)三 種 ，如 "僵 屍"
(kiong^1／k'iong^1／kiang^{1}si^7)；僵硬的屍體，一般通用：(kiong^1)。

（例）　①僵硬($\sim$ge^{n7}／gi^{n7})；肢體堅硬不能活動，口語"硬殼殼"
(ge^{n7}／gi^{n7}k'ok^4〃)．　　　②僵局($\sim$kiok^8)；僵持的局面．

③僵持($\sim$ts'i^5)；相持不下，互不讓步．

④凍僵／殭(tong$^3\sim$)；肢體因冰冷而不能活動．

（2235）　【諒】　　liàng（ㄌㄧㄤ）

"諒"字祇有一種讀音：(liong^7／liang^7)

（例）　①諒解($\sim$kai^2)；了解實情後加以原諒，或消除意見．

②諒情($\sim$tseng^5)；原諒．③寬諒(k'uan$^1\sim$)；原諒．

④體諒(t'e$^2\sim$)；設身處地爲人着想而給以原諒．

（2236）　【啞】　　yǎ（ㄧㄚ）

A 文言音：(a^2)

（例）　①啞然($\sim$jian^5／lian^5)；形容寂靜．

②啞口無言($\sim$k'au^{2}bu^{5}gian^5)；無言可說．

③聾啞(long^{5}a^2)；聾子和啞巴．

B 白話音：(e^2) 如"啞口"($\sim$kau^2)；啞巴．

（2237）　【滔】　　tāo（ㄊㄠ）

"滔"字祇有一種讀法：(t'ə^1)，水盛大彌漫也。

(例)　①滔滔不絕(～〃put⁴tsuat⁸)；話多而不中斷．

②滔天大罪(～t'ian¹tai⁷tsue⁷)；喻罪惡災禍大極了．

（2238）　【勢】　　　áo（ㄠ）

"勢"字的含義是壯健、有才能、擅長，讀音有文言音：(gə⁵)，但通用的是白話音：(gau⁵)．

(例)　①勢講話(～kong²ue⁷)；很會講話，貶義語爲"勢臭彈"(～ts'au³tuaⁿ¹)．　②勢開錢(～k'ai¹tsi⁵)；很會花錢．

③勢人(～lang⁵)；能幹的人．④勢寫字(～sia²ji⁷／li⁷)；字寫得好．

⑤勢受氣(～siu⁷k'i³)；容易生氣．⑥勢讀册(～t'ak⁸ts'eh⁴)；書念得好．　⑦勢食勢做(～tsiah⁸～tsə³)；會吃會幹活．

⑧假勢(ke²～)；喜歡賣弄才能，又"獪假會"(be⁷／bue⁷ke²e⁷)；不懂卻又僞裝成懂的樣子．⑨有夠勢(u⁷kau³～)；很了不起．

（2239）　【吻】　　　wěn（ㄨㄣ）

"吻"字祇有一種讀音：(bun²)；嘴唇、或它的動作．

(例)　①吻合(～hap⁸)；完全符合．

②接吻(tsiap⁴～)；口語"相／參斟"(siə⁷／saⁿ¹tsim¹)．

（2240）　【奠】　　　diàn（ㄉㄧㄢ）

"奠"字的讀法祇有一種：(tian⁷)，奠立或祭奠．

(例)　①奠儀(～gi⁵)；送給死者家屬的錢，代替祭品，相對於喜事的"紅包"(ang⁵pau¹)，喪事的奠儀戲稱"烏包"(o¹pau¹)；黑包也．

②奠基(～ki¹)；打下建築物的基礎．

③奠立(～lip⁸)；建立．　④奠定(～teng⁷)；使安定、穩固．

⑤奠都(～to¹)；確定首都地址．⑥香奠(hiong¹／hiuⁿ¹～)；奠儀．

⑦祭奠(tse³～)；爲死去的人舉行追思儀式．

（2241）　【捆／綑】　　　kǔn（ㄎㄨㄣˇ）

"捆"字祇有一種讀音：(k'un²)，用繩子把東繞繩打上結。

　　(例)　①捆行李(～heng⁵／hing⁵li²)；又綑行李.

　　②捆縛(～pak⁸)；綑綁.　③捆包(～pau¹)；打包綑綁.

　　④一綑柴(tsit⁸～ts'a⁵)；一捆(綑)的木柴.

（2242）　【姨】　　　yí（ㄧˊ）

"姨"字的讀音祇有一種：(i⁵／yi⁵)；母親的姐妹。

　　(例)　①姨仔(～a²)；妻之姐妹.

　　②姨啊(～a⁷)；母親的姐妹.　③姨婆(～pə⁵)；父母親的姨母.

　　④姨表(～piau²)；母親的姐妹的子女，如"姨表小妹" (～piau²

　　siə²muai⁷／be⁷)；姨表妹.　⑤姨丈(～tiuⁿ⁷／tioⁿ⁷)；姨母的丈夫.

　　⑥姨太太(～t'ai³〃)；妾.　⑦阿姨(a¹～)；姨母.

　　⑧母姨(bə²／bu²～)；姨母.　⑨細姨(se³／sue³～)；姨太太.

　　⑩大姨仔(tua⁷～a²)；妻的姐姐.

（2243）　【柏】　　　bǎi（ㄅㄞˇ）～bó（ㄅㄛˊ）

A 官話讀(ㄅㄞ)時，台語分文言音：(pek⁴)和白話音(peh⁴)。

　　(例)　①柏油(pek⁴iu⁵)；瀝青.　②松柏(siong⁵pek⁴).

　　③扁柏(piⁿ²peh⁴)；葉扁平如魚鱗狀的常綠喬木(參照2201).

B 官話讀(ㄅㄛ)時，台語祇有文言音：(pek⁴)。

　　(例)　①柏油(～iu⁵／yiu⁵).　②柏林(～lim⁵)；德國的首都.

（2244）　【聘】　　　pìn（ㄆㄧㄣˋ）

"聘"字的讀音祇有一種：(p'eng³／p'ing³)

　　(例)　①聘金(～kim¹)；訂婚時男方給女方的錢.

　　②聘禮(～le²)；聘請時的禮物，或訂婚禮金、禮物.

③聘書(～su^1)；聘請人的文件，又叫"聘函"(～ham^5).
④聘請(～$ts'ia^{n2}$)；請人擔任職務. ⑤延聘(ian^5～)；聘請.
⑥小聘($siə^2$～)；訂婚時頭一次送禮，即"送定"($sang^3tia^{n7}$)，又叫"小定"($siə^2tia^{n7}$)或"小聘"，又叫"捾定"($kua^{n7}tia^{n7}$).
⑦大聘(tua^7～)；結婚最後一次聘禮隆重(錢、物多)，叫"大聘"，又叫"大定"(tua^7tia^{n7}). ⑧完聘(uan^5～)；"大聘".

(2245) 【綁】 bǎng (ㄅㄤˇ)

"綁"字讀音爲：**($pang^2$)**；用繩帶等纏繞或捆扎。

(例) ①綁匪(～hui^2)；綁票人的匪徒.
②綁票(～$p'iə^3$)；把人誘劫後強令被劫者的家屬拿錢贖回.
③綁腿(～$t'ui^2$)；纏小腿的長布條，口語說"腳絭"($k'a^1tsat^4$).
④捆綁($k'un^2$～)；即捆縛.
按"綁"字台語常說"縛"(pak^8)。

(2246) 【乖】 guāi (ㄍㄨㄞ)

"乖"字文言音讀：**($kuai^1$)**，白話音爲：**(kue^1)**，通用文言音。

(例) ①乖巧伶俐(～$k'ah^8leng^2li^7$)；討人喜歡又聰明靈活.
②乖子／囝(～kia^{n2})；乖孩子. ③乖乖(～〃)；很聽話，順從.
④乖僻(～$p'iah^4$)；性情怪僻.

(2247) 【酥】 sū (ㄙㄨ)

"酥"字祇有一種讀音：**(so^1)**，乾鬆而易脆也。

(例) ①酥胸(～$heng^1$／$hing^1$)；膚白柔軟而膨脹的胸部.
②酥油(～iu^5／yiu^5)；牛乳的奶汁提練的脂肪.
③酥軟(～lng^2)；近虛脫狀態，全沒氣力，如"酸軟"(sng^1～)，"軟膏膏"($lng^2kə^5$〃). ④酥餅(～pia^{n2})；油炸餅.

⑤酥酥咧(〜〃le)；用油輕炸一下．

⑥肉酥(bah⁴〜)；肉的乾碎末．⑦魚酥(hi⁵〜)；魚的乾碎末．

（2248） 【寡】　　　guǎ（《ㄨㄚˇ）

"寡"字的讀音為：(kua²／kuaⁿ²)，少也。

　（例）　①寡婦(〜hu⁷)；死了丈夫的婦女．

②寡人(〜jin⁵／lin⁵)；古時君主自稱．

③老賊寡廉鮮恥(lau⁷ts'at⁸〜liam⁵sian²t'i²)；指第2次大戰後亡命台灣的中國人万年國代立委全没廉恥．

④孤陋寡聞(ko¹lo⁷〜bun⁵)；學識淺薄，見聞不多．

⑤一寡人(tsit⁸〜lang⁵)；一些人，"一寡"即一些．

⑥守寡(tsiu²〜)；婦女丈夫死後不再結婚．

⑦有寡物(u⁷／wu⁷〜mih⁸)；有些東西．

（2249） 【稠】　　　chóu（ㄔㄡˊ）

Ⓐ 文言音：(tiu⁵)

　（例）　①稠密(〜bit⁸)；多而密，口語"密密是"(bat⁸〃si⁷)．

②稠油(〜iu⁵／yiu⁵)；濃度高比重大的(石)油．

Ⓑ 白話音：(tiau⁵)

　（例）　①腳稠土(k'a¹〜t'o⁵)；腳附着泥土．

②熏食稠咧(hun¹tsiah⁸〜le)；香煙吸上了癮．

③嘴稠飯粒(ts'ui³〜png⁷liap⁸)；嘴附着米飯．

④縛稠咧(pak⁸〜le)；綁住．⑤攬稠咧(lam²〜le)；抱住．

⑥粘互稠(liam⁵／ho⁷〜)；好好粘(貼)住．

（2250） 【汝】　　　rù（ㄖㄨˋ）

"汝"字的讀音為：(li²／lu²)；你也。

(例) ①汝輩(～pue³)；你們. ②汝曹(～tsə⁵)；你們.
③無汝卜安怎(bə⁵～beh⁴／bueh⁴an¹tsua^{n2})；没你要怎麼辦.

（2251） 【擅】　　　shàn（ㄕㄢ）

"擅"字祇有文言音的讀法：(sian⁷)；獨斷、專長。

(例) ①擅離職守(～li⁷tsit⁴siu²)；獨斷地離開崗位.
②擅長(～tiong⁵)；善於，特長.
③擅自(～tsu⁷)；對職權外的事自作主張.

（2252） 【謹】　　　jǐn（ㄐㄧㄣ）

"謹"字的讀法爲：(kin²)；小心，鄭重也。

(例) ①謹嚴(～giam⁵)；謹愼嚴密.
②謹啓(～k'e²)；鄭重地説，寫信時用語.
③嚴愼(～sin⁷)；對言行注意，口語"細膩"(se³／sue³ji⁷／li⁷).

（2253） 【雀】　　　quē（ㄑㄩㄝ）

按"雀"字的讀音很亂，文言音有：(tsiok⁴)、(ts'iok⁴)和(ts'iak⁴)3種
，白話音也有：(tsiəh⁴)、(tsiah⁴)和(ts'iah⁴)3種，其中文言音的
(ts'iok⁴)最通用。

(例) ①雀躍(～iok⁴／yok⁴)；高興得像雀鳥跳躍.
②雀斑(～pan¹)；黑褐色或黃褐色的斑點，口語有"胡蠅屎痣"
(ho⁵sin⁵sai²ki³).　　　　　③孔雀(k'ong²～).
④麻雀(mua⁵～)；即麻將，又小鳥名.

（2254） 【賄】　　　huì（ㄏㄨㄟ）

"賄"字文言音有：(hue²)～(hue³)，白話音有：(he²)

(Ⅰ)[hue²]：家賄(ke¹～)；家財、家庭，又音(ke¹he²).

・ 835 ・

（Ⅱ）[hue³]：①賄賂(～lok⁸)；買通別人替自已謀利而贈送財物.

②賄選(～suan²)；用財物買選票.

（2255）　【鱗】　　　lín（ㄌㄧㄣ）

Ａ文言音：(lin⁵)

（例）　①鱗爪(～jiau²／liau²)；喻事情的片斷.

②遍體鱗傷(p'ian³te²～siong¹)；全體都是傷痕(像魚鱗般多).

Ｂ白話音：(lan⁵)，魚鱗(hi⁵～)、蛇鱗(tsua⁵～).

（2256）　【塌】　　　tā（ㄊㄚ）

Ａ文言音：(t'ap⁴)；塡補，下陷也。

（例）　①塌陷(～ham⁷)；沈陷. ②塌額(～giah⁸)；塡補缺額.

③塌空(～k'ang¹)；塡上空缺的部分.

④塌縫(～p'ang⁷)；塡空隙. ⑤倒塌(tə³～)；反倒貼錢.

Ｂ白話音：(lap⁴)；凹陷也。

（例）　①塌落去(～ləh⁸k'i)；凹陷下去.

②塌底(～te²)；底部凹陷下去.

（2257）　【獅】　　　shī（ㄕ）

獅"字文言音爲：(su¹)，白話音爲：(sai¹)，通用白話音。

（例）　①獅仔鼻(～a²p'iⁿ⁷)；寬大的鼻子.

②好鼻獅(hə²p'iⁿ⁷～)；嗅覺敏銳，指螞蟻.

③弄獅(lang⁷～)；獅子舞，"弄龍"(lang⁷leng⁵).

④膨／胖獅獅(p'ong³～〃)；膨脹、鼓脹得很厲害.

（2258）　【癢】　　　yǎng（ㄧㄤ）

"癢"字文言音爲：(iong²／yong²)，白話音爲：(tsiuⁿ⁷／tsioⁿ⁷)，

一般通用白話音。

（例）①抓癢(jiau³／giau³～)．②腳倉癢(k'a¹ts'ng¹～)；屁股癢，"無代無誌腳倉癢"(bə⁵tai⁷bə⁵tsi³～)；代誌即事情，喻本來没事自找麻煩．　　　　　　③爬癢(pe⁵～)；搔癢．

（2259）【寇】　　kòu（ㄎㄡ）

"寇"字祇有一種讀音：(k'o³)，盜匪、侵略行爲也。

（例）①寇邊(～pian¹)；侵略邊境．
②寇仇(～siu⁵)；仇敵．　③海寇(hai²～)；海上的盜匪．
④賊寇(ts'at⁸～)．

（2260）【鷹】　　yīng（ㄧㄥ）

"鷹"字的讀音祇有一種：(eng¹／ing¹)

（例）①鷹犬(～k'ian²)；打獵的工具，喻供驅使的爪牙，走狗．
②鷹仔目(～a²bak⁸)；銳利的目光．
③鷹鼻(～p'i⁷)；老鷹的鼻子，又叫"嬰哥鼻"(eng¹kə¹p'i⁷)，或"啄鼻"(tok⁴p'i⁷)．　　　④貓頭鷹(niau¹t'au⁵～)．

（2261）【燭】　　zhú（ㄓㄨ）

A 文言音：(tsiok⁴)

（例）①花燭(hua¹～)；指舊時結婚新房內點的蠟燭，"洞房花燭夜"(tong⁷pong⁵～ia⁷／ya⁷)；洞房即結婚的新房．
②洞燭其奸(tong⁷～ki⁵kan¹)；看清楚奸計．

B 白話音：(tsek⁴／tsik⁴)

（例）①蠟燭(lah⁸～)；又叫"蠟條"(lah⁸tiau⁵)．
②一百燭(tsit⁸pah⁴～)；即100瓦特的電燈泡．
③燭台(～tai⁵)；插蠟燭的器具，多用銅錫等製成．

（2262）　【哄】　　　　hōng～hǒng（ㄏㄨㄥ）

A 官話讀第1聲時，台語祇有一種讀音：(hong¹)。

　　（例）　①哄動(～tong¹)；同時驚動很多人.

　　②哄堂大笑(～tong⁵tua⁷ts'iə³)；全屋子的人大笑起來.

　　③哄傳(～t'uan⁵)；紛紛傳説.

B 官話讀第3聲時，台語文言音爲：(hong²)，白話音爲：(hang²
／haⁿ²)，以白話音較通用。

　　（例）　①哄無膽的(～bə⁵taⁿ²e)；恫嚇膽子小的人.

　　②哄人(～lang)；恫嚇人家，"勢哄人"(gau⁵～)；善於恫嚇他人.

　　③哄頭大(～t'au⁵tua⁷)；嚇唬人的氣勢大.

　　④哄騙(～p'ian³)；又恐喝又詐騙，口語有"唬人"(ho²lang).

（2263）　【龜】　　　　guī（ㄍㄨㄟ）

A 文言音：(kui¹)

　　（例）　①龜甲(～kah⁴)；即"龜殼"(ku¹k'ak⁴).

　　②龜縮(～siok⁴)；像烏龜老把頭縮在殼內.

　　③龜頭(～／ku¹t'au⁵)；陰莖前端部分.

　　④烏龜生理(o¹～seng¹／sing¹li²)；賣笑、賣淫或阿設客人的生
意，"烏龜"(o¹kui¹)；指娼館的老板，"做烏龜"(tsə³～)；指妻
賣淫或紅杏出牆的男人.

B 白話音：(ku¹)

　　（例）　①龜腳趒出來(～k'a¹sə⁵ts'ut⁴lai)；喻露出馬腳.

　　②龜精(～tsiⁿ¹)；老練、吝嗇. ③紅龜粿(ang⁵～kue²)；蓋有烏
龜模型的紅色年糕，喜慶時必用. ④墓龜(bong⁷～)；墓身造
型如龜背.　　　　　　　　⑤曲龜(k'iau¹～)；駝背.

（2264）　【喩】　　　　yù（ㄩ）

"喻"字文言音讀：(u⁷／wu⁷)，惟一般多通用白話音：(ju⁷／lu⁷)。

（例）　①曉喻(hiau²～)；告知、說明．

②家喻戶曉(ka¹～ho⁷hiau²)；每家每戶都知道．

③理喻(li²～)；說明．　④比喻(pi²～)；比方．

（2265）　【淵】　　　yuān（ㄩㄢ）

"淵"字祇有一種讀音：(ian¹／yan¹)；深水也。

（例）　①淵源(～guan⁵)；本源．②淵博(～p'ok⁴)；學識深而廣．

③淵藪(～so²)；事物或人聚集處．④天淵(t'ian¹～)；天上和地下．

⑤深淵(ts'im¹～)；深湛、深而有水之地．

（2266）　【蕊】　　　ruǐ（ㄖㄨㄟ）

"蕊"字的讀音祇有一種：(lui²)；花蕊也。

（例）　①雄蕊(hiong⁵～)；雄的花蕊．

②花蕊(hua¹／hue¹～)．③雌蕊(ts'u¹～)；雌性的花蕊．

④兩蕊目睭(lng⁷～bak⁴tsiu¹)；一對眼睛．

⑤三蕊花菜(saⁿ¹～hue¹ts'ai³)；三顆花菜．

⑥一蕊花(tsit⁸～hue¹)；一朵花．

（2267）　【侮】　　　wǔ（ㄨ）

"侮"字祇有一種讀法：(bu²)；欺負也。

（例）　①侮蔑(～biat⁸)；輕蔑、輕視．

②侮辱(～jiok⁸／liok⁸)；損害對方的人格、尊嚴．

③外侮(gua⁷～)；外來的欺凌．④欺侮(k'i¹～)；欺負．

（2268）　【枕】　　　zhěn（ㄓㄣ）

"枕"字的讀音祇有一種：(tsim²)

(例)　①枕木(～bok⁸)；橫舖在鐵路基床上的木頭，上面舖鐵軌，使鐵軌固定，今多改用水泥製品．

②枕巾(～kin¹)；舖在枕頭上的布塊，即"枕頭布"(～t'au⁵po³)．

③枕頭(～t'au⁵)．　　　④枕藉(～tsek⁴)；很多人交錯倒地躺臥一起．　　　⑤冰枕(peng¹～)；橡皮製枕頭裡裝冰塊給發燒的人當枕頭用可以降低體溫．

（2269）【兌】　　duî（ㄉㄨㄟˋ）

"兌"字文言音讀：(tui⁷)，白話音讀：(tue⁷)，後者較常用．

(例)　①兌現(～hian⁷)；憑票據向銀行換現款．

②兌付(～hu³)；憑票據支付現款．

③兌換(～uaⁿ⁷)；用一種貨幣換另一種貨幣．

④匯兌(hue⁷～)；銀行或郵局根據匯款人的委託把款項匯給指定的收款人．

（2270）【寥】　　liáo（ㄌㄧㄠˊ）

"寥"字詞義為；稀少、靜寂，讀音為：(liau⁵)．

(例)　①寥若晨星(～jiok⁸／liok⁸sin⁵seng¹／sing¹)；像早上天空的星星那麼少，喻稀少．　②寥寥無幾(～〃bu⁵ki²)；非常少．

③寥落(～lok⁸)；稀少冷落．④寂寥(tsek⁴～)；靜寂空虛．

（2271）【凄／悽】　　qī（ㄑㄧ）

A 文言音：(ts'e¹)

(例)　①凄風苦雨(～hong¹k'o²u²)；天氣惡劣，喻景遇悲慘凄涼．

②凄涼(～liang⁵)；寂寞冷落．③悽愴(～ts'ong¹)；悽慘悲傷．

B 白話音：(ts'i¹／ts'iⁿ¹)

(例)　悽慘落魄(～ts'am²lok⁸p'ek⁴／p'ik⁴)；喻景遇悲慘．按表

悲傷難過用"悽"字，表冷落蕭條用"淒"字。

（2272）　【廈】　　　　shà（ㄕㄚ）～xià（ㄒㄧㄚ）

Ⓐ官話讀（ㄕㄚ）時，台語讀：(ha⁷)，如"高樓大廈"（kə¹lo⁵tai⁷～）
　；高而大的建築物。

Ⓑ官話讀（ㄒㄧㄚ）時，台語讀：(e⁷)，如"廈門"（～mng⁵）。

（2273）　【腥】　　　　xing（ㄒㄧㄥ）

"腥"字的文言音為：(seng¹)，少用，一般通用白話音：(ts'iⁿ¹)。

　　（例）　①腥臊／膻（～hian³）；又腥又膻的氣味．

　　②腥氣（～k'ui³）；魚蝦等的腥味，口語"臭臊味"(ts'au³ts'ə¹bi⁷)．

　　③腥臊（～ts'ə¹）；腥臭的氣味．④臭腥(ts'au³～)；又腥又臭．

（2274）　【鈞】　　　　jūn（ㄐㄩㄣ）

"鈞"字的讀音祇有一種：(kin¹)，30斤為1鈞，又敬辭。

　　（例）　①鈞鑒（～kam³）；請看的敬語．

　　②鈞啓（～k'e²）；請打開．③鈞座（～tsə⁷）；尊稱有官職的對方．

　　④千鈞一髮(ts'ian¹～it⁴／yit⁴huat⁴)；3萬斤的東西壓住1根頭髮，
　　　形容非常危險．

（2275）　【啼】　　　　tí（ㄊㄧ）

"啼"字的文言音為：(t'e⁵)，白話音為：(t'i⁵)，通用白話音。

　　（例）　①啼叫（～kiə³）；出聲叫喊．②啼哭（～k'au³）；出聲哭．

　　③啼笑皆非（～ts'iə³kai¹hui¹）；哭笑不得，令人難受又令人好笑．

　　④雞啼(ke¹～)．

（2276）　【蹄】　　　　tí（ㄊㄧ）

"蹄"字文言音為：(te⁵)，白話音為：(tue⁵)，兩音互為通用。

(例)　①蹄仔(～a²)；蹄，如"手蹄仔冷啾啾"(ts'iu²～a²leng²／ling²ki¹〃)；手掌冰冷．②腳蹄(k'a¹～)；腳的趾掌．

（2277）　【屁】　　pì（ㄆㄧ）

"屁"字的文言音為：(p'i³)，白話音為：(p'ui³)，後者通用。

(例)　①屁先(～sian¹)；放屁專家，喻專說空話．

②屁話(～ue⁷／we⁷)；不合情理的話．

③放屁(pang³～)．　　　　④臭屁(ts'au³～)；喻態度傲慢．

（2278）　【誦】　　sòng（ㄙㄨㄥ）

"誦"字的詞義是；念出聲來，讀音為：(siong⁷)。

(例)　①誦經(～keng¹／king¹)；念經文，又說諭、說個不停．

②誦念(～liam⁷)．　　　③朗誦(long²～)；出聲念．

④背誦(pue⁷～)，口語說"暗念"(am³liam⁷)或"越念"(uat⁴～)．

（2279）　【釣】　　diào（ㄉㄧㄠ）

"釣"字的讀音祇有一種：(tie³)

(例)　①釣魚(～hi⁵)．②釣鈎(～kau¹)；"魚鈎仔"(hi⁵kau¹a²)．

③釣竿(～kuaⁿ¹)．　　　　④釣被單(～p'ue⁷tuaⁿ¹)；被單是被子的外套兒，釣是縫紉的方法之一，針孔間隔大，線大部分藏在布的裡層，外露少．

按"釣"字有讀(tiau³)，例少，"着釣"(tiəh⁸～)；上釣，上當也．

（2280）　【袍】　　páo（ㄆㄠ）

"袍"字的詞義是中國式的長衣，讀音有文言音：(p'o⁵)，少用，一般通用白話音：(p'au³)。

・842・

（例）　①龍袍(leng^5／ling^5～)；舊時帝王所穿的長袍.

②棉袍(mi^5～)；棉製長衣. ③黃袍(ng^5～)；專指帝王穿的長袍.

④長袍(tng^5～).

（2281）　【敷】　　fū（ㄈㄨ）

"敷"字詞義為：塗、舖開，讀音有文言音的(hu^1)和白話音的(p'o^1)。

A 文言音：(hu^1)

（例）　①敷衍(～ian^2)；敘述而加以引伸.

②敷衍了事(～liau^{2}su^7)；表面應付而不負責.

③敷藥(～iəh^8)；又音(ko^{5}iəh^8). ④敷陳(～tin^5)；詳細敘述.

B 白話音：(p'o^1)

（例）　敷設(～siat^4)；舖設(軌道等)，又音(hu^{1}siat^4).

（2282）　【聊】　　liáo（ㄌㄧㄠ）

"聊"字祇有一種讀音：(liau^5)

（例）　①聊賴(～lai^7)；憑借，即"聊靠"(～k'ə^3).

②聊表謝意(～piau^{2}sia$^{7/3}$／yi^3)；姑且表示謝意.

③民不聊生(bin^{5}put^4～seng^1／sing^1)；人民沒有憑借來生活的.

④聊天(～t'ian^1)；閑談. ⑤無聊(bu^5～)；閑得發悶.

（2283）　【嗣】　　sì（ㄙ）

"嗣"字為接續、繼承的意思，讀音有(su^7)和(si^7)，前者較通用。

（例）　①嗣後(～au^7)；以後. ②嗣位(～ui^7／wi^7)；繼位.

③後嗣(ho^7～)；子孫，又說"子嗣"(tsu^2～).

（2284）　【嗯】　　ńg～ǹg（ㄤ）

按"嗯"字為象聲詞，官話有各種讀音，台語亦有3種讀音。

A [ng²]：嗯！（～）；給嬰兒催促大便的呼聲．

B [ng³]：嗯、啥物代誌(～sia^{n2}mih^8tai^7tsi^3)；嗯，什麼事？

C [ng⁵]：第5聲強調上昇語調，如官話的第2聲，表示疑問．如；
嗯？汝講啥？(～li²kong²sia^{n2}?)；嗯，你講什麼？

（2285） 【姬】　　jī（ㄐㄧ）

"姬"字是古時對婦女的美稱，又稱妾，讀音祇有一種：(ki¹)。

　（例）　①姬妾(～ts'iap⁴)；妾也．②舞姬(bu²～)；舞女．

　③妖姬(iau¹～)；妖艷的美女．④歌姬(kə¹～)；即歌女．

　⑤姓姬(se^{n3}／si^{n3}～)．　　⑥侍姬(si⁷～)；侍妾，侍女．

（2286） 【狡】　　jiǎo（ㄐㄧㄠ）

"狡"字祇有一種讀音：(kau²)；狡猾、陰險。

　（例）　①狡點(～hat⁴)；狡詐．②狡怪(～kuai³)；狡獪、狡詐．

　③狡猾／滑(～kut⁸)；詭計多端．④狡辯(～pian⁷)；狡猾強辯．

　⑤狡兔三窟(～t'o³sam¹k'ut⁴)；喻藏身的地方多．

　⑥狡詐(～tsa³)；狡猾奸詐．

（2287） 【笨】　　bèn（ㄅㄣ）

"笨"字祇有一種讀音：(pun⁷)，沈重、遲鈍、不聰明也。

　（例）　①笨腳笨手(～k'a¹～ts'iu²)；手腳不靈敏、動作遲鈍．

　②笨蛋(～tan³)；蠢人．　③笨重(～tiong⁷)；龐大沈重．

　④笨憚(～tua^{n7})；懶惰，又作"貧憚"(pin⁵tua^{n7})．

　⑤笨頭笨腦(～t'au⁵～nau²)；呆頭呆腦，腦筋差．

　⑥笨拙(～tsuat⁴)；不聰明、不靈巧．

　⑦笨傖(～ts'iang⁵)；身體胖而粗大，行動遲鈍．

　⑧愚笨(gu⁵～)；腦筋不好。

（2288）　【箍】　　　gū（《ㄨ）

"箍"字的讀音爲：$(k'o^1)$，圍繞，周圍，圓圈的意思。

　　（例）　①箍圓箍($\sim i^{n5}$／$yi^{n5}\sim$)；畫圓圈.

　　②箍互倚來($\sim ho^7ua^2$／wa^2lai)；圍攏過來.

　　③箍桶($\sim t'ang^2$)；把桶圍聚. ④目箍($bak^8\sim$)；眼圈.

　　⑤柴箍($ts'a^5\sim$)；圓形的木柴. ⑥番薯箍($han^1tsu^5\sim$)；塊狀的

　　地瓜，"番薯箍湯"($\sim t'ng^1$). ⑦嘴箍($ts'ui^3\sim$)；嘴的周圍.

　　⑧一箍銀($tsit^8\sim gin^5$)；一塊錢.

（2289）　【僧】　　　sēng（ㄙㄥ）

"僧"文言音爲：$(seng^1$／$sing^1)$，惟通用的是白話音：$(tseng^1$

／$tsing^1)$。

　　（例）　①僧侶($\sim li^7$／lu^7)；僧徒. ②僧尼($\sim ni^5$)；和尚跟尼姑.

　　③僧俗($\sim siok^8$)；出家的僧尼和一般人.

　　④高僧($kə^1\sim$)；有學問德望的和尚.

（2290）　【諷】　　　fěng（ㄈㄥ）

"諷"字的讀音祇有一種：$(hong^2)$；用含蓄的話勸告或指責。

　　（例）　①諷誦($\sim siong^7$)；抑揚頓挫地誦讀.

　　②諷刺($\sim ts'i^3$).　　　③譏諷($ki^1\sim$)；用尖刻的話指摘

　　或嘲笑對方的錯誤.　　　④嘲諷($tiau^5\sim$)；嘲笑諷刺.

（2291）　【嘲】　　　cháo（ㄔㄠ）

"嘲"字的讀音爲：$(tiau^5)$，另有讀(tau^1)，很少用。

　　（例）　①嘲諷($\sim hong^2$)；嘲笑諷刺.

　　②嘲弄($\sim lang^7$)；嘲笑戲弄，口語"創治"($ts'ong^3ti^7$).

　　③嘲罵($\sim me^7$)；嘲笑辱罵. ④嘲笑($\sim ts'iə^3$)；用言語恥笑.

（2292）　【譏】　　　jī（ㄐ丨）

"譏"字的讀音祇有一種：(ki¹)，責罵、謗斥也。

（例）　①譏諷(～hong²)；冷譏熱諷、嘲笑指責.

②譏評(～p'eng⁵)；惡評、謗斥. ③譏笑(～ts'ia³)；譏諷嘲笑.

（2293）　【枉】　　　wǎng（ㄨㄤ）

"枉"字的讀音爲：(ong²)

（例）　①枉法(～huat⁴)；歪曲或破壞法律.

②枉費(～hui³)；白費、空費. ③枉然(～jian⁵／lian⁵)；徒然.

④枉屈(～k'ut⁴)；冤枉受委屈. ⑤枉死(～si²)；不該而死了.

⑥冤枉(uan¹／wan¹～)；冤屈没做壞事硬誣指有做.

（2294）　【嶄】　　　zhǎn（ㄓㄢ）

Ⓐ文言音：(tsam²)；相當地、高峻、高出也。

（例）　①嶄然(～jian⁵／lian⁵)；相當地，"嶄然好"(～ho²)；相當
好，"嶄然厲害"(～li⁷hai⁷)；相當厲害.

②嶄新(～sin¹)；非常新，又"新點點"(sin¹tiam²〃).

Ⓑ白話音：(tsaⁿ²)；切、截、裁。

（例）　①嶄近路(～kin⁷lo⁷)；抄近道.

②尾仔嶄掉(bue²／be²a²～tiau⁷)；尾部裁掉，"嶄尾溜"(～bue²
liu⁷). "嶄稻仔尾"(～tiu⁷a²bue²)；剝取他人的成果.

③齊嶄(tse⁵～)；使整齊.

（2295）　【焚】　　　fén（ㄈㄣ）

"焚"字的讀音祇有一種：(hun⁵)；燒也。

（例）　①焚化(～hua³)；燒毀. ②焚毀(～hui³)；燒掉.

③焚掠(～liok⁸)；放火搶劫. ④自焚(tsu⁷～)；燒自己.

（ 2296 ）　【猴】　　　hóu（ㄏㄡ）

"猴"字文言音爲：(ho⁵)，惟一般則通用白話音：(kau⁵)。

　　（例）　①猴戲(～hi³)；用猴子耍把戲．

　　②變猴弄(piⁿ³～lang⁷)；耍猴戲，搞玩藝兒．

　　③猴抲／偏／拼(～p'eⁿ¹／p'iⁿ¹)；挑剔，吹毛求疵、斤斤計較．

　　④猴齊天(～tse⁵t'ian¹)；指孫悟空，喻好動不停，又因其會變

　　魔術(72變)，喻有辦法．　⑤老猴(lau⁷～)；貶指年老男子．

　　⑥掠猴(liah⁸～)；捉姦．　　⑦瘖猴(san²～)；瘦皮猴．

　　⑧着猴(tiəh⁸～)；小孩病弱瘦削像皮猴，又指小毛病的發作。

（ 2297 ）　【攬】　　　lǎn（ㄌㄢ）

"攬"字祇有一種讀音：(lam²)，摟抱的意思。

　　（例）　①攬卡／較恒咧(～k'ah⁴an⁵le)；抱緊一點．

　　②攬被鼓(～p'ue⁷ko²)；摟舖蓋．③攬一大把(～tsit⁸tua⁷pe²)；

　　摟一大把．　　　　　　　　④攬查／偌姥(～tsa¹bo²)；抱女人．

　　⑤攬倚來(～ua²lai)；摟過來．⑥相攬(siə¹～)；互相擁抱．

　　⑦一大攬(tsit⁸tua⁷～)；一大捆(兩手圍攏的程度)．

（ 2298 ）　【爵】　　　jǔé（ㄐㄩㄝ）

"爵"字祇有一種讀法：(tsiok⁴)。

　　（例）　①爵祿(～lok⁸)；爵位和俸祿．

　　②爵士(～su⁷)；最低的封號，不世襲，不屬貴族．

　　③爵位(～ui⁷／wi⁷)；貴族封號的等級．

　　④公爵(kong¹～)．　　　　⑤伯爵(pek⁴／pik⁴～)．

（ 2299 ）　【詭】　　　guǐ（ㄍㄨㄟ）

"詭"字的讀音祇有一種：(kui²)；欺詐、奸猾。

(例) ①詭計(～ke³)；狡詐的計策，同"鬼計"(kui²ke³)．
②詭辯(～pian⁷)；狡辯． ③詭詐(～tsa³)；狡詐．

（2300） 【魄】　　pò（ㄆㄛˋ）

"魄"字的讀音爲：(p'ek⁴／p'ik⁴)

(例) ①魄力(～lek⁸／lik⁸)；有膽識和果斷的作風．
②魂魄(hun⁵～)；附在身體的精神，"三魂七魄"(sam¹～ts'it⁴～)．
③氣魄(k'i³～)；氣勢、魄力． ④落魄(lok⁴／ləh⁴～)；潦倒失意．

（2301） 【惶】　　huáng（ㄏㄨㄤˊ）

A 文言音：(hong⁵)

(例) ①惶惑(～hek⁸／hik⁸)；因不了解情況而害怕，口語"轆
轆掣"(lak⁸〃ts'uah⁴)． ②惶恐(～k'iong²)；驚慌害怕．

B 白話音：(hiaⁿ⁵)　如"驚惶"(kiaⁿ¹～)；惶恐．

（2302） 【贓】　　zāng（ㄗㄤ）

"贓"字文言音爲：(tsong¹)，白話音爲：(tsng¹)；通用白話音，意
爲不義的財物。

(例) ①贓款(～k'uan²)；貪污受賄或偷來的錢．
②分贓(hun¹／p'un¹～)；瓜分不義的財物．
③追贓(tui¹～)；追回贓款(物)．④賊贓(ts'at⁸～)；偷來的財物．

（2303） 【癌】　　ái（ㄞ）　　yán（ㄧㄢˊ）

"癌"字的讀音祇有一種：(gam⁵)；上皮組織生長出來的惡性腫瘤，
迄今仍爲不治之症，成爲"絕症"的代名詞。

(例) ①肺癌(hi³～)． ②血癌(hueh⁴～)；白血球異常增多，
紅血球減少，脾臟腫大，眩暈等症狀的病．

③肝癌(kua^{n1}～).　　　④皮膚癌(p'ue^5hu^1～).

⑤食道癌(sit^8tə^7～).　　⑥胃癌(ui^7／wi^7～).

（2304）【歉】　　qiàn（ㄑㄧㄢˋ）

"歉"字的讀音爲：(k'iam^2)

(例)　①歉意(～i^3／yi^3)；抱歉的意思.

②歉疚(～kiu^7)；覺得對別人不起、感到不安.

③歉收(～siu^1)；收成不好. ④抱歉(p'ə^7～).

⑤致歉(ti^3～)；表示歉意. ⑥道歉(tə^7～).

（2305）【扳】　　bān（ㄅㄢ）

Ⓐ文言音：(pan^1)

(例)　①扳1速了後扳2速、3速(～it^4sok^4liau^2au^7～ji^7／li^7sok^4
san^1sok^4)；拉1擋後拉2擋3擋.（開車步驟）

②扳對倒ㄐ／平去(～tui^3tə^3peng^5／ping^5k'i)；向左拉過去.

Ⓑ白話音：(pian^1)

(例)　①盒仔蓋用手扳繪開(ah^8a^2kua^3iong^7ts'iu^2～bue^7k'ui^1)；盒
子的蓋兒徒手拉不開. ②扳倒轉去(～tə^2tng^2k'i)；扳回去.

Ⓒ訓讀音：(pan^2)，十扳仔(sip^8～a^2)；扳手.

（2306）【鄙】　　bǐ（ㄅㄧˇ）

"鄙"字的讀音有：(pi^2)和(p'i^2)，後者較通用，詞義是粗俗、低下。

(例)　①鄙夷(～i^5／yi^5)；輕視. ②鄙人(～jin^5)；謙稱自己.

③鄙棄(～k'i^3)；看不起而厭棄. ④鄙陋(～lo^7)；見識淺薄.

⑤鄙視(～si^7)；輕視. 　　⑥鄙俗(～siok^8)；庸俗.

⑦卑鄙(pi^1～)；語言、行爲低級、惡劣.

⑧邊鄙(pian^1～)；邊遠的地方(受中央輕視而用＂鄙＂字).

（2307） 【軀】　　　qū（ㄑㄩ）

A 文言白話音：(k'u¹)；身體也。

　　(例)　①軀幹(～kan³)；指頭和四肢除外的人體.

　　②軀殼(～k'ak⁴)；對精神而言的肉體.

　　③軀體(～t'e²)；身軀.　④身軀(sin¹～).

B 俗讀音：(su¹)；身和軀的合音。

　　(例)　①這軀衫有合軀(tsit⁴～saⁿ¹u⁷hah⁸～)；這套衣服有合身.

　　②規軀(kui¹～)；整套衣服.　③一軀(tsit⁸～)；一套衣服.

（2308） 【貶】　　　biǎn（ㄅㄧㄢˇ）

"貶"字的讀音祇有一種：(pian²)；降低、批評也。

　　(例)　①貶抑(～ek⁴／ik⁴)；貶低壓抑.

　　②貶義(～gi⁷)；不贊成或不好的含義.

　　③貶低(～te¹)；降低評價.　④貶謫(～tek⁴／tik⁴)；降官職.

　　⑤貶值(～tit⁸)；降低價值.　⑥貶斥(～t'ek⁴／t'ik⁴)；貶低排斥.

　　⑦貶黜(～t'ut⁴)；貶斥罷黜.　⑧褒貶(pə¹～)；褒是貶的反義語，
　　讚揚、誇獎的意思，褒貶是誇獎或斥責.

（2309） 【褒】　　　bāo（ㄅㄠ）

"褒"字的讀音祇有一種：(pə¹)，讚揚、誇獎的意思。

　　(例)　①褒歌(～kua¹)；男女對唱一問一答方式的情歌、民間
　　小調，本為勞動時、行船、走路過程自然發生的.

　　②褒貶(～pian²)；評論好壞.　③愛人褒(ai³lang～)；喜歡被人
　　誇獎.　④囝仔食褒(gin²a²tsiah⁸～)；小孩子被誇獎就會聽話.

（2310） 【寵】　　　chǒng（ㄔㄨㄥˇ）

A 文言音：(t'iong²)；偏愛、喜愛也。

(例) ①寵愛(～ai³)；偏愛. ②寵幸(～heng⁷／hing⁷)；寵愛.

③寵信(～sin³)；寵愛信任. ④失寵(sit⁴～)；失去寵愛.

B 白話音：(t'eng²／t'ing²)如"寵恚"(～seng⁷／sing⁷)；嬌縱。

（2311） 【炊】　　chuī（ㄔㄨㄟ）

A 文言音：(ts'ui¹)，煮飯燒菜也。

(例) ①炊烟(～ian¹／yan¹)；燒飯時冒出的烟，口語"火燻"
(hue²／he²hun¹).　　　　　　②炊具(～k'u⁷)；燒飯菜的器具.

③炊事(～su⁷)；燒飯做菜洗碗等工作.

B 白話音：(ts'ue¹)；蒸也。

(例) ①炊饅頭(～ban⁷tau⁵)；蒸饅頭.

②炊飯(～png¹)；蒸飯.

（2312） 【滇】　　diān（ㄉㄧㄢ）

"滇"字的文言音有：(tian¹)和(tian⁷)，在台語裡很少用，白話音：
(tiⁿ¹)，較通用，意爲充滿，盈滿。

(例) ①滇滿滿(～buan²ㄌㄌ)；水盈滿.

②飽滇(pa²～)；充滿.

（2313） 【栓】　　shuān（ㄕㄨㄢ）

"栓"字文言音讀：(suan¹)，如"消火栓"(siau¹hue²／he²～)等語例少，
通用白話音：(sng¹)。

(例) ①栓仔(～a²)；塞子. ②紙栓(tsua²～)；紙製塞子.

③柴栓(ts'a⁵～)；木製插鞘或塞子.

（2314） 【拴】　　shuān（ㄕㄨㄢ）

"拴"字的詞義爲；用繩子等繞在物體上，再打上結，讀音有文言音：

・ 851 ・

(suan¹)，用語少，有白話音：(sng¹)較通用。

(例) ①拴互恒(～ho⁷an⁵)；拴緊，"恒"(an⁵)；即緊密牢固．

②拴無好勢(～bə⁵hə²se³)；沒拴好．

③用手拴(iong⁷／eng⁷ts'iu²～)，"用索仔拴"(～soh⁴a²～)．

（2315） 【虹】 hóng（ㄏㄨㄥ）

"虹"字官話讀(hong)時，台語文言音爲：(hong⁵)，俗讀音爲：
(k'eng⁷／k'ing⁷)．官話讀(jiang)時，台語文言音爲：(kang³)，俗
讀音仍爲(k'eng⁷)．虹是大氣中一種光的現象；指天空中的小水珠
因日光的折射和反射作用所形成的弧形彩帶現象．

(例) ①虹彩(hong⁵ts'ai²)；虹的光彩．②虹彩膜(～moh⁸)；眼
球中層的圓形膜．③虹雨(hong⁵u²／wu²)；出虹時所下的小雨，
俗稱"虹尿"(k'eng⁷jio⁷)．④虹橋(k'eng⁷kio⁵)；虹(弧)形的橋．

（2316） 【焊】 hàn（ㄏㄢ）

"焊"字的文言音是：(han⁷)，用例少，多通用白話音：(huaⁿ⁷)，詞
義爲；用熔化的金屬黏合或修補金屬物．

(例) ①焊工(～kang¹)；焊接工人、或作業．

②焊接(～tsiap⁴)；用加熱或加壓力將金屬工件連接起來．

③電焊(tian⁷～)；用電氣焊接．

（2317） 【裙】 qún（ㄑㄩㄣ）

"裙"字的讀音祇有一種：(kun⁵)，裙子也．

(例) ①裙頭(～t'au⁵)；裙子的上端部分．

②布裙(po³～)． ③長裙(tng⁵～)．

④圍軀裙(ui⁵／wi⁵su¹～)；即圍裙．⑤衫仔裙 (saⁿ¹a²～)；上衣
和裙子，泛指女性的衣服．⑥裙釵 (～t'e¹／t'ue¹)；舊時指婦女．

（2318） 【兜】　　　dōu（ㄉㄡ）

"兜"字文言音爲：(to^1)，詞例少，通用音爲白話音：(tau^1)。

　　(例)　①護照互人兜咧(ho^{7}tsiau^{3}ho^{7}lang^5～le)；護照被扣留.

　　②伊互人兜著／佇派出所(I^1／Yi^{1}ho^{7}lang^5～ti^{3}p'ai^{3}ts'ut^{4}so^2)；
他被扣留在派出所.　　　③兜2萬箍(～lng^{7}ban^{7}k'o^1)；扣
留2萬塊.　　　④㑩／阮兜(guan^2／gun^2～)；我家、我們家.
　　⑤個兜(in^1～)；他家、他們家.⑥恁兜(lin^2～)；你家、你們家.
　　⑦年兜(ni^5～)；年尾、年底. ⑧厝邊兜(ts'u^{3}pi^{n1}～)；鄰居.

（2319） 【孵】　　　fū（ㄈㄨ）

A 文言音：(hu^1)

　　(例)　①孵化(～hua^3)；使卵變成幼雛.

　　②孵卵(～luan^7)；母鳥類伏在卵上.

B 俗讀音：(pu^7)，漢字另作"覆"字。

　　(例)　①孵／覆雞仔(～ke^{1}a^2)；孵小雞.

　　②孵／覆卵(～lng^7)；孵卵，又喻做事費時，行動緩慢.

　　③1孵／覆雞仔(tsit^8～ke^{1}a^2)；1次孵化的雛雞.

（2320） 【曝】　　　pù（ㄆㄨ）

"曝"字的文言音有：(pok^8)和(p'ok^8)，一般多用白話音：(p'ak^4)。

　　(例)　①曝顙頭(～gong^{7}t'au^5)；在炎日下晒得頭昏腦脹.

　　②曝日(～jit^8／lit^8)；晒太陽. ③曝粟(～ts'ek^4)；晒谷子.

　　④曝甲凋／乾凋凋(～kah^{4}ta^{1}k'ok^8〃)；晒得乾巴巴的.

　　⑤曝光(pok^{8}kong^1)／(p'ak^{8}kng^1)；膠卷感了光，事情曝露出來.

（2321） 【乞】　　　qǐ（ㄑㄧ）

"乞"字的讀音祇有一種：(k'it^4)，意爲向人討、要求。

(例) ①乞降(～hang⁵)；要求對方接受投降.

②乞憐(～lian⁵)；希望得到同情. ③乞食(～tsiah⁸)；乞丐.

④乞援(～uan⁷)；請求援助. ⑤求乞(kiu⁵～)；請求、要求.

（2322）【豈】　qǐ（ㄑㄧˇ）

"豈"字祇有一種讀音；(k'i⁵)，詞義爲反問、哪、何以。

(例) ①豈非(～hui¹)；難道不是，"豈非故意"(～ko³i³╱yi³).

②豈有此理(～iu²╱yiu²ts'u²li²)；哪有這個道理，按豈有的口
語是"敢有" (ka^n²╱kam²u⁷)，"敢有這號道理"(～tsit⁴hə⁷tə⁷li²).

③豈敢(～kam²)；怎麼敢，口語説"敢敢"(kam²ka^n²).

④豈但(～tan³)；不但，口語爲"毋但"(m⁷na⁷).

（2323）【韻】　yùn（ㄩㄣˋ）

"韻"字祇有一種讀音：(un⁷╱wun⁷)，好聽的聲音。

(例) ①韻母(～bə²╱bu²)；漢語的音節構造中，聲母(子音)
和聲調以外的部分，主要的包括母音，亦有包括鼻音(n,ng)的.

②韻味(～bi⁷)；含蓄的意味，"韻味無窮"(～bu⁵k'iong⁵).

③韻尾(～bue²╱be²)；韻尾的收尾部分，有母音收尾的叫"陰
韻"(im¹～)，有鼻音(n,ng)收尾的叫陽韻(iong⁵～).

④韻文(～bun⁵)；有節奏韻律的文學體裁，或指這種體裁的文
章；詩、詞、賦等. ⑤韻腳(～k'a¹)；韻文句末押韻的字.

⑥韻律(～lut⁸)；詩詞中的平仄格式，和押韻規則.

⑦韻事(～su⁷)；風雅的事. ⑧押韻(ah⁴～)；某些文句的末字
用韻母相同或相近的字，使音調和諧優美，叫押韻.

（2324）【眷】　juàn（ㄐㄩㄢˋ）

"眷"字的讀音爲：(kuan³)，詞義爲親屬，關心。

(例) ①眷顧(～ko³)；關心照顧. ②眷念(～liam⁷)；想念.
③眷戀(～luan⁵)；留戀. ④眷屬(～siok⁸)；家眷、親屬.

（2325） 【曠】 kuàng（ㄎㄨㄤ）

"曠"字有文言音：(k'ong³)和白話音：(k'ng³)，通用的是文言音。
(例) ①曠野(～ia²／ya²)；空曠的原野.
②曠課(～k'ə³)；不請假缺課. ③曠闊(～k'uah⁴)；空闊.
④曠達(～tat⁸)；心胸開闊. ⑤曠職(～tsit⁴)；不請假的缺勤.

（2326） 【濺】 jiàn（ㄐㄧㄢ）

"濺"字的讀音有文言音：(tsian⁷)，如"飛濺"(hui¹～)；水滴飛射，
一般多通用白話音：(tsua^{n7})。
(例) ①濺水(～tsui²)；射水. ②濺甲規四界全全水(～kah⁴kui¹
si³ke³tsuan⁵〃tsui²)；濺射得到處都是水.
③亂濺(luan⁷～)；喻亂説話. ④烏白濺(o¹peh⁸～)；同③.

（2327） 【煎】 jiān（ㄐㄧㄢ）

A 文言音：(tsian¹)
(例) ①煎魚(～hi⁵). ②煎豆腐(～tau⁷hu⁷).
③煎水餃(～tsui²kiau²)；煎餃子.
B 白話音：(tua^{n1})
(例) ①煎藥(～iok⁸)；煮藥. ②煎茶(～te⁵)；燒開水泡茶.

（2328） 【淆】 xiáo（ㄒㄧㄠ）

"淆"字的讀音有文言音的(hau⁵)和俗讀音的(gau^{n5})，兩音通用，詞
義爲：混雜。
(例) ①淆惑(hau⁵hek⁸)；混淆迷惑. ②淆雜(hau⁵tsap⁸)；混雜.

③混淆不清(hun⁷hau⁵／gauⁿ⁵put⁴ts'eng¹)；混雜得分不清楚.

（2329）　【暮】　　mù（ㄇㄨˋ）

"暮"字祇有一種讀音：(bo⁷)，傍晚也。

（例）　①暮靄(～ai³)；傍晚的雲霧.

②暮鼓晨鐘(～ko²tsin²tsiong¹)；喻使人警覺醒悟的話.

③暮氣(～k'i³)；精神低落，"朝氣"(tiau⁵k'i³)的反義語.

④暮年(～lian⁵)；晚年.　⑤暮色(～sek⁴)；傍晚昏暗的天色.

⑥暮春(～ts'un¹)；春季的末期，舊曆3月.

⑦日暮(jit⁸～)；傍晚.　　⑧歲暮(sue³～)；年末.

（2330）　【墓】　　mù（ㄇㄨˋ）

"墓"字文言音：(bo⁷)，白話音爲：(bong⁷)，通用白話音。

（例）　①墓穴(～hiat⁴)；口語"墓壙"(～k'ong³)，"墓窟"(～k'ut⁴).

②墓龜(～ku¹)；墓身上面部分如龜背故謂之.

③墓牌(～pai⁵)；即"墓碑"(～pi¹).

④墓地(～te⁷).　⑤墓誌(～tsi³)；刻在墓碑的死者事跡.

⑥墳墓(hun⁵～).　　　　⑦培墓(pue⁷～)；祭掃墳墓.

⑧掃墓(sau³～)；拜墓，又叫"探墓厝"(t'am³～ts'u³).

（2331）　【吼】　　hǒu（ㄏㄡˇ）

"吼"字文言音：(ho²)，詞例少，白話音：(hau²)較通用，詞義爲大
聲哭叫或情緒激動地呼喊。

（例）　①吼𣍐煞(～be⁷／bue⁷suah⁴)；哭不停.

②吼喝(～huah⁴)；大聲叫喊. ③吼叫(～kiə³)；喊叫.

④愛吼(ai³～)；動不動就哭.⑤勢吼(gau⁵～)；哭喊得厲害.

⑥吼甲目屎四滴垂(～ kah⁴bak⁸sai²si³ lam⁵sui⁵)；哭得滿臉淚水.

（2332）　【賺】　　　zhuàn（ㄓㄨㄢˋ）

"賺"字文言音為：(tsam⁷)，白話音：(tsuan²)較通用。

　　（例）　①賺寡仔(～kua²a²)；賺了一點兒．

　　②賺淡薄仔(～tam⁷pəh⁸a²)；賺一些．

　　③賺錢(～tsi^{n5})，又說"趁錢"(t'an³tsi^{n5})．

　　④賺食(～tsiah⁸)；詐騙．　⑤無賺(bə⁵～)；沒賺錢．

　　按台語口語裡跟賺意思一樣的有"趁"(t'an³)．

（2333）　【鉸】　　　jiǎo（ㄐㄧㄠˇ）

"鉸"字的文言音為：(kau¹)和(kau²)，白話音有：(ka¹)和(ka²)，其中通用的是：(ka¹)，意為剪也。

　　（例）　①鉸開(～k'ui¹)；剪開．②鉸布(～po³)；剪裁布料．

　　③鉸衫仔褲(～sa^{n1}a²k'o³)；剪裁衣料．

　　④鉸刀(～tə¹)；剪刀．　　　⑤鉸紙(～tsua²)；剪紙．

（2334）　【咒／呪】　　　zhòu（ㄓㄡ）

"咒"字的讀音祇有一種：(tsiu³)

　　（例）　①咒死坐誓(～si²tse⁷tsua⁷)；發誓．

　　②咒誓(～tsua⁷)；發誓．　③咒讖(～ts'am³)；責備、怨言．

　　④符咒(hu⁵～)；符和咒語．⑤念咒(liam⁷～)；誦念咒語．

（2335）　【煞】　　　shā（ㄕㄚ）

"煞"字的官話音有第1聲和第4聲兩種不同聲調的讀法，台語則分文言音：(sat⁴)和白話音：(suah⁴)，祇通用白話音。

　　（例）　①煞尾(～be²／bue²)；收尾，最後．

　　②煞繪直(～be⁷／bue⁷tit⁸)；竟不能收拾、竟不罷休．

　　③煞無(～bə⁵)；哪没有？．④煞無合意(～bə⁵kah⁴／hah⁴i³)；

竟不中意． ⑤煞戲（～hi^7）；戲演完．

⑥煞氣（～k'ui^3）；過癮，"啉獪煞氣"(lim^{1}be^7／～）；喝得不過癮．

⑦煞來（～lai^5）；馬上來，也來． ⑧煞毋去（～m^{7}k'i^3）；竟不去．

⑨煞筆（～pit^4）；收尾． ⑩煞煞去（～〃k'i^3）；算了吧．

⑪煞死去（～si^{2}ki^3）；竟死了． ⑫煞是（～si^7）；怎麼會是？！

⑬煞有（～u^7／wu^7）；竟有，哪有？

⑭獪煞（be^7～）；不罷休，如"講獪煞"(kong^2～）；講不完．

⑮毋願煞（m^{7}guan^7～）；不肯罷休，又説"無卜煞"(bə^{5}beh^4
／bueh^4～）．

（2336） 【搓】 cuō（ㄘㄨㄛ）

"搓"字的詞義是兩個手掌相對或一個手掌放在別的東西上擦、揉，
讀音有文言音：(ts'ə^1)和白話音：(sə^1)，一般通白話音。

　（例） ①搓圓仔（～i^{n5}／yi^{n5}a^2）；搓（揉）團子．

　　②搓圓仔湯（～t'ng^1）；競爭者暗中談條件得某種利益退出競爭．

　　③搓腳輦／輪手（～k'a^{1}lian^{2}ts'iu^2）；形容躍躍欲試．

　　④搓麻索（～mua^{5}sə^4）；搓麻繩．

（2337） 【揀】 jiǎn（ㄐㄧㄢ）

"揀"字文言音爲：(kan^2)，通用的是白話音：(keng^2)，挑選的意思。

　（例） ①揀無半項（～bə^{5}pua^{n3}bang^7）；一樣也没挑到．

　　②揀來揀去（～lai^5～k'i）；挑來挑去．

　　③揀東揀西（～tang^1～sai^1）；挑東挑西．

（2338） 【募】 mù（ㄇㄨ）

"募"字祇有一種讀音：(bo^7)

　（例） ①募捐（～kuan^1）；募集捐款．

②募兵(～peng¹／ping¹)；招募軍隊.

③募集(～tsip⁸)；廣泛徵集. ④招募(tsiə¹～)；募集.

（2339） 【淹】　yān（丨ㄢ）

"淹"字的文言音是：(iam¹)，通用的是白話音：(im¹／yim¹)，水滿漫也.

（例）　①淹密(～bat⁸)；淹沒. ②淹到腳目(～kau³k'a¹bak⁸)；

水淹到腳脖子. 　③淹大水(～tua⁷tsui²)；大水瀰漫.

（2340） 【灼】　zhuó（ㄓㄨㄛ）

"灼"字文言音為：(tsiok⁴)，白話音為：(tsiəh⁴)，文言音較通用.

（例）　①灼見(～kian³)；透徹的見解.

②灼熱(～jiat⁸)；口語"燒燙燙"(siə¹t'ng³〃).

③灼傷(～siong¹)；被火燙傷.

（2341） 【躬】　gōng（ㄍㄨㄥ）

"躬"字意為：彎下身子，親自，讀音祇有一種：(kiong¹).

（例）　①躬行(～heng⁵／hing⁵)；親自實行.

②反躬自省(huan²～tsu⁷seng²／sing²)；自身反省.

③鞠躬(kiok⁴～)；彎腰行禮.

（2342） 【覺】　jué（ㄐㄩㄝ）

"覺"字的讀音為：(kak⁴).

（例）　①覺悟(～ngo⁷)；醒悟，由迷惑而明白.

②覺察(～tsat⁴)；發覺. ③覺醒(～ts'eⁿ²／ts'iⁿ²)；醒悟.

④發覺(huat⁴～)；開始知道. ⑤感覺(kam²～).

⑥視覺(si⁷～). 　⑦聽覺(t'iaⁿ¹～).

（2343）【彰】　　　zhāng（ㄓㄤ）

"彰"字的詞義是；顯著、明顯，讀音祇有一種：(tsiong¹)。

　　(例)　①彰明(～beng⁵／bing⁵)；使明顯起來．

　　②彰化(～hua³)；台灣中部的都市名．

　　③彰著(～ti³)；顯著．　　④表彰(piau²～)；表揚．

（2344）【淪】　　　lún（ㄌㄨㄣ）

Ⓐ文言音：(lun⁵)，沈淪也。

　　(例)　①淪亡(～bong⁵)；滅亡．②淪陷(～ham⁷)；被敵佔領．

　　③淪落(～lok⁸)；墜落、流落．④淪喪(～song¹)；淪亡．

　　⑤沈淪(tim⁵～)；沈沒．

Ⓑ白話音：(lng³)，鑽入也。

　　(例)　①淪腳縫(～k'a¹p'ang⁷)；鑽進股下．

　　②淪磅硿(～pong⁷k'ang¹)；鑽進隧道．

　　③淪鑽(～tsng³)；鑽營、到處活動，拉關係．

　　④淪出來(～ts'ut⁴lai)；鑽出來．按(lng³)表鑽入時，亦作"𡂖"字．

（2345）【庶】　　　shù（ㄕㄨ）

"庶"字的讀音祇有一種：(su³)，衆多也。

　　(例)　①庶民(～bin⁵)；百姓．②庶母(～bə²／bu²)；父親的妾．

　　③庶務(～bu⁷)；一般事務．④庶幾乎(～ki¹ho⁵)；這樣才……．

　　⑤庶出(～ts'ut⁴)；妾所生，反義語爲"嫡出"(tek⁸／tik⁸ts'ut⁴)．

　　⑥富庶(hu³～)；富有．

（2346）【竄】　　　cuàn（ㄘㄨㄢ）

Ⓐ文言音：(ts'uan³)，亂跑，歪斜也長出來。

　　(例)　①竄牙(～ge⁵)；牙齒歪斜地長出來．

②竄擾(～jiau²／liau²)；小股的人騷擾.

③竄改(～kai²)；改動，僞改. ④流竄(liu⁵～)；亂逃.

⑤亂竄(luan⁷～)；亂跑.

B 白話音：(ts'ua^{n3})，橫斜地長出、傲慢。

　(例)　①竄根(～kin¹)；又音(ts'uan³kin¹)；橫斜地長出根來.

　　　　②竄逼逼(～piak⁴〃)；很神氣傲慢不講道理.

〔2347〕 【翹】　　　qiáo（ㄑ丨ㄠ）

A 官話讀第2聲時，台語讀：(kiau⁵)，抬頭也。

　(例)　①翹企(～k'i²)；形容盼望殷切.

　　　　②翹首(～siu²)；抬起頭來看. ③翹楚(～ts'o²)；喻傑出的人.

B 官話讀第4聲時，台語讀：(k'iau³)，一頭向上仰起。

　(例)　①翹尾溜(～be²／bue²liu¹)；尾巴翹起來.

　　　　②翹腳倉(～k'a¹ts'ng¹)；翹屁股，"腳倉"又作"尻川".

　　　　③翹起來(～k'i²lai).　　　④翹嘴(～ts'ui³)；撅嘴.

　　　　⑤四腳翹上天(si³k'a¹～tsiu$^n7$／tsio^{n7}t'i^{n1})；四腳朝天.

〔2348〕 【淫】　　　yín（丨ㄣ）

"淫"字的文言音爲：(im⁵／yim⁵)，訓讀音爲：(tam⁵)，意爲含水多，
另外寫成"澹"字，一般則通用文言音。

　(例)　①淫亂(～luan⁷)；在性行爲上沒倫理觀念.

　　　　②淫藝(～siat⁴)；猥褻. ③淫蕩(～tong¹)；淫亂放蕩.

　　　　④淫威(～ui¹／wi¹)；濫用權力的威勢、威力.

　　　　⑤荒淫(hong¹～)；貪戀酒色.

〔2349〕 【巫】　　　wū（ㄨ）

"巫"字祇有一種讀音：(bu⁵)。

（例）　①巫婆（～pə⁵）；女巫，裝神弄鬼爲業的女人．

②巫師（～su¹）；多指男巫，又叫"童乩"(tang⁵ki¹)．

③巫術（～sut⁸）；裝神弄鬼的法術．

（2350）　【拂】　　fú（ㄈㄨ）

"拂"字的讀音祇有一種文言音：(hut⁴)，口語説(sut⁴)，寫成"捽"。

（例）　①拂逆（～gek⁸／gik⁸）；違背、反對．

②拂曉（～hiau²）；天快亮的時候．

③拂塵（～tin⁵）；撢塵土驅蚊蠅的用具，口語説"蚊／蠓捽仔"
(bang²sut⁴a²)．　　　　　　④吹拂(ts'ue¹～)；迎面吹來．

（2351）　【瀾】　　lán（ㄌㄢ）

A 文言音：(lan⁵)；大波浪也。

（例）　波瀾壯闊(p'o¹～tsong³k'uah⁴)；波浪雄壯而遼闊．

B 白話音：(nua⁷)；口水，唾沫。

（例）　①瀾鬚（～ts'iu¹）；唾沫星子．②流瀾(lau⁵～)；流口水．

（2352）　【贖】　　shú（ㄕㄨ）

"贖"字祇有一種讀音：(siok⁸)，抵換，抵銷之意。

（例）　①贖回（～hue⁵）；用財物等換取回來．

②贖身（～sin¹）；換取人身自由．③贖罪（～tsue⁷）；抵銷所犯
的罪過．

（2353）　【鋤】　　chú（ㄔㄨ）

"鋤"字的詞義是除草和鬆土的農具，讀音有文言音：(tso⁵)，詞例
罕見，一般均通用俗讀音：(ti⁵／tu⁵)。

（例）　①鋤奸（～kan¹）；鏟鋤壞蛋．

②鋤頭($\sim$t'au^5)；除草和鬆土用的農具．

③鋤草($\sim$ts'au^2)；鏟除雜草．

（2354）　【聰】　　　cōng（ㄘㄨㄥ）

"聰"字的讀音有：(ts'ong^1)和(ts'ang^1)，通用前者。

　　(例)　①聰明($\sim$beng^5／bing^5)．②聰慧($\sim$hui^7)；聰明有智慧．

　　　③聰穎($\sim$eng^2／ing^2)；即聰明．

（2355）　【稚】　　　zhî（ㄓ）

"稚"字的詞義是幼小，讀音祇有一種：(ti^7)。

　　(例)　①稚氣($\sim$k'i^3)；孩子氣，口語説"囝仔氣"(gin^{2}a^{2}k'i^3)．

　　②幼稚(iu^3／yiu^3$\sim$)；頭腦簡單没經驗．

　　③童稚(tong^5$\sim$)；小孩．

（2356）　【迂】　　　yū（ㄩ）

"迂"字祇有一種讀音：(u^1／wu^1)；曲折、繞彎也。

　　(例)　①迂腐($\sim$hu^2)；拘泥於舊習不知適應時代．

　　②迂回($\sim$hue^5)；繞大彎．③迂曲($\sim$k'iok^4)；迂回曲折．

　　④迂闊($\sim$k'uah^4)；不切實際．⑤迂論 ($\sim$ lun^7)；繞圈子
　　不切實際 (不着邊際) 的議論，迂遠的議論．

（2357）　【淤】　　　yū（ㄩ）

"淤"字的詞義爲；泥沙沈積而堵塞,血不流通,讀音：(u^1／wu^1)。

　　(例)　①淤血($\sim$hiat^4)；凝聚不流通的血．

　　②淤泥($\sim$ni^5)；沈積的泥沙，口語"土糜"(t'o^{5}be^5／bue^5)．

　　③淤塞($\sim$sek^4／sik^4)；因泥沙沈積而堵塞．

　　④淤積($\sim$tsek^4／tsik^4)；泥沙在水中沈積．

（2358）　【苟】　　　gǒu（ㄍㄡ）

"苟"字的讀音祇有一種：(ko²)

　　（例）　①苟安(～an¹)；眼前的安逸.

　　②苟合(～hap⁴)；男女不正當的結合.

　　③苟活(～huat⁸)；暫時的生存. ④苟同(～tong⁵)；隨便地同意.

　　⑤苟全(～tsuan⁵)；暫且保全生命.

　　⑥苟且(～ts'ia^n2)；得過且過，男女不正當的事.

（2359）　【魁】　　　kuí（ㄎㄨㄟ）

"魁"字的文言音爲：(k'ue¹)，白話音爲：(k'e¹)，通用的是文言音。

　　（例）　①魁梧(～go⁵)；身體強壯高大.

　　②魁甲(～kah⁴)；科考榜首，狀元.

　　③魁星(～seng¹／sing¹)；主宰文運的神，"帶魁星"(tua³～)；
　　命中有讀書運.　　　　　　　④魁首(～siu²)；首魁，頭目.

　　⑤魁偉(～ui²／wi²)；魁梧，又"高長大漢"(kuan⁵ts'iang⁵tua⁷han³).

（2360）　【刪】　　　shān（ㄕㄢ）

"刪"字的讀音祇有一種：(san¹)；削除某些文字或句子。

　　（例）　①刪改(～kai²)；削改，削除修改文字句子.

　　②刪削(～siah⁴)；刪改削減. ③刪除(～tu⁵)；削去、刪掉.

（2361）　【酌】　　　zhuó（ㄓㄨㄛ）

"酌"字的讀音祇有一種：(tsiok⁴)，倒酒、喝酒也。

　　（例）　①酌量(～liong⁷)；斟酌、估量.

　　②酌辦(～pan⁷)；衡量辦理. ③酌情(～tseng⁵)；斟酌情況.

　　④菲酌(hui²～)；便酒飯，亦即薄酒粗飲. ⑤斟酌 (tsim¹～)；
　　考慮事情、字句等是否適當或是否可行,又小心、留神.

864

（2362）　【閨】　　　quī（ㄍㄨㄟ）

"閨"字的讀音有：(kui¹)和(ke¹)，以(kui¹)較通用，詞義爲：上圓下方的小門，閨房。

　　（例）　①閨女(～lu²)；未婚的女子，口語"在室女"(tsai⁷sek⁴lu²)．

　　②閨房(～pong⁵)；口語"綉房"(siu³pang⁵)；女子居住的内室．

　　③閨秀(～siu³)；舊時指大戶人家的女兒．

　　④深閨(ts'im¹～)；在深處的閨房．

（2363）　【撇】　　　piě（ㄆㄧㄝ）

"撇"字文言音爲：(p'iat⁴)，白話音爲：(puat⁴)，通用文言音。

　　（例）　①撇掃帚(～sau³ts'iu²)；拿着掃帚撇來撇去掃地．

　　②兩撇嘴鬚(lng⁷～ts'ui³ts'iu¹)；兩撇鬍鬚．

　　③無半撇(bə⁵pua^{n3}～)；没一技之長，没半點本領．

　　④飄撇(p'iau¹～)；漂亮，帥．

（2364）　【緝】　　　jī（ㄐㄧ）

"緝"字的讀音爲：(tsip⁴／ts'ip⁴)；捕捉，用繩繫也。

　　（例）　①緝拿(～na²)；搜查捉拿．

　　②緝捕(～po²)；緝拿．　③緝私(～su¹)；緝捕走私．

　　④編輯(pian¹～)．　　　⑤通緝(t'ong¹～)；通令緝捕．

（2365）　【侄／姪】　　　zhí（ㄓ）

"侄"字的讀音爲：(tit⁸)

　　（例）　①侄仔(～a²)；即侄兒．②侄女(～lu²／li²)；侄女．

　　③侄女婿(～sai³)；侄女的丈夫，口語叫"孫婿"(sun¹～)．

　　④侄媳婦(～sek⁴／sik⁴hu⁷)；侄兒的妻，口語説"孫新婦"(sun¹sin¹pu⁷)．

（2366）　【卒】　　　zú（ㄗㄨˊ）

"卒"字的讀音祇有一種：(tsut^4)

　　（例）　①卒業(～qiap^8)；畢業．②病卒(pe^{n7}／pi^{n7}～)；病死．

　　③生卒年月(seng^1／sing^1～lian^{5}guat^8)；生死年月．

　　④士卒(su^7～)；下級士兵．

（2367）　【娶】　　　qǔ（ㄑㄩˇ）

"娶"字的讀音文言音爲：(ts'u^2)，訓讀音爲：(ts'ua^7)，把女子接過來成親，以訓讀音較通用。

　　（例）　①娶姥／媒(ts'ua^{7}bo^2～)；娶妻．

　　②娶細姨(～se^{3}yi^5)；娶小老婆．③娶新娘(～sin^{1}niu^5)．

　　④娶親(ts'u^{2}ts'in^1～)；男子結婚．⑤嫁娶(ke^{3}ts'ua^7)．

（2368）　【佃】　　　diàn（ㄉㄧㄢˋ）

"佃"字的讀音祇有一種：(tian^7)；租種土地也。

　　（例）　①佃戶(～ho^7)；向人租佃土地的農戶．

　　②佃農(～long^5)；租種土地的農民．

　　③佃租(～tso^1)；佃農繳付地主的地租，即"田租"(ts'an^{5}tso^1)．

（2369）　【痴／癡】　　　chí（ㄔˊ）

"痴"字的讀音爲：(ts'i^1)，詞義爲愚笨，傻。

　　（例）　①痴迷(～be^5)；沈迷．②痴騃(～gai^2)；呆笨、不靈敏．

　　③痴哥(～kə^1)；訛音"鵙哥"(ts'iə^{1}kə^1)；色鬼．

　　④痴心(～sim^1)；沈迷情深的心思．⑤痴想(～siong^2)；痴心妄想．

　　⑥痴呆(～tai^1)；愚笨．⑦痴情(～tseng^5)；痴心的愛情．

（2370）　【扛】　　　káng（ㄎㄤˊ）

"扛"字文言音讀：(kang¹)，用例少，一般通用白話音：(kng¹)，詞義爲；兩個人用1根槓共同肩挑東西。

　　(例)　①扛轎(～kiə⁷)；抬轎子. ②扛新娘(～sin¹niu⁵)；抬新娘.
　　③扛水(～tsui²)；抬水.

（2371）　【剿】　　jiǎo（ㄐㄧㄠ）

"剿"字的讀音爲：(tsiau²)；討伐，剿滅也。

　　(例)　①剿滅(～biat⁸)；用武力消滅.
　　②剿匪(～hui²)；討伐匪徒. ③圍剿(ui⁵／wi⁵～)；包圍剿滅.

（2372）　【撰】　　zhuàn（ㄓㄨㄢ）

"撰"字祇有一種讀音：(tsuan⁷)

　　(例)　①撰文(～bun⁵)；寫文章. ②撰無恒(～bə⁵an⁵)；没撙緊.
　　③撰稿(～kə²)；寫稿子. ④撰錶仔(～piə²a²)；撙鐘錶對時間.
　　⑤撰鎖匙(～sə²si⁵)；撙鑰匙. ⑥撰水道(～tsui²tə⁷)；撙水龍頭.
　　⑦杜撰(to¹～)；編造.

（2373）　【妨】　　fāng～fáng（ㄈㄤ）

按"妨"的官話讀音有1聲和2聲兩種，但台語則祇有一種讀音：
(hong¹)；妨害、妨碍也。

　　(例)　①妨碍(～gai⁷)；阻碍，使事情不能順利進行.
　　②妨害(～hai⁷)；有害於，口語"傷碍"(siong¹gai⁷).
　　③無妨(bu⁵～)；没有妨碍.

（2374）　【戀】　　liàn（ㄌㄧㄢ）

"戀"字的讀音爲：(luan⁵)；男女相愛也。

　　(例)　①戀愛(～ai³).　　②戀歌(～kə¹)；表達愛情的歌曲.

③戀戀不捨(～〃put⁴sia³)；捨不得離開.

④留戀(liu⁵～)；不忍分離.

（2375） 【扯】　　chě（ㄔㄜˇ）

"扯"字的文言音為：(tsia²)，白話音為：(ts'e²)，通用白話音。

　　(例)　①涵來扯去(am⁵lai⁵～k'i³)；截長補短.

　　　　②總扯(tsong²～)；全部清算，絕交.

（2376） 【譴】　　qiǎn（ㄑㄧㄢˇ）

"譴"字的讀音為：(k'ian³)

　　(例)　①譴爽(～sng²)；忌諱、巫術.

　　　　②譴責(～tsek⁴／tsik⁴)；嚴正申訴.

（2377） 【遣】　　qiǎn（ㄑㄧㄢˇ）

"遣"字的讀音祇有一種：(k'ian²)；派遣也，消除也。

　　(例)　①遣返(～huan²)；遣回原地.

　　②遣送(～sang³).　　③遣散(～suaⁿ³)；解散并遣送.

　　④派遣(p'ai³～).　　⑤消遣(siau¹～)；打發、消除.

（2378） 【契】　　qì（ㄑㄧˋ）

"契"字的文言音為：(k'e³)，白話音為：(k'ue³)，兩音通用。

　　(例)　①契母(～bə²／bu²)；乾媽.②契合(～hap⁸)；符合.

　　③契兄(～hiaⁿ¹)；姘夫.　④契約(～iok⁴)；合同.

　　⑤契機(～ki¹)；事物轉變的關鍵.⑥契子(～kiaⁿ²)；乾兒子.

　　⑦契據(～ku³)；契約，借據等.⑧契父(～pe⁷)；乾爸.

　　⑨地契(te⁷～)；土地契約書.⑩田契(tian⁵～)；田地契約書，

　　又音（ts'an⁵～）。

（2379）　【寢】　　qǐn（ㄑㄧㄣ）

"寢"字的讀音祇有一種：(ts'im²)；睡覺、臥室也。

(例)　①寢宮(～kiong¹)；帝后住宿的宮殿．

②寢具(～ku⁷)；睡覺用具．③寢食不安(～sit⁸put⁴an¹)；吃飯

睡覺都不能安心，口語"艙食艙睏"(bue⁷tsiah⁸bue⁷k'un³)．

④陵寢(leng⁵～)；帝后的墓室．

（2380）　【儒】　　rú（ㄖㄨ）

"儒"字祇有一種讀音：(ju⁵／lu⁵)

(例)　①儒家(～ka¹)；孔子爲首的一種學派．

②儒教(～kau³)；即儒家，北朝開始叫儒教．

③儒生(～seng¹／sing¹)；泛指讀書人．

（2381）　【慕】　　mù（ㄇㄨ）

"慕"字的讀音爲：(bo⁷)；敬仰、愛、想念等意思。

(例)　①慕名而來(～mia⁵ji⁵／li⁵lai⁵)；仰慕美名而來的．

②愛慕(ai³～)；愛而羨慕．③仰慕(giong²～)；敬仰思慕．

④羨慕(sian⁷～)；希望跟別人一樣的心情，口語"歆羨"(him¹

sian⁷)．

（2382）　【鏟】　　chǎn（ㄔㄢ）

"鏟"字的文言音爲：(ts'an²)，白話音爲：(san²)，通用白話音。

(例)　①鏟除(～tu⁵)；連根除去．②鐵鏟(t'ih⁴～)；鐵製鏟子．

（2383）　【惑】　　huò（ㄏㄨㄛ）

"惑"字的讀音祇有一種：(hek⁸／hik⁸)；疑慮、迷惘不解。

(例)　①惑亂(～luan⁷)；使迷惑混亂．

②迷惑(be⁵～)；疑慮不解. ③疑惑(gi⁵～)；不明白，不相信.

④惶惑(hong⁵～)；因不了解情況而害怕.

（2384） 【窺】　　kuī（ㄎㄨㄟ）

"窺"字祇有一種讀音：(k'ui¹)，從小洞或縫隙暗地裡探看。

（例）①窺見(～kian³)；暗中看到.

②窺伺(～su¹)；暗中觀望動靜、等待機會行動.

③窺探(～t'am³)；暗中察看.

（2385） 【樞】　　shū（ㄕㄨ）

"樞"字祇有一種讀音：(su¹)；門扉的轉軸，喻重要部分。

（例）①樞要(～iau³／yau³)；重要部分.

②樞機(～ki¹)；重要機構或關鍵部分.

③樞紐(～liu²／niu²)；重要關鍵、環節.

④中樞(tiong¹～)；中心部分.

（2386） 【俘】　　fú（ㄈㄨ）

"俘"字的讀音祇有一種：(hu¹)；在戰場上被捉住。

（例）①俘獲(～hek⁸／hik⁸)；打仗時捉到的人和收繳的器物.

②俘虜(～lo²)；打仗時捉住敵人.

③戰俘(tsian³～)；戰爭時的俘虜.

④遣俘(k'ian²～)；將俘虜遣送返回對方.

（2387） 【殷】　　yīn（ㄧㄣ）

"殷"字的讀音祇為：(in¹／un¹)；詞義為豐盛、深厚。

（例）①殷富(～hu³)；豐富. ②殷殷(～〃)；形容殷切的樣子.

③殷憂(～iu¹)；深深的憂慮. ④殷勤(～k'in⁵)；熱情周到.

・ 870 ・

⑤殷實(～sit^8)；富裕.　　⑥殷切(～ts'iat^4)；深厚而急切.

（2388）　【蔭】　　　yīn（ㄧㄣ）

"蔭"字的官話音有1聲和4聲兩種，台語音衹有一種：(im^3／yim^3)。

（例）　①蔭影(～ng^2)；遮太陽的地方.

②蔭白(～peh^8)；很少曬太陽皮膚色白.

③蔭身(～sin^1)；很少受到日照的身體，又屍體埋後久不腐爛，也叫"蔭屍"(～si^1)．④致蔭(ti^3～)；受到祖先陰光的好處、喻託福.

（2389）　【個】　　　yīn（ㄧㄣ）

"個"字的讀音衹有一種：(in^1／yin^1)，他們也。

（例）　①個無錢(～bə^{5}tsi^{n5})；他們没錢.

②個的(～e^5)；他們的.　　③個娘(～nia^5)；他母親.

④個爸(～pa^5)；他父親，又音(～pe^7)；即"我"，如説"老子".

⑤個兜(～tau^1)；他家，即"個厝"(～ts'u^3).

（2390）　【翰】　　　hàn（ㄏㄢ）

"翰"字的讀音爲；(han^3)；原義羽毛，今指毛筆、文字、書信等。

（例）　①翰墨(～bak^8)；筆和墨，喻指文章、書畫.

②翰林(～lim^5)；唐代以後爲皇帝的文學侍從官.

③華翰(hua^5～)；敬稱對方的書信．④書翰(su^1～)；書信.

（2391）　【惹】　　　rě（ㄖㄜ）

"惹"字的讀音衹有一種：(jia^2／lia^2／gia^2)；招引、引致也。

（例）　①惹禍(～e^7)；引起禍事．②惹氣(～k'i^3)；引起惱怒.

③惹是非(～si^{7}hui^1)；引起爭端.

④惹事(～su⁷)；引起麻煩或事端，口語"惹代誌"(～tai⁷tsi³).

（2392） 【耽】　　dān（ㄉㄢ）

"耽"字的讀音爲：(tam¹)；意爲遲延、沈溺、入迷。

　　(例)　①耽擱(～kok⁴／kəh⁴)；拖延，口語"延延"(ian⁵ts'ian⁵).
　　②耽樂(～lok⁸)；沈迷於遊樂. ③耽誤(～ngo⁷)；因拖延而誤事.
　　④耽心(～sim¹)；即擔心、憂慮.

（2393） 【扼】　　è（ㄜ）

"扼"字的讀音爲：(ek⁴／ik⁴)，意爲用力扼住，把守。

　　(例)　①扼要(～iau³)；抓要點. ②扼殺(～sat⁴)；扼住脖弄死，
　　口語説"捏死"(nih⁴si²).　③扼守(～siu²)；把守險要地.

（2394） 【跪】　　guì（ㄍㄨㄟ）

"跪"字衹有一種讀法：(kui⁷)；兩膝彎曲着地。

　　(例)　①跪落去(～ləh⁸k'i)；跪下去.
　　②跪拜(～pai³)；跪地磕頭. ③跪土腳(～t'o⁵k'a¹)；跪在地上.
　　④跪算盤(～sng³puaⁿ⁵)；跪在算盤上面.

（2395） 【樑】　　liáng（ㄌㄧㄤ）

Ⓐ文言音：(liong⁵)；如"棟樑"(tong³～)；骨幹。
Ⓑ白話音：(niu⁵／nio⁵)。

　　(例)　①橋樑(kiə⁵～)　　②上樑(tsiuⁿ⁷／tsioⁿ⁷～)；架上樑木.

（2396） 【醋】　　cù（ㄘㄨ）

"醋"字衹有一種讀音：(ts'o³)

　　(例)　①醋意(～i³／yi³)；嫉妒心. ②醋神(～sin⁵)；嫉妒的情緒.

③醋酸(～sng¹)；乙酸.　④醋桶(～t'ang²)；嫉妒性强的女人.

⑤酸醋(sng¹～)；醋.　⑥食醋(tsiah⁸～)；吃醋，比喻嫉妒.

（2397）　【烹】　　pēng（ㄆㄥ）

"烹"字祇有一種讀音：(p'eng¹／p'ing¹)，做菜的方法之一。

（例）①烹飪(～jim⁷／lim⁷)；燒飯做菜.

②烹調(～tiau⁵)；煮菜.　③烹魚(～hi⁵)；涼了的煎魚再煎.

（2398）　【夕】　　xī（ㄒㄧ）

"夕"字的文言音爲：(sek⁸／sik⁸)，白話音爲：(sia⁷)，通用文言音。

（例）①夕陽(～iong⁵／yong⁵).②夕照(～tsiau³)；傍晚的陽光.

③朝夕(tiau⁵～)；早上和傍晚.　④除夕(tu⁵～)；大年夜.

⑤七夕(ts'it⁴sek⁴／sia⁷)；舊曆七月七日.

（2399）　【茅】　　mǎo（ㄇㄠ）

A 文言音：(mau⁵)

（例）①茅廬(～lo⁵)；草屋.②茅台酒(～tai⁵tsiu²)；透明烈酒.

③茅屋(～ok⁴)；口語"草厝"(ts'au²ts'u³)，茅草蓋的屋子.

B 白話音：(hm⁵)

（例）①茅仔根(～a²kin¹／kun¹)；茅草根.

②茅仔草(～a²ts'au²)；茅草.③茅仔厝(～a²ts'u³)；草屋.

（2400）　【兮】　　xī（ㄒㄧ）

A 文言音：(he⁵)，古漢語助詞，如現在的"啊"。

（例）大風起兮雲飛揚(tai⁷hong¹k'i²～hun⁵hui¹iong⁵)

B 白話音：(e⁰)～(e⁵)

（Ⅰ）[e⁰]：訓義寫成"的"，如①"陳兮／的"(Tan⁵～)；老陳.

②"友兮／的"(iu² ／yiu²～)；老兄．③同兮／的(tong⁵～)；呼同姓的人．

（II）[e⁵]：訓義寫成"的"表示領有，如①伊兮／的兄哥(i¹／yi¹～hiaⁿ¹kə¹)；他／她的哥哥．②無人兮／的(bə⁵lang⁵～)；不屬任何人的．

（2401）【皚】　　　ái（ㄞ）

"皚"字祇有一種讀音：(gai⁵)

　　（例）白雪皚皚(peh⁸seh⁴／sueh⁴～〃)；形容雪潔白。

（2402）【騃】　　　ái（ㄞ）

"騃"字的讀音為：(gai²／gaiⁿ²)

　　（例）痴騃(ts'i¹～)；傻、呆笨，不靈敏．

（2403）【矮】　　　ǎi（ㄞ）

"矮"字文言音是：(ai²)，通用的是：(e²／ue²)，身材短也。

　　（例）①矮仔(～a²)；矮小的人．②矮人(～lang⁵)．

（2404）【藹】　　　ǎi（ㄞ）

"藹"字祇有一種讀音：(ai³)

　　（例）和藹可親(he⁵～kə²ts'in¹)；和善容易親近。

（2405）【嬡】　　　ài（ㄞ）

"嬡"字祇有一種讀音：(ai³)

　　（例）令嬡(leng⁷／ling⁷～)；尊稱對方的女兒．

（2406）【曖】　　　ài（ㄞ）

"曖"字的讀音爲：(ai^3)，日光昏暗也。

   (例)   態度曖昧$(t'ai^7to^7{\sim}mui^7)$；態度不明確，含糊.

（2407）　【隘】　　　ài（ㄞ）

"隘"字的讀音祇有一種：(ai^3)，狹窄也。

   (例)   ①隘門$({\sim}mng^5)$.　　②路隘$(lo^7{\sim})$；路狹窄.

（2408）　【庵／菴】　　　ān（ㄢ）

"庵"字的讀音爲：(am^1)，小草屋也。

   (例)   ①尼姑庵$(ni^5ko^1{\sim})$；尼姑住的小草屋.

    ②草庵$(ts'au^2{\sim})$；小草屋.

（2409）　【諳】　　　ān（ㄢ）

"諳"字的讀法祇有一種：(am^1)，熟悉的意思。

   (例)   ①諳練$({\sim}lian^7)$；熟練. ②熟諳$(sek^4／sik^4{\sim})$；熟悉也.

（2410）　【鵪】　　　ān（ㄢ）

"鵪"字的讀法爲：(am^1)

   (例)   無尾鵪鶉$(bə^5bue^2／be^2{\sim}ts'un^1)$；尾巴短的鵪鳥.

（2411）　【鞍】　　　ān（ㄢ）

Ⓐ文言音：(an^1)，如"鞍馬"$({\sim}ma^2)$；機械體操之一.

Ⓑ白話音：(ua^{n1})，"馬鞍"$(be^2{\sim})$；馬的鞍子.

（2412）　【黯】　　　àn（ㄢ）

"黯"字的讀音祇有一種：(am^3)，陰暗也。

   (例)   ①黯然失色$({\sim}jian^5／lian^5sit^4sek^4／sik^4)$；陰暗没光彩.

②黯淡無光($\sim$tam^{7}bu^{5}kong^1)；暗淡没光亮.

（2413）　【儑】　　　àn（ㄢ）

Ⓐ文言音：(gam^7)，如"儑面"($\sim$bin^7)；傻相，呆頭呆腦.

Ⓑ白話音：(gong^7)，同"戇"字，如"儑呆"($\sim$tai^1)；呆子、傻瓜.

（2414）　【熬】　　　āo（ㄠ）

Ⓐ文言音：(gə^5)

　　(例)①熬藥($\sim$iəh^8)；長時間溫火煮藥，口語"炕藥"(k'ong^{3}iəh^8).

　　　②熬糖($\sim$t'ng^5)；煮糖、"炕糖".

Ⓑ白話音：(ngau^5)

　　(例)　①熬鹽($\sim$iam^5)；煮鹽. ②熬暝($\sim$mi^5)；整夜不睡.

（2415）　【遨】　　　áo（ㄠ）

"遨"字的讀音爲：(gə^5)，遊玩，低速滾動、旋轉也。

　　(例)　①遨遊($\sim$iu^5／yiu^5)；漫遊，步行、旅遊.

　　　②干樂遨足久(kan^{1}lok$^4\sim$tsiok^{4}ku^2)；陀螺低速旋轉很久.

（2416）　【拗】　　　ǎo（ㄠ）níu（ㄋㄧㄡ）

"拗"字官話有3種讀法，台語祇有一種讀音：(au^2)。

　　(例)　①拗蠻($\sim$ban^5)；蠻不講理. ②拗價($\sim$ke^3)；壓低價錢.

　　③拗斷($\sim$tng^7)；折斷.　④拗紙($\sim$tsua^2)；折紙.

　　⑤拗秤頭($\sim$ts'in^{3}t'au^5)；壓低重量. ⑥拗彎($\sim$uan^1)；弄彎曲.

（2417）　【捌】　　　bā（ㄅㄚ）

Ⓐ文言音：(pat^4)，訛音爲：(bat^4)，詞義爲認識、懂得。

　　(例)　①捌字($\sim$ji^7／li^7)；識認字. ②捌代誌($\sim$tai^{7}tsi^3)；懂事.

B 白話音：(pueh⁴)，"八"的大寫。

（2418）　【跋】　　　bá（ㄅㄚ）

A 文言音：(puat⁸)

(例)　①跋文(～bun⁵)；寫在書後面的評鑒或推荐的短文．

②跋涉(～siap⁸)；爬山渡水．

B 白話音：(puah⁸)

(例)　①跋價(～ke³)；跌價．②跋九(～kiau²)；賭博．

③跋落去(～ləh⁸k'i)；跌下去，掉下去．

④跋桮／筶(～pue¹)；桮／筶是新月形的木製品長約十公分，

求神指示時在神前燒過香抽簽再投筶，叫(puah⁸pue¹)．

⑤跋桶(～t'ang²)；手提水桶．⑥跋倒(～tə²)；跌倒．

（2419）　【靶】　　　bǎ（ㄅㄚ）

"靶"字的文言音爲：(pa³)，詞例少，一般通用白話音：(pe²)。

(例)　①靶仔(～a²)；靶子，練習射擊、射箭的目標．

②靶場(～tiuⁿ⁵)；練習射擊的地方．③拍靶仔(p'ah⁴～a²)；打靶，

練習射擊．

（2420）　【壩】　　　bà（ㄅㄚ）

"壩"字的讀音有文言音：(pa³)和白話音：(pe³)，通用的是文言音，

詞義爲；攔水的建築物。

(例)　水壩(tsui²～)；攔水用的建築物．

（2421）　【耙】　　　bà（ㄅㄚ）

"耙"字官話有兩種讀音，台語袛分文言音(pa⁵)、(pa⁷)和白話音；

(pe⁷)，一般通用白話音。

(例)　①耙仔($\sim$a^2)；碎土和平地的農具，齒形狀如鋤頭．

②割耙(kuah$^4\sim$)；碎土和平地的農具，如"而"字形，用牛拖．

③犁耙(le^5／lue$^5\sim$)；裝犁刀用牛拖的碎土農具．

（2422）　【絆】　　　bàn（ㄅㄢ）

"絆"字的文言音爲：(puan^7)，白話爲：(pua^{n7})，後者較通用。

(例)　①絆腳石($\sim$k'a^{1}ts'iəh^8)；喻阻礙進行的人或物．

②纏腳絆手(ti^{n5}k'a$^1\sim$ts'iu^2)；比喻阻礙事情的進行．

（2423）　【傍】　　　bàng（ㄅㄤ）

Ⓐ 文言音：(pong^7)，靠近也．

(例)　傍午($\sim$ngo^2)；將近中午，口語"倚晝"(ua^2／wa^{2}tau^3)．

Ⓑ 白話音：(png^7)，靠關係也．

(例)　傍汝的福氣($\sim$li^{2}e^{5}hok^{4}k'i^3)；託你的福．

（2424）　【磅】　　　bàng（ㄅㄤ）

"磅"字祇有一種讀音：(pong^7)

(例)①磅仔($\sim$a^2)；秤的一種．②磅米芳($\sim$bi^{2}p'ang^1)；爆米花．

③磅魚($\sim$hi^5)；水中炸魚．④磅重($\sim$tang^7)；量重量．

⑤英磅(eng^1／ing$^1\sim$)；一英磅(pound)，約0.45公斤．

（2425）　【鎊】　　　bàng（ㄅㄤ）

"鎊"字祇有一種讀音：(pong^7)，英國的貨幣單位。

(例)　1英鎊(tsit^{8}eng^1／ing$^1\sim$)；1 pound．

（2426）　【謗】　　　bàng（ㄅㄤ）

"謗"字的種讀法祇有一種：(pong^3)

(例)　①誹謗(hui^2～)；惡意地説他人的壞話.

②毀謗(hui^2～)；即誹謗.　③烏白謗(o^{1}peh^8～)；亂謗大.

（2427）　【豹】　　　bào（ㄅㄠ）

"豹"字文言音讀：(pau^3)，例少，常用白話音：(pa^3)。

(例)　①豹變(～pian^3)；豹的斑紋明顯地善變，喻善變(貶義)，
反來覆去.　　　　　　②金錢豹(kim^{1}tsi^{n5}～)；指豹子.
③全豹(tsuan^5～)；豹的全身上有黑色斑點，喻指全貌.

（2428）　【碑】　　　bēi（ㄅㄟ）

"碑"字的讀音祇有一種：(pi^1)，刻有文字而豎立的石塊。

(例)　①碑文(～bun^5)；刻在碑上的文字.
②碑帖(～t'iap^4)；石刻或木刻文字的拓印本.
③碑誌(～tsi^3)；碑上的記念文章.④紀念碑(ki^{3}liam^7～).
⑤里程碑(li^{2}t'eng^5～)；喻歷史發展過程中值得標誌的重大事情.

（2429）　【焙】　　　bèi（ㄅㄟ）

"焙"字的文言音：(pue^7)，白話音爲：(pe^7)，兩音通用。

(例)　①焙粉(～hun^2)；醱粉.②焙茶葉(～te^{5}hiəh^8)；用微火
烘茶葉.

（2430）　【妣】　　　bǐ（ㄅ丨）

"妣"字的讀音爲：(pi^2)，已故的母親。

(例)　①先妣(sian^1～)；先母，已故的母親.
②如喪考妣(ju^5／lu^{5}song^{2}k'ə^2～)；像死了父母一樣.

（2431）　【敝】　　　bì（ㄅ丨）

"敝"字的讀音爲：(pe³)；謙稱自己。

   (例)　①敝人(～jin⁵／lin⁵)；鄙人，"我"的謙稱.
   ②敝姓(～se^{n3}／si^{n3})；我的姓. ③敝處(～ts'u³)；謙稱這裡.

（2432）　【庇】　　bî（ㄅㄧ）

"庇"字的讀音爲：(pi³)，遮蔽、掩護也。

   (例)①庇護(～ho⁷)；包庇袒護. ②包庇(pau¹～)；掩護(壞事).
   ③庇蔭(～im³／yim³)；遮住陽光、喻包庇，袒護.

（2433）　【陛】　　bî（ㄅㄧ）

"陛"字的讀音祇有一種：(pe³)，宮殿的台階。

   (例)　陛下(～ha⁷)；對君主的尊稱.

（2434）　【婢】　　bî（ㄅㄧ）

"婢"字祇有一種讀音：(pi⁷)

   (例)　①婢女(～lu²)；舊社會裡在有錢人家供差使的女子.
   ②媚婢(kan²～)；同①.

（2435）　【裨】　　bî（ㄅㄧ）

"裨"字祇有一種讀音：(pi⁵)，補助也。

   (例)　①裨益(～ek⁴／ik⁴)；益處. ②裨將(～tsiong³)；副將.

（2436）　【蔽】　　bî（ㄅㄧ）

"蔽"字的讀音爲：(pe³)，遮蓋、擋住也。

   (例)　①蔽塞(～sai³)；閉塞. ②掩蔽(iam²～)；掩蓋.

（2437）　【蝙】　　biān（ㄅㄧㄢ）

"蝙"字祇有文言音：(pian²)，如"蝙蝠"(〜hok⁴)，口語"夜婆"(ia⁷ pə⁵)．

（2438） 【鞭】　　　biān（ㄅㄧㄢ）

"鞭"字的讀音有文言音：(pian¹)，白話音：(piⁿ¹)，通用文言音．

(例)　①鞭仔(〜a²)；動物的陰莖．②鞭炮(〜p'au³)；口語"炮" 或"炮仔"．　　　　　③鞭撻(〜t'at⁴)；喻評擊．

④鞭策(〜ts'ek⁴)；喻嚴格督促．⑤牛鞭(gu⁵〜)；牛的陰莖．

⑥海狗鞭(hai²kau²〜)；海狗的陰莖．⑦鹿鞭(lok⁸〜)；鹿的陰莖．

（2439） 【匾】　　　biǎn（ㄅㄧㄢ）

"匾"字的讀音爲：(pian²)

(例)　①匾額(〜giah⁸)；長方形的木板、上有題字者．

②牌匾(pai⁵〜)；同①，又說"匾仔"(〜a²)．

（2440） 【鏢】　　　biāo（ㄅㄧㄠ）

"鏢"字的文言音爲：(piau¹)，白話音爲：(piə¹)，通用白話音．

(例)①鏢局(〜kiok⁸)；舊時私設承辦運輸行旅安全業務的機構．

②鏢客(〜k'eh⁴)；在鏢局擔任護送行旅貨運安全的人員，有 "鏢師"(〜su¹)．　　　　　③保鏢(pə²〜)；保護鏢局業務安全的人， 喻保障(護)安全的意思．

（2441） 【彬】　　　bīn（ㄅㄧㄣ）

"彬"字祇有一種讀音：(pin¹)

(例)　①彬彬有禮(〜〃iu²／yiu²le²)；文雅有禮貌．

②文質彬彬(bun⁵tsit⁴〜〃)；文雅有禮貌．

按"彬"與"斌"音同，詞義均爲"兼具外觀與内容＂．

（2442）　【殯】　　　bìn（ㄅ丨ㄣ）

"殯"字的讀音祇有一種：(pin³)，停放靈柩，出葬等意思．

（例）①殯儀館(～gi⁵kuan²)．②殯葬(～tsong³)；出殯和埋葬．

（2443）　【檳】　　　bīng（ㄅ丨ㄥ）

"檳"字的讀音爲：(pin¹)，如"檳榔"(～lng⁵)，又"檳榔青仔"(～ts'eⁿ¹／ts'iⁿ¹a²)；檳榔的幼果，果實可供藥用，助消化，除條蟲．

（2444）　【稟】　　　bǐng（ㄅ丨ㄥ）

"稟"字的讀音是：(pin²)，敬告、承受也。

（例）①稟賦(～hu²)；體魄智力的素質．②稟告(～kə³)；敬告．
　　③稟性(～seng³)；天生的性質，口語"生性"(seⁿ¹／siⁿ¹seng³)．

（2445）　【搏】　　　bó（ㄅㄛ）

"搏"字的讀音爲：(p'ok⁴)

（例）①搏鬥(～to³)；激烈地打鬥．②脈搏(miah⁸～)；脈的跳動．

（2446）　【晡】　　　bū（ㄅㄨ）

"晡"字的讀音爲：(po¹)，半個白天也。

（例）①暗晡(am³～)；後半天到傍晚．
　　②下晡(e⁷～)；下午．　　③半晡(puaⁿ³～)；半天．
　　④頂晡(teng²／ting²～)；上午，又説"早晡"(tsa²～)．

（2447）　【哺】　　　bǔ（ㄅㄨ）

"哺"字的祇有一種讀音：(po⁷)，詞義是喂幼兒，咀嚼。

（例）①哺獪爛(～be⁷nua⁷)；嚼不爛．②哺育(～iok⁸)；喂養．
　　③哺乳(～ju²／lu²)；喂乳、口語"飼奶"(ts'i⁷ni¹／leng¹)．

④空嘴哺舌(k'ang¹ts'ui³～tsih⁸)；空口說白話，喻沒內容，沒根據.

（2448） 【埠】　　　bù（ㄅㄨ）

"埠"字的讀音有文言音：(hu⁷)，白話音：(po⁷)和(po¹)，以(po¹)較通用，多指有碼頭的城鎮。

（例）　①埠頭(～t'au⁵)；碼頭，沿岸城市. ②商埠(siong¹～).

（2449） 【簿】　　　bù（ㄅㄨ）

"簿"字的讀音祇有一種：(p'o⁷)

（例）　①簿仔(～a²)；本字. ②簿記(～ki³)；記帳的技術.
　　③日記簿(jit⁸／lit⁸ki³～). ④通信簿(t'ong¹sin³～)；成績簿.

（2450） 【怖】　　　bù（ㄅㄨ）

"怖"字的讀音爲：(po³)，如"恐怖"(k'iong²～)；害怕.

（2451） 【蚕／蠶】　　　cán（ㄘㄢ）

"蚕"字祇有一種讀音：(ts'am⁵)

（例）　①蚕絲(～si¹)；蚕吐的絲. ②蚕食(～sit⁸)；逐步侵佔.

（2452） 【慚】　　　cán（ㄘㄢ）

"慚"字的讀音爲：(ts'am⁵)，羞愧也。

（例）　①慚愧(～k'ui³)；做錯了事感到難過不安.
　　②大言不慚(tai⁷gian⁵put⁴～)；說大話而不感到難爲情.

（2453） 【艙】　　　cāng（ㄘㄤ）

"艙"字的文言音爲：(ts'ong¹)，白話音是：(ts'ng¹)，通用白話音。

（例）①艙底(～te²)；船艙的底部. ②艙單(～tuaⁿ¹)；裝船明細單.

③艙位(～ui⁷)；船的鋪位或座位，船房、船室、船艙.

（2454）　【廁】　　　cè（ㄘㄜˋ）

"廁"字的讀音有文言音：(ts'ek⁴／ts'ik⁴)，白話音：(ts'eh⁴)，通用
文言音。

　　（例）　①廁身(～sin¹)；謙辭，謂自己參與其間. ②廁所(～so²).

（2455）　【岔】　　　chà（ㄔㄚˋ）

"岔"字的文言音是：(ts'a¹)，白話音是：(ts'e¹)，通用白話音。

　　（例）　①岔口(～k'au²)；分叉路口. ②岔路(～lo⁷)；分叉路.

（2456）　【禪】　　　chán（ㄔㄢˊ）

"禪"字官話有兩種讀法，台語祇有一種讀音：(sian⁵)。

　　（例）　①禪林(～lim⁵)；指寺院. ②禪讓(～jiong⁷)；將權位讓
　　給別人.　　　③禪房(～pang⁵)；僧徒居住的房屋.
　　④禪堂(～tng⁵)；和尚打坐的地方. ⑤禪宗(～tsong¹)；印度和
　　尚達摩所創佛教宗派之一，主修打坐. ⑥坐禪(tse⁷／tsə⁷～)；
　　閉目靜坐修業.　　　⑦禪師(～su¹)；對和尚的尊稱.

（2457）　【蟾】　　　chán（ㄔㄢˊ）

"蟾"字祇有一種讀音：(siam⁵)

　　（例）　①蟾宮(～kiong¹)；指月宮. ②蟾蜍(～su⁵)；癩蛤蟆，
　　口語(tsiuⁿ¹／tsioⁿ¹tsu⁵).

（2458）　【諂】　　　chǎn（ㄔㄢˇ）

"諂"字祇有一種讀音：(t'iam²)，奉承、阿諛也。

　　（例）　①諂媚(～bi⁵)；用卑賤的態度向人討好.

②諂諛(～ju⁵／lu⁵)；奉承、阿諛.

（2459）　【懺】　　chàn（ㄔㄢ）

"懺"字的讀音爲：(ts'am³)

（例）　①懺悔(～hue²)；認識所做的錯誤或罪過而覺痛心悔過.

②咒懺(tsiu³～)；怨尤、悔恨(帶有責罵之意).

（2460）　【娼】　　chāng（ㄔㄤ）

"娼"字祇有一種讀音：(ts'iong¹)，妓女也。

（例）　①娼婦(～hu⁷)；妓女. ②娼妓(～ki¹)；妓女.

（2461）　【悵】　　chàng（ㄔㄤ）

"悵"字的讀音有：(tiong⁵)和(t'iong⁵)，後者較通用。

（例）　①悵惘(～bong⁷)；不如意而迷惘.

②悵恨(～hin⁷)；不如意，傷感失望.

（2462）　【巢】　　cháo（ㄔㄠ）

"巢"字祇有一種讀音：(tsau⁵)

（例）　①巢穴(～hiat⁴)；鳥獸的窩. ②巢窟(～k'ut⁴)；喻盜匪
藏身的地方.　　　③老巢(lau⁷～)；盜匪盤踞的地方.

（2463）　【掣】　　chè（ㄔㄜ）

"掣"字的文言音爲：(ts'iat⁴)，白話音爲：(ts'uah⁴)，通用白話音。

（例）　①手掣燴煞(ts'iu²～be⁷／bue⁷suah⁴)；手抽動不停.

②掣斷(～tng⁷)；猛力拉斷. ③掣頭毛(～t'au⁵mng⁵)；用力拉
斷或拔掉頭髮.　　　④目睭皮(bak⁸tsiu¹p'ue⁵/p'e⁵)
p'i³p'i³ 掣(～)；眼皮不斷地抽拉，喻不吉的預兆.

885

（2464）　【琛】　　　chēn（ㄔㄣ）

"琛"字祇有一種讀音：(t'im¹)，陰沈、陰險也。

　　(例)①陰琛(im¹～)；陰險．　②陰琛面(im¹～bin⁷)；臉色陰沈．

（2465）　【襯】　　　chèn（ㄔㄣ）

"襯"字的讀音有文言音：(ts'in³)，白話音：(ts'an³)，通用文言音。

　　(例)　①襯衣(～i¹)；穿在裡面的單衣，口語"內衫"(lai⁷sa^{n1})．

　　②襯托(～t'ok⁴)；陪襯或對照．

（2466）　【埕】　　　chéng（ㄔㄥ）

"埕"字文言音是：(teng⁵／ting⁵)，白話音是：(tia^{n5})，通用白話音。

　　(例)　①埕尾(～bue²／be²)；門前曠地的前端．

　　②鹽埕(iam⁵～)；鹽場．③門口埕(mng⁵k'au²～)；前庭，場子．

　　④稻埕(tiu⁷～)；晒谷子的場子．⑤大埕(tua⁷～)；門前大場子．

（2467）　【弛】　　　chí（ㄔ）

"弛"字祇有一種讀法：(si²)，鬆開也。

　　(例)　①弛禁(～kim³)；開放禁令．

　　②弛緩(～huan⁷)；變和緩．③鬆弛(song¹～)；鬆弛緩和．

（2468）　【匙】　　　chí（ㄔ）

"匙"字的讀音爲：(si⁵)，小勺也。

　　(例)　①鎖匙(sə²～)；鑰匙．②湯匙(t'ng¹～)；條根．

　　③煎匙(tsian¹～)；鍋／鼎的鏟子．

（2469）　【綢】　　　chóu（ㄔㄡ）

"綢"字的讀音：(tiu⁵)，絲織品的總稱。

(例)　①綢仔布($\sim$a^{2}po^3)；絲織品的總稱．

　　　②綢緞($\sim$tuan^7)；綢是薄絹，緞是厚絹．

（2470）　【躊】　　　ch6u（ㄔㄡ）

"躊"字讀音祇有一種：(tiu^5)，猶豫不定也。

　　(例)　①躊躇($\sim$tu^5)；拿不定主意．

　　　　②躊躇不前($\sim$put^{4}tsian^5)；猶豫不決、不進不退．

（2471）　【矗】　　　chù（ㄔㄨ）

"矗"字文言音：(t'iok^4)又音(ts'iok^4)，白話音：(ts'ak^4)，直立也，
文言音較通用 。

　　(例)　①矗立不動($\sim$lip^{8}put^{4}tong^7)；高聳直立不動．

　　　　②高矗(kə$^1\sim$)；高聳直立．

（2472）　【黜】　　　chù（ㄔㄨ）

A 文言音：(t'ut^4)；罷免、革除也。

　　(例)　①黜免($\sim$bian^2)；罷免官職. ②罷黜(pa$^7\sim$)；革除，免掉.

B 白話音：(lut^4)，脫落也。

　　(例)　①黜去($\sim$k'i)；脫落掉. ②黜錢($\sim$tsi^{n5})；詐騙錢財.

　　　　③黜雞毛($\sim$ke^{1}mng^5)；揉擦使雞毛脫落．

　　　　④黜頭毛($\sim$t'au^{5}mng^5)；頭髮脫落．

　　　　⑤黜土豆膜($\sim$t'o^{5}tau^{7}moh^8)；揉脫花生膜．

（2473）　【揣】　　　chuǎi（ㄔㄨㄞ）

"揣"字只有一種讀音：(ts'ue^2)，忖度、估計也。

　　(例)　①揣摩($\sim$mo^5)；反複思考推求．

　　　　②揣度($\sim$to^7)；估量．　　③揣測($\sim$ts'ek^4／ts'ik^4)；推測．

（2474）　【搥／捶】　　　chuí（ㄔㄨㄟˊ）

"搥"字的讀音：(tui⁵)，用拳頭或棒敲打的意思。

（例）　①搥胛脊(～ka¹tsiah⁴)；捶(敲打)背部．

②搥心肝(～sim¹kua^{n1})；捶打胸部，表示痛心或憤恨．

（2475）　【蠢】　　　chǔn（ㄔㄨㄣˇ）

"蠢"字的文言音是：(ts'un²)，白話音是：(t'un²)，通用的是文言音。

（例）　①蠢動(～tong⁷)；蠕動，不智的活動．

②蠢材(～tsai⁵)；笨家伙，口語説"孝呆"(hau³tai¹)．

③愚蠢(gu⁷～)；傻笨．

（2476）　【綽】　　　chuò（ㄔㄨㄛˋ）

"綽"字的讀音祇有一種：(tsiok⁴)

（例）　①綽號(～hə⁷)；外號．②綽約(～iok⁴)；女子姿態柔美．

③寬綽(k'uan¹～)；寬裕．

（2477）　【戳】　　　chuō（ㄔㄨㄛ）

A 文言音：(ts'ak⁴)，刺、扎進也。

（例）　①戳心肝(～sim¹kua^{n1})；刺入心臟，擊中要害．

②用針戳(eng⁷／iong⁷／tsiam¹～)；用針刺、扎．

B 白話音：(ts'ok⁴)；圖章、刺扎。

（例）　①戳記(～ki³)；圖章．②郵戳(iu⁵～)；郵局的印章．

③戳穿(～ts'uan¹)；口語説"突破"(tuh⁸p'ua³)．

（2478）　【祠】　　　cí（ㄘˊ）

"祠"字祇有一種讀音：(su⁵)

（例）　①祠堂(～tng⁵)；同族的人共同祭祀祖先的房屋．

②宗祠(tsong¹～)；祀奉同族(姓)祖先的廟．

（2479）　【雌】　　　cí（ち）

"雌"字的讀音爲：(ts'u¹)，母的，陰性，反義語爲"雄"。

　　(例)　①雌雄(～hiong⁵)，決雌雄(kuat⁴～)；決定勝負．

　　　　②信口雌黃(sin³k'au²～hong⁵)；隨口亂説．

（2480）　【湊】　　　còu（ちヌ）

"湊"字文言音爲：(ts'o³)，白話音爲：(ts'au³)，通用白話音，聚合、拼在一起也。

　　(例)　①湊合(～hap⁸)；拼湊，口語"鬥做伙"(tau³tsə³hue²／he²)．

　　　　②湊巧(～k'a²)；碰巧，口語"足拄好"(tsiok⁴tu²hə²)．

（2481）　【翠】　　　cuì（ちㄨㄟ）

"翠"字祇有一種讀音：(ts'ui³)，青綠色也。

　　(例)　①翠微(～bi⁵)；青綠的山色，也指青山．

　　　　②翠綠(～lek⁸／lik⁸)；青綠色．

　　　　③翡翠(hui⁷～)；青綠色的礦石，也叫硬玉，又鳥名．

　　　　④青翠(ts'eⁿ¹／ts'iⁿ¹～)；青綠色，喻蔬菜新鮮．

（2482）　【粹】　　　cuì（ちㄨㄟ）

"粹"字祇有一種讀法：(ts'ui³)，純而不雜也。

　　(例)　①粹白(～peh⁸)；純白．②國粹(kok⁴～)；國家的精華．

　　　　③純粹(sun⁵～)；單純不雜．④精粹(tseng¹／tsing¹～)；精華．

（2483）　【撮】　　　cuō（ちㄨㄛ）

Ⓐ文言音：(ts'uat⁴)和(tsuat⁴)，前者較通用，聚合也。

(例)　①撮合(～hap^8)；從中介紹促成．

②撮要(～iau^3)；摘取要點．

B 訓讀音：(ts'ok^4)，如"一撮仔"(tsit^8～ a^2)；一小簇，手能抓握程度．

（2484）【歹】　　dǎi（ㄉㄞˇ）

"歹"字的詞義是壞，惡也．讀音有文言音：(tai^2)，如"為非作歹"(ui^5
／wi^{5}hui^{1}tok^4～)；做壞事．一般多用訓讀音：(p'ai^{n2})．

(例)　①歹去(～k'i^3)；壞掉，"歹歹去"(～〃k'i^3)；強調壞了．

②歹子(～kia^{n2})；不良份子，又"不良仔"(put^{4}liong^{5}a^2)．

③歹行(～kia^{n5})；不好走．④歹講(～kong^2)；很難說．

⑤歹空／孔(～k'ang^1)；壞事情．⑥歹看(～k'ua^{n3})；難看．

⑦歹款(～k'uan^2)；惡習，樣子不好．

⑧歹人(～lang^5)；壞人．　⑨歹命(～mia^7)；命運不好．

⑩歹勢(～se^3)；不好意思，不方便．

⑪歹死(～si^2)；脾氣不好，容易發脾氣．

⑫歹心(～sim^1)；心地不好．⑬歹代誌(～tai^{7}tsi^3)；壞事情．

⑭歹聽(～t'ia^{n1})；不好聽．⑮歹偆姥(～tsa^{1}bo^2)；壞女人．

⑯歹偆備(～tsa^{1}po^1)；壞男人．⑰歹運(～un^7)；運氣壞．

⑱歹歹叫(～〃kiə^3)；氣勢兇猛．⑲烏白歹(o^{1}peh^8～)；亂發脾
氣．　⑳據在人歹(ku^{3}tsai^{7}lang^5～)；任人發脾氣、責罵．

（2485）【怠】　　dài（ㄉㄞˋ）

"怠"字祇有一種讀音：(tai^7)，懶惰也．

(例)　①怠慢(～ban^7)；冷淡、鬆懈．

②怠工(～kang^1)；工作情緒低落，工作偷懶．

③怠惰(～tə^7)；懶惰．　④懈怠(hai^7～)；鬆懈懶惰．

⑤倦怠感 (kuan^7～ kam^2)；疲憊困乏的感覺，口語 "sian^{7}tauh^4〃 "．

（2486）　【憚】　　　dàn（ㄉㄢˋ）

A 文言音：(tan⁷)，怕、畏懼也。

　　(例)　①不憚煩(put⁴～huan⁵)；不怕麻煩．

　　　　②忌憚(ki⁷～)；顧慮害怕．

B 白話音：(tuaⁿ⁷)，怠惰也。

　　(例)　①憚骨(～kut⁴)；懶骨頭．②貧憚(pin⁵～)；懶惰．

（2487）　【搗】　　　dǎo（ㄉㄠˇ）

"搗"字文言音為：(te²)，白話音為：(tau²)，通用白話音。

　　(例)　①搗鬼(～kui²)；暗中使用詭計，口語"變鬼"(piⁿ³kui²)．

　　　　②搗亂(～luan⁷)；擾亂．　③看一搗(k'uaⁿ³tsit⁸～)；看一次．

（2488）　【堤】　　　dī（ㄉㄧ）

"堤"字祇有一種讀音：(t'e⁵)

　　(例)　①堤防(～hong⁵)；堤，防止洪水氾濫的長型構造物．

　　　　②堤壩(～pa³)；防止水泛濫的建築物．

　　　　③海堤(hai²～)．　　　　④河堤(he⁵～)．

（2489）　【嫡】　　　dí（ㄉㄧˊ）

"嫡"字的讀音為：(tek⁸／tik⁸)

　　(例)　①嫡母(～bə²／bu²)；正妻，妾的子女稱父的正妻．

　　　　②嫡系(～he⁷)；正統、直系．③嫡傳(～t'uan⁵)；嫡系相傳．

（2490）　【邸】　　　dǐ（ㄉㄧˇ）

"邸"字祇有一種讀音：(te²)，王侯或高官的住宅也。

　　(例)　①邸宅(～t'e²)；高官的住宅．

　　　　②公邸(kong¹～)．　　　　③官邸(kuaⁿ¹～)．

（2491）　【刁】　　　diāo（ㄉㄧㄠ）

"刁"字的讀音有：(tiau¹)和(t'iau¹)，兩音通用。

　　（例）　①刁工(～kang¹)；故意．②刁故意(～ko³i³)；故意．
　　③刁難(～lan⁵)；故意使人爲難．

（2492）　【凋】　　　diāo（ㄉㄧㄠ）

Ⓐ文言音：(tiau¹)；衰落、凋謝．
　　（例）　①凋落(～lok⁸)；凋謝．②凋敝(～pe³)；衰敗．
　　③凋謝(～sia⁷)；花朵衰敗掉落．
Ⓑ白話音：(ta¹)；乾涸也，如"嘴凋"(ts'ui³～)；口乾渴．

（2493）　【諜】　　　dié（ㄉㄧㄝ）

"諜"字的讀音爲：(tiap⁸)，刺探敵情也。

　　（例）　①諜報(～pə³)；刺探敵人的情報．
　　②間諜(kan¹～)；諜報工作人員，又音(kan³～)．

（2494）　【叮】　　　dīng（ㄉㄧㄥ）

"叮"字的讀音爲：(teng¹／ting¹)

　　（例）　①蚊／蠓仔叮／釘牛角(bang²a²～／teng³gu⁵kak⁴)；蚊子釘
　　牛角，喻毫無作用．②三叮四吩咐(sa\tn¹～si³huan¹hu³)；再 三 叮
　　嚀交待．③叮了佫叮 (～ liau²kəh⁴～)；一再地言明吩咐．
　　④叮嚀 (～ leng⁵／ ling⁵)；反復地囑咐、交待．

（2495）　【棟】　　　dòng（ㄉㄨㄥ）

"棟"字文言音爲：(tong³)，白話音爲：(tang³)，通用文言音。

　　（例）　①棟樑(～liong⁵)；喻負重任的人．
　　②規棟厝(kui¹～ts'u³)；整座房屋．

（2496）　【斗】　　　dǒu（ㄉㄡ）

"斗"字文言音爲：(to²)，白話音爲：(tau²)，後者較通用。

　　（例）　①斗室(～sek⁴／sik⁴)；比喻極小的屋子．

　　②斗膽(～taⁿ²)；形容膽大如斗，大膽也．

　　③五斗米(go⁷～bi²)．　　　④熨斗(ut⁴～)；燙平衣服的器具．

　　⑤糞斗 (pun³～)；原爲盛糞的器具，泛用爲採集垃圾的器具．

（2497）　【牘】　　　dú（ㄉㄨ）

"牘"字的讀音有：(tok⁸)和(t'ok⁸)，古代寫字的木簡、文件。

　　（例）　①案牘(an³～)；文件．②尺牘(ts'ek⁴～)；書信．

（2498）　【堵】　　　dǔ（ㄉㄨ）

"堵"字祇有一種讀音：(to²)，圍住、牆也。

　　（例）　①堵塞(～sek⁴／sik⁴)；阻塞不通．

　　②壁堵(piah⁴～)；牆壁．

（2499）　【篤】　　　dǔ（ㄉㄨ）

Ａ 文言音：(tok⁴)，懇切、厚重、堅定、確實也。

　　（例）　①篤學(～hak⁸)；專心好學，有學問．

　　②篤行(～heng⁵)；堅實的言行．

　　③篤厚(～ho⁷)；忠實厚道．④危篤(gui⁵～)；病勢沈重．

Ｂ 白話音：(tauh⁴)，確實也，如"定篤"(teng⁷～)；質地堅硬．

（2500）　【鍍】　　　dù（ㄉㄨ）

"鍍"字的讀音祇有一種：(to⁷)，電鍍、化學塗漆。

　　（例）　①鍍銀(～gin⁵／gun⁵)；電鍍上銀的薄層．

　　②鍍金(～kim¹)；電鍍上金的薄層．

（2501） 【妒】　　　　dù（ㄉㄨ）

"妒"字讀音爲：(to³)

（例）　①嫉妒(tsit⁴～)；忌恨，又酸溜溜的心情，口語"食醋"
(tsiah⁸ts'o³)． 　　　　　②怨妒(uan³／wan⁵～)；同①．

（2502） 【黵】　　　　dù（ㄉㄨ）

"黵"字的讀音爲：(to³)，深黑色、浸染也。

（例）　①黵着墨水(～tiəh⁴bak⁸tsui²)；浸染了墨水．
②黵寫(～sia²)；複寫． ③烏黵紅(o¹～ang⁵)；深黑帶紅色的．

（2503） 【噸】　　　　dūn（ㄉㄨㄣ）

"噸"字文言音讀：(tun¹)／(tun³)，俗讀音：(tan¹)，較少用。

（例）　①噸位(～ui⁷／wi⁷)；船車的最大載重量，船一噸的容積
約2.83立方米． 　　　　②1噸(tsit⁸～)；一千公斤、即1公噸．

（2504） 【敦】　　　　dūn（ㄉㄨㄣ）

"敦"字的讀音祇有一種：(tun¹)，厚道也。

（例）　①敦睦(～bok⁸)；使和睦．
②敦厚(～ho⁷)；忠厚． ③敦請(～ts'eng²)；誠懇地邀請．

（2505） 【燉】　　　　dùn（ㄉㄨㄣ）

"燉"字祇有一種讀法：(tun⁷)，用文火久煮而使爛熟。

（例）　①燉甲爛糊糊(～kah⁴nua⁷ko⁵〃)；燉煮得爛熟如糊．
②燉雞(～ke¹)．

（2506） 【鈍】　　　　dùn（ㄉㄨㄣ）

"鈍"字的讀音爲：(tun⁷)，不鋒利也。

（例）　①刀仔鈍(təˡa²～／tunˡ)；刀不鋒利.

②遲鈍(tiˢ～)；不聰明.

（2507）　【訛】　　é（ㄜ）

"訛"字的讀音是：(geˢ)，錯誤也。

（例）　①訛誤(～ngo⁷)；文字上的錯誤.

②訛傳(～t'uanˢ)；錯誤的傳說.

（2508）　【娥】　　é（ㄜ）

"娥"字的詞義是；女性的姿態美好，讀音有文言音的(geˢ)，如

"娥眉"(～biˢ)；美人的眉毛，細長而彎。白話音是：(ngoˢ)，多用於

人名，如"月娥"(guat⁸～)。

（2509）　【遏】　　è（ㄜ）

"遏"字的讀音爲：(at⁴)，阻止也。

（例）　①遏止(～tsi²)；用力禁止.

②遏斷(～tng⁷)；折斷.

（2510）　【邇】　　ér（ㄦ）

"邇"字祇有一種讀音：(ni²)，近也。

（例）　①邇來(～laiˢ)；近來. ②遐邇(haˢ～)；遠近.

（2511）　【帆】　　fān（ㄈㄢ）

A 文言音：(huanˢ)，如"一帆風順"(it⁴～hongˡsun⁷).

B 白話音：(pangˢ)

（例）　①帆布(～po³)；用棉紗或亞麻織成的粗布，堅韌耐用，

製帳篷、袋子、書包等. ②帆船(～tsunˢ)；裝有帆布的篷，

利用風力行駛的船隻．

（2512）　【坊】　　fāng（ㄈㄤ）

Ⓐ文言音：(hong¹)，如"坊間"(～kan¹)；街市上．

Ⓑ白話音：(hng¹)，如"染坊"(ni²～)；小型染色工廠．"牌坊"(pai⁵～)；像牌樓的建築物．

（2513）　【枋】　　fāng（ㄈㄤ）

"枋"字文言音爲：(hong¹)，例少，通用白話音：(pang¹)，木板也．

　　(例)　①烏枋(o¹～)；黑板．②床枋(ts'ng⁵～)；床板．

　　③紙枋(tsua²～)；甘蔗渣等製成的板狀物．

（2514）　【妃】　　fēi（ㄈㄟ）

"妃"字的讀音爲：(hui¹)，皇帝的妾或太子王侯的妻。

　　(例)　①貴妃(kui³～)．　　②王妃(ong⁵～)．

　　③太子妃(t'ai³tsu²～)．

（2515）　【菲】　　fēi～fěi（ㄈㄟ）

Ⓐ官話讀第1聲時，台語讀：(hui¹)，意爲花草美，香味濃。

　　(例)　①芳菲(hong¹～)．　　②芳草菲菲(hong¹ts'au²～〃)．

Ⓑ官話讀第3聲時，台語亦讀(hui¹)，詞義是輕微薄弱。

　　(例)　①菲儀(～gi⁵)；薄禮．②菲薄(～pok⁸)；瞧不起、輕視．

（2516）　【痱】　　fèi（ㄈㄟ）

"痱"字文言音爲：(hui³)，例少，一般通用白話音：(pui³)。

　　(例)　①痱仔(～a²)；紅色或白色小疹，很刺癢．

　　②痱仔粉(～hun²)；塗在痱子上有涼爽感可治痱子的刺癢．

（2517）　【吠】　　　fèi（ㄈㄟˋ）

"吠"字文言音爲：(hui⁷)，白話音：(pui⁷)較通用，狗叫也。

　　(例)　狗吠火車(kau²～hue²／he²ts'ia¹)；没作用，徒然抗議．

（2518）　【吩】　　　fēn（ㄈㄣ）

"吩"字文言音爲：(hun¹)，俗讀音爲(huan¹)，兩音通用。

　　(例)　吩咐(～hu³)；口頭交代、指令．

（2519）　【墳】　　　fén（ㄈㄣˊ）

"墳"字衹有文言音：(hun⁵)，墓塚、凸起之地。

　　(例)　①墳墓(～bo⁷／bong⁷)．②祖墳(tso²～)；祖先的墳墓．

（2520）　【烽】　　　fēng（ㄈㄥ）

"烽"字衹有一種讀法：(hong¹)，狼煙、烽火也。

　　(例)　①烽火(～ho^{n2}／hue²)；古時邊防報警的煙火，喻戰火或
　　　　戰爭．"烽火連天"(～lian⁵t'ian¹)．②烽煙(～ian¹／yan¹)；烽火．
　　　　③烽燧(～sui⁷)；邊防警報白天放煙叫燧，晚上點火叫烽．

（2521）　【蜂】　　　fēng（ㄈㄥ）

Ⓐ文言音：(hong¹)

　　(例)　①蜂擁(～iong²)；像蜂群般的擁擠着．
　　　　②蜂起(～k'i²)；像蜂成群飛起來．

Ⓑ白話音：(p'ang¹)

　　(例)　①蜂蜜(～bit⁸)；蜂釀成的蜜．
　　　　②蜂岫(～siu⁷)；蜂巢．

（2522）　【逢】　　　féng（ㄈㄥˊ）

"逢"字文言音讀：(hong⁵)，白話音讀：(pang⁵)，通用文言音。
　(例)　①逢迎(～geng⁵／ging⁵)；奉承迎合.
　　　②相逢(siong¹～)；相遇見.

（2523）　【俸】　fèng（ㄈㄥ）
"俸"字祇有一種讀法：(hong⁷)，古時官吏的薪金。
　(例)　①俸祿(～lok⁸)；舊時官吏的薪水.
　　　②薪俸(sin¹～)；薪水.

（2524）　【輻】　fú（ㄈㄨ）
"輻"字讀音爲：(hok⁸)，連接軸心和輪圈的許多條狀物。
　(例)　①輻射(～sia⁷)；由中心向四面八方射出.
　　　②輻輳(～tso³)；由各方向聚集一個軸心點.

（2525）　【脯】　fǔ（ㄈㄨ）
Ⓐ文言音：(hu²)，絨狀的乾肉。
　(例)　①肉脯(bah⁴～)；肉鬆. ②魚脯(hi⁵～)；魚鬆.
Ⓑ白話音：(po²)；乾製或醃製的食品。
　(例)　①魚脯(hi⁵po²)；小魚乾. ②菜脯(ts'ai³～)；羅卜乾.

（2526）　【訃】　fù（ㄈㄨ）
"訃"字祇有一種讀音：(hu³)，報喪的信。
　(例)　①訃聞(～bun⁵)；報喪的通知.
　　　②訃告(～kə³)；報喪的通知.

（2527）　【柑】　gān（ㄍㄢ）
"柑"字文言音讀：(kam¹)，白話音爲：(kaⁿ¹)，通用文言音。

(例)　①柑仔(〜a²)；小橘子．②椪柑(pong³〜)；大橘子．

（2528）　【槓】　　　gàng（ㄍㄤ）

"槓"字文言音爲：(kong³)，語例少，一般通用白話音：(kng³)。

　　(例)　①單槓(tan¹〜)；體育器械之一，單根鐵棍，固定橫置空
　　中，左右由柱子支住．　　②竹槓(tek⁴〜)；竹棍子．
　　③鐵槓(t'ih⁴〜)；鐵棒．

（2529）　【戇】　　　gàng（ㄍㄤ）

"戇"字的讀音有：(kong³)、(tong³)和俗讀音：(gong⁷)，後者通用。

　　(例)　①戇雞(gong⁷ke¹)；傻瓜．②戇直(〜tit⁸)；憨厚剛直．

（2530）　【糕】　　　gāo（ㄍㄠ）

"糕"字的讀音爲：(ke¹)，用米的粉末或麵粉製成的食品。

　　(例)　①糕仔(〜a²)；米的粉混糖製成的點心．
　　②雞卵糕(ke¹lng⁷〜)；蛋糕．③綠豆糕(lek⁸／lik⁸tau⁷〜)；綠豆
　　粉製成的點心．

（2531）　【佫】　　　gè（ㄍㄜ）

"佫"字文言音爲：(kok⁴)，白話音爲：(kəh⁴)，通用白話音。詞義
是副詞"又、再"的意思。

　　(例)　①佫卜(〜beh⁴／bueh⁴)；還(再)要．
　　②佫來(〜lai⁵)；又來，再來，"汝又佫來呀"(li²iu⁷〜lai⁵a)；你
　　又來了．"汝着佫來噢"(li²tiəh⁸〜lai⁵o)；汝得再來．
　　③佫一擺(〜tsit⁸pai²)；再一次，亦説"佫再(tsai³)一擺"．
　　④佫有(〜u⁷／wu⁷)；還有．按"佫"常跟"再"合用以強調重複，
　　亦被寫成"閣"則不妥。

899

（2532）　【梗】　　　　gěng（ㄍㄥˇ）

"梗"字文言音爲：(keng² ／king²)，白話音爲：(ke^{n2} ／ki^{n2})，通用文言音。

　　（例）　①梗概(～k'ai³)；內容的大概.
　　　　②梗塞(～sek⁴／sik⁴)；阻塞. ③梗着(ke^{n2}tiəh)；梗住(喉嚨).

（2533）　【耿】　　　　gěng（ㄍㄥˇ）

"耿"字祇有一種讀音：(keng² ／king²)，剛直、有氣節。

　　（例）　①耿介(～kai³)；正直. ②耿直(～tit⁸)；直爽，硬直.

（2534）　【摃】　　　　gòng（ㄍㄨㄥˋ）

"摃"字祇有一種讀法：(kong³)，撞、打、擊也。

　　（例）　①摃龜(～ku¹)；打烏龜、喻像打烏龜般挨打者慘敗，"互人摃龜"(ho⁷lang⁵～)；比賽慘敗.
　　　　②摃腳倉(～ka'¹ts'ng¹)；打屁股. ③摃電話(～tian⁷ue⁷)；打電話.
　　　　④摃着頭殼(～tiəh⁸t'au⁵k'ak⁴)；撞到頭部.
　　　　⑤摃頭殼(～t'au⁵k'ak⁴)；棍棒打頭部.
　　　　⑥校長兼摃鐘(hau⁷tiu^{n2}／tio^{n2}kiam¹～tseng¹／tsing¹)；摃鐘即敲鐘，謂校長兼工友，喻一個人包辦.

（2535）　【鈎／鉤】　　　　gōu（ㄍㄡ）

"鈎"字文言音：(ko¹)，白話音爲：(kau¹)。

　　（例）　①鈎心鬥角(ko¹／kau¹sim¹to³kak⁴)；各用心機互相排擠.
　　　　②魚鈎仔(hi⁵kau¹a²)；魚鈎.

（2536）　【媾】　　　　gòu（ㄍㄡˋ）

"媾"字祇有一種讀音：(ko³)

(例)　①媾和(～hə⁵)；締結和約，結束戰爭狀態.
②婚媾(hun¹～)；結爲婚姻. ③交媾(kau¹～)；交配.

（2537）　【垢】　　　gòu（ㄍㄡ）

"垢"字文言音爲：(ko²)，白話音爲：(kau²)，污穢也，通用白話音。
(例)　①垢面(～bin⁷)；髒污的臉. ②油垢(iu⁵／yiu⁵～)；油污.

（2538）　【菇／菰】　　　gū（ㄍㄨ）

"菇"字祇有一種讀音：(ko¹)
(例)　①香菇(hiuⁿ¹／hioⁿ¹～).
②洋菇(iuⁿ⁵／ioⁿ⁵～)；又叫"松茸"(siong⁵jiong⁵／liong⁵).
③生菇臭殕(seⁿ¹／siⁿ¹～ts'au³p'u²)；長了霉有臭味.

（2539）　【辜】　　　gū（ㄍㄨ）

"辜"字的讀音：(ko¹)，罪也。
(例)　①辜負(～hu⁷)；對不住別人的好意.
②無辜(bu⁵～)；無罪.

（2540）　【穀】　　　gǔ（ㄍㄨ）

"穀"字文言音：(kok⁴)，白話音爲：(kak⁴)，通用文言音。
(例)　①穀物(～but⁸)；穀類. ②五穀(ngo²～)；五種穀類.
③稻穀(tiu⁷～).

（2541）　【棺】　　　guān（ㄍㄨㄢ）

Ａ文言音：(kuan¹)，如"蓋棺定論"(kai³～teng⁷／ting⁷lun⁷)；一個
　　人的是非功過要到死後才能做結論.
Ｂ白話音：(kuaⁿ¹)，如"棺材"(～ts'a⁵)；裝屍體的木具.

（2542）　【皈】　　　guī（ㄍㄨㄟ）

"皈"祇有一種讀音：(kui¹)．

（例）　皈依(～i¹)；專心信奉佛教或其他宗教，又作"歸依"．

（2543）　【脏】　　　guī（ㄍㄨㄟ）

"脏"字的讀音有：(ke¹)和(kui¹)，通用(kui¹)，管狀軟組織或嗉子。

（例）　①頷脏(am⁷～)；脖子．②雞脏(ke¹～)；雞的嗉子．

③哽脏(keⁿ²／kiⁿ²～)；塞住脖子、食道．

⑥噴雞脏(pun⁵～)；吹牛皮．

（2544）　【瑰】　　　guī（ㄍㄨㄟ）

"瑰"字祇有一種讀音：(kui¹)，珍奇也。

（例）　①瑰麗(～le⁷)；異常美麗．

②瑰寶(～pə²)；珍貴的東西．③玫瑰(mui⁵～)；花名．

（2545）　【櫃】　　　guì（ㄍㄨㄟ）

"櫃"字的讀音爲：(kui⁷)，收藏物品的器具。

（例）　①櫃台(～tai⁵)；放在客人和店員之間的家具．

②貨櫃(hue³～)；船運裝貨的大型器具，由container的譯語．

⑤鐵櫃(t'ih⁴～)；鐵製櫃子．⑥錢櫃(tsiⁿ⁵～)；錢箱．

（2546）　【粿／餜】　　　guǒ（ㄍㄨㄛ）

"粿"字文言音：(kə²)，用例少，通用白話音：(kue²／ke²)，年糕之類食品。

（例）　①紅龜粿(ang⁵ku¹～)；龜形染紅色的年糕．

②鹹粿(kiam⁵～)；鹹味的年糕(多用在來米做的)．

③甜粿(tiⁿ¹～)；甜味年糕．④炊粿(ts'ue¹～)；蒸年糕．

（2547） 【哈】 hā（ㄏㄚ）

"哈"字的讀音有文言音：(hap⁴)，惟通用俗讀音：(ha¹)，呼氣也。

　　（例）　①哈哈笑(～〃ts'iə³)．②哈／喝唏(～hi³)；打哈欠.

（2548） 【骸】 hái（ㄏㄞ）

"骸"字的讀音祇有一種：(hai⁵)，骨也、屍體也。

　　（例）　①骸骨(～kut⁴)；骨骸、屍骨.

　　②形骸(heng⁵／hing⁵～)；指身體.

（2549） 【憨】 hān（ㄏㄢ）

"憨"的讀音爲：(ham¹)；痴呆、樸實也。

　　（例）　①憨厚(～ho⁷)；樸實厚道.

　　②憨直(～tit⁸)；傻直，口語"條直"(tiau⁵tit⁸).

（2550） 【酣】 hān（ㄏㄢ）

"酣"字祇有一種讀法：(ham¹)，飲酒盡興也。

　　（例）　①酣飲(～im²／yim²)；暢飲．②酣睡(～sui⁷／sue⁵)；熟睡.

（2551） 【涵】 hán（ㄏㄢ）

Ⓐ文言音：(ham⁵)，包含也。

　　（例）　①涵義(～gi⁷)；含義．②涵養(～iong²)；含蓄有修養.

　　③涵洞(～tong⁷)；隱形的排水管.

Ⓑ白話音：(am⁵)，如"涵空"(～k'ang¹)；地下排水孔.

（2552） 【憾】 hàn（ㄏㄢ）

"憾"字祇有一種讀音：(ham⁷)，失望、不滿足也。

　　（例）　①憾恨(～hin⁷／hun⁷)；遺憾悔恨.

②缺憾(k'uat⁴～)；不完美而惋惜. ③遺憾(ui⁵～)；遺恨、惋惜.

（2553） 【頷】　　　hàn（ㄏㄢ）

"頷"字文言意爲：(ham⁷)，白話音爲：(am⁷)，通用白話音。

　　（例）　①頷管(～kun²)；脖子. ②大頷胿(tua⁷～kui¹)；大脖子病.
　　③腫頷(tseng²～)；脖子腫，又搞什麼嘛、糟了的意思.

（2554） 【蠔】　　　háo（ㄏㄠ）

"蠔"字文言音：(he⁵)，少用，一般通用白話音：(ə⁵)，牡蠣也。

　　（例）　①蠔仔麵線(～a²mi⁷suaⁿ³)；牡蠣的肉跟掛麵煮成的.
　　②蠔仔煎(～a²tsian¹)；牡蠣跟麵粉、蛋、冬荷等煎成的食品.
　　按：蠔一般俗字作"蚵"。

（2555） 【壕】　　　háo（ㄏㄠ）

"壕"衹有一種讀法：(he⁵)，溝或長方形的窟。

　　（例）　①壕溝(～kau¹)；長條形的坑溝.
　　②防空壕(hong⁵k'ong¹～)；防空洞.

（2556） 【皓】　　　hào（ㄏㄠ）

"皓"字的讀音爲：(he⁷)，潔白也。

　　（例）　①皓月(～guat⁸)；潔白的月亮.
　　②皓齒(～k'i²)；白的牙齒. ③皓首(～siu²)；白頭，指年老.

（2557） 【盒】　　　hé（ㄏㄜ）

"盒"字的文言音：(hap⁸)，白話音有：(ap⁸)和(ah⁸)，後者(ah⁸)較
通用。

　　（例）　①盒仔(～a²)；盒子. ②紙盒(tsua²～).

③飯盒(png⁷～)；口語"便當医仔"(pian⁷tong¹k'eh⁴a²)．

（2558）【閤】　　　　hé（ㄏㄜ）

Ⓐ文言音：(hap⁸)，全部也，同"閤"字。
　(例)　①閤府(～hu²)；你們全家的敬辭．
　　②閤第(～te⁷)；同①．
Ⓑ白話音：(k'ah⁸)，輕輕關閉也。
　(例)　①門閤咧(mng⁵～le)；把門掩上．
　　②代誌閤稠(tai⁷tsi³～tiau⁵)；事情擱置．
　　③沿路行沿路閤(ian⁵lo⁷kaiⁿ⁵ian⁵lo⁷～)；一邊走一邊耽擱．

（2559）【痕】　　　　hén（ㄏㄣ）

"痕"字衹有一種讀音：(hun⁵)
　(例)　①痕跡(～jiah⁴／liah⁴)；在物體上留下的印兒．
　　②傷痕(siong¹～)；受傷的痕跡．③劃痕(ue⁷／we⁷～)；劃線．

（2560）【狐】　　　　hú（ㄏㄨ）

"狐"的讀音爲：(ho⁵)
　(例)　①狐疑(～gi⁵)；懷疑．②狐狸(～li⁵)；狐的通稱，喻狡猾．

（2561）【唬】　　　　hǔ（ㄏㄨ）ˋxià（ㄒㄧㄚˋ）

Ⓐ官話讀(hu)時，台語讀：(ho²)，詐騙、蒙混也。
　(例)①唬人(～lang)；騙人．②唬秤頭(～ts'in³t'au⁵)；詐騙偷斤兩．
Ⓑ官話讀(xia)時，台語讀：(ha²／haⁿ²)，虛張聲勢使人害怕。
　(例)　①唬人無膽(～langbə⁵taⁿ²)；嚇唬膽子小的人．
　　②唬頭大(～t'au⁵tua⁷)；嚇唬的威勢大．
　　按" 唬 "字讀(haⁿ²)時，又作"嚇"字，亦即" haⁿ² "宜作"嚇"。

· 905 ·

（2562）　【怙】　　　hù（ㄏㄨ）

"怙"字祇有一種讀音：(ho^7)，依靠也。

　　（例）　①怙惡不悛(～ok^{4}put^{4}ts'uan^1)；堅持作惡不肯改善.

　　②失怙(sit^4～)；死了父親.

（2563）　【戽】　　　hù（ㄏㄨ）

"戽"字的讀音祇有一種：(ho^3)，連舀帶潑(水)。

　　（例）　①戽魚(～hi^5)；把水和水中的魚舀起來潑入盛水器內再
　　提取裡邊的魚.　　　　　　　②戽水(～tsui^2)；舀水帶潑.

　　③戽斗(～tau^2)；吸水灌田的農具，又指下巴向下向外突出.

（2564）　【礐】　　　hù（ㄏㄨ）

"礐"字的文言音是：(hok^8)，詞例少，通用白話音：(hak^8)。

　　（例）　①礐仔(～a^2)；廁所.②屎礐(sai^2～)；同①.

（2565）　【宦】　　　huàn（ㄏㄨㄢ）

"宦"字祇有一種讀音：(huan^3)，做官也。

　　（例）　①宦海浮沈(～hai^{2}hu^{5}tim^5)；官場上的滄桑.

　　②宦官(～kua^{n1})；即太監，在宮庭中服務的被閹割的男人.

　　③宦途(～to^5)；官場，做官的運途.

（2566）　【渙】　　　huàn（ㄏㄨㄢ）

Ⓐ文言音：(huan^3)，如"渙散"(～san^3)；散漫、鬆懈.

Ⓑ白話音：(k'ua^{n3})，如"渙曠"(～k'ng^3)；寬闊.

（2567）　【喚】　　　huàn（ㄏㄨㄢ）

"喚"字的讀音為：(huan^3)一種，發出大聲引起對方注意，覺醒.

（例）　①喚醒(～seng² ／ sing²)；口語"叫醒"(kiə³ts'e^n2 ／ ts'i^n2)。
②呼喚(ho¹～)；呼叫.

（2568）　【煥】　　　huàn（ㄏㄨㄢˋ）

"煥"字衹有一種讀音：(huan³)，光亮也。
（例）　①煥發(～huat⁴)；光彩四射，如"精神煥發"(tseng¹sin⁵～)
；精神很好有光彩.　　　②煥然(～jian⁵)；有光彩的樣子.

（2569）　【煌】　　　huáng（ㄏㄨㄤˊ）

"煌"字的讀音爲：(hong⁵)，明亮也。
（例）　輝煌(hui¹～)；光亮，如"燈火輝煌"(teng¹ho^n2 ／ hue²～).

（2570）　【恍】　　　huǎng（ㄏㄨㄤˇ）

"恍"字衹有一種讀音：(hong²)
（例）　①恍惚(～hut⁴)；神志不清，精神不集中，"愛小心毋通
恍惚"(ai³siə²sim¹m'⁷t'ang¹～)；要注意不要漫不經心.
②恍然大悟(～jian⁵tai⁷ngo⁷)；忽然大悟.

（2571）　【諱】　　　huì（ㄏㄨㄟˋ）

"諱"字的讀音爲：(hui³)，有顧忌不願或不敢說也。
（例）　①諱言(～gian⁵)；不願或不便說，口語"畏講"(ui³kong²).
②諱疾忌醫(～tsit⁸ki⁷i¹)；怕人知道有病而不肯醫治，喻掩飾
缺點不願改正，口語"臭腳倉驚人搵"(ts'au³k'a¹ts'ng¹kia^n1lang⁵
ng¹)；腳倉，又作"尻川"，屁股也，驚人搵；怕人遮掩.

（2572）　【彗／篲】　　huì（ㄏㄨㄟˋ）suì（ㄙㄨㄟˋ）

"彗"字衹有一種讀法：(hui⁷)，同篲，掃帚也。

(例)　①彗星($\sim$seng^1／sing^1)；通稱"掃帚星"(sau^{3}ts'iu^{2}ts'e^{n1}
／ts'i^{n1})；又叫"長尾星"(tng^{5}be^2／bue^{2}ts'e^{n1})，又喻爲"歹星"
(p'ai^{n2}ts'e^{n1})．

（2573）　【晦】　hui$\hat{}$（ㄏㄨㄟ）

"晦"字的讀音爲：(hue^3)，昏暗也，農曆每月末日。

（例）　①晦明($\sim$beng^5／bing^5)；昏暗和明朗，指夜間和白天．
②晦澀($\sim$siap^4)；詩文隱晦難懂．

（2574）　【穢】　hui$\hat{}$（ㄏㄨㄟ）

"穢"字文言音爲：(ue^3／we^3)，白話音：(e^3／ye^3)，兩音通用。

（例）　①穢人($\sim$lang)；傳染他人．②穢世($\sim$sue^3)；丟臉現醜．
③污穢(u^1／wu^1$\sim$)；骯髒．

（2575）　【渾】　hún（ㄏㄨㄣ）

"渾"字的讀音爲：(hun^5)，混濁、糊塗也。

（例）　①渾厚($\sim$ho^7)；淳樸老實．②渾濁($\sim$tsok^8)；混濁．
③渾水摸魚($\sim$sui^{2}bong^{1}hi^5)；喻趁着混亂時機攫取利益，渾同混．

（2576）　【魂】　hún（ㄏㄨㄣ）

"魂"字祇有一種讀音：(hun^5)，指可以離開人體而能存在的精神。

（例）　①魂靈($\sim$leng^5)；魂．②神魂(sin^5$\sim$)；神志、精神．

（2577）　【霍】　huò（ㄏㄨㄛ）

"霍"字的讀音爲：(hok^4)

（例）　①霍亂($\sim$luan^7)；腹瀉、嘔吐大便稀薄如水的傳染病．
②霍地($\sim$te^7)；突然發生，口語"無張無持" (bə^{5}tiu^{n1}bə^{5}ti^5)．

（2578） 【豁】 　　　huò（ㄏㄨㄛˋ）

"豁"字文言音讀：(huat⁴)，白話音爲：(hat⁴)較通用，開闊、免除也。

　　（例）　①豁免權(～bian²kuan⁵)；免除的權利.

　　　　②豁然貫通(～jian⁵／lian⁵kuan³t'ong¹)；開闊地暢通.

（2579） 【畿】 　　　jī（ㄐㄧ）

"畿"字祇有一種讀音：(ki¹)

　　（例）　①畿輔(～hu²)；國都附近的地方.

　　　　②京畿(keng¹／king¹～)；同①.

（2580） 【屐】 　　　jī（ㄐㄧ）

"屐"字文言音：(kek⁸／kik⁸)，白話音：(kiah⁸)。

　　（例）　①木屐(bak⁸～)；腳穿用的拖板.

　　　　②柴屐(ts'a⁵～)；同①.

（2581） 【徛】 　　　jì（ㄐㄧ）

"徛"字的讀音有文言音：(ki⁷)，和白話音：(k'ia⁷)，通用白話音。

　　（例）　①徛家著／佇東京(～ke¹ti³Tang¹kiaⁿ¹)；住家在東京.

　　　　②徛旗仔(～ki⁵a²)；豎立旗子. ③徛起來(～k'ilai)；站起來.

　　　　④徛咧看(～leᵒk'uaⁿ³)；站着看.

　　　　⑤隔暝徛日(keh⁴me⁵／mi⁵～jit⁸／lit⁸)；喻耗渡時日.

　　　　⑥徛泅(～siu⁵)；立式游泳，喻處境困難只好掙扎.

　　　　⑦徛店(～tiam³)；經營店舖生意.

　　　　⑧徛秋(～ts'iu²)；秋雨連綿，喻雨季也.

（2582） 【寂】 　　　jì（ㄐㄧ）

"寂"字文言音爲：(tsek⁸／tsik⁸)，白話音：(tsiauh⁸)，通用文言音，

沈靜没聲音，冷清也。

　　(例)　①寂寞(～bok⁸)；孤獨冷清. ②寂寥(～liau⁵)；寂寞.
　　③寂靜(～tseng⁷／tsing⁷)；全没聲音，靜清清.

（2583）　【袈】　　jiā（ㄐㄧㄚ）

"袈"字祇有一種讀音：(ka¹)，如"袈裟"(～se¹)，和尚披在身上外面
的法衣.

（2584）　【傢】　　jiā（ㄐㄧㄚ）

"傢"字的文言音爲：(ka¹)，白話音爲：(ke¹)，通用白話音.

　　(例)　①傢伙(～he²／hue²)；財產，又作"家伙"或"家賄".
　　②傢具(～ku⁷／k'u⁷)；家庭用具，又作"家具".
　　③傢俬頭仔(～si¹t'au⁵a²)；工具、器物，又作"家俬頭仔".

（2585）　【稼】　　jià（ㄐㄧㄚ）

"稼"字祇有一種讀音：(ka³)，種植、谷物也。

　　(例)　①稼穡(～sek⁴／sik⁴)；耕種收割，穡爲收割穀物.
　　②耕稼(keng¹／king¹～)；耕種.

（2586）　【緘】　　jiān（ㄐㄧㄢ）

"緘"字的文言音：(kam¹)，俗讀音：(kiam⁵)，兩音通用，封閉也。

　　(例)　①緘默(～bek⁸／bik⁸)；閉口不説話.
　　②緘口(～k'au²)；閉着嘴.

（2587）　【殲】　　jiān（ㄐㄧㄢ）

"殲"字的讀音有：(tsiam¹)和(ts'iam¹)，前者較通用。

　　(例)　①殲滅(～biat⁸)；消滅敵人. ②殲敵(～tek⁸)；同①.

（2588）　【饡】　　　jiǎn（ㄐㄧㄢ）

"饡"字的文言音爲：(tsiam²)，白話音爲：(tsiaⁿ²)，通用白話音，味淡也。

　　（例）　①饡水（～tsui²）；淡水，没鹹味的水．

　　②試鹹饡(ts'i³kiam⁵～)；嚐味道之淡濃．③互人請毋通嫌鹹饡(ho⁷langts'iaⁿ²m⁷t'ang¹hiam⁵kiam⁵～)；給人家請客不要批評菜味兒．

（2589）　【荐／薦】　　jiàn（ㄐㄧㄢ）

"荐"字的讀音有文言音：(tsian³)，和白話音：(ts'eng³／ts'ing³)，通用文言音，推舉也。

　　（例）　①荐舉（～ki²）；推荐、介紹．②推荐(t'ui¹～)；推舉、介紹，"寫推荐書"(sia²～su¹)．

（2590）　【餞】　　　jiàn（ㄐㄧㄢ）

"餞"字祇有一種讀音：(tsian²)

　　（例）　①餞行（～heng⁵／hing⁵）；設酒食送行．

　　②餞別（～pait⁸）；同①．③蜜餞(bit⁸～)；用濃糖漿浸漬果品．

（2591）　【踐】　　　jiàn（ㄐㄧㄢ）

"踐"字的讀音祇有一種：(tsian⁷)，踩也，履行也。

　　（例）　①踐約（～iok⁴／yok⁴）；履行約定的事情．

　　②踐踏（～tah⁸）；踩，喻摧殘．③實踐(sit⁸～)；實行．

（2592）　【僭】　　　jiàn（ㄐㄧㄢ）

"僭"字的讀音有：(tsiam³)和(ts'iam³)兩音通用。

　　（例）　①僭權(tsiam³／ts'iam³kuan⁵)；僭越，越權．

　　②僭越(ts'iam³uat⁴／wat⁴)；超越本分．

（2593）　【姜／薑】　jiāng（ㄐㄧㄤ）

按"姜"字文言音爲：(k'iong¹)，白話音爲：(k'iuⁿ¹／k'ioⁿ¹)。"薑"
字的文言音爲(kiong¹)，白話音爲：(kiuⁿ¹／kioⁿ¹)，兩者聲母有送
氣與不送氣之不同，一般多用"姜"來取代"薑"(字劃多又難寫)。

　　（例）　①姜／薑母(～ba²)；老姜. ②嫩姜／薑(tsiⁿ²～)；幼姜.
惟一般"姜"用於姓氏、如姜子牙(～tsu²ga⁵)，而"薑"則用"姜"字。

（2594）　【匠】　jiàng（ㄐㄧㄤ）

"匠"字的文言音爲：(ts'iong⁷)，白話音爲：(ts'iuⁿ⁷／ts'ioⁿ⁷)，通用
白話音。

　　（例）　①木匠(bak⁸～)；木工技術者. ②鐵匠(t'ih⁴～)，鐵器加
　　　　　工的技術者.

（2595）　【僥】　jiǎo（ㄐㄧㄠ）

"僥"字的文言音爲：(kiau¹)，白話音是：(hiau¹)，通用白話音。

　　（例）　①僥幸(～heng⁷)；偶然地成功或免於損害，違背情理.
　　　　②僥人(～lang)；違背他人，對人負心背義.
　　　　③僥箱(～siuⁿ¹／sioⁿ¹)；翻動箱子.

（2596）　【矯】　jiǎo（ㄐㄧㄠ）

"矯"字祇有一種讀音：(kiau²)

　　（例）　①矯健(～kian⁷)；強壯有力. ②矯正(～tseng³)；糾正.
　　　　③矯枉過正(～ong²ko³tseng³)；糾正偏差做得過了分.

（2597）　【醮】　jiào（ㄐㄧㄠ）

"醮"字的文言音爲：(tsiau³)，如"再醮"(tsai³～)；再嫁也。白話音
爲：(tsiə³)，如"做醮"(tsə³／tsue³～)；敬神祭禮祈求平安。

（2598）　【酵】　　jiào（ㄐㄧㄠ）

A 文言音：(kau³)，如"發酵"(huat⁴〜)；酵母釀成的化學變化.

B 白話音：(kaⁿ³)，"酵母"(〜bu²／bə²)；酵母菌.

（2599）　【捷】　　jié（ㄐㄧㄝ）

A 文言音：(tsiap⁸)，連連，頻繁地。

　　(例)　①捷來(〜lai⁵)；頻繁地來.

　　　　②捷捷落雨(〜〃ləh⁸ho⁷)；連連下雨.

B 俗讀音：(tsiat⁸)，快速、勝利。

　　(例)　①捷徑(〜keng⁷／king⁷)；近路，達到目的的巧妙手段.

　　　　②捷報(〜pə³)；勝利的消息. ③敏捷(bin²〜)；靈敏迅速.

（2600）　【擧】　　jié（ㄐㄧㄝ）

"擧"字的文言音：(kiat⁸)，白話音爲：(giah⁸)，拿、抬高也，通用
白話音。

　　(例)　①擧旗(〜ki⁵)；擧旗子. ②擧筆(〜pit⁴)；擧筆.

　　　　③擧手(〜ts'iu²)；擧手. ④擧頭(〜t'au⁵)；抬頭.

（2601）　【襟】　　jīn（ㄐㄧㄣ）

A [kim¹]；如"襟懷"(〜huai⁵)；胸襟、胸懷.

B [k'im¹]；如"雞襟胸"(ke¹〜heng¹／hing¹)；雞的胸肉.

（2602）　【矜】　　jīn（ㄐㄧㄣ）

"矜"字的文言音爲：(keng¹／king¹)，通用的是白話音：(kin¹)。

　　(例)①矜時(〜ts'i⁵)；拘謹慎重. ②驕矜(kiau¹〜)；傲慢自尊.

（2603）　【覲】　　jìn（ㄐㄧㄣ）

"覲"字衹有一種讀音：(kin²)，謁見、拜見也。

　　(例)　①覲見(〜kian³)；晉見君主、國家元首．

　　②朝覲(tiau⁵〜)；朝拜，臣子上朝見君主．

（2604）　【妗】　　jìn（ㄐㄧㄣ）

"妗"字的讀音爲：(kim⁷)，舅父之妻也。

　　(例)　①妗啊(〜a)；呼舅母．②妗仔(〜a²)；妻的兄弟之妻．

　　③妗婆(〜pə⁵)；父母親的舅母．④阿妗(a¹〜)；舅母．

（2605）　【鯨】　　jīng（ㄐㄧㄥ）

"鯨"字有一種讀音：(keng¹／king¹)

　　(例)　①鯨魚(〜hi⁵)；口語通稱"海翁"(hai²ang¹)．

　　②鯨吞(〜t'un¹)；像鯨魚一樣地吞食，喻大量地併吞土地．

（2606）　【競】　　jìng（ㄐㄧㄥ）

"競"字的讀音通用：(keng³)，比賽，爭勝也。

　　(例)　①競賽(〜sai³)；比賽爭勝．②競選(〜suan²)；競爭被選

　　舉．　　　③競爭(〜tseng¹／tsing¹)；與人爭勝．

（2607）　【鞠】　　jū（ㄐㄩ）

"鞠"字衹有一種讀音：(kiok⁴)

　　(例)　①鞠養(〜iong²)；撫養．②鞠躬(〜kiong¹)；彎身行禮．

（2608）　【詎】　　jù（ㄐㄩ）

"詎"字的讀音爲：(ku⁷)，豈也，表示反問。

　　(例)　①詎料(〜liau⁷)；豈料．②詎知(〜ti¹)；怎麼會知道．

　　③無用心詎能成功（bə⁵yong⁷sim¹〜 leng⁵seng⁵kong¹)．

（2609）　【踞】　　jù（ㄐㄩ）

"踞"字祇有一種讀音：(ku³)，蹲或坐，佔據也。

　　(例)　①虎踞(ho²～)；如虎蹲坐着．

　　　　②盤踞(p'uan⁵～)；非法霸佔土地．

（2610）　【堅】　　jù（ㄐㄩ）

"堅"字祇有一種讀音：(tsu⁷)，襯托、墊付也。

　　(例)　①堅玻璃(～pə¹le⁵)；墊上玻璃．

　　　　②堅紙(～tsua²)；墊上紙．

（2611）　【抉】　　jué（ㄐㄩㄝ）

"抉"字的讀音爲：(kuat⁴)

　　(例)①抉粉(～hun²)；塗粉．②抉嘴頼(～ts'ui³pe²)；打耳光．

　　　　③抉擇(～tek⁴／tik⁴)；挑選，選擇取捨．

（2612）　【竣】　　jùn（ㄐㄩㄣ）

"竣"字祇有一種讀法：(tsun³)，完畢也。

　　(例)　①竣工(～kang¹)；工程完了．②完竣(uan⁵～)；完畢．

（2613）　【揩】　　kāi（ㄎㄞ）

"揩"字的讀音爲：(kai¹)，拭、擦也。

　　(例)　①揩油(～iu⁵)；敲竹槓，佔便宜．②揩汗(～kuaⁿ⁷)；擦汗．

（2614）　【慨】　　kǎi（ㄎㄞ）

"慨"字祇有一種讀音：(k'ai³)；嘆息也。

　　(例)　①慨嘆(～t'an³)；感慨嘆息．②感慨(kam²～)；感嘆．

　　　　③慷慨(k'ong²～)；不吝惜，大方有氣派．

（2615） 【楷】　　　kǎi（ㄎㄞˇ）

"楷"字的通用音爲：(k'ai²)，模範也。

　（例）　①楷模(～bo⁵)；法式、模範．②正楷(tsiaⁿ³～)；楷書．
　　　　③大楷、小楷(tua⁷～、siau²～)；大的楷體漢字和小的楷體漢字．

（2616） 【戡】　　　kān（ㄎㄢ）

"戡"字的讀音爲：(k'am¹)，如"戡亂"(～luan⁷)；用武力平定叛亂．

（2617） 【亢】　　　kàng（ㄎㄤˋ）

"亢"字衹有一種讀音：(k'ong³)，高昂、高傲。

　（例）　①亢旱(～han⁷)；長久不下雨，苦旱．
　　　　②不亢不卑(put⁴～put⁴pi¹)；不傲慢也不卑屈．

（2618） 【囥】　　　kàng（ㄎㄤˋ）

"囥"字文言音爲：(k'ong³)，白話音爲：(k'ng³)，收藏也，通用白
話音。

　（例）　①囥起來(～k'ilai)；收藏起來．
　　　　②話囥著／佇腹肚內(ue⁷～ti⁷pak⁴to²lai⁷)；話藏在肚子裡．

（2619） 【炕】　　　kàng（ㄎㄤˋ）

"炕"字的讀音爲：(k'ong³)，久煮也，烤也。

　（例）　①炕肉(～bah⁴)；久煮肉．②炕蕃薯(～huan¹tsu⁵)；烤
　　　　地瓜．　　　　　③炕豬腳(～ti¹k'a¹)；燉煮豬腳．

（2620） 【拷】　　　kǎu（ㄎㄠˇ）

"拷"字衹有一種讀音：(k'ə²)，打也。

　（例）　①拷問(～bun⁷)；拷打審問．

②拷貝(～pue³)；複寫"copy"的音譯.

（2621）　【涍】　　　kǎo（ㄎㄠ）

"涍"字祇有一種讀法：(k'ə²)，水少也。

　　(例)　①涍頭糜(～t'au⁵be⁵／muai⁵)；稠的稀飯.
　　　　　②涍蒸蒸(～ts'eng³〃)；人群稠密，人衆多.

（2622）　【磕】　　　kē（ㄎㄜ）

"磕"字的文言音爲：(k'ap⁴)，白話音：(k'ah⁴)，俗讀音：(k'ap⁸)，以俗讀較通用，意爲碰在硬的東西上。

　　(例)　①磕破(～p'ua³)；碰破. ②磕頭(～t'au⁵)；跪地磕頭，又頭碰硬的東西，如"磕頭自殺"(～tsu⁷sat⁴).

（2623）　【倥】　　　kōng（ㄎㄨㄥ）

"倥"字通用的一種讀音：(k'ong¹)，沒神采、頭腦倥侗(無知)也。

　　(例)　①倥歁(～k'am²)；腦筋不正常、自大自誇.
　　　　　②起倥(k'i²～)；神經質、沒頭腦.

（2624）　【摳】　　　kōu（ㄎㄡ）

"摳"字的文言音：(k'o¹)，白話音爲：(k'au¹)較通用，削刮、刨也。

　　(例)　①摳蕃薯(～han¹tsu⁵)；挖地瓜，削地瓜皮.
　　　　　②摳鉛筆(～ian⁵pit⁴)；削鉛筆.
　　　　　③摳皮(～p'ue⁵)；削皮.　④摳刀(～tə¹)；削刮用的刀.

（2625）　【匡】　　　kuāng（ㄎㄨㄤ）

"匡"字祇有一種讀音：(k'ong¹)，糾正、救助也。

　　(例)　①匡救(～kiu³)；挽救使回到正路.

②匡正(～tseng³／tsing³)；糾正.

（2626）【盔】　kuī（ㄎㄨㄟ）

"盔"字的讀音爲：(k'ue¹)，保護頭部的金屬帽子。

　　(例)　①盔甲(～kah⁴)；頭盔和身上的戰甲(衣服).

　　②鋼盔(k'ng³～)；鋼質的安全帽.

（2627）【傀】　kuǐ（ㄎㄨㄟ）

"傀"字的讀音爲：(k'ui²)

　　(例)①傀儡(～lui²)；木頭人，喻受人操縱，口語"嘉禮"(ka¹le²).

　　②傀儡戲(～lui²hi³)；木偶戲.

（2628）【匱】　kuì（ㄎㄨㄟ）

"匱"字祇有一種音：(kui⁷)，如"匱乏"(～huat⁸)；缺乏、貧乏。

（2629）【饋】　kuì（ㄎㄨㄟ）

"饋"字祇有文言音：(kui⁷)，贈物也。

　　(例)　①饋送(～sang³)；贈送. ②饋贈(～tseng¹)；贈送禮物.

　　③回饋(hui⁵～)；即反饋、回授，英語的"feed back".

（2630）【垃】　lā（ㄌㄚ）

"垃"字文言音爲：(lap⁴)，白話音爲：(lah⁴)，通用白話音。

　　(例)　①垃圾(～sap⁴)；髒的東西，或骯髒.

　　②垃圾人(～lang⁵)；指不知廉恥，敗德行爲的人.

（2631）【喇】　lǎ（ㄌㄚ）

"喇"字文言音爲：(lat⁸)，白話音爲：(lah⁸)，通用俗讀音：(la¹)。

(例)　①喇嘛教(～ma⁵kau³)；西藏、蒙古等信仰的一種佛教.

②喇叭(～pa¹)；譯音詞，管樂器，"鼓吹"(ko²ts'ue¹).

（2632）　【辣】　　là（ㄌㄚˋ）

"辣"字的文言音爲：(lat⁸)；白話音爲：(luah⁸)較通用。

(例)　①辣椒(～tsio¹)；又叫"辛／薟椒(hiam¹～).

②毒辣(tok⁸～)；心毒手辣，殘忍.

（2633）　【闌】　　lán（ㄌㄢˊ）

"闌"字祇有一種讀音：(lan⁵)，將盡也。

(例)　①闌珊(～san¹)；將盡、衰落、零錢.

②夜闌人靜(ia⁷～jin⁵／lin⁵tseng⁷)；夜深人少而寂靜.

（2634）　【纜】　　lǎn（ㄌㄢˇ）

"纜"字的讀音爲：(lam²)，鐵索、粗繩。

(例)　①纜車(～ts'ia¹)；在山坡軌道上行駛的小型電動車.

②電纜(tian⁷～)；由絶緣層包裹的送電導線.

（2635）　【狼】　　láng（ㄌㄤˊ）

"狼"字祇有一種讀音：(long⁵)

(例)　①狼犬(～k'ian²)；狼狗. ②狼惡(～ok⁴)；殘忍、猛惡.

③狼狽(～pue⁷)；訛爲(liong⁵pue⁷)；形容受窘或困苦.

④狼狽爲奸(～pue⁷ui⁵kan¹)；互相勾結做壞事.

（2636）　【佬】　　lǎo（ㄌㄠˇ）

Ⓐ文言音：(lə²)，如"福佬"(Hok⁴～)；福建人，特指福建南部的
人，亦即閩南人的通稱.

B 白話音：(lau²)，如"佬仔"(～a²)；騙子．

（2637）　【躼／𨉫】　　lào（ㄌㄠ）

"躼"祇有一種讀法：(le³)，高個子。按"𨉫"為"躼"的俗字。

　　（例）　①躼的(～e)；高個子．②躼腳(～k'a¹)；長腿，高個子．

（2638）　【擂】　　lèi（ㄌㄟ）

"擂"字的讀音為：(lui⁵)和(lui⁷)，後者較通用。

　　（例）　①敲鐘擂鼓(k'au¹tsiong¹／tseng¹～ko²)；敲鐘打鼓．

　　②擂台(～tai⁵)；比武用的台子，"打擂台"(ta^n²～)．

（2639）　【犁／犂】　　lí（ㄌㄧ）

"犁"字的文言音為：(le⁵)，白話音為：(lue⁵)，兩音通用。

　　（例）　①犁田(～ts'an⁵)；用犁耕地．②牛犁(gu⁵～)；用牛拖的犁．

（2640）　【梨／棃】　　lí（ㄌㄧ）

A 文言音有：(le⁵)和(li⁵)，前者較通用。

　　（例）　①梨園(～uan⁵)；唐玄宗培訓戲劇演員的地方，指劇場．

　　②梨園戲(～hi³)；又叫"七仔班"(ts'it⁴a²pan¹)，閩南地方盛行，

　　分上路和下南兩派，唱腔採用南音．

B 白話音：(lai⁵)如"梨仔"(～a²)；梨子．"芏梨"(ong⁵～)；鳳梨．

（2641）　【罹】　　lí（ㄌㄧ）

"罹"字祇有一種讀音：(li⁵)，遭受也。

　　（例）　①罹禍(～hə⁷)；遭受禍害．②罹難(～lan⁷)；遇災難致死．

（2642）　【笠】　　lì（ㄌㄧ）

920

"笠"字的文言音爲：(lip^8)，白話音爲：(leh^8／lueh^8)較通用。

　　（例）　①笠仔(～a^2)；斗笠．②雨笠(ho^7～)；雨傘．

　　　③草笠(ts'au^2～)．

（2643）　【厲】　ㄌㄧˋ（ㄌㄧ）

"厲"字的通用音爲：(le^7)；但亦訛音爲：(li^7)，如"厲害"(li^{7}hai^7)；兇 猛
有辦法、能幹，"個姥足厲害"(In^{1}bo^{2}tsiok^4～)；他太太好兇．

　　（例）　①厲行(le^{7}heng^5～)；嚴格實行．

　　②厲色(le^{7}sek^4／sik^4～)；面容嚴厲．

（2644）　【荔】　ㄌㄧˋ（ㄌㄧ）

"荔"字的文言音爲：(li^7)和(lian^7)，但通用白話音爲：(nai^7)。

　　（例）　①荔月(～gueh^8)；農曆六月．

　　②荔枝(～tsi^1)；果肉略似龍眼而較大，皮爲鱗狀，呈紅色．

（2645）　【斂】　liǎn（ㄌㄧㄢˇ）

"斂"字祇有一種讀音：(liam^2)，稍微節減、收縮也。

　　（例）　①斂容(～iong^5)；收起笑容、變得嚴肅．

　　②斂錢(～tsi^{n5})；征收捐款，節減錢數．

　　③減斂(kiam^2～)；節制．④偷斂(t'au^1～)；背地揩油、節減．

（2646）　【寮】　liáo（ㄌㄧㄠˊ）

"寮"字祇有一種讀音：(liau^5)，簡陋的小屋。

　　（例）　①學寮(hak^8～)；學生宿舍．②草寮(ts'au^2～)；草茅屋．

（2647）　【撩】　liào（ㄌㄧㄠˋ）

A 文言音：(liau^5)，裁剪、鋸、抽打也。

(例)①互人撩(ho⁷lang～)；挨打. ②撩紙(～tsua²)；裁剪紙張.

B 白話音：(lia⁵)，用刀等挑選式的切取，或選取。

(例)　①撩涪／飲(～am²)；選取稀飯中的米湯.

②撩肉油(～bah⁴iu⁵／yiu⁵)；把肉裡的脂肪用刀取掉.

③撩一刀(～tsit⁸tə¹)；劃了一刀.

（2648）　【躂】　　　liāo（ㄌㄧㄠ）

"躂"字祇有一種讀音：(liau⁵)

(例)　①躂落去(～ləh⁸k'i)；涉足水中，喻對某事採取了行動.

②躂水(～tsui²)；涉水.　③窾躂(lang³～)；偷空溜走.

（2649）　【潦】　　　liǎo（ㄌㄧㄠ）

A 文言音：(lə²)和(liau²)

(例)　①潦倒(liau²tə²)；失意. ②潦草(liau²／lə²ts'ə²)；馬虎.

B 白話音：(lə⁷)和(lau²)，如"目睭潦潦"(bak⁸tsiu¹lə⁷〃)；眼光迷蒙.

（2650）　【淋】　　　lín（ㄌㄧㄣ）

A 文言音：(lim⁵)

(例)　①淋漓盡致(～li⁵tsin⁷ti³)；形容很暢快，淋漓爲水往下滴.

②淋病(～peⁿ⁷／piⁿ⁷)；性病的一種，患者尿中有膿血.

B 白話音：(lam⁵)

(例)　①淋雨(～ho⁷)；被雨水淋濕，又音(lim⁵u²／wu²).

②淋水(～tsui²)；澆水，"沧水"(tsang⁵tsui²).

（2651）　【琳】　　　lín（ㄌㄧㄣ）

"琳"字祇有一種讀音：(lim⁵)，美玉也。如"琳琅滿目"(～long⁵buan²
bok⁸)；喻美好的東西很多。

（2652）　【啉】　　　lín（ㄌㄧㄣ）

"啉"字文言音：(lam⁵)，白話音有(lim⁵)和(lim¹)，通用(lim¹)，喝也。

（例）①啉茶(～te⁵)；喝茶. ②啉湯(～t'ng¹)；喝湯.

③啉酒(～tsiu²)；喝酒，又説"啉燒酒"(～siə¹tsiu²).

（2653）　【遴】　　　lín（ㄌㄧㄣ）

"遴"字的讀音爲：(lin⁵)，如"遴選"(～suan²)；愼重地選拔人材.

（2654）　【凜】　　　lín（ㄌㄧㄣ）

"凜"字文言音爲：(lim²)，白話音爲：(liam²)，通用文言音。

（例）①凜冽(～liat⁸)；刺骨地寒冷，"寒風凜冽"(han⁵hong¹～).

②威風凜凜(ui¹hong¹～〃)；威武氣勢嚴肅令人敬畏.

③徛傷凜(k'ia⁷siu^n1～)；站得過於接近邊沿.

（2655）　【懍】　　　lín（ㄌㄧㄣ）

"懍"字文言音讀：(lim²)，通用的是白話音：(lun²)，畏懼也。

（例）①懍伊三分(～i¹／yi¹sa^n1hun¹)；有些怕他.

②無懍(bə⁵～)；不怕.

（2656）　【咨】　　　lìn（ㄌㄧㄣ）

"咨"字祇有一種讀音：(lin⁷)，如"咨嗇"(～sek⁴／sik⁴)；當用不用.

（2657）　【屪】　　　lìn（ㄌㄧㄣ）

"屪"字文言音爲：(lian⁷)，白話音：(lan⁷)，通用白話音。

（例）①屪核(～hut⁸)；睪丸. ②屪脬(～p'a¹)；腎囊.

③屪鳥(～tsiau²)；陰莖.　　④國民黨看老百姓若屪(kok⁴bin⁵

tong²k'ua^n3lau⁷peh⁴se^n3na²～).；國民黨把老百姓視同污物.

（2658） 【伶】　　　　líng（ㄌㄧㄥˊ）

"伶"字文言音：(leng⁵／ling⁵)，俗讀音：(leng²／ling²)。

　（例）　①伶俐(leng²li⁷)；聰明，靈活. ②伶(零)仃(leng⁵teng¹)；孤獨沒依靠.

（2659） 【菱】　　　　líng（ㄌㄧㄥˊ）

"菱"字衹有一種讀音：(leng⁵／ling⁵)

　（例）　①菱形(～heng⁵)；鄰邊相等，對角線垂直的平行四邊形.
　②菱角嘴(～kak⁴ts'ui³)；嘴形像菱角，兩端略尖而向下彎.

（2660） 【瘤】　　　　líu（ㄌㄧㄡˊ）

"瘤"字的詞義是腫起來的肉團，讀音有文言音：(liu⁵)，白話音：
(lau⁵)；通用文言音。

　（例）　①肉瘤(bah⁴～). 　②頷管生瘤(am⁷kun²seⁿ¹～)；脖子長
　瘤頂着下巴，台語喻"拄着"(tu²tiəh)；認命也.

（2661） 【嚨】　　　　lóng（ㄌㄨㄥˊ）

"嚨"字文言音：(long⁵)，俗讀音：(na⁵)，通用俗讀音。

　（例）　嚨喉(～au⁵)；咽喉.

（2662） 【聾】　　　　lóng（ㄌㄨㄥˊ）

Ⓐ文言音：(long⁵)，如"聾啞"(～a²)；耳朵聽不見，嘴説不出來.
Ⓑ白話音：(lang⁵)，如"臭耳聾"(ts'au³hi¹～)；聾子.

（2663） 【窿】　　　　lòng（ㄌㄨㄥˋ）

"窿"字文言音爲：(long⁷)，白話音爲：(lang³)，通用白話音。
　（例）　①窿空(～k'ang¹)；使有空間.

②窬縫(～p'ang⁷)；使有空隙，或騰出時間，"窬縫來一下"(～lai⁵tsit⁸e)；撥空來一下.

（2664）　【挵】　　lòng（ㄌㄨㄥˋ）

"挵"字祇有一種讀音：(long³)，碰、撞也。

（例）①挵歹去(～p'aiⁿ²k'i)；撞壞了.
②挵破(～p'ua³)；碰壞. ③挵倒(～tə²)；撞倒.
④挵着(～tiəh)；撞到. ⑤車相挵(ts'ia¹siə¹～)；車子相撞.

（2665）　【陋】　　lòu（ㄌㄡˋ）

"陋"字祇有一種讀音：(lo²)；不好看、不合理也。

（例）①陋規(～kui¹)；不好的慣例. ②陋俗(～siok⁸)；壞風俗.
③陋習(～sip⁸)；壞習慣. ④醜陋(t'iu²～)；不好看.

（2666）　【鹵】　　lǔ（ㄌㄨˇ）

"鹵"字文言音爲：(lo²)，白話音爲：(lo⁷)，通用文言音；用醬油五香等久煮肉塊。

（例）①鹵肉(～bah⁴)；用鹵法煮肉塊.
②鹵味(～bi⁷)；用鹵法制成的冷菜.

（2667）　【碌】　　lù（ㄌㄨˋ）

Ａ 文言音：(lok⁸)；如"勞碌"(lə⁵～)；勞累、辛苦.
Ｂ 白話音：(lek⁸／lik⁸)；如"碌路"(～lo⁷)；因走遠路而辛勞. "碌死人"(～si²lang⁵)；把人累死.

（2668）　【漉】　　lù（ㄌㄨˋ）

Ａ 文言音：(lok⁴)

925

②窬縫($\sim$p'ang^7)；使有空隙，或騰出時間，"窬縫來一下"($\sim$lai^{5}tsit^{8}e)；撥空來一下.

（2664）　【挵】　　lòng（ㄌㄨㄥˋ）

"挵"字祇有一種讀音：(long^3)，碰、撞也。

（例）①挵歹去($\sim$p'ai^{n2}k'i)；撞壞了.
②挵破($\sim$p'ua^3)；碰壞. ③挵倒($\sim$tə^2)；撞倒.
④挵着($\sim$tiəh)；撞到. ⑤車相挵(ts'ia^{1}siə$^1\sim$)；車子相撞.

（2665）　【陋】　　lòu（ㄌㄡˋ）

"陋"字祇有一種讀音：(lo^2)；不好看、不合理也。

（例）①陋規($\sim$kui^1)；不好的慣例. ②陋俗($\sim$siok^8)；壞風俗.
③陋習($\sim$sip^8)；壞習慣. ④醜陋(t'iu$^2\sim$)；不好看.

（2666）　【鹵】　　lǔ（ㄌㄨˇ）

"鹵"字文言音爲：(lo^2)，白話音爲：(lo^7)，通用文言音；用醬油五香等久煮肉塊。

（例）①鹵肉($\sim$bah^4)；用鹵法煮肉塊.
②鹵味($\sim$bi^7)；用鹵法制成的冷菜.

（2667）　【碌】　　lù（ㄌㄨˋ）

Ａ 文言音：(lok^8)；如"勞碌"(lə$^5\sim$)；勞累、辛苦.
Ｂ 白話音：(lek^8／lik^8)；如"碌路"($\sim$lo^7)；因走遠路而辛勞. "碌死人"($\sim$si^{2}lang^5)；把人累死.

（2668）　【漉】　　lù（ㄌㄨˋ）

Ａ 文言音：(lok^4)

（例）　①花溂溂(hui¹～〃)；事情弄得一團糟.

B 白話音：(lak⁴)，如"先溂水即穿"(seng¹～tsui²tsiah⁴ts'eng⁷)；先 透
(浸)過水後再穿.

（2669）　【閭】　　lú（ㄌㄩ）

"閭"字祇有一種讀音：(lu⁵)，里巷，鄰里也。

（例）　①閭巷(～hang⁷)；小街道.②閭里(～li²)；鄉里.

（2670）　【捋】　　lǚ（ㄌㄩ）

"捋"字的文言音為：(lut⁸)和(luat⁸)詞例少，一般通用白話音：(luah⁸)
，用手指順勢抹過去，使物體順溜或乾淨。

（例）　①捋仔(～a²)；梳子，又"柴梳"(ts'a⁵se¹／sue¹).

②捋胸坎(～heng¹k'am²)；按抹胸部，使舒服.

③捋胛脊(～k'a¹tsiah⁴)；按抹背部.

④捋頭毛(～t'au⁵mng⁵)；梳頭髮.

⑤捋嘴鬚(～ts'ui³ts'iu¹)；捋鬍子.

⑥面捋起來(bin⁷～k'ilai)；喻翻臉，兇起來.

（2671）　【履】　　lǚ（ㄌㄩ）

"履"字祇有一種讀音：(li²)，踩、走、鞋等.

（例)①履行(～heng⁵)；實踐.②履約(～iok⁴)；實踐約定事情.

③履歷(～lek⁸／lik⁸)；經歷.④步履(po⁷～)；腳步.

（2672）　【鑼】　　luó（ㄌㄨㄛ）

"鑼"字祇有一種讀音：(lə⁵)

（例）　①鑼鼓(～ko²)；鑼和鼓.②拍鑼(p'ah⁴～)；敲鑼.

③銅鑼(tang⁵～)；用銅製成的鑼，又台灣北部地名.

（2673）　【邏】　　　luó（ㄌㄨㄛ）

"邏"字的讀音爲：(le^5)

　　（例）　①邏輯($\sim ts'ip^4$)；思維的規律、論理.

　　　　②巡邏($sun^5\sim$)；巡迴視察.

（2674）　【駱】　　　luò（ㄌㄨㄛ）

"駱"字文言音爲：(lok^8)，白話音：(leh^8)，一般通用文言音。

　　（例）　駱駝($\sim te^5$)；適於沙漠中行走的動物，背上有駝峰，又
　　　　因音似"樂陶"，"樂逃"而喻偷閒.

（2675）　【穢】　　　mǎi（ㄇㄞˇ）

"穢"字的讀音爲：(bai^2)，稻子的病害，引伸義爲缺點多，即不好。

　　（例）　①穢人($\sim lang^5$)；長得醜的人.
　　　　②穢代誌($\sim tai^7 tsi^3$)；壞事情. ③穢手($\sim ts'iu^2$)；左手.
　　　　④穢甲繪坐得火車 ($\sim kah^4 be^7 \diagup bue^7 tse^7 tit^4 hue^2 ts'ia^7$)；喻長得很醜.

（2676）　【瞞】　　　mán（ㄇㄢˊ）

"瞞"子文言音爲：$(buan^5)$，白話音爲：(bua^{n5})，隱藏眞實情況，
白話音較通用。

　　（例）　①瞞騙($\sim p'ian^3$)；欺騙. ②瞞過($\sim kue$)；加以隱瞞了.

（2677）　【幔】　　　màn（ㄇㄢˋ）

"幔"字的詞義是像斗篷一樣的東西，又披、搭等。讀音有文言音：
$(buan^7)$；但通用白話音：(mua^1)。

　　（例）　①幔肩頭($\sim keng^1 \diagup king^1 t'au^5$)；搭在肩上.
　　　　②幔棕蓑($\sim tsang^1 sui^1$)；披蓑衣. ③穿雨幔($ts'eng^7 ho^7 \sim$)；穿
　　　　雨衣.又說 "幔雨衫"($\sim ho^7 sa^{n1}$). ④相幔($sia^1 \sim$)；互相搭肩.

（2678）　【鰻】　　　mán（ㄇㄢ）

"鰻"字文言音爲：(buan⁵)，通用音爲白話音：(mua⁵)。

（例）　①鱸鰻(lo⁵～)；無賴、流氓．

②烏耳鰻(o¹hi⁷～)；滋補的鰻魚．

（2679）　【冇】　　　mǎo（ㄇㄠ）

"冇"字文言音爲：(bə⁵)，與"無"同義，訓讀音爲：(p'aⁿ³)，中空不堅實也，本字當作"泛"．

（例）　①冇炭(～t'uaⁿ³)；不堅實的木炭．

②用錢冇(eng⁷tsiⁿ⁵～)；花錢手鬆，没節制．

（2680）　【茂】　　　mào（ㄇㄠ）

"茂"字衹有一種讀音：(bo⁷)

（例）　①茂盛(～seng⁷／sing⁷)．②繁茂(huan²～)；繁榮、茁壯．

（2681）　【莓】　　　méi（ㄇㄟ）

"莓"字文言音爲：(mui⁵)，如"草莓"(ts'au²～)；紅色果實柔軟。通用白話音：(m⁵)，如"花莓"(hue¹～)；花蕾，"含莓"(ham⁵～)；含苞．

（2682）　【萌】　　　méng（ㄇㄥ）

"萌"字衹有一種讀音：(beng⁵／bing⁵)，出芽也，發生也。

（例）　①萌芽(～ge⁵)；口語説"發芛"(huat⁴iⁿ²／yiⁿ²)．

②萌生(～seng¹)；開始發生．

（2683）　【蠓】　　　měng（ㄇㄥ）

"蠓"字言音爲：(bong²)，但通用白話音：(bang²)，蚊子也。

（例）　①蠓仔(bang²a²)；蚊子．②蠓罩(～ta³)；蚊帳．

（2684） 【眯／瞇】　　　mī（ㄇ丨）

"眯"字的讀音爲：(bi⁵)，眼皮半合也。

（例）　①眯眯笑(～〃ts'iə³)；眯着眼睛笑.

②眯幾分鐘仔(～kui³hun¹tseng¹)；小睡片刻.

③眯着目睭看(～tiəh⁸bak⁸tsiu¹k'uaⁿ³)；半開眼睛偷偷兒看.

（2685） 【糜】　　　mí（ㄇ丨）

"糜"字文言音爲：(bi⁵)，詞例少見，通用的白話音爲：(be⁵)和(bue⁵)。又音：(mue⁵／muai⁵)，稀飯也，又寫作"粥"。

（例）　①糜爛(～nua⁷)；爛也. ②潘／飲糜(am²～)；稀的稀飯.

（2686） 【弭】　　　mǐ（ㄇ丨）

"弭"字的讀音爲：(bi²)和(mi²)；後者較通用。

（例）　①弭患(～huan⁷)；消滅禍患.

②弭兵(～peng¹)；平息戰爭.

（2687） 【覓】　　　mî（ㄇ丨）

"覓"字文言音爲：(bek⁸)，詞例少，通用白話音：(ba⁷)，尋找也。

（例）　①覓頭路(～t'au⁵lo⁷)；找工作.

②覓食(～tsiah⁸)；找東西吃.

（2688） 【眠】　　　mián（ㄇ丨ㄢ）

"眠"字文言音爲：(bian⁵)，白話音：(bin⁵)較通用。

（例）　①眠眠(～〃)；半睡半醒的狀態.

②安眠(an¹～).　　　③無眠(bə⁵～)；睡得很少.

④冬眠(tong¹～)；某些動物冬天進入休眠狀態.

⑤輕眠(k'in¹～)；淺睡，容易醒過來。

（2689）　【渺】　　　miǎo（ㄇㄧㄠˇ）

"渺"字祇有一種讀音：(biau²)，遙遠、沒邊際.

　　（例）　①茫茫渺渺(bong⁵〃～〃)；模模糊糊.

　　　　②渺茫(～bong⁵)；因遙遠而模糊不清.

　　　　③渺小(～siau²)；藐小、微小.

（2690）　【藐】　　　miǎo（ㄇㄧㄠˇ）

"藐"字的讀音爲：(biau²)，小、小看。如"藐視"(～si⁷)；輕視.

（2691）　【覕】　　　miè（ㄇㄧㄝˋ）

"覕"字文言音爲：(biat⁸)，通用音爲白話音：(bih⁴)，躲藏也。

　　（例）　①覕雨(～ho⁷)；避雨.②覕無路(～bə⁵lo⁷)；没地方躲藏.

　　　　③覕著／佇厝內(～ti³ts'u³lai⁷)；躲藏在家(屋)裡.

（2692）　【抿】　　　mǐn（ㄇㄧㄣˇ）

"抿"字祇有一種讀音：(bin²)

　　（例）　①抿仔(～a²)；小刷子.②抿鞋(～e⁵／ue⁵)；擦鞋子.

　　　　③抿衫(～sa^{n1})；刷衣服.　④鞋抿(e⁵／ue⁵～)；鞋刷子.

　　　　⑤齒抿(k'i²～)；牙刷.

（2693）　【搣】　　　míng（ㄇㄧㄥˊ）

"搣"字文言音爲：(beng⁵／bing⁵)，通用白話音：(me¹／mi¹)，用手抓取東西也。

　　（例）　①搣米(～bi²)；抓取米.②搣土砂(～t'o⁵sua¹)；抓取土砂.

（2694）　【瞑】　　　míng（ㄇㄧㄥˊ）

"瞑"字文言音爲：(beng⁵／bing⁵)，通用的是白話音：(me⁵／mi⁵)

，閉上眼睛。

(例)　①瞑目(～bak⁸)；閉上眼睛. ②青瞑(ts'eⁿ¹～)；瞎眼.

（2695）　【謬】　　　miù（ㄇㄧㄡˋ）

"謬"字祇有一種讀音：(biu⁷)，錯誤也。

(例)　①謬誤(～ngo⁷)；差錯. ②謬論(～lun⁷)；荒謬的言論.

（2696）　【摹】　　　mó（ㄇㄛˊ）

"摹"字的讀音爲：(bo⁵)，照着樣子寫或畫.

(例)　①摹仿(～hong²)；模仿. ②摹本(～pun²)；臨摹用的畫本.

（2697）　【姥】　　　mǔ（ㄇㄨˇ）

"姥"字官話音讀(lao)時，台語讀：(le²)，惟"姥"在台語裡通用音爲：
(bo²)；妻也，俗字作"某"或"侎"。

(例)　①姥仔子(～a²kiaⁿ²)；妻兒. ②翁仔姥(ang¹a²～)；夫妻.

（2698）　【睦】　　　mù（ㄇㄨˋ）

"睦"字祇有一種讀音：(bok⁸)，和好相處也。

(例)　①睦鄰(～lin⁵)；跟鄰居和好相處.
②和睦(hə⁵～)；和好.　　③親睦(ts'in¹～)；親密和好.

（2699）　【伲】　　　nǎn（ㄋㄢˇ）

"伲"字的讀音祇有一種：(lan²)，咱們也，俗作"咱"字。

(例)　①伲兩人(～lng⁷lang⁵)；咱們兩個人.
②伲來去(～lai⁵k'i)；咱們走吧.

（2700）　【囔】　　　náng（ㄋㄤˊ）

"囊"字的讀音有：(long⁵)～(long¹)，前者較通用。

   （例）　①囊批(～p'ue¹)；將信件投入郵筒．

      ②批囊(p'ue¹～)；信封．　③手囊(ts'iu²～)；袖套．

（ 2701 ）　【匿】　　　nỉ（ㄋ丨）

"匿"字祇有一種讀音：(lek⁸／lik⁸)，隱藏也。

   （例）　①匿名(～beng⁵／bing⁵)；不具姓名．

      ②隱匿(un²／wun²～)；不讓人知道．

（ 2702 ）　【溺】　　　nỉ（ㄋ丨）

"溺"字讀音爲：(lek⁸／lik⁸)，過份地……，淹没水中也。

   （例）　①溺愛(～ai³)；過份寵愛．②溺死(～si²)；淹死在水中．

（ 2703 ）　【輦】　　　niǎn（ㄋ丨ㄢ）

"輦"字祇有一種讀音：(lian²)，輪狀物或步行。

   （例）　①步輦(po⁷～)；步行．②車輦(ts'ia¹～)；車的輪子．

（ 2704 ）　【碾】　　　niǎn（ㄋ丨ㄢ）

"碾"的文言音爲：(lian²)和(lian³)，白話音爲：(lun²)和(lin³)，以(lian²)較通用．

   （例）　①碾米(～bi²)；滾動碾子使粟脱殼或破碎，碾米機口語説"米絞"(bi²ka²)．　②石碾(ts'iəh⁸～／lun²)；碾砣．

（ 2705 ）　【攆】　　　niǎn（ㄋ丨ㄢ）

"攆"字祇有一種讀音：(lian²)，詞義爲；驅逐，趕走，追趕。

   （例）　①攆出去(～ts'ut⁴k'i)；趕出去．

      ②互厝主攆走(ho⁷ts'u³tsu²～tsau²)；被房東趕走了．

（2706）　【釀】　　　niàng（ㄋㄧㄤ）

"釀"字通用文言音：(jiong⁷／liong⁷)，白話音：(lng⁷)，很少用。

　　(例)　①釀蜜(～bit⁸)；蜜蜂做蜜.

　　②釀造(～tsə⁷)；利用發酵作用製造酒、醋等.

　　③醞釀(un³／wun³～)；逐漸形成.

（2707）　【嚙】　　　niè（ㄋㄧㄝ）

"嚙"的讀音為：(giat⁴)，啃也、咬也。

　　(例)　互鳥鼠嚙一空(ho⁷naiu²ts'i²／ts'u²～tsit⁸k'ang¹)；被老鼠咬了一個洞兒.

（2708）　【恁／您】　　nín（ㄋㄧㄣ）

"恁"字的讀音為：(lin²)，第2人稱多數，或第2人稱所有格。

　　(例)　①恁幾個人(～kui²e⁵lang⁵)；你們幾個人？恁兩個(～lng⁷
　　e⁵)；你們兩個人.　　②恁兜(～tau¹)；你／您家.

　　③恁學校(～hak⁴hau⁷)；你們學校.

　　按第2人稱單數是(li²)，漢字作"汝"，複數是(lin²)，宜作"恁"。

（2709）　【虐】　　　nüè（ㄋㄩㄝ）

"虐"字的文言音：(giok⁸)，白話音：(gioh⁸)，俗讀音：(liok⁸)，文
言音較通用。如"虐待"(～tai⁷)；兇狠刻薄對待人，口語説"苦毒"
(k'o²tok⁸)。"虐政"(～tseng³)；殘暴的政令。

（2710）　【搦】　　　nuò（ㄋㄨㄛ）

Ａ文言音：(jiok⁸／liok⁸)；用手指揉搓掌中的東西使軟或碎，又
　　反複踩踏。

　　(例)　①搦互幼(～ho⁷iu³)；用手揉搓使粉碎.

②搦土漿(～t'o⁵tsiuⁿ¹)；反複踐踏泥漿.

B 白話音：(lak⁸)，握住、抓取也。

(例)　①搦米(～bi²)；抓米. ②搦一搦砂仔(～tsit⁸～sua¹a²)；
抓一把砂，"一搦"(tsit⁸～)；一抓、一把.

③搦屎搦尿(～sai²～jiə⁷／liə⁷)；處理幼兒的便溺.

（2711）　【懦】　　　nuò（ㄋㄨㄛ）

"懦"字衹有一種文言音：(no⁷)，精神不振也。

(例)　①懦夫(～hu¹)；軟弱無能的人.

②懦怯(～k'iap⁸)；膽小怕事.

（2712）　【甌】　　　ōu（ㄡ）

"甌"字文言音爲：(o¹)，通用音爲白話音：(au¹)，杯子也。

(例)　①甌仔(～a²)；杯子，又説"杯仔"(pue¹a²).

②翕甌(hip⁴～)；有蓋子的比一般稍大的杯子.

③茶甌(te⁵～)；茶杯.　　④酒甌(tsiu²～)；酒杯.

（2713）　【藕】　　　ǒu（ㄡ）

A 文言音：(ngo²)，如"藕斷絲蓮"(～tuan⁷si¹lian⁵)；喻表面上斷了
關係，實際上仍然牽掛着.

B 白話音：(ngau⁷)，如"蓮藕"(lian⁵～)；蓮的地下莖，可食用.

（2714）　【嘔】　　　ǒu（ㄡ）

"嘔"字文言音：(o²)，通用音爲白話音：(au²)，吐也。

(例)　①嘔血(～hueh⁴／huih⁴)；吐血，又説 "呸血"(p'ui³hueh⁴).

②嘔吐(～t'o³)；吐.　　③嘔心瀝血 (～ sim¹lek⁸/lik⁸hiat⁴)；
費盡心神，用盡苦心.

（2715）　【漚】　　　òu（ㄡ）

"漚"字文言音爲：(o¹)和(o³)，詞例少，通用白話音(au¹)和(au³)。

Ⓐ [au¹]；長時間地浸泡使起變化.

　　(例)　①漚肥(～pui⁵)；堆肥的一種.

　　　②漚歹去(～p'ai^{n2}k'i)；因長久浸泡而變壞.

Ⓑ [au³]；味不好，品行、表情不好。

　　(例)　①漚味(～bi⁷)；不好的氣味.

　　　②漚面(～bin⁷)；沈著臉孔，又説"臭面"(ts'au³bin⁷).

　　　③漚風(～hong¹)；食物變質產生的味道.

　　　④漚人(～lang⁵)；不道德的人、又説"臭人"(ts'au³lang⁵).

　　　⑤漚仙／先(～sian¹)；同④.　⑥面漚瘶瘶(bin⁷～tu⁷〃)；沈悶
　　　　的臉孔.

（2716）　【葩】　　　pā（ㄆㄚ）

"葩"字祇有一種讀音：(p'a¹)，花也、又團狀物的量詞。

　　(例)　①奇葩異草(ki⁵～i⁷／yi⁷ts'o²)；稀奇的花草.

　　　②一葩龍眼(tsit⁸～leng⁵geng²)；1束龍眼.

　　　③一葩火(tsit⁸～hue²)；一團火、一盞燈火.

（2717）　【扒】　　　pá（ㄆㄚ）

"扒"字文言音：(pa⁵)少用，多通用白話音：(pe⁵)。

　　(例)　①扒胛脊(～ka¹tsiah⁸)；搔背部.

　　　②扒土豆(～t'o⁵tau⁷)；用耙子將花生聚龍或散開.

　　　③抓扒仔(jiau³～a²)；指小特務專搞小情報.

（2718）　【俳】　　　pái（ㄆㄞ）

"俳"字讀：(pai⁵)，如"俳優"(～iu⁷／yiu⁷)；戲劇演員.

（2719）　【攀】　　pān（ㄆㄢ）

"攀"字讀：(p'an¹)，抓住東西往上爬也。

　　(例)　①攀登(～teng¹／ting¹)；口語"跖"(peh⁴).

　　②攀親(～ts'in¹)；拉親戚關係，口語説"牽親引戚"(k'an¹ts'in¹in²／yin²ts'ek⁴).

（2720）　【潘】　　pān（ㄆㄢ）

"潘"字文言音：(p'uan¹)少用，白話音：(p'uaⁿ¹)和(p'un¹)較通用。

A [p'uaⁿ¹]：用於姓氏.

B [p'un¹]：①潘水(～tsui²)；洗米水. ②洗米潘(se²bi²～)；同①.

（2721）　【盼】　　pàn（ㄆㄢ）

"盼"字祇讀：(p'an³)，看、望也，口語常説"向／映"(ng³)。

　　(例)　①盼望(～bang⁷).　　②顧盼(ko³～)；看也.

（2722）　【嗙】　　pǎng（ㄆㄤ）

"嗙"字文言音爲：(pong³)，白話音爲：(pngh⁸)，通用文言音，吹牛、誇大也。

　　(例)　①嗙足大(～tsiok⁴tua⁷)；誇得好大.

　　②亂嗙(luan⁷～)；胡亂地誇大吹噓.

（2723）　【蓬】　　péng（ㄆㄥ）

"蓬"字的通用音爲：(pong⁵)／(pong⁷)或 (p'ong⁵)／(p'ong⁷)

　　(例)　①蓬萊(～lai⁵)；神話中仙島的名稱，又音 (hong⁵lai⁵).

　　②菜頭蓬心(ts'ai³t'au⁵～sim¹)；蘿卜糠了.

　　③蓬鬆(～song¹)；鬆散不實，又音(～sang¹).

　　④蓬萊米 (hong⁵～ bi²)；日本在台灣改良的低粘性的食用米.

（2724）　【坯】　　pī（ㄆㄧ）

"坯"字文言音：(p'ue¹)，白話音：(p'e¹)，兩音互爲通用。

　　(例)　壁抹粗坯(piah⁴buat⁴ts'o¹～)；壁塗底層未經修整.

（2725）　【疲】　　pí（ㄆㄧ）

"疲"字祇讀：(p'i⁵)，勞累也。

　　(例)　①疲勞(～lə⁵).　　　②疲憊(～pe⁷)；極端疲乏.

（2726）　【枇】　　pí（ㄆㄧ）

"枇"字祇有一種讀音：(pi⁵)，有某些整排東西的量詞等含義.

　　(例)　①枇把(～pe⁵)；果物、楕圓形橘紅色.

　　②一枇弓蕉(tsit⁸～kin¹tsiə¹)；一房香蕉.

　　③兩枇烏魚子(lng⁷～o¹hi⁵tsi²)；兩房(4片)烏魚子.

（2727）　【匹】　　pǐ（ㄆㄧ）

"匹"字祇有一種讀音：(p'it⁴)

　　(例)　①匹夫(～hu¹)；指一個個的平常人.

　　②匹配(～p'ue³)；指婚姻配合，口語有"頂對"(teng²tui³).

　　③匹敵(～tek⁸)；比得上對方，不相上下.

（2728）　【庀】　　pǐ（ㄆㄧ）

"庀"字讀：(p'i²)，微小也、乾化了的黏結物也。

　　(例)　①飯庀(png⁷～)；飯巴. ②鼎庀(tiaⁿ²～)；鍋巴.

　　③臭頭庀(ts'au³t'au⁵～)；頭部疙瘩的黏結物.

　　④一庀仔(tsit⁸～a²)；一點兒. ⑤一庀庀仔(tsit⁸～〃a²)；一丁點兒.

（2729）　【癖】　　pī（ㄆㄧ）

"癖"字文言音爲：(p'ek⁴／p'ik⁴)，詞例少，通用白話音：(p'iah⁴)
和(p'iah⁸)。

A [p'aih⁴]；性情也．

(例) ①癖鼻(～p'i^n⁷)；癖性．②好癖(hə²～)；好性情．

③怪癖(kuai³～)；怪性情．

B [p'iah⁸]；疹也，出癖(ts'ut⁴～)；出麻疹．

（2730） 【僻】　　pì（ㄆㄧˋ）

"僻"字文言音：(p'ek⁴／p'ik⁴)，白話音爲：(p'iah⁴)，通用白話音。

(例) ①僻巷(～hang⁷)；偏僻的小巷．

②僻靜(～tseng⁷／tsing⁷)；偏僻而安靜的地方．

③孤僻(ko¹～)；"怪僻"(kuai³～)；性情古怪跟一般人合不來．

（2731） 【譬】　　pì（ㄆㄧˋ）

"譬"字祇讀：(p'i³)，如"譬如"(～ju⁵／lu⁵)，"譬喻"(～ju⁵／lu⁵)．

（2732） 【剽】　　piāo（ㄆㄧㄠ）

"剽"字祇讀：(p'iau⁵)，掠奪也。

(例) ①剽掠(～liok⁸)；搶劫．②剽竊(～ts'iap⁴)；抄襲他人的

著作．

（2733） 【坪】　　píng（ㄆㄧㄥ）

"坪"字文言音爲：(p'eng⁵／p'ing⁵)少用，白話音：(p'ia^n⁵)和 俗 讀
音：(pe^n⁵/pi^n⁵)～(p'e^n⁵/p'i^n⁵)通用。

A [p'ia^n⁵]；山坪(sua^n¹～)；平坦的山坡．

B [pe^n⁵]～[p'e^n⁵]；土地面積的單位，約3.3平方米．

"建坪有30坪"（kian³～ wu⁷sa^n¹tsap⁸～)；建築的坪數有 30 坪．

（2734）　【萍】　　　píng（ㄆㄧㄥ）

"萍"衹讀：(p'eng⁵／p'ing⁵)，在水中漂浮的水草。

（例）　①萍水相逢(～sui²siong¹hong⁵)；喻向來不相識的人偶然
相逢. 　　　　　②浮萍(hu⁵～)；漂浮水中的水草.

（2735）　【粕】　　　pò（ㄆㄛ）

"粕"字文言音爲：(p'ok⁴)，白話音：(p'əh⁴)較通用，渣滓也。

（例）　①肉粕(bah⁴～)；榨過油後的肉渣.
②甘蔗粕(kam¹tsia³～)；榨過汁液後的甘蔗渣滓.
③茶心粕(te⁵sim¹～)；泡過茶後的茶葉渣滓.

（2736）　【僕】　　　pú（ㄆㄨ）

Ⓐ文言音：(p'ok⁴)

（例）　①奴僕(lo⁵～). 　　　　②主僕(tsu²～)；主人和僕人.

Ⓑ白話音：(p'ak⁴)

（例）　①僕桌頂(～təh⁴teng²)；伏在桌子上.
②僕土腳(～t'o⁵k'a¹)；伏在地面(上).

（2737）　【棲】　　　qī（ㄑㄧ）

"棲"字的讀音爲：(ts'e¹)，停留、居住也。

（例）　①棲息(～sek⁴)；停留休息. ②棲身(～sin¹)；暫時居住.

（2738）　【崎】　　　qí（ㄑㄧ）

Ⓐ文言音：(ki⁵)，如"崎嶇"(～k'u¹)；山路不平，口語"坎碣"
(k'am²k'iat⁸)；路高低不平難走.

Ⓑ白話音：(kia⁷)，如"山崎"(suaⁿ¹～)；山上陡路."崎仔腳"(～ a²k'a¹)；
山坡路的起點，"崎仔頂"(～ a²teng²/ting²)；坡路的終點。

（2739）　【耆】　　qí（ㄑㄧ）

"耆"字祇有一種讀音：(ki⁵)，60歲以上的人。

　　(例)　①耆老(～lə²)；老年人．②耆紳(～sin¹)；年老的紳士．

（2740）　【祈】　　qí（ㄑㄧ）

"祈"字的讀音為：(ki⁵)，亦讀：(k'i⁵)，但詞例少通用前者。

　　(例)　①祈望(～bong⁷)；盼望．②祈求(～kiu⁵)；向神佛默告
　　自己的願望．　　　　　③祈禱(～tə²)．

（2741）　【迄】　　qì（ㄑㄧ）

"迄"的讀音為：(hit⁴)，俗讀音為：(gut⁴)。

A [hit⁴]：用於指示代詞，表示彼、那，一般(hit⁴)多用"彼"字。

　　(例)　①迄／彼個(～e⁵)；那個．②迄款(～k'uan²)；那種．
　　③彼陣(～tsun¹)；那時候．④彼位(～ui⁷／wi⁷)；那位．

B [gut⁴]：到、始終也。

　　(例)　①迄未回來(～bi⁷hui⁵lai⁵)；至今没回來．
　　②迄無消息(～bu⁵siau⁷sek⁴)．③迄今(～kim¹)；到現在．

（2742）　【訖】　　qì（ㄑㄧ）

"訖"字文言音：(kit⁴)，俗讀音：(gut⁴)，後者較常用，完結之意。

　　(例)　①驗訖(giam⁷～)；檢查完了．②付訖(hu³～)；付清．

（2743）　【洽】　　qià（ㄑㄧㄚ）

"洽"字文言音為：(hap⁴)，白話音有(hiap⁸)和(kap⁸)，以(hiap⁸)
　　較通用。

　　(例)　①洽商(～siong¹)；接洽商談．
　　②融洽(iong⁵～)；協調一致，感情和合無間、没抵觸．

（2744）　【虔】　　　qián（ㄑㄧㄢ）

"虔"字祇讀：(k'ian⁵)，恭敬也。

   (例)　①虔誠(～seng⁵／sing⁵)；對宗教信仰有誠意.

    ②虔心(～sim¹)；恭敬有誠心.

（2745）　【墘】　　　qián（ㄑㄧㄢ）

"墘"字文言音：(kian⁵)，詞例少，通用白話音：(kiⁿ⁵)，邊沿也.

   (例)　①海墘(hai²～)；海邊.②碗墘(uaⁿ²～)；碗沿.

（2746）　【勥】　　　qiàng（ㄑㄧㄤ）

"勥"字的讀音有：(kiong⁷)和(k'iang³)，有本事也，通用後一音。

   (例)　①勥腳(～k'a¹)；能幹.②勥人(～lang⁵)；有本事的人.

（2747）　【敲】　　　qiāo（ㄑㄧㄠ）

"敲"字祇讀：(k'au¹)，輕打也，諷刺也。

   (例)　①講話用敲的(kong²ue⁷iong⁷／eng⁷～e)；冷諷熱嘲.

    ②敲鐘擂鼓(～tseng¹／tsing¹lui⁷ko²)；敲鐘打鼓.

（2748）　【蹺】　　　qiāo（ㄑㄧㄠ）

"蹺"字祇有一種讀音：(k'iau¹)，腳交叉，彎曲也。

   (例)　①蹺狗(～ku¹)；駝背.②蹺腳／骸(～k'a¹)；蹺腿.

   ③踏蹺(tah⁸～)；踩高蹺.

（2749）　【疦】　　　qiè（ㄑㄧㄝ）

"疦"字讀：(k'iap⁴)，如"疦勢"(～si³)；醜陋(多指女性容貌).

（2750）　【踥】　　　qiè（ㄑㄧㄝ）

"踦"字文言音：(k'iat⁴)，白話音：(k'ueh⁴／k'eh⁴)，擁擠也，通用白話音。

(例) ①踦無路(～bə⁵lo⁷)；沒地方可擠．

②踦車(～ts'ia¹)；擠車子．

（2751） 【清】　　qìng（ㄑ丨ㄥ）

"清"字文言音：(ts'eng³／tsing³)，白話音：(ts'in³)，涼也，通用白話音。

(例) ①清面(～bin⁷)；臉色冷淡．②清飯(～png⁷)；涼飯．

③清心(～sim¹)；灰心．　　④清菜(～ts'ai³)；涼了的菜．

⑤寒清清(kuaⁿ⁵～〃)；寒冷．⑥秋清(ts'iu¹～)；涼快．

（2752） 【掅】　　qìng（ㄑ丨ㄥ）

"掅"字衹讀：(ts'eng³／ts'ing³)，如"掅鼻"(～piⁿ⁷)；擠鼻涕．

（2753） 【罄】　　qìng（ㄑ丨ㄥ）

"罄"字讀：(k'eng³／k'ing³)，盡也、空也。

(例) ①罄盡(～tsin⁷)；沒剩餘．

②罄竹難書(～tiok⁴lan⁵su¹)；喻罪惡之多用盡竹簡也寫不完．

（2754） 【虯·蚪】　　qíu（ㄑ丨ㄡ）

"虯"字讀：(kiu⁵)和(k'iu⁵)，後者較通用。

(例) ①虯腳虯手(～k'a¹～ts'iu²)；手腳彎曲或蜷縮．

②虯毛(～mng⁵)；毛髮卷曲．③虯儉(～k'iam⁷)；很節儉．

④伊足虯(i¹／yi¹tsiok⁴～)；他很吝嗇．

（2755） 【泅】　　qíu（ㄑ丨ㄡ）

"泅"字文言音爲：(siu⁵)，白話音爲：(ts'iu⁵)，游泳也，通用前者。

　　(例)　①泅雨($\sim$ho⁷)；冒雨走動．②泅水($\sim$tsui²)；游泳．

　　　　③沐沐泅(bok⁴〃$\sim$)；在水中浮沈，喻在困境中掙扎．

（2756）　【囚】　　qíu（ㄑ丨ㄡ）

"囚"字祇讀：(siu⁵)，囚禁在監牢。

　　(例)　①囚犯($\sim$huan⁷)；關在監牢裡的人．

　　　　②囚牢($\sim$lə⁵)；監獄．③監囚(ka^{n1}$\sim$)；獄中囚人．

（2757）　【揪】　　qiǔ（ㄑ丨ㄡ）

"揪"字祇有一種讀音：(k'iu²)，拉、扯、牽、揪也。

　　(例)　①揪胸仔($\sim$heng¹a²)；扯胸部．

　　　　②揪衫仔褲($\sim$sa^{n1}a²k'o³)；拉衣服．

（2758）　【跼】　　qú（ㄑㄩ）

"跼"字的讀音爲：(k'u⁵)，腳手不伸開也。

　　(例)　①行甲跼腳(kia^{n5}kah⁴$\sim$k'a¹)；走得腳伸不直．

　　　　②跼落去($\sim$ləh⁸k'i)；屈服而蹲下去．

（2759）　【跙】　　qù（ㄑㄩ）

"跙"字祇讀：(ts'u⁷)，滑也。

　　(例)　①跙落去($\sim$ləh⁸k'i)；滑下去．

　　　　②跙一倒($\sim$tsit⁸tə²)；滑了一跤．

（2760）　【蜷／踡】　　quán（ㄑㄩㄢ）

"蜷"字文言音爲：(k'uan⁵)，通用白話音：(k'un⁵)，盤繞、蜷曲也。

　　(例)　①蜷山路($\sim$sua^{n1}lo⁷)；盤繞山路．

②蜷草索仔(～ts'au²səh⁴a²)；把草繩纏繞起來．

③一蜷鉛線(tsit⁸～ian⁵sua^{n3})；1圈鐵線．

（2761）　【抾】　　　què（ㄑㄩㄝ）

"抾"字的文言音爲：(k'iap⁴)，通用白話音：(k'iəh⁴)，撿、拾也。

（例）　①抾囝仔(～gin²a²)；生小孩．②抾恨(～hin⁷)；記恨．

③抾人客(～lang⁵k'eh⁴)；指車子接納乘客．

④抾拾(～sip⁸)；喻節儉．　⑤抾着錢(～tiəhtsi^{n5})；撿到了錢．

（2762）　【焜】　　　qún（ㄑㄩㄣ）

"焜"字讀：(kun⁵)，在水裡久煮也。如"焜豬腳"：(～ti¹k'a¹)．

（2763）　【荏】　　　rěn（ㄖㄣ）

A 文言音：(lim²)；如"光陰荏苒"(kong¹im¹～liam²)；時間漸漸地
　過去．

B 白話音：(lam²)，軟弱也、差勁也。

（例）　①荏貨(～hue³／he³)；差的貨品，喻無能的人．

②荏懶(～nua^{n7})；懶散．③荏身命(～sin¹mia⁷)；身體虛弱．

（2764）　【妊】　　　rèn（ㄖㄣ）

"妊"字祇讀：(lim⁷)，懷孕也。如"妊婦"(～hu⁷)；孕婦．"妊娠"(～
sin¹)；懷孕，口語"有身"(u⁷／wu⁷sin¹)．

（2765）　【戎】　　　róng（ㄖㄥ）

"戎"字的讀音爲：(jiong⁵／liong⁵)，軍事、軍隊也。

（例）　①戎馬(～ma²)；軍馬．②戎裝(～tsong¹)；軍裝．

③投筆從戎 (t'o⁵pit⁴tsiong⁵～)；文人從軍．

（2766）　【冗】　　　rǒng（ㄖㄨㄥˇ）

Ⓐ文言音爲：(jiong²／liong²)，多餘的、煩瑣。如"冗長"(～tiong⁵)；
　雜而長.

Ⓑ白話音：(leng⁷／ling⁷)，不緊、鬆。如"褲帶冗去"(k'o²tua³～k'i)
　；褲帶鬆了.

（2767）　【伬】　　　ruǎn（ㄖㄨㄢˇ）

"伬"爲俗字，讀音有文言音：(guan²)和白話音：(gun²)兩音通用。詞
義爲第1人稱複數代詞和單數領有。按："伬"一般多寫成"阮"(ng²).

　　(例)　①伬兩人(～lng⁷lang⁵)；我們兩個人.

　　　②伬兜(～tau¹)；我的家.

（2768）　【閏】　　　rùn（ㄖㄨㄣˋ）

"閏"字讀：(lun⁷)，多餘也。如"閏指"(～tsi²／tsaiⁿ²)；即六個指頭。

　　(例)　①閏月(～gueh⁸／geh⁸)；農曆3年1閏，5年2閏，19年7
　　　閏。閏年時多1個月(即1年有13個月)，這個月叫閏月，如果
　　　是5月則稱"閏五月"(～go⁷gueh⁸)。

　　　②閏日(～jit⁸／lit⁸)；陽曆4年1閏，2月多加1日叫閏日.

　　　③閏年(～ni⁵)；指陽曆有閏日的年，或農曆有閏月的年.

（2769）　【偌】　　　ruò（ㄖㄨㄛˋ）

"偌"字的讀音有：(jia⁷／lia⁷)和俗讀音：(jua⁷／lua⁷／gua⁷)；多也、
這麼、那麼，常用於疑問句問數量、程度"多～？"加上"仔"即"偌仔"
(～a²)則用於感嘆程度的副詞，一般通用俗讀音。

　　(例)　①偌仔好咧(～a²hə²le)；多麼好呀！"偌好"(～hə²)；怎
　　麼好法子？　　　　　②偌仔高／懸咧(～a²kuan⁵le)；好
　　高哦！"偌高／懸"；有多高.

③偌仔濟人(～a²tse⁷lang⁵)；好多人！"偌濟人"；多少人？

（2770） 【洒／灑】　　　sǎ（ㄙㄚ）
"洒"字的讀音為：(sa²)，俗讀音為：(se³)。
A [sa²]：①洒掃(～sau³)；洒水掃地. ②洒脫(～t'uat⁴)；不拘束.
B [se³]：洒水(～tsui²)；撒水.

（2771） 【臊】　　　sāo（ㄙㄠ）
"臊"字文言音為:(sə¹)，白話音為：(ts'ə¹)，腥味也，通用白話音。
　　(例)　①魚臊(hi⁵～)；魚的腥味. ②臭臊(ts'au³～)；腥臭.

（2772） 【穡】　　　sè（ㄙㄜ）
"穡"字文言音:(sek⁴／sik⁴)，白話音:(sit⁴)和(siah⁴)，通用(sit⁴)。
　　(例)　①穡頭(～t'au⁵)；泛指工作.
　　　　②作穡(tsəh⁴～)；做農事、種田, "作穡人"(～lang⁵)；種田的人.

（2773） 【杉】　　　shā（ㄕㄚ）～shān（ㄕㄢ）
"杉"字官話有兩種讀音，台語祇讀：(sam¹)，矗立的樹木適用於作
建築的木材。
　　(例)　①杉仔(～a²)；圓形木、木材. ②杉仔柴(～ts'a⁵)；杉木.

（2774） 【舢】　　　shān（ㄕㄢ）
"舢"字祇讀：(san¹)，如"舢舨"(～pan²)，又作"舢板"，祇容坐2～3個
人的小型木板船，軍用則較長，可坐10個人左右。

（2775） 【姍】　　　shān（ㄕㄢ）
"姍"字祇讀：(san¹)，形容走路緩慢從容的姿態。

（例）　姍姍來遲(～〃lai^{5}ti^5)；來得很晚．

（2776）　【膳】　　　shàn（ㄕㄢ）

"膳"字祇有一種讀音：(sian^7)，飯食也。

（例）　①膳費(～hui^3)；伙食費．②膳宿(～siok^4)；吃和住．

（2777）　【嬗】　　　shàn（ㄕㄢ）

"嬗"字讀：(sian^7)，蛻變也；疲倦也。

（例）　①厭嬗(ia^3～)；厭倦也．②嬗嬗(～〃)；有些疲倦。
按表疲倦的(sian^7)，通常訓用"倦"字，但亦有作"僐"。

（2778）　【繕】　　　shàn（ㄕㄢ）

"繕"字讀音祇有：(sian^7)。

（例）　①繕寫(～sia^2)；抄寫．②修繕(siu^1～)；修補．

（2779）　【勺】　　　sháo（ㄕㄠ）

"勺"字文言音爲：(siok^8)，白話音有：(siəh^8)和(siah^8)，通用音爲：
(siah^8)，舀液體的用具，類似"湯匙"(t'ng^{1}si^5)。

（例）　①勺仔(～a^2)；勺子．
②鱟勺(hau^7～)；舀稀飯、菜湯的勺子．

（2780）　【佋】　　　sháo（ㄕㄠ）

"佋"字讀：(siau^5)，精液也，一般多用訓讀字"精"。

（例）　①睨佋(ge^5～)；討厭．②孽佋(giat^8～)；作孽，吊兒郎當．
③囂佋(hau^1～)；胡扯、亂說．④恂佋(k'o^3～)；憨氣、傻勁兒．

（2781）　【奢】　　　shē（ㄕㄜ）

"奢"字文言音為：(sia¹)，通用白話音：(ts'ia¹)，浪費也、過份也。

    (例) ①奢華(～hua⁵／hua¹)；花大錢擺門面.

    ②奢侈(～ts'i²)；花費大量的錢財用於過分的享受.

（2782）　【賒】　　shē（ㄕㄜ）

"賒"字祇讀：(sia¹)，欠帳也。

    (例) ①賒欠(～k'iam³)；買時記帳以後付款.

    ②賒帳／數(～siau³)；同①.

（2783）　【蛇】　　shé（ㄕㄜ）

"蛇"字文言音為：(sia⁵)，白話音為：(tsua⁵)，通用白話音。

    (例) ①蛇蝎(～hiat⁴)；喻狠毒的人.

    ②蛇足(～tsiok⁴)；多餘無用之物.

    ③生蛇(se^{n1}／si^{n1}～)；長惡瘡，如"生飛蛇"(se^{n1}pue¹～).

（2784）　【赦】　　shè（ㄕㄜ）

"赦"字通用文言音：(sia³)，白話音為：(se³)，原諒罪過也。

    (例)①赦免(～bian²)；原諒過失免予處罰. ②赦罪(～tsue⁷).

（2785）　【懾】　　shè（ㄕㄜ）

"懾"字文言音為：(siap⁴)，俗讀音為：(liap⁴)，畏懼也通用後者。

    (例) ①懾服(～hok⁸)；因畏懼而順從. ②懾膽(～ta^{n2})；膽怯.

（2786）　【嬸】　　shěn（ㄕㄣ）

"嬸"字文言音讀：(sim²)，通用白話音：(tsim²)，叔父之妻。

    (例) ①嬸婆(～pə⁵)；"叔公的姥／媒"(tsek⁴kong¹e⁵bo²)，叔祖
父的太太.   ②阿嬸(a¹～)；叔父的太太.

（2787）　【腎】　　　　shèn（ㄕㄣˋ）

"腎"字文言音：(sin⁷)，白話音：(sian⁷)，通用文言音，口語説
"腰子"(iə¹／yə¹tsi²)。

　　(例)　①腎虧(～k'ui¹)；男性生殖器衰弱.

　　　　②補腎(po²～)；補強精力.

（2788）　【甥】　　　　shēng（ㄕㄥ）

"甥"字祇讀：(seng¹／sing¹)，男人的姐妹的子女。

　　(例)　①外甥(gue⁷～).　　　②外甥女(gue⁷～lu²).

（2789）　【鉎】　　　　shēng（ㄕㄥ）

"鉎"字文言音：(seng¹／sing¹)，白話音有：(siⁿ¹)和(sian¹)，以
(sian¹)較通用，鐵銹也，身上污垢也.

　　(例)　①刀生鉎(tə¹seⁿ¹／siⁿ¹～)；刀生銹.

　　　　②身軀全鉎(sin¹k'u¹tsuan⁵～)；身上滿是污垢.

（2790）　【矢】　　　　shǐ（ㄕˇ）

"矢"字祇讀：(si²)，箭也，發誓也。

　　(例)　①矢口否認(～k'au²hoⁿ²jin⁷／lin⁷)；發誓否認.

　　　　②矢志(～tsi³)；發誓立志. ③飛矢(hui¹～)；飛箭.

（2791）　【屎】　　　　shǐ（ㄕˇ）

"屎"字文言音爲：(si²)，白話音爲：(sai²)較通用，糞也、殘渣也。

　　(例)　①屎尾(～bue²／be²)；剩餘、零碎的.

　　　　②屎礐(～hak⁸)；廁所，"屎緊挖屎礐"(～kin²ueh⁴～)；臨時抱
佛腳.　　　③厚屎尿(kau⁷～jiə⁷／liə⁷)；喻很嚕囌、毛病多.

　　　　④漚屎(au³～)；嫌東西不好，人的能力差.

⑤屎篦(～pue¹)；揩屁股的竹片.

⑥火屎(hui²／he²～)；燃燒物掉落的碎屑.

⑦炭屎(t'ua^{n3}～)；炭渣. ⑧話屎(ue⁷～)；多餘的話語.

（2792） 【仕】　　shî（ㄕ）

"仕"字祇讀：(su⁷)，做官也。

　　（例）　①仕宦(～huan⁷)；做官. ②仕途(～to⁵)；做官的路子.

（2793） 【柿】　　shî（ㄕ）

"柿"字文言音：(si⁷)，白話音：(ki⁷)，一般讀(k'i⁷)。

　　（例）　①柿果(～kue²／ke²)；柿子晒乾扁平如餅.

　　②紅柿(ang⁵～)；成熟的紅色柿子.

（2794） 【拭】　　shî（ㄕ）

"拭"字文言音：(sek⁴／sik⁴)，白話音：(ts'it⁴)較通用，擦也。

　　（例）　①拭目屎(～bak⁸sai²)；擦眼淚.

　　②拭桌頂(～təh⁴teng²)；擦桌子.

（2795） 【焄】　　shî（ㄕ）

"焄"字文言音爲：(se⁷)，白話音讀：(ts'ua⁷)較通用，引導也，娶也。

　　（例）　①焄姥／偦(～bo²)；娶太太. ②焄路(～lo⁷)；帶路.

　　③焄頭(～t'au⁵)；帶頭.

（2796） 【舐】　　shî（ㄕ）

"舐"字文言音：(si⁷)，白話音：(tsi^{n1})，舔也，通用白話音。

　　（例）　①舐清氣(～ts'eng¹／ts'ing¹k'i³)；舔乾淨.

　　②舐碗墘(～ua^{n2}ki^{n5})；舔碗沿.

950

（2797）【閂】　　　shuān（ㄕㄨㄢ）

"閂"字文言音：(suan¹)，白話音：(sng¹)，訓讀音：(ts'ua^{n3})，閂關上後插入門內使門不開的木棍。

　　(例)　①閂門(ts'ua^{n3}mng⁵～)；關上門插入門閂.

　　　②門閂(mng⁵～)；閂門用的木棍.

（2798）【吮】　　　shǔn（ㄕㄨㄣ）

"吮"字文言音爲：(sun⁷)，白話音爲：(tsng⁷)，吮吸、嘬也，通用白話音。

　　(例)　①胡蠅吮屎篦(ho⁵sin⁵～sai²pue¹)；蒼蠅吮揩屁股的竹片.

　　　②吮檨仔(～suai^{n7}a²)；舔芒果.

（2799）【舐】　　　shǔn（ㄕㄨㄣ）

"舐"字文言音：(tsun²)，白話音：(ts'ng²)，挑剔可吃的來吃，通用白話音，按"舐"字官話又讀：(qiǎn)。

　　(例)　①舐魚頭(～hi⁵t'au⁵)；挑剔魚頭的可吃部分來吃.

　　　②舐排骨(～pai⁵kut⁴)；用嘴選吃排骨裡的肉.

　　　③互蟲舐破(ho⁷t'ang⁵～p'ua³)；被蟲吮破.

（2800）【碩】　　　shuò（ㄕㄨㄛ）

"碩"字祇有文言音：(sek⁴／sik⁴)，大也。

　　(例)　①碩果(～kə²)；大的果實.

　　　②碩士(～su⁷)；學士與博士之間的學位.

（2801）【斯】　　　sī（ㄙ）

"斯"字的讀音祇有文言音：(su¹)，這、此也。

　　(例)　①斯文掃地(～bun⁵sau³te⁷)；文人不受尊重或自甘墮落.

②斯人(～jin⁵／lin⁵)；這個人.

（2802）　【夙】　　sù（ㄙㄨ）

"夙"字的讀音祇有：(siok⁴)，早也、素來也。

　　(例)　①夙願(～guan⁷)；一向懷着的願望.

　　　　②夙敵(～tek⁴)；一向對抗的敵人，口語"死對頭"(si²tui³t'au⁵).

（2803）　【粟】　　sù（ㄙㄨ）

"粟"字文言音爲：(siok⁴)，白話音爲：(ts'ek⁴／ts'ik⁴)，稻穀也，通用白話音。

　　(例)　①粟仔(～a²)；穀子. ②曝粟(p'ak⁸～)；晒穀子.

（2804）　【筍】　　sǔn（ㄙㄨㄣ）

"筍"字祇讀：(sun²)，竹的嫩芽。

　　(例)　①筍仔(～a²)；筍子. ②筍乾(～kuaⁿ¹).

　　　　③筍排(～pai⁵)；成片的竹筍.

（2805）　【榫】　　sǔn（ㄙㄨㄣ）

"榫"字文言音：(sun²)，白話音：(sng²)，枘也，通用文言音。

　　(例)　①榫眼(～gan²)；即"榫空"(～k'ang¹)；木、石、金屬接

　　　　合時，一方做凸起部份，另一方做對應的凹下部分，凸起叫榫，

　　　　凹部叫榫眼.　　　　　②榫頭(～t'au⁵)；配合榫眼用的凸起.

（2806）　【蓑／簑】　　suō（ㄙㄨㄛ）

"蓑"字讀音有：(sə¹)，和(sui¹)，後者較通用。

　　(例)　①蓑衫(～saⁿ¹)；用棕毛編成披在身上防雨.

　　　　②棕蓑(tsang¹～)；棕毛製成的防雨具.

（2807）　【嗍】　　　suō（ㄙㄨㄛ）

"嗍"字文言音爲：(sak⁴)，白話音：(sok⁴)，俗讀音：(suh⁴)，吮吸
也，通用白話音和俗讀音．

　　（例）　①嗍熏(～hun¹)；吸煙．②嗍奶(～ni¹)；吸乳房(奶水)．

（2808）　【毯】　　　tǎn（ㄊㄢ）

"毯"字文言音爲：(t'am²)，白話音爲：(t'an²)；一般通用白話音。

　　（例）　①毯仔(～a²)；毯子．②地毯(te⁷～)．

（2809）　【袒】　　　tǎn（ㄊㄢ）

"袒"字衹讀：(t'an²)，如"袒護"(～ho⁷)；庇護．"偏袒"(p'ian¹～)；
袒護一方．

（2810）　【燙】　　　tàng（ㄊㄤ）

"燙"字文言音爲：(t'ong³)，白話音有：(t'ng³)和(t'ng⁷)。

$\boxed{A}$ [t'ng³]：被高溫的油、水灼傷．

　　（例）　①互滾水燙着(ho⁷kun²tsui²～tiəh)；給熱開水燙傷．
　　　②碗箸燙燙咧(uaⁿ²ti⁷～〃)；碗和筷子燙一下．

$\boxed{B}$ [t'ng⁷]：把煮過的湯菜再煮熱，如"燙菜湯"(～ts'ai³t'ng¹)．

（2811）　【淘】　　　táo（ㄊㄠ）

"淘"字衹讀：(tə⁵)，洗掉雜物。

　　（例）　①淘汰(～t'ai³)；除去雜質．
　　　②淘井(～tseⁿ²／tsiⁿ²)；浚井，清除井內雜物和淤塞的東西．

（2812）　【藤／籐】　　　téng（ㄊㄥ）

"藤"字文言音：(teng⁵／ting⁵)，白話音：(tin⁵)，通用白話音。

（例） ①藤椅（～i^2／yi^2）；用藤編製的椅子.

②藤條（～$tiau^5$）；藤的棍子，專用於抽打牛促其行動.

（2813） 【踢】　　tī（ㄊㄧ）

"踢"字文言音：($t'ek^4$／$t'ik^4$)，白話音：($t'at^4$)，又作"躂"字，通用白話音。

（例） ①踢球（～kiu^5），"踢腳球"（～$k'a^1kiu^5$）；踢足球.

②踢被（～$p'ue^7$）；睡時因熱將被子踢開.

（2814） 【剃】　　tì（ㄊㄧ）

"剃"字文言音：($t'e^3$)，白話音：($t'i^3$)，通用白話音。

（例） ①剃頭（～$t'au^5$）；理髮.

②剃嘴鬚（～$ts'ui^3ts'iu^1$）；刮鬚子.

（2815） 【恬】　　tián（ㄊㄧㄢ）

"恬"字祇讀：($tiam^7$)，靜也。

（例） ①恬適（～sek^4／sik^4）；恬靜而舒適.

②恬靜（～$tseng^7$／$tsing^7$）；安靜.

（2816） 【瑱】　　tián（ㄊㄧㄢ）

"瑱"字文言音：($tian^5$)，白話音：(tan^5)，聲音充耳，通用白話音。

（例） ①瑱螺（～le^5）；鳴汽笛.

②瑱雷公（～lui^5kong^1）；雷聲響，或喻巨響.

（2817） 【忝】　　tiǎn（ㄊㄧㄢ）

"忝"字文言音有：($t'iam^2$)，和($t'iam^3$)，白話音爲：(tia^{n3})。

A [$t'iam^2$]：①互人罵甲足忝（$ho^7lang^5me^7kah^4tsiok^4$～）；被罵得很慘.

②做暝工忝頭(tsə³me⁵／mi⁵kang¹～t'au⁵)；做夜工夠累.

B [t'iaⁿ³]：①腹肚忝(pak⁴to²～)；肚子痛.

②嘴齒忝(ts'ui³k'i²～)；牙齒痛.

③父母忝子／囝(pe⁷bu²～kiaⁿ²)；父母疼子女.

（2818）　【眺】　　　tiào（ㄊ丨ㄠ）

"眺"字只有文言音爲：(t'iau³)，如"眺望"(～bong⁷)；往遠處看.

（2819）　【糶】　　　tiào（ㄊ丨ㄠ）

"糶"字文言音：(t'iau³)，白話音：(t'iə³)，賣出米糧也，白話音較通用。

（例）　糶米(～bi²)；賣出米．按"糶"爲"糴"(tiah⁸)的反義語。

"糴米"(tiah⁸bi²)；買米進來．

（2820）　【瞳】　　　tóng（ㄊㄨㄥ）

"瞳"字祇讀：(tong⁵)，如"瞳孔"(～k'ong²)，即瞳仁，眼珠內映像部分，又叫"翁仔頭"(ang⁵a²t'au⁵)。

（2821）　【敨】　　　tǒu（ㄊㄡ）

"敨"字文言音爲：(t'o²)，白話音爲：(t'au²)，透也，開也，通用音爲白話音。

（例)①敨風(～hong¹)；通風．②敨氣(～k'ui³)；透氣，發散悶氣．

③敨開(～k'ui¹)；打開(包裹)．④消敨(siau¹～)；解手，洩出．

（2822）　【揬】　　　tū（ㄊㄨ）

"揬"字文言音：(tut⁸)，白話音有：(tuh⁸)和(t'uh⁸)，以(tuh⁸)較通用，意爲用尖端觸、戳東西。

（例）　①揬雞脏(～ke¹kui¹)；戳穿吹牛皮．

②挭破紙(～p'ua³tsua²)；戳破了紙．

（2823）　【禿】　　　tū（ㄊㄨ）

"禿"字文言音：(t'ok³)，俗讀音：(t'ut⁴)，後者較通用．

　　(例)　①禿筆(～pit⁴)；没筆尖兒的毛筆．
　　②禿頭(～t'au⁵)；没頭髮的頭．

（2824）　【腯】　　　tú（ㄊㄨ）

"腯"的通用音爲俗讀音的：(tun²)，如"武腯"(bu²～)；粗壯．

（2825）　【兔】　　　tù（ㄊㄨ）

"兔"字祇有一種讀音：(t'o³)，兔子也．

　　(例)　①兔仔(～a²)；兔子，"狡兔三窟"(kau²～sam¹k'ut⁴)．
　　②掠兔(liah⁸～)；喻酒醉嘔吐，兔音諧吐．

（2826）　【頹】　　　tuí（ㄊㄨㄟ）

"頹"字讀音爲：(tue⁵)／(t'ue⁵)，前者通用．

　　(例)　①頹廢(～hue³)；意志消沈．
　　②頹敗(～pai⁷)；衰落腐敗．

（2827）　【屯】　　　tún（ㄊㄨㄣ）

"屯"字祇有一種讀法：(t'un⁵)，聚積，駐紮也．

　　(例)　①屯糧(～niu⁵／nio^n5)；儲糧．
　　②屯兵(～peng¹)；駐紮軍隊．③屯田(～tian⁵)；軍隊在駐紮
　　地種田．

（2828）　【褪】　　　tùn（ㄊㄨㄣ）

"褪"字文言音：(tun³)，通用白話音：(t'ng³)，脫離、轉讓也。

(例)　①褪衫褲($\sim$sa^{n}¹k'o³)；脫衣服．

②褪人五箍($\sim$lang⁵go⁷k'o⁷)；以5元轉讓他人．

按"褪"字官話又讀(tui)；顏色剝離，台語讀：(t'ue⁵／t'ui⁵)。

（2829）　【挩】　　　tuō（ㄊㄨㄛ）

"挩"字文言音：(t'uat⁴)，通用白話音：(t'uah⁴)，解脫，遺漏也。

(例)　①挩開($\sim$k'ui¹)；拉開(拉鏈、抽屜)．

②挩鏈($\sim$lian⁷)；拉鏈．③挩門($\sim$mng⁵)；拉式的門扉．

按"抽屜"台語説（t'uah⁴a²)，或"桌仔屜"(təh⁴a²t'uah⁴)，"屜"字音與"挩"字同，或用"挩"，作"挩仔"．

（2830）　【襪】　　　wà（ㄨㄚ）

"襪"字文言音：(buat⁸)，白話音：(beh⁸／bueh⁸)，通用白話音。

(例)　①襪仔($\sim$a²)；襪子．

②絲仔襪(si¹a²$\sim$)；女用透明尼龍襪子．

（2831）　【宛】　　　wǎn（ㄨㄢ）

"宛"字祇讀：(uan²／wan²)，仿彿也，曲折也。

(例)　①宛然($\sim$jian⁵／lian⁵)；逼真地，口語"若像"(na²ts'iu^{n}⁷／ts'io^{n}⁷)；很像，又"若親像"(na²ts'in¹$\sim$)．

②宛如($\sim$ju⁵／lu⁵)；正像，口語"親像"(ts'in¹ts'iu^{n}⁷／ts'io^{n}⁷)．

（2832）　【綩】　　　wǎn（ㄨㄢ）

"綩"字文言音：(uan²／wan²)，通用白話音：(ng²)，袖端也。

(例)　①短綩(te²$\sim$)；短袖．②長綩(tng⁵$\sim$)；長袖．

③手綩(ts'iu²$\sim$)；袖子，"擎手綩"(pih⁴$\sim$)；捲袖子．

（2833）　【惋】　　　wǎn（ㄨㄢˇ）

"惋"字讀：(uan²／wan²)，驚嘆也。"惋惜" (～siəh⁴)；可惜、嘆惜。

（2834）　【罔】　　　wǎng（ㄨㄤˇ）

"罔"字的讀音有：(bong²)和訛音(bong⁵)

Ⓐ [bong²]：無、姑且也。

　　①罔效(～hau⁷)；没效用. ②罔氣(～k'i³)；馬馬虎虎、還好.
　　③罔飼(～ts'i⁷)；姑且養育. ④罔食(～ts'iah⁸)；只好吃了.

Ⓑ [bong⁵]：不要做某種行為.

　　①罔滾笑(～kun²ts'iə³)；別開玩笑.
　　②罔聽伊的話(～t'aiⁿ¹i¹e⁵ue⁷)；別聽他的話.

（2835）　【搣】　　　wēi（ㄨㄟ）

"搣"字的讀音為：(ui¹／wi¹)，尖錐轉動穿孔也、鑽也。

　　(例)　①像針搣落去(ts'iuⁿ⁷tsiam¹～ləh⁸k'i)；像針一樣扎下去.
　　②搣搣鑽(～〃tsng³)；形容像被錐刺扎鑽的感覺.

（2836）　【巍】　　　wēi（ㄨㄟ）

"巍"字的讀音為：(gui⁵)，高大也。

　　(例)　①巍峨(～gə⁵)；形容高大情形.
　　②巍然屹立(～jian⁵／lian⁵git⁸lip⁸)；高大而隱固地站住.

（2837）　【猥】　　　wěi（ㄨㄟˇ）

"猥"字的讀音：(ue²／we²)和(ui²／wi²)，後者較通用，下流也。

　　(例)　①猥劣(～luat⁴)；卑劣.
　　②猥褻(～siat⁴)；淫亂、言行下流.　③猥辭／詞(～ su⁵)；
　　下流的言詞，淫穢的詞語，口語說"垃圾話"(lap⁴sap⁴we⁷).

（2838）　【膃】　　　wēn（ㄨㄣ）

"膃"字衹讀：(un^1／wun^1)，乏力氣地坐臥下去。

　　（例）　①腹肚疼甲膃落去(pak^{4}to^{2}t'ia^{n3}kah^4～ləh^{8}k'i)；肚子痛得

　　　坐臥下去，"膃落土腳"(～ləh^{8}t'o^{5}k'a^1)；臥倒在地上．

　　　②酒醉膃伫／著路邊(tsiu^{2}tsui^3～ti^{3}lo^{7}pi^{n1})；酒醉臥倒路旁．

（2839）　【搵】　　　wèn（ㄨㄣ）

"搵"字文言音：(un^1／wun^1)和(un^3／wun^3)，白話音爲：(ng^1)較
通用，掩遮、按也。

　　（例）　①搵目睭(～bak^{8}tsiu^1)；遮眼睛．

　　　②搵嘴(～ts'ui^3)；按住嘴．④搵咯雞(～kok^{4}ke^1)；捉迷藏．

（2840）　【甕】　　　wèng（ㄨㄥ）

"甕"字文言音：(ong^3)，白話音：(ang^3)，通用白話音．

　　（例）　①甕仔(～a^2)；口部和底部小，腹部大的圓形陶器．

　　　②甕聲(～sia^{n1})；鼻音重低沈的聲音．

　　　③酒甕(tsiu^2～)；儲酒的甕，又喻酒量大．

（2841）　【毋】　　　wú（ㄨ）

A 文言音：(bu^5)

　　①毋庸(～iong^5)；無須．　②毋寧(～leng^5)；不如．

B 俗讀音：(m^7)

　　①毋愛(～ai^3)；不要．　　②毋好(～hə^2)；不好．

　　③毋拘(～ku^1)；不過．　　④毋看(～k'ua^{n3})；不看．

　　⑤毋知(～tsai^7)；不知道，又説〝毋知影（～ya^{n2})

　　按[m^7]；一般多訓用寫成"不"字，亦作"呒"或"唔"，今不取．

　　"毋"字讀bu^5，聲母(b)跟(m)是音位變體，可讀爲mu^5，音近m^7．

（2842） 【蕪】　　　wú（ㄨ）

"蕪"字的讀音衹有：(bu⁵)，草長多而亂。

　　(例)　①蕪雜(～tsap⁸)；雜亂沒條理．

　　　　②荒蕪(hong¹～)；亂草叢生．

（2843） 【忤】　　　wǔ（ㄨ）

"忤"字文言音：(ngo⁷)，俗讀音：(ngo²)，"忤逆"(～gek⁸／gik⁸)；
不孝順，不順從，反抗尊長。

（2844） 【晤】　　　wù（ㄨ）

"晤"字衹讀：(ngo⁷)，見面也。

　　(例)　①晤面(～bin⁷)；見面．②晤談(～tam⁵)；見面談話．

（2845） 【翕】　　　xī（ㄒㄧ）

"翕"字衹讀：(hip⁴)，不透氣也。

　　(例)　①翕甌(～au¹)；有蓋子的杯子．

　　　　②翕熱(～juah⁸／luah⁸)；悶熱．③翕飯(～png⁷)；燜飯．

　　　　④翕像(～siang⁷)；照像．　⑤翕豆菜(～tau⁷ts'ai³)；燜豆芽．

（2846） 【犀】　　　xī（ㄒㄧ）

"犀"字文言音：(se¹)，"犀利"(～li⁷)；鋒利也，通用白話音：(sai¹)。

　　(例)　①犀牛望月(～gu⁵bang⁷gueh⁸／geh⁸)；喻好難等．

　　　　②犀角(～kak⁴)；犀牛的角，有解熱、強心、止血等作用．

（2847） 【昔】　　　xī（ㄒㄧ）

"昔"字衹有文言音：(sek⁴／sik⁴)，從前也。

　　(例)　①昔日(～jit⁸／lit⁸)；往日；"昔時"(～si⁵)；古時候．

②今昔(kim¹～)；現在跟從前. ③往昔(ong²～)；從前.

（2848）　【嬉】　　xī（ㄒㄧ）

"嬉"字祇有一種讀音：(hi¹)，玩耍、遊戲也。
　　(例)　①嬉戲(～hi³)；玩耍. ②嬉笑(～ts'iə³)；笑着鬧着.

（2849）　【犧】　　xī（ㄒㄧ）

"犧"字祇有一種讀音：(hi¹)，古時供祭品的牲畜。
　　(例)　①犧牛(～gu⁵／giu⁵)；供祭祀用的牛.
　　②犧牲(～seng¹／sing¹).

（2850）　【熄】　　xī（ㄒㄧ）

"熄"字文言音：(sek⁴／sik⁴)，通用白話音：(sit⁴)，消滅火或滅光。
　　(例)　①熄滅(～biat⁸)；停止燃燒. ②熄燈(～teng¹)；消燈.

（2851）　【呷】　　xiā（ㄒㄧㄚ）

"呷"字的讀音祇有：(hap⁴)，大口地吞食。
　　(例)①做一嘴呷落去(tsə³tsit⁸ts'ui³～ləh⁸k'i)；一大口吞吃下去.
　　②鴨仔呷涂／土蚓(ah⁴a²～to⁵kun²)；鴨子吞吃蚯蚓.

（2852）　【俠】　　xiá（ㄒㄧㄚ）

"俠"字的讀音通用的是：(kiap⁴)，有氣概、義氣的人。
　　(例)　①俠義(～gi⁷)；有義氣肯助人.
　　②俠客(～k'eh⁴)；古時指有武藝義氣的人.

（2853）　【遐】　　xiá（ㄒㄧㄚ）

Ⓐ文言音：(ha⁵)：遠也、久也。

（例）　①遐齡(～leng⁵／ling⁵)；高齡．②遐邇(～ni²)；遠近．

③遐想(～siong²)；悠遠地想像．

B 白話音：(hia⁵)～(hia¹)；兩音通用，那兒、那些也。

（例）　①遐無人坐(～bə⁵lang⁵tse⁷)；那兒沒人坐．

②遐是汝的(～si⁷li²e⁵)；那些是你的．

（2854）　【鹹】　　　xián（ㄒㄧㄢˊ）

"鹹"字文言音：(ham⁵)用例少，通用白話音：(kiam⁵)，鹽味也。

（例）　①鹹魚頭(～hi⁵t'au⁵)；喻吝嗇．

②鹹糜(～muai⁵／be⁵)；雜燴粥、菜粥．

③鹹酸甜(～sng¹ti^{n1})；指蜜餞．④鹹菜(～ts'ai³)．

（2855）　【嫺】　　　xián（ㄒㄧㄢˊ）

"嫺"字祇有一種文言音：(han⁵)，文雅也。

（例）　①嫺雅(～nga²)；形容女子文雅，口語爲"幼秀"(iu³siu³)．

②嫺熟(～sek⁸／sik⁸)；熟練．

（2856）　【筅】　　　xiǎn（ㄒㄧㄢˇ）

"筅"字文言音：(sian²)詞例少，一般通用白話音：(ts'eng²／ts'ing²)。

（例）①筅仔(～a²)；刷掃工具，"筅筅咧"(～〃le)；刷掃一下．

②雞毛筅(ke¹mng⁵～)；雞毛撢子．

③棕筅(tsang¹～)；棕草做的掃刷子．

（2857）　【餡】　　　xiàn（ㄒㄧㄢˋ）

"餡"字文言音：(ham⁷)，通用白話音：(a^{n7})，餡兒。

（例）　①粿餡(ke²／kue²～)；包在年糕裡面的餡兒．

②紅豆餡(ang⁵tau¹～)；紅豆做的餡兒．

（2858）　【樣】　　　xiàn（ㄒㄧㄢ）

"樣"字文言音：(suan⁷)的語例少，通用白話音：(suaiⁿ⁷)。

　　(例)　①樣仔(～a²)；芒果. ②生樣仔(seⁿ¹／siⁿ¹～)；梅毒.

（2859）　【襄】　　　xiāng（ㄒㄧㄤ）

"襄"字祇有一種讀音：(siong¹)，幫助也。

　　(例)　①襄理(～li²)；銀行或企業內協助經理次於協理的職位.
　　　②襄助(～tso⁷)；從旁協助.

（2860）　【宵】　　　xiāo（ㄒㄧㄠ）

"宵"字祇讀：(siau¹)，夜也。

　　(例)　①宵禁(～kim³)；禁止夜間通行.
　　　②通宵(t'ong¹～)；整夜. ③食宵夜(tsiah⁸～ia⁷)；深夜的飲食.

（2861）　【逍】　　　xiāo（ㄒㄧㄠ）

"逍"字祇有一種讀音：(siau¹)，如"逍遙"(～iau⁵／yau⁵)；不受拘束，
自由自在.

（2862）　【痟】　　　xiāo（ㄒㄧㄠ）

"痟"字的讀音為：(siau¹)，俗讀音為：(siau²)通用俗音。

　　(例)　①痟神經(～sin⁵keng¹／king¹)；發瘋的人.
　　　②痟人(～lang⁵)；神經失常的人. ③起痟(k'i²～)；發瘋.

（2863）　【猲】　　　xiāo（ㄒㄧㄠ）

"猲"字文言音：(siau¹)詞例少，通用白話音：(ts'iə¹)，動物發情。

　　(例)　①猲雞角(～ke¹kak⁴)；發情的公雞.
　　　②𣍐猲(be⁷／bue⁷～)；不懂得發情.

· 963 ·

（2864）　【哮】　　　xiāo（ㄒㄧㄠ）

"哮"字祇有一種讀音：(hau²)，吼叫也，出聲哭也。

　　(例)　①哮哮叫(～〃kiə³)；亂吼亂叫．

　　　　②哮甲大細聲(～kah⁴tua⁷se³siaⁿ¹)；哭叫得厲害．

（2865）　【薪】　　　xīn（ㄒㄧㄣ）

"薪"字祇有一種讀音：(sin¹)，柴草也。

　　(例)　①薪金(～kim¹)；薪水．②薪俸(～hong⁷)；薪水．

　　　　③薪水(～sui²)；工資，工作報酬的錢．

（2866）　【歆】　　　xīn（ㄒㄧㄣ）

"歆"字祇有一種讀音：(him¹)，喜愛、羨慕也。

　　(例)　①歆慕(～bo⁷)；羨慕．②歆羨(～suan⁷／sian⁷)；羨慕．

（2867）　【朽】　　　xiǔ（ㄒㄧㄡ）

"朽"字祇有一種讀法：(hiu²)，腐爛、衰老也。

　　(例)　①朽木(～bok⁸)；爛木頭．②老朽(lau⁷～)；衰老．

（2868）　【岫】　　　xiù（ㄒㄧㄡ）

"岫"字祇有一種讀音：(siu⁷)，巢、窩、穴也。

　　(例)　①狗岫(kau²～)；狗窩．②雞岫(ke¹～)；雞窩．

　　　　③蜂岫(p'ang¹～)；蜂巢．④鳥岫(tsiau²～)；鳥巢．

　　　　⑤1岫雞仔(tsit⁸～ke¹a²)；1窩小雞．

（2869）　【潚】　　　xiù（ㄒㄧㄡ）

"潚"字的讀音爲：(hiu³)，洒、甩也。

　　(例)　①潚芳水(～p'ang¹tsui²)；洒香水．

・964・

②兩枝手溟溟(lng⁷ki¹ts'iu²～〃)；兩手搖擺不定.

（2870）　【墟】　　　xū（ㄒㄩ）

"墟"字的讀音有：(hu¹)和(hi¹)兩音通用，臨時市集也。

　（例）　①牛墟(gu⁵～)；牛買賣的臨時市集.

　　　②赴墟(hu³～)；趕往墟市.

（2871）　【旭】　　　xù（ㄨㄩ）

"旭"字祇有文言音：(hiok⁴)，早上的太陽。

　（例）　①旭日東昇(～jit⁸tong¹seng¹)；朝陽從東方昇上來.

　　　②朝旭(tiau⁵～)；早上的太陽.

（2872）　【恤】　　　xù（ㄒㄩ）

"恤"字祇讀文言音：(sut⁴)，憂慮、哀憐、同情也 。

　（例）　①撫恤金(bu²～kim¹)；安慰并幫助的錢.

　　　②體恤(t'e²～)；設身處地對別人同情.

（2873）　【婿】　　　xù（ㄒㄩ）

"婿"字文言音：(se³)，白話音：(sai³)，女兒的丈夫也，通用白話音。

　（例）　①翁婿(ang¹～)；丈夫. ②夫婿(hu¹～)；丈夫.

　　　③子／囝婿(kiaⁿ²～)；女婿. ④妹婿(muai⁷／be⁷～).

（2874）　【喧】　　　xuān（ㄒㄩㄢ）

"喧"字文言音：(huan¹)詞例少，通用俗讀音：(suan¹)，聲音大也。

　（例）　①喧嘩(～hua⁵)；聲音大而亂、吵嚷.

　　　②喧賓奪主(～pin¹tuat⁸tsu²)；客人佔了主人的地位，口語"乞
食趕廟公"（k'it⁴tsiah⁸kuaⁿ²biə⁷kong¹）.

③喧騰(～t'eng⁵／t'ing⁵)；喧鬧沸騰．

（2875）　【軒】　　　xuān（ㄒㄩㄢ）

"軒"字祇讀：(hian¹)，車前高後低、喻高大也．

　　(例)　①軒然大波(～jian⁵tua¹p'ə¹)；比喻大的糾紛、風潮．
　　　　②不分軒輊(put⁴hun¹～tsi³)；不分高下、優劣．

（2876）　【炫】　　　xuàn（ㄒㄩㄢ）

Ⓐ文言音：(hian⁷)

　　(例)　①炫耀(～iau³／yau³)；照耀、誇耀，口語說"品捧"(p'in²
　　　　p'ong²)；"展皇" (tian²hong⁵)．②炫示(～si⁷)；故意顯示．
Ⓑ白話音：(heng⁷／hing⁷)

　　(例)　①炫餅(～piaⁿ²)；饋贈禮餅．②炫禮(～le²)；饋贈返禮．

（2877）　【眩】　　　xuàn（ㄒㄩㄢ）

Ⓐ文言音：(hian⁵)，眩惑(～hek⁴／hik⁴)；迷亂、不明白．
Ⓑ白話音：(hin⁵)，①眩車(～ts'ia¹)；暈車．
　　②烏暗眩(o¹am³～)；眩暈、眼前發黑．

（2878）　【穴】　　　xué（ㄒㄩㄝ）

"穴"字祇讀：(hiat⁴)

　　(例)　①穴居(～ki¹／ku¹)；在洞窟裡居住．
　　　　②龍穴(liong⁵／leng⁵～)；風水用語，謂好地理(墓地)．

（2879）　【馴】　　　xún（ㄒㄩㄣ）

"馴"字的讀音祇有：(sun⁵)，和善也。

　　(例)　①馴服(～hok⁸)；柔順服從．②溫馴(un¹～)；溫和善良．

（2880） 【遜】　　　　xùn（ㄒㄩㄣ）

"遜"字祇有一種讀音：(sun^3)，差勁、謙虛。

　　（例）　①遜色(～sek^4／sik^4)；夠不到、差勁．

　　②謙遜(k'iam^1～)；謙虛．③不遜(put^4～)；不謙虛，没禮貌．

（2881） 【殉】　　　　xùn（ㄒㄩㄣ）

"殉"字祇讀：(sun^7)，意爲犧牲自己的生命。

　　（例）　①殉國(～kok^4)；爲國家犧牲生命．

　　②殉情(～tseng^5)；爲愛情而死．③殉職(～tsit^4)；爲職務犧牲生命．

（2882） 【鴉】　　　　yā（ㄧㄚ）

"鴉"字祇有一種讀音：(a^1)，鳥名、全身黑色。

　　（例）　①鴉片(～pian^3)；即阿片．②烏鴉(o^1～)．

　　③鴉雀無聲(～ts'iok^{4}bu^{5}seng^1)；形容很寂靜，口語"斷半滴聲"(tng^{7}pua^{n3}tih^{4}sia^{n1})，又"無聲無息"(bə^{5}sia^{n1}bə^{5}sit^4)．

（2883） 【閹】　　　　yān（ㄧㄢ）

"閹"字祇讀：(iam^1／yam^1)，去掉睪丸或卵巢。

　　（例）　①閹胳下空(～kəh^{4}e^{7}k'ang^1)；抓胳支窩．

　　②閹割(～kuah^4)；割掉睪丸或卵巢，"閹雞"(～ke^1)．

　　③閹黨(～tong^2)；指太監集團．

（2884） 【胭／臙】　　　yān（ㄧㄢ）

"胭"字祇有一種讀法：(ian^1／yan^1)，紅色化妝料也。

　　（例）　①胭脂(～tsi^1)；口紅．②胭脂痣(～tsi^{1}ki^3)；紅色的痣．

　　③點胭脂（tiam^2～)；塗口紅。

（2885）　【閻】　　　yán（ㄧㄢˊ）

"閻"字文言音：(iam⁵／yam⁵)，俗讀音：(giam⁵)較通用，里巷之門．

（例）　①閻羅王(～lə⁵ong⁵)；佛教所説掌管地獄的主宰神．

②見閻羅(ki^{n3}～lə⁵)；喻死也．③閭閻(lu⁵～)；村里的門．

（2886）　【偃】　　　yǎn（ㄧㄢˇ）

"偃"字祇有一種讀音：(ian²／yan²)，仰面倒下、停止也。

（例）　①偃徛起來(～k'ia⁷k'i³lai)；把倒臥的豎立起來．

②偃旗息鼓(～ki³sek⁴ko²)；停止戰鬥．

③偃倒(～tə²)；推倒．　　④相偃(siə¹～)；摔跤．

（2887）　【諺】　　　yàn（ㄧㄢˋ）

"諺"字文言音讀：(gian⁷)，通用的白話音是：(gan⁷)。

（例）　①諺文(～bun⁵)；朝鮮的文字．

②諺語(～gu²)；用簡單通俗的話反映深刻的道理．

（2888）　【硯】　　　yàn（ㄧㄢˋ）

"硯"字的文言音：(gian⁷)，通用白話音：(hi^{n7})，硯台也。

（例)①硯盤(～pua^{n5})；硯台．②筆墨硯(pit⁴bak⁸～)；三種文具．

（2889）　【豔／艷】　　　yàn（ㄧㄢˋ）

"豔"字祇讀：(iam⁷／yam⁷)，色彩光澤鮮明，又指愛情方面的事。

（例）　①豔福(～hok⁴)；愛情的運氣，"有豔福"(u⁷～)；愛情運好．

②豔麗(～le⁷)；鮮明美麗．③鮮艷(sian²～)；同②．

（2890）　【殃】　　　yāng（ㄧㄤ）

"殃"字祇有文言音：(iong¹／yong¹)，禍害也。

(例) ①禍國殃民(hə^{7}kok^4～bin^5)；使國家人民受禍害.
②遭殃(tsə^1～)；受到禍害，"殃及池魚"(～kip^{4}ti^{5}hi^5)；連累無辜.

(2891) 【瘍】 yáng (ㄧㄤ)

[A] 文言音：(iong^5／yong^5)，"胃潰瘍"(ui^{7}k'ui^3～)；胃黏膜潰爛.
[B] 白話音：(siu^{n5}／sio^{n5})，黏液、垢也。
①齒瘍(k'i^2～)；牙垢. ②鰻瘍(mua^5～)；鰻魚的黏液.
③腸仔瘍(tng^{5}a^2～)；腸的黏液. ④胃瘍(ui^7～)；胃的黏液.

(2892) 【肴／餚】 yáo (ㄧㄠ)

"肴"字讀：(hau^5)，俗讀音：(gau^{n5})較通用，魚肉等葷菜也。
(例) ①酒肴(tsiu^2～)；酒和菜. ②菜肴(ts'ai^3～)；泛指飯菜.

(2893) 【窯】 yáo (ㄧㄠ)

"窯"字文言音：(iau^5)，通用白話音：(iə^5)，燒製陶瓷的建築物。
(例) ①瓦窯(hia^7～)；燒製屋瓦的窯.
②磚仔窯(tsng^{1}a^2～)；燒製磚塊的窯.

(2894) 【耶】 yē (ㄧㄝ)

"耶"字祇讀：(ia^5／ya^5)，如"耶穌"(～so^1)；基督教的創教者.

(2895) 【掖】 yē (ㄧㄝ)

[A] 官話讀第1聲時，台語文言音：(yek^8／yik^8)例少，通用白話音：(ia^1／ya^1)。
(例) ①掖土砂(～t'o^{5}sua^1)；撒砂土.
②掖種子(～tseng^2／tsing^{2}tsi^2)；撒播種子.
③烏白掖(o^{1}peh^8～)；亂撒，"亂掖"(luan^7～).

B 官話讀第4聲時，台語祇讀：(yek⁸／yik⁸)，如"扶掖"(hu⁵～)；
扶助．

（2896） 【曳】　　　yè（ㄧㄝ）

"曳"字的讀音祇有一種：(iat⁸／yat⁸)，拖、拉、牽引，招展也。

（例）　①曳風(～hong¹)；搧風．②曳旗(～ki⁵)；搖旗．
③曳葵扇(～k'ue¹siⁿ³)；搧扇子．

（2897） 【夷】　　　yí（ㄧ）

A 文言音：(i⁵／yi⁵)，平坦，使平、殺盡也。

（例）　①夷爲平地(～ui⁵peⁿ⁵／piⁿ⁵te⁷)；使成爲平地．
②夷九族(～kiu²tsok⁸)；殺盡九族．

B 訓讀音：(t'ai⁵)，殺也，俗作"刣"字。

（例）①夷／刣雞(～ke¹)；宰雞．②夷／刣人(～lang⁵)；殺人．
③相夷／刣(siə¹～)；打仗、相殺．

（2898） 【屹】　　　yì（ㄧ）

"屹"祇有文言音：(git⁴)，山峰高聳的樣子。

（例）　①屹然(～jian⁵／lian⁵)；聳立不動的樣子．
②屹立(～lip⁸)；像山聳立不動．

（2899） 【挹】　　　yì（ㄧ）

"挹"字文言音：(ip⁴／yip⁴)少用，通用白話音：(iap⁴／yap⁴)。

（例）　①手挹後(ts'iu²～au⁷)；手在背後、背着手．
②挹角(～kak⁴)；偏僻的角落．③挹澀(～siap⁴)；偏僻也．
④挹錢(～tsiⁿ⁵)；把錢悄悄地拿走．　　　⑤挹私骹錢
(～sai¹/su¹k'ia¹ tsiⁿ⁵)；悄悄地積蓄私房錢。

（2900）　【肄】　　yî（ㄧ）

"肄"字祇讀：(i^7／yi^7)，學習也。

　　（例）　①肄業($\sim giap^8$)；學習、没畢業.

　　　②肄習($\sim sip^8$)；學習.

（2901）　【寅】　　yín（ㄧㄣ）

"寅"字祇有一種讀音：(in^5／yin^5)，地支第3位，虎也。

　　（例）　①寅時($\sim si^5$)；深夜3～5點.

　　　②雞報寅($ke^1 pə^3 \sim$)；雞啼屬寅時.

（2902）　【癮】　　yǐn（ㄧㄣ）

"癮"字文言音讀：(in^2／yin^2)和(un^2／wun^2)，如"煙癮"($ian^1 un^2$)，
但通用訓讀音：($gian^3$)，習慣性的嗜好也。

　　（例）　①癮頭($\sim t'au^5$)；癮的程度，嗜好入迷.

　　　②過癮($kue^3 \sim$)；滿足嗜好，"獪過癮"($be^7 \sim$)；不願意.

（2903）　【櫻】　　yīng（ㄧㄥ）

"櫻"字祇讀：(eng^1／ing^1)，如"櫻花"($\sim hue^1$)，"櫻桃"($\sim t'ə^5$)；
果實之一，橙紅色大小如龍眼.

（2904）　【螢】　　yíng（ㄧㄥ）

"螢"字的通用音爲：(eng^5／ing^5)，尾巴會發光的蟲、即螢火蟲。

　　（例）　①螢火蟲($\sim hue^2 t'ang^5$)；口語"火金姑"($hue^2 kim^1 ko^1$).

　　　②螢光燈($\sim kong^1 teng^1$／$ting^1$)；日光燈.

（2905）　【縈】　　yíng（ㄧㄥ）

"縈"字祇讀：(eng^5／ing^5)，圍繞也。

（例）　①縈懷(～huai⁵)；牽掛在心上．

②縈繞(～jiau⁵／liau⁵)；來回盤旋．

（2906）　【穎】　　yǐng（ㄧㄥˇ）

"穎"字祇有一種讀音：(eng²／ing²)。

（例）　①穎悟(～ngo⁷)；聰明怜俐．②聰穎(ts'ong¹～)；聰明．

（2907）　【傭】　　yōng（ㄩㄥ）

按"傭"字官話有第1、4聲兩種讀法，台語祇讀：(iong⁷／yong⁷)

（例）　①傭工(～kang¹)；被僱傭做工．

②傭金(～kim¹)；仲介的報酬，口語"中人錢"(tiong¹lang⁵tsiⁿ⁵)．

③雇傭(ko³～)；用錢請人做勞動工作，用錢購買勞動力．

（2908）　【踴】　　yǒng（ㄩㄥˇ）

"踴"字祇讀：(iong²／yong²)，如"踴躍"(～iok⁴)；形容情緒熱烈．

（2909）　【詠】　　yǒng（ㄩㄥˇ）

"詠"字的文言音爲：(eng⁷／ing⁷)，以俗讀音：(eng²／ing²)較通用。

（例）　①詠嘆(～t'an³)；歌泳、吟哦．　②歌詠(kə¹～)；吟唱也．

（2910）　【悠】　　yōu（ㄧㄡ）

"悠"字的通用音爲：(iu¹／yiu¹)，久遠也、閑適也。

（例）　①悠閑(～han⁵)；閑適自得，口語"清閑"(ts'eng¹eng⁵)．

②悠悠(～〃)；從容不迫．③悠久(～kiu²／ku²)；年代久遠．

（2911）　【幽】　　yōu（ㄧㄡ）

"幽"字祇讀：(iu¹／yiu¹)，有深、奧、靜、暗等義。

(例)　①幽暗(～am³)；昏暗. ②幽禁(～kim³)；囚禁、軟禁.
③幽黙(～bek⁸)；詼諧、風趣、是英語"humo(u)r"的譯語.
④幽雅(～ga^{n2})；幽靜雅致. ⑤幽會(～hue⁷)；男女祕密相會.
⑥幽靜(～tseng⁷／tsing⁷)；幽雅寂靜.
⑦幽怨(～uan³)；多指女子因愛情不如意而隱在心裡的怨恨.

（2912）　【柚】　　　yóu（ㄧㄡ）

A 官話讀第2聲時，台語讀：(iu⁵／yiu⁵)，如"柚木"(～bok⁸)；供造船、家具等木材.

B 官話讀第4聲時，台語讀：(iu⁷／yiu⁷)，如"柚仔"(～a²)；可食用的果實，"文旦柚"(bun⁵tan³～)；麻豆產最著名.

（2913）　【愉】　　　yú（ㄩ）

"愉"字文言音：(u⁵／wu⁵)，白話音：(ju⁵／lu⁵)，文言音較通用。

(例)　①愉悦(～iat⁸)；高興. ②愉快(～k'uai³)；歡喜、快樂.

（2914）　【逾】　　　yú（ㄩ）

"逾"字文言音爲：(u⁵／wu⁵)，白話音爲：(ju⁵／lu⁵)，兩音通用，意爲超過。

(例)　①逾期(～ki⁵)；過期. ②逾常(～siong⁵)；超過尋常.

（2915）　【娛】　　　yú（ㄩ）

"娛"字的讀音爲：(gu⁵)，但俗讀訛音：(ngo⁷)，使歡樂、快樂。

(例)　①娛樂(gu⁵／ngo⁷lok⁸)；使人快樂、消遣.
②歡娛(huan¹ngo⁷)；使人高興快樂.

（2916）　【嶼】　　　yǔ（ㄩ）　　（舊讀xǐ；ㄒㄩ）

"嶼"字讀音衹有一種：(su⁷)，小島也，如"島嶼"(tə²～)，"蘭嶼"
(Lan⁵～)；台灣東南海濱的小島名，住雅美族近三千人.

（2917）　【芋】　　yù（ㄩ）

"芋"字文言音：(u⁷／wu⁷)用例少，通用白話音：(o⁷)，地下莖如薯
可食用。

　　(例)　①芋仔(～a²)；芋頭，又指在台灣的大陸人，相對於本地
　　　　人台灣人叫"蕃薯仔"(han¹tsu³／tsi³a²).
　　　②芋荄(～huaiⁿ⁵)；芋的地上莖.

（2918）　【諭】　　yù（ㄩ）

"諭"字文言音：(u⁷／wu⁷)，白話音：(ju⁷／lu⁷)，通用白話音，告
訴、吩咐也。

　　(例)　①諭示(～si⁷)；吩咐指示(上輩對下輩的吩咐).
　　　②諭旨(～tsi²)；皇帝的指示、命令. ③手諭(ts'iu²～)；便條式的
　　　指令.

（2919）　【鴛】　　yuān（ㄩㄢ）

"鴛"字衹讀：(uan¹／wan¹)，如"鴛鴦"(～iuⁿ¹／ioⁿ¹)；像野鴨的鳥，
常在水中故有"鴛鴦水鴨"(～tsui²ah⁴)之語，雌雄不離，故喻夫婦恩
愛爲"親像鴛鴦水鴨"(ts'in¹ts'iuⁿ⁷～).

（2920）　【暈】　　yūn～yùn（ㄩㄣ）

Ａ官話讀第1聲時，台語文言音：(un⁷／wun⁷)，白話音：(ng⁷)。

　　(例)　目睭／珠暈(bak⁸tsiu¹ng⁷)；眼睛因強光刺激而視線模糊.

Ｂ官話讀第4聲時，台語文言音爲：(un⁷／wun⁷)，白話音爲：
(hun⁷)和(ng⁷)。

(例)　①暈船(hun⁷tsun⁵)，又説"眩船"(hin⁵tsun⁵)．

　　②月暈(guat⁸un⁷)；月亮外圍的大光圈．

（2921）　【醖】　　yùn（ㄩㄣ）

"醖"字祇讀：(un³／wun³)，沾、蘸也．

（例）　①醖釀(～jiong⁷／liong⁷)；造酒的發酵過程．

　　②醖豆油(～tau⁷iu⁵／yiu⁵)；沾醬油．

（2922）　【蘊】　　yùn（ㄩㄣ）

"蘊"字祇讀：(un³／wun³)，包含也．

（例）　①蘊涵(～ham⁵)；包含，存在某種情況．

　　②蘊藏(～tsong⁵)；蓄積深藏而不顯露．

（2923）　【熨】　　yùn（ㄩㄣ）

"熨"字的通用音爲：(ut⁴／wut⁴)，如"熨衫"(～sa^{n1})；燙衣服，"熨斗"(～tau²)；燙平衣服用的手提式工具．

（2924）　【睸】　　zāi（ㄗㄞ）

"睸"字祇讀：(tsai¹)，視也、知也，如英文"see"即表知道，"睸"俗寫作"知"。

（例）　①睸影(～ia^{n2})；知道．②毋睸頭(m⁷～t'au⁵)；不知道．

（2925）　【鏨】　　zàn（ㄗㄢ）

"鏨"字祇有一種讀音：(tsam⁷)，用刀砍斷．

（例）　①鏨肉骨(～bah⁴kut⁴)；砍切帶肉的骨頭．

　②鏨頭(～t'au⁵)；砍掉腦袋．③鏨豬菜(～ti¹ts'ai³)；切餵豬的菜．

　④鏨甘蔗(～ kam¹tsia³)；砍切甘蔗．

（2926） 【饡】　　　zàn（ㄗㄢ）

"饡"字文言音：(tsan³)少用，白話音：(tsuaⁿ³)，煎、熬也。

(例)　饡豬油(～ti¹iu⁵／yiu⁵)；把肥豬肉中的油脂熬出來.

（2927） 【臟】　　　zàng（ㄗㄤ）

"臟"字文言音：(tsong⁷)，白話音：(tsng¹)，通用文言音。

(例)　①臟腑(～hu²)；體內器官的總稱.

②臟器(～k'i³)；肉臟器官. ③心臟(sim¹～).

（2928） 【噪】　　　zào（ㄗㄠ）

"噪"字的文言音：(sə³)和(ts'ə³)，後者較通用，如"噪音"(～im¹)；嘈雜刺耳聲音，也叫"噪聲"(～siaⁿ¹).

（2929） 【仄】　　　zè（ㄗㄜ）

"仄"字文言音：(tsek⁴／tsik⁴)，較通用的是白話音：(tseh⁴)。

(例)　①仄聲(～siaⁿ¹)；指古4聲中的上、去、入3種聲調，跟平聲對立.　　　　　②平仄(piaⁿ⁵～)；陰平、陽平爲平聲，上去入爲仄聲，喻做事的道理，有平仄即有道理.

（2930） 【憎】　　　zēng（ㄗㄥ）

"憎"字祇讀：(tseng¹／tsing¹)，厭惡、恨也。

(例)　①憎恨(～hin⁷／hun⁷)；厭惡痛恨.

②憎惡(～ok⁴)；討厭、憎恨.

（2931） 【渣】　　　zhā（ㄓㄚ）

Ａ 文言音：(tsa¹)，渣滓(～tai²)，口語說"粕"(p'əh⁴).

Ｂ 白話音：(tse¹)

①油渣(iu⁵／yiu⁵～)；油渣兒. ②豆渣(tau⁷～)；豆腐渣.

（2932） 【煠】　　zhá（ㄓㄚ）

"煠"字文言音：(sap⁸)用例少，通用白話音：(sah⁸)，水煮後取出。

（例）　①煠肉(～bah⁴)；用水煮肉塊熟後即取出.

②煠雞(～ke¹)；水煮整隻的雞熟後取出.

③煠番麥(～huan¹beh⁸)；水煮玉蜀黍.

（2933） 【閘】　　zhá（ㄓㄚ）

"閘"字文言音：(tsap⁸)，白話音：(tsah⁸)，通用白話音，把水截住的水門也。

（例）　①閘門(～mng⁵)；水閘的門. ②水閘(tsui²～)；水門.

（2934） 【齋】　　zhāi（ㄓㄞ）

"齋"字文言音爲：(tsai¹)，白話音爲：(tse¹)，前者較通用。

（例）　①齋戒(～kai³)；祭祀時戒絕葷酒以示虔誠.

②食齋(tsiah⁸～)；素食，又説"食菜"(tsiah⁸tsʼai³).

（2935） 【窄】　　zhǎi（ㄓㄞ）

"窄"字祇有一種讀音：(tsek⁴／tsik⁴)，橫的距離小、狹也。

（例）　①窄路(～lo⁷)；狹窄的路.

②窄小(～siə²)；狹而小，訓讀音：(ueh⁸).

（2936） 【占】　　zhān（ㄓㄢ）

"占"字祇讀：(tsiam¹)

（例）　①占卜(～pok⁴)；問神卜卦也.

②"一占錢"(tsit⁸～tsiⁿ⁵)；1分錢.

③占仔米(～a²bi²)；籼米，米粒長、黏性少．

（2937）　【瞻】　　　zhān（ㄓㄢ）

"瞻"字衹讀：(tsiam¹)，往前或往上看也。

　　(例)　①瞻望(～bong⁷)；往將來看．

　　②瞻仰(～giong²)；恭敬地看．③瞻顧(～ko³)；看前看後．

　　④觀瞻(kuan¹～)；景象、外觀或給人的印象．

（2938）　【躔】　　　zhǎn（ㄓㄢ）

"躔"字文言音：(tian²)和(t'ian²)，通用白話音：(t'un²)。

　　(例)　躔踏(～tah⁸)；踩也、蹂躪也，又喻耗費物力．

（2939）　【盞】　　　zhǎn（ㄓㄢ）

"盞"字文言音：(tsan²)，白話音：(tsuaⁿ²)較通用。

　　(例)　①1盞燈(tsit⁸～teng¹／ting¹)．②酒盞(tsiu²～)；小酒杯．

（2940）　【棧】　　　zhàn（ㄓㄢ）

"棧"字的通用音爲：(tsan³)，飼養家畜的圍柵，舊時兼營倉庫運送
業的旅館。

　　(例)　①棧間(～keng¹)；倉庫．②棧房(～pang⁵)；倉庫．

　　③棧道(～tə⁷)；在絕壁山崖舖上木椿木板的窄路．

　　④棧單(～tuaⁿ¹)；倉庫存貨單．⑤五棧樓(go⁷～lau⁵)；五層樓房.

　　⑥牛棧(gu⁵～)；牛欄，"馬棧"(be²～)；馬廐．

（2941）　【蘸】　　　zhàn（ㄓㄢ）

Ⓐ文言音：(tsam³)，浸、沾也。如"蘸墨水"(～bak⁸tsui²)；沾墨
　水，口語"醞"(un³)．

B 白話音：(tsaⁿ³)，在沸油或沸水中浸一下。如"蘸豬肝"(～ti¹ kuaⁿ¹)；煠豬肝.

（2942） 【樟】 zhāng（ㄓㄤ）

"樟"字文言音：(tsiong¹)，通用音爲白話音：(tsiuⁿ¹／tsioⁿ¹)。

(例) ①樟腦(～lə²)；透明固體、防蛀、防腐用.

②樟腦丸(～lə²uan⁵)；衛生球、口語"臭丸"(ts'au³uan⁵).

（2943） 【爪】 zhǎo（ㄓㄠ）

"爪"字文言音：(tsau²)，白話音：(jiau²／liau²)，通用白話音。

(例) ①爪牙(～ge⁵)；比喻壞人的黨羽.

②雞腳爪(ke¹k'a¹～)；雞爪兒.

（2944） 【兆】 zhào（ㄓㄠ）

"兆"字祇讀：(tiau⁷)，如"兆頭"(～t'au⁵)；預兆，"億兆"(ek⁴／ik⁴～)；喻數量龐大.

（2945） 【肇】 zhào（ㄓㄠ）

"肇"字祇讀：(t'iau⁷)，開端、開始也。

(例) ①肇禍(～hə⁷)；闖禍. ②肇始(～si²)；開始.

③肇事(～su⁷)；鬧事.

（2946） 【砧／碪】 zhēn（ㄓㄣ）

"砧"字文言音：(tim¹)，通用白話音：(tiam¹)。

(例) ①砧皮鞋(～p'ue⁵e⁵)；修補皮鞋.

②刀砧(tə¹～)；刀和切菜用的木板. 又 "菜砧"(ts'ai³～)；切菜墊板.

③做肉砧 (tsə³bah⁴～)；喻挨打、被欺負的對象.

（2947）　【斟】　　　zhēn（ㄓㄣ）

"斟"字祇讀：(tsim¹)

　（例）　①斟嘴(～ts'ui³)；吻嘴．②斟酌(～tsiok⁴)；小心、留神．

（2948）　【炊】　　　zhèn（ㄓㄣ）

"炊"字祇讀：(tim⁷)，將食物盛在容器裡隔水用文火煮．

　（例）　①炊補(～po²)；悶煮滋補的食品．

　　②炊豬肚(～ti¹to⁷)；悶煮豬肚．

（2949）　【掙】　　　zhēng（ㄓㄥ）

Ⓐ文言音：(tseng¹／tsing¹)，"掙脫"(～t'aut⁴)；掙扎擺脫、口語
"滾開"(kun²k'ui)．

Ⓑ白話音：(tsiaⁿ¹)；"硬掙"(geⁿ¹／giⁿ¹～)；堅直、堅強．

（2950）　【拯】　　　zhěng（ㄓㄥ）

"拯"字文言音：(tseng²／tsing²)，白話音：(tsin²)，後者通用如
"拯救"(～kiu³)；救，解救．

（2951）　【諍】　　　zhèng（ㄓㄥ）

Ⓐ文言音：(tseng³／tsing³)，"諍友"(～iu²)；能直言規勸的朋友．

Ⓑ白話音：(tseⁿ³／tsiⁿ³)，爭辯、爭論。"勢諍"(gau⁵～)；愛爭論．

（2952）　【蜘】　　　zhī（ㄓ）

"蜘"字祇讀：(ti¹)，如"蜘蛛絲"(～tu¹si¹)；蜘蛛網．

（2953）　【址／阯】　　　zhǐ（ㄓ）

"址"字祇有一種讀音：(tsi²)，如"地址"(te⁷～)，"住址"(tsu⁷～)，口

語説"住所"(tsu^{7}so^2).

（2954）　【趾】　　　zhǐ（ㄓ）

"趾"字衹讀：(tsi^2)，腳指頭也。

　　（例）　①趾甲(～kah^4)；腳指甲．②趾高氣揚(～kə^{1}k'i^{3}iong^5
　　／yong^5)；高舉腳步神氣十足，形容驕傲自滿，得意忘形．

（2955）　【咫】　　　zhǐ（ㄓ）

"咫"字衹有一種讀法：(tsi^2)，極近的距離的意思。

　　（例）　①近在咫尺(kin^{7}tsai^7～ts'ek^4／ts'ik^4)；即在眼前．
　　②咫尺天涯(～ts'ek^4／ts'ik^{4}t'ian^{1}gai^5)；距離雖然很近，但很難
　　相見，就像在天邊一樣．

（2956）　【誅】　　　zhū（ㄓㄨ）

"誅"字的讀音爲：(tu^1)和(tsu^1)，後者較通用。

　　（例）　①誅求(～kiu^5)；勒索．　②誅戮(～liok^8)；殺害．

（2957）　【拄】　　　zhǔ（ㄓㄨ）

"拄"字衹讀：(tu^2)

　　（例）　①拄好(～hə^2)；剛好．②拄來(～lai^5)；剛到．
　　③拄數(～siau^3)；抵帳．　④拄着(～tiəh)；碰見．
　　⑤拄嘴(～ts'ui^3)；頂嘴．　⑥相拄(siə^1～)；相遇，或互相抵消．

（2958）　【佇】　　　zhù（ㄓㄨ）

"佇"字的讀音爲：(ti^7)和(tu^7)，詞義爲；長時間站着。惟讀音(ti^7)
則有"在"的釋義，如"佇外口"(～gua^{7}k'au^2)；在外邊。
按"在"是訓用字，似應作"著"。

（2959）　【苧】　　zhù（ㄓㄨ）

"苧"字的讀音有文言音：(tu^7)，白話音：(te^7／tue^7)，一種草木植物，一般通用白話音．

（例）　①苧仔(～a^2)；苧麻或它的莖皮的纖維．

②苧仔布(～a^{2}po^3)；苧的纖維編織的布．

③苧仔絲(～a^{2}si^1)；苧質絲線．④苧麻(～mua^5)；一種草本植物．

（2960）　【蛀】　　zhù（ㄓㄨ）

"蛀"字文言音：(tsu^3)，白話音：(tsiu^3)，白話音較通用。

（例）　①蛀齒(～k'i^2)；蝕齒，牙齒被蟲吃成小洞引起痛苦．

②蛀蟲(～t'ang^5)；口語"蛀蚼仔"(～ku^{1}a^2)．

（2961）　【箸】　　zhù（ㄓㄨ）

"箸"字的讀音爲：(ti^7)和(tu^7)均通用，"碗箸"(ua^{n2}～)；碗和筷子．

（2962）　【矚】　　zhǔ（ㄓㄨ）

"矚"字祇有一種讀法：(tsiok^4)，注視也。

（例）　①矚目(～bok^8)；注目．②矚望(～bong^7)；期望、期待．

③遠矚(uan^2～)；看得遠，"高瞻遠矚"(kə^{1}tsiam^1～)；眼光遠大．

（2963）　【拽】　　zhuài（ㄓㄨㄞ）

"拽"字文言音：(se^7)訓讀音：(ts'ua^7)較通用，不由自主地排便．

（例）　①拽尿(～jiə^7)；泄尿．②拽屎(～sai^2)；大便失禁．

（2964）　【篆】　　zhuàn（ㄓㄨㄢ）

"篆"字通用音爲：(tuan^7／t'uan^3)，秦時整理的漢字體．如"篆字"(～ji^7／li^7)，"小篆"(siə^2～)．

（2965）　【妝／粧】　　　zhuāng（ㄓㄨㄤ）

"妝"字文言音：(tsong¹)，白話音：(tsng¹)，詞例白話音較多。

　（例）　①化妝(hua³tsong¹)；打扮. ②嫁妝(ke³～)；妝奩，陪嫁物.
　　③梳妝(se¹～)；打扮，"梳妝打扮"(～ta^{n2}pan⁷).

（2966）　【墜】　　　zhuì（ㄓㄨㄟ）

"墜"字的讀音有：(tui⁷)和(t'ui⁷)，前者較通用，掉下、落也。

　（例）　①墜落(～ləh⁸)；落下、由高處掉下來.
　　②墜胎(～t'ai¹)；取掉受精的胚胎.

（2967）　【綴】　　　zhuì（ㄓㄨㄟ）

A文言音有：(tue³)、(tsue³)和(tuat⁴)，後者較通用。

　（例）　①綴合(～hap⁸)；接合. ②綴文(～bun⁵)；作文.

B白話音：(te³／tue³)，跟隨也，如"綴人走"(～lang⁵tsau²)；跟人私奔.

（2968）　【拙】　　　zhuō（ㄓㄨㄛ）

"拙"字祇讀：(tsuat⁴)，笨、不靈巧也，謙辭稱自己的文章、見解。

　（例）　①拙稿(～kə²)；我的稿子. ②拙見(～kian³)；我的見解.

（2969）　【茁】　　　zhuó（ㄓㄨㄛ）

"茁"字的讀音有：(tsuat⁴)和(ts'uat⁴)，前者較通用。

　（例）　①茁長(～tiong²)；旺盛地成長.
　　②茁壯(～tsong³)；健壯、旺盛(多指植物).

（2970）　【濁】　　　zhuó（ㄓㄨㄛ）

"濁"字文言音有：(tsak⁸)和(tak⁸)用例少，較通用的是白話音：
(tsok⁸)和俗讀音：(lə⁵)。

A [tsok⁸]

　(例)　①濁音($\sim$im¹)；發音時聲帶振動的音，如"l、m、n"等.

　　②臭濁(ts'au³$\sim$)；過分駁雜.

B [lə⁵]

　①濁水($\sim$tsui²)；混濁的水．②污濁(u¹／wu¹$\sim$)；不乾淨.

（2971）　【琢】　　zhuó（ㄓㄨㄛ）

"琢"字文言音：(tak⁴)，通用音為白話音：(tok⁴)，雕刻玉石也。

　(例)　①琢磨($\sim$bua⁵)；雕刻又研磨，喻思索考慮.

　　②雕琢(tiau¹$\sim$)；加工使精美.

（2972）　【啄】　　zhuó（ㄓㄨㄛ）

"啄"字詞義為鳥類用嘴取食物，文言音：(tok⁴)和(tak⁴)，白話音：(teh⁴)，較通用的是(tok⁴)。

　(例)　①雞啄米(ke¹$\sim$bi²)；雞啄米吃.

　　②鼻仔啄啄(p'iⁿ⁷a²$\sim$〃)；鼻子尖尖的.

（2973）　【孳】　　zī（ㄗ）

"孳"字祇有一種讀音：(tsu¹)，繁殖也。

　(例)　①孳乳($\sim$ju²／lu²)；繁殖、派生.

　　②孳生($\sim$seng¹／sing¹)；繁衍.

（2974）　【恣】　　zì（ㄗ）

"恣"字祇有一種文言音：(tsu³)，任性放縱也.

　(例)　①恣意($\sim$i³)；任意、任性．②恣肆($\sim$su³)；放縱.

（2975）　【棕】　　zōng（ㄗㄨㄥ）

Ⓐ文言音：(tsong¹)，如"棕櫚"(～li⁵／lu⁵)；通稱棕樹．
Ⓑ白話音：(tsang¹)
　　①棕色(～sek⁴／sik⁴)；像棕毛(纖維)的顏色，珈琲色．
　　②棕索(～səh⁴)；棕毛編的繩子．③棕簑(～sui⁷)；棕毛製雨衣．

（2976）　【鬃】　　　zōng（ㄗㄨㄥ）

"鬃"字文言音：(tsong¹)，多通用白話音：(tsang¹)，馬頸上的長毛。
　　(例)　①鬃抿仔(～bin²a²)；鬃刷子．②頭鬃(t'au⁵～)；頭髮．

（2977）　【蹤】　　　zōng（ㄗㄨㄥ）

"蹤"字文言音：(tsiong¹)，通用俗讀音：(tsong¹)，腳印也。
　　(例)　①跟蹤(kin¹／kun¹～)；緊緊地跟在後面追趕監視．
　　②失蹤(sit⁴～)；不知去向．

（2978）　【趙】　　　zōng（ㄗㄨㄥ）

"趙"字文言音：(tsiong¹)，通用俗讀音：(tsong⁵)，急行的樣子，
又作"傱"字。
　　(例)　①趙錢(～tsin⁵)；奔走籌錢．②走趙(tsau²～)；奔走活動．

（2979）　【粽】　　　zòng（ㄗㄨㄥ）

"粽"字文言音：(tsong³)，詞例少，一般多通用白話音：(tsang³)。
　　(例)　①縛粽(pak⁸～)；包粽子．
　　②燒肉粽(siə¹bah⁴～)；熱騰騰的肉粽子．

（2980）　【晬】　　　zuì（ㄗㄨㄟ）

"晬"字文言音有：(tsui³)和(tsue³)，白話音為：(tse³)，較通用的音
為：(tsue³)和(tse³)，如"度晬"(to⁷tsue³／tse³)；嬰兒周歲生日．

（2981） 【捘】　　　zùn（ㄗㄨㄣ）

"捘"字文言音：(tsun³)，俗讀音爲：(tsun⁷)，擰也，俗音較通用。

　（例）　①捘面巾(～bin⁷kin¹)；擰毛巾、擠掉水．

　　　　②捘大腿(～tua⁷t'ui²)；擰大腿．

（2982） 【佐】　　　zuǒ（ㄗㄨㄛ）

"佐"字祇有一種讀音：(tsə²)，詞義是輔佐、補助。

　（例）　①佐理(～li²)；助理．②佐證(～tseng³／tsing³)；證據．

附錄 I　方音差異對照表

（I）聲母
〔A〕j~l~g

①ji／li／gi：子(ji²)，兒、而、如(ji⁵／li⁵／gi⁵)，二、字、餌(ji⁷／li⁷／gi⁷)，壓(用手扼、抑、壓的訓讀音：jih⁸／lih⁸／gih⁸，又音ts'ih⁸)。

②ji／li：女、汝、爾(ji²／li²)。

③jia／lia／gia：遮(jia¹／lia¹／gia¹)，惹(jia²／lia²／gia²)，跡(jiah⁴／liah⁴／giah⁴)。

④jiam／liam：染(jiam²／liam²)。

⑤jian／lian／gian：然(jian⁵／lian⁵／gian⁵)，熱(jiat⁸／liat⁸／giat⁸)。

⑥jiau／giau：爪、搔(jiau²／giau²)，抓、撓(jiau³／giau³)，繞、饒、蟯(jiau⁵／giau⁵)。

⑦jim／lim／gim：忍(jim²／lim²／gim²)，尋(用手掏東西，jim⁵／lim⁵／gim⁵)，認、壬、任、妊(jim⁷／lim⁷／gim⁷)，入(jip⁸／lip⁸／gip⁸)。

⑧jin／lin／gin：人、仁、齦(jin⁵／lin⁵／gin⁵)，認(白話音：jin⁷／lin⁷／gin⁷)，日(jit⁸／lit⁸／git⁸)。

⑨jio／lio／gio：尿(jio⁷／lio⁷／gio⁷)，弱(jioh⁸／lioh⁸／gioh⁸)。

⑩jiok／liok／giok：趞(jiok⁴／liok⁴／giok⁴；追趕也)，若、肉、弱、辱(jiok⁸／liok⁸／giok⁸)。

⑪jiong／liong：嚷(jiong²／liong²)，戎、絨(jiong⁵／liong⁵)，讓(jion⁷／liong⁷)。

⑫ju／lu／：愈(ju²／lu²)，如、茹、儒、榆、乳(ju⁵／lu⁵)。

⑬jua／lua／gua：若(jua⁷／lua⁷／gua⁷；多少也)，熱(juah⁸／luah⁸)。

⑭jun／lun：嫩、嬬、閏、潤、軔(jun⁷／lun⁷)。

〔B〕t~ts

⑮ta／tsa：偅姥(女子：ta¹bo²／tsa¹bo²)，偅偩(男子：ta¹po¹／tsa¹po¹)。

〔C〕t'～ts'

⑯t'it^4／ts'it^4：迌迌(遊玩；t'it^4 t'ə^5／ts'it^{4}t'ə^5)。

（II）韻母
〔A〕e～i

①me／mi：搣(用手掌抓東西、又作摂攃：me^1／mi^1)，猛(火猛)、蜢(me^2／mi^2)，暝、盲(青盲)、矇、鋩(鋒利也)、芒(me^5／mi^5)。

②ne／ni：□(ne^3／ni^3；腳後跟離地提高，叫"ne^3／ni^{3}腳尾")，拎(ne^5／ni^5；披晒衣服叫"拎衫仔褲")，揑(neh^8／nih^8)。

③nge／ngi：硬(nge^7／ngi^7)，挾(ngeh^8／ngih^8)。

④tse／tsi：姊(tse^2／tsi^2)。

〔B〕e^n～i^n

⑤e^n／i^n：嬰(e^{n1}／i^{n1})，楹(e^{n5}／i^{n5})。

⑥ke^n／ki^n：庚、更、經(白話音)、粳、羹(ke^{n1}／ki^{n1})，哽、梗、鯁(ke^{n2}／ki^{n2})。

⑦k'e^n／k'i^n：坑(k'e^{n1}／k'i^{n1})，咳、喀、瘞(k'eh^{n8}／k'ih^{n8})。

⑧pe^n／pi^n：柄(pe^{n3}／pi^{n3})，平、棚(pe^{n5}／pi^{n5})，病(pe^{n7}／pi^{n7})。

⑨p'e^n／p'i^n：偏(p'e^{n1}／p'i^{n1})，彭、澎、坪(p'e^{n3}／p'i^{n3})。

⑩se^n／si^n：生、銑(se^{n1}／si^{n1})，姓(se^{n3}／si^{n3})。

⑪te^n／ti^n：骬(腳後跟：te^{n1}／ti^{n1})，盯、佯、矴(te^{n3}／ti^{n3}；目睭盯大蕊，佯毋知，矴力)，捏(te^{n5}／ti^{n5}；皮着捏互恆p'ue^{5}tiəh^8～ho^{7}an^5)，鄭(te^{n7}／ti^{n7})。

⑫t'e^n／t'i^n：撐(t'e^{n3}／t'i^{n3}；頂住)。

⑬tse^n／tsi^n：爭(tse^{n1}／tsi^{n1})，井(tse^{n2}／tsi^{n2})，諍(tse^{n3}／tsi^{n3})。

⑭ts'e^n／ts'i^n：生、星、腥、青(ts'e^{n1}／ts'i^{n1})，醒(ts'e^{n2}／ts'i^{n2})。

〔 C 〕 e～ue

⑮be／bue：買、尾(be²／bue²)，卜、欲("要"的訓用字：beh⁴／bueh⁴)，𣍐(不會)、賣(be⁷／bue⁷)，襪(beh⁸／bueh⁸)。
※妹、糜(be／mue)

⑯e／ue：挨、鍋、蒿、偎(e¹／ue¹)，矮、穢、挖(e²／ue²)，鞋(e⁵／ue⁵)，會(e⁷／ue⁷)，隘、狹(eh⁸／ueh⁸)。

⑰ge／gue：月(geh⁸／gueh⁸)。

⑱he／hue：灰(he¹／hue¹)，火、伙(he²／hue²)，貨、歲(he³／hue³)，回(he⁵／hue⁵)。

⑲ke／kue：雞、街(ke¹／kue¹)，果、粿、稞、假(ke²／kue²)，過、界、芥、疥(ke³／kue³)，隔、郭(keh⁴／kueh⁴)，蛙(ke⁵／kue⁵)。

⑳k'e／k'ue：溪(k'e¹／k'ue¹)，課、架(k'e³／k'ue³)，搭(擠也)、缺(k'eh⁴／k'ueh⁴)。

㉑pe／pue：飛(pe¹／pue¹)，掊、挷(pe²／pue²)，貝、背(pe³／pue³)，八(peh⁴／pueh⁴)，培、陪、賠(pe⁵／pue⁵)，倍、背、焙(pe⁷／pue⁷)。

㉒p'e／p'ue：批、胚、坯(p'e¹／p'ue¹)，頗、疕(臉頰；p'e²／p'ue²)，配、沛(p'e³／p'ue³)，皮(p'e⁵／p'ue⁵)，被(p'e⁷／p'ue⁷)，沫(p'eh⁸／p'ueh⁸)。

㉓se／sue：梳、疏(se¹／sue¹)，洗(se²／sue²)，細、稅(se³／sue³)，說、塞(seh⁴／sueh⁴)，垂、睡(se⁵／sue⁵)，垂、涶(se⁷／sue⁷)，旋、挳(seh⁸／sueh⁸)。

㉔te／tue：底、貯(te²／tue²)，綴、逮(te³／tue³)，蹄、題(te⁵／tue⁵)，地、第、苧、遞(te⁷／tue⁷)。

㉕t'e／t'ue：釵、推(t'e¹／t'ue¹)，體(t'e²／t'ue²)，退、替(t'e³／t'ue³)，提、挩(t'eh⁸／t'ueh⁸)。

㉖tse／tsue：節、拭(tseh⁴

／tsueh^4)，齊(tse^5／tsue^5)，
多、罪、儕、睡(tse^7／tsue^7)，
絶、截(tseh^8／tsueh^8)。

㉗ts'e／ts'ue：初、吹、炊、妻
(ts'e^1／ts'ue^1)，髓(ts'e^2／
ts'ue^2)，刷、擦(ts'e^3／ts'ue^3)，
慽、㤟(ts'eh^4／ts'ueh^4)。

〔D〕ə～u

㉘bə／bu：母(bə^2／bu^2)。

〔E〕ə～ue

㉙tsə／tsue：做(tsə^3／tsue^3)。

〔F〕i～iⁿ

㉚ts'i／ts'iⁿ：悽慘(ts'i^1／ts'i^{n1}
ts'am^2)。

〔G〕i～u

㉛gi／gu：語(gi^2／gu^2)，愚(gi^5
／gu^5)，遇、御(gi^7／gu^7)。

㉜hi／hu：虛、墟(hi^1／hu^1)，
許(hi^2／hu^2)，魚、漁(hi^5
／hu^5)。

㉝i／u：于、於、淤(i^1／u^1)，
與、予、雨(i^2／u^2)，余、餘
(i^5／u^5)，預、禦(i^7／u^7)。

㉞ji／ju：愈(ji^2／ju^2)，如、茹
(ji^5／ju^5)。

㉟ki／ku：居、車(ki^1／ku^1)，
舉、矩(ki^2／ku^2)，鋸、據(ki^3
／ku^3)，渠(ki^5／ku^5)，巨、
距、拒、俱(ki^7／ku^7)。

㊱k'i／k'u：去(k'i^3／k'u^3)，懼
(k'i^7／k'u^7)。

㊲li／lu：女、汝、旅(li^2／lu^2)，
驢(li^5／lu^5)，慮、濾、呂(li^7
／lu^7)。

㊳ti／tu：豬(ti^1／tu^1)，柢、詆
(ti^2／tu^2)，著(ti^3／tu^3)，除、
鋤(ti^5／tu^5)，箸(ti^7／tu^7)。

㊴tsi／tsu：諸、之、芝(tsi^1／
tsu^1)，煮、子(tsi^2／tsu^2)，
糍、薯、藷(tsi^5／tsu^5)。

㊵ts'i／ts'u：鼠、取(ts'i^2／ts'u^2)
，次、處(ts'i^3／ts'u^3)。

〔H〕in～un

㊶gin／gun：銀(gin^5／gun^5)。

㊷hin／hun：恨(hin^7／hun^7)。

㊸in／un：恩、殷(in^1／un^1)，
允(in^2／un^2)，勻、雲(in^5

／un^{5})，韻(in^{7}／un^{7})。

㊹kin／kun：巾、斤、根、跟、筋、均(kin^{1}／kun^{1})，艮(卦名：kin^{3}／kun^{3})，近(kin^{7}／kun^{7})。

㊺k'in／k'un：勤、芹(k'in^{5}／k'un^{5})。

〔 I 〕io^{n}～iu^{n}

㊻hio^{n}／hiu^{n}：香、鄉(hio^{n1}／hiu^{n1})，響(hio^{n2}／hiu^{n2})，向(hio^{n3}／hiu^{n3})。

㊼io^{n}／iu^{n}：鴦(io^{n1}／iu^{n1})，養(io^{n2}／iu^{n2})，羊、洋、陽、楊(io^{n5}／iu^{n5})，樣(io^{n7}／iu^{n7})。

㊽kio^{n}／kiu^{n}：姜、薑(kio^{n1}／kiu^{n1})。

㊾k'io^{n}／k'iu^{n}：羌、腔(k'io^{n1}／k'iu^{n1})，儉(不亂吃；k'io^{n7}／k'iu^{n7})。

㊿lio^{n}／liu^{n}(nio／niu)；兩(lio^{n2}／liu^{n2})，娘、量、糧、梁(lio^{n5}／liu^{n5})，讓(lio^{n7}／liu^{n7})。

(51)sio^{n}／siu^{n}：箱、廂、鑲(sio^{n1}／siu^{n1})，賞(sio^{n2}／siu^{n2})，肖、相(sio^{n3}／siu^{n3})，常、殤(sio^{n5}／siu^{n5})，上、尚、想(sio^{n7}／siu^{n7})。

(52)tio^{n}／tiu^{n}：張(tio^{n1}／tiu^{n1})，長(tio^{n2}／tiu^{n2})，脹、帳(tio^{n3}／tiu^{n3})，場(tio^{n5}／tiu^{n5})，丈(tio^{n7}／tiu^{n7})。

(53)tsio^{n}／tsiu^{n}：章、樟、漿(tsio^{n1}／tsiu^{n1})，掌、蔣(tsio^{n2}／tsiu^{n2})，醬、障(tsio^{n3}／tsiu^{n3})，裳(tsio^{n5}／tsiu^{n5})，上、癢(tsio^{n7}／tsiu^{n7})。

(54)ts'io^{n}／tsiu^{n}：槍、鯧(ts'io^{n1}／ts'iu^{n1})，搶、廠(ts'io^{n2}／ts'iu^{n2})，唱(ts'io^{n3}／ts'iu^{n3})，牆(ts'io^{n5}／ts'iu^{n5})，象、像、上、匠(ts'io^{n7}／ts'iu^{n7})。

〔 J 〕ui～ue、uai

(55)mui／mue／muai：每(mui^{2}／mue^{2}／muai^{2})，梅、媒(mui^{5}／mue^{5}／muai^{5})。

〔 K 〕ui^{n}～uai^{n}

(56)hui^{n}／huai^{n}：橫(hui^{n5}／huai^{n5})。

㊄kui^n／kuai^n：關(kui^{n1}／kuai^{n1})
，稈(kui^{n2}／kuai^{n2})，縣、懸
(kui^{n7}／kuai^{n7})。

〔ㄌ〕ueh～uih

㊇hueh／huih：血(hueh^4／huih^4)。

㊈pueh／puih：拔(pueh^4／puih^4)。

㊉ueh／uih：挖(ueh^4／uih^4)，
劃(ueh^8／uih^8)。

附錄 II　主要姓氏讀音表 (羅馬字頭一字大寫)

① 安 (An^1)

② 晏 (An^3)

③ 翁 ($Ang^1 ／ Ong^1$)

④ 洪 (Ang^5)

⑤ 歐 (Au^1)

⑥ 歐陽 (Au^1iong^5)

⑦ 萬 (Ban^1)

⑧ 麥 (Beh^8)

⑨ 孟 ($Beng^7 ／ Bing^7$)

⑩ 米 (Bi^2)

⑪ 苗 ($Biau^5$)

⑫ 繆 ($Biau^7$)

⑬ 閔 (Bin^2)

⑭ 牟 (Bo^5)

⑮ 慕容 (Bo^7iong^5)

⑯ 莫 (Bok^8)

⑰ 穆 (Bok^8)

⑱ 武 (Bu^2)

⑲ 巫 (Bu^5)

⑳ 文 (Bun^5)

㉑ 聞 (Bun^5)

㉒ 易 ($Ek^4 ／ Ik^4$)

㉓ 英 ($Eng^1 ／ Ing^1$)

㉔ 榮 ($Eng^5 ／ Ing^5$)

㉕ 岳 (Gak^8)

㉖ 樂 ($Gak^8 ／ Lok^8$)

㉗ 顏 (Gan^5)

㉘ 倪 (Ge^5)

㉙ 閻 ($Giam^5$)

㉚ 嚴 ($Giam^5$)

㉛ 岑 (Gim^5)

㉜ 吳 ($Go^5 ／ Ngo^5$)

㉝ 牛 (Gu^5)

㉞ 虞 (Gu^5)

㉟ 危 (Gui^5)

㊱ 魏 (Gui^7)

㊲ 夏 (Ha^7)

㊳ 夏候 (Ha^7ho^5)

㊴ 韓 (Han^5)

㊵ 杭 ($Hang^5$)

㊶ 項 ($Hang^7$)

㊷ 侯 (Hau^5)

㊸ 奚 (He^5)

㊹ 刑 ($Heng^5 ／ Hing^5$)

㊺ 何 ($Hə^5$)

㊻ 賀 ($Hə^7$)

㊼ 魚 (Hi^5)

㊽ 熊 (Him^5)

㊾ 郁 ($Hiok^4$)

㊿ 向 ($Hiong^3$)

51 茅 (Hm^5)

52 華 (Hua^5)

53 桓 ($Huan^5$)

54 樊 ($Huan^5$)

55 范 ($Huan^7$)

56 宦 ($Huan^7$)

57 郝 (Hok^4)

58 霍 (Hok^4)

59 伏 (Hok^8)

60 封 ($Hong^1$)

61 風 ($Hong^1$)

62 酆 ($Hong^1$)

63 皇甫 ($Hong^5hu^2$)

64 符 (Hu^5)

65 伊 ($I^1 ／ Yi^1$)

66 燕 ($Ian^1 ／ Yan^1$)

67 甄 ($Ian^1 ／ Yan^1$)

68 葉 ($Iap^8 ／ Yap^8$)

69 姚 ($Iau^5 ／ Yau^5$)

70 陰 ($Im^1 ／ Yim^1$)

71 容 ($Iong^5 ／ Yong^5$)

72 尤 ($Iu^5 ／ Yiu^5$)

73 游 ($Iu^5 ／ Yiu^5$)

74 羊 ($Iu^{n5} ／ Io^{n5}$)

75 楊 ($Iu^{n5} ／ Io^{n5}$)

⑦⑥冉(Jiam^2／Liam^2)　⑩③仇(Kiu^5)　⑬⓪蒯(K'uai^3)

⑦⑦饒(Jiau^5／Liau^5)　⑩④裘(Kiu^5)　⑬①劉(L'au^5)

⑦⑧任(Jim^5／Lim^5)　⑩⑤果(Kə^2)　⑬②黎(Le^5)

⑦⑨戎(Jiong^5／Liong^5)　⑩⑥辜(Ko^1)　⑬③力(Lek^8)

⑧⓪芮(Jue^7／Lue^7)　⑩⑦古(Ko^2)　⑬④酈(Lek^8)

⑧①俞(Ju^5／Lu^5)　⑩⑧顧(Ko^3)　⑬⑤冷(Leng^2／Ling^2)

⑧②賈(Ka^3)　⑩⑨谷(Kok^4)　⑬⑥凌(Leng^5／Ling^5)

⑧③甘(Kam^1)　⑩⑩酈(Kong^2)　⑬⑦勞(Lə^5)

⑧④簡(Kan^2)　⑪①公孫(Kong^{1}sun^1)　⑬⑧羅(Lə^5)

⑧⑤江(Kang^1)　⑪②瞿(Ku^3)　⑬⑨李(Li^2)

⑧⑥葛(Kat^4)　⑪③柯(Kua^1)　⑭⓪廉(Liam^5)

⑧⑦計(Ke^3)　⑪④關(Kuan^1)　⑭①連(Lian^5)

⑧⑧荊(Keng^5／King^5)　⑪⑤管(Kuan^2)　⑭②聶(Liap^4)

⑧⑨宮(Keng^1／Kiong^1)　⑪⑥權(Kuan^5)　⑭③廖(Liau^7)

⑨⓪景(Keng^2／King^2)　⑪⑦郭(Kueh^4／Keh^4)　⑭④林(Lim^5)

⑨①耿(Keng^2／King^2)　⑪⑧季(Kui^3)　⑭⑤藺(Lin^7)

⑨②龔(Keng^2／Kiong^2)　⑪⑨桂(Kui^3)　⑭⑥陸(Liok^8)

⑨③戈(Kə^1)　⑫⓪勤(K'in^5)　⑭⑦龍(Liong^5／Leng^5)

⑨④高(Kə^1)　⑫①曲(K'iok^4)　⑭⑧鈕(Liu^2)

⑨⑤姬(Ki^1)　⑫②許(K'o^2)　⑭⑨柳(Liu^2)

⑨⑥紀(Ki^2)　⑫③庫(K'o^3)　⑮⓪魯(Lo^2)

⑨⑦祁(Ki^5)　⑫④寇(K'o^3)　⑮①婁(Lo^5)

⑨⑧姜(Kiang^1／K'iu^{n1})　⑫⑤匡(K'ong^1)　⑮②盧(Lo^5)

⑨⑨吉(Kiat^4)　⑫⑥孔(K'ong^2)　⑮③路(Lo^7)

⑩⓪喬(Kiau^5)　⑫⑦丘(K'u^1)　⑮④駱(Lok^8)

⑩①金(Kim^1)　⑫⑧邱(K'u^1)　⑮⑤呂(Lu^7／Li^7)

⑩②強(Kiong^5)　⑫⑨屈(K'ut^4)　⑮⑥賴(Lua^7)

⑮⑦雷(Lui⁵)　⑱④薄(Pok⁸)　㉑①宋(Song³)

⑮⑧馬(Ma²)　⑱⑤富(Pu³)　㉑②司(Su¹)

⑮⑨毛(Mo⁵)　⑱⑥貝(Pue³)　㉑③舒(Su¹)

⑯⓪麻(Mua⁵)　⑱⑦裴(Pue⁵)　㉑④師(Su¹)

⑯①梅(Mui⁵)　⑱⑧彭(P'eⁿ⁵／P'iⁿ⁵)　㉑⑤史(Su²)

⑯②藍(Na⁵)　⑱⑨皮(P'i⁵)　㉑⑥司馬(Su¹ma²)

⑯③梁(Niu⁵)　⑲⓪潘(P'uaⁿ¹)　㉑⑦司徒(Su¹to⁵)

⑯④阮(Ng²)　⑲①席(Sek⁸)　㉑⑧沙(Sua¹／Sa¹)

⑯⑤黃(Ng⁵)　⑲②成(Seng⁵／Sing⁵)　㉑⑨宣(Suan¹)

⑯⑥艾(Ngai⁷)　⑲③盛(Seng⁷／Sing⁷)　㉒⓪荀(Sun⁵)

⑯⑦伍(Ngo²)　⑲④施(Si¹)　㉒①淳于(Sun⁵u¹)

⑯⑧鄔(O¹)　⑲⑤時(Si⁵)　㉒②陳(Tan⁵)

⑯⑨胡(O⁵)　⑲⑥謝(Sia⁷／Tsia⁷)　㉒③董(Tang²)

⑰⓪汪(Ong¹)　⑲⑦蕭(Siau¹)　㉒④戴(Te³)

⑰①王(Ong⁵)　⑲⑧邵(Siə⁷)　㉒⑤鄭(Teⁿ⁷／Tiⁿ⁷)

⑰②巴(Pa¹)　⑲⑨薛(Sih⁴)　㉒⑥狄(Tek⁴)

⑰③班(Pan¹)　㉒⓪森(Sim¹)　㉒⑦丁(Teng¹／Ting¹)

⑰④房(Pang⁵)　㉒①沈(Sim²)　㉒⑧鄧(Teng⁷／Ting⁷)

⑰⑤龐(Pang⁵)　㉒②辛(Sin¹)　㉒⑨陶(Tə⁵)

⑰⑥包(Pau¹)　㉒③申(Sin¹)　㉓⓪卓(Təh⁴)

⑰⑦鮑(Pau⁷)　㉒④商(Siong¹)　㉓①池(Ti⁵)

⑰⑧白(Pek⁸／Peh⁸)　㉒⑤常(Siong⁵)　㉓②田(Tian⁵)

⑰⑨畢(Pit⁴)　㉒⑥尚(Siong⁷)　㉓③刁(Tiau¹)

⑱⓪方(Png¹)　㉒⑦上官(Siong⁷kuaⁿ¹)　㉓④晁(Tiau⁵)

⑱①傅(Po³)　㉒⑧孫(Sng¹／Sun¹)　㉓⑤趙(Tiə⁷)

⑱②蒲(Po⁵)　㉒⑨桑(Sng¹／Song¹)　㉓⑥仲(Tiong⁷)

⑱③卜(Pok⁴)　㉑⓪蘇(So¹)　㉓⑦張(Tiuⁿ¹／Tioⁿ¹)

(238)唐(Tng^{5})
(239)屠(To^{5})
(240)杜(To^{7})
(241)竇(To^{7})
(242)童(Tong^{5})
(243)段(Tuan^{7})
(244)譚(T'am^{5})
(245)程(T'ia^{n5})
(246)湯(T'ng^{1})
(247)涂(T'o^{5})
(248)褚(T'u^{2}／T'i^{2})
(249)儲(T'u^{5})
(250)查(Tsa^{1})
(251)曾(Tsan^{1})
(252)齊(Tse^{5})
(253)左(Tsə^{2})
(254)曹(Tsə^{5})
(255)左丘(Tsə^{2}k'iu^{1})
(256)錢(Tsi^{n5})
(257)詹(Tsiam^{1})
(258)焦(Tsiau^{1})
(259)石(Tsiəh^{8})
(260)秦(Tsin^{5})
(261)祝(Tsiok^{4})
(262)章(Tsiong^{1})
(263)鍾(Tsiong^{1})
(264)鐘(Tsiong^{1})
(265)周(Tsiu^{1})
(266)蔣(Tsiu^{n2}／Tsio^{n2})
(267)莊(Tsng^{1})
(268)鄒(Tso^{1})
(269)祖(Tso^{2})
(270)宗(Tsong^{1})
(271)臧(Tsong^{1})
(272)朱(Tsu^{1})
(273)諸(Tsu^{1})
(274)諸葛(Tsu^{1}kat^{4})
(275)全(Tsuan^{5})
(276)水(Tsui^{2})
(277)柴(Ts'a^{5})
(278)戚(Ts'ek^{4})
(279)徐(Ts'i^{5})
(280)車(Ts'ia^{1})
(281)蔡(Ts'ua^{3})
(282)崔(Ts'ui^{1})
(283)于(U^{1}／Yi^{1})
(284)余(U^{5}／Yi^{5})
(285)宇文(U^{2}bun^{5})
(286)袁(Uan^{5}／Wan^{5})
(287)衛(Ue^{7}／We^{7})
(288)韋(Ui^{2}／Wi^{2})
(289)溫(Un^{1}／Wun^{1})
(290)殷(Un^{1}／Wun^{1})
(291)尹(Un^{2}／Wun^{2})
(292)尉遲(Ui^{3}ti^{3})

附錄III 主要的地名與山川湖泊

（A主要的地名）

①阿里山(A¹li²san¹)

②阿蓮(A¹lian¹)

③安平(An¹peng⁵／ping⁵)

④後龍(Au⁷lang⁵)

⑤后里(Au⁷li²)

⑥後壁(Au⁷piah⁴)

⑦木柵(Bak⁴sa¹)

⑧萬華(Ban⁷hua⁵)

⑨萬丹(Ban⁷tan¹)

⑩美濃(Bi²long¹／long⁵)

⑪苗栗(Biau⁵lek⁸)

⑫民雄(Bin⁵hiong⁵)

⑬霧峰(Bu⁷hong¹)

⑭霧社(Bu⁷sia⁷)

⑮鶯歌(Eng¹／Ing¹kə¹)

⑯永和(Eng²／Ing²hə⁵)

⑰永康(Eng²／Ing²k'ong¹)

⑱鵝鑾鼻(Gə⁵luan⁵p'iⁿ⁷)

⑲宜蘭(Gi⁵lan⁵)

⑳玉里(Giok⁸li²)

㉑玉井(Giok⁸tseⁿ²／tsiⁿ²)

㉒梧棲(Go⁵ts'e¹)

㉓元長(Guan⁵tiong⁵)

㉔學甲(Hak⁸kah⁴)

㉕恆春(Heng⁵／Hing⁵ts'un¹)

㉖虎尾(Ho²be²／bue²)

㉗豐原(Hong¹guan⁵)

㉘楓港(Hong¹kang²)

㉙鳳林(Hong⁷lim⁵)

㉚鳳山(Hong⁷suaⁿ¹)

㉛富里(Hu³li²)

㉜花蓮(Hue¹lian⁵)

㉝雲林(Hun⁵lim⁵)

㉞圓山(Iⁿ⁵／Yiⁿ⁵suaⁿ¹)

㉟鹽埔(Iam⁵／Yam⁵po¹)

㊱燕巢(Ian³／Uan³tsau⁵)

㊲陽明山(Iong⁵beng⁵san¹)

㊳楊梅(Iuⁿ⁵／Ioⁿ⁵mui⁵)

㊴二林(Ji⁷lim⁵)

㊵二水(Ji⁷tsui²)

㊶仁武(Jin⁵bu²)

㊷嘉義(Ka¹gi⁷)

㊸佳里(Ka¹li²)

㊹佳冬(Ka¹tang¹)

㊺茄萣(Ka¹tiaⁿ⁷)

㊻甲仙(Kah⁴sian¹)

㊼基隆(Ke¹／Kue¹lang⁵)

㊽景美(Keng²／King²bi²)

㊾高雄(Kə¹hiong⁵)

997

㊿旗山(Ki^5san^1)

51旗津(Ki^5tin^1)

52鹽水($\text{Kiam}^5\text{tsui}^2$)

53金瓜石($\text{Kim}^1\text{kue}^1\text{ts'iəh}^4$)

54金山(Kim^1san^1)

55苓林($\text{Keng}^1／\text{Kiong}^1\text{lim}^5$)

56九如($\text{Kiu}^2\text{ju}^5／\text{lu}^5$)

57古坑($\text{Ko}^2\text{k'e}^{n1}$)

58谷關($\text{Kok}^4\text{kuan}^1$)

59岡山($\text{Kong}^1\text{san}^1$)

60龜山($\text{Ku}^1\text{sua}^{n1}$)

61關子嶺($\text{Kuan}^1\text{a}^2\text{nia}^2$)

62關廟($\text{Kuan}^1\text{biə}^7$)

63關山($\text{Kuan}^1\text{san}^1$)

64溪州($\text{K'e}^1\text{tsiu}^1$)

65墾丁($\text{K'un}^2\text{teng}^1／\text{ting}^1$)

66內門(Lai^7bun^5)

67內壢(Lai^7lek^8)

68內湖(Lai^7o^5)

69內埔(Lai^7po^1)

70六龜(Lak^8ku^1)

71南化(Lam^5hua^3)

72南港($\text{Lam}^5\text{kang}^2$)

73南投(Lam^5tau^5)

74楠梓(Lam^5tsu^2)

75蘭陽($\text{Lan}^5\text{iong}^5$)

76蘭嶼(Lan^5su^7)

77梨山(Le^5san^1)

78綠島($\text{Lek}^8\text{tə}^2$)

79羅東($\text{Lə}^5\text{tong}^1$)

80里港(Li^2kang^2)

81林鳳營($\text{Lim}^5\text{hong}^7\text{ia}^{n5}$)

82龍潭($\text{Liong}^5\text{t'am}^5$)

83鹿港($\text{Lok}^8\text{kang}^2$)

84鹿谷(Lok^8kok^4)

85馬公(Ma^2kong^1)

86麻豆(Mua^5tau^7)

87梅山($\text{Mue}^5／\text{Mui}^5\text{san}^1$)

88林口($\text{Na}^5\text{k'au}^2$)

89林內(Na^5lai^7)

90林邊($\text{Na}^5\text{pi}^{n1}$)

91湖口($\text{O}^5\text{k'au}^2$)

92烏來(O^1lai^5)

93烏山頭($\text{O}^1\text{sua}^{n1}\text{t'au}^5$)

94北港($\text{Pak}^4\text{kang}^2$)

95北門(Pak^4mng^5)

96北埔(Pak^4po^1)

97北投(Pak^4tau^5)

98板橋($\text{Pang}^1\text{kiə}^5$)

99枋寮($\text{Pang}^1\text{liau}^5$)

100枋山($\text{Pang}^1\text{sua}^{n1}$)

101八德(Pat^4tek^4)

102白河($\text{Peh}^8\text{hə}^5$)

103卑南(Pi^1lam^5)

(104)屏東(Pin^{5}tong^{1})
(105)埔里(Po^{1}li^{2})
(106)布袋(Po^{3}te^{7})
(107)澎湖(P'e^{n5}／P'i^{n5}o^{5})
(108)朴子(P'ə^{3}tsu^{2})
(109)西港(Sai^{1}kang^{2})
(110)西螺(Sai^{1}le^{5})
(111)三義(Sam^{1}gi^{7})
(112)三峽(Sam^{1}kiap^{4})
(113)杉林(Sam^{1}na^{5})
(114)三貂角(Sam^{1}tiau^{1}kak^{4})
(115)三重(Sam^{1}tiong^{7})
(116)汐止(Sek^{4}tsi^{2})
(117)善化(Sian^{7}hua^{3})
(118)蕭壠(Siau^{1}lang^{5})
(119)新化(Sin^{1}hua^{3})
(120)新港(Sin^{1}kang^{2})
(121)新竹(Sin^{1}tek^{4})
(122)新店(Sin^{1}tiam^{3})
(123)新莊(Sin^{1}tsng^{1})
(124)新市(Sin^{1}ts'i^{7})
(125)蘇澳(So^{1}ə^{3})
(126)士林(Su^{7}lim^{5})
(127)四湖(Su^{3}／Si^{3}o^{5})
(128)沙鹿(Sua^{1}lok^{8})
(129)蒜頭(Suan^{3}t'au^{5})
(130)瑞芳(Sui^{7}hong^{1})
(131)瑞穗(Sui^{7}sui^{7})
(132)礁溪(Ta^{1}k'e^{1})
(133)大武(Tai^{7}bu^{2})
(134)大甲(Tai^{7}kah^{4})
(135)台南(Tai^{5}lam^{5})
(136)大麻里(Tai^{7}mua^{5}li^{2})
(137)台北(Tai^{5}pak^{4})
(138)台西(Tai^{5}se^{1})
(139)台東(Tai^{5}tang^{1})
(140)台中(Tai^{5}tiong^{1})
(141)台灣(Tai^{5}uan^{5}／wan^{5})
(142)淡水(Tam^{7}tsui^{2})
(143)東港(Tang^{1}kang^{2})
(144)東勢(Tang^{1}si^{3})
(145)東石(Tang^{1}tsiəh^{8})
(146)銅鑼(Tang^{5}lə^{5})
(147)斗六(Tau^{2}lak^{8})
(148)斗南(Tau^{2}lam^{5})
(149)竹崎(Tek^{4}kia^{7})
(150)竹南(Tek^{4}lam^{5})
(151)竹北(Tek^{4}pak^{4})
(152)竹山(Tek^{4}san^{1})
(153)竹東(Tek^{4}tang^{1})
(154)竹田(Tek^{4}tian^{5})
(155)知本(Ti^{1}pun^{2})
(156)田中(Tian^{5}tiong^{1})
(157)潮州(Tiə^{5}tsiu^{1})

⑮⑧中和(Tiong¹hə⁵)

⑮⑨中壢(Tiong¹lek⁸)

⑯⓪大林(Tua⁷na⁵)

⑯①大湖(Tua⁷o⁵)

⑯②大肚(Tua⁷to⁷)

⑯③大樹(Tua⁷ts'iu⁷)

⑯④太魯閣(T'ai³lo²kəh⁴)

⑯⑤泰山(T'ai³san¹)

⑯⑥潭子(T'am⁵tsu²)

⑯⑦頭份(T'au⁵hun⁷)

⑯⑧頭城(T'au⁵siaⁿ⁵)

⑯⑨桃園(T'ə⁵hng⁵)

⑰⓪天祥(T'ian¹siong⁵)

⑰①土庫(T'o⁵k'o³)

⑰②土城(T'o⁵siaⁿ⁵)

⑰③通霄(T'ong¹siau¹)

⑰④左營(Tsə²iaⁿ⁵／yaⁿ⁵)

⑰⑤左鎮(Tsə²tin³)

⑰⑥石門(Tsiəh⁸mng⁵)

⑰⑦彰化(Tsiong¹hua³)

⑰⑧水里(Tsui²li²)

⑰⑨水上(Tsui²siong⁷)

⑱⓪草屯(Ts'au²tun³)

⑱①清水(Ts'eng¹tsui²)

⑱②車城(Ts'ia¹siaⁿ⁵)

⑱③七股(Ts'it⁴ko²)

⑱④七堵(Ts'it⁴to²)

⑱⑤樹林(Ts'iu⁷na⁵)

⑱⑥苑里(Uan²／Wan²li²)

⑱⑦員林(Uan⁵／Wan⁵lim⁵)

・1000・

（B主要山峰）

①阿里山(A^{1}li^{2}san^1)

②玉山(Giok^{8}san^1)

③合歡山(Hap^{8}huan^{1}sua^{n1})

④觀音山(Kuan^{1}im^{1}sua^{n1})

⑤關山(Kuan^{1}san^1)

⑥能高山(Leng^{5}kə^{1}sua^{n1})

⑦八仙山(Pat^{4}sian^{1}sua^{n1})

⑧卑南山(Pi^{1}lam^{5}sua^{n1})

⑨畢綠山(Pit^{4}lek^{8}sua^{n1})

⑩半屏山(Pua^{n5}peng^{5}sua^{n1})

⑪西巒大山(Se^{1}luan^{5}tua^{7}sua^{n1})

⑫獅頭山(Sai^{1}t'au^{5}sua^{n1})

⑬秀姑巒山(Siu^{3}ko^{1}luan^{5}sua^{n1})

⑭中央尖山(Tiong^{1}iong^{1}tsiam^1 sua^{n1})

⑮大武山(Tua^{7}bu^{2}sua^{n1})

⑯大崗山(Tua^{7}kang^{1}sua^{n1})

⑰大霸尖山(Tua^{7}pa^{3}tsiam^{1}sua^{n1})

⑱大雪山(Tua^{7}sueh^{4}sua^{n1})

⑲太平山(T'ai^{3}peng^{5}sua^{n1})

⑳尖山(Tsiam^{1}sua^{n1})

㉑千卓萬山(Ts'ian^{1}təh^{4}ban^7 sua^{n1})

㉒七星山(Ts'it^{4}ts'e^{n1}sua^{n1})

（C主要河湖）

①下淡水溪(Ha^{7}tam^{7}tsui^{2}k'e^1)

②和平溪(Hə^{5}peng^{5}k'e^1)

③花蓮溪(Hue^{1}lian^{5}k'e^1)

④日月潭(Jit^{8}guat^{8}t'am^5)

⑤蘭陽溪(Lan^{5}iong^{5}k'e^1)

⑥荖濃溪(Lau^{2}long^{5}k'e^1)

⑦濁水溪(Lə^{5}tsui^{2}k'e^1)

⑧北港溪(Pak^{4}kang^{2}k'e^1)

⑨八掌溪(Pat^{4}tsiang^{2}k'e^1)

⑩卑南溪(Pi^{1}lam^{5}k'e^1)

⑪四重溪(Si^{3}teng^{5}k'e^1)

⑫新虎尾溪(Sin^{1}ho^{2}bue^{2}k'e^1)

⑬秀姑巒溪(Siu^{3}ko^{1}luan^{5}k'e^1)

⑭大安溪(Tai^{7}an^{1}k'e^1)

⑮大甲溪(Tai^{7}kah^{4}k'e^1)

⑯淡水河(Tam^{7}tsui^{2}hə^5)

⑰東港溪(Tang^{1}kang^{2}k'e^1)

⑱澄清湖(Teng^{5}ts'eng^{1}o^5)

⑲知本溪(Ti^{1}pun^{2}k'e^1)

⑳大肚溪(Tua^{7}to^{7}k'e^1)

㉑曾文溪(Tsan^{1}bun^{5}k'e^1)

㉒將軍溪(Tsion^{3}kun^{1}k'e^1)

附錄IV　來自日語的常用詞例

（台語音）	（詞義）	（日語音）
①a⁷ian⁵	鋅、亞鉛	(aen)
②a⁷kah⁴tsiang³	嬰兒	(akachian)
③a⁷bu¹la¹geh⁴	油炸豆腐	(aburage)
④a⁷ka¹tsin²ki³	紅藥水	(akachinki)
⑤a⁷ji¹no¹mo¹toh⁴	味素	(ajinomoto)
⑥a⁷lu¹bai²toh⁴	臨時工	(arubaito)
⑦a⁷lu¹mih⁴	鋁、輕銀	(arumi)
⑧a⁷ni¹kih⁴	老兄	(aniki)
⑨a⁷su¹hua¹lu¹toh⁴	柏油	(asufuaruto)
⑩a⁷su¹p'i¹lin²	阿斯匹林(藥)	(asupirin)
⑪ai²kiau¹	愛嬌、魅力	(aikyo)
⑫ai⁵sah⁴tsuh⁴	問候、打招呼	(aisatsu)
⑬am²ki³	記住、暗記	(anki)
⑭an²nai⁷	招待、引導	(annai)
⑮an⁵te¹nah⁴	天線	(antena)
⑯au²to³	出局、死(棒球)	(auto)
⑰ba¹lah⁴	玫瑰花	(bara)
⑱ba¹suh⁴	公共汽車	(basu)
⑲ba⁷ka¹ia¹lo²	混蛋	(bakayaroo)
⑳ba⁷ta²a	黃油	(bataa)
㉑bat⁴te¹lih⁴	蓄電池	(batteri)
㉒bat⁸toh⁴	棒球的棒	(batto)
㉓bai⁵k'in²	細菌	(baikin)
㉔bai⁵o¹lin²	小提琴	(baiolin)

㉕ban⁷lian⁵pit⁴　　　鋼筆　　　（bannianpitsu）

㉖be¹／bue¹siu¹　　收買　　　（baishu）

㉗bi²lu³　　　　　啤酒　　　（biiru）

㉘bi⁷ta¹bin²　　　維他命　　（bitabin）

㉙biat⁸toh⁴　　　床鋪　　　（betto）

㉚bian¹kiong²　　減價、用功　（benkyo）

㉛bo²lu³　　　　球、壞球(棒球)　（booru）

㉜bo²to³　　　　小船　　　（booto）

㉝bo³tsip⁸　　　招募　　　（boshu）

㉞bok⁴sin²gu³　　拳擊　　　（bokushingu）

㉟ga²je³　　　　紗布　　　（gaaze）

㊱ga⁷so¹lin²　　　汽油　　　（gasorin）

㊲ga¹suh⁴　　　媒氣　　　（gasu）

㊳geh⁴／gueh⁴kip⁴　薪水　　　（gekkyu）

㊴gi⁷ta²a　　　　吉他琴　　（gita）

㊵gian²kih⁴　　　健康　　　（genki）

㊶gian⁵kang²　　玄關、正門　（genkan）

㊷go⁷hu¹k'uh⁴　　和服　　　（gofuku）

㊸go⁷lu¹huh⁴　　高爾夫球　（gorufu）

㊹ha¹muh⁴　　　洋火腿　　（hamu）

㊺ha³lu²／li²　　　女傭人　　（gejo）

㊻hai⁵ja¹lah⁴　　煙灰皿　　（haizara）

㊼hang⁵ka¹tsih⁴　手絹兒　　（hankachi）

㊽hi²lu³　　　　高跟鞋　　（hiiru）

㊾hi⁷no¹k'ih⁴　　檜木　　　（hinoki）

㊿hiu²ju³　　　　保險絲　　（hyuuzu）

(51) ho⁵tai²　　　　繃帶　　　（hootai）

(52)hong^{2}sang^{3}	廣播	(hoosoo)
(53)hu^{1}loh^{4}	洗澡	(furo)
(54)hue^{3}sia^{7}	會社、公司	(kaisha)
(55)hui^{7}heng^{5}ki^{1}	飛機	(hikooki)
(56)hui^{5}lu^{2}mu^{3}	膠片	(fuiruumu)
(57)ia^{1}／ya^{1}mih^{4}	黑市	(yami)
(58)ia^{1}／ya^{1}kiu^{5}	棒球	(yakkyu)
(59)ia^{3}tiu^{n5}／tio^{n5}	官署	(yakuba)
(60)ia^{3}t'au^{5}	火車站	(ekitoo)
(61)ia^{3}uan^{5}	幹部、董監事	(yakuin)
(62)ia^{7}ki^{1}mo^{1}	烤地瓜	(yakiimo)
(63)ian^{5}jin^{2}	引擎	(enzin)
(64)iə^{7}kang^{3}	羊羹(甜點心)	(yookan)
(65)in^{2}k'ih^{4}	墨水	(inki)
(66)in^{5}tsih^{4}kih^{4}	作弊	(inchiki)
(67)in^{1}to^{7}	引渡	(hikiwatashi)
(68)io^{7}lo^{1}tsin^{2}kih^{4}	紫藥水	(yodochinki)
(69)iok^{8}sok^{4}	約會、約定	(yakusoku)
(70)iu^{1}lih^{4}	百合花	(yuli)
(71)iu^{7}pian^{7}kiok^{8}	郵局	(yuubinkyoku)
(72)jian^{2}bah^{4}	夾克	(jianba)
(73)jio^{1}toh^{4}	上等、高級	(jootoo)
(74)jip^{4}tiu^{n5}kng^{3}	門票	(nyuujooken)
(75)jip^{4}ts'iu^{2}	取得	(nyuushu)
(76)jin^{7}k'i^{3}	人緣	(ninki)
(77)jin^{7}tan^{1}	仁丹(藥)	(jintan)
(78)jiu^{2}su^{3}	果汁	(juusu)

㊆ jiu^{7}tə^7 柔道 (juudoo)

㊇ juh^{4}bong^2 褲子 (jubon)

㊈ kam^{1}sim^1 佩服 (kansin)

㊊ kang^{7}su^7 工程 (kooji)

㊋ kang^{7}tiu^{n5} 工廠 (koojoo)

㊌ kau^{7}ua^{n3}ts'iu^2 電話接線員 (kookanshu)

㊍ kə^{7}li^2／lu^2 高等女學校、高女 (koojo)

㊎ kə^{7}teng^{1}k'ə^1 高等科 (kootooka)

㊏ kia^{2}hu^3 樂捐 (kifu)

㊐ kian^{2}pun^2 樣品 (mihon)

㊑ kip^{8}liau^7 薪水、工資 (kyuryoo)

㊒ kua^{7}ts'iu^2 歌星 (kashu)

㊓ kuah^{8}in^2 打折扣 (waribiki)

㊔ k'a^{7}bang^2 皮包、文件箱 (kaban)

㊕ k'a^{7}la^{7}o^{1}k'eh^4 卡拉OK (karaoke)

㊖ k'a^{7}me^{1}lah^4 照相機 (kamera)

㊗ k'an^{5}jio^2 算帳、會帳 (kanjoo)

㊘ k'ang^{5}pang^2 招牌、外觀 (kanpan)

㊙ k'au^{1}tsə^7 帳戶、戶頭 (kooza)

㊚ k'i^{3}mo^{1}tsih^4 心情、情緒 (kimochi)

㊛ k'it^{8}teh^4 郵票 (kitte)

⑩ k'it^{8}tsiah^8 乞丐 (kojiki)

⑩ k'ia^{3}hang^1 綁腿 (kyahan)

⑩ k'in^{7}bu^7 勤務、工作 (kinmu)

⑩ k'in^{5}ta^{1}mah^4 睪丸 (kintama)

⑩ k'iu^{5}ke^2 休息 (kyukei)

⑩ k'o^{7}le^{1}la^2 霍亂 (korera)

⑩k'ok⁸puh⁴	杯子	(koppu)
⑩k'ong²	紺色	(kon)
⑩k'ong²buh⁴	昆布、海帶	(konbu)
⑩k'ong³ku¹li²	打水泥	(konkuriito)
⑩k'u⁷liu⁵	拘押、拘禁	(kooryuu)
⑪k'u⁷lat⁸tsih⁴	變速器	(kuratchi)
⑪k'u⁷li²mu³	面霜	(kuriimu)
⑪la⁷kiat⁴toh⁴	球拍	(raketto)
⑪la⁷jio²	收音機	(rajio)
⑪la⁷mu¹neh⁴	檸檬汽水	(ramune)
⑪lat⁸pah⁴	喇叭	(rappa)
⑪lai²ta³	打火機	(raita)
⑪lan⁵nin²gu³	無袖背心	(ranningu)
⑪lang²／dang²su³	跳舞	(dansu)
⑫leh⁴k'o²lo³／do³	唱片	(rekoodo)
⑫li¹／lu¹tiong¹	女傭人	(jochuu)
⑫li³a k'ah⁴	手推拉台車	(riyaka)
⑫lian⁵k'o²to³	雨衣、風衣	(renkooto)
⑫lian⁵to¹gian²	X光	(rentogen)
⑫liau³li²	料理、菜	(ryoori)
⑫lin²go³	蘋果	(ringo)
⑫lo⁷／do⁷lai²ba³	螺絲刀	(doraiba)
⑫ma⁵jiang²	麻將	(maajian)
⑫ma⁷la¹li¹a²	瘧疾	(mararia)
⑬ma⁷la¹song²	長程賽跑	(marason)
⑬ma⁷sa²ji³	按摩	(masaaji)
⑬ma⁷su¹kuh⁴	口罩	(masuku)

(133) mat^{8}tsih^4 　　　火柴、洋火 　　　(matchi)

(134) me^{2}sih^4 　　　名片 　　　(meishi)

(135) man^{2}ga^3 　　　漫畫 　　　(manga)

(136) mi^{7}sin^2 　　　縫紉機 　　　(mishin)

(137) mi^{1}soh^4 　　　味噌、豆醬 　　　(miso)

(138) mo^{2}ta^3 　　　馬達 　　　(moota)

(139) mua^{1}tiu^{n5} 　　　全場 　　　(manba)

(140) mua^{1}uan^5 　　　客滿 　　　(manin)

(141) na^{7}po^{1}liong^2 　　　拿破崙酒 　　　(naporion)

(142) nai^{5}long^2 　　　尼龍 　　　(nairon)

(143) na^{7}la^{1}tsu^{1}keh^4 　　　奈良漬瓜 　　　(naratsuke)

(144) ne^{7}ku^{1}tai^2 　　　領帶 　　　(nekutai)

(145) nin^{5}gio^2 　　　人形 　　　(ningyoo)

(146) nin^{5}jin^2 　　　人參、紅蘿蔔 　　　(ninjin)

(147) no^{1}lih^4 　　　海苔 　　　(nori)

(148) no^{5}sin^2 　　　腦新，腦筋不正常 　　　(noosin)

(149) o^{2}ba^3(k'o^{2}toh^4) 　　　大衣 　　　(oobakooto)

(150) o^{7}ba^{1}k'eh^4 　　　鬼怪 　　　(obake)

(151) o^{7}ba^{1}sang^2 　　　與母親同輩分的女人 　　　(obasan)

(152) o^{7}ji^{1}sang^2 　　　與父親同輩分的男人 　　　(ojisan)

(153) o^{7}lian^2／dian^2 　　　白蘿蔔等的雜煮 　　　(oden)

(154) o^{7}lin^{1}gio^2 　　　人形 　　　(oringyoo)

(155) o^{7}mo^{1}tsiah^4 　　　玩具 　　　(omocha)

(156) o^{7}ne^{2}sang^3 　　　大姐 　　　(oneesan)

(157) o^{7}to^{1}bai^2 　　　機器腳踏車 　　　(ootobai)

(158) ong^{1}tsin^2 　　　出診 　　　(oosin)

(159) pai^{7}iu^1 　　　俳優、演員 　　　(haiyuu)

⑯⓪ pə¹tseng³	保證、擔保	(hoshoo)
⑯① pian³li⁷	方便	(benri)
⑯② pian³so²	便所、廁所	(benjo)
⑯③ pian³tong¹	便當、盒飯	(bentoo)
⑯④ put⁸to⁷	不渡、支票不兌現	(fuwatari)
⑯⑤ p'a⁵sian²to³	派先、百分率	(paasento)
⑯⑥ p'a⁷jia¹mah⁴	睡衣	(pajama)
⑯⑦ p'a⁷su¹p'o²to³	護照	(pasupooto)
⑯⑧ p'ai²ts'ut⁸so²	派出所	(hashussho)
⑯⑨ p'ang²	麵包	(pan)
⑰⓪ p'ang²k'u³	爆胎	(panku)
⑰① p'eⁿ⁵／p'iⁿ⁵	坪	(tsubo)
⑰② p'i⁷anoh⁴	鋼琴	(piano)
⑰③ p'ian²tsih⁴	鐵鉗	(penchi)
⑰④ p'ian²	筆尖、鋼筆	(pen)
⑰⑤ p'in⁵p'ong²	乒乓球、桌球	(pinpon)
⑰⑥ p'ong²p'u³	泵、抽水機	(ponpu)
⑰⑦ p'u¹loh⁴	職業的	(puro)
⑰⑧ p'u⁷lo¹p'e¹lah⁴	螺旋槳	(puropela)
⑰⑨ p'ue²kip⁴	配給	(haikyuu)
⑱⓪ p'ue²tat⁸	**送遞**	**(haitatsu)**
⑱① p'ue²tong¹	分配、分紅	(haitoo)
⑱② sa⁵bi²su³	服務	(saabiisu)
⑱③ sa⁵ka²su³	馬戲	(saakaasu)
⑱④ sa⁷ka¹li²bah⁴	繁華街	(sakariba)
⑱⑤ sa⁷k'u¹lah⁴	櫻花	(sakura)
⑱⑥ sa⁷mu¹lai²	侍、武士	(samurai)

⑱sa⁷si¹mih⁴	生魚片	(sashimi)
⑱san¹pə⁵	助產婦	(sanba)
⑱san⁵ta²lu³	涼鞋、拖鞋	(sandaru)
⑲un³sang²liau⁷	運費	(unsooryoo)
⑲～sang³	～先生、小姐	(～san)
⑲se⁷mng⁷teng¹	西門町	(seimonchoo)
⑲se²hu³	安全	(seifu)
⑲se⁷bi¹loh⁴	西裝	(sebiro)
⑲seng³hap⁸	公共汽車	(noriaibasu)
⑲si⁷a¹geh⁴	潤飾、加工	(shiage)
⑲sian¹peh⁴	煎餅	(senpe)
⑲siat⁸toh⁴	女人在美容院修飾頭髮	(setto)
⑲siat⁸tsuh⁴	襯衫	(settsu)
⑳siə²pian⁷	小便	(shobian)
㉑sin⁷bun⁵	新聞、報紙	(sinbun)
㉒siok⁴p'ang²	没調味的麵包	(shokupan)
㉓siu⁷li²	修理	(shuuri)
㉔siu³hu³	受付、受理	(uketsuke)
㉕so⁷k'ai¹	疏開	(sokai)
㉖so²su³	醋醬油	(soosu)
㉗su³bu³so²	事務所	(jimusho)
㉘su⁷ki¹ia¹kih⁴	邊煮邊吃	(sukiyaki)
㉙su⁷lit⁸pah⁴	拖鞋	(surippa)
㉚su⁷lui⁷	文件	(shorui)
㉛su⁷liu⁵	掛號信件	(kakitome)
㉜su¹sih⁴	壽司、生魚片飯糰	(sushi)
㉝su⁷to¹lai²ki³	罷工、好球（棒球）	(sutoraiki)

㉑㊙sui^{2}tsi^3	開關	(suichi)	
㉕sun^{7}tsa^1	警察	(junsa)	
㉖ta^{n1}hap^8	商量	(uchiawase)	
㉗tai^{3}pian^7	大便	(daiben)	
㉘tai^{3}ts'iat^4	包租的車	(kashikiri)	
㉙tam^{7}pə^2	擔保	(tanpo)	
⑳tam^{7}tng^1	擔當、負責	(tantoo)	
㉑teng^{3}ki^{7}kng^3	月票	(teikiken)	
㉒tian^{3}k'i^3	電氣	(denki)	
㉓tian^{3}sin^{2}kiok^8	電訊局	(denshinkyoku)	
㉔tio^{n7}／tiu^{n7}bin^7	場面	(baben)	
㉕tio^{n7}／tiu^{n7}hap^8	場合	(baai)	
㉖tio^{n7}／tiu^{n7}so^2	場所	(basho)	
㉗tiong^{3}iah^8	公司董監事	(juuyaku)	
㉘to^{7}hap^8	都合、事由	(tsuugoo)	
㉙tong^{7}tit^8	值班	(toochoku)	
㉚tua^{3}tiau^{7}t'ong^1	大馬路	(oodoori)	
㉛t'a^{7}ba^{1}k'oh^4	煙草、香煙	(tabako)	
㉜t'a^{7}k'u^{1}ang^2	藍漬蘿蔔	(takuan)	
㉝t'a^{7}k'u^{1}sang^2	很多	(takusan)	
㉞t'a^{7}k'u^{1}sih^4	計程車	(takushi)	
㉟t'a^{7}o^{1}luh^4	毛巾	(taoru)	
㊱t'a^{7}t'a^{1}mih^4	他他米(厚蓆)	(tatami)	
㊲t'ai^{2}ia^3／ya^3	輪胎	(taiya)	
㊳t'ang^{2}go^3	探戈舞	(tango)	
㊴t'ang^{2}ka^3	擔架	(tanka)	
㊵t'ang^{2}su^3	箪筒衣櫥	(tansu)	

(241) t'ek^{8}jim^{7}	敕任、簡任	(chokunin)
(242) t'e^{7}ni^{1}suh^{4}	網球	(tenisu)
(243) t'ih^{8}tə^{7}	鐵路	(tetsudoo)
(244) t'ian^{1}pu^{1}lah^{4}	油炸物	(tenpura)
(245) t'ian^{2}to^{3}	帳蓬、布棚	(tento)
(246) t'o^{7}lak^{4}kuh^{4}	卡車	(torakku)
(247) t'o^{7}lam^{2}p'u^{3}	樸克牌	(toranpu)
(248) t'o^{7}ma^{1}toh^{4}	番茄、西紅柿	(tomato)
(249) t'uah^{8}sua^{n3}	離譜、脱軌	(dassen)
(250) t'uan^{7}p'iə^{3}	傳票	(denpyo)
(251) t'ue^{2}k'in^{5}	下班	(taikin)
(252) tsai^{3}k'o^{3}	存貨	(zaiko)
(253) tsi^{1}bih^{4}	小鬼、瘦小	(chibi)
(254) tsio^{7}ko^{1}le^{2}to^{3}	巧克力	(chokoreito)
(255) tsiok^{8}kih^{4}	夾克衣	(chokki)
(256) tsuo^{7}hap^{8}	組合、公會	(kumiai)
(257) tsu^{2}bun^{5}	訂貨、訂購	(chumon)
(258) tsu^{2}sia^{7}	打針	(chusha)
(259) tsu^{3}tong^{3}ts'ia^{1}	汽車	(jidoosha)
(260) tsuan^{7}bun^{5}	專門	(senmon)
(261) tsuan^{1}k'in^{5}	調職	(tenkin)
(262) tsui^{1}tə^{7}	自來水	(suidoo)
(263) ts'e^{7}ah^{4}	查封、没收	(sashiosae)
(264) ts'ia^{7}tsiang^{2}	車長、車内服務員	(shashoo)
(265) ts'iam^{5}ba^{1}la^{2}	打殺戲	(chanbara)
(266) ts'iu^{1}heng^{5}	期票	(tegata)
(267) ts'iu^{1}siok^{8}	手續	(tetsuzuki)

㉘ts'iu¹so²liau⁷ 手續費 (tesuuryo)
㉙ts'u¹t'e⁵ 取締 (torishimari)
㉚ts'ut⁸k'in⁵ 上班 (shukkin)
㉛ts'ut⁸tioⁿ¹／tiuⁿ¹ 出差 (shuchoo)
㉜ua⁷sa¹bih⁴ 佐生魚片的辣料 (wasabi)
㉝ua³tong³sia¹sin¹ 電影 (katsudoosiashin)
㉞uai¹siat⁸tsuh⁴ 襯衫 (waishattsu)
㉟un³mia⁷ 命運 (unmei)
㉟un³sang²tiam³ 貨運行 (unsooya)
㉟un²tsiang³ 對司機的暱稱 (unchan)
㉟un³tsuan¹ts'iu² 司機 (untenshu)

（補遺）

①a⁷bu¹nai² 危險 (abunai)
②a⁷lu¹k'o²lu³ 酒精 (arukooru)
③a⁷so¹bih⁴ 遊玩 (asobi)
④at⁴sa¹lih⁴ 乾脆 (assari)
⑤huan⁷hə⁷ 號碼 (bangoo)
⑥kau²t'au³ 小學教務主任 (kyootoo)
⑦kiat⁸kiok⁸ 究竟、終局 (kekkyoku)
⑧kip⁸heng⁵ 快車 (kyuukoo)
⑨k'au¹t'au⁷ts'i²mng⁷ 口試 (kootooshimon)
⑩lai⁵jio²bu³ 安全 (daijobu)
⑪le²to³ 男女約會 (deeto)
⑫pok⁴tuaⁿ⁵ 炸彈 (bakudan)
⑬siong⁷siok⁸ 繼承 (soozoku)
⑭t'ong⁷sin²p'o⁷ 成績通知單 (tsuusinbo)
⑮tse²han⁷ 限制 (seigen)
⑯ts'iu¹tong¹ 津貼 (teate)
⑰ts'ut⁸giap⁸ 畢業 (sotsugyo)
⑱un³kim¹ 運費 (unchin)

附錄 V　　數量詞彙例解

① ah⁸(盒)：一～餅、色筆、粉餅。

② ap⁸(〃)：　同上

③ ang³(甕)：一～酒、醬菜、螻蟻(kau²hia⁷)、耳屎。

④ au¹(甌)：一～茶、酒。

⑤ ban⁷(瓣)：一～柑仔（橘子）、柚仔（柚子）。

⑥ bi²(米)：一～長、闊。

⑦ bi⁷(味)：一～藥仔（藥方、藥草）、秘方。

⑧ bin⁷(面)：一～鏡、銅鑼、鼓、通仔(窗子)、網仔。

⑨ bo⁵(模)：連株也；一～甘蔗。

⑩ bue²(尾)：長條形的動物；一～蛇、虫、魚、鱸鰻、龍。

⑪ e⁵又音le⁵(個)：一～人、囝仔(gin²a²；小孩)、鐘、鬼、時鐘、手錶、家庭、酒堀仔(酒渦)。

⑫ e⁷(下)：數、回也；拍一～(打一下)。

⑬ gam²(坎)：梯、段也；一～石段。

⑭ gim⁷(拎)：握也；一～竹、花。

⑮ ngeh⁴(莢)：一～土豆(落花生)、敏豆(豌豆)、芎蕉(香蕉)。

⑯ ham¹(篏)：兩個節之間也；一～甘蔗。

⑰ hang⁷(項)：一～代誌(事情)、頭路(職業、工作)。

⑱ hok⁸(服)：一～藥方。

⑲ hong¹(封)：一～批(信也)、番仔火(大盒的火柴)。

⑳ hu³(副)：一～豬心、腰子、腹內(pak⁴lai⁷；內臟也)、牲禮、對聯、棋子(ki⁵ji²／gi²)、目鏡、牌仔(紙牌)、燭台、門神。

㉑ hue⁵(回)：講一～仔古(說一次故事)。

㉒ hun¹(分)：一～鐘。

㉓ hun⁵(痕)：一～刀痕、鉛筆痕。

㉔ hun⁷(份)：一～禮數、賞金。

㉕ iah⁸(頁、帙)：一～冊(書)、簿仔(po⁷a²；本子)。

㉖ in¹(絪)：成卷也；一～線，火引(乾草等成團，引火用的)。

㉗ iuⁿ⁷／ioⁿ⁷(樣)：一～米飼(養也)百樣人。

㉘ ji²／li²／gi²(子)：一～棋子(ki⁵ji²)、芎蕉(香蕉)。

㉙ ji⁷／li⁷／gi⁷(字)：一～漢字、英文。

㉚ jiah⁴／liah⁴(跡)：一～記號、kiaⁿ¹lang⁵(髒)、傷痕。

㉛ jim⁷(任)：做一～縣長、校長。

㉜ kaⁿ⁵(牸)：牛成對也；一～牛。

㉝ kak⁴(角)：一～銀(一毛錢)。

㉞ kang¹(工)：一～人工(一天的勞動力)。

㉟ kan¹(矸)：瓶、酒壺；一～酒(一酒壺的酒)。

㊱ kauh⁴(餄、軌)：卷狀物的量詞也；一～檳榔、潤餅(春卷、潤又作韌、嫩)。

㊲ keⁿ¹／kiⁿ¹(更)：一～鼓、五更天。

㊳ keng¹／king¹(間)：一～厝、房、廳、店、學校、工場。

㊴ ki¹(枝)：一～筆、刀、銃(鎗)、熏(hun¹；香煙)、花矸(花瓶)、旗、嘴、手、腳、針、雨傘、稱仔(秤子)、電話、葵扇(k'ue¹ sin³；扇子)、草、竹仔、斧頭、鋤頭、鼓吹(啦叭)、嘴齒、目鏡、鉸刀、剪刀、茶壺、生鍋(飯鍋)、溫罐(熱水瓶)、品仔(笛)、煙筒、蠟條(燭)。

㊵ kiaⁿ¹(件)：一～代誌(事情)、行李、貨。

㊶ kin¹(斤)：一～肉、魚。

㊷ kiu⁵(球)：一～卵單(lng⁷tuaⁿ¹；未完全成熟的卵團)、羼葩(lan⁷ p'a¹；陰囊)。

㊸ kng²(卷)：一～蓆仔(ts'iəh⁸a²；蓆子)、冊(ts'eh⁴；書)

㊹　kng² (管)：一～米、又音 kong²。

㊺　ku³ (句)：一～話。

㊻　kuaⁿ⁷ (捾)：串也；一～念珠(佛珠、數珠)、紱鍊(p'uah⁸lian⁷
　　；項鍊)，龍眼、葡萄。

㊼　kuan³ (罐)：一～酒、豆油(醬油)、罐頭、茶。

㊽　k'a¹ (腳)：一～鞋、箸(筷子)、木屐、襪仔(以上單1隻)。又
　　一～皮箱、籠仔、籃子、手指(戒指)、手環、跤桶(鉛桶)。

㊾　k'aⁿ¹ (硿)：鍋子也，又作(匟)；一～飯、泔(又作潽 am²；米湯
　　也)、糜(稀飯)。

㊿　k'am² (坎)：店的量詞，一～店、剃頭店。

51　k'ang¹ (空、孔)：一～空嘴(傷口)、磅孔(隧洞)。

52　k'au¹ (𩑟)：一～線(一團糸線)、凸紗(p'ong³se¹；毛線也)。

53　k'au² (口)：一～灶、劍、井、鼎。

54　k'ə¹ (科)：一～目、數學。

55　k'ə³ (課)：一～冊、文章、習題。

56　k'i² (起)：一～官司、貨。

57　k'i²ni⁵ (紀年)：12年(歲)也；大一～(大12歲)。

58　k'ih⁴ (缺)：小缺口也；碗缺一～(uaⁿ²k'ih⁴tsit⁸～)。

59　k'o¹ (箍)：圓形棒；一～銀(一塊錢)、柴箍、一～人(一個軀體)。

60　k'u¹ (坵)：區畫也；一～田、園。

61　k'u⁷ (臼)：一～米、春臼。

62　k'u⁷ (具、柩)：一～棺柴(棺材)。

63　k'ut⁴ (窟)：穴、窪地也；一～水。

64　k'uan² (款)：種類、樣式也；兩～車、一～價數(ke³siau³；價格)。

65　k'ui⁵ (氣)：氣節也、季也；一～稻仔、一～豆仔。

66　k'un² (綑)：一～柴、草。

67　k'un³ (睏)：睏一～(睡一覺)、歇一～(hiəh⁴～；休息了一陣子)

、一～頭(一下子)。

⑱ k'un⁵(蜷)：環狀物的量詞，一～香環、錄影帶、軟片。

⑲ lak⁸(搦)：抓、握也；一～米、土、土豆。

⑳ lam²(攬)：兩手圍攏也；一～柴草、衫仔褲(衣服)。

㉑ lang²(籠)：一～鳳梨(ong⁵lai⁵)、柑仔。

㉒ leng⁵／ling⁵(壟)：埂也；一～蕃薯、甘蔗。

㉓ ləh⁸(落)：一～厝(一棟房屋)。

㉔ li²(里)：一～路。

㉕ liah⁸(掠)：母指尖至小指尖伸長距離；一～長。

㉖ liam⁷(兼、捻)：握細長之物；一～蕃薯藤、樹藤。

㉗ liap⁸(粒)：西瓜、橄仔(芒果)、桲果(蘋果)、釋迦、蓮霧、桃仔、球、鈕仔、奶(乳房)、卵、印仔、星、米、汗、銃子(子彈)、藥丸、山、目睭(眼睛)。

㉘ liat⁸(列)：一～厝。

㉙ liau⁵(劉、條)：一～三層肉、枋仔(木板)、椅仔。

㉚ lin³(輪)：旋轉也；一～轉(tng²：轉一圈)。

㉛ liu²(絡)：一～麵線(掛麵)。

㉜ lok⁴(篗、囊)：一盒、小紙袋也；一～熏(一包香煙)、粉。

㉝ lui²(蕊)：一～花、一～目睭(眼睛)。

㉞ me¹／mi¹(搣)：握也、抓也；一～土砂、土豆、米。

㉟ me⁵／mi⁵(暝)：夜晚也；一～日(一晝夜)。

㊱ mi⁷(耳)：一～木耳、耳仔(耳朵)、蠔仔(蚵)。

㊲ mng⁵(門)：一～鎖、墓、大砲、機關銃。

㊳ nia²(領)：一～皮、被(被子)、衫、蚊罩(蚊帳)、蓆仔、布帆。

㊴ niu²(兩)：一～當歸、高麗(人蔘)、金仔(黃金)。

㊵ pai²(擺)：次數、回也；一～會議一～進步。

㊶ pai⁵(排)：一～桌仔、椅子。

㉒ pang¹(班又作"幫")：一～車、船、飛機。

㉓ pang¹(幫)：小集團也；一～人。

㉔ pak⁴(腹)：一～火或一～氣(滿肚子怒氣)。

㉕ pak⁸(幅)：一～字畫、圖、擦(漆)仔(掛軸)。

㉖ pak⁸(縛)：小綑、束也；一～箸、筆、碗。

㉗ pau¹(包)：一～熏(香煙)、糖仔(糖果)、紅包。

㉘ pe²(把)：一～甘蔗、葱、蕹菜。

㉙ peⁿ⁵／piⁿ⁵(棚)：一～戲(一個劇團、或它的戲劇)、一～菜瓜、葡萄。

⑩ peng⁵／ping⁵(平、丬)：二分之一；一～西瓜、嘴頓(pe²；頰部)。

⑩ pi⁵(枇、胿)：水果之類的房也；一～芎蕉(香蕉)、烏魚子。

⑩ pian³(遍)：一～雨一～涼(下一次雨，就涼爽一次)。

⑩ pit⁴(筆)：一～土地、錢、生理(生意)。

⑩ po⁷(步)：步驟、方法也；一～棋，要領。

⑩ po⁷(部)：一～册(一部書)，又音(p'ə⁷)；一～經。

⑩ pu⁵(垺、浡)：小堆也；一～屎、尿、嘴爛(ts'ui³nua⁷；唾涎)、草、火灰(hu¹)。

⑩ pu⁷(孵)：雛雞集團也；一～雞仔子(ke¹a²kiaⁿ²；小雞)。

⑩ puah⁴(鉢)：煙草的水煙次數；一～熏、厚熏(kau⁷hun¹；濃味的香煙)。

⑩ puaⁿ⁵(盤)：一～豆腐、菜、棋。

⑩ pue¹(杯)：一～茶、水、酒。

⑪ pun²(本)：一～册(書)、字典、簿仔(本子)。

⑪ p'a¹(葩)：圓球狀物的量詞；一～燈火、電火、花、葡萄。

⑪ p'eⁿ⁵／p'iⁿ⁵(坪)：一～土地(3.3平方公尺約兩塊他他米)。

⑭ p'ə⁷(萡、抱)：叢也；一～竹、册(書)。

⑪⑮ p'i^{n1}(篇)：一～文章、作文。

⑪⑯ p'i^{n3}(片)：一～枋(板)、肉、壁、雲、玻璃、薑。

⑪⑰ p'ai^{n2}(鉼)：片也；一～鐵板、亞鉛鉼(鋅板)、雲、肉。

⑪⑱ p'ian^3(片)：一～海洋、草埔、山坪(sua^{n1}p'ia^{n5}；山上斜坡地)。

⑪⑲ p'it^3(疋、匹)：一～布。

⑫⑳ p'o^3(舖)：路程也(10華里爲1舖)；一～路。

⑫㉑ p'ong^2(捧)：兩手掌合攏爲一捧；一～土、粉、砂、水。

⑫㉒ p'ue^1(批)：一～人、貨。

⑫㉓ p'un^5(盆)：一～花。

⑫㉔ sek^4(色)：一～紙、兩色布。

⑫㉕ si^1(糸)：輕微的東西；一～風、氣(k'ui^3；呼吸也)。

⑫㉖ si^3(世)：一～人(lang^5；一輩子)。

⑫㉗ si^{n3}(扇)：一～門。

⑫㉘ sia^{n7}(檻)：大形木盤；一～嫁粧。

⑫㉙ sian^1(仙)：尊也；一～佛、稻草人、翁仔(ang^{1}a^2；人形)。

⑬㉚ sian^2(錢)：一～錢(一分錢)。

⑬㉛ siang^1(雙)：一～箸(筷子)、腳、手、鞋、襪仔(襪子)。

⑬㉜ siu^2(首)：一～詩。

⑬㉝ siu^7(宿)：巢也；一～雞仔、蜂。

⑬㉞ siu^{n1}(箱)：一～衫仔褲(衣服)、行李。

⑬㉟ sng^5(床、盛)：蒸籠的量詞；一～粿(kue^2；年糕)。

⑬㊱ sok^4(束)：一～香。

⑬㊲ su^1(軀)：衣服的量詞，上下一套；一～衫仔褲(一套衣服)、西裝。

⑬㊳ sui^7(穗)：一～稻仔、番麥(玉米)。

⑬㊴ sun^5(絢)：條狀的痕、或條也；一～金(一條金色小槓用於軍警肩章、帽沿)。

⑭⓪ ta^{n2}(打)：一～鉛筆、汽水。

⑭① ta^{n3}(擔)：一～柴、水、路邊擔仔(攤子)。

⑭② tai^5(台)：一～電話、車、電風(電扇)、電視、冰箱、洗衣機、鋼琴、飛行機、卡冥拉(照相機)、收音機。

⑭③ tang^5(筒)：筒形瓶也；一～射(打針用的藥液)、藥水。

⑭④ tang^5(甌又作"筒")：筒形食器；一～米糕。

⑭⑤ tau^2(斗)：一～米、粟仔(穀子、稻穀)。

⑭⑥ te^3(塊)：一～肉、地、桌、厝(房屋)、碗、皿仔、島、大陸、歌、柴、墨、曲盤(唱片)、墨盤(硯台)、豆腐、粿、西瓜、雪文(肥皂)、拍黃(麵包)、枋仔(木板)、餅、糖仔(糖果)。

⑭⑦ te^7(代)：一～人(lang^5；一世代也)。

⑭⑧ te^7(袋)：一～米、麵粉、紅毛土(ang^{5}mng^{5}t'o^5；水泥也)。

⑭⑨ teng^2(頂)：一～帽仔、笠仔、眠床(有崿的床舖)、轎。

⑮⓪ teng^5(重)：層也；一～皮、下被(e^{7}p'ue^1；墊被也)。

⑮① tə^1(刀)：紙的量詞、束也；一～紙(一束紙)。

⑮② təh^4(桌)：一～酒菜。

⑮③ tiau^5(條)：一～路、鐵路、溪、褲、面巾、索子(繩子)、鍊仔、歌、代誌(事情)、罪、線、皮帶、腸仔、油食粿(kue^2；油條或領帶)、命、熏(10包香煙)、齒膏(牙膏)、芎蕉(香蕉)。

⑮④ tiam^2(點)：一～露(露水)、情(一份情)、氣(k'i^2；血氣、志氣)、鐘(時、小時)。

⑮⑤ tiau^5(稠)：豬牛畜舍；一～豬稠、牛稠、馬稠。

⑮⑥ tih^4(滴)：一～雨、水、目屎(眼淚)、目藥水。

⑮⑦ tin^7(陣)：一～樂隊、人、獅陣、宋江陣。

⑮⑧ tiu^{n1}(張)：一～紙、圖、票(股票、飯票)、銀票(鈔票)、車單(ts'ia^{1}tua^{n1}；車票)、批(信)、眠床(沒崿的床舖)、畢業證書。

⑮⑨ tiu^{n5}(場)：一～比賽、演講、電影。

160 tng^3(頓)：一～飯。

161 tng^7(丈)：一～高、布。

162 to^2(堵)：一～牆、壁。

163 tong^3(棟)：一～樓仔、厝。

164 tu^3(注)：大量的錢；一～錢(一大筆錢)。

165 tu^5(廚)：一～衫仔褲。

166 tua^{n7}(段)：一～文章、田。

167 tui^1(堆)：一～石頭、砂、土、糞埽(pun^{3}sə^3；垃圾)。

168 tui^3(對)：一～翁姥(ang^{1}bo^2；夫婦)、兄弟、姊妹、耳鈎、手環、手指(戒指)、目睭(眼睛)。

169 t'ah^8(疊)：紙、新聞、衫仔褲、銀票(鈔票)。

170 t'am^5(墰)：大的罐子；一～油。

171 t'ang^2(桶)：一～水、一～油。

172 t'au^5(頭)：挑東西時的兩個端；一～米一～番薯。

173 t'ə^3(套)：一～色紙、家什(ke^{1}si^1；工具)、機器、本事、冊(書)。

174 t'eng^5／t'ing^5(程)：數路途及繁雜的事情；行一～佫一～(kia^{n5}～kəh^4～)、代誌一～過一～(事情一次過了又一次)。

175 t'iap^4(帖)：一～藥。

176 t'ong^1(通)：一～電話、電報、批(信件)、訴狀。

177 t'ua^{n1}(攤)：一～酒(一席、回的酒食)、跋一～(九／繳)(puah^8～kiau^2；賭博也)。

178 tsai^3(載)：車載也；一～貨、米、人、柴。

179 tsai^{n2}(指)：一～指(踵)頭仔(tseng^2／tsing^{2}t'au^{5}a^2；指頭)。

180 tsan^3(層)：五～樓。

181 tsan^5(層)：一～代誌(一椿事情)。

182 tsang^2(總)：大把也；一～稻草。按tsang^{2}有掌握之意。

183 tsang^5(欉)：棵也；一～樹、花、草。

⑱ tsat^4(節)：一～甘庶、骨節。

⑲ tsek^4(燭)：燭光的單位；一～光(kng^1)。

⑯ tsə^5(槽)：一～嘴齒(牙齒)、潘(p'un^1；洗米水)。

⑰ tsə^7(座)：一～大樓、厝(ts'u^3；房屋)、簞笥(t'ang^{2}suh^4；衣廚)、膨椅(p'ong^{3}i^2；沙發)、山。

⑱ tsi^2(只、摺)：成疊也；一～銀票(一疊鈔票)、紙、米粉。

⑲ tsi^{n5}(錢)：10分之1兩也；一～金仔。

⑲ tsiah^4(隻)：數一般動物；一～雞、鴨、鵝、鳥、牛、馬、狗、豬、兔、羊、猴、鹿、虎、獅、象、豹、蜂、田嬰(ts'an^{5}e^{n1}；蜻蜓)、胡蠅(ho^{5}sin^5；蒼蠅)、四腳魚(青蛙)、龜、船、飛行機、車。

⑲ tsiam^1(占、尖)：貨幣單位的分；一～錢(一分錢)。

⑲ tsiəh^8(石)：一～米、粟。

⑲ tsin^1(升)：一～米、紅豆仔。

⑲ tsiu^1(周、州)：圓形物剖成等分；一～餅、甜粿(年糕)、西瓜。

⑲ tso^1(組)：一～頂下被(teng^{2}e^{7}p'ue^7；上下被子)。

⑲ tsua^7(迣、轇)：行也、趟也；一～路(一趟路)、工(一趟路程)、字(一行字)、秧仔(ng^{7}a^2；稻秧)。

⑲ tsui^2(水)：數收穫或小雞；一～苧仔(te^{7}a^2；苧麻)、雞仔。

⑲ tsun^7(陣)：一～風、雨(ho^7)。

⑲ ts'iam^2(鐕、籤)：一～李仔糖、烘肉(hang^{1}bah^4；烤肉)。

⑳ ts'iəh^4(尺)：一～布。

㉑ ts'iok^4(雀)：數麻將次數；一～麻雀(四人各做主1次1巡叫一雀)。

㉒ ts'ok^4(簇)：撮也；一～米、頭毛(mng^5)、嘴鬚(ts'ui^{3}ts'iu^1；鬍鬚)、草。

㉓ ts'u^3(次)：一～會議。

㉔ ts'ui³(嘴)：一～飯、茶、酒。

㉕ ts'un³(寸)：一～銅、鐵。

㉖ ts'ut⁴(出、齣)：戲劇的齣、幕也；一～戲、電影。

㉗ uaⁿ²(碗)：一～飯、菜、湯。

㉘ ue¹(鍋)：一～肉、飯。

㉙ ue¹(柯)：樹枝也；一～樹柯(ts'iu⁷ue¹)、一～松仔(ts'eng⁵
／ts'ing⁵a²；松枝)。

㉚ ui⁷(位)：一～人客(lang⁵k'eh⁴；客人)、貴賓、所在(地方)。

㉛ un¹／in¹(緼)：自然成團的團；一～草。

㉜ un⁵(勻)：層重也；舖一～磚仔一～石頭。

㉝ ut⁴(屈、鬱)：曲摺狀也；一～豆簽、米粉、麵線(掛麵)。

索　引

本索引編排順序以標題字 (有簡體字者簡繁兩體并列、同字異體者同列) 的北京官話音的讀音爲準，按照中國現行 " 漢語拼音方案 " (中文羅馬字拼音法式) 的拼寫法 (參照例言 Ⅲ 之 3) ，在羅馬字之外并附記注音符號 (ㄅ ㄆ ㄇ) 以利檢索。又兩種數字中，前者爲標題字的編號，後者爲頁數。

　　同音字的編排以繁體字的筆劃數由少而多。一字有兩音以上者，作★號，如係用得普遍的則并列一起且分別再列出。如不普遍則僅列常音。

例如：[興] xīng ／ xìng(610) ～頁。[興]xìng ／ xīng(610) ～頁。
　　　[行]háng ／ xíng(57) ～頁。[行]xíng ／ háng(57) ～頁。

標題字	拼音	編號	頁數	標題字	拼音	編號	頁數
				[隘]	ài(ㄞ)	(2407)	875
		(a)		[嬡]	ài(ㄞ)	(2405)	874
				[曖]	ài(ㄞ)	(2406)	874
[阿]	ā(ㄚ)	(677)	323	[安]	ān(ㄢ)	(322)	171
[啊]	ā(ㄚ)	(801)	371	[庵／菴]ān(ㄢ)		(2408)	875
[哀]	āi(ㄞ)	(1976)	756	[諳]	ān(ㄢ)	(2409)	875
[埃]	āi(ㄞ)	(1405)	582	[鞍]	ān(ㄢ)	(2411)	875
[挨]	āi(ㄞ)	(2007)	766	[鵪]	ān(ㄢ)	(2410)	875
[皚]	ái(ㄞ)	(2401)	874	[岸]	àn(ㄢ)	(1232)	526
[騃]	ái(ㄞ)	(2402)	874	[按]	àn(ㄢ)	(465)	229
[癌]	ái(ㄞ)	(2303)	848	[案]	àn(ㄢ)	(566)	274
[矮]	ǎi(ㄞ)	(2403)	874	[儑]	àn(ㄢ)	(2413)	876
[藹]	ǎi(ㄞ)	(2404)	874	[黯]	àn(ㄢ)	(2412)	875
[愛]	ài(ㄞ)	(579)	279				
[碍／礙]ài(ㄞ)		(1490)	615				

標題字	拼音	編號	頁數	標題字	拼音	編號	頁數
[昂]	áng(尢)	(1910)	737	[百]	bǎi(ㄅㄞ)	(272)	148
[凹]	āo(ㄠ)	(2117)	798	*[柏]	bǎi(ㄅㄞ)	(2243)	832
[熬]	āo(ㄠ)	(2414)	876	[擺]	bǎi(ㄅㄞ)	(1082)	475
[遨]	áo(ㄠ)	(2415)	876	[拜]	bài(ㄅㄞ)	(1707)	681
*[拗]	ǎo(ㄠ)	(2416)	876	[敗]	bài(ㄅㄞ)	(1194)	514
[襖]	ǎo(ㄠ)	(2238)	831	[扳]	bān(ㄅㄢ)	(2305)	849
[傲]	ào(ㄠ)	(2188)	818	[班]	bān(ㄅㄢ)	(851)	390
[奧]	ào(ㄠ)	(1659)	667	[般]	bān(ㄅㄢ)	(424)	212
[懊]	ào(ㄠ)	(1660)	668	[斑]	bān(ㄅㄢ)	(1893)	733
				[搬]	bān(ㄅㄢ)	(1712)	683
	(b)			[頒]	bān(ㄅㄢ)	(2037)	776
[八]	bā(ㄅㄚ)	(344)	179	[板]	bǎn(ㄅㄢ)	(601)	290
[巴]	bā(ㄅㄚ)	(635)	305	[版]	bǎn(ㄅㄢ)	(1222)	522
[捌]	bā(ㄅㄚ)	(2417)	876	[半]	bàn(ㄅㄢ)	(415)	208
[拔]	bá(ㄅㄚ)	(1459)	604	[伴]	bàn(ㄅㄢ)	(1568)	641
[跋]	bá(ㄅㄚ)	(2418)	877	[扮]	bàn(ㄅㄢ)	(2169)	813
[把]	bǎ(ㄅㄚ)	(102)	72	[拌]	bàn(ㄅㄢ)	(1899)	735
[靶]	bǎ(ㄅㄚ)	(2419)	877	[絆]	bàn(ㄅㄢ)	(2422)	878
[爸]	bà(ㄅㄚ)	(1110)	486	[辦]	bàn(ㄅㄢ)	(416)	209
*[耙]	bà(ㄅㄚ)	(2421)	877	[瓣]	bàn(ㄅㄢ)	(2211)	824
[罷]	bà(ㄅㄚ)	(1400)	580	[邦]	bāng(ㄅㄤ)	(1387)	576
[霸]	bà(ㄅㄚ)	(1610)	653	[幫]	bāng(ㄅㄤ)	(543)	265
[壩]	bà(ㄅㄚ)	(2420)	877	[綁]	bǎng(ㄅㄤ)	(2245)	833
[吧]	ba(ㄅㄚ)	(766)	357	[榜]	bǎng(ㄅㄤ)	(2135)	803
[白]	bái(ㄅㄞ)	(317)	168	[棒]	bàng(ㄅㄤ)	(1683)	674

（ C ）

標題字	拼音	編號	頁數
[脆]	cuì(ㄘㄨㄟ)	(1857)	722
[翠]	cuì(ㄘㄨㄟ)	(2481)	889
[粹]	cuì(ㄘㄨㄟ)	(2482)	889
[村]	cūn(ㄘㄨㄣ)	(739)	347
[存]	cún(ㄘㄨㄣ)	(453)	224
[寸]	cùn(ㄘㄨㄣ)	(1263)	534
[搓]	cuō(ㄘㄨㄛ)	(2336)	858
[厝]	cuò(ㄘㄨㄛ)	(2122)	800
[挫]	cuò(ㄘㄨㄛ)	(2123)	800
[措]	cuò(ㄘㄨㄛ)	(958)	432
[錯]	cuò(ㄘㄨㄛ)	(724)	341
[撮]	cuò(ㄘㄨㄛ)	(2483)	889

(d)

標題字	拼音	編號	頁數
[搭]	dā(ㄉㄚ)	(1808)	708
[答]	dá(ㄉㄚ)	(868)	397
[達]	dá(ㄉㄚ)	(334)	175
[打]	dǎ(ㄉㄚ)	(316)	168
[大]	dà(ㄉㄚ)	(12)	12
[呆]	dāi(ㄉㄞ)	(1584)	646
[歹]	dǎi(ㄉㄞ)	(2484)	890
[代]	dài(ㄉㄞ)	(179)	109
[待]	dài(ㄉㄞ)	(761)	354
[怠]	dài(ㄉㄞ)	(2485)	890
[帶]	dài(ㄉㄞ)	(321)	171
[袋]	dài(ㄉㄞ)	(1429)	593
[貸]	dài(ㄉㄞ)	(1649)	665
[逮]	dài(ㄉㄞ)	(1823)	713
[戴]	dài(ㄉㄞ)	(1461)	605
[丹]	dān(ㄉㄢ)	(1455)	602
[耽]	dān(ㄉㄢ)	(2392)	872
[單]	dān(ㄉㄢ)	(313)	166
[擔]	dān(ㄉㄢ)	(861)	393
[膽]	dǎn(ㄉㄢ)	(1578)	644
[旦]	dàn(ㄉㄢ)	(1705)	680
[但]	dàn(ㄉㄢ)	(152)	97
[淡]	dàn(ㄉㄢ)	(1332)	557
[蛋]	dàn(ㄉㄢ)	(863)	394
[誕]	dàn(ㄉㄢ)	(2177)	814
[憚]	dàn(ㄉㄢ)	(2486)	891
[彈]	dàn(ㄉㄢ)	(1053)	463
[當]	dāng(ㄉㄤ)	(95)	68
[擋]	dǎng(ㄉㄤ)	(1912)	738
[党／黨]	dǎng(ㄉㄤ)	(187)	112
[蕩／盪]	dàng(ㄉㄤ)	(1282)	541
[刀]	dāo(ㄉㄠ)	(1072)	471
[倒]	dǎo(ㄉㄠ)	(698)	331
[島]	dǎo(ㄉㄠ)	(1313)	552
[搗]	dǎo(ㄉㄠ)	(2487)	891
[導]	dǎo(ㄉㄠ)	(280)	151

標題字	拼音	編號	頁數	標題字	拼音	編號	頁數
[到]	dào(ㄉㄠ)	(26)	21	[締]	dì(ㄉㄧ)	(2020)	771
[悼]	dào(ㄉㄠ)	(2143)	805	[滇]	diān(ㄉㄧㄢ)	(2312)	851
[盜]	dào(ㄉㄠ)	(1782)	701	[顛]	diān(ㄉㄧㄢ)	(1996)	762
[道]	dào(ㄉㄠ)	(157)	99	[典]	diǎn(ㄉㄧㄢ)	(1119)	490
[稻]	dào(ㄉㄠ)	(1272)	538	[點]	diǎn(ㄉㄧㄢ)	(97)	69
*[得]	dé(ㄉㄜ)	(62)	50	[佃]	diàn(ㄉㄧㄢ)	(2368)	866
[德]	dé(ㄉㄜ)	(505)	246	[店]	diàn(ㄉㄧㄢ)	(1260)	533
*[的]	de(ㄉㄜ)	(1)	1	[奠]	diàn(ㄉㄧㄢ)	(2240)	831
[登]	dēng(ㄉㄥ)	(1289)	544	[電]	diàn(ㄉㄧㄢ)	(73)	55
[灯／燈]dēng(ㄉㄥ)		(956)	431	[殿]	diàn(ㄉㄧㄢ)	(1970)	754
[等]	děng(ㄉㄥ)	(69)	53	[墊]	diàn(ㄉㄧㄢ)	(1911)	738
[低]	dī(ㄉㄧ)	(388)	198	[刁]	diāo(ㄉㄧㄠ)	(2491)	892
[堤]	dī(ㄉㄧ)	(2488)	891	[凋]	diāo(ㄉㄧㄠ)	(2492)	892
[滴]	dī(ㄉㄧ)	(1527)	628	[彫／雕]diāo(ㄉㄧㄠ)		(1725)	686
[嫡]	dí(ㄉㄧ)	(2489)	891	[吊]	diào(ㄉㄧㄠ)	(1541)	632
[敵]	dí(ㄉㄧ)	(703)	333	[掉]	diào(ㄉㄧㄠ)	(955)	431
[邸]	dǐ(ㄉㄧ)	(2490)	891	[釣]	diào(ㄉㄧㄠ)	(2279)	842
[底]	dǐ(ㄉㄧ)	(502)	245	*[調]	diào(ㄉㄧㄠ)	(487)	238
[抵]	dǐ(ㄉㄧ)	(1254)	532	[爹]	diē(ㄉㄧㄝ)	(1460)	604
[地]	dì(ㄉㄧ)	(28)	22	[諜]	dié(ㄉㄧㄝ)	(2493)	892
×[的]	dì(ㄉㄧ)	(1)	1	[疊]	dié(ㄉㄧㄝ)	(1980)	757
[弟]	dì(ㄉㄧ)	(1154)	501	[丁]	dīng(ㄉㄧㄥ)	(1103)	484
[帝]	dì(ㄉㄧ)	(669)	319	[叮]	dīng(ㄉㄧㄥ)	(2494)	892
[第]	dì(ㄉㄧ)	(155)	98	[釘]	dīng(ㄉㄧㄥ)	(1807)	708
[遞]	dì(ㄉㄧ)	(1539)	632	[頂]	dǐng(ㄉㄧㄥ)	(695)	330

標題字	拼音	編號	頁數	標題字	拼音	編號	頁數
[鼎]	dǐng(ㄉㄧㄥ)	(2102)	794	[篤]	dǔ(ㄉㄨ)	(2499)	893
[定]	dìng(ㄉㄧㄥ)	(56)	45	[杜]	dù(ㄉㄨ)	(1502)	619
[訂]	dìng(ㄉㄧㄥ)	(1188)	512	[肚]	dù(ㄉㄨ)	(1870)	726
[丟]	diū(ㄉㄧㄡ)	(1907)	737	[妒]	dù(ㄉㄨ)	(2501)	894
[冬]	dōng(ㄉㄨㄥ)	(1171)	507	[度]	dù(ㄉㄨ)	(71)	54
[東]	dōng(ㄉㄨㄥ)	(279)	151	[渡]	dù(ㄉㄨ)	(1453)	601
[董]	dǒng(ㄉㄨㄥ)	(1446)	599	[黷]	dù(ㄉㄨ)	(2502)	894
[懂]	dǒng(ㄉㄨㄥ)	(1445)	599	[鍍]	dù(ㄉㄨ)	(2500)	893
[洞]	dòng(ㄉㄨㄥ)	(1345)	562	[端]	duān(ㄉㄨㄢ)	(661)	316
[動]	dòng(ㄉㄨㄥ)	(40)	33	[短]	duǎn(ㄉㄨㄢ)	(734)	345
[凍]	dòng(ㄉㄨㄥ)	(1670)	670	[段]	duàn(ㄉㄨㄢ)	(373)	192
[棟]	dòng(ㄉㄨㄥ)	(2495)	892	[煅]	duàn(ㄉㄨㄢ)	(1849)	721
*[都]	dōu(ㄉㄡ)	(90)	66	[鍛]	duàn(ㄉㄨㄢ)	(1848)	720
[兜]	dōu(ㄉㄡ)	(2318)	853	[斷]	duàn(ㄉㄨㄢ)	(404)	203
[斗]	dǒu(ㄉㄡ)	(2496)	893	[堆]	duī(ㄉㄨㄟ)	(1106)	485
[豆]	dòu(ㄉㄡ)	(1126)	491	[兌]	duì(ㄉㄨㄟ)	(2269)	840
[鬥]	dòu(ㄉㄡ)	(341)	178	[隊]	duì(ㄉㄨㄟ)	(261)	143
*[都]	dū(ㄉㄨ)	(90)	66	[對]	duì(ㄉㄨㄟ)	(33)	26
[督]	dū(ㄉㄨ)	(917)	417	[敦]	dūn(ㄉㄨㄣ)	(2504)	894
[毒]	dú(ㄉㄨ)	(1078)	474	[噸]	dūn(ㄉㄨㄣ)	(2503)	894
[獨]	dú(ㄉㄨ)	(674)	322	[盾]	dùn(ㄉㄨㄣ)	(834)	384
[牘]	dú(ㄉㄨ)	(2497)	893	[鈍]	dùn(ㄉㄨㄣ)	(2506)	894
[讀]	dú(ㄉㄨ)	(850)	389	[頓]	dùn(ㄉㄨㄣ)	(1163)	504
[堵]	dǔ(ㄉㄨ)	(2498)	893	[燉]	dùn(ㄉㄨㄣ)	(2505)	894
[賭]	dǔ(ㄉㄨ)	(1977)	757	[多]	duō(ㄉㄨㄛ)	(55)	45

標題字	拼音	編號	頁數	標題字	拼音	編號	頁數
[仿／倣]	fǎng(ㄈㄤ)	(1417)	587	[糞]	fèn(ㄈㄣ)	(1959)	751
*[彷]	fǎng(ㄈㄤ)	(1418)	588	[奮]	fèn(ㄈㄣ)	(1143)	498
[紡]	fǎng(ㄈㄤ)	(1218)	521	[風]	fēng(ㄈㄥ)	(314)	167
[訪]	fǎng(ㄈㄤ)	(1067)	469	[封]	fēng(ㄈㄥ)	(558)	271
[放]	fàng(ㄈㄤ)	(246)	136	[峰]	fēng(ㄈㄥ)	(1297)	547
[妃]	fēi(ㄈㄟ)	(2514)	896	[烽]	fēng(ㄈㄥ)	(2520)	897
[非]	fēi(ㄈㄟ)	(401)	202	[蜂]	fēng(ㄈㄥ)	(2521)	897
*[菲]	fēi(ㄈㄟ)	(2515)	896	[瘋]	fēng(ㄈㄥ)	(1956)	750
[飛]	fēi(ㄈㄟ)	(639)	306	[鋒]	fēng(ㄈㄥ)	(1350)	563
[肥]	féi(ㄈㄟ)	(818)	378	[豐]	fēng(ㄈㄥ)	(857)	392
[匪]	fěi(ㄈㄟ)	(1796)	705	[逢]	féng(ㄈㄥ)	(2522)	897
[吠]	fèi(ㄈㄟ)	(2517)	897	[縫]	féng(ㄈㄥ)	(1412)	585
[沸]	fèi(ㄈㄟ)	(1763)	696	[諷]	fěng(ㄈㄥ)	(2290)	845
[肺]	fèi(ㄈㄟ)	(2011)	768	[奉]	fèng(ㄈㄥ)	(1740)	690
[費]	fèi(ㄈㄟ)	(577)	278	[俸]	fèng(ㄈㄥ)	(2523)	898
[誹／痱]	fèi(ㄈㄟ)	(2516)	896	[鳳]	fèng(ㄈㄥ)	(1624)	657
[廢]	fèi(ㄈㄟ)	(1220)	522	[佛]	fó(ㄈㄛ)	(1741)	690
[分]	fēn(ㄈㄣ)	(32)	25	[否]	fǒu(ㄈㄡ)	(690)	328
[吩]	fēn(ㄈㄣ)	(2518)	897	[夫]	fū(ㄈㄨ)	(619)	298
[紛]	fēn(ㄈㄣ)	(1192)	513	[孵]	fū(ㄈㄨ)	(2319)	853
[焚]	fén(ㄈㄣ)	(2295)	846	[膚]	fū(ㄈㄨ)	(2160)	810
[墳]	fén(ㄈㄣ)	(2519)	897	[敷]	fū(ㄈㄨ)	(2281)	843
[粉]	fěn(ㄈㄣ)	(702)	333	[伏]	fú(ㄈㄨ)	(1300)	548
[份]	fèn(ㄈㄣ)	(1077)	473	[扶]	fú(ㄈㄨ)	(1748)	692
[憤]	fèn(ㄈㄣ)	(1588)	647	[拂]	fú(ㄈㄨ)	(2350)	862

標題字	拼音	編號	頁數

（k）

標題字	拼音	編號	頁數
[卡]	kǎ(ㄎㄚ)	(1075)	472
[開]	kāi(ㄎㄞ)	(106)	75
[揩]	kāi(ㄎㄞ)	(2613)	915
[凱]	kǎi(ㄎㄞ)	(967)	435
[楷]	kǎi(ㄎㄞ)	(2615)	916
[慨]	kǎi(ㄎㄞ)	(2614)	915
[刊]	kān(ㄎㄢ)	(1415)	586
[勘]	kān(ㄎㄢ)	(1761)	696
[堪]	kān(ㄎㄢ)	(2107)	796
[戡]	kān(ㄎㄢ)	(2616)	916
[坎]	kǎn(ㄎㄢ)	(1954)	750
[看]	kàn(ㄎㄢ)	(145)	94
[康]	kāng(ㄎㄤ)	(1016)	451
[扛]	káng(ㄎㄤ)	(2370)	866
[亢]	kàng(ㄎㄤ)	(2617)	916
[抗]	kàng(ㄎㄤ)	(648)	310
[囥]	kàng(ㄎㄤ)	(2618)	916
[炕]	kàng(ㄎㄤ)	(2619)	916
[考]	kǎo(ㄎㄠ)	(649)	311
[拷]	kǎo(ㄎㄠ)	(2620)	916
[洘]	kǎo(ㄎㄠ)	(2621)	917
[靠]	kào(ㄎㄠ)	(731)	344
[苛]	kē(ㄎㄜ)	(2184)	816
[科]	kē(ㄎㄜ)	(350)	182
[磕]	kē(ㄎㄜ)	(2622)	917
[殼]	ké(ㄎㄜ)	(1500)	619
[搹]	ké(ㄎㄜ)	(1589)	647
[可]	kě(ㄎㄜ)	(36)	29
[渴]	kě(ㄎㄜ)	(2194)	819
[克／剋]	kè(ㄎㄜ)	(434)	216
[刻]	kè(ㄎㄜ)	(755)	352
[客]	kè(ㄎㄜ)	(705)	334
[課]	kè(ㄎㄜ)	(966)	435
[肯]	kěn(ㄎㄣ)	(1279)	540
[墾]	kěn(ㄎㄣ)	(2066)	784
[懇]	kěn(ㄎㄣ)	(2067)	785
[坑]	kēng(ㄎㄥ)	(1817)	711
*[空]	kōng(ㄎㄨㄥ)	(358)	185
[倥]	kōng(ㄎㄨㄥ)	(2623)	917
[孔]	kǒng(ㄎㄨㄥ)	(758)	354
[恐]	kǒng(ㄎㄨㄥ)	(1519)	625
[控]	kòng(ㄎㄨㄥ)	(685)	327
[摳]	kōu(ㄎㄡ)	(2624)	917
[口]	kǒu(ㄎㄡ)	(278)	151
[扣]	kòu(ㄎㄡ)	(1716)	684
[寇]	kòu(ㄎㄡ)	(2259)	837
[枯]	kū(ㄎㄨ)	(1834)	716
[哭]	kū(ㄎㄨ)	(1468)	607

標題字	拼音	編號	頁數	標題字	拼音	編號	頁數
[掠]	lüè(ㄌㄩㄝ)	(2009)	767	[穤]	mǎi(ㄇㄞ)	(2675)	927
[倫]	lún(ㄌㄨㄣ)	(1513)	622	[麥]	mài(ㄇㄞ)	(1057)	456
[淪]	lún(ㄌㄨㄣ)	(2344)	860	[脈]	mài(ㄇㄞ)	(1255)	532
[綸]	lún(ㄌㄨㄣ)	(1820)	712	[賣]	mài(ㄇㄞ)	(1085)	477
[輪]	lún(ㄌㄨㄣ)	(544)	265	[邁]	mài(ㄇㄞ)	(1855)	722
[論]	lùn(ㄌㄨㄣ)	(238)	133	[瞞]	mán(ㄇㄢ)	(2676)	927
[螺]	luó(ㄌㄨㄛ)	(1483)	613	[鰻]	mán(ㄇㄢ)	(2678)	928
[羅]	luó(ㄌㄨㄛ)	(720)	340	[滿]	mán(ㄇㄢ)	(488)	239
[邏]	luó(ㄌㄨㄛ)	(2673)	927	[蠻]	mán(ㄇㄢ)	(2100)	794
[鑼]	luǒ(ㄌㄨㄛ)	(2672)	926	[曼]	màn(ㄇㄢ)	(1744)	691
[落]	luò(ㄌㄨㄛ)	(541)	263	[慢]	màn(ㄇㄢ)	(891)	406
[絡]	luò(ㄌㄨㄛ)	(1825)	713	[漫]	màn(ㄇㄢ)	(1742)	691
[駱]	luò(ㄌㄨㄛ)	(2674)	927	[蔓]	màn(ㄇㄢ)	(1743)	691
				[幔]	màn(ㄇㄢ)	(2677)	927
(m)				[忙]	máng(ㄇㄤ)	(1089)	478
[抹]	mā(ㄇㄚ)	(1932)	744	[盲]	máng(ㄇㄤ)	(2032)	774
[媽]	mā(ㄇㄚ)	(784)	364	[茫]	máng(ㄇㄤ)	(2031)	774
[麻]	má(ㄇㄚ)	(1216)	520	[莽]	mǎng(ㄇㄤ)	(2049)	779
[蔴]	má(ㄇㄚ)	(1217)	521	[貓]	māo(ㄇㄠ)	(2195)	819
[馬]	mǎ(ㄇㄚ)	(353)	183	[毛]	máo(ㄇㄠ)	(455)	225
[碼]	mǎ(ㄇㄚ)	(1462)	605	[冇]	mǎo(ㄇㄠ)	(2679)	928
[罵]	mà(ㄇㄚ)	(1713)	683	[矛]	mǎo(ㄇㄠ)	(840)	386
[嗎]	ma(ㄇㄚ)	(799)	371	[茅]	mǎo(ㄇㄠ)	(2399)	873
[埋]	mái(ㄇㄞ)	(1709)	683	[茂]	mào(ㄇㄠ)	(2680)	928
[買]	mǎi(ㄇㄞ)	(887)	405	[冒]	mào(ㄇㄠ)	(1640)	662

標題字	拼音	編號	頁數	標題字	拼音	編號	頁數
[敏]	mǐn(ㄇㄧㄣ)	(1597)	650	[某]	mǒu(ㄇㄡ)	(597)	288
[閩]	mǐn(ㄇㄧㄣ)	(2090)	791	[母]	mǔ(ㄇㄨ)	(733)	345
[名]	míng(ㄇㄧㄥ)	(347)	180	[姥]	mǔ(ㄇㄨ)	(2697)	931
[明]	míng(ㄇㄧㄥ)	(144)	93	[木]	mù(ㄇㄨ)	(542)	264
[鳴]	míng(ㄇㄧㄥ)	(1661)	668	[目]	mù(ㄇㄨ)	(332)	174
[暝]	míng(ㄇㄧㄥ)	(2693)	930	[牧]	mù(ㄇㄨ)	(1326)	556
[銘]	míng(ㄇㄧㄥ)	(2217)	825	[募]	mù(ㄇㄨ)	(2338)	858
[瞑]	míng(ㄇㄧㄥ)	(2694)	930	[幕]	mù(ㄇㄨ)	(1431)	593
[命]	mìng(ㄇㄧㄥ)	(158)	99	[墓]	mù(ㄇㄨ)	(2330)	856
[謬]	miù(ㄇㄧㄡ)	(2695)	931	[睦]	mù(ㄇㄨ)	(2698)	931
[摸]	mō(ㄇㄛ)	(1549)	634	[暮]	mù(ㄇㄨ)	(2329)	856
[摹]	mó(ㄇㄛ)	(2696)	931	[慕]	mù(ㄇㄨ)	(2381)	869
[模]	mó(ㄇㄛ)	(774)	360	[穆]	mù(ㄇㄨ)	(1832)	716
[摩]	mó(ㄇㄛ)	(1147)	499				
[膜]	mó(ㄇㄛ)	(1373)	571		**(n)**		
[磨]	mó(ㄇㄛ)	(1145)	498				
[魔]	mó(ㄇㄛ)	(2181)	815	[拿／拏]ná(ㄋㄚ)		(793)	368
[末]	mò(ㄇㄛ)	(921)	418	[哪]	nǎ(ㄋㄚ)	(741)	348
*[沒]	mò(ㄇㄜ)	(163)	101	[那]	nà(ㄋㄚ)	(121)	82
*[抹]	mò(ㄇㄜ)	(1932)	744	[納]	nà(ㄋㄚ)	(1052)	463
[莫]	mò(ㄇㄛ)	(1304)	549	[乃／迺]nǎi(ㄋㄞ)		(1022)	453
[漠]	mò(ㄇㄛ)	(1995)	762	[奶]	nǎi(ㄋㄞ)	(1436)	595
[墨]	mò(ㄇㄛ)	(1410)	584	[耐]	nài(ㄋㄞ)	(960)	433
[默]	mò(ㄇㄛ)	(1423)	590	[男]	nán(ㄋㄢ)	(1189)	512
[謀]	móu(ㄇㄡ)	(1113)	487	[南]	nán(ㄋㄢ)	(262)	143
				[難]	nán(ㄋㄢ)	(406)	205

標題字 拼音	編號	頁數	標題字 拼音	編號	頁數
[碰] pèng(ㄆㄥ)	(1458)	603	[撇] piě(ㄆㄧㄝ)	(2363)	865
[批] pī(ㄆㄧ)	(529)	258	[拼] pīn(ㄆㄧㄣ)	(2068)	785
[坯] pī(ㄆㄧ)	(2724)	937	[貧] pín(ㄆㄧㄣ)	(1351)	564
[披] pī(ㄆㄧ)	(2050)	779	[頻] pín(ㄆㄧㄣ)	(729)	343
[皮] pí(ㄆㄧ)	(735)	346	[品] pǐn(ㄆㄧㄣ)	(202)	118
[枇] pí(ㄆㄧ)	(2726)	937	[聘] pìn(ㄆㄧㄣ)	(2244)	832
[疲] pí(ㄆㄧ)	(2725)	937	[平] píng(ㄆㄧㄥ)	(125)	83
[脾] pí(ㄆㄧ)	(2199)	821	[坪] píng(ㄆㄧㄥ)	(2733)	938
[匹] pǐ(ㄆㄧ)	(2727)	937	[屏] píng(ㄆㄧㄥ)	(1974)	756
[庀] pǐ(ㄆㄧ)	(2728)	937	[萍] píng(ㄆㄧㄥ)	(2734)	939
[癖] pǐ(ㄆㄧ)	(2729)	937	[瓶] píng(ㄆㄧㄥ)	(1545)	633
[屁] pì(ㄆㄧ)	(2277)	842	[評] píng(ㄆㄧㄥ)	(900)	410
[僻] pì(ㄆㄧ)	(2730)	938	[憑] píng(ㄆㄧㄥ)	(1663)	668
[闢] pì(ㄆㄧ)	(1867)	725	[坡] pō(ㄆㄛ)	(1280)	540
[譬] pì(ㄆㄧ)	(2731)	938	[頗] pō(ㄆㄛ)	(1939)	746
[偏] piān(ㄆㄧㄢ)	(1118)	489	[潑] pō(ㄆㄛ)	(1949)	748
[篇] piān(ㄆㄧㄢ)	(1100)	482	[婆] pó(ㄆㄛ)	(1546)	634
[諞] piǎn(ㄆㄧㄢ)	(1760)	696	[迫] pò(ㄆㄛ)	(855)	391
[片] piàn(ㄆㄧㄢ)	(472)	232	[破] pò(ㄆㄛ)	(545)	266
[騙] piàn(ㄆㄧㄢ)	(1759)	696	[粕] pò(ㄆㄛ)	(2735)	939
[剽] piāo(ㄆㄧㄠ)	(2732)	938	[魄] pò(ㄆㄛ)	(2300)	848
*[漂] piāo／piào(ㄆㄧㄠ)			[剖] pōu(ㄆㄡ)	(2072)	786
	(1873)	727	*[僕]pū／pú(ㄆㄨ)	(2736)	939
[飄] piāo(ㄆㄧㄠ)	(1872)	727	[撲] pū(ㄆㄨ)	(1852)	721
[票] piào(ㄆㄧㄠ)	(1514)	623	*[鋪／舖]pū／pù(ㄆㄨ)	(1517)	624

標題字	拼音	編號	頁數	標題字	拼音	編號	頁數
[容]	róng(ㄖㄨㄥ)	(396)	201				
[絨]	róng(ㄖㄨㄥ)	(1719)	685		**(s)**		
[溶]	róng(ㄖㄨㄥ)	(563)	273	[撒]	sā(ㄙㄚ)	(1886)	731
[榮]	róng(ㄖㄨㄥ)	(1201)	515	[洒/灑]	sǎ(ㄙㄚ)	(2770)	946
[熔]	róng(ㄖㄨㄥ)	(1465)	606	[塞]	sài(ㄙㄞ)	(1062)	467
[融]	róng(ㄖㄨㄥ)	(1666)	669	[賽]	sài(ㄙㄞ)	(1008)	448
[冗]	rǒng(ㄖㄨㄥ)	(2766)	945	[三]	sān(ㄙㄢ)	(65)	51
[柔]	róu(ㄖㄡ)	(1526)	627	[散]	sàn(ㄙㄢ)	(764)	356
[揉]	róu(ㄖㄡ)	(1903)	735	[桑]	sāng(ㄙㄤ)	(1778)	700
[肉]	ròu(ㄖㄡ)	(902)	411	[喪]	sāng(ㄙㄤ)	(1846)	720
[如]	rú(ㄖㄨ)	(76)	57	[燥]	sāo(ㄙㄠ)	(2771)	946
[儒]	rú(ㄖㄨ)	(2380)	869	[騷]	sāo(ㄙㄠ)	(2227)	828
[汝]	rǔ(ㄖㄨ)	(2250)	834	[掃]	sǎo(ㄙㄠ)	(1427)	592
[乳]	rǔ(ㄖㄨ)	(1559)	637	[色]	sè(ㄙㄜ)	(264)	144
[入]	rù(ㄖㄨ)	(197)	116	[穡]	sè(ㄙㄜ)	(2772)	946
*[阮]	ruǎn(ㄖㄨㄢ)	(2767)	945	[森]	sēn(ㄙㄣ)	(1380)	574
[軟]	ruǎn(ㄖㄢ)	(1274)	538	[僧]	sēng(ㄙㄥ)	(2289)	845
[蕊]	ruǐ(ㄖㄨㄟ)	(2266)	839	[沙]	shā(ㄕㄚ)	(829)	382
[瑞]	ruì(ㄖㄨㄟ)	(1367)	569	*[杉]	shā(ㄕㄚ)	(2773)	946
[銳]	ruì(ㄖㄨㄟ)	(1486)	614	[砂]	shā(ㄕㄚ)	(1538)	631
[閏]	rùn(ㄖㄨㄣ)	(2768)	945	[紗]	shā(ㄕㄚ)	(1247)	530
[潤]	rùn(ㄖㄨㄣ)	(1032)	456	[殺]	shā(ㄕㄚ)	(842)	387
[若]	ruò(ㄖㄨㄛ)	(752)	351	[煞]	shā(ㄕㄚ)	(2335)	857
[偌]	ruò(ㄖㄨㄛ)	(2769)	945	[啥]	shá(ㄕㄚ)	(1641)	662
[弱]	ruò(ㄖㄨㄛ)	(985)	441	*[廈]	shà(ㄕㄚ)	(2272)	841

標題字	拼音	編號	頁數	標題字	拼音	編號	頁數
[篩]	shāi(ㄕㄞ)	(1638)	662	[佋]	shào(ㄕㄠ)	(972)	437
[山]	shān(ㄕㄢ)	(222)	126	[奢]	shē(ㄕㄜ)	(2781)	947
[刪]	shān(ㄕㄢ)	(2360)	864	[賒]	shē(ㄕㄜ)	(2782)	948
*[杉]	shān(ㄕㄢ)	(2773)	946	[舌]	shé(ㄕㄜ)	(2012)	768
[衫]	shān(ㄕㄢ)	(2161)	810	[蛇]	shé(ㄕㄜ)	(2783)	948
[姍]	shān(ㄕㄢ)	(2775)	946	[捨]	shě(ㄕㄜ)	(1324)	555
[舢]	shān(ㄕㄢ)	(2774)	946	[社]	shè(ㄕㄜ)	(122)	83
[煽]	shān(ㄕㄢ)	(1746)	692	[舍]	shè(ㄕㄜ)	(1325)	556
[閃]	shǎn(ㄕㄢ)	(1268)	536	[射]	shè(ㄕㄜ)	(670)	319
[扇]	shàn(ㄕㄢ)	(1745)	691	[涉]	shè(ㄕㄜ)	(1228)	524
[善]	shàn(ㄕㄢ)	(819)	378	[設]	shè(ㄕㄜ)	(205)	119
[擅]	shàn(ㄕㄢ)	(2251)	835	[赦]	shè(ㄕㄜ)	(2784)	948
[嬗]	shàn(ㄕㄢ)	(2777)	947	[攝]	shè(ㄕㄜ)	(1672)	671
[膳／饍]	shàn(ㄕㄢ)	(2776)	947	[懾]	shè(ㄕㄜ)	(2785)	948
[繕]	shàn(ㄕㄢ)	(2778)	947	[申]	shēn(ㄕㄣ)	(1478)	610
[商]	shāng(ㄕㄤ)	(400)	202	[伸]	shēn(ㄕㄣ)	(1055)	454
[傷]	shāng(ㄕㄤ)	(910)	414	[身]	shēn(ㄕㄣ)	(324)	172
[賞]	shǎng(ㄕㄤ)	(1612)	654	[深]	shēn(ㄕㄣ)	(405)	204
[上]	shàng(ㄕㄤ)	(14)	14	[紳]	shēn(ㄕㄣ)	(1838)	718
[尚]	shàng(ㄕㄤ)	(1139)	496	*[甚]	shén(ㄕㄣ)	(297)	159
[稍]	shāo(ㄕㄠ)	(1341)	560	[神]	shén(ㄕㄣ)	(520)	254
[燒]	shāo(ㄕㄠ)	(749)	350	*[沈]	shěn(ㄕㄣ)	(864)	394
[勺]	sháo(ㄕㄠ)	(2779)	947	[審]	shěn(ㄕㄣ)	(807)	374
[紹]	sháo(ㄕㄠ)	(2780)	947	[嬸]	shěn(ㄕㄣ)	(2786)	948
[少]	shǎo(ㄕㄠ)	(220)	126	[慎]	shèn(ㄕㄣ)	(2052)	780

標題字	拼音	編號	頁數	標題字	拼音	編號	頁數
[稅]	shuì(ㄕㄨㄟ)	(1004)	447	[頌]	sòng(ㄙㄨㄥ)	(1442)	597
[睡]	shuì(ㄕㄨㄟ)	(1316)	553	[誦]	sòng(ㄙㄨㄥ)	(2278)	842
[吮]	shǔn(ㄕㄨㄣ)	(2798)	951	[搜]	sōu(ㄙㄡ)	(1851)	721
[舐]	shǔn(ㄕㄨㄣ)	(2799)	951	[酥]	sū(ㄙㄨ)	(2247)	833
[順]	shùn(ㄕㄨㄣ)	(871)	398	[蘇]	sū(ㄙㄨ)	(508)	247
[説]	shuō(ㄕㄨㄛ)	(48)	40	[俗]	sú(ㄙㄨ)	(1750)	693
[碩]	shuò(ㄕㄨㄛ)	(2800)	951	[夙]	sù(ㄙㄨ)	(2802)	952
[司]	sī(ㄙ)	(595)	287	[速]	sù(ㄙㄨ)	(319)	170
[私]	sī(ㄙ)	(1027)	454	[素]	sù(ㄙㄨ)	(412)	207
[思]	sī(ㄙ)	(291)	156	[宿]	sù(ㄙㄨ)	(1961)	752
[絲]	sī(ㄙ)	(714)	338	[訴]	sù(ㄙㄨ)	(716)	338
[斯]	sī(ㄙ)	(2801)	951	[粟]	sù(ㄙㄨ)	(2803)	952
[撕]	sī(ㄙ)	(2153)	808	[塑]	sù(ㄙㄨ)	(1131)	493
[死]	sǐ(ㄙ)	(511)	249	[肅]	sù(ㄙㄨ)	(1494)	616
[四]	sì(ㄙ)	(119)	81	[酸]	suān(ㄙㄨㄢ)	(431)	214
[寺]	sì(ㄙ)	(1830)	715	[蒜]	suàn(ㄙㄨㄢ)	(2229)	828
[似]	sì(ㄙ)	(611)	295	[算]	suàn(ㄙㄨㄢ)	(387)	197
[飼]	sì(ㄙ)	(1054)	464	[雖]	suī(ㄙㄨㄟ)	(637)	306
[肆]	sì(ㄙ)	(2150)	807	[隨]	suí(ㄙㄨㄟ)	(506)	247
[嗣]	sì(ㄙ)	(2283)	843	[遂]	suì(ㄙㄨㄟ)	(1957)	751
[松]	sōng(ㄙㄨㄥ)	(878)	400	[歲]	suì(ㄙㄨㄟ)	(957)	432
[鬆]	sōng(ㄙㄨㄥ)	(877)	400	[碎]	suì(ㄙㄨㄟ)	(1150)	500
[宋]	sòng(ㄙㄨㄥ)	(1195)	514	[穗]	suì(ㄙㄨㄟ)	(1684)	674
[送]	sòng(ㄙㄨㄥ)	(621)	299	*[彗／篲]suì(ㄙㄨㄟ)		(2572)	907
[訟]	sòng(ㄙㄨㄥ)	(1441)	597	[孫]	sūn(ㄙㄨㄣ)	(946)	427

標題字	拼音	編號	頁數	標題字	拼音	編號	頁數
[筍]	sǔn(ㄙㄨㄣˇ)	(2804)	952	[談]	tán(ㄊㄢˊ)	(518)	254
[損]	sǔn(ㄙㄨㄣˇ)	(777)	361	[彈]	tán(ㄊㄢˊ)	(1053)	463
[榫]	sǔn(ㄙㄨㄣˇ)	(2805)	952	[坦]	tǎn(ㄊㄢˇ)	(1200)	515
[嗍]	suō(ㄙㄨㄛ)	(2807)	953	[毯]	tǎn(ㄊㄢˇ)	(2808)	953
[蓑／簑]	suō(ㄙㄨㄛ)	(2806)	952	[袒]	tǎn(ㄊㄢˇ)	(2809)	953
[縮]	suō(ㄙㄨㄛ)	(873)	398	[炭]	tàn(ㄊㄢˋ)	(1041)	459
[所]	suǒ(ㄙㄨㄛˇ)	(60)	49	[探]	tàn(ㄊㄢˋ)	(992)	443
[索]	suǒ(ㄙㄨㄛˇ)	(1121)	490	[碳]	tàn(ㄊㄢˋ)	(1040)	459
[鎖]	suǒ(ㄙㄨㄛˇ)	(1607)	652	[嘆／歎]	tàn(ㄊㄢˋ)	(1806)	707
				[湯]	tāng(ㄊㄤ)	(1319)	554
(t)				[唐]	táng(ㄊㄤˊ)	(1193)	514
				[堂]	táng(ㄊㄤˊ)	(1029)	455
[它]	tā(ㄊㄚ)	(107)	76	[糖]	táng(ㄊㄤˊ)	(1024)	453
[他]	tā(ㄊㄚ)	(20)	18	[燙]	tàng(ㄊㄤˋ)	(2810)	953
[她]	tā(ㄊㄚ)	(233)	131	[滔]	tāo(ㄊㄠ)	(2237)	830
[塌]	tā(ㄊㄚ)	(2256)	836	[逃]	táo(ㄊㄠˊ)	(1294)	546
[塔]	tǎ(ㄊㄚˇ)	(1068)	469	[陶]	táo(ㄊㄠˊ)	(1542)	633
[踏]	tà(ㄊㄚˋ)	(1581)	645	[桃]	táo(ㄊㄠˊ)	(1747)	692
[胎]	tāi(ㄊㄞ)	(1952)	749	[淘]	táo(ㄊㄠˊ)	(2811)	953
[台／臺]	tái(ㄊㄞˊ)	(540)	262	[討]	tǎo(ㄊㄠˇ)	(835)	384
[太]	tài(ㄊㄞˋ)	(441)	219	[套]	tào(ㄊㄠˋ)	(915)	416
[泰]	tài(ㄊㄞˋ)	(1354)	565	[特]	tè(ㄊㄜˋ)	(208)	120
[態]	tài(ㄊㄞˋ)	(557)	271	[疼]	téng(ㄊㄥˊ)	(2126)	801
[貪]	tān(ㄊㄢ)	(1914)	739	[騰]	téng(ㄊㄥˊ)	(1523)	626
[灘]	tān(ㄊㄢ)	(1635)	661	[藤／籐]	téng(ㄊㄥˊ)	(2812)	953
[攤]	tān(ㄊㄢ)	(1636)	661				

標題字	拼音	編號	頁數	標題字	拼音	編號	頁數
[揆]	tū(ㄊㄨ)	(2822)	955				
[途]	tú(ㄊㄨ)	(1006)	447		**（w）**		
[徒]	tú(ㄊㄨ)	(1338)	559	[挖]	wā(ㄨㄚ)	(1424)	591
[屠]	tú(ㄊㄨ)	(2112)	797	[瓦]	wǎ(ㄨㄚ)	(1061)	467
[塗]	tú(ㄊㄨ)	(1598)	650	[袜]	wà(ㄨㄚ)	(2830)	957
[瞔]	tú(ㄊㄨ)	(2824)	956	[歪]	wāi(ㄨㄞ)	(1906)	736
[圖]	tú(ㄊㄨ)	(221)	126	[外]	wài(ㄨㄞ)	(116)	79
[土]	tǔ(ㄊㄨ)	(365)	188	[彎]	wān(ㄨㄢ)	(1353)	565
[吐]	tǔ(ㄊㄨ)	(1765)	695	[湾／灣]	wān(ㄨㄢ)	(1203)	516
[兔]	tù(ㄊㄨ)	(2825)	956	[丸]	wán(ㄨㄢ)	(2228)	828
[團]	tuán(ㄊㄨㄢ)	(429)	214	[完]	wán(ㄨㄢ)	(342)	178
[推]	tuī(ㄊㄨㄟ)	(516)	252	[玩]	wán(ㄨㄢ)	(1614)	654
[頹]	tuí(ㄊㄨㄟ)	(2826)	956	[頑]	wán(ㄨㄢ)	(1860)	723
[腿]	tuǐ(ㄊㄨㄟ)	(1283)	541	[伉]	wǎn(ㄨㄢ)	(2767)	945
[退]	tuì(ㄊㄨㄟ)	(1080)	475	[宛]	wǎn(ㄨㄢ)	(2831)	957
[吞]	tūn(ㄊㄨㄣ)	(1988)	460	[挽]	wǎn(ㄨㄢ)	(2029)	774
[屯]	tún(ㄊㄨㄣ)	(2827)	956	[婉]	wǎn(ㄨㄢ)	(2222)	827
[褪]	tùn(ㄊㄨㄣ)	(2828)	956	[惋]	wǎn(ㄨㄢ)	(2833)	958
[托]	tuō(ㄊㄨㄛ)	(1128)	492	[晚]	wǎn(ㄨㄢ)	(836)	385
[拖]	tuō(ㄊㄨㄛ)	(1344)	561	[碗]	wǎn(ㄨㄢ)	(1693)	677
[託]	tuō(ㄊㄨㄛ)	(1129)	492	[裷]	wǎn(ㄨㄢ)	(2832)	957
[捝]	tuō(ㄊㄨㄛ)	(2829)	957	[萬]	wàn(ㄨㄢ)	(330)	174
[脱]	tuō(ㄊㄨㄛ)	(816)	376	[腕]	wàn(ㄨㄢ)	(2223)	827
[妥]	tuǒ(ㄊㄨㄛ)	(1902)	735	[汪]	wāng(ㄨㄤ)	(1917)	740
[拓]	tuò(ㄊㄨㄛ)	(2063)	783	[亡]	wáng(ㄨㄤ)	(1161)	504

(ㄨ)

標題字	拼音	編號	頁數	標題字	拼音	編號	頁數
[削]	xuē(ㄒㄩㄝ)	(1291)	545	[雅]	yǎ(ㄧㄚ)	(1882)	730
[穴]	xué(ㄒㄩㄝ)	(2878)	966	[啞]	yǎ(ㄧㄚ)	(2236)	830
[學]	xué(ㄒㄩㄝ)	(58)	47	[亞]	yà(ㄧㄚ)	(546)	266
[雪]	xuě(ㄒㄩㄝ)	(1096)	481	[咽]	yān(ㄧㄢ)	(2192)	819
[血]	xuè(ㄒㄩㄝ)	(824)	380	[煙]	yān(ㄧㄢ)	(872)	398
[巡]	xún(ㄒㄩㄣ)	(1508)	621	[胭／臙]	yān(ㄧㄢ)	(2884)	967
[旬]	xún(ㄒㄩㄣ)	(1847)	720	[淹]	yān(ㄧㄢ)	(2339)	859
[循]	xún(ㄒㄩㄣ)	(1371)	571	[閹]	yān(ㄧㄢ)	(2883)	967
[尋]	xún(ㄒㄩㄣ)	(1515)	623	[言]	yán(ㄧㄢ)	(567)	275
[馴]	xún(ㄒㄩㄣ)	(2879)	966	[延]	yán(ㄧㄢ)	(947)	428
[詢]	xún(ㄒㄩㄣ)	(2097)	793	[沿]	yán(ㄧㄢ)	(989)	442
[迅]	xùn(ㄒㄩㄣ)	(750)	351	[炎]	yán(ㄧㄢ)	(1634)	660
[訓]	xùn(ㄒㄩㄣ)	(805)	373	[研]	yán(ㄧㄢ)	(374)	192
[訊]	xùn(ㄒㄩㄣ)	(1503)	619	[鹽]	yán(ㄧㄢ)	(721)	340
[殉]	xùn(ㄒㄩㄣ)	(2881)	967	[閻]	yán(ㄧㄢ)	(2885)	968
[遜]	xùn(ㄒㄩㄣ)	(2880)	967	[顏]	yán(ㄧㄢ)	(1339)	560
				[嚴]	yán(ㄧㄢ)	(500)	244
				[岩／巖]	yán(ㄧㄢ)	(984)	440

（Y）

標題字	拼音	編號	頁數	標題字	拼音	編號	頁數
[押]	yā(ㄧㄚ)	(2002)	765	[衍]	yǎn(ㄧㄢ)	(2190)	818
[鴉]	yā(ㄧㄚ)	(2882)	967	[眼]	yǎn(ㄧㄢ)	(463)	228
[鴨]	yā(ㄧㄚ)	(1622)	657	[掩]	yǎn(ㄧㄢ)	(1710)	682
[壓]	yā(ㄧㄚ)	(282)	152	[偃]	yǎn(ㄧㄢ)	(2886)	968
[牙]	yá(ㄧㄚ)	(1395)	578	[演]	yǎn(ㄧㄢ)	(821)	379
[芽]	yá(ㄧㄚ)	(1464)	606	[宴]	yàn(ㄧㄢ)	(1889)	732
[衙]	yá(ㄧㄚ)	(2232)	829	[焰／燄]	yàn(ㄧㄢ)	(1839)	718

標題字	拼音	編號	頁數	標題字	拼音	編號	頁數
[嶽]	yuè(ㄩㄝ)	(1798)	705	[贊]	zàn(ㄗㄢ)	(1184)	511
[躍]	yuè(ㄩㄝ)	(1452)	601	[暫]	zàn(ㄗㄢ)	(1571)	642
*[暈]	yūn(ㄩㄣ)	(2920)	974	[鏨]	zàn(ㄗㄢ)	(2925)	975
[勻]	yún(ㄩㄣ)	(1246)	530	[讚]	zàn(ㄗㄢ)	(1185)	511
[雲]	yún(ㄩㄣ)	(740)	348	[饡]	zàn(ㄗㄢ)	(2926)	976
[允]	yǔn(ㄩㄣ)	(1481)	612	[賍]	zāng(ㄗㄤ)	(2302)	848
[孕]	yùn(ㄩㄣ)	(2165)	811	[葬]	zàng(ㄗㄤ)	(2024)	772
[運]	yùn(ㄩㄣ)	(239)	133	*[藏]	zàng(ㄗㄤ)	(1237)	527
[韻]	yùn(ㄩㄣ)	(2323)	854	[臟]	zàng(ㄗㄤ)	(2927)	976
[熨]	yùn(ㄩㄣ)	(2923)	975	[遭]	zāo(ㄗㄠ)	(1179)	510
[醞]	yùn(ㄩㄣ)	(2921)	975	[糟]	zāo(ㄗㄠ)	(1799)	705
[蘊]	yùn(ㄩㄣ)	(2922)	975	[鑿]	záo(ㄗㄠ)	(2092)	792
				[早]	zǎo(ㄗㄠ)	(582)	281
(z)				[皂]	zào(ㄗㄠ)	(2208)	823
				[造]	zào(ㄗㄠ)	(271)	147
*[紮]	zā(ㄗㄚ)	(1248)	530	[噪]	zào(ㄗㄠ)	(2928)	976
*[咱]	zá(ㄗㄚ)	(1402)	581	[燥]	zào(ㄗㄠ)	(1572)	642
[雜]	zá(ㄗㄚ)	(638)	306	[灶／竈]zào(ㄗㄠ)	(1800)	706
[災]	zāi(ㄗㄞ)	(1438)	596	[則]	zé(ㄗㄜ)	(256)	141
[栽]	zāi(ㄗㄞ)	(1694)	677	[責]	zé(ㄗㄜ)	(662)	316
[賊]	zāi(ㄗㄞ)	(2924)	975	[澤]	zé(ㄗㄜ)	(1037)	458
[宰]	zǎi(ㄗㄞ)	(2176)	814	[擇]	zé(ㄗㄜ)	(1088)	478
[在]	zài(ㄗㄞ)	(4)	4	[仄]	zè(ㄗㄜ)	(2929)	976
[再]	zài(ㄗㄞ)	(308)	164	[賊]	zéi(ㄗㄟ)	(2026)	772
[載]	zài(ㄗㄞ)	(697)	331	[怎]	zěn(ㄗㄣ)	(564)	273
*[咱]	zán(ㄗㄢ)	(1402)	581				

標題字	拼音	編號	頁數
[植]	zhí(ㄓ)	(785)	365
[殖]	zhí(ㄓ)	(978)	438
[職]	zhí(ㄓ)	(630)	303
[止]	zhǐ(ㄓ)	(565)	274
[只]	zhǐ(ㄓ)	(162)	101
[旨]	zhǐ(ㄓ)	(1895)	734
[址／阯]	zhǐ(ㄓ)	(2953)	980
[指]	zhǐ(ㄓ)	(241)	134
[咫]	zhǐ(ㄓ)	(2955)	981
[紙]	zhǐ(ㄓ)	(795)	369
[趾]	zhǐ(ㄓ)	(2954)	981
[至]	zhì(ㄓ)	(333)	175
[志]	zhì(ㄓ)	(283)	153
[制／製]	zhì(ㄓ)	(93)	67
[治]	zhì(ㄓ)	(269)	147
[致]	zhì(ㄓ)	(600)	289
[秩]	zhì(ㄓ)	(1629)	659
[智]	zhì(ㄓ)	(1448)	600
[置]	zhì(ㄓ)	(469)	231
[滯]	zhì(ㄓ)	(2185)	817
[稚]	zhì(ㄓ)	(2355)	863
[質]	zhì(ㄓ)	(153)	97
[中]	zhōng(ㄓㄨㄥ)	(11)	12
[忠]	zhōng(ㄓㄨㄥ)	(1493)	616
[終]	zhōng(ㄓㄨㄥ)	(736)	346
[鍾]	zhōng(ㄓㄨㄥ)	(849)	389
[鐘]	zhōng(ㄓㄨㄥ)	(848)	389
[腫]	zhǒng(ㄓㄨㄥ)	(2131)	802
*[种／種]	zhǒng／zhòng(ㄓㄨㄥ)	(50)	41
[仲]	zhòng(ㄓㄨㄥ)	(1472)	608
*[重]	zhòng(ㄓㄨㄥ)	(135)	89
[眾]	zhòng(ㄓㄨㄥ)	(391)	199
[州]	zhōu(ㄓㄡ)	(686)	327
[舟]	zhōu(ㄓㄡ)	(1439)	596
[周／週]	zhōu(ㄓㄡ)	(410)	206
[洲]	zhōu(ㄓㄡ)	(754)	353
[軸]	zhóu(ㄓㄡ)	(688)	327
[咒／呪]	zhòu(ㄓㄡ)	(2334)	857
[晝]	zhòu(ㄓㄡ)	(2200)	821
[皺]	zhòu(ㄓㄡ)	(1978)	757
[驟]	zhòu(ㄓㄡ)	(1831)	715
[朱]	zhū(ㄓㄨ)	(1134)	494
[株]	zhū(ㄓㄨ)	(1309)	551
[珠]	zhū(ㄓㄨ)	(1378)	573
[豬]	zhū(ㄓㄨ)	(1115)	488
[誅]	zhū(ㄓㄨ)	(2956)	981
[諸]	zhū(ㄓㄨ)	(1432)	594
[竹]	zhú(ㄓㄨ)	(1382)	575
[逐]	zhú(ㄓㄨ)	(730)	344

《台灣近代發展史》

指出近百年來台灣命運的走向。鳥瞰台灣在列國爭奪下掙扎發展的軌跡，從國際的觀點，

J048/25K/600元(精裝本)/許極燉◎著

近百年來台灣的歷史，從日帝殖民統治至近代國民黨政權取代以後，一度倒退逆流甚至枯竭；本書提供了讀者了解台灣在「狗去豬來」的侷促環境下台灣命運的動盪…。

前衛出版　電話:02-23560301　傳眞:02-23964553

《台灣語概論》

第一本綜論台語的

語史、音韻以及語法的研究著述

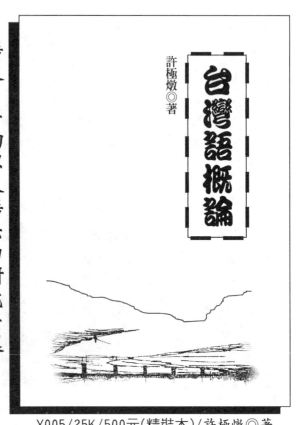

許極燉◎著

台灣語概論

Y005/25K/500元(精裝本)/許極燉◎著

鳥瞰台灣的歷史、民族及台語的語史

表記台語書寫制度　論述台語語法現象

前衛出版　電話:02-23560301　傳眞:02-23964553

常用漢字台語詞典

編　　　著：許極燉

出　版　者：前衛出版社
　　　　　　地址／台北市信義路二段34號6樓
　　　　　　電話／02-23560301　傳眞／02-23964553
　　　　　　郵撥／05625551 前衛出版社
　　　　　　登記證／局版台業字第2746號

發　行　人：林文欽

法律顧問：汪紹銘律師

印　刷　所：松霖彩色印刷公司

北區總經銷：揚智文化事業股份有限公司
　　　　　　地址／台北市新生南路三段88號5樓之6
　　　　　　電話／02-23660309　傳眞／02-23660310

南區總經銷：昱泓圖書有限公司
　　　　　　地址／嘉義市通化四街45號
　　　　　　電話／05-2311949　傳眞／05-2311002

出版日期：1998年11月初版第一刷

定價／精裝900元　　　　　ISBN 957-801-197-0

國家圖書館出版品預行編目資料

常用漢字台語詞典／許極燉編著.
　　－－初版. 台北市：前衛，1998［民87］
　　1144面；21×15公分.
　　含索引
　　ISBN 957－801－197－0（精裝）

　　1.台語－－字典,辭典

802.523204　　　　　　　　　　　87012947

ISBN 957-801-197-0

00900

9 789578 011977

台灣作家全集 2

有史以來第一套最完整詳備的台灣文學寶藏
短篇小說卷全套 50 鉅冊總定價 14000 元

2 珍貴的圖片

台灣文學作家的精彩寫眞，首次全面展現，讓我們不但欣賞小說，也可以一睹作家眞跡。

1 豐富的內容

涵蓋1920年到1990年代的台灣重要文學作家的短篇小說以作家個人爲單位，一人以一冊爲原則。

縫合戰前與戰後的歷史斷層，有系統地呈現台灣文學的風貌。

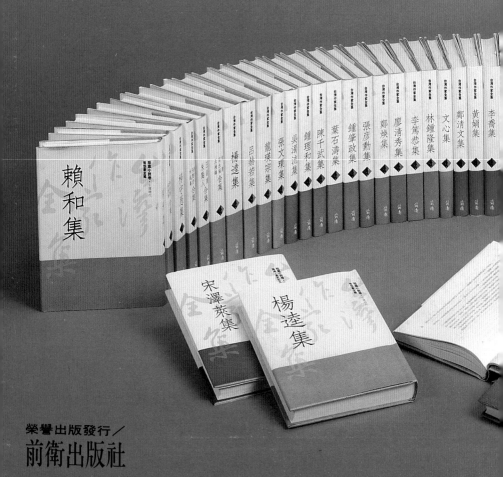

賴和集

李喬集
黃娟集
鄭淸文集
文心集
林鍾隆集
廖淸秀集
李篤恭集
鄭娩集
張彥勳集
鍾肇政集
葉石濤集
陳千武集
鍾理和集
吳濁流集
張文環集
龍瑛宗集
呂赫若集
楊逵集

宋澤萊集

楊逵集

榮譽出版發行／
前衛出版社